»Als Marco Polo im Sterben lag«, berichtete der Zeitgenosse und erste Biograph des Reisenden, Fra Jacopo d' Acqui, »bedrängten ihn sein Priester, seine Freunde und seine Verwandten, endlich den unzähligen Lügen abzuschwören, die er als seine wahren Abenteuer ausgegeben; denn nur dann werde seine Seele geläutert in den Himmel kommen. Der alte Mann bäumte sich auf, verfluchte sie alle miteinander und erklärte: ›Ich habe nicht die *Hälfte* von dem berichtet, was ich gesehen und getan habe.‹«
Jene andere Hälfte, und noch einiges mehr, erzählt jetzt Gary Jennings – ebenso phantasie- wie kenntnisreich: Er verfolgt den Weg des Marco Polo von den Palästen, Gassen und Kanälen im mittelalterlichen Venedig bis zum prächtigen Hof des Kubilai Khan in Khanbalik, dem alten Peking, schildert dessen Erlebnisse im Dunstkreis der parfümierten Sexualität der Levante bis zu den Gefahren einer Reise auf der Seidenstraße, beschreibt die Menschen, denen Marco Polo begegnet ist, und wie er, von unersättlicher Neugier geradezu besessen, ein leidenschaftlicher Sammler von Sitten, Sprachen und – immer wieder – Frauen wird. In den zwei Jahrzehnten seiner Reise war Marco Polo Händler, Krieger, Liebhaber, Spion und Steuereinnehmer – aber immer war er ein Reisender, unermüdlich in seinem Hunger nach neuen Erfahrungen.
Dieses Leben wird von Gary Jennings eindrucksvoll nachempfunden in all seinem Glanz, der Liebe zum Abenteuer und zu den Frauen, dem Verlangen nach dem Seltenen und Einmaligen. Das amerikanische Magazin ›Newsweek‹ urteilte: »Ein Klassiker. Das seltene Beispiel eines Buches, das Lesbarkeit mit historischer Genauigkeit vereint.«
Die deutsche Übersetzung von Werner Peterich, die 1985 unter dem Titel ›Der Besessene‹ in einem Band erschienen ist, wurde für die Taschenbuchausgabe in zwei Bände geteilt:
Band 1: Marco Polo. Der Besessene. Von Venedig zum Dach der Welt (Bd. 8201)
Band 2: Marco Polo. Der Besessene. Im Land des Kubilai Khan (Bd. 8202)

Gary Jennings amerikanischer Autor, Verfasser zahlreicher Sach- und Jugendbücher. ›Der Azteke‹ (1980) war sein erster großer historischer Roman. Die Recherchen für seinen Roman über Marco Polo wurden für Gary Jennings zu einem gefährlichen Unternehmen: Auf den Spuren seines Helden ritt er auf Pferde- und Kamelrücken, vertraute sich dem schwankenden Korb auf dem Rücken eines Elefanten an, überquerte auf dem Floß und auf Booten die Flüsse Asiens und befuhr auf einer Dschunke das Südchinesische Meer; so durchmaß er Tausende von Meilen – von der Levante bis in den Fernen Osten.
Im Fischer Taschenbuch Verlag sind außerdem folgende Titel lieferbar: ›Der Azteke‹ (Bd. 8089), ›Der Prinzipal‹ (Bd. 10391).

Gary Jennings

Marco Polo
Der Besessene

Roman

II: Im Land des Kubilai Khan

Aus dem Amerikanischen
von Werner Peterich

Fischer Taschenbuch Verlag

Für Glenda

67.–76. Tausend: Juni 1995

Ungekürzte Ausgabe
Veröffentlicht im Fischer Taschenbuch Verlag GmbH,
Frankfurt am Main, Februar 1987

Lizenzausgabe mit freundlicher Genehmigung
des Meyster Verlags GmbH, München
Die Originalausgabe erschien 1984 unter dem Titel
›The Journeyer‹ im Verlag Atheneum Publishers, New York
Copyright © Gary Jennings 1984
Copyright der deutschen Ausgabe:
© Meyster Verlag GmbH, München 1985
Druck und Bindung: Clausen & Bosse, Leck
Printed in Germany
ISBN 3-596-28202-0

Gedruckt auf chlor- und säurefreiem Papier

Als Marco Polo im Sterben lag, bedrängten ihn sein Priester, seine Freunde und seine Verwandten, endlich den unzähligen Lügen abzuschwören, die er als seine wahren Abenteuer ausgegeben; denn nur dann werde seine Seele geläutert in den Himmel kommen. Der alte Mann bäumte sich auf, verfluchte sie alle miteinander und erklärte: »Ich habe nicht die *Hälfte* von dem berichtet, was ich gesehen und getan habe.«

NACH FRA JACOPO D'ACQUI,
ZEITGENOSSE UND ERSTER BIOGRAPH MARCO POLOS

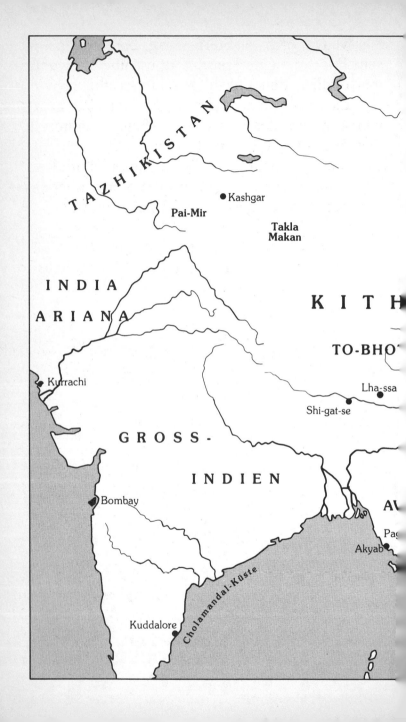

KITHAI

1 Kashgar erwies sich als eine Stadt von beachtlicher Größe mit festgebauten Herbergen, Läden und Wohnhäusern. Letztere hatten nichts mit den Lehmziegelunterkünften gemein, die wir in Tazhikistan gesehen hatten. In Kashgar hatte man beim Bauen Wert auf Dauerhaftigkeit gelegt, denn diese Stadt ist das Westtor Kithais, durch das alle über die Seidenstraße aus dem Westen kommenden oder dorthin ziehenden *karwans* hindurchmüssen. Und wir stellten fest, daß keine *karwan* hindurchkam, ohne zuvor angehalten worden zu sein. Ein paar *farsakhs* ehe wir die Stadtmauer erreichten, wurden wir von einer Gruppe mongolischer Schildwachen an die Seite gewunken. Hinter ihrer Unterkunft konnten wir unzählige runde *yurtu*-Zelte erkennen; offenbar lagerte eine vollständige Armee um die Zugangswege nach Kashgar.

»*Mendu*, Ältere Brüder«, grüßte eine der Schildwachen, ein typischer muskulöser, häßlicher und über und über mit Waffen behängter mongolischer Krieger; doch seine Begrüßung war keineswegs unfreundlich.

»*Mendu, sain bina*«, antwortete mein Vater.

Ich konnte damals nicht alles verstehen, was gesprochen wurde, doch mein Vater wiederholte das Gespräch später für mich auf venezianisch und erklärte mir, es habe sich um den üblichen Austausch von Höflichkeiten gehandelt, zu dem es kommt, wenn zwei Gruppen einander in mongolischen Landen begegneten. Es mutete sonderbar an, derlei anmutige Höflichkeitsfloskeln aus dem Mund eines Mannes zu vernehmen, der aussah wie ein ungeschlachter, ungebildeter Kerl; denn die Wache erkundigte sich weiter höflich: »Aus welchen Landen unter dem Himmel kommt Ihr?«

»Wir kommen aus den Landen weit unter dem Himmel des Westens«, antwortete mein Vater. »Und Ihr, Bruder, wo richtet Ihr Eure *yurtu* auf?«

»Wißt, daß mein armseliges Zelt im *bok* des Ilkhan Kaidu steht, der augenblicklich hier sein Lager aufgeschlagen hat und seine Reiche von hier aus inspiziert. Älterer Bruder, auf welche Lande habt Ihr auf dem Weg hierher Euren wohltuenden Schatten geworfen?«

»Gerade jetzt kommen wir aus dem hochgelegenen Pai-Mir, und zwar das Tal dieses Passagen-Flusses herunter. Überwintert haben wir in dem geschätzten Ort Buzai Gumbad, der gleichfalls unter der Herrschaft Eures Herrn Kaidu steht.«

»Wahrlich, seine Reiche erstrecken sich weit und breit, und es sind ihrer viele. Hat Friede Euren Weg begleitet?«

»Bis jetzt sind wir sicher gereist. Und Ihr, Älterer Bruder, stört nichts Euren Frieden? Sind Eure Stuten fruchtbar, und Eure Frauen?«

»Auf unseren friedlichen Weiden blüht und gedeiht es. Wohin gedenkt Eure *karwan* denn weiterzuziehen, Älterer Bruder?«

»Wir beabsichtigen, ein paar Tage in Kashgar zu verweilen. Ist der Ort gesund?«

»Ihr mögt Euer Feuer dort in Ruhe und Behaglichkeit entzünden; die Schafe sind gemästet. Doch bevor Ihr weiterzieht, würde es den niedrigen Diener des Ilkhan erfreuen zu erfahren, welches denn das endgültige Ziel Eurer Reise sein soll.«

»Wir wollen weiter nach Osten, in die Hauptstadt Khanbalik, um unserem allerhöchsten Herrn, dem Khakhan Kubilai, unsere Aufwartung zu machen.« Mit diesen Worten nahm mein Vater den Brief heraus, den wir schon so lange mit uns herumtrugen. »Hat mein Älterer Bruder sich herabgelassen, die bescheidene Kunst des Lesens zu erlernen?«

»Ach, Älterer Bruder, zu so hoher Bildung habe ich mich nie verstiegen«, sagte der Mann und nahm das Dokument an sich. »Doch selbst ich sehe und erkenne das Groß-Siegel des Khakhan. Ich bin untröstlich, erkennen zu müssen, die Weiterreise eines so hohen Würdenträgers, wie Ihr einer sein müßt, aufgehalten zu haben.«

»Ihr tut doch nur Eure Pflicht, Älterer Bruder. Aber wenn ich den Brief jetzt zurückbekommen könnte, würden wir gern weiterreiten.«

Doch die Schildwache gab ihn nicht zurück. »Mein Herr Kaidu ist zwar nur eine elende Hütte neben dem Pracht-Zelt seines Älteren Vetters, dem Khakhan Kubilai. Doch aus diesem Grunde wird es ihn verlangen, des Vorrechts teilhaftig zu werden, die geschriebenen Worte seines Vetters zu sehen und in Ehrfurcht durchzulesen. Zweifellos wird mein Herr auch den Wunsch äußern, die erlauchten Sendboten seines Herren Vetters zu empfangen und zu begrüßen. Wenn Ihr also gestattet, Älterer Bruder, werde ich ihm das Papier zeigen.«

»Wirklich, Älterer Bruder«, sagte mein Vater ein wenig ungeduldig, »wir bedürfen keiner Pracht und keiner feierlichen Begrüßung ... Wir wären dankbar, wenn wir einfach weiterreiten dürften nach Kashgar, ohne irgendwelche Umstände hervorzurufen.«

Doch die Schildwache achtete seiner nicht. »Hier in Kashgar sind die Herbergen verschiedenen Arten von Gästen vorbehalten. Es gibt eine *karwansarai* für Pferdehändler, eine für Kornhändler ...«

»Das wissen wir bereits«, stöhnte mein Onkel Mafìo. »Wir sind schon einmal hier gewesen.«

»Dann, Ältere Brüder, empfehle ich Euch jene für Durchreisende, die Herberge zu den Fünf Glückseligkeiten. Sie liegt in der Gasse der Duftenden Menschlichkeit. Jedermann in Kashgar kann Euch hin ...«

»Wir wissen, wo sie ist.«

»Dann seid bitte so freundlich, dort abzusteigen, bis der Ilkhan Kaidu Eurer Anwesenheit in seiner Pracht-*yurtu* erheischt.« Den Brief immer noch in der Hand, trat er einen Schritt zurück und winkte uns weiter. »Und jetzt reitet in Frieden, Ältere Brüder. Ich wünsche Euch eine gute Reise.«

Nachdem wir außer Hörweite der Schildwache geritten waren, fluchte Onkel Mafìo halblaut: »*Merda* mit Kruste! Müssen wir von allen mongolischen Armeen ausgerechnet auf die von Kaidu stoßen?«

»Ja«, sagte mein Vater. »Ohne Zwischenfall so weit gekommen zu sein, und dann ausgerechnet *ihm* in die Arme zu laufen.«

Verdrossen nickte mein Onkel. Dann sagte er: »Wer weiß, ob wir überhaupt je weiterkommen!«

Um deutlich zu machen, warum mein Vater und mein Onkel Ärger und Sorge bekundeten, muß ich ein paar Dinge über dieses Land Kithai erklären, in das wir nun gekommen waren. Zunächst einmal wird der Name des Landes im Abendland ganz allgemein fälschlich mit »Cathay« angegeben, woran ich nicht das geringste ändern kann. Ich würde nicht einmal einen Versuch machen, das zu tun, denn auch das richtig ausgesprochene »Kithai« ist ein Name, den die Mongolen dem Land erst vor vergleichsweise kurzer Zeit gegeben haben, nämlich fünfzig Jahre vor meiner Geburt. Dieses Land war das erste, das die Mongolen bei ihrem Sturm über die Erde eroberten; hier beschloß Kubilai, seinen Thron aufzurichten; denn das Land ist die Nabe der vielen Speichen des weit sich dehnenden Mongolen-Reichs – genauso wie unser Venedig Dreh- und Angelpunkt für die vielen Besitzungen unserer Republik darstellt: Thessalien und Kreta, das Vèneto genannte Festland und alle anderen. Doch genauso wie die Vèneti ursprünglich von anderswoher – irgendwo aus dem Norden – an die venezianische Lagune kamen, genauso kamen die Mongolen nach Kithai.

»Es gibt bei ihnen eine Legende«, sagte mein Vater, nachdem wir alle behaglich in der Kashgarer *karwansarai* Zu den Fünf Glückseligkeiten untergekommen waren und unsere Lage besprachen. »Zwar müßte man eigentlich darüber lachen, aber die Mongolen glauben nun mal daran. Sie sagen, vor langer, langer Zeit habe einmal eine Witwe ganz allein auf den verschneiten Ebenen in einer *yurtu* gelebt. Da sie sich einsam fühlte, freundete sie sich mit einem blauen Wolf aus der Wildnis an, paarte sich schließlich mit ihm, und dieser Paarung entsprang der erste Ahn der Mongolen.«

Zu diesem legendären Anfang ihres Volkes kam es in einem Land, das weit nördlich von Kithai gelegen war und Sibir hieß. Ich habe Sibir nie aufgesucht und auch nie die Lust verspürt, es zu tun, denn es soll ein flaches und uninteressantes Land sein, das ewig unter Eis und Schnee begraben ist. In einem so unwirtlichen Land war es vielleicht nur natürlich, daß die verschiedenen mongolischen Stämme (von denen einer sich »die Kithai« nannte) glaubten, nichts Besseres zu tun zu haben, als sich ständig zu befehden. Ein Mann unter ihnen jedoch, Temuchin mit Namen, scharte eine Reihe von Stämmen um sich und unterdrückte die restlichen einen nach dem anderen, bis alle Mongolen unter seinem Befehl standen und sie ihn Khan nannten, was soviel heißt wie Großer Herr; außerdem gaben sie ihm einen neuen Namen – Chinghiz – was soviel heißt wie Vollkommener Krieger.

Unter Chinghiz Khan verließen die Mongolen ihre nördliche Heimat und ritten gen Süden – hinein in dieses immense Land, das bis dahin das Reich Chin gewesen war, eroberten es und nannten es Kithai. Die anderen von den Mongolen in der Welt gemachten Eroberungen brauche ich nicht aufzuzählen; sie sind der Geschichte nur allzu bekannt. Es genüge daher zu sagen, daß Chinghiz und die unter ihm stehenden Ilkhans und später seine Söhne und Enkel das Mongolen-Reich weiter nach Westen bis an den Fluß Dnjeper in der polnischen Ukraine sowie bis vor die Tore Konstantinopels am Marmara-Meer ausdehnten – welches wir Venezianer übrigens genauso wie das Adriatische Meer als unseren Privatteich betrachten.

»Wir Venezianer haben das Wort ›Horde‹ dem mongolischen Wort *yurtu* entlehnt«, erinnerte mein Vater mich, »und haben die Räuber ganz allgemein als Mongolen-Horde bezeichnet.« Dann fuhr er fort, mir etwas zu erzählen, was ich nicht gewußt hatte. »In Konstantinopel habe ich von ihnen unter noch einer Bezeichnung sprechen hören, der *Goldenen Horde*. Das lag daran, daß die mongolischen Armeen, die hier einfielen, ursprünglich aus dieser Gegend kamen, und du hast ja gesehen, wie gelb die Ackerkrume hier aussieht. Teilweise aus Gründen der Tarnung haben sie ihre Zelte immer gelb gefärbt. Daher das Wort *Gelbe Yurtu* oder *Goldene Horde*. Diejenigen Mongolen jedoch, die aus ihrer Heimat Sibir gleich nach Westen gezogen sind, waren es gewohnt, ihre Zelte weiß anzustreichen wie den sibirischen Schnee. Als diese Armeen nun in die Ukraine einfielen, wurden sie von ihren Opfern die *Weiße Horde* genannt. Vermutlich gibt es noch andersfarbene Horden.«

Hätten die Mongolen nie mehr als Kithai erobert, würden sie nicht viel haben, über das sie mit Stolz sprechen könnten. Immerhin handelt es sich um gewaltige Landstriche, die sich von den Bergen Tazhikistans ostwärts bis an das Kithai-Meer oder – wie manche Leute auch sagen – das Chin-Meer erstrecken. Im Norden grenzt Kithai an die sibirische Ödnis, aus der die Mongolen ursprünglich kommen. Im Süden grenzte Kithai damals, als ich das erste Mal hierher kam, an das Reich Sung. Doch wie ich an geeigneter Stelle noch berichten werde, eroberten die Mongolen später auch dieses Reich, nannten es Manzi und verleibten es dem Khanat Kubilais ein.

Doch selbst damals, als ich das erste Mal hierherkam, war das Mongolen-Reich so gewaltig, daß es – wie ich schon wiederholt angedeutet habe – in zahlreiche Provinzen unterteilt wurde, die jeweils unter der Herrschaft eines anderen Ilkhan standen. Als die Grenzen dieser Provinzen festgelegt wurden, hatte man sich nicht sonderlich um die in Karten verzeichneten Grenzen von Gebieten gekümmert, die von inzwischen gestürzten Herrschern regiert worden waren. So war zum Beispiel der Ilkhan Abagha Herr dessen gewesen, was einst das Großpersische Reich gewesen war, doch gehörte zu seinen Besitzungen auch ein großer Teil dessen, was – westlich und östlich von Persien – einst Groß-Armenien und Anatolien und die India Aryana gewesen war. Dort grenzte Abaghas Herrschaftsbereich an die Länder, die seinem fernen Vetter, dem Ilkhan Kaidu, zugeteilt worden waren, der über das Gebiet von Balkh, das Hochland von Pai-Mir, ganz Tazhikistan und das westliche Gebiet der Kithaier Provinz Sin-kiang herrschte, wo mein Vater, mein Onkel und ich jetzt weilten.

Daß die Mongolen nunmehr ein Riesenreich beherrschten und mächtig und reich geworden waren, hatte ihre beklagenswerte Neigung zu Bruderzwisten nicht verringert. Sie kämpften immer noch häufig gegeneinander, genauso wie sie es getan hatten, als sie in Sibir noch zerlumpte Wilde gewesen waren, ehe Chinghiz sie einte und der Größe entgegenführte. Der Khakhan Kubilai war ein Enkel dieses Chinghiz, und sämtliche Ilkhans der weiter entfernten Provinzen waren gleicherweise direkte Abkömmlinge des Vollkommenen Kriegers. Man hätte meinen sollen, daß sie eine eng miteinander verbundene Königsfamilie gebildet hätten. Doch etliche stammten von verschiedenen Söhnen Chinghiz' ab, die Zweige der Familie hatten sich weiter voneinander entfernt, es lagen jetzt zwei oder drei Generationen zwischen ihnen, und nicht alle waren mit dem zufrieden, was ihrer aller Ahnherr ihnen von seinem Reich zugewiesen hatte.

Der Ilkhan Kaidu zum Beispiel, auf dessen Aufforderung, zur Audienz zu erscheinen, wir jetzt warteten, war der Enkel von Kubilais Onkel Okkodai. Dieser Okkodai war in seiner Zeit selbst ein regierender Khakhan gewesen, der zweite nach Chinghiz, und offensichtlich verargte sein Enkel Kaidu die Tatsache, daß Titel und Thron an einen anderen Zweig der Familie gegangen war. Jedenfalls war Kaidu mehrere Male in die Abagha überlassenen Länder eingefallen, was gleichbedeutend war mit Gehorsamsverweigerung dem Khakhan gegenüber, denn Abagha war Kubilais Neffe, der Sohn seines Bruders und eigentlich sein enger Verbündeter in der sonst so streitsüchtigen Familie.

»Bis jetzt hat Kaidu noch nie offen gegen Kubilai rebelliert«, sagte mein Vater. »Aber abgesehen davon, daß er Kubilais Lieblingsneffen ständig belästigte, hat er sich auch noch über viele Hoferlasse hinweggesetzt und sich Privilegien angemaßt, auf die er kein Recht hat. Und hat auch sonst die Autorität des Khakhan mißachtet. Wenn er uns für Freunde Kubilais hält, müssen wir in seinen Augen Feinde sein.«

Klagend hob Nasenloch an: »Ich dachte, es gäbe nur einen kleineren Aufenthalt, Mirza. Sind wir statt dessen wieder in Gefahr?«

Brummend sagte Onkel Mafio: »Wie das Kaninchen in der Fabel sagte: ›Wenn es nicht der Wolf ist, dann ist es aber ein verdammt großer Hund‹.«

»Wer weiß, vielleicht bringt er sämtliche Geschenke an sich, die wir nach Khanbalik bringen sollen«, sagte mein Vater. »Und zwar aus Trotz und Neid nicht minder denn aus Habgier.«

»Bestimmt nicht«, sagte ich. »Denn das wäre ja offene Majestätsbeleidigung – einem Passierschein des Khakhan die Achtung zu versagen. Und Kubilai wäre fuchsteufelswild, nicht wahr, wenn wir mit leeren Händen an seinem Hof einträfen und ihm erklärten, warum.«

»Aber nur, wenn wir auch bis dorthin kämen«, sagte mein Vater mit umdüsterter Stirn. »Im Augenblick ist Kaidu der Torhüter über diesen Abschnitt der Seidenstraße. Er übt hier die Macht über Leben und Tod aus. Wir können nur abwarten, was kommt.«

Man ließ uns ein paar Tage warten, ehe wir aufgefordert wurden, vor dem Ilkhan zu erscheinen. Doch unsere Bewegungsfreiheit wurde nicht eingeschränkt. So verbrachte ich meine Tage damit, innerhalb der Mauern von Kashgar auf Entdeckungsreise zu gehen. Ich hatte längst die Erfahrung gemacht, daß es bei einem Grenzübertritt von einem Land ins andere nicht so ist, als durchschritte man ein Tor zwischen zwei völlig verschiedenen Gärten. Selbst in den fernen Ländern, die alle so exotisch anders sind als Venedig, brachte der Übergang von einem Land in das andere für gewöhnlich keine größeren Überraschungen als etwa der Übergang vom Vèneto ins Herzogtum Padua oder Verona. Die ersten einfachen Leute, die ich in Kithai zu sehen bekommen hatte, sahen genauso aus wie die, unter denen ich mich nunmehr seit Monaten bewegte; auf den ersten Blick hätte man sogar meinen können, daß die Stadt Kashgar nichts weiter sei als eine etwas größere und besser gebaute Version der tazhikischen Handelsstadt Murghab. Sah man jedoch genauer hin, stellte sich heraus, daß Kashgar in vieler Hinsicht ganz anders ist als jede Stadt, die ich zuvor gesehen hatte.

Neben den mongolischen Besatzern und Siedlern in der Nähe, gehörten zur Bevölkerung Tazhiken von jenseits der Grenze sowie Menschen sehr verschiedener Herkunft: Usbeken und Angehörige von Turkstämmen und weiß der Himmel, was für andere noch. All diese faßten die Mongolen unter den Namen Uighur zusammen, ein Wort, das eigentlich nur »Bundesgenosse« bedeutet; es sagt aber mehr aus als das. Die verschiedenen Uighurs waren mit den Mongolen nicht nur verbündet, sondern bis zu einem bestimmten Grade auch durch ein rassisches Erbe wie Sprache, Sitten und Gebräuchen mit ihnen verbunden, überhaupt sahen sie bis auf gewisse Abwandlungen in ihrer Kleidung und ihrem Schmuck alle aus wie Mongolen – hatten eine ledrige Haut, Schlitzaugen, waren auffällig behaart, großknochig, vierschrötig und beleibt und mit groben Zügen ausgestattet. Gleichwohl gehörten Personen zur Bevölkerung, die dem Aussehen, der Sprache und dem Verhalten nach ganz anders waren – anders als ich, aber auch anders als die mongoliden Völker. Das waren die Han, wie ich erfuhr, die ursprünglichen Bewohner dieser Lande.

Die Gesichter der Mehrzahl waren blasser als meines; sie besaßen eine zarte Elfenbeinfärbung, ähnlich wie Pergament von besonders guter Qualität, und sie wiesen so gut wie keine Gesichtsbehaarung auf. Ihre Augen wurden nicht durch seitlich herabgezogene Lider verengt wie die der Mongolen, und dennoch wirkten sie wie schrägsitzende Schlitzaugen. Sie waren feinknochig und zartgliedrig und so schlank, daß sie geradezu zerbrechlich wirkten. Dachte man beim Anblick eines zottigen Mongolen oder eines seiner Uighur-Verwandten sofort: »Dieser Mensch hat von jeher im Freien gelebt«, so war man beim Anblick eines Han, selbst dann, wenn es sich um einen hartarbeitenden armen Bauern handelte, der völlig von Schlamm und Mist verdreckt seinen Acker bestellte, sofort der Überzeugung: »Dieser Mensch ist in einem Haus geboren und groß geworden.« Aber man brauchte gar nicht erst hinzusehen; auch ein Blinder hätte bemerkt, daß ein Han etwas Einzigartiges ist – er brauchte ihn bloß sprechen zu hören.

Die Han-Sprache ähnelt keiner anderen auf dieser Erde. Wenn ich auch keine Mühe hatte, mongolisch sprechen zu lernen und es mit dem zugehörigen Alphabet auch zu schreiben – von Han lernte ich nie mehr als die Anfangsgründe. Die Sprache der Mongolen ist zwar hart und rauh wie die Menschen, die sie sprechen, doch zumindest verwendet sie Laute, die nicht anders sind als die, welche in unseren abendländischen Sprachen benutzt werden. Han hingegen ist eine stakkatohafte Silbensprache, doch die Silben werden eigentlich eher gesungen als gesprochen. Offensichtlich ist die Kehle eines Han außerstande, mehr als nur einige wenige Laute zustande zu bringen, wie andere Völker sie machen. So ist zum Beispiel der Laut *r* etwas, das sie einfach nicht fertigbringen. Mein Name lautete in ihrer Sprache immer *Mah-ko*. Und da sie nur äußerst wenige Laute haben, etwas damit auszudrücken, müssen die Han sie in unterschiedlicher Höhe erklingen lassen – hoch, mittel, tief, ansteigend, abfallend –, um genügend Variationsmöglichkeiten für die Ausbildung eines richtigen Wortschatzes zu haben. Es geht etwa folgendermaßen: Angenommen, unser Lobgesang der Engel aus der heiligen Messe: *Gloria in excelsis* bedeutet nur dann »Ehre ... in den Höhen«, wenn es im Auf und Ab der gregorianischen Neumen gesungen wird, dann jedoch, wenn er nach anderem Auf und Ab gesungen würde, einen vollständigen Bedeutungswandel erführe und etwa soviel bedeutete wie: »Dunkelheit in tiefster Tiefe«, oder »Schmach den Gemeinsten« oder gar »Fisch zum Braten«.

Freilich, Fische gab es in Kashgar nicht. Unser Uighur-Herbergswirt erklärte geradezu stolz, warum nicht. Hier in dieser Stadt, sagte er, wären wir so weit im Inland, wie man nur je von einem Ozean auf Erden entfernt sein könne – den gemäßigten Ozeanen im Osten und Westen, den tropischen Meeren im Süden und dem zugefrorenen im Norden. Nirgendwo auf Erden, sagte er, als wäre das etwas, womit man großtun könne, gäbe es einen Ort, der weiter vom Meer entfernt sei als Kashgar. Und in dieser Stadt gebe es auch keinen Süßwasserfisch, sagte er, denn der Passagen-Fluß sei viel zu sehr von den Abwässern der Stadt verschmutzt, als daß Fische darin gedeihen könnten. Dieser Abwässer war ich mir bereits bewußt, denn ich hatte eine Art bemerkt, die ich nie zuvor gesehen hatte. Jede Stadt stößt Spülwasser, Müll und Rauch aus, doch der Rauch von Kashgar war etwas Besonderes. Er stammte nämlich von einem Stein, der brennt, und dies war der erste Ort, wo ich diesen zu sehen bekam.

In gewisser Hinsicht stellt der brennbare Stein das genaue Gegenteil jenes Felsgesteins dar, das ich zuvor in Balkh gesehen hatte und aus dem man jenes Tuch herstellt, das nicht brennt. Viele von meinen venezianischen Landsleuten, die nie gereist sind, haben sich über beide Steine lustig gemacht und mir nicht geglaubt, wenn ich davon erzählte. Andere Venezianer hingegen – Matrosen auf Schiffen, die Handel mit England trieben – haben mir berichtet, dieser brennbare Stein sei in

England durchaus bekannt und bilde das übliche Brennmaterial, das man dortzulande *kohle* nenne. In mongolischen Landen nennt man es einfach »das Schwarze« – *kara* –, denn schwarz ist seine Farbe. Dieses Material kommt in großen Lagerstätten unter der gelben Bodenkrume vor; infolgedessen kommt man leicht mit Hacke und Schaufel heran, und da es vergleichsweise bröselig ist, läßt sich das Gestein ohne weiteres in handliche Brocken zertrümmern. Ein Herd oder eine Glutpfanne, die man mit diesen Brocken füllt, muß man zwar mit dürrem Holz entzünden, doch brennt das *kara* erst einmal, brennt es wesentlich länger und verströmt eine größere Hitze, ungefähr so wie Naphtalin. Es steht in großen Mengen zur Verfügung, man braucht es nur auszugraben, und sein einziger Nachteil ist der dichte Rauch. Und da in jedem Haushalt und jeder Werkstatt und jeder *karwansarai* in Kashgar als Brennmaterial *kara* verwendet wird, hing ständig eine Rauchglocke zwischen Himmel und Stadt.

Erfreulicherweise verlieh das *kara* der darauf zubereiteten Nahrung keinen ekelerregenden Geschmack wie der Yak- oder Kamelmist den auf ihnen bereiteten Gerichten; dabei war das, was wir in Kashgar vorgesetzt bekamen, zu unserem Leidwesen nichts Neues für uns. Überall sah man nicht nur Schaf- und Ziegen-, sondern auch Yak- und Rinderherden; außerdem wurden auf jeder Hofstelle eines Bauern Schweine, Hühner und Enten gehalten, doch das Alltagessen in der Herberge Zu den Fünf Glückseligkeiten waren immer noch Hammelgerichte. Die Uighur-Völker haben wie die Mongolen keine eigene Religion, und damals war mir noch nicht klar, ob die Han eine hatten oder nicht. Gleichwohl begegnete einem in Kashgar, das ja ein Handelsmittelpunkt war und damit eine ständig wechselnde Einwohnerschaft aufwies, jeder Religion, die es gab, und das Schaf lieferte nun einmal ein Fleisch, dessen Genuß keine Religion verbietet. Und der aromatische, schwache, nicht berauschende und aus diesem Grunde gleichfalls religiös nicht verwerfliche *cha* bildete nach wie vor das Hauptgetränk.

Eine Abwechslung auf unserem Speiseplan verdankten wir Kithai allerdings sehr wohl. Anstelle von Reis bekamen wir eine *miàn* genannte Beilage vorgesetzt. Das nun war für uns nicht geradezu etwas Neues, da es sich nur um Teigwaren der langen Würmerart handelte, aber es war gleichsam eine willkommene alte Bekannte. Für gewöhnlich wurde *miàn* »al dente« gekocht aufgetragen, nicht anders als die venezianischen *vermicelli,* doch manchmal war es auch in kleine Stücke zerschnitten und rösch gebraten. Für mich zumindest war jedoch neu daran, daß sie zum Essen mit zwei langen Stäbchen serviert wurden. Völlig perplex starrte ich sie an, als ich sie das erste Mal vorgesetzt bekam, und mein Vater und mein Onkel machten sich über das Gesicht lustig, das ich zog.

»Man nennt sie *kuài-zi*«, belehrte mein Vater mich, »Flinke Zange, die im übrigen praktischer sind, als sie aussehen. Schau nur, Marco.«

Beide Stäbchen mit den Fingern einer Hand haltend, pickte er mit ihnen fein säuberlich Fleischbrocken und kleine Klumpen *miàn* heraus.

Bei mir bedurfte es einiger Minuten verwirrter Übung, bis ich den Umgang mit der »Flinken Zange« erlernt hatte, doch nachdem ich ihn beherrschte, fand ich ihren Gebrauch weit säuberlicher als die übliche mongolische Art, mit den Fingern zu essen – und wesentlich besser geeignet, Teigwarenschnüre damit aufzuwickeln als unsere venezianischen Löffel und Spieße.

Unser Uighur-Wirt lächelte anerkennend, als er sah, wie ich anfing, herauszupicken und zu fischen und die Stäbchen zu zwirbeln, und erklärte mir, die Flinke Zange sei ein Beitrag der Han zur feinen Art des Speisens. Sodann versicherte er mir, auch die *miàn-vermicelli* seien eine Han-Erfindung, doch dem widersprach ich auf das Lebhafteste. Ich sagte ihm, Teigwaren in jeder Form seien auf der gesamten italienischen Halbinsel zu finden, seit ein römischer Schiffskoch zufällig ihre Zubereitung erfunden habe. Vielleicht, deutete ich an, hätten die Han sie in der Zeit gelernt, da – noch unter den Römern – ein lebhafter Handel zwischen Kithai und Rom geherrscht habe.

»Ganz gewiß ist das so geschehen«, sagte der Herbergswirt, der schließlich ein Mann von ausgesuchter Höflichkeit war.

Ich muß sagen, daß die einfachen Leute in Kithai, und zwar die Angehörigen jeder Rasse – sofern sie nicht gerade blutig in Fehde miteinander lagen und mit Racheakten, Bandenwesen, Rebellion oder offener Kriegführung beschäftigt waren – ganz ungewöhnlich höflich im Umgang miteinander sind. Und dieses vornehme Betragen, glaube ich, war wirklich ein Beitrag der Han.

Gleichsam, um auszugleichen, was ihr in mancher Beziehung abgeht, ist die Sprache der Han überreich an blumigen Ausdrücken, gefälligen Wendungen und verzwickten Höflichkeitsfloskeln; aber auch die Umgangsformen dieser Menschen sind von erlesener Verfeinerung. Dieses Volk gehört einer sehr alten und hochstehenden Kultur an, aber ob nun ihre elegante Ausdrucksweise und ihr anmutiges Betragen ihre Zivilisation vorantrieb oder einfach daraus hervorging, weiß ich nicht. Allerdings glaube ich, daß alle anderen Völker, die in enger Beziehung mit den Han leben, auch wenn sie kulturell beklagenswert unter ihnen stehen, von ihnen zumindest die Äußerlichkeiten einer fortgeschrittenen Kultur übernommen haben. Selbst in Venedig habe ich es erlebt, wie die Menschen, wenn schon nicht dem inneren Gehalt nach, so doch zumindest im Äußeren die über ihnen Stehenden nachgeäfft haben. Kein Ladenbesitzer ist jemals etwas Höherstehendes als eben ein Ladenbesitzer, doch derjenige, der feine Damen bedient, versteht es besser zu plaudern als derjenige, dessen Kundschaft nur Hafenweiber sind. Ein mongolischer Krieger mag von Natur aus ein ungehobelter Barbar sein, aber wenn er will – und zum Zeugnis führe ich die erste Schildwache an, die uns aufgehalten hatte –, vermag er sich ebenso höflich auszudrücken wie ein Han und sich Manieren zu befleißigen, die in einen höfischen Ballsaal passen.

Selbst in dieser rauhen, handeltreibenden Grenzstadt war der Einfluß der Han überall zu spüren. Ich schlenderte durch Straßen mit Namen wie Blumiges Wohlwollen und Kristallener Duft und erging mich auf einem Marktplatz, der da hieß Produktiver Unternehmensgeist und Gerechter Austausch, ich sah unbeholfene mongolische Krieger Vogelbauer mit buntgefiederten Singvögeln darin ebenso kaufen wie Gläser mit schimmernden winzigen Fischen darin, mit denen sie ihre schmucklosen Soldatenunterkünfte verschönern wollten. Jeder Verkaufsstand auf dem Markt trug ein Zeichen, ein langes schmales senkrecht herunterhängendes Brett, und Vorübergehende erboten sich, mir die im mongolischen Alphabet oder in den Schriftzeichen der Han darauf geschriebenen Worte zu dolmetschen. Abgesehen davon, daß auf jedem Brett zu lesen war, was an diesem Verkaufsstand feilgehalten wurde: »Fasaneneier zur Herstellung von Haarpomade« oder »Würzigduftendes Indigo-Färbemittel«, trug jedes auch noch ein paar gute Ratschläge: »Müßiggang und Klatsch sind guten Geschäften abträglich«, oder: »Frühere Kunden haben zu der traurigen Notwendigkeit geführt, keinen Kredit gewähren zu können«, oder ähnliches.

Doch wenn es in Kashgar etwas gab, das mir zuerst die Augen darüber öffnete, daß Kithai anders war als andere Länder, die ich bisher kennengelernt hatte, dann war es die unendliche Vielfalt der Gerüche. Gewiß, jedes Gemeinwesen des Morgenlands hat einen besonderen Geruch, zumeist leider den scheußlichen nach altem Urin. Auch Kashgar war nicht frei von diesem schalen Geruch, doch konnte es daneben mit vielen anderen und angenehmeren aufwarten. Am stärksten fiel der *kara*-Rauch auf, der freilich nicht unangenehm war, zumal er für gewöhnlich auch noch mit zahllosen Weihrauchdüften gemischt ist, den die Leute in ihren Häusern und Läden sowie an ihren Andachtsstätten verbrennen. Außerdem konnte man zu jeder Tages- und Nachtzeit Essensdüfte riechen. Manches davon roch vertraut, so etwa der einfache, gute Duft von gebratenem Schwein, das in irgendeiner nichtmuslimischen Küche brutzelte und der einem das Wasser im Mund zusammenlaufen ließ. Häufig erging es einem jedoch auch umgekehrt: der Gestank eines Topfes, in dem Frösche oder Hundefleisch gekocht wird, spottet jeder Beschreibung. Manchmal aber war es auch ein reizvoller exotischer Duft: der von gebranntem Zucker zum Beispiel, als ich einem Han zusah, der über einem Kohlebecken leuchtendfarbenen Zucker zum Schmelzen brachte und diesen süßen Brei dann wie durch Zauberhand in zarte Wattefiguren verwandelte – in eine Blüte mit rosigem Blütenkelch und grünen Blättern etwa, einen braunen Mann auf einem Schimmel, einen Drachen mit Flügeln aus allen möglichen Farben.

In Körben auf dem Markt gab es mehr Arten von *cha*-Blättern, als ich für möglich gehalten hätte. Alle dufteten aromatisch, und keine zwei rochen gleich, dazu kamen Krüge mit Gewürzen und prickelnd scharfen Zutaten, die mir völlig neu waren; und Körbe mit Blumen, die Formen und Farben und Düfte aufwiesen, wie ich ihnen nie zuvor begegnet war. Selbst in unserer Herberge der Fünf Glückseligkeiten roch es anders als in all den anderen, in denen ich bisher gewohnt hatte, und der Wirt verriet mir auch, warum. Der Putz der Wände enthalte roten *Meleghèta*-Pfeffer; dieser halte Insekten fern, sagte er, und ich glaubte ihm, denn diese Herberge war ganz einmalig frei von Ungeziefer. Da wir jedoch Frühsommer hatten, konnte ich seine andere Behauptung – daß der scharfe rote Pfeffer die Räume im Winter wärmer mache – nicht überprüfen.

Ich sah keine anderen venezianischen Kaufleute in der Stadt und auch keine genuesischen oder Pisaner Konkurrenten von uns; trotzdem waren wir Polo nicht die einzigen weißen Männer. Oder zumindest sogenannte weiße Männer; ich entsinne mich, daß mich viele Jahre später ein Han-Gelehrter fragte:

»Warum nennt man euch Abendländer eigentlich Weiße? Ihr habt doch eigentlich eine mehr ziegelrote Hautfarbe.«

Doch wie dem auch sei, es gab noch ein paar andere Weiße in Kashgar, und deren Ziegelrot fiel unter den Hautfarben des Orients ungemein auf. Bei meinem ersten Streifzug durch die Straßen der Stadt sah ich zwei bärtige weiße Männer tief ins Gespräch vertieft; einer von ihnen war mein Onkel Mafìo. Der andere trug die Gewänder eines nestorianischen Priesters und besaß jenen hinterkopflosen Flachkopf, der ihn als Armenier auswies. Ich fragte mich, was mein Onkel wohl mit einem ketzerischen Klerikus zu bereden haben mochte, drängte mich jedoch nicht auf, sondern winkte nur zum Gruß, als ich an ihnen vorüberging.

2 An einem dieser Tage erzwungener Müßiggangs ließ ich die Mauern der Stadt hinter mir, um mir das Lager der Mongolen anzusehen – das sie ihr *bok* nannten –, mich im Gebrauch jener mongolischen Wörter zu üben, die ich kannte, und um neue dazuzulernen.

Die ersten neuen Worte waren diese: »*Hui! Nohaigan hori!*« Nichts sollte ich jemals schneller lernen als sie, denn sie bedeuteten: »Hallo! Pfeift Eure Hunde zurück!« Ganze Rudel von großen Bulldoggen, denen der Geifer aus den Lefzen rann, trabten ungehindert durch das *bok*, und vor jedem *yurtu*-Eingang waren zwei oder drei angekettet. Auch lernte ich, wie die Mongolen stets die Reitgerte mitzuführen, um die Köter abzuwehren. Und früh lernte ich auch, die Reitgerte jedesmal draußen zu lassen, wenn ich eine *yurtu* betrat; denn sie mithineinzunehmen galt als ungehörig und stellte eine Beleidigung der menschlichen Bewohner dieses Zeltes dar, ließ sich daraus doch schließen, sie wären nicht besser als Hunde.

Es galt jedoch noch andere als Höflichkeit geltende Verhaltensweisen zu beachten. Ein Fremder tat gut daran, vorm Betreten der *yurtu* selbst zwischen zwei Lagerfeuern draußen hindurchzuschreiten und sich auf diese Weise zu reinigen, wie es sich gehört. Auch tritt man beim Verlassen oder Betreten nie auf die Schwelle einer *yurtu*; und im Inneren zu pfeifen gilt als Gipfel ungehörigen Benehmens. Diese Dinge lernte ich, weil den Mongolen sehr daran gelegen war, mich zu empfangen, mich in ihre Lebensweise einzuführen und mich nach der unsrigen auszufragen. Der Eifer, den sie darin bewiesen, war sogar überwältigend. Wenn es einen Zug gibt, der noch die Wildheit übertrifft, mit der sie feindlichen Außenseitern begegnen, dann ist es die Neugier, die sie friedlichen Fremden entgegenbringen. Der häufigste Einzellaut in ihrer Rede ist ein »*uu*«, nicht eigentlich ein Wort, sondern ein Laut gewordenes Fragezeichen.

»*Sain bina, sain urkek!* Gute Begegnung, guter Bruder!« begrüßte mich eine Gruppe von Kriegern, um sich dann augenblicklich zu erkundigen: »Aus welchen Landen unter dem Himmel kommt Ihr?«

»Aus den Landen weit unter dem Himmel des Westens«, sagte ich, woraufhin sie die Augen aufrissen, soweit das ihre Schlitzäugigkeit zuließ, und dann riefen sie aus:

»*Hui!* Jene Himmel sind gewaltig und liegen schützend über vielen Ländern. In Eurem Land im Westen – habt Ihr dort unter einem Dach gewohnt, *uu*, oder in einem Zelt, *uu*?«

»In meiner Heimatstadt unter einem festen Dach. Aber ich bin seit langem unterwegs und habe dort unter einem Zelt gelebt, wenn nicht gar ganz unter freiem Himmel.«

»*Sain!*« riefen sie aus und verzogen den Mund zu einem breiten Lächeln. »Alle Menschen sind Brüder, stimmt's nicht, *uu*? Aber diejenigen, die unter Zeltdächern leben, sind womöglich noch engere Brüder, einander so innig verbunden wie Zwillinge. Willkommen, Zwillingsbruder!«

Woraufhin sie sich verbeugten und mich durch Gesten in eine *yurtu* hineinbaten, die einem von ihnen gehörte. Abgesehen davon, daß auch sie transportabel war, hatte sie nicht viel gemeinsam mit meinem klapprigen Schlafzelt. Das Innere bildete nur einen einzigen runden Raum, doch maß dieser bequem sechs Schritt im Durchmesser, und die Decke erstreckte sich noch ein gutes Stück über dem Kopf eines aufrechtstehenden Mannes. Die Wände bestanden aus schulterhohen Lattengerüsten, die durch Schnüre miteinander verbunden waren, und darüber wölbte sich das Dach kuppelförmig nach innen. In der Mitte befand sich ein kreisrundes Loch, durch das der Rauch vom wärmespendenden Kohlenbecken entweichen konnte. Die hölzernen Lattengerüste trugen die äußere Bedeckung der *yurtu*: einander überlappende Bahnen aus dickem, mit Hilfe von Lehm gelb gefärbtem Filz, die kreuz und quer mit Stricken an dem Gerüst festgezurrt waren. Die Einrichtung bestand aus nur wenigen und sehr einfachen Dingen von allerdings guter Qualität: Teppiche auf dem Boden und Lagerstätten aus Kissen, die gleichfalls aus leuchtendfarbenem Filz bestanden. Die *yurtu* war wetterbeständig und warm wie jedes feste Haus, nur ließ sie sich binnen einer Stunde abbauen und in kleine Bündel verschnüren, die leicht genug waren, von einem einzigen Tragtier transportiert zu werden.

Die Mongolen, die mich begrüßt hatten, und ich traten durch den von Filzvorhängen verschlossenen Eingang, der bei allen mongolischen Bauten nach Süden wies. Man gab mir zu verstehen, ich solle auf dem

»Lager des Mannes« Platz nehmen; der Herr der *yurtu* beansprucht immer den Platz an der Nordseite, und als ich dort Platz nahm, blickte ich in den Gutes verheißenden Süden. (Die Lagerstätten von Frauen und Kindern waren an den weniger bedeutungsvollen Seiten aufgeschlagen.) Ich sank auf die filzbedeckten Kissen, und mein Gastgeber drückte mir ein Trinkgefäß in die Hand, das einfach ein Widderhorn war. In dieses Horn goß er aus einem Lederbeutel ein strengriechendes, bläulichweißes dünnes Getränk.

»*Kumis*«, sagte er, sei das.

Ich wartete höflich ab, bis alle Männer gefüllte Hörner in der Hand hielten. Dann richtete ich mich nach dem, was sie taten, das heißt, ich steckte die Finger in den *kumis* und spritzte ein paar Tropfen in die vier Himmelsrichtungen. So langsam und gut, daß ich begreifen konnte, erklärten sie mir, auf diese Weise grüßten sie »das Feuer« – im Süden –, »die Luft« – im Osten –, »das Wasser« – im Westen – und »die Toten« – im Norden. Dann hoben wir alle das Horn, nahmen einen tiefen Schluck, und ich beging einen bedauerlichen Bruch der Etikette. *Kumis*, so sollte ich erfahren, ist den Mongolen als Getränk so lieb und teuer wie den Arabern ihr *qawah*. Ich fand, es schmeckte abscheulich, und beging den unverzeihlichen Fehler, diese Meinung durch meinen Gesichtsausdruck zu erkennen zu geben. Die Männer setzten alle bekümmerte Mienen auf. Einer von ihnen meinte hoffnungsvoll, mit der Zeit würde ich diesen Geschmack schon liebenlernen, und noch jemand meinte, die beschwingende Wirkung würde ich bestimmt noch mehr schätzen. Doch mein Gastgeber nahm mein Horn, trank es leer und füllte es dann aus einem anderen Lederbeutel und reichte mir das Trinkgefäß mit den Worten zurück: »Das ist *arkhi*.«

Arkhi roch zwar besser, doch nippte ich nur vorsichtig daran, denn es sah genauso aus wie *kumis*. Dankbar stellte ich fest, daß es wesentlich besser schmeckte, etwa so wie ein mittelmäßiger Wein. Zustimmend lächelnd nickte ich und erkundigte mich nach der Quelle ihrer Getränke, denn ich hatte keinerlei Weingärten in der Nähe gesehen. So war ich verblüfft, als mein Gastgeber stolz erklärte:

»Aus der Milch gesunder Stuten.«

Außer Rüstung und Waffen stellen die Mongolen noch zwei Dinge und nur diese beiden Dinge her; beide sind das Werk der Frauenhände, und beiden war ich soeben begegnet. Ich saß auf filzbedeckter Lagerstatt in einem filzgedeckten Zelt, und ich trank ein aus Stutenmilch gewonnenes Getränk. Ich glaube zwar, daß die Mongolinnen die Kunst des Spinnens und Webens kennen, sie jedoch als weibisch verachten, denn diese Frauen sind echte Amazonen. Doch wie dem auch sei, alles Gewebte, das sie am Leibe tragen, kaufen sie von Nichtmongolen. Wahre Künstlerinnen sind sie jedoch darin, Tierhaare zu klopfen und miteinander zu verbinden, so daß Filze jeden Gewichts entstehen: von den schweren *yurtu*-Bedeckungen bis zu einem Tuch, das so weich und fein ist wie Waliser Flanell.

Auch lassen die Mongolinnen keine Milch gelten, es sei denn Pferdemilch. Sie geben nicht einmal ihren eigenen Kindern die Brust, sondern nähren sie von klein auf mit Stutenmilch. Mit dieser Flüssigkeit machen sie ein paar ganz und gar ungewöhnliche Sachen; so dauerte es auch nicht lange, und ich überwand meinen Widerwillen und wurde allmählich zu einem begeisterten Anhänger aller mongolischen Milcherzeugnisse. Das am weitesten verbreitete ist das leicht berauschende *kumis*. Dieses Getränk gewinnt man dadurch, daß man frische Stutenmilch in einen großen Lederbeutel gießt, welchen die Frauen mit schweren Schlegeln bearbeiten, bis sich Butter gebildet hat. Die Butter wird abgeschöpft, und die Molke, die übrigbleibt, wird zum Gären gebracht. Dies *kumis* schmeckt streng und beißend und hinterläßt einen leichten Nachgeschmack nach Mandeln; wer genug davon trinkt, kann sogar betrunken werden. Wird der mit Milch gefüllte Beutel so lange geschlagen, bis Butter und Quark abgeschöpft oder herausgeseiht worden sind und nur noch die dünne Molke zum Gären übrigbleibt, wird daraus eine angenehm süßliche, gesunde und belebende *kumis*-Art, die *arkhi* genannt wird. Davon braucht man längst nicht soviel zu trinken, um sich zu berauschen.

Neben der Buttergewinnung aus der Milch verwenden die Mongolinnen auch den Quark auf eine höchst ungewöhnliche Weise. Sie breiten ihn in der Sonne aus und trocknen ihn zu harten Brocken ein. Diese *grut* genannte Masse hält sich beliebig lange, ohne zu verderben. Ein Teil davon wird für den Winter aufgehoben, denn dann geben die Stuten ja keine Milch; ein anderer Teil wird in Beutel gefüllt und als Notration von den Kriegern unterwegs mitgeführt. Das *grut* braucht bloß in Wasser aufgelöst zu werden und ergibt dann einen rasch hergestellten, nahrhaften seimigen Trank.

Die Aufgabe des Stutenmelkens obliegt bei den Mongolen allerdings den Männern; sie stellt sogar eine Art männlichen Vorrechts dar und ist den Frauen verboten. Die Bereitung von *kumis* und *arkhi* und *grut* hinterher ist wie die Filzherstellung Frauenarbeit. Ja, eigentlich ist es so, daß überhaupt *alle* Arbeit in einem Mongolen-*bok* von den Frauen verrichtet wird.

»Denn die einzig richtige Beschäftigung für einen Mann ist das Kriegführen«, sagte mein Gastgeber mir an diesem Tag. »Und die einzig richtige Aufgabe für die Frau ist es, sich um ihren Mann zu kümmern. *Uu*?«

Da das Mongolenheer überall hingeht in Begleitung der Kriegerfrauen sowie außerdem anderer Frauen für die unverheirateten Männer, wozu dann noch die Kinder all dieser Frauen gehören, läßt es sich nicht leugnen, daß sich die Männer selten um etwas anderes als um das Kämpfen zu kümmern haben. Eine Frau ist auch ohne Hilfe anderer imstande, eine *yurtu* abzubauen oder aber auch aufzustellen; außerdem übernimmt sie sämtliche Aufgaben der Vorratshaltung, der Sauber- und Instandhaltung der *yurtu*, der Ernährung und Bekleidung ihres Mannes, hält ihren Mann in Kampfstimmung und pflegt ihn, wenn er verwundet ist, hält sein Gerät und seine Waffen instand und pflegt auch noch seine Pferde. Auch die Kinder arbeiten, sammeln Dung oder *kara* für die *bok*-Feuer, hüten die Herden und nehmen am Wachdienst teil. Die wenigen Male, da eine Schlacht zuungunsten der Mongolen ausgegangen ist und sie auf ihre Reserven im Lager zurückgreifen mußten, sollen die Frauen zu den Waffen gegriffen, sich selbst ins Kampfgetümmel geworfen und sich tapfer geschlagen haben.

Leider kann ich nicht sagen, daß die Mongolinnen den kriegerischen Amazonen der Antike gleichen, wie die abendländischen Künstler sie dargestellt haben. Man hätte sie fast für mongolische *Männer* halten können, denn sie haben das gleiche flache Gesicht, die hochsitzenden Wangenknochen und die ledrige Gesichtshaut, die gleichen aufgequollenen Lider, welche die Schlitzaugen entstehen lassen, die, wenn man sie überhaupt einmal sieht, immer rot entzündet sind. Die Frauen sind vielleicht nicht ganz so robust und kräftig wie die Männer, doch merkt man ihnen das nicht an, weil sie in ebenso weite Kleidung gehüllt sind wie die Männer. Wie die Männer besitzen sie, da sie es ihr Leben lang gewöhnt sind zu reiten – und zwar rittlings auf dem Pferd sitzend wie ein Mann –, einen ausgeprägt breitbeinigen Gang. Unterscheiden tun sich die Frauen von den Männern eigentlich nur dadurch, daß sie keinen schütteren Kinn- oder Lippenbart tragen wie einige von diesen. Die Männer tragen das Haar wie die Frauen lang und zu Zöpfen geflochten; manchmal rasieren sie sich aber auch den Scheitel, daß es aussieht wie eine Mönchstonsur. Die Frauen türmen das Haar umständlich hoch auf dem Kopf – und vielleicht tun sie das überhaupt nur einmal im Leben, denn sie lackieren es mit dem Saft des *wutung*-Baums, damit es nicht herunterfällt. Oben auf diese hochgetürmte Frisur kommt ein hoher, *gugu* genannter Hut, ein Gebilde aus Baumrinde, geschmückt mit farbigen Filzstückchen und Bändern. Die mit Hilfe von Lack gefestigte Haartracht samt *gugu* läßt eine Frau gute zwei Fuß größer erscheinen als einen Mann; sie sind damit so lästig groß, daß sie eine *yurtu* nur mit gesenktem Kopf betreten können.

Dieweil ich mit meinen Gastgebern plauderte, kam die Frau der *yurtu* mehrere Male herein und ging wieder hinaus; dabei mußte sie sich jedesmal tief bücken. Mit einer Kniebeuge hatte das jedoch nichts zu tun; sie zeigte auch sonst keine Anzeichen von Unterwürfigkeit, sondern ging nur ihrer Arbeit nach, holte Krüge mit frischem *kumis* und *arkhi* für uns, nahm die geleerten mit hinaus und war auch sonst auf unser Wohlergehen bedacht. Der Mann, der ihr Ehegatte war, redete sie mit Nai an, was einfach Frau heißt, aber die anderen Männer sagten höflich Sain Nai. Es interessierte mich zu sehen, daß eine ›Gute Frau‹ zwar arbeiten kann wie eine Sklavin, sich sonst aber keineswegs verhielt wie eine solche und auch nicht so behandelt wurde. Mongolinnen brauchen nicht wie muslemische Frauen das Gesicht hinter einem *chador* zu verbergen, ihr ganzes Leben in *pardah* zubringen oder irgendeine der anderen Demütigungen zu erdulden, die der Islam für die Frauen bereithält. Man erwartet von ihr, daß sie keusch ist, zumindest nach der Hochzeit, doch gibt sich niemand entsetzt, wenn sie sich unzüchtiger

Ausdrücke bedient oder bei schlüpfrigen Geschichten lacht – oder eine solche sogar erzählte, was diese Sain Nai tat.

Sie hatte unaufgefordert eine Mahlzeit auf den Filzteppich in der Mitte des Rundzelts gesetzt und sich sodann – gleichfalls unaufgefordert – hingehockt, um mit uns zu essen; es wurde ihr auch nicht verboten, was mich überraschte und genauso entzückte wie das Essen selbst. Sie hatte eine Art mongolischer Version der venezianischen *scaldavivande* aufgetragen: eine Terrine mit siedendheißer Fleischbrühe, eine kleinere Schüssel mit einer rotbraunen Sauce und eine Platte in Streifen geschnittenen Lammfleisches. Wir alle wechselten uns ab, kleine Stücke Fleisch in die kochendheiße Brühe zu halten, es unserem Geschmack entsprechend darin garen zu lassen, um es sodann in die pikante Sauce zu tunken und zu essen. Die Sain Nai hielt ihr Fleisch genauso wie die Männer praktisch gerade nur lange genug hinein, um es zu erwärmen, und aß es dann nahezu roh. Alle Zweifel daran, daß mongolische Frauen vielleicht doch nicht so robust wären wie ihre Männer, verflogen, als ich Zeuge wurde, wie diese an den Fleischbatzen herumriß, wobei ihre Hände und Zähne und Lippen sich blutig färbten. Ein Unterschied: Die Männer aßen, ohne sich dabei zu unterhalten, und lenkten ihre ganze Aufmerksamkeit auf das Essen; die Frau hingegen erwies sich, wenn sie nicht gerade aß, als äußerst gesprächig.

Soweit ich es mitbekam, machte sie sich über die neueste Frau lustig, die ihr Mann sich zugelegt hatte. (Was die Anzahl der Frauen betrifft, die ein Mongole sich nehmen konnte, gab es keinerlei Einschränkungen, solang er es sich leisten konnte, eine jede in einer eigenen *yurtu* unterzubringen.) Bissig bemerkte sie, ihr Mann müsse sinnlos betrunken gewesen sein, als er seine Neueste um die Hand gebeten habe. Sämtliche Männer, der eigene Ehemann inbegriffen, glucksten vor Vergnügen, und kicherten und feixten, als sie offenbar in saftig-derber Form Mängel und Fehler der neuen Frau aufzählte. Als sie dann noch meinte, die neue Frau schlage ihr Wasser wohl im Stehen ab wie ein Mann, hielten sie sich den Bauch vor Lachen und kugelten sich.

Das war zwar nicht das Komischste, was ich je gehört hatte, bewies aber deutlich, daß die Mongolinnen eine Freiheit genießen, die fast allen anderen Frauen im Orient versagt ist. Bis auf ihr hausbackenes Aussehen sind sie mehr wie venezianische Frauen: lustig und lebendig, weil sie wissen, daß sie ihren Männern ebenbürtige Kameradinnen sind, die nur andere Funktionen und Verantwortungen im Leben haben.

Die Mongolen liegen nicht einfach auf der faulen Haut, während ihre Frauen sich abschuften, jedenfalls nicht die ganze Zeit. Nach dem Essen machten die Männer einen Rundgang durch das *bok* mit mir und zeigten mir andere Krieger, die damit beschäftigt waren, Pfeile zu befiedern, Rüstungen zu fertigen, Leder zu gerben, Klingen zu schmieden und andere Waffen herzustellen. Die Pfeilschmiede hatten einen guten Vorrat an gewöhnlichen Pfeilen gefertigt und waren an diesem Tage dabei, besondere, mit Löchern versehene Pfeilspitzen herzustellen, welche die Pfeile instand setzten, im Flug schrille Pfeif- und Heultöne hervorzurufen und den Feinden dadurch Furcht ins Herz pflanzten. Einige der Rüstungsschmiede hämmerten weithinhallend auf rotglühende Eisenbleche ein, um sie zu Harnischen für Männer und Pferde zu formen; andere taten das gleiche nur weniger lautstark mit *cuirbouilli,* weichgekochtem schwerem Leder, das man dann in Form gebracht und hat trocknen lassen – ein Prozeß, durch den es fast so hart wird wie Eisen. Die Gerber fertigten gerade breite, mit bunten Steinen verzierte Leibriemen – die nicht nur zum Schmuck dienten, wie die Männer mir versicherten, sondern dazu, die Träger vor Donner und Blitz zu schützen. Die Schwertschmiede fertigten furchterregende *shimshirs* und Dolche und versahen alte Klingen mit neuen Schneiden. Andere befestigten Griffe an Streitäxte, und einer war gerade dabei, eine Lanze mit einem sonderbaren Haken zu versehen, der aus der Klinge herausschaute – um den Gegner vom Sattel herunterzureißen, wie der Schmied mir erklärte.

»Ein gestürzter Gegner läßt sich besser aufspießen«, fügte einer meiner Führer noch hinzu. »Der Boden gibt mehr Halt als die Luft, wenn man ihn durchbohren und darauf festnageln will.«

»Allerdings haben wir etwas gegen allzu leichte Stöße«, sagte ein anderer. »Ist ein Gegner vom Pferd gestoßen, reiten wir ein Stück von der Stelle, wo er liegt, zurück und warten, bis er trotzig eine Herausforderung – oder aber um Gnade schreit.«

»Ja, und dann gilt es, ihm die Lanze in den aufgerissenen Mund zu stoßen«, sagte ein anderer. »Ein tolles Ziel, den im Galopp zu treffen.«

Derlei Bemerkungen versetzten meine Gastgeber in eine erinnerungsselige Stimmung, und sie fuhren fort, mir die Geschichten der verschiedenen Kriegszüge, Feldzüge und Schlachten ihres Volkes zu erzählen. Sie scheinen nie eine Niederlage haben einstecken müssen, immer waren es für die Mongolen nur Siege, Eroberungen und gewinnträchtige Plünderungen hinterher. Von den vielen Geschichten, die sie erzählten, erinnere ich mich an zwei mit besonderer Klarheit, denn bei diesen Kämpfen hatten die Mongolen es nicht nur mit anderen Menschen als Feinden zu tun, sondern mit Feuer und Eis.

Sie berichteten, wie vor langer Zeit bei der Belagerung irgendeiner Stadt in Indien die ebenso feigen wie verschlagenen Hindu-Verteidiger versucht hatten, sie dadurch in die Flucht zu schlagen, daß sie ihnen einen Reitertrupp von besonderer Art entgegenschickten. Die Pferde trugen Reiter aus gehämmertem Kupfer in Menschenform; jeder der Angreifer war in Wirklichkeit ein Feuerofen, denn die Kupferhülle war mit brennenden Kohlen und ölgetränkter Baumwolle gefüllt. Ob die Hindus eine Feuersbrunst oder nur Verwirrung unter der Mongolen-Horde auslösen wollten, wurde nie bekannt. Denn die Metallmänner, die in Wirklichkeit Feueröfen waren, versengten ihre Reittiere, daß die Pferde anfingen zu bocken und sie abzuwerfen, woraufhin die Mongolen ungehindert in die Stadt einritten, sämtliche weniger brennenden Verteidiger abschlachteten und die Stadt nahmen.

Ein andermal unternahmen die Mongolen einen Feldzug gegen einen wilden Stamm von Samojeden im kalten hohen Norden. Vor Beginn der Schlacht liefen Männer jenes Stammes an einen nahen Fluß, sprangen hinein und rollten sich hinterher im Ufersand. Die Wasser- und Schmutzschicht auf ihrem Körper ließen sie gefrieren, wiederholten diesen Vorgang mehrere Male, bis sie alle einen dicken Panzer aus Schlamm und Eis anhatten und sich sicher fühlten vor den Pfeilen und Klingen der Mongolen. Vielleicht waren sie das auch, aber die Eisrüstung machte die Samojeden so dick und unförmig, daß sie weder kämpfen noch ausweichen konnten und die Mongolen sie einfach unter den Hufen ihrer Rösser zermalmten.

Es waren also Feuer wie Eis ohne jeden Erfolg gegen sie verwendet worden; sie selbst machten sich gelegentlich gleichfalls Wasser zunutze – und zwar durchaus erfolgreich. So belagerten die Mongolen einst im Kazhak-Land eine Stadt namens Kzyl-Orda, die ihrer Belagerung lange standhielt. Das Wort Kazhak bedeutet »Mann ohne Herr«, und die Kazhak-Krieger, die wir im Westen Kosaken nennen, sind nahezu genauso furchteinflößend wie die Mongolen. Aber die Belagerer hatten die Stadt nicht nur umzingelt und warteten auf die Übergabe, – sie nutzten die Wartezeit, um einen neuen Kanal für den nahe gelegenen Syr-Daria-Fluß zu graben. Sie leiteten den Fluß um, überfluteten Kzyl-Orda und ertränkten jeden Menschen darin.

»Überflutung ist ein sehr gutes Mittel, wenn man eine Stadt einnehmen will«, sagte einer der Männer. »Wirkungsvoller als große Felsbrocken oder Brandpfeile ins Stadtinnere zu schicken. Ein weiteres gutes Mittel ist es, die Leichen von Erkrankten hineinzukatapultieren. Damit bringt man alle Verteidiger um, aber die Gebäude bleiben heil für neue Bewohner. Der einzige Nachteil solcher Kampfmethoden besteht darin, daß unsere Führer dadurch um etwas gebracht werden, woran ihnen besonders liegt – die Siegesfeier an menschlichen Tischen abzuhalten.«

»An menschlichen Tischen?« fragte ich nach in der Annahme, mich verhört zu haben. »*Uu?*«

Lachend erklärten sie, was sie meinten. Bei den Tischen handelte es sich um schwere Planken, die vom gebeugten Nacken knieender Männer getragen würden – den besiegten Offizieren einer geschlagenen Armee. Und sie lachten herzlich, als sie das Gestöhn und Geschluchz dieser hungrigen Männer nachmachten, die sich unter dem Gewicht der mit hochgetürmten Fleischbergen und schäumenden *kumis*-Krügen beladenen Planken beugten. Und als sie die noch erbärmlicheren Schreie dieser Tisch-Menschen nachmachten, die diese nach dem Gelage ausstießen, feixten sie geradezu – denn dann sprangen die feiernden Mongolen auf die Tische, um ihre temperamentvollen Siegestänze darauf auszuführen.

Als sie von ihren Kriegserlebnissen berichteten, nannten sie die Namen verschiedener Anführer, unter denen sie gedient hatten, und diese Anführer hatten für meine Begriffe eine verwirrende Vielfalt von Titeln und Rängen. Allmählich dämmerte mir jedoch, daß ein Mongolenheer keinesfalls eine formlose Horde ist, sondern eine vorbildliche Organisation darstellt. Der kräftigste, wildeste und kriegserfahrendste von je zehn Mann wird zu deren Hauptmann gemacht. Genauso ist von je zehn Hauptleuten einer der Oberste, dem also hundert Mann unterstehen. Im Zehnerreigen geht es weiter. Von jeweils zehn Obersten ist einer General, der tausend Mann um seine Fahne schart. Von je zehn Generälen ist einer *sardar,* der mithin zehntausend Mann befehligt. Das Wort für »zehntausend« lautet *toman,* ein Wort, das gleichzeitig »Yakschweif« bedeutet, infolgedessen ist die Standarte des *sardar* ein Yakschweif, der anstelle eines Wimpels an einer Stange befestigt ist.

Das ist ein überragend gut funktionierendes Befehlssystem, denn jeder Offizier braucht sich auf jedem Niveau, vom Hauptmann bis zum *sardar,* beim Plänemachen und Entscheidungen-Treffen nur mit neun anderen Gleichgestellten ins Benehmen zu setzen. Nur einen höheren Rang als den des *sardar* gibt es noch. Das ist der *orlok,* was etwa Oberbefehlshaber bedeutet, der mindestens zehn *sardars* und ihre *tomans unter sich hat und ein tuk* von hunderttausend und manchmal mehr Kriegern bildet. Seine Macht ist so ungeheuer groß, daß der Rang eines *orlok* selten jemand anders verliehen wird als einem regierenden Ilkhan aus der Familie der Chinghiz. Das Heer, das damals im *bok* von Kashgar lagerte, gehörte zu den Streitkräften unter dem Befehl von *Orlok-und-Ilkhan* Kaidu.

Jeder Mongolenführer muß nicht nur im Kampf ein guter Führer sein, sondern in anderen Zeiten auch das, was Moses für die Israeliten auf ihren Wanderungen war. Ob er nun ein Hauptmann mit zehn Untergebenen ist oder ein *sardar,* dem zehntausend Mann unterstehen, er ist verantwortlich für die Truppenbewegung, für die Verpflegung der Krieger, ihrer Frauen und Kinder und aller, die sonst noch zum Lager gehören – wie zum Beispiel auch die betagten Veteranen, die zu nichts mehr nütze sind, gleichwohl jedoch das Recht haben, zum Nichtstun in der Garnison verdammt zu werden. Außerdem ist der Offizier verantwortlich für die Viehherden, die die Truppe begleiten: die Reitpferde, das Schlachtvieh, die Yaks oder Esel oder Maultiere oder Kamele, die als Lasttiere dienen. Nur um bei den Pferden einmal eine Zahl zu nennen: Jeder Mongole ist mit durchschnittlich achtzehn Schlachtrössern und Milchstuten unterwegs.

Von den verschiedenen führenden Offizieren, die von meinen Gastgebern genannt wurden, kannte ich nur den Namen des Ilkhan Kaidu. Deshalb fragte ich, ob sie jemals vom Khakhan Kubilai in eine Schlacht geführt worden seien, den ich in nicht allzu ferner Zukunft kennenzulernen hoffte. Sie erklärten, nie der Ehre teilhaftig geworden zu sein, unter seinem direkten Kommando zu stehen; freilich hätten sie das Glück gehabt, seiner unterwegs ein- oder zweimal ansichtig geworden zu sein. Sie sagten, er sei von männlicher Schönheit, soldatenhafter Haltung und staatsmännischer Weisheit; die eindrucksvollste seiner Eigenschaften freilich sei sein viel gefürchtetes Temperament.

»Er kann noch wütender werden als unser Ilkhan Kaidu«, sagte einer von ihnen. »Kein Mensch ist darauf erpicht, den Zorn des Khakhan Kubilai zu erregen, nicht einmal Kaidu.«

»Und die Elemente des Himmels und der Erde auch nicht«, sagte ein anderer. »Die Leute rufen den Khakhan mit Namen an, wenn es donnert – ›Kubilai‹ –, auf daß der Blitz sie nicht treffe. Ich bin dabeigewesen, wie selbst der furchtlose Kaidu das getan hat.«

»Wahrlich«, ließ ein anderer sich vernehmen, »im Beisein des Khakhan Kubilai wagt der Wind es nicht, zu heftig zu wehen, und der Regen nicht, schwerer herniederzugehen als ein Nieselregen, oder Schlamm gegen seine Stiefel aufspritzen zu lassen. Selbst das Wasser in seiner Schöpfkelle weicht ängstlich vor ihm zurück.«

Ich meinte, das müsse recht unangenehm sein, wenn er durstig sei. Wiewohl das eine lästerliche Bemerkung über den mächtigsten Mann auf Erden war, schob keiner der Anwesenden eine Braue in die Höhe, denn inzwischen waren wir alle schon ziemlich betrunken. Wir hatten uns wieder in der *yurtu* niedergelassen, meine Gastgeber hatten etliche Krüge *kumis* geleert, und ich hatte eine ganze Menge von ihrem *arkhi* getrunken. Die Mongolen begnügen sich nie, nur einen Becher zu trinken oder gar ihrem Gast nur einen anzubieten, denn sobald dieser ausgetrunken ist, rufen sie: »Man kann nicht auf einem Bein gehen!« und schenken weiter ein. Und *dieser* Fuß braucht wieder einen anderen und so fort. Die Mongolen gehen gleichsam trinkend in den Tod. Ein gefallener Krieger wird unter einem Steinhaufen begraben, in sitzender Haltung, das Trinkhorn in Hüfthöhe in der Hand.

Es war dunkel geworden, als ich meinte, gut daran zu tun, jetzt mit dem Trinken aufzuhören; sonst lief ich womöglich Gefahr, selbst begraben zu werden. Ich raffte mich daher hoch, dankte meinen Gastgebern für ihre Gastfreundschaft, grüßte und verabschiedete mich von ihnen, während sie herzlich hinter mir herriefen: »*Mendu, sain urkek!* Ein gutes Pferd und eine weite Ebene, bis wir uns wiedersehen!« Ich war nicht zu Pferd, sondern zu Fuß, und wankte daher ziemlich. Doch das trug mir keinerlei Bemerkungen von irgend jemand ein, als ich mich durchs *bok* wand und durchs Stadttor von Kashgar wieder in die von tausend Gerüchen erfüllten Gassen heimkehrte, zur Herberge Zu den Fünf Glückseligkeiten. Ein großer, schwarzgewandeter und schwarzbärtiger Priester stand da, als ich unsere Kammer aufsuchte. Ich brauchte eine Weile, um ihn als meinen Onkel Mafìo zu erkennen, und da ich nicht mehr ganz klar im Kopf war, fiel mir nichts weiter ein als der Gedanke: »Ach, du liebe Güte – in welchen Abgrund der Verworfenheit ist er jetzt gesunken? *Uu?*«

3 Grinsend ließ ich mich auf eine Bank fallen, als mein Onkel sich geziert frömmelnd in seiner Soutane drehte. Mein Vater schien ärgerlich, als er ein altes Sprichwort zitierte: »Kleider machen zwar Leute, aber eine Kutte macht noch keinen Mönch. – Von einem Priester ganz zu schweigen, Mafìo. Woher hast du die?«

»Die habe ich Vater Boyajian abgekauft. Du erinnerst dich gewiß noch von unserem letzten Aufenthalt hier an ihn, Nico.«

»Ja. Ein Armenier wäre vermutlich imstande, selbst die heilige Hostie zu verschachern. Warum hast du ihm nicht dafür ein Angebot gemacht?«

»Weil eine Oblate dem Ilkhan Kaidu nichts bedeuten würde – diese Verkleidung aber wohl. Seine eigene Hauptfrau, die Ilkhatun, ist zum Christentum übergetreten – wenn auch nur zum nestorianischen. Ich rechne daher damit, daß Kaidu dieses Gewand achtet.«

»Wieso denn das? *Du* tust es doch selbst nicht. Ich habe dich das Christentum in Tönen kritisieren hören, die fast schon Ketzerei waren. Und jetzt diese Gotteslästerung!«

»Die Soutane selbst ist kein liturgisches Gewand«, rechtfertigte Onkel Mafìo sich. »Die kann jeder anziehen, solange er nicht behauptet, damit dem heiligen Priesterstand anzugehören. Und das tue ich nicht. Ich könnte es ja nicht einmal, wenn ich wollte. Denn im Fünften Buch Moses steht geschrieben: ›Ein Eunuch, dessen Hoden gebrochen sind, soll nicht eintreten in den Dienst des Herrn.‹ *Capòrn mal caponà.*«

»Mafìo! Jetzt versuche nicht, deine Gottlosigkeit mit Selbstmitleid zu rechtfertigen!«

»Ich sage doch nur, daß ich, sollte Kaidu mich für einen Priester halten, keinen Grund sehe, ihn über seinen Irrtum aufzuklären. Boyajian meint sogar, ein Christ könne sich jeder Ausrede bedienen, wenn er es mit Heiden zu tun hat.«

»Ich kann unmöglich einen ruchlosen Nestorianer als Autorität in christlichem Verhalten akzeptieren.«

»Würdest du denn lieber Kaidus Dekret akzeptieren? Konfiszierung oder noch Schlimmeres? Schau, Nico. Er hat Kubilais Brief; er weiß also, daß wir den Auftrag hatten, Priester nach Kithai zu bringen. Ohne Priester sind wir nichts weiter als Landstreicher, die mit ungeheuren Schätzen, die einen schon in Versuchung bringen können, durch Kaidus Herrschaftsgebiet ziehen. Ich werde nicht behaupten, Priester zu sein, aber wenn Kaidu das annimmt ...« – »Der weiße Priesterkragen hat noch keinen Nacken vor dem Beil des Scharfrichters bewahrt.«

»Aber er ist besser als nichts. Kaidu kann mit gewöhnlichen Reisenden machen, was er will, aber wenn er einen Priester erschlägt oder festhält, wird diese Nachricht irgendwann einmal Kubilais Hof erreichen. Und jetzt auch noch einen Priester, *den Kubilai hat kommen lassen?* Wir wissen, daß Kaidu tollkühn und verwegen ist – nur bezweifle ich, daß er sich selbst das Grab gräbt.« Nach diesen Worten wandte Onkel Mafìo sich an mich. »Nun, was sagst du dazu, Marco? Wie macht sich dein Onkel als ehrwürdiger Vater?«

»W-w-w-wunderbar!« sagte ich mit schwerer Zunge.

»Hm«, machte er und faßte mich genauer ins Auge. »Doch, es wird helfen, wenn Kaidu genauso betrunken ist wie du.«

Schon wollte ich mich anschicken zu sagen, das werde er wahrscheinlich sein, doch war ich plötzlich eingeschlafen, wo ich saß.

Am nächsten Morgen hatte mein Onkel wieder die Soutane an, als er in der *karwansarai* an den Frühstückstisch kam, und abermals fing mein Vater an, ihm Vorhaltungen zu machen. Nasenloch und ich waren auch dabei, beteiligten uns jedoch nicht an dem Streit. Dem muslimischen Sklaven hätte, nehme ich an, nichts gleichgültiger sein können, und ich hielt den Mund, weil mir der Schädel brummte. Doch sowohl der Streit als auch unser Frühstück wurden jählings durch das Eintreffen eines mongolischen Boten vom *bok* unterbrochen. Im vollen Schmuck seiner Waffen stolzierte er mit stolzgeschwellter Brust herein wie ein neuer Eroberer, trat direkt vor unseren Tisch hin und sagte, ohne im mindesten zuvor auch nur höflich zu grüßen – und auch noch auf farsi, damit wir alle verstanden:

»Erhebt euch und kommt mit mir, tote Männer, denn der Ilkhan Kaidu möchte eure letzten Worte hören!«

Nasenloch riß Mund und Nase auf, hätte sich ums Haar an dem verschluckt, was er gerade aß, und mußte husten; es sah aus, als wollten ihm die Augen vor Angst aus den Höhlen springen. Mein Vater klopfte ihm auf den Rücken und sagte: »Keine Angst, guter Sklave. Das war die übliche Formulierung, die ein mongolischer Fürst gebrauchen läßt, wenn er will, daß jemand vor ihm erscheint. Sie hat weiter nichts Böses zu bedeuten.«

»Jedenfalls nicht notwendigerweise«, sagte Onkel Mafìo einschränkend. »Ich bin immer noch froh, daß ich an diese Verkleidung gedacht habe.«

»Jetzt ist es ohnehin zu spät, sie noch abzulegen«, brummte mein Vater, denn der Bote zeigte gebieterisch auf die Tür. »Ich kann nur hoffen, daß du deine profane Vorführung mit priesterlicher Würde hinter dich bringst, Mafìo.«

Onkel Mafìo hob über uns dreien die rechte Hand, gleichsam als segne er uns, setzte ein beseligtes Lächeln auf und sagte höchst salbungsvoll: »*Si non caste, tamen caute.*«

Diese vorgegeben fromme Geste sowie das vorgegeben feierliche lateinische Wortspiel waren so typisch für das boshaft-verschmitzte und fröhliche Draufgängertum meines Onkels, daß ich laut auflachen mußte, obwohl mir hundeelend zumute war. Zugegeben, als Christ und als Mann hatte Onkel Mafìo manch beklagenswerten Fehler, aber er war ein guter Kamerad, ihn in einer heiklen Situation an der Seite zu haben. Der mongolische Bote funkelte mich zornblitzend an, als ich lachte, dann stieß er knurrend nochmals seinen Befehl aus, woraufhin wir alle uns erhoben und ihm rasch folgten.

An diesem Tag regnete es, was nicht gerade dazu angetan war, mein *mal di capo* zu vertreiben oder unser Gestapfe durch die Straßen und über die Stadtmauer hinaus und durch die hechelnden und knurrenden Hunde im *bok* fröhlicher zu gestalten. Wir hoben kaum den Kopf, uns umzusehen, bis der Bote »Halt!« rief und uns anwies, durch zwei Feuer hindurchzugehen, die vor dem Eingang von Kaidus *yurtu* brannten.

Bei meinem ersten Besuch des Lagers war ich nicht in ihrer Nähe gewesen, doch jetzt erkannte ich, daß *dies* die Art *yurtu* gewesen sein muß, die zu dem abendländischen Wort »Horde« inspiriert hat. Sie hätte nämlich in der Tat eine ganze Horde von gewöhnlichen *yurtu*-Zelten überspannt, denn es war ein riesiger Pavillon, fast so hoch und so groß wie die *karwansarai,* in der wir abgestiegen waren, doch bei der handelte es sich um ein festes Gebäude; dies hier hingegen bestand ganz und gar aus lehmgelbem Filz, der mit Seilen aus geflochtenem Roßhaar auf Lattengerüsten und Zeltpfählen festgehalten wurde. Ein paar Bulldoggen erhoben vor dem nach Süden weisenden Eingang ihr Gebrüll und zerrten an ihren Ketten, und zu beiden Seiten des mit Filzbahnen verschlossenen Eingangs hingen reich bestickte schmale Filzbänder herab. Die *yurtu* war zwar kein Palast, überschattete aber zweifellos alle kleineren im *bok.* Neben ihr stand übrigens das Gefährt, mit dem es von einem Ort zum anderen transportiert wird, denn der Pavillon des Kaidu wurde für gewöhnlich heil und ganz woandershin gebracht und nicht auseinandergebaut und gebündelt. Bei dem Wagen handelte es sich um das größte Fahrzeug, das ich jemals gesehen hatte: um einen flachen Bretterboden, groß wie eine Weide, der sich auf einer baumstammgroßen Achse im Gleichgewicht hielt, deren Räder wiederum mühlradgroß waren. Um dies Gefährt samt Ladung zu ziehen, bedurfte es, wie ich später erfahren sollte, gut und gern zweiundzwanzig Yaks oder Ochsen, die in zwei Reihen zu elft davorgespannt wurden; Pferde oder Kamele hätten nie auf so engem Raum gedrängt zusammenarbeiten können.

Der Bote tauchte unter der Filzbahn des Eingangs hindurch, um uns bei seinem Herrn anzumelden, kam wieder zum Vorschein und ruckte mit dem Arm, um uns hineinzuschicken. Als wir an ihm vorüber waren, stellte er sich Nasenloch in den Weg und knurrte: »Keine Sklaven!« woraufhin dieser draußen bleiben mußte. Das hatte seinen Grund. Die Mongolen fühlen sich allen anderen Freien in der Welt überlegen, selbst Königen und dergleichen; jemand, der noch unter denen steht, die unter *ihnen* stehen, gilt als jemand, den zu beachten man für unter seiner Würde hält, ja, den man verachtet.

Schweigend betrachtete der Ilkhan Kaidu uns, als wir das mit leuchtenden Teppichen und Kissen ausgestattete Innere bis dorthin durchmaßen, wo er hingegossen auf einem erhöhten Podest auf einem Haufen Pelze lag – die samt und sonders entweder gestreift oder getüpfelt waren: offensichtlich handelte es sich um die Felle von Tigern und Pardeln. Er war in Schlachtrüstung aus schimmerndem Leder und Metall gekleidet und trug auf dem Kopf eine Karakulkappe mit Ohrschützern. Er besaß Augenbrauen, die wie ausgeschnittene Karakulstreifen aussahen – und beileibe keine kleinen und schmalen. Die Schlitzaugen darunter waren blutunterlaufen, offenbar entzündet von der Wut, in die allein unser Anblick ihn offenbar schon versetzte. Links und rechts standen zwei Krieger, genauso schmuck gekleidet wie der Bote, der uns geholt hatte. Der eine hatte eine Lanze aufgepflanzt, der andere hielt eine Art Baldachin an einer Stange über Kaidus Kopf, und beide standen sie stockstein da wie Statuen.

Wir näherten uns nur sehr langsam. Vor dem Pelzthron verneigten wir uns würdevoll ganz leicht, alle auf einmal, als hätten wir das geübt, schauten zu Kaidu auf und warteten auf das erste Zeichen, in welcher Stimmung wir von dem mächtigen Herrn empfangen wurden. Eine Weile starrte er uns an, als wären wir Ungeziefer, das unter den Teppichen der *yurtu* hervorgekrochen war. Und dann tat er etwas Widerwärtiges. Er ließ tief aus der Brust kommend ein knurrendes Räuspern vernehmen und würgte offensichtlich einen ganzen Batzen Schleim hoch. Dann stand er mit trägen Bewegungen von seinem erhöhten Lager auf, stellte sich hin, wandte sich der Wache zu seiner Rechten zu, drückte diesem mit dem Daumen gegen das Kinn, so daß der den Mund aufmachen mußte. Dann spuckte Kaidu den hochgehusteten Schleim direkt in den Mund des Mannes und schob diesen wieder mit dem Daumen zu – wobei der Krieger weder eine Miene verzog, noch sich sonst regte –, nahm träge wieder Platz und sah uns wieder mit böse glitzernden Augen an.

Mit dieser Geste hatte er uns offensichtlich vor seiner Macht, seinem Hochmut und seiner mangelnden Verbindlichkeit zum Zittern bringen wollen und hätte dieses Ziel bei mir wohl auch erreicht. Doch zumindest einer von uns – Onkel Mafìo – ließ sich nicht beeindrucken. Als Kaidu seine ersten Worte in der Mongolensprache und mit rauher Stimme sprach: »Nun, Eindringlinge...«, kam er nicht weiter als bis dahin, denn mein Onkel unterbrach ihn unerschrocken in derselben Sprache.

»Als erstes möchten wir, wenn der Ilkhan nichts dagegen hat, Gott lobsingen, daß er uns wohlbehütet durch so viele Länder zum erhabenen Herrn Kaidu gebracht hat, dem wir jetzt gegenüberstehen.« Und zu meiner – sowie vermutlich auch meines Vaters und des Mongolen – Verwunderung hob er an, laut krächzend das alte Weihnachtslied zu singen:

A solis orbu cardine
Et usque terre limitem...

»Der Ilkhan hat sehr wohl etwas dagegen«, stieß Kaidu durch die zusammengebissenen Zähne hindurch, als mein Onkel an dieser Stelle tief Luft holte. Doch mein Vater und ich hatten inzwischen Mut gefaßt und stimmten in die nächsten beiden Verse ein:

Christus canamus principem
Natum Maria virgine...

»Genug!« polterte Kaidu, und unsere Stimmen verstummten eine nach der anderen. Die roten Augen auf Onkel Mafìo geheftet, sagte der Ilkhan: »Ihr seid ein Christenpriester.« Das klang wie eine – allerdings eher haßerfüllte – Feststellung, und so brauchte mein Onkel sie nicht als Frage zu betrachten, die er hätte verneinen müssen.

So sagte er nur: »Ich bin hier auf Geheiß des Khans aller Khane«, und zeigte auf das Papier, das Kaidu verkrampft in der Hand hielt.

»*Hui*, ja«, sagte Kaidu mit einem ätzenden Lächeln und faltete das Dokument in einer Art zusammen, in der zum Ausdruck kam, daß sich nur die Hände besudelte, wer es anfaßte. »Auf Geheiß meines geschätzten Vetters. Mir fällt auf, daß mein Vetter diesen *ukaz* auf gelbes Papier geschrieben hat, wie die Chin-Kaiser es früher getan haben. Kubilai und ich haben dies verrottete Reich erobert, er jedoch übernimmt mehr und mehr die weibischen Sitten und Gebräuche, die damals dort herrschten. *Vakh!* Wie tief ist er gesunken – er ist heute nicht besser als ein Kalmücke! Offenbar ist unser alter Kriegsgott Tengri nicht mehr gut genug für ihn. Jetzt muß er auch noch weibische Ferenghi-Priester kommen lassen.«

»Doch nur, um sein Wissen von der Welt zu erweitern, Herr Kaidu«, sagte mein Vater mit versöhnlicher Stimme. »Doch nicht, um einem neuen Glauben Verbreitung . . .«

»Die einzige Möglichkeit, die Welt kennenzulernen«, erklärte Kaidu erbost, »besteht darin, sie zu packen und zu würgen.« Damit warf er erst meinem Vater, dann meinem Onkel und danach mir einen wütenden Blick zu. »Ihr wollt dem doch wohl nicht widersprechen, *uu*?«

»Den Worten des Herrn Kaidu zu widersprechen«, murmelte mein Vater, »wäre, als wollte man mit Eiern Felsen angreifen, wie es so schön heißt.«

»Nun, offenbar besitzt Ihr zumindest gesunden Menschenverstand«, sagte der Ilkhan widerstrebend. »Ich nehme an, Euer Verstand reicht auch zu erkennen, daß dieser *ukaz* schon vor etlichen Jahren und in siebentausend *li* Entfernung ausgestellt wurde. Selbst wenn Vetter Kubilai ihn bis heute nicht vollständig vergessen haben sollte, bin ich in keiner Weise gehalten, mich nach dem darin Geschriebenen zu richten.«

Womöglich noch bescheidener als mein Vater murmelte mein Onkel jetzt: »Es heißt: Wie kann ein Tiger dem Gesetz unterworfen sein?«

»Genau!« knurrte der Ilkhan. »Wenn ich will, kann ich euch einfach wie Gesetzesbrecher behandeln, als Ferenghi-Eindringlinge, die nichts Gutes im Schilde führen. Und könnte euch in Bausch und Bogen zum Tode verurteilen.«

»Einige behaupten«, murmelte mein Vater womöglich noch verzagter, »Tiger seien eigentlich die Werkzeuge des Himmels, dazu auserkoren, jene zur Strecke zu bringen, denen es bisher gelungen ist, dem verdienten Stelldichein mit dem Tod aus dem Wege zu gehen.«

»Jawohl«, sagte der Ilkhan und machte ein leicht verdutztes Gesicht angesichts von soviel Zustimmung und Besänftigung. »Auf der anderen Seite kann auch ein Tiger bisweilen Milde walten lassen. Sosehr ich meinen Vetter dafür verachte, daß er sein mongolisches Erbe abgestreift hat – und sosehr ich die fortschreitende Entartung seines Hofes verabscheue –, würde ich euch vielleicht ziehen und euch seinem Hofstaat anschließen lassen. Ich könnte das, wenn ich wollte.«

Als bewunderte er die Weisheit des Ilkhan Kaidu, schlug mein Vater die Hände zusammen und sagte entzückt: »Ganz offensichtlich erinnert sich der Herr Kaidu dann an die alte Han-Geschichte von der klugen Witwe Ling.«

»Selbstverständlich«, sagte der Ilkhan. »An sie hatte ich ohnehin gedacht, als ich das sagte.« Er ließ sich dazu herab, meinem Vater immerhin ein frostiges Lächeln zu schenken. Dieser erwiderte das Lächeln aus vollem Herzen. Schweigen legte sich zwischen uns, bis Kaidu fortfuhr: »Allerdings wird diese Geschichte in vielen Variationen erzählt. In welcher Version habt Ihr sie gehört, *uu*, Gesetzesüberschreiter?«

Mein Vater räusperte sich und hob dann an: »Ling war mit einem reichen Mann verheiratet, der Wein über alles liebte, so daß er sie ständig in die Weinhandlung schickte, um Flaschen für ihn zu holen. Da die Dame Ling um seine Gesundheit fürchtete, pflegte sie diese Besorgungen absichtlich in die Länge zu ziehen oder den Wein mit Wasser zu verdünnen, oder ihn zu verstecken – und all das, um ihn vom zu vielen Trinken abzuhalten. Schließlich kam es zu zwei Dingen. Die Dame Ling hörte auf, ihren Mann zu lieben, obwohl er reich war, und ihr fiel auf, was für ein hübscher Bursch der Verkäufer in der Weinhandlung war, wiewohl er nichts anderes war als ein einfacher Verkäufer. Fürderhin trug sie, wenn er es verlangte, immer bereitwillig die Flaschen herbei, schenkte ihm ein und redete ihm sogar zu zu trinken. Schließlich ging der Gatte elendiglich an Trinkerkrämpfen zugrunde, sie erbte seinen ganzen Reichtum und ehelichte den Weinverkäufer, und beide führten hinterher ein von Gütern gesegnetes, glückliches Leben.«

»Ja«, sagte der Ilkhan. »Genau so geht die Geschichte.« Abermals breitete Schweigen sich aus; diesmal dauerte es länger als beim erstenmal. Dann sagte Kaidu mehr zu sich selbst als zu uns: »Ja, der Trunkenbold trug selbst zu seiner Verwesung bei, andere halfen ein wenig nach, bis er durch und durch verkommen war und ein Besserer ihn ersetzte. So heißt es in der Legende, und sie enthält einen sehr gesunden Wink.«

Genauso leise sagte mein Onkel: »Nicht minder legendär ist die Geduld, mit welcher der Tiger seine Beute verfolgt.«

Als wachte er aus einer Träumerei auf, schüttelte Kaidu sich und sagte: »Ein Tiger kann ebenso milde wie geduldig sein. Das habe ich bereits gesagt. Deshalb werde ich euch alle in Frieden ziehen lassen. Ich werde euch sogar eine Eskorte mitgeben, euch vor den Gefahren unterwegs zu schützen. Und Ihr, Priester – was macht es mir schon aus, selbst wenn Ihr meinen Vetter Kubilai und seinen gesamten Hof zu Eurer schwachmachenden Religion bekehrt. Ich kann nur hoffen, daß Ihr das tut, und wünsche Euch viel Erfolg.«

»Ein Kopfnicken«, rief mein Vater aus, »wird weiter wahrgenommen als ein Donnerschlag. Ihr habt etwas Gutes getan, Herr Kaidu – etwas, wovon man noch lange sprechen wird.«

»Nur eines noch«, sagte der Ilkhan, und wieder bekam seine Stimme etwas Hartes. »Von meiner Dame Ilkhatun, die eine Christin ist und es wissen sollte, habe ich erfahren, daß christliche Priester das Gelübde der Armut ablegen und nichts von materiellem Wert besitzen. Man hat mir aber auch gesagt, Ihr Männer wäret mit Pferden unterwegs, die reich mit Schätzen beladen sind.«

Mein Vater warf meinem Onkel einen ärgerlichen Blick zu und sagte: »Nichts als Tand und Spielerei, Herr Kaidu. Die Sachen gehören aber keinem Priester, sondern sind für Euren Vetter Kubilai bestimmt. Es sind Ergebenheitsbeweise des Shah von Persien und des Sultan der India Aryana.«

»Der Sultan ist mein Vasall und Untertan«, sagte Kaidu. »Er hat kein Recht zu verschenken, was mir gehört. Und der Shah ist Untertan meines Vetters, des Ilkhan Abagha, der kein Freund von mir ist. Was immer er schickt, gilt als Schmuggelgut, das eingezogen wird. Habt ihr mich verstanden, *uu*?«

»Aber Herr Kaidu, wir haben versprochen ...«

»Ein gebrochenes Versprechen ist auch nicht mehr als zerbrochenes Gefäß. Der Töpfer kann jederzeit ein neues machen. Kümmert euch nicht um eure Versprechen, Ferenghi. Bringt nur morgen früh zur gleichen Stunde eure Packpferde hierher vor meine *yurtu,* und wir wollen sehen, was von dem Tand und dem Spielzeug mir vielleicht gefällt. Vielleicht dürft ihr ein paar davon behalten. Habt ihr verstanden, *uu*?«

»Herr Kaidu ...«

»*Uu? Habt ihr verstanden?«*

»Jawohl, Herr Kaidu.«

»Wenn das der Fall ist, gehorcht!« Unvermittelt erhob er sich und gab uns dadurch zu verstehen, daß die Audienz beendet sei.

Unter unausgesetzten Verneigungen zogen wir uns aus der großen *yurtu* zurück, holten Nasenloch, der draußen auf uns wartete, und machten uns durch den Regen und den Schmutz auf dem Boden auf den Heimweg. Diesmal hatten wir keinen Begleiter, und mein Onkel sagte zu meinem Vater:

»Ich glaube, mit vereinten Kräften haben wir es ganz gut gemacht, Nico. Besonders gut fand ich, daß dir ausgerechnet in diesem Augenblick die Geschichte von der Dame Ling einfiel. Ich hatte sie noch nie zuvor gehört.«

»Ich auch nicht«, versetzte mein Vater trocken. »Aber ganz gewiß haben die Han eine ähnliche unter ihren vielen, vielen erbaulichen Geschichten.«

Zum erstenmal machte ich den Mund auf. »Etwas anderes, das du gesagt, Vater, hat mich auf eine Idee gebracht. Ich stoße nachher in der Herberge wieder zu euch.«

Ich trennte mich von ihnen, um meinen mongolischen Gastgeber vom Vortag aufzusuchen. Ihn bat ich, mich mit einem der Waffenschmiede bekannt zu machen, was er tat, und bat diesen Mann an der Esse, ob er mir nicht für einen Tag eines von seinen noch ungehämmerten Metallblechen leihen könne. Er war so gefällig, mir ein langes und breites, aber dünnes Kupferblech herauszusuchen, das sich bog und hin- und herwippte und dumpfe Töne von sich gab, als ich es zur *karwansarai* trug. Mein Vater und mein Onkel beachteten mich nicht, als ich es in unseren Raum brachte und es an die Wand lehnte, denn sie waren wieder am Streiten.

»Das alles hast du uns nur mit der Soutane eingebrockt«, sagte mein Vater. »Als du dich als armer Priester hinstelltest, kam Kaidu auf den Gedanken, uns ärmer zu machen.«

»Unsinn, Nico«, sagte mein Onkel. »Wäre ihm das nicht gelegen gekommen, er hätte bestimmt irgendeinen anderen Vorwand gefunden. Ich schlage vor, wir bieten ihm freiwillig irgend etwas von unseren Habseligkeiten an und hoffen, daß er alles andere übersieht.«

»Nun . . .«, sagte mein Vater nachdenklich. »Wie wär's, wenn wir ihm unsere Moschus-Beutelchen gäben. Da sie uns gehören, können wir sie jedenfalls verschenken.«

»Aber hör mal, Nico! Diesem verschwitzten Barbaren? Moschus dient dazu, erlesene Wohlgerüche herzustellen. Da könntest du Kaidu genausogut eine Puderquaste schenken – damit wüßte er auch nichts anzufangen.«

So ging es weiter, doch ich hörte nicht mehr zu, denn ich hatte meinen eigenen Plan und ging, Nasenloch einzuweihen, der darin eine Rolle mitzuspielen hatte.

Am nächsten Tag – einem Tag, an dem es nur leicht nieselte – belud Nasenloch zwei von unseren drei Packpferden mit unseren Wertsachen – die wir selbstverständlich stets sicher in unserer Kammer aufbewahrten, wenn wir in einer *karwansarai* Wohnung nahmen – und zurrte auch mein Kupferblech an einem der Pferde fest und führte sie für uns ins Mongolen-*bok*. Als wir die *yurtu* des Ilkhan betraten, blieb Nasenloch draußen, um abzuladen, während die Wachen die Dinge hineintrugen und die Verpackungen abrissen.

»*Hui!*« rief Kaidu aus, als er anfing, die verschiedenen Dinge in Augenschein zu nehmen. »Diese goldenen Teller mit den schönen Gravuren sind großartig! Ein Geschenk des Shah Zamin, sagt Ihr, *uu*?«

»Ja«, erklärte mein Vater kalt, während mein Onkel mit schwermütiger Stimme hinzufügte: »Ein Knabe namens Aziz hat sie sich einmal an die Füße geschnallt, um über brüchiges Salz damit zu wandeln.« Dabei holte er ein Taschentuch hervor und putzte sich geräuschvoll die Nase.

Da ertönte von draußen ein dumpfer, weithinhallend dröhnender Laut. Überrascht sah der Ilkhan auf und sagte: »War das ein Donner, *uu*? Ich dachte, es nieselte nur ein wenig . . .«

»Ich möchte«, sprach einer der Wachen, »den großen Herrn Kaidu darauf hinweisen, daß es ein grauer und feuchter Tag ist und von Donnerwolken nichts zu sehen.«

»Sonderbar«, murmelte Kaidu und stellte die goldenen Teller hin. Dann kramte er unter den vielen anderen Dingen, die sich im Zelt angesammelt hatten, und als er ein besonders reizvolles Rubinhalsband fand, rief er wieder aus: »*Hui!*« Er hielt das Geschmeide in die Höhe, um es zu bewundern. »Die Ilkhatun wird euch persönlich hierfür danken.«

»Dankt dem Sultan Kutb-ud-Din«, sagte mein Vater.

Ich schneuzte mich. Und wieder ertönte von draußen Donnergrollen, etwas lauter diesmal sogar. Der Ilkhan schrak so sehr zusammen, daß er die Rubinkette fallen ließ; sein Mund ging lautlos auf und zu – und formte doch ein Wort, das ich ihm von den Lippen ablesen konnte – und sagte dann laut: »Da ist er wieder! Aber Donner ohne Donnerwolken... *uu*...?«

Als seine habgierigen Augen noch etwas erspähten, was ihm gefiel, war es ein Ballen feinsten Kaschmirtuchs. Ich gab ihm kaum Zeit, »*Hui!*« zu rufen, da hatte ich mich schon geschneuzt, und der Donner dröhnte bedrohlich, woraufhin er mit der Hand zurückzuckte, als ob er sich am Tuch verbrannt hätte, und wieder formte sein Mund das Wort, und mein Vater und mein Onkel sahen mich merkwürdig an.

»Verzeiht, Herr Kaidu«, sagte ich. »Ich nehme an, dies gewittrige Wetter macht mir Kopfschmerzen.«

»Euch sei verziehen«, sagte er wie beiläufig. »Aha! Und das hier ist wohl einer von den berühmten persischen *quali*-Teppichen, *uu*?«

Naseschneuzen. Donnergrollen. Und wieder zuckte die Hand zurück, verkrampft formten seine Lippen das Wort, und seine Blicke richteten sich ängstlich himmelwärts. Dann blickte er sich nach uns um, seine Schlitzaugen weiteten sich, daß sie fast rund wurden, und er sagte:

»Ich habe nur mit euch gespielt!«

»Mein Gebieter?« fragte Onkel Mafìo nach, und jetzt waren es seine Lippen, die zuckten.

»Gespielt! Euch aufgezogen! Katz und Maus mit euch gespielt!« sagte Kaidu in geradezu bittendem Ton. »Manchmal spielt selbst ein Tiger mit seinem Opfer – wenn er gerade keinen Hunger hat. Und ich habe keinen Hunger. Jedenfalls nicht darauf, mich an solchem Tand zu bereichern. Ich bin Kaidu, mir gehören ungezählte *mou* Land und zahllose *li* der Seidenstraße und mehr Städte, als ich Haare auf dem Kopf habe, und mehr Untertanen als die Gobi Steine. Habt ihr wirklich geglaubt, mir fehlte es an Rubinen und goldenen Tellern und persischen *quali*, *uu*?« Er bemühte sich, sein Lachen unbekümmert klingen zu lassen. »Ah, ha, ha, ha, ha!« ja, er bog sich förmlich vor Lachen und hieb mit seinen feisten Händen auf die fleischigen Knie ein. »Aber ich hab' euch Angst gemacht, nicht wahr, *uu*? Ihr habt mein Spiel für ernst genommen.«

»Jawohl, Ihr habt uns wahrhaftig an der Nase herumgeführt, Herr Kaidu«, sagte mein Onkel und schaffte es, nicht selbst vor Lachen loszuprusten.

»Und jetzt hat der Donner aufgehört«, sagte der Ilkhan und spitzte die Ohren. »Wachen! Wickelt all diese Dinge wieder ein und beladet damit die Pferde dieser Älteren Brüder.«

»Nun, wir danken Euch, Herr Kaidu«, sagte mein Vater, doch seine belustigten Augen waren dabei auf mich gerichtet.

»Und hier – hier habt ihr den *ukaz*-Brief meines Vetters«, sagte der Ilkhan und drückte meinem Onkel das Dokument in die Hand. »Ich gebe es euch zurück, Priester. Bringt euch und eure Religion und diesen billigen Tand zu Kubilai. Vielleicht sammelt er derlei Trödel. Kaidu jedenfalls tut das nicht. Kaidu nimmt nicht, Kaidu gibt! Zwei der besten Krieger meiner persönlichen Pavillon-Garde werden euch bis zu eurer *karwansarai* begleiten und mit euch reiten, sobald ihr bereit seid, eure Reise in den Osten fortzusetzen . . .«

Als die Wachen anfingen, die zurückgewiesenen Schätze hinauszutragen, schlüpfte auch ich hinaus und lief hinter das Zelt, wo Nasenloch stand und das Kupferblech am Rand festhielt, um es augenblicklich wieder donnern zu lassen, wenn ich mich schneuzen sollte. Ich gab ihm das Zeichen, das man überall im Orient versteht und das soviel bedeutet wie: »Erfolgreich verlaufen!« – das heißt, ich zeigte ihm die Faust mit emporgerichtetem Daumen –, nahm ihm das Stück Kupferblech ab und trug es quer durch den *bok*, um es dem Rüstungsschmied zurückzubringen. Ich kam gerade wieder bei der *yurtu* des Ilkhan an, als die Pferde fertig beladen waren.

Kaidu stand unter dem Eingang seines Prachtzelts und winkte und rief: »Euch ein gutes Pferd und eine weite Ebene!«, bis wir ihn nicht mehr hören konnten.

Dann sagte mein Onkel auf venezianisch, damit unsere beiden mongolischen Begleiter mit unseren und ihren Pferden es nicht hörten: »Wahrlich, wir haben uns alle im Konzert gut gemacht. Nico, du hast nur eine gute Geschichte aus dem Ärmel geschüttelt. Marco hingegen einen Donnergott!« Mit diesen Worten breitete er die Arme aus, legte sie mir und Nasenloch um die Schultern und drückte uns herzlich an sich.

4 Wir waren nunmehr so weit durch die Welt gekommen und befanden uns in so wenig bekannten Ländern, daß unser Kitab uns in gar keiner Weise mehr von Nutzen war. Es lag auf der Hand, daß der Kartograph al-Idrisi nie bis in diese Regionen vorgedrungen und offenbar auch niemand begegnet war, der dies getan hatte und den er nach Informationen hätte ausfragen können. Auf seinen Karten war der östliche Rand Asiens viel zu früh und unvermittelt eingezeichnet worden – und zwar an dem großen Ozean, der Kithai-Meer genannt wurde. Infolgedessen riefen die Karten den falschen Eindruck hervor, Kashgar sei von unserem Ziel, Kubilais Hauptstadt Khanbalik – die selbst ein tüchtiges Stück vom Meer entfernt liegt –, nicht besonders weit entfernt. Dabei waren – wie mein Vater und Onkel mir warnend klarmachten und was ich ziemlich brummig zur Kenntnis nahm – Kashgar und Khanbalik durch einen ganzen Kontinent voneinander getrennt – oder genauer: durch einen halben Kontinent, der allerdings unendlich viel größer war, als al-Idrisi angenommen hatte. Wir Reisenden hatten ungefähr *noch einmal die gleiche Strecke vor uns, die wir bereits hinter uns gebracht hatten,* von Suvediye an der Levanteküste des Mittelmeers an gerechnet.

Entfernungen sind Entfernungen, gleichgültig, ob sie in Schritten gerechnet werden oder nach den Tagen, die man hoch zu Roß benötigt, um sie zurückzulegen. Gleichwohl hörte sich von nun an jede Entfernungsangabe länger an als anderswo, weil sie nicht in *farsakhs* gemacht wurde, sondern in *li*. Ein *farsakh* entspricht etwa zweieinhalb westlichen Meilen und war eine Erfindung der Perser und der Araber; diese waren von jeher große Reisende gewesen und es daher gewohnt, in großen Entfernungen zu denken. Der *li* jedoch, der nur etwa dem dritten Teil einer Meile entspricht, ist eine Erfindung der Han, und die Han sind nun einmal Menschen, die es eher mit der Devise halten, bleibe im Lande und nähre dich redlich. Der Durchschnitts-Han vom Lande entfernt sich vermutlich nie weiter als wenige *li* von dem Bauerndorf, in dem er zur Welt gekommen ist. Deshalb ist für ihn eine Drittelmeile vermutlich eine große Entfernung. Doch wie dem auch sei – als wir Polo Kashgar verließen, war ich es immer noch gewohnt, in *farsakhs* zu denken und zu rechnen; infolgedessen stürzte es mich nicht gerade in große Verzweiflung, mir zu sagen, daß wir bis Khanbalik nur noch rund acht- oder neunhundert *farsakhs* zurückzulegen hätten. Als ich mich jedoch allmählich daran gewöhnte, in *li* zu rechnen, kam mir manche Zahl schon erschreckend vor: rund sechstausendundsiebenhundert *li* von Kashgar bis Khanbalik. Hatte ich die unendliche Größe des Mongolen-Reiches noch nicht richtig eingeschätzt, so tat ich das jetzt bestimmt, wenn ich darüber nachdachte, wie riesig allein das Kernland dieses Reiches, Kithai, ist.

Mit unserer Abreise aus Kashgar waren zwei Zeremonien verbunden. Unsere mongolische Eskorte bestand darauf, daß unsere Pferde – inzwischen sechs Reittiere und drei Packpferde – zum Schutz gegen die *azghun* unterwegs einem gewissen Ritual unterzogen werden müßten. *Azghun* bedeutet »Wüsten-Stimmen«, und so nahm ich an, daß es sich um eine Art Kobolde handeln müsse, welche die Wildnis heimsuchten. Die beiden Mongolen brachten aus ihrem *bok* einen Mann herbei, den sie *shamàn* nannten – für ihre Begriffe ein Priester, und für unsere wohl mehr ein Zauberer. Der wilde Blicke schleudernde und mit Farbe bemalte *shamàn*, der eher selber so aussah wie ein Kobold, murmelte ein paar beschwörende Worte, sprengte ein paar Tropfen Blut auf die Köpfe unserer Pferde und erklärte dann, nun seien sie gegen die *azghun* gefeit. Er erbot sich, uns Ungläubigen denselben Dienst angedeihen zu lassen, doch lehnten wir das höflich mit dem Hinweis ab, wir hätten selbst einen Priester dabei.

Die andere Zeremonie war die Begleichung unserer Rechnung bei unserem Herbergswirt, und das erforderte mehr Zeit und ergab mehr Aufregung als die Zauberei. Mein Vater und mein Onkel erklärten sich nicht einfach einverstanden, die Rechnung des Wirts zu bezahlen, sondern feilschten mit ihm über jeden einzelnen Posten. Und in der Rechnungslegung tauchte denn auch jeder einzelne Umstand auf, der mit unserem Aufenthalt hier verbunden gewesen war: der Raum, den wir in der *karwansarai* beansprucht hatten, der, den unsere Tiere in den Stallungen eingenommen hatten, die Menge des Essens, das wir selbst zu uns genommen, und des Korns, das unsere Pferde gefressen hatten, die Wassermenge, die wir und sie zusammen geschluckt, die *cha*-Blätter, mit denen man unser Wasser genießbar gemacht, die Menge des *kara*, die für unser Wohlergehen und unsere Behaglichkeit verbrannt worden war, die Menge des Lampenlichts, das wir genossen, und des Öls, das dabei verbraucht worden war – kurz, alles bis auf die Luft, die wir geatmet hatten. Da das Gespräch hitzig wurde, beteiligte sich auch noch der Koch der Herberge daran oder vielmehr der Meister des Kessels, wie er sich selbst nannte, sodann der Mann, der uns bei Tisch aufgewartet hatte, oder Meister der Tafel, und diese beiden fingen nun schrillstimmig an, all die Schritte zu zählen, die sie in unseren Diensten zurückgelegt, und die Gewichte, die sie getragen, und das Maß an Können und Schweiß und Einfallsreichtum, das sie für uns aufgebracht . . .

Freilich erkannte ich bald, daß es hier nicht darum ging herauszufinden, wer den Sieg davontrug: abgefeimte Gaunerei von seiten des Wirts oder heftiger Protest von unserer Seite. Es handelte sich lediglich um eine erwartete Formalität – noch ein Gebrauch, der nur aufgrund der komplizierten Verhaltensweise des Han-Volks zu begreifen ist –, eine Zeremonie, die Schuldner wie Gläubiger so sehr genießerisch in die Länge ziehen, daß sie stundenlang darüber streiten können und sich wechselseitig beschimpfen und wieder versöhnen, Forderungen erheben und zurückweisen und sich irgendwo in der Mitte treffen, um sich schließlich darauf zu einigen, welcher Betrag bezahlt wird. Hinterher sind sie bessere Freunde, als sie es vorher waren. Als wir endlich zum Tor der Herberge Zu den Fünf Glückseligkeiten hinausritten, standen der Wirt, der Meister des Kessels und der Meister der Tafel sowie alle anderen Diener und Dienerinnen davor und winkten uns mit dem Lebewohl der Han hinterher, das da lautet: »*Man zou*« und soviel bedeutet wie: »Verlaßt uns nur, wenn Ihr unbedingt müßt.«

Östlich von Kashgar verzweigt sich die Seidenstraße, weil sich unmittelbar anschließend an die Stadt eine Wüste erstreckt – eine wasserlose, an der Oberfläche aufspringende und schorfig sich aufwerfende Ödnis wie eine riesige Fläche von überall zerstreuten gelben Tonscherben, eine Wüste so groß wie ein ganzes Land, und schon der Name ist Grund genug, sie zu vermeiden, denn Takla Makan bedeutet »einmal hinein, nie wieder heraus«. Infolgedessen hat der Reisende auf der Seidenstraße die Wahl zwischen jener Abzweigung, die entweder in nordöstlicher oder aber in südöstlicher Richtung um dies Gebiet herumführt. Wir entschieden uns für die letztere. Die Straße führte uns von einer bewohnbaren Oase oder einem kleinen Bauerndorf, die jeweils etwa eine Tagereise auseinander lagen, zum nächsten. Zu unserer Linken hatten wir stets die löwenfellfarbenen Sandflächen der Takla Makan und zu unserer Rechten die schneebedeckten Gipfel der Kun-lun-Bergkette, hinter der im Süden das Hochland von To-Bhot liegt.

Obwohl wir nun die Wüste selbst links liegenließen und durch den angenehm begrünten und gutbewässerten Randstreifen ritten, hatten wir, da jetzt Hochsommer war, eine Menge Wüstenwetter auszuhalten, das gleichsam von der Wüste selbst herüberschwappte. Die einzig wirklich erträglichen Tage waren jene, an denen der Wind von den schneebedeckten Bergen herunterwehte. Meistens jedoch herrschte Windstille, nur hieß das nicht, daß auch die Luft stillgestanden hätte; denn an jenen Tagen bewirkte die Nähe der glühenden Wüste, daß die Luft um uns herum zu zittern schien. Man hätte meinen können, die Sonne sei ein stumpfes Gerät, ein Messingschlegel etwa, mit dem der Gong der Luft geschlagen wurde, bis sie vor Hitze dumpf widerhallend aufschrie. Und wehte gelegentlich ein Wind von der Wüste herüber, brachte er die Wüste mit. Dann wurde in der Takla Makan alles um- und umgewirbelt – da erwuchsen aus hellgelbem Sand wandernde Türme, verfärbten sich diese Türme nach und nach braun, wurden immer dunkler und schwerer, bis sie über uns herfielen und die Mittagszeit in bedrückendes Abenddämmern verwandelten und bösartig brodelten und die Haut zum Prickeln und Brennen brachten, als würde sie mit Birkenreisern gepeitscht.

Diesen rehfarbenen Staub aus der löwenfellfarbenen Takla Makan kennt man überall in Kithai; er ist selbst jenen Menschen bekannt, die nie reisen und vom Vorhandensein der Wüste nicht die geringste Ahnung haben. Dieser Staub treibt Tausende von *li* entfernt durch die Straßen von Khanbalik und legt sich auf die Blumen in den Gärten des noch weiter entfernten Xan-du, treibt auf der Oberfläche des Hangzho-Sees, der in noch größerer Ferne liegt, und wird von jedem auf Reinlichkeit bedachten Hauswirt in jeder Kithaier Stadt verflucht, in der ich je geweilt habe. Und einmal, als ich mit einem Schiff auf hoher See im Kithai-Meer segelte, und zwar nicht gerade nur außer Sichtweite der Küste, erlebte ich, wie eben derselbe Staub sich auf dem Deck niederließ. Wer Kithai jemals besucht hat, mag alles andere hinterher vergessen, niemals jedoch das Gefühl, wie der hellbraune Staub sich auf ihm niederläßt – ein Gefühl, das ihn nie vergessen läßt, jemals durch dieses löwenfellfarbene Land gezogen zu sein.

Der *buran*, wie die Mongolen einen aus der Takla Makan kommenden Staubsturm nennen, zeitigte eine merkwürdige Wirkung, wie ich sie in keiner andren Wüste bei einem Sturm je erlebt habe. Während der *buran* uns beutelte und zur Folge hatte, daß längst, nachdem er vorübergezogen war, einem die Haare auf dem Kopf fantastisch zu Berge standen und unser Barthaar sich sträubte wie die Stacheln eines Stachelschweins, unsere Kleidung knisterte, als bestünde sie plötzlich aus steifem Papier, und berührten wir einander zufällig, sahen wir einen kleinen Funken springen und verspürten einen leichten Schlag, wie es einem widerfahren kann, wenn man einer Katze etwas kräftiger übers Fell streicht.

Ging der *buran* vorüber, war der Nachthimmel herrlich sauber und klar, wie reingefegt. Ungezählte Sterne tauchten auf, unendlich viel mehr, als ich jemals anderswo gesehen hatte, der kleinste davon noch strahlend wie ein Edelstein, und die vertrauteren größeren so groß, daß sie geradezu rund anmuteten, wie kleine Monde. Der Mond selbst dort oben war auch in jener Phase, die wir Neumond zu nennen pflegen – wenn er also nichts weiter ist als eine schmale Sichel – in seiner ganzen runden Fülle zu sehen: ein bronzener Vollmond, umfaßt von den schmalen Silberarmen des Neumonds.

In einer solchen Nacht, da wir von unserem Lagerplatz oder von unserer Herberge aus über die Takla Makan hinblickten, sahen wir womöglich noch sonderbarere Lichter, blaue, die flackernd über die Wüste dahinhüpften, verschwanden und wiederauftauchten, manchmal ein oder zwei, manchmal aber auch Scharen davon. Man hätte meinen können, es wären Lampen oder Kerzen, die von Menschen in einem fernen *karwan*-Lager hin und her getragen wurden, aber wir wußten, daß dem nicht so war. Sie waren viel zu blau, als daß es richtige Feuerflammen hätten sein können, und sie gingen allzu abrupt an und aus, als daß sie von Menschenhand hätten entzündet werden können, und wenn sie auftauchten, wurde es wie an den Tagen, da der *buran* blies, lebendig in unserem Haar und unserem Bart. Abgesehen von allem anderen wußte jeder, daß kein Mensch jemals durch die Takla Makan zog oder darin lagerte. Jedenfalls keine lebendigen Menschen. Und nicht aus freien Stücken.

Als wir diese Lichter zum ersten Mal sahen, erkundigte ich mich bei unseren Begleitern, was das denn sein könne. Der Mongole namens Ussu sagte mit gedämpfter Stimme: »Die Perlen des Himmels, Ferenghi.«

»Aber wie kommt es zu ihnen?«

Kurz angebunden sagte der andere, der Donduk hieß: »Schweigt und lauscht, Ferenghi.«

Das tat ich, und obwohl wir sehr, sehr weit von der eigentlichen Küste entfernt waren, vernahm ich leises Seufzen und Schluchzen und Stöhnen, als ob nächtliche kleine Windstöße dort aufkämen und Haschen miteinander spielten. Dabei herrschte vollkommene Windstille.

»Die *azghun*, Ferenghi«, erklärte Ussu. »Die Perlen und die Stimmen kommen immer zusammen.«

»Manch unerfahrener Reisender«, setzte Donduk überheblich hinzu, »hat die Lichter gesehen und die Schreie vernommen und sie für andere Reisende gehalten, die in Schwierigkeiten geraten waren; und hat sich auf die Suche nach ihnen gemacht, um ihnen zu helfen. Dabei haben sie ihn fortgelockt, und man hat ihn nie wiedergesehen. Das sind die *azghun*, die Wüstenstimmen, und die geheimnisvollen Perlen des Himmels. Daher der Name der Wüste – Einmal hinein, nie wieder heraus.«

Ich wünschte, ich könnte behaupten, die Ursache für diese Erscheinungen erraten zu haben oder zumindest mit einer einleuchtenderen Erklärung aufzuwarten als der von bösen Kobolden, doch das ist mir nicht gelungen. Ich wußte, daß es zu den *azghun* und den Lichterscheinungen nur dann kam, wenn ein *buran* vorübergezogen war, und ein *buran* war nichts weiter als eine Fülle von windgetriebenem trockenem Sand. Ich zerbrach mir den Kopf darüber, ob dabei entstehende Reibung etwas damit zu tun hatte, was geschah, wenn man einer Katze übers Fell fuhr. Nur hatten die Sandkörner draußen in der Wüste nichts, woran sie sich hätten reiben können, höchstens aneinander...

Von diesem Geheimnis genarrt, wandte ich mich einem kleineren, dafür aber lösbaren zu. Warum redeten Ussu und Donduk, die doch unsere Namen kannten und keinerlei Schwierigkeiten hatten, ihn auszusprechen, uns Polo unterschiedslos immer mit *Ferenghi* an? Ussu sprach dieses Wort in durchaus freundschaftlichem Ton aus; er schien es zu genießen, mit uns zu reisen; offenbar war das eine Abwechslung nach der Langeweile des Garnisonsdienstes in Kaidus *bok*. Donduk hingegen sprach es stets mit Abscheu aus; für ihn hatte seine Aufgabe offenbar etwas von Kindermädchenpflichten, die unwürdigen Personen zuteil wurden. Ussu mochte ich ganz gern, Donduk hingegen nicht, doch da sie stets zusammen waren, fragte ich sie beide: warum *Ferenghi*?

»Weil Ihr ein Ferenghi *seid*«, erklärte Ussu. Für ihn war das offensichtlich eine unsinnige Frage.

»Aber du nennst doch auch meinen Vater Ferenghi. Und meinen Onkel desgleichen.«

»Beide sind doch auch Ferenghi«, sagte Ussu.

»Aber Nasenloch nennt ihr Nasenloch. Liegt das daran, daß er ein Sklave ist?«

»Nein«, sagte Donduk ärgerlich. »Weil er kein Ferenghi ist.«

»Ältere Brüder« – ich ließ nicht locker – »ich versuche dahinterzukommen, was Ferenghi bedeutet.«

»Ferenghi heißt nichts anderes als Ferenghi«, versetzte Donduk bissig, warf entsetzt die Hände in die Höhe, und ich tat desgleichen.

Irgendwann jedoch kam ich doch dahinter, was es mit diesem Geheimnis auf sich hatte: Ferenghi – das war nur ihre Art, das Wort *Franken* auszusprechen. Irgendwann muß ihr Volk einmal erlebt haben, daß Abendländer sich vor acht Jahrhunderten Franken nannten, zur Zeit des Fränkischen Reiches, da einige von den Ahnen der Mongolen, die sich damals Bulgaren oder Hiung-nu – oder Hunnen – nannten, ins Abendland einfielen und den Ländern Bulgarien und Ungarn den Namen gaben. Seit jener Zeit haben die Mongolen alle weißen Abendländer stets als Ferenghi bezeichnet, gleich welchem Volk sie angehörten. Nun, das war nicht weniger ungenau als alle Mongolen Mongolen zu nennen, obwohl sie doch sehr verschiedener Herkunft waren.

Ussu und Donduk erzählten mir zum Beispiel, wie ihre mongolischen Vettern, die Kirgisen, entstanden seien. Der Name leite sich von den mongolischen Wörtern *kirk kiz* ab, was »Vierzig Jungfrauen« heiße. Irgendwann in grauer Vorzeit habe es einmal diesen Ort mit ebendiesen vielen Jungfrauen gegeben, so merkwürdig uns Heutigen dies auch vorkommen möge; und alle vierzig seien von dem Schaum geschwängert worden, der von einem verzauberten See herübergeweht gekommen sei; von der darauffolgenden Massengeburt stammten alle Menschen ab, die jetzt Kirgisen genannt würden. Das war zwar interessant, doch etwas anderes, das Ussu und Donduk mir über die Kirgisen erzählten, fand ich noch viel interessanter. Sie sollten nämlich im ewigen

Schnee und Eis Sibirs leben, weit nördlich Kithais; zwangsläufig hätten sie zwei höchst sinnreiche Methoden erfunden, sich in diesen harschen Landen zu bewegen. An die Sohlen ihrer Stiefel schnallten sie glattgeschliffene Knochen, auf denen man schnell über gefrorene Eisflächen hinflitzen könne. Oder aber sie schnallten sich auf ähnliche Weise lange Bretter wie Faßdauben darunter, mit denen sie flink über den Schnee dahingleiten und sehr weit kommen könnten.

Ausgerechnet das nächste Bauerndorf, in das wir kamen, war von noch einem anderen Mongolenstamm bewohnt. Etliche Gemeinwesen an diesem Abschnitt der Seidenstraße wurden von Uighurs bewohnt, also mit den Mongolen »verbündeten« Völkern, andere hinwieder von Han; darüber hatten Ussu und Donduk weiter nichts gesagt. Doch als wir in dies bestimmte Dorf kamen, sagten sie uns, die Bewohner seien mongolische Kalmücken, und diesen Namen spien sie förmlich aus: »Kalmücken! *Vakh*!« – wobei *vakh* ein Laut ist, mit dem die Mongolen reinen Abscheu ausdrücken, und abstoßend waren diese Kalmücken, das mußte man schon sagen. Es waren die verdrecktesten Menschen, die ich je außerhalb Indiens gesehen habe. Um nur einen Aspekt dieser Eigenart deutlich zu machen, möchte ich folgendes sagen: nicht nur, daß sie sich nie wuschen – sie zogen auch nie ein Kleidungsstück aus, weder bei Tag noch bei Nacht. Zerschleißt das Obergewand eines Kalmücken so sehr, daß es seinen Zweck nicht mehr erfüllt, wirft er oder sie es nicht fort, sondern zieht einfach ein neues darüber; so trugen sie Schicht um Schicht alter zerfetzter Kleider übereinander, bis das unterste so zerschlissen ist, daß es sich auflöst und in Fetzen und Flusen herausfällt und abgestoßen wird wie ein abscheulicher Grind. Wie sie rochen, will ich gar nicht erst versuchen zu schildern.

Aber der Name Kalmücke, so erfuhr ich, ist eigentlich keine Volks- oder Stammesbezeichnung. Er ist nichts weiter als ein mongolisches Wort, mit dem man jemand bezeichnet, der bleibt, einen, der sich irgendwo niederläßt. Da alle Mongolen normalerweise Nomaden sind, hegen sie eine tiefsitzende Verachtung allen ihren Rassegenossen gegenüber, die aufhören, durch die Welt zu ziehen und irgendwo seßhaft werden. Nach allgemeiner Auffassung ist einem Mongolen, der Kalmücke wird, das unausweichliche Schicksal der Verweichlichung und Verworfenheit beschert. Und wenn die Kalmücken, die ich sah und roch, typisch waren, hat die Mehrheit der Mongolen allen Grund, auf sie herabzusehen. Jetzt fiel mir auch ein, daß der Ilkhan Kaidu von dem Khakhan Kubilai verletzend gesagt hatte, er sei »nicht besser als ein Kalmücke«. *Vakh*, dachte ich, wenn ich feststelle, daß er das nicht ist, kehre ich um und mache, daß ich zurückkomme nach Venedig.

Doch obwohl ich das bestimmte Gefühl hatte, daß das Wort Mongolen eine viel zu allgemeine Bezeichnung für eine solche Völkervielzahl war, fand ich es bequem, die Bezeichnung auch weiterhin beizubehalten. Ich kam auch bald dahinter, daß die anderen, die ursprünglichen Bewohner Kithais, keineswegs alle Han waren. Da gab es Volksstämme, die nannten sich Yi und Hui, Naxi und Hezhe und Miao und

Gott weiß wieviele andere noch, deren Hautfarbe vom Elfenbein bis zum Bronzebraun ging. Doch wie bei den Mongolen fuhr ich auch bei all diesen anderen Volksstämmen fort, sie für mich Han zu nennen. Das lag zum einen daran, daß ihre Sprachen für mein Ohr alle ziemlich ähnlich klangen. Zum anderen betrachtete jedes dieser Völker jedes andere als unter ihm stehend und belegten es daher mit allen möglichen Bezeichnungen, die alle Hunds-Leute bedeuteten. Aus noch einem anderen Grund nannten sie alle Ausländer, mich eingeschlossen, mit einem Wort, das wir noch weniger verdient haben als die Bezeichnung »Franke«. Auf Han und in jeder anderen ihrer Singsang-Sprachen und -Dialekte ist jeder Ausländer ein Barbar.

Während wir die Seidenstraße immer weiter entlangritten, herrschte darauf zunehmend Verkehr – Gruppen und *karwans* von reisenden Kaufleuten wie wir, einzelne Bauern und Viehhirten und Handwerker, die ihre Erzeugnisse zum nächsten Marktflecken trugen, Mongolenfamilien, Familien-Clans und ganze *boks*. Jetzt erinnerte ich mich, daß Isidoro Priuli, der Verwalter der Compagnia Polo, kurz vor unserer Abreise aus Venedig einmal gesagt hatte, die Seidenstraße sei schon von alters her ein vielbenutzter Verkehrsstrang gewesen; jetzt sah ich, daß ich allen Grund hatte, ihm zu glauben. Im Laufe der Jahre und Jahrhunderte, möglicherweise sogar schon der Jahrtausende, hatte der Verkehr auf dieser Straße die Trasse gleichsam ausgetreten und ausgefahren, so daß sie weit unter dem umliegenden Gelände lag. An manchen Stellen bildete sie einen breiten Graben von solcher Tiefe, daß ein Bauer auf seinem nah gelegenen Bohnenfeld von all den Vorüberziehenden nicht mehr zu sehen bekommt als die in die Höhe gereckte Peitsche eines Wagenlenkers. In diesem Graben selbst wiederum hatten sich die Radfurchen so tief in den Boden eingegraben, daß jedes Gefährt jetzt dort fahren mußte, wo diese Spuren verliefen. Nie brauchte ein Fuhrmann zu befürchten, sein Wagen könnte umkippen. Aber er konnte auch nicht mal eben zur Seite fahren, wenn er sich einmal erleichtern wollte. Um auf der Straße einmal die Richtung zu wechseln – sagen wir, um in irgendein Dorf abzubiegen –, mußte der Fahrer so lange weiterfahren, bis er an eine Abzweigung mit anderen Radfurchen kam, denen seine Räder folgen konnten.

Die in dieser Region Kithais gebrauchten Karren waren schon sonderbare Gefährte. Sie zeichneten sich durch gewaltige Räder mit beschlagenen Rändern aus, die so hoch waren, daß sie häufig über das Leinwanddach des Wagens hinausreichten. Vielleicht hat man die Räder größer und immer größer bauen müssen, schon allein damit die Achsen ungehindert über den Erdbuckel hinwegrollten, der sich zwischen den beiden Radfurchen gebildet hatte. Außerdem wies ein jeder Wagen eine Planenbedachung auf, die über dem Fahrersitz vorn hinausragte, um den Fahrer vor widrigem Wetter zu schützen. Diese Bedachung wurde mittels Stangen beträchtlich weit nach vorn gezogen, so daß auch die Zugtiere – Pferde, Ochsen oder Esel – vor den Unbilden der Witterung geschützt wurden.

Ich hatte schon viel über Klugheit, Erfindungsreichtum und Geschicklichkeit der Einwohner Kithais gehört, jetzt jedoch hatte ich Grund, mich zu fragen, ob diese Eigenschaften nicht doch überbewertet werden. Gewiß, jeder Wagen hatte eine Dachplane, um Wagenlenker wie Zugtiere zu beschützen, und vielleicht ist das eine kluge Erfindung. Aber jeder Wagen mußte auch mehrere Ersatzachsen für die Räder mitführen, einfach deshalb, weil jede einzelne Provinz in Kithai ihre eigene Vorstellung darüber hat, wie groß der Radstand zu sein habe, und selbstverständlich hatten die Wagen der hier Ansässigen längst Radfurchen in ebendiesem Abstand hinterlassen. So ist der Abstand zwischen den beiden Radfurchen zum Beispiel auf jener Strecke der Seidenstraße sehr groß, die durch Sin-kiang führt, eng hingegen in der Provinz Tsing-hai, in Ho-nan wieder breiter, wenn auch nicht mehr ganz so breit wie in Sin-kiang, und so weiter und so fort. Einem Fuhrmann, der eine lange Strecke auf der Seidenstraße zurücklegen muß, bleibt nichts anderes übrig, als ab und zu mühselig Räder und Achsen abzubauen, die Achsen auszuwechseln und die Räder wieder aufzusetzen.

Jedes Zugtier trug unterm Schwanz einen Netzbeutel, damit der unterwegs fallende Kot nicht verlorenging. Dabei dachte man nicht so sehr daran, die Straße sauberzuhalten oder Menschen, die hinter einem herkamen, Ärger zu ersparen. Wir befanden uns jetzt außerhalb jener Region, wo die Erde voll war von brennbarem *kara*-Stein, den jeder sich nur zu holen brauchte; deshalb hortete jeder Fuhrmann sorgfältig den Kot seiner Tiere, um damit das Lagerfeuer zu unterhalten, auf dem er seinen Hammel, sein *miàn* und seinen *cha* bereiten wollte.

Wir begegneten vielen Schafherden, die zum Markt oder auf die Weide getrieben wurden; diese Schafe waren mit einem eigentümlichen Anhängsel ausgestattet. Sie gehörten der Fettschwanzrasse an, der man überall im Osten begegnet, aber so fettschwänzige wie diese hatte ich noch nie zuvor erlebt. Der keulendicke Schwanz des Schafes konnte gut und gern zehn oder zwölf Pfund wiegen, was nahezu ein Zehntel des gesamten Körpergewichts war. Für das Tier stellte er eine regelrechte Last dar, allerdings gilt dieser Teil als der schmackhafteste des gesamten Tiers. Aus diesem Grunde war jedes Schaf mit einem leichten Zuggeschirr aus Tauwerk ausgestattet, an dem es ein kleines Brett hinter sich herzieht; auf diesem Brett wird der Schwanz unbeschadet über Stock und Stein und Schmutz hinweggetragen. Wir begegneten auch vielen Schweineherden, die vorbeigetrieben wurden, und auch bei ihnen konnte ich mich des Eindrucks nicht erwehren, daß sie eine ähnliche Vorrichtung sehr wohl hätten gebrauchen können. Die Kithaier Schweine gehören gleichfalls einer ganz bestimmten Art an, sie sind langgestreckt, weisen einen lächerlich durchgebogenen Rücken auf, daß ihr Bauch praktisch über den Boden schleift. Ich fragte mich, warum die Schweinehirten noch nicht darauf gekommen waren, die Tiere mit so etwas wie Stützrädern für den Hängebauch auszustatten.

Unsere Begleiter, Ussu und Donduk, hatten für die Gefährte auf Rädern sowie für die langsam dahintrottenden Herden nichts als Verachtung übrig. Sie waren Mongolen und deshalb der Meinung, Vorrang auf Straßen hätten in jedem Fall Reiter auf Pferden. Sie murrten darüber, daß der Khakhan Kubilai bis jetzt noch nicht sein vor einiger Zeit gemachtes Versprechen wahr gemacht und jedes kleinste Hindernis auf den Ebenen Kithais fortgeräumt hätte, damit ein Reiter auch im Dunkel der Nacht ohne zu stolpern durchs ganze Land sprengen könne. Selbstverständlich stellte es ihre Geduld auf eine harte Probe, daß wir Packpferde dabei hatten und infolgedessen nur in gemächlichem Tempo vorankamen, statt munter draufloszugaloppieren. Deshalb suchten sie ab und zu nach einer Möglichkeit, das, was für sie eine langweilige Reise war, ein bißchen aufzulockern.

Einmal, als wir abends unser Lager am Wegesrand aufschlugen, statt weiterzureiten, bis wir eine *karwansarai* fanden, kauften Ussu und Donduk einigen Viehtreibern, die in der Nähe lagerten, eines ihrer Fettschwanzschafe und etwas teigigen Schafskäse ab. (Ich sollte vermutlich sagen, daß sie diese Dinge *beschafften,* denn ich bezweifle, daß sie den Han-Hirten je etwas bezahlten.) Donduk schlang sich die Kriegsaxt vom Rücken, schlug mit einem Hieb das Schwanzschleppgeschirr durch und mit fast derselben Bewegung dem Tier auch den Kopf ab. Dann sprangen er und sein Gefährte in den Sattel, einer von ihnen beugte sich hinunter und riß am keulenförmigen Schwanz das noch zuckende und Blut spritzende Tier in die Höhe, und dann spielten sie fröhlich und in gestrecktem Galopp *bous-kashia.* Mit donnernden Hufen rasten sie zwischen unserem Lager und dem der Schafhirten hin und her, rissen sich gegenseitig die Trophäe – das tote Tier – aus der Hand, schwangen es hin und her, ließen es des öfteren fallen und rasten darüber hinweg. Wer von ihnen das Spiel gewann oder wie das entschieden wurde, weiß ich nicht, aber endlich waren sie erschöpft und warfen uns den schlaffen, blutverschmierten Kadaver mit dem Dreck und dem Laub im Fell vor die Füße.

»Das Essen für heute abend«, sagte Ussu. »Gut und zart jetzt, *uu*?«

Mich überraschte nicht wenig, daß er und Donduk sich an diesem Abend von sich aus erboten, dem Tier das Fell abzuziehen, es zu zerlegen und zu kochen. Offenbar haben die Mongolen nichts dagegen, Frauenarbeit zu übernehmen, wenn keine Frauen da waren, sie zu verrichten. Das Essen, das sie bereiteten, war etwas, das man nicht so leicht vergaß, nur – schmecken tat es nicht. Das ganze begann damit, daß sie den abgeschlagenen Kopf des Tieres suchten, der genauso wie der Rest des Schafes am Spieß gedreht und überm Feuer gebraten wurde. Ein ganzes Schaf hätte ausreichen sollen, mehrere Familien von großen Essern sich den Bauch vollschlagen zu lassen, doch Ussu, Donduk und Nasenloch vertilgten, ohne größere Mithilfe von uns dreien, von der Nase bis zum Fettschwanz das ganze Tier. Zuzusehen und zuzuhören, wie sie den Kopf abnagten, war wirklich nicht besonders appetitanregend. Einer von den Feinschmeckern säbelte sich eine Backe davon ab, ein anderer ein Ohr, dann eine Lippe, und diese schrecklichen Stücke tunkten sie in eine Schale pfefferigen Fleischsafts und kauten und schlürften und schmatzten und schluckten und rülpsten und furzten. Da es unter Mongolen als schlechtes Benehmen gilt, sich beim Essen zu unterhalten, änderte sich an der Abfolge von Geräuschen, die als *gutes* Benehmen galten, nichts, bis sie schließlich an die Röhrenknochen herankamen, woraufhin noch das Geräusch des Markaussaugens hinzukam.

Wir Polo aßen nur von dem Fleisch, das wir von den Lenden des Tieres abschnitten – es war durch die *bous-kashia* gut durchgewalkt und zugegebenermaßen sehr zart. Das heißt, wir wären froh gewesen, nur dies zu essen, doch Ussu und Donduk säbelten unablässig neue Leckerbissen ab und waren nicht davon abzubringen, sie uns aufzunötigen: Stücke vom Schwanz, im Grunde nichts anderes als Batzen weißgelben Fettes. Diese wabbelten ekelerregend und troffen dermaßen, daß sie uns ständig aus den Fingern rutschten, doch aus Gründen der Höflichkeit konnten wir sie nicht ablehnen; irgendwie brachten wir es daher fertig, sie hinunterzuwürgen, und ich meine noch heute zu spüren, wie mir dieser widerliche Glibber schleimig die Speiseröhre hinunterrutschte. Nach dem ersten schrecklichen Mundvoll wollte ich mir frohgemut mit einem Schluck *cha* den Mund ausspülen – doch dabei wäre ich ums Haar erstickt. Zu spät entdeckte ich, daß Ussu die *cha*-Blätter zwar mit sprudelndem Wasser überbrüht, doch es damit nicht hatte gut sein lassen, wie jeder zivilisierte Koch es getan hätte, sondern Batzen Hammelfett und Schafskäse sich darin hatte auflösen lassen. Dieser Mongolen-*cha* wäre vermutlich eine vollständige Mahlzeit für sich gewesen – ich jedoch muß sagen, daß er nicht anders als ekelerregend genannt werden kann.

Wir nahmen auf der Seidenstraße aber auch Mahlzeiten ein, an die ich mich lieber erinnere. Wo wir jetzt so tief in Kithai waren, beschränkten sich die Herbergswirte, die ja entweder Han oder Uighur waren, nicht mehr auf die wenigen Dinge, die Muslims essen dürfen, und so gab es von nun an eine ganze Reihe von Fleischarten zur Auswahl, unter anderem auch das des *illik,* eines zwergwüchsigen Rehs, das wie ein Hund bellt, und das eines bezaubernden goldgefiederten Fasans sowie Stücke vom Yak, ja sogar das Fleisch von Schwarz- und Braunbären, von denen es hier sehr viele gibt. Übernachteten wir im Freien, wetteiferten Onkel Mafìo und die beiden Mongolen damit, uns mit Wildbret zu versorgen: Enten und Gänse und Kaninchen und einmal sogar eine Wüsten-*qazèl*; für gewöhnlich waren sie jedoch insbesondere hinter Erdhörnchen her, da diese kleinen Geschöpfe die Freundlichkeit besitzen, das nötige Brennmaterial gleich mitzuliefern. Jeder Jäger weiß: Wenn es weder *kara* noch Holz noch getrockneten Dung gibt, um ein Feuer zu unterhalten, muß er nach Erdhörnchen und ihren Bauen suchen; denn selbst mitten in der Wüste schaffen sie es irgendwie, einen kleinen Haufen vorzüglich brennender Zweige und Gräser über ihrem Bau aufzuschichten, um sich vorm Wetter zu schützen.

Es gab eine ganze Menge wilder Tiere in dieser Region, die man zwar nicht essen konnte, die aber interessant zu beobachten waren. Da gab es schwarze Geier mit Schwingen so groß, daß man gute drei Schritte machen mußte, um von einer Flügelspitze der ausgebreiteten Schwingen zur anderen zu gelangen; außerdem eine Schlange, die so sehr nach einem gelben Metall aussah, daß ich geschworen hätte, sie bestünde aus geschmolzenem Gold; da man mir jedoch gesagt hatte, sie sei außerordentlich giftig, habe ich nie eine angefaßt, um das herauszufinden. Des weiteren gab es ein kleines *yerbo* genanntes Geschöpf, ähnlich wie eine Maus, nur mit ganz ungewöhnlich langen Hinterbeinen und Schwanz, auf welchen drei Stützen es imstande war, aufrecht zu hüpfen; und eine hinreißend schöne Wildkatze namens *palang,* die ich einmal dabei beobachtete, wie sie einen von ihr zur Strecke gebrachten Wildesel verzehrte; diese Katze sah wie der Wappenpardel aus, nur besaß sie kein gelbes, sondern ein silbergrauesr und schwarzgetüpfeltes Fell.

Die Mongolen lehrten mich, verschiedene Wildpflanzen als Gemüse zu suchen – Wildzwiebeln zum Beispiel, die zu jeder Art Wild so vorzüglich schmecken. Außerdem ein Gewächs, daß sie Haarpflanze nannten und das in der Tat aussah wie der Haarschopf eines Menschen. Weder der Name noch der Anblick waren sonderlich appetitanregend, doch gekocht und mit etwas Essig gewürzt, ließ sich daraus eine köstliche säuerliche Beilage bereiten. Noch etwas Absonderliches war das, was sie Gemüse-Lamm nannten; sie behaupteten steif und fest, es handele sich in der Tat um einen Zwitter, entstanden aus der Paarung eines Tieres mit einer Pflanze – und sie behaupteten, es lieber zu essen als ein richtiges Lamm. Es schmeckte zwar ganz gut, doch handelte es sich in Wirklichkeit nur um die wollige Wurzelknolle eines bestimmten Farns.

Das einzig ungewöhnlich köstlich Neue, das ich auf diesem Abschnitt unserer Reise kennenlernte, war eine herrliche, *hami* genannte Melone. Selbst die Art und Weise, wie man sie anbaute, war neu für mich. Sobald die ersten Fruchtansätze an den Ranken sichtbar werden, pflasterten die Melonenbauern das ganze Feld mit Schieferplatten, auf denen die Ranken ruhen sollen. Statt daß die Melonen nur an der Oberseite von der Sonne beschienen wurden, reflektierten diese Schieferplatten die Sonnenwärme dergestalt, daß die *hami* schließlich rundherum gleichmäßig reiften. Das Fruchtfleisch der *hami* ist grünlichweiß, so knackig fest, daß es krachte, wenn man hineinbiß, und dabei überaus saftig. Der Saft schmeckte kühl und erfrischend und war nicht widerlich süß, sondern von einer eher säuerlichen Süße, die gerade richtig war. Überhaupt hat die *hami* einen Geschmack und einen Duft, der ganz anders war als der anderer Früchte, schmeckte selbst in gedörrtem Zustand als Reiseproviant immer noch ganz vorzüglich und wird nach meiner Erfahrung von keiner anderen Frucht übertroffen.

Nachdem wir etwa zwei oder drei Wochen unterwegs waren, bog die Seidenstraße für eine Zeitlang unversehens nach Norden ab. Dieser Abschnitt ist der einzige Teil, der durch die Takla Makan hindurchführt – und zwar durch den östlichsten Ausläufer dieser Wüste. Danach geht es plötzlich wieder nach Osten auf eine Stadt Dun-huang zu. Diese kurze Nordroute führte uns über einen Paß, der durch etliche niedrige

Berge ging. In Wirklichkeit handelte es sich bei diesen Flammen-Hügel genannten Bergen um außergewöhnlich hohe Sanddünen.

In Kithai gibt es für jeden Namen eine aufschlußreiche Legende, und dieser Legende zufolge waren diese Hügel einst üppig bewaldet und grün, bis sie von irgendwelchen bösen *kwei* oder Dämonen in Brand gesetzt wurden. Ein Affengott kam des Wegs und besaß die Freundlichkeit, das Feuer zu löschen, doch leider war nichts mehr übriggeblieben außer diesen drei berghohen Sandhaufen, die immer noch leuchten wie Glut. So die Legende. Ich selbst neige eher zu der Annahme, daß die Flammen-Hügel so heißen, weil der Sand, aus dem sie bestehen, aussieht wie Ocker, den der Wind zu flammenähnlichen Graten und gefurchten Gebilden aufgetürmt hat, die auch noch ständig hinter einem Vorhang aus heißer Luft zu wabern scheinen und – insbesondere bei Sonnenuntergang – wirklich feurigrot und -gelb aufleuchten. Das Sonderbarste an ihnen war jedoch ein aus vier Eiern bestehendes Gelege, das Ussu und Donduk am Fuße einer der Dünen unter dem Sand freilegten. Ich hätte geglaubt, es handele sich um nichts weiter denn große Steine, vollkommen oval und glatt und ungefähr so groß wie die *hami*-Melonen. Donduk jedoch beteuerte immer wieder:

»Das sind die verlassenen Eier eines riesigen Rock-Vogels. Solche Nester findet man hier überall in den Flammen-Hügeln.«

Als ich eines in der Hand hielt, stellte ich fest, daß es für einen Stein dieser Größe in der Tat zu leicht war. Und als ich es genauer untersuchte, sah ich, daß es eine poröse Oberfläche hatte wie die Eier von Hühnern oder Enten oder anderen Vögeln. Es waren also wirklich Eier, kein Zweifel, und viel größer selbst als die des Kamel-Vogels, die ich auf den persischen Märkten gesehen hatte. Ich fragte mich, was für eine *fortagiona* das wohl ergäbe, wenn ich sie aufschlüge, durchrührte und uns zum Abendessen briete.

»Diese Flammen-Hügel«, meinte Ussu, »müssen früher einmal ein beliebter Nistplatz des Vogels Rock gewesen sein, Ferenghi, meint Ihr nicht auch?«

»Das muß aber schon sehr lange her sein«, meinte ich, denn ich hatte gerade versucht, eines der Eier aufzuschlagen. Wiewohl nicht so schwer wie ein Stein, mußte es in ferner Vergangenheit steinhart geworden sein. Die Eier waren also weder genießbar noch hätte man sie ausbrüten können – und sie waren viel zu groß, um sie als Andenken mitzuschleppen. Ganz gewiß handelte es sich um Eier, und zwar um Eier von einer Größe, die nur ein Riesenvogel gelegt haben konnte – ob es sich dabei jedoch um einen Vogel Rock gehandelt hat, weiß ich nicht zu sagen.

5 Dun-huang war eine blühende Handelsstadt, etwa so groß und so volkreich wie Kashgar und gelegen in einem sandigen Becken, das rings umstanden war von kamelfarbenen Felsklippen. Doch wo die Herbergen Kashgars vornehmlich muslimische Gäste versorgt hatten, war man in denen von Dun-huang besonders darum bemüht, dem Geschmack und den Sitten und Gebräuchen der Buddhisten zu entsprechen. Dies rührt daher, daß die Stadt vor etwa neunhundert Jahren gegründet wurde, da ein Kaufmann buddhistischen Glaubens irgendwo auf der Seidenstraße von Banditen oder den *azghun*-Stimmen oder *kwei*-Dämonen oder irgendwelchen anderen Feinden bedrängt und auf wunderbare Weise aus ihren Klauen errettet wurde. Deshalb legte er hier eine Ruhepause ein, um dem Buddha Dank zu sagen, was er dadurch zum Ausdruck brachte, daß er eine Statue ebendieses Gottes schnitzte und sie in einer Nische zwischen den Klippen aufstellte. In den neun Jahrhunderten, die seither vergangen sind, hat jeder buddhistische Reisende auf der Seidenstraße dazu beigetragen, die Höhlen auf irgendeine Weise zu verschönern. Daher wird der Name Dun-huang, wiewohl er eigentlich nichts anderes als Gelbe Klippen bedeutet, als Höhlen der Tausend Buddhas wiedergegeben.

Diese Bezeichnung stellt eine Untertreibung dar. Ich würde den Ort Höhlen der Million Buddhas nennen – mindestens. Denn es gibt heute dort einige hundert Höhlen, die in die Felsklippen hineinführen, einige natürliche, andere von Menschenhand hineingehauen, und darin vielleicht zweitausend große und kleine Buddha-Standbilder – von den Bildnissen kleinerer Gottheiten oder Angehörigen aus dem Gefolge des Buddha ganz zu schweigen. Ich konnte wohl erkennen, daß es sich bei den meisten Standbildern um Männer handelte, doch einige waren deutlich erkennbar Frauen – bei nicht wenigen freilich wußte man nicht recht zu sagen, ob sie nun Männer oder Frauen waren. Eines jedoch hatten sie alle gemeinsam: enorm verlängerte Ohren mit Ohrläppchen, die ihnen bis auf die Schultern herabhingen.

»Es wird allgemein geglaubt«, berichtete ein alter Verwalter, ein Han, »daß jemandem, der mit großen Ohren und ausgeprägten Ohrläppchen zur Welt kommt, ein glückliches Schicksal beschieden ist. Da die am meisten vom Glück begünstigten Menschen der Buddha und seine Schüler waren, gehen wir davon aus, daß sie alle solche Ohren hatten, und so geben wir sie auch mit solchen Ohren wieder.«

Diesem betagten *ubashi* oder Mönch machte es ausgesprochen Freude, einen Rundgang durch die Höhlen mit mir zu machen und dabei Farsi mit mir zu sprechen. Ich folgte ihm von einer Nische und Grotte und einer Höhle zur anderen. In allen waren Standbilder des Buddha aufgerichtet – stehend oder friedlich schlafend daliegend oder – meistens – im Schneidersitz auf einer riesigen Lotusblüte sitzend. Der Mönch erklärte mir, Buddha sei ein altes indisches Wort, das »Der Erleuchtete« bedeute; der Buddha sei vor seiner Erhebung zum Gott ein indischer Fürst gewesen. Infolgedessen hätte man erwarten können, daß es sich bei den Bildnissen um die eines schwarzhäutigen, kleinwüchsigen Menschen handelte, doch das war nicht so. Der Buddhismus hat sich schon vor langer Zeit von Indien aus auf andere Länder ausgebreitet, und offenbar war es so, daß jeder fromme Reisende, der dafür bezahlte, daß eine Statue oder ein Gemälde aufgestellt werde, sich den Buddha so vorstellte, daß er aussah *wie er selbst*. Manche von den älteren Bildern zeigten in der Tat dunkle und hagere Gestalten wie Hindus, aber andre hätten fast alexandrinische Apollos oder geierähnliche Perser oder ledrige Mongolen sein können, und die neuesten wiesen überhaupt wachsglatte, durch keinerlei Runzeln oder Linien geprägte helle Züge mit heiterem Gesichtsausdruck und Schlitzaugen auf – mit anderen Worten, sie waren reine Han.

Es war auch deutlich zu erkennen, daß in der Vergangenheit oft muslimische Räuber durch Dun-huang gefegt waren, denn viele der Standbilder lagen heute in Stücke geschlagen und in Trümmern, so daß man ihren einfachen Aufbau aus Gips auf Röhricht oder Bambus gut erkennen konnte; zumindest waren sie arg entstellt. Wie ich bereits gesagt habe, verabscheuen die Muslims jede bildliche Darstellung eines Lebewesens. Hatten sie hier keine Zeit, eine Statue ganz zu zertrümmern, schlugen sie ihr zumindest den Kopf ab (der ja Sitz des Lebens ist) oder aber, wenn sie es noch eiliger haben, begnügen sie sich damit, ihnen die Augen auszustechen (die als Ausdruck des Lebens gelten). Die Muslims hatten sich sogar die Mühe gemacht, all den vielen Tausenden von gemalten Bildern an den Wänden die winzigen Augen auszukratzen – sogar denen von zarten und hübschen weiblichen Gestalten.

»Und die Frauen«, sagte der alte Mönch bekümmert, »sind noch nicht einmal Gottheiten.« Mit diesen Worten zeigte er auf eine lebendige kleine Gestalt. »Das ist eine *Devatas*, eine der himmlischen Tänzerinnen, die den gesegneten Seelen im *Sukhavati*, dem Reinen Land zwischen den Leben, zur Unterhaltung dienen, und diese hier« – er zeigte auf ein Mädchen, das im liegenden Zustand abgebildet war, in einem schwalbengleichen Wirbel von Röcken und Schleiern – »das ist eine *Apsara*, eine der himmlischen Versucherinnen.«

»Gibt es im buddhistischen Himmel Versucherinnen?« fragte ich, höchst angetan von dieser Vorstellung.

Naserümpfend sagte er: »Nur, um zu verhindern, daß das Reine Land übervölkert wird.«

»Was Ihr nicht sagt! Wieso denn das?«

»Die *Apsaras* haben die Aufgabe, heiligmäßige Männer hier auf Erden in Versuchung zu führen, damit ihre Seele in das Schreckliche Land zwischen den Leben verdammt werde, statt in den gebenedeiten *Sukhavati* zu gelangen.«

»Ah«, machte ich, um ihm zu zeigen, daß ich begriff. »Dann ist eine *Apsara* ein verführerisches Traumweib.«

Der Buddhismus weist noch ein paar andere Parallelen zum wahren Glauben auf. Buddhisten sind gehalten, nicht zu töten, keine Lügen zu verbreiten, nicht zu nehmen, was ihnen nicht gehört, und sich keinen sexuellen Ausschweifungen hinzugeben. In anderer Hinsicht dagegen unterscheidet er sich sehr vom Christentum. Buddhisten werden auch aufgefordert, keine berauschenden Getränke zu sich zu nehmen, nach der Mittagsstunde nichts mehr zu essen, keine Lustbarkeiten zu besuchen, keinen Körperschmuck zu tragen und nicht auf bequemen Matratzen zu schlafen oder auch nur zu ruhen. In dieser Religion gibt es Mönche, Nonnen und Priester, die *ubashi, ubashanza* und *lama* genannt werden. Genauso wie die unsrigen ermahnt werden, in Armut zu leben, hat auch Buddha ihnen die Armut vorgeschrieben, doch nur wenige halten sich an dies Gebot.

Zum Beispiel sagte Buddha seinen Anhängern, sie sollten nichts als »gelbe Gewänder« tragen – worunter er nichts anderes verstand als Lumpen, die durch Alter, Verfall und Schimmel jegliche Farbe verloren hätten. Doch gehorchen die buddhistischen Mönche und Nonnen diesem Gebot zwar buchstabengetreu, nicht aber dem Geist und dem Sinn nach; sie sind nämlich in teure Gewebe gewandet, die in Farbtönen gefärbt sind, welche von leuchtendem Gelb bis zu feurigem Orange gehen. Auch haben sie großartige Tempel, die *potkada* genannt werden, und Klöster, die *lamasarais* heißen und reichlich mit Einnahmen und Mobiliar ausgestattet sind. Außerdem habe ich den Verdacht, daß jeder Buddhist viel mehr persönliche Habe besitzt als das wenige, das der Buddha eigens aufgezählt hat und als da sind: eine Schlafmatte, drei Lumpen, sich damit zu bekleiden, ein Messer, eine Nadel, eine Bettelschale, sich damit die karge tägliche Mahlzeit zusammenzubetteln, und ein Sieb, um aus dem Trinkwasser alle unvorsichtigen Insekten oder Asseln herauszufischen, auf daß sie nicht verschluckt würden.

Der Wasserseiher verdeutlicht die wichtigste Regel des Buddhismus: kein Lebewesen, sei es noch so klein und unbedeutend, zu töten, weder absichtlich noch unabsichtlich. Das jedoch hat nichts mit dem Streben eines Christenmenschen zu tun, ein guter Mensch zu sein, um nach dem Tode in den Himmel zu kommen. Denn ein Buddhist glaubt, ein guter Mensch stirbt nur, um als besserer Mensch wiedergeboren zu werden, der es auf dem Weg zur Erleuchtung bereits weit gebracht hat. Und er glaubt auch, daß ein böser Mensch nur stirbt, um als niedrigeres Lebewesen wiedergeboren zu werden: als Tier, Vogel, Fisch oder Insekt. Das ist der Grund, warum kein Buddhist irgend etwas töten darf. Da auch noch das kleinste Bißchen Leben in der Schöpfung eine Seele besitzt, die sich bemüht, auf dem Weg der Erleuchtung aufzusteigen, wagt ein Buddhist es nicht, auch nur eine Laus zu zerquetschen, denn es könnte ja sein verstorbener Großvater sein, der nach seinem Ableben die Leiter heruntergefallen ist, oder sein künftiges Enkelkind auf dem Weg zur Wiedergeburt.

Christen können die Ehrfurcht des Buddhisten vor dem Leben bewundern, gleichgültig, welche Unlogik dahintersteht, nur gibt es leider zwei unvermeidliche Folgen. Die eine davon ist, daß jeder Buddhist, gleichgültig ob Mann, Frau oder Kind, ein wimmelndes Nest von Läusen und Flöhen ist, und ich fand, daß dieses Ungeziefer nur allzu bereitwillig auf christliche Ungläubige überspringt wie mich. Außerdem darf ein Buddhist selbstverständlich kein Fleisch essen. Die Frommen begnügen sich mit gekochtem Reis und Wasser, und selbst die freizügigsten werden es nicht wagen, etwas zu sich zu nehmen, das über Milch, Früchte und Gemüse hinausginge. Und das war es denn auch, was wir Reisende in der Herberge von Dun-huang vorgesetzt bekamen: mittags gekochte Blätter und Ranken und schwachen *cha* sowie fade schmeckenden Brei, und zum Schlafengehen Flöhe, Zecken, Läuse und Wanzen.

»Hier in Dun-huang hat früher einmal ein sehr heiliger Lama gelebt«, sagte mein Han-Mönch mit ehrfürchtiger Stimme, »so heilig, daß er nur *rohen,* ungekochten Reis aß. Um seine Demut noch zu steigern, trug er eine Eisenkette um den geschrumpften Leib. Die Reibung der rostigen Kette rief eine Schwäre hervor, die sich entzündete und in der sich Maden entwickelten. Kam es vor, daß eine dieser mampfenden Maden zufällig zu Boden fiel, hob der Lama sie liebevoll auf und sagte: ›Warum fliehst du mich, Geliebtes? Hast du nicht genug zu essen gefunden?‹ – sagte es und setzte die Made wieder zurück in den saftigsten Teil der Wunde.«

Diese erbauliche Erzählung hat vielleicht meiner eigenen Demut keinen Vorschub geleistet, doch verdarb sie mir den Appetit, so daß ich an diesem Abend in der Herberge ohne weiteres auf den blassen Brei verzichten konnte, den es zum Abendessen gab. Der Mönch fuhr unterdessen fort:

»Dieser Lama wurde schließlich eine wandelnde Schwäre, wurde davon verzehrt und starb daran. Wir beneiden und bewundern ihn alle, denn zweifellos ist er weit vorangekommen auf dem Weg der Erleuchtung.«

»Das hoffe ich aufrichtig«, sagte ich. »Aber was geschieht am Ende dieses Weges? Kommt der Erleuchtete dann endlich in den Himmel?«

»Doch nicht etwas so handfest Grobes«, sagte der *ubashi.* »Man hofft, durch aufeinanderfolgende Wiedergeburten und lebenslanges Streben schließlich von der Verpflichtung befreit zu werden, überhaupt leben zu müssen. Um der Knechtschaft menschlicher Bedürfnisse, Begierden, Leidenschaften und Kümmernisse endlich ledig zu sein. Man hofft, das *nirvana* zu erreichen, und das heißt: ›das Ausblasen‹.«

Das war kein Spaß. Buddhisten haben nicht wie wir das Ziel, sich für die Seele ein ewig glückliches Dasein in den Wohnungen des Himmels zu verdienen. Buddhisten sehnen sich nur danach, völlig ausgelöscht zu werden oder, wie der Mönch es ausdrückte, »einszuwerden mit dem Unendlichen«. Er gab zwar zu, daß es in seiner Religion etliche himmlische Reine Länder und höllische Schreckliche Länder gibt, doch sind das – ähnlich wie unser Fegefeuer oder Limbo – nur Stationen zwischen den aufeinanderfolgenden Wiedergeburten einer Seele bis zum Eingang ins *nirvana.* Und dort, am endgültigen Ziel, wird die Seele einfach ausgeblasen wie eine Kerzenflamme, um nie mehr weder Erde noch Himmel oder die Hölle oder überhaupt irgend etwas zu genießen oder zu erdulden.

Ich hatte Anlaß, über diese Glaubensangelegenheiten nachzusinnen, als unsere Gesellschaft von Dun-huang aus weiterritt – und zwar an einem Tag, der wundersam erfüllt war von Dingen, über die nachzudenken sich lohnte.

Bei Sonnenaufgang verließen wir die Herberge; es war die Stunde, da alle gerade erwachenden Vögel ihr Morgengezwitscher, -geschilpe und -gepiepse von sich gaben; und es waren ihrer so viele, und es ging so laut zu, daß es sich anhörte wie Fett, das in einer großen Pfanne zischte und brutzelte. Dann wurden die sich später erhebenden Tauben wach und verliehen gurrend ihren morgendlichen Kümmernissen und Beschwerden Ausdruck, nur in so großen Mengen, daß ihr tiefes Murren schon fast etwas von einem Aufbrüllen hatte. Eine nicht gerade kleine *karwan* verließ zugleich mit uns den Hof der Herberge, und in diesen Landstrichen trugen die Kamele ihre Glocken nicht an einem Band um den Hals, sondern an den Vorderknien. Deshalb schritten sie klingelnd und klirrend und bimmelnd aus, daß es klang, als jauchzten sie mit jedem Schritt, endlich wieder unterwegs zu sein. Ich ritt mit meinem Pferd neben einem der Wagen dieser *karwan* her, dessen eines Rad mit seinen Speichen irgendwo einen Jasminzweig abgerissen hatte und nun mit sich führte. Jedesmal, wenn das hohe Rad eine Umdrehung vollendet hatte, führte es die Jasminblüten an meiner Nase vorbei und wehte mich der süße Duft an.

Die Straße, die uns aus dem Dun-huang-Becken hinausbrachte, führte durch einen Einschnitt in den von Höhlen durchzogenen Klippen, und dieser Einschnitt ging auf ein begrüntes Tal voller Bäume, Felder und Wildblumen hinaus, die letzte von derlei Oasen, die wir für die nächste Zeit zu sehen bekommen sollten. Auf dem Ritt durch dieses Tal erblickte ich etwas so unendlich Schönes, daß es mir heute noch vor dem inneren Auge steht. Irgendwo voraus wölkte sich in der Morgenbrise goldgelber Rauch, und wir alle machten einander darauf aufmerksam und redeten darüber, was es wohl sein möchte. Vielleicht stammte er von einem Lagerfeuer irgendeiner *karwan,* doch was mochten die Lagernden verbrennen, um eine so deutlich kennbare goldgelbe Wolke zu erzeugen? Der Rauch stieg immer weiter in die Höhe und ringelte sich empor, und schließlich kamen wir heran und erkannten, daß es sich mitnichten um Rauch handelte. Linkerhand erstreckte sich im Tal eine Weide, die über und über mit goldgelben Blüten bedeckt war, und all diese ungezählten und unzähligen Blumen schüttelten jauchzend ihre gelben Pollen aus, auf daß der leichte Wind sie über die Seidenstraße hintrüge, fort auf andere Hänge des Tals. Wir ritten durch diese Pollenwolke hindurch, und als wir auf der anderen Seite herauskamen, schimmerten wir und unsere Pferde im Licht der Sonne, als wären wir frisch vergoldet worden.

Noch etwas. Vom Tal aus kamen wir auf ein Gelände aus sanft gewellten Sanddünen hinaus, doch der Sand hatte jetzt nicht mehr die Farbe von Kamelen oder Löwen, sondern war dunkel silbriggrau, wie pulverisiertes Metall. Nasenloch stieg vom Pferd, um sich zu erleichtern, und um sich von den anderen nicht dabei zusehen zu lassen, stapfte er eine graue Sanddüne hinauf. Zu seiner – und meiner – Überraschung *bellte* der Sand bei jedem Schritt wie ein aufgebrachter Hund. Es ergab keinen besonderen Laut, als Nasenloch sein Wasser darauf abschlug, doch als er sich umdrehte, um die Düne wieder herunterzukommen, rutschte er aus und schlidderte den ganzen Weg von oben bis herunter – und diese Rutschpartie wurde von einem bezaubernd melodischen Ton begleitet, einem *vibrato,* als wäre eine Saite der größten Laute der Welt gezupft worden.

»*Mashallah!*« entfuhr es Nasenloch ängstlich, als er sich aufrappelte. Den Weg von dem Sand bis zu dem festeren Boden der Straße legte er im Laufen zurück, erst danach klopfte er sich den Sand aus den Kleidern.

Mein Vater, mein Onkel und unsere aus den beiden Mongolen bestehende Eskorte lachten über ihn. Einer von den Mongolen sagte: »Dieser Sand wird *lui-ing* genannt.«

»Donnerstimmen«, dolmetschte mein Onkel für mich. »Nico und ich haben sie bereits gehört, als wir das letztemal hier durchkamen. Sie schreien auf, wenn der Wind heftig bläst, und am lautesten schreien sie im Winter, wenn der Sand kalt ist.«

Nun, das war eine höchst wundersame Sache. Gleichwohl war es etwas sehr Irdisches, genauso wie der Vogelgesang bei Sonnenaufgang und die gewöhnlichen Kamelglöckchen sowie der duftende Jasmin und die goldenen Wildblumen, die dermaßen entschlossen sind, sich zu vermehren, daß sie ihre Samen auf gut Glück dem Wind anvertrauen.

Unsere Erde ist schön, dachte ich, und das Leben gut, gleichgültig, ob man des Himmels am Ende dieses Lebens gewiß ist oder Angst hat, in die Hölle zu kommen. Für so rührende Menschen wie die Buddhisten konnte ich nur Mitleid empfinden, für die die Erde und ihr Dasein auf Erden so häßlich und elendig und abstoßend ist, daß ihr ganzes Sehnen darauf gerichtet ist, sich ins reine Vergessen zu flüchten. Nein, das war nichts für mich, ganz bestimmt nicht! Wenn ich etwas von den buddhistischen Glaubensvorstellungen übernehmen könnte, dann jene, daß man immer wieder in diese Welt hineingeboren wird – selbst wenn das bedeutet, gelegentlich als schlichte Taube oder als Jasminzweig zwischen meinen menschlichen Inkarnationen zu existieren. Jawohl, dachte ich, ich könnte ohne weiteres für alle Ewigkeit leben.

6

Das Land blieb grau, doch wurde dieses Grau immer dunkler, je weiter wir gen Osten vorankamen, bis es schließlich richtiggehend schwarz war – schwarzer Sand und schwarzer Kies, der über schwarzes Muttergestein hinwegtrieb –, denn wir waren jetzt in eine andere Wüste hineingekommen, eine, die sich über eine allzu ausgedehnte Fläche erstreckte, als daß die Seidenstraße hätte um sie herumführen können. Die Mongolen nannten diese Wüste Gobi und die Han Sha-mo, und beides bedeutete eine Wüste dieser besonderen Art – eine, von welcher der gesamte feine Staub fortgeblasen worden ist, so daß nur die schwereren Teilchen zurückblieben, und was zurückgeblieben ist, ist wie gesagt, ganz schwarz. Das war schon eine völlig unwirkliche Landschaft; sie sah aus, als bestünde sie nicht aus Kieseln, Steinen oder Felsen, sondern aus hartem Stoff, etwa Metall. In der Sonne wies jeder schwarze Hügel, Felsbrocken oder jede Bergkette einen scharfen, schimmernden Rand auf, gleichsam als wäre er mit dem Wetzstein geschärft worden. Das einzige, was dort wuchs, waren die farblosen Buschen des Kamelkrauts und das eine oder andere farblose Grasbüschel, die wie feine Metalldrähte wirkten.

Reisende nennen die Gobi auch das Große Schweigen, denn jedes Gespräch, das man nicht geradezu herausschreit, geht ungehört unter – genauso wie das Gepoltere schwarzer Steine, die unter den Hufen der Pferde dahinrollten oder beiseite geschoben wurden, das mitleiderregende Geschnaube und Gewieher von Pferden mit kranken Hufen und die Klagen und das Gestöhn eines Menschen wie Nasenloch, der ständig nur murrte und stöhnte. All dies ging unter im ständigen Heulen des Windes. Unablässig fegt der Wind an dreihundertundfünfundsechzig Tagen im Jahr über die Gobi dahin, und in den Spätsommertagen, da wir durch sie hindurchzogen, wehte er so heiß wie der Gluthauch aus den furchtbaren Feueröfen der Riesenküchen des untersten Höllenkreises.

Die nächste Stadt, in die wir kamen – Anxi –, muß der Ort mit der elendigsten natürlichen Lage in ganz Kithai sein. Es handelte sich um eine Ansammlung von notdürftig zusammengeschlagenen Läden, in denen Dinge verkauft wurden, die eine *karwan* immer braucht, Herbergen und Stallungen, alles aus rohem ungestrichenem Holz und Lehmziegeln, alles arg mitgenommen von dem windgeblasenen Sand. Entstanden war die Stadt am Rande der trostlosen Gobi nur, weil hier die beiden Stränge der Seidenstraße, die sich zuvor getrennt hatten, wieder zusammenfanden – der südliche, über den wir die Stadt erreicht hatten, und jener andere, der die Takla Makan nördlich umrundet hatte. Hier in Anxi wurde daraus wieder die einzelne Straße, die, ohne sich nochmals zu verzweigen, ungezählte weitere *li* bis zur Hauptstadt Kithais, Khanbalik, führt. Hier, wo die Straßenstränge sich wieder vereinigten, herrschte selbstverständlich noch geschäftigeres Leben und größerer Verkehr von einzelnen Händlern und Gruppen und Familien und ganzen *karwans*. Doch als ich eine ganze Kolonne von maultiergezogenen Wagen vorüberziehen sah, fragte ich unseren Begleiter:

»Was für eine *karwan* ist das? Sie zieht ja so langsam und lautlos einher.«

Sämtliche Wagenräder waren mit Strohseiden und Lumpen umwickelt, um das Geräusch zu dämpfen, das sie machten; die Hufe der Maultiere waren gleichfalls aus irgendeinem Grunde mit irgend etwas umwickelt. Diese Maßnahmen hatten zwar nicht zur Folge, daß die Kolonne sich lautlos bewegte, denn Räder und Hufe gaben immer noch rumpelnde und quietschende Laute von sich, die Bodenbretter der Wagen knarrten und das lederne Zaumzeug knirschte; gleichwohl ging es hier leiser voran als bei den meisten anderen *karwans*. Außer den Han-Männern, welche die Gespanne antrieben, saßen andere Han auf Maultieren und machten die Vorreiter; als sie die *karwan* durch Anxi geleiteten, bildeten sie gleichsam eine Ehrengarde und bahnten der Kolonne einen Weg durch die von Menschen wimmelnden Straßen, ohne indes die Stimme zu erheben, um freien Durchzug zu fordern.

Zuvorkommend wichen die Menschen beiseite, hörten mit ihrem eigenen Geschnatter auf und wandten die Augen ab, als handelte es sich um den Durchzug einer hochmögenden Persönlichkeit. Nur war da niemand im Zug *außer* diesen Fahrern und ihren Begleitern: Niemand fuhr auf einem der mehrere Dutzend Wagen. Darauf lagen nur längliche, stoffumwickelte Bündel, die wie Klafterholz aufeinandergestapelt waren. Was immer diese Bündel sein mochten – sie sahen sehr alt aus und verströmten einen trockenen, muffigen Geruch, und der Stoff, mit dem sie eingewickelt waren, war zerschlissen und hing in flatternden Fetzen herunter. Wurde den Wagen in den Fahrrinnen ein Stoß versetzt, lösten sich jedesmal Flocken von diesem Stoff.

»Wie zerfallende Leichentücher«, sagte ich.

Zu meiner Überraschung sagte Ussu: »Das sind es ja auch.« Um mit leiser Stimme hinzuzufügen: »Bekundet Achtung, Ferenghi! Wendet den Blick ab und starrt nicht hin, wenn sie vorüberziehen.«

Erst als der Zug mit den gedämpften Rädern vorüber war, machte er den Mund wieder auf und erzählte mir, die Han hätten den innigen Wunsch, jeweils dort bestattet zu werden, wo sie geboren seien, und ihre Nachkommen scheuten keine Mühe, ihnen diesen Wunsch zu erfüllen. Da die meisten Han, die Herbergen und Läden an der weit, weit im Westen gelegenen Strecke der Seidenstraße betrieben, ursprünglich aus dem dichter besiedelten Osten des Landes stammten, wünschten sie, daß ihre Gebeine dort ruhen möchten. Aus diesem Grunde werde jeder Han, der im Westen sterbe, nicht besonders tief begraben; sei dann – nach vielen Jahren – eine genügende Anzahl von ihnen tot, stellten ihre Familien im Osten eine *karwan* zusammen und schickte diese in den Westen. Sodann würden sämtliche Leichen wieder ausgegraben, zusammengetragen und in ihre Heimat überführt. Das komme vielleicht jede Generation einmal vor, sagte Ussu, und so könne ich mich unter den Ferenghi glücklich schätzen, eine solche Leichen-*karwan* zu Gesicht bekommen zu haben.

Von Kashgar an hatten wir die ganze Seidenstraße entlang immer wieder einmal einen kleinen Fluß überqueren müssen – kleinere Flußläufe, die das Schmelzwasser der Berge im Süden herunterbrachten und in der Wüste im Norden rasch versickerten. Doch ein paar Wochen nach Anxi stellten wir fest, daß ein sehr viel bedeutenderer Fluß neben uns her gen Osten strömte. Anfangs war es ein munter springendes, klares Wasser, doch jedesmal, wenn die Straße uns wieder unmittelbar heranführte, bemerkten wir, daß der Fluß breiter, tiefer und reißender geworden war und wegen der Sickerstoffe, die er mitführte, eine zunehmend braungelbe Färbung annahm. So lautete auch sein Name –, Huang – der Gelbe Fluß. Der Huang durchmißt mit seinen zum Teil reißenden Wassern die ganze Breite von Kithai und bildet eines der beiden großen Flußsysteme dieses Landes. Das andere befindet sich wesentlich weiter im Süden, heißt Yang-tze, Gewaltiger Fluß, und ist ein noch viel mächtigerer Strom.

»Der Yang-tze und dieser Huang«, belehrte mich mein Vater, »bilden nach dem historischen Nil den zweit- und drittlängsten Fluß der gesamten bekannten Welt.«

Spaßeshalber hätte ich meinerseits hinzufügen können, daß der Huang auch der *höchste* Fluß auf Erden sein müsse. Womit ich sagen will – was man mir selten glaubt –, daß der Huang über weite Strecken hinweg *über* dem umgebenden Land fließt.

»Aber wie kann das sein?« meldeten die Leute ihren Protest an. »Ein Fluß ist nicht unabhängig von der Erde. Steigt ein Fluß, überflutet er höchstens das umliegende Land.«

Doch das tut der Gelbe Fluß nicht oder höchstens gelegentlich in Katastrophenfällen. Jahre- und generationslang, ja, jahrhundertelang haben die Bauern der Han den Fluß entlang Deiche gebaut, um die Ufer zu festigen. Da jedoch der Huang große Mengen Sickerstoffe mitführt und diese unablässig auf dem Flußbett ablagert, steigt der Wasserspiegel ständig. Aus diesem Grunde mußten die Han-Bauern generations- und jahrhundertelang, ja, über Jahrtausende hinweg die Deiche immer weiter erhöhen. Hätte ich an manchen Stellen in den Fluß hineinspringen wollen, wäre mir nichts anderes übriggeblieben, als zuvor einen Hang hinaufzuklettern, der höher war als ein vierstöckiges Gebäude.

»Aber mögen die Deiche noch so hoch sein, sie sind nichts weiter als festgestampfte Erde«, sagte mein Vater. »Als wir das letztemal hier waren, war gerade ein großes Regenjahr, und da haben wir erlebt, wie der Huang dermaßen anschwoll und so reißend wurde, daß er diese Deiche durchbrach.«

»Ein Fluß, hoch in die Luft gehalten und dann fallen gelassen«, sann ich. »Das muß sehenswert gewesen sein.«

Onkel Mafìo sagte: »Als ob man Zeuge würde, wie ganz Venedig und das gesamte festländische Vèneto in der Lagune versänken. Ganze Völker sind in den Fluten umgekommen.«

»Das geschieht Gott sei Dank nicht jedes Jahr«, sagte mein Vater. »Aber doch so häufig, daß es dem Gelben Fluß seinen anderen Namen eingetragen hat – die Geißel der Söhne Hans.«

Doch solange der Fluß ruhig bleibt, wissen die Han ihn durchaus zu nutzen. Hier und da sahen wir am Ufer die größten Räder der Welt: Wasserräder aus Holz und Bambus so hoch wie zwanzig Menschen aufeinander. Am Rand des Rades war eine Fülle von Eimern und Zubern befestigt, die der Fluß sinnvoll füllte, in die Höhe hob und in Bewässerungskanäle entleerte.

An einer Stelle sah ich ein Boot am Ufer liegen, das an beiden Seiten gewaltige, sich drehende Paddelruder aufwies. Zuerst meinte ich, es müsse sich um eine Han-Erfindung handeln, um die von Menschen gehandhabten Paddel zum Vorwärtstreiben des Bootes zu ersetzen. Doch wieder erlebte ich hinsichtlich der hochgerühmten Erfindungsgabe der Han eine Enttäuschung, denn ich erkannte, daß das Boot nur am Ufer festgemacht war und die Paddelräder nur von der Strömung gedreht wurden. Sie wiederum drehten Achsen und Speichen im Bootsinneren, welche einen Mühlstein zum Kornmahlen antrieben. Das Ganze war also nichts weiter als eine schwimmende Wassermühle; das Neue daran war nur, daß sie beweglich war und von einem Ort am Fluß zum anderen verbracht werden konnte, wo Korn geerntet werden und folglich auch zu Mehl gemahlen werden mußte.

Es gab zahllose andere Bootsarten, denn der Gelbe Fluß wies einen dichteren Verkehr auf als selbst die Seidenstraße. Da sie ihre Frachten über so riesige Entfernungen transportieren müssen, ziehen die Han den Wasserweg allem Überlandtransport vor. Das ist wirklich sehr vernünftig, mögen ihre mongolischen Herren sich noch so sehr über die Mißachtung lustig machen, welche die Han den Pferden entgegenbringen. Ein Pferd sowie jedes andere Lasttier frißt auf lange Strecken mehr, als es tragen kann, wohingegen die Flußschiffer auf jedem *li* nur sehr wenig kraftspendende Nahrung zu sich nehmen. Aus diesem Grund achten und verehren die Han ihre Flüsse zu Recht; sie nennen das, was für uns Abendländer die Milchstraße ist, »Himmelsfluß«.

Auf dem Gelben Fluß gab es viele flache, *san-pan* genannte Kähne; die Mannschaft eines solchen Lastkahns war eine Familie, für die das Boot gleichzeitig Zuhause, Transportmittel und Reiserwerb darstellte. Die Männer ruderten oder treidelten die Kähne flußaufwärts und übernahmen, wenn die Strömung ihn flußabwärts trug, das Steuern sowie das Be- und Entladen. Die Frauen schienen endlos mit Kochen und Wäschewaschen beschäftigt. Zwischen ihnen spielte eine große Schar kleinerer Jungen und Mädchen, fast alle nackt bis auf einen großen Kürbis, der ihnen mittels Schnur um die Hüfte geschlungen war und der ihnen helfen sollte, nicht unterzugehen, wenn sie, was oft der Fall war, über Bord fielen.

Es gab aber auch viele größere Fahrzeuge, die mit Hilfe von Segeln vorankamen. Als ich unsere Begleiter fragte, wie diese Boote genannt würden, sprachen die Mongolen nachlässig ein Wort aus, das sich wie *Dschunk* anhörte. Das richtige Han-Wort war, wie ich erfuhr, *chuan,* was jedoch nur Segelboot ganz allgemein bedeutet; nie lernte ich die achtunddreißig verschiedenen Namen für die achtunddreißig verschiedenen Arten von fluß- und seegängigen *Dschunken.*

Doch wie dem auch sei, die kleinste war so groß wie eine flämische Kogge, freilich ohne jeden Tiefgang, und sah lächerlich schwerfällig aus wie ein riesiger schwimmender Schuh. Allmählich ging mir jedoch auf, daß so ein *chuan* nicht, wie die meisten Schiffe im Abendland, die Gestalt eines Fisches nachahmten um fischgleiche Schnelligkeit zu erreichen. Sie richten sich vielmehr der Stabilität auf dem Wasser wegen nach der Gestalt der Ente, und ich sollte später erleben, daß sie ungerührt durch die wirbelndsten Strudel und brodelndsten Wellen des Gelben Flußes hindurchglitten. Vielleicht braucht eine solche *chuan,* da sie flachbodig und robust gebaut ist, wirklich nur ein Ruder und nicht deren zwei, wie unsere Fahrzeuge – und überdies eines, das mittschiffs am Heck angebracht ist und nur einen einzigen Steuermann braucht. Auch die Segel einer *chuan* sind merkwürdig; sie können sich nicht aufblähen wie ein Ballon; sie sind in Abständen mit eingenähten Latten verstärkt und sehen eher aus wie gerippte Fledermausflügel. Erweist es sich jedoch als notwendig, die Segelfläche zu verkleinern, werden sie nicht gerefft wie die unseren, sondern wird Lattenrippe um Lattenrippe zusammengefaltet ähnlich wie die Stäbe einer *persiana* oder *jalousie*.

Doch von allen Booten, die ich auf dem Gelben Fluß sah, erscheint mir am bemerkenswertesten immer noch ein kleines schmales Ruderboot, das *hu-pan* genannt wurde. Es sah lächerlich unsymmetrisch aus, bildete nämlich einen leichten seitlichen Bogen. Nun weist auch eine venezianische *gòndola* eine ganz feine Seitwärtskrümmung auf, um dem Umstand Rechnung zu tragen, daß der Gondoliere immer auf der rechten Seite paddelt, doch ist der Kiel einer *gòndola* so unmerklich gekrümmt, daß es überhaupt nicht auffällt. So ein *hu-pan* jedoch ist so schief, daß er aussieht wie ein auf die Seite gelegter *shimshir*-Säbel. Doch auch hier handelte es sich um etwas durchaus Zweckentsprechendes. So ein *hu-pan* läuft stets in Ufernähe, und da der Ruderer je nachdem die konkave oder die konvexe Seite dem gekrümmten Flußufer zuwendet, gleitet das Fahrzeug leichter um die Flußbiegungen herum. Selbstverständlich muß der Ruderer ständig das Heck gegen den Bug oder den Bug gegen das Heck austauschen, und so sieht es aus, als fege hier aufgeregt ein Wasserläuferinsekt über die Wasseroberfläche.

Es sollte jedoch nicht lange dauern, da konnte ich mich angesichts von etwas noch Merkwürdigerem nicht fassen – und zwar an Land, nicht auf dem Fluß. In der Nähe eines Dorfes namens Zong-zhai stießen wir auf eine verlassene und bereits verfallene Ruine, die einst ein ansehnliches Steingebäude mit zwei Wachtürmen gewesen sein mußte. Unser Begleiter Ussu erzählte mir, in alter Zeit unter einer längst vergessenen Dynastie sei es eine Han-Festung gewesen, trage aber auch heute noch seinen alten Namen: Jadetor. Die Festung war nicht eigentlich ein Tor und bestand auch keineswegs aus Jade, sondern bildete nur das Westende einer massiven, dicken und beeindruckend hohen Mauer, die sich von hier aus in nordöstlicher Richtung erstreckte.

Die Große Mauer, wie die Ausländer sie nennen, wird von den Han selbst weit farbiger »Mund« ihres Landes genannt. In vergangener Zeit nannten die Han sich »Das Volk innerhalb des Mundes«, womit sie diese Mauer meinten; alle Völker im Norden und Westen nannten sie »Völker außerhalb des Mundes«. Wurde ein Verbrecher bei den Han zum Exil verurteilt, nannte man das, er sei »aus dem Mund ausgespieen« worden. Die Mauer war gebaut worden, um alle bis auf die Han draußen zu halten, und sie stellt fraglos das längste und stärkste Bollwerk dar, das Menschenhände je errichtet haben. Wie viele Hände wie lange daran gearbeitet haben, vermag kein Mensch zu sagen. Gleichwohl muß ihr Bau das Leben ganzer Generationen gekostet haben.

Der Überlieferung entsprechend folgt die Mauer der gewundenen, vom Lieblingsschimmel eines gewissen Kaisers Chin vorgegebenen Route – jenes Han-Herrschers, der in irgendeiner grauen Frühzeit mit ihrem Bau begann. Diese Geschichte bezweifle ich jedoch, denn kein Pferd würde freiwillig einen so schwierigen Weg an hohen Bergketten entlanggenommen haben, wie der Mauerverlauf anzeigt. Wir und unsere Pferde taten das gewiß nicht. Wiewohl wir in den noch verbleibenden Wochen unserer offenbar nie endenden Reise quer durch Kithai ganz allgemein dem Verlauf dieser offenbar nie endenden Mauer folgten – die wir von nun an auch selten aus den Augen verloren –, fanden wir für gewöhnlich weiter unten im Tal eine weit weniger schwierige Route.

Die Große Mauer windet sich quer durch Kithai, manchmal ununterbrochen von einem Horizont zum anderen, doch an anderen Stellen nutzt sie auch natürliche Wälle wie Gipfel und Klippen aus, verleibt sie sich gewissermaßen ein und entsteht als Bauwerk immer wieder dort, wo dahinter verwundbare Gebiete sich erstrecken. Auch ist sie nicht überall nur eine einzelne Mauer. In einem Bereich von Ost-Kithai stellten wir fest, daß drei einige *li* auseinanderliegende Mauern parallel nebeneinander verliefen.

Auch besteht die Mauer nicht überall aus dem gleichen Material. Weiter im Osten ist sie aus großen Felsquadern errichtet, die säuberlich und fest mit Mörtel verbunden sind – gleichsam als wäre sie in diesen Gegenden unter dem gestrengen Auge des Kaisers Chin entstanden – und steht unversehrt bis auf den heutigen Tag: ein großes, hohes, dickes und solides Bollwerk, das oben breit genug ist, daß eine Gruppe von mehreren Reitern nebeneinander auf ihr entlangsprengen kann, zu beiden Seiten mit einer Brustwehr mit Schießscharten und in bestimmten Abständen mit gedrungenen, aber die Mauer in jedem Falle überragenden Wachttürmen versehen. Auf manchen Etappen im Westen war die Mauer nicht sonderlich solide gebaut und nur aus Steinen und Lehm nachlässig zusammengefügt, gleichsam als hätten die Untertanen und Sklaven des Kaisers in dem Bewußtsein, daß er ja doch nie kommen und nachsehen werde, ihre Pflicht höchst nachlässig getan; auch war die Mauer hier nicht so hoch und dick wie im Osten, was zur Folge hatte, daß sie im Laufe der Jahrhunderte vielfach zusammengebrochen ist und streckenweise große Lücken aufweist.

Trotzdem – alles in allem stellt die Große Mauer ein gewaltiges und achtungsgebietendes Bauwerk dar, und es fällt mir nicht leicht, sie so zu beschreiben, daß ein Abendländer versteht, was ich meine. Ich möchte es folgendermaßen ausdrücken: Könnte man die Mauer unversehrt aus Kithai herausheben und ihre zahlreichen Abschnitte aneinanderfügen, damit in Venedig anfangen und in nordwestlicher Richtung über den ganzen europäischen Kontinent verlaufen lassen, über die Alpen hinweg, durch Weidenflächen, über Flüsse und durch Wälder hindurch bis zu dem flämischen Nordsee-Hafen Brügge, wäre immer noch genug übrig, um die ganze Strecke zurück nach Venedig noch einmal zurückzulegen, und selbst dann wäre noch genug da, die Mauer von Venedig gen Westen bis an die französische Grenze voranzutreiben.

In Anbetracht der Tatsache, daß die Große Mauer etwas wirklich Gewaltiges darstellt – warum hatten mein Vater und mein Onkel, die sie doch bereits kannten, mir gegenüber nie davon gesprochen und mich neugierig darauf gemacht? Und warum habe ich selbst in meinem früheren Reisebericht dies Wunder nicht erwähnt? Ich habe es nicht unterschlagen, weil ich meinte, die Menschen würden sich weigern, mir zu glauben. Ich habe die Mauer nur deshalb nicht erwähnt, weil ich sie – bei aller Großartigkeit – nur für eine triviale Leistung der Han halte und das auch heute noch tue. Für meine Begriffe beweist sie wieder einmal, daß es mit der weithin gerühmten Erfindungsgabe der Eingeborenen von Kithai doch nicht so weit her ist, und dieser Meinung bin ich auch heute noch. Aus folgendem Grunde:

Während wir an der Großen Mauer entlangritten, sagte ich zu Ussu und Donduk: »Ihr Mongolen gehört zu einem Volk außerhalb des Mundes, doch jetzt seid ihr drinnen. Hatten eure Heere jemals Schwierigkeiten, dieses Hindernis zu bewältigen?«

Donduk verzog höhnisch den Mund. »Da die Mauer in vorgeschichtlicher Zeit gebaut wurde, hatte nie ein Eindringling jemals Schwierigkeiten, sie zu überwinden. Wir Mongolen und unsere Ahnen haben das im Laufe der Jahrhunderte immer und immer wieder getan. Selbst ein unbedeutender Ferenghi wäre dazu imstande.«

»Wieso das?« fragte ich. »Waren denn alle anderen Heere immer bessere Krieger als die Han, die sie verteidigten?«

»Was für Verteidiger meint Ihr, *uu*?« sagte Ussu verächtlich.

»Nun, die Wachen an der Brustwehr. Sie müssen doch jeden in der Ferne auftauchenden Feind erkannt haben. Woraufhin sie doch gewiß Legionen herbeirufen konnten, um diese Feinde zurückzuwerfen?«

»O ja, das stimmt.«

»Ja, und? Warum war es denn so leicht, sie zu besiegen?«

»Besiegen!« sagten sie wie aus einem Munde und im Ton höchster Verachtung. Ussu erklärte die Ursache für ihre Geringschätzung. »Niemand brauchte sie je zu besiegen. Jeder, der von draußen kam und über die Mauer hinüber wollte, brauchte nur die Wachen mit etwas Silber zu bestechen. *Vakh!* Keine Mauer ist größer oder standhafter oder furchteinflößender als die Männer, die dahinter stehen.«

Und ich erkannte, daß sie damit recht hatten. Die Große Mauer, mit Gott weiß was für ungeheurem Aufwand an Geld, Zeit und Arbeit, Blut und Schweiß und Menschenleben errichtet, hat Eindringlinge nie weiter aufhalten können als jede beliebige auf einer Karte gezogene Grenzlinie. Der einzige Anspruch auf Außergewöhnlichkeit, den die Mauer erheben kann, liegt darin, das gewaltigste Denkmal der Vergeblichkeit in der Welt darzustellen.

Zum Beweis möchte ich folgendes anführen: Ein paar Wochen später erreichten wir endlich eine Stadt, die überaus sicher von dieser Mauer eingeschlossen wird, die hier am höchsten, dicksten und am besten erhalten ist. Die Stadt hinter der Mauer ist durch die Jahrhunderte unter vielen verschiedenen Namen bekannt gewesen: Ji-cheng und Ji und Yu-zho und Chung-tu und andere Namen – und irgendwann einmal ist sie auch die Hauptstadt verschiedener Reiche der Han gewesen: der Chin- und der Chou- und der Tang-Dynastie und ohne Zweifel auch anderer. Doch was hat diese gewaltige Mauer genützt? Heute heißt die Stadt, in die wir einritten, Khanbalik – »Stadt des Khan« – und gemahnt daran, wie die letzten Eindringlinge die Große Mauer überwanden und dies Land eroberten, und nach meinem Dafürhalten auch an den bedeutendsten von ihnen: an den Mann, der sich hochtönend, aber mit Recht, selbst Groß-Khan nannte, der Khan aller Khane, Khan der Völker, Sohn des Tulei und Bruder des Mangu Khan, Enkel des Chinghiz Khan, des Mächtigsten der Mongolen – an den Khakhan Kubilai.

KHANBALIK

1 Zu meiner Überraschung wurden wir bei unserem Eintreffen in Khanbalik – das heißt, als wir im letzten Licht des schwindenden Tages an jene Stelle gelangten, wo die staubige Straße in eine breite, gepflasterte und saubere Allee übergeht – von einem nicht geringen Empfangskomitee erwartet.

Zunächst stand wartend ein Zug in Festtagsrüstung aus blitzend poliertem Metall und matt schimmernd geöltem Leder gekleideter mongolischer Fußsoldaten bereit. Sie traten nicht vor, um uns den Weg zu versperren, wie das Kaidus Straßenwache in Kashgar getan hatte. Wie ein Mann präsentierten sie ihre blitzenden Lanzen, das heißt, sie hoben sie grüßend schräg nach oben weisend in die Höhe, nahmen uns dann in die Mitte eines offenen Karrees und marschierten unter den vielen Khanbalikern, die nur kurz innehielten, um uns neugierig zu betrachten, die lange Allee hinunter.

Die nächste Gruppe, die auf uns wartete, bestand aus einer Reihe vornehm aussehender älterer Herren – einige Mongolen, einige Han, sowie offenbar einige Araber und Perser – in langen, bis auf den Boden reichenden, prächtig gefärbten Seidengewändern; ein jeder dieser Männer hatte einen Diener dabei, der ihm an einer langen Stange einen fransenbesetzten Baldachin über den Kopf hielt. Die würdigen Herren hielten von nun an auf beiden Seiten Schritt mit uns, ihre Diener mußten sich beeilen, um die Baldachine auch richtig über ihnen zu halten, und alle lächelten sie uns an, vollführten gemessene Willkommensgesten und riefen ein jeder in seiner Sprache: *Mendu!*, *Ying-jie!* oder *Salaam!* – doch gingen diese Worte rasch unter in dem Höllenlärm von Hörnern und Zimbeln, mit denen sich ein Trupp Spielleute anschloß. Mein Vater und mein Onkel lächelten, nickten und verneigten sich aus dem Sattel heraus; sie hatten offenbar einen solchen außergewöhnlichen Empfang erwartet, wohingegen Nasenloch, Ussu und Donduk kein minder erstauntes Gesicht machten als ich.

Ussu rief mir über den Lärm hinweg zu: »Selbstverständlich hat eure Gruppe die ganze Seidenstraße entlang unter Beobachtung gestanden wie jeder Reisende, und Kuriere werden die Behörden in Khanbalik über euer Vorwärtskommen auf dem laufenden gehalten haben. Kein Mensch nähert sich unbemerkt der Stadt des Khan.«

»Doch für gewöhnlich«, fügte Donduk mit ungewohnt respektvoller Stimme hinzu, »ist es nur der städtische Wang, der Buch führt über das Kommen und Gehen von Besuchern. Ihr Ferenghi« – diesmal sprach er das Wort zur Abwechslung einmal wohlwollend aus – »scheint im Palast selbst bekannt, werdet wärmstens erwartet und mit ungewöhnlicher Aufmerksamkeit willkommen geheißen. Die älteren Herren, die neben uns einherschreiten, müssen Höflinge des Khakhan selbst sein.«

Ich blickte von einer Seite der Allee auf die andere, denn ich war sehr gespannt, wie die Stadt aussah, doch plötzlich wurde mir der Blick verdunkelt und meine Aufmerksamkeit auf etwas anderes gelenkt. Es ertönte so etwas Ähnliches wie ein Donnerschlag und blitzte auf wie bei einem Wetterleuchten, nur freilich nicht hoch am Himmel, sondern erschreckend dicht über uns. Das Ganze ließ mich zusammenschrecken, und mein Pferd scheute so heftig, daß ich die Steigbügel verlor. Ich bändigte das Tier, ehe es hinten auskeilte, und hielt es tänzelnd auf der Stelle, während der prasselnde Lärm wieder losging und es immer und immer wieder knatterte, wobei es jedesmal wetterleuchtete. Ich sah, daß alle anderen Pferde gleichfalls scheuten und wir alle damit beschäftigt waren, sie unter Kontrolle zu halten. Nun hätte ich erwartet, daß die vielen Menschen auf der Allee auseinandergestoben wären und irgendwo Schutz gesucht hätten, doch schienen alle nicht nur gefaßt, sondern das Durcheinander und die Erhellung der Dämmerung zu genießen. Mein Vater und mein Onkel sowie die beiden Mongolen unserer Eskorte bewahrten genauso die Ruhe; sie verzogen das Gesicht sogar zu einem breiten Grinsen, als sie die Zügel anzogen, um die unruhigen Pferde in ihrer Gewalt zu behalten. Offenbar wirkte das ganze Geknatter und Geblitz nur auf mich und Nasenloch so erschreckend – ich sah, wie ihm die Augäpfel weißlich aus den Höhlen quollen, als er sich angstvoll nach der Quelle des Lärms umsah.

Dieser kam von den geschwungenen Dächern links und rechts der Straße. Leuchtende Lichter stoben Feuerbränden gleich – oder mehr noch wie die »Perlen des Himmels« in der Wüste – von diesen Dächern aus in die Höhe und beschrieben dort eine gebogene Linie. Direkt über uns barsten sie dann, erzeugten dabei den ohrenbetäubenden Krach und zerstoben in verschiedenfarbigen Lichtfunken und -streifen und -fetzen, die heruntersegelten und erloschen, ehe sie das Straßenpflaster erreichten und hier einen strengen Rauchgeruch verbreiteten. Es fuhren so viele Brände von den Dächern in die Höhe und barsten in so rascher Folge nacheinander, daß ihr Aufblitzen einen ständigen hellen Schein verbreitete, der das natürliche Abenddämmer vertrieb, und ihr Geknatter ergab einen solchen Krach, daß von der Musik der uns begleitenden Spielleute nichts mehr zu hören war. Ungerührt stapften diese durch den blauen Rauch, und es sah aus, als führten sie eine Pantomime auf und spielten gar nicht richtig. Zwar war auch davon nichts zu hören, doch sah es nach dem Indiehöhespringen, dem Gewinke und den Mundbewegungen ganz so aus, als ob die Stadtbewohner zu beiden Seiten der Allee bei jedem Geknatter und bei jedem Aufblitzen aus vollem Herzen hurra schrien.

Vielleicht sind mir angesichts dieser merkwürdigen und unberechenbaren fliegenden Feuer selbst die Augen aus dem Kopf gefallen. Denn als wir weiter die Allee hinunterritten und der Sturm aus Rauch und künstlichen Blitzen vorüber war, trieb Ussu wieder sein Pferd neben mich und sprach so laut, daß man ihn sogar über die ausgelassenschrillen Töne des Spielmannszugs hinweg verstehen konnte:

»So etwas ist Euch noch nie geboten worden, nicht wahr, Ferenghi? Das ist eine Spielerei, wie nur das kindliche Gemüt der Han sie hat ersinnen können. Sie nennen es *huo-shu yin-hua* –Feuerbäume und Glitzerblumen.«

Kopfschüttelnd sagte ich: »Eine schöne Spielerei, muß ich schon sagen!«, schaffte es jedoch, ein Lächeln aufzusetzen, als hätte ich es gleichfalls genossen. Dann schaute ich mich weiter um, denn ich war neugierig, wie die weithin gepriesene Stadt Khanbalik aussähe.

Doch davon will ich später berichten. Vorläufig möchte ich es dabei bewenden lassen zu sagen, daß die Stadt, die bei der Einnahme durch die Mongolen ein paar Jahre vor meiner Geburt sehr gelitten hatte, seither ständig und von Grund auf wieder aufgebaut worden ist. Wiewohl inzwischen viele Jahre vergangen waren, wurde immer noch dazugebaut, verfeinert und verschönert und so großartig dargestellt, wie die Hauptstadt des größten Reiches auf Erden sich zu Recht präsentieren sollte. Die breite Allee führte uns und die uns begleitenden Truppen, Ältesten und Spielleute zwischen den Fassaden schöner Gebäude lange geradeaus und endete vor einem hochragenden, nach Süden weisenden Torbau in einer Mauer, die fast so hoch und dick und eindrucksvoll war wie die bestgebauten Abschnitte der Großen Mauer draußen auf dem Lande.

Wir ritten durch das Tor und befanden uns in einem der Höfe, die der Palast des Khakhan umschloß. Doch Palast ist als Wort längst nicht umfassend genug. Das Ganze war mehr als ein Palast, war eine nicht gerade kleine Stadt in der Stadt, und es wurde immer noch daran gebaut. Der Hof war voll von Wagen und Karren und Zugtieren von Maurern und Zimmerleuten und Stukkateuren und Vergoldern und dergleichen; hinzu kamen die Gefährte der Bauern und Händler, die den Bewohnern der Palaststadt das fürs Leben Notwendige lieferten, sowie die Reittiere und Wagen und von Trägern getragene Sänften anderer Besucher, die aus anderen Gründen von nah und fern hierhergekommen waren.

Aus der Schar der Höflinge, die uns durch die Stadt das Geleit gegeben hatten, trat einer vor, ein bereits hochbetagter und gebrechlich wirkender Han, der auf farsi zu uns sagte: »Ich werde Diener herbeirufen, meine Herren.« Auf diese Worte hin klatschte er nur ganz leicht in die blassen, pergamentenen Hände, doch irgendwie drang dieser kaum hörbare Ruf durch die Geschäftigkeit des Hofes, und es wurde augenblicklich Folge geleistet. Von irgendwoher tauchte ein halbes Dutzend Stallburschen auf, denen er auftrug, sich unserer Reit- und Packpferde anzunehmen und Ussu und Donduk und Nasenloch in Unterkünfte der Palastwache zu bringen. Geradezu lautlos klatschte er dann noch einmal in die Hände, und diesmal tauchten wie von Zauberhand herbeigebracht drei Dienerinnen auf.

»Diese Mädchen werden Euch bedienen, meine Herren«, sagte er zu meinem Vater, meinem Onkel und mir. »Ihr werdet vorläufig im Pavillon der geehrten Gäste Wohnung nehmen. Morgen komme ich und bringe Euch zum Khakhan, der bereits darauf brennt, Euch zu begrüßen; bei dieser Gelegenheit wird er Euch zweifellos etwas anweisen, wo Ihr für länger wohnen könnt.«

Die drei Frauen verneigten sich viermal vor uns, und zwar in der überaus unterwürfigen, *ko-tou* genannten Begrüßung der Han, bei der man sich in den Staub wirft und die Stirn so tief neigen soll, daß sie den Boden berührt. Dann winkten die Frauen uns lächelnd und führten uns mit merkwürdig vogelhaften Trippelschritten über den Hof, wobei die Menge vor uns zurückwich. Wir legten noch eine beträchtliche Strecke durch die im Zwielicht daliegende Palaststadt zurück – durch Bogengänge und Arkaden, quer durch andere Höfe, Gänge hinunter und über Terrassen –, bis die Frauen am Pavillon der geehrten Gäste abermals *kotou* machten. Dieser wies, wie wir meinten, nur eine glatte Wand aus schimmerndem Ölpapier vor Holzrahmen mit Gitterwerk auf, doch die Frauen schoben einfach zwei dieser Rahmen zur Seite, verneigten sich und baten uns hinein. Unsere Unterkunft bestand aus drei Schlafräumen und einem Wohnzimmer, alle vier hintereinander gelegen und einer wie der andere üppig ausgestattet und geschmückt mit einem bereits brennenden, reichverzierten Kohlebecken – in dem saubere Holzkohle glomm und nicht Tierdung oder rauchige *kara*. Eine der Frauen machte sich daran, unsere Betten vorzubereiten – richtige Betten auf hohen Beinen und darin federgefüllte Zudecken und Kissen –, während eine andere Wasser zum Sieden auf das Kohlenbecken stellte, um unser Bad vorzubereiten; die dritte trug Tabletts mit bereits angerichtetem heißem Essen aus einer Küche in der Nähe herbei.

Als erstes machten wir uns heißhungrig über das Essen her, das köstlich mundete: es gab gedünstetes Ferkelfleisch in einer Knoblauchsauce, eingelegte Kapern mit Puffbohnen, die vertrauten *miàn*-Nudeln, eine Grütze, die sehr viel Ähnlichkeit mit unserer venezianischen Kastanienmehlpolenta hatte, einen *cha* mit Mandelaroma und zum Nachtisch rotkandierte kleine Saueräpfel mit einem kleinen Holzspieß zum Anfassen daran. Dann nahmen wir – jeder für sich in seinem Raum – ein Bad oder vielmehr: Wir *wurden* gebadet. Mein Vater und mein Onkel schienen dieses Bedientwerden so gleichmütig über sich ergehen zu lassen, als ob die jungen Frauen männliche Reiber in einer *hamman* gewesen wären. Für mich war es jedoch das erste Mal seit den Zeiten von Zia Zulià, daß ich von Frauenhänden gebadet wurde, und so empfand ich es als prickelnd und peinlich zugleich. Um mich abzulenken, betrachtete ich die Frau, statt darauf zu achten, was sie mit mir machte. Sie war eine junge Han, vielleicht etwas älter als ich, doch verstand ich mich damals noch nicht darauf, das Alter von so fremden Wesen zu schätzen. Sie war weit besser gekleidet, als es irgendeine Dienerin im Abendland gewesen wäre, gleichzeitig aber auch viel bescheidener, gelehriger und williger als je eine Dienerin bei uns daheim.

Sie hatte Gesicht und Hände, so hell wie Elfenbein, eine Fülle hochgekämmten blauschwarzen Haars, kaum eine Andeutung von Brauen und Lider offenbar überhaupt keine; und die Augen waren nicht zu sehen, weil die Öffnung so besonders schmal war und sie sie zudem immer niedergeschlagen hielt. Sie hatte rote, feucht schwellende Lippen, doch von einer Nase konnte eigentlich nicht die Rede sein. (Ich fand mich allmählich schon damit ab, in jenen Landen nie eine ausgeprägte Nase zu sehen zu bekommen, wie man ihr besonders in Verona begegnet.) Ihr elfenbeinernes Gesicht war in diesem Augenblick durch einen kleinen Schmutzfleck auf der Stirn entstellt, der von dem *ko-tou* auf dem Hof herrührte. Doch eine kleine Unvollkommenheit kann bei einer Frau etwas höchst Reizvolles sein, und so verspürte ich nachgerade den Wunsch, einmal zu sehen, wie denn der Rest der Frau unter ihren vielen Schichten Brokat – Stola, Wams, Rock, Schärpe, Bänder und anderer Putz – aussehen mochte.

Ich war versucht, ihr anzudeuten, sobald sie mich gebadet hätte, könnte sie mir auch noch auf andere Weise zu Diensten sein, tat es dann aber doch nicht. Ich konnte ihre Sprache nicht, und beredte Gesten in dieser Hinsicht wären vielleicht eher verletzend denn als Einladung aufgefaßt worden. Auch wußte ich nicht, wie freizügig oder streng man hier in diesen Dingen war. Folglich meinte ich, es sei Vorsicht geboten, und als sie mit ihrer Aufgabe fertig war und ihren *ko-tou* gemacht hatte, ließ ich sie ziehen. Es war noch nicht spät, doch war es ein anstrengender Tag gewesen. Die Strapazen der Reise, die Erregung, endlich unser Ziel erreicht zu haben, und das wohlige Gefühl, welches das Bad in mir ausgelöst hatte – all das ließ mich augenblicklich in einen tiefen Schlaf sinken. Ich träumte davon, der Dienerin, wie bei einer Puppe, Schicht um Schicht aus ihren Kleidern herauszuhelfen, doch als ich sie gerade von dem letzten Gewand befreien wollte, verwandelte sie sich plötzlich in jenes andere Spielzeug: das Feuerbäume und Glitzerblumen genannte Schauspiel am nächtlichen Himmel . . .

Am Morgen brachten uns dieselben drei Frauen je ein Tablett mit dem Frühstück, das sie uns auf den Schoß setzten, während wir noch im Bett lagen. Während wir frühstückten, machten sie Wasser heiß, damit wir jeder noch ein Bad nehmen konnten. Ich finde, zweimal innerhalb eines Tages ein Vollbad zu nehmen, ist reichlich übertrieben. Hinterher kam Nasenloch mit einigen Stallburschen, die unser Reisegepäck brachten, und so kleideten wir uns nach dem Bad in die schönsten und am wenigsten getragenen Gewänder, die wir hatten. Das waren unsere persischen Trachten – *tulband* auf dem Kopf, bestickte Westen über lokkeren Hemden mit engen Manschetten an den Armen, ein *kamarband* um die Hüfte und weitgeschnittene, pludrige Hosen, deren Beinlinge unten in die Schäfte gut sitzender Stiefel hineingesteckt waren. Unsere drei Mädchen kicherten und hielten sich nervös die Hand vor den Mund, wie Han-Frauen das immer tun, wenn sie lachen, doch beeilten sie sich, uns zu versichern, sie kicherten bloß aus Bewunderung darüber, wie hübsch wir aussähen.

Dann traf unser betagter Han-Führer von gestern abend ein, stellte sich diesmal als der Hofmathematiker Lin-ngan vor und führte uns zum Pavillon hinaus. Jetzt, bei hellem Tageslicht, konnte ich unsere Umgebung besser würdigen als am Tag zuvor. Er führte uns durch Arkaden und Bogengänge, vorüber an Lauben aus Weinranken und Wandelgänge unter den Überständen schöngeschwungener Dächer entlang, über Terrassen, die auf in voller Blütenpracht stehende Gärten hinausgingen, über hochgewölbte Brücken, die über Lotus-Teiche und Bäche hinwegführten, in denen goldene Fische schwammen. Allgegenwärtig waren die Diener und Dienerinnen, zumeist Han, die reichgekleidet, doch ängstlich geschäftig ihren Aufgaben nachgingen, und dazwischen immer wieder Angehörige der mongolischen Palastwache in ihren Galauniformen, die starr wie die Statuen dastanden und Waffen in der Hand hielten, die sie beim geringsten Anlaß auch benutzen würden; aber gelegentlich erblickten wir auch einen müßig schlendernden Edelmann oder Ältesten oder Höfling, die alle so würdevoll und prächtig gekleidet waren und so bedeutend aussahen wie unser Führer Lin-ngan, den sie im Vorübergehen gemessen nickend grüßten.

Die meisten Gänge wiesen keine festen Wände auf, sondern reichgeschnitzte oder mit Flechtwerk gefüllte durchbrochene Balustraden, erlesen gestaltete Säulen und von der Decke herunterhängende, künstlich klingelnde Glockenspiele, sowie Seidenquasten, die leise rauschten wie ein Pferdeschweif. Feste Korridore, welche die Sonne nicht erhellte, wurden von Laternen aus gefärbtem Moskowiterglas beleuchtet, die wie sanft schimmernde Monde aussahen und ein herrlich diffuses Licht verbreiteten; außerdem hing in jedem dieser Korridore der feine Dunst von wohlriechendem Weihrauch. Ob offen oder geschlossen – in allen Gängen standen Kunstwerke: elegante marmorne Sonnenuhren, lackierte Wandschirme und figurengeschmückte Gongs, die Standbilder von Löwen, Pferden, Drachen und anderen Tieren, die ich nicht kannte, sowie große Bronzeurnen und Vasen aus Porzellan und Jade, die überquollen von Schnittblumen.

Wieder überquerten wir jenen Hof am Tor, den wir gestern abend als ersten betreten und in dem es immer noch oder bereits wieder von Reitpferden, Lasteseln, Kamelen, Karren, Wagen, Sänften und Menschen wimmelte. In dem ganzen Getriebe sah ich zufällig zwei Han gerade von ihren Maultieren absitzen, und obgleich es sich nur um zwei Gesichter in einer großen Menge handelte, hatte ich das unbestimmte Gefühl, diese Männer schon einmal gesehen zu haben. Nachdem er uns noch ein Stück weitergeführt hatte, brachte der alte Lin-ngan uns schließlich vor zwei gewaltige, nach Süden gehende Torflügel, ziseliert, vergoldet und in vielen Farben gelackt, Torflügel aus dicken Bohlen und mit Metallmontierungen und großen Buckelnägeln beschlagen, so daß man hätte meinen können, sie müßten dazu dienen, Giganten draußen – oder drinnen – zu halten. Die feine Greisenhand auf einem der schmiedeeisernen Türgriffe, die Drachen darstellen sollten, sagte Lin-ngan mit seiner leisen Stimme:

»Das hier ist der *cheng*, die Halle der Gerechtigkeit, und um diese Stunde spricht der Khakhan Recht bei Klägern, Bittstellern und Missetätern. Wenn Ihr warten wolltet, bis das vorüber ist, meine Herren Polo – er möchte Euch gleich anschließend begrüßen.«

Ohne sichtlichen Kraftaufwand stieß der zerbrechlich aussehende alte Mann die mächtigen Torflügel auf – sie mußten also sehr klug ausgewogen sein und in gutgeschmierten Scharnieren hängen – und forderte uns mit einer Verneigung auf einzutreten. Dann folgte er uns und schloß das Tor wieder hinter uns. Er blieb neben uns stehen und erwies sich beim Erklären dessen, was sich hier abspielte, als ausgesprochen hilfreich.

Der *cheng* war eine weitläufige, hohe Halle, mindestens so groß wie ein Innenhof. Sein Dach wurde von geschnitzten und vergoldeten Säulen getragen, und die Wände waren mit rotem Leder überzogen, doch der Boden war frei von jeglichem Mobiliar. Nur am äußersten Ende ragte eine Plattform empor mit einem mächtigen, thronähnlichen Sessel darauf, flankiert von Reihen niedrigerer und weniger eleganter Polsterstühle. Auf diesen Sitzen saßen alle möglichen Würdenträger, und im Schatten hinter dem Podest standen noch andere Gestalten oder bewegten sich hin und her. Zwischen uns und dem Podest kniete eine große Schar von Bittstellern, die meisten von ihnen in der groben Kleidung von Bauern, doch andere auch in edlerem Aufzug.

Selbst aus der Entfernung, in der wir standen, erkannte ich den Mann, der die Mitte des Podests einnahm – und hätte ihn auch erkannt, wäre er schäbig gekleidet gewesen und hätte unter all den einfachen Leuten auf dem Boden der Halle gesessen. Khan Kubilai war nicht auf seinen erhöhten Thronsitz und die mit Goldfäden durchwirkten, pelzgefütterten Seidenroben angewiesen, um deutlich zu machen, wer er war. Sein Herrschertum verriet sich schon in der aufrechten Art, in der er dasaß, als ob er immer noch rittlings auf einem Schlachtroß säße, sprach aus den markanten Linien seines wettergegerbten Gesichts und aus der Festigkeit seiner Stimme, obwohl er nur gelegentlich und dann auch noch recht leise sprach. Die Männer auf den Stühlen links und rechts von ihm waren fast ebenso gut gekleidet wie er, doch ihr Gebaren machte deutlich, daß sie Untergebene waren. Diskret den Finger auf sie richtend und im Flüsterton erklärte unser Führer, Lin-ngan, wer sie alle waren.

»Einer von ihnen ist der *Suo-ke* genannte Beamte. Das heißt ›Zunge‹. Vier von ihnen sind Schreiber des Khakhan, die auf Schriftrollen festhalten, was hier vor sich geht. Acht von ihnen sind Minister des Khakhan, jeweils zwei auf den vier immer höheren Rängen. Die hinter dem Podest, die ständig hin und her laufen, sind Boten, die Dokumente aus den Cheng-Archiven herbeiholen, wenn man sie braucht, um irgend etwas nachzusehen.«

Der »Zunge« genannte Beamte auf dem Podest war unablässig beschäftigt, sich hinunterzubeugen, um einen Bittsteller anzuhören und sich dann umzudrehen, um sich mit dem einen oder anderen der Minister zu besprechen. Aber auch diese Minister waren ständig beschäftigt, ihrerseits die Zunge zu befragen, Boten aufzufordern, Dokumente herbeizuschaffen, sich in diese Papiere und Rollen zu vertiefen, sich untereinander und gelegentlich mit dem Khakhan zu beraten. Doch die vier Schreiber schienen nur hin und wieder etwas zu notieren, woraufhin ich bemerkte, das sei schon sonderbar: daß die Herren Minister im *cheng* härter arbeiteten als ihre Schreiber.

»Ja«, sagte Lin-ngan, »die Schreiber machen sich nicht die Mühe, irgend etwas von diesen Verhandlungen festzuhalten – bis auf die Worte, die Khan Kubilai selbst spricht. Alles andere ist nur Vorbesprechung. Die Worte des Khakhan fassen alles bisher Gesprochene zusammen und heben alles bisher Gesagte auf.«

Nun hätte man meinen sollen, daß in einem so riesigen Raum mit so vielen Menschen darin ein mißtönendes, weithin hallendes Stimmengewirr geherrscht hätte, aber die Menge war ruhig und gesittet, wie eine Gemeinde in einer Kirche. Nur eine Person stand jeweils auf, trat an das Podest heran und richtete das Wort auch nur an den »Zunge« genannten Beamten und das auch noch in einem so leisen und ehrfürchtigen Ton, daß wir am anderen Ende des Raums nichts von dem mitbekamen, was sich da vorn tat, bis die Zunge nach den Beratungen für alle das Urteil verkündete.

Lin-ngan sagte: »Im Laufe eines *cheng* richtet niemand außer der Zunge das Wort direkt an den Khan Kubilai, und dieser spricht auch mit keinem anderen außer ihr. Ein Bittsteller oder Ankläger legt seinen Fall der Zunge vor – die übrigens deshalb so genannt wird, weil sie alle Sprachen im Reiche spricht und versteht. Dann unterbreitet die Zunge den Fall einem der beiden Minister des untersten Ranges. Betrachtet dieser die Angelegenheit als wichtig genug, gibt er sie weiter nach oben. Auf jedem Rang kann nach Konsultierung etwaiger Präzedenzfälle ein Urteilsspruch vorgeschlagen und der Zunge mitgeteilt werden, die ihn ihrerseits an den Khakhan weiterleitet. Dieser kann zustimmen oder gewisse Änderungen des Urteilsspruchs verlangen oder ihn auch gänzlich verändern. Dann verkündet die Zunge den Beteiligten und allen, die sich in Hörweite befinden, laut das endgültige Urteil – daß der Schaden an einen Klageführenden zu bezahlen sei oder dem Verteidiger auferlegt werde, oder eine Bestrafung, die vorgenommen werden solle, manchmal aber auch, daß die ganze Angelegenheit fallenzulassen sei – und damit ist der Fall für immer abgeschlossen.«

Ich erkannte, daß dieser *cheng* von Khanbalik anders funktioniert als der *daiwan* von Baghdad, wo jeder Fall zwischen dem Shah und seinem *wazir* und einer Gruppe gelehrter muslimischer Imams und Muftis so lange diskutiert werden muß, bis man zu einem einvernehmlichen Urteil kommt. Hier konnten die Minister untereinander zunächst über einen Fall beraten und auch streiten – doch das endgültige Urteil lag ausschließlich im Ermessen des Khan Kubilai; an seinem Urteilsspruch war nicht zu rütteln, ein Einspruch dagegen nicht möglich. Ich bekam aber auch mit, daß seine Urteile manchmal witzig oder launisch, manchmal jedoch in ihrer Grausamkeit auch erschreckend ausfielen.

Der alte Lin-ngan sagte gerade: »Bei dem Bauern, der da sein Bittgesuch stellt, handelt es sich um den Abgesandten eines ganzen Bauernbezirks aus der Provinz Ho-nan. Er berichtet, daß die Reisfelder von Heuschreckenschwärmen kahlgefressen sind. Eine Hungersnot drückt das Land, und die Bauern und ihre Familien verhungern. Der Abgesandte bittet jetzt um Hilfe für die Bewohner von Ho-nan und fragt, was getan werden könne. Schaut, die Minister haben sich mit der Frage befaßt und sie an den Khakhan weitergegeben. Jetzt wird die Zunge verkünden, was der Khakhan beschlossen hat.«

Das tat die Zunge nun einem stakkatohaft hervorgestoßenen Han, von dem ich zwar nichts verstand, das jedoch Lin-ngan dolmetschte:

»Also sprich Khan Kubilai. Wo sie sich am Reis gemästet haben, müßten die Heuschrecken köstlich schmecken. Die Familien Ho-nans haben die Erlaubnis des Khakhan, die Heuschrecken zu essen. Khan Kubilai hat gesprochen.«

»Wahrlich«, brummte Onkel Mafìo, »der alte Tyrann ist immer noch von derselben leichtfertigen Herrscherlichkeit wie früher.«

»Honig auf den Lippen und einen Dolch im Gürtel«, sagte mein Vater bewundernd.

Als nächstes kam der Fall eines Provinznotars namens Xen-ning, der verantwortlich war für die Eintragung von Landüberschreibungen, Schenkungen und Testamentslegaten und dergleichen. Er wurde angeklagt – und für schuldig befunden –, seine Unterlagen gefälscht zu haben, um sich selbst zu bereichern. Die Zunge verkündete den Urteilsspruch, und Lin-gnan dolmetschte:

»Also spricht Khan Kubilai. Notar Xen-ning, Ihr habt Euer Leben lang von Worten gelebt – fortan sollt Ihr Euch davon *ernähren*. Ihr werdet in eine Einzelzelle gesteckt, und zu jeder Mahlzeit wird man Euch Zettel reichen, auf denen die Wörter ›Fleisch‹ und ›Reis‹ und *cha* geschrieben stehen. Sie sollen Eure Nahrung darstellen, solange Ihr davon leben könnt. Khan Kubilai hat gesprochen.«

Beim nächsten und letzten Fall an diesem Vormittag ging es um eine Frau, die beim Ehebruch ertappt worden war. An sich wäre ein solcher Fall zu geringfügig, um vor den *cheng* gebracht zu werden, sagte der alte Lin-ngan, hätte es sich nicht um eine Mongolin gehandelt, die Gattin eines mongolischen Khanats-Würdenträgers, eines gewissen Herrn Amursama; aus diesem Grund galt das Verbrechen als schändlicher denn eines, bei dem es nur um die Frau eines Han gegangen wäre. Den Liebhaber habe der rasende Gatte im Augenblick der Entdeckung erstochen, sagte Lin-ngan und wollte damit andeuten, eigentlich sei der Missetäter viel zu schnell und ohne die verdienten Qualen davongekommen. Jetzt wandte sich der Gatte an den *cheng* mit der Bitte um eine heilsame Strafe für sein ungetreues Eheweib. Der Bitte des gehörnten Ehemanns wurde entsprochen, und ich bin überzeugt, daß er mit dem Entscheid einverstanden war. Lin-ngan dolmetschte:

»Also spricht Khan Kubilai: Die schuldige Dama Amursama wird dem Liebkoser überantwortet.«

»Dem Liebkoser?« rief ich lachend. »Ich dachte, von einem solchen habe man sie gerade erlöst?«

»Liebkoser«, erklärte der alte Mann steif, »so heißt bei uns der Hofhenker.«

»Den nennen wir in Venedig realistischer Fleischmacher.«

»In der Han-Sprache ergibt es sich nun einmal, daß der Ausdruck für Leibesfolter – *dong-xing* – und derjenige für sexuelle Reizung – *dong-qing* – wie Ihr gerade eben gehört habt, zum Verwechseln ähnlich ausgesprochen werden.«

»*Gèsu*!« murmelte ich.

»Ich möchte fortfahren«, sagte Lin-ngan. »Die Gattin wird dem Liebkoser überantwortet, und zwar in Begleitung ihres Gatten. Im Beisein des Liebkosers und, sofern nötig, mit seiner Hilfe, wird der Gatte mit Zähnen und Fingernägeln den Schließmuskel der Scham herausreißen und sie damit erdrosseln. Khan Kubilai hat gesprochen.«

Weder mein Vater noch mein Onkel waren imstande, über diesen Urteilsspruch eine Bemerkung zu machen, ich jedoch tat das. Vorlaut spottete ich:

»*Vakh!* Das ist doch alles nur für uns bestimmt. Der Khakhan weiß sehr wohl, daß wir hier sind. Infolgedessen fällt er solche ausgefallenen Urteile, um uns zu beeindrucken und zu verwirren. Genauso, wie der Ilkhan Kaidu, als er seinem Leibwächter in den Mund spuckte.«

Mein Vater und Lin-ngan sahen mich schräg von der Seite an, doch mein Onkel knurrte: »Frecher Grünschnabel! Glaubst du wirklich, der Khan aller Khane würde sich die Mühe machen, auf irgendeinen Menschen auf Erden Eindruck machen zu wollen? Und das ausgerechnet auf irgendwelche Wichte aus irgendeinem unbedeutenden Land irgendwo weit hinter seinem Herrschaftsbereich?«

Ich erwiderte nichts, machte aber auch kein zerknirschtes Gesicht, denn ich war überzeugt, daß meine abweichende Meinung irgendwann bestätigt werden würde. Das sollte jedoch nie geschehen. Onkel Mafìo hatte selbstverständlich recht, und ich hatte unrecht; ich sollte bald erfahren, wie töricht ich mich im Temperament des Khakhan verschätzt hatte.

Doch in diesem Augenblick leerte der *cheng* sich. Der zusammengedrängte Haufen der Bittsteller raffte sich auf und verließ ihn schlurfend durch jenes Tor, durch das wir eingetreten waren. Die Richter auf dem Podest verschwanden bis auf den Khakhan durch irgendeine Tür am Ende der Halle. Als niemand mehr zwischen ihm und uns stand bis auf seine Leibwächter, sagte Lin-ngan: »Der Khakhan winkt uns. Laßt uns nähertreten.«

Dem Beispiel des Mathematikers folgend, knieten wir alle nieder, um vor dem Khakhan *ko-tou* zu machen. Doch ehe wir uns so weit hinabgebeugt hatten, daß wir im Begriff standen, mit der Stirn den Boden zu berühren, gebot er mit dröhnender Stimme: »Erhebt euch! Steht auf! Alte Freunde, willkommen wieder in Kithai!«

Er sprach mongolisch, und ich habe ihn auch hinterher nie eine andere Sprache sprechen hören, so daß ich nicht sagen kann, ob er mit dem Handels-Farsi oder irgendeiner der vielen anderen Sprachen in seinem Reiche vertraut war; auch habe ich es nie erlebt, daß jemand ihn in einer anderen Sprache als in seiner Muttersprache angesprochen hätte. Er schloß auch meinen Vater und meinen Onkel nicht in die Arme, wie Freunde in Venedig es getan hätten, sondern klopfte einem jeden von ihnen mit großer, schwer beringter Hand auf die Schulter.

»Es freut mich, euch wiederzusehen, Gebrüder Polo. Wie ist euch die Reise bekommen, *uu*? Ist das der erste meiner Priester, *uu*? Wie jung er für einen weisen Kleriker aussieht!«

»Nein, Sire«, sagte mein Vater. »Das hier ist mein Sohn Marco, gleich uns jetzt ein erfahrener Reisender. Wie wir stellt er sich in den Dienst des Khakhan.«

»Dann sei auch er mir willkommen«, sagte Kubilai und nickte mir freundlich zu. »Aber die Priester, Freund Nicolò – kommen die noch, *uu*?«

Entschuldigung heischend, nicht aber kriecherisch erklärten mein Vater und mein Onkel, es sei ihnen nicht gelungen, die hundert geforderten Priester – oder überhaupt irgendwelche Geistliche – mitzubringen; sie hätten nun mal das Pech gehabt, gerade während eines päpstlichen Interregnums sowie der damit verbundenen Unsicherheit innerhalb der kirchlichen Hierarchie nach Hause zurückzukommen. (Die beiden hasenherzigen Predigermönche, die nicht weiter gekommen waren als bis in die Levante, erwähnten sie nicht.) Während sie all dies erklärten, nahm ich die Gelegenheit wahr, mir den mächtigsten Alleinherrscher auf dem ganzen Erdenrund genauer anzusehen.

Der Khan aller Khane stand damals kurz vor seinem sechzigsten Geburtstag, also in einem Alter, das man im Abendland für greisenhaft erachten würde. Er jedoch war immer noch ein gesunder, kräftiger Mann. Als Krone trug er einen schlichten *moriòn*-Helm aus Gold, der wie eine umgedrehte Suppenschale aussah, von der hinten und zu den Seiten Nackenschild und Ohrenschützer herunterhingen. Das Haar, das unter dem Helm hervorquoll, war zwar bereits ergraut, aber noch voll. Kinn- und Schnurrbart, kurz geschnitten, wie die Schiffszimmerleute sie zu tragen pflegen, wies mehr Pfeffer als Salz auf. Für einen Mongolen hatte Kubilai recht runde Augen, die lebhaft und intelligent blitzten. Seine gesunde Gesichtsfarbe war zwar wettergegerbt, aber noch straff, als wäre sein Gesicht aus gut gelagertem Walnußbaumholz geschnitzt. Das einzige Unschöne an seinem Gesicht war die Nase, die nicht nur klein war wie bei allen Mongolen, sondern darüber hinaus auch noch knollig und stark gerötet. Seine Gewänder bestanden aus glänzender Seide, die in Brokatmanier mit Mustern und Figuren übersät waren, und sie bedeckten eine Gestalt, die zwar dicklich, aber nicht schwammig war. An den Füßen trug er weiche Stiefel aus einem ganz besonderen Leder; später erfuhr ich, daß sie aus der Haut eines bestimmten Fisches gefertigt werden, von dem gesagt wird, sie lindere die Schmerzen der Gicht, des einzigen Gebrechens, über den ich den Khakhan sich jemals habe beklagen hören.

»Nun«, sagte er, als mein Vater und Onkel geendet hatten, »vielleicht beweist eure römische Kirche, daß sie wahrhaft schlau und weise ist, wenn sie über ihre Mysterien nichts nach außen dringen läßt.«

Ich war immer noch der frisch gebildeten Überzeugung, daß Khan Kubilai auch nicht anders war als andere Sterbliche – was für mich dadurch bewiesen schien, daß er sich bei der Sitzung des *cheng* um unseretwillen in Positur gesetzt hatte –, und jetzt schien er mich in dieser Meinung zu bestätigen, denn er fuhr fort, so redselig zu plaudern wie jeder gewöhnliche Mensch, der sich mit seinen Freunden unterhält.

»Ja, eure Kirche könnte recht beraten sein, *keine* Missionare hierher zu schicken. Was die Religion betrifft, denke ich oft, überhaupt keine ist besser als zuviel. Wir haben ja schon nestorianische Christen, und die fallen mit ihrer Streitsüchtigkeit dermaßen auf, daß sie schon eine Pest sind. Selbst meine alte Mutter, die Khatun Sorghaktani, die vor langer Zeit zu ihrem Glauben übergetreten ist, ist dermaßen verblendet und von ihrem Glauben berauscht, daß sie mir und jedem anderen Heiden, dem sie begegnet, große Standpauken hält. Unsere Höflinge bemühen sich in letzter Zeit, es so einzurichten, daß sie ihr auf den Gängen nicht begegnen. Ein solcher Fanatismus läuft stets den eigenen Interessen zuwider. Ja, und aus diesem Grunde glaube ich, daß eure römische christliche Kirche vielleicht mehr Bekehrte anzieht, wenn sie so tut, als stehe sie weit über der Herde und wolle mit dieser nichts zu tun haben. Wie ihr wißt, machen die Juden das ja auch so. Deshalb können die wenigen Heiden, die sich zum Judaismus bekehren und von den Juden aufgenommen werden, sich geschmeichelt und geehrt fühlen.«

»Ach, bitte, Sire«, sagte mein Vater dringlich, »vergleicht den wahren Glauben nicht mit der ketzerischen nestorianischen Sekte. Und vor allem vergleicht ihn nicht mit dem verachtenswerten Judaismus. Macht mir und Mafìo einen Vorwurf daraus, zur falschen Zeit gekommen zu sein, wenn es unbedingt sein muß. Doch zu jeder anderen Zeit, das versichere ich Euch, hält die Kirche von Rom die Arme weit ausgebreitet, um alle aufzunehmen, die gerettet werden möchten.«

Scharf sagte der Khakhan: »Warum, *uu*?«

Das war meine erste Erfahrung mit dieser besonderen Eigenart Kubilais, doch sollte die mir später immer wieder auffallen. Mochte der Khakhan sich, wenn es seiner Stimmung oder seinen Absichten entsprach, auch noch so freundlich und geschwätzig geben wie ein altes Weib, wollte er etwas wissen und eine Antwort auf eine Frage oder eine bestimmte Information haben, konnte er unversehens aus den Wolken der Geschwätzigkeit – gleichgültig, ob es seine eigene war oder die eines ganzen Raums voller Menschen – wie ein Falke herabfahren, um zum Kern einer Sache vorzustoßen.

»Warum?« wiederholte Onkel Mafìo verdutzt. »Warum das Christentum bemüht ist, die ganze Menschheit zu retten?«

»Aber das haben wir Euch doch schon vor Jahren gesagt, Sire«, erklärte mein Vater. »Der Glaube, der die Liebe predigt und sich auf den Erlöser Jesus Christus gründet, ist die einzige Hoffnung, ewigen Frieden auf Erden zu schaffen und Wohlstand und Wohlbehagen von Körper, Geist und Seele sowie guten Willen unter den Menschen. Und nach dem Leben eine Ewigkeit der Beseligung am Busen unseres Herrn.«

Ich fand, mein Vater habe die Sache der Christenheit genauso gut vertreten wie jeder geweihter Priester. Doch der Khakhan lächelte nur traurig und seufzte auf.

»Ich hatte gehofft, Ihr würdet gelehrte Männer mit überzeugenden Argumenten herbringen, meine guten Gebrüder Polo. So gern ich euch habe und so sehr ich auch eure eigenen Überzeugungen respektiere, ich fürchte, ihr habt – genauso wie meine verwitwete Mutter und jeder Missionar, dem ich jemals begegnet bin – nichts anderes zu bieten als unbewiesene Behauptungen.«

Ehe mein Vater und mein Onkel noch mehr Bekennermut aufbringen konnten, sprach Kubilai weiter: »Ich erinnere mich sehr wohl daran, daß ihr mir gesagt habt, wie euer Jesus mit Seiner Botschaft und Seinem Versprechen auf die Erde gekommen ist – und zwar vor tausendzweihundert Jahren, wie ihr gesagt habt. Nun, ich selbst habe ein langes Leben hinter mir und habe die Geschichten der Zeiten vor meiner eigenen studiert. Zu allen Zeiten, so scheint es, haben alle möglichen Religionen das Versprechen weltweiten Friedens und Wohlstands, Gesundheit und brüderlicher Liebe sowie allumfassenden Glücks bereitgehalten – und für irgendeine Art Himmel hinterher. Über das Hinterher weiß ich nichts. Doch nach meinen eigenen Erfahrungen bleiben die meisten Menschen auf dieser Erde, auch diejenigen, die beten und aufrichtigen Herzens verehren, arm und kränklich und unglücklich und ohne Erfüllung, ja, sie haben nur äußerste Verachtung füreinander übrig, selbst dann, wenn sie sich nicht regelrecht bekriegen, was jedoch nur selten der Fall ist.«

Mein Vater machte den Mund auf, vielleicht um gegen die Ungereimtheit zu protestieren, die darin lag, daß ausgerechnet ein Mongole den Krieg beklagte, doch der Khakhan ließ sich nicht unterbrechen, sondern fuhr fort:

»Bei den Han erzählt man sich eine Legende über einen Vogel namens *jing-wei*. Von Anbeginn der Zeiten hat *jing-wei* Kieselsteine in seinem Schnabel getragen, um das grenzenlose und bodenlose Kithai-Meer aufzufüllen und zu festem Land zu machen; mit diesem fruchtlosen Bemühen wird der *jing-wei* fortfahren bis an das andere Ende der Tage. So, meine ich, muß es wohl mit Glaubensüberzeugungen und Religionen und Verehrungen sein. Ihr könnt kaum leugnen, daß eure eigene christliche Kirche jetzt über zwölf volle Jahrhunderte den *jing-wei*-Vogel spielt – immer vergeblich und stets sinnlos Versprechen gebend, die sie nie einhalten kann.«

»Nie, Sire?« sagte mein Vater. »Wenn genug Kieselsteine da sind, wird auch das Meer gefüllt sein. Mit Geduld, irgendwann einmal sogar das gewaltige Kithai-Meer.«

»Niemals, Freund Nicolò«, erklärte der Khakhan mit Entschiedenheit. »Unsere gelehrten Kosmographen haben bewiesen, daß die Welt aus mehr Wasserflächen besteht denn aus Land. Folglich gibt es nicht genug Kieselsteine.«

»Aber Tatsachen vermögen nichts gegen den Glauben, Sire.«

»Und wie ich fürchte, auch nichts gegen unerschütterliche Torheit. Nun, genug hiervon. Ihr seid Männer, auf die wir vertraut haben, und ihr habt dieses Vertrauen enttäuscht, indem ihr die verlangten Priester nicht hergebracht habt. Allerdings herrscht hier bei uns eine Sitte: wohlerzogene Männer nicht in Gegenwart anderer zu rügen.« Damit wandte er sich an den Mathematiker, der mit einem höflichen Ausdruck der Langeweile diesem Austausch gefolgt war. »Lin-ngan, würdet Ihr Euch freundlicherweise zurückziehen, *uu*? Laßt mich mit den Herren Polo allein, damit ich ihnen für ihr Versäumnis den Kopf zurechtsetze.«

Ich erschrak, war erbost und von einem gewissen Unbehagen erfüllt. Das also hatte dahintergesteckt, daß er uns hier in den *cheng* bestellt hatte, damit wir seinen eigenwilligen und launischen Urteilssprüchen lauschten – damit uns bereits Zittern und Zagen befiel, ehe wir sein Urteil über uns anhörten. Sollten wir diese mühselige lange Reise nur zurückgelegt haben, um schrecklich bestraft zu werden. Doch wieder überraschte er mich. Nachdem Lin-ngan gegangen war, gluckste er in sich hinein und sagte:

»Alle Han sind bekannt dafür, daß sie gern Gerüchte in Umlauf setzen, und Lin-ngan ist ein echter Han. Der gesamte Hof hat von eurem Auftrag, Priester herzubringen, gewußt, und jetzt wird er erfahren, daß in unserer Unterredung von nichts anderem die Rede war. Fahren wir deshalb mit dem ›nichts anderen‹ fort.«

Lächelnd meinte Onkel Mafìo: »Es gibt zahllose ›nichts anderes‹, über die wir reden könnten, Sire. Worüber als erstes?«

»Man hat mir berichtet, eure Reise habe euch in die Hände meines Vetters Kaidu geraten lassen – und daß er vorübergehend die Faust um euch geschlossen hatte.«

»Das war nur eine kurze Verzögerung, Sire«, sagte mein Vater und wies mit einem Handwedel auf mich. »Marco hat einen blendenden Einfall gehabt, uns zu helfen, doch davon werden wir Euch ein andermal berichten. Kaidu hatte vor, sich an den Geschenken zu vergreifen, die wir von Euren Untertanen, dem Shah von Persien und dem Sultan der India Aryana, für Euch mitgebracht haben. Und Euer Vetter hätte sich wohl alles angeeignet, wäre nicht Marco gewesen.«

Wieder bedachte der Khakhan mich mit einem kurzen Kopfnicken, ehe er sich wieder meinem Vater und meinem Onkel zuwandte: »Dann hat Kaidu euch also nichts fortgenommen, *uu*?«

»Nichts, Sire. Wenn Ihr befehlt, werden wir die Diener beauftragen, die Fülle von Gold und Geschmeide und herrlichen Stoffen vor Euch auszubreiten ...«

»*Vakh*,« fiel ihm der Khakhan ins Wort »Lassen wir diesen Plunder. Wie sieht es mit den Karten aus, *uu*? Abgesehen von den Priestern, habt ihr versprochen, mir Karten mitzubringen. Habt ihr sie gezeichnet, *uu*? Hat euch Kaidu die vielleicht abgenommen, *uu*? Wenn er alles andere gestohlen hätte, das würde mir nichts ausgemacht haben, aber . . .«

Ich war, wie man verstehen wird, erschrocken darüber, wie rasch und häufig das Thema unserer Unterhaltung gewechselt wurde. Der Khakhan strafte uns nicht, sondern fragte uns aus, und zwar nach Dingen, die ich nie vermutet hätte. Es hätte mich schon mit Erstaunen erfüllen müssen, daß dieser Mann ein Geschenk als Plunder bezeichnete und mit einem *vakh* abtat, für das man im Abendland jedes Herzogtum hätte haben können. Noch mehr erstaunte es mich jetzt zu erfahren, daß mein Vater und Onkel die ganze Zeit über mit etwas viel Geheimerem und Wichtigerem befaßt gewesen waren als der Herbeischaffung von Missionaren.

»Die Landkarten sind sicher, Sire«, erklärte mein Vater. »An so etwas hätte Kaidu nie gedacht. Und Mafìo und ich glauben, daß wir die besten Landkarten zusammengestellt haben, die jemals über den Zentralbereich und die westlichen Regionen dieses Erdteils angelegt worden sind – insbesondere jener Gebiete, die dem Ilkhan Kaidu unterstehen.«

»Gut . . . gut . . .«, murmelte Kubilai. »Die Landkarten der Han sind unübertrefflich, doch beschränken sie sich ausschließlich auf HanLande. Die Karten, die wir in früheren Jahren von ihnen erbeutet haben, haben bei der mongolischen Eroberung Kithais sehr geholfen und werden uns gleichermaßen von Nutzen sein, sobald wir gen Süden, gegen die Sung vorrücken. Doch alles, was sich außerhalb ihrer eigenen Grenzen befindet, haben die Han stets als bedeutungslos und ihrer Aufmerksamkeit nicht wert betrachtet. Sofern ihr eure Aufgabe gut gemacht habt, besitze ich zum ersten Mal Landkarten von der gesamten Seidenstraße und bis in die äußersten Winkel meines Reiches.«

Zufrieden strahlend sah er sich um und erblickte mich. Vielleicht hat er mein dummes Glotzen für den Ausdruck eines schlechten Gewissens gehalten, denn er strahlte jetzt womöglich noch mehr und wandte sich unmittelbar an mich. »Ich habe bereits feierlich versprochen, junger Polo, diese Landkarten nie bei irgendwelchen Feldzügen zu benutzen, die sich gegen das Territorium oder gegen Besitzungen Venedigs richten.«

Woraufhin er sich abermals meinem Vater und Onkel zuwandte und sagte: »Ich werde später eine Privataudienz anberaumen. Dann können wir uns zusammensetzen und uns die Landkarten gemeinsam ansehen. Inzwischen sind für einen jeden von euch hier bequem in meinem eigenen Palast ein Zimmer und Bedienstete bereitgestellt worden.« Und als komme ihm der Gedanke erst jetzt, fügte er noch hinzu: »Euer Neffe kann wohnen, wo es euch beliebt.«

(Es ist schon sonderbar, doch so scharfsinnig Kubilai in allen anderen Gebieten des menschlichen Wissens und der menschlichen Erfahrungen war, er hat in all den Jahren, die ich ihn kannte, nie behalten, wer von den beiden älteren Polo nun mein Vater und wer mein Onkel war.)

»Für heute abend«, fuhr er fort, »habe ich ein Willkommensbankett angeordnet. Ihr werdet dabei zwei andere Besucher kennenlernen, die gerade aus dem Westen kommen, und alle zusammen werden wir uns über die ärgerliche Frage der Insubordination meines Vetters Kaidu unterhalten. Jetzt wartet Lin-ngan draußen, um euch in euer neues Quartier zu bringen.«

Wie wir es auch später immer halten sollten, wir schickten uns an, *ko-tou* vor ihm zu machen, doch forderte er uns auf, uns zu erheben, ehe wir uns vollends ausgestreckt hatten, und er sagte: »Bis heute abend, meine Freunde Polo«, und wir zogen uns zurück.

2 Wie gesagt, ging mir bei dieser Unterredung zum ersten Mal auf, daß mein Vater und mein Onkel zumindest zum Teil für den Khan Kubilai gearbeitet hatten, als sie so fleißig die Landkarten ergänzt und gezeichnet hatten – und es ist auch das erste Mal, daß ich dies öffentlich zugebe. Ich habe es in jenem früheren Bericht über meine und ihre Reisen nicht erwähnt, weil damals mein Vater noch am Leben war und ich zögerte, ihn dem Verdacht auszusetzen, er könnte der Mongolen-Horde auf eine Weise gedient haben, die dem christlichen Abendland feindlich gesonnen war. Doch wie dem auch sei, alle Menschen wissen, daß die Mongolen nie wieder in das Abendland eingefallen sind oder es bedroht haben. Unsere Hauptfeinde waren viele Jahre hindurch die muslimischen Sarazenen, und beim Kampf gegen sie sind die Mongolen häufig unsere Freunde und Verbündete gewesen.

Seither haben Venedig und überhaupt ganz Europa von dem verstärkten Handel mit dem Osten, genau so, wie mein Vater und mein Onkel es beabsichtigt hatten, profitiert, und dieser Handel selbst wurde erleichtert durch die Kopien all der Landkarten von der Seidenstraße, die wir Polo mit heimgebracht haben. Infolgedessen sehe ich weiter keine Notwendigkeit, die recht alberne Behauptung aufrechtzuerhalten, Nicolò und Mafìo Polo hätten ganz Asien durchquert und wiederum durchquert, bloß um eine Herde Priester nach Khanbalik zu bringen. Auch habe ich in jenem anderen Buche nie ein Geheimnis daraus gemacht, daß ich, Marco Polo, gleichfalls im Auftrag des Khan Kubilai gehandelt, gereist und beobachtet und Karten gezeichnet habe. Hier will ich berichten, wie es dazu kam, daß der Khakhan so große Stücke auf mich gab, daß er mich mit solchen Missionen betraute.

Zum ersten Mal zog ich seine Aufmerksamkeit auf mich bei dem Willkommensbankett an diesem ersten Abend. Um ein Haar jedoch wäre es soweit gekommen, daß Kubilai mir beinahe die Aufmerksamkeit erwiesen hätte, indem er nämlich den Befehl gegeben hätte, mich dem Liebkoser zu überantworten und ihm zu befehlen, mich mit meinem eigenen Schließmuskel zu erdrosseln.

Das Festmahl fand in der größten Halle des Hauptpalasts statt, einer Halle, in der, wie ein Diener mir bei Tisch stolz erklärte, sechstausend Gäste auf einmal bewirtet werden konnten. Die hohe Decke wurde von gedrehten und gewundenen und mit Edelsteinen und Jade eingelegten Säulen getragen, die aus lauterem Gold zu bestehen schienen. Die Wände wurden abwechselnd von reichgeschnitzten Paneelen aus Holz und solchen aus fein gepunztem Leder gebildet. Darüber hingen persische *qali* und Rollbilder der Han sowie mongolische Jagdtrophäen. Zu letzteren gehörten die ausgestopften Köpfe fauchender Löwen und getüpfelter Pardel und großhörniger *artak* (»Marcos Schafe«) sowie große, bärenähnliche Tiere namens *da-mao-xiong*, deren präparierte Köpfe erschreckend schneeweiß waren und nur schwarze Ohren und schwarze Augenmasken aufwiesen.

Diese Trophäen stammten vermutlich von den Jagden des Khakhan persönlich, denn seine Jagdliebe war berühmt, und er verbrachte jeden freien Tag im Wald oder auf dem Felde. Selbst hier, in diesem Festsaal, war seine Liebe zur männlichsten aller männlichen Beschäftigungen offenkundig, denn jene Gäste, die unmittelbar neben ihm Platz gefunden hatten, waren seine liebsten Jagdgenossen. Auf jeder Armlehne seines throngleichen Sessels hockte ein verkappter Jagdfalke, und an jeder der beiden Vorderbeine des Sessels war eine Jagdkatze angekettet, die sich *chita* nannte. So eine *chita* ähnelt dem gefleckten Pardel, ist nur viel kleiner und besitzt entsprechend längere Beine. Sie unterscheidet sich von allen anderen Katzen dadurch, daß sie nicht auf Bäume klettern kann – und vielleicht noch mehr dadurch, daß sie auf Befehl ihres Herrn bereitwillig jedes Wild hetzt und reißt. Hier jedoch saßen *chitas* wie Falken still da und nahmen nur hin und wieder höflich Leckerbissen an, die Kubilai ihnen eigenhändig reichte.

An diesem bestimmten Abend waren keine sechstausend Personen versammelt, und daher war die Halle durch Wandschirme aus schwarzem, goldenem und rotem Lack abgetrennt, um einen intimeren Raum für weit weniger Menschen zu schaffen. Gleichwohl müssen immer noch an die zweihundert Gäste dagewesen sein, zu denen noch einmal so viele Diener sowie ständig wechselnde Spielleute und Artisten kamen. Atem und Körperausdünstungen so vieler Menschen sowie die köstlichen Dämpfe von den heiß aufgetragenen Speisen hätten an diesem Spätsommerabend die riesige Halle eigentlich mit Wärme aufladen müssen. Doch wiewohl die Wandschirme keinen Lufthauch hereinließen und sämtliche Türen geschlossen waren, ging unablässig eine kühle Brise durch den Raum. Erst viel später sollte ich erfahren, durch welch sinnreich einfache Mittel diese Kühle erreicht wurde. Doch zunächst gab es andere Geheimnisse in diesem Speisesaal, angesichts deren mir die Augen fast aus dem Kopf fielen und die mich fesselten und mich mit Bewunderung erfüllten – und *für sie* fand ich nie eine annehmbare Erklärung.

Da stand zum Beispiel in der Mitte der vielen Tische ein großer künstlicher, silbergetriebener Baum, an dessen vielen Ästen und Zweigen eine Fülle silbergehämmerter Blätter hing, die sanft in der künstlichen Brise klirrten. Um den Stamm mit der silbernen Borke wanden sich vier goldene Schlangen. Deren Schwanz ringelte sich um die höheren Zweige, und ihre Köpfe schlängelten sich abwärts und verharrten mit aufgerissenem Maul über vier immensen Porzellangefäßen. Diese Gefäße besaßen die Gestalt fantastischer Löwen mit zurückgeworfenem Kopf und gleichfalls weit aufgerissenem Maul. Und es gab noch andere künstliche Tiere im Raum; auf etlichen Tischen – auch auf dem, an dem wir Polo saßen – stand ein lebensgroßer Pfau aus Gold, dessen Schwanzfedern wunderbar mit eingelegtem Glasfluß in vielen Farben ausgeführt waren. Das Geheimnisvolle an diesen Dingen war folgendes. Als Khan Kubilai nach den Getränken rief – und zwar nur, wenn *er* laut danach rief und nicht, wenn irgend jemand sonst das tat –, vollführten diese verschiedenen Tiere aus kostbarem Metall wahre Wunder. Ich will berichten, was sie taten, obwohl ich mir darüber im klaren bin, daß kaum jemand mir glauben wird.

»Kumis!« befahl Kubilai laut, woraufhin eine der sich um den silbernen Baumstamm windenden Schlagen plötzlich einen Schwall perlfarbener Flüssigkeit sich in das Maul des darunter stehenden Löwengefäßes ergießen ließ. Ein Diener trug dann das Gefäß an den Tisch des Khakhan und schenkte ihm das Getränk in seinen edelsteinbesetzten Becher sowie in die Trinkbecher der anderen Gäste. Sie nippten und bestätigten, es handelte sich in der Tat um Stutenmilch-*kumis,* woraufhin alle das Wunder begeistert und beifällig beklatschten und gleich darauf noch ein Wunder geschah. Der goldene Pfau auf dem Tisch – und zwar *jeder* goldene Pfau im Raum – applaudierte mit, indem er die goldenen Flügel hob und geräuschvoll wieder senkte, seine prachtvollen Schwanzfedern aufstellte und ein Rad schlug.

»Arkhi!« rief der Khakhan als nächstes, woraufhin die zweite Schlange am Baum das zweite Löwengefäß füllte, ein Diener das Getränk wiederum holte und wir alle fanden, daß es sich um eben jene feinere und aromatischere *arkhi* genannte Art von *kumis* handelte. Wieder klatschen wir Beifall, und desgleichen taten die Pfauen. Und wohlgemerkt – diese zum Leben erweckten Tiere –, die getränkespeienden Schlangen und die begeisterten Pfauen funktionierten *ohne* menschliche Hilfe. Ich ging mehrere Male ganz nahe heran, um sie zu beobachten, sowohl als sie in Tätigkeit waren als auch im Ruhezustand, konnte aber weder Drähte noch Schnüre, noch Hebel feststellen, die man aus der Ferne hätte betätigen können.

»*Mao-tai!*« befahl der Khakhan als nächstes, woraufhin sich das Ganze wiederholte, von der getränkespendenden Schlange bis zum radschlagenden und Beifall klatschenden Pfau. Das von der dritten Schlange gespendete Getränk – *mao-tai* – war etwas Neues für mich: ein gelbliches, leicht dickflüssiges Getränk mit einem prickelnden Aroma. Der Mongole neben mir warnte mich, es sei sehr stark, und demonstrierte mir das. Er nahm eine winzige Porzellanschale voll und hielt es an eine der Kerzen, die auf dem Tisch brannten. Mit züngelnder blauer Flamme fing das *mao-tai* Feuer und brannte wie Naphtalin gute fünf Minuten hindurch, ehe es aufgezehrt war. Soviel ich weiß, ist dieser *mao-tai* ein Han-Gebräu, das irgendwie aus ganz gewöhnlicher Hirse gepreßt wird; gleichwohl ist es ein sehr ungewöhnliches Getränk – für Magen und Hirn so gefährlich wie für die offene Flamme.

»*Pu-tao!*« lautete der vierte Befehl des Khakhan an den Schlangenbaum; das Wort *pu-tao* bedeutet Traubenwein. Doch zur Verblüffung von uns Gästen *geschah überhaupt nichts*. Die vierte Schlange hing einfach da und blieb verstockt trocken, während wir gebannt und geradezu angstvoll hinschauten und überlegten, was falsch gelaufen sein könnte. Dem Khakhan jedoch blitzte der Schalk aus den Augen, er rieb sich insgeheim die Hände und genoß die Spannung – bis er sich herabließ, die letzte und mysteriöseste Magie des Apparats vorzuführen. Erst als er »*Pu-tao!*« rief und noch entweder »*hong!*« oder »*bai!*« hinzufügte, schoß der Strahl auch aus der vierten Schlange heraus und spendete, wie Kubilai wollte, entweder roten *(hong)* oder weißen *(bai)* Wein, so daß wir Gäste in einen Sturm der Begeisterung ausbrachen und die goldenen Pfauen mit den Flügeln und das Rad mit einer solchen Wucht schlugen, daß goldene Federflocken heruntergaukelten.

Zu den Bankettgästen an diesem Abend gehörten mit Ausnahme der willkommen geheißenen Besucher die höchsten Herren, Minister und Höflinge des Khanats sowie einige Frauen, von denen ich annahm, es müßten ihre Gattinnen sein. Die Herren bildeten ein buntes Gemisch von Völkern und Hautfarben; Araber und Perser gehörten genauso dazu wie Mongolen und Han. Doch bei den Frauen handelte es sich selbstverständlich um die Gattinnen der nichtmuslimischen Mongolen und Han. Sofern Araber und Perser Frauen hatten, war es ihnen nicht gestattet, gemeinsam mit Männern zu speisen. Alle Männer waren in Seidenbrokate gekleidet, wobei einige Gewänder trugen wie der Khakhan und die anderen Mongolen und die heimischen Han, während andere ihre Seidenstoffe in Form persischer *pai-jamahs* und *tulbands* trugen, die anderen hingegen *aba* und *kaffiyah* der Araber.

Die Frauen waren unendlich viel prächtiger gewandet. Die Han-Damen hatten sich das ohnehin elfenbeinfarbene Gesicht schneeweiß gepudert und trugen das blauschwarze Haar zu üppigen Schöpfen und Strähnen aufgetürmt, wobei diese mit edelsteinbesetzten Geräten festgesteckt waren, die sie Haar-Gabeln nannten. Die Mongolinnen waren von leicht dunklerer Hautfarbe als die Han, von einem hellen Rehbraun, wobei es mich faszinierte, daß diesen Frauen anders als ihren Nomadenschwestern draußen auf den Ebenen die Haut nicht von Wind und Wetter zu Leder gegerbt war und sie auch nicht so muskulös und korpulent waren wie diese. Ihre Frisuren waren womöglich noch kunstvoller aufgetürmt als die der Han-Damen. Ihr Haar – nicht blauschwarz, sondern eher rötlichschwarz – war mit einem Rahmen verflochten, der links und rechts neumondähnlich ausladend vom Kopf abstand wie ein Schafsgehörn, und von diesen Mondsicheln hingen klirrende Brillanten herab. Wiewohl sie ansonsten das gleiche schlicht fließende Gewand der Han-Damen trugen, hatten sie auf den Schultern merkwürdig hohe versteifte Seidenschleifen, die ihre Schultern flossengleich verlängerten.

An der Tafel des Khakhan saßen Mitglieder seiner engeren Familie. Fünf oder sechs seiner zwölf legitimen Söhne nahmen Plätze zu seiner Rechten ein. Zu seiner Linken saß seine erste und Hauptfrau, die Khatun Jamui, sodann seine betagte Mutter, die verwitwete Khatun Sorghaktani, dann seine drei anderen Frauen. (Kubilai hatte auch noch eine beträchtliche und ständig wechselnde Anzahl von Kebsweibern, alle jünger als seine Ehefrauen. Diejenigen, die ihm augenblicklich zu Diensten waren, saßen an einem Tisch für sich. Von diesen Konkubinen hatte Kubilai weitere fünfundzwanzig Söhne – und Gott weiß wie viele legitime und illegitime Töchter von *allen* seinen Frauen.)

Der gesamte Eßbereich war dergestalt aufgeteilt, daß die männlichen Gäste die Tische zu Kubilais Rechten und die weiblichen die zu seiner Linken besetzten. Nächst der Tafel des Khakhan – so nahe, daß man sich mühelos unterhalten konnte – stand der Tisch, der uns Polo zugewiesen worden war und an dem außer uns noch ein mongolischer Würdenträger saß, sich mit uns zu unterhalten, falls nötig den Dolmetsch zu spielen, uns die unbekannten Gerichte und Getränke zu erklären und so fort. Dabei handelte es sich um einen noch recht jungen Mann – genau zehn Jahre älter als ich, wie sich später herausstellte –, der sich als Chingkim vorstellte und erklärte, er bekleide das Amt des Wang von Khanbalik; mit anderen Worten war er der Oberste Beamte der Stadt oder Magistrat. Da dieses Amt etwa mit einer Bürgermeisters oder bei uns in Venedig mit dem des *podestà* vergleichbar ist, schloß ich, daß uns Polo nur ein Würdenträger von vergleichsweise niedrigem Rang als Tischgenosse zugeteilt worden war.

Anderen Herren und Ministern, die an den Tischen in seiner Nähe saßen, stellte der Khakhan uns Polo weit förmlicher vor. Ich will nicht versuchen, sie alle aufzuzählen, denn dazu gehörten eine ganze Menge von Personen mit so unterschiedlichen Titeln und Befugnissen, wie ich sie an anderen Höfen noch nie gehört hatte, wie etwa der Meister der Schwarzen Tintenkunst (nichts anderes als der Hofpoet), der Meister der Hunde, Falken und *chitas* (also der Oberhofjäger), der Meister der Knochenlosen Farben (der Hofmaler), der Vorsteher der Sekretäre und Schreiber, der Archivar des Unfaßlichen und Wunderbaren und der Bewahrer Absonderlicher Dinge. Erwähnen möchte ich allerdings namentlich einige Herren, die für meine Begriffe so gar nicht an einen vorgeblich *mongolischen* Hof gehörten – Lin-ngan zum Beispiel, den wir bereits kannten und der zu den vorgeblich unterworfenen Han gehörte, gleichwohl jedoch das ziemlich wichtige Amt des Hofmathematikers bekleidete.

Der junge Mann Chingkim schien den großartigsten Titel zu tragen, den Kubilai einem seiner mongolischen Landsleute verliehen hatte, doch behauptete Chingkim, nichts weiter als ein Stadt-Wang zu sein. Im Gegensatz dazu war der Oberste Minister des Khakhan, dessen Amt den Han-Titel *Jing-siang* trug, weder ein mongolischer Eroberer noch ein Han-Untertan, sondern vielmehr ein Araber namens Achmad-az-Fenaket, der es persönlich vorzog, mit seiner arabischen Amtsbezeichnung –

Wali – bezeichnet zu werden. Doch mit welchem Ehrentitel er auch immer angeredet wurde – als *Jing-siang*, Oberster Minister, oder *Wali* –, Achmad war der zweitmächtigste Mann in der gesamten mongolischen Hierarchie und nur dem Khakhan selbst unterstellt, denn er hatte auch noch das Amt des Vizeregenten inne, was bedeutete, daß er praktisch das Reich regierte, wenn Kubilai auf der Jagd war, Krieg führte oder sonst beschäftigt war. Außerdem bekleidete Achmad auch noch das Amt des Finanzministers, was bedeutete, daß er es war, bei dem die Stränge der Staatsfinanzen zusammenliefen.

Nicht minder merkwürdig wollte es mir vorkommen, daß der Kriegsminister des Mongolen-Reiches kein Mongole, sondern ein Han namens Chao Meng-fu war, denn immerhin war der Krieg das Gebiet, auf dem die Mongolen sich besonders hervortaten und auf das sie besonders stolz waren. Der Hofastronom war ein Perser namens Jamal-ud-Din, der aus dem fernen Isfahan stammte. Der Hofarzt war ein Byzantiner, dessen Wiege im noch ferneren Konstantinopel gestanden hatte, der Hakim Gansui. Zu den Palastbeamten gehörten noch andere Personen, die an diesem Bankett nicht teilnahmen und von noch erstaunlicherer Herkunft waren, doch irgendwann sollte ich sie alle kennenlernen.

Der Khakhan hatte versprochen, wir Polo würden an diesem Abend »zwei andere neu aus dem Westen eingetroffene Besucher« kennenlernen, die gleichfalls in unserer Nähe saßen, so daß wir uns mit ihnen unterhalten konnten. Es handelte sich jedoch nicht um Abendländer, sondern um Han, und ich erkannte in ihnen sofort die beiden Männer, die ich am Abend unseres Ankunftstages im ersten Palasthof hatte von ihren Maultieren steigen sehen und bei denen ich immer noch das Gefühl hatte, sie schon irgendwann einmal gesehen zu haben.

Die Tische, an denen wir alle saßen, hatten eine Oberfläche aus rosa-lavendelfarbenen Steinen, die für meine Begriffe aussahen wie Edelsteine. Das seien es auch, sagte unser Tischgenosse Chingkim:

»Amethyste«, erklärte er mir. »Wir Mongolen haben von den Han viel gelernt. Und die Ärzte der Han sind zu dem Schluß gekommen, Tische aus violetten Amethysten verhinderten, daß die daran Zechenden betrunken werden.«

Das fand ich interessant, doch noch mehr hätte es mich interessiert zu sehen, wieviel betrunkener eine Gesellschaft wohl noch ohne die gegenläufigen Einflüsse der Amethyste hätte werden können. Kubilai war nicht der einzige, der mit dröhnender Stimme befahl, daß *kumis, arkhi* und *mao-tai* und *pu-tao* aufgetragen würden, und zwar in wahrhaft trunken machenden Mengen. Selbst von den in Khanbalik ansässigen Arabern und Persern blieb einzig Wali Achmad die ganze Nacht über nüchtern, wie es sich für einen guten Muslim geziemt. Auch blieb die übermäßige Trinkerei nicht auf die männlichen Gäste beschränkt; die Mongolinnen tranken ein gehöriges Quantum und wurden immer schrillstimmiger und unflätiger in ihrer Rede. Die Damen der Han hingegen nippten nur an ihrem Wein und bewahrten damenhaften Anstand.

Dabei betrank sich die gesamte Gesellschaft nicht sofort und auch nicht alle auf einmal. Beginnen tat das Bankett um die Stunde des Hahns, wie man sie in Kithai nennt, und die ersten Gäste verließen auch nicht vor der Stunde des Tigers schwankend die Halle oder glitten bewußtlos unter die amethysteingelegten Tische, was bedeutete, daß Schmausen, Reden, Lachen und Unterhaltung vom frühen Abend bis kurz vor Morgengrauen des nächsten Tages dauerten; und daß sich allgemeine Trunkenheit bemerkbar machte, geschah nicht vor der zehnten oder elften Stunde dieses zwölf Stunden währenden Gelages.

»Onyx«, sagte Chingkim zu mir und zeigte auf den offenen Bereich auf dem Boden um den getränkespendenden Schlangenbaum, wo in diesem Augenblick zwei monströs kompakte und schweißbedeckte nackte turkmenische Ringer versuchten, sich zu unserem Vergnügen gegenseitig zu verstümmeln. Die Han-Ärzte sind zu dem Schluß gekommen, schwarzer Onyx-Stein verleihe jenen, die mit ihm in Berührung stehen, ungeheure Kräfte. Aus diesem Grunde ist der Boden, auf dem die Ringkämpfe ausgetragen werden, mit Onyx gepflastert, um die Kämpfer zu Höchstleistungen zu bringen.

Nachdem die beiden Turkmenen sich zur Zufriedenheit der Anwesenden gegenseitig zu Krüppeln gemacht hatten, wurde uns eine Gruppe usbekischer Sängerinnen in goldbestickten, rubinroten, smaragdgrünen und saphirblauen Gewändern geboten. Diese Mädchen hatten recht hübsche, aber ungewöhnlich flache Gesichter, gleichsam als hätte man ihnen die Gesichtszüge nur aufgemalt. Sie krächzten uns einige unverständliche und nicht endenwollende usbekische Balladen vor; ihre Stimmen klangen wie die nicht abgeschmierten Räder eines unaufhaltsam weiterrollenden Wagens. Dann trugen ein paar samojedische Spielleute auf einer Reihe von Instrumenten – Handtrommeln, Finger-Zymbaln sowie *fagotto-* und *dulzaina*-ähnlichen Flöten – ähnlich mißtönende Stücke vor.

Danach kamen Han-Gaukler, die weit unterhaltsamer waren, da sie schweigend und mit unglaublicher Gelenkigkeit Kunststücke vorführten. Es war nicht zu fassen, was sie mit Schwertern, Seilen und flammenden Fackeln alles fertigbrachten und wie viele Dinge sie gleichzeitig durch die Luft fliegen oder sich drehen lassen konnten. Daß ich jedoch glaubte, meinen Augen nicht mehr trauen zu können, geschah erst, als sie sich gegenseitig mit Wein gefüllte Becher zuwarfen, ohne daß auch nur ein einziger Tropfen verschüttet wurde! In den Pausen zwischen ihren Kunststücken machte ein *tulhulos,* ein fahrender mongolischer Sänger, die Runde, kratzte auf einer Art dreisaitiger *viella* herum und berichtete in klagendem Ton über Schlachten, Siege und Helden der Vergangenheit.

Inzwischen aßen wir alle. Und wie wir aßen! Wir aßen von hauchdünnen Porzellantellern und Schalen und Schüsseln, von denen manche in sanften Braun- und Cremetönen schimmerten, andere hingegen blau mit pflaumenfarbenen Einsprengseln darin. Damals wußte ich es noch nicht, doch später hat man mir gesagt, diese Porzellane, *Chi-zho-*

und *Jen*-Geschirr genannt, seien Han-Kunstwerke, so kostbar, daß es in Sammlungen zusammengefaßt wurde und die Han-Kaiser im Traum nicht auf den Gedanken gekommen wären, es auch wirklich bei Tisch zu benutzen. Doch genauso, wie Kubilai sich diese Kunstwerke zum Ergötzen seiner Gäste angeeignet hatte, hatte er für seine Palastküchen die besten Köche Kithais angeworben, und diese wurden denn auch mehr als das *Chi-zho-* und *Jen*-Geschirr laut von den Gästen gepriesen. Jedesmal, wenn uns ein neues Gericht vorgesetzt wurde und wir davon kosteten, vernahm man von überallher im Raum beifällige »Hui!«- und »Hao!«-Rufe, woraufhin dann jeweils der für dieses besondere Gericht verantwortliche Koch aus der Küche herbeigerufen wurde, lächelte und *ko-tou* machte; wir spendeten ihm Beifall, indem wir mit den »Flinken Zangen« aneinanderschlugen, so daß es klang, als zirpten viele Heimchen. Dazu möchte ich noch bemerken, daß wir Gäste mit Eßzangen aus reichgeschnitztem Elfenbein geehrt wurden, diejenigen jedoch, die Kubilai benutzte – wie Chingkim mir erzählte –, aus den Unterarmknochen von Gibbonaffen bestanden, da solche Zangen sich schwarz färben, sobald sie mit vergifteten Speisen in Berührung kommen.

Unser Tischgenosse setzte uns bei jedem Gericht, das auf den Tisch kam, auseinander, woraus es bestehe, denn fast jedes entstamme der Han-Küche und besaß daher einen Han-Namen, der zwar höchst verlockend klang, aber durch nichts verriet, woraus das Gericht denn nun eigentlich bestand. Auch konnte ich nicht immer sagen, was ich eigentlich aß und so köstlich fand. Gewiß, als das Festmahl begann und das erste Gericht als Milch und Rosen angekündigt wurde, hatte ich keinerlei Schwierigkeiten zu erkennen, daß es sich schlicht um weiße und rosa Trauben handelte. (Die Reihenfolge bei einer Han-Mahlzeit ist genau umgekehrt wie bei uns: Man beginnt mit Obst und Nüssen und schließt mit einer Suppe ab.) Doch als ich »Schnee-Kinder« vorgesetzt bekam, mußte Chingkim mir erklären, daß sie aus Bohnengallerte und gekochten Froschschenkeln bestanden. Und bei dem »Rotschnäbligen Grünen Papagei mit goldgefaßter Jade« handelte es sich um einen vielfarbenen Brei, der die gekochten und pulverisierten Blätter einer persischen Pflanze namens *aspanakh,* in Sahne gedünstete Pilze sowie die Blütenblätter verschiedener Blumen enthielt.

Als die Diener mir Hundertjährige Eier vorsetzten, hätte ich sie beinahe von mir gewiesen, denn es handelte sich um nichts weiter als gewöhnliche hartgekochte Hühner- oder Enteneier, deren Eiweiß jedoch geisterhaft grün aussah, während die Dotter schwarz waren und sie in der Tat so rochen, als wären sie hundert Jahre alt. Chingkim versicherte mir jedoch, in Wirklichkeit seien sie bloß eingelegt, und zwar nur sechzig Tage lang, deshalb kostete ich und fand, daß sie sogar sehr gut schmeckten. Es gab aber noch Merkwürdigeres zu essen – Bärentatzen zum Beispiel und Fischlippen und eine Brühe aus dem Speichel, mit dem eine bestimmte Vogelart ihre Nester zusammenklebt, Taubenfüße in Gelee und einen *go-ba* genannten Glibber – einen an Reisstengeln wachsenden Pilz –, von denen ich jedoch mutig jedesmal kostete.

Außerdem gab es auch erkennbare Nahrung – *miàn*-Nudeln in allen möglichen Formen und Saucen, gefüllte Knödel und Dampfnudeln und die vertrauten Auberginen in einer Fischsauce, die ich nicht kannte.

Das Bankett zeugte genauso wie die Gäste und die Festhalle in reichem Maße davon, daß die Mongolen ein großes Stück von der Barbarei zur Zivilisation vorangekommen waren, und zwar vornehmlich dadurch, daß sie eine Menge von der Kultur des Han-Volkes übernommen hatten, von dessen Speisenbereitung über ihre Kleider bis zu ihren Badegewohnheiten und ihrer Architektur. Doch der kulinarische Hochgenuß – die *piatanza di prima portata* –, so sagte Chingkim mir, sei ein schon vor langer Zeit von den Mongolen ersonnenes Gericht, das die Han erst vor kurzem mit Freuden übernommen hatten. Das nannten sie die »Windgeblasene Ente«, deren hochverzwickte Zubereitung Chingkim mir im einzelnen auseinandersetzte.

So eine Ente, sagte er, komme genau in achtundvierzig Tagen vom Ei in die Küche und bedürfe dann noch weiterer achtundvierzig Stunden Zubereitungszeit. In ihrer kurzen Lebensspanne werde die Ente drei Wochen lang gestopft (so wie die Straßburger aus Lothringen ihre Gänse stopften). Sodann werde das gutgemästete Federvieh geschlachtet, gerupft und ausgenommen und der Entenleib aufgeblasen, gestreckt und sodann im Südwind aufgehängt. »Nur der Südwind macht es«, erklärte Chingkim. Über einem Feuer aus Kampferscheiten wird sie glasiert, danach über einem gewöhnlichen Feuer gebraten, dieweil mit Wein, Knoblauch, Bohnenmelasse und vergorenem Bohnensaft bestrichen, zerlegt und in mundgerechten Stücken serviert. Als das köstlichste daran gelten die Brocken röscher schwarzer Haut. Dazu gibt es leicht gedämpften Lauch, Wasserkastanien und durchsichtige *miàn*-Nudeln, und wenn es etwas gibt, das die Han den mongolischen Eroberern gegenüber milder stimmt, dann muß das meiner Überzeugung nach die Windgeblasene Ente sein.

Nach kandierten Lotusblütenblättern und einer klaren Suppe aus *hami*-Melonen wurde endlich das allerletzte Gericht auf jeden Tisch gestellt: eine riesige Terrine einfacher gekochter Reis. Das allerdings war eine rein symbolische Geste, denn niemand aß davon. Reis ist die Hauptnahrung der Han – es ist sogar so, daß die Han im Süden kaum etwas anderes zu essen bekommen als Reis –, dem deshalb auf jedem Tisch ein Ehrenplatz gebührt, auch auf dem eines reichen Mannes. Nur nehmen die Gäste eines reichen Mannes Abstand davon, ihn zu essen, denn täten sie das, wäre das eine Beleidigung des Gastgebers, eine Geste, mit der man zu verstehen gäbe, daß die vorhergehenden Köstlichkeiten nicht gereicht hätten.

Als die Diener dann abdeckten, um die Tische fürs Trinken freizumachen, fingen Kubilai, mein Vater und Onkel sowie etliche andere an, sich zu unterhalten. (Wie ich schon sagte, ist es bei den Mongolen Sitte, beim Essen nicht zu reden, und die anderen Männer im Saal hatten sich daran gehalten. Das jedoch hatte die Mongolinnen nicht abgehalten, das ganze Essen hindurch laut zu gackern und zu kreischen.) An meinen Vater und Onkel gerichtet, sagte Kubilai:

»Diese Männer, Tang und Fu« – er zeigte auf die beiden Han, die mir bereits aufgefallen waren – »sind zugleich mit euch aus dem Westen gekommen. Die beiden sind Spione von mir, klug und gerissen und unaufdringlich. Als ich erfuhr, daß eine *karwan* der Han ins Land meines Vetters Kaidu abgehen sollte, um Leichen von Han zum Begräbnis zurückzubringen, hieß ich Tang und Fu, sich ihr anzuschließen.« Aha, dachte ich, das erklärt also, wieso ich glaube, sie schon gesehen zu haben, doch machte ich keine Bemerkung. Kubilai wandte sich an sie: »Berichtet uns, ehrenwerte Spione, welchen Geheimnissen ihr in der Provinz Sin-kiang habt auf die Spur kommen können.«

Tang redete, als rattere er eine schriftliche Liste herunter, obwohl er nichts dergleichen in der Hand hielt: »Der Ilkhan Kaidu ist *orlok* eines *bok*, das ein ganzes *tuk* umfaßt, von dem er von einem Tag auf den anderen sechs *toman* ins Feld werfen kann.«

Der Khakhan schien nicht sonderlich beeindruckt, dolmetschte das Gesagte jedoch für meinen Vater und Onkel: »Mein Vetter befehligt ein Lager von hunderttausend Berittenen, von denen sechzigtausend ständig einsatzbereit sind.«

Mir war unerfindlich, warum Khan Kubilai berufsmäßige Spione benutzen mußte, um heimlich derlei Dinge herauszubekommen, wo ich sie doch erfahren hatte, bloß weil ich einmal ein Mahl in einer *yurtu* geteilt hatte.

Jetzt kam Fu an die Reihe: »Jeder Krieger ist mit einer Lanze, einer Streitaxt, seinem Schild, mindestens einem Schwert und Dolch, einem Bogen und sechzig Pfeilen bewaffnet. Bei dreißig von diesen Pfeilen handelt es sich um solche mit leichten Spitzen – sie dienen zum Weitschießen. Bei dreißig anderen handelt es sich um solche mit schweren Spitzen – sie dienen dem Nahkampf.«

Auch das war mir nicht neu. Ja, mehr noch: Ich wußte, daß einige dieser Pfeilspitzen Heultöne ausstoßen und furchterregend pfeifen konnten, wenn sie durch die Luft flogen.

Jetzt war wieder Tang an der Reihe. »Um von der Versorgung im *bok* unabhängig zu sein, hat ein jeder Krieger noch einen Tontopf zum Kochen dabei, ein zusammenklappbares Zelt und zwei Lederflaschen. Die eine ist mit *kumis* gefüllt, die andere mit *grut*; damit kann er lange auskommen, ohne zu verhungern.«

Fu fügte hinzu: »Kann er sich zufällig noch ein Stück Fleisch verschaffen, braucht er nicht einmal Pause zu machen, um es zu kochen: Er steckt es einfach zwischen Sattel und Reittier. Durch das ständige Geklopftwerden, die dabei entstehende Hitze sowie den Schweiß des Pferdes gart das Fleisch und wird eßbar.«

Und wieder Tang: »Steht dem Krieger nichts anderes zur Verfügung, sättigt er sich am Blut des ersten Feindes, den er erschlägt, und löscht auch seinen Durst damit. Außerdem benutzt er dessen Körperfett, um Waffen und Lederzeug einzufetten.«

Kubilai preßte die Lippen zusammen und fingerte offensichtlich ungeduldig an seinem Schnurrbart herum, doch mehr kam von den beiden Han nicht. Gelinde verzweifelt murmelte er: »Alles schön und gut mit den Zahlen und den Einzelheiten. Nur habt ihr mir wenig verraten, was ich nicht schon gewußt hätte, seit ich mit vier Jahren das erste Mal mein eigenes Pferd bestiegen habe. Wie ist es denn um die Stimmung und körperliche Verfassung des Ilkhan und seiner Truppen bestellt, *uu*?«

»Die braucht man ja nicht heimlich zu erkunden, Sire«, sagte Tang. »Jedermann weiß doch, daß alle Mongolen immer und ständig bereit sind und darauf brennen zu kämpfen.«

»Zu kämpfen, gewiß, aber *gegen wen*, *uu*?« Der Khakhan wollte Genaueres wissen.

»Im Augenblick, Sire«, sagte Fu, »setzt der Ilkhan seine Streitkräfte nur zur Bekämpfung von Banditen in seiner eigenen Provinz Sin-kiang ein. Und bei kleinen Scharmützeln zur Sicherung der Westgrenze.«

»*Hui!*« entfuhr es Kublai, und er hüpfte förmlich auf und ab. »Aber das tut er doch nur, um seinen Kämpfern etwas zu tun zu geben, *uu*? Oder stärkt er ihre Kampfeskraft und ihren Kampfgeist um ehrgeizigerer Ziele willen, *uu*? Vielleicht, um einen aufrührerischen Stoß gegen *meine* Westgrenzen zu führen, *uu*? Könnt ihr mir das sagen?«

Tang und Fu vermochten nichts weiter als achtungsvolle Laute von sich zu geben und Entschuldigung heischend mit den Schultern zu zukken. »Sire, wer kann einem Feind in den Kopf hineinschauen? Selbst der beste Spion kann nur das herausfinden, was herausfindbar ist. Die Tatsachen, die wir Euch vorgelegt haben, sind mit Ausdauer und Fleiß zusammengetragen worden. Wir haben viel Wert auf Genauigkeit unserer Informationen gelegt und sind dabei ständig Gefahr gelaufen, entdeckt zu werden, und das hätte bedeutet, daß man uns mit Armen und Beinen an vier Pferde gefesselt und dann mit der Peitsche in alle vier Himmelsrichtungen auseinandergetrieben hätte.«

Kubilai bedachte sie mit einem verächtlichen Blick und wandte sich dann meinem Vater und meinem Onkel zu: »Ihr habt meinem Vetter jedenfalls Aug' in Auge gegenübergestanden und mit ihm gesprochen, meine Freunde Polo. Wie habt ihr ihn gefunden, *uu*?«

Onkel Mafio sagte nachdenklich: »Fest steht, daß Kaidu begierig ist auf mehr, als er hat. Und ganz eindeutig ist er ein Mann kriegerischen Wesens.«

»Schließlich stammt er aus derselben Familie wie der Khakhan«, sagte mein Vater. »Es ist eine alte Weisheit: eine Wölfin wirft keine Lämmer.«

»Auch diese Dinge weiß ich selbst«, knurrte Kubilai. »Ist denn keiner da, der mehr als das auf der Hand Liegende wahrgenommen hätte, *uu*?«

Mit diesem »*Uu?*« wandte er sich zwar nicht direkt an mich, doch machte es mir Mut, das Wort zu ergreifen. Gewiß, ich hätte das, was ich zu sagen hatte, auf gewinnendere Art ausdrücken können, doch wurmte es mich noch immer, was ich für aufgesetzte Grausamkeit und

Willkür bei ihm gehalten, als er dafür gesorgt hatte, daß wir seine harten Urteile im *cheng* mitbekamen. Ich war daher immer noch in dem Wahn befangen, im Grunde sei Khan Kubilai ein ganz gewöhnlicher Mensch. Und möglich auch, daß ich den Getränken, die der Schlangenbaum spendete, bereits mehr zugesprochen hatte, als mir guttat. Doch wie dem auch sei, als ich sprach, tat ich das mit lauterer Stimme, als nötig gewesen wäre:

»Der Ilkhan Kaidu hat Euch entartet und weibisch und heruntergekommen genannt, Sire. Er hat gesagt, Ihr wäret nicht besser als ein Kalmücke.«

Jeder im Raum Anwesende hörte mich. Und jeder Anwesende mußte sich darüber im klaren sein, was für ein verwahrlostes Wesen ein Kalmücke ist. Schrecken und Schweigen, die sich augenblicklich im ganzen Saal ausbreiteten, hätten bedrohlicher nicht sein können. Alle hörten sie auf zu reden, selbst die schrillstimmigen Mongolinnen schienen mitten in ihrem Gebrabbel zu verstummen. Mein Vater und mein Onkel schlugen die Hände vors Gesicht, Wang Chingkim starrte mich mit schreckensgeweiteten Augen an. Die Söhne und Frauen des Khakhan holten vernehmlich Luft, und Tang und Fu legten zitternd die Hand vor den Mund, als hätten sie zu völlig unpassender Zeit gelacht oder gerülpst, und die Gesichter all der anderen verschiedenfarbigen Menschen um mich herum nahmen samt und sonders die gleiche Blässe an.

Einzig Khan Kubilai erbleichte nicht. Ihm stieg vielmehr die Zornesröte ins Gesicht, und es zuckte mörderisch darin, als er versuchte, Worte der Verdammung und Befehle auszustoßen. Hätte er es je geschafft, diese Worte laut werden zu lassen, er hätte sie nie wieder zurückgenommen, das weiß ich heute; und nichts, wirklich nichts wäre geeignet gewesen, die Ungeheuerlichkeit meiner beleidigenden Worte zu mildern und dieses vernichtende Urteil abzuschwächen, die Wachen hätten mich zum Liebkoser geschleift, und über die Art meiner Hinrichtung hätte man auch nach Generationen noch in Kithai nur im Flüsterton gesprochen. Doch in Kubilais Gesicht zuckte es weiter, offenbar verwarf er die Worte, die er sagen wollte, als zu mild, ersetzte sie durch andere und verwarf auch diese zugunsten von noch schrecklicheren und noch vernichtenderen und gab mir auf diese Weise Zeit zu sagen, was ich sagen wollte:

»Doch wenn es donnert, Sire, ruft der Ilkhan Kaidu Euren Namen an als Schutz vor dem Zorn des Himmels. Er tut das lautlos, gleichsam schweigend, aber ich habe ihm Euren Namen von den Lippen abgelesen, Sire, und seine eigenen Krieger haben mir bestätigt, daß ich mich nicht geirrt habe. Wenn Ihr das anzweifelt, Sire, könntet Ihr die beiden Angehörigen von Kaidus Leibwache befragen, die er als unsere Eskorte mitgeschickt hat, die Krieger Ussu und Donduk ...«

Meine Stimme verstummte und verlor sich in dem immer noch vorherrschenden schrecklichen Schweigen. Ich konnte hören, wie Tropfen von *kumis* oder *pu-tao* oder von irgendeinem anderen Getränk *plink, plonk* aus dem Maul der Schlange in das darunterstehende Löwengefäß fielen. In diesem atemlosen, ungeheuerlichen Schweigen hielt Kubilai die schwarzen Augen immer noch auf mich gerichtet und durchbohrte mich mit seinen Blicken, doch allmählich hörte das Zucken in seinem Gesicht auf, es wurde starr wie Stein, die Zornesröte wich allmählich daraus, und schließlich sagte er ganz, ganz leise, und doch so, daß alle Anwesenden es hörten:

»Wenn er Angst hat, ruft Kaidu meinen Namen an. Beim großen Gott Tengri, diese eine Beobachtung ist mehr wert als sechs *toman* meiner besten, wildesten und ergebensten Reiter.«

3 Wach wurde ich am Nachmittag des nächsten Tages in einem Bett in den Gemächern meines Vaters – und hatte einen Kopf, von dem ich fast wünschte, der Liebkoser hätte ihn mir abgeschlagen. Das letzte, woran ich mich noch klar erinnerte, war, daß der Khakhan Chingkim mit dröhnender Stimme befohlen hatte: »Kümmere dich um den jungen Polo! Laß ihm eine eigene Wohnung anweisen! Und Dienerinnen von zweiundzwanzig Karat.« Das hatte alles ganz schön und gut geklungen, doch unbewegliche Dienerinnen aus Metall zu bekommen, selbst wenn sie aus nahezu reinem Gold bestanden, ergab nicht viel Sinn, und so nahm ich an, Kubilai müsse genauso betrunken gewesen sein wie ich in diesem Augenblick – und wie Chingkim und alle anderen auch.

Doch nachdem die beiden Dienerinnen meines Vaters ihm und mir aufgeholfen, uns gebadet, angezogen und einen hochwirksamen Trank gebracht hatten, der uns einen klaren Kopf verschaffen sollte – ein Getränk freilich, das einen so starken Anteil *mao-tai* aufwies, daß ich es nicht herunterbrachte –, kam Chingkim, um mir einen Besuch abzustatten. Vaters Dienerinnen warfen sich auf den Boden, um *ko-tou* vor ihm zu machen. Der Wang sah aus, als fühlte er sich genauso wie ich, schob die beiden auf dem Boden Liegenden sanft aus dem Weg und erklärte mir, er sei auftragsgemäß gekommen, um mich in die neue, für mich vorbereitete Wohnung zu geleiten.

Auf dem Weg dorthin – die Wohnung lag nicht weit von den Gemächern meines Vaters und Onkels entfernt am selben Korridor – dankte ich Chingkim für diesen Höflichkeitsbeweis, und um mich auch einem unbedeutenderen Beamten gegenüber höflich zu zeigen, der beauftragt worden war, mir zu dienen, fügte ich noch hinzu: »Ich weiß nicht, wieso der Khakhan darauf verfallen ist, ausgerechnet Euch zu beauftragen, für meine Bequemlichkeit zu sorgen. Schließlich seid Ihr der Wang dieser Stadt und somit ein nicht gerade besonders hoher Beamter. Das Wohlergehen der Palastgäste sollte Aufgabe eines Palastaufsehers sein, und von Aufsehern wimmelt es in diesem Palast wie auf dem Kopf eines Buddhisten von Flöhen.«

Er lachte, allerdings nicht laut, um seinen Kopf nicht zu erschüttern. »Ich habe nichts dagegen, hin und wieder auch einmal eine triviale Aufgabe zu übernehmen. Mein Vater findet, man lernt nur dadurch, den

Befehl über andere zu übernehmen, wenn man selbst lernt, noch dem geringsten Befehl zu gehorchen.«

»Euer Vater scheint sich genauso sehr auf weise Sprichwörter zu verstehen wie meiner«, sagte ich freundschaftlich. »Wer ist Euer Vater, Chingkim?«

»Der Mann, der mir diesen Befehl gegeben hat. Der Khakhan Kubilai.«

»Ach?« sagte ich leichthin, als er mich mit einer Verneigung durch die Tür meiner neuen Wohnung treten ließ. »Dann seid Ihr einer von den Bastarden?« Ich sagte das so, wie ich auch zum Sohn eines Dogen oder Papstes hätte sprechen können, der zwar von vornehmer Abkunft, jedoch auf der falschen Seite des Bettes geboren war. Beifällig betrachtete ich die Tür, denn sie war nicht rechteckig wie bei uns daheim und wies auch keinen spitzen Bogen auf wie die in den Häusern der Muslime. Sowohl diese als auch die anderen zwischen den verschiedenen Gemächern meiner Wohnung hießen je nachdem Mondtür oder Lautentür oder Vasentür, da sie den Umrissen dieser Gegenstände nachgebildet waren. »Das ist ja wirklich eine üppig eingerichtete Wohnung.«

Chingkim betrachtete mich ungefähr genauso abschätzend wie ich die luxuriöse Einrichtung und sagte dann leise: »Marco Polo, Ihr habt wirklich eine eigene Art, mit Älteren und Hochgeborenen zu sprechen.«

»Ach, soviel älter als ich seid Ihr nun auch nicht, Chingkim. Wie reizend, diese Fenster gehen auf einen Garten hinaus.« Zugegeben, ich war schon sehr dumm, doch wie gesagt, mit meinem Kopf stand es im Augenblick nicht zum besten. Außerdem hatte Chingkim beim Bankett nicht am Tisch von Kubilais legitimen Söhnen gesessen. Doch beim Gedanken daran fiel mir etwas ein. »Ich habe keine von den Kebsweibern des Khakhan gesehen, die alt genug gewesen wäre, daß sie einen Sohn Eures Alters hätte haben können, Chingkim. Welche der Frauen gestern war Eure Mutter?«

»Diejenige, die dem Khakhan am nächsten saß. Jamui.«

Da ich ganz in Betrachtung meiner Schlafkammer versunken war, achtete ich nicht weiter darauf. Das Bett federte herrlich und wies sogar eigens für mich ein Kopfkissen auf, wie wir es in Venedig benutzen, doch daneben – offensichtlich für den Fall, daß ich eine der Hofdamen auffordern sollte, das Bett mit mir zu teilen – eine der Kopfstützen, wie die Han sie benutzen, eine Art flaches Podest aus Porzellan – dieses hier in Gestalt einer sich zurücklehnenden Frau –, den Nacken einer Dame zu stützen, ohne daß ihre Frisur in Unordnung gerät.

Unbekümmert plauderte Chingkim weiter: »Diejenigen von Kubilais Söhnen, die gestern am Bankett teilgenommen haben, sind *wangs* von Provinzen und *orloks* von Heeren, so ungefähr.«

Zum Herbeirufen meiner Dienerinnen hing ein Messinggong da, groß wie ein Kashgarer Wagenrad. Gleichwohl war es gestaltet wie ein riesiger Fisch mit einem großen runden Kopf und einem riesigen Maul darin; den Resonanzkörper aus Messing bildete nur ein kurzer Fischleib hinter der weiten Öffnung.

»Ich wurde zum Wang von Khanbalik gemacht«, fuhr Chingkim im Plauderton fort, »weil Kubilai mich gern in der Nähe hat. Und an Euren Tisch hat er mich gesetzt, um Euren Vater und Euren Onkel zu ehren.«

Ich besah mir im Hauptraum gerade eingehend eine höchst wunderliche Lampe. Sie bestand aus zwei ineinandersteckenden, zylindrischen Papierschirmen, die beide in ganzem Umfange mit Papierflügeln ausgestattet waren, so daß die beiden Schirme durch die von den Lampenflammen aufsteigende Hitze angetrieben wurden, sich in entgegengesetzter Richtung zu drehen. Die Schirme waren mit allerlei Strichen und Flecken bemalt und durchsichtig, so daß Bewegung und von innen durchscheinendes Licht die Farbflecken immer wieder dazu brachte, erkennbare Bilder zu bilden – und zwar Bilder, *die sich bewegten*. Später habe ich andere Lampen mit anderen Szenen sich bewegen sehen, doch meines zeigte immer und immer wieder ein hinten auskeilendes Maultier, das einen kleinen Mann am Hinterteil traf und ihn durch die Luft fliegen ließ. Ich war hingerissen.

»Ich bin zwar nicht Kubilais ältester Sohn, aber der einzige, den seine Hauptfrau, die Khatun Jamui, ihm geboren hat. Das macht mich zum Kronprinzen des Khanats und Erbanwärter auf Thron und Titel meines Vaters.«

Mittlerweile war ich auf die Knie niedergegangen und zerbrach mir den Kopf über das Muster des sonderbaren, flachen hellen Teppichs auf dem Boden. Nachdem ich ihn mir genau angesehen hatte, kam ich zu dem Schluß, daß er aus langen Spänen ganz dünngehobelten und dann geflochtenen Elfenbeins bestehen müsse; noch nie hatte ich von etwas so Wundersamem wie gewebtem *Elfenbein* gehört. Und da ich schon auf den Knien lag – und als Chingkims Worte endlich mein benebeltes Denken durchstießen –, war es mir ein leichtes, mich vorwärtsschieben und fallen zu lassen und zu Füßen des nächsten Khans Aller Khane des Mongolen-Reiches *ko-tou* zu machen, den ich vor wenigen Augenblicken noch als *Bastard* bezeichnet hatte.

»Hoheit...«, hob ich an, mich zu entschuldigen und sprach zu dem gewebten Elfenbein, auf das ich meinen brummenden und nunmehr schweißbedeckten Schädel preßte.

»Ach, steht auf«, sagte der Kronprinz leutselig. »Seien wir doch weiterhin Marco und Chingkim. Für Titel ist es immer noch Zeit genug, wenn mein Vater stirbt, und ich bin überzeugt, bis dahin werden noch viele Jahre vergehen. Erhebt Euch und begrüßt Eure neuen Dienerinnen, Biliktu und Buyantu. Gute mongolische Jungfrauen, die ich persönlich für Euch ausgewählt habe.«

Die Mädchen machten viermal *ko-tou* vor Chingkim, dann viermal vor uns beiden und zuletzt viermal vor mir allein. Ich murmelte: »Und ich hatte angenommen, ich bekäme Standbilder.«

»Standbilder?« wiederholte Chingkim in fragendem Tonfall. »Ach, ja. Zweiundzwanzig Karat, diese Jungfrauen. Diese Bewertungsskala hat mein Vater sich ausgedacht. Wenn Ihr mir bitte einen Kelch mit dem kopfklärenden Getränk holen lassen wolltet, können wir uns hinsetzen, und ich erkläre Euch das mit den Karat.«

Ich gab den entsprechenden Befehl und bestellte für mich selbst *cha*, woraufhin die beiden Mädchen, sich ständig verneigend und rückwärtsgehend, sich zurückzogen und den Raum verließen. Den Namen nach zu urteilen und nach dem wenigen, das ich von ihnen gesehen hatte, waren es Schwestern. Sie standen ungefähr in meinem Alter und waren weitaus hübscher als die anderen Mongolinnen, die ich bisher gesehen hatte – auf jeden Fall hübscher als die in mittleren Jahren stehenden Frauen, die meinem Vater und meinem Onkel als Dienerinnen zugewiesen worden waren. Als sie mit unseren Getränken zurückkehrten, Chingkim und ich uns auf einander gegenüberstehenden Bänken niederließen und die Mädchen Fächer holten, uns Kühlung zuzufächeln, erkannte ich, daß sie Zwillinge waren, sich zum Verwechseln ähnlich sahen und auch noch dieselbe Tracht trugen. Ich mußte sie unbedingt anweisen, sich unterschiedlich zu kleiden, dachte ich, sonst lernte ich nie, sie auseinanderzuhalten. Und in unbekleidetem Zustand? Auch dieser Gedanke kam mir ganz natürlich, doch wies ich ihn von mir, um dem Prinzen zuzuhören, der erst einen tiefen Schluck aus seinem Becher nahm, um dann weiterzureden.

»Mein Vater hat, wie Ihr wißt, vier Frauen. Eine jede empfängt ihn abwechselnd in ihrer *yurtu*, doch ...«

»In ihrer *yurtu*?« fiel ich ihm ins Wort.

Er lachte. »Ja, so nennt man es, obwohl kein einfacher Steppenmongole sie als solche anerkennen würde. In den alten Nomadentagen hielt ein Mongolenfürst seine Frauen über sein Territorium verstreut, wißt Ihr, jede in ihrer eigenen *yurtu*, auf daß er nie eine frauenlose Nacht zu verbringen brauchte, gleichgültig, wohin er ritt. Heutzutage ist die sogenannte *yurtu* einer jeden Gattin ein prächtiger Palast innerhalb dieser Palastanlage – und zwar einer von vielen Menschen bevölkerten Palastanlage, mehr ein *bok* als eine *yurtu*. Vier Gattinnen, vier Paläste. Allein meine Mutter gebietet über einen Hofstaat von mehr als dreihundert Personen. Hofdamen und Dienerinnen, Ärzte und Diener, Friseure und Sklaven, Garderobenfrauen und Astrologen ... Aber eigentlich habe ich Euch ja das mit den Karat erklären wollen.«

Er hielt inne und führte die Hand ganz leicht an die Stirn; dann nahm er noch einen Schluck aus dem Becher, ehe er fortfuhr:

»Ich denke, mein Vater ist jetzt in einem Alter, wo vier Frauen, die einander abwechseln, ihm genügen würden, selbst hochgeborene Frauen, die gleichfalls nicht mehr die jüngsten sind. Nur ist es eine uralte Sitte in allen Landen, die ihm untertan sind – bis weit nach Polen und die India Aryana hinein –, ihm jedes Jahr die schönsten der gerade mannbar gewordenen Jungfrauen zu schicken. Er kann sie unmöglich alle zu seinen Kebsweibern machen, nicht einmal zu seinen Dienerinnen; aber er kann auch seine Untertanen nicht vor den Kopf stoßen, indem er ihr Geschenk regelrecht zurückweist. Deshalb läßt er das Jahreskontingent an Mädchen bis auf eine Anzahl aussieben, mit der er etwas anfangen kann.« Chingkim leerte seinen Becher und reichte ihn, ohne hinzusehen, über die Schulter zurück; dort nahm ihn Biliktu-oder-Buyantu und trug ihn hinaus. »Jedes Jahr«, nahm er den Faden wieder auf, »wenn die Jungfrauen den verschiedenen Ilkhans oder Wangs in den verschiedenen Ländern und Provinzen übergeben werden, sehen diese sich die Mädchen genau an und bewerten sie, als wären sie Goldbarren. Je nach der Qualität ihrer Gesichtszüge und Körperformen, ihre Haut- und Haarfarbe, ihrer Stimme, der Anmut ihres Ganges und so weiter, wird sie als vierzehnkarätig eingestuft – oder als sechzehn- oder siebzehnkarätig oder noch höher, je nachdem. Hierher nach Khanbalik geschickt werden überhaupt nur solche *über* sechzehn Karat, und nur diejenigen, die dem Feingehalt reinen Goldes gleichgesetzt werden, haben eine gewisse Hoffnung, in die Nähe des großen Khakhan zu kommen.«

Obwohl Chingkim das lautlose Näherkommen meiner Dienerin nicht gehört haben konnte, hob er die Hand, und sie kam gerade rechtzeitig, um ihm den wieder gefüllten Becher in die Hand zu drücken. Er schien nicht im mindesten überrascht, ihn zu bekommen – als ginge er völlig selbstverständlich davon aus, daß er das sein würde –, nahm einen großen Schluck und fuhr dann fort:

»Selbst die vergleichsweise wenigen Mädchen von vierundzwanzig Karat müssen erst eine Zeitlang mit älteren Frauen hier im Palast zusammen wohnen. Die alten Frauen nehmen sie nun ganz genau unter die Lupe, insbesondere ihr nächtliches Verhalten. Schnarchen die Mädchen im Schlaf, oder wälzen sie sich unruhig im Bett hin und her? Haben sie beim Erwachen strahlende Augen und einen frischen Atem? Dann erst, auf Empfehlung dieser alten Frauen, macht mein Vater ein paar von ihnen zu seinen Konkubinen für das nächste Jahr und andere zu seinen Dienerinnen. Den Rest verteilt er je nach Karat an seine Minister und treuesten Höflinge. Ihr könnte Euch glücklich schätzen, Marco, plötzlich in so hohem Ansehen bei ihm zu stehen, daß Ihr diese zweiundzwanzigkarätigen Jungfrauen verdient.«

Er hielt inne und lachte wieder. »Ich weiß nicht recht, *warum* das so ist – es sei denn, Eure Neigung, Eure Vorgesetzten als Kalmücken und Bastarde zu beschimpfen. Ich kann nur hoffen, daß die anderen Leute bei Hof sich jetzt nicht ein Beispiel an Euch nehmen in der Hoffnung, damit in der Gunst ihres Gebieters zu steigen.«

Ich räusperte mich und sagte: »Ihr sagtet, die Mädchen kämen von überallher, aus allen Landen. Hat es einen bestimmten Grund gegeben, warum Ihr ausgerechnet Mongolinnen für mich ausgesucht habt?«

»Das geschah wiederum auf Anweisung meines Vaters. Ihr beherrscht unsere Sprache bereits recht gut, doch wünscht er, daß Ihr sie fehlerfrei und mit größtmöglicher Geläufigkeit sprechen möget. Und da jedermann weiß, daß Bettgeflüster die beste und rascheste Methode ist, eine Sprache zu erlernen ... Warum fragt Ihr? Hättet Ihr lieber andere Frauen gehabt?«

»Nein, nein«, beeilte ich mich zu sagen. »Mongolinnen habe ich bis jetzt noch keine Gelegenheit gehabt – hm – kennenzulernen. Darauf freue ich mich ausgesprochen. Ich betrachte es als eine Ehre, Chingkim.«

Achselzuckend sagte er: »Sie haben zweiundzwanzig Karat, sind also fast vollkommen.« Wieder nippte er an seinem Becher, lehnte sich dann vor und sagte ernst und diesmal auf farsi, damit die Mädchen nichts mitbekamen: »Es gibt hier viele Herren, Marco, ältere und sehr hochgestellte, die bis jetzt noch nie etwas Besseres als sechzehn Karat von Khan Kubilai bekommen haben. Ich möchte Euch ans Herz legen, das nie zu vergessen. So ein Hof ist wie ein Ameisenhaufen, und es wimmelt von Intrigen, Verschwörungen und Komplotten, selbst noch auf der Ebene der Pagenknaben und Spülmädchen in der Küche. Viele an diesem Hof wird es fuchsen, daß ein junger Mann wie Ihr *nicht* auf diese unterste Ebene von Pagen und Küchenmädchen verwiesen worden ist. Ihr seid ein Neuling und ein Ferenghi dazu; das allein schon macht Euch suspekt; jetzt seid Ihr aber noch unbegreiflicherweise von einem Tag auf den anderen hoch erhoben worden. Damit seid Ihr über Nacht zu einem Eindringling und Konkurrenten geworden; man wird Euch beneiden und sich über jeden Fehler freuen, den Ihr macht. Glaubt mir, Marco, kein Mensch hier würde Euch eine so freundschaftliche Warnung zukommen lassen. Ich tue das, weil ich der einzige bin, der das kann. Da ich im Rang gleich nach meinem Vater komme, bin ich der einzige Mensch im gesamten Khanat, der um seine Stellung nicht zu bangen und der sie nicht eifersüchtig zu behaupten braucht. Alle anderen müssen das – und werden in Euch deshalb eine Bedrohung sehen. Ihr solltet daher immer auf der Hut sein.«

»Ich glaube Euch, und ich danke Euch, Chingkim. Wißt Ihr nicht, wie ich es fertigbringe, weniger Zielscheibe der anderen zu sein?«

»Ein mongolischer Reiter wird immer darauf bedacht sein, in den Bergen nie als deutlich erkennbare Silhouette vorm Himmel zu stehen, sondern immer ein wenig unterhalb des Kamms.«

Während ich noch dasaß und über diesen Ratschlag nachdachte, kam von der Tür, die auf den Gang hinausging, ein leises Kratzen, und eines der Mädchen glitt hin, um nachzusehen, wer da sei. Ich wußte nicht recht, wie ich es anstellen sollte, »unterhalb des Kamms« zu bleiben, wo ich im Palast wohnte, außer ich verharrte in einer ständigen *ko-tou*-Stellung. Das Mädchen trat wieder in den Raum.

»Herr Marco, da ist ein Besucher, der seinen Namen als Sindbad angibt und unbedingt vorgelassen werden will.«

»Was?« fragte ich, immer noch mit Silhouetten und Bergkämmen beschäftigt. »Ich kenne niemand mit Namen Sindbad.«

Chingkim sah mich an und schob die Brauen in die Höhe, als wollte er sagen: »Schon da, die Feinde?«

Doch dann schüttelte ich den Kopf und überlegte.

»Aber selbstverständlich«, sagte ich. »Ich kenne den Mann. Laß ihn eintreten.«

Was dieser tat, mit verzweifeltem Gesicht geradenwegs auf mich zugestürzt kam, die Hände rang und Augen und die Öffnung in der Mitte des Gesichts weit aufriß. Ohne *ko-tou* noch *salaam* platzte er auf farsi damit heraus: »Bei den sieben Reisen meines Namensvetter, Mirza Marco, in was für ein furchtbares Loch sind wir hier hereingeraten?«

Schweigen gebietend hob ich die Hand in die Höhe, damit er nicht ähnlich Ungehöriges von sich gab, wie ich es in der letzten Zeit mehrere Male getan, wandte mich dann an Chingkim und sagte in derselben Sprache: »Gestattet, Hoheit, darf ich Hoheit meinen Sklaven Nasenloch vorstellen?«

»Nasenloch?« murmelte Chingkim verwundert.

Nasenloch verstand den Hinweis augenblicklich und warf sich vor dem Prinzen auf den Boden, machte *ko-tou,* wiederholte das Ganze vor mir und sagte kleinlaut: »Mirza Marco, ich möchte Euch um eine Gunst bitten.«

»In Gegenwart des Prinzen kannst du frei heraus reden. Er ist ein Freund. Aber warum läufst du hier unter einem angenommenen Namen herum?«

»Ich habe Euch überall gesucht, Herr. Dabei habe ich alle meine Namen benutzt, jedem Menschen gegenüber, den ich fragte, einen anderen. Das hielt ich für klüger, denn ich fürchte um mein Leben.«

»Wieso? Was hast du getan?«

»Nichts, Herr! Das schwöre ich! Ich habe mich so brav verhalten, daß es die Hölle vor Ungeduld juckt. Ich bin rein wie ein frischgeworfenes Lamm. Aber das waren Ussu und Donduk auch. Herr, holt mich aus diesem Kriegerunterkunft genannten Loch heraus! Laßt mich herkommen und hei Euch wohnen. Nicht einmal um einen Strohsack bitte ich. Ich werde mich auf Eure Schwelle legen wie ein Wachhund. Um der vielen Male willen, da ich Euch das Leben gerettet, Mirza Marco – rettet jetzt das meine.«

»Wie bitte? Ich kann mich nicht erinnern, daß du mir jemals das Leben gerettet hättest.«

Chingkim schien belustigt, während Nasenloch ganz betreten aussah.

»Habe ich das nicht getan? Dann muß es wohl ein früherer Herr gewesen sein. Aber wenn nicht, dann nur aus Mangel an Gelegenheit. Doch sollte es jemals zu einer solchen gefürchteten Gelegenheit kommen, wäre es besser, ich wäre in der Nähe und ...«

»Was ist mit Ussu und Donduk?« schnitt ich ihm das Wort ab.

»Das ist es ja gerade, was mir solche Angst macht, Herr. Das furchtbare Schicksal von Ussu und Donduk. Sie haben schließlich nichts Schlimmes getan, oder? Sie haben uns nur von Kashgar bis hierher begleitet, nicht wahr, und diese Aufgabe ganz vorzüglich erledigt, oder?« Eine Antwort wartete er gar nicht erst ab, sondern fuhr augenblicklich fort: »Heute morgen kam ein Trupp Wachsoldaten, legte Donduk Handfesseln an und führte ihn ab. Da wir sicher waren, daß ein schrecklicher Irrtum vorliegen müsse, zogen Ussu und ich in den Unterkünften Erkundigungen ein, woraufhin man uns sagte, Donduk werde *verhört*. Nachdem wir uns eine Zeitlang große Sorgen gemacht hatten, fragten wir wieder nach, woraufhin man uns erklärte, Donduk habe die Fragen nicht zufriedenstellend beantwortet und werde infolgedessen gerade *bestattet*.«

»*Amoredèi!*« rief ich. »Er ist tot?«

»Hoffentlich, Herr; denn sonst wäre das ein womöglich noch schrecklicherer Irrtum. Aber, Herr, nach einiger Zeit erschienen die Wachen noch einmal und fesselten diesmal Ussu die Hände und führten ihn ab. Nachdem ich händeringend eine Weile dagesessen hatte, erkundigte ich mich nach dem Geschick der beiden, woraufhin man mir barsch zu verstehen gab, ich hätte jetzt endlich aufzuhören, mich in die *Folter* einzumischen. Nun, Donduk war ergriffen, erschlagen und begraben worden, und Ussu hatten sie ergriffen – wer blieb da noch zu foltern übrig außer *mir*? Deshalb habe ich gemacht, daß ich aus der Unterkunft der Krieger fortkam, und habe Euch gesucht und ...«

»Still jetzt!« sagte ich, drehte mich um und sah Chingkim fragend an.

Er sagte: »Mein Vater ist sehr darauf bedacht, soviel wie möglich über seinen ewig aufbegehrenden Vetter Kaidu in Erfahrung zu bringen. Ihr seid es gewesen, der ihm gegenüber gestern abend erwähnt habt, Eure Eskorte bestehe aus Leuten von Kaidus Leibwache. Zweifellos geht mein Vater davon aus, daß sie über ihren Herrn gut informiert sind – über jede mögliche Erhebung gegen ihn, die Kaidu vielleicht plant.« Er schwieg, schaute in seinen Becher und sagte dann: »Das Verhör obliegt dem Liebkoser.«

»Dem Liebkoser?« murmelte Nasenloch neugierig.

Ich überlegte angestrengt, und das ließ meinen Kopf schmerzen, und nach einem Augenblick sagte ich zu Chingkim: »Ich möchte nicht aufdringlich sein und mich in Angelegenheiten einmischen, die nur Mongolen etwas angehen. Doch in gewisser Weise fühle ich mich verantwortlich ...«

Chingkim trank den Becher aus und stand auf. »Gehen wir und statten wir dem Liebkoser einen Besuch ab.«

Ich wäre viel lieber den ganzen Tag in meiner neuen Unterkunft geblieben, hätte meinen Brummschädel auskuriert und mich näher mit den Zwillingen Buyantu und Biliktu befaßt, ging jedoch mit und ließ auch Nasenloch mitkommen.

Wir legten einen weiten Weg zurück, durch geschlossene Gänge und über Höfe unter freiem Himmel, Gänge ohne feste Wände und dann ein paar Stufen hinunter, die in die Erde hinabführten, dann eine lange Strecke durch unterirdische Werkstätten, in denen emsige Handwerker bei der Arbeit waren, durch Lagerkeller, Holz- und Getränkekeller. Als Chingkim uns durch eine Reihe fackelerhellter, aber gähnend leerer Räume hindurchführte, deren Wände feucht waren und Schimmelflecken aufwiesen, hielt er inne, um mit einem Unterton, der mir klarmachte, daß die Worte genausosehr für mich bestimmt waren, Nasenloch zu sagen:

»Benutze nie wieder das Wort Folter, Sklave. Der Liebkoser ist ein empfindsamer Mann. Er verabscheut derlei grobe Ausdrücke und entsetzt sich vor ihnen. Selbst wenn etwas so wichtig ist, daß es sich als nötig erweist, jemandem die Augäpfel herauszuholen und ihm glühende Kohlen in die Augenhöhlen zu setzen – nenn es, wie du willst, bloß nicht Folter. Nenn es meinetwegen Verhör, nenne es Liebkosung, nenne es Kitzeln – nur sage nie Folter –, sonst könnte es sein, daß, solltest du selbst einmal vom Liebkoser geliebkost werden müssen, dieser sich daran erinnert, wie respektlos du von seinem Beruf gesprochen hast.«

Nasenloch schluckte nur vernehmlich, aber ich sagte: »Ich verstehe. In christlichen Kerkern wird diese Praxis formal Peinliche Befragung Dritten Grades genannt.«

Zuletzt führte Chingkim uns in einen Raum, der bis auf die Fackelbeleuchtung und die feuchten Felswände so aussah wie das Kontor eines reichen Kaufmannshauses. Er stand voll von Schreibpulten, an denen Schreiber mit großen Nachschlagebüchern und Dokumentensammlungen, Rechenmaschinen und den Dingen beschäftigt waren, die offenbar zum Einerlei eines wohlfunktionierenden Unternehmens gehören. Mochte es auch ein menschliches Schlachthaus sein, es war immerhin ein ordentliches Schlachthaus.

»Der Liebkoser und seine Helfer sind Han«, sagte Chingkim leise zu mir. »Sie verstehen sich auf diese Dinge soviel besser als wir.«

Offenbar konnte nicht einmal der Kronprinz ohne weiteres Zugang zum Reich des Liebkosers verlangen. Wir drei warteten, bis einer der Han-Schreiber, der großgewachsene und strenggesichtig ausdruckslose Oberschreiber, sich herabließ, sich uns zu nähern. Er und der Prinz redeten eine Weile in der Han-Sprache, dann dolmetschte Chingkim für mich:

»Der Mann namens Donduk wurde erst einer Peinlichen Befragung Ersten Grades unterzogen, doch als er sich weigerte, irgend etwas preiszugeben, was er über seinen Herrn Kaidu wußte, wurde er, wie Ihr es ausgedrückt habt, der Peinlichen Befragung Dritten Grades unterworfen, bis an die Grenzen dessen, was dem Liebkoser einfiel. Er blieb jedoch verstockt, und so wurde er – was dem stehenden Befehl meines Vaters in solchen Fällen entspricht – dem Tod der Tausend überantwortet. Sodann wurde der Mann namens Ussu gebracht. Auch er blieb bei der Peinlichen Befragung auch des Dritten Grades noch standhaft, und so wird auch er dem Tod der Tausend überantwortet werden. Den Tod haben sie verdient, denn schließlich üben sie ihrem obersten Herrscher, meinem Vater, gegenüber Verrat. Aber« – und das sagte er mit einem gewissen Stolz – »dafür sind sie ihrem Ilkhan gegenüber treu geblieben; sie sind hartnäckig und sie sind mutig. Sie sind echte Mongolen.«

Ich sagte: »Was, bittschön, ist der Tod der Tausend? Tausend was?«

Und wieder sagte Chingkim mit einem bestimmten Unterton: »Marco, nennt es den Tod durch tausend Liebkosungen, durch tausend Grausamkeiten, durch tausend Reize – was spielt es für eine Rolle? Bekommt ein Mensch tausend von irgendwas dieser Art, wird er sterben. Die Bezeichnung besagt nur: ein in die Länge gezogenes Sterben.«

Ganz offensichtlich legte er mir nahe, die Sache nicht weiter zu verfolgen, doch ließ ich nicht locker. Ich sagte: »Donduk hat mir nie etwas bedeutet. Ussu hingegen war ein höchst angenehmer Reisegenosse. Ich würde gern wissen, wie seine Reise endet.«

Chingkim verzog das Gesicht, wandte sich jedoch noch einmal an den Oberschreiber. Der Mann schien verwundert und setzte eine zweifelnde Miene auf, verließ den Raum jedoch durch eine eisenbeschlagene Tür.

»Nur mein Vater oder ich dürfen an so etwas auch nur denken«, murmelte Chingkim. »Und selbst ich muß dem Liebkoser furchtbar schmeicheln und mich zerknirscht zeigen, ihn bei seiner Arbeit unterbrochen zu haben.«

Nun erwartete ich, daß der Oberschreiber mit einem Ungeheuer, einem breitschultrigen, mit mächtigen Armmuskeln bepackten, niedrigstirnigen und schwarzgewandeten Kerl wie dem Fleischmacher Venedigs zurückkäme, oder feuerrot gekleidet wie der Henker des Baghdader *daiwan*. Doch hatte der Oberschreiber ausgesehen, wie man sich einen Schreiber vorstellt, so sah der Mann, der mit ihm zurückkehrte, wirklich aus wie der Inbegriff eines solchen. Er hatte graues Haar, war blaß und zerbrechlich, umständlich im Wesen und nervös und äußerst adrett in malvenfarbene Seide gekleidet. Mit kleinen, präzisen Schritten durchmaß er den Raum und betrachtete uns trotz seiner winzigen Han-Nase ziemlich von oben herab an. Dieser Mann konnte gar nichts anderes sein als ein Schreiber. Und bestimmt, dachte ich, ist er auch nichts anderes. Gleichwohl sprach er mongolisch und sagte:

»Ich bin Ping, der Liebkoser. Was wollt Ihr von mir?« Das klang fast verschnupft und verriet eine kaum beherrschte, unverhohlene Entrüstung darüber, in seinen Schreibgeschäften unterbrochen zu werden.

»Ich bin Kronprinz Chingkim. Ich wäre Euch sehr verbunden, Meister Ping, wenn Ihr diesem geehrten Gast erklärtet, was es heißt, den Tod der Tausend zuzufügen.«

Wie die Schreiberseele, die er war, schnaubte er: »Ich bin Ersuchen so indelikater Natur nicht gewohnt und komme ihnen nicht nach. Im übrigen kenne ich nur eine Art geehrter Gäste, meine eigenen.«

Mochte Chingkim auch von heiligem Schrecken vor dem Amt des Liebkosers erfüllt sein – er selbst jedoch war ein blaublütiger Prinz. Ja, mehr noch, er war Mongole, dem ein so niederes Wesen wie ein Han die Stirn zu bieten wagte. Er richtete sich daher zu voller Größe auf, warf sich in die Brust und schnarrte:

»Ihr seid Staatsbeamter, und wir sind der Staat. Ihr dient einem zivilisierten Staat und werdet Euch gefälligst zivilisiert benehmen. Ich bin Euer Fürst, und Ihr habt es schnöde verabsäumt, *ko-tou* zu machen. Holt das gefälligst augenblicklich nach!«

Der Liebkoser Ping zuckte zurück, als wäre er mit seinen eigenen glühenden Kohlen beschossen worden, fiel gehorsam nieder und machte *ko-tou*. Entsetzt blickten all die anderen Schreiber im Raum über ihre Schreibpulte hinweg – so etwas hatten sie bestimmt noch nie erlebt. Eine Weile funkelte Chingkim auf den ausgestreckt am Boden liegenden Mann hinunter, ehe er ihm barsch befahl, sich zu erheben. Als Ping das tat, war er plötzlich wie umgewandelt, war ganz Versöhnlichkeit und Dienstbeflissenheit, wie es nun mal Art von Schreiberlingen ist, wenn jemand die Verwegenheit besitzt, sie anzubrüllen. Er scharwenzelte um Chingkim herum und bekundete, bereit, ja, *mit Freuden* bereit zu sein, dem Prinzen jeden Wunsch zu erfüllen.

Mürrisch sagte Chingkim: »Erklärt dem Herrn Marco hier nur, wie der Tod der Tausend herbeigeführt wird.«

»Mit Vergnügen«, sagte der Liebkoser. Damit wandte er sich mit demselben beflissenen Lächeln, mit dem er soeben Chingkim bedacht hatte, an mich und sprach mit nicht minder salbungsvoller Stimme; seine Augen jedoch blieben dabei schlangenkalt und böse.

»Herr Marco«, begann er. (In Wirklichkeit sagte er als Han *Hehh Mah-koh*, doch irgendwann gewöhnte ich mich daran, kein *r* zu hören, wenn ich mich mit einem Han unterhielt, daß ich von nun an Abstand davon nehmen will, das jedesmal wieder zu betonen.)

»Herr Marco, genannt wird diese Art des Tötens Tod der Tausend, weil dazu tausend kleine Stückchen Seidenpapier gehören, die zusammengefaltet und willkürlich durcheinander in einen Korb geschüttet werden. Auf jedem Zettel stehen ein oder zwei, jedoch nie mehr als drei Wörter, die irgendeinen bestimmten Körperteil bedeuten. Nabel oder rechter Ellbogen oder Oberlippe oder Mittelzeh links oder was auch immer. Selbstverständlich gibt es im menschlichen Körper keine tausend Teile – zumindest nicht solche, die einer Empfindung fähig sind wie etwa eine Fingerspitze oder, sofern man ihre Funktion unterbindet, die Niere. Genauer gesagt gibt es nach traditioneller Liebkoser-Zählung dreihundertundsechsunddreißig solcher Teile. Infolgedessen taucht jeder Körperteil praktisch dreimal auf verschiedenen beschriebenen Zetteln auf, was insgesamt neunhundertundsechsundneunzig Papierstückchen ergibt. Könnt Ihr mir folgen, Herr Marco?«

»Ja, Meister Ping.«

»Dann wird Euch auch nicht entgangen sein, daß es vier Körperteile gibt, die nicht dreimal aufgeschrieben wurden. Denn diese vier erscheinen nur einmal auf den vier von den tausend noch verbliebenen Zetteln. Ich werde später erklären, warum – sofern Ihr es bis dahin noch nicht erraten haben solltet. Nun wohl, wir haben also tausend beschriftete und zusammengefaltete kleine Zettel. Jedesmal, wenn ein Mann oder eine Frau zum Tod der Tausend verurteilt wird, lasse ich meine Gehilfen, ehe ich mich dem Objekt zuwende, diese Papierstückchen in dem Korb neu mischen, durcheinanderbringen und aufschütteln. Ich halte das so vornehmlich deshalb, um die Wahrscheinlichkeit einer Wiederholung beim Liebkosen soweit als möglich auszuschließen, denn selbige könnte sich als für das Objekt unnötig beunruhigend und für mich als langweilig erweisen.«

So pingelig, wie er mit Zahlen umgeht, wie er das Opfer ein Objekt nennt und wie herablassend er mein Interesse an der ganzen Angelegenheit behandelt, ist er wirklich eine Schreiberseele, dachte ich. Freilich war ich nicht so dumm, das laut zu sagen. Ich meinte vielmehr im Ton größter Hochachtung:

»Verzeiht, Meister Ping. Aber was hat all dies – das Schreiben und Zusammenfalten und Durcheinanderschütteln – mit dem Tod zu tun?«

»Mit dem Tod? Mit dem *Sterben* hat es zu tun!« sagte er geradezu empört, als hätte ich von etwas Nebensächlichem gesprochen. Mit einem listigen Seitenblick auf Prinz Chingkim sagte er: »Ein Objekt umbringen kann jeder tumbe Barbar. Doch einen Mann oder eine Frau nach allen Regeln der Kunst durchs Sterben führen und geleiten, es locken und ihm gut zureden – ah, dazu bedarf es des Liebkosers!«

»Ich verstehe«, sagte ich. »Bitte, fahrt fort.«

»Nachdem ihm ein Abführmittel und ein Klistier verabreicht worden ist, um peinliche Zwischenfälle zu vermeiden, wird das Objekt fest, aber nicht unbequem aufrecht zwischen zwei Pfählen festgebunden, damit ich es, je nachdem, mühelos vorn oder hinten oder an der Seite liebkosen kann. Meine Arbeitsplatte ist in dreihundertundsechsunddreißig Fächer aufgeteilt, und jedes Fach ist säuberlich mit dem betreffenden Körperteil beschriftet; in jedem ruht ein Instrument oder mehrere eigens für diesen einen Zweck ersonnene Instrument. Je nachdem, ob es sich bei dem betreffenden Körperteil um Fleisch oder Sehnen, Muskeln oder Haut, reines Gewebe oder Knorpel handelt, sind die betreffenden Instrumente entweder Messer von bestimmter Form, Pfriemen, Sonden, Nadeln, Zangen oder Schaber. Die Instrumente sind frisch gereinigt und poliert, und meine Gehilfen stehen mit Tupfern und Abfallschalen bereit. Ich selbst bereite mich mit den traditionellen Versenkungsübungen des Liebkosers auf meine Aufgabe vor. Damit stelle ich mich nicht nur auf die Ängste des Objekts ein, die für gewöhnlich auf der Hand liegen, sondern auch auf seine tiefsten Befürchtungen und seine geheimsten Reaktionen. Der ideale Liebkoser, der seine Kunst wirklich versteht, ist ein Mann, der fast die gleichen Gefühle hat wie das Objekt. Der Legende zufolge war der vollkommenste aller Liebkoser eine *Frau,* die sich so sehr auf das Objekt einstellte, daß sie selbst aufschrie, sich wand und zusammen mit dem Objekt weinte, ja, sich selbst um Erbarmen anflehte.«

»Da wir von Frauen sprechen...«, sagte Nasenloch. Bis jetzt hatte er sich nahezu unsichtbar hinter meinem Rücken herumgedrückt. Doch seine stets wollüstig wache Neugier muß stärker gewesen sein als seine Furchtsamkeit. Er wandte sich in Farsi an den Prinzen: »Frauen und Männer unterscheiden sich, Prinz Chingkim. Ihr wißt... im Körperbau... hier und da. Wie trägt Meister Liebkoser derlei Unterschieden mit seinen Instrumenten Rechnung?«

Der Liebkoser trat einen Schritt zurück und sagte mit gezierter Stimme wie angewidert: »*Wer*...ist...*das?*«, nicht anders, als wäre er auf der Straße auf einen Haufen Hundedreck getreten und als hätte dieser die Stirn besessen, laut zu protestieren.

»Verzeiht die Unverfrorenheit des Sklaven, Meister Ping«, sagte Chingkim glatt. »Doch die Frage hat sich auch mir gestellt.« Er wiederholte sie auf mongolisch.

Schreiberling, der er war, rümpfte der Henker die Nase. »In Hinblick auf das Liebkosen sind die Unterschiede zwischen Mann und Frau nur oberflächlich. Steht auf dem Zettel etwa ›Rotes Kleinod‹, bedeutet dies das am weitesten vorstehende Geschlechtsorgan, und davon gibt es ein großes beim Manne und ein winziges bei der Frau. Steht auf dem Papier ›Jade-Drüse‹, links oder rechts, bedeutet das entweder den Hoden des Mannes oder die innere Keimdrüse der Frau. Steht ›Tiefes Tal‹ darauf, bedeutet das zwar buchstäblich den Schoß der Frau, kann aber beim Manne auch als innere Mandeldrüse gedeutet werden, der sogenannte Dritte Hoden.«

Nasenloch stieß unwillkürlich ein schmerzlich berührtes »Oh!« aus. Wütend starrte der Liebkoser ihn an.

»Wenn ich nun fortfahren dürfte? Nach meiner Versenkung geht es folgendermaßen weiter. Ich greife wahllos einen Zettel aus dem Korb heraus, falte ihn auseinander und lese darauf, welcher Körperteil für die erste Liebkosung bestimmt ist. Nehmen wir an, es heißt: Kleiner Finger. Trete ich dann einfach wie ein Schlächter vor das Objekt hin und säble ihm den linken kleinen Finger ab? Mitnichten! Denn was mache ich, wenn später ein Zettel mit derselben Aufschrift auftaucht? Infolgedessen treibe ich beim ersten Mal vielleicht nur eine Nadel tief unter den Fingernagel. Beim zweitenmal schlitze ich den Finger möglicherweise über die ganze Länge bis zum Knochen auf. Erst wenn er zum drittenmal auftaucht, würde ich den Finger vollends abhacken. Doch für gewöhnlich lenkt mich der zweite Zettel natürlich auf einen anderen Körperteil des Objekts – ein anderes Glied, oder die Nase, oder vielleicht die Jade-Drüse. Doch aufgrund der Tatsache, daß derselbe Körperteil dreimal auf den Papierstückchen auftauchen kann und aufgrund der Zufälligkeit der Auswahl, kommt es in der Tat gelegentlich vor, daß derselbe Körperteil zweimal nacheinander auftaucht, doch geschieht das zum Glück nicht sehr oft. Und in meiner ganzen Laufbahn ist es nur ein einziges Mal vorgekommen, daß alle drei Zettel nacheinander denselben Körperteil des Objekts enthielten. Das war schon höchst ungewöhnlich und erinnerungswürdig. Ich habe später den Hofmathematiker Lin-ngnan ersucht, mir auszurechnen, wie oft dieser Fall eintreten könnte. Wenn ich mich recht erinnere, sagte er, die Möglichkeit bestehe einmal in einer Million. Doch das ist Jahre her. Es handelte sich um ihre linke Brustwarze . . .«

Sein Blick schien beseligt in der Erinnerung zurückzugehen bis zu jener Zeit. Doch dann kam er jählings wieder zurück in die Gegenwart, zu uns.

»Vielleicht habt Ihr inzwischen begriffen, welch besonderes Fachwissen das Liebkosen erfordert. Man rennt nicht einfach hin und her, schnappt sich ein Stück Papier und säbelt dem Objekt irgendein Körperteil ab. Nein, ich gehe gemächlich – wirklich in aller Gemächlichkeit – zwischen dem Objekt und meinem Instrumententisch hin und her, denn dem Objekt muß Zeit gewährt werden, jeden einzelnen Schmerz auch weidlich auszukosten. Auch müssen es immer andere Schmerzen sein – einmal solche, die ein Einschnitt verursacht, dann ein Durchbohren, dann ein Schleifen, ein Verbrennen, ein Zertrümmern und so weiter. Auch müssen die Wunden sich graduell unterscheiden, so daß das Objekt nicht nur eine allumfassende Todesqual erleidet, sondern eine Fülle unterschiedlicher Schmerzen, die er oder sie unterscheiden und *lokalisieren* kann. Hier ein Oberkieferbackenzahn, der langsam herausgedreht wird und statt dessen ein Nagel bis in die Nasennebenhöhle hineingetrieben. Dort ein Ellbogengelenk, das mit einer von mir selbst klug ersonnenen Schraubzwinge zum Bersten gebracht und zertrümmert wird. Noch an anderer Stelle eine rotglühende Metallsonde, eingeführt in die dünne Röhre seines Roten Keinods – oder zart und wiederholt an dem empfindlichen Knötchen über *ihrem* Roten Kleinod angesetzt. Und zwischendurch vielleicht die Haut über der Brust ablösen und vorn herunterhängen lasse wie eine Schürze.«

Ich schluckte und fragte: »Und wie lange dauert das Ganze, Meister Ping?«

Woraufhin er überlegen mit der Schulter zuckte und sagte: »Bis das Objekt verendet. Schließlich heißt die Prozedur *Tod* der Tausend. Gleichwohl ist noch nie jemand am *Sterben* gestorben, wenn Ihr versteht, was ich meine. Darin liegt ja gerade meine Kunst – in der Verlängerung des Sterbeprozesses und in der ständigen Steigerung der Martern. Um es anders auszudrücken: Am Schmerz als solchem ist noch nie jemand gestorben. Selbst ich bin manchmal überrascht, wieviel Schmerzen der Mensch ertragen kann und wie lange. Auch war ich ja Arzt, ehe ich Liebkoser wurde; infolgedessen füge ich nie versehentlich eine tödliche Verletzung zu, und selbstverständlich weiß ich, wie ich verhindere, daß ein Objekt vorzeitig durch Blutverlust oder an einem Kreislaufkollaps stirbt. Meine Gehilfen verstehen sich trefflich darauf, Blutungen zu stillen, und wenn ich gezwungen bin, in einer frühen Phase des Liebkosens ein bedauerlich anfälliges Organ wie etwa eine Blase zu durchbohren, wissen meine Gehilfen sehr wohl, wie sie irgendwelche Pfropfen, die ich herauszunehmen gezwungen bin, durch etwas anderes ersetzen.«

»Um es anders auszudrücken«, sagte ich und äffte seine eigenen Worte nach, »wie lange dauert es, bis es bei einem Objekt für derlei Aufmerksamkeiten zu spät ist?«

»Das hängt weitgehend vom Zufall ab. An welchem meiner zusammengefalteten Zettel oder in welcher Reihenfolge diese mir in die Hand geraten. Glaubt Ihr an einen Gott oder an irgendwelche Götter, Herr Marco? Dann sind es wohl die Götter, die dafür sorgen, welche Zettel mir in die Hand kommen, und das bestimmen sie gewiß nach der Schwere des Verbrechens, die das Objekt verdient hat. Der Zufall oder die Götter können meine Hand jederzeit nach einem der vier zuvorerwähnten Papierstückchen greifen lassen.«

Mich fragend anblickend, schob er die schmalen Augenbrauen in die Höhe. Ich nickte und sagte:

»Ich glaube, ich habe es erraten. Es muß vier lebenswichtige Körperteile geben, wo eine Verwundung nicht langsames Sterben, sondern raschen Tod nach sich zieht.«

»Der Farbstoff Indigo ist blauer als die Indigopflanze!« rief er. »Und das bedeutet: Der Schüler übertrifft den Meister!« Scheel lächelte er mich an. »Ein tüchtiger Schüler, Herr Marco. Ihr selbst würdet ein gutes« – ich erwartete selbstverständlich, daß er Liebkoser sagen würde. Doch hatte ich nicht die geringste Lust, ein solcher zu werden, gleichgültig, ob ein guter oder nicht, und so war ich widernatürlich froh, als er sagte – »... ein gutes Objekt abgeben, denn all Eure Ängste und Ahnungen würden nur noch gesteigert werden durch Eure eingehende Kenntnis des Liebkosens. Jawohl, es gibt vier Stellen – das Herz, selbstverständlich, aber auch noch eine Stelle an der Wirbelsäule und zwei im Gehirn – an denen eine eingeführte Klinge oder ein Pfriem den augenblicklichen Tod zur Folge hat – und das dazu noch ganz schmerzlos, soweit wir wissen. Das ist der Grund, warum sie nicht dreimal, sondern nur ein einziges Mal aufgeschrieben werden, denn falls und wenn ein solcher Zettel mir in die Hand gerät, ist die Liebkosung beendet. Ich sage den Objekten immer, sie möchten beten, daß er bald kommt. Und er oder sie beten auch immer darum, schließlich sogar laut und manchmal auch sehr laut. Daß das Objekt sich an diese Hoffnung klammert – dabei ist es wahrhaftig eine magere Hoffnung: vier zu tausend –, scheint dazu angetan, seine oder ihre Todesqual noch zu verfeinern.«

»Verzeiht, Meister Ping«, mischte sich Chingkim jetzt ein. »Aber Ihr habt immer noch nicht gesagt, wie lange das Liebkosen dauert.«

»Das kommt wieder ganz darauf an, Prinz. Abgesehen von den unberechenbaren Faktoren wie Göttern und Zufällen, hängt die Dauer von mir ab. Stehe ich wegen anderer auf mich wartender Objekte nicht unter Zeitdruck, kann ich also in aller Muße arbeiten, kann eine Stunde vergehen zwischen dem In-die-Hand-Nehmen eines Zettels und dem nächsten. Lege ich einen angemessenen Arbeitstag, von sagen wir, zehn Stunden zugrunde, und wenn der Zufall es will, daß wir durch fast jedes einzelne der zusammengefalteten Papierchen hindurchmüssen, kann der Tod der Tausend nahezu hundert Tage dauern.«

»*Dio me varda!*« entfuhr es mir. »Dabei hat man mir gesagt, Donduk sei bereits tot. Ihr habt ihn doch erst heute morgen bekommen.«

»Dieser Mongole – jawohl. Bei dem ging es bedauerlich schnell. Seine Körperverfassung war durch die vorhergehende Befragung ziemlich beeinträchtigt. Aber deshalb braucht Ihr mich nicht zu bedauern – wiewohl ich der gütigen Nachfrage wegen danke, Herr Marco. Ich bin deshalb nicht sonderlich betrübt. Ich habe den anderen Mongolen ja bereits für die Liebkosung festschnallen lassen.« Wieder rümpfte er die

Nase. »Wenn Ihr einen Grund sucht, mich zu bedauern, dann sucht ihn darin, mich in meiner Versenkung unterbrochen zu haben.«

Um nicht verstanden zu werden, wandte ich mich auf farsi an Chingkim und sagte: »Befiehlt Euer Vater wirklich diese – diese abscheulichen Foltern? Und daß sie von diesem – diesem aufgeblasenen Unhold zugefügt werden, der sich an den Qualen anderer Menschen weidet?«

Nasenloch, der mittlerweile neben mir stand, zupfte vielsagend an meinem Ärmel. Der Liebkoser stand auf der anderen Seite, so daß ich nicht mitbekam, wie er mich mit haßerfülltem Blick durchbohrte, als wäre es eine seiner grauenhaften Sonden.

Mannhaft versuchte Chingkim seinen eigenen Ärger über mich hinunterzuschlucken. Durch zusammengebissene Zähne hindurch sagte er: »Älterer Bruder« – redete mich also äußerst förmlich an, denn schließlich war er der ältere von uns beiden. »Älterer Bruder Marco, das Urteil Tod der Tausend wird nur ganz weniger schlimmen Verbrechen wegen verhängt. Und bei den Kapitalverbrechen steht Verrat an erster Stelle.«

Eilends revidierte ich mein Urteil über seinen Vater. Wenn Kubilai als Mongole imstande war, für zwei Mongolen ein so entsetzliches Ende zu befehlen – für zwei gute Krieger, deren einziges Vergehen darin bestanden hatte, seinem eigenen Unterhäuptling Kaidu die Treue bewahrt zu haben –, dann war es offensichtlich falsch von mir, in seinem Verhalten im *cheng* nur den Wunsch zu sehen, sich uns Fremden gegenüber in Positur zu setzen und uns zu beeindrucken. Offensichtlich war es Kubilai nicht darum zu tun, daß andere die Urteile, die er fällte, als Warnung oder als beispielhaft verstanden. Es kümmerte ihn kein Deut, ob irgend jemand sonst Notiz von ihnen nahm oder nicht. (Ich hätte von dem furchtbaren Schicksal von Ussu und Donduk nie zu erfahren brauchen; folglich hatte er es nicht bestimmt, um Eindruck auf uns Polo zu machen.) Der Khakhan übte seine uneingeschränkte Macht einfach uneingeschränkt aus. Die Triebkräfte, die dahinterstanden, zu belächeln oder infrage zu stellen, war selbstmörderisch – zum Glück hatte ich das nur in meinem Kopf getan –, und selbst sein Handeln zu preisen, wäre sinnlos und überflüssig und würde auch nicht zur Kenntnis genommen. Kubilai würde tun, was er tun wollte. Nun, dann war das soeben Erlebte zumindest für mich exemplarisch. Von Stund an würde ich, solange ich mich im Reich des Khan Aller Khane bewegte, unauffällig auftreten und leise sprechen.

Nur dies eine Mal noch wollte ich, ehe ich mich fügsam zeigte, den Versuch machen, etwas zu ändern.

»Ich habe Euch erklärt, Chingkim«, wandte ich mich an den Prinzen, »daß Donduk nicht gerade ein Freund von mir war, aber er lebt ohnehin nicht mehr. Ussu hingegen – ich habe ihn gemocht, und meine unvorsichtigen Worte waren es, die ihn hierher gebracht haben –, und er ist noch am Leben. Kann man denn nichts machen, seine Bestrafung zu mildern?«

»Ein Verräter hat den Tod der Tausend verdient«, erklärte Chingkim steinernen Gesichts. Dann jedoch ließ er sich immerhin soweit erweichen zu sagen: »Es gibt nur eine Möglichkeit der Linderung.«

»Ach, Ihr kennt sie selbstverständlich, mein Prinz«, sagte der Liebkoser mit verzerrtem Gesicht. Zu meiner Überraschung und meinem Entsetzen sprach er vollkommenes Farsi. »Ihr wißt auch, wie eine solche Erleichterung zu erlangen ist. Nun, mit derlei Geschäften gibt sich mein Oberschreiber ab. Wenn Ihr mich jetzt entschuldigen wollte, Prinz Chingkim, Herr Marco . . .«

Mit gezierten Trippelschritten durchmaß er den Raum, gab seinem Oberschreiber einen Wink, sich um uns zu kümmern, und ging durch die eisenbeschlagene Tür hinaus.

»Was ist zu tun?« wandte ich mich an Chingkim.

»In Fällen wie diesen muß ab und zu bestochen werden«, knurrte er. »Nur, ich selbst habe bisher auf so etwas nicht zurückgreifen müssen«, fügte er noch voller Abscheu hinzu. »Für gewöhnlich geschieht das von seiten der Familie des Objekts. Sie stürzen sich in Armut und nehmen Schulden auf, an denen sie ihr ganzes Leben lang abbezahlen müssen. Meister Ping muß einer der reichsten Beamten in ganz Khanbalik sein. Hoffentlich erfährt mein Vater nie, daß ich die Torheit besessen habe, dies zu tun. Er würde mich auslachen und bitterböse auf mich sein. Und Ihr, Marco – ich hoffe, daß Ihr mich nie wieder um einen solchen Gefallen bittet.«

Der Oberschreiber kam herbeigeschlendert und schob fragend die Augenbrauen in die Höhe. Chingkim griff in seinen Beutel, den er am Gürtel hängen hatte, und sagte in der umschreibenden Redeweise der Han: »Für das Objekt Ussu wäre ich bereit, soviel zu bezahlen, daß die Waagschale mit den vier Zetteln nach oben steigt.« Er nahm ein paar Goldmünzen und steckte sie dem Schreiber diskret zu.

Ich fragte: »Was bedeutet das, Chingkim?«

»Es bedeutet, daß die vier Zettel, auf denen die lebenswichtigen Körperteile stehen, oben auf dem Korb zu liegen kommen, wo die Wahrscheinlichkeit besteht, daß die Hand des Liebkosers sie schnell findet. Und jetzt laßt uns gehen.«

»Aber wie . . . ?«

»Mehr kann man nicht machen«, knurrte er mich mit zusammengebissenen Zähnen an. »Komm jetzt, Marco!«

Auch Nasenloch zupfte mich am Ärmel, doch ich ließ nicht locker. »Wie können wir sicher sein, daß es auch wirklich geschieht? Können wir uns darauf verlassen, daß der Liebkoser sich die ganze Mühe macht . . . all diese zusammengefalteten Zettel auseinanderzufalten und zu lesen . . . wo sie doch alle gleich aussehen . . .«

»Nein, Herr«, sagte der Oberschreiber und zeigte zum ersten Mal eine gewisse Menschlichkeit, ja, bewies geradezu so etwas wie Freundlichkeit, indem er mongolisch sprach, damit ich verstand. »All die anderen tausend Zettel sind rot, denn Rot ist die Glücksfarbe für die Han. Nur die vier bewußten Zettel sind violett, denn das ist die Trauerfarbe der Han. Der Liebkoser weiß immer, wo diese vier Papierchen stecken.«

4 In den nächsten Tagen blieb ich ganz mir selbst überlassen. Ich packte aus und richtete mich in meinen Gemächern ein – mit Nasenlochs Hilfe, denn ich ließ den Sklaven bei mir einziehen und sein Lager in einem meiner bequemeren Nebengelasse ausbreiten –, machte mich näher mit den Zwillingen Biliktu und Buyantu bekannt und fing an, mich sowohl im Gebäude des Hauptpalastes als auch in den anderen Häusern, Gärten und Höfen dieser »Stadt in der Stadt« zurechtzufinden. Wie ich meine Zeit privat verbrachte, davon will ich später berichten, denn jetzt begann auch die Zeit, da ich arbeiten mußte.

Eines Tages kam ein Palastaufseher und forderte mich auf, Khan Kubilai und dem Wang Chingkim meine Aufwartung zu machen. Die Gemächer des Khakhan lagen nicht weit von den meinen entfernt, und so begab ich mich eilends, aber nicht von besonders freudiger Erwartung getrieben dorthin; ich nahm an, daß er von unserem Besuch im Kerker erfahren hatte und mich und Chingkim bestrafen wolle, weil wir uns in die Angelegenheiten des Liebkosers eingemischt hatten. Als ich jedoch hinkam und mich durch eine stattliche Anzahl von Vorräumen samt den dazugehörigen Gehilfen, Sekretären, bewaffneten Wachen und schönen Frauen hindurch verneigt hatte, betrat ich schließlich den üppig eingerichteten Wohnraum des Khakhan selbst, schickte mich an, mein *ko-tou* zu machen, wurde jedoch augenblicklich aufgefordert, Platz zu nehmen und aus den vielen Flaschen auf dem Tablett einer Dienerin auszusuchen, was ich trinken wolle. Ich entschied mich für einen Becher Reiswein, und der Khakhan begann das Gespräch recht freundlich, indem er sich erkundigte:

»Wie kommt Ihr mit Euren Sprachkenntnissen voran, junger Polo?«

Ich bemühte mich, nicht rot anzulaufen, und murmelte: »Ich habe viele neue Wörter gelernt, Sire, aber sie gehören nicht zu der Art, die ich in Eurer erhabenen Gegenwart in den Mund nehmen könnte.«

Chingkim meinte dazu trocken: »Ich hätte nicht gedacht, daß es Wörter gibt, die Ihr, gleichgültig, in wessen Gegenwart, Hemmungen hättet auszusprechen.«

Kubilai lachte: »Eigentlich hatte ich auf Han-Weise erst eine Weile höflich Konversation machen und mich auf Umwegen dem Thema nähern wollen, um das es geht. Aber mein ungehobelter mongolischer Sohn kommt gleich zur Sache.«

»Ich habe mir inzwischen gelobt, fürderhin meine Zunge im Zaum zu halten und keine vorschnellen Meinungen von mir zu geben, Sire.«

Darüber dachte er nach. »Nun, es könnte nur guttun, wenn Ihr im Umgang mit Worten mehr Achtung und Umsicht bewieset, ehe Ihr mit irgend etwas herausplatzt. Trotzdem ist mir an Eurer Meinung gelegen. Um sie mir freimütig zu sagen, möchte ich, daß Ihr unsere Sprache geläufig sprecht und präzise zu gebrauchen versteht. Marco, seht dort hinüber. Wißt Ihr, was das da ist?«

Er zeigte auf einen Gegenstand in der Mitte des Raums, auf eine riesige, etwa acht Fuß hohe und vier Fuß im Durchmesser messende Bronze-Urne. Das große Gefäß war reich verziert, und an die Außenwand schmiegten sich acht oben auf dem Rand elegant den Schwanz ringelnde, den Kopf nach unten zum Fuß hin vorstreckende Bronzedrachen. Ein jeder dieser Drachen hielt im Maul eine riesige und vollkommene Perle. Unter den Köpfen der acht Drachen hockten am Piedestal mit aufgerissenem Maul acht Kröten, als wollten sie nach der Perle über ihnen schnappen.

»Ein eindrucksvolles Kunstwerk, Sire«, sagte ich, »doch wozu es dient, ist mir schleierhaft.«

»Es ist ein Erdbebenapparat.«

»Sire?«

»Hier in Kithai kommt es gelegentlich zu Erdstößen. Jedesmal, wenn das irgendwo geschieht, verrät mir das dieser Apparat. Ausgedacht und gegossen hat ihn unser kluger Hofgoldschmied, und wie er funktioniert, versteht einzig er ganz genau. Irgendwie geschieht es jedenfalls, daß, wenn es zu einem Erdbeben kommt – auch wenn das sehr weit von hier entfernt passiert, so daß kein Mensch in Khanbalik etwas davon spürt –, das Maul eines der Drachen sich öffnet und die Perle in den Schlund der Kröte darunter rollt. Klirren und Beben anderer Art zeitigen diese Wirkung nicht. Ich bin um die Urne herumgetanzt und gehüpft und habe mit den Füßen aufgestampft – doch es rührt sich nichts. Dabei bin ich nicht gerade ein Schmetterling.«

In Gedanken sah ich den majestätischen Khan Aller Khane wie einen neugierigen Knaben im Raum herumhopsen, daß sich seine weiten Gewänder bauschten, sein Bart hin und her flog und ihm die Helmkrone auf dem Kopf verrutschte – während seinen Ministern vermutlich die Augen aus dem Kopf quollen. Doch erinnerte ich mich an das, was ich mir vorgenommen hatte, und lächelte nicht.

Er sagte: »Je nachdem, welche Perle herabrollt, weiß ich, in welcher Himmelsrichtung sich das Erdbeben ereignet hat. In welcher Entfernung oder wie verheerend, vermag ich nicht zu sagen; aber immerhin kann ich einen Trupp Reiter in vollem Galopp hinreiten lassen, die mir dann über den angerichteten Schaden und die Zahl der Toten berichten.«

»Ein wahres Wunder, diese Erfindung, Sire.«

»Ich wünschte, ich könnte mich auf meine menschlichen Informanten ebenso verlassen, wenn es darum geht, mir zu berichten, was in allen meinen Herrschaftsbereichen geschieht. Ihr habt ja meine Han-Spione gehört, neulich beim Bankett, wie sie Zahlen und Waffen und Aufstellungen herunterratterten – ohne daß ich auch nur das geringste erfahren hätte.«

»Die Han sind ganz vernarrt in Zahlen«, sagte Chingkim. »Die fünf Haupttugenden. Die fünf großen Beziehungen. Die dreißig Stellungen beim Geschlechtsakt und die sechs Arten des Eindringens und die neun Bewegungsmöglichkeiten. Selbst ihre Höflichkeit unterwerfen sie feststehenden Regeln. Soviel ich weiß, kennen sie dreihundert Regeln des förmlichen Umgangs miteinander und drei*tausend* Verhaltensvorschriften.«

»Und, Marco«, sagte Kubilai, »meine anderen Informanten – meine muslimischen, ja sogar meine mongolischen Beamten – neigen dazu, in ihren Berichten alles zu verschweigen, wovon sie meinen, ich könnte es unbequem oder unangenehm finden. Ich muß mich um ein Riesenreich kümmern, kann aber unmöglich überall zugleich sein. Wie ein weiser Han-Berater mir einmal gesagt hat: Erobern kann man hoch zu Roß, aber um zu regieren, muß man vom Roß herunter. Infolgedessen bin ich weitgehend auf Berichte aus der Ferne angewiesen, und die enthalten häufig alles, nur nicht das, was ich unbedingt wissen muß.«

»Damit ist es wie mit diesen Spionen«, mischte Chingkim sich ein. »Man schicke sie in die Küche, um alles über die Suppe vom Vorabend herauszufinden, und sie werden melden, wieviel gekocht wurde, wie dick die Suppe war, welche Zutaten benutzt wurden, welche Farbe und welches Aroma sie hatte und welche Dampfmenge sie abgegeben hat. Sie würden über alles berichten – nur nicht, ob sie gut oder schlecht geschmeckt hat.«

Kubilai nickte. »Was mich beim Bankett so beeindruckt hat, Marco – und mein Sohn teilt diese Meinung –, ist, daß Ihr offenbar die Gabe besitzt, den Geschmack der Dinge herauszufinden. Nachdem diese Spione geredet und geredet hatten, habt Ihr nur ein paar Worte gesagt. Gewiß, es waren nicht sehr taktvolle Worte, aber sie haben mir verraten, wie die Suppe schmeckt, die dort in Sin-kiang gekocht wird. Ich möchte wissen, ob Ihr diese Gabe wirklich besitzt – um sie dann weiterhin zu nutzen.«

»Ihr wollt, daß ich den Spion für Euch mache, Sire?«

»Nein. Ein Spion muß mit seiner Umwelt verschmelzen können, und das wäre einem Ferenghi wohl nirgends in meinem Herrschaftsbereich möglich. Außerdem würde ich einen anständigen Mann nie auffordern, zum Schnüffler und Schwätzer zu werden. Nein, ich denke da an andere Aufgaben. Doch um ihnen gerecht zu werden, müßtet Ihr noch eine Menge anderer Dinge lernen als nur die geläufige Beherrschung unserer Sprache. Keine leichte Aufgabe. Sie erfordert viel Zeit und Mühe.«

Er sah mich eindringlich an, als wollte er sehen, ob ich bei der Aussicht auf harte Arbeit zurückschreckte, und so sagte ich beherzt:

»Der Khakhan erweist mir zuviel Ehre, indem er nichts weiter als Plackerei von mir erwartet. Aber wenn die Plackerei nur der Vorbereitung auf eine wirklich bedeutende Aufgabe dient, deucht mich die Ehre nur um so größer.«

»Überstürzt nichts mit der Entscheidung. Eure Onkel, so höre ich, haben ein paar Handelsunternehmungen vor. Das wäre leichtere Arbeit, die noch dazu Gewinn bringt – und wahrscheinlich auch sicherer und weniger gefährlich als das, was ich von Euch erwarten könnte. Ich erlaube Euch daher, Euch zuvor mit Euren Onkeln zu beraten, wenn Ihr wollt.«

»Vielen Dank, Sire. Doch wenn es mir nur um Sicherheit und Gefahrlosigkeit zu tun wäre, hätte ich Venedig nicht verlassen.«

»Ah, ja. Recht gesprochen: Wer hoch klettert, muß viel zurücklassen.«

Und Chingkim setzte hinzu: »Es heißt aber auch: Für einen Mann mit Mut gibt es keine Mauern, ihm tun sich überall nur Wege auf.«

Ich nahm mir vor, meinen Vater bei Gelegenheit zu fragen, ob er hier in Kithai all die vielen Sprichwörter gelernt hatte, von denen er ständig überfloß.

»Dann laßt mich folgendes sagen, junger Polo«, fuhr Kubilai fort. »Ich würde Euch nicht bitten herauszufinden, wie dieser Erdbebenapparat hier funktioniert – und das wäre wahrlich eine schwierige Aufgabe –, ich werde Euch um etwas weit Schwierigeres bitten. Ich wünsche, daß Ihr soviel wie möglich darüber in Erfahrung bringt, wie mein Hof und meine Regierung funktionieren; denn das ist alles viel verzwickter als das Innere dieses geheimnisvollen Apparats.«

»Ich stehe zu Euren Diensten, Sire.«

»Kommt hier an dieses Fenster.« Er führte mich hin. Gleich denen in meinen Gemächern bestand es nicht aus durchsichtigen Scheiben, sondern aus dem schimmernden und nur lichtdurchlässigen Moskowiter Glas, das in sehr verschlungenen Fassungen saß. Kubilai hakte es auf, stieß es auf und sagte: »Schaut!«

Wir blickten hinab auf ein beträchtlich großes Gelände der Palastanlage, das ich noch nicht besucht hatte; denn hier wurde immer noch gebaut, und was man sah, waren nur Haufen von Mauersteinen, Pflastersteinen, Erdhügel, Arbeitsgerät, Gruppen schwitzender Sklaven und . . .

»*Amoredèi!*« rief ich aus. »Was sind das für Riesentiere? Wieso wachsen ihnen so sonderbare Hörner?«

»Törichter Ferenghi, das sind keine Hörner, sondern die Stoßzähne, die das Elfenbein liefern. Dieses Tier heißt in den südlichen Tropenländern, in denen es heimisch ist, *gajah*. Ein mongolisches Wort gibt es nicht dafür.«

Chingkim nannte mir das Farsi-Wort – *fil* – und das kannte ich.

»Elefanten!« sagte ich ehrfurchtsvoll leise. »Selbstverständlich! Ich habe doch ein Bild davon gesehen, aber das kann nicht besonders gut gewesen sein.«

»Lassen wir die *gajah* einmal beiseite«, sagte Kubilai. »Seht Ihr, was sie auftürmen?«

»Es sieht aus wie ein riesiger Haufen aus *kara*-Blöcken, Sire.«

»Das ist es auch. Der Hofbaumeister legt dort draußen einen weitläufigen Park für mich an; auf meinen ausdrücklichen Wunsch kommt auch ein Berg hinein. Außerdem habe ich ihn angewiesen, viel Gras drauf zu pflanzen. Habt Ihr in meinen anderen Höfen irgendwo Gras gesehen?«

»Ja, Sire.«

»Und habt Ihr nichts Besonderes daran bemerkt?«

»Ich fürchte, nein, Sire. Es sah genauso aus wie die Grasflächen, durch die wir gereist sind – Tausende von *li* lang.«

»Und genau das ist das Besondere daran – daß es sich nicht um das Ziergras handelt, wie es im Garten gedeiht, sondern um einfaches, ganz gewöhnliches grünes Gras, wie es auf den Ebenen wächst, auf denen ich groß geworden bin.«

»Es tut mir leid, Sire, doch wenn ich daraus irgendeine Lehre ziehen soll . . .«

»Mein Vetter, der Ilkhan Kaidu, hat Euch gegenüber erklärt, ich wäre zu etwas unter den Mongolen Stehendem entartet und herabgekommen. In gewissem Sinne hat er sogar recht.«

»Sire!«

»In gewissem Sinne. Ich bin vom Roß herabgestiegen, um diese Reiche zu regieren. Und als ich das tat, habe ich viele Dinge von den kultivierten Han schätzengelernt und sie mir zu eigen gemacht. Ich bemühe mich, weniger ungehobelt zu sein und mich geschliffenerer Manieren zu befleißigen, weniger zu fordern, als vielmehr diplomatisch vorzugehen, mich mehr als geweihter Kaiser zu benehmen denn als Kriegsherr und Eroberer. In all diesen Dingen habe ich mich von dem Mongolen von Kaidus Art wegentwickelt. Nur lehne ich meine Ursprünge nicht ab und vergesse sie auch nicht – meine Zeit als Krieger und mein Mongolenblut. All das geht aus diesem Hügel hervor.«

»Ich bedaure, Sire«, sagte ich, »aber ich verstehe dies Beispiel immer noch nicht.«

Er sagte zu seinem Sohn: »Erkläre du ihm das, Chingkim!«

»Versteht Ihr, Marco, dieser Hügel soll ein Lustpark sein mit Terrassen und schön angelegten Wegen, weidenüberhangenen Wasserfällen und hier und da hübschen Pavillons. Das ganze soll eine Zierde der gesamten Palastanlage werden. Darin ist er sehr *han* und spiegelt die Bewunderung, die wir der Han-Kunst entgegenbringen. Aber es soll noch mehr sein. Der Baumeister hätte einen Hügel aus der hiesigen gelben Erde aufschütten können, doch mein königlicher Vater befahl, es müsse *kara* sein. Wahrscheinlich wird man dieses brennbare Felsgestein nie gebrauchen, doch nur für den Fall, daß dieser Palast jemals belagert werden sollte, hätten wir hier einen unbegrenzten Brennstoffvorrat. So denkt ein Krieger. Und der ganze Hügel um all die Baulichkeiten, Bäche und Blumenbeete herum soll vom einfachen Gras der Ebenen begrünt werden und damit eine lebendige Erinnerung an unser mongolisches Erbe darstellen.«

»Ah!« sagte ich. »Jetzt ist alles klar.«

»Die Han haben ein treffliches Sprichwort«, sagte Kubilai. »*Bai wen buru yi jian*. Etwas hundertmal gesagt bekommen ist nicht so gut wie einmal sehen. Ihr habt gesehen. Und jetzt laßt mich von einer anderen Seite des Herrschens reden.«

Wir kehrten auf unsere Plätze zurück. Auf eine unhörbare Aufforderung hin glitt die Dienerin herein und schenkte unsere Becher wieder voll.

Der Khakhan nahm den Faden wieder auf. »Es gibt Zeiten, da kann ich – wie Ihr, Marco Polo – die Haltung anderer Menschen schmecken.

Ihr habt Eure Bereitwilligkeit bekundet, Euch in mein Gefolge einzureihen, nur frage ich mich, ob ich bei Euch nicht noch einen Rest Mißbilligung verspüre.«

»Sire?« sagte ich ziemlich verdutzt angesichts seiner Direktheit. »Wer bin ich, Sire, irgendwelches Mißfallen am Khan Aller Khane zu hegen? Ja, selbst Billigung wäre von meiner Seite aus bereits eine Anmaßung.«

Er sagte: »Man hat mir von Eurem Besuch in der Höhle des Liebkosers berichtet.« Ich muß bei diesen Worten wohl unwillkürlich zum Prinzen hinübergesehen haben, denn er fuhr fort: »Ich bin mir darüber im klaren, daß Chingkim dabei war, doch nicht er ist es, von dem ich davon weiß. Ich nehme an, Ihr wart entsetzt darüber, wie ich mit Kaidus beiden Männern umgesprungen bin.«

»Ich hatte wohl gehofft, Sire, daß die Behandlung, die ihnen zuteil wurde, etwas weniger extrem ausgefallen wäre.«

»Man zähmt einen Wolf nicht, indem man ihm einen Zahn zieht.«

»Sie waren meine Reisegefährten, Sire, und in dieser Zeit haben sie sich nichts Wölfisches zuschulden kommen lassen.«

»Bei ihrer Ankunft hier wurden sie gastfreundlich von meiner eigenen Palastwache aufgenommen. Mongolenkrieger sind für gewöhnlich nicht sehr geschwätzig, doch diese beiden haben ihren Kameraden in der Unterkunft sehr, sehr viele und sehr neugierige Fragen gestellt. Meine Männer haben nur ausweichend darauf reagiert, und so hätten die beiden nicht besonders viele Informationen mitnehmen können nach Hause. Ihr wißt, daß ich Spione in Kaidus Land geschickt hatte. Haltet Ihr ihn für imstande, das gleiche zu tun?«

»Ich habe ja nicht gewußt ...« Ich suchte nach Worten: »Ich habe nicht angenommen ...«

»Als Herrscher über ein ausgedehntes Reich bin ich gezwungen, über sehr viele unterschiedliche Völker zu herrschen und ihre Besonderheiten im Auge zu behalten. Die Han sind geduldig und verschlagen, die Perser sind sprungbereit geduckte Löwen und alle anderen Muslime tollwütige Schafe, die Armenier großmäulige Speichellecker und so weiter. Vielleicht behandle ich sie nicht immer alle so, wie es sein müßte, aber die Mongolen verstehe ich sehr gut. Sie gilt es, mit eiserner Faust zu regieren, denn in ihnen herrsche ich über ein eisernes Volk.«

»Ja, Sire«, sagte ich zaghaft.

»Habt Ihr hinsichtlich der Art und Weise, wie ich andere behandle, irgendwelche Vorbehalte?«

»Nun«, sage ich, denn er schien es ohnehin zu wissen. »Ich dachte – an jenem Tag im Cheng –, daß Ihr die hungernden Bauern aus Ho-nan ziemlich barsch abgefertigt habt.«

Und nicht minder barsch sagte er jetzt: »Denen, die in Not sind und winselnd um Hilfe betteln, helfe ich nicht. Ich belohne lieber diejenigen, welche die Not überleben. Jeder, der am Leben erhalten werden *muß*, ist es für gewöhnlich nicht wert, daß man es tut. Wenn Menschen mit plötzlichem Mißgeschick oder einer ganzen Serie von Unglücksfällen geschlagen werden, sind es die besten, die überleben, und sie haben es verdient. Auf alle anderen kann man verzichten.«

»Aber baten sie um eine Gunst, Sire, oder um eine gerechte Chance?«

»Nach meiner Erfahrung ist es so: Wenn ein zurückgebliebenes Ferkel an der Zitze der Mutter nach einer gerechten Chance schreit, meint es in Wirklichkeit eine Vorgabe. Darüber denkt einmal nach!«

Das tat ich. Meine Gedanken trugen mich weit zurück in der Zeit – in jenen Lebensabschnitt, da ich noch ein Kind war und versuchte, den Hafenrangen beim Überleben zu helfen. Das verkniffene hübsche Gesicht der kleinen Doris trat mir vor Augen.

Ich sagte: »Sire, sprächet Ihr von kraftlosen Männern und Frauen, die winselnd um Hilfe betteln, könnte niemand anderer Meinung sein. Aber wenn es um hungernde Kinder geht?«

»Handelt es sich um Nachkommen derer, um die es nicht schade ist, ist es auch um sie nicht schade. Eines solltet Ihr begreifen, Marco Polo. Kinder bilden das am leichtesten und billigsten zu ersetzende Material auf der Welt. Fällt man einen Baum, um Brennholz zu gewinnen, dauert es fast ein Menschenleben lang, ihn zu ersetzen. Grabt *kara* aus der Erde, um es zu verbrennen, und sie ist für immer verloren. Doch geht ein Kind in einer Hungersnot oder Überschwemmung zugrunde – was braucht es da, um es zu ersetzen? Einen Mann und eine Frau und noch nicht einmal ein Jahr Zeit. Und handelt es sich bei dem Mann und der Frau auch noch um tüchtige, kräftige Menschen, die der Katastrophe getrotzt haben, um so besser wird das ersetzte Kind wahrscheinlich sein. Habt Ihr je einen Menschen getötet, Marco Polo?«

Mit den Augen zwinkernd, sagte ich: »Ja, das habe ich, Sire.«

»Gut. Ein Mann hat den Platz, den er auf Erden einnimmt, verdient, wenn er zuvor diesen Platz, den er einnimmt, freigemacht hat. Es gibt nur eine bestimmte Menge Raum auf dieser Erde, nur soundso viel Wild zum Jagen und Gras als Weide, *kara* zum Verbrennen und Holz, damit zu bauen. Ehe wir Mongolen Kithai besetzten, lebten hier hundert Millionen Menschen, die Han und die den Han verwandten Rassen. Heute sind es nach meinen Han-Ratgebern höchstens halb soviel, und meinen Ratgebern ist sehr daran gelegen, daß ihre Landsleute sich wieder vermehren. Sofern ich die Zügel etwas weniger stark anziehe und lockere, so behaupten sie, wird die Bevölkerung bald wieder so groß sein wie früher. Sie versichern mir, ein einziger *mou* Land genüge, eine ganze Han-Familie zu ernähren und zu unterhalten. Und dem halte ich entgegen: Würde diese Familie sich nicht besser ernähren, wenn sie zwei *mou* Land hätte? Oder drei oder fünf? Die Familie wäre besser ernährt, gesünder und wahrscheinlich auch glücklicher. Traurige Tatsache ist, daß die rund fünfzig Millionen, die in der Zeit der Eroberung zugrunde gegangen sind, zum größten Teil die besten der Han waren – die Krieger, die Jungen, Kräftigen und Lebensfähigen. Soll ich jetzt zulassen, daß sie sich ungehemmt vermehren? Nein, das werde ich nicht tun. Ich glaube, die früheren Herrscher hier haben nur einfach die Köpfe gezählt und groß damit getan, über welche ungeheuren Menschenmassen sie geböten. Ich würde mir lieber etwas darauf zugute tun, über eine qualitativ hochstehende Bevölkerung zu herrschen und nicht nur über eine große Zahl.«

»Viele andere Herrscher würden Euch darum beneiden, Sire«, murmelte ich.

»Was die Art und Weise betrifft, wie ich sie regiere, so laßt mich folgendes sagen: Auch darin bin ich wieder anders als Kaidu, denn ich erkenne sehr wohl die Grenzen, die uns Mongolen gesetzt sind – und erkenne an, wo andere Völker uns überlegen sind. Wir Mongolen sind unübertroffen, wenn es ums Handeln geht, darum, großen Träumen nachzuhängen und gewaltige Pläne zu machen – und ganz gewiß, wenn es ums Kriegführen geht. Aus diesem Grunde sind meine Minister, die sich um allgemeine Regierungsgeschäfte kümmern, zumeist Mongolen. Aber die Han kennen ihr eigenes Land und ihre Landsleute am besten, und deshalb habe ich, wo es um die innere Verwaltung Kithais geht, Han in meine Ministerien berufen. Auch in mathematischen Dingen leisten die Han Überragendes.«

»Zum Beispiel dann, wenn es darum geht, das Geschlechtsleben auf sechsunddreißig Stellungen festzulegen«, sagte Chingkim lachend.

»Trotzdem würden die Han mich übers Ohr hauen, wenn ich ihnen die Verwaltung der Finanzen anvertraute. Dafür habe ich muslimische Araber und Perser, die den Han auf dem Gebiet der Finanzen fast das Wasser reichen können. Ich habe die Muslime das aufziehen lassen, was sie ein *ortaq* nennen, ein Netz muslimischer, über ganz China verteilter Agenten, die Handel und Wandel genau überwachen. Sie verstehen sich vorzüglich darauf, die natürlichen Rohstoffe dieses Landes sowie die Gaben seiner Bewohner auszubeuten. Aus diesem Grunde überlasse ich das Ausquetschen den Muslimen und beanspruche für mich einen zuvor festgelegten Anteil am Gewinn des *ortaq*. Das ist für mich viel einfacher, als eine Fülle von Einzelsteuern auf verschiedene Produkte und Transaktionen zu erheben. *Vakh,* ich habe bereits Schereien genug damit, die einfachen Land- und Besitzabgaben von den Han einzutreiben.«

Ich fragte: »Wurmt es denn die Einheimischen nicht ständig, daß sie von Fremden überwacht werden?«

Chingkim sagte: »Sie haben immer Fremde über sich gehabt, Marco. Die Han-Kaiser haben früher ein bewundernswürdiges System ersonnen. Jeder Magistrat und Steuereintreiber und jeder Provinzbeamter, welcher Art auch immer, wurde stets an einen anderen Ort geschickt als dorthin, wo er herstammte. Damit wollten sie gewährleisten, daß sie bei der Ausübung ihrer Pflicht und beim Schätzen nicht ihre Verwandtschaft bevorzugten. Auch blieb kein Beamter jemals länger als drei Jahre an ein und demselben Ort; dann wurde er versetzt. Damit wollte man erreichen, daß er sich nicht mit einigen Leuten besonders dick anfreundete und wiederum sie bevorzugte. Infolgedessen waren die Einheimischen es gewohnt, daß sie in ihren Städten oder Dörfern immer von Fremden regiert wurden. Wahrscheinlich finden sie unsere muslimischen Günstlinge nur noch ein wenig fremder als die anderen früher.«

Ich sagte: »Ich habe aber hier im Palast auch noch Angehörige anderer Völker als Araber und Perser gesehen.«

»Ja«, sagte der Khakhan. »Wo es um weniger wichtige Hofämter geht – um das des Kellermeisters, des Feuermeisters, des Goldschmieds und dergleichen –, setzte ich einfach diejenigen ein, die diese Aufgabe am besten erfüllen können, gleichgültig, ob sie nun Han, Muslime, Ferenghi, Juden oder was auch immer sind.«

»Das klingt alles sehr vernünftig und tüchtig, Sire.«

»Und Ihr sollt feststellen, ob es das wirklich ist. Ihr sollt die Kammern, Hallen und Kontore erforschen, von denen aus das Khanat verwaltet wird. Ich habe Chingkim beauftragt, Euch mit jedem Beamten und Höfling aller Ränge bekanntzumachen, und er wird sie ihrerseits anweisen, freimütig mit Euch über ihre Ämter und Obliegenheiten zu reden. Dafür bekommt Ihr einen reichlich bemessenen Lohn, und ich setze eine Stunde fest, da Ihr wöchentlich bei mir Bericht erstattet. So kann ich mir ein Bild darüber machen, wie gut Ihr lernt und – noch wichtiger – wie gut ihr den *Geschmack* der Dinge herausfindet.«

»Ich werde mein Bestes tun, Sire«, sagte ich. Nachdem Chingkim und ich *ko-tou* gemacht hatten, verließen wir ihn.

Ich hatte mir sogleich fest vorgenommen, bei der ersten Berichterstattung beim Khakhan nach meiner ersten Woche in seinen Diensten dafür zu sorgen, ihn zu erstaunen. Als ich etwa eine Woche später zu ihm gerufen wurde, sagte ich:

»Ich werde Euch zeigen, wie der Erdbebenapparat funktioniert, Sire. Seht, hier – im Hals des Gefäßes hängt ein schweres Pendel. Dieses Pendel ist höchst sinnreich aufgehängt, bewegt sich jedoch nicht, gleichgültig, wie sehr in diesem Raum herumgehüpft oder -getrampelt wird. Nur wenn das ganze große Gefäß zittert, das heißt, das gesamte lastende Gewicht des Palastgebäudes, sieht es so aus, als ob das Pendel sich zu bewegen *scheint*. In Wahrheit hängt es unbeirrt still herunter, und der Anschein einer leichten Verschiebung wird nur durch das kaum wahrnehmbare Erzittern des Behältnisses verursacht. Wenn also irgendwo in der Ferne ein Erdstoß auch noch das geringfügigste Beben durch die Erde und den Palast und damit durch den Fußboden und das Gefäß hindurchschickt, überträgt sich der Druck des Pendels auf eine dieser überaus feinen Verbindungen – deren es, wie Ihr seht, acht gibt – und lockert den eingehängten Kiefer eines der Drachen so weit, daß er seine Perle fahren läßt.«

»Ich verstehe. Sehr klug von meinem Hofgoldschmied. Und auch von Euch, Marco Polo. Ihr habt sofort erkannt, daß der stolze Khakhan sich nie herablassen würde, einem einfachen Goldschmied gegenüber seine Unwissenheit einzugestehen und um eine Erklärung zu bitten. Da habt Ihr es an meiner Stelle getan. Eure Fähigkeit, zu erkennen, wie etwas schmeckt, ist immer noch sehr gut.«

5 Doch der Genugtuung dieser Worte sollte ich erst später teilhaftig werden. An dem Tag, da Chingkim und ich seinen königlichen Vater verließen, sagte der Prinz fröhlich zu mir: »Nun? Welchen höheren oder weniger hochgestellten Höfling möchtet Ihr denn als ersten befragen?« Und als ich um ein Gespräch mit dem Goldschmied bat, sagte er: »Merkwürdige Wahl, aber nun gut. Dieser Mann hält sich häufig in seiner lärmerfüllten Werkstatt auf, wo man nicht gut reden kann. Ich werde dafür sorgen, daß er uns in seinem ruhigeren Arbeitszimmer empfängt. In einer Stunde hole ich Euch ab.«

Daraufhin begab ich mich in die Gemächer meines eigenen Vaters, um ihm von meinen neuen Lebensumständen zu berichten. Als ich ihn erblickte, saß er da und ließ sich von einer Dienerin Kühlung zufächeln. Mit einer Handbewegung zeigte er auf einen der inneren Räume und sagte: »Dein Onkel Mafìo hat sich mit einem Han-Arzt dorthin zurückgezogen, den wir noch von unserem ersten Aufenthalt hier kennen, und läßt sich über seinen Gesundheitszustand aufklären.«

Ich setzte mich so, daß ich etwas von der zugefächelten Kühlung abbekam, berichtete ihm von allem, was bei meinem Gespräch mit Khan Kubilai durchgesickert war, und bat ihn um seinen väterlichen Segen dafür, für eine Zeitlang Höfling statt Händler zu sein.

»Das mußt du unbedingt machen«, sagte er mit großem Nachdruck. »Ich kann dir nur gratulieren, daß du dir die Achtung des Khakhan erworben hast. Weit entfernt davon, daß du uns als tätiger Partner verlorengehst, könnte deine neue Stellung deinem Onkel und mir von größtem Nutzen sein. Nichts wäre geeigneter, das alte Sprichwort zu bestätigen: *Chi fa per sè fa per tre.*«

»Ich soll für mich handeln, daß es uns allen dreien zum Vorteil gereicht? Dann plant ihr, Onkel Mafìo und du, für längere Zeit in Kithai zu bleiben?«

»Und ob wir das vorhaben! Wir sind zwar reisende Kaufleute, aber gereist sind wir jetzt lange genug; jetzt wird es Zeit, ernsthaft mit dem Handeltreiben anzufangen. Wir sind beim Finanzminister Achmad bereits um die erforderlichen Erlaubnisse und Konzessionen nachgekommen, mit dem muslimischen *ortaq* Handel zu treiben. Sowohl darin als auch in anderen Dingen könnten Mafìo und ich davon profitieren, in dir einen Freund bei Hofe zu haben. Du hast doch wohl nicht angenommen, daß wir die lange Reise hierher machen und dann sofort wieder umkehren, Marco?«

»Ich dachte, euch wäre hauptsächlich daran gelegen, die Landkarten mit der Seidenstraße darauf nach Venedig zurückzubringen und anzufangen, den Ost-West-Handel ganz allgemein in Gang zu bringen.«

»Nun ja, was das betrifft, sind wir schon der Meinung, unserer Compagnia Polo sollte als erster die Vorteile einer eingehenden Kenntnis der Seidenstraße zugute kommen, ehe wir sie der Allgemeinheit zugänglich machen. Auch sollten wir mit gutem Beispiel vorangehen und im Westen Begeisterung für diesen Handel wecken. Deshalb werden wir zunächst eine Weile hierbleiben, ein hübsches Vermögen machen und das heimschicken. Mit diesen Reichtümern kann deine *Marègna* Fiordelisa vor den Daheimgebliebenen glänzen und ihnen Appetit machen. Kehren wir dann irgendwann heim, können wir allen unseren *confratelli* in Venedig und Konstantinopel unsere Karten, unsere Erfahrung und unseren Rat anbieten.«

»Ein rechtschaffener Plan, Vater. Aber wird es nicht viel Zeit erfordern – mit so mageren Anfängen ein Vermögen erwirtschaften zu wollen? Du und Onkel Mafìo, ihr habt doch kein anderes Handelskapital als eure Moschusbeutel und was euch noch an *zafràn* geblieben ist?«

»Der vom Glück gesegnetste aller venezianischen Kaufleute, der Jude Nascimbene, hat mit nichts weiter angefangen als mit einer Katze, die er irgendwo auf der Straße aufgelesen hatte. Und nach der Legende ist er in einem Königreich gelandet, das sich vor lauter Mäusen nicht zu retten wußte – und so hat er die Grundlagen für sein Vermögen dadurch gelegt, daß er seine Katze auslieh.«

»Könnte sein, daß es hier in Kithai eine ganze Menge Mäuse gibt, Vater – aber es gibt auch viele Katzen. Und zu den nicht unbedeutendsten Katzen gehören, soweit ich weiß, die Muslime vom *ortaq*. Nach allem, was ich gehört habe, könnte es sein, daß sie sehr gefräßig sind.«

»Vielen Dank, Marco. Wie es so treffend heißt: Wer gewarnt ist, ist auch schon gewappnet. Aber mit ganz so wenig wie Nascimbene fangen wir nun auch nicht gerade an. Abgesehen von unserem Moschus haben Mafìo und ich ja auch noch unsere Investition, die wir bei unserem ersten Besuch hier deponiert haben.«

»Ach? Davon habe ich ja gar nichts gewußt.«

»Nun, wir haben sie buchstäblich *deponiert* – in den Boden gepflanzt, nämlich. Weißt du, wir hatten auch damals Krokus-Brutknöllchen mitgebracht. Kubilai hat uns in der Provinz Ho-pei, wo ein sehr mildes Klima herrscht, ein Stück Ackerland sowie eine Anzahl von Han-Sklaven und Aufsehern überlassen, die wir in den Anbaumethoden unterwiesen. Den Berichten zufolge besitzen wir jetzt eine ausgedehnte Krokuspflanzung und bereits einen hübschen Vorrat zu Ziegeln gepreßten oder zu Heu getrockneten *zafràn*. Und da *zafràn* überall im Osten noch so gut wie unbekannt ist, besitzen wir ein Monopol – nun ja.«

Voller Bewunderung sagte ich: »Ich hätte es besser wissen sollen – mir eurer Aussichten wegen Sorgen zu machen! Gott steh den muslimischen Katzen bei, wenn sie es wagen sollten, sich auf venezianische Katzen zu stürzen.«

Lächelnd kam er mit noch einem salbungsvollen Sprichwort: »Es ist besser, man wird beneidet, als daß man getröstet wird.«

»*Bruto scherzo!*« ertönte es wütend aus dem Hinterraum, und unser Zwiegespräch wurde jäh unterbrochen. Wir hörten mehrere laute Stimmen, am lautesten darunter die von Onkel Mafìo, und dann noch andere Laute, welche vermuten ließen, daß Möbel umgestoßen und unter den Flüchen auf venezianisch, farsi, mongolisch und vielleicht noch einigen anderen Sprachen kurz und klein geschlagen wurden: »*Scarabazza! Badbu qassab! Karakurt!*«

Als wären sie buchstäblich hinausgeworfen worden, entfleuchten drei vornehme ältere Han durch die Vorhänge der Vasen-Tür des Raums. Ohne mir oder meinem Vater auch nur zuzunicken, durchmaßen sie in schnellen Schritten den Raum, als gälte es das liebe Leben, und hinaus aus der Wohnung. Nach ihrem raschen Vorüberflitzen kam Onkel Mafìo durch die Vorhänge hindurchgestapft und stieß immer noch einen Schwall haarsträubender Flüche aus. Seine Augen funkelten, sein Bart sträubte sich wie die Stacheln eines Igels, und dort, wo die Ärzte ihn offensichtlich untersucht hatten, war seine Kleidung in Unordnung. »Mafìo!« rief mein Vater erschrocken. »Was um alles in der Welt ist geschehen?«

Abwechselnd mit der Faust drohend und die vulgäre Geste der *figa* hinter den bereits verschwundenen Ärzten vollführend, ließ mein Onkel wüste Beschimpfungen und vielsagende Verwünschungen vom Stapel: »*Fottuti! Pedarat namard! Che ghe vegna la giandussa! Kalmuck, vakh!*«

Mein Vater und ich hielten den erregten Mann fest und nötigten ihn sanft, sich zu setzen. »Mafìo!« sagte mein Vater und »Onkel!« ich. »*Ste tranquilo!*« und: »Was um alles in der Welt ist passiert?«

»Ich möchte nicht darüber sprechen!« fauchte er.

»Nicht darüber sprechen?« wiederholte mein Vater sanft. »Dein Geschrei hört man doch schon im fernen Xan-du.«

»*Merda!*« knurrte mein Onkel und ordnete schmollend seine Kleider.

Ich erbot mich: »Ich will sehen, ob ich die Ärzte einhole und herausbekomme, was los ist.«

»Ach, laß nur!« wehrte mein Onkel ab. »Warum soll ich's nicht sagen?« Er tat es und stieß zwischen seinen Erklärungen immer wieder saftige Flüche aus. »Du erinnerst dich an die Krankheit, die ich mir geholt habe? *Dona Lugia!*«

»Ja, gewiß«, sagte mein Vater. »Ich hatte nur gedacht, die Krankheit hieße *kala-azar.*«

»Dann erinnerst du dich auch, daß Hakim Momdad mir Antimon verschrieben hat, das mir zwar das Leben retten, mich dafür aber meine Hoden kosten würde? Was es getan hat, *sangue de Bacco!*«

»Ja, gewiß«, sagte mein Vater noch einmal. »Was ist denn, Mafìo? Haben die Ärzte festgestellt, daß sich dein Zustand verschlechtert hat?«

»Verschlechtert, Nico? *Schlimmeres* läßt sich doch überhaupt nicht vorstellen. Nein. Die verdammten *scataroni* haben mir soeben mit honigsüßen Worten mitgeteilt, daß ich das verfluchte Antimon nie hätte zu nehmen brauchen! Sie sagten, sie hätten die *kala-azar* auch so heilen können; ich hätte nur Mehltau einzunehmen brauchen.«

»Mehltau?«

»Nun, irgendeinen grünen Schimmelpilz, der auf leeren alten Hirsebehältern wuchert. Eine solche Behandlung hätte mir die Gesundheit wiedergeschenkt, sagten sie – und zwar ohne die häßlichen Nebenwir-

kungen. Meine *pendenti* hätten mir nie zu verdorren brauchen! Das jetzt zu hören, ist wahrhaftig nicht angenehm. Mehltau! *Porco Dio!*«
»Nein, das zu hören ist gewiß nicht angenehm.«
»Haben die verdammten *scataroni* mir das denn überhaupt sagen müssen? Jetzt ist ohnehin alles zu spät. *Mona Merda!*«
»Das war nicht sonderlich taktvoll von ihnen!«
»Die verfluchten *saputèli* haben mir doch nur unter die Nase reiben wollen, daß sie dem hinterwäldlerischen Quacksalber, der mich entmannt hat, so unendlich überlegen sind! *Aborto de natura!*«
»Es gibt ein altes Sprichwort, Mafìo. Die Welt ist wie ein Paar Schuhe, das . . .«
»*Bruto barabào!* Halt's Maul, Nico!«
Einen schmerzlichen Ausdruck auf dem Gesicht, zog mein Vater sich in den Nebenraum zurück. Ich hörte, wie er die Sachen wieder aufhob und richtig hinstellte. Onkel Mafìo saß da und kochte wie ein Kessel, der langsam vor sich hin siedete. Doch schließlich blickte er auf, begegnete meinem Blick und sagte mit mehr Gelassenheit:
»Es tut mir leid, daß ich mich so habe gehenlassen, Marco. Ich weiß, daß ich einmal erklärt habe, mein Los ergeben hinzunehmen. Nur erfahre ich jetzt, daß dieses Los völlig unnötig war . . .« Er knirschte mit den Zähnen. »Ich hoffe nur, daß ich vermodere, wenn ich mir jemals schlüssig werde, was schlimmer ist – ein Eunuch zu sein oder zu wissen, daß ich es nicht zu sein brauchte.«
»Nun . . .«
»Wenn du mir jetzt mit einem Sprichwort kommst, drehe ich dir den Hals um!«
Folglich saß ich eine Weile schweigend da und überlegte, wie ich mein Mitgefühl am besten zum Ausdruck brachte, gleichzeitig aber die Hoffnung andeutete, daß sein Los ja keineswegs ausschließlich nur negativ zu sehen sei. Hier unter den männlichen Mongolen wären seine früheren widernatürlichen Neigungen nicht so tolerant geduldet worden wie zum Beispiel in den muslimischen Ländern. Litte er auch hier noch unter dem ununterdrückbaren Trieb, einen Mann oder Knaben zu liebkosen, hätte es geschehen können, daß der Liebkoser ihm seine Aufmerksamkeiten hätte zuteil werden lassen. Nur – wie sollte ich ihm das verständlich machen? Darauf gefaßt, einem Schlag seiner noch geballten Rechten auszuweichen, räusperte ich mich und machte einen Versuch:
»Mir, Onkel Mafìo, will scheinen, daß jedesmal, wenn ich ernsthaft in Schwierigkeiten geraten bin, es mein *candelòto* war, der mir den Weg dazu erleuchtet hat. Selbstverständlich möchte ich nicht gern auf diesen *candelòto* und die Freuden verzichten, die er mir meistens schenkt. Aber ich meine, müßte ich sie entbehren, würde es mir leichterfallen, ein guter Mensch zu sein.«
»So, meinst du das?« sagte er säuerlich.
»Nun, von allen Priestern und Mönchen, die ich kenne, waren die bewundernswertesten doch diejenigen, die ihr Keuschheitsgelübde ernst

genommen habe. Ich glauben, weil sie ihren Sinnen die Ablenkung des Fleisches versagten, konnten sie sich ganz darauf konzentrieren, gut zu sein.«
»*O merda o beretta rossa.* Du glaubst das also wirklich, ja?«
»Ja. Schau dir den heiligen Augustinus an. In seiner Jugend hat er gebetet: ›Herr, mach mich keusch, nur noch nicht gleich.‹ Er war sich sehr wohl darüber im klaren, wo das Übel lauerte. Folglich war er alles andere als ein Heiliger, bis er endlich den Versuchungen des ...«
»*Chiava el santo!*« wütete Onkel Mafìo. Wüsteres hatte ich bisher noch nie von ihm zu hören bekommen.

Einen Moment, nachdem der Donnerkeil heruntergesaust war, sagte er in gemäßigterem, wenngleich immer noch verbissenem Ton:

»Ich will dir sagen, was ich denke, Marco. Ich glaube, daß deine Glaubensvorstellungen, wenn sie nicht rundheraus Heuchelei sind, wirklich rückständig sind. Es ist gar nicht so schwer, gut zu sein. Jeder Mann und jede Frau sind so böse, wie er oder sie es sein können oder wagen zu sein. Nur die Unfähigeren, die Zaghaften und Ängstlichen unter den Menschen nennt man gut, und auch sie sind es nur mangels Gelegenheit, anderes zu tun. Die völlig Lebensuntüchtigen, die Kleinmütigsten von allen, bezeichnet man als Heilige – und zwar zuallererst sie selbst. Es ist leichter zu erklären: ›Seht her, ich bin ein Heiliger, denn ich habe es auf mich genommen, mit beherzteren und mutigeren Männern und Frauen nicht im geringsten zu wetteifern!‹ als ehrlich zuzugeben: ›Ich bin unfähig, mich in dieser bösen Welt durchzusetzen, und ich habe sogar Angst, es auch nur zu versuchen!‹ Vergiß das nie, Marco, und beweise Mut!«

Ich saß da und zerbrach mir den Kopf darüber, eine passende Antwort zu finden, die vor Scheinheiligkeit nicht troff. Doch als ich sah, daß er halblaut wieder mit sich selbst redete, stand ich auf und verdrückte mich.

Armer Onkel Mafìo! Er schien zu glauben, daß zunächst einmal seine abnorme Natur keine Schwäche sei, sondern vielmehr eine Stärke, die überlegen mache und nur von einer mittelmäßigen Welt nicht als solche erkannt werde, und er die verblendete Welt bestimmt dazu gebracht hätte, diese Überlegenheit anzuerkennen, wäre diese ihm nicht viel zu früh auf infame Weise genommen worden. Nun, ich habe im Leben viele Menschen kennengelernt, die unfähig waren, irgendeinen auffälligen Mangel oder eine Unvollkommenheit zu verbergen, und statt dessen versuchten, diese als einen Segen hinzustellen. Ich habe es erlebt, daß die Eltern eines verkrüppelten und geistig nicht entwickelten Kindes seinen Taufnamen fallenließen und es »Christian« nannten unter dem rührenden Vorwand, der Herr habe dies Kind gewißlich für den Himmel bestimmt und es deshalb schlecht für das Leben gerüstet. Krüppel können mir zwar leid tun, aber ich habe nie geglaubt, daß, wenn ich einem Makel einen schönen Namen gäbe, dieser Makel zur Zier würde oder den damit Geschlagenen zu etwas Besonderem mache.

Ich begab mich in meine eigenen Gemächer, wo der Wang Chingkim bereits auf mich wartete. Gemeinsam gingen wir hinüber in ein entfernt gelegenes Palastgebäude, wo sich das Arbeitszimmer des Hofgoldschmieds befand.

»Marco Polo – Meister Pierre Boucher«, sagte Chingkim, als er uns vorstellte, woraufhin der Goldschmied herzlich lächelte und sagte: »*Bon jour*, Messire Paule.« Ich weiß heute nicht mehr, was ich darauf gesagt habe, dazu war ich viel zu überrascht. Der junge Mann – nicht älter als ich selbst – war der erste echte Ferenghi, dem ich seit meiner Abreise von daheim begegnet war – womit ich meine, der erste echte *Franke*, ein Franzose.

»Zur Welt gekommen bin ich in Karakoren, der alten Mongolenhauptstadt«, sagte er und sprach ein Mischmasch aus Mongolisch und halbvergessenem Französisch, als er mir sein Arbeitszimmer zeigte. »Meine Eltern waren Pariser, doch war mein Vater Guillaume Goldschmied am Hof König Belas von Ungarn. Deshalb wurden mein Vater und meine Mutter von den Mongolen gefangengenommen, als diese unter dem Ilkhan Batu Belas Stadt Buda einnahmen. Als Gefangene kamen wir zum Khakhan Kuyuk in Karakoren. Als der Khakhan jedoch das Talent meines Vaters erkannte, *alors*, da nannte er ihn *Maître* Guillaume, zog ihn an seinen Hof, und er und meine Mutter lebten für den Rest ihres Lebens herrlich und in Freuden in diesen Landen. Und das tue auch ich, der ich unter der Herrschaft des Khakhan Mangu hier geboren wurde.«

»Wenn Ihr hier in so hohem Ansehen steht, Pierre«, sagte ich, »und ein freier Mensch seid – könntet Ihr Euch dann nicht vom Hofdienst dispensieren lassen und zurückkehren ins Abendland?«

»Ah, *oui*. Nur zweifle ich, daß ich dort so gut leben könnte wie hier, denn meine Begabung ist nicht so groß wie die meines Vaters. Zwar verstehe ich mich durchaus auf die Künste der Gold- und Silberverarbeitung, auf das Schneiden von Gemmen und die Schmuckherstellung, *mais voilà tout*. Die meisten Erfindungen, die Ihr hier im Palast zu sehen bekommt, stammen von meinem Vater. Wenn ich nicht gerade Schmuck herstelle, liegt meine Hauptaufgabe darin, diese Apparate funktionstüchtig zu erhalten und zu warten. Deshalb gewährt der Khakhan Kubilai mir gleich seinen Vorgängern so manches Privileg und keine geringen Bezüge. Ich habe eine behagliche Wohnung, stehe im Begriff, eine angesehene mongolische Dame vom Hof zu heiraten, und so bin ich es zufrieden hierzubleiben.«

Auf meine Bitte hin erklärte Pierre mir das Funktionieren des Erdbebenapparats im Gemach des Khakhan – was wiederum, wie bereits berichtet, mich instand setzte, Kubilai zu beeindrucken. Pierre weigerte sich zwar entschieden, meine Neugier in bezug auf den getränkespendenden Schlangenbaum und die flügel- und radschlagenden Pfauen im Festsaal zu befriedigen, sagte aber gutmütig:

»Genauso wie die Erdbebenurne hat mein Vater sie erfunden, nur sind sie wesentlich verzwickter gebaut als diese. Bitte, verzeiht meinen Eigensinn, Marco – und Prinz Chingkim« – er vollführte eine elegante kleine französische Verbeugung vor uns beiden – »aber das Geheimnis der Apparate im Festsaal möchte ich für mich behalten. Ich bin gern Hofgoldschmied, und es gibt viele Künstler hier, die mit Freuden meinen Platz einnehmen würden. Da ich jedoch nur ein Ausländer bin, *vous savez*, muß ich die Vorteile, die ich habe, eifersüchtig hüten. Solange es wenigstens ein paar Erfindungen hier gibt, die nur ich warten kann, bin ich vor Konkurrenten sicher.«

Der Prinz lächelte verständnisvoll und sagte: »Selbstverständlich, Meister Boucher.«

Ich tat das gleiche, fügte jedoch noch hinzu: »Da wir vom Festsaal sprechen – da ist noch etwas, worüber ich mir den Kopf zerbrochen habe. Obwohl der Saal gesteckt voll war von Menschen, wurde die Luft nie schal, sondern blieb vielmehr kühl und frisch. Wird das mit einem von Euren Apparaten erreicht, Pierre?«

»*Non*«, sagte er. »Das ist eine ganz simple Sache, die schon vor langer Zeit von den Han erfunden wurde und im Augenblick vom Palastingenieur betrieben wird.«

»Kommt, Marco«, sagte Chingkim. »Wir können ihm einen Besuch abstatten. Seine Werkstatt liegt ganz in der Nähe.«

Folglich sagten wir dem Hofgoldschmied *au revoir* und gingen zu Meister Wei, dem ich als nächstem vorgestellt wurde. Meister Wei sprach nur Han, und so wiederholte Chingkim ihm meine Fragen nach der Belüftung des Festsaals, um die Antwort des Ingenieurs dann für mich zu dolmetschen.

»Die Sache ist ganz einfach«, beteuerte auch er. »Es ist ja wohlbekannt, daß kalte Luft von unten stets darübergelagerte warme Luft verdrängt. Nun sind alle Palastgebäude unterkellert, und Gänge verbinden die einzelnen Keller miteinander. Unter jedem Gebäude liegt ein Kellerraum, der ausschließlich als Eislager dient. Wir werden ständig mit Eisblöcken versorgt, die in den ewig kalten Bergen im Norden von Sklaven gebrochen, in Stroh eingewickelt und mit Schnelltransporten hierhergeschafft werden. Durch sinnreiches Öffnen und Schließen von Türen und Gängen kann ich die Kühle des Eislagers hinlenken, wo immer sie gebraucht wird – oder abstellen, wenn sie nicht mehr benötigt wird.«

Ohne von mir dazu aufgefordert worden zu sein, fuhr Meister Wei fort, noch etliche andere Einrichtungen hoch zu loben, deren Funktion er regelte.

»Mittels eines von uns Han entwickelten Wasserrads wird ein Teil des Wassers für die Zierbäche in den Gärten abgeleitet und in Tanks gelenkt, die in allen Palastbauten unter dem Dachfirst befestigt sind. Das Wasser in diesen Tanks kann nun entweder dazu gebracht werden, durch Rohre über den Eisräumen oder aber über den Küchenherden zu fließen. Dabei wird es gekühlt oder erhitzt und setzt mich instand, künstliches Wetter zu machen.«

»Künstliches Wetter?« fragte ich verwundert.

»In jedem Garten gibt es Pavillons, in denen die Damen und Herren der Muße pflegen. Ist der Tag sehr warm und begehrt ein Herr oder eine Dame die Erfrischung durch einen Regen, ohne dabei naß zu werden – oder wenn ein Dichter in schwermütiger Stimmung meditieren möchte –, brauche ich nur an einem Rad zu drehen. Dann regnet es ringsum aus den Dachtraufen des Pavillons. Außerdem befinden sich in den Pavillons Sitze, die so aussehen, als bestünden sie ganz aus Stein; dabei sind sie innen hohl. Indem ich im Sommer das kalte Wasser oder im Frühling oder Herbst das warme Wasser hindurchleite, machte ich die Sitze angenehmer für die erhabenen Hinterteile, die auf ihnen ruhen. Sobald der neue *kara*-Hügel fertig ist, werde ich in den Pavillon ein paar noch angenehmere Erfindungen installieren. Dann soll das Wasser in den Röhren kühlende Ventilatoren antreiben und durch Flötenpfeifen rinnen, die sanft trillernde Töne von sich geben.«

Was sie wirklich taten. Das weiß ich, denn in späteren Jahren verbrachte ich mit Hui-sheng so manchen verträumten Nachmittag in diesen Pavillons, und ich übersetzte das Gemurmel der Musik in zärtliche Berührungen und sanftes Streicheln ... Doch bis dahin sollten, wie gesagt, noch ein paar Jahre vergehen ...

Ich habe bis jetzt nur ein paar wenige von den Neuerungen und Wundern erwähnt, denen ich in Kithai, in Khanbalik und innerhalb der Palastanlagen des Khakhan begegnete – und vielleicht genügen diese nicht, um deutlich zu machen, wie so ganz anders Kithai war als andere Länder, die ich bisher kennengelernt hatte. Aber es *war* anders, und mir liegt daran, dieses Anderssein deutlich zu machen. Es sei an dieser Stelle daran erinnert, daß Khan Kubilai ein Reich sein eigen nannte, das alle möglichen Völker und Gemeinschaften, Lande und Klimate umfaßte. Er hätte seine Residenz in der frühen, weiter nördlich gelegenen Hauptstadt der Mongolen, Karakoren, aufschlagen können, oder in ihrer ursprünglichen, noch weiter im Norden gelegenen Heimat, Sibir – aber er hätte sie auch überall sonst in diesem Erdteil errichten können. Doch Kithai dünkte ihn von allen seinen Landen als das ansprechendste: das erging auch mir so, und das war es auch.

Ich war auf dem langen Weg von Acre her durch vielerlei exotische Länder und Städte gekommen, doch die unterschieden sich vornehmlich *oberflächlich*. Damit meine ich: Jedesmal, wenn ich in eine neue Stadt einzog, heftete mein Blick sich ganz natürlich zunächst auf Dinge in meiner unmittelbaren Nähe. Das konnten Menschen von sonderbarer Hautfarbe oder Haltung sein, die fremde Trachten trugen, und hinter ihnen erblickte ich dann Gebäude von unbekannter Bauweise. Aber auf dem Boden gab es immer und überall Hunde und Katzen, die sich nicht von denen an anderen Orten unterschieden, und über mir gab es immer die Abfälle vertilgenden Vögel – Tauben oder Möwen oder Geier oder was noch alles – wie in jeder anderen Stadt in der Welt. Und um die Außenbezirke der Stadt erstreckten sich langweilige Hügel oder Berge oder Ebenen. Landschaft und Wildgetier mochten auf den ersten Blick erstaunlich sein – wie etwa die mächtigen schneebedeckten Felsen des Hochlands von Pai-Mir und »Marcos« prächtige »Schafe«. Doch wer lange unterwegs ist, der findet in den meisten Landschaften, ihrer Fauna und Flora Altvertrautes und manches, das sich wiederholt.

Im Gegensatz dazu erwies sich fast überalll in Kithai nicht nur der Vordergrund oder die Oberfläche als von Interesse, sondern auch die unscheinbarsten Dinge, die man gleichsam aus den Augenwinkeln heraus wahrnimmt, die Töne ganz am Rande dessen, was das Ohr mitbekommt, und sogar die Düfte, die einem von überallher in die Nase steigen. Bei einem Rundgang durch die Straßen von Khanbalik konnte ich den Blick auf alles mögliche richten, von den geschwungenen Dachfirsten der Häuser bis zu den vielfältigen Gesichtern und Gewändern der Vorübergehenden, und mir dabei immer noch bewußt sein, daß noch manches andere da war, das meiner Aufmerksamkeit wert gewesen wäre.

Senkte ich den Blick auf die Straße hinab, sah ich Katzen und Hunde, doch wäre es mir nie in den Sinn gekommen, sie mit den Aasfressern von Suvediye oder Balkh oder wo auch immer zu verwechseln. Die meisten Kithaier Katzen waren klein und schön gefärbt, rötlichgelb bis auf Ohren, Tatzen und Schwanz, die einfach braun waren oder silbergrau mit nahezu indigoblauen Läufen; die Schwänze waren sonderbar kurz und oben an der Spitze noch befremdlicher gekrümmt als wären es Haken, die Tiere daran aufzuhängen. Manche von den Hunden, die ich herumlaufen sah, ähnelten winzigen Löwen mit struppiger Mähne, eingedrückter Schnauze und vorquellenden Augen. Andere sahen aus wie etwas, das man noch nie zuvor auf Erden geschaut hatte, wie ein wandelnder Baumstumpf, falls es so etwas gäbe. Ja, diese Hundeart wurde *shu-pei* genannt, was soviel bedeutet wie »mit lockerer Rinde umhüllt«; denn ihr Fell war viel zu weit für sie, so weit, daß von den Zügen des Hundes nichts mehr zu sehen war, ja, man nicht einmal mehr ihre Gestalt erkennen konnte; sie waren einfach ein grotesk watschelnder Haufen Hautfalten.

Noch eine andere Hundeart wurde für etwas benutzt, wovon ich fast nichts berichten mag, denn wahrscheinlich glaubt mir doch niemand, wenn ich es erzähle. Dieser Hund war groß, besaß ein rötliches, borstiges Fell und hieß *xiang-gou*. Ein jedes dieser Tiere trug ein Geschirr wie ein kleines Pferd, bewegte sich mit größter Umsicht und Würde, denn sein Geschirr wies einen hochstehenden Griff auf, an dem der Hund einen Mann oder eine Frau führte. Der- oder diejenige, die sich daran festhielt, war blind – kein Bettler, sondern jemand, der unterwegs war, seinen Geschäften nachzugehen, auf dem Markt einzukaufen oder aber nur spazierenzugehen. Es stimmt. Der *xiang-gou* – »Führ-Hund« – wurde gezüchtet und darauf abgerichtet, einen blinden Herrn nicht nur auf dem eigenen Grund und Boden zu führen, ohne daß er stolperte oder mit etwas zusammenstieß – sondern auch durch das dickste Menschengewühl und den dichtesten Wagen- und Karrenverkehr.

Neben dem, was es zu sehen gab, waren da noch Klänge und Gerüche, die manchmal von derselben Quelle ausgingen. An jeder Straßenecke gab es eine Garküche oder einen Handkarren, an dem heiße gekochte Speisen an die Arbeiter draußen oder eilige Vorübergehende verkauft wurden, die sie im Gehen aßen. So kam es, daß der Duft von Fisch oder Fleischbrocken einen zugleich mit dem Geräusch des brutzelnden Fetts erreichte, Nase und Ohren also gleichzeitig beschäftigt waren. Oder aber der leichte Knoblauchduft von garendem *miàn* das Schlürfen der Esser begleitete, die sich mit Hilfe von »Flinken Zangen« aus einer Schale Nudeln in den Mund schaufelten. Da Khanbalik nun einmal die Residenzstadt des Khan Aller Khane war, begegnete man auf den Straßen ständig Trupps von Straßenreinigern mit Eimern und Besen. Infolgedessen waren die Straßen für gewöhnlich frei von widerwärtigen Gerüchen wie etwa dem menschlicher Exkremente – und zwar noch auffälliger als jede andere Kithaier Stadt und unsäglich freier davon als die Städte irgendwo sonst im Orient. Im allgemeinen roch es in Khanbalik nach einem Gemisch von Gewürzen und siedendem Öl. Mit diesen Gerüchen in der Nase ging ich an verschiedenen Läden und Marktständen vorüber, von denen noch die Gerüche von Jasmin, *cha*, Glutpfannen, Sandelholz, Früchten, Weihrauch und gelegentlich auch dem Duft des parfümierten Fächers einer vorübergehenden Dame mich anwehten.

Die meisten Straßengeräusche ertönten unablässig bei Tag und bei Nacht: das Gebrabbel und Geschnatter der ständig im Singsang redenden Menschen auf der Straße, das Geratter und Gerumpel von Wagen und Karrenrädern – und nicht selten auch das damit einhergehende Gebimmel, denn viele Fuhrleute hatten kleine Glöckchen an die Speichen ihrer Räder gebunden –, das Getrappel von Pferde- und Yakhufen, das hellere Getrippel der Eselshufe, das Geschlurfe der dick gepolsterten Kamelsfüße und das Rascheln der Strohsandalen, welche die endlos vorüberziehenden Lastträger anhatten. Dieses ständige Geräuschgemisch wurde häufig unterbrochen von den klagend klingenden Ausrufen der Fischhändler oder dem *twok-twok* eines Geflügelverkäufers, der mit einem Stecken gegen seine hohle Holzente trommelte, oder dem weithin hallenden *Buuum-buuum-buuum,* das von einem der Trommeltürme ertönte, die Feueralarm gaben, weil irgendwo ein Brand ausgebrochen war. Nur hin und wieder ebbte das Straßengeräusch ab und erstarb zu einem respektvollen Schweigen, wenn ein Trupp Palastwachen hindurchzog, einer von den Männern voranging und laut eine Art Leier aus Messingplättchen schlug, während die anderen keulenähnliche Knüttel schwangen, um den Weg freizumachen für den hohen Herrn, der hoch zu Roß hinter ihnen herritt oder in einer Sänfte vorbeigetragen wurde.

Bisweilen vernahm man über dem Straßenlärm – aber buchstäblich *darüber* – ein feines melodiöses Flirren in der Luft. Als ich es die ersten Male hörte, war ich ganz verwirrt und konnte mir keinen Reim darauf machen. Dann jedoch erkannte ich, daß zumindest eine Taube innerhalb eines jeden Schwarms der gewöhnlichen Tauben in der Stadt eine winzige Flöte am Bein befestigt hatte, die einen Ton von sich gab, wenn das Tier durch die Luft flog. Außerdem gab es unter den gewöhnlicheren Tauben eine Art mit pludrigem Gefieder, wie ich sie noch nie zuvor gesehen hatte. Im Flug konnte sie mitten in der Luft plötzlich stehenbleiben, irgendwie gleich einem Drahtseiltänzer, nur ohne Drahtseil, eine Kapriole nach der anderen schlagen, sich unversehens abfangen und gemessen weiterfliegen, als wäre nichts geschehen.

Hob ich den Blick jedoch noch höher, über die Dächer der Stadt hinweg, konnte ich an einem windigen Herbsttag wohl Schwärme von *feng-zhen* über den Himmel ziehen sehen. Das waren keine Vögel, wiewohl sie die Gestalt und die Farbe von Vögeln hatten. Andere ähnelten riesigen Schmetterlingen oder kleinen Drachen. So ein *feng-zhen* ist eine Konstruktion aus leichten Leisten und dünnem Papier, das mit einer langen aufgewickelten Schnur verbunden ist. Ein Mann lief mit dem *feng-zhen* eine Weile dahin, ließ ihn dann vom Wind tragen und ihn durch vorsichtiges Zerren an der Schnur, die er in Händen hielt, in die Höhe steigen, heruntersegeln und am Himmel kreisen. (Ich selbst habe diese Kunst nie beherrscht.) Wie hoch so ein *feng-zhen* stieg, hing einzig von der Länge der Schnur dessen ab, der ihn steigen ließ; manchmal stieg er so hoch, daß er den Blicken zu entschwinden drohte. Die Männer waren ganz versessen darauf, *feng-zhen*-Wettkämpfe auszutragen. An der Schnur wurde mittels Leim ein scharfer Gries aus zerstoßenem Porzellan oder Moskowiter Glas festgeklebt. Dann ließ man ihn fliegen und bemühte sich, ihn dergestalt zu lenken, daß er die Schnur eines Gegners durchschnitt, woraufhin dieser gaukelnd vom Himmel heruntergesegelt kam. Diejenigen, die einen *feng-zhen* fliegen ließen, und diejenigen, die nur zuschauten, schlossen hohe Wetten über den Ausgang einer solchen Schlacht ab. Frauen und Kinder hatten einfach so ihren Spaß am *feng-zhen*-Steigen.

Nachts bedurfte es keiner besonderen Anstrengungen, die sonderbaren Dinge zu beobachten, die sich am Kithaier Himmel taten – denn mein Kopf pflegte *nolens volens* in die Höhe zu rucken, wenn ich die Geräusche dieser Dinge hörte. Ich meine das heftige Zischen und Knattern und Sprühen von künstlichem Donner und Blitz, den sogenannten Feuerbäumen und Glitzerblumen. Wie in vielen anderen Ländern des Ostens, so schien auch in Kithai jeder Tag irgendein Volksfest oder ein Jahrestag gefeiert zu werden, doch nur in Kithai zogen diese Feiern sich bis in die Nacht hinein, damit man einen Grund hatte, diese sonderbaren Feuerkörper himmelwärts schießen und zu Boden segeln zu lassen. Ich bewunderte diese Darbietungen voller Hochachtung, die auch keinen Abbruch erlitt, als ich später dahinterkam, wie diese Wunder vollbracht werden.

Auch außerhalb der Städte unterschieden sich die vielgestaltigen Kithaier Landschaften von denen anderer Länder. Ein paar wenige von Kithais Besonderheiten der Landschaft habe ich bereits beschrieben; bei anderen werde ich das tun, sobald sich die Gelegenheit dazu ergibt. Hier sei nur folgendes erwähnt: Während wir in Khanbalik lebten, konnte ich immer, wenn ich Lust hatte, einen Tag draußen auf dem Land zubringen, aus den Palast-Stallungen ein Pferd kommen lassen und binnen eines Vormittags etwas besichtigen, was es in anderen Landschaften dieser Erde einfach nicht gibt. Mag es noch so sehr das Überbleibsel vollkommener Nutzlosigkeit und Eitelkeit sein, die Große Mauer, diese versteinerte Riesenschlange, die sich da von einem Horizont zum anderen windet, stellt für die Augen immer noch ein fantastisches Fest dar.

Ich möchte nicht den Eindruck erwecken, als wäre alles und jedes in Kithai oder auch nur in der Hauptstadt des Khan schön, ungezwungen, reich und bezaubernd. Ich hätte mir nicht einmal gewünscht, daß es so wäre, denn Schönheit, in der nie etwas stört, kann genauso ermüdend sein wie etwa die eintönig großartige Landschaft des Pai-Mir. Kubilai hätte zum Beispiel eine Stadt mit einem gemäßigteren Klima zu seiner Hauptstadt machen können – es gibt im Süden Orte, in denen ewiger Frühling herrscht, während sich Landstriche noch weiter im Süden in ewigem Sommer sonnen. Doch die Menschen, die an solchen Orten lebten, fand ich, als ich sie dort kennenlernte, gleichfalls langweilig und fade. Das Klima Khanbaliks ähnelt ziemlich dem von Venedig: im Frühling Regen, im Winter Schnee, und im Sommer bisweilen drückende Hitze. Zwar hatten die Bewohner sich nicht mit der schimmelbildenden Feuchtigkeit Venedigs herumzuplagen; dafür wurden ihre Häuser, ihre Kleidung und ihre Möbel ständig von dem gelben Staub beeinträchtigt, der von den Wüsten im Westen herüberwehte.

Gleich den Jahreszeiten und der Witterung veränderte sich auch Khanbalik ständig auf vielfältige und überaus belebende Art; jedenfalls wurde man der Stadt nie überdrüssig. Zum einen gab es neben der Pracht und den glücklichen Neuheiten, von denen ich berichtet habe, auch dunkle und weniger glückliche Seiten. Unter dem prächtigen Palast des Khans verbargen sich die Verliese des Liebkosers. Die herrlichen Gewänder von Edelleuten und Höflingen verhüllten bisweilen Männer von niedrigen Begierden und bösen Absichten. Selbst meine beiden hübschen Dienerinnen ließen ein paar weniger hübsche Eigenarten erkennen. Und von den Menschen, denen man außerhalb des Palasts auf Straßen und Märkten begegnete, war nicht jeder ein wohlhabender Kaufmann oder ein reicher Käufer. Es gab auch Arme und Unglückliche. So erinnere ich mich an einen Marktstand, an dem Fleisch für die Armen verkauft wurde; irgend jemand dolmetschte für mich, was auf dem Ladenschild geschrieben stand: »Wald-Garnelen, Haus-Wild, Niederwald-Aale« – und erklärte mir dann, das seien die wohltönenden Han-Bezeichnungen für Grashüpfer, Ratten und Schlangengekröse.

6 Viele Monate lang bestand meine Arbeit nun darin, mich mit einem Minister und Verwaltungsbeamten, Buchhalter und Hofbeamten nach dem anderen zu unterhalten und ihm respektvolle Fragen zu stellen, deren Beantwortung Aufschluß über das reibungslose Funktionieren des gesamten Mongolen-Khanats, des Landes Kithai, der Stadt

Khanbalik und der Hofhaltung hier im Palast gab. Mit den meisten dieser Herren machte Chingkim mich bekannt, doch hatte er als Wang von Khanbalik seine eigene Arbeit, und so überließ er es ihnen und mir, uns zu verabreden, wann immer es uns beiden paßte. Manche der Männer, darunter sehr hochgestellte Herren, erwiesen sich als für mein Interesse sehr aufgeschlossen und waren bei der Erklärung ihrer Aufgaben und Ämter freimütig und zuvorkommend. Andere hingegen, darunter manche Palastbeamten von wirklich lächerlich niedriger Stellung, hielten mich für einen Wichtigtuer und Schnüffler und wollten mir nur widerwillig Rede und Antwort stehen. Empfangen aber mußten sie mich auf Befehl ihres Khakhan alle. Infolgedessen versäumte ich es nicht, auch nur einen einzigen von ihnen nicht zu besuchen, und ließ mich selbst von den unfreundlichsten unter ihnen nicht mit nichtssagenden oder ausweichenden Antworten abspeisen. Ich muß allerdings zugeben, daß ich die Arbeit von einigen von ihnen interessanter fand als die anderer, und bei diesen blieb ich denn auch entsprechend länger.

Meine Unterredung mit dem Hofmathematiker verlief ganz besonders kurz. Einen Kopf für Rechnen habe ich noch nie gehabt, wie mein alter Lehrer, Fra Varisto, hätte bezeugen können. Obwohl Meister Linngan mir durchaus mit Freundlichkeit begegnete – er war schließlich der erste Höfling, den ich bei unserer Ankunft in Khanbalik kennengelernt hatte – und er auch stolz auf seine Aufgaben war und eifrig bemüht, sie mir auseinanderzusetzen, fürchte ich, daß meine lahmen Reaktionen seiner Begeisterung rasch einen Dämpfer aufsetzten. Um der Wahrheit die Ehre zu geben: Wir kamen nicht weiter, als daß er mir ein *nan-zhen* zeigte, ein Kithaier Navigationsinstrument.

»Ah ja«, sagte ich, »die Nadel, die nach Norden zeigt. Damit sind die Kapitäne der venezianischen Schiffe auch ausgerüstet. Man nennt sie *bussola*.«

»Wir hingegen nennen es das ›Süd-Gefährt‹, und ich möchte zu bedenken geben, daß es mit Eurem abendländischen Instrument nicht zu vergleichen ist. Ihr im Abendland verlaßt Euch immer noch auf den in nur dreihundertundsechzig Grade eingeteilten Kreis. Doch damit kommt man der Wahrheit auch nicht annähernd nahe. Diese Aufteilung beruht auf den Vorstellungen einiger Eurer primitiven Vorfahren, die es nicht besser verstanden, die Tage des Jahres zu zählen. Wir Han wissen bereits seit dreitausend Jahren, wie groß das Sonnenjahr wirklich ist. Ihr werdet bemerken, daß unser Kreis genau in dreihundertundfünfundsechzigundeinviertel Grad eingeteilt ist.«

Ich sah es mir an, und es stimmte. Nachdem ich den Kreis mit der Gradeinteilung eine Zeitlang betrachtet hatte, wagte ich zu sagen: »Gewiß, völlig zutreffend gezählt. Und ohne Zweifel eine vollkommene Kreisaufteilung. Doch wozu ist sie gut?«

Fassungslos starrte er mich an. »Wozu sie *gut* ist?«

»Unser überholtes abendländisches Modell läßt sich zumindest mühelos in Viertel aufteilen. Wie will jemand, der dies hier benutzt, jemals einen genauen rechten Winkel damit einzeichnen?«

Ein leichter Schatten fiel auf seine Stirn. »Marco Polo, Geehrter Gast, erkennt Ihr denn nicht, welch geniales Denken sich hierin offenbart? Wieviel geduldige Beobachtung und verfeinerte Berechnung? Und wie unendlich überlegen dies der grob zuschlagenden abendländischen Mathematik ist?«

»Oh, das will ich gern zugeben. Ich möchte ja nur darauf hinweisen, wie wenig praktikabel Euer Instrument ist. Einen Landvermesser müßte es ja zum Wahnsinn treiben. Damit würden alle unsere Landkarten zu einem wüsten und völlig unbrauchbaren Durcheinander. Und ein Baumeister könnte damit niemals ein Haus so errichten, daß die Räume darin wirklich rechte Winkel in den Ecken bilden.«

Seine Stirn umdüsterte sich vollends. Er war außer sich und versetzte bissig: »Euch Abendländern ist nur darum zu tun, Wissen anzuhäufen. Um Weisheit geht es Euch nicht im geringsten. Ich spreche zu Euch von der reinen Mathematik, und Ihr redet von Zimmerleuten!«

Bescheiden sagte ich: »Von Philosophie verstehe ich nichts, Meister Lin-ngan, aber Zimmerleute kenne ich eine ganze Menge, und die würden über diese Kithaier Kreiseinteilung nur lachen.«

»*Lachen?*« rief er mit erstickter Stimme.

Für jemand, der im allgemeinen so weise, entrückt und leidenschaftslos war, steigerte er sich in eine ganz beträchtliche Wut hinein. Da es mir selbst nun völlig an Weisheit gebrach, verabschiedete ich mich nur von ihm und verließ unter respektvollen Verneigungen seine Gemächer. Nun, für mich war das nur eine Begegnung mit Hanschem Scharfsinn unter vielen, die mich daran zweifeln ließen, daß sie wirklich so scharfsinnig waren, wie es immer hieß.

Doch bei einem ähnlich verlaufenden Gespräch mit dem Hofastronomen im Palastobservatorium konnte ich mich etwas besser behaupten. Das Observatorium lag auf einer hohen und nicht überdachten Terrasse, die mit gewaltigen und höchst verzwickten Instrumenten übersät war, mit Armillarsphären, Sonnenuhren, Astrolabien und Alhidaden, die samt und sonders wunderschön aus Messing und Marmor gefertigt waren. Der Hofastronom, Jamal-ud-Din, war Perser und deshalb dazu ernannt worden, weil all diese Instrumente, wie er mir sagte, schon vor Generationen in seiner Heimat ersonnen worden waren und er infolgedessen am besten damit umzugehen verstand. Er war der Oberste eines halben Dutzend Unterastronomen, und diese wiederum waren samt und sonders Han, weil, wie Meister Jamal sagte, die Han länger als alle anderen Völker gewissenhafte Aufzeichnungen aller ihrer astronomischen Beobachtungen gemacht und aufbewahrt haben. Jamal-ud-Din und ich unterhielten uns auf farsi, und er dolmetschte die von seinen Kollegen gemachten Bemerkungen.

Freimütig räumte ich ein: »Meine Herren, das einzige, was man mir in der Astronomie je beigebracht hat, war die biblische Geschichte, in der der Prophet Josua in dem Wunsch, eine Schlacht um einen Tag zu verlängern, die Sonne in ihrem Lauf über das Himmelsgewölbe stehenbleiben ließ.«

Durchdringend sah Jamal mich an, doch dann wiederholte er meine Worte den sechs bereits etwas älteren Han-Herren. Diese nun schienen plötzlich entweder in helle Aufregung versetzt oder völlig verwirrt, denn sie redeten erregt miteinander und legten mir dann eine Frage vor, indem sie höflich sagten:

»Die Sonne in ihrem Lauf innehalten, sagtet Ihr, das habe dieser Josua gesagt? Hochinteressant. Wann ist das geschehen?«

»Ach, schon vor langer, langer Zeit«, sagte ich. »Als die Israeliten gegen die Amoriter kämpften. Etliche Bücher, ehe Christus geboren wurde und die Zeitrechnung einsetzt.«

»Wirklich hochinteressant«, wiederholten sie, nachdem sie sich noch eine Weile untereinander besprochen hatten. »Unsere astronomischen Unterlagen, das *Shu-king,* geht über dreitausendfünfhundertundsiebzig Jahre zurück, verzeichnen aber nicht im mindesten ein solches Vorkommnis. Man sollte meinen, daß ein kosmisches Ereignis dieser Art selbst dem einfachen Mann auf der Straße irgendwelche Kommentare entlockt hätte, von den Astronomen dieser Zeit ganz zu schweigen. Meint Ihr, daß es noch länger zurückliegt?«

Die ernsten Herren waren offensichtlich bemüht, sich nicht ihre Bestürzung anmerken zu lassen, daß ich mehr von historischer Astronomie wußte als sie, und so besaß ich die Freundlichkeit, das Thema zu wechseln.

»Wenngleich es mir an formaler Ausbildung in Eurem Beruf fehlt, meine Herren, neugierig bin ich allemal. Auch habe ich selbst den Himmel schon häufig beobachtet und mir von daher ein paar eigene Theorien zurechtgelegt.«

»Was Ihr nicht sagt!« sagte Jamal, um dann, nachdem er sich mit den anderen beraten hatte, fortzufahren: »Es wäre uns eine Ehre, sie anzuhören.«

Und so setzte ich ihnen mit geziemender Bescheidenheit, aber ohne unredliche Ausflüchte eine Schlußfolgerung auseinander, zu der ich gekommen war: daß nämlich Sonne und Mond der Erde auf ihrer Umlaufbahn am Morgen und am Abend näher stehen als zu jeder anderen Stunde.

»Das ist leicht zu erkennen, meine Herren«, sagte ich. »Ihr braucht die Sonne ja nur beim Auf- und Untergehen zu beobachten. Oder noch besser: Beobachtet das Aufgehen des Mondes, denn das läßt sich verfolgen, ohne daß die Augen geblendet werden. Während er hinter der anderen Seite der Erde aufsteigt, ist er immens. Doch im Aufsteigen wird er kleiner, bis er am Zenith nur noch ein Bruchteil seiner früheren Größe besitzt. Ich habe dieses Phänomen viele Male beobachtet, wenn ich zugesehen habe, wie der Mond hinter der Lagune von Venedig aufging. Offensichtlich entfernt dieser Himmelskörper sich auf seiner Umlaufbahn immer weiter von der Erde. Die einzige andere Erklärung, die für sein Kleiner-Werden denkbar ist, wäre, daß er in seinem Lauf *schrumpft,* und das anzunehmen wäre doch wohl töricht.«

»Töricht, wohl klar!« brummte Jamal-ud-Din, und seine Unterastromomen schüttelten feierlich den Kopf. Sie schienen tief beeindruckt und redeten wieder leise durcheinander. Schließlich muß einer der Weisen beschlossen haben, den Umfang meines astronomischen Wissens auf die Probe zu stellen, denn er legte mir – über Jamal – noch eine Frage vor:

»Was haltet Ihr von den Sonnenflecken, Marco Polo?«

»Ah«, sagte ich, hoch erfreut, augenblicklich antworten zu können. »Eine ganz abscheuliche Entstellung. Schrecklich, diese Dinger.«

»So, meint Ihr? Wir unter uns sind geteilter Meinung, ob sie im Bauplan des Universums etwas Gutes oder etwas Böses verheißen.«

»Nun, ich weiß nicht, ob ich sie nun rundheraus als *böse* bezeichnen soll. Aber häßlich, ja, das sind sie ganz gewiß. Ich war lange Zeit hindurch irrtümlich der Meinung, alle Mongolinnen seien häßlich, bis ich die hier im Palast zu sehen bekam.«

Verständnislos blinzelnd sahen die Herren mich an, und Meister Jamal meinte unsicher: »Was hat das mit dem Thema zu tun?«

Ich sagte: »Mir wurde klar, daß es nur die mongolischen *Nomadinnen* sind, diejenigen, die ihr ganzes Leben im Freien verbringen, die von Sommersprossen gesprenkelt und verfleckt werden und eine dunkle, ledrige Haut haben. Die zivilisierteren mongolischen Damen hier bei Hof hingegen sind . . .«

»Nein, nein, nein«, rief Jamal-ud-Din. »Wir sprechen von den Flecken *auf der Sonne*.«

»Was? Flecken auf der Sonne?«

»Ja, in der Tat. Im allgemeinen ist der Staub, der hier bei uns zulande ständig von der Wüste herübergeweht kommt, eine Pest, aber ein Gutes hat er doch. Manchmal verschleiert er die Sonne in einem solchen Maße, daß wir sie direkt betrachten können. Wir haben zu mehreren und auch einzeln und häufig genug, um jeden Zweifel auszuschließen, gesehen, daß die Sonne gelegentlich von dunklen Flecken und Sprenkeln auf ihrer sonst leuchtenden Oberfläche verunziert wird.«

Lächelnd sagte ich: »Ich verstehe«, und begann dann wie erwartet zu lachen. »Ihr macht einen Scherz. Ich bin amüsiert, Meister Jamal. Doch meine ich in aller Menschenfreundlichkeit, wir sollten uns nicht auf Kosten dieser hilflosen Han lustig machen.«

Jetzt machte er ein womöglich noch verständnisloseres und verwirrteres Gesicht als zuvor und sagte: »Worüber reden wir jetzt?«

»Ihr macht Euch über ihr Sehvermögen lustig. Sonnenflecken, daß ich nicht lache! Die armen Kerle, es ist schließlich nicht ihre Schuld, daß sie so gemacht sind. Wo sie ohnehin schon ihr Leben lang durch die verengten Augenschlitze hindurchspähen müssen! Was Wunder, daß sie Flecken vor den Augen haben! Aber immerhin, ein guter Scherz, Meister Jamal.« Und mich auf persische Art verneigend, zog ich mich zurück.

Der Palastobergärtner wie der Palastobertöpfer waren Han; ein jeder von ihnen führte die Aufsicht über Legionen von jungen Han-Lehrlingen. Als ich sie aufsuchte, wurde mir daher wieder ein typisches Han-

Spektakel darüber zuteil, wie viel Scharfsinn an etwas völlig Belangloses verschwendet wurde. Im Abendland werden derlei Aufgaben Untergebenen überlassen, die sich nichts daraus machen, wie schmutzig sich die Hände dabei machen, jedenfalls nicht Männer mit geschultem Geist, für die es wahrhaftig Besseres zu tun git. Doch der Palastgärtner und der Palasttöpfer schienen stolz darauf, ihren ganzen Scharfsinn, ihre Hingabefähigkeit und ihren Einfallsreichtum in den Dienst von Gartenkompost und Töpferton zu stellen. Und schienen nicht minder stolz darauf, eine ganze neue Generation von jungen Leuten auszubilden, auf daß sie sich ein Leben lang mit niedriger und schmutziger Handarbeit beschäftigten.

Der Arbeitsbereich des Palastgärtners war ein riesiges, ganz aus Moskowiter Glas errichtetes Gewächshaus. An etlichen langen Tischen darin hockten zahlreiche Lehrlinge über Kästen, die mit etwas angefüllt waren, das aussah wie die Brutknöllchen der Krokusblumen – und an diesen nahmen sie mit winzigen Messern irgend etwas vor.

»Das sind die Zwiebeln der Himmelslilie, die für die Pflanzung vorbereitet werden«, sagte der Gärtnermeister. (Als ich sie später in Blüte erlebte, erkannte ich in ihnen Blumen, die wir im Abendland Narzissen nennen.) Er hielt eine der trockenen Zwiebeln in die Höhe, zeigte darauf und sagte: »Bringt man an der Zwiebel zwei sehr präzise, winzig kleine Einschnitte an, wächst die Pflanze in einer Gestalt heran, die für unsere Begriffe bei dieser Blume ganz besonders reizvoll ist. Es werden nämlich zwei Stengel seitlich und auseinanderstrebend aus der Zwiebel herauswachsen. Treiben die Keime jedoch Blätter, wölben diese sich wieder nach innen. Infolgedessen neigen die bezaubernden Blüten einander sich später zu wie Arme, die einander umschließen. So fügen wir der Schönheit der Blüte noch die Anmut der Linienführung hinzu.«

»Eine bemerkenswerte Kunst«, murmelte ich und enthielt mich der Bemerkung, das Ganze viel zu belanglos zu finden, als daß es wichtig wäre, so viele Menschen damit zu beschäftigen.

Die genauso großen Werkstätten des Palasttöpfers waren in den Kellerräumen des Palastes eingerichtet und wurden von Lampen erhellt. Hier wurde nicht grobes Steinzeug hergestellt, sondern feinste Porzellankunstwerke. Er zeigte mir seine Behältnisse mit den verschiedenen Tonsorten, die Gefäße zum Anmischen sowie Töpferscheiben und Brennöfen und Töpfe mit Farben und Glasuren, die, wie er mir versicherte, nach Geheimrezepten angerührt wurden. Dann führte er mich an einen Tisch, an dem ein rundes Dutzend seiner Lehrlinge arbeitete. Ein jeder hatte eine fertig geformte porzellanene Vase vor sich stehen, überaus elegante Gefäße mit bauchigem Hauptteil und hochgezogenem, schmalem Hals, alles freilich noch in der Farbe des ungebrannten Tons. Jetzt waren die Lehrlinge dabei, sie vor dem Brennen noch zu bemalen.

»Warum sind denn die Pinsel der Jungen alle zerbrochen?« fragte ich, denn jeder der jungen Männer handhabte einen feinen Haarpinsel, der in der Mitte des langen Stils unverkennbar einen Knick aufwies.

»Sie sind nicht zerbrochen«, sagte der Töpfermeister. »Die Pinsel weisen nur einen bestimmten Winkel auf. Diese Lehrjungen bemalen *die Innenseite* der Vase mit Mustern aus Blumen, Vögeln, Schilf – allem möglichen, und zwar kunstvoll nach Gefühl, nur vom Instinkt geleitet. Ist die Vase fertig, wird die Verzierung unsichtbar sein, es sei denn, man hielte sie gegen das Licht, dann wird das bunte Bild durch das hauchdünne Porzellan hindurch ganz fein und verschwommen sichtbar.«

Er führte mich an einen anderen Tisch und sagte: »Das hier sind die jüngsten Lehrjungen, die gerade in die Anfangsgründe ihrer Kunst unterwiesen werden.«

»Welcher Kunst?« sagte ich. »Sie spielen doch nur mit Eierschalen.«

»Richtig. Leider kommt es vor, daß Porzellangegenstände von großem Wert manchmal entzweigehen. Diese Jungen lernen, sie wieder zu reparieren. Aber selbstverständlich üben sie nicht mit wertvollen Gegenständen. Ich nehme ausgeblasene Eierschalen, zerbreche diese und gebe jedem Jungen die durcheinandergemischten Schalen von zwei Eiern. Seine Aufgabe besteht jetzt darin, die Bruchstücke auseinanderzusortieren und die beiden Eierschalen wieder zusammenzusetzen. Er fügt die Schale mit Hilfe dieser winzigen messingenen Nieten wieder zusammen, die Ihr hier seht. Erst wenn einer es schafft, ein ganzes Ei so kunstvoll wieder zusammenzusetzen, daß es aussieht, als wäre es nie zerbrochen, wird ihm die Arbeit an richtigem Porzellan anvertraut.«

Nirgendwo in der Welt hatte ich so viele Beispiele von fähigen Männern erlebt, die ihr Leben daran hängten, soviel Fingerspitzengefühl erfordernde Fähigkeiten zu erwerben, ihre hohe Intelligenz in den Dienst von so banalen Zwecken stellten und gewaltiges Können und immensen Fleiß auf so Dürftiges richteten. Und zwar nicht nur unter den Handwerkern und Künstlern bei Hofe. Derlei Dinge erlebte ich selbst unter den Ministern, welche die obersten Ränge der Khanat-Verwaltung bekleideten.

Der Minister für Geschichte, zum Beispiel, war ein gebildeter und außerordentlich gelehrt aussehender Han, der viele Sprache beherrschte und nicht nur die Geschichte des Orients im Kopf gespeichert hatte, sondern die des Abendlandes obendrein. Trotzdem war er nur damit beschäftigt, höchst überflüssige Dinge zu tun. Auf die Frage, womit er sich im Augenblick befaßte, stand er von seinem Schreibpult auf, öffnete die Tür seines Arbeitsraums und zeigte mir einen dahinter gelegenen, weit größeren Raum. Darin standen dicht an dicht viele Schreibpulte und darüber gebeugt Schreiber emsig bei der Arbeit. Auf jedem Pult lagen stapelweise Bücher und Schriftrollen und Dokumente, daß man die Schreiber dahinter kaum erkennen konnte.

In vollendetem Farsi sagte der Geschichtsminister: »Der Khakhan Kubilai hat vor vier Jahren dekretiert, mit seiner Regierung beginne eine neue Dynastie, welche die Regierungen aller seiner Nachfolger umfasse. Der Name, den er für diese Dynastie auswählte, Yuàn, bedeutet ›die größte‹ oder ›die hauptsächlichste‹. Woraus hervorgeht, daß sie die jüngst erloschene Chin-Dynastie ebenso übertreffen muß wie die Xia-Dynastie davor und alle davorliegenden Dynastien bis hinunter zum Beginn der Zivilisation in diesen Landen. Aus diesem Grunde stelle ich eine strahlende Geschichte zusammen, die von meinen Assistenten aufgeschrieben wird und die dazu dienen soll, daß künftige Generationen die Überlegenheit der Yuàn-Dynastie fraglos anerkennen.«

»Hier wird ganz offensichtlich gewaltig viel geschrieben«, sagte ich und betrachtete all die gesenkten Köpfe und die rasch geführten Pinsel. »Aber wieso ist denn da soviel aufzuschreiben, wo die Yuàn-Dynastie doch erst vier Jahre alt ist?«

»Ach, das Festhalten der gegenwärtigen Ereignisse ist nichts«, sagte er geringschätzig. »Die Schwierigkeit besteht darin, die bisherige Geschichte umzuschreiben.«

»Wie bitte? Aber wie denn das? Geschichte ist Geschichte, Minister. Geschichte ist das, was geschehen ist.«

»Durchaus nicht, Marco Polo. Geschichte ist das, woran man sich bei dem, was geschehen ist, erinnert.«

»Ich sehe da keinen Unterschied«, sagte ich. »Wenn es, sagen wir, in dem und dem Jahr zu einer verheerenden Überschwemmung des Gelben Flusses gekommen ist, wird man sich an diese Katastrophe und daran, wann es zu ihr kam, doch gewiß erinnern, gleichgültig, ob sie schriftlich festgehalten wurde oder nicht.«

»Ah, aber niemals alle Begleitumstände. Angenommen, der damalige Kaiser kam den Opfern der Überschwemmung sogleich zu Hilfe, rettete sie, brachte sie auf festen Grund, wies ihnen neues Land an und verhalf ihnen zu neuem Wohlstand. Bleiben diese wohltätigen Umstände als Teil einer Geschichte jener Regierung in den Archiven vermerkt, könnte es geschehen, daß die Yuàn-Dynastie von heute im Vergleich damit schlecht abschneidet und es sich so darstellt, daß es ihr an Wohltätigkeit gebricht. Deshalb verändern wir die Geschichte ganz, ganz wenig, so daß aus ihr hervorgeht, der frühere Kaiser habe sich dem Leiden seines Volkes gegenüber verhärtet gezeigt.«

»Woraufhin dann die Yuàn-Dynastie vergleichsweise gütig dasteht? Aber mal angenommen, Kubilai und seine Nachfolger erweisen sich bei solchen Gelegenheiten als wirklich hartherzig, was dann?«

»Dann müssen wir sie nochmals umschreiben, so daß die früheren Herrscher als noch hartherziger dastehen. Ich nehme an, Ihr begreift die überragende Bedeutung meiner Arbeit. Das ist keine Aufgabe für einen, der dumm und träge ist. Geschichte, das ist nicht das tägliche Festhalten der Ereignisse wie im Logbuch eines Schiffes. Geschichte, das ist ein fließender Prozeß, und die Arbeit eines Historikers ist nie abgeschlossen.«

Ich sagte: »Historische Ereignisse können unterschiedlich wiedergegeben werden, aber zeitgenössische? Im Jahre des Herrn eintausendundzweihundertundfünfundsiebzig traf Marco Polo in Khanbalik ein. Was mehr sollte über eine solche Nebensächlichkeit vermerkt werden?«

»Handelt es sich in der Tat um eine Nebensächlichkeit«, sagte der Minister lächelnd, »braucht es überhaupt nicht in den Annalen der Geschichte vermerkt zu werden. Gleichwohl könnte es sich später als bedeutsam erweisen. Infolgedessen mache ich eine Notiz über derlei Kleinigkeiten und warte ab, ob es später als etwas Begrüßenswertes oder Bedauerliches in die Archive aufgenommen werden soll.«

Er kehrte an seinen Schreibpult zurück, schlug eine Ledermappe auf und wühlte in den darin enthaltenen Papieren herum. Dann nahm er eines heraus und las vor:

»In der Stunde des Xu am sechsten Tag des siebten Monds im Jahr des Ebers, dem Jahr dreitausendneunhundertunddreiundsiebzig nach dem Han-Kalender, dem Jahre vier der Yuàn-Dynastie, kehrten die beiden Fremden, Po-lo Ni-klo und Po-lo Mah-fyo, aus der im Westen gelegenen Stadt Wei-ni-si in die Stadt des Khan zurück und brachten mit sich einen dritten und jüngeren Po-lo Mah-ko. Es bleibt abzuwarten, ob Khanbalik durch die Anwesenheit dieses jungen Mannes gewinnt« – dabei warf er mir einen neckischen Blick zu, woraufhin ich wußte, daß er nicht mehr ablas – »oder ob er nur eine Plage ist, der sich vielbeschäftigten Beamten aufdrängt und sie in der Erledigung ihrer dringenden Aufgaben behindert.«

»Ich gehe ja schon«, erklärte ich lachend. »Nur noch eine letzte Frage, Minister. Wenn Ihr jetzt eine ganz neue Geschichte schreibt – kann nicht jemand anders die Eure völlig umschreiben?«

»Selbstverständlich«, sagte er. »Irgend jemand wird es bestimmt tun.« Offenbar war er verwundert, daß ich überhaupt danach fragte. »Als die Chin-Dynastie ganz neu war, schrieb der erste Geschichtsminister dieser Dynastie alles um, was bisher gewesen war. Andere Chin-Historiker fuhren fort, alles umzuschreiben, damit die Chin-Zeit als das Goldene Zeitalter dastand. Aber Dynastien kommen und gehen; die der Chin währte nur hundertundneunzig Jahre. Durchaus möglich, daß die Yuàn-Dynastie und alles, was ich hier leiste« – mit weitausholender Bewegung des Arms umfaßte er den ganzen Raum voller Schreiber – »nicht einmal solange Bestand hat, wie ich lebe.«

Ich verabschiedete mich von ihm und widerstand der Versuchung, dem Minister den Vorschlag zu machen, statt seine Gelehrsamkeit und seine umfassende Bildung zu bemühen, lieber seine Muskeln zu betätigen und mitzuhelfen, die *kara*-Blöcke für den neuen Hügel aufzuschichten, der in den Palastgärten im Entstehen begriffen war. Bei diesem Hügel bestand weniger die Wahrscheinlichkeit, daß er von künftigen Generationen wieder abgetragen wurde, als bei dem Berg Halbwahrheiten und Lügen, den er in den Archiven der Hauptstadt zusammentrug.

Den Schluß, zu dem ich kam – daß sehr viele Menschen damit beschäftigt waren, sehr wenig Wesentliches zu tun –, unterbreitete ich dem Khakhan nicht gleich bei meiner ersten Audienz in dieser Woche. Allerdings kam er von sich aus auf etwas sehr Ähnliches zu sprechen. Offenbar hatte er vor kurzem eine Zählung der sehr verschiedenen und zahlreichen heiligen Männer durchführen lassen, die gegenwärtig in Kithai lebten, worüber er sich wohl geärgert hatte.

»Priester«, knurrte er. »Lamas, Mönche, Nestorianer, Malangs, Imams, Missionare. Alle bemüht, eine Gemeinde um sich zu scharen, an der sie sich mästen können. Ich würde ja gar nichts sagen, wenn sie nur predigen und hinterher ihre Bettlerschalen hinhalten würden. Aber kaum gelingt es ihnen, ein paar Gläubige um sich zu versammeln, befehlen sie den Verblendeten, jeden, der einem anderen Glauben anhängt, zu verabscheuen und zu verachten. Von allen Religionen, die bei uns verbreitet werden, begegnet nur der Buddhismus den anderen mit Toleranz. Ich möchte keine einzige Religion verordnen oder bekämpfen, aber ich überlege ernsthaft, ob ich nicht eine Verordnung gegen die *Prediger* erlassen soll. Meinem *ukaz* zufolge wären die Prediger gehalten, die Zeit, die sie heute mit nichtssagenden Ritualen, Brandreden, Gebet, Bekehrung und Meditation vergeuden, damit zuzubringen, mit einem Fliegenwedel auf Fliegenjagd zu gehen. Was haltet Ihr davon, Marco Polo? Damit würden sie unschätzbar viel mehr dazu beitragen als jetzt, diese Welt zu einem besseren Ort zu machen.«

»Ich glaube, Sire, die Prediger beschäftigen sich vornehmlich mit der nächsten Welt.«

»Und? Aus dieser Welt einen besseren Ort zu machen, würde ihnen hohe Anerkennung in der nächsten eintragen. In Kithai wimmelt es nur so von pestverbreitenden Fliegen und selbsternannten Heiligen. Die Fliegen kann ich durch einen *ukaz* nicht abschaffen. Aber meint Ihr nicht, es hieße guten Nutzen aus den heiligen Männern zu ziehen, wenn sie Jagd auf Fliegen machten?«

»Ich habe in der letzten Zeit viel darüber nachgedacht, Sire, daß ein großer Teil der Menschen falsch eingesetzt wird.«

»Die *meisten* Menschen sind falsch eingesetzt, Marco«, sagte er mit Nachdruck, »und verrichten keinerlei eines Mannes würdige Arbeit. In meinen Augen verdienen nur Krieger, Arbeiter, Forscher, Handwerker und Künstler, Köche und Ärzte Achtung. Sie tun Dinge, oder sie entdecken Dinge, oder sie stellen Dinge her oder erhalten sie. Alle anderen Menschen sind Aasgeier und Schmarotzer, die von denen leben, die werken und schaffen. Beamte, Ratgeber, Händler, Astrologen, Geldwechsler, Handelsvertreter, Schreiber, Priester, sie alle machen viel Wirbel und nennen das etwas tun. Dabei tun sie nichts anderes, als Dinge – und für gewöhnlich nichts Schwereres als Blätter Papier – zu bewegen; oder sie sind zu nichts weiter nutze, als den Machern und Schaffern gegenüber Kommentare abzugeben, Ratschläge zu erteilen und Kritik zu üben.«

Stirnrunzelnd hielt er inne, dann spie er es förmlich aus: »*Vakh!* Was bin denn ich selbst, seit ich von meinem Roß herabgestiegen bin? Ich nehme keine Lanze mehr in die Hand, sondern nur noch das *yin*-Siegel, um zuzustimmen oder abzulehnen. Wenn ich ehrlich bin, muß ich mich zu den geschäftigen Männern zählen, die nichts tun. *Vakh!*«

Doch damit hatte er selbstverständlich absolut unrecht.

Ich war zwar kein Fachmann auf dem Gebiete der Monarchen, hatte mir jedoch seit meiner Lektüre des *Alexanderbuches* den großen Eroberer zum Ideal erkoren, wie ein Herrscher sein sollte. Und hatte mittlerweile eine ganze Reihe von richtigen, lebendigen und auch wirklich regierenden Herrschern kennengelernt und mir eine Meinung über sie gebildet: Edward, jetzt König von England, der in meinen Augen nur ein guter Soldat gewesen war, der pflichtschuldigst den Prinzen gespielt hatte; den elenden armenischen Regenten Hampig; den persischen Shah Zaman, ein in königliche Roben gewandeter, unter dem Pantoffel stehender Geck; und der Ilkhan Kaidu, der nicht einmal vorgab, etwas anderes zu sein als ein barbarischer Kriegsherr. Einzig dieser Herrscher, den ich erst vor kurzem kennengelernt hatte, der Khakhan Kubilai, kam dem Ideal in meiner Vorstellung einigermaßen nahe.

Er war nicht schön, so wie Alexander in den Buchmalereien dargestellt war, und auch nicht so jung wie dieser. Der Khakhan war fast doppelt so alt wie Alexander bei seinem Tode; gleichzeitig aber herrschte er über ein Reich, das dreimal so groß war wie das von Alexander eroberte. Sonst aber kam Kubilai meinem klassischen Ideal ziemlich nahe. Dabei hatte ich frühzeitig gelernt, vor Ehrfurcht und Angst zu erstarren, wo es um seine Tyrannenmacht und seine Neigung ging, jähe, durchgreifende, ungerechtfertigte und unwiderrufliche Urteile und Entscheidungen zu fällen. (Ein jedes seiner Dekrete endete folgendermaßen: »Also spricht der Khakhan: zittert, alle Menschen, und gehorcht!«) Wobei man zugeben muß, daß eine derart grenzenlose Macht und ihre leidenschaftliche Ausübung schließlich etwas sind, worauf man bei einem Alleinherrscher gefaßt sein muß. Auch bei Alexander hatte man sie beobachten können.

In späteren Jahren hat man mich einen »Lügner« genannt, der »sich in Positur setzt«; man hat einfach nicht glauben wollen, daß ein so unbedeutender Mann wie Marco Polo anders als nur entfernt mit dem mächtigsten Mann auf Erden hat bekannt sein können. Andere haben mich einen »sklavischen Speichellecker« genannt und mich als Apologeten eines Despoten geschmäht.

Ich begreife, daß es schwerfällt zu glauben, der hochmächtige Khan Aller Khane habe seine Aufmerksamkeit, wenn auch nur flüchtig, einem niederen Außenseiter wie mir zuteil werden lassen – von seiner Zuneigung und seinem Vertrauen ganz zu schweigen. Tatsache jedoch ist, daß der Khakhan so himmelweit über *allen* Menschen stand, daß in seinen Augen Fürsten und Edelleute und Bürgerliche, ja, vielleicht sogar Sklaven auf der gleichen Ebene ununterscheidbarer Merkmale rangierten. Daß er von mir Notiz nahm, war nicht bemerkenswerter, als daß er sich mit seinen engsten Ministern abgab. Und bedenkt man die schlichte und ferne Herkunft der Mongolen, war Kubilai in der exotischen Umgebung Kithais genauso sehr ein Außenseiter wie ich.

Was die Speichelleckerei betrifft, die man mir unterstellt, so stimmt es, daß ich persönlich nie unter seinen Launen und Einfällen zu leiden hatte. Es stimmt, daß ich ihm ans Herz wuchs, er mir Verantwortung übertrug und mich zu einem engen Vertrauten machte. Doch nicht aus diesem Grunde verteidige und preise ich den Khakhan auch heute noch. Gerade weil ich ihm so nahe war, konnte ich besser als mancher andere erkennen, daß er seine ungeheure Autorität so weise ausübte, wie es ihm möglich war. Selbst wenn er es despotisch tat, war das für ihn immer noch Mittel zu einem Zweck, den er für richtig und nicht nur für momentan nützlich erachtete. Im Gegensatz zu der von meinem Onkel Mafìo vertretenen Philosophie war Kubilai so böse, wie er sein mußte, und so gut, wie er konnte.

Der Khakhan war von ganzen Schichten und Kreisen und Hüllen von Ministern und Ratgebern und anderen Beamten umgeben, ließ jedoch nie zu, daß sie ihn in seinem Reich isolierten und von seinen Untertanen oder dem Bemühen trennten, den Einzelheiten des Regierens seine ganze Aufmerksamkeit zu widmen. Wie ich es im *cheng* erlebt hatte, konnte Kubilai sehr wohl Unwichtigeres an andere delegieren; doch wo es wichtig war, hatte er stets das letzte Wort. Ich könnte ihn und seinen Hof der Flotte von Wasserfahrzeugen vergleichen, wie ich sie zum ersten Mal auf dem Gelben Fluß erblickte. Die ihn umgebenden Minister waren die *san-pan*-Lastkähne, die Fracht von der mächtigen *chuan* holten oder zu ihr hinbrachten und in seichterem Gewässer minder wichtige Aufgaben erledigten. Nur ein einziger unter den Ministern – der Araber Achmad, Oberster Minister, Stellvertretender Regent und Finanzminister in einem – hatte etwas von den leicht gekrängten *hu-pan*-Booten, die sinnreich asymmetrisch gebaut worden waren, um Flußbiegungen zu umschiffen, bei denen Vorder- und Achtersteven beliebig und austauschbar waren und die sich in sicheren Gewässern stets in Ufernähe aufhielten. Doch von Achmad, dem Mann, der gekrümmt war wie ein *hu-pan*-Boot, werde ich zu gegebener Zeit berichten.

Wie der Prete Zuàne oder Priester Johannes der Legende, mußte Kubilai über einen bunt zusammengewürfelten Haufen der unterschiedlichsten Völker und Stämme herrschen, von denen noch dazu viele untereinander verfeindet waren.

Wie Alexander war Kubilai bemüht, sie miteinander zu verschmelzen, indem er die bewundernswertesten Ideen und Leistungen und Eigenschaften all dieser unterschiedlichen Kulturen als solche erkannte und sie zum Wohle aller seiner verschiedenen Völker überall zu verbreiten und zu verpflanzen bemüht war. Selbstverständlich war Kubilai kein heiligmäßiger Mann wie der Prete Zuàne, ja, er war noch nicht einmal ein Christ oder auch nur ein Anhänger der klassischen Götter wie Alexander. Solange ich ihn kannte, anerkannte Kubilai keinerlei Gottheit außer dem mongolischen Kriegsgott Tengri und ein paar unbedeutendere mongolische Idole wie die Hausgottheit Nagatai. Aber er *interessierte* sich für andere Religionen und befaßte sich mit vielen von ihnen in der Hoffnung, die alleinige beste zu finden, die seinen Untertanen zugute kommen und eine zusätzlich einigende Kraft unter ihnen sein könnte. Mein Vater, mein Onkel und andere legten ihm immer wieder das Christentum ans Herz, und die Scharen nestorianischer Missionare hörten nie auf, ihm ihre ketzerische Form des Christentums zu predigen; andere Männer traten für die unterdrückerische Religion des Islam, den gottlosen und götzendienerischen Buddhismus sowie etliche andere Religionen ein, die charakteristisch für die Han waren, sogar für den ekelerregenden Hinduismus Indiens.

Doch der Khakhan ließ sich nie überzeugen, daß das Christentum der einzig wahre Glauben sei, fand aber auch nie einen anderen, den er vorgezogen hätte. Einmal – und ich weiß heute nicht mehr, ob er das tat, weil es ihn amüsierte, weil er entsetzt darüber war oder von Abscheu erfüllt – sagte er: »Welchen Unterschied macht es schon, ob dieser oder jener Gott? Gott ist nichts weiter als ein Vorwand für die Gottesfürchtigen.«

Möglich, daß er am Schluß das geworden ist, was ein Gottesgelehrter einen skeptischen Pyrrhoneiker nennen würde, doch selbst seine Nicht-Überzeugungen zwang er niemandem auf. Er blieb in dieser Hinsicht stets freizügig und tolerant und ließ jeden Menschen glauben und verehren, was er wollte. Zugegeben, da Kubilai überhaupt keiner Religion anhing, richtete er sich auch nie nach einem bestimmten Dogma oder einer besonderen Doktrin und nahm sich die Freiheit, selbst die grundlegenden Tugenden und Laster so eng oder so weit auszulegen, wie es ihm gerade paßte. Aus diesem Grunde lagen seine Vorstellungen von Mildtätigkeit, Gnade, Bruderliebe und was solcher Dinge mehr sind, durchaus und erschreckend im Widerstreit mit denen eingefleischter strenggläubiger Männer. Wiewohl ich selbst wahrhaftig kein Vorbild christlicher Prinzipientreue bin, habe ich oft in Widerspruch gestanden zu dem, was er als seine Richtschnur betrachtete, oder war geradezu entsetzt darüber, wie er diese anwandte. Und trotzdem, nichts von dem, was Kubilai je tat – und wenn ich das zu Zeiten auch noch so bedauerte –, hat meiner Bewunderung für ihn je Abbruch getan, mich in meiner Treue zu ihm oder in meiner Überzeugung wanken lassen, daß er der größte Herrscher unserer Zeit war.

7 In den folgenden Tagen, Wochen und Monaten wurde ich zur Audienz bei jedem Minister, Ratgeber und Hofbeamten des Khakhan vorgelassen, von deren Ämtern ich auf den vorhergehenden Seiten gesprochen habe, und bei zahlreichen anderen hohen und niederen Würdenträgern, deren Titel ich vielleicht noch nicht genannt habe – den drei Ministern für Ackerbau, Fischerei und Herdviehhaltung, den Leiter der Aushebung des Großen Kanals, dem Minister für Straßen und Flüsse, dem Minister für Schiffe und Seefahrt, dem Hof-Shamàn, dem Minister für Kleinere Volksgruppen – und viele andere.

Nach jeder dieser Unterredungen wußte ich ein paar interessante, nützlich oder erbauliche Dinge mehr, doch möchte ich hier nicht über alles berichten. Aus einem dieser Gespräche ging ich verlegen heraus, und dem betreffenden Minister erging es ähnlich. Er war Mongole und hieß Amursama, war der Minister für Straßen und Flüsse, und die Peinlichkeit ergab sich völlig unerwartet, als er sich über eine höchst prosaische Angelegenheit ausließ, nämlich über den Postendienst, den er überall in Kithai einrichtete.

»An jeder kleineren wie größeren Landstraße lasse ich alle fünfundsiebzig *li* eine bequeme Unterkunft bauen, und die jeweils nächstgelegenen Gemeinde ist verantwortlich dafür, daß sie mit guten Pferden und Reitern versorgt ist. Muß eine Botschaft oder ein Paket schnell in die eine oder andere Richtung übermittelt werden, kann ein Reiter sie in gestrecktem Galopp von einem Posten zum anderen befördern. Dort übergibt er sie eilends einem neuen Reiter, der bereits mit gesatteltem Pferd bereitsteht, seinerseits zum nächsten Posten reitet und so fort. Zwischen einem Morgengrauen und dem nächsten kann eine Abfolge von Reitern eine leichte Last über eine Strecke befördern, für die eine gewöhnlich *karwan* zwanzig Tage braucht. Und da Banditen doch zögern, über einen Sendboten des Khanats, den sie als solchen erkennen, herzufallen, treffen die Sachen sicher und zuverlässig an ihrem Bestimmungsort ein.«

Später, als mein Vater und mein Onkel Mafìo anfingen, mit ihren Handelsunternehmungen reich zu werden, sollte ich erfahren, daß das stimmte. Für gewöhnlich tauschten sie ihren Gewinn in kostbare Edelsteine um, die ein kleines, leichtes Paket ergaben. Unter Ausnutzung von Minister Amursamas Pferdeposten schickten sie diese Päckchen von Kithai ganz bis nach Konstantinopel, wo mein Onkel Marco sie in den Truhen der Compagnia Polo verschloß.

Der Minister fuhr fort: »Da nun gelegentlich etwas Ungewöhnliches oder Wichtiges in den Gebieten zwischen den Pferdeposten geschehen kann – eine Überschwemmung, ein Aufstand, irgend etwas Wunderbares, das es wert ist, gemeldet zu werden –, richte ich etwa alle zehn *li* einen kleineren Posten für *Fuß-Läufer* ein. Folglich ist der nächste Beförderungsposten überall im ganzen Reich in weniger als einer Laufstunde zu erreichen; die Läufer lösen einander ab, bis sie den nächsten Pferdeposten erreichen, von wo aus die Nachricht schneller weiterbefördert werden kann. Ich bin gerade dabei, dieses System für ganz Kithai auf die Beine zu stellen, doch irgendwann soll es für das gesamte Khanat eingerichtet werden, um Meldungen oder wichtige Sendungen selbst von der äußersten Grenze Polens herbeizuschaffen. Schon jetzt funktioniert dieser Dienst so gut, daß, wenn im Tung-ting-See, also über zweitausend *li* von hier, ein Weißflossentümmler gefangen wird, man ihn in Eis verpackt in Satteltaschen so schnell hierherschaffen kann, daß er noch frisch in der Küche des Khakhan eintrifft.«

»Ein Fisch?« fragte ich voller Hochachtung. »Stellt ein Fisch denn ein wichtiges Lastgut dar?«

»Diesen Fisch gibt es nur an einem Ort, eben im Tung-ting-See, und ist nicht leicht zu fangen; infolgedessen ist er dem Khakhan vorbehalten. Trotz seines häßlichen Aussehens ist er ein großer Leckerbissen. Der Weißflossentümmler ist groß wie eine Frau, hat einen Kopf wie eine Ente mit einer Schnauze wie einem Entenschnabel, und durch die

Schlitzaugen kann er leider gar nicht sehen. Ein Fisch ist er auch nur durch Verzauberung.«

Mit den Augen blinkernd, sagte ich: »*Uu?*«

»Jawohl, es handelt sich um den königlichen Nachkommen einer Prinzessin, die in einen Tümmler verwandelt wurde, nachdem sie sich in besagtem See ertränkt hat ... wegen einer ... hm ... tragischen Liebesgeschichte ...«

Was mich überraschte, war, daß ein typisch frischfröhlicher und barscher Mongole anfing zu stottern wie ein Schuljunge. Ich faßte ihn genauer ins Auge und erkannte, daß sein eben noch braunes Gesicht feuerrot angelaufen war. Er mied meinen Blick und suchte unbeholfen, das Thema zu wechseln. Und da ging mir auf, wer er war, und so fand ich – der ich aus lauter Mitgefühl wahrscheinlich gleichfalls errötete – meinerseits einen Vorwand, um das Gespräch zu beenden, und zog mich zurück. Ich hatte vollständig vergessen, daß Minister Amursama jener Herr war, der, nachem seine Frau beim Ehebruch ertappt worden war, Befehl erhalten hatte, sie mit ihrem eigenen Schließmuskel zu erdrosseln. In der Tat war es so, daß viele von den im Palast Lebenden neugierig waren, die grausigen Einzelheiten zu erfahren, wie Amursama diesen Befehl ausgeführt hatte, sich jedoch nicht trauten, das Thema in seinem Beisein anzuschneiden. Immerhin wurde berichtet, er stolpere offenbar ständig über Dinge, die ihn daran erinnerten, verstumme daraufhin plötzlich, trete vor Verlegenheit von einem Fuß auf den anderen und bringe auch die Menschen in seiner Umgebung dadurch in Verlegenheit.

Nun, das konnte ich verstehen. Was ich jedoch nicht verstand, war, warum ein anderer Minister, gleichfalls beim Gespräch über eine höchst banale Angelegenheit, offenbar nicht minder bestürzt und ausweichend reagierte. In diesem Falle handelt es sich um Pao Nei-ho, den Minister Kleinerer Volksgruppen. (Wie gesagt, sind die Han überall in der Mehrheit; nur gab es in Kithai und in den Ländern südlich davon, die damals das Sung-Reich bildeten, noch rund sechzig andere Volksgruppen.) Minister Pao setzte mir mit ermüdender Langatmigkeit auseinander, wie er seiner Aufgabe nachkomme, dafür zu sorgen, daß sämtliche Minderheitsvölker in Kithai dieselben Grundrechte zugestanden bekamen, die für die Han-Mehrheit galten. Es handelte sich um eine der langweiligeren Erläuterungen, die ich bisher über mich hatte müssen ergehen lassen, doch sprach Minister Pao farsi – in seiner Stellung mußte er vielsprachig sein –, und ich konnte nicht begreifen, warum die ganze Sache ihn so nervös machte, daß er ständig herumstotterte und seine Rede mit *ähs* und *uhs* und *ahems* spickte.

»Selbst die Mongolen, die uns erobert haben, sind – *uh* – zahlenmäßig nur wenige verglichen mit uns Han«, sagte er. »Und die – *ahem* – kleineren Volksgruppen sind noch viel kleiner. Im Westen des Reiches, zum Beispiel, gibt es die – *uh* – sogenannten Uighur und die – *äh* – Usbeken, Kirgisen, Kazhaken und – *ahem* – Tazhiken. Hier im Norden leben dann – *uh* – noch die Manchu, die Tungusen und die Hezhe. Sollte der Khakhan Kubilai seine – *äh* – Eroberung des Sung-Reiches abschließen, werden wir auch noch die anderen Völker dort unten aufsaugen. Die – *äh* – Naxi und die Miao, die Puyi und die Chuang. Außerdem auch noch die – *ahem* – so widerspenstigen Yi, die die – *uh* – ganze Provinz Yun-nan bevölkern und im – *ahem* – tiefen Südwesten ...«

So redete er und redete er, und ich hätte einnicken können, wäre mein Geist nicht damit beschäftigt gewesen, die *ahems, ähs* und *uhs* zu registrieren. Doch selbst wenn ich diese heraussiebte, so fand ich, redete er immer noch entsetzlich trockenes Zeug. Ich fand darin nicht das geringste, dessen man sich hätte schämen und unter einem Haufen überflüssiger Laute verstecken müssen. Weder wußte ich, warum Minister Pao so stockend redete, noch war mir klar, warum diese gebrochene Rede mich eigentlich mit solchem Mißtrauen erfüllte, was jedoch der Fall war. Er sagte irgend etwas, das ich nicht mitbekommen sollte. Dessen war ich mir ganz sicher. Und wie sich herausstellte, hatte ich recht damit.

Als ich mich an diesem Tag endlich von ihm befreien konnte, begab ich mich in meine Gemächer und in die Kammer, in der Nasenloch sein Lager aufgeschlagen hatte. Er schlief, obwohl es heller Nachmittag war. Ich schüttelte ihn und sagte:

»Du hast nicht genug zu tun, Sklave, und deshalb habe ich mir etwas für dich ausgedacht.«

In der Tat führte der Sklave in letzter Zeit ein sehr träges Leben. Da mein Vater und mein Onkel ihn nicht brauchten, hatten sie ihn ganz mir überlassen. Ich jedoch wurde vorzüglich von den Mädchen Buyantu und Biliktu versorgt, und so brauchte ich Nasenloch nur zu solchen Dingen wie etwa die Beschaffung passender Garderobe im Kathaier Stil, von der immer ein reichlicher Vorrat vorhanden sein mußte und die er sauber und in Ordnung halten sollte, und ab und zu dem Striegeln und Satteln eines Pferdes für mich. Zwischendurch durchstreifte Nasenloch weder die Stadt noch stellte er irgend etwas an. Er schien seine bisherigen schlechten Angewohnheiten und seine natürliche Neugier vollständig unterdrückt zu haben. Die meiste Zeit verbrachte er in seiner Kammer, höchstens, daß er sich einmal bis in die Palastküche vorwagte, um sich eine Mahlzeit zu verschaffen oder, wenn ich ihn dazu aufforderte, in meinen Räumen mit mir zu essen. Das erlaubte ich nicht oft, denn die Mädchen fühlten sich offensichtlich von seiner Erscheinung abgestoßen und fühlten sich als Mongolinnen auch unwohl dabei, einem einfachen Sklaven aufzuwarten.

Jetzt kam er zu sich und brummelte: »*Bismillah,* Herr«, und gähnte so herzhaft, daß selbst sein schreckliches Nasenloch sich noch zu weiten schien.

Streng sagte ich: »Da bin ich den ganzen Tag über beschäftigt, während mein Sklave schläft. Ich habe den Auftrag herauszufinden, was die einzelnen Hofbeamten des Khakhan taugen. Aber du könntest das hinter ihrem Rücken noch viel besser.«

Er murmelte: »Ich nehme an, Herr, Ihr möchtet, daß ich unter ihren Dienern und Helfern herumschnüffle. Aber wie? Ich bin fremd hier und neu, und die mongolische Sprache beherrsche ich auch nur höchst unvollkommen.«

»Es gibt viele Nichtmongolen unter dem Hauspersonal. Kriegsgefangene aus aller Herren Länder. Wie die Dienerschaft unten sich unterhält, das muß eine wahre babylonische Sprachverwirrung sein. Und ich weiß sehr gut, daß dein eines Nasenloch sich ganz besonders eignet, Klatsch und Skandalen auf die Spur zu kommen.«

»Ich fühle mich geehrt, daß Ihr mich bittet, Herr, aber . . .«

»Ich bitte dich nicht, ich befehle es dir. Du hast dich von heute an in deiner ganzen Freizeit unter die Diener und unter deine Mitsklaven zu mischen.«

»Herr, offen gesagt, habe ich Angst, durch diese Gänge zu gehen. Ich könnte zufällig in das Reich des Liebkosers hineingeraten.«

»Keine Widerworte, sonst bringe ich dich persönlich zu ihm. Hör zu! Wir werden uns von heute an jeden Abend zusammensetzen, und du wirst mir haarklein berichten, was du an Gerüchten und Klatsch mitbekommen hast.«

»Alles und jedes? Der größte Teil ist doch dummes Gerede.«

»Alles und jedes. Im Augenblick interessiert mich, alles zu erfahren, was ich über den Minister der Kleineren Volksgruppen, den Han Pao Nei-ho, herausfinden kann. Wann immer du Gelegenheit findest, die Rede auf ihn zu bringen, tue das! Aber behutsam! Ich möchte auch alles andere hören, was du erfährst. Auch die kleinste Nebensächlichkeit kann sich da als Leckerbissen für mich erweisen – man kann nie wissen.«

»Mirza Marco, bei aller Hochachtung muß ich hier im voraus gewisse Bedenken anmelden. Ich bin nicht mehr ein so hübscher Bursch, wie ich es dermaleinst war; damals habe ich selbst Prinzessinnen den Kopf verdrehen können, daß sie mir ihre geheimsten . . .«

»Ach, komm mir jetzt nicht mit dieser albernen alten Mär! Nasenloch, du weißt genauso gut wie alle Welt sonst, daß du immer abgrundhäßlich gewesen und nicht mal an den Rocksaum einer Prinzessin herangekommen bist!«

Aber so leicht ließ er sich nicht abweisen. »Andererseits habt Ihr zwei hübsche Mädchen in Euren Diensten, die ihre Schönheit sehr leicht einschlägig nutzen könnten. Sie sind weit besser als ich geeignet, Geheimnisse herauszukitzeln . . .«

»Nasenloch!« sagte ich mit einer Engelsgeduld. »Du wirst für mich spionieren, weil ich es dir sage; einen anderen Grund brauche ich dir nicht anzugeben. Trotzdem will ich noch folgendes sagen: Dir ist der Gedanke vermutlich noch nicht gekommen, mir aber wohl – daß nämlich diese beiden Mädchen höchstwahrscheinlich *mich* ausspionieren. Daß sie jeden Schritt, den ich mache, weitermelden. Vergiß nicht, es war der Sohn des Khakhan, der mir die Mädchen auf Befehl seines erhabenen Vaters zugewiesen hat.«

Anderen gegenüber sprach ich von ihnen stets per »die Mädchen«, denn jedesmal beide Namen zu benutzen, wäre sehr umständlich gewesen; auch sprach ich von ihnen nie per »Dienerinnen«, denn sie waren für mich ja doch mehr als das, und »Konkubinen« wollte ich sie nicht nennen, weil das für mich einen leicht abschätzigen Klang hatte. Waren wir jedoch unter uns, nannte ich sie Buyantu und Biliktu, denn ich hatte sehr bald gelernt, sie auseinanderzuhalten. Wiewohl eine angezogen war wie die andere, kannte ich jetzt ihren ganz persönlichen Gesichtsausdruck und ihre Art, sich zu bewegen. In unbekleidetem Zustand jedoch konnte man die Zwillinge trotz der gleichen Grübchen in Wangen und Ellbogen, insbesondere aber der ganz besonders reizenden Grübchen links und rechts vom Steißbein wegen viel leichter auseinanderhalten. Biliktu wies am unteren Teil ihrer linken Brust eine Reihe von Sommersprossen auf, und Buyantu hatte am rechten Oberschenkel eine winzige, von einem Unfall in ihrer Kindheit herrührende Narbe.

Diese Dinge waren mir neben einigen anderen Besonderheiten gleich in unserer ersten gemeinsamen Nacht aufgefallen. Beide Mädchen waren wohlgestalt, und da sie keine Muslime waren, hatte man sie auch nicht verstümmelt. Ganz allgemein waren sie gewachsen wie andere reife Frauen, die ich kannte, nur ihre Beine waren etwas kürzer, und in der Taille waren sich nicht ganz so schmal wie, sagen wir, etwa venezianische oder persische Frauen. Aber der reizvollste Unterschied zu Frauen anderer Völker war zweifellos die eigentümliche Behaarung ihrer Scham. Sie wiesen das übliche dunkle Dreieck an der üblichen Stelle auf – ihr *han-mao* nannten sie es, ihren »kleinen Wärmer« –, nur handelte es sich nicht um ein kleingelocktes oder struppiges Büschel. Irgendeiner Laune der Natur haben mongolische Frauen – oder zumindest diejenigen, die ich kennengelernt habe – es zu verdanken, daß sie einen auffallend glattbehaarten Venushügel besitzen; das Haar liegt glatt und seidig an wie das Fell einer Katze. Hatte ich zuvor mit einer Frau beisammengelegen, hatte ich mich (und sie) bisweilen damit amüsiert, das Haar ihres kleinen Wärmers zu zwirbeln oder mir um den Finger zu ringeln; bei Buyantu oder Biliktu streichelte und klopfte ich es sanft wie bei einer Katze (woraufhin sie wohlig schnurrten wie eine solche).

Am Abend der ersten Nacht in meinen Gemächern hatten die Zwillinge mir unmißverständlich klargemacht, sie erwarteten von mir, daß ich eine von ihnen mit in mein Bett nähme. Als sie mich badeten, entkleideten sie sich, stiegen ihrerseits in den Badezuber und ließen es sich angelegen sein, meine wie ihre *dan-tian* oder »rosa Stellen« ganz besonders gut zu waschen. Nachdem sie mich und sich mit duftendem Puder bestäubt hatten, schlüpften sie in Morgenmäntel aus so glatter Seide, daß ihr kleiner Wärmer immer noch deutlich zu sehen war, und das Mädchen, das ich später als Buyantu von ihrer Schwester zu unterscheiden lernte, fragte ganz offen:

»Wünscht Ihr Euch Kinder von uns, Herr Marco?«

»*Dio me varda!*« entfuhr es mir unwillkürlich. Sie kann unmöglich gewußt haben, was diese Worte bedeuten, doch offensichtlich konnte ich die Bedeutung nicht verhehlen, denn sie nickte und fuhr fort:

»Wir haben uns Farnsamen beschafft, das beste Mittel gegen eine Empfängnis. Nun wißt Ihr ja, Herr, daß wir beide zweiundzwanzig Karat haben und damit selbstverständlich noch unberührt sind. Infolgedessen haben wir den ganzen Nachmittag hin und her überlegt, wem von uns beiden als erster die Ehre des *ging-du chukai* – des ›Zur Frau erweckt Werdens‹ – von unserem stattlichen neuen Herrn zuteil werden soll.«

Nun, ich freute mich, daß sie jedenfalls – wie so manche anderen Jungfrauen – keine Angst davor hatten. Offensichtlich lagen sie sogar in einem gewissen schwesterlichen Wettstreit um diese Ehre miteinander, denn Buyantu setzte noch hinzu: »Wißt Ihr, Herr, ich bin zufällig die ältere von uns beiden.«

Woraufhin Biliktu auflachte und zu mir sagte: »Unserer Mutter zufolge nur um ein paar Minuten älter. Aber Ältere Schwester hat ihr Leben lang deshalb Vorrechte beansprucht.«

Achselzuckend sagte Buyantu: »Eine von uns muß nun mal die erste sein und die andere abwarten bis morgen. Wenn Ihr lieber keine Entscheidung treffen möchtet, könnten wir auch das Los entscheiden lassen und Strohhalme ziehen.«

Affektiert sagte ich: »Nie würde ich etwas so Wunderschönes dem Zufall überlassen – oder einen Unterschied machen wollen zwischen zwei so reizvollen Anerbieten. Ihr sollt beide die ersten sein.«

Tadelnd sagte Buyantu: »Wir sind zwar Jungfrauen, aber unwissend sind wir deshalb nicht.«

»Wir haben beide geholfen, unsere beiden jüngeren Brüder aufzuziehen«, sagte Biliktu.

»Als wir Euch badeten, haben wir daher gesehen, daß Ihr in Euren *dan-tian* normal ausgestattet seid«, erklärte Buyantu. »Größer als unreife Jungen, selbstverständlich, aber *nicht zweifach*.«

»Ihr könnt deshalb nur an einer Stelle und nicht an zwei Stellen zugleich sein. Wie könnt Ihr da behaupten, wir könnten *beide* als erste an die Reihe kommen?«

»Das Bett ist herrlich groß«, sagte ich. »Wir werden alle drei beieinander liegen und . . .«

»Das wäre unanständig!«

Beide sahen dermaßen schockiert aus, daß ich lächelte. »Kommt, kommt. Es ist doch wohlbekannt, daß Männer sich bisweilen mit mehr als nur einer Frau vergnügen.«

»Aber – doch nur mit erfahrenen Konkubinen, die jede Scham und Züchtigkeit längst hinter sich gelassen haben und nicht verwandt miteinander sind, was die Peinlichkeit noch erhöht. Herr Marco, wir sind *Schwestern*, es handelt sich um unseren ersten *jiao-gou*, und wir möchten nicht . . . das heißt, wir *können* einfach nicht . . . in Gegenwart der anderen . . .«

»Ich verspreche«, sagte ich, »daß ihr es nicht weniger schwesterlich empfinden werdet, als wenn eine in der Gegenwart der anderen badet. Und daß ihr bald aufhören werdet, euch Gedanken darüber zu machen, ob etwas unanständig ist oder nicht. Und daß ihr das *jiao-gou* beide dermaßen genießen werdet, daß ihr gar nicht bemerken werdet, wer nun die erste war. Und daß es euch auch gar nicht mehr interessieren wird.«

Sie zögerten. Buyantu runzelte leicht sinnend die Stirn. Biliktu biß sich nachdenklich auf die Unterlippe. Dann sahen sie einander scheu von der Seite an. Als ihre Blicke sich begegneten, erröteten sie – und zwar so sehr, daß ihre glatten Morgenmäntel bis zur Brust herunter sich rosa färbten. Dann lachten sie, ein wenig verlegen, erhoben jedoch keine Einwände mehr. Buyantu holte ein Fläschchen mit Farnsamen aus einer Schublade, sie und Biliktu wandten mir den Rücken zu, eine jede von ihnen nahm eine Prise von dem feinen, nahezu pulverförmigen Samen zwischen die Finger und beförderte diesen tief in sich hinein. Dann ließen sie zu, daß ich sie beide bei der Hand nahm und an das einladende Bett führte und überhaupt von jetzt an die Führung übernahm.

Eingedenk meiner jugendlichen Erfahrungen in Venedig, nutzte ich die verschiedenen Arten des *musicare*, die ich von der Dame Ilaria gelernt und dann mit Hilfe des Mädchen Doris verfeinert hatte. All dies setzte mich instand, die Einführung dieser beiden Jungfrauen in die Kunst der Liebe zu etwas zu machen, woran sie sich später nicht nur ohne Stich, sondern mit echter Freude erinnern konnten. Anfangs, als ich mich von Buyantu ab- und Biliktu zuwandte und umgekehrt, sahen die beiden nicht mich, sondern mit zur Seite gewendetem Kopf einander an und bemühten sich offensichtlich, weder sichtbarlich noch hörbar auf meine Zuwendungen zu reagieren, damit die jeweils andere sie nicht für schamlos hielt. Doch als ich sie zartfühlend mit Fingern, Lippen, Zunge und sogar mit den Wimpern bearbeitete, schlossen sie schließlich die Augen, achteten nicht auf die andere und überließen sich ihren eigenen Empfindungen.

Vielleicht ist es angebracht zu erwähnen, daß das *jiao-gou* dieser Nacht – die erste mit dieser Betätigung verbrachte in Kithai überhaupt – sich durch eine besondere Pikanterie auszeichnete – und zwar einfach, weil die Han so phantasievolle Namen für all ihre verschiedenen Körperteile haben. Wie ich bereits wußte, kann der Ausdruck »Rotes Kleinod« sowohl die männlichen und weiblichen Geschlechtsteile ganz allgemein bedeuten. Für gewöhnlich bezeichnet man jedoch nur das männliche Organ damit, während das weibliche »Lotus« genannt wird und die Schamlippen »Blütenblätter«; und was ich zuvor *lumaghèta* oder *zambur* genannt hatte, hieß hier »der Schmetterling zwischen den Lotus-Blütenblättern«. Das weibliche Gesäß ist ihr »fülliger Mond« und das köstliche Tal dazwischen der »Spalt im Mond«. Ihre Brüste heißen »makellose Jade-Köstlichkeit« und die Brustwarzen »kleine Sterne«.

Indem ich also geschickt durch- und nacheinander Jade-Köstlichkeiten und Blüten, Blütenblätter, Monde, Sterne und Schmetterlinge berührte, streichelte, reizte, kostete, liebkoste, kitzelte und daran naschte, gelang es mir auf wunderbare Weise, die beiden Zwillinge ihrem ersten *jiao-gou*-Höhepunkt gleichzeitig zuzuführen. Dann, ehe sie sich darüber klar wurden, wie sehr sie auf dem Weg dorthin wirklich bar jeden Schamgefühls gesungen und sich hin- und hergeworfen hatten, und ehe es ihnen beiden peinlich wurde, dies voreinander getan zu haben, unternahm ich anderes, um sie nochmals zu diesem Gipfel hinanzuführen. Ich bemühte mich also, meine eigenen drängenden Bedürfnisse hintanzustellen, und widmete mich ausschließlich der Aufgabe, sie genießen zu lassen. Manchmal strebte eines der Mädchen beseligenden Höhen entgegen, während ihre Schwester ihr – und meinen hilfreichen Bemühungen – dabei fassungslos lächelnd zusah. Dann war sie an der Reihe, während die andere zusah und es schön fand. Erst als beide Mädchen völlig benommen waren und entzückt über die neuendeckten Empfindungen dahinschmolzen, spielte ich mit beiden gleichzeitig und steigerte mich und sie in eine veritable Ekstase hinein. Während beide nur mit ihrem eigenen Erleben beschäftigt waren und keinen Sinn für irgend etwas anderes hatten, durchdrang ich – auf eine Art, die für sie wie für mich überaus angenehm war – erst die eine und dann die andere und fuhr fort, mich in die eine wie in die andere zu ergießen, daß nicht einmal ich mich hinterher erinnerte, in welcher Reihenfolge oder in welcher der beiden Zwillinge zuerst ich meinen *spruzzo* schoß.

Nach dieser ersten und musikalisch vollendeten Triade ließ ich die Mädchen schweratmend, glücklich verschwitzt und mich anlächelnd eine Weile in Ruhe. Erst nachdem sie wieder zu Atem gekommen waren, scherzten Biliktu und Buyantu laut und lachend darüber, wie dumm sie doch zuvor gewesen, wie einfältig und wie unsinnig auf Sittsamkeit bedacht. Aller Hemmungen dieser Art ledig, machten wir in größerer Gelassenheit noch viele andere Dinge miteinander, und wenn eines der Mädchen nicht aktiv am Spiel teilnahm, vermochte sie durch Zusehen und Hilfestellung für uns andere gleichsam stellvertretend Freude zu empfinden. Lange vernachlässigte ich jedoch keine der beiden. Schließlich hatte ich von den persischen Prinzessinen Falter und Shams gelernt, wie zwei Frauen auf einmal gründlich befriedigt werden konnten und ich selbst auch nicht leer ausging. Dies jedoch gestaltete sich mit meinen beiden Mongolinnen viel erfreulicher als mit den beiden Perserinnen, da keine von ihnen die ganze Zeit über unsichtbar bleiben mußte. Ehe die Nacht vorüber war, hatten die beiden auch die letzten Spuren von Prüderie abgestreift und nichts mehr dagegen, ihre geheimsten *dan-tian* von mir oder von der anderen betrachten und ihren wie meinen »rosigen Stellen« selbst die ausgefallensten Zuwendungen angedeihen zu lassen, auf die wir – sie wie ich – verfielen.

Unsere erste gemeinsame Nacht war also ein ungetrübter Erfolg und der Vorläufer vieler anderer Nächte dieser Art, in deren Verlauf wir womöglich noch phantasievoller und akrobatischer wurden. Das überraschte selbst mich: wieviel mehr Kombinationen zwischen drei Beteiligten möglich sind als zwischen zweien. Doch vergnügten wir uns nicht immer zu dritt. Die Zwillinge, einander sonst so ähnlich, unterschieden sich in einer Hinsicht, was ihre Körperfunktionen betrifft, doch voneinander: Sie wurden von ihrem *jing-gi*, ihrem monatlichen Unwohlsein, mit schöner Regelmäßigkeit stets zu anderen Zeiten heimgesucht. Infolgedessen genoß ich alle zwei Wochen ein paar Tage lang eine ganz gewöhnliche Paarung mit nur einer einzigen Frau, während die andere woanders schlief und eifersüchtig schmollte.

Doch so jung und geil ich auch war, es waren mir doch körperliche Grenzen gesetzt, und außerdem hatte ich noch andere Aufgaben, die meine ganze Kraft, Energie und Wachheit erforderten. Nach ein paar Monaten fand ich, daß das, was die Zwillinge ihre *xing-yu*, ihre »süßen Sehnsüchte«, nannten und ich ihre Unersättlichkeit, mich ziemlich mitnahm. Ich gab ihnen daher zu verstehen, meine Teilnahme sei nicht *immer* erforderlich, und erzählte ihnen vom ›Klostergesang‹, wie die Dame Ilaria es genannt hatte. Als ihnen klar wurde, worum es ging, daß nämlich eine Frau ihre eigenen Sterne und Blütenblätter und so weiter bearbeitete, gaben Buyantu und Biliktu sich genauso schockiert wie in der ersten Nacht unserer Bekanntschaft. Und als ich fortfuhr, ihnen auch noch zu erzählen, was Prinzessin Falter mir einst anvertraut – wie sie die vernachlässigten Frauen im *anderun* von Shah Zaman erlöste und befriedigte –, machten sie ein womöglich noch entsetzteres Gesicht, und Buyantu sagte: »Aber das wäre ja unanständig!«

Sanft sagte ich: »Das hast du einmal behauptet, und ich meine, in der Hinsicht habe ich dir auch bewiesen, daß es nicht stimmte.«

»Aber . . . eine Frau mit einer anderen Frau! Ein *gua-li*-Akt! Das wäre *wirklich* unanständig!«

»Vielleicht, wenn ihr beide alt oder häßlich wäret. Aber ihr seid beide wunderschöne und begehrenswerte Frauen. Ich sehe keinerlei Grund, warum ihr nicht genausoviel Vergnügen aneinander finden solltet wie ich an euch.«

Wieder sahen die Mädchen sich von der Seite an, und wieder ließ es sie erröten und – ein wenig unartig und ein wenig schuldbewußt – kichern. Gleichwohl bedurfte es noch einigen guten Zuredens von meiner Seite, ehe sie sich bereitfanden, sich nackt und ohne mich in der Mitte nebeneinanderzulegen, während ich vollständig bekleidet blieb und sie anwies, was sie tun sollten. Sie waren verspannt und es kostete sie größte Überwindung, einander das angedeihen zu lassen, bei dem sie, wenn es von meiner Seite kam, nicht die geringste Zurückhaltung kannten. Doch während ich gleichsam Ton um Ton das Nonnenlied mit ihnen durchnahm und sanft Buyantus Fingerspitze führte, damit sie Biliktu hier streichelte, und behutsam Biliktus Kopf führte, daß ihre Lippen Buynatu dort berührten, konnte ich erkennen, daß das Ganze sie wider Willen doch erregte. Und nachdem sie eine Zeitlang unter meiner Anleitung gespielt hatten, vergaßen sie mich zunehmend. Als ihre kleinen Sterne sich blinkend aufrichteten, waren die beiden Mädchen schon nicht mehr darauf angewiesen, sich von mir zeigen zu lassen, wie man diese bezaubernden Aufstülpungen höchst wirkungsvoll an- und aufeinander einsetzen konnte. Als Biliktus Lotus als erste ihre Lotus-

Blütenblätter entfaltete, brauchte Buyantu niemand mehr, der ihr gezeigt hätte, wie man ihren Honig saugte. Und als zuckendes Leben in beider Schmetterling gekommen war, umschlangen die Mädchen einander so natürlich und leidenschaftlich, als wären sie nicht als Zwillings-, sondern als Liebespaar auf die Welt gekommen.

Ich muß gestehen, daß ich selbst inzwischen gleichfalls erregt war und alle Schwäche vergaß, die ich mir zuvor eingebildet hatte. Infolgedessen warf ich die Kleider ab und gesellte mich dem Spiel bei.

Das geschah von da an recht häufig. Kam ich abgespannt von der Arbeit des Tages in meine Gemächer und juckte es die Mädchen vor *xingyu*, erlaubte ich ihnen, schon von sich aus zu beginnen, was sie sich nicht zweimal sagen ließen. Es konnte sein, daß ich den Gang hinunter bis zu Nasenlochs Kammer ging, um mich eine Weile mit ihm niederzusetzen und mir von ihm erzählen zu lassen, was er tagsüber an Klatsch unter den Dienstboten aufgeschnappt hatte. Dann kehrte ich in mein Schlafgemach zurück, schenkte mir dort vielleicht einen Becher *arkhi* ein, machte es mir gemütlich und sah zu, wie die Mädchen es miteinander trieben. Für gewöhnlich verflüchtigte sich meine Müdigkeit nach einer Weile, meine normalen Triebe wurden lebendig, und ich bat die Mädchen um die Erlaubnis, mich ihnen zuzugesellen. Manchmal ließen sie mich mutwillig eine Weile zappeln, bis sie ihre schwesterliche Glut vollständig ausgekostet und erschöpft hatten. Erst danach ließen sie mich zu sich ins Bett kommen, wobei sie bisweilen den Mutwillen so weit trieben, so zu tun, als werde ich weder gebraucht, noch sei ich erwünscht, sondern vielmehr ein Eindringling – und tändelnd so taten, als öffneten sie mir nur widerstrebend ihre rosigen Stellen.

Nach einiger Zeit kam es dann wohl sogar vor, daß ich die Zwillinge bei meinem Heimkommen bereits im Bett vorfand und sie auf ihre Weise lebhaft *jiao-gou* machten. Lachen nannten sie ihre Art, sich zu lieben, *chuai-sho-ur*, eine Han-Redewedung, die gedolmetscht »die Hände in den anderen Ärmel stecken« bedeutet. (Wir Abendländer sprechen vom »Arme-Verschränken«, was bei den Menschen im Osten *innerhalb* ihrer weiten Ärmel geschieht.) Ich fand, daß die Zwillinge diesen Ausdruck sehr treffend für die Art und Weise nutzten, um zu beschreiben, wie zwei Frauen sich lieben.

Schloß ich mich ihnen an, kam es oft vor, daß Biliktu gestand, sie habe ihre Säfte wie ihre Fähigkeit zur Lust bereits vollständig verausgabt – sie sei eben weniger robust als ihre Schwester, sagte sie; vielleicht deshalb, weil sie um ein paar Minuten die jüngere von beiden sei –, und mich um die Erlaubnis bat, einfach danebenzusitzen und bewundernd zuzusehen, wie Buyantu und ich uns tummelten. Bei solcher Gelegenheit tat Buyantu bisweilen so, als finde sie, ich und mein Gewerk und meine Leistung ließen im Vergleich zu dem, was sie gerade genossen habe, sehr wohl zu wünschen übrig. Dann lachte sie wohl höhnisch auf und nannte mich *gan-ga*, was so viel heißt wie tölpelhaft. Ich jedoch tat ihr stets den Gefallen, dies Spiel mitzuspielen. wozu gehörte, daß ich beleidigt tat und schmollte, woraufhin sie nur noch lauter lachte und sich mir mit besonderer Leidenschaft und Hemmungslosigkeit hingab, um mir zu zeigen, daß sie nur Spaß gemacht habe. Und fragte ich Biliktu, nachdem sie sich für eine Weile ausgeruht hatte, ob sie nicht kommen und sich mir und ihrer Schwester zugesellen wolle, konnte es zwar vorkommen, daß sie aufseufzte, aber für gewöhnlich kam sie der Aufforderung nach und zeigte ihrerseits, was sie konnte.

So genossen die Zwillinge und ich eine lange Zeit hindurch eine höchst angenehme *ménage à trois*. Daß sie wahrscheinlich mit Sicherheit für den Khakhan spionierten und ihm alles meldeten, unsere Bettlustbarkeiten inbegriffen, darüber machte ich mir weiter keine Sorge, denn ich hatte nichts vor ihm zu verbergen. Ich war Kubilai wirklich treu ergeben und gab keinerlei Anlaß, ihm zu berichten, was nicht ganz und gar in seinem Interesse lag. Wo ich selbst auf meine bescheidene Weise den Spitzel spielte – indem ich Nasenloch für mich die Palastbediensteten aushorchen ließ –, tat ich das ja für den Khakhan, und so gab ich mir nicht einmal in dieser Hinsicht besondere Mühe, es vor den Mädchen zu verheimlichen.

Nein, damals gab es nur eines, das mir in Hinblick auf Buyantu und Biliktu Kummer machte. Selbst wenn wir alle drei hingerissen dem *jiaogou* frönten, konnte ich nicht vergessen, daß diese Mädchen dem hier üblichen Bewertungssystem zufolge *nur* Zweiundzwanzig-Karäter waren. Irgendein heimliches Gremium von alten Weibern und Konkubinen und Oberdienstbotinnen mußte die Spur von irgendeiner abträglichen Beimischung entdeckt haben. In meinen Augen stellten die Zwillinge überragende Vertreterinnen des weiblichen Geschlechts dar, und ohne jeden Zweifel waren sie unvergleichliche Dienerinnen – im Bett und außerhalb –, und sie schnarchten nicht und hatten auch keinen schlechten Mundgeruch. Was fehlte ihnen, was ging ihnen ab, daß sie nicht ganz mit vierundzwanzig Karat eingestuft wurden? Und warum konnte ich diesen Mangel nicht erkennen? Jeder andere Mann in meiner Lage hätte zweifellos frohlockt und frohgemut alle übertriebenen Vorbehalte dieser Art beiseite gefegt. Aber meine Neugier hat mir nie Ruhe gegeben, bis sie nicht befriedigt worden war.

8 Nach der unergiebigen Unterhaltung, bei der der Minister für Kleinere Volksgrupen sich so zugeknöpft und nervös gezeigt hatte, war die nächste – die mit dem Kriegsminister – erfrischend offen und freimütig. Zwar hätte ich das Gegenteil vom Inhaber eines so wichtigen Amtes erwartet, doch erlebte ich gerade beim Kriegsminister eine ganze Menge Ungereimtheiten. Da war zunächst einmal der Umstand, daß er kein Mongole war, sondern ein Han. Und dann sah Minister Chao Meng-fu für meine Begriffe auch noch über die Maßen jung aus für jemand, dem man ein so hohes Amt übertragen hatte.

»Das kommt daher, daß die Mongolen einen Kriegsminister gar nicht brauchen«, erklärte er fröhlich und ließ eine runde Elfenbeinkugel in der Hand auf und ab hopsen. »Für einen Mongolen ist das Kriegführen so etwas Natürliches wie für Euch oder für mich das *jiao-gou*-Machen mit einer Frau; und vermutlich sind sie im Kriegführen sogar noch besser als im *jiao-gou*.«

»Wahrscheinlich«, sagte ich. »Minister Chao, ich wäre Euch sehr verbunden, wenn Ihr mir einmal auseinandersetztet . . .

»Bitte, Älterer Bruder«, sagte er und hob abwehrend die Hand mit der Elfenbeinkugel in die Höhe. »Stellt mir keine Fragen über die Kriegführung. Darüber kann ich Euch nicht das geringste sagen. Sucht Ihr jedoch Rat in Fragen des *jiao-gou*-Machens . . .«

Verdutzt sah ich ihn an. Es war jetzt das drittemal, daß er diese leicht unziemliche Bezeichnung benutzte. Ungerührt und heiter erwiderte er meinen Blick und drückte dieweil die geschnitzte Elfenbeinkugel in seiner Rechten und lockerte den Griff wieder. Ich sagte: »Verzeiht meine Hartnäckigkeit, Minister Chao, aber der Khakhan hat mir aufgetragen, mich mit einem jeden seiner Minister über seinen Aufgabenbereich zu unterhalten . . .«

»Oh, ich habe nicht das geringste dagegen, Euch alles zu sagen. Ich will ja nur sagen, daß ich von Krieg keine blasse Ahnung habe. Im *jiao-gou* bin ich weit besser bewandert.«

Das war jetzt das viertemal. »Sollte ich mich irren?« fragte ich. »Seid Ihr gar nicht der Kriegsminister?«

Immer noch fröhlich erklärte er: »Es geht um das, was wir Han als ›ein Fischauge für eine Perle ausgeben‹ bezeichnen. Mein Titel besagt überhaupt nichts, er stellt nichts weiter dar als eine Ehre, die man mir für etwas völlig anderes erweist. Wie ich schon sagte, die Mongolen brauchen wirklich keinen Kriegsminister. Habt Ihr schon den Waffenschmied der Palastwache aufgesucht?«

»Nein.«

»Dann tut das. Ihr werdet die Begegnung bestimmt genießen. Der Waffenschmied ist nämlich eine hübsche Frau. *Meine* Frau, übrigens: die Dame Chao Ku-an. Was sich auch dadurch erklärt, daß die Mongolen auf einen Ratgeber in Sachen der Bewaffnung genausowenig angewiesen sind wie in Dingen der Kriegführung.«

»Minister Chao, Ihr habt mich völlig durcheinandergebracht. Als ich hereinkam, wart Ihr gerade dabei, an jenem Tisch dort drüben etwas zu zeichnen – ein Rollbild. Ich nahm an, Ihr wäret damit beschäftigt, irgendwelche Schlachtpläne oder dergleichen auszuarbeiten.«

Lachend sagte er: »So etwas Ähnliches. Sofern Ihr das *jiao-gou* als eine Art Schlacht betrachtet. Seht Ihr nicht, wie ich diese Elfenbeinkugel auf und ab hüpfen lasse, Älterer Bruder Marco? Das tue ich nur, um die Finger meiner Rechten geschmeidig zu halten. Und wißt Ihr nicht, warum?«

Ein wenig halbherzig meinte ich: »Damit sie beim *jiao-gou* auch tüchtig streicheln können?«

Woraufhin er sich ausschütten wollte vor Lachen. Ich saß da und kam mir vor wie ein Narr. Als er sich wieder gefaßt hatte, wischte er sich die Augen und sagte: »Ich bin Künstler. Und falls Ihr je einem anderen begegnet, werdet Ihr feststellen, daß er gleichfalls mit einem dieser Handkugeln spielt. Ich bin Künstler, Älterer Bruder, ein Meister der Knochenlosen Farben, Inhaber des Goldenen Gürtels, des höchsten Rangabzeichens, das Künstlern verliehen wird. Weit begehrenswerter als ein nichtssagender mongolischer Titel.«

»Ich verstehe immer noch nicht. Es gibt doch bereits einen Hofmeister der Knochenlosen Farben.«

Er lächelte. »Jawohl, den alten Meister Chien. Er malt so *hübsche* Bilder. Kleine Blümchen. Und meine liebe Gattin ist berühmt als Herrin des *zhu-gan*-Rohrs. Sie braucht nur die Schatten dieses anmutigen Schilfrohrs zu malen, und schon seht Ihr es ganz und gar vor Euch. Ich jedoch« – er reckte sich und klopfte sich mit der Elfenbeinkugel an die Brust –, »ich bin der Meister des *feng-shui*, und *feng-shui* heißt soviel wie ›der Wind, das Wasser‹, will sagen, ich male dasjenige, was sich nicht fassen läßt. *Das* ist es, was mir von meinen Malerkollegen und Ältesten den Goldenen Gürtel eingetragen hat.«

Höflich erklärte ich: »Ich würde gern einige Eurer Werke betrachten.«

»Leider muß ich die *feng-shui* jetzt in meiner Freizeit malen – falls überhaupt. Der Khan Kubilai hat mir meinen kriegerischen Titel nur verliehen, damit ich hier im Palast untergebracht werden kann, um andere Dinge zu malen. Das habe ich mir selbst zuzuschreiben, denn ich beging die Unvorsichtigkeit, ihm jenes andere Talent, das ich noch habe, zu offenbaren.«

Ich versuchte, noch einmal auf das zurückzukommen, was mich ursprünglich hergebracht hatte. »Ihr habt nichts mit dem Krieg zu tun, Minister Chao? Überhaupt nichts?«

»Nun, das kleinstmögliche doch, ja. Denn dieser vermaledeite Araber Achmad würde mir vermutlich meinen Lohn vorenthalten, wenn ich nicht zumindest so täte, als füllte ich das mit meinem Titel verbundene Amt auch aus. Aus diesem Grunde führe ich gleichsam mit der ungelenken Linken Buch über die Schlachten, Verluste an Gefallenen und Eroberungen der Mongolen. Die *orloks* und *sardaks* sagen mir, was ich schreiben soll, und das halte ich dann fest. Kein Mensch sieht sich diese Unterlagen je an. Ich könnte genausogut Gedichte schreiben. Außerdem stecke ich kleine Wimpel und Nachbildungen von Yakschwänzen auf eine große Landkarte, um sichtbar zu machen, was die Mongolen alles erobert haben und was noch zu erobern bleibt.«

All dies sagte Chao mit höchst gelangweilter Miene – ganz anders als mit der glücklichen Begeisterung, in der er von seiner *feng-shui*-Malerei gesprochen hatte. Dann jedoch legte er den Kopf auf die Seite und sagte: »Ihr habt auch von Karten gesprochen. Interessiert Ihr Euch für Landkarten?«

»Das tue ich, Minister. Ich habe beim Erstellen einiger Landkarten mitgewirkt.«

»Aber bestimmt nicht einer wie dieser, möchte ich wetten.« Er führte mich in einen Nebenraum, in dem ein riesiger Tisch, der fast den ganzen Raum einnahm, mit einem Tuch verhüllt war, das sich hier und da über dem Verhüllten bauschte und Spitzen bildete. Er sagte: »Schaut nur!« und riß mit einem Ruck das Tuch fort.

»*Cazza beta!*« hauchte ich. Was ich da vor mir hatte, war nicht einfach eine Landkarte, es war ein Kunstwerk. »Ist das Euer Werk, Minister Chao?«

»Ich wünschte, ich könnte ja sagen, doch das kann ich nicht. Der Künstler ist unbekannt und längst tot. Das erhaben geformte Modell des Reiches des Himmels soll bis in die Regierungszeit des ersten Chin-Kaisers zurückgehen, wann immer der regiert haben mag. Er war es, der die Errichtung jener Mauer befohlen hat, die ›Mund‹ genannt wird und die Ihr *en miniature* hier sehen könnt.«

Und das konnte ich wahrhaftig. Ich konnte überhaupt ganz Kithai samt den das Reich umgebenden Landen sehen. Die Landkarte war, wie Chao gesagt hatte, ein Modell und nicht auf einen Bogen Papier aufgezeichnet. Das Modell schien aus Gips oder aus gebranntem Ton geformt, flach dort, wo die Erde wirklich eben verlief, erhöht und gefurcht und zerklüftet dort, wo die Erde sich tatsächlich zu Hügeln und Bergen auftürmte – und hinterher hatte man das ganze mit Edelmetallen und Edelsteinen und kostbarem Glasfluß abgedeckt. An der einen Seite lag das türkisfarbene Kithai-Meer mit seinen gebogenen Ufern, Buchten und Flußmündungen, die samt und sonders fein nachgebildet waren. Die Flüsse des Landes ergossen sich in silbernen Strömen in dieses Meer. Die Berge waren vergoldet, die höchsten von ihnen mit Diamanten bedeckt, die Schnee darstellen sollten, und die Seen bildeten kleine Teiche blau blitzender Saphire. Die Wälder waren mit kleinen Jadebäumen wiedergegeben, das Ackerland mit Glasfluß aus hellerem Grün, und die hauptsächlichsten Städte nahezu Haus für Haus in weißem Alabaster. Die geschwungene Linie der Großen Mauer – oder Großen Mauer*n*, wie das ja an manchen Stellen der Fall ist – führte in Rubinen über Berg und Tal. Die Wüsten bildeten glitzernde Flächen aus zerstoßenen Perlen. Über die gesamte tischgroße Landschaft erstreckten sich goldeingelegte Linien, die sich schlängelnd über Berge und Hochlande schoben, doch als ich genauer hinsah, konnte ich erkennen, daß sie doch gerade verliefen – das Modell hinunter und hinauf und hin und her, was bedeutete, daß gleichsam ein Netz von Quadraten über die gesamte Landschaft gebreitet schien. Bei den von Osten nach Westen verlaufenden Linien handelte es sich ganz augenscheinlich um Klimakreise, und bei denen, die von Norden nach Süden verliefen, um Längengrade, doch von welchem Meridian aus die Entfernung gemessen wurde, vermochte ich nicht zu erkennen.

»Von der Hauptstadt aus«, sagte Chao, als er bemerkte, wonach ich suchte. »Und das war damals Xian.« Er zeigte auf die winzige Alabasterstadt weit südwestlich von Khanbalik. »Dort hat man vor einigen Jahren auch diese Karte gefunden.«

Ich bemerkte auch die Dinge, die Chao inzwischen hinzugefügt hatte – kleine Papierwimpel, welche die Schlachtstandarten der *orloks* darstellen sollten, und Federn, die die Yakschwänze der *sardars* darstellten – und die augenfällig machten, was Khan Kubilai und seine Ilkhans und Wangs von den dargestellten Landen besetzt hielten.

»Es liegt also nicht alles Land innerhalb des Khanats«, bemerkte ich.

»Ach, das kommt schon noch«, erklärte Chao mit derselben gelangweilten Stimme, mit der er von seinem Amt erzählt hatte. Er zeigte mit dem Finger: »All dies hier, südlich vom Yang-tze-Fluß, bildet immer noch das Sung-Reich, und seine Hauptstadt ist die wunderschöne Küstenstadt Hang-zho. Aber Ihr seht ja selbst, wie das Sung-Reich von den Mongolenheeren an seinen Grenzen bedrängt wird. All das, was nördlich des Yang-tze liegt, war früher einmal das Chin-Reich und bildet heute Kithai. Der gesamte Westen dort drüben wird vom Ilkhan Kaidu gehalten. Und das Hochland von To-Bhot südlich von dort wird vom Wang Ukuruji regiert, einem der zahllosen Söhne Kubilais. Die einzigen Schlachten, die im Moment gekämpft werden, spielen sich hier unten ab – im Südwesten –, wo der *Orlok* Bayan auf einem Feldzug gegen die Provinz Yun-nan begriffen ist.«

»Von einem solchen Landstrich habe ich bereits gehört.«

»Ein fruchtbares, reiches Land, nur von den aufrührerischen Yi bewohnt«, sagte Chao unbeteiligt. »Wenn die Yi endlich so vernünftig sind, sich Bayan zu unterwerfen und wir Yun-nan haben, seht Ihr, haben wir die restlichen Sung-Provinzen so fest im Griff, daß ihnen gar nichts anderes übrigbleibt, als sich zu ergeben. Der Khakhan hat einen neuen Namen für diese Lande ausgesucht. Sie sollen Manzi heißen. Dann wird Khan Kubilai über alles herrschen, was auf dieser Karte zu sehen ist – und noch mehr. Von Sibir im eisigen Norden bis an die Ränder der heißen Dschungelländer Champa im Süden. Vom Kithai-Meer im Osten bis weit, weit über den Bereich im Westen, der hier auf der Karte noch eingezeichnet ist.«

Ich sagte: »Ihr scheint zu glauben, daß das immer noch nicht genügen wird, ihn zufriedenzustellen.«

»Ich weiß, daß es das nicht tun wird. Erst vor Jahresfrist hat er den ersten Vorstoß der Mongolen *nach Osten* befohlen. Jawohl, ihren ersten Vorstoß hinaus aufs Meer. Er hat eine Flotte von *chuan* übers Kithai-Meer zu den Eilanden mit dem Namen Jihpen-kwe geschickt, dem Reich der Zwerge. Dieser erste Versuch ist von den Zwergen zurückgeschlagen worden, aber ihr könnt Euch darauf verlassen, daß Kubilai es nicht bei diesem einen Versuch belassen wird. Er wird mit größerer Macht nochmals hinsegeln.« Einen Moment stand der Minister, den Blick auf das große und wunderschöne Landmodell gerichtet, sinnend da, und dann sagte er: »Was spielt es für eine Rolle, was er noch an sich reißt? Sobald Sung fällt, hat er das gesamte Reich des Himmels in der Hand, das einst das Han-Reich war.«

All das kam so gleichmütig, daß ich meinte: »Ihr dürft durchaus gefühlvoller reden, Minister. Ich hätte Verständnis dafür. Schließlich seid Ihr ein Han.«

»Gefühle? Wozu?« sagte er achselzuckend. »Ein Tausendfüßler fällt nicht um, selbst wenn er stirbt. Genauso vielbeinig, haben die Han immer durchgehalten und werden das auch weiterhin tun.« Er schickte sich an, das Tuch wieder über den Tisch zu breiten. »Oder, wenn Euch ein lebendigeres Bild lieber ist, Älterer Bruder: einer Frau beim *jiao-gou* gleich, nehmen wir die uns pfählende Lanze einfach in uns auf und verleiben sie uns ein.«

Ich sagte – und das war keineswegs kritisch gemeint, denn mir war der junge Künstler in dieser kurzen Unterhaltung richtig ans Herz gewachsen –: »Minister Chao, das *jiao-gou* scheint Euer ganzes Denken zu durchdringen.«

»Warum nicht? Ich bin eine Hure.« Das klang wieder fröhlich, und er führte mich zurück in seinen Hauptraum. »Andererseits heißt es, von allen Frauen hat eine Hure am meisten dagegen, vergewaltigt zu werden. Hier, seht, woran ich gemalt habe, als Ihr eintratet.« Er entrollte die Seidenrolle auf dem Zeichentisch, und wieder ließ ich leise einen erstaunten Ausruf vernehmen:

»Porco dio!«

Nie hatte ich ein Bild wie dieses gesehen. Und das meine ich in mehr als einer Hinsicht. In Venedig, wo viele Kunstwerke zu bewundern sind, und auch in all den anderen Ländern, durch die ich gekommen war und von denen es in manchen viele Kunstwerke gibt, hatte ich nie ein so erlesen gezeichnetes und farblich fein ausgeführtes Bild gesehen, daß es tatsächlich rundum ein Abbild des Lebens gewesen wäre; dergestalt mit Lichtern und Schatten ausgeführt, daß ich meinte, mit den Fingern über die dargestellten Rundungen fahren und in die Tiefen eindringen zu können, so gewunden in den Formen, daß sie sich vor meinen Augen zu bewegen schienen; und doch gleichzeitig ein Bild – nun, da lag es und war durchaus einfach zu erkennen – doch wie jedes andere *auf einer flachen Oberfläche*.

»Beachtet die Ähnlichkeit«, sagte Meister Chao mit gleichbleibender Stimme dahindröhnend wie ein Führer in San Marco, der einem die Mosaikheiligen in der Basilika erklärt. »Einzig ein Künstler, der imstande ist, das ungreifbare *feng-shui* darzustellen, wäre imstande, Fleisch und Haut auf so sinnfällige, greifbare Weise wiederzugeben.«

In der Tat, die auf Meister Chaos Bild dargestellten Personen waren auf Anhieb und zweifelsfrei zu erkennen. Jede einzelne hatte ich in diesem Palast bereits lebendig atmend umhergehen sehen. Und doch sah ich sie hier auf Seide vor mir – von den Haaren auf ihrem Kopf und den verschiedenen Tönungen ihrer Haut bis zu den verschlungenen Brokatmustern ihrer Gewänder und den winzigen Lichtern, die ihren Augen etwas überaus Lebendiges verliehen – alle sechs lebendig zwar und doch in ihrer Bewegung erstarrt, und jede Person wie durch Zauber auf Handgröße geschrumpft.

»Beachtet die Komposition«, sagte Meister Chao immer noch gleichsam auf gutartige Weise bar jeden Humors. »Alle Kurven und die Gerichtetheit ihrer Bewegungen lenken das Auge auf die Hauptperson und auf das hin, was sie tut.«

Darin nun unterschied sich dieses Bild auf erhabene Weise von allen anderen, die ich je gesehen hatte. Die Hauptperson, von der Meister Chao gesprochen hatte, war sein und mein Lehnsherr, der Khan Aller Khane – Kubilai, daran war nicht zu zweifeln –, wiewohl die einzige Andeutung seines Herrschertums in dem goldenen »Morion«-Helm lag, den er trug und der *das einzige* war, was er anhatte. Und was er auf dem Bild tat, tat er einer jungen Dame an, die rücklings auf einer Lagerstatt lag und deren Brokatgewand schamlos über ihre Taille hochgeschoben worden war. An ihrem Gesicht (denn mehr hatte ich nie von ihr zu sehen bekommen) erkannte ich in der Dame eine von Kubilais augenblicklichen Konkubinen. Zwei weitere, gleichfalls in reichlich aufgelöstem Zustand befindliche und an entscheidender Stelle entblößte Konkubinen waren unmißverständlich als an der Paarung beteiligt dargestellt, während die Kathun Jamui und noch eine von Kubilais Gattinnen vollständig und sittsam gekleidet, aber keineswegs entrüstet aussehend danebenstanden.

Meister Chao, der immer noch den gelangweilten Fremdenführer spielte, sagte: »Dies hier trägt den Titel: ›Der mächtige Hirsch bespringt die Dritte Seiner vor Sehnsucht vergehenden Hirschkühe‹. Ihr werdet bemerkt haben, daß er zwei bereits besprungen hat – das könnt Ihr an den perlenfarbenen Tropfen *jing-ye* erkennen, die ihnen die Innenseiten der Schenkel herunterrinnen – und zwei weitere stehen wartend bereit, daß die Reihe an sie komme. Der genaue Han-Titel dieses Bildes hier lautet *Huang-se Gong-chu*...«

»Dieses Bildes?« Fassungslos riß ich Mund und Nase auf. »Dann habt Ihr noch andere Bilder dieser Art gemalt?«

»Nun, selbstverständlich keines genau wie dieses. Das letzte trug den Titel ›Kubilai ist der Mächtigste der Mongolen, denn er genießt das Yin, um sein Yang zu vermehren‹. Es zeigt ihn auf den Knien vor einem sehr jungen, nackten Mädchen liegend, wie er mit der Zunge die Perlentropfen ihrer Yin-Säfte aus ihrer Lotusblüte leckt, während sie...«

»*Porco Dio!*« entfuhr es mir abermals. »Und da hat man Euch noch nicht zum Liebkoser geschleppt?«

Meinen Aufschrei nachäffend, sagte er fröhlich: »Porco Dio – das, hoffe ich, wird nie geschehen. Warum, glaubt ihr, fahre ich mit dieser künstlerischen Hurerei fort? Wie wir Han sagen: sie ist mein Weinschlauch und mein Reissack. Um eben solcher Bilder willen hat der Khakhan mir doch gerade die Ehre eines sonst bedeutungslosen Titels erwiesen.«

»Dann *möchte* er, daß diese Bilder gemalt werden?«

»Er muß inzwischen ganze Galerien mit Rollbildern dieser Art von mir voll hängen haben. Allerdings bemale ich auch Fächer. Meine Gattin bemalt solche Fächer mit hinreißenden *zhu-gan*-Motiven oder mit Päonien – und wenn Ihr den Fächer in der üblichen Richtung öffnet, ist das alles, was Ihr seht. Wird der Fächer jedoch beim Getändel in die andere Richtung entfaltet, erblickt ihr ein kleines frivoles Bild.«

»Dann . . . dann besteht also Eure Hauptarbeit für Kubilai in diesen Dingen.«

»Nicht nur für Kubilai, verflucht sei es! Mein Talent steht allen meinen Ministerkollegen und Höflingen zur Verfügung. Selbst Euch, das würde mich gar nicht wundern. Ich darf nicht vergessen nachzufragen.«

»Man stelle sich vor . . .« Ich konnte es nicht fassen. »Der Kriegsminister des Khanats . . ., der seine Zeit damit verbringt, schmutzige Bilder zu malen!«

»Schmutzig?« er tat so, als fahre er entsetzt zurück. »Aber wirklich, Ihr kränkt mich! Vom Thema einmal abgesehen, stammen sie alle aus der geschmeidigen Hand von Chao Meng-fu, Meister des Goldenen Gürtels im *feng-shui*.«

»Oh, ich leugne ja nicht das überragende Können, das sich darin ausdrückt. An der Kunst dieser Darstellung hier ist nichts auszusetzen. Nur, daß . . .«

»Wenn dies hier Euch bereits beunruhigt«, sagte er, »solltet Ihr sehen, was ich für diesen abgefeimten Araber, Achmad, malen muß. Aber fahrt fort, Älterer Bruder. Nur . . . was?«

»Nur, daß – kein Mann, nicht einmal der große Khakhan höchstpersönlich, jemals ein männliches rotes Kleinod besessen hat wie das auf dem Bild dargestellte. Lebhaft rot habt Ihr es wahrhaftig dargestellt – was jedoch die Größe und die Beaderung betrifft! Das sieht ja aus, als ob er einen dicken Ast mit der rohen Borke daran in sie hineinrammte.«

»Ach, das. Nun, ja. Selbstverständlich sitzt er mir für diese Porträts nicht Modell, aber es gilt ja immer, seinem Herrn zu schmeicheln. Das einzige männliche Modell, das ich benutze, bin ich selbst – in einem Spiegel, um die anatomischen Einzelheiten richtig wiederzugeben. Gleichwohl muß ich gestehen, daß das männliche Glied eines jeden Han – ich selbst leider eingeschlossen – kaum wert wäre, betrachtet zu werden. Falls man es in einem Bild von dieser Größe überhaupt wahrnähme.«

Schon wollte ich etwas Tröstliches sagen, da hob er die Hand.

»Bitte! Nichts sagen! Geht hin und zeigt Eures, wenn Ihr müßt, dem Waffenschmied der Palastwache. Könnte sein, daß sie es im Gegensatz zu dem ihres Gatten zu schätzen weiß. Doch mir hat man bereits einmal das gewaltige Organ eines Mannes aus dem Westen gezeigt, und das genügt. Es hat mich angewidert, als ich sah, daß das unappetitliche rote Kleinod des Arabers selbst in ruhendem Zustand kahl und unbehütet ist.«

»Muslime sind beschnitten, ich nicht«, erklärte ich hochnäsig. »Und ich habe mich auch nicht erbieten wollen, es vorzuzeigen. Vielleicht aber habt Ihr Lust, irgendwann einmal meine Zwillingsdienerinnen zu malen, die sich auf ein paar wunderbare Dinge verstehen . . .« Ich hielt inne und runzelte die Stirn. Dann fragte ich: »Meister Chao, habt Ihr wirklich andeuten wollen, Minister Achmad *steht Modell* für diese Bilder, die Ihr von ihm malt?«

»Ja«, sagte er und verzog angewidert das Gesicht. »Doch die würde ich weder Euch noch sonst jemand je zeigen, und ich bin sicher, Achmad selbst auch nicht. Sobald ein solches Bild fertig ist, schickt er sogar die anderen dazugehörigen Modelle fort – und zwar in die entferntesten Ecken des Reiches –, damit sie hierzulande nicht plaudern oder sich beschweren können. Doch eines wette ich: so weit er sie auch fortschickt, vergessen werden sie ihn nie. Oder mich. Mich deshalb nicht, weil ich gesehen habe, was geschehen ist, und weil ich ihre Schande verewigt habe.«

Chaos ganze Fröhlichkeit war wie fortgeblasen, er schien nicht mehr weiterreden zu wollen, und so empfahl ich mich. Tief in Gedanken versunken kehrte ich in meine Gemächer zurück; dasjenige, worüber ich nachdachte, waren keine erotischen Darstellungen, wiewohl mich dieses Werk tief beeindruckt hatte, und auch nicht die geheimen Zerstreuungen des Oberministers Achmad, so sehr mich diese auch interessierten. Nein, womit ich mich beschäftigte, das waren zwei andere Dinge, die Chao im Zusammenhang mit seinem Amt als Kriegsminister erwähnt hatte:

Die Provinz Yun-nan.

Das Volk der Yi.

Auch der ständig nach Ausflüchten suchende Minister Kleinerer Volksgruppen, Pao Nei-ho, hatte diese Dinge flüchtig erwähnt. Ich wollte mehr über sie und ihn erfahren. Doch an diesem Tage kam ich in dieser Beziehung keinen Schritt weiter. Wiewohl Nasenloch bereits von seinem letzten Schnüffelstreifzug durch die Dienstbotenquartiere zurückgekehrt war und auf mich wartete, konnte er mir über den Minister Pao nichts berichten. Wir ließen uns zusammen nieder, und ich bat Biliktu, uns je einen Becher guten *putao*-Weißweins zu bringen; dann, während wir miteinander redeten, fächelte sie uns mit parfümiertem Fächer Kühlung zu. Nasenloch wollte stolz groß damit tun, wie gut er das Mongolische in der letzten Zeit erlernt hatte, und sagte in dieser Sprache:

»Und jetzt kommt ein besonders pikanter Leckerbissen, Herr. Als man mir flüsterte, daß es sich bei dem Waffenschmied der Palastwache um eine wahllos wollüstige Person handele, hat mich das anfangs nicht weiter interessiert. Welcher Soldat ist schließlich kein großer Vögler? Nur – dieser Beamte, so stellte sich heraus, *ist eine Frau*, irgendeine hochgestellte Han-Dame. Ihre Verhurtheit ist allbekannt, wird aber nicht bestraft, weil ihr hochmögender Gatte eine solche Memme ist, daß er ihr unanständiges Betragen verzeiht.«

Ich sagte: »Vielleicht hat er andere Sorgen, die ihm mehr zu schaffen machen. Wollen wir, das heißt, du und ich, daher mitleidvoll versuchen, nicht in den Chor des allgemeinen Geklatsches einzustimmen. Jedenfalls nicht, wo es um diesen armen Kerl geht.«

»Wie Ihr befehlt, Herr. Nur habe ich nichts anderes zu berichten ... höchstens von den Dienern und Sklaven selbst, an denen Ihr aber wohl nicht interessiert seid.«

Richtig, das war ich nicht. Gleichwohl hatte ich das Gefühl, daß Nasenloch irgend etwas loswerden wollte. Fragend sah ich ihn an und sagte dann:

»Nasenloch, du hast dich eine ganze Zeitlang über die Maßen gut aufgeführt. Für deine Begriffe, jedenfalls. Ich erinnere mich nur an ein einziges tadelnswertes Verhalten letzthin – als ich dich dabei erwischte, wie du nachts mich und die Mädchen heimlich beobachtetest –, aber an etwas wirklich Verruchtes kann ich mich nicht erinnern. Aber noch anderes hat sich in letzter Zeit an dir geändert. Du kleidest dich so fein wie all die anderen Diener und Sklaven hier im Palast. Und läßt dir den Bart wachsen. Ich habe mich immer gefragt, wie du es nur fertigbringst, ihn ständig so kratzig aussehen zu lassen wie einen Zwei-Wochen-Bart. Jetzt jedoch sieht er aus wie ein schöner, gepflegter Bart, nur wesentlich grauer als zuvor, und dein fliehendes Kinn fällt längst nicht mehr so auf wie früher. Warum plötzlich dieser Bart? Versteckst du dich vor irgendwem?«

»Nicht eigentlich, Herr. Wie Ihr sagtet, die Sklaven hier in diesem prächtigen Palast werden ermutigt, nicht wie Sklaven auszusehen. Und wie Ihr gleichfalls sagt, wollte ich einfach etwas anständiger aussehen. Mehr wie das stattliche Mannsbild, das ich einmal war.« Er seufzte, erging sich aber nicht wie sonst großsprecherisch über dieses frühere Aussehen. Er fügte nur noch hinzu: »Ich habe vor kurzem jemand im Sklavenquartier entdeckt. Jemand, von dem ich meine, ihn vor langer Zeit einmal gekannt zu haben. Nur zögere ich, mich ihm zu nähern, solange ich nicht ganz sicher bin.«

Herzhaft lachte ich auf. »Zögern? *Du?* Du und dich zurückhalten, damit dich niemand aufdringlich findet? Und noch dazu einem anderen Sklaven gegenüber? Nicht einmal die Schweine in den Küchenabfällen zögern, sich einem Sklaven zu nähern.«

Er zuckte kaum merklich zusammen, dann jedoch richtete er sich zu voller Größe auf.

»Die Schweine sind keine Sklaven, Herr. Und wir Sklaven waren nicht immer Sklaven. Früher hat es immerhin gesellschaftliche Unterschiede bei einigen von uns gegeben. Als wir noch freie Männer waren. Die einzige Würde, die uns noch geblieben ist, besteht darin, an diesen Unterschieden aus längst vergangener Zeit festzuhalten. Wenn diese Sklavin wirklich diejenige ist, für die ich sie halte, handelt es sich um eine einst hochgeborene Dame. Ich selbst war damals zwar ein Freier, allerdings nur ein Stallbursche. Ich möchte Euch bitten, Herr, mir den Gefallen zu tun festzustellen, wer sie ist, ehe ich mich ihr vorstelle, das möchte ich dann jedenfalls mit der gebührenden förmlichen Anrede tun.«

Für einen Moment schämte ich mich geradezu. Da hatte ich um Mitleid für den gehörnten Meister Chao gebeten – und mich über diesen armen Kerl lustig gemacht. War ich, wie er, so bereit, Klassenunterschieden gegenüber *ko-tou* zu machen? Doch dann fiel mir gleich darauf ein, daß Nasenloch wirklich ein armer Hund war, und zwar einer von der ganz abstoßenden Sorte, der, solange ich ihn kannte, nichts als abstoßende Dinge getan hatte.

Und so fuhr ich ihn an: »Spiel mir nicht den hochgeborenen Sklaven vor, Nasenloch. Du lebst ein weit besseres Leben, als du es verdient hast. Allerdings, wenn dir nur daran gelegen ist festzustellen, um wen es sich handelt, werde ich das tun. Was soll ich fragen und mich bei wem erkundigen?«

»Könntet ihr Euch wohl einfach erkundigen, Herr, ob die Mongolen jemals in einem Kappadozien genannten Königreich in Anatolien Gefangene gemacht haben? Das sollte mir meine Frage beantworten.«

»In Anatolien? Das liegt doch nördlich der Route, der wir von der Levante aus nach Persien gefolgt sind. Aber mein Vater und mein Onkel müssen auf einer ihrer früheren Reisen hindurchgekommen sein. Ich werde sie fragen, und vielleicht brauche ich dann niemand sonst zu fragen.«

»Möge Allah ewig lächelnd auf Euch herabschauen, gütiger Herr.«

Ich ließ ihn seinen Wein in aller Ruhe austrinken, obwohl Biliktu mißbilligend die Nase darüber rümpfte, daß er sich auch weiterhin in ihrer Gegenwart auf der Lagerstatt räkelte. Durch die Gänge des Palastes begab ich mich in die Wohnung meines Vaters, wo ich auch meinen Onkel vorfand, und erklärte, ich hätte ihnen eine Frage zu stellen. Zunächst jedoch sagte mein Vater, sie selbst schlügen sich mit einem Problem herum.

»Hindernisse«, sagte er, »werden uns bei unseren kaufmännischen Unternehmungen in den Weg gelegt. Die Muslime legen offenbar nicht den geringsten Wert darauf, uns in ihrer *ortaq* willkommen zu heißen. Selbst die Erteilung der Erlaubnis, unseren *zafràn*-Vorrat, den wir angelegt haben, zu veräußern, zögern sie hinaus. Offensichtlich tut sich darin so etwas wie Eifersucht oder Gehässigkeit des Finanzministers Achmad kund.«

»Uns stehen zwei Möglichkeiten offen«, brummte mein Onkel. »Den verdammten Araber zu bestechen oder Druck auf ihn auszuüben. Nur – wie einen Menschen bestechen, der bereits alles hat oder es sich leicht verschaffen kann? Und wie beeinflußt man einen Mann, der der zweitmächtigste Mann in diesem Reich ist?«

Mir fiel ein, daß, wenn ich ihnen sagte, was man mir in Hinblick auf Achmads Privatleben angedeutet hatte, sie diese Drohung nutzen konnten, ihn bloßzustellen. Doch nach gründlicher Überlegung ließ ich das unerwähnt. Mein Vater würde sich weigern, sich zu derlei Winkelzügen herabzulassen, und würde meinem Onkel verbieten, das zu tun. Auch argwöhnte ich, daß das, was ich nur von Hörensagen wußte, selbst für mich gefährlich werden konnte, und diese Gefahr wollte ich nun nicht noch auf sie ausdehnen.

»Könntet ihr nicht vielleicht den Teufel mit dem Beelzebub austreiben oder mit der Teufelin, die Luzifer in Versuchung brachte?«

»Mit einer Frau?« knurrte Onkel Mafìo? »Das bezweifle ich. Die Vorlieben Achmads scheinen irgendwie von Geheimnis umwittert – niemand weiß recht, mag er nun Frauen oder Männer oder Kinder oder Schafe oder was sonst. Jedenfalls könnte er haben, was das ganze Reich zu bieten hat – nur, daß die erste Wahl dem Khakhan vorbehalten bleibt.«

»Nun«, sagte mein Vater, »wenn er wirklich alles hat, was er will, was könnte er sich da noch wünschen? Mir fällt da ein altes Sprichwort ein: Um einen Gefallen bitten soll man den, der einen vollen Bauch hat. Hören wir doch auf, uns mit den kleinen Befehlsempfängern von der *ortaq* herumzustreiten. Wenden wir uns doch unmittelbar an Achmad und tragen wir ihm unseren Fall vor. Was kann er tun?«

»Nach dem bißchen, was ich über ihn weiß«, knurrte Onkel Mafìo, »wäre dieser Mann imstande, noch über einen Aussätzigen zu lachen.«

Mein Vater zuckte die Achseln und sagte: »Er wird Ausflüchte machen und auf Zeitgewinn spielen. Aber irgendwann wird er einlenken. Er weiß, daß wir uns gut mit Kubilai stehen.«

Ich sagte: »Ich bin gern bereit, bei meiner nächsten Unterredung mit dem Khakhan ein gutes Wort für euch einzulegen.«

»Nein, Marco, da mach dir nur keine Sorgen. Ich möchte nicht, daß du dir unseretwegen irgendwelche Nachteile einhandelst. Später vielleicht, wenn du länger das Vertrauen des Khakhan genossen hast und wir vielleicht wirklich einmal auf deine Fürsprache angewiesen sind. Aber so, wie die Dinge im Moment stehen, schaffen Mafìo und ich es schon allein. Doch was ist – du wolltest uns eine Frage stellen?«

Ich sagte: »Ihr seid doch erst hier in Kithai gewesen und dann über Konstantinopel zurückgekehrt, folglich müßt ihr auf dem Rückweg durch Anatolien gekommen sein. Seid ihr dabei vielleicht durch einen Kappadozien genannten Landstrich gekommen?«

»Aber ja«, sagte mein Vater. »Kappadozien ist ein Königreich der seldschukischen Türken. Auf unserer Heimreise nach Venedig haben wir kurz in seiner Hauptstadt Erzincan Station gemacht. Erzincan liegt nahezu geradenwegs nördlich von Suvediye – das du ja kennst, Marco –, allerdings ziemlich weit nördlich davon.«

»Haben diese Türken jemals mit den Mongolen im Krieg gelegen?«

»Damals nicht«, ließ Onkel Mafìo sich vernehmen. »Noch nicht, soviel ich weiß. Aber es hat dort irgendwelche Schwierigkeiten wegen der Mongolen gegeben, weil Kappadozien an das Perserreich des Ilkhan Abagha stößt. Die Schwierigkeiten waren gerade auf ihrem Höhepunkt, als wir hindurchkamen. Wann war das doch, Nico – vor acht, neun Jahren?«

»Und was ist damals geschehen?« fragte ich.

Mein Vater sagte:

»Der seldschukische König Kilij hatte einen außerordentlich ehrgeizigen Oberminister...«

»So wie Kubilai diesen Wali Achmad hat«, brummte Onkel Mafìo verdrossen.

»Und dieser Minister hat mit dem Ilkhan Abagha unter einer Decke gesteckt und ihm versprochen, die Kappadozier zu mongolischen Vasallen zu machen, falls Abagha ihm hülfe, den König abzusetzen. Und so geschah es denn auch.«

»Wieso ist es dazu denn gekommen«? fragte ich.

»Der König und die gesamte königliche Familie wurden in seinem Palast in Erzincan ermordet«, sagte mein Onkel. »Das Volk wußte, daß das das Werk des Oberministers war, doch wagte niemand, ihn zu beschuldigen, denn sie hatten Angst, Abagha würde sich jeden inneren Streit zunutze machen, um mit seinen Mongolen einzurücken und das Land zu brandschatzen und auszuplündern.«

»Und so«, schloß mein Vater den Bericht ab, »setzte der Minister seinen eigenen minderjährigen Sohn als König auf den Thron – und machte sich selbst natürlich zum Regenten –, und die wenigen, die von der Königsfamilie überlebt hatten, lieferte er an Abagha aus, damit dieser mit ihnen nach Gutdünken verfahre.«

»Ich verstehe«, sagte ich. »Dann ist also anzunehmen, daß sie jetzt über das gesamte Mongolen-Khanat verstreut sind. Weißt du, ob sich irgendwelche Frauen unter den Gefangenen befunden haben, Vater?«

»Ja. Könnte sogar sein, daß *alle* Überlebenden Frauen waren. Der Oberminister war ein praktischer Mann. Die männlichen Abkömmlinge des Königs hat er vermutlich alle umgebracht, damit nie jemand rechtmäßig Anspruch auf den Thron erheben konnte, den er für seinen eigenen Sohn haben wollte. Frauen hätten dabei keine Rolle gespielt.«

»Bei den Überlebenden hat es sich vornehmlich um Basen und entferntere Verwandte gehandelt«, sagte Onkel Mafìo. »Aber zumindest *eine* Tochter des Königs war doch darunter. Sie soll schön gewesen sein, und es hieß, Abagha hätte sie gern zu seiner Konkubine gemacht, nur – nun ja, daß er irgendeinen Makel an ihr gefunden haben soll. Worum es ging, weiß ich nicht mehr. Jedenfalls übergab er sie gemeinsam mit den anderen einfach den Sklavenhändlern.«

»Du hast recht, Mafìo«, sagte mein Vater. »Da war mindestens diese eine Königstochter. Mar-Janah hieß sie.«

Ich dankte ihnen und kehrte in meine Gemächer zurück. Nasenloch hatte auf seine niederträchtige Weise wieder Kapital aus meiner Großzügigkeit geschlagen und ließ sich immer noch von der bitterböse dreinblickenden Biliktu Kühlung zufächeln und mit Wein traktieren. Wütend sagte ich: »Da räkelst du dich wie ein großer Herr und Höfling, du Abschaum, und ich laufe herum und bin dir zu Diensten.«

Er grinste trunken und fragte mit lallender Stimme: »Habt Ihr denn was erfahren, Herr?«

»Diese Sklavin, von der du meinst, du hättest sie erkannt. Könnte es sich um eine Angehörige der seldschukischen Türken handeln?«

Sein Grinsen war wie ausgelöscht. Er sprang auf, verschüttete seinen Wein und brachte Biliktu dazu, daß sie klagend aufschrie. Geradezu zitternd stand er vor mir und wartete auf meine nächsten Worte.

»Könnte es sich bei ihr um eine gewisse Prinzessin Mar-Janah handeln?«

Mochte er noch soviel getrunken haben, er war von einem Augenblick auf den anderen stocknüchtern – und sprachlos, wie vor den Mund geschlagen, wie es schien, und das vielleicht zum ersten Mal in seinem Leben. Er stand einfach da und zitterte und starrte mich an, die Augen geweitet wie sein eines Nasenloch.

Ich sagte: »Diese Mutmaßungen habe ich von meinem Vater und meinem Onkel.« Er sagte kein Wort dazu, sondern stand immer noch wie versteinert da, so daß ich schließlich scharf sagte: »Dann ist sie es also, von der du gesprochen hast?«

So leise, daß ich es kaum verstand, sagte er: »Ich habe es nicht wirklich gewußt ... ob ich wünschte, daß es so sei ... oder ob ich es befürchtete ...« Dann – ohne *ko-tou* oder *salaam* oder auch nur ein Wort des Dankes für meine Mühe, drehte er sich um und schlurfte sehr langsam wie ein uralter Mann in seine Kammer hinüber.

Ich dachte nicht weiter an die ganze Sache und ging gleichfalls zu Bett – nur mit Buyantu, denn Biliktu war für diesen Dienst schon seit einigen Nächten nicht geeignet.

9 Ich hatte bereits eine sehr lange Zeit im Palast gewohnt, ehe ich Gelegenheit fand, jenen Hofbeamten kennenzulernen, dessen Arbeit mich am meisten fesselte: den Hoffeuerwerksmeister, der verantwortlich war für die sogenannten Feuerbäume und Glitzerblumen. Man sagte mir, dieser Mann sei fast immer unterwegs und sorge für das Abbrennen dieser Lichtwerke, wann immer es in dieser oder jener Stadt etwas zu feiern galt. Doch eines Wintertages kam Prinz Chingkim zu mir, um mir zu sagen, Feuerwerksmeister Shi sei wieder in seine Wohnung im Palast zurückgekehrt, um mit den Vorbereitungen für das größte Khanbaliker Fest zu beginnen – die Begrüßung des Neuen Jahres, das in wenigen Tagen beginnen sollte. Prinz Chingkim brachte mich hin und machte mich mit ihm bekannt. Meister Shi bewohnte in der Palastanlage ein ganzes Haus für sich, in dem sich auch seine Werkstatt befand, und das Haus selbst stehe aus Sicherheitsgründen, wie Chingkim mir sagte, ein wenig abseits von den anderen Palastgebäuden, ja hinter dem inzwischen fertig aufgetürmten *kara*-Hügel.

Der Feuerwerksmeister beugte sich bei unserem Eintritt über einen mit vielerlei Dingen bedeckten Werktisch. Seinem Gewand nach hielt ich ihn zuerst für einen Araber, doch als er sich umdrehte, um uns zu begrüßen, kam ich zu dem Schluß, er müsse Jude sein, denn diese Gesichtszüge kannte ich. Seine brombeerschwarzen Augen hatten einen hochmütigen Ausdruck, betrachteten mich aber über die lange, wie ein *shimshir* gebogene Hakennase hinweg doch recht wohlwollend; sein Haupt- und Barthaar war grau, verfilzt und gelockt, ließ aber hier und da noch eine Spur von Rot durchschimmern.

Auf mongolisch sagte Chingkim zu ihm: »Meister Shi Ix-me, ich möchte Euch mit einem Gast des Palastes bekannt machen.«

»Marco Polo«, sagte der Feuerwerksmeister.

»Ah, Ihr habt bereits von ihm gehört.«

»Ich habe von ihm gehört.«

»Marco interessiert sich besonders für Eure Arbeit, und mein königlicher Vater wünscht, daß Ihr ihm etwas davon berichtet.«

»Ich werde mich bemühen, das zu tun, Prinz.«

Nachdem Chingkim wieder gegangen war, herrschte eine Weile Schweigen, in dessen Verlauf der Feuerwerksmeister und ich einander eindringlich musterten. Schließlich sagte er: »Warum interessiert Ihr Euch für die Feuerbäume, Marco Polo?«

»Weil sie so schön sind«, sagte ich schlicht.

»Die Schönheit der Gefahr. Davon fühlt Ihr Euch angezogen?«

»Ihr wißt, daß das von jeher so gewesen ist«, sagte ich und wartete ab, wie er darauf reagieren würde.

»Aber es lauert auch Gefahr in der Schönheit. Stößt Euch das nicht ab?«

»Aha!« triumphierte ich. »Und jetzt, nehme ich an, wollt Ihr mir sagen, in Wirklichkeit hießet Ihr doch nicht Mordecai.«

»Gar nichts wollte ich Euch sagen. Jedenfalls nichts anderes, als daß ich mit dem schönen, aber gefährlichen Feuer zu tun habe. Was möchtet Ihr gern wissen, Marco Polo?«

»Wie seid Ihr zu einem Namen wie Shi Ix-me gekommen?«

»Das hat zwar nichts mit meiner Arbeit zu tun, aber meinetwegen...« Achselzuckend sagte er: »Als die Juden hierherkamen, wurden ihnen sieben Han-Namen zugeteilt, die sie untereinander aufteilen sollten. Shi ist einer von den sieben und lautete ursprünglich Yitzhak. Auf Ivrit lautet mein vollständiger Name Shemual ibn-Yitzhak.«

Ich fragte: »Wann seid Ihr nach Kithai gekommen?« und nahm an, er werde mir sagen, daß er erst kurz vor mir hier eingetroffen sei.

»Ich bin hier geboren, in der Stadt Kai-feng, in der meine Ahnen sich vor ein paar hundert Jahren niedergelassen haben.«

»Das glaube ich nicht.«

Schnaubend stieß er die Luft durch die Nase, wie Mordecai es so oft bei meinen Kommentaren getan. »Lest das Alte Testament Eurer Bibel: Jesaja neunundvierzig, wo der Prophet eine Vereinigung aller Juden vorhersieht. ›Siehe, diese werden von ferne kommen, und siehe, jene von Mitternacht, und diese vom Meere, und jene vom Lande Sinim.‹ Auf Ivrit heißt dieses Land Kithai immer noch Sina. Folglich gab es schon zu Jesajas Zeit Juden hier, und das war vor über tausendachthundert Jahren.«

»Warum sollen Juden ausgerechnet *hierher* gekommen sein?«

»Wahrscheinlich, weil sie woanders nicht willkommen waren«, sagte er mit verzogenem Mund. »Vielleicht aber haben sie die Han auch für einen ihrer eigenen verlorenen Stämme gehalten, die aus Israel fortgezogen sind.«

»Ach, hört auf, Meister Shi. Die Han sind Schweineesser, sind es immer gewesen.«

Wieder zuckte er die Achseln. »Trotzdem haben sie manches mit den

Juden gemein. Sie schlachten ihre Tiere auf zeremonielle Weise, die man fast *kasher* nennen könnte, nur, daß sie die Terephah-Sehnen nicht entfernen. Und in Kleiderdingen sind sie womöglich noch strenger als die Juden; so würden sie zum Beispiel niemals Kleidungsstücke tragen, die aus einem Gemisch von Pflanzenfasern und Tierhaaren gewebt sind.«

Eigensinnig beharrte ich: »Ausgeschlossen, daß die Han jemals einer der verlorenen Stämme Judas gewesen sind. Zwischen ihnen und den Juden besteht nicht die geringste körperliche Ähnlichkeit.«

Meister Shi lachte und sagte: »Doch gibt es die – zwischen Han und Juden. Urteilt nicht nach meinem Aussehen. Das liegt nur daran, daß die Familie sich hier nur selten mit den Einheimischen vermischt hat. Das ist aber bei den Angehörigen der meisten anderen sieben Namen durchaus der Fall. Deshalb ist Kithai jetzt voll von Juden mit elfenbeinfarbener Haut und Schlitzaugen. Höchstens, daß Ihr sie manchmal an ihrer Nase erkennt. Oder den Mann an seinem *gid*.« Wieder lachte er, um dann ernster fortzufahren: »Oder Ihr erkennt einen Juden daran, daß er – wohin er auch zieht – stets die Religion seiner Väter hochhält. Zum Beten wendet er sich immer noch nach Jerusalem. Und wohin er auch gelangt, immer hält er die Erinnerung an die alten jüdischen Legenden wach ...«

»Wie an die vom Lamed-vav«, fiel ich ihm in die Rede. »Oder an die Tzaddikim.«

»... und wohin er auch kommt, immer wird er andere Juden an dem teilhaben lassen, dessen er sich von früher noch erinnert und was wertvoll ist an den neuen Dingen, die er unterwegs erfahren hat.«

»Und genau *so* habt Ihr von mir erfahren! Einer sagt es dem anderen weiter. Von dem Moment an, da Mordecai aus dem Vulcano entkommen ist ...«

Er ließ durch nichts erkennen, auch nur ein einziges dieser Wörter, die ich eingeflochten hatte, jemals gehört zu haben, fuhr aber sogleich fort: »Glücklicherweise machen die Mongolen unter uns kleineren Volksgruppen keinerlei Unterschiede. Infolgedessen bin ich, wiewohl Jude, bei Hofe Feuerwerksmeister des Khakhan Kubilai, der mein handwerkliches Können zu schätzen weiß und dem es vollkommen gleichgültig ist, ob ich einen der sieben Geschlechternamen trage oder nicht.«

»Ihr müßt sehr stolz sein, Meister Shi«, sagte ich. »Ich würde gern erfahren, wie Ihr dazu gekommen seid, diesen ungewöhnlichen Beruf zu ergreifen, und wieso Ihr so erfolgreich darin seid. Ich habe immer gedacht, Juden wären nur Geldverleiher und Pfandhausbetreiber, jedenfalls keine Künstler oder Männer, die den Erfolg suchen.«

Abermals schnaubte er vernehmlich. »Wann hat es je einen unkünstlerischen Geldverleiher gegeben? Oder einen erfolglosen Pfandleiher?«

Darauf wußte ich nichts zu sagen, doch schien er auch keine Antwort zu erwarten, und so fragte ich: »Wie seid Ihr dazu gekommen, die Feuerbäume zu erfinden?«

»Ich bin ja gar nicht der Erfinder. Das Geheimnis ihrer Herstellung wurde von einem Han entdeckt, und zwar schon vor vielen, vielen Jahren. Mein Beitrag hat darin bestanden, das Geheimnis leichter zur Anwendung zu bringen.«

»Und worin besteht das Geheimnis, Meister Shi?«

»Es nennt sich *huo-yao*, das flammende Pulver.« Er winkte mich an die Werkbank und entnahm einem der vielen Krüge und Gläser darauf eine Prise von einem dunkelgrauen Pulver. »Schaut, was geschieht, wenn ich dies kleine bißchen *huo-yao* auf diesen Porzellanteller schütte und ein wenig Glut daranhalte – so.« Er nahm ein bereits glimmendes Räucherstäbchen zur Hand und hielt das glimmende Ende an das Pulver.

Ich schrak zusammen, als das *huo-yao* mit einem raschen und böse zischenden Geräusch kurz und grell aufflammte und einen blauen Rauch hinterließ, dessen strengen Geruch ich bereits kannte.

»Im wesentlichen«, sagte der Feuerwerksmeister, »geht es um nichts weiter, als daß das Pulver mit größerer Schnelligkeit verbrennt als jeder andere Stoff. Wird es jedoch in einem einigermaßen festen Behältnis gezündet, wird dieses durch den Verbrennungsvorgang gesprengt, das heißt, es birst unter viel Lärm und großer Helligkeitsentwicklung. Fügt man dem Grundstoff *huo-yao* noch andere Pulver hinzu – etwa die eine oder andere Art von metallischen Salzen –, verbrennt es in verschiedenen Farben.«

»Wie aber kommt es, daß es fliegt?« fragte ich. »Und daß es in verschiedenen Abständen mit diesen verschiedenen Farben explodiert?«

»Um diese Wirkung zu erzielen, wird das *huo-yao* fest in eine Papierröhre wie diese hier hineingestopft, die am einen Ende eine kleine Öffnung aufweist.« Er zeigte mir eine solche aus steifem Papier gedrehte Röhre. Sie sah aus wie eine große, hohle Kerze mit einem Loch dort, wo normalerweise der Docht wäre. »Wird sie durch dieses Loch entzündet, verbrennt das Pulver, und die Stichflamme, die aus dieser Öffnung am unteren Ende herausschießt, schleudert die ganze Röhre fort – oder in die Höhe, wenn man sie zuvor dorthin weisen läßt.«

»Das habe ich selbst gesehen«, sagte ich. »Aber *woran liegt es*, daß sie das tut?«

»Aber, aber, Polo«, sagte er tadelnd. »Womit wir es hier zu tun haben, das ist doch einer der ersten Grundsätze der Naturphilosophie. Vor dem Feuer weicht oder zuckt doch *alles* zurück.«

»Selbstverständlich«, sagte ich. »Selbstverständlich.«

»Und da wir es hier mit einem besonders heftigen Feuer zu tun haben, weicht die Röhre auch besonders heftig davor zurück. So heftig, daß sie eine große Strecke zurückschießt – oder in die Höhe.«

»Und«, sagte ich, um zu zeigen, wie gut ich das verstanden hatte, »da das Feuer in ihren eigenen Eingeweiden wütet, kann die Röhre gar nicht anders, als das Feuer mitnehmen.«

»Ganz recht. Ja, sie nimmt sogar noch mehr mit als das Feuer, denn zuvor habe ich ja noch andere um sie herum festgebunden, die fliegt. Hat der Inhalt der ersten Röhre sich verzehrt – und wie lange das dauert, kann ich vorherbestimmen –, entzündet sie die anderen Röhren. Und je nach der Art, die ich verwendet habe, platzen sie in diesem Augenblick auseinander, wobei Feuer von dieser oder jener Farbe versprüht wird, oder sie fliegen von sich aus weiter, um weiter vorn oder weiter oben zu platzen. Indem ich eine Reihe von fliegenden Röhren mit explodierenden Röhren verbinde, kann ich einen Feuerbaum entstehen lassen, der praktisch so hoch fliegt, wie ich will, um dann zu einem der verschiedenfarbenen Muster der Glitzerblumen auseinanderzuplatzen, zu Pfirsichblüten, Mohnblumen, Tigerlilien – was immer ich am Himmel zum Erblühen bringen will.«

»Überaus kunstvoll ersonnen«, sagte ich. »Phantastisch. Aber der Hauptbestandteil – das *huo-yao* –, aus welchen Zauberelementen setzt sich das zusammen?«

»Es war in der Tat ein überaus einfallsreicher Mann, der sie als erster zusammenbaute«, pflichtete der Feuerwerksmeister mir bei. »Doch die Hauptbestandteile könnten einfacher gar nicht sein.« Er entnahm einem jeden von drei verschiedenen Krügen eine Prise Pulver und ließ sie auf den Tisch rieseln; das eine war schwarz, das andere gelb und das dritte weiß. »*Tan-hua, liu* und *tung-bian*. Kostet davon, und Ihr solltet sie erkennen.«

Ich netzte eine Fingerspitze an der Zunge, nahm ein paar Körnchen des feinen schwarzen Pulvers und führte sie an die Zunge. Dann sagte ich in fragendem Tonfall: »Nichts weiter als Holzkohle.« Beim gelben Pulver sagte ich: »Ganz gewöhnlicher Schwefel«, und beim weißen Pulver sinnend: »Hm, salzig und bitter, fast wie Essig. Aber welcher...?«

Grinsend sagte Meister Shi: »Der kristallisierte Urin eines jungfräulichen Knaben.«

»*Vakh!*« knurrte ich und wischte mir mit dem Ärmel über den Mund.

»*Tung-bian*, Herbststein nennen die Han das«, sagte er und freute sich diebisch über mein Unbehagen. »Die Zauberer, Magier und Praktiker der *al-kimia* halten es für ein kostbares Element und verwenden es für Medizinen, Liebestränke und dergleichen. Sie nehmen den Urin eines Knaben, der nicht älter als zwölf Jahre sein darf, filtern ihn durch Holzasche und lassen ihn dann auskristallisieren. Die Gewinnung ist also recht umständlich. Außerdem erhält man immer nur ganz winzige Mengen. Doch im ursprünglichen Rezept für die Herstellung des flammenden Pulvers war es ausdrücklich aufgeführt: Holzkohle, Schwefel und Herbststein – und dieses Rezept wurde unverändert über die Generationen weitergegeben. Holzkohle und Schwefel hat immer reichlich zur Verfügung gestanden, der dritte Bestandteil jedoch nicht. Infolgedessen hat man immer nur sehr wenig von dem flammenden Pulver herstellen können – bis zu meiner Generation.«

»Dann habt Ihr also eine Möglichkeit gefunden, jungfräuliche Knaben genug zu bekommen?«

Echt Mordecai, schnaubte er: »Manchmal hat es auch etwas für sich, aus einer einfachen Familie zu stammen. Als ich das erste Mal von dem Element kostete – so wie Ihr das eben getan habt –, erkannte ich darin eine weit weniger kostbare Substanz. Mein Vater war nämlich Fischhändler, und um die Filets von billigen Fischen appetitanregend rosa aussehen zu lassen, legte er sie zuvor in die Lake eines ganz gemeinen, Salpeter genannten Salzes. Denn weiter ist der ganze Herbststein nichts – einfach Salpeter. Warum dieser im Urin von Knaben vorhanden ist, weiß ich nicht, und es ist mir auch gleichgültig; denn ich brauche keine Knaben mehr, um es zu bekommen. Kithai ist reichlich mit Salzseen gesegnet, und diese weisen oft krustige Ränder auf, die Salpeter enthalten. So kommt es, daß viele Jahrhunderte, nachdem irgendein Han-Adept der *al-kimia* das flammende Pulver zusammenschüttete, ich, der ich nichts weiter bin als der neugierige Sohn des jüdischen Fischhändlers Shi, als erster große Mengen davon hergestellt habe und die wunderschönen Feuerbäume und Glitzerblumen am Himmel aufblühen lassen kann, auf daß überall alle Menschen ihre Freude daran haben.«

»Meister Shi«, sagte ich schüchtern, »ich bewundere nicht nur die Schönheit dieser Feuerwerke, sondern frage mich, ob sich dieses Pulver nicht noch nutzbringender verwenden läßt. Dieser Gedanke kam mir, als mein eigenes Pferd scheute und auskeilte, als es die ersten Feuerbäume erlebte. Könnten diese Apparate, die Ihr da baut, nicht auch als Waffen im Krieg verwendet werden? Um zum Beispiel einen Reiterangriff scheitern zu lassen?«

Und wieder schnaubte er. »Ein guter Gedanke, gewiß, doch damit kommt Ihr sechzig Jahre zu spät. In dem Jahr meiner Geburt – laßt sehen, das muß nach Eurer christlichen Zählung das Jahr zwölfhundertundvierzig gewesen sein – wurde meine Heimatstadt Kai-feng von den Mongolen des Khan Chingiz belagert. Seine Berittenen wurden durch Feuerkugeln, die pfeifend und funkensprühend und laut knallend in ihrer Mitte niedergingen, in Angst und Schrecken versetzt und zerstreut. Lange konnte das die Mongolen nicht aufhalten, das zu sagen erübrigt sich vermutlich; sie haben die Stadt schließlich doch eingenommen, aber diese tapfere Verteidigung, die auf den Feuerwerksmeister von Kai-feng zurückgeht, ist in die Legende eingegangen. Kein Wunder also, daß ich meine ganze Jugend hindurch von diesem Thema fasziniert war und schließlich selbst Feuerwerksmeister wurde. Die Verwendung des flammenden Pulvers bei der Verteidigung von Kai-feng ist der erste Nachweis für seine Verwendung im Kriege.«

»Seine erste?« wiederholte ich seine Worte. »Dann ist es also seither weiter verwendet worden?«

»Unser Khan Kubilai ist ein Krieger, der ein vielversprechendes Kriegsgerät nicht ohne weiteres unbeachtet läßt«, erklärte Meister Shi. »Selbst wenn er persönlich nicht daran interessiert ist, neue Anwendungen meiner Kunst auszuprobieren, so hat er mich doch beauftragt, jeder möglichen Verwendung des *huo-yao* in Kriegsgeschossen nachzugehen. Und zum Teil habe ich damit durchaus schon Erfolg gehabt.«

Ich sagte: »Davon würde ich gern hören.«

Der Feuerwerksmeister schien zu zögern, mich einzuweihen. Unter buschigen Augenbrauen musterte er mich eindringlich, doch dann sagte er: »Bei den Han erzählt man sich die Geschichte von dem Meisterbogenschützen Yi, der sein Leben lang über jeden Gegner obsiegt hatte, bis er sein ganzes Wissen einem eifrigen Schüler weitergab; dieser Mann schlug ihn schließlich.«

»Ich trachte nicht danach, mir Eure Ideen anzueignen«, sagte ich. »Und bin gern bereit, Euch in alle einzuweihen, die mir vielleicht kommen. Sie könnten sich als wertvoll erweisen.«

»Die Gefahr der Schönheit«, murmelte er. »Nun, Ihr kennt jene große, behaarte Nuß, die Indiennuß genannt wird?«

Zwar fragte ich mich, was all das damit zu tun habe, aber ich sagte: »Ich kenne das Fruchtfleisch aus einigen Leckereien, die hier bei Tisch gereicht werden.«

»Ich habe ausgehöhlte Indiennüsse genommen und sie mit *huo-yao* vollgestopft und dann Dochte eingeführt, die den Funken verzögert an das Pulver herankommen lassen sollen. Das gleiche habe ich mit den Segmenten des kräftigen *zhu-gan*-Rohrs gemacht. Beides kann man werfen oder auch mit einem einfachen Katapult in die Verteidigungsanlagen des Gegners schleudern, und sofern sie richtig funktionieren, entladen sie ihre Energie mit einer solchen berstenden Kraft, daß eine einzelne Nuß oder ein Rohrabschnitt ohne weiteres zum Beispiel dieses ganze Haus hier auseinanderreißen und in die Luft jagen kann.«

»Großartig!« sagte ich.

»Sofern sie funktionieren. Ich habe auch Abschnitte von größerem *zhu-gan*-Rohr verwendet, und zwar noch auf andere Weise. Steckt man meine fliegenden Apparate in ein langes leeres Rohr, ehe man den Docht in Brand setzt, kann ein Krieger das Geschoß buchstäblich wie einen Pfeil auf ein bestimmtes Ziel lenken, so daß es dieses mehr oder weniger auf einer ganz geraden Bahn erreicht.«

»Genial«, sagte ich.

»Sofern es funktioniert. Ich habe auch Geschosse hergestellt, in denen das *huo-yao* mit Naphtalin oder mit *kara*-Staub, ja, sogar mit Rinderdung vermischt war. Schleudert man diese Geschosse in die Verteidigungsanlagen des Gegners, verbreiten sie ein fast unlöschbares Feuer oder einen dichten, stinkenden Qualm.«

»Fabelhaft«, sagte ich.

»Sofern es funktioniert. Leider besitzt das *huo-yao* eine Eigenschaft, die es für den militärischen Gebrauch vollkommen unbrauchbar macht. Bei den Hauptbestandteilen handelt es sich, wie Ihr ja gesehen habt, um fein gemahlene Pulver. Ein jedes dieser Pulver besitzt eine eigene Dichte oder sein spezifisches Gewicht, und wie fest man das *huo-yao* auch in ein Behältnis hineinstopft, nach und nach trennen die drei Elemente sich wieder eins von den anderen. Da das Salpeter schwerer ist als die anderen beiden Elemente, sondert es sich bei der geringsten Bewegung oder Vibration von diesen ab und sickert auf den Boden; damit verliert das *huo-yao* seine Energie und wird ohnmächtig. Infolgedessen ist es unmöglich, irgendeinen Vorrat von meinen Erfindungen anzulegen und sie auf Lager zu halten. Schon sie in ein Lagerhaus zu bringen, was ja ohne Bewegung nicht möglich ist, bewirkt, daß es völlig nutzlos wird – vom Herausholen aus dem Lager ganz zu schweigen.«

»Ich verstehe«, sagte ich, wobei meine Stimme genauso enttäuscht klang wie die seine. »Und das ist der Grund, warum Ihr ständig unterwegs seid, Meister Shi?«

»Ja. Um in irgendeiner Stadt meine Feuerbäume und Glitzerblumen vorzuführen, muß ich mich dorthin begeben und die Apparate an Ort und Stelle herrichten. Deshalb reise ich mit einem Vorrat an Papierröhren, Dochten, Fäßchen mit den drei Bestandteilen in Pulverform; das *huo-yao* anzumischen und meine verschiedenen Apparate damit zu laden, ist weiter kein Kunststück. Genau das tat offensichtlich auch der Feuerwerksmeister von Kai-feng bei der Belagerung der Stadt. Aber könnt Ihr Euch vorstellen, das alles in Kriegszeiten zu machen, draußen auf dem Feld und während einer Schlacht? Dann brauchte ja jeder Trupp von Kriegern seinen eigenen Feuerwerksmeister, und der wiederum müßte sämtliche Zutaten und nötigen Ausrüstungsgegenstände zur Hand haben; und außerdem müßte er noch unmenschlich schnell und umsichtig sein. Nein, Marco Polo, ich fürchte, das *huo-yao* muß für immer ein hübsches Spielzeug bleiben. Offensichtlich muß man jede Hoffnung begraben, es jemals militärisch zu nutzen – höchstens einmal bei einer Stadtbelagerung.«

»Ein Jammer«, murmelte ich. »Aber das einzige Problem besteht, wenn ich Euch recht verstanden habe, darin, daß die einzelnen Bestandteile die Neigung haben, sich zu trennen?«

»Richtig, das ist das *einzige* Problem«, sagte er mit bissiger Ironie. »Genauso sehr wie der einzige Hinderungsgrund, der dagegen spricht, daß der Mensch fliegt, darin besteht, daß er keine Flügel hat.«

»Aber die Trennung...«, wiederholte ich mehrere Male wie im Selbstgespräch. Dann schnippte ich mit den Fingern und rief aus: »Ich hab's!«

»Was Ihr nicht sagt!«

»Staub läßt sich fortblasen, aber Schlamm nicht, und getrockneter und gehärteter Schlamm auch nicht. Warum nicht das Pulver anfeuchten und zu einem Schlamm verrühren? Oder es zu festen Ziegeln trocknen lassen?«

»Dummkopf!« sagte er, jedoch nicht ohne eine gewisse Belustigung. »Feuchtet das Pulver an, und es brennt überhaupt nicht mehr. Und stellt Ihr es zum Trocknen in den Backofen, könnte dieser in die Luft gehen und Euch um die Ohren fliegen!«

»Ach«, machte ich verzagt.

»Ich habe Euch doch gesagt, dieses schöne Zeug birgt Gefahren.«

»Ich habe keine übertriebene Angst vor der Gefahr, Meister Shi«, sagte ich, immer noch mit dem Problem beschäftigt. »Ich weiß, Ihr seid vollauf damit beschäftigt, alles für das Neujahrsfest vorzubereiten, und so möchte ich mich Euch nicht aufdrängen. Aber wo Ihr bei der Arbeit seid, könntet Ihr mir da ein paar Krüge *hou-yao* überlassen, damit ich mir Mittel und Wege überlege, wie...«

»*Bevakashà!* Mit diesem Pulver spielt man nicht!«

»Ich werde sehr sehr vorsichtig sein, Meister Shi. Nicht eine einzige Prise werde ich entzünden. Ich möchte nur seine Eigenschaften studieren und mir eine Lösung für das Problem des Sich-Trennens und Nachunten-Sinkens ausdenken . . .«

»*Khakma!* Als ob ich und jeder Feuerwerksmeister seit der Erfindung des flammenden Pulvers nicht unser Leben der Aufgabe geweiht hätten, das herauszufinden! Und Ihr, der Ihr das Zeug noch nie zuvor gesehen habt . . . Ihr legt mir wahrhaftig nahe, den Meisterbogenschützen Yi zu spielen!«

»Das«, sagte ich vielsagend, »hätte auch der Feuerwerksmeister von Kai-feng sagen können.« Es folgte ein kurzes Schweigen, und danach sagte ich: »Es wäre auch von dem neugierigen Sohn des jüdischen Fischhändlers nicht zu erwarten gewesen, daß ausgerechnet er die Kunst mit neuen Ideen weiterentwickelt.«

Wieder Schweigen, ein längeres diesmal. Dann seufzte Meister Shi tief auf und sagte offenbar an seine Gottheit gerichtet:

»Herr, ich bin Dein gehorsamer Diener, ich hoffe, Du siehst das. Dieser Marco Polo muß irgendwann einmal etwas Rechtes getan haben, und wie es im Sprichwort heißt: eine *mitzva* verdient eine andere.«

Unter der Werkbank holte er zwei dicht geflochtene Körbe hervor und drückte sie mir in den Arm. »Hier, geschätzter Narr! Jeder von diesen Körben enthält fünfzig *liang*-Maße *huo-yao.* Tut, was Ihr für richtig haltet, und *l'chaim* für Euch. Ich hoffe, das nächste, was ich von Euch höre, ist nicht der Krach, mit dem Ihr diese Erde verlaßt!«

Ich trug die Körbe mit der Absicht hinüber in meine Gemächer, sogleich mit meinem Versuch in *al-kimia* zu beginnen, doch wieder wartete Nasenloch auf mich, und so fragte ich ihn, ob er irgend etwas von Interesse für mich hätte.

»Nur eine winzige Kleinigkeit, Herr. Und nur eine zotige Winzigkeit über den Hofastrologen, falls Ihr interessiert seid. Offenbar ist er Eunuch und hat seine Einzelteile seit fünfzig Jahren in einem Hafen eingelegt, den er neben seinem Bett stehen hat. Er will unbedingt, daß sie mit ihm begraben werden, damit er im Jenseits wieder ganz ist.«

»Und das ist alles?« sagte ich und wollte mich an die Arbeit machen.

»Sonst laufen überall die Vorbereitungen für das Neujahrsfest. In jedem Hof ist Stroh ausgeschüttet, damit jeder böse *kwei*-Geist, der sich nähert, durch das knisternde Geräusch erschreckt wird, das er macht, wenn er drauftritt. Die Han-Frauen bereiten alle den Acht-Zutaten-Pudding, der ein Festtagsessen sein soll, die Männer hängen viele Laternen als Festbeleuchtung auf, und die Kinder basteln Windmühlen aus Papier. Wie es heißt, geben manche Familien ihre gesamten Ersparnisse für dieses Fest aus. Aber alle sind sie nicht so hochgestimmt; eine ganze Reihe Han soll Selbstmord begehen.«

»Wieso denn das?«

»Es ist bei ihnen Sitte, daß bis zu diesem Datum sämtliche Schulden bezahlt sein müssen. Die Gläubiger gehen von Tür zu Tür und klopfen bei den Schuldnern an; so mancher von diesen ist so verzweifelt, daß er sich erhängt – um das Gesicht zu wahren, wie die Han es nennen –, vor der Schande, ihre Schulden nicht bezahlen zu können. Und die Mongolen, die es nicht so sehr mit dem Gesicht haben, schmieren die Gesichter ihrer Küchengötter mit Sirup ein.«

»Wie bitte?«

»Sie huldigen dem kuriosen Glauben, daß das Idol, das sie über dem Küchenherd stehen haben – der Hausgott Nagatai –, in dieser Zeit zum Himmel aufsteigt, um dem großen Gott Tengri zu berichten, wie die Menschen sich in diesem Jahr verhalten haben. Deshalb geben sie dem Nagatai Sirup zu essen, um ihm auf diese Weise die Lippen zu versiegeln, dann kann er nichts Abträgliches ausplaudern.«

»Kurios, ja«, sagte ich. Biliktu kam just in diesem Augenblick in den Raum und nahm mir die Körbe ab. Durch Gesten gab ich ihr zu verstehen, sie solle sie auf den Tisch stellen. »Sonst noch was, Nasenloch?«

Er wrang die Hände. »Nur, daß ich mich verliebt habe.«

»Ach«, sagte ich, ganz in meinen eigenen Gedanken versunken. »Womit?«

»Herr, macht Euch nicht über mich lustig. In eine Frau, was sonst?«

»Was *sonst*? Soweit ich weiß, hast du bisher Verkehr mit einem Baghdader Pferd gehabt, in Kashan mit einem jungen Mann, mit einem Sindi-Kleinkind unbestimmten Geschlechts ...«

Noch verzweifelter wrang er die Hände. »Bitte, Herr, verratet ihr das nicht.«

»Wem soll ich es nicht verraten?«

»Der Prinzessin Mar-Janah.«

»Ach, ja, der. Dann hast du dich diesmal in eine Prinzessin vergafft. Nun, eines muß ich dir lassen – deine Möglichkeiten sind sehr weit gespannt. Und ich werde es ihr nicht verraten. Warum sollte ich ihr überhaupt irgend etwas sagen?«

»Weil ich Euch um eine Gunst bitten möchte, Herr. Ich möchte Euch bitten, ein gutes Wort für mich bei ihr einzulegen. Und ihr von meinen Tugenden und meinem lauteren Wesen zu berichten.«

»Deinem lauteren Wesen? Und deiner Tugendhaftigkeit? *Por Dio* – ich bin mir noch nicht mal sicher gewesen, ob du überhaupt ein Mensch bist.«

»Bitte, Herr! Begreift doch, daß es gewisse Palastvorschriften gibt, die die Heirat zwischen zwei Sklaven betreffen.«

»Heirat!« Mir fehlten die Worte. »Du denkst an Heirat?«

»Es ist so, wie der Prophet gesagt hat: daß alle Frauen Steine sind«, sagte er nachdenklich. »Aber einige sind Mühlsteine, die einem um den Hals hängen, andere hingegen Edelsteine, die einem überm Herzen hängen.«

»Nasenloch«, sagte ich so freundlich, wie ich konnte. »Diese Frau mag tief gesunken sein ...« Ich hielt inne. Ich konnte unmöglich sagen: so tief wie du. »Möglich, daß sie heute Sklavin ist, aber einst war sie eine Prinzessin – und du damals nur ein Stallbursche, wie du selbst gesagt hast. Und nach dem, was ich gehört habe, ist sie eine hübsche Person, oder war es jedenfalls einmal.«

»Sie ist es noch heute!« erklärte er, um leise hinzuzufügen: »So wie ich auch – einst.«

Neuerlich erbost darüber, daß er mir diese alte Geschichte immer wieder weismachen wollte, sagte ich: »Hat sie dich in letzter Zeit gesehen? Schau dich selbst an! Da stehst du, so wenig anmutig wie ein Kamelvogel, mit Kugelbauch und Schweinsäuglein, und bohrst dauernd in deinem einzigen Nasenloch. Sag ehrlich: Seit du sie wieder entdeckt hast – hast du dich da der Prinzessin Mar-Janah zu erkennen gegeben? Hat sie dich erkannt? Ist sie entsetzt geflohen oder bloß in Gelächter ausgebrochen.«

»Nein«, sagte er und ließ den Kopf hängen. »Ich habe mich nicht vorgestellt. Ich habe sie nur von ferne verehrt. Ich hatte gehofft, Ihr würdet zuerst ein gutes Wort für mich einlegen . . . um sie vorzubereiten . . . um den Wunsch in ihr zu wecken, mich kennenzulernen . . .«

Woraufhin ich es war, der in Gelächter ausbrach. »Das hätte gerade noch gefehlt! Noch nie ist mir eine solche Unverfrorenheit untergekommen! Mich aufzufordern, den Kuppler zwischen Sklave und Sklavin zu spielen! Was soll ich ihr sagen, Nasenloch?« Ich nahm einen höchst säuselnden Tonfall an, als wendete ich mich an die Prinzessin: »Soweit ich weiß, Hoheit, leidet Euer schmachtender Verehrer momentan *nicht* an irgendeiner schändlichen Erkrankung seiner Liebeswerkzeuge.« Um dann streng zu werden und zu erklären: »Was könnte ich ihr schon sagen, ohne ihr faustdicke Lügen aufzutischen und damit meine unsterbliche Seele in Gefahr zu bringen, um irgendeine Frau – von einer ehemaligen Prinzessin ganz zu schweigen – geneigt zu machen, ein wohlwollendes Auge auf ein so elendes Geschöpf wie dich zu werfen?«

Mit einer für ein solches Geschöpf widersinnigen Würde sagte er: »Wenn der Herr die Güte hätte, mir einen Moment zuzuhören, könnte ich ihm die Geschichte dieser ganzen Angelegenheit erzählen.«

»Dann erzähle, aber beeile dich. Ich habe zu tun.«

»Das alles begann vor zwanzig Jahren in der kappadozischen Hauptstadt Erzincan. Gewiß, sie war eine Turk-Prinzessin, die Tochter des König Kilij, und ich nur ein Sindi, ein Reitknecht, in seinen Diensten. Weder er noch sie ahnten vermutlich etwas, denn ich war ja nur einer der vielen Stallburschen, die sie gesehen hatten, wann immer sie nach einem Reitpferd oder einem Wagen verlangten. Ich aber sah *sie* und verehrte sie völlig benommen aus der Ferne, so wie ich es auch heute noch tue. Selbstverständlich hätte nie etwas daraus werden können. Nur, daß Allah es wollte, daß wir beide in die Hände von arabischen Banditen fielen . . .«

»Ach, Nasenloch, bitte nicht!« flehte ich. »Nicht noch einen Bericht über deine Heldentaten. Ich habe heute schon genug gelacht.«

»Ich will ja gar nicht bei der Entführungsgeschichte verweilen, Herr. Es reicht doch, wenn ich sage, daß die Prinzessin Ursache hatte, mich zu bemerken, damals – und daß sie mich mit schmachtenden Augen angesehen hat. Als wir jedoch den Arabern entkamen und zurückkehrten nach Erzincan, belohnte ihr Vater mich mit einer höheren Stellung in seinem Dienst, was es freilich nötig machte, in beträchtlicher Entfernung vom Palast auf dem Lande zu leben.«

»Das«, murmelte ich, »will ich dir gern glauben.«

»Wie das Unglück es wollte, fiel ich abermals Räubern in die Hände, kurdischen Sklavenjägern diesmal. Man brachte mich fort, und ich sah Kappadozien und die Prinzessin nie wieder. Ich hielt die Ohren immer offen, um jedes Gerücht und jedes Gerede aus jenem Teil der Welt in mich aufzunehmen, hörte jedoch nie, daß sie geheiratet hätte, und so blieb mir immer noch eine kleine Hoffnung. Dann jedoch hörte ich von dem Blutbad, mit dem diese seldschukische Königsfamilie abgeschlachtet wurde, und nahm an, daß sie zusammen mit den anderen umgekommen sei. Wer weiß – wenn ich noch im Palast gewesen wäre, ob ich sie dann nicht doch...«

»Bitte, Nasenloch!«

»Ja, Herr. Nun, da Mar-Janah tot war, war es mir gleichgültig, was aus mir wurde. Ich war ein Sklave – stand also auf der niedrigsten Stufe des Lebens –, und da wollte ich auch die niedrigste Form des Lebens leben. Ich erduldete jede Art von Erniedrigung, es machte mir nichts aus. Ich forderte die Demütigung geradezu heraus, ja, erniedrigte mich selbst. Ich suhlte mich förmlich in Demütigungen. Ich wollte das Schlimmste im Leben sein, weil ich das Beste verloren hatte. So wurde ich ein abscheulicher Lump von der bösesten Sorte. Daß mich das mein hübsches Aussehen und meine Selbstachtung und auch die Achtung der anderen kostete, machte mir nichts aus. Es wäre mir sogar gleichgültig gewesen, wenn es mich auch noch mein Mannestum gekostet hätte, doch aus irgendeinem Grunde kam keiner meiner Herren auch nur auf den Gedanken, mich zu einem Eunuchen zu machen. Ich war also immer noch ein Mann, doch da ich auf Liebe nicht hoffen durfte, warf ich mich der Wollust in die Arme. Ich nahm alles und jedes, das einem Sklaven zur Verfügung steht – und etwas anderes als Niedriges und Gemeines gibt es für ihn kaum. So war ich, als Ihr mich fandet, Herr, und so blieb ich auch.«

»Bis jetzt«, sagte ich. »Ich will die Geschichte für dich abschließen, Nasenloch. Jetzt ist also deine langverlorene Liebe wieder in dein Leben getreten. Und jetzt willst du ein anderer werden.«

Er überraschte mich damit, daß er sagte: »Nein, Herr, das haben zu viele Menschen zu oft gesagt. Nur ein Narr würde das glauben, und mein Herr ist kein Narr. Daher möchte ich nur sagen, daß ich wieder das werden möchte, was ich *früher* war... ehe ich dieser... Nasenloch wurde.«

Lange sah ich ihn an, und lange überlegte ich, ehe ich darauf antwortete.

»Nur ein abgrundtief böser Herr würde einem Mann diese Bitte abschlagen, und böse bin ich nicht. Ja, es sollte mich sogar interessieren zu erfahren, was du denn früher warst.« Auch interessierte es mich, das Flittchen zu sehen, in das er sich vergafft hatte. Was konnte sie schon anderes sein als eine bemitleidenswerte Schlampe – nach acht oder neun Jahren Sklaverei unter den Mongolen, gleichgültig, was sie dermaleinst gewesen war. »Na schön. Du möchtest also, daß ich diese Mar-Janah davon in Kenntnis setze, daß ihr Held von damals noch existiert. Das will und werde ich tun. Wie mache ich das?«

»Ich werde in den Sklavenunterkünften einfach ausstreuen, Marco Polo wünsche sie zu sprechen. Und wenn Ihr es dann in Eurer allumfassenden Herzensgüte fertigbrächtet zu sagen ...«

»Lügen werde ich nicht für dich, Nasenloch. Ich sage dir nur zu, daß ich die häßlicheren Wahrheiten soweit wie möglich umschiffe.«

»Mehr kann ich nicht verlangen. Möge Allah Euch ...«

»Aber jetzt habe ich noch anderes, über das ich nachdenken muß. Laß sie nicht herkommen, ehe nicht die Neujahrsfestlichkeiten vorüber sind.«

Nachdem er gegangen war, setzte ich mich und starrte das *huo-yao* an, das ich mitgebracht hatte, tippte gelegentlich mit den Fingern hinein und rüttelte ab und zu an den Körben, um mich mit eigenen Augen zu überzeugen, wie rasch sich die weißen Salpeterkörner von den schwarzen Holzkohlenstücken und dem gelben Schwefel trennten, hinuntersanken und nicht mehr zu sehen waren. An diesem Tage – und da andere Dinge wichtiger waren, auch an den folgenden Tagen – machte ich nichts anderes mit dem flammenden Pulver.

Als ich an diesem Abend zu Bett ging und nur Buyantu sich zu mir legte, brummte ich: »Was ist das für ein Unwohlsein, an dem Biliktu leidet? Vor wenigen Stunden sah ich sie noch in diesen Räumen, und da erschien sie mir völlig gesund. Gleichwohl muß es jetzt über einen Monat her sein, daß sie dieses Bett mit mir oder mit uns geteilt hat. Meidet sie mich? Habe ich irgendwie ihren Unwillen erregt?«

Buyantu foppte mich nur mit ihrer Antwort: »Vermißt Ihr sie? Genüge ich Euch nicht? Schließlich sind meine Schwester und ich uns gleich. Haltet mich und wartet ab.« Sie schmiegte sich mir in den Arm. »So. Ihr könnt Euch nicht beklagen, Euch vergeblich nach dem zu sehnen, was Ihr im Augenblick im Arm haltet. Doch wenn Ihr wollt, gestatte ich Euch so zu tun, als wäre ich Biliktu – und jetzt fordere ich Euch auf, mir zu sagen, in welcher Beziehung ich das nicht bin.«

Sie hatte recht. Tat ich im Dunkel so, als wäre sie ihre Schwester, konnte sie das sehr wohl sein – und ich mich kaum darüber beschweren, daß mir etwas vorenthalten würde.

10 In Venedig wird die Ankunft des Neuen Jahres nicht besonders wichtig genommen. Es handelt sich nur um den ersten Tag im März, da für uns das neue Jahr beginnt, und es besteht kein besonderer Anlaß, das groß zu feiern, es sei denn, der erste März wäre zufällig ein Karnevalstag. In Kithai hingegen wurde jeder Neujahrstag als besonders schicksalsträchtig betrachtet und entsprechend willkommen geheißen. Infolgedessen galt er als Vorwand für Festlichkeiten, die sich über einen ganzen Monat hinzogen, vom alten Jahr bis in das neue Jahr hinein. Gleich den beweglichen Festen in der Christenheit beruht der gesamte Kithaier Kalender auf dem Mond, und so kann der erste Tag des Ersten Monds auf irgendeinen Tag zwischen Mitte Januar und Mitte Februar fallen. Die Feiern begannen in der siebenten Nacht des Zwölften Monds im alten Jahr; an diesem Abend setzen sich die Familien zusammen, um den Acht-Zutaten-Pudding zu verspeisen und hinterher mit den Angehörigen der Familie, Nachbarn und Freunden Geschenke auszutauschen.

Von da an scheint jeden Tag und jede Nacht irgend etwas Besonderes stattzufinden. Am dreiundzwanzigsten Tag dieses Zwölften Monds zum Beispiel veranstaltete ein jeder einen wüsten Lärm, um dem Küchengott Nagatai für seine Reise gen Himmel, wo er über den Haushalt berichtete, dessen Geschicke er verfolgt hatte, *bon viazo* zu wünschen. Da er nicht vor Altjahrsabend an seinen Platz über dem Herd zurückkehren sollte, nutzten alle Menschen seine Abwesenheit weidlich aus, um hemmungslos zu prassen und zu trinken und dem Glückspiel und anderen Dingen zu frönen, die sie unter den tadelnden Augen Nagatais Angst hätten zu tun.

Der letzte Tag im alten Jahr war der ausgelassenste der ganzen Festzeit, denn dies war gleichzeitig der letzte Tag, an dem Schulden eingetrieben und Rechnungen beglichen werden mußten. Jede Gasse, die zu einem Pfandleiher führte, war gestopft voll von Menschen, die für jämmerlich wenige *tsien* ihre Wertsachen, ihre Möbel, ja sogar die Kleidung, die sie auf dem Leib trugen, versetzten. In allen anderen Straßen ging es ähnlich zu; hier sorgten die Gläubiger für Aufruhr, die auf der Suche nach ihren Schuldnern durch die Gegend liefen, und die Schuldner verzweifelt bemüht waren, sie entweder zu bezahlen oder aber ihnen aus dem Weg zu gehen. Jeder war hinter irgend jemand her und wurde selbst von jemand anders gejagt. Es gab viel Gezeter und wütende Schimpftiraden, es kam zu Schlägereien und, wie Nasenloch mir berichtete, gelegentlich auch zur Selbstentleibung von Schuldnern, die nicht mehr imstande waren, den Kopf zu heben – oder das Gesicht zu wahren, wie die Han sagen.

Da der letzte Tag des alten Jahres in den Abend überging und zum Vorabend des ersten Tages im Ersten Mond wurde, wurde er auch zu einer die ganze Nacht währenden Darbietung von Meister Shis Feuerbäumen und wunderbar vielfältigen Glitzerblumen; dazu gab es Umzüge und Straßentänze, ohrenbetäubenden Lärm, Gesang und Gongschläge und Trompetenstöße. Dämmerte der Morgen des ersten Tages im neuen Jahr, wurden die nicht endenwollenden Festlichkeiten gleichsam von der Andeutung einer Fastenzeit unterbrochen, denn dieser Tag war der einzige Tag im Jahr, an dem es den Menschen verboten war, Fleisch zu essen. An den folgenden fünf Tagen durfte nichts, aber auch gar nichts weggeworfen werden. Und wenn auch ein Küchenjunge nur das Spülwasser der Küche ausschüttete, lief man Gefahr, das Glück für das gesamte nächste Jahr mitauszuschütten. Abgesehen von diesen beiden Gesten von Strenge und Sparsamkeit zogen sich die Festlichkeiten unablässig bis zum fünfzehnten Tag des Ersten Monds hin.

Das einfache Volk stellt neue Bilder seiner alten Götter auf und klebt sie umständlich über die mitgenommenen alten, die das vergangene Jahr hindurch an ihren Wänden und Haustüren geprangt haben. Jede Familie, die es sich leisten konnte, bezahlte einen Schreiber, für sie ein »Frühlings-Gedicht« zu verfassen, das gleichfalls nur an anderer Stelle irgendwo aufgeklebt wird. Auf den Straßen wimmelte es ständig von Gauklern, Stelzenläufern, Geschichtenerzählern, Ringern, Jongleuren, Reifendrehern, Feueressern, Astrologen und Wahrsagern, den Verkäufern aller möglichen Leckereien und Getränke und sogar »tanzender Löwen« – die jeweils aus zwei überaus wendigen Männern unter einer Verkleidung aus vergoldetem Gips und rotem Tuch bestanden, in der sie die abenteuerlichsten und unlöwenhaftesten Verrenkungen aufführen.

In den Tempeln beaufsichtigten Han-Priester jeder Religion ziemlich unfromm öffentliche Glücksspiele. Diesem frönten sehr viele Menschen – Gläubiger, die, wie ich annahm, ihren jüngsten Gewinn verspielten, und Schuldner, die versuchten, ihre Verluste wettzumachen – und die meisten waren auch noch betrunken, wetteten hoch und spielten wenig gekonnt, und ihre Beiträge kamen ohne Zweifel sämtlichen Tempeln und Priestern für das ganze Jahr zugute. Ein Spiel war nichts weiter als das bekannte Würfelspiel. Ein anderes, das *ma-joiang* hieß, wurde mit kleinen Knochenplättchen gespielt. Und noch ein anderes mit steifen Papierkarten, die *zhi-pai* hießen.

(Ich selbst verfiel später den Vertraktheiten des *zhi-pai,* lernte aber auch all die anderen Spiele spielen – denn es gibt unendlich viele Möglichkeiten, sich mit Spielen aus achtundsiebzig Karten die Zeit zu vertreiben, Karten, die eingeteilt sind in Reihen von Herzen, Glocken, Blättern und Eicheln und diese wiederum unterteilt in Karten mit Spitzen, Wappen und Emblemen. Da ich jedoch ein solches Kartenspiel mit zurückgebracht habe nach Venedig und man dieses dort so bewundert und nachgemacht hat und *tarocchi* nennt, ist dieses so allgemein bekannt, daß ich mich nicht länger über das *zhi-pai* auszulassen brauche.)

Abgeschlossen wurden die Festlichkeiten mit dem Laternenfest am fünfzehnten Tag des Ersten Monds. Zusätzlich zu allem anderen, was sich sonst noch auf den Straßen von Khanbalik abspielte, wetteiferte jede Familie an diesem Abend damit, die schönste Laterne ihr eigen zu nennen, und paradierte mit ihren Schöpfungen aus Papier oder Seide oder durchscheinendem Horn oder Moskowiter Glas in Form von Kugeln, Klötzen, Fächern und Tempelchen, die mit Hilfe von Dochtlampen von innen heraus erleuchtet wurden.

Gegen Mitternacht tollte ein herrlicher Drache durch die Straßen. Über vierzig Schritt lang, bestand er aus mit Bambusrippen versteifter Seide, und die Rippen selbst wurden von kleinen draufgeklebten Kerzen besonders betont. Getragen wurde er von rund fünfzig Männern, von denen nur die tanzenden Füße mit Schuhen daran sichtbar waren, die aussahen wie große Krallen. Das Drachenhaupt bestand aus Gips und Holz, vergoldet und mit Glasfluß überzogen, mit funkelnden goldblauen Augen, silbernen Hörnern, einem Bart aus grünen Seidenfäden unterm Kinn und einer rotsamtenen Zunge, die ihm aus dem schrecklichen Maul heraushing. Allein der Kopf war so groß und schwer, daß vier Männer nötig waren, ihn zu tragen und ihn auf die Leute auf der Straße zustoßen und mit dem Maul nach ihnen schnappen zu lassen. Der gesamte Drache tänzelte und wogte hin und her und wand sich höchst wirklichkeitsgetreu die eine Straße hoch und die andere wieder hinab. Und zuletzt, nachdem die letzten Zecher nach Hause gingen oder sinnlos betrunken im Freien umsanken, schlüpfte auch der müde Drache wieder in sein Lager, und das neue Jahr hatte offiziell begonnen.

Die Bewohner der Stadt Khanbalik hatten es genossen, einen ganzen Monat von ihren üblichen Beschäftigungen frei zu sein. Aber die Arbeit der Beamten wie die der Bauern wird nicht weniger, bloß weil der Kalender sagt, jetzt ist ein Festtag. Die Höflinge vom Palast wie die Minister der Regierung kamen nur gelegentlich zum Vorschein, um zuzusehen, wie das Volk sich vergnügte, arbeitete aber sonst die ganze Festzeit hindurch weiter. Ich setzte meine Besuche bei ihnen fort und wurde jede Woche von Kubilai zur Audienz empfangen, damit dieser sich von den Fortschritten überzeugen konnte, die ich in meiner Erziehung machte. Bei jedem Besuch war ich bemüht, ihn mit irgendwelchen Dingen zu erstaunen und zu beeindrucken, die ich inzwischen gelernt hatte. Manchmal jedoch hatte ich selbstverständlich nichts weiter als Belanglosigkeiten zu berichten wie etwa: »Wißt Ihr, Sire, daß der Hofastrologe, der ja Eunuch ist, sein abgeworfenes Gemächt in einem Krug aufbewahrt?«

Woraufhin er mit einer gewissen Schroffheit erwiderte: »Ja. Es geht das Gerücht, der alte Narr konsultiere bei seinen Vorhersagen häufiger dieses Eingelegte als die Sterne.«

Doch für gewöhnlich redeten wir über Gewichtigeres. Bei einer unserer Begegnungen irgendwann nach der Neujahrszeit und nachdem ich in der vorhergehenden Woche die acht Richter des *cheng* befragt hatte, faßte ich den Mut, mit dem Khakhan über Gesetze und Statuten zu diskutieren, nach denen sein Reich regiert wurde. Wie dieses Gespräch vonstatten ging, ist nicht minder interessant als sein Inhalt, denn wir unterhielten uns im Freien unter ganz einzigartigen Umständen.

Der Hofbaumeister und seine Sklaven und Elefanten hatten die Aufschüttung des *kara*-Hügels inzwischen beendet, ihn mit weichem Mutterboden überzogen, und der Gärtnermeister und seine Leute hatten Rasen und Blumen, Bäume und Sträucher gepflanzt. Nichts von alledem stand bis jetzt in Blüte, und so war der Hügel immer noch recht kahl. Doch so manches von den zugehörigen Zierbauten war bereits fertiggestellt, und da sie im Han-Stil ausgeführt waren, verliehen sie dem Hügel ziemlich viel Farbe. Der Khakhan und Prinz Chingkim inspizierten an diesem Tage das zuletzt fertiggestellte Werk und forderten mich auf, sie zu begleiten. Bei der letzten Verschönerung des Hügels handelte es sich um einen runden, rund zehn Schritt im Durchmesser messenden Pavillon, ein kleines Bauwerk, das ganz aus Schnörkeln bestand: geschwungenes Dach und gewundene Säulen und Balustraden aus durchbrochener Arbeit, nirgends eine gerade Linie. Eine ziegelgepflasterte Terrasse, ebenso breit wie der Durchmesser des Pavilloninneren, führte drum herum, und diese wiederum wurde eingefaßt von einer doppelt mannshohen festen Mauer, die innen wie außen ein Mosaik aus Edelstein, Glasfluß, Vergoldung, Jade- und Porzellanstückchen bildete.

Der Pavillon fiel angenehm ins Auge, besaß jedoch ein ganz besonderes Merkmal, welches nur das Ohr wahrzunehmen imstande war. Ich weiß nicht, ob der Hofbaumeister das geplant hatte, oder ob es sich nur zufällig ergeben hat. Zwei oder mehr Personen konnten an beliebiger Stelle innerhalb der Umfassungsmauer Aufstellung nehmen und im Flüsterton miteinander reden, sich jedoch gleichwohl sehr gut verstehen. Später wurde das Bauwerk unter dem Namen Echo-Pavillon berühmt, doch waren meines Wissens der Khakhan, der Prinz und ich die ersten, die sich an ihm belustigten. Wir stellten uns in gleicher Entfernung – etwa achtzig Fuß – voneinander auf, keiner konnte den anderen sehen, denn der Pavillon stand in der Mitte und versperrte die Sicht. Dennoch brauchten wir die Stimme nicht zu erheben und plauderten so mühelos miteinander, als säßen wir alle um einen Tisch in einem Raum.

Ich sagte: »Die *cheng*-Richter geben mir im Augenblick eine Einführung in die Gesetze Kithais, Sire. Manche finde ich schon sehr streng. Ich erinnere mich an eines, in dem gefordert wird, daß im Falle eines Verbrechens der Magistrat der Präfektur den Schuldigen zu finden und zu bestrafen habe – oder aber er selbst habe die Bestrafung zu erleiden, die das Gesetz für dieses bestimmte Vergehen vorschreibt.«

»Und was ist daran so besonders streng?« hörte ich Kubilais Stimme fragen. »Dadurch wird doch nur gewährleistet, daß kein Magistrat seine Pflicht vernachlässigt.«

»Aber ist es da nicht so, daß oft Unschuldige bestraft werden, bloß weil *irgend jemand* ja bestraft werden muß?«

»Ja, und?« vernahm ich Chingkims Stimme. »Das Verbrechen ist vergolten, und die Menschen wissen, daß jedes Verbrechen gesühnt wird. So trägt das Gesetz dazu bei, daß die Menschen Verbrechen meiden.«

»Mir ist jedoch aufgefallen«, sagte ich, »daß die Han, sofern man sie sich selbst überläßt, offenbar sehr gut damit fahren, wenn sie sich bei der Regulierung ihres Verhaltens in Alltagsdingen bis zu ganz schwerwiegenden Entscheidungen auf ihre Traditionen der guten Manieren verlassen. Nehmt zum Beispiel ihre ganz gewöhnliche Höflichkeit. Würde ein Kärrner zum Beispiel so ungehobelt sein, einen Vorübergehenden nach dem Weg zu fragen, ohne zuvor von seinem Wagen zu steigen, würde man ihn zumindest in die falsche Richtung weisen, falls er wegen seines ungehörigen Benehmens nicht sogar beschimpft würde.«

»Aber bringt ihn das dazu, sein Verhalten zu ändern?« fragte Kubilais Stimme. »Wie etwa eine tüchtige Tracht Prügel?«

»Er brauchte sein Verhalten nicht zu ändern, Sire, weil er eines solchen ungebührlichen Verhaltens gar nicht fähig wäre. Nehmt ein anderes Beispiel: schlichte Ehrlichkeit. Jemand, der eine Straße entlanggeht, entdeckt etwas, das jemand anders verloren hat. Er eignet es sich nicht an, sondern stellt sich daneben auf und wacht darüber. Die Aufgabe, darüber zu wachen, ist für ihn erst dann erledigt, wenn er sie an den Nächstkommenden überträgt und dieser an den, der nach ihm kommt. So wird unermüdlich über den verlorenen Gegenstand gewacht, bis derjenige, der ihn verloren hat, auf der Suche danach zurückkommt.«

»Worüber Ihr jetzt redet, das sind zufällige Begebenheiten«, ließ sich die Stimme des Khakhan vernehmen. »Angefangen habt Ihr mit Verbrechen und Gesetzen.«

»Gut, Sire, betrachten wir einen richtigen Gesetzesverstoß. Ist jemand von einem anderen ein Unrecht angetan worden, läuft er nicht zum Magistrat und verlangt, daß der Missetäter zur Wiedergutmachung seiner Tat gezwungen wird. Bei den Han gibt es sogar ein diesbezügliches Sprichwort: dem Toten wird angeraten, die Verdammung, und den Lebenden, das Gericht zu meiden. Bringt ein Han Schande über sich, nimmt er sich zur Sühne selbst das Leben, wie ich das während des Neujahrsfestes häufig erlebt habe. Tut jemand ihm ein großes Unrecht an und bringt das Gewissen dieses Jemand diesen nicht dazu, die Angelegenheit bald zu bereinigen, geht das *Opfer* hin und hängt sich vor der Tür des Schuldigen auf. Die Schande, die jetzt über den Missetäter gehäuft wird, ist weit schlimmer als jede Rache, der man hätte Genüge tun können.«

Trocken erkundigte Kubilai sich: »Findet Ihr, das sei eine große Genugtuung für den Toten? Ihr nennt das Wiedergutmachung?«

»Man hat mir gesagt, Sire, daß der Missetäter die Schande nur dadurch abwaschen kann, daß er den Überlebenden aus der Familie des Toten volle Wiedergutmachung leistet.«

»Das geschieht unter dem Khanats-Gesetz auch, Marco. Nur, wenn jemand gehängt wird, dann der Missetäter, nicht das Opfer. Ihr mögt das streng nennen, aber ich vermag keine Ungerechtigkeit darin sehen.«

»Sire, ich habe einmal erklärt, Ihr würdet wegen Eurer Untertanen ganz allgemein zu Recht von jedem anderen Herrscher in der Welt bewundert und beneidet. Gleichwohl frage ich mich: Wie sehen Eure Untertanen selbst Euch? Wäret Ihr ihrer Zuneigung und Treue nicht sicherer, wenn Ihr in den von Euch aufgestellten Normen nicht ganz so unerbittlich wäret?«

»Erklärt das genauer«, sagte er scharf. »Nicht ganz so unerbittlich.«

»Sire, betrachtet meine Heimat, die Republik Venedig. Sie ist nach dem Muster der klassischen Republiken Roms und Griechenlands aufgebaut. In einer Republik steht es jedem Bürger frei, seine Persönlichkeit auszubilden und sein Schicksal selbst zu bestimmen. Gewiß, es gibt Sklaven und Klassenunterschiede in Venedig. Doch in der Theorie kann ein tüchtiger Mann weit über seine Klasse hinaus aufsteigen. Ganz aus eigenem kann er sich aus Elend und Not herausarbeiten und zu Wohlstand und Wohlleben gelangen.«

Diesmal war es Chingkims Stimme, die sich vernehmen ließ: »Und geschieht das oft in Venedig?«

»Nun«, sagte ich, »ich weiß von einer oder zwei, die bewußt ihr gutes Aussehen einsetzten und hoch über ihrem Stand heirateten.«

»Ist das die Tüchtigkeit, von der Ihr redet? Hierzulande nennt man so etwas Konkubinat.«

»So schnell fallen mir nur keine anderen Beispiele ein. Aber . . .«

»In Rom und Griechenland«, sagte Kubilai, »gab es dort viele Beispiele dafür?«

»Das kann ich ehrlich nicht sagen, Sire. Ich bin schließlich kein Historiker.«

Wieder ertönte Chingkims Stimme: »Haltet Ihr das wirklich für möglich, Marco? Daß alle Menschen es schafften, gleich, frei und reich zu sein, wenn man ihnen nur die Freiheit ließe, es zu erreichen?«

»Warum nicht, mein Prinz? Einige unserer bedeutendsten Philosophen haben diese Ansicht vertreten.«

»Der Mensch glaubt alles, was ihn nichts kostet«, ließ sich Kubilais Stimme vernehmen. »Auch das ist ein Sprichwort der Han. Marco, ich weiß, was geschieht, wenn man die Menschen einfach tun läßt, was sie wollen – und diese Einsicht habe ich nicht aus der Lektüre von Geschichtsbüchern. Ich weiß das, weil ich Menschen das habe tun lassen.«

Es verging eine Weile, dann sagte Chingkim amüsiert: »Marco ist dermaßen geschockt, daß es ihm die Sprache verschlägt. Aber es stimmt, Marco. Ich habe erlebt, wie mein königlicher Vater diese Taktik einmal anwendete, um im Lande To-Bhot eine Provinz zu erobern. Diese Provinz widersetzte sich unseren direkten Angriffen, deshalb ließ der Khakhan dem Bho-Volk einfach folgendes verkünden: ›Ihr seid frei von euren früheren tyrannischen Herrschern und Unterdrückern. Als fortschrittlicher Herrscher stelle ich es jedem von euch frei, jenen Platz einzunehmen, der ihm in der Welt rechtens zusteht.‹ Wißt Ihr, was daraufhin geschehen ist?«

»Es hat sie hoffentlich glücklich gemacht, Prinz.«

Kubilai stieß ein Lachen aus, das innerhalb der Umfassungsmauer widerhallte, als würde ein Eisenkessel mit einem Holzhammer bearbeitet. Er sagte:

»Folgendes geschieht, Marco. Sagt einem Armen, es stehe ihm frei, die Reichen zu berauben, die er so lange beneidet hat. Macht er sich daraufhin auf, das goldene Haus irgendeines großen Herrn zu plündern? Nein, er bemächtigt sich des Schweins, das seinem Nachbarn gehört. Sagt einem Sklaven, er sei jetzt endlich frei und gleich wie alle anderen Menschen. Vielleicht beweist er seine Gleichheit zuallererst damit, daß er seinen früheren Herrn umbringt. Aber als zweites wird er einen Sklaven kaufen. Sagt einer Truppe von gemeinen Soldaten, die man wider Willen zum Militärdienst gepreßt hat, sie könnten jetzt desertieren und nach Hause gehen. Bringen sie nun die hohen Generale um, die sie in ihren Dienst gezwungen haben? Nein, sie murksen den ab, den man aus ihren Reihen ausgewählt und zum Sergeanten befördert hat. Sagt allen Getretenen, es stehe ihnen frei, sich gegen ihren unbarmherzigen Unterdrücker zu erheben. Marschieren sie jetzt in Reih und Glied gegen ihren tyrannischen Wang oder Ilkhan? Nein, sie ziehen in wilden Haufen los, um die Geldverleiher des Dorfes in Stücke zu reißen.«

Wieder folgte ein Schweigen. Ich wußte nichts, was ich dem entgegenhalten sollte. Schließlich ergriff Chingkim wieder das Wort:

»In To-Bhot hat das mit der List geklappt, Marco. Die ganze Provinz stürzte ins Chaos, und es war uns ein leichtes, sie zu besetzen. Heute ist mein Bruder Ukuruji Wang von To-Bhot. Was Klassenzugehörigkeit, Privilegien, Wohlstand und Freiheit betrifft, hat sich für das Volk der Bho selbstverständlich nichts geändert. Es ist alles beim alten geblieben.«

Mir fiel immer noch nichts ein, denn der Khakhan und der Prinz redeten offensichtlich nicht von irgendwelchen Bauerntölpeln irgendwo im abgelegenen Lande To-Bhot. Ihre Ansichten über das gemeine Volk bezog sich auf das gemeine Volk überall, von dem sie keine hohe Meinung hatten. Gleichwohl fiel mir nichts ein, was ich dem hätte entgegenhalten können. Wir drei verließen daher unsere Plätze um den Echo-Pavillon herum, kehrten zurück in den Palast, tranken *mao-tai* zusammen und redeten von anderen Dingen. Ich schlug nie wieder eine Milderung der mongolischen Gesetze vor, und so schließen bis auf den heutigen Tag die überall im Khanat verkündeten Anordnungen wie damals mit dem Satz: »Also spricht der Khakhan; zittert, alle Menschen, und gehorcht!«

Kubilai machte nie eine Bemerkung darüber, in welcher Reihenfolge ich die verschiedenen Minister aufsuchte, obwohl er davon hätte ausgehen können, daß ich eigentlich mit dem höchsten von ihnen hätte anfangen müssen: jenem Oberminister Achmad az-Fenaket, von dem ich nun schon so oft gesprochen habe. Gleichwohl hätte ich mit Freuden diesen Araber ganz und gar links liegenlassen, zumal nachdem ich so viele unerfreuliche Dinge über ihn gehört hatte. In der Tat habe ich auch nie um Audienz bei ihm nachgesucht, und so war es denn auch Achmad, von dem der Anstoß zu einer Begegnung ausging. Er schickte einen Diener mit einer gereizt klingenden Botschaft zu mir, in der es hieß, ich solle bei ihm erscheinen und meinen Lohn aus seiner eigenen Hand entgegennehmen; schließlich sei er der Finanzminister. Vermutlich ärgerte es ihn, daß das Geld sich unangetastet bei ihm angesammelt hatte und ich die Neujahrszeit hatte verstreichen lassen, ohne das Geld abzuholen, womit für ihn die Rechnung offen war. Doch seit ich vom Khakhan in Dienst genommen war, hatte ich es versäumt, mich zu erkundigen, von wem ich nun bezahlt würde oder wieviel ich bekäme, denn ich brauchte keinen einzigen *bagatìn* oder *tsien*, wie die kleinste Scheidemünze hier in Kithai hieß. Ich war überaus elegant untergebracht und war mit Essen und Trinken und allem versorgt; selbst wenn ich Geld gehabt hätte, ich hätte nicht gewußt, wie es ausgeben.

Ehe ich Achmads Aufforderung nachkam, ging ich zu meinem Vater, um mich zu erkundigen, ob die Unternehmungen der Compagnia Polo immer noch durchkreuzt würden und, falls ja, ob er möchte, daß ich das Thema bei dem hinderlich sich in den Weg stellenden Araber zur Sprache brachte. Da ich meinen Vater nicht in seinen Gemächern vorfand, begab ich mich in die meines Onkels. Dieser lehnte sich auf einer Liegestatt zurück und ließ sich von einer seiner Dienerinnen rasieren.

»Was soll denn das, Onkel Mafìo?« rief ich aus. »Du läßt dir deinen Reisebart abnehmen? Warum?«

Durch den Schaum hindurch sagte er: »Wir werden es vornehmlich mit Han-Kaufleuten zu tun haben, und die Han verabscheuen Körperbehaarung als barbarisch. Da sämtliche Araber von der *ortaq* einen Bart tragen, meinte ich, Nico und mir könnte es zum Vorteil gereichen, wenn wir uns glattrasiert präsentierten. Außerdem hat es ehrlich gesagt meine Eitelkeit verletzt zu sehen, daß der Bart meines älteren Bruders immer noch so dunkel ist wie in seiner Jugend, während der meine so grau ist wie der von Nasenloch.«

Wie ich annahm, hielt mein Onkel auch seine Scham unbehaart, und so meinte ich etwas stichelnd: »Viele Han rasieren sich auch den Kopf. Hast du auch vor, es ihnen darin gleichzutun?«

»Viele lassen sich aber auch das Haar so lang wachsen wie eine Frau«, sagte er ungerührt. »Vielleicht mache ich auch das. Bist du bloß hergekommen, um an meinem Aussehen herumzumäkeln?«

»Nein, aber ich glaube, damit ist bereits beantwortet, was ich dich fragen wollte. Wenn du sagst, ihr hättet mit Kaufleuten zu tun, bedeutet das vermutlich, daß du und Vater eure Differenzen mit dem Araber Achmad beigelegt habt.«

»Jawohl, auf sehr angenehme Weise. Er hat uns sämtliche erforderlichen Erlaubnisse ausgestellt. Sprich nicht in einem solchen Ton von dem Oberminister, Marco. Wie sich herausgestellt hat, ist er ... nun, ja, gar nicht so schlimm.«

»Das freut mich zu hören«, sagte ich, wiewohl ich ihm nicht ganz glaubte. »Ich muß nämlich auf der Stelle zu ihm.«

Aus seiner fast liegenden Haltung richtete mein Onkel Mafìo sich auf. »Hat er dich womöglich aus irgendeinem Grund aufgefordert, vorher bei mir vorbeizuschauen?«

»Nein, nein. Ich muß nur Geld bei ihm abholen, von dem ich nicht weiß, was ich damit anfangen soll.«

»Ah«, sagte mein Onkel und lehnte sich wieder zurück. »Gib es Nico, damit er es in der Compagnia anlegt. Eine bessere Geldanlage gibt es nicht.«

Nach einigem Zaudern sagte ich: »Ich möchte bemerken, Onkel, daß du weit besser aufgelegt bist als das letzte Mal, da wir uns unter vier Augen sprachen.«

»*E cussì?* Ich bin eben wieder im Geschäft.«

»Ich habe aber keine – hm – materiellen Dinge gemeint.«

»Ah, sondern meinen berühmten *Zustand*«, sagte er mit schief verzogenem Mund. »Wäre es dir lieber, ich ließe den Kopf hängen und hüllte mich in Schwermut?«

»Keineswegs, Onkel. Ich bin entzückt, daß du offenbar bis zu einem gewissen Grade mit dir selbst ins reine gekommen bist.«

»Das ist sehr nett von dir, Neffe«, sagte er jetzt mit freundlicherer Stimme. »Offen gestanden bin ich dahintergekommen, daß ein Mann, dem keine Lust mehr geschenkt werden kann, ein beträchtliches Vergnügen daran finden kann, selbst Lust zu schenken.«

»Was immer das bedeutet – es freut mich für dich.«

»Vielleicht glaubst du mir nicht«, sagte er geradezu schüchtern. »Aber experimentierfreudig, wie ich bin, fand ich, ich könnte selbst der hier, die mich gerade rasiert, Lust bereiten. Ja, mach nicht ein so erschrockenes Gesicht – einer Frau. Woraufhin sie wiederum mich ein paar weibliche Künste des Lustschenkens lehrte.« Daß er so verlegen dreinsah, schien ihn plötzlich noch verlegener zu machen, und so stieß er ein mächtiges Lachen aus, um die Verlegenheit zu vertreiben. »Wer weiß, was für neue Erfahrungen ich noch vor mir habe! Danke für die Nachfrage, Marco, aber erspare mir bitte, daß ich rot werde. Wenn Achmad dich erwartet, machst du dich jetzt besser auf den Weg.«

Als ich das üppig eingerichtete Allerheiligste des Oberministers, Vizeregenten und Finanzministers betrat, erhob dieser sich nicht und begrüßte mich auch sonst nicht. Statt dessen erwartete er offenbar anders als der Khan Aller Khane, daß ich *ko-tou* vor ihm machte, was ich tat, und als ich wieder aufstand, bot er mir auch keinen Platz an. Der Wali Achmad sah aus wie jeder andere Araber: Hakennase, kräftiger schwarzer Bart, dunkle, griesige Haut. Da er die Kithaier Sitte des häufigen Badens übernommen hatte, sah er nur sauberer aus als die meisten Araber, die ich in arabischen Ländern gesehen hatte. Außerdem besaß er die kältesten Augen, die ich je bei einem Araber oder überhaupt bei einem Orientalen gesehen hatte. Braune Augen sind für gewöhnlich warm wie *qahwah,* doch die seinen wirkten mehr wie Splitter von Achatstein. Er trug die arabische *aba* und *kaffiyah,* allerdings nicht aus dünner Baumwolle, sondern aus Seide, die in allen Regenbogenfarben schillerte.

»Euer Lohn, Polo«, sagte er brüsk und schob mir keine Geldbörse über den Tisch, sondern einen unordentlichen Stapel Papier.

Ich nahm diesen zur Hand und besah mir die Papiere, von denen eines so aussah wie das andere. Sie bestanden aus dunklem, haltbarem Maulbeerpapier, waren auf beiden Seiten mit verworrenen Zeichen und einer Fülle von Wörtern geschmückt, in Han-Schriftzeichen sowie dem mongolischen Alphabet in schwarzer Tinte, darüber in roter Tinte ein großes und verschlungenes Siegel. Ich bedankte mich nicht. Ich hatte im Augenblick, da ich ihn sah, eine instinktive Abneigung gegen den Mann gefaßt und erwartete insgeheim irgendwelche Schikanen. Infolgedessen sagte ich:

»Verzeiht, Wali Achmad, aber werde ich in Papier-*paghèri* entlohnt?«

»Das weiß ich nicht«, sagte er gedehnt. »Was bedeutet das Wort?«

»*Paghèri* sind Papiere, mit denen man verspricht, ein Darlehen zurückzuzahlen oder in der Zukunft irgendeiner finanziellen Verpflichtung nachzukommen. Solche *paghèri* erleichtern den Zahlungsverkehr in Venedig.«

»Dann, meine ich, könnt Ihr diese Papiere *paghèri* nennen, denn auch hier erleichtern sie den Zahlungsverkehr, ja, stellen in diesem Reich ein durchaus gesetzlich anerkanntes Zahlungsmittel dar. Wir haben das System von den Han übernommen, die es ›fliegendes Geld‹ nennen. Jedes einzelne der Papiere, die Ihr da in der Hand haltet, ist einen *liang* Silber wert.«

Ich schob das Bündel über den Tisch hinweg wieder zu ihm hinüber. »Wenn es dem Wali nichts ausmacht – dann würde ich lieber Silber nehmen.«

»Ihr habt aber den Gegenwert«, versetzte er bissig. »Soviel Silber könntet Ihr kaum tragen. Das Schöne am fliegenden Geld ist ja gerade, daß große, ja, sogar gewaltige Summen ausgetauscht oder transportiert werden können, ohne daß es nötig ist, schwere Lasten oder große Mengen an einen anderen Ort zu bringen oder sie in der Matratze zu verstecken, wenn Ihr ein Geizkragen seid. Und wollt Ihr für irgendeine Ware bezahlen, braucht der Kaufmann nicht jedesmal das Silber abzuwiegen oder das Metall auf seine Reinheit zu überprüfen.«

»Ihr meint«, sagte ich mißtrauisch, »ich könnte also auf den Markt gehen und eine Schale *miàn* kaufen, und der Koch von der Garküche würde einen dieser Zettel als Bezahlung annehmen?«

»*Bismillah!* Dafür würde er Euch die ganze Garküche geben und wahrscheinlich Frau und Kinder obendrein! Ich habe Euch doch gesagt: Jeder von diesen Scheinen ist einen ganzen *liang* wert. Und ein *liang,* das sind eintausend *tsien,* und für einen *tsien* bekommt Ihr zwanzig oder dreißig Schalen *miàn*. Wenn Ihr kleinere Einheiten zum Wechseln wollt – hier.« Einer Schublade entnahm er mehrere Stapel von Scheinen kleinerer Größe. »Wie wollt Ihr es haben? Scheine zu je einem halben *liang?* Oder für hundert *tsien?* Sagt, was!«

Tief beeindruckt sagte ich: »Dann gibt es das fliegende Geld in allen Größen? Und das gemeine Volk nimmt sie wie richtiges Geld in Zahlung?«

»Es *ist* richtiges Geld, Ungläubiger! Könnt Ihr denn nicht lesen? Diese Worte auf dem Papier bestätigen doch ihre Echtheit. Der Nennwert steht drauf, und darunter die Unterschriften zahlreicher Beamter und Schatzmeister und Schreiber vom Kaiserlichen Schatzamt. Unter anderem *mein* Name. Und darüber gestempelt mit roter Tinte ein weit größeres *yin* – das Großsiegel von Kubilai persönlich. Das ist die Garantie dafür, daß dies Papier jederzeit bei den Schatzmeisterstellen gegen den Nennbetrag in reinem Silber eingetauscht wird.«

»Aber«, sagte ich, noch immer nicht restlos überzeugt, »wenn irgend jemand eines Tages eines von diesen Papieren einlösen wollte, und es würde zurückgewiesen . . . ?«

Trocken sagte Achmad: »Sollte jemals die Zeit kommen, da der *yin* des Khakhan Nichtachtung hervorruft, werdet Ihr weit dringendere Sorgen haben als Sorgen um Euren Lohn. Das wird uns dann allen so ergehen.«

Immer noch das fliegende Geld betrachtend, sann ich laut: »Gleichviel, ich meine immer noch, es wäre für das Schatzamt viel weniger umständlich, wenn es einfach die Silberstücke auszahlte. Ich meine, wenn überall im Reich Stapel von diesen kleinen Papieren im Umlauf sind, und wenn jeder Beamte seinen Namen auf jedes einzelne schreiben müßte . . .«

»Wir schreiben den Namen nicht immer und immer wieder«, sagte Achmad, und allmählich bekam seine Stimme etwas Verärgertes. »Wir schreiben ihn nur ein einziges Mal, und nach dieser Unterschrift fertigt der Meister-*yin*-Macher des Palastes ein *yin*, das heißt, ein spiegelbildlich geschriebenes Wort wie ein Siegel, das man mit Tinte bestreichen und unzählige Male auf Papier aufstempeln kann. Selbst Ihr unzivilisierten Venezianer seid doch wohl mit Siegeln vertraut.«

»Jawohl, Wali Achmad.«

»Nun denn. Zwecks Herstellung eines Geldscheins werden all die verschiedenen einzelnen *yin* für Wörter und Schriftzeichen gebündelt und in eine Form von der richtigen Größe gezwängt. Diese Form wird wiederholt mit Tinte bestrichen und die Papiere einzeln aufgedrückt. Das ist ein Verfahren, das die Han *zi-shu-ju* nennen, was etwa soviel bedeutet wie: zusammengefaßte Schrift.«

Ich nickte. »Unsere Mönche im Abendland schneiden oft den großen Anfangsbuchstaben einer Handschrift spiegelverkehrt in einen Holzstock und bedrucken mehrere Blätter, damit die Brüder Illuminatoren sie mit Farben ausfüllen und überhaupt auf ihre persönliche Weise ausschmücken, ehe der Rest mit der Hand hinzugeschrieben wird.«

Achmad schüttelte den Kopf. »Bei der zusammengefaßten Schrift braucht der Aufdruck sich nicht auf den Anfangsbuchstaben zu beschränken, und mit der Hand braucht überhaupt nichts geschrieben zu werden. Wenn man viele gleiche *yin* eines jeden Schriftzeichens, das die Han-Sprache kennt, in Ton formt – und wo wir jetzt *yin* eines jeden Buchstabens des mongolischen Alphabets haben –, läßt das *zi-shu-ju* zu, eine beliebige Anzahl von *yin* zu beliebig vielen Wörtern zusammenzufügen. Auf diese Weise kann man ganze Schriftseiten zusammenstellen, und mehrere Schriftseiten ergeben ein Buch. Mit *zi-shu-ju* lassen sich Bücher in großen Mengen weit schneller und fehlerloser herstellen, als das irgendwelchen Schreibern je möglich wäre – Bücher, die alle gleich aussehen. Und, vorausgesetzt, man stellt *yin* des arabischen und des römischen Alphabets her, lassen sich damit Bücher genauso mühelos, billig und in großer Zahl in jeder bekannten Sprache herstellen.«

»Was Ihr nicht sagt!« murmelte ich. »Nun, Wali, dann wäre das eine Erfindung, die es noch mehr zu bewundern gälte als die Vorteile des fliegenden Geldes.«

»Da habt Ihr recht, Polo. Das habe ich selbst genauso gesehen, als ich das erste Mal die Bücher in zusammengefaßter Schrift sah. Ich hatte daran gedacht, ein paar von den Han, die sich auf dieses Verfahren verstehen, in den Westen zu schicken, damit sie die Kunst des *zi-shu-ju* in meiner Heimat Arabien verbreiteten. Dann erfuhr ich jedoch gerade noch rechtzeitig, daß zum Einstreichen der *zi-shu-ju*-Formen mit Tinte Pinsel aus Schweinsborsten verwendet werden. Damit wäre es unmöglich, dies Verfahren bei den Völkern des heiligen Islam einzuführen.«

»Ja, das begreife ich. Nun, vielen Dank, Wali Achmad – sowohl für die Unterweisung als auch für den Lohn.« Ich bemühte mich, die Papierstapel in den Beutel an meinem Leibriemen zu verstauen.

»Gestattet mir«, sagte er wie beiläufig, »daß ich Euch noch in ein oder zwei Dingen unterweise. Es gibt ein paar Orte, wo ihr das fliegende Geld *nicht* ausgeben könnt. In der Werkstatt des Liebkosers, zum Beispiel; dort werden Bestechungsgelder nur in reinem Gold angenommen. Aber ich denke, das habt Ihr schon gewußt.«

Bemüht, mir nichts anmerken zu lassen, hob ich die Augen von meinem Geldbeutel und begegnete seinem kalten Blick. Was mochte er sonst noch von mir wissen? Doch da besaß er auch schon die Freundlichkeit, es mir zu sagen.

»Ich würde im Traum nicht auf den Gedanken kommen, Euch vorzuschlagen, dem Khakhan nicht zu gehorchen. Er hat Euch beauftragt, Erkundigungen anzustellen und die Menschen auszufragen. Ich jedoch schlage vor, daß Ihr Euch dabei auf die oberen Ränge des Palastes beschränkt. Daß Ihr es nicht unten in den Verliesen von Meister Ping tut, ja, nicht einmal in den Sklavenunterkünften.«

Also wußte er, daß ich unten die Ohren spitzen ließ. Aber wußte er auch, warum? Wußte er, daß ich mich für den Minister der Kleineren Volksgruppen interessierte, und wenn er es wußte – warum sollte es ihn stören? Oder fürchtete er, daß ich Abträgliches und damit Schädliches über Achmad, den Oberminister, in Erfahrung brachte? Ich hielt mein Gesicht ausdruckslos und wartete ab.

»Kellerverliese sind ungesunde Aufenthaltsorte«, fuhr er so gleichmütig fort, als warnte er mich vor Gliederschmerzen. »Aber zu Foltern kann es auch über der Erde kommen – und zwar zu schlimmeren als denen, die der Liebkoser ersinnt.«

Da mußte ich ihn berichtigen. »Ich bin überzeugt, etwas Schlimmeres als den Tod der Tausend kann es nicht geben. Vielleicht, Wali Achmad, seid Ihr nicht vertraut mit den . . .«

»Ich *bin* damit vertraut. Aber sogar der Liebkoser kennt eine Todesart, die noch schlimmer ist. Und ich kenne deren mehrere.« Er lächelte – das heißt, seine Lippen lächelten, seine Achataugen nicht. »Euch Christen deucht die Hölle die furchtbarste Folter, die es geben kann, und eure Bibel sagt euch, die Hölle, das seien Schmerzen. ›In das Höllenfeuer geworfen zu werden, wo ihr Wurm nicht stirbt und das Feuer nicht gelöscht wird.‹ So spricht euer sanfter Jesus in Kapernaum zu seinen Jüngern. Wie euer Jesus warne ich euch, nicht mit der Hölle zu liebäugeln, Marco Folo, und keinen Versuchungen nachzugehen, die Euch dorthin bringen könnten. Aber laßt mich Euch noch etwas über die Hölle sagen, das nicht in eurer christlichen Bibel steht. Die Hölle besteht nicht notwendigerweise aus ewig brennendem Feuer oder einem nagenden Wurm oder einem körperlichen Schmerz. Hölle ist nicht einmal notwendigerweise ein Ort. Hölle ist, was immer am meisten schmerzt.«

11 Von den Gemächern des Oberministers begab ich mich direkt in meine eigenen, mit der Absicht, Nasenloch aufzutragen, sofort mit seinen Spitzeleien aufzuhören – zumindest so lange, bis ich ernst und eingehend über die Warnungen und Drohungen des Wali nachgedacht hätte. Aber Nasenloch war nicht da; dafür jedoch jemand anders aus dem Sklavenstand. Biliktu und Buyantu begegneten mir im Vorraum mit hochmütig in die Höhe geschobenen Brauen und erklärten mir, eine Fremde sei gekommen und habe gebeten, zu bleiben und so lange zu warten, bis ich wiederkäme. Meine Zwillinge, die weder mir noch sonst jemand gehörten, hatten für unter ihnen Stehende nichts als Verachtung übrig, doch diese Sklavin schien sie mehr zu reizen als andere. Neugierig zu erfahren, was sie denn so erboste, ging ich in meinen Hauptraum. Eine Frau saß auf einer Bank. Bei meinem Eintritt glitt sie in anmutigem *ko-tou* auf den Boden und blieb dort auf den Knien liegen, bis ich sie aufforderte, sich zu erheben. Sie stand auf, ich sah sie an, und die Augen gingen mir über.

Sobald die Palastsklaven bei der Erledigung ihrer Aufgaben aus Keller, Küche oder Stallungen heraufkamen, waren sie immer gut gekleidet, was dazu dienen sollte, ein besonders gutes Licht auf ihre Herren zu werfen; deshalb war es nicht die schöne Kleidung der Frau, die bewirkte, daß mir die Augen fast aus dem Kopf fielen. Was mich so überwältigte, war, daß sie sie trug, als *verdiene* sie nichts als das Allerfeinste, und sei es gewohnt, nur dies zu tragen – und als sei sie sich bewußt, daß auch das kostbarste Gewand nicht imstande sei, den Glanz zu überstrahlen, der von ihrer Person ausging.

Sie war kein junges Mädchen mehr; sie mußte etwa in dem Alter von Onkel Mafio oder Nasenloch stehen. Dennoch wies ihr Gesicht keine Falten auf, und die Jahre hatten ihrer Schönheit nur noch zusätzlich Würde verliehen. Sollte irgendein bachhelles, jugendliches Blitzen aus ihren Augen geschwunden sein, dann war es höchstens durch waldseetiefes Dunkel und reife Gelassenheit ersetzt worden. Ihr Haar wies ein paar Silberfäden auf, doch im großen und ganzen war es von einem warmen Rotschwarz, doch nicht strähnig und glatt sondern von schöner Lockenfülle. Sie trug sich gerade und aufrecht und war, soweit ich das unter dem brokatenen Gewand erkennen konnte, immer noch fest und wohlgeformt.

Als ich weiterhin Mund und Nase aufsperrte und sie betrachtete, sagte sie mit samtiger Stimme: »Ihr seid, glaube ich, der Herr des Sklaven Ali Babar.«

»Wessen?« sagte ich etwas begriffsstutzig. »Ach so, ja. Ali Babar gehört mir.«

Um mir meine momentane Verwirrung nicht anmerken zu lassen, murmelte ich eine Entschuldigung und ging hin, einen Blick in einen Krug zu werfen und zu sehen, was mein flammendes Pulver machte. Das also war die Turkprinzessin Mar-Janah! Vor ein, zwei Tagen hatte ich von dem *huo-yao* aus dem Korb etwas in ein etwas robusteres Gefäß geschüttet. Kein Wunder, daß Nasenloch sich vor Jahren in sie verliebt hatte und es heute wieder war. Dann hatte ich etwas Wasser auf diese Portion gegossen. Kein Wunder, daß Nasenloch hoch und heilig versprach, sich grundlegend ändern zu wollen, um diese Frau zu gewinnen. Trotz der Skepsis des Feuerwerksmeisters hatte ich sehen wollen, ob ich dem Pulver nicht in Form eines dicken Breis einen größeren Zusammenhalt geben könne. Das hätte jeder Mann leichtfertig versprochen und sich vielleicht sogar wirklich geändert oder würde alles daransetzen, sich zu ändern. Offensichtlich hatte der Feuerwerksmeister jedoch recht gehabt, meinen Vorschlag leichthin abzutun. Wie um alles in der Welt hatte ein Pavian wie Nasenloch jemals auch nur entfernt mit einer Frau wie dieser bekannt werden können? Das feuchte Pulver war jetzt nichts weiter als ein dunkelgrauer Schlick und ließ durch nichts erkennen, daß noch etwas anderes daraus würde. Eine Frau wie diese sollte über ein Nichts wie Nasenloch lachen – oder ihn rundheraus verhöhnen. Zwar vermochte das Pulver in Breiform nicht mehr auseinanderzufallen, aber zünden würde es nie. Oder sich vor Ekel übergeben! *Vakh!*

»Sagt mir, ob ich recht geraten habe, Herr Marco«, sagte Mar-Janah. Das klang belustigt, doch wollte sie mir offensichtlich helfen, meine Fassung wiederzugewinnen. »Ihr habt mich hergebeten, um mich mit einem Loblied auf die Vorzüge Eures Sklaven Ali Babar zu beglücken.«

Ich hüstelte ein paarmal und versuchte es: »Nase ...« Wieder hüstelte ich und versuchte es nochmals. »Ali kann sich einer ganzen Reihe von Tugenden und Gaben und Leistungen rühmen.«

Das immerhin konnte ich sagen, ohne zu erröten und ohne etwas Falsches zu sagen, denn wenn man etwas Wahres über Nasenloch sagen konnte, so, daß er es verstand, sich zu rühmen.

Leicht lächelnd sagte Mar-Janah: »Wie ich von unseren Mitsklaven weiß, können sie sich nicht schlüssig werden, was größer ist: Ali Babars gewaltige Selbstbewunderung oder die Aufgeblasenheit, mit der er sie zum Ausdruck bringt. Alle jedoch stimmen darin überein, dies wären Züge, die lobenswert sind bei jemand, der in allem anderen versagt.«

Ich muß sie wohl offenen Munds angestarrt haben. Schließlich sagte ich: »Moment mal! Ihr wißt offenbar eine ganze Menge über Nas ... über Ali. Dabei dürftet Ihr eigentlich nicht einmal wissen, daß er hier lebt.«

»Ich weiß mehr als nur das. Ich weiß, daß die anderen Sklaven sich mit ihren höhnischen Bemerkungen alle irren. Als ich Ali Babar kennenlernte, war er all das, wovon er jetzt nur behauptet, es zu sein.«

»Das glaube ich nicht«, erklärte ich mit Entschiedenheit. Dann stellte ich in höflicherem Ton eine Frage: »Wollt Ihr *cha* mit mir trinken?«

Ich klatschte in die Hände, und Buyantu tauchte so schnell auf, daß ich argwöhnte, sie müsse hinter der Tür mit dem Vorhang davor gelauert und gelauscht haben. Ich bestellte *cha* für die Besucherin und *putao* für mich, und Buyantu ließ uns wieder allein.

Jetzt wandte ich mich wieder Mar-Janah zu. »Es würde mich interessieren, mehr – über Euch und Ali Babar zu erfahren.«

»Wir waren jung, damals«, sagte sie in Erinnerungen verloren. »Die arabischen Banditen kamen aus den Bergen herunter auf meinen Wagen zugesprengt und brachten den Wagenlenker um, doch Ali machte den Vorreiter, und ihn nahmen sie lebendig gefangen. Sie brachten uns in ihre Höhlen in den Bergen; Ali sollte den Boten machen und meinem Vater die Lösegeldforderung überbringen. Ich bat ihn, sich zu weigern, was er tat. Da lachten sie und schlugen ihn auf sehr grausame Weise, dann steckten sie ihn bis zum Hals in einen großen Krug mit Sesam-Öl. Das, so sagten sie, werde seinen Eigensinn erweichen.«

Ich nickte. »Ja, so etwas tun die Araber. Damit erweichen sie noch mehr als nur Eigensinn.«

»Aber Ali Babar wurde nicht weich. Das tat vielmehr ich. Oder tat zumindest so. Ich tat so, als hätte ich mich in den Anführer der Banditen verliebt; dabei war es der standhafte und getreue Ali, an den ich mein Herz verloren hatte. Aber indem ich den Banditen etwas vorspielte, verschaffte ich mir jedenfalls ein gewisses Maß an Freiheit, und so gelang es mir eines Nachts, Ali aus dem großen Krug zu befreien und ihm einen Säbel zu besorgen.«

Buyantu, Biliktu neben sich, kehrte zurück; jede von ihnen trug etwas zu trinken. Sie reichten Mar-Janah ihren Becher und mir meinen Kelch und verweilten noch, um sich unseren hübschen Besuch genau anzusehen, als fürchteten sie, ich sei dabei, noch eine unwillkommene vierte für unsere *ménage* zu gewinnen. Mit einem Handwedeln scheuchte ich sie hinaus und forderte Mar-Janah auf fortzufahren: »Nun?«

»Alles ging gut. Auf Alis Anraten hin spielte ich den Banditen weiter etwas vor. Ich tat so, als willigte ich ein, dem Drängen ihres Anführers nachzugeben, und als ich ihn am verwundbarsten hatte, sprang Ali Babar durch die Bettvorhänge und erdolchte ihn. Dann focht Ali uns tapfer den Weg durch die anderen Banditen frei, die inzwischen erwacht und herbeigelaufen gekommen waren. Wir schafften es bis zu den Pferden, und mit Allahs gütiger Hilfe konnten wir entkommen.«

»Das ist alles nicht leicht zu glauben.«

»Der einzige Nachteil unseres Plans bestand darin, daß ich die Flucht splitternackt zurücklegen mußte.« Sittsam wandte sie den Blick von mir ab. »Doch das machte es wunderbar einfach für mich – als wir uns in der Nacht auf einer freundlichen Waldlichtung niederlegten, um zu rasten –, Ali zu belohnen, wie er es verdient hatte.«

»Da habt Ihr ihn – zumindest habe ich das gehört – besser belohnt als Euer Vater, der König.«

Sie stieß einen tiefen Seufzer aus. »Mein Vater beförderte Ali zum Oberpferdepfleger und schickte ihn weit fort vom Palast. Ein königlicher Vater zieht einen königlichen Schwiegersohn vor. Doch den sollte er nie bekommen. Zu seinem größten Verdruß gab ich allen späteren Freiern einen Korb, auch, nachdem ich gehört hatte, daß Ali Babar in die Sklaverei gefallen war. Daß ich eine alte Jungfer war, hat mir später vermutlich das Leben gerettet, als unser Königshaus gestürzt wurde.«

»Das ist mir bekannt«, sagte ich.

»Das Leben ließ man mir zwar, aber viel mehr auch nicht. Allahs Wege sind bisweilen unergründlich. Als ich dem Ilkhan Abagha gegeben wurde, dachte er, er bekäme eine Konkubine von königlichem Geblüt – und war außer sich, als er feststellte, daß ich nicht mehr unberührt war. Daraufhin hat er mich seinen mongolischen Truppen überlassen. Die machten sich nichts daraus, daß ich keine Jungfrau mehr war, fanden es jedoch äußerst amüsant, ein königliches Spielzeug zu haben. Nachdem sie ihr Mütchen an mir gekühlt hatten, wurde das, was noch von mir übrig war, auf dem Sklavenmarkt verkauft, und ich bin seither durch viele Hände gegangen.«

»Das tut mir leid. Was soll ich sonst sagen? Es muß furchtbar für Euch gewesen sein.«

»Ach, nicht sonderlich.« Mutwillig wie eine Stute schüttelte sie die dunkle Lockenpracht. »Ich hatte ja gelernt, den Männern etwas vorzuspielen, versteht Ihr. Und bei jedem Mann machte ich mir selbst vor, er sei mein hübscher, mutiger Ali Babar. Und jetzt hoffe ich, daß Allah mich belohnt. Wenn Ihr mich nicht hättet herkommen lassen, Herr Marco, würde ich selbst um eine Audienz nachgesucht haben – um Euch zu bitten, ob Ihr uns zu unserer Vereinigung verhelfen wollt. Würdet Ihr Ali bitte sagen, daß ich mich danach sehne, wieder die seine zu sein, und daß ich hoffe, man wird uns erlauben zu heiraten?«

Wieder hüstelte ich. Ich wußte nicht recht, wie weiter vorgehen. »Ahem ... Prinzessin Mar-Janah ...«

»Sklavin Mar-Janah«, berichtigte sie. »Sklaven unterliegen noch strengeren Heiratsvorschriften als Königskinder.«

»Mar-Janah, der Mann, dessen Ihr Euch so warm erinnert – ich kann Euch versichern, daß er Euch genauso in der Erinnerung hat. Aber er glaubt, Ihr hättet ihn noch nicht erkannt. Offen gestanden bin ich überwältigt, daß Ihr das getan habt.«

Wieder lächelte sie. »Dann seht Ihr ihn so, wie auch seine Mitsklaven ihn sehen. Nach dem, was sie mir erzählen, hat er sich erschreckend verändert.«

»Nach dem, was sie...? Dann habt Ihr ihn noch gar nicht gesehen?«
»Aber selbstverständlich habe ich das. Nur weiß ich nicht, wie er aussieht. Ich sehe immer noch den Helden in ihm, der sich vor zwanzig Jahren mit meinen arabischen Entführern für mich geschlagen und mich in der Nacht zärtlich geliebt hat. Er ist jung und so schlank und rank wie der Schriftzug für den Buchstaben *alif* und auf eine männliche Weise sehr schön. Sehr ähnlich Euch, Herr Marco.«

»Vielen Dank«, sagte ich, allerdings ganz leise, denn ich war noch wie betäubt. Hatte sie denn nicht einmal das hervorstehend Häßliche an ihm gesehen, das ihm den Namen Nasenloch eingetragen hatte? Ich sagte: »Fern sei es mir, eine bezaubernde Dame enttäuschen und ihr die schönen Träume zerstören zu wollen, aber...«

»Herr Marco, keiner Frau, die einen Mann wahrhaft liebt, kann man die Illusionen hinsichtlich dieses Mannes rauben.« Sie setzte den Becher ab, trat dicht an mich heran und legte scheu die Hand an mein Gesicht. »Ich bin so alt, daß ich fast Eure Mutter sein könnte. Darf ich zu Euch sprechen wie eine Mutter zu ihrem Sohn?«

»Ich bitte darum.«

»Ihr seid zu hübsch und zu jung, und es wird nicht lange dauern, und eine Frau wird Euch wahrhaft lieben. Ob Allah Euch gewährt, daß Ihr und sie Euer Leben lang zusammenbleiben werdet – oder bestimmt, wie das bei Ali Babar und mir gewesen ist, daß Ihr nach Eurem ersten Kennenlernen für lange Zeit getrennt werdet –, Ihr werdet älter werden und sie auch. Ich kann nicht vorhersagen, ob Ihr dermaleinst schwach und gebeugt sein werdet, oder dick, oder kahl, oder häßlich – doch es wird keine Rolle spielen. Das eine kann ich mit Sicherheit sagen: Sie wird Euch immer so sehen, wie sie Euch bei Eurem ersten Kennenlernen sah. Bis an das Ende Eurer Tage. Oder ihrer.«

»Hoheit«, sagte ich und hatte das Gefühl, nie hätte ein Mensch diesen erhabenen Titel mehr verdient als sie. »Walte Gott, daß ich eine Frau finde, die ein so liebendes Herz und Auge besitzt wie Ihr. Aber dennoch empfinde ich es als meine Pflicht, darauf hinzuweisen, daß ein Mann sich verändern kann, ohne daß man das sieht.«

»Ihr empfindet es als Eure Pflicht, mich darüber aufzuklären, daß Ali Babar all die vielen Jahre über nicht der gute Mann geblieben ist, der er einmal war? Daß er kein standhafter oder getreuer, bewundernswerter oder auch nur männlicher Mann geblieben ist? Ich weiß, daß er Sklave gewesen ist, und ich weiß, von Sklaven erwartet man, daß sie eigentlich keine Menschen mehr sind.«

»Nun, ja«, murmelte ich. »So ähnlich hat er sich mir gegenüber auch geäußert. Er sagte, er habe versucht, das Schlimmste auf der Welt zu werden, weil er das Beste verloren hätte.«

Darüber sann sie nach, um dann gedankenverloren zu sagen: »Was immer er und ich gewesen sind, er wird die Spuren, die es bei mir hinterlassen hat, leichter erkennen als ich an ihm.«

Nun war es an mir, sie zu berichten. »Das kann gar nicht sein. Es ist wunderschön, wie Ihr überlebt habt, das ist doch das mindeste, das man sagen muß. Als ich zum ersten Mal von Mar-Janah hörte, erwartete ich, eine bemitleidenswerte Ruine zu sehen, doch was ich sehe, ist immer noch eine Prinzessin.«

Sie schüttelte den Kopf. »Ich war noch Jungfrau, als Ali Babar mich kannte, und ich war unversehrt. Das heißt, als ich geboren wurde, und obwohl ich eine Muslim war – es floß königliches Blut in mir, und deshalb durfte mir in meiner Kindheit mein *bizir* nicht genommen werden. Ich besaß damals einen Körper, auf den man stolz sein konnte, und Ali jauchzte darob. Doch seither bin ich das Spielzeug der halben mongolischen Armee gewesen und noch einmal so vieler Männer hinterher; manche Männer aber mißhandeln ihr Spielzeug.« Wieder wandte sie den Blick ab, fuhr jedoch fort: »Ihr und ich, wir haben freimütig miteinander geredet. Ich werde Euch auch jetzt nichts vormachen. Meine *meme* sind rings von Bißnarben entstellt. Mein *bizir* ist gedehnt worden, bis es erschlaffte. Mein *göbek* ist welk und die Lippen gedehnt. Dreimal habe ich eine Fehlgeburt gehabt, und ich kann nie wieder empfangen.«

Was die türkischen Wörter bedeuteten, mußte ich erraten, doch an der Aufrichtigkeit, mit der sie schloß, war nicht im geringsten zu zweifeln:

»Falls Ali Babar lieben kann, was von mir geblieben ist, Herr Marco – meint Ihr nicht, ich könnte lieben, was von ihm geblieben ist?«

»Hoheit«, sagte ich abermals – und abermals voller Gefühl, daß mir die Stimme fast versagte, »ich fühle mich beschämt, und Ihr macht mich verlegen – aber ich fühle mich auch erleuchtet. Wenn Ali Babar eine Frau verdienen kann wie Ihr, dann steckt mehr von einem Mann in ihm, als ich jemals vermutet hätte. Und ich sollte weniger ein Mann sein, wenn ich nicht alles daransetzte, um dafür zu sorgen, daß Ihr ihn heiraten könnt. Damit ich gleich beginnen kann, alles Nötige in die Wege zu leiten, sagt mir: Welche Vorschriften gilt es hier im Palast zu beachten, wenn zwei Sklaven heiraten möchten?«

»Die Eigentümer beider müssen ihr Einverständnis geben – und sich darin einig sein, wo das Paar künftig leben soll. Das ist alles. Aber nicht jeder Herr ist so gütig und großmütig wie Ihr.«

»Und wer ist Euer Herr? Ich will hinschicken und sogleich um eine Audienz bei ihm bitten.«

Eine kleine Unsicherheit kam in ihre Stimme. »Mein Herr hat, wie ich leider bekennen muß, nicht viel in seinem Haus zu sagen. Ihr müßt Euch schon an seine Gattin wenden.«

»Merkwürdige Verhältnisse«, meinte ich. »Doch das braucht die Dinge ja nicht zu erschweren. Wer ist sie?«

»Die Dame Chao Ku-an. Sie ist zwar Hofkünstlerin, doch ihr Titel lautet Waffenschmied der Palastwache.«

»Oh, ja. Ich habe schon von ihr gehört.«

»Sie ist...« Mar-Janah hielt inne und wählte ihre Worte sehr sorgfältig. »Sie ist eine Frau mit einem sehr starken Willen. Die Dame Chao wünscht, daß ihre Sklaven ganz und gar ihr gehören und zu jeder Tages- und Nachtstunde zur Verfügung stehen.«

»Ich selbst habe auch nicht gerade einen schwachen Willen«, sagte ich. »Und ich habe versprochen, daß eure zwanzigjährige Trennung hier und heute zu enden hat. Sobald alles in die Wege geleitet ist, werde ich dafür sorgen, daß Ihr und Euer Held wiedervereint werden. Bis dahin...«

»Möge Allah Euch segnen, guter Herr und Freund Marco«, sagte sie mit einem Lächeln auf den Lippen und Tränen in den Augen.

Ich rief Buyantu und Biliktu und trug ihnen auf, die Besucherin bis an die Tür zu geleiten. Das taten sie ohne jede Anmut mit gerunzelter Stirn und schmollenden Lippen, und als sie zurückkamen, fuhr ich sie sehr streng an.

»Eure Überheblichkeit gehört sich nicht im geringsten, und sie steht euch überhaupt nicht, meine Lieben. Ich weiß, daß ihr nur mit zweiundzwanzig Karat bewertet worden seid. Die Dame, die Ihr eben so widerwillig hinausgeleitet habt, besitzt nach meinem Dafürhalten vollkommene vierundzwanzig Karat. Und jetzt, Buyantu, lauf und richte der Dame Chao Ku-an meine besten Empfehlungen aus; sag ihr, Marco Polo bittet, ihr seine Aufwartung machen zu dürfen.«

Als sie fort war, stürzte Biliktu davon und verkroch sich schmollend in einem anderen Raum. Ich selbst warf noch einen enttäuschten Blick auf meinen Krug mit dem *huo-yao*-Brei. Offenbar waren die fünfzig *liang* des flammenden Pulvers jetzt ruiniert. Deshalb stellte ich den Krug beiseite, nahm den mir verbliebenen Korb auf und besah mir den Inhalt. Nach einer Weile suchte ich sehr vorsichtig ein paar Salpeterkörner heraus. Als ich ungefähr ein Dutzend der weißen Körnchen beisammen hatte, feuchtete ich behutsam das Ende eines elfenbeinernen Fächergriffs an. Damit hob ich das Salpeter in die Höhe und hielt es müßig in die Flamme einer Kerze in der Nähe. Die Körnchen schmolzen sofort und bildeten auf dem Elfenbein eine glänzende Schicht. Darüber dachte ich eine Zeitlang nach. Der Feuerwerksmeister hatte mit dem Anfeuchten des Pulvers recht gehabt; außerdem hatte er mich davor gewarnt, den Versuch zu machen, es im Backofen zu erhitzen. Aber angenommen, ich setzte einen Tiegel mit *huo-yao* auf ein nicht besonders heißes Feuer, so daß nur der darin enthaltene Salpeter schmolz und damit alles zusammenhielt...? Buyantus Rückkehr riß mich aus meinen Überlegungen; sie sagte mir, die Dame Chao wünsche, mich auf der Stelle zu sehen.

Ich ging hin und stellte mich vor:

»Marco Polo, meine Dame.«

Dann machte ich, wie es sich gehörte, *ko-tou*.

»Mein Gatte hat von Euch gesprochen«, sagte sie, stieß mich neckisch mit dem nackten Fuß an und gab mir dadurch zu verstehen, ich möge mich erheben. Ihre Hände waren zum Geschmeidighalten der Finger damit beschäftigt, mit einer Elfenbeinkugel zu spielen, genauso, wie ihr Mann es getan hatte.

Als ich mich aufrichtete, fuhr sie fort: »Ich hatte mich schon gefragt, wann Ihr wohl geruhen würdet, diesen niedrigstehenden weiblichen

Höfling zu besuchen.« Ihre Stimme klang so melodiös wie eine Windharfe, doch klang es, als hätte ein Mensch mit dem Erklingen dieser Musik nichts zu schaffen. »Begehrt Ihr, über mein Titularamt mit mir zu reden, oder lieber über meine richtige Arbeit? Oder über den Zeitvertreib, dem ich zwischendurch huldige?«

Letzteres kam mit einem lüsternen Seitenblick. Die Dame Chao ging offensichtlich und zu Recht davon aus, daß ich wie jeder andere von ihrem unersättlichen Appetit auf Männer gehört hatte. Ich muß gestehen, daß ich flüchtig versucht war, mich unter ihre vielen anderen Liebhaber einzureihen. Sie stand ungefähr in meinem Alter und wäre wirklich von verführerischer Schönheit gewesen, hätte sie sich nicht die Brauen vollständig gezupft und ihre zarten Züge mit einer leichenblassen Puderschicht zugedeckt. Ich war wie immer neugierig, was sich unter den reichen Seidengewändern verbergen mochte – und das in diesem Falle ganz besonders, weil ich noch nie bei einer Frau der Han gelegen hatte. Ich bezwang jedoch meine Neugier und sagte:

»Nichts dergleichen heute, meine Dame, wenn Ihr nichts dagegen habt. Ich komme wegen einer anderen...«

»Ah so, ein Schüchterner«, sagte sie, und aus der Lüsternheit wurde ein affektiertes Lächeln. »Dann laßt uns damit beginnen, daß wir uns über *Euren* liebsten Zeitvertreib unterhalten.«

»Ein andermal, vielleicht, Dame Chao. Heute würde ich gern über Eure Sklavin namens Mar-Janah reden.«

»*Aiya!*« rief sie, was das Han-Gegenstück zum mongolischen *vakh* ist. Von einem Augenblick auf den anderen saß sie kerzengerade aufgerichtet auf ihrer Lagerstatt, runzelte die Stirn – und ein Stirnrunzeln ist etwas höchst Unangenehmes, wenn es ohne Brauen bewerkstelligt wird – und fuhr mich an: »Ihr findet diese Türkenschlampe reizvoller als mich?«

»Aber nein, meine Dame«, log ich. »Da ich selbst in meiner Heimat aus adliger Familie stamme, würde ich – weder dort noch hier – nie auch nur daran denken, eine andere Dame als eine mit makellosem Stammbaum zu bewundern, wie Ihr ihn habt.« Taktvoll vermied ich es, sie darauf hinzuweisen, daß sie nur von Adel war, Nar-Janah hingegen von einem König abstammte.

Doch schien sie beschwichtigt. »Das habt Ihr hübsch gesagt«, erklärte sie und ließ sich wollüstig wieder zurücksinken. »Andererseits habe ich oft erfahren, daß ein verschwitzer dreckiger Krieger sehr reizvoll sein kann...«

Sie ließ die Feststellung ausklingen, als wollte sie mir Gelegenheit geben, etwas dazu zu bemerken, doch hatte ich keine Lust, mich in einen Wettstreit darüber hineinziehen zu lassen, wer über die größeren Erfahrungen auf abartigem Gebiet verfügte, und so versuchte ich weiterzukommen. »Was die Sklavin betrifft...«

»Die Sklavin, die Sklavin...« Sie stieß einen Seufzer aus, machte einen Schmollmund und ließ mutwillig die Elfenbeinkugel in der Hand auf und ab hüpfen. »Eben noch war das wohlgesprochen, wie es einem

Herrn geziemt, wenn er einer Dame die Aufwartung macht. Nun aber redet Ihr von Sklavinnen.«

Ich sagte mir, daß man mit einem Han, gleichgültig ob Mann oder Frau, nie gleich zur Sache kommen dürfe, sondern erst, nachdem man viele Belanglosigkeiten ausgetauscht und sich auf Umwegen seinem Ziel genähert hatte, und so machte ich mich denn ans Komplimentedrechseln: »Viel lieber würde ich mich über die Dame Chao und ihre unübertroffene Schönheit unterhalten.«

»Das ist schon besser.«

»Wo er ein so überragendes Modell zur Verfügung hat, wundert es mich, daß Meister Chao nicht viele Bilder von ihr gemalt hat.«

»Das hat er«, sagte sie und setzte ein geziertes Lächeln auf.

»Zu meinem Leidwesen hat er mir keine gezeigt.«

»Das würde er selbst dann nicht tun, wenn er könnte, und er kann nicht. Sie befinden sich im Besitz der verschiedenen anderen Herren, die auf ebendiesen selben Bildern *auch* abgebildet sind. Und diese Herren werden Euch diese Bilder kaum zeigen.«

Ich brauchte über diese Sätze nicht lange nachzudenken, um dahinterzukommen, was sie bedeuteten. Jedenfalls nahm ich mir vor, mein Urteil über Meister Chao noch zurückzustellen – ob ich ihn wegen seines Schicksals, mit dieser Frau verheiratet zu sein, bedauern oder ob ich ihn wegen seiner Komplizenschaft verachten sollte; eines jedoch wußte ich: Daß diese junge Dame mir nicht sonderlich gefiel und ich froh sein würde, wenn ich hier fortkäme. Infolgedessen machte ich keine weiteren Anstalten, unverfänglich zu plaudern.

»Ich bitte die Dame, mir die Hartnäckigkeit zu verzeihen, mit der ich bei dem Thema Sklavin bleibe, doch möchte ich gern ein lange währendes Unrecht wieder gutmachen. Ich bitte die Dame Chao um die Erlaubnis, ihrer Sklavin Mar-Janah zu gestatten zu heiraten.«

»*Aiya!*« entfuhr es ihr nochmals und sehr laut diesmal. »Die alte Schlampe ist also schwanger!«

»Nein, nein!«

Ohne auf meinen Protest zu achten, fuhr sie, deren nicht vorhandene Augenbrauen zuckten, fort: »Aber das erlegt Euch doch keinerlei Verpflichtung auf. Kein Mann heiratet eine Sklavin, bloß weil er sie geschwängert hat.«

»Das habe ich nicht getan.«

»Mit dieser Peinlichkeit werden wir schnell fertig. Ich werde sie rufen lassen und werde ihr einen Tritt in den Bauch versetzen. Ihr braucht Euch weiter keine Gedanken zu machen.«

»Aber es geht mir doch gar nicht ...«

»Allerdings«, fiel sie mir ins Wort, »darf man sich da in Mutmaßungen ergehen. Alle Ärzte haben erklärt, sie sei unfruchtbar. Eure Potenz muß übermächtig sein.«

»Dame Chao, die Frau ist *nicht* schwanger, und ich bin es auch *nicht*, der sie heiraten will!«

»Was?« Zum ersten Mal war ihr Gesicht bar jeden Ausdrucks.

»Das ist ein Sklave, der mir gehört und schon seit langer Zeit in Eure Mar-Janah verliebt ist. Ich ersuche Euch nur um die Erlaubnis, daß die beiden heiraten und zusammen leben können.«

Sie starrte mich an. Vom ersten Augenblick meines Eintretens an hatte die junge Dame unablässig den Ausdruck gewechselt und hatte sich einladend, geziert und schmollend gegeben, und jetzt sah ich, warum sie ihre Gesichtszüge ständig in Bewegung hielt. Ohne es absichtlich zu verziehen, war das weiße Gesicht genauso bar jeden Ausdrucks wie ein unbeschriebenes Blatt Papier. Ob der Rest ihres Körpers auch so unaufregend war? fragte ich mich. Waren die Frauen der Han unbeschriebene Blätter, die nur ab und zu eine menschliche Regung zeigten? Ich war geradezu dankbar, als sie jetzt den Ausdruck von Verärgerung anlegte und sagte:

»Diese Turk-Frau ist meine Garderobiere und Schminkerin. Nicht mal mein Herr Gemahl erhebt Anspruch auf ihre Zeit. Ich sehe nicht ein, warum ich sie mit einem Ehemann teilen sollte.«

»Dann wollt Ihr sie vielleicht regelrecht verkaufen? Ich bin bereit, Euch eine Summe zu zahlen, mit der Ihr einen vorzüglichen Ersatz kaufen könnt.«

»Soll das eine Beleidigung sein? Wollt Ihr andeuten, ich könnte es mir nicht leisten, eine Sklavin zu verschenken, wenn mir danach ist?«

Federnd erhob sie sich von ihrer Lagerstatt, ihre kleinen nackten Füße blitzten, ihre Gewänder, Bänder, Quasten und der starkduftende Puder wirbelten hinter ihr her, und sie verließ den Raum. Da stand ich und fragte mich, ob ich nun entlassen sei, oder sie womöglich eine Wache hole, mich hinauszuwerfen. Die junge Frau war nicht minder erschreckend unstet in ihrem Wesen wie in ihrem Gesicht, in das nie Ruhe kam. Im Laufe unserer kurzen Unterhaltung war es ihr gelungen, mir in rascher Folge vorzuwerfen, schüchtern, dreist, einfältig und lüstern zu sein, meine Nase in die Angelegenheiten anderer zu stecken und andere zu verletzen. Kein Wunder, daß eine solche Frau ständig Bedarf an neuen Liebhabern hatte; wahrscheinlich hatte sie jeden bereits vergessen, sobald dieser sich von ihrem Bett fortschlich.

Doch ohne irgend jemand zur Hilfe geholt zu haben, war sie wieder in das Gemach zurückgekommen, und jetzt warf sie mir ein Stück Papier hin. Ich fing es auf, ehe es auf den Boden segelte, konnte auch die mongolische Schrift darauf nicht lesen, doch klärte sie mich verachtungsvoll darüber auf, was darauf stand.

»Besitztitel auf die Sklavin Mar-Janah. Ich schenke sie Euch. Die Türkin gehört Euch, Ihr könnt mit ihr machen, was Ihr wollt.« Auf ihre unbeständige Weise wurde aus der Verachtung in ihrem Gesicht ein verführerisches Lächeln, als sie sagte: »Und mit mir auch. Tut, was Euch beliebt – um mir gebührend zu danken.«

Vielleicht mußte ich das tun, und vermutlich hätte ich mich auch dazu überwinden können, hätte sie es früher befohlen. Nur hatte sie die Unvorsichtigkeit besessen, mir die Besitzurkunde auszuhändigen, ohne zuvor den Preis genannt zu haben. So faltete ich die Urkunde jetzt zusammen, steckte sie in meinen Beutel, verneigte mich und erklärte so blumig, wie ich es nur irgend konnte:

»Euer demütiger Bittsteller möchte der anmutigen Dame Chao Ku-an in der Tat wärmstens danken. Auch bin ich sicher, daß die niedrigen Sklaven gleicherweise Euren Namen ehren und segnen möchten, sobald ich sie von Eurer grenzenlosen Güte in Kenntnis gesetzt habe, was ich auf der Stelle tun werde. Bis wir uns wiedersehen, edle Dame...«

»Was?« zeterte sie wie eine Windharfe, die in Stücke geschlagen wird. »Ihr besitzt die Stirn, Euch einfach umzudrehen und fortzugehen?«

Ich hatte größte Lust zu sagen, nein, am liebsten würde ich fort*laufen*, wenn das nicht würdelos wäre. Da ich ihr jedoch weisgemacht hatte, ich sei von Adel, behielt ich mein höfisches Betragen bei und verneigte mich zu wiederholten Malen, während ich rückwärts zur Tür ging und dabei etwas von »überaus gütig« und von »ewiger Dankbarkeit« murmelte.

Inzwischen hatte ich zwar bereits den Korridor erreicht, doch hörte ich sie noch ein paar Verwünschungen kreischen, ehe ich mich umdrehte und in meine eigenen Gemächer entfloh:

»Und das verspreche ich! Daß Ihr es tun werdet! Das soll Euch noch leid tun!«

Ich muß betonen, daß es nicht ein plötzlicher Anfall von Aufrichtigkeit und Rechtschaffenheit war, der mich trieb, vor der angebotenen Umarmung der Dame Chao davonzulaufen; auch hegte ich keine Bedenken hinsichtlich der Empfindlichkeiten ihres Gatten und auch keine Angst vor kompromittierenden Folgen eines solchen Tuns. Eher war die Wahrscheinlichkeit groß, daß ich die Folgen dafür zu tragen hätte, ihr *nicht* zu nahe getreten zu sein. Nein, mit alledem hatte das nichts zu tun; es war nicht einmal die allgemeine Abneigung, die sie mir einflößte. Um ganz ganz ehrlich zu sein, waren es ihre Füße, die mich am meisten abstießen. Das muß ich erklären, denn viele andere Han-Frauen hatten ebensolche Füße.

Man nannte sie »Lotus-Spitzen«, und die unfaßlich kleinen Schühchen dafür hießen »Lotus-Schalen«. Erst später erfuhr ich, daß die Dame Chao – abgesehen von den Unschicklichkeiten, die ich sofort als solche erkannte – von geradezu hurenhafter Schamlosigkeit gewesen war, indem sie mich ihre bloßen Füße *ohne* die Verhüllung durch die Lotus-Schalen hatte sehen lassen. Die Lotus-Spitzen einer Frau galten bei den Han als ihr intimster Körperteil, der sogar noch sorgfältiger bedeckt zu sein hatte als die rosa Teile zwischen den Beinen.

Offenbar hatte vor vielen Jahren eine Hoftänzerin der Han gelebt, die auf den Zehenspitzen tanzen konnte, und diese Haltung – daß sie gleichsam auf Zehenspitzen balancierte – hatte jeden Mann erregt, der sie tanzen sah. So hatten seither andere Frauen neidvoll versucht, es dieser legendären Verführerin nachzumachen. Die Tänzerinnen ihrer Zeit mußten auf alle möglichen Arten bemüht gewesen sein, ihre ohnehin kleinen Frauenfüße noch mehr zu verkleinern, allerdings ohne großen Erfolg, denn die später geborenen Frauen gingen noch weiter. Um die Zeit, da ich in Khanbalik eintraf, gab es bereits viele Han-Frauen, denen ihre Mütter von klein auf die Füße eingebunden hatten; als Erwachsene hatten sie damit verkrüppelte Füße und setzten die grauenhafte Tradition fort, indem sie ihrerseits ihren Töchtern die Füße einbanden.

Was man genau darunter zu verstehen hat, ist folgendes: Die Mutter nahm den Fuß ihres Töchterchens und bog ihn nach unten durch, daß die Zehen möglichst nahe an der Hacke zu liegen kamen; dann umwickelte sie ihn mit einem Band, bis der Fuß liegen blieb, wo er war, preßte ihn womöglich noch mehr zusammen und umwickelte das Ganze. Wurde aus dem kleinen Mädchen eine Frau, konnte sie Lotus-Schalen tragen, die in der Tat nicht größer waren als *cha*-Schalen. Nackt sahen diese Füße aus wie die Krallen eines kleinen Vogels, den man von dem Zweig losgerissen hat, auf dem er eben noch saß. Eine Frau mit Lotus-Spitzen konnte sich nur wankend und im Trippelschritt vorwärtsbewegen, ging aber überhaupt nur selten, denn gerade diese Art des sich Bewegens galt bei den Han als das, was andere Völker als die aufreizendste Geste betrachten würden. Allein in bezug auf Frauen oder in Gegenwart einer anständigen Frau gewisse Wörter in den Mund zu nehmen – Füße etwa oder Lotus-Spitzen, oder Gehen –, hätte ebensoviel Gezischel wie *pota*-Rufe in einem venezianischen Salon zur Folge gehabt.

Zugegeben, das Einbinden der Füße bei den Han-Frauen zu Lotus-Spitzen stellt eine weniger grausame Verstümmelung dar, als das von den Muslimen praktizierte Herausschneiden des Schmetterlings aus den Blütenblättern ihrer höher sitzenden Lotus-Blüte. Trotzdem zuckte ich beim Anblick solcher Füße zusammen, selbst wenn sie sittsam beschuht waren, denn die Lotus-Schalen-Schuhe glichen den Lederstulpen, die manche Bettler über den Stümpfen ihrer amputierten Gliedmaßen tragen. Daß ich einen solchen Abscheu vor den Lotus-Spitzen hegte, machte mich zu etwas Besonderem, das die Neugier der Han-Männer erregte. Sämtliche Han, die ich kennenlernte, hielten mich für sonderbar – oder vielleicht impotent oder sogar verrucht, wenn ich die Augen von einer Frau mit Lotus-Spitzen abwandte. Sie gaben mir gegenüber freimütig zu, vom Anblick der unteren Extremitäten einer Frau erregt zu werden wie ich etwa vom Anblick ihrer Brüste. Stolz bestätigten sie, daß ihre kleinen männlichen Organe sich reckten, wenn sie ein unaussprechliches Wort wie etwa »Füße« hörten oder sich auch nur gestatteten, sich diese nicht zu enthüllenden Teile einer Frau vorzustellen.

Jedenfalls hatte die Dame Chao meine natürliche Glut an diesem Nachmittag dermaßen gedämpft, daß, als Buyantu mich zur Schlafenszeit entkleidete und sich dabei ein paar vielsagende Gesten gestattete, ich sie bat, mich für heute nacht zu entschuldigen. So streckten sich nur sie und Biliktu gemeinsam auf meinem Bett aus, und ich saß einfach da, trank *arkhi* und sah zu, wie die beiden nackten Mädchen miteinander spielten und sich mit einem *su-yang* vergnügten. Dabei handelt es sich um einen in Kithai heimischen Pilz, der genauso aussieht wie ein männliches Glied und sogar am Stamm die entsprechende Beaderung aufweist; er ist nur nicht ganz so lang und viel dünner. Doch wie Buyantu vorführte, als sie das *su-yang* ein paarmal sanft in ihre Schwester einführte und wieder herauszog und Biliktus *yin*-Säfte anfingen zu fließen, nahm das *su-yang* diese Säfte irgendwie in sich auf und wurde dadurch größer und praller. Nachdem es eine ganz ansehnliche Größe erreicht hatte, hatten die Zwillinge viel Freude miteinander und verwendeten den phallusähnlichen Pilz auf sehr unterschiedliche und einfallsreiche Weise. Normalerweise wäre das ein Bild gewesen, das mich erregt hätte wie der Anblick von Füßen einen Han, doch ich lächelte nur nachsichtig und verständnisvoll auf sie herab, und als sie einander völlig erschöpft hatten, legte ich mich zwischen ihre warmen, feuchten Leiber und schlief ein.

12 Die vom Liebensspiel erschöpften Zwillinge schliefen noch, als ich am nächsten Morgen vorsichtig aufstand, um sie nicht zu wecken. Nasenloch hatte sich am Abend zuvor nicht blicken lassen und war auch nicht in seiner Kammer, als ich hinging, um ihn zu suchen. Da ich also im Augenblick keine Diener hatte, entfachte ich die Glut in dem Kohlebecken im Hauptraum und braute mir eine Kanne *cha*, um zu frühstücken. Während ich daran nippte, fiel mir ein, jenes Experiment zu machen, über das ich gestern nachgedacht hatte. Ich häufte daher gerade genug Holzkohle auf die Glut, um sie am Brennen zu erhalten, ohne daß es eine große Flamme gab. Dann suchte ich überall in meinen Gemächern, bis ich einen Steinguttopf mit Deckel fand, den ich mit dem Rest des Fünfzig-*liang*-Maßes vom flammenden Pulver füllte, fest verschloß und dann auf das Kohlebecken setzte. Nasenloch kam herein. Er sah ziemlich übernächtigt aus, schien aber sehr zufrieden mit sich.

»Mirza Marco«, sagte er, »ich bin die ganze Nacht auf gewesen. Ein paar von den Dienern und Pferdehirten haben im Stall ein *zhi-pai*-Kartenspiel begonnen. Sie sind übrigens immer noch dabei. Ich habe ein paar Stunden zugesehen, bis ich die Spielregeln begriffen hatte. Dann setzte ich ein wenig Silber und habe sogar gewonnen. Doch als ich meinen Gewinn einstreichen wollte, hatte ich zu meinem Leidwesen nur diesen Stoß dreckiger Papiere gewonnen. Da bin ich gegangen, denn wie können Männer nur um so wertlose Zettel spielen?«

»Du Esel«, sagte ich. »Hast du denn noch nie fliegendes Geld gesehen? Soweit ich weiß, stellt das, was du da in der Hand hast, ungefähr einen Monatslohn dar, wie ich ihn erhalte. Du hättest bleiben sollen, solange dir das Glück hold war.« Er machte ein erschrockenes Gesicht, und so sagte ich: »Ich werde dir das später erklären. Aber wie es mich freut, daß jedenfalls einer von uns seine Zeit vertändeln kann. Der Sklave spielt den Lebemann und Verschwender, während sein Herr sich abmüht, die Wünsche seines Sklaven zu erfüllen. Ich habe inzwischen Besuch von der Prinzessin Mar-Janah gehabt und ...«

»Oh, Herr!« rief er und lief rot an wie ein heranwachsender Junge, den man mit seiner ersten Liebe aufgezogen hat.

»Auch darüber wollen wir später reden. Fürs erste soviel: was du im Spiel verdient hast, solltest du benutzen, um einen gemeinsamen Hausstand zu gründen.«

»Ach, Herr! *Al-hamdo-lillah az iltifat-i-shoma!*«

»Später, später. Im Augenblick muß ich dich auffordern, mit deiner Herumspioniererei aufzuhören. Man hat mir sein Mißfallen bekundet, und zwar ein großer Herr, von dem ich meine, daß es weise wäre, ihn nicht zu verärgern.«

»Wie Ihr befehlt, Herr. Allerdings könnte es sein, daß ich bereits etwas herausgebracht habe, was Euch vielleicht interessiert. Das ist ja gerade der Grund, warum ich nicht hiergewesen bin und mir in Eurem Dienst die Nacht um die Ohren geschlagen habe. Ich habe meine Zeit nämlich nicht vertändelt, sondern bin für Euch emsig gewesen.« Er setzte ein selbstgefälliges Gesicht auf, als hätte er wer weiß was für Opfer gebracht. »Männer kommen genauso ins Reden wie Frauen, wenn sie beim Kartenspiel sitzen. Und um sich verstehen zu können, sprachen die Männer alle mongolisch. Als einer von ihnen eine flüchtige Bemerkung über den Minister Pao Nei-ho machte, hielt ich es für besser zu bleiben. Und da mein Herr mir auf die Seele gebunden hatte, keine auffälligen und verfänglichen Fragen zu stellen, blieb mir ja nichts anderes übrig, als die Ohren zu spitzen. Und pflichtbewußt, wie ich bin, bin ich die ganze Nacht über dageblieben, bin keinen Augenblick eingenickt, habe mich nicht betrunken und mich nicht einmal vorübergehend entfernt, um mir die Blase zu leeren, und habe nie ...«

»Jetzt rück schon mit der Sprache heraus, Nasenloch. Ich habe ja nichts dagegen, daß du beim Spielen gearbeitet hast. Komm zur Sache.«

»Wer weiß, wieviel das wert ist, Herr. Aber der Minister der Kleineren Volksgruppen gehört selbst einer Kleineren Volksgruppe an.«

Ich klapperte mit den Augendeckeln. »Was sagst du da?«

»Er gilt hier offensichtlich als Han, ist aber in Wirklichkeit ein Yi aus der Provinz Yun-nan.«

»Wer hat dir das gesagt? Wie zuverlässig ist diese Information?«

»Wie ich schon sagte, das Kartenspiel hat in den Stallungen stattgefunden, und zwar deshalb, weil gestern ein paar Zuchtpferde aus dem Süden angekommen sind und ihre Pfleger nichts zu tun haben, bis sie mit der nächsten *karwan* weiterziehen. Etliche von ihnen stammen aus Yun-nan, und einer von ihnen sagte beiläufig, er habe den Minister Pao hier im Palast gesehen. Später erklärte ein anderer, ja, auch er habe ihn erkannt; früher sei er ein kleiner Magistratsbeamter irgendwo in einer Präfektur in Yun-nan gewesen. Das wurde noch später noch von einem dritten bestätigt, der allerdings sagte: Ja, aber wir wollen ihn nicht verraten. Wenn Pao es geschafft hat, dem Hinterwäldlertum zu entkommen und hier in der großen Hauptstadt als Han zu gelten, soll er seinen

Erfolg auch weiterhin genießen. So haben sie gesprochen, Mirza Marco, und zwar nicht fälschlich, sondern glaubwürdig, wie ich meine.«

»Ja«, murmelte ich, und mir fiel ein, daß Minister Pao einmal von »uns Han« gesprochen hatte, als gehöre er zu diesem Volk, und von den »schrillstimmigen Yi«, als teile er die allgemeine Abneigung gegen dieses Volk. Nun, sann ich, möglich, daß Oberminister Achmad mich zu spät gewarnt hat, meine heimlichen Nachforschungen einzustellen. Doch wenn es seinen Zorn erregt hat, daß ich zu sehr hinter irgendein Geheimnis kommen könnte, mußte ich es jetzt riskieren, ihn noch zorniger zu machen.

Die Zwillinge waren erwacht. Vielleicht hatten sie uns reden hören. Entzückend zerzaust und noch verschlafen kam Buyantu in den Hauptraum. Ihr trug ich auf: »Lauf sofort zur Wohnung des Khakhan Kubilai, sag seinen Leuten einen schönen Gruß von Marco Polo und bitte um einen frühen Termin für eine Audienz beim Khakhan; es gehe um etwas sehr Wichtiges, das eilt.«

Sie wollte erst in ihre Kammer zurück, um ihr Gewand glattzuziehen und sich ordentlich zu frisieren, doch ich sagte: »Wenn etwas eilt, Buyantu, eilt es. Geh, wie du bist, und zwar auf der Stelle.« Zu Nasenloch sagte ich: »Und du, geh in deine Kammer und hole den Schlaf nach. Wenn ich zurück bin, können wir uns den anderen Problemen zuwenden.«

Falls ich zurückkehre, dachte ich, als ich in meine Schlafkammer ging, um die Hoftracht anzulegen. Wer weiß, vielleicht hatte der Khakhan genauso wie Wali Achmad etwas dagegen, daß ich es auf mich genommen hatte, Geheimnissen auf die Spur zu kommen, und vielleicht brachte er seinen Unwillen auf eine Art zum Ausdruck, die mir gar nicht behagte.

Biliktu war gerade dabei, das völlig verwühlte Lager zu richten, und bedachte mich mit einem schelmischen Lächeln, als sie den phallusähnlichen *su-yang* unter den Laken fand, der inzwischen so klein und schlaff war, wie es ein richtiges Organ nach einer ähnlichen Behandlung gewesen wäre, welche die Zwillinge ihm hatten angedeihen lassen. Doch sein Anblick weckte in mir den Entschluß, die Gelegenheit beim Schopfe zu packen; wer weiß, vielleicht war es überhaupt für lange Zeit die letzte Möglichkeit für mich, ihm eine solche Behandlung angedeihen zu lassen. Da ich ohnehin schon unbekleidet war, packte ich Biliktu sanft und schickte mich an, auch sie zu entkleiden.

Sie schien ein wenig erschrocken. Immerhin war es eine lange Zeit her, daß wir es miteinander getrieben hatten. Sie entwand sich mir und murmelte: »Ich meine, ich sollte nicht, Herr Marco.«

»Komm schon«, sagte ich herzlich. »Du kannst doch nicht immer noch unwohl sein. Wenn du dies hier hast in dich aufnehmen können« – mit einer Kopfbewegung zeigte ich auf den fortgeworfenen *su-yang* –, »dann kannst du auch einen richtigen aufnehmen.«

Was sie auch, ohne sich weiter zu zieren, tat; sie wimmerte nur ab und zu und machte immer wieder halbherzig den Versuch, sich meinen Liebkosungen und Stoßbewegungen zu entziehen, so als wollte sie verhindern, daß ich sehr tief in sie eindränge. Ich nahm an, sie sei von gestern abend nur müde oder vielleicht ein bißchen wund; jedenfalls hielt ihr etwas zimperliches Widerstreben mich nicht davon ab, gründlich auf meine Kosten zu kommen. Es ist sogar möglich, daß meine Lust noch gesteigert wurde durch die Erkenntnis, daß es Biliktu war, in der ich mich zur Abwechslung einmal erging und nicht ihre Zwillingsschwester.

Ich war fertig, und es war überaus köstlich gewesen, doch hatte ich mein rotes Kleinod immer noch in Biliktu stecken, um die immer mehr abebbenden Zusammenziehungen ihrer Lotus-Muskeln bis zum letzten auszukosten, als eine Stimme mich aus der Beseligung herausriß und schroff erklärte: »Der Khakhan wird Euch empfangen, sobald Ihr dort seid.«

Es war Buyantu, die über dem Bett stand und mich und ihre Schwester wütend anfunkelte. Biliktu gab einen wimmernden Ton von sich, der sich fast anhörte wie das Angstwiehern eines jungen Pferdes, entwand sich meiner Umarmung und entfloh dem Bett. Buyantu fuhr herum und stapfte aus dem Raum. Auch ich erhob mich und zog mich an, wobei ich diesmal besondere Aufmerksamkeit auf meine Erscheinung verwendete. Biliktu kleidete sich zugleich mit mir an, schien jedoch zu trödeln, als lege sie es darauf an, daß ich der erste von uns beiden wäre, der Buyantu gegenübertrat.

Die stand wartend im Hauptraum, hatte die Arme fest in ihren weiten Ärmeln verschränkt und einen umwölkten Ausdruck auf der Stirn wie eine Lehrerin, die darauf wartete, eine ungezogene Schülerin zu züchtigen. Schon machte sie den Mund auf, da hob ich die Hand und gebot ihr herrisch Schweigen.

»Ich habe es bis jetzt nicht bemerkt«, sagte ich. »Aber du bist eifersüchtig, Buyantu, und das finde ich höchst selbstsüchtig von dir. Soviel ist klar, du hast mich Biliktu über Monate hinweg praktisch entwöhnt. Vermutlich sollte ich mich geschmeichelt fühlen, daß du mich ganz für dich allein willst. Aber da muß ich protestieren. Eine solche unschwesterliche Eifersucht könnte den Frieden, der unserem kleinen Haushalt bis jetzt beschieden war, empfindlich stören. Wir werden auch weiterhin teilen, und zwar zu gleichen Teilen. Du mußt dich schon damit abfinden, daß deiner Schwester meine Zuneigung und meine Aufmerksamkeit genauso zuteil wird wie dir.«

Sie starrte mich an, als hätte ich absoluten Blödsinn von mir gegeben, doch dann brach sie in ein Gelächter aus, das alles andere als belustigt klang.

»Eifersüchtig?« rief sie. »Jawohl, ich bin eifersüchtig geworden. Und Ihr werdet noch bedauern, daß Ihr meine Abwesenheit auf so schmutzige Weise ausgenutzt habt. Diese verstohlene Lustbarkeit, mal eben auf die Schnelle, wird Euch noch leid tun! Doch ausgerechnet auf *Euch* soll ich eifersüchtig sein? Daß ich nicht lache, Ihr aufgeblasener Narr!«

Ich war wie vor den Kopf geschlagen und in den Grundfesten erschüttert. So hatte ein dienstbarer Geist noch nie mit mir geredet. Ich dachte, sie müsse den Verstand verloren haben. Doch im nächsten Augenblick wurde mir ein womöglich noch heftigerer Stoß versetzt, denn völlig außer sich fuhr sie fort:

»Eingebildeter Ziegenbock von einem Ferenghi! Eifersüchtig auf Euch? *Ihre* Liebe ist es, um die es mir geht! Und die will ich für mich allein haben!«

»Sie gehört dir, Buyantu, dir allein, das weißt du ganz genau!« stieß Biliktu schluchzend hervor, kam in den Raum hereingestürzt und legte der Schwester begütigend die Hand auf den Arm.

Buyantu schüttelte die Hand ab. »Da haben meine Augen aber etwas anderes gesehen!«

»Es tut mir leid, daß du es gesehen hast. Und noch mehr leid, es getan zu haben!« Haßerfüllt sah sie mich an, der ich wie vom Donner gerührt dastand. »Er hat mich überrumpelt. Ich wußte nicht, wie ich mich ihm wehren sollte.«

»Du mußt lernen, nein zu sagen.«

»Das werde ich tun. Das habe ich getan. Ich verspreche es dir.«

»Wir sind Zwillinge. Nichts sollte sich jemals zwischen uns drängen.«

»Und nichts wird es jemals tun, Liebste – nie wieder!«

»Vergiß nie, meine Kleine, du gehörst *mir!*«

»Ach, ich bin ja dein, ich bin ja dein. Und du bist mein!«

Dann lagen sie einander in den Armen und vergossen Liebestränen, die ihnen gegenseitig über die Wangen liefen. Da stand ich und trat verdutzt von einem Fuß auf den anderen, bis ich mich schließlich räusperte und sagte: »Nun ...«

Biliktu bedachte mich mit einem vorwurfsvollen, tränenfeuchten Blick.

»Nun ... na ja ... der Khakhan erwarte mich, meine Lieben.«

Buyantu bedachte mich mit einem Blick, der wie ein Dolch war.

»Wenn ich wiederkomme, werden wir uns ... das heißt, ihr könnt mir dann ja Vorschläge machen ... ich meine, wie wir uns einrichten ...« Ich gab es auf und sagte statt dessen: »Bitte, meine Teuersten. Vielleicht könnt ihr euch erst mal beruhigen, bis ich wiederkomme. Ich habe eine kleine Aufgabe für euch. Seht ihr diesen Topf auf dem Kohlenbecken?«

Sie drehten den Kopf, um ihn gleichgültig anzusehen. Der Topf war ziemlich heiß geworden, und so benutzte ich einen Zipfel meines Gewandes, um den Deckel emporzuheben und einen Blick hineinzuwerfen. Der Inhalt gab einen feinen, gleichsam widerwillig sich ringelnden Rauchfaden von sich, ließ aber sonst durch nichts erkennen, daß schon irgend etwas geschmolzen wäre. So legte ich den Deckel vorsichtig wieder auf und sagte: »Paßt auf, daß das Feuer darunter nicht ausgeht, Mädchen, aber die Flammen sollen nicht hochschlagen.«

Sie nahmen eine die Arme von der anderen und traten pflichtschuldigst an das Kohlenbecken heran. Biliktu legte ein paar Holzkohlenstücke auf die Glut.

»Ich danke euch«, sagte ich. »Mehr braucht ihr nicht zu tun. Haltet euch nur in der Nähe auf und sorgt dafür, daß die Hitze immer etwa gleich bleibt. Und wenn ich wiederkomme ...«

Doch sie hatten mich bereits vergessen und sahen einander seelenvoll an; und so machte ich mich auf den Weg.

Kubilai empfing mich in dem Raum mit dem Erdbebenapparat. Er war ganz allein und begrüßte mich herzlich, aber keineswegs überschwenglich. Er wußte, daß ich ihm etwas mitzuteilen hatte und war bereit, es sofort zu hören. Gleichwohl wollte ich nicht einfach mit der Sache herausplatzen, und so redete ich ein wenig drum herum.

»Sire, ich möchte in meiner Unwissenheit auf gar keinen Fall zu großes Gewicht auf meine kleinen Dienste legen und möchte auch keine vorschnellen Schlüsse ziehen. Ich glaube zwar, daß das, was ich zu berichten habe, einen gewissen Wert besitzt, doch vermag ich das nicht genauer einzuschätzen, solange ich nicht etwas mehr darüber weiß, wo die Heere des Khakhan stehen und worauf sie es abgesehen haben.«

Kubilai nahm mir meine Anmaßung weder übel, noch hieß er mich gehen und mich von seinen Untergebenen informieren zu lassen.

»Wie jeder Eroberer muß ich festhalten, was ich gewonnen habe. Vor fünfzehn Jahren, als ich zum Khan Aller Khane der Mongolen gewählt wurde, machte mein eigener Bruder Arikbugha mir meine Thronbesteigung streitig, und ich war gezwungen, ihn niederzuwerfen. In der letzten Zeit habe ich mehrmals ähnlichen Ehrgeiz von seiten meines Vetters Kaidu im Keim ersticken müssen.« Mit einer Handbewegung tat er solche Kleinigkeiten ab. »Es kommt immer wieder vor, daß Eintagsfliegen versuchen, die Zeder zu Fall zu bringen. Das ist zwar lästig, macht es aber erforderlich, daß ich überall an den Grenzen von Kithai Truppen stehen habe.«

»Darf ich fragen, Sire, wie es um die bestellt ist, die unterwegs sind – die nicht in Garnison befindlichen?«

Wieder gab er mir eine gedrängte, nicht minder bündige Erklärung: »Wenn ich dieses Kithai, das ich den Chin abgenommen habe, behalten und sichern will, muß ich auch die südlich davon gelegene Provinz Yun-nan haben. Nur dort sind meine Heere im Augenblick auf einem Feldzug begriffen, und zwar unter meinem sehr fähigen Orlok Bayan.«

Um die Fähigkeiten des Orlok Bayan nicht im geringsten in Zweifel zu stellen, wählte ich die nächsten Worte überaus sorgfältig.

»Soweit ich weiß, ist er damit schon seit geraumer Zeit beschäftigt. Könnte es sein, Sire, daß er die Eroberung der Provinz Yun-nan schwieriger findet als erwartet?«

Kubilais Augen verengten sich noch mehr zu Schlitzen, als sie es ohnehin schon waren. »Es ist nicht so, daß er eine Niederlage einstecken muß, wenn es das ist, was Ihr meint. Aber einfach in den Schoß fallen tut ihm der Sieg auch nicht. Er war gezwungen, vom Lande To-Bhot aus vorzustoßen, das heißt, er mußte die steilen Hänge der Hang-duan-

Berge hinunter. Unsere berittenen Heere eignen sich besser und sind es vor allem mehr gewohnt, auf den Ebenen zu operieren. Die Yi in Yunnan kennen jeden Spalt in diesem Gebirge und befleißigen sich einer äußerst wendigen und schlauen Kampfesweise. Sie greifen uns nie in voller Stärke an, sondern schleichen sich im Schutz von Felsen und Bäumen an, um sich gleich hinterher wieder irgendwo zu verbergen. Es ist, als wollte man einen Schwarm Mücken mit einem Ziegelstein totschlagen. Jawohl, Ihr könntet mit Fug sagen, daß Bayan seine Schwierigkeiten mit diesem Feldzug hat.«

»Ich habe gehört, daß man die Yi schrillstimmig nennt.«

»Auch das ist keine schlechte Beschreibung. Aus der Sicherheit ihres Verstecks lassen sie herausfordernde Schreie ertönen. Offensichtlich geben sie sich dem Wahn hin, sie brauchten nur lange genug Widerstand zu leisten, dann würden wir schon wieder abziehen. Doch da irren sie.«

»Doch je länger sie Widerstand leisten, desto mehr Gefallene auf beiden Seiten, und desto ärmer wird das Land und desto weniger wert ist es, es überhaupt zu besetzen.«

»Wieder richtig. Leider.«

»Wenn man sie von ihrem Wahn der Unbesieglichkeit befreien könnte, Sire, würde das die Eroberung nicht erleichtern? So daß es weniger Tote gibt und das Land weniger verwüstet wird?«

»Ja. Wißt Ihr, wie man sie von ihrem Wahn befreien könnte?«

»Ich bin mir nicht sicher, Sir. Laßt es mich so ausdrücken. Meint Ihr, die Yi fühlen sich in ihrem Widerstand bestärkt, wenn sie wissen, daß sie hier am Hof einen Freund haben?«

Der Blick des Khakhan wurde zu dem einer jagenden *chita*. Nur aufbrüllen tat er nicht wie eine solche Raubkatze; vielmehr sagte er sanft wie eine Taube: »Marco Polo, reden wir nicht um den heißen Brei herum wie zwei Han auf dem Markt. Sagt mir, wer es ist.«

»Ich besitze – offensichtlich verläßliche – Informationen, denenzufolge der Minister der Kleineren Volksgruppen, Pao Nei-ho, zwar so tut, als wäre er ein Han, in Wahrheit jedoch ein Yi aus Yun-nan ist.«

Nachdenklich saß Kubilai da, doch die Glut in seinen Augen wurde nicht weniger, und nach einer Weile knurrte er wie zu sich selbst: »*Vakh!* Wer hält die verdammten Schlitzaugen schon auseinander? Tükkisch sind die einen wie die anderen.«

Ich hielt es für besser zu sagen: »Das ist alles, was ich weiß, und ich erhebe auch keine Beschuldigungen gegen den Minister Pao. Ich besitze keinerlei Beweise, daß er für die Yi spioniert hätte oder auch nur irgendwie mit ihnen in Verbindung steht.«

»Es genügt, daß er sich fälschlich für einen Han ausgibt. Das habt Ihr gut gemacht, Marco Polo. Ich werde Pao verhören lassen. Vielleicht habe ich später Grund, nochmals mit Euch zu sprechen.«

Beim Verlassen der Gemächer des Khakhan wartete draußen auf dem Gang ein Palastbediensteter auf mich, der mir ausrichtete, der Oberminister bitte mich augenblicklich zu sich. Nicht besonders froh ging ich hin und dachte: Wie kann er so früh Wind davon bekommen haben?

Der Araber empfing mich in einem Raum, den ein einzelner großer Felsblock zierte. Dieser war doppelt so hoch wie ein Mann und viermal so dick, ein gewaltiger Brocken versteinerter Lava, die aussah wie steingewordene Flammen – nichts als graues Gezüngel und Geringel, dazu Löcher und Gänge im Gestein. Irgendwo am Fuße schwelte eine Schale Weihrauch, und der wohlduftende Rauch zog durch die gewundenen Schründe und drang aus den Spalten der Skulptur hervor, so daß es aussah, als zucke und winde sich das Ganze wie in einer langen, nicht endenwollenden Qual.

»Ihr habt Euch meinem Befehl widersetzt und mir getrotzt«, sagte Achmad sofort, ohne irgendwelche vorbereitenden Worte oder irgendeinen Gruß. »Ihr habt die Ohren weiterhin gespitzt, bis Ihr etwas gehört habt, das einem hochgestellten Minister dieses Hofes abträglich ist.«

Ich sagte: »Das war etwas, das ich gehört habe, *ehe* ich meinen Lauscher abzog.« Entschuldigen oder beschönigen tat ich nichts, setzte jedoch tollkühn noch hinzu: »Ich dachte, *nur ich* hätte davon erfahren.«

»Was auf der Straße gesprochen wird, hört man im Gras«, sagte er ungerührt. »Das ist ein altes Sprichwort der Han.«

Immer noch beherzt, sagte ich: »Dazu bedarf es eines Lauscher im Gras. Bis jetzt hatte ich immer angenommen, meine Dienerinnen meldeten mein Tun an den Khan Kubilai oder den Prinzen Chingkim, was ich vernünftig fand und womit ich mich daher abgefunden hatte. Dabei sind sie die ganze Zeit über *Eure* Spitzel gewesen.«

Ich weiß nicht, ob er sich die Mühe gemacht hätte, mir etwas vorzulügen oder es abzustreiten, oder ob er die Tatsache überhaupt bestätigt hätte, denn in diesem Augenblick kam es zu einer leichten Unterbrechung. Aus einem angrenzenden Raum kam durch eine vorhangverhangene Tür eine Frau hereingestürmt, um – als sie sah, daß Achmad Besuch hatte – rauschend wieder hinter dem Vorhang zu verschwinden. Das einzige, was ich sah, war, daß es sich um eine erstaunlich große, äußerst elegant gekleidete Frau handelte. Ihr Verhalten ließ darauf schließen, daß sie nicht von mir gesehen werden wollte, und ich nahm an, es müsse sich wohl um die Frau oder Konkubine eines anderen handeln, die einem unerlaubten Abenteuer nachging. Doch konnte ich mich nicht erinnern, in diesem Palast jemals eine andere Frau von solcher Größe und Kraft gesehen zu haben. Flüchtig ging mir durch den Sinn, daß der Maler, Meister Chao, als er von dem verruchten Geschmack des Arabers gesprochen hatte, nichts darüber hatte verlauten lassen, worauf sich diese Vorlieben richteten. Hegte Wali Achmad eine besondere Vorliebe für Frauen, die größer waren als selbst die meisten Männer? Ich fragte nicht, und er achtete nicht auf die Unterbrechung, sondern sagte:

»Der Palastbedienstete hat Euch in den Gemächern des Khakhan entdeckt. Dem entnehme ich, daß Ihr ihm bereits gesagt habt, was Ihr herausgefunden habt.«

»Jawohl, Wali, das habe ich. Kubilai läßt gerade den Minister Pao holen, um ihn zu verhören.«

»Das kann er sich sparen«, sagte der Araber. »Es scheint, daß der Minister Hals über Kopf das Weite gesucht hat; wohin er ist, weiß kein Mensch. Solltet Ihr die Unverfrorenheit besitzen, mich mit dieser Flucht in Zusammenhang zu bringen, möchte ich Euch zu bedenken geben, daß Pao die Besucher aus den Südlanden, die ihn erkannt haben und deren Indiskretionen Euer Ohr mitbekam, wahrscheinlich seinerseits erkannt hat.«

Wahrheitsgetreu sagte ich: »Bis zum Selbstmord geht meine Unverfrorenheit nun auch wieder nicht, Wali Achmad. Ich werfe Euch nichts vor, möchte allerdings erwähnen, daß der Khakhan froh zu sein schien über die Information, die ich ihm brachte. Falls Ihr das also als einen Akt des Ungehorsams Euch gegenüber betrachtet und mich dafür bestrafen wollt, würde Kubilai sich bestimmt darüber wundern.«

»Unverschämtes Ferkel einer Muttersau! Wagt Ihr es, mich mit einer Drohung des Mißfallens seitens des Khakhan davon abzuhalten, Euch zu bestrafen?«

Darauf gab wiederum *ich* keine Antwort. Seine schwarzen Achataugen wurden womöglich noch steinerner, und er fuhr fort: »Folgendes solltet Ihr Euch ganz deutlich klarmachen, Folo. Mein Glück ist auf das engste mit dem Khanat verbunden, dessen Oberminister und Vizeregent ich bin. Sollte ich das Khanat in irgendeiner Weise schwächen, wäre das nicht nur verräterisch von mir, sondern ausgesprochen dumm. Mir liegt genauso sehr daran, daß wir Yun-nan nehmen, wie dem Khakhan – und hinterher das Sung-Reich und den Rest der Welt dazu, falls uns das gelingt und sofern dies Allahs Willen entspricht. Ich habe Euch nicht gescholten, vor mir dahintergekommen zu sein, daß die Interessen des Khanats von diesem Schwindler von Yi möglicherweise gefährdet waren. Aber auch folgendes solltet Ihr Euch klarmachen. *Oberminister bin ich.* Ich dulde weder Ungehorsam noch Treulosigkeit noch Trotz von meinen Untergebenen. Insbesondere nicht von einem jüngeren Mann, der hierzulande ein unerfahrener Außenseiter ist, ein nichtswürdiger Christ und an diesem Hof ein stinkender Neuling, vor allem aber ein frecher Emporkömmling, der von anmaßendem Ehrgeiz zerfressen wird.«

Erbost schickte ich mich an zu sagen: »Ich bin hier genausowenig ein Außenseiter wie . . .«, doch hob er gebieterisch die Hand.

»Ich habe nicht vor, Euch für diesen Ungehorsam vollkommen zu vernichten. Das eine aber kann ich Euch versprechen, Folo: Ihr werdet es noch bedauern, so daß Ihr es Euch hundertmal überlegt, ob Ihr es noch einmal tut oder lieber nicht. Neulich habe ich Euch nur *gesagt*, was die Hölle ist. Offenbar muß Euch das deutlicher vor Augen geführt werden.« Vielleicht eingedenk der Möglichkeit, daß die Dame, die vorhin hereingestürmt gekommen war, möglicherweise lauschte, senkte er jetzt die Stimme: »Das wird genau dann geschehen, wenn ich es für richtig halte. Jetzt geht! Und macht, daß Ihr von mir fortkommt!«

Ich ging, doch entfernte ich mich nicht allzuweit, falls man mich noch einmal zum Khakhan rief. Ich ging nach draußen, durch die Palastgärten und den *kara*-Hügel zum Echo-Pavillon hinauf in der Hoffnung, daß die frische Luft der Höhe mir durch meinen benebelten Geist wehen möge. Ich schlenderte den innerhalb der Mosaikmauer gelegenen Gang entlang, voll damit beschäftigt, die verschiedenen Dinge auseinanderzusortieren, über die ich mir letzthin Sorgen gemacht hatte oder über die ich mir Sorgen zu machen hatte: Yun-nan und die Yi, Nasenloch und seine verlorene und wiedergefundene Liebe, die Zwillinge Buyantu und Biliktu, die jetzt nicht nur Schwestern füreinander waren und alles andere als mir treu ...

Als hätte ich noch nicht Sorgen genug, kam plötzlich noch etwas Neues hinzu. Auf mongolisch flüsterte mir eine Stimme ins Ohr: »Nicht umdrehen! Nicht bewegen! Nicht hinsehen!«

Ich erstarrte, wo ich war, und erwartete jeden Augenblick, einen Dolch in den Rücken gestoßen zu bekommen. Aber es war nur die Stimme, die sich wieder vernehmen ließ:

»Zittert, Ferenghi! Fürchtet, was auf Euch zukommt und was Ihr verdient habt! Doch nicht jetzt, denn das Warten und die Angst und das Nichtwissen gehören dazu.«

Inzwischen war mir klargeworden, daß die Stimme mir nicht richtig ins Ohr flüsterte. Ich fuhr herum und blickte um mich – sah jedoch niemand, und so sagte ich scharf: »Was habe ich verdient? Was wollt Ihr von mir?«

»Wartet nur auf mich!« flüsterte die Stimme.

»Auf wen? Und wann?«

Nur noch acht Wörter wisperte die Stimme – acht kurze und einfache Wörter –, Wörter freilich, die eine Drohung enthielten, die mir einen schlimmeren Schauder über den Rücken jagte als jede andere Drohung – danach sagte sie nie wieder etwas. Sie sprach nur dieses mit großem Nachdruck und im Ton der Endgültigkeit:

»Erwartet mich, wenn Ihr mich am wenigsten erwartet!«

13 Ich wartete, daß noch mehr kam, doch als ich nichts hörte, stellte ich nacheinander zwei Fragen, erhielt jedoch keine Antwort darauf. Infolgedessen rannte ich die Terrasse rechtsherum und gelangte ans Mondtor in der Mauer, ohne irgend jemand gesehen zu haben. Infolgedessen lief ich weiter, ganz um den Echo-Pavillon herum und wieder bis zum Mondtor und hatte immer noch niemand gesehen. Es gab aber nur diesen einen Zugang, und so stellte ich mich mitten hinein und schaute den *kara*-Hügel hinunter. Dort ergingen sich an diesem Tage etliche Damen und Herren, die Luft schnappten. Allein oder zu zweit schlenderten sie über die tiefer gelegenen Wege des Hügels. Jeder von ihnen hätte derjenige sein können, der sich mir unsichtbar genähert hatte – er oder sie hätte hinunterlaufen und dort ein gemächlicheres Tempo einschlagen können. Vielleicht aber hatte der Flüsterer auch einen ganz anderen Weg genommen. Der mit Steinplatten gepflasterte Gehweg führte nur ein kurzes Stück hinunter, dann gabelte er sich, und einer der Pfade führte um den ganzen Pavillon herum, ehe er sich auf der anderen Seite hinunterschlängelte. Möglich aber auch, daß der Flüsterer sich immer noch innerhalb der Anlage befand und es ihm ein leichtes war, den Pavillon immer zwischen uns zu halten, gleichgültig, wie schnell oder wie verstohlen ich auf dem Terrassenweg herumschlich. Es war sinnlos zu suchen, und so blieb ich einfach in dem Tor stehen und überlegte.

Die Stimme konnte ebenso gut einem Mann wie einer Frau gehört haben – und allen möglichen Menschen, denen ich in der letzten Zeit Grund gegeben hatte, mir etwas Böses zu wollen. Es war erst genau einen Tag her, daß drei Menschen mir gesagt hatten, ich werde irgend etwas, das ich getan hatte, »noch bedauern«: der eisige Achmad, die völlig erboste Buyantu und die Dame Chao, die außer sich gewesen war vor Wut. Auch durfte ich davon ausgehen, daß der flüchtige Minister Pao bestimmt kein Freund mehr von mir war und sich möglicherweise immer noch in den Palastanlagen aufhielt. Und wenn ich all die Menschen zusammenzählte, die ich mir zum Feind gemacht hatte, seit ich hierher gekommen war, konnte ich auch noch den Meister Ping dazuzählen, den Liebkoser. Und alle diese Personen sprachen mongolisch, genauso, wie der Flüsterer es getan hatte.

Es gab sogar noch andere Möglichkeiten. Die Riesendame, die in Achmads Gemächern lauerte, mochte denken, daß ich sie erkannt hätte, und mir deshalb übelwollen. Vielleicht hatte die Dame Chao ihrem Gatten irgendwelche Lügen über meinen Besuch bei ihr aufgetischt; wer weiß, vielleicht war er jetzt genauso wütend auf mich, wie sie es war. Ich hatte bösartiges Gerede über den Hofastrologen weitererzählt, und Eunuchen, das war ja allgemein bekannt, sind besonders rachsüchtig. Was das betrifft, hatte ich Kubilai gegenüber einmal erwähnt, ich hielte die meisten seiner Minister für falsch am Platz, was man ihnen zugetragen haben konnte; infolgedessen war es gut möglich, daß jeder einzelne von ihnen mir zürnte.

Ich ließ den Blick über die vielen geschweiften Dächer der Palastanlagen hingehen, als gälte es, die gelben Ziegel zu durchdringen, um festzustellen, wer sich da unsichtbar an mich herangemacht hatte, als ich eine riesige Rauchwolke vom Hauptgebäude aufsteigen sah. Das war zuviel Rauch, als daß er von einem Kohlenbecken oder einem Küchenherd stammen könnte, und er war auch zu plötzlich da, als daß er aus einem Raum kommen könnte, in dem Feuer ausgebrochen war oder dergleichen. Der schwarze Rauch schien *zu brodeln* und Teile des Gebäudes und des Daches mitzuführen. Den Bruchteil eines Augenblicks später erreichte mich das Geräusch – ein Donnerschlag, so laut und widerhallend, daß es mir ins Haar fuhr und sich die Falten meines Gewandes bauschten. Auch die anderen Personen auf dem Hügel sah ich bei dem Schlag zusammenfahren und sich umdrehen, und dann liefen sie alle den Hügel hinunter zur Stätte des Unglücks.

Ich brauchte gar nicht erst ganz nahe heranzukommen, ehe ich erkannte, daß der Ausbruch aus meinen eigenen Gemächern stammte. Ja, im Hauptraum meiner Wohnung waren die Wände eingedrückt und das Dach fortgeblasen worden; er lag jetzt unter offenem Himmel und den Blicken der Herzugelaufenen preisgegeben da; was nicht zertrümmert worden war, brannte lichterloh. Der schwarze Rauch der ursprünglichen Explosion stand nicht mehr als dichte, brodelnde Wolke darüber, sondern trieb über die Stadt dahin; doch der nicht so dichte Rauch vom Brand selbst war immer noch dicht genug, die meisten Zuschauer in respektvoller Entfernung zu halten. Nur eine Reihe von Palastdienern lief in den Rauch hinein und wieder heraus, trug Eimer mit Wasser und schüttete dieses auf die brennenden Überreste. Einer von ihnen ließ seinen Eimer bei meinem Anblick fallen und kam auf mich zugelaufen – oder vielmehr zugewankt. Er war dermaßen rauchgeschwärzt und seine Kleidung so sehr versengt, daß ich einen Moment brauchte, ehe ich Nasenloch in ihm erkannte.

»Ach, Herr, nicht näher kommen! Die Zerstörung ist schrecklich!«
»Was ist geschehen?« fragte ich, obwohl ich bereits ahnte, was.
»Ich weiß es nicht, Herr. Ich schlief in meiner Kammer, als ich mich plötzlich – *bismillah* – hellwach hier auf dem Gras wiederfand, mir die Kleider brannten und rings um mich her Trümmer von zerfetztem Mobiliar herunterprasselten.«
»Die Mädchen!« rief ich erregt. »Was ist mit den Mädchen?«
»*Mashallah*, Herr, sie sind tot, aufs schrecklichste umgekommen. Wenn hier nicht ein rächender *jinni* die Hand im Spiel hatte, dann muß ein feuerspeiender Drache zugeschlagen haben.«
»Das glaube ich nicht«, sagte ich kläglich.
»Dann vielleicht ein Vogel Rock, der mit Schnabel und Krallen fürchterlich zugehackt hat, denn die Mädchen sind nicht nur tot – es gibt sie nicht mehr, jedenfalls nicht als zwei voneinander zu unterscheidende Mädchen. Nichts als Spritzer und Brei an den Wänden oder dem, was von den Wänden noch übriggeblieben ist. Fleischbatzen und Blutgerinnsel. Zwillinge im Leben, sind sie zwillingshaft in den Tod gegangen. Sie werden für immer unzertrennlich bleiben, denn kein Bestatter wird sie jemals trennen können, um zu sagen, was nun zu wem gehört.«
»*Bruto barabào!*« entfuhr es mir entsetzt. »Aber es war kein Vogel Rock, kein *jinni* und auch kein Drache. Himmel, ich, *ich* war es, der dies angerichtet hat.«
»Und wenn ich bedenke, Herr, daß Ihr mir einst sagtet, Ihr könntet nie eine Frau umbringen!«
»Herzloser Sklave!« rief ich. »Ich hab's doch nicht mit Absicht getan!«
»Ach, Ihr seid ja noch jung. Seien wir dankbar, daß diese beiden jedenfalls kein Schoßhündchen oder eine Katze oder einen Affen gehalten haben, die sich im Leben nach dem Tode mit ihnen vermischt finden.«

Mir war zum Erbrechen übel, und ich schluckte. Ob nun meine Schuld oder das Werk Gottes, es war der schreckliche Verlust von zwei bezaubernden jungen Frauen. Freilich mußte ich bedenken, daß sie in einem sehr realen Sinn schon zuvor für mich verloren gewesen waren. Eine von ihnen oder beide hatten mich an den mir feindlich gesonnenen Achmad verraten; auch hatte ich den starken Verdacht gehegt, daß Buyantu die geheime Flüsterin gewesen war, die mich im Echo-Pavillon erschreckt hatte. Doch wer immer das gewesen sein mochte, sie hatte es offensichtlich nicht sein können. Jetzt jedoch fuhr ich erschrocken zusammen, als eine andere Stimme mir ins Ohr flüsterte:

»Elender *mamzar*, was habt Ihr angerichtet!«

Ich fuhr herum. Es war der Hoffeuerwerksmeister, der zweifellos gekommen war, weil er deutlich gehört hatte, daß es sein Produkt gewesen war, welches diesen Knall verursacht hatte.

»Ich habe mich an einem Experiment in der *al-kimia* versucht, Meister Shi«, erklärte ich zerknirscht. »Die Mädchen hatten Anweisung, das Feuer nur eben am Brennen zu erhalten und es nicht heiß werden zu lassen, aber sie müssen...«

»Ich hab's Euch doch gesagt«, sagte er durch die zusammengebissenen Zähne hindurch. »Das flammende Pulver ist nichts, damit herumzuspielen.«

»Niemand kann Marco Polo etwas *sagen*«, ließ sich Prinz Chingkim vernehmen, der als Wang von Khanbalik gekommen war, sich mit eigenen Augen zu überzeugen, was für eine Verheerung über seine Stadt gebracht worden war. Und trocken setzte er noch hinzu: »Marco Polo muß man etwas *zeigen*!«

»Mir wäre lieber, ich brauchte dies hier nicht zu sehen«, murmelte ich.

»Dann seht nicht hin, Herr«, sagte Nasenloch. »Denn hier kommt der Hofbestatter mit seinen Gehilfen, die sterblichen Überreste einzusammeln.«

Das Feuer war inzwischen soweit gelöscht worden, daß nur noch Rauch schwelte und unter Zischen gelegentlich ein wenig Dampf aufwölkte. Die Gaffer und die wassertragenden Diener verzogen sich, denn die Menschen haben offensichtlich von Natur aus etwas dagegen, sich in der Nähe von Menschen aufzuhalten, die andere zur Bestattung vorbereiten. Ich blieb aus Achtung vor den Verschiedenen, Nasenloch blieb, um mich nicht allein zu lassen, und dasselbe tat auch Chingkim in seiner Eigenschaft als Wang, um sich zu überzeugen, daß auch alles richtig abgeschlossen wurde, aber auch Meister Shi, dieser freilich mehr aus beruflicher Neugier, um zu sehen, wieviel Schaden angerichtet worden sei, und sich Notizen für seine spätere Arbeit zu machen.

Der violett gewandete Feuerwerker und seine gleichermaßen gekleideten Gehilfen empfanden ihre Aufgabe diesmal offensichtlich als höchst unangenehm, wiewohl sie es doch gewohnt sein mußten, den Tod in vielerlei Formen zu Gesicht zu bekommen. Sie sahen sich um, entfernten sich und kehrten mit ein paar schwarzen Lederbehältnissen und Holzspateln und Lappen zurück. Damit und mit dem Ausdruck des Ekels auf dem Gesicht kratzten und wischten und schoben sie die Überreste auf den Mauerresten zusammen und verstauten sie in den Behältnissen. Als sie dies endlich hinter sich gebracht hatten, gingen wir anderen vier hin, uns die Trümmer genauer anzusehen, taten dies jedoch nur oberflächlich, denn der Gestank war schrecklich. Es war ein Gestank, der sich aus Rauch, Qualm, versengtem Fleisch und – wiewohl es vielleicht ungalant ist, dies ausgerechnet von so schönen jungen Verstorbenen zu sagen – dem Darminhalt der Mädchen zusammensetzte, denn ich hatte ihnen an diesem Morgen keine Gelegenheit gegeben, ihre Toilette zu machen.

»Um soviel Schaden anzurichten«, sagte der Feuerwerksmeister, als wir mit düsterer Miene in den Trümmern des Hauptraums herumstocherten, »muß das *huo-yao* im Augenblick des Zündens sehr fest verschlossen gewesen sein.«

»Es befand sich in einem Steinguttopf mit Deckel darauf, Meister Shi«, sagte ich. »Ich würde meinen, daß kein Funke hätte hineingelangen können.«

»Da hat nur der Topf selbst heiß genug zu werden brauchen«, sagte er und funkelte mich an. »Und ein Steinguttopf? Das heißt, mehr Explosivkraft als eine Indische Nuß oder schweres *zhu-gan*-Rohr. Und wenn die Frauen sich in diesem Augenblick darüberbeugten . . .«

Ich zog mich von ihm zurück, wollte nichts mehr über die armen Mädchen hören. Zu meiner Überraschung fand ich dann in dem zerstörten Raum etwas, das nicht zerstört war – nur eine Porzellanvase zwar, dafür jedoch war sie heil, unversehrt bis auf ein paar Splitter, die am Rand abgesprungen waren. Als ich hinschaute, sah ich, warum sie überlebt hatte. Es war die Vase, in die ich das erste Maß *huo-yao* geschüttet, dem ich dann Wasser beigemengt hatte. Das Pulver war zu einer festen Masse getrocknet, die die Vase nahezu ausfüllte und daher gegen Zerbrechen schützte.

»Seht Euch dies hier an, Meister Shi«, sagte ich und trug die Vase zu ihm hin. »Das *huo-yao* eignet sich ebenso sehr als Bewahrer denn als Zerstörer.«

»Dann habt Ihr also zuerst versucht, es anzufeuchten«, sagte er und warf einen Blick hinein. »Ich hätte Euch gleich sagen können, daß es trocknen und sich verfestigen würde – und damit unbrauchbar. Ja, wenn ich mich recht erinnere, *habe* ich Euch das sogar gesagt. *Ain davàr*, doch der Prinz hat recht. Ihr laßt Euch von niemand etwas sagen . . .«

Ich hatte aufgehört, ihm zuzuhören, und ließ ihn wieder stehen, denn dumpf regte sich irgendeine Erinnerung in mir. Ich nahm die Vase und trug sie hinaus in den Garten, lockerte einen Stein von einem geweißelten Steinrand um ein Blumenbeet herum und benutzte ihn als Hammer, um das Porzellan zu zertrümmern. Als sämtliche Scherben abgefallen waren, hatte ich eine schwere, graue, wie die Vase geformte Masse des steinhart gewordenen Pulvers in der Hand. Ich betrachtete sie genau, und die dunkle Erinnerung trat immer mehr an den Rand meines Bewußtseins. Woran ich mich erinnerte, das war die Herstellung jener Nahrung, welche die Mongolen *grut* nannten. Ich erinnerte mich, wie die Mongolinnen auf den Ebenen Milchquark in der Sonne ausbreiteten, damit dieser zu steinharten Brocken erstarrte, und diese dann zu Grützekörnchen zerbröckelten, die sich unbegrenzt hielten, ohne zu verderben, bis jemand eine Notmahlzeit daraus herstellen wollte. Ich nahm meinen Stein abermals zur Hand und hämmerte auf dem Brocken *huo-yao* herum, bis ein paar mäusedreckgroße Brösel davon herunterfielen. Diese betrachtete ich wieder, ging dann zum Feuerwerksmeister hinüber und sagte schüchtern:

»Meister Shi, wollt Ihr so freundlich sein, Euch dies hier anzusehen und mir zu sagen, ob ich mich irre...«

»Wahrscheinlich«, sagte er und stieß ein verächtliches Schnauben aus. »Das ist Mäusedreck.«

»Nein, das ist Schrot, der von dem Brocken *huo-yao* abgebröckelt ist. Mir will scheinen, daß dieses Schrot in fester Verteilung die richtigen Teile der drei verschiedenen Pulverarten enthält. Und da sie jetzt trocken sind, müßten sie sich genauso gut entzünden wie...«

»*Yom mekhayeh!*« entfuhr es ihm halblaut offenbar auf ivrit. Sehr, sehr langsam und mit größter Zurückhaltung nahm er die Schrotkörner aus meiner Hand in Empfang und hielt sie in der seinen, beugte sich darüber, um sie genauer zu betrachten, und rief abermals halblaut, aber diesmal auf han verschiedene andere Wörter aus wie »*hao-jia-huo*«, einen Ausruf des Erstaunens, und »*jiao-hao*«, einen Ausruf des Entzückens, und »*chan-juan*«, einen Ausruf der Begeisterung, der im allgemeinen dem Anblick einer schönen Frau vorbehalten bleibt.

Und dann schoß er plötzlich in dem zerstörten Raum hin und her, bis er einen noch glimmenden Holzspan fand. Auf diesen blies er, bis er glühte, dann lief er hinaus in den Garten. Chingkim und ich folgten ihm, und der Prinz sagte: »Und jetzt?« und »Nein, *nicht noch einmal!*«, als der Feuerwerksmeister die Glut an die Schrotkörner hielt und diese grell aufblitzend und zischend zerstoben, als bestünden sie immer noch aus der ursprünglichen Pulverform, aus der Feuerbäume und Glitzerblumen gemacht wurden.

»*Yom mekhayeh!*« hauchte Meister Shi noch einmal, um sich dann uns zuzuwenden und mit großen Augen zu murmeln: »*Bar mazel!*« und, zu Prinz Chingkim gewandt, setzte er auf han hinzu: »*Mu bu jiang jie.*«

»Ein altes Sprichwort«, sagte Chingkim zu mir. »Das Auge kann die eigenen Wimpern nicht sehen. – Dem entnehme ich, daß Ihr irgend etwas Neues über das flammende Pulver entdeckt habt, das selbst für den erfahrenen Feuerwerksmeister etwas völlig Neues darstellt.«

»Es war nur ein Gedanke, der mir kam«, erklärte ich bescheiden.

Immer noch mit geweiteten Augen und kopfschüttelnd sah Meister Shi mich an und murmelte Wörter wie »*khakhem*« und »*khalutz*«. Und dann wandte er sich wieder an Chingkim.

»Mein Prinz, ich weiß nicht, ob Ihr daran gedacht hattet, diesen unvorsichtigen Ferenghi für den Schaden und die Todesopfer, die seine

Unvorsichtigkeit zur Folge hatte, zur Verantwortung zu ziehen. Doch die *Mishna* sagt uns, ein denkender Schurke solle höher geachtet werden denn ein Hoherpriester, der nur geistlos predigt. Ich gebe zu bedenken, daß dieser hier etwas vollbracht hat, das mehr wiegt als der Tod von ein paar Dienerinnen und die Zerstörung von einem Teil des Palastes.«

»Ich habe keine Ahnung, was die *Mishna* ist, Meister Shi«, brummte der Prinz, »doch werde ich meinem Königlichen Vater melden, was für Gefühle Euch bewegen.« Dann wandte er sich mir zu. »Und Euch werde ich auch hinbringen, Marco. Er hatte mich bereits geschickt, nach Euch Ausschau zu halten, nachdem er den Donner Eurer – Eurer Leistung vernahm. Und ich bin froh, daß ich ihm Euch nicht von der Wand abgekratzt präsentieren muß. Kommt!«

»Marco«, sagte der Khakhan ohne jeden Umschweif. »Ich muß dem Orlok Bayan in Yun-nan einen Boten schicken, ihn von den jüngsten Entwicklungen hier zu unterrichten, und ich meine, Ihr habt Euch die Ehre verdient, dieser Bote zu sein. Im Augenblick wird ein an ihn gerichtetes Sendschreiben ausgefertigt. Darin steht, was es mit dem Minister Pao auf sich hat; außerdem werden ein paar Maßnahmen vorgeschlagen, die Bayan ergreifen könnte, jetzt, wo die Yi keinen heimlichen Verbündeten mehr in unserer Mitte haben. Übergebt Bayan mein Schreiben, dann steht ihm zur Seite, bis dieser Krieg gewonnen ist, danach fällt Euch die Ehre zu, mir die Nachricht zu überbringen, daß Yun-nan endlich uns gehört.«

»Ihr schickt mich in den Krieg, Sire?« sagte ich nicht ganz sicher, ob ich dazu Lust hätte oder nicht. »Ich habe in Kriegsdingen keinerlei Erfahrung.«

»Dann wird es Zeit, daß Ihr welche bekommt. Jeder Mann sollte zumindest einmal im Leben einen Krieg mitmachen – wie soll er sonst behaupten, alle Erfahrungen ausgekostet zu haben, die das Leben dem Menschen zu bieten hat?«

»Ich habe weniger ans Leben als vielmehr an den Tod gedacht, Sire.« Und lachte, wenngleich nicht sonderlich erheitert.

»Alle Menschen sterben«, sagte Kubilai ziemlich steif. »Mancher weniger namenlos als andere. Möchtet Ihr lieber wie ein Schreiberling sterben und in gesichertem Alter verhutzeln und dahinwelken, bis Ihr auf dem Schindanger landet?«

»Ich habe keine Angst, Sire. Aber was ist, wenn der Krieg sich noch lange hinzieht? Oder vielleicht *nie* gewonnen wird?«

Noch steifer sagte er: »Besser, für eine verlorene Sache zu kämpfen, als seinen Enkeln gestehen zu müssen, nie gekämpft zu haben. *Vakh!*«

Jetzt ließ Prinz Chingkim sich vernehmen: »Ich kann Euch versichern, Königlicher Vater, daß dieser Marco Polo keiner denkbaren Konfrontation ausweichen würde. Nur ist er im Moment etwas erschüttert durch ein Mißgeschick, das ihn soeben betroffen hat.« Dann berichtete er Kubilai von der zufälligen – er unterstrich das *zufällig* – Zerstörung meiner *ménage*.

»Ach, dann hat man Euch der Dienerinnen und der Dienste der Frauen beraubt«, sagte der Khakhan verständnisvoll. »Nun, Ihr werdet so rasch auf der Straße nach Yun-nan reisen, daß Ihr keine Dienerinnen gebrauchen könnt, und abends werdet Ihr dermaßen ausgepumpt sein, daß Ihr gewiß nur noch schlafen wollt. Sobald Ihr dort ankommt, selbstverständlich, werdet Ihr den Euch zustehenden Anteil an Raub und Notzucht erhalten. Nehmt Euch Sklaven, Euch zu bedienen, und Frauen. Benehmt Euch wie ein geborener Mongole.«

»Jawohl, Sire«, sagte ich untertänig.

Seufzend lehnte er sich zurück, als vermisse er die guten alten Tage, und murmelte dann erinnerungsselig:

»Mein verehrter Großvater, Chinghiz, so heißt es, hielt bei seiner Geburt fest einen Klumpen Blut in der Faust, woraus der *shamàn* ein blutrünstiges Leben für ihn voraussah. Dieser Prophezeiung hat er sich als würdig erwiesen. Und ich weiß noch, wie er uns, seinen Enkeln, sagte: ›Jungs, für einen Mann gibt es kein größeres Vergnügen, als seine Feinde zu erschlagen und, von ihrem Blut beschmiert und nach ihrem Blut riechend, ihre keuschen Frauen und ihre jungfräulichen Töchter zu notzüchtigen. Es gibt keine köstlichere Empfindung, als seinen *jing-ye* in eine Frau oder Mädchen hineinzuspritzen, das weint und sich wehrt und einen haßt und verflucht.‹ Also sprach der Chinghiz Khan, der Unsterbliche der Mongolen.«

»Ich werde dran denken, Sire.«

Er lehnte sich wieder vor und sagte: »Zweifellos habt Ihr Vorbereitungen für Eure Abreise zu treffen. Aber tut das so rasch wie möglich. Vorausreiter habe ich bereits losgeschickt. Solltet Ihr unterwegs dazu kommen, Landkarten dieser Route für mich zu fertigen – so wie Ihr und Eure Onkel es von der Seidenstraße getan habt –, wäre ich dankbar dafür und würde Euch großzügig dafür belohnen. Und solltet Ihr unterwegs den flüchtigen Minister Pao treffen, so gestatte ich Euch, ihn zu erschlagen; auch dafür soll die Belohnung nicht gering ausfallen. Und jetzt geht und bereitet Euch auf die Reise vor. Schnelle Pferde und eine vertrauenswürdige Eskorte werden bereitstehen, sobald Ihr es seid.«

Nun, dachte ich, als ich mich in meine Gemächer begab, damit wäre ich jedenfalls außerhalb der Reichweite meiner Feinde bei Hofe – des Wali Achmad, der Dame Chao, des Liebkosers Ping oder wer sonst der Flüsterer gewesen sein mochte. Immer noch besser, in offener Feldschlacht zu fallen, als von jemand heimtückisch einen Dolch in den Rücken gestoßen zu bekommen.

Der Hofbaumeister hielt sich in meiner Wohnung auf und nahm Maß, führte halblaut Selbstgespräche und rief einem Trupp Arbeiter, die anfingen, die verschwundenen Wände und das Dach wieder zu errichten, Anweisungen zu. Glücklicherweise waren mir meine persönlichen Habseligkeiten, die ich in der Schlafkammer aufgehoben hatte, erhalten geblieben. Dort war Nasenloch und verbrannte Weihrauch, um die Luft zu reinigen. Ich bat ihn, die Reisekleider für mich zurechtzulegen und alles andere zu einem leichten Bündel zu verschnüren. Dann sammelte ich sämtliche Tagebuchnotizen, die ich seit Venedig gemacht hatte, zusammen, und trug sie in die Gemächer meines Vaters.

Dieser schien überrascht, als ich den Stapel Papiere neben ihn auf den Tisch fallen ließ, denn es handelte sich um einen Haufen von beschmutzten, zerknitterten, zum Teil verspakten Blättern, die auch in der Größe nicht zueinanderpaßten und einen wirklich wenig einnehmenden Eindruck machten.

»Ich wäre dir sehr verbunden, wenn du sie Onkel Marco schicken würdest, sobald du wieder irgendwelche Dinge den Pferdeposten der Seidenstraße anvertraust. Bitte ihn, sie nach Venedig an die Marègna Fiordelisa zum Aufbewahren weiterzuleiten. Falls irgend jemand sie entziffern und zeitlich ordnen kann, könnten sie für einen künftigen Kosmographen von Interesse sein. Das hatte ich eigentlich selbst vor – irgendwann einmal –, doch werde ich auf eine Mission geschickt, von der ich vielleicht nicht mehr zurückkehre.«

»Was du nicht sagst! Auf was für eine Mission?«

Ich erklärte es ihm mit dramatischer Schwermut, so daß ich nicht wenig erschrocken war, als er sagte: »Ich beneide dich, etwas tun zu können, was ich nie getan habe. Du solltest die Gelegenheit zu würdigen wissen, die Kubilai dir gibt. *Da novèlo tuto xe belo.* Nicht viele Ferenghi haben mit eigenen Augen zusehen dürfen, wie die Mongolen Krieg führen – und das überlebt, um sich daran zu erinnern.«

»Ich hoffe nur, daß ich das tue«, sagte ich. »Aber daß ich mit dem Leben davonkomme, ist nicht meine einzige Sorge. Es gibt noch andre Dinge, die ich gern tun möchte. Und ich bin überzeugt, daß es lohnendere Dinge gibt als dies.«

»Aber, aber Marco. Tüchtiger Hunger kennt kein schlechtes Brot.«

»Willst du damit andeuten, Vater, ich sollte es *genießen,* meine Zeit im Krieg zu vertun?«

Im vorwurfsvollem Ton sagte er: »Es ist richtig, daß du für den Handel bestimmt wurdest und aus einer Kaufmannsfamilie stammst. Trotzdem solltest du nicht alles mit Händleraugen betrachten und dich fragen: ›Was nützt mir dies? Was ist es wert?‹ Diese abscheuliche Denkweise überlaß nur den Händlern, die den Fuß nie über die Schwelle ihres Ladens hinaussetzen. Du hast dich bis an die entferntesten Grenzen der Welt hinausgewagt. Es wäre ein Jammer, wolltest du ausschließlich Profit mit nach Hause nehmen und nicht das kleinste bißchen Poesie.«

»Oh, dabei fällt mir ein«, sagte ich, »daß ich gestern einen großen Gewinn erzielt habe. Dürfte ich mir eine von deinen Dienerinnen ausleihen, daß sie einen Botengang für mich macht?«

Ich schickte sie, aus der Sklavenunterkunft eine Turk-Frau namens Mar-Janah zu holen, vormals im Besitz der Dame Chao Ku-an.

»Mar-Janah?« wiederholte mein Vater, als die Dienerin ging. »Und eine Türkin . . .?«

»Jawohl, du weißt von ihr«, sagte ich. »Wir haben schon einmal von ihr gesprochen.« Und dann erzählte ich ihm die ganze Geschichte, von der er vor so langer Zeit nur einen Teil vom Anfang gehört hatte.

»Was für ein wundersam undurchsichtiges Gewebe!« rief er aus. »Daß es endlich aufgelöst ist! Manchmal bezahlt Gott Seine Schulden doch nicht nur sonntags.« Gleich mir, da ich sie das erste Mal gesehen, gingen ihm die Augen über, als er eine bezaubernde Frau lächelnd die Kammer betreten sah und ich sie ihm vorstellte.

»Meine Herrin Chao schien nicht sonderlich erfreut darüber«, sagte sie verlegen zu mir, »aber sie hat mir gesagt, ich sei jetzt Euer Eigentum, Herr Marco.«

»Nur für kurze Zeit«, sagte ich, nahm die Urkunde mit dem Besitztitel darauf aus dem Beutel und reichte sie ihr. »Jetzt seid Ihr Euer eigener Besitz, wie es rechtens sein soll, und ich möchte nie wieder hören, daß Ihr zu irgendeinem Menschen Herr sagt.«

Mit zitternder Hand nahm sie das Papier entgegen, mit der anderen wischte sie sich die Tränen aus den langen Wimpern. Offensichtlich fiel es ihr schwer, irgend etwas zu sagen.

»Und jetzt«, fuhr ich fort, »bezweifle ich nicht, daß Prinzessin Mar-Janah von Kappadozien ihre Wahl unter den Edlen dieses und jedes anderen Hofes treffen könnte. Doch wenn Hoheit Ihr Herz immer noch an Nas..., an Ali Babar verloren hat – er erwartet Euch in meinen Gemächern weiter unten den Gang hinunter.«

Sie schickte sich an, *ko-tou* vor mir zu machen, doch ich faßte sie bei den Händen, hob sie in die Höhe, drehte sie zur Tür hin und sagte: »Geht zu ihm!« und sie ging.

Beifällig folgte mein Vater ihr mit den Augen, dann fragte er mich: »Du willst Nasenloch nicht mitnehmen nach Yun-nan?«

»Nein. Er hat zwanzig Jahre oder noch länger auf diese Frau gewartet. Sie sollen so schnell verheiratet werden, wie es geht. Würdest du dich um alles Nötige kümmern, Vater?«

»Gern. Und ich werde Nasenloch als Hochzeitsgeschenk seinen eigenen Besitztitel übereignen. Das heißt: Ali Babar, selbstverständlich. Ich nehme an, wir tun gut daran, uns an eine etwas respektvollere Anrede zu gewöhnen, jetzt, wo er ein freier Mann und Gemahl einer Prinzessin ist.«

»Ehe er vollständig frei ist, gehe ich besser hin und vergewissere mich, daß er auch ordentlich für mich gepackt hat. Deshalb will ich jetzt Lebewohl sagen, Vater, falls ich dich oder Onkel Mafio vor meiner Abreise nicht wiedersehe.«

»Lebe wohl, Marco, und laß mich zurücknehmen, was ich zuvor gesagt habe. Ich habe mich geirrt. Aus dir wird *nie* ein richtiger Kaufmann. Gerade eben hast du eine wertvolle Sklavin weggeschenkt, ohne dich auch nur im geringsten bezahlen zu lassen.«

»Aber Vater, ich habe sie auch umsonst bekommen.«

»Nun, um wieviel leichter wäre es dir da gefallen, einen Profit herauszuschlagen? Trotzdem hast du es nicht getan. Und nicht mal unter Fanfarenstößen und schönen Reden hast du sie freigegeben, ohne noble Gesten, und dich von ihr küssen und dir die Hände abschlabbern lassen, während zahlreiche Zuschauer applaudiert und ein Palastschreiber die hochherzige Szene für die Nachwelt festgehalten hat.«

Den Tenor seiner Worte fehldeutend, sagte ich einigermaßen verzweifelt: »Um eines deiner eigenen Sprichwörter zu zitieren, Vater: Eben noch zündest du Fackeln an, und gleich darauf zählst du Kerzendochte.«

»Etwas zu verschenken, ist ein schlechtes Geschäft, und ein schlimmeres noch, wenn man nicht einmal Lob dafür einheimst. Offensichtlich bist du dir über den Wert von nichts klar – höchstens über den von ein, zwei Menschenwesen. Als Kaufmann bist du zum Verzweifeln. Doch als Poet besteht Hoffnung für dich. Lebe wohl, Marco, mein Sohn, und komm heil und gesund zurück!«

Ich bekam Mar-Janah noch einmal zu sehen. Am nächsten Morgen kamen sie und Nasenloch-jetzt-Ali, mir vor meiner Abreise *salaam aleikum* zu wünschen und mir nochmals dafür zu danken, sie wieder zusammengebracht zu haben. Sie waren früh aufgestanden, um mich auch ja nicht zu verpassen – und hatten sich offensichtlich von einem gemeinsamen Lager erhoben, denn beide sahen zerzaust und noch verschlafen aus. Aber sie lächelten auch und sahen beseligt aus. Und als sie versuchten, mir ihre hinreißende Wiedervereinigung zu schildern, erwiesen sie sich beide als hingerissen und absurd sprachlos.

Er begann: »Es war fast so, als ob . . .«

»Nein, es war wirklich so, als ob . . .«, sagte sie.

»Ja, es war wahrhaftig so, als ob . . .«, sagte er. »Die ganzen zwanzig Jahre, die wir einander nun kennen – es war, als ob, nun ja . . .«

»Kommt, kommt«, sagte ich und lachte über ihre närrischen Versuche, es mir begreiflich zu machen. »Ihr seid doch beide früher gar keine so schlechten Geschichtenerzähler gewesen.«

Auch Mar-Janah lachte und sagte schließlich, was sie beide meinten: »Als ob die zwanzig Jahre dazwischen nie gewesen wären.«

»Sie findet mich immer noch hübsch«, rief Nasenloch. »Und sie selbst ist schöner denn je.«

»Uns schwindelt der Kopf wie zwei jungen Leuten, die die erste Liebe erleben«, sagte sie.

»Wie ich mich für euch freue«, sagte ich. Wiewohl beide vielleicht fünfundvierzig waren und ich mich immer noch des Gefühls nicht erwehren konnte, daß eine Liebesgeschichte zwischen zwei Menschen, die fast alt genug waren, meine Eltern zu sein, eine sonderbare Sache wäre, über die man eigentlich lachen müßte, fügte ich noch hinzu: »Ich wünsche euch ewige Freude, junges Paar!«

Sodann meldete ich mich beim Khakhan, um den Brief für den Orlok Bayan abzuholen – und stellte fest, daß er bereits Besucher hatte: den Hoffeuerwerksmeister, den ich erst gestern gesehen hatte, den Hofastronomen und den Hofgoldschmied, die ich beide seit geraumer Zeit nicht mehr gesehen hatte. Alle hatten merkwürdig blutunterlaufene Augen, in denen es gleichwohl irgendwie erregt leuchtete.

Kubilai sagte: »Diese Herren vom Hof möchten, daß Ihr etwas von ihnen Gefertigtes nach Yun-nan mitnehmt.«

»Wir sind die ganze Nacht auf gewesen, Marco«, sagte Feuerwerksmeister Shi. »Jetzt, wo Ihr einen Weg aufgezeigt habt, das flammende Pulver zu transportieren, möchten wir gern, daß es im Kampf erprobt wird. Ich habe die Nacht damit verbracht, beträchtliche Mengen Pulver anzufeuchten, wieder zu trocknen und dann zu zerschroten.«

»*Et voilà*, ich habe neue Behältnisse dafür gefertigt«, sagte Goldschmied Boucher und zeigte mir eine glänzende Messingkugel, ungefähr so groß wie sein Kopf. »Meister Shi hat uns berichtet, daß Ihr nur mit einem Steinguttopf fast den halben Palast in die Luft gesprengt hättet.«

»Nicht den halben Palast«, verwahrte ich mich. »Es war nur mein . . .«

»*Qu'importe?*« sagte er ungeduldig. »Wenn das mit einem kleinen verdeckelten Topf geschehen konnte, meinten wir, müsse eine noch festere Umhüllung des Pulvers es dreimal so mächtig machen. Und da entschieden wir uns für Messing.«

»Und ich habe durch Vergleiche mit den Weltkugeln herausgefunden«, sagte der Hofastronom Jamal-ud-Din, »daß ein kugelförmiges Behältnis am besten geeignet wäre. Per Hand oder Katapult läßt es sich am zielgenauesten und auch am weitesten werfen oder schleudern, aber es läßt sich auch rollend unter die Feinde befördern, und seine Form ist – *inshallah!* – geeignet, seine zerstörerische Kraft nach allen Richtungen hin möglichst wirkungsvoll zu verteilen.«

»Deshalb habe ich Kugeln wie diese hier geschaffen, die sich aus jeweils zwei Hälften zusammensetzen«, erklärte Meister Boucher. »Meister Shi hat sie mit dem Schrotpulver gefüllt und ich sie dann verlötet. Nichts außer der ihnen innewohnenden Kraft wird sie jemals wieder auseinanderbringen. Doch wenn das geschieht – *les diables sont déchaînés!*«

»Ihr und der Orlok Bayan«, sagte Meister Shi, »werdet die ersten sein, das *huo-yao* im Felde praktisch zu erproben. Wir haben ein Dutzend von diesen Kugeln hergestellt. Nehmt sie mit Euch und laßt den Bayan sie verwenden, wie er es für richtig hält. Sie sollten funktionieren, und nichts kann schiefgehen dabei.«

»So hört es sich an«, sagte ich. »Aber wie zünden die Krieger sie dann?«

»Seht Ihr hier die kleine Ende Schnur, das wie ein Docht herausschaut? Das wurde vorm Zusammenlöten der beiden Hälften eingeführt. Eigentlich ist es Baumwolle, die um einen Kern von *huo-yao* herumgewickelt wurde. Es braucht nur ein Flämmchen darangehalten zu werden – ein glimmendes Räucherstäbchen genügt –, und es dauert solange man langsam bis zehn zählen kann, ehe der Funke die Ladung drinnen erreicht.«

»Dann kann es also nicht durch Zufall gezündet werden? Ich habe keine Lust, irgendeine unschuldige *karwansarai* in die Luft zu jagen, ehe ich nicht einmal hingekommen bin.«

»Keine Sorge«, sagte Meister Shi. »Laßt nur bitte keine Frauen damit spielen.« Und trocken fügte er dann noch hinzu: »Es kommt nicht von ungefähr, daß das Morgengebet meines Volkes die Worte enthält: ›Gesegnet seiest Du, o Herr, unser Gott, der Du mich nicht als Frau erschaffen hast.‹«

»Ach, wirklich?« ließ Meister Jamal sich vernehmen. Offenbar war er interessiert. »Bei uns im *Quran* heißt es ähnlich in der vierten Sure: ›Männer sind den Frauen überlegen kraft der Eigenschaften, die Allah den einen gegeben hat und den anderen nicht.‹«

Ich meinte, die alten Männer müßten, da sie die ganze Nacht nicht geschlafen hatten, ein wenig durchgedreht sein, um ausgerechnet einen Streit über die Nachteile der Frauen anzufangen, deshalb unterbrach ich sie, indem ich sagte: »Wenn Khan Kubilai dafür ist, werde ich die Kugeln mit Freuden mitnehmen.«

Der Khakhan machte eine zustimmende Geste, und die drei Höflinge beeilten sich, den Packpferden unserer kleinen *karwan* die zwölf Messingkugeln aufzuladen. Als sie fort waren, sagte Kubilai zu mir:

»Hier ist der Brief an Bayan, versiegelt und mit einer Kette versehen, damit Ihr ihn sicher um den Hals und unter Euren Kleidern tragen könnt. Und hier ist auch mein auf gelbem Papier geschriebener Freibrief, wie Ihr ihn wohl auch bei Euren Onkeln gesehen habt. Aber Ihr werdet ihn nicht oft vorzeigen müssen, denn ich gebe Euch auch noch diesen wesentlich sichtbareren *pai-tzu* mit. Den braucht Ihr nur auf der Brust zu tragen oder an Euren Sattel zu hängen, und wer ihn in diesem Reich erblickt, wird *ko-tou* machen und Euch jede Gastfreundschaft und jeden Dienst angedeihen lassen, den Ihr Euch wünschen könnt.«

Bei dem *pai-tzu* handelte es sich um eine handbreite und nahezu unterarmlange Tafel oder Plakette aus Elfenbein mit Silberringen zum Aufhängen daran, und eingelegt in das Elfenbein eine goldene Beschriftung in mongolischen Buchstaben, mit dem alle Menschen angewiesen wurden, mich willkommen zu heißen und mir zu gehorchen – unter Androhung des khakhanschen Zorns.

»Außerdem«, fuhr Kubilai fort, »da es sein könnte, daß Ihr Schuldscheine für Ausgaben oder andere Dokumente unterzeichnen müßt, habe ich den Hof-Yin-Meister angewiesen, dieses persönliche *Yin* für Euch zu schneiden.«

Es handelte sich um einen kleinen Block aus glattem Stein, hellgrau mit blutroten Adern darin, etwa ein Zoll im Geviert und vielleicht fingerlang, dessen eines Ende zum bequemeren In-der-Hand-Halten abgerundet war. Das gerade untere Ende jedoch war kompliziert graviert, und Kubilai zeigte mir, wie man dieses Ende auf ein tintengetränktes Stück Stoff drückte und dann auf das Papier, welches ich unterfertigen sollte. Nie hätte ich den Abdruck, den es machte, erkannt – *als meine Unterschrift,* meinte ich –, trotzdem sah es hübsch beeindruckend aus, und ich erging mich in lobenden Worten über die schöne Arbeit.

»Es ist ein guter *Yin*, und es wird ewig halten«, sagte der Khakhan. »Ich habe den Yin-Meister Liu Shen-dao angewiesen, ihn aus dem Marmor zu fertigen, den die Han Hühner-Blut-Stein nennen. Und was die Feinheit der Gravur betrifft, kann ich nur sagen, daß Meister Liu sich so vortrefflich auf seine Kunst versteht, daß er imstand ist, ein ganzes Gebet auf ein einzelnes Menschenhaar zu schreiben.«

So verließ ich denn Khanbalik auf dem Weg nach Yun-nan und führte neben meinem persönlichen Gepäck, den Kleidern und Reiseutensilien die zwölf Messingkugeln mit dem flammenden Pulver darin mit, den versiegelten Brief an den Orlok Bayan, meinen eigenen Freibrief und die bestätigende *pai-tzu*-Plakette – und noch mein persönliches *Yin*, mit dem ich meinen Namen allüberall in ganz Kithai gedruckt hinterlassen konnte, wenn ich wollte. So sieht mein Name in den Han-Schriftzeichen aus, denn immer noch habe ich den kleinen Stein-*Yin* in meinem Besitz:

Ich hatte, als ich mich aufmachte, in den Krieg zu ziehen, keine Ahnung, wie lange das Ganze dauern würde. Doch wie der Khan Kubilai gesagt hatte, mein *Yin* könnte ewig halten, und vielleicht bleibt jetzt mein Name ewig.

TO-BHOT

1 Es war ein langer Ritt von Khanbalik bis ins Kampfgebiet des Orlok Bayan, fast so viele *li* wie von Khanbalik nach Kashgar; allerdings waren meine beiden Begleiter und ich leicht und ritten schnell. Wir hatten nur das Notwendigste bei uns – weder Proviant noch Kochgerät, noch Bettzeug belasteten uns –, und das schwerste, was wir mitführten, die pulvergefüllten Messingkugeln, war auf die drei Reservepferde aufgeteilt. Auch bei ihnen handelte es sich um Renner und nicht um die üblichen schwerfälligen Packpferde, und so waren alle sechs Pferde imstande, in der Geschwindigkeit des mongolischen Kriegsritts voranzukommen, also abwechselnd im leichten Galopp und Schritt und wieder Galopp. Sobald ein Pferd Anzeichen von Ermüdung erkennen ließ, brauchten wir nur beim nächsten Posten des Ministers für Straßen haltzumachen und sechs frische Pferde zu verlangen.

Ich hatte nicht gewußt, was es bedeutete, als Kubilai erwähnte, er habe bereits Reiter vorausgeschickt, die Route vorzubereiten, sollte jedoch bald erfahren, daß dies etwas war, das stets getan wurde, wenn der Khakhan oder einer seiner wichtigen Sendboten eine lange Reise quer durch das Reich machen wollten. Diese Reiter ritten voraus, um das bevorstehende Eintreffen des Reisenden zu verkünden, woraufhin von jedem Wang einer jeden Provinz, jedem Präfekten einer jeden Präfektur und sogar den Dorfältesten auch noch des kleinsten Weilers erwartet wurde, alles für den Durchritt oder eine mögliche Übernachtung vorzubereiten. Infolgedessen erwarteten uns stets bequeme Betten in den denkbar besten Unterkünften, gute Köche, uns das bestmögliche Essen zu bereiten, unter Umständen sogar frisch gegrabene Brunnen, um in Trockengebieten dafür zu sorgen, daß Wasser zur Verfügung stand. Aus diesem Grunde brauchten wir uns mit keinerlei überflüssigem Gepäck abzuplagen. Praktisch jede Nacht wurden uns zu unserem Vergnügen Frauen zur Verfügung gestellt, doch, wie Kubilai gesagt hatte, war ich viel zu erschöpft und hatte wundgerittene Schenkel, um mich ihrer zu erfreuen. Statt dessen verbrachte ich jeden kurzen Aufenthalt zwischen Tisch und Bett damit, auf Papier Einzelheiten über die auffälligen Landmarken und Besonderheiten der Landschaft festzuhalten, die mir im Laufe des Tagesritts aufgefallen waren.

In weitem Bogen ritten wir von Khanbalik aus in südwestlicher Richtung dahin, und ich weiß nicht mehr, durch wie viele Weiler, Dörfer und Städte wir hindurchkamen oder in welchen wir übernachteten; nur zwei jedenfalls waren von beträchtlicher Größe. Die eine hieß Xian, jene Stadt, die der Kriegsminister Chao mir auf seiner großen Landkarte gezeigt und von der er mir erzählt hatte, sie sei einst die Hauptstadt des ersten Kaisers dieser Lande gewesen. Xian hatte im Laufe der Jahrhunderte beträchtlich an Bedeutung verloren und war wesentlich kleiner geworden; wenn es auch heute noch eine geschäftige, blühende, an der Kreuzung zweier bedeutender Handelsstraßen gelegene Stadt war, besaß sie doch nichts mehr von der Schönheit und Verfeinerung, die eine Kaiserstadt auszeichnen. Bei der anderen größeren Stadt handelte es sich um Cheng-du, im Roten Becken gelegen, das so genannt wurde, weil der Ackerboden dort nicht gelb war wie sonst fast überall in Kithai. Cheng-du war Hauptstadt der Si-chuan genannten Provinz, und ihr Wang bewohnte eine aus Palastbauten bestehende »Stadt in der Stadt«, die der von Khanbalik an Größe kaum nachstand. Wang Mangalai, wieder einer von Kubilais Söhnen, hätte mich gern für länger als seinen geehrten Gast bei sich aufgenommen, und ich war sehr in Versuchung, zumindest eine Zeitlang auszuruhen, doch entschuldigte ich mich eingedenk meiner Mission. Mangalai sah das selbstverständlich ein, und so verbrachte ich nur einen einzigen Abend in seiner Gesellschaft.

Von Cheng-du aus wandten meine Begleiter und ich uns geradenwegs nach Westen und ritten in jenes Grenzgebiet hinein, wo die zu Kithai gehörende Provinz Si-chuan, die zum Sung-Reich gehörende Provinz Yun-nan und das Land To-Bhot ineinander übergingen – und wir mußten unsere Gangart verlangsamen, denn jetzt wurde der Aufstieg steil und beschwerlich. Die Berge waren nicht so gewaltig hoch wie etwa im Hochland von Pai-Mir. Sie waren weit bewaldeter als jene und wiesen keinen Schnee auf; selbst im tiefsten Winter, so sagte man mir, hielt sich der Schnee dort nie sehr lange, höchstens ganz oben auf den Gipfeln. Doch mochten diese Berge auch nicht so hoch sein wie andere, die ich bereits erlebt hatte, so wiesen sie doch ganz allgemein in ihrer Gestaltung mehr in die Höhe strebende Züge auf. Bis auf die bewaldeten Hänge handelte es sich um ungeheure, steil aufgerichtete, durch schmale, tiefe und dunkle Schluchten voneinander getrennte Felsscheiben. Dafür bestanden diese jedoch aus außerordentlich festem Gestein; wir brauchten keinen Lawinen auszuweichen, und ich hörte nicht ein einziges Mal welche dumpf grollend zu Tal gehen. Von den Einheimischen wurde dies Gebiet das »Land der vier Flüsse« genannt, und die besagten vier Flüsse hießen hier N'mai, Nu, Lan-kang und Jin-sha. Doch diese Gewässer, erfuhren wir von den Bewohnern, würden, je weiter sie sich durch die Berge hindurchwanden, immer tiefer und breiter und schließlich zu den vier größten Flüssen in jenem Teil der Welt, die besser unter ihren Namen weiter unten in der Ebene bekannt sind, nämlich Irawadi, Sal-win, Me-kong und Yang-tze. Die drei ersteren flossen, als sie aus der Provinz Yun-nan herauskamen, nach Süden oder Südosten in die Champa genannten Tropenlande hinein. Der vierte hingegen wurde zu jenem Yang-tze, von dem ich früher schon gesprochen habe – zum »Gewaltigen Fluß« –, der in östlicher Richtung weiterfließt und schließlich ins Kithai-Meer mündet.

Doch ich und meine Begleiter überquerten diese Flüsse weit stromaufwärts jenes Gebietes, wo sie schließlich als vier Flüsse übrigblieben – eben in jenen Hochlandgebieten, wo diese Flüsse in einer Vielzahl von Nebenfluß-Gewässern ihren Anfang nahmen. Deren gab es dort so viele, daß sie nicht alle einen eigenen Namen trugen; keiner jedoch war so klein, daß er einen solchen nicht verdient hätte. Jeder einzelne war ein tosendes weißes Wildwasser, das sich im Laufe der Jahrhunderte sein eigenes Bett in das Felsgestein gegraben hatte, und jedes einzelne Flußbett wieder war eine tiefe Schlucht mit ragenden Felswänden, das wirkte, als hätte irgendein *jinni* mit seinem krummen *shimshir*-Säbel eine klaffende Wunde ins Gebirge geschlagen. Die einzige Möglichkeit, diese schwindelerregenden Schluchten zu überwinden oder sie entlangzureiten, bestand darin, sich an das zu halten, was die Einheimischen stolz ihre Pfeilerstraße nannten.

Doch den Pfad eine Straße zu nennen, ist schon eine große Übertreibung; gleichwohl – von Pfeilern getragen wurde sie – oder genauer gesagt von Kragstücken, in Felsspalten und -löchern hineingetriebenen und darin verkeilten Baumstämmen mit quer dazu verlaufenden Brettern und Balken, die wiederum mit Erde und Stroh bedeckt worden waren. Zutreffender würde man wohl von einer Simsstraße reden. Oder noch treffender der Blinden Straße, weil ich den größten Teil darauf mit geschlossenen Augen zurücklegte und mich auf die Schwindelfreiheit, Ungerührtheit und Trittsicherheit der Pferde verließ und hoffte, diese wären mit den gegen jedes Ausrutschen gefeit machenden Huf-Hörnern jener Tiere ausgestattet, die wir »Marcos Schafe« zu nennen pflegten. So war ganz gleichgültig, ob ich die Augen aufmachte, um in die Höhe zu schauen, in die Tiefe zu sehen, geradeaus oder hinter mich – alles machte mich schwindlig. Ob man in die Höhe schaute oder hinunter, der Anblick war sich in jedem Falle gleich: nichts als zwei steile Felswände, die irgendwo in der Ferne an einem schmalen, hellen, grüngerandeten Spalt fast zusammenstießen: oben am Himmel zwischen zwei Waldsäumen, unten in der Tiefe im Wasser, das aussah wie ein moosgesäumter Bach, obwohl es sich um einen zwischen zwei Wäldern dahintosenden Fluß handelte. Vorn oder hinten war das schwindelerregende Stück Pfeilerstraße zu sehen, das so zerbrechlich aussah, als könnte es kaum das eigene Gewicht tragen, von Pferd und Reiter oder Reitern und Lasttieren ganz zu schweigen. Blickte ich seitlich hinab, sah ich den Felsen, an dem mein Steigbügel entlangstrich und der stets drohte, mir unversehens einen Stoß zu versetzen. Blickte ich auf die andere Seite, sah ich die weiter entfernte Felswand, die gleichwohl so nahe schien, daß ich häufig versucht war, die Hand auszustrecken, um sie zu berühren; doch sich hinüberzulehnen, hieß, aus dem Sattel zu fallen und unendlich in die Tiefe zu stürzen.

Das einzige, was noch schwindelerregender war als das Reiten auf der Pfeilerstraße, war das von einer Seite der Schlucht auf die andere Hinübergelangen – und zwar auf dem, was die Bergbewohner ohne Übertreibung Schlaffbrücken nannten. Diese bestanden aus Planken und dicken Seilen aus zusammengedrehten Rohrstreifen und schwankten im Wind, der unentwegt durch die Berge fuhr, gerieten aber noch viel heftiger ins Schwanken, wenn ein Mensch sie betrat, und selbstverständlich noch schrecklicher, wenn dieser Mensch auch noch ein Pferd hinter sich herführte.

Während dieser Überquerungen, glaube ich, machten selbst die Pferde die Augen zu.

Wiewohl Kubilais Vorausreiter dafür gesorgt hatten, daß sämtliche Bergbewohner meiner und meiner Eskorte Ankunft harrten und uns die beste Gastfreundschaft zuteil wurde, welche diese Menschen zu bieten imstande waren, richtig königlich konnte man sie eigentlich nicht nennen. Nur gelegentlich gelangten wir in den Bergen an einen Ort, der flach und so bewohnbar war, daß ein kleines Dorf von Waldarbeitern darauf Platz fand. Weit häufiger verbrachten wir die Nacht in einer Felsspalte, wo die Straße breit genug gebaut worden war, daß Reisende, die einander begegneten, auch aneinander vorbei konnten. An solchen Stellen war eine Gruppe von rauhen Männern stationiert, die uns empfangen sollten und ein *yak*-Haarzelt für uns aufgeschlagen hatten, in dem wir schlafen konnten – und Fleisch oder ein Bergschaf oder eine Bergziege mitgebracht hatten, die sie an einem Lagerfeuer für uns brieten.

Ich erinnere mich noch gut, wie wir das erste Mal an einer solchen Stelle eintrafen: Der helle Tag ging gerade in die Dämmerung über. Die drei Bergbewohner, die uns erwarteten, begrüßten uns, machten *ko-tou* und schickten sich – da wir uns nicht unterhalten konnten, denn sie konnten kein Mongolisch, und wir hatten keine Ahnung von ihrer Sprache, die nicht einmal Han war – augenblicklich an, uns die Abendmahlzeit zu bereiten. Sie bauten ein gutes Feuer, steckten ein paar Stücke von Moschushirschen auf Bratspieße und hängten einen Kessel mit Wasser zum Erhitzen auf. Mir fiel auf, daß die Männer als Brennmaterial Holz benutzten – das aus der Tiefe heraufzuholen und die steilen Wände der Schlucht hochzubringen überaus mühselig gewesen sein mußte –, aber daneben noch einen kleinen Stapel *zhu-gan*-Rohr liegen hatten. Aus dem Dämmer war tiefstes Nachtdunkel geworden, als das Essen fertig war, und während zwei der Männer uns bedienten, warf der dritte Abschnitte von diesem Rohr ins Feuer.

Das Fleisch des Moschushirsches schmeckte besser als das übliche Fleisch von Bergziege oder Bergschaf, doch die Art und Weise, wie ich es verzehren mußte, war gräßlich. Das Fleisch wurde mir als ganzer Brocken gereicht, und ich mußte es mit beiden Händen festhalten, während ich mit den Zähnen davon abbiß und abriß. Das einzige Eßgerät, das mir gereicht wurde, war eine flache Holzkumme, in die einer der Männer heißen grünen *cha* goß. Doch ich hatte erst ein paar kleine Schlucke genommen, da nahm einer der Männer mir die Kumme höflich wieder ab, um noch etwas hinzuzufügen. Er hielt eine Schale mit *yak*-Butter in die Höhe, ringsum verklebt mit Haaren und Fusseln und Straßenstaub und versehen mit den tiefen Fingerspuren jener, die sich zuvor dieser Butter bedient hatten. Mit seinen eigenen schwarzen Fingernägeln kratzte er einen Batzen Butter ab und ließ diesen zum Schmelzen in meinen *cha* fallen. Die schmutzstarrende *yak*-Butter wäre allein schon ekelerregend genug gewesen, doch dann machte er einen dreckigen Stoffbeutel auf und schüttete etwas in den *cha,* das aussah wie Sägespäne.

»*Tsampa*«, sagte er.

Als ich den Brei nur voller Abscheu und Schrecken anstarrte, machte er mir vor, was damit zu tun sei. Er steckte seine schmutzigen Finger in meine Kumme, rührte Sägemehl und Butter zusammen, bis eine Paste daraus wurde und nachdem diese allen in der Kumme befindlichen *cha* in sich aufgenommen hatte, ein teigiger Batzen. Ehe ich mich's versah und ehe ich es verhindern konnte, knipste er einen kleinen Klump von dem lauwarmen, schmutzigen Teig ab und stopfte ihn mir in den Mund. »*Tsampa*«, wiederholte er und machte Kau- und Schluckbewegungen, um mir zu zeigen, was ich tun solle.

Inzwischen schmeckte ich – abgesehen von dem bittergrünen *cha* und der ranzigen, käsigen *yak*-Butter –, daß das, was ausgesehen hatte wie Sägemehl, Gerstenmehl war. Trotzdem, ich weiß nicht, ob ich es freiwillig über mich gebracht hätte, den Teigklumpen herunterzuschlucken, hätte ich mich nicht plötzlich dermaßen erschrocken, daß ich es unwillkürlich tat. Das Lagerfeuer gab unversehens ein gewaltiges *Peng!* von sich, und Funken stoben hinaus ins Dunkel – woraufhin ich mein *tsampa* hinunterschluckte und aufsprang – wie meine beiden Begleiter auch. Der Knall hallte von sämtlichen Felswänden und Berghängen wider und immer wider. Zwei Dinge schossen mir durch den Kopf: zum einen der entsetzliche Gedanke, daß eine der pulvergefüllten Messingkugeln irgendwie ins Feuer gefallen wäre. Und zum anderen die Erinnerung an Worte, die man mir vor gar nicht langer Zeit zugeflüstert hatte: »Erwartet mich, wenn Ihr mich am wenigsten erwartet!«

Doch die Gebirgler lachten nur über unser Erschrecken, vollführten beruhigende Gesten und erklärten, was geschehen war. Sie hielten eines der *zhu-gan*-Abschnitte in die Höhe, deuteten aufs Feuer, sprangen hin und her, bleckten die Zähne und knurrten. Diese Vorstellung war beredt genug. In den Bergen wimmelte es von Tigern und Wölfen. Um diese fernzuhalten, warfen sie ab und zu einen Abschnitt *zhu-gan*-Rohr ins Feuer. Die Hitze brachte offensichtlich die darin befindlichen Säfte zum Kochen, bis der Dampf das Rohr zerriß – gar nicht anders als eine Ladung von flammendem Pulver –, was einen gewaltigen Knall zur Folge hatte. Ich zweifelte keinen Moment daran, daß dies geeignet sei, wilde Raubtiere fernzuhalten; schließlich hatte es mich dazu gebracht, einen widerwärtigen Klumpen von etwas hinunterzuschlucken, das *tsampa* hieß.

Später schaffte ich es, *tsampa* zu essen, nie wirklich mit Genuß, doch zumindest ohne heftige Ekelgefühle. Der Körper des Menschen verlangt noch andere Nahrung als nur Fleisch und *cha,* und Gerste war das einzige Getreide, welches in diesem Hochland angebaut wurde. *Tsampa* war billig, ließ sich leicht transportieren und war nahrhaft und wurde durch Hinzufügung von Zucker oder Salz oder Essig oder vergorener Sojabohnensauce genießbarer. Ich habe es nie so gern gemocht wie die

Eingeborenen, die sich – nachdem sie sich bei den Mahlzeiten den Teig angerührt hatten – Brocken davon ins Kleiderinnere steckten und das *tsampa* die ganze Nacht und den folgenden Tag über auf der nackten Haut trugen, damit es das Salz ihres Schweißes in sich aufnehme – und jedesmal, wenn sie Lust auf eine Leckerei hatten, hineinlangten und einen Bissen davon nahmen.

Jetzt wurde ich auch besser mit dem *zhu-gan*-Rohr bekannt. In Khanbalik hatte ich diese Pflanze nur als anmutiges Motiv von Malern wie der Dame Chao und dem Meister der knochenlosen Farben kennengelernt. Aber in den hiesigen Gegenden gehörte es dermaßen selbstverständlich zu den Haupterzeugnissen, daß ich mir nicht vorstellen kann, wie die Menschen hier ohne *zhu-gan* leben sollten. Das *zhu-gan* wuchs überall in den Niederungen wild, vom Grenzgebiet zwischen Si-Chuan und Yun-nan an südwärts in den gesamten Tropengebieten Champas – wo es je nach den verschiedenen Sprachen *banwu* und *mambu* und noch anders hieß –, und allüberall diente es unzähligen anderen Zwecken außer dem Tiger-Fernhalten.

Das *zhu-gan* ähnelt jedem gewöhnlichen Schilf oder Röhricht, zumindest, solange es jung und nur fingerdick ist und mit Ausnahme der Tatsache, daß es – darin wie der menschliche Finger – in gewissen Abständen Knöchel oder Knoten aufweist. Diese lassen kleine Trennwände im Rohrinneren erkennen, welche seine Länge in verschiedene voneinander getrennte röhrenähnliche Abschnitte unterteilt. Für manche Zwecke – etwa dem, um ins Feuer geworfen zu werden, damit ein Knall entsteht – genügt ein einzelner Abschnitt, dessen Trennwände an beiden Enden unversehrt sind. Für andere Zwecke werden die Trennwände durchstoßen, um ein durchgängiges echtes Rohr herzustellen. Ist das *zhu-gan* nicht dicker als ein Finger, läßt es sich leicht mit dem Messer schneiden. Wächst es jedoch heran – und ein einzelnes *zhu-gan*-Rohr kann die Höhe und den Umfang eines großen Baums erreichen –, muß es umständlich durchgesägt werden, denn es ist fast eisenhart. Doch ob groß oder klein, das *zhu-gan* ist eine wunderschöne Pflanze, das Rohr selbst von goldener Farbe, aus den Knoten sprießen zartgrüne Blätter; ein riesiges Büschel *zhu-gan*, ganz Gold und Grün, das in seinem Laub das Sonnenlicht einfängt, ist ein Gegenstand, wie ihn schöner sich kein Maler wünschen kann.

In einer der wenigen Niederungen, durch welche wir in diesem Gebiet kamen, stießen wir auf ein Dorf, das ganz und gar aus *zhu-gan* gebaut, damit eingerichtet war und überhaupt vollständig von dieser Pflanze abhing. Das Chieh-chieh genannte Dorf lag in einem breiten Tal, durch das einer der zahllosen Flüsse dieser Landstriche hindurchfloß, und der gesamte Talboden war von dichten *zhu-gan*-Hainen bedeckt. Chieh-chieh sah aus, als wäre es dort *gewachsen*. Sämtliche Häuser bestanden aus goldenem *zhu-gan*-Rohr. Die Wände bestanden aus armdicken Stengeln, die man nebeneinander aufgestellt und mittels Schnüren miteinander verbunden hatte; kräftigere Enden *zhu-gan* bildeten die Eckpfosten und Säulen, die Dächer aus gespaltenen *zhu-gan*-Abschnitten trugen, die einander über- und unterlappten wie geschwungene Dachziegel. Im Inneren der Häuser bestanden Tische und Liegestätten sowie Bodenmatten aus gewebten dünnen Faserstreifen, die man vom *zhu-gan* abgezogen hatte; daraus wurden auch Dinge wie Kästen, Vogelkäfige und Körbe geflochten.

Da der Fluß von weitausgedehntem Sumpfland gesäumt wurde, lag Chieh-chieh ein ganzes Stück davon entfernt, doch wurde das Wasser des Flusses über die ganze Strecke durch hüftdicke *zhu-gan*-Rohre hergeleitet, die an den Enden säuberlich miteinander verbunden waren, und auf dem Dorfplatz ergoß sich das Wasser in einen baumstammdicken *zhu-gan*-Trog. Vom Trog aus trugen die Jungen und Mädchen des Dorfes dieses Wasser in ihre aus *zhu-gan*-Rohr gebauten Häuser – und zwar in Zubern, Töpfen und Krügen, die samt und sonders nichts anderes waren als unterschiedlich große *zhu-gan*-Abschnitte. In den Häusern benutzten die Frauen *zhu-gan*-Splitter als Nadeln und abgezogene Fasern als Fäden. Die Männer fertigten aus gespaltenem *zhu-gan*-Rohr sowohl Jagdbogen wie die dazugehörigen Pfeile und trugen diese Pfeile in Köchern, die nichts anderes waren als eben etwas größere, unten durch eine Trennwand geschlossene *zhu-gan*-Abschnitte. Baumgroße Stengel benutzten sie als Masten für ihre Fischerboote, und an Tauen, die aus geflochtenen *zhu-gan*-Fasern bestanden, hingen Segel aus geflochtenen *zhu-gan*-Streifen. Der Dorfschulze hatte vermutlich wenig zu schreiben, doch wenn es nötig war, tat er es mit einem dünnen, an einem Ende gespaltenen Rohr, und zwar auf Papier, das aus dem Brei der aus dem weichen Inneren des *zhu-gan* herausgeschabten Masse hergestellt wurde. Und aufbewahrt wurden die Schriftrollen in flaschengroßen Abschnitten dickerer *zhu-gans*.

Als meine Eskorte und ich an diesem Abend in Chieh-chieh gegessen hatten, wurde uns das Essen in Schalen gereicht, die aus den gespaltenen *zhu-gan*-Hälften bestanden, und die »flinken Zangen« waren nichts anderes als schlanke *zhu-gan*-Schößlinge. Zur Mahlzeit selbst gehörten neben frisch gefangenem Flußfisch – gefangen mit Netzen aus *zhu-gan*-Faser –, der über einem Feuer aus *zhu-gan*-Abfällen gegart wurde – die weichgekochten saftigen Schößlinge junger *zhu-gan*-Schößlinge, von denen ein Teil als Beilage eingelegt worden war und ein anderer kandiert und als Süßspeise verzehrt wurde. Keiner von uns Besuchern war krank oder verwundet, doch wäre das der Fall gewesen, man hätte uns vermutlich mit *tang-zhu* behandelt, jener Flüssigkeit, die das hohle Innere der *zhu-gan*-Abschnitte ausfüllt, wenn er noch nicht zu alt ist; dieses *tang-zhu* wird für viele Krankheiten als Arznei verwendet.

Was die vielfältigen Verwendungsformen des *zhu-gan* betrifft, so erfuhr ich davon vor allem von dem bereits älteren Dorfschulzen von Chieh-chieh, einem gewissen Wu. Er war der einzige Mann aus dem Dorf, der mongolisch sprach, und so kam es, daß er und ich noch spät beieinander saßen und uns unterhielten; meine beiden Begleiter wurden des Zuhörens allmählich müde und begaben sich in die ihnen zugewiesenen Schlafkammern. Der alte Wu und ich wurden schließlich von einer jungen Frau unterbrochen, die in den Raum mit den aus *zhugan*-Rohr bestehenden Wänden trat, wo wir auf rohrgeflochtenen Lagerstätten saßen, und sich über irgend etwas zu beklagen schien.

»Sie möchte gern wissen, ob Ihr denn überhaupt nicht zu Bett gehen wollt«, sagte Wu. »Sie ist die Allervorzüglichste der Frauen von Chiehchieh, die von den anderen auserwählt wurde, Eure Nacht hier zu etwas Erinnerungswürdigem zu machen; jedenfalls brennt sie darauf, endlich anzufangen.«

»Sehr gastfreundlich von ihr«, sagte ich und unterzog sie einer prüfenden Betrachtung.

Die Bewohner des Landes der vier Flüsse trugen – Männer wie Frauen gleichermaßen – eine plumpe, formlose Kleidung: einen Hut, der eine Art Hülse für den Kopf darstellte, Gewänder, Hüllen und Umschlagtücher, die ihnen in vielen Schichten um die Schultern lagen und bis zu den Füßen hinabreichten, unförmige Stiefel mit hochgebogenen Zehen. Was sie am Leib trugen, war in zwei verschiedenen Farben gestreift, wobei jeder im Dorf dieselben Farben trug und die Farben aller Dörfer sich unterschieden – ein »Fremder« aus dem Nachbardorf wurde daher sofort als solcher erkannt, wenn er auftauchte – und die Farben waren stets dunkel und verwaschen (in Chieh-chieh waren es Braun und Grau), damit man den Schmutz darin nicht so sehr wahrnahm. In Berggemeinden sorgte diese Tracht dafür, daß die Menschen mit dem Hintergrund verschmolzen und nicht sonderlich abstachen, was sowohl für die Jagd wie fürs Sichverbergen gleichermaßen von Vorteil war. Doch in Chieh-chieh vor dem Hintergrund aus leuchtendem Gold und Grün wirkten sie aufdringlich häßlich.

Da Männer wie Frauen unterschiedslos gekleidet waren, im Gesicht unterschiedslos keine Behaarung aufwiesen, flache Züge hatten und von rotbrauner Gesichtsfarbe waren, mußten sie auf irgendeine Weise – wie ich denke, auch zu ihrem eigenen Vorteil – zu erkennen geben, welchen Geschlechts sie waren. Aus diesem Grund verliefen die Streifen der Frauen von oben nach unten, während die der Männer quer von einer Seite zur anderen gingen. Ein richtiger Fremder wie ich, der diesen feinen Unterschied nicht sofort begriff, konnte sie nur dann auseinanderhalten, wenn sie ihre Hülsenhüte abnahmen. Dann erkannte man die Männer an den rasierten Köpfen und einem Gold- oder Silberring im linken Ohr. Die Frauen hatten das Haar in einer Fülle dünner, abstehender Zöpfe geflochten – um genau zu sein: in einhundertundacht Zöpfe, denn in so viele Bücher ist das *Kandjur*, die heilige Schrift der Buddhisten, aufgeteilt, und diese Menschen sind alle Buddhisten.

Da der Ritt dieses Tages sehr angenehm verlaufen war und da die Schönheit der *zhu-gan*-gebauten Ortschaft mich in eine entspannte Stimmung versetzt hatte, war ich geneigt, meiner natürlichen Neugier nachzugeben, um zu erfahren, welche anderen Beweise der Weiblichkeit unter den wenig anmutigen Gewändern dieser jungen Frau locken mochten. Mir fiel auf, daß sie ein Schmuckstück trug: eine Halskette, von der eine ganze Reihe klirrender Münzen herabhing, und in der Annahme, daß es sich wiederum um einhundertundacht Münzen handelte, sagte ich zu dem alten Wu:

»Wenn Ihr sie die Allervorzüglichste unter den Frauen des Dorfes bezeichnet, bezieht sich dieses Attribut auf ihren Reichtum oder auf ihre Frömmigkeit?«

»Weder auf das eine noch auf das andere«, sagte er. »Die Münzen beweisen, welchen großen weiblichen Zauber sie ausübt und wie begehrt sie ist.«

»Was ihr nicht sagt?« erklärte ich und starrte sie an. Die Halskette war durchaus reizvoll, doch begriff ich nicht, wieso sie *sie* reizvoller machen sollte.

»Bei uns wetteifern die Frauen miteinander«, erklärte er, »welche von ihnen den meisten Männern beiwohnt – denen aus dem eigenen Dorf oder aus anderen Dörfern, auch zufällig Durchkommenden oder den Männern von durchziehenden *karwans* – und fordern von einem jeden Mann als Liebesbeweis eine Münze. Dasjenige Mädchen, welches die meisten Münzen einheimst, hat offensichtlich die meisten Männer angezogen und befriedigt und nimmt daher eine hervorragende Stellung unter den Frauen ein.«

»Ihr meint doch wohl, daß sie damit eine Ausgestoßene ist.«

»Ich meine eine hervorragende Stellung. Ist sie schließlich soweit, daß sie heiraten und eine Familie gründen möchte, kann sie unter den Männern wählen, wen sie will. Jeder heiratsfähige junge Mann wetteifert um ihre Hand.«

»Wobei die Hand zweifellos der am wenigsten gebrauchte Körperteil ist«, sagte ich leicht entsetzt. »In zivilisierten Ländern heiratet ein Mann eine Jungfrau, von der er weiß, daß sie ihm ganz allein gehört.«

»Mehr weiß man ja auch wirklich nicht von einer Jungfrau«, erklärte der alte Wu und schnaubte verächtlich durch die Nase. »Wer eine Jungfrau heiratet, läuft Gefahr, einen Fisch zu bekommen, der weniger warm ist als der, den Ihr zum Abendessen verzehrt habt. Jemand, der eine von unseren Frauen heiratet, erhält Zeugnisse dafür, wie begehrenswert sie ist, und Zeichen, die bekunden, wie erfahren sie ist und welche Talente sie besitzt. Außerdem erhält er nicht zufällig eine hübsche Mitgift in Münzen. Und diese junge Dame ist jetzt eifrig darauf erpicht, ihrer Kette Eure Münze hinzuzufügen, denn von einem Ferenghi hat sie bisher noch keine bekommen.«

Ich hatte nichts dawider, bei Nichtjungfrauen zu liegen, und es mochte sogar aufschlußreich sein, die Nacht mit einer zu verbringen, die Zeugnisse dieser Art vorzuweisen hatte. Leider jedoch sah diese junge Frau bedauernswert nichtssagend aus, und ich hatte keine große Lust, nur als eine Münze mehr unter vielen zu gelten. Ich brachte daher murmelnd irgendeine Entschuldigung vor, erklärte, ich sei auf irgendeiner Pilgerreise begriffen und durch ein christliches Ferenghi-Gelübde zur Keuschheit verpflichtet. Eine Münze schenkte ich ihr trotzdem als Entschädigung dafür, daß ich ihren reichbekundeten Zauber verschmähte; dann entfloh ich ins Bett. Die Lagerstatt bestand aus einer

Unterlage aus geflochtenen *zhu-gan*-Streifen und war sehr behaglich; nur knarrte es die ganze Nacht, obwohl ich ganz allein darin lag. Das Knarren müßte das ganze Dorf geweckt haben, wäre ich auf die Angebote der Allervorzüglichsten von Chieh-chieh eingegangen. Ich zog daraus den Schluß, daß das *zhu-gan*-Rohr bei aller trefflichen Verwendbarkeit nicht für jeden menschlichen Zweck das richtige ist.

2 Meine Eskorte und ich ritten weiter, abwechselnd durch Berge, Schluchten und Täler, manchmal in der schwindelnden Höhe der Pfeilerstraße, gelegentlich durch die Tiefe der leuchtenden *zhu-gan*-Niederungen. Das Gelände veränderte sich nicht sonderlich, doch ging uns bald auf, daß wir nunmehr das eigentliche Hochland von To-Bhot erreicht hatten; denn die Menschen, denen wir begegneten, fingen an, uns damit zu begrüßen, daß sie das Haupt entblößten, sich das rechte Ohr kratzten, die linke Hüfte rieben und uns die Zunge herausstreckten. Diese absurde Art der Begrüßung – mit der man andeuten wollte, nichts Böses zu denken, zu hören oder zu sagen – stellte eine Besonderheit der Drok und Bho genannten Bevölkerung dar. Eigentlich bildeten sie ein einziges Volk, nur hießen die Nomaden Drok und die Seßhaften Bho. Die Viehhirten und Jäger der Drok lebten genauso wie die steppenbewohnenden Mongolen und wären nicht von ihnen zu unterscheiden bis auf den Bau ihres Zeltes, das schwarz und nicht gelb war und nicht von einem inneren Lattengerüst getragen wurde wie die *yurtu*. Die Wände eines Drok-Zeltes waren mit Pflöcken im Boden festgesteckt und das Dach an langen Seilen aufgehängt, die über hohe, in einiger Entfernung vom eigentlichen Zelt aufgestellte Stangen verliefen und schließlich gleichfalls mittels Pflöcken im Boden verankert waren. Das dergestalt errichtete Zelt sah aus wie eine schwarze *karakut*-Spinne, die sich zwischen den dünnen Beinen mit den hochstehenden Knien duckt.

Die Ackerbauern und Händler – die Bho – wohnten zwar in festen Dörfern, lebten jedoch noch unbequemer als die nomadischen Drok. Ihre Dörfer und Städte drückten sich in hochgelegene Bergspalten, wodurch sie gezwungen waren, ein Haus über dem anderen zu bauen. Das stand im Widerspruch zu dem, was ich von der buddhistischen Religion wußte, derzufolge der Kopf Sitz der menschlichen Seele ist, so daß eine Mutter nicht einmal dem eigenen Kind über den Kopf zu streichen wagt. Gleichwohl lebten die Bho in Wohnungen übereinander, so daß jeder Abfälle und Körperausscheidungen auf das Dach und in den Hof, ja, nicht selten auf das Haupthaar seiner Nachbarn warf. Die Sitte, in so großer Höhe wie möglich zu bauen, so erfuhr ich, ging zurück auf eine längst vergangene Zeit, da die Bho einen Amnyi Machen oder »Alter Mann Großer Pfau« genannten Gott verehrten, der auf den höchsten Gipfeln zuhause sein sollte, woraufhin jeder bemüht war, seine Wohnung in größtmöglicher Nähe dieses Gottes aufzuschlagen.

Jetzt sind alle Bho Buddhisten. Infolgedessen gab es *über* einer jeden Gemeinde eine *lamasarai*, die von ihren Bewohnern Pota-là genannt wird. (*Là* bedeutete Hügel, und *Pota* entsprach der Bho-Aussprache von Buddha. Ich werde mich jetzt nicht in einem unflätigen Wortspiel ergehen, bloß weil *pota* im Venezianischen eine unanständige Bedeutung hat. Es erübrigt sich wirklich, sich etwas aus den Fingern zu saugen, um die Bho und ihre Religion lächerlich zu machen.) Da der Pota-là in jeder Gemeinde das höchste und von den meisten Menschen bewohnte Gebäude ist, war es unvermeidlich, daß Priester und Mönche – hier *lamas* und *trapas* genannt – ihrer weiter unten angesiedelten Laiengemeinde buchstäblich und in reichem Maße auf den Kopf schissen. Ich sollte jedoch herausfinden, daß der Buddhismus in der für To-Bhot maßgebenden Form des Potaismus von womöglich noch befremdlicheren Verrücktheiten auf das gröblichste herabgewürdigt wird.

Eine Bho-Stadt mochte von fern ganz ansprechend aussehen – etwa, wenn man sie über Felder des riesigen blau-gelben, für To-Bhot typischen Mohns hinweg oder über gelbblühende, »Potas Haar« genannte Weidenbäume hinweg erblickte, während sich darüber der klare blaue, nur von Rotfinken und Raben rosa und schwarz gesprenkelte Himmel wölbte. Jede Felswandsiedlung bildete ein verwirrendes Durcheinander von felsfarbenen Häusern, die sich deshalb von der steilen Felswand abhoben, weil den kleinen Fenstern überall dichter Rauch entquoll. Die Fenster wiederum waren sonderbar geformt insofern, als sie unten schmaler waren als oben, und das große Durcheinander der Häuser wurde gekrönt von dem womöglich noch heilloseren Durcheinander des Pota-là – nichts als Türmchen und vergoldete Dächer, Terrassen und Außentreppen und bunte Wimpel, die in der Brise knatterten. Die dunkelgewandeten *trapas* ergingen sich gemessen auf den schmalen Terrassen. Kam man jedoch näher heran, entpuppte sich das, was sich aus der Ferne als recht hübsch, heiter und sogar als von tiefer Gläubigkeit geprägt ausgenommen hatte, nur als häßlich, reizlos und verkommen.

Die sonderbaren kleinen Fenster in den Wohnhäusern gab es nur in den oberen Stockwerken, damit man über dem schrecklichen Durcheinander und dem Gestank der Straße Luft bekam. Auf den ersten Blick schien die Bevölkerung nur aus frei laufenden Ziegen, Hühnern, Enten und grämlich dreinschauenden gelben Bulldoggen zu bestehen; die steilen, schmalen und gewundenen Gassen waren mit einer Kotschicht bedeckt, von der wir annahmen, sie stamme von diesen Tieren. Dann jedoch begegneten wir Menschen, und wünschten, wir hätten uns mit den saubereren Tieren zufriedengegeben, denn wenn diese Menschen uns zum Gruß die Zunge herausstreckten, erkannten wir, daß diese Zunge das einzige nicht Schmutzstarrende an ihnen war. Die Kleider, die sie anhatten, waren genauso reizlos und verdreckt wie die der Menschen in den tiefer liegenden Gebieten; falls die von Männern und Frauen sich in irgendwelchen Mustern unterschieden, müssen das Unterschiede an Reizlosigkeit und Schmutz gewesen sein. Ich jedenfalls vermochte keine zu erkennen. Es gab nur wenige Männer und sehr viele Frauen, doch auseinanderhalten konnte ich die Geschlechter nur deshalb, weil die Männer sich die Mühe machten, ihre langen Gewänder aufzumachen, wenn sie auf der Straße das Wasser abschlugen; die Frauen hockten sich einfach hin; sie hatten unter den äußeren Gewändern nichts weiter an, zumindest hoffte ich das. Manchmal kam schwaches Leben in einen übernormalgroßen Kothaufen auf der Straße; dann erkannte ich, daß es sich um einen Menschen handelte, den man zum Sterben hinausgelegt hatte, für gewöhnlich einen Greis oder eine Greisin.

Meine Mongolen vertrauten mir an, früher hätten die Bho sich ihrer Altvorderen dadurch entledigt, daß sie ihre Leichen verspeist hätten – und zwar der Vorstellung entsprechend, daß die Toten sich keine bessere Ruhestätte wünschen könnten als in den Eingeweiden ihrer eigenen Nachkommen. Mit dieser Gepflogenheit hätten sie erst nach dem Einzug des Potaismus gebrochen, weil der Pota-Buddha den Fleischgenuß mit Abscheu betrachtet hätte. Einziges Überbleibsel dieser ehemaligen Sitte war, daß die Familien jetzt die Schädel ihrer Verstorbenen haltbar machten, indem sie Trinkschalen und kleine Trommeln daraus fertigten, damit ihre Dahingeschiedenen immer noch an Festen und Musikmachen teilhaben könnten. Jetzt wurden die Verstorbenen auf den Berggipfeln verbrannt und dann den Vögeln überlassen; oder aber man warf die Leichen in Flüsse und Teiche, aus denen sie Trinkwasser holten, oder aber sie zerlegten die Leichen in einzelne Teile und fütterten die Hunde damit. Letztere Methode sei am beliebtesten, weil dadurch die Auflösung des Fleisches am raschesten vonstatten gehe, denn erst wenn von dem alten Fleisch nichts mehr vorhanden sei, könne die Seele, die darin gewohnt habe, aus jenem Zwischenreich zwischen dem Tod hier und der Wiedergeburt an anderem Ort entlassen werden. Der Leichnam der Armen werde einfach den Straßenkötern vorgeworfen, wohingegen der der Reichen in besondere *lamasarais* verbracht würden, die Zwinger mit heiligen Bulldoggen unterhielten.

Diese Sitten waren zweifellos der Grund, warum es in To-Bhot so unendlich viele Aasgeier, Raben, Elstern und Hunde gibt, doch ließen diese auch darauf schließen, daß hier mehr Menschen starben als nötig gewesen wäre. Der Hunde gab es so viele, daß sie überaus anfällig waren für die Hundetollwut; waren sie davon befallen, schnappten sie nicht nur nach Menschen, sondern auch nach anderen Hunden. Es gingen mehr Bho an der Hundekrankheit zugrunde als an den scheußlichen Erkrankungen, die ihre eigene Verdrecktheit und Verwahrlostheit zur Folge hatten. Oft regte sich nicht nur schwaches Leben in den Haufen auf der Straße, sondern verkrampften diese sich und warfen sich in dem Todeskampf, der diesem Wahnsinn vorangeht, erregt hin und her.

Da ich keine Lust hatte, gebissen zu werden, und da ich im Begriff war, in den Krieg zu ziehen, besorgte ich mir Pfeil und Bogen, kräftigte meinen Arm und übte mich im Zielen, indem ich auf jeden streunenden Hund schoß, der mir vor Augen kam. Das trug mir sowohl von den geweihten als auch von den nichtgeweihten Potaisten finstere Blicke ein; denn beide ziehen es gleichermaßen vor, daß die Menschen grundlos sterben, als daß Menschen aus gutem Grund töten. Da ich jedoch die Plakette des Khakhan trug, wagte niemand mehr, als mich anzufunkeln und halblaut zu grollen. So wurde ich ein recht guter Schütze, sowohl mit den Pfeilen mit der breiten wie mit der schmalen Pfeilspitze. Auch hoffe ich, ein wenig zum Wohl dieses elenden Landes beigetragen zu haben, wiewohl ich mir da nicht sicher bin. Ich bezweifle, daß irgend etwas oder irgend jemand das jemals schafft.

Erreichten wir irgendeine Bho-Ansiedlung, kletterten meine Begleiter und ich so schnell als möglich zum Pota-là hinauf, wo Geehrte Gäste unweigerlich untergebracht wurden, da es hier die besten Unterkünfte überhaupt gab. Gleichwohl bedeutete das nicht mehr, als daß wir nur davon verschont wurden, Kot auf den Kopf geworfen zu bekommen. Doch selbst wenn das geschehen wäre, wesentlich dreckiger hätten Bettzeug, Essen und Gesellschaft auch nicht werden können. Ehe wir Kithai verließen, hatte ich einen vornehmen Han ein verächtliches Sprichwort seines Volkes über die Bho sagen hören – demzufolge die drei wichtigsten Landesprodukte von To-Bhot *lamas,* Frauen und Hunde seien – und jetzt glaubte ich ihm. Daß es unten in der Stadt unverhältnismäßig viele Frauen gab, schob ich jetzt auf die Tatsache, daß mindestens ein Drittel ihrer Männer heilige Gelübde abgelegt hatte und in irgendeine *lamasarai* eingetreten war. Nun, da ich die Bho-Frauen gesehen hatte, konnte ich es den Bho-Männern nicht einmal groß verdenken, daß sie die Flucht ergriffen hatten; ich meine nur, daß sie bestimmt ein Leben hätten finden können, das besser war als das lebendige Einbalsamiertsein.

Betraten wir den Hof eines Pota-là, begrüßten uns als erstes das Gekrächs, Geknarre und Gescharre von Gebetsmühlen, Gebetsfähnchen und Gebetsknochen, sodann das laute Gebell und Gefauch der alles andere als zahmen gelben To-Bhot-Bulldoggen, die an solchen Orten jedoch zumindest an der Wand an der Kette lagen. Gleichfalls an diesen Wänden schwelten in jeder kleinen Nische Weihrauch oder Wacholderzweige, deren Duft jedoch längst nicht ausreichte, den allgegenwärtigen Gestank von *yak*-Dung-Feuern, ranziger *yak*-Butter und ungewaschener Frömmigkeit zu überdecken. Nach dieser Begrüßung mit Krach und Gestank kam eine Schar von Mönchen und ein paar Priester majestätisch auf uns zugewatschelt, von denen ein jeder die *khata,* die hellblaue Seidenschleife quer über beiden Handflächen liegen hatte, mit der (anstelle des Zungeherausstreckens) jeder hochgestellte Bho einen Menschen gleichen oder höheren Ranges begrüßt. Sie redeten mich mit *kungö* an, was soviel heißt wie »Hoheit«; ich meinerseits redete jeden *lama* mit *kundün* an, was wiederum soviel heißt wie »Gegenwärtigkeit«, und jeden *trapa* als *rimpoche,* »Schätzenswerter«. Dabei hatte ich jedesmal das Gefühl, an diesen Höflichkeitslügen schier zu ersticken. Ich vermochte nicht das geringste »Schätzenswerte« an ihnen zu erkennen. Ihre Gewänder, die mir zunächst als von geistlich gedämpften Farben zu sein schienen, ließen bei näherem Betrachten erkennen, daß sie ursprünglich leuchtendrot gewesen waren und nur im Laufe der Jahre durch den Schmutz, der sich darauf gesammelt hatte, nachgedunkelt waren. Ihre Gesichter, Hände und rasierten Schädel wiesen Flecken eines braunen Pflanzensaftes auf, mit dem sie ihre verschiedenen Hauterkrankungen behandelten; und Backen und Kinn glänzten von der *yak*-Butter, mit der alles durchtränkt war, was sie aßen.

Was das Essen betraf, das man uns in den *lamasarais* meistens vorsetzte, handelte es sich selbstverständlich vornehmlich um potaistische vegetarische Gerichte – *tsampa*, gekochte Nesseln und Farne – sowie um einen sonderbaren, faserigen, hellrosa Stengel irgendeiner mir unbekannten Pflanze. Ich vermute, daß die frommen Männer diese nur verzehrten, weil sie den Urin tagelang hinterher rosa färbte und ein rosa Strahl die unter der *lamasarai* lebenden Menschen vermutlich mit einem heiligen Schauder erfüllte. Freilich gestatteten die Bho, was das Pota-Gebot gegen jeglichen Fleischgenuß betrifft, merkwürdige Ausnahmen. Haustiere wie Hühner, Enten und Rinder durften zwar nicht geschlachtet werden, Jagdfasan und Antilopen hingegen durften erlegt werden. Infolgedessen setzten die *lamas* und *trapas* uns bisweilen Wildbret dieser Art vor und nahmen das als Vorwand, um gleichfalls Fleisch genießen zu können. (Ich mache mich nicht ungerechtfertigt über ihre Heuchelei lustig. Ein *lama* wurde mir als »heiligster aller heiligen Männer« vorgestellt, weil er von absolut nichts anderem lebe als »ein paar Schalen *cha* pro Tag«. Mißtrauisch und neugierig, wie ich war, behielt ich diesen *lama* besonders aufmerksam im Auge und erwischte ihn schließlich dabei, wie er seine *cha*-Mahlzeit zubereitete: Nicht *cha*-Blätter waren es, die er überbrühte, sondern zerfasertes Dörrfleisch, das genauso aussah wie *cha*-Blätter.)

Waren die uns vorgesetzten Mahlzeiten manchmal auch völlig unpotaistisch üppig – sehr elegant waren sie nie. Als Geehrte Gäste durften wir jedesmal in der »Sing-Halle« des Pota-là Platz nehmen, und so wurden wir jedesmal von den kummervoll klingenden Gesängen der *trapas* unterhalten, zu denen sie auf Schädeltrommeln schlugen und mit Gebetsknochen rasselten. Zwischen den Platten mit den Gerichten darauf sowie den Eßschalen standen auf den Bankettischen stets auch Spucknäpfe, deren die frommen Männer sich bis zum Überfließen bedienten. Rings an den Wänden der dunklen Halle standen Statuen des Pota und seiner zahllosen, als kleinere Gottheiten geltende Jünger sowie ungezählter Widersacher-Dämonen, und selbst in dem hier herrschenden Halbdämmer war eine jede von ihnen zu erkennen, da sie über und über mit *yak*-Butter bestrichen waren und entsprechend fett glänzten. Wo wir Christen einem Heiligen eine Kerze entzünden oder vielleicht eine *taolèta* für ihn hinterlassen würden, herrscht bei den Bho die Gepflogenheit, ihre Idole mit *yak*-Butter zu bestreichen, und die dicken und uralten Butterschichten rochen ranzig nach Verwesung. Ob der Pota oder die anderen Standbilder dies mochten, weiß ich nicht; ich kann nur bestätigen, daß das Ungeziefer es genoß. Selbst wenn in der Halle geräuschvoll gespeist und gesungen wurde, vernahm man das Pfeifen und Geknabbere der Mäuse und Ratten, die – neben Küchenschaben, Tausendfüßlern und weiß der Himmel was sonst noch – bei der Futterbeschaffung die Standbilder hinauf- und heruntergehuschten. Und was mich am meisten anekelte: Wir Gäste samt unseren Gastgebern saßen stets auf etwas, das ich zuerst für ein etwas über dem Fußboden erhobenes Podest hielt. Mir kam dies recht schwammig und federnd vor, und so untersuchte ich es verstohlen, um festzustellen, woraus es besteht – und entdeckte, daß wir auf nichts anderem saßen denn einem Hügel zu einer dicken Masse zusammengedrückter Speisekrumen, den Resten von jahrzehnte-, wenn nicht gar jahrhundertealten Abfällen, die zu Boden gefallen waren, während ganze Generationen von frommen Männern nachlässig bei Tisch gesessen hatten.

Wenn ihr Mund nicht kaute oder sonst beschäftigt war, sangen die frommen Männer fast ununterbrochen – gemeinsam aus Leibeskräften, und wenn sie allein sangen, nur halblaut. Ein Gesang ging etwa folgendermaßen: *Lha so so, hki ho ho,* was mehr oder weniger hieß: »Kommt, ihr Götter, und fort mit euch Dämonen!« Ein kürzerer ging so: *Lha gyelo,* »Die Götter sind siegreich«. Was man jedoch am häufigsten und praktisch ununterbrochen überall in To-Bhot hörte, war *Om mani pémé hum.* Anfang und Ende dieser Zeile wurden besonders in die Länge gezogen zu *O-o-o-m* und *H-u-u-m* und hat ungefähr die gleiche Bedeutung wie unser *Amen.* Die anderen beiden Worte bedeuten wörtlich: »Das Juwel im Lotus«, und zwar in derselben Bedeutung, die diese Ausdrücke im Vokabular der Han haben. Mit anderen Worten sangen die frommen Männer: »Amen! Das männliche Organ steckt im Inneren des weiblichen! Amen!«

Nun besitzt eine der unten in Kithai vorherrschenden Religionen – diejenige, die *Tao,* »der Weg«, genannt wird – unverhohlen eine direkte Beziehung zum Geschlechtsleben. Im Taoismus wird das männliche Wesen *yang* genannt und das weibliche *yin,* und alles andere im Universum – ob materiell, ungreifbar, geistig, was auch immer – gilt entweder als *yang* oder als *yin,* mit anderen Worten vollständig getrennt, für sich und im Gegensatz zueinanderstehend (wie Mann und Frau) oder als einander ergänzend und bedingend (auch wie Mann und Frau). So wird Aktives *yang* genannt und Passives *yin.* Hitze und Kälte, Himmel und Erde, Sonne und Mond, Helligkeit und Dunkel, Feuer und Wasser – alles ist entweder *yang* oder *yin* beziehungsweise, wie jeder erkennen kann, unauflösbar und unentwirrbar *yang-yin.* Auf der untersten Ebene menschlichen Verhaltens wird ein Mann, der sich mit einer Frau paart und ihr weibliches *yin* mittels seines männlichen *yang* in sich aufnimmt, in keiner Weise weibisch, sondern vielmehr erst *ein vollständiger Mann,* kräftiger, lebendiger, bewußter, ja, wesentlicher als zuvor. Und genauso wird auch eine Frau dadurch, daß sie sein *yang* mit ihrem *yin* umfängt, mehr zu einer Frau, als sie es vorher war. Von dieser fundamentalen Grundlage aus schwingt das *Tao* sich zu metaphysischen Höhen und Abstraktionen auf, bei denen ich einfach nicht mehr mitkomme.

Möglich, daß irgendein Han-Taoist, der vor vielen Jahren nach To-Bhot kam, als die Eingeborenen dort noch den Alten Pfau verehrten, die

Freundlichkeit besessen hat, ihnen seine liebenswerte Religion nahezubringen. Den universellen Akt der Vereinigung von männlichem und weiblichem Organ – oder von Kleinod und Lotus, wie der Han es wohl ausgedrückt hätte – oder *mani* und *pémé*, wie sie selbst gesagt haben würden – können die Bho kaum mißverstanden haben. Doch solche Einfaltspinsel hätte die höhere Bedeutung von *yin* und *yang* höchstens verwirrt, und so ist das einzige, was sie vom *Tao* zurückbehalten haben, ihr alberner Singsang: *Om mani pémé hum*. Doch wie dem auch sei, nicht einmal die Bho hätten eine ganze Religion auf einem Gebet aufbauen können, dem keine höhere Bedeutung innewohnte als »Amen! Steck's in sie rein! Amen!« Da sie nun später nach und nach von Indien her den Buddhismus übernahmen, mußten sie diesen Sang dieser Religion anpassen. Infolgedessen brauchten sie aus dem »Kleinod« nur »Buddha« – oder Pota – zu machen, denn dieser wird sehr häufig auch als auf einer riesigen Lotusblüte meditierend dargestellt. Infolgedessen kann der Vers etwa folgendermaßen gedeutet werden: »Amen! Pota ist auf seinem Platz! Amen!« Später kamen dann zweifellos irgendwelche *lamas* auf die Idee – so wie selbsternannte Weise stets noch den reinsten Glauben mit ihren unerbetenen Kommentaren und Deutungen verkomplizieren –, den schlichten Gesang mit abstruseren Aspekten auszuschmücken. Sie befanden daher, das Wort *mani* (Kleinod, männliches Geschlechtsorgan, Pota) sollte fürderhin *Der Weg* bedeuten und das Wort *pémé* (Lotus, weibliches Geschlechtsorgan, Potas Platz) sei fortan als *Nirvana* zu deuten. So wurde aus dem Gesang ein Gebet, in dem Der Weg angefleht wurde, zu jenem Nirvana-Vergessen zu führen, das den Potaisten als höchstes Lebensziel gilt: »Amen! Lösch mich aus! Amen!«

Gewiß, der Potaismus besaß keine lobenswerte Verbindung mehr zur sexuellen Beziehung zwischen Mann und Frau, weil mindestens jeder dritte Bho-Mann in der Pubertät oder noch früher sich der Möglichkeit entzog, jemals Sex mit einer Bho-Frau unterhalten zu müssen, und das rote Mönchsgewand anzog. Soweit ich sah, war das Gelübde der Ehelosigkeit das einzige Erfordernis, um in einen Pota-là eintreten und später in den Rängen des Mönchs- und Priestertums aufsteigen zu können. Den *chabis* oder Novizen wurde nicht im mindesten eine weltliche oder seminaristisch-religiöse Erziehung zuteil, und ich bin höchstens drei oder vier von den ältesten und im höchsten Rang stehenden *lamas* begegnet, die das *Om mani pémé hum* zumindest lesen oder schreiben konnten, von den einhundertundacht Büchern des *Kandjur* nicht zu reden und ganz zu schweigen von den fünfundzwanzig *Tengyur*-Büchern, welche die Kommentare zum *Kandjur* enthalten. Was jedoch die Ehelosigkeit der frommen Männer betrifft, so hätte ich wohl rechtens eher von Keuschheit Frauen gegenüber reden sollen; denn viele von den *lamas* und *trapas* machten aus der Verliebtheit, die sie füreinander hegten, kein Hehl und ließen somit auch keinen Zweifel daran, daß sie dem unerquicklichen gewöhnlichen und normalen Geschlechtsleben vollständig abgeschworen hatten.

Nun erwies es sich, daß der Potaismus eine Religion ist, bei der nur auf die *Quantität* der Frömmigkeit Wert gelegt wurde und keineswegs auf deren Qualität. Darunter verstehe ich, daß einer, der das Vergessen sucht, in seinem Leben nur oft genug das *Om mani pémé hum* zu wiederholen braucht; er kann davon ausgehen, gleich nach dem Tod in das *Nirvana* einzugehen. Er braucht diese Worte nicht einmal selbst zu sprechen oder auf eine Art zu wiederholen, an der er willentlich beteiligt sein muß. Ich habe die Gebetsmühlen erwähnt; diese waren in den *lamasarais* ebenso allgegenwärtig wie in den Häusern, ja, man stieß sogar draußen auf dem Lande auf sie. Es handelt sich um trommelartige Zylinder, in denen Schriftrollen mit dem *mani*-Spruch aufgerollt sind. Diese Zylinder brauchte man mit der Hand nur in Drehung zu versetzen, und die »Wiederholungen« des Spruches werden ihm gleichsam gutgeschrieben. Manchmal wurden diese Gebetsmühlen wassermühlengleich betrieben, so daß ein Fluß oder ein Wasserfall sie ständig drehte und beten ließ. Oder aber man zog eine Flagge auf, die – einmal oder viele Male – diese Inschrift trug; diese bekam man in To-Bhot weit häufiger zu sehen als irgendwelche Wäsche auf der Leine, und jedes Knattern und Rauschen der Flagge kam ihm zugute. Oder aber er konnte mit der Hand über die auf einer Schnur aufgereihten Schulterblattknochen von Schafen hinwegstreichen, auf die der *mani*-Spruch aufgeschrieben worden war; das klang dann wie eine Pritsche, und sie beteten für ihn, solange sie fortfuhren zu klappern.

Einmal stieß ich auf einen *trapa*, der neben einem Bach hockte, immer und immer wieder ein an einer Schnur befestigtes Keramikplättchen ins Wasser warf und es wieder herausfischte. Das, so sagte er, mache er nun bereits sein gesamtes Erwachsenenleben hindurch und werde damit fortfahren bis an seinen Tod.

»*Was* zu tun?« fragte ich und meinte, vielleicht habe er auf irgendeine mir unverständliche Bho-Weise klarmachen wollen, daß er es dem Heiligen Petrus nachmache und sich als Menschenfischer betätige. Der Mönch zeigte mir sein Keramikplättchen: eingegraben in die Oberfläche war wie mit einem *Yin*-Siegel das *mani*-Gebet. Er setzte mir auseinander, indem er das Gebet dem rinnenden Wasser »aufdrucke« – und das immer und immer wieder –, vergrößere er mit jedem unsichtbaren »Aufdruck« sein frommes Verdienst.

Ein andermal sah ich auf dem Hof eines Pota-là zwei *trapas* heftigst miteinander raufen, weil einer von ihnen einer Gebetsmühle einen Anstoß gegeben hatte, sich zu drehen, und dann beim Weitergehen im Zurückschauen gesehen hatte, wie einer seiner Mitbrüder diese angehalten und *andersherum* hatte drehen lassen, damit sie *für ihn* bete.

Hoch über einer der größeren Städte, durch die wir unterwegs kamen, stand eine besonders große *lamasarai*, und dort faßte ich mir ein Herz und bat um Audienz bei seinem hochverehrten und schmutzigen, saftbeschmierten Groß-*lama*.

»Gegenwärtigkeit«, wandte ich mich an den alten Abt. »Ich bemerke eigentlich in keinem Pota-là irgend etwas, das sich mir als priesterliches

Tun darstellt. Abgesehen vom Drehen der Gebetsmühlen und dem Rütteln von Gebetsknochen – worin bestehen Eure religiösen Aufgaben eigentlich?«

Mit einer Stimme, die klang wie das Rascheln fernen Laubs, sagte er: »Ich sitze in meiner Zelle, mein Sohn Hoheit, und bisweilen auch in einer fernen Höhle oder auf einem einsamen Berggipfel und meditiere.«

»Meditiert über was, Gegenwärtigkeit?«

»Darüber, daß ich einst mit eigenen Augen den Kian-gan *kundün* schauen durfte.«

»Und was ist das?«

»Die Erhabene Gegenwärtigkeit, der Heiligste aller *lamas,* derjenige, welcher die augenblickliche Inkarnation des Pota ist ... Er residiert in Lha-Ssa, der Stadt der Götter, eine lange, lange Reise entfernt von hier, wo die Menschen einen Pota-là für ihn bauen, der seiner wirklich würdig ist. Daran bauen sie jetzt seit über sechshundert Jahren, meinen aber, erst in weiteren vier- oder fünfhundert Jahren damit fertig zu sein. Der Heiligste wird diesen Pota-là mit Freuden mit seiner Erhabenen Gegenwärtigkeit beehren, denn es wird nach seiner Fertigstellung ein überaus prachtvoller Palast sein.«

»Wollt Ihr damit sagen, Gegenwärtigkeit, daß dieser Kian-gan *kundün* seit nunmehr sechshundert Jahren lebt und wartet? Und noch am Leben sein wird, wenn der Palast fertiggebaut ist?«

»Aber gewiß doch, mein Sohn Hoheit. Selbstverständlich ist es möglich, da Ihr ein *ch'hipa* seid, einer, der außerhalb des Glaubens steht, daß Ihr ihn nicht so seht. Seine leibliche Hülle stirbt von Zeit zu Zeit, und dann müssen seine *lamas* das ganze Land absuchen und den jungen Knaben finden, in den seine Seele übergewechselt ist. Deshalb sieht die Erhabene Gegenwärtigkeit physisch immer anders aus, von einem Leben zum anderen. Aber wir *nang-pa* – wir, die wir im Glauben stehen –, wir wissen, daß er immer derselbe Heiligste aller *lamas* ist, der reinkarnierte Pota.«

Nun wollte es mir irgendwie ungerecht vorkommen, daß der Pota, der das Nirvana für seine Anhänger erschaffen und bestimmt hatte, offensichtlich selbst nie in den Genuß kam, dem Vergessen anheimzufallen, und immer wieder zurückgebracht werden sollte nach Lha-Ssa, einer Stadt, die zweifellos genauso scheußlich war wie jede andre in To-Bhot. Ich enthielt mich jedoch einer diesbezüglichen Bemerkung, und gab dem alten Abt gleichsam das Stichwort zurück:

»Dann habt Ihr also die weite Reise nach Lha-Ssa einmal gewagt und den Heiligsten aller *lamas* mit eigenen Augen geschaut ...?«

»Jawohl, mein Sohn Hoheit, und dieses Ereignis ist seither unablässig Gegenstand meiner Versenkungen und Meditationen und frommen Übungen. Ihr mögt es vielleicht nicht glauben, aber der Heiligste hat wahrhaftig seine eigenen verschwollenen alten Augen geöffnet und doch tatsächlich *mich* angeblickt.« Hingerissen in der Erinnerung verzog er das Gesicht zu einem Lächeln. »Ich glaube, wäre der Heiligste damals nicht schon uralt gewesen und hätte er sich nicht seiner nächsten Seelenwanderung genähert, er wäre fast imstande gewesen, alle Kraft zusammenzunehmen und *das Wort an mich zu richten.*«

»Ihr und der Heilige habt Euch also nur angesehen? Und das hat Euch seither Nahrung für Eure Meditationen gegeben?«

»Jawohl, ständig Nahrung. Dieser eine tränende Blick des Heiligsten war der Beginn meiner Weisheit. Achtundvierzig Jahre ist das nun her.«

»Dann habt Ihr, Gegenwärtigkeit, fast ein halbes Jahrhundert nichts weiter getan, als über dieses eine flüchtige Ereignis zu meditieren?«

»Ein Mensch, dem die Gnade zuteil geworden ist, den Beginn des Weise-Werdens zu erleben, ist verpflichtet, die Weisheit reifen zu lassen, ohne sich ablenken zu lassen. Ich habe allen anderen Interessen und Betätigungen abgeschworen. Ich unterbreche meine Meditationen nicht einmal zu den Mahlzeiten.« Er legte seine Runzeln und Saftflecken in einem Ausdruck beseligten Märtyrertums neu zusammen. »Ich lebe von nichts weiter als einer gelegentlichen Schale *cha*.«

»Ich habe von derlei wundersamem Verzicht gehört, Gegenwärtigkeit. Gleichwohl nehme ich an, daß Ihr die Früchte Eurer Versenkungen zu ihrer Erbauung mit Euren Unter*lamas* teilt.«

»Ach du liebe Güte, nein, junge Hoheit.« Seine Falten ordneten sich neu und ergaben ein erschrockenes und leicht verletztes Aussehen. »Weisheit läßt sich nicht lehren; Weisheit will erlernt sein. Wenn jemand lernen will, so ist das seine Sache. Wenn Ihr mich nun entschuldigen wollt, daß ich es sage, aber diese kurze Audienz mit Euch stellt die längste Ablenkung dar, die ich mir je in meinem Leben der Versenkung gestattet habe...«

Also verneigte ich mich und suchte einen *lama* mit weniger Pusteln und von weniger erhabenem Rang auf und fragte diesen, was er denn mache, wenn er nicht gerade die Gebete aus einer Trommel schleudere.

»Ich meditiere, Hoheit«, erwiderte er. »Was sonst?«

»Ihr meditiert über was, Gegenwärtigkeit?«

»Ich richte meine geistigen Kräfte auf den Groß-*lama,* denn dieser hat einst Lha-Ssa besucht und das Antlitz des Kian-gan *kundün* geschaut, von wannen ihm große Heiligkeit zugewachsen ist.«

»Und nun hofft Ihr, daß von dieser Heiligkeit etwas auf Euch übergeht, wenn Ihr darüber meditiert?«

»Ach, du liebe Güte. Heiligkeit kann man nicht erwerben. Heiligkeit kann nur verliehen werden. Ich darf jedoch hoffen, durch Versenkung ein kleines bißchen Weisheit für mich herauszuholen.«

»Und diese Weisheit gebt Ihr dann an wen weiter? An die unter Euch stehenden *lamas*? An die *trapas*?«

»Wirklich, Hoheit! Man schaut nie nach unten, richtet sich immer nach oben aus! Wo sonst läge Weisheit? Wenn Ihr mich jetzt entschuldigen wollt...«

So verließ ich ihn und fand einen *trapa,* der erst vor kurzem nach einem langen Noviziat als *chabi* in den Mönchsstand aufgestiegen war, und fragte ihn, worüber *er* denn nun meditiere, solange er darauf warte, in den Priesterstand aufzusteigen.

»Nun, über die Heiligkeit der Ältesten und meine Oberen, selbstverständlich, Hoheit. Sie sind die Gefäße, welche die Weisheit aller Zeiten bergen.«

»Doch wenn sie Euch nie etwas lehren, Schätzenswerter, von woher soll Euch da Wissen zuwachsen? Ihr alle behauptet, es zu erwerben – nur, was ist die Quelle des Wissens?«

»Wissen?« erklärte er hochmütig und voller Verachtung. »Nur weltliche Wesen wie die Han kümmern sich um Wissen. Worum es uns geht, das ist *Weisheit*.«

Interessant, dachte ich. Eine ähnlich verächtliche Einschätzung war auch mir einst zuteil geworden – von einem Han. Trotzdem habe ich mich weder damals noch heute dazu durchringen können zu glauben, daß Unbeweglichkeit und Erstarrung das Höchste sei, wozu die Menschheit sich aufschwingen könne. Meiner Meinung nach zeugt Ruhe nicht immer von Intelligenz und ist Schweigen auch nicht immer ein Beweis dafür, daß ein Geist arbeitet. Die meisten Pflanzen rühren sich nicht und schweigen. Meiner Meinung nach bringt auch nicht jede Versenkung tiefsinnige Gedanken. Ich habe Geier über einen vollen Bauch meditieren sehen; hinterher haben sie nichts Tiefsinnigeres getan, als das Gefressene wieder hochzuwürgen. Auch sind unverständliche und dunkle Verkündigungen meiner Meinung nach nicht immer Ausdruck einer dermaßen mystisch-erhabenen Weisheit, daß nur Weise sie verstehen könnten. Was die frommen Männer der Potaisten von sich gaben, war unverständlich und dunkel, doch das war das Gekläff der Hundemeute in den *lamasarais* auch.

Ich ging hin und suchte einen *chabi* auf, die niedrigste Form des Lebens in einem Pota-là, und fragte ihn, womit er denn seine Zeit hinbringe.

»Daß ich hier aufgenommen wurde, geschah nur unter der Bedingung, daß ich als Säuberungsgehilfe anfange«, sagte er. »Aber selbstverständlich verbringe ich den größten Teil der Zeit damit, über mein *mantra* zu meditieren.«

»Und was ist das, mein Junge?«

»Ein paar Silben aus dem *Kandjur*, der heiligen Schrift, die mir zur Meditation zugewiesen wurden. Sobald ich lange genug über den *mantra* meditiert habe – in ein paar Jahren, vielleicht – und wenn ich meinen Geist genügend habe die Flügel spannen lassen, hält man mich vielleicht für geeignet, zum Stand eines *trapa* aufzusteigen und dann über längere Passagen aus dem *Kandjur* zu meditieren.«

»Junge, ist es dir eigentlich nie in den Sinn gekommen, deine Zeit damit hinzubringen, diesen Stall hier auszumisten und über Mittel und Wege nachzudenken, ihn noch besser zu säubern?«

Er starrte mich an, als hätte ich einen Tollwutanfall. »Statt meines *mantra*, Hoheit? Wozu? Saubermachen ist doch die niedrigste aller Beschäftigungsformen, und wer aufsteigen will, sollte nach oben schauen und nicht nach unten.«

Ich schnaubte: »Dein Groß-*lama* tut nichts anderes als immerzu dahocken und über den Heiligsten aller *lamas* meditieren, während seine Unter-*lamas* nichts weiter tun, als unablässig dahocken und über *ihn* meditieren. Sämtliche *trapas* tun nichts weiter als dahocken und über die *lamas* meditieren. Ich möchte wetten, daß der erste, der jemals lernte sauberzumachen, dieses ganze Regime hier zum Einsturz bringen könnte. Sich zum Herrn dieses Pota-là aufschwingen, dann zum Papst des ganzen Potaismus und schließlich Wang von ganz To-Bhot werden.«

»Ihr müßt schlimm von einem tollwütigen Hund gebissen worden sein, Hoheit«, sagte er und machte ein erschrockenes Gesicht. »Ich will laufen und einen unserer Ärzte holen – den Pulsfühler und den Urinriecher –, auf daß er Euch beistehe in Eurem Leid.«

Nun, soviel zu den frommen Männern. Der Einfluß des Potaismus auf die weltliche Bevölkerung von To-Bhot war ähnlich erhebend. Die Männer hatten gelernt, jede Gebetsmühle in Drehung zu versetzen, der sie begegneten, und die Frauen hatten gelernt, sich das Haar in einhundertundacht Zöpfen zu flechten; Männer wie Frauen waren gleichermaßen darauf bedacht, wenn sie an einem heiligen Gebäude vorüberkamen, dieses an der linken Seite zu tun, auf daß es stets rechterhand von ihnen lag. Warum das so sein mußte, weiß ich nicht genau, nur, daß es ein Sprichwort gab: »Hüte dich vor den Dämonen zur Linken!« Nun gab es draußen auf dem Lande sehr viele Mauern aus Stein und hohe Steinhaufen, die irgendeine mir unerfindliche religiöse Bedeutung hatten; der Weg aber teilte sich jedesmal und führte um diese Bauten dergestalt herum, daß man, aus welcher Richtung man auch kam, das Heiligtum stets rechterhand liegenlassen konnte.

Sobald abends die Dämmerung einsetzte, ließen Männer, Frauen und Kinder einer jeden Gemeinde von ihrem Tagwerk ab, sofern sie überhaupt eines verrichteten, hockten sich auf den Straßen oder auf den Dächern ihrer eigenen Häuser nieder und wurden von den *lamas* und *trapas* des Pota-là über ihnen immer und immer wieder in ihrem Abendflehen um Vergessen angeführt: *Om mani pémé hum.* Dies nun hätte tiefen Eindruck auf mich machen können, war es doch zumindest ein Beispiel für den Zusammenhalt der Menschen und unerschrockene Frömmigkeit – etwa im Gegensatz zu Venedig, wo die hochgestochenen Städter sich schämen würden und einen roten Kopf bekämen, würden sie sich bei irgendeiner Versammlung, die nicht gerade ein Gottesdienst war, bekreuzigen –, doch war es mir unmöglich, die Hingabe dieses Volkes an eine Religion zu beobachten, die weder ihnen noch irgend jemand sonst Gutes brachte.

Wie es hieß, bereitete diese es auf das Vergessen des Nirvana vor, machte die Menschen jedoch dermaßen phlegmatisch gleichgültig in diesem Leben und der Welt gegenüber so unempfänglich, daß ich mir einfach nicht vorstellen konnte, wieso sie jemals jenes andere Vergessen als solches erkennen sollten, falls sie es erreichten. Die meisten Religionen regen ihre Anhänger zumindest gelegentlich zu Aktivität und Unternehmungsgeist an. Selbst die verachtenswerten Hindus raffen sich gelegentlich zu irgend etwas auf, und sei es nur, um sich gegenseitig abzuschlachten. Doch die Potaisten besaßen nicht einmal genug Antrieb, um einen tollwütigen Hund zu erschlagen oder ihm auch nur auszuweichen, wenn er sie anfiel. Soweit ich erkennen konnte, hatten die Bho nur einen einzigen Ehrgeiz: einmal lange genug aus ihrer Stumpfheit und Erstarrung auszubrechen, um in das absolute und ewige Koma vorzudringen.

Man sehe sich nur noch ein Beispiel für die Apathie der Bho an. In einem Land, in dem so viele Männer sich in die Ehelosigkeit zurückgezogen hatten und wo es infolgedessen einen solchen Überschuß an Frauen gab, hätte man meinen sollen, daß die normalen Männer nun paradiesische Zustände genössen: sich die schönsten Frauen aussuchten und jeden Tag eine andere nähmen. Doch weit gefehlt. Diejenigen, die aussuchten und sich mehr als einen Mann nahmen, waren die Frauen. Die Frauen folgten der bereits vorher von mir beobachteten Sitte: sie paarten sich unbeschwert vor der Ehe mit so vielen zufällig vorüberkommenden Männern wie möglich, verlangten von einem jeden eine Münze, so daß, wenn die Zeit zum Heiraten kam, diejenige Frau mit den meisten Münzen die allerbegehrteste von allen war. Doch die wählte nun nicht den begehrenswertesten Mann in ihrer Gemeinde zum Gatten – sie wählte deren *mehrere*. Statt daß hier jeder Mann ein Shah mit einem ganzen *anderun* von Frauen und Konkubinen war, besaß jede Frau einen ganzen *anderun* voller Männer, und den Legionen ihrer weniger reizvollen Schwestern blieb nichts anderes übrig, denn als alte Jungfern zu versauern.

Man könnte versucht sein zu sagen, nun, das jedenfalls beweist ein gewisses Maß an Unternehmensgeist zumindest von ein paar Frauen. Doch was wollte das schon heißen – denn welcher Art von Männern war es schon, aus der die Frauen ihre Gatten wählen konnten?

Sämtliche Männer, die genügend Ehrgeiz und Energie besaßen, einen Berg zu besteigen, hatten genau das getan und waren im Pota-là verschwunden. Von denen, die zurückblieben, waren diejenigen, die bewiesen, daß sie Männer waren und lebensfähig, für gewöhnlich damit beschäftigt, den Hof der Familie oder die Herde, oder den Handel der Familie weiterzuführen. Infolgedessen heiratete eine Frau, die wählen konnte, was sie wollte, nicht *in* eine dieser »besten Familien« hinein, sondern heiratete gleich *die ganze Familie.* So lernte ich eine Frau kennen, die mit zwei Brüdern verheiratet war und mit je einem Sohn von diesen; sie selbst hatte Kinder von allen. Eine andere Frau war mit drei Brüdern verheiratet, während die Tochter, die sie von einem von diesen hatte, die beiden anderen heiratete und noch einen dritten, den sie sich irgendwo außerhalb des Hauses beschafft hatte.

Wie jemand in diesen verworrenen und blutschänderischen Verbindungen jemals weiß, welche Kinder nun von wem sind, ist mir unerfindlich, und ich hege den Verdacht, daß das im Grunde auch niemand interessiert. Ich bin zu dem Schluß gekommen, daß die gräßlichen Heiratsgewohnheiten der Bho nicht nur für die allgemeine geistige Schwäche dieses Volkes verantwortlich sind – sondern auch für das Potaismus genannte Zerrbild des Buddhismus sowie für die saft- und kraftlose Anhäufung der »Weisheit aller Zeiten«. Zu dieser Erkenntnis rang ich mich viel später durch, als ich mich mit einigen erlauchten Han-Ärzten über die Bho unterhielt. Denn die sagten mir, generationslange Inzucht – wie sie bei Gebirglern häufig ist und bei solchen fanatisch Gläubigen unvermeidlich – müsse ein Volk hervorbringen, das physisch träge ist und unter geschrumpftem Hirn zu leiden hat. Wenn das stimmt – und davon bin ich überzeugt –, dann ist der Potaismus in To-Bhot die Anhäufung des gesamten Schwachsinns aller Zeiten.

3 »Euer Königlicher Vater Kubilai ist stolz darauf, über tüchtige Völker zu herrschen«, sagte ich zu dem Wang Ukuruji. »Warum hat er sich eigentlich jemals die Mühe gemacht, dies elende Land To-Bhot zu erobern und seinem Reich einzuverleiben?«

»Wegen des Goldes, das es hier gibt«, sagte Ukuruji ohne große Begeisterung. »Fast aus jedem Fluß oder Bach in diesem Land läßt sich Goldstaub herauswaschen. Selbstverständlich könnten wir noch viel mehr Gold herausholen, wenn es uns gelänge, die unseligen Bho zu bewegen, Bergbau zu treiben, Schächte zu graben und an die Quellen des Goldes selbst heranzukommen. Aber ihre verfluchten *lamas* haben ihnen eingeredet, die Goldbrocken und -adern seien die *Wurzeln* dieses Metalls. Die dürfe man nicht stören, sonst brächten sie keinen Goldstaub mehr hervor, der ihr *Blütenstaub* sei.« Er lachte und schüttelte kläglich den Kopf. »*Vakh!*«

»Neuerlicher Beweis für die absurde Denkweise der Bho«, sagte ich. »Das Land mag was taugen, das Volk jedoch nicht. Und warum hat Kubilai seinen eigenen Sohn dazu verdammt, sie zu regieren?«

»Irgendwer muß es doch tun«, sagte er und zuckte resigniert mit den Achseln. »Die *lamas* würden Euch vermutlich sagen, ich müsse in irgendeiner meiner bisherigen Daseinsformen ein ganz schreckliches Verbrechen begangen haben, daß ich es verdient hätte, über die Drok und die Bho zu herrschen. Vielleicht haben sie recht.«

»Vielleicht«, sagte ich, »gibt Euer Vater Euch statt dessen Yun-nan zu regieren oder noch zusätzlich zu To-Bhot.«

»Das ist es, worauf ich ergebenst hoffe«, sagte er. »Das ist der Grund, warum ich meinen Hof von der Hauptstadt in diese Garnisonsstadt hier verlegt habe – um möglichst nahe am Kriegsgebiet von Yun-nan zu liegen und hier den Ausgang des Krieges abzuwarten.«

Diese Garnisonsstadt, eigentlich ein an einer wichtigen Handelsstraße gelegener größerer Marktflecken namens Ba-Tang, war für mich und meine Eskorte das Ende unserer langen Reise von Khanbalik gewesen, und hier hatten wir auch den von den Vorausreitern von unserem Nahen unterrichteten Wang Ukuruji angetroffen. Ba-Tang lag zwar in To-Bhot, war aber die größte Stadt, die einigermaßen in der Nähe der Yun-nan-Grenze des Sung-Reiches gelegen war. Hier nun hatte der Orlok Bayan sein Hauptquartier aufgeschlagen, von wo aus er wiederholt in südlicher Richtung Vorstöße gegen das Volk der Yi unternahm oder unternehmen ließ. Ba-Tang war nicht von den Bho geräumt worden, doch die Mongolen, welche die Stadt und ihre Außenbezirke sowie das Tal ringsum besetzt hielten, waren fast in der Überzahl. Es waren fünf *tomans* samt Troß und Frauen, dazu kam noch der Orlok mit seinem vielköpfigen Stab und der Wang mit seinem Hof.

»Ich bin mit Freuden bereit, jederzeit und von einem Tag auf den anderen weiterzuziehen«, fuhr Ukuruji fort, »falls es Bayan jemals gelingt, Yun-nan einzunehmen, und mein Vater mir erlaubt, dorthin zu gehen. Selbstverständlich werden die Yi einem mongolischen Obersten Lehnsherrn zunächst feindselig gegenüberstehen, aber ich begebe mich lieber unter schäumende Feinde als unter die heruntergekommenen Bho.«

»Ihr erwähntet Eure Hauptstadt, Wang. Ich nehme an, Ihr meintet Lha-Ssa, habe ich recht?«

»Nein. Warum?«

»Weil man mir gesagt hat, Lha-Ssa sei Residenz des Heiligsten Aller *lamas,* der Allererhabensten Gegenwärtigkeit. Ich ging davon aus, Lha-Ssa sei die bedeutendste Stadt des Landes.«

Er lachte. »Jawohl, es gibt den Heiligsten Aller *lamas* in Lha-Ssa. Aber auch in einem Ort namens Dri-Kung gibt es einen Heiligsten Aller *lamas,* genauso wie in Pak-Dup oder in Tsal und noch anderen Städten. *Vakh!* Ihr müßt wissen, es gibt nicht nur einen schädlichen Potaismus, sondern zahlreiche miteinander rivalisierende Sekten, von denen keine bewundernswürdiger oder verabscheuungswürdiger wäre als irgendeine andere und die jede für sich einen anderen Heiligsten Aller *lamas* als ihr Oberhaupt ansehen. Aus Konvenienzgründen erkenne ich einen Heiligsten Aller *lamas* namens Phags-pa an, dessen *lamasarai* in der Stadt Shigat-Se liegt; deshalb habe ich die zur Hauptstadt gemacht. Nominell zumindest regieren der ehrwürdige Phags-pa und ich das Land gemeinsam, wobei er die geistlichen, ich die weltlichen Angelegenheiten wahrnehme. Er ist zwar ein ganz abscheulicher alter Gauner, aber vermutlich auch nicht schlimmer als all die anderen Heiligsten Aller *lamas.*«

»Und Shigat-Se?« fragte ich. »Ist das als Stadt so schön, wie Lha-Ssa es nach dem, was ich gehört habe, sein soll?«

»Wahrscheinlich«, grunzte er. »Shigat-Se ist ein Misthaufen. Und das ist Lha-Ssa zweifellos auch.«

»Nun«, sagte ich so fröhlich, wie ich konnte, »dann könnt Ihr ja froh sein, zumindest eine Zeitlang in einer schöneren Stadt zu residieren.«

Ba-Tang lag am Ostufer des Flusses Jin-sha, der hier oben ein schäumendes Wildwasser war, das sich brodelnd seinen Weg mitten durch ein breites Tal bahnte; weiter unten, in Yun-nan, nahm er andere Nebenflüsse in sich auf, wurde breiter und mächtiger, bis er schließlich zum kraftvollen Yang-tze anschwoll. Das Ba-Tang-Tal war um diese Jahreszeit ein Wirbel aus Gold und Grün und Blau mit hellen Tupfern anderer Farben darin. Das Blau trug der hohe, vom Wind saubergefegte Himmel bei. Gold war die Farbe der bhoschen Gerstenfelder und *zhugan*-Haine sowie die zahllosen gelben *yurtu*-Zelte des Mongolen-*bok*. Doch jenseits der beackerten und beweideten Flächen war das Tal vom saftigen Grün der Wälder bestimmt – Ulmen, Wacholder und Fichten –, gesprenkelt mit den Farben wilder Rosen, Glockenblumen, Anemonen, Akelei, Iris und vor allem Prachtwinden aller Schattierungen, die jeden Baum und jeden Busch hinaufrankten.

In einer solchen Umgebung würde jede Stadt ins Auge fallen wie eine Geschwulst in einem schönen Gesicht. Da jedoch Ba-Tang das ganze Tal hatte, sich darin auszubreiten, waren die Häuser hier nicht aufeinandergetürmt, sondern standen nebeneinander und das auch nicht dicht gedrängt; außerdem schwemmte der Fluß die meisten Abfälle fort, und so war die Stadt nicht ganz so häßlich und schmutzstarrend wie Bho-Siedlungen sonst. Die Bewohner kleideten sich sogar besser als andere Bho. Auf jeden Fall waren die Angehörigen der Oberschicht an ihren granatfarbenen Gewändern und Röcken zu erkennen, die hübsch mit Ottern-, Pardel- oder Tigerfell gesäumt waren, und die hundertundacht Zöpfe der Oberschichtenfrau waren mit Kauri-Muscheln, kleinen Türkisen, ja sogar mit Korallen aus irgendeinem fernen Meer geschmückt.

»Ist es möglich, daß die Bho hier den anderen in To-Bhot überlegen sind«, fragte ich hoffnungsvoll. »Zumindest scheinen sie andere Sitten und Gebräuche zu haben. Als ich in die Stadt einritt, begingen die Leute gerade ihre Neujahrsfeier. Überall sonst beginnt das Jahr im tiefsten Winter.«

»Das ist hier auch nicht anders. Und so etwas wie überlegene Bho gibt es nicht – nirgends auf der Welt. Täuscht Euch da nicht.«

»Ich kann mich doch aber unmöglich bei den Festlichkeiten getäuscht haben, Wang. Ein Umzug – mit Drachen und Laternen und so weiter –, der wurde ganz offenkundig zu Ehren des Neuen Jahres begangen. Horcht, Ihr könnt Trommeln und Gongs doch sogar von hier aus hören.« Wir saßen bei Trinkhörnern mit *arkhi* auf der Terrasse seiner provisorischen Residenz ein wenig flußaufwärts von Ba-Tang.

»Ja, ich höre sie, die armen Schafsköpfe!« Verächtlich schüttelte er den Kopf. »Es ist tatsächlich ein Neujahrsfest, das sie feiern, aber nicht, um ein richtiges neues Jahr zu begrüßen. Irgendeine Krankheit scheint in der Stadt ausgebrochen zu sein. Nichts weiter als eine Grippe, eine Darmkrankheit, unter der man hier im Sommer häufig leidet, aber macht einem Potaisten mal klar, irgend etwas, das geschieht, sei normal. Die hiesigen *lamas* sind in ihrer Weisheit zu dem Schluß gekommen, daß die Grippe auf das Einwirken bestimmter Dämonen zurückzuführen ist, und haben daher eine Neujahrsfeier angeordnet, damit die Dämonen glauben, sie hätten sich in der Jahreszeit geirrt, sich daher zurückziehen und die Krankheit mitnehmen würden.«

Aufseufzend sagte ich: »Ihr habt recht. Einen vernünftigen Bho findet man genausowenig wie eine weiße Krähe.«

»Aber da die *lamas* wütend auf mich sind, könnte es sein, daß die Feier auch dazu dienen soll, die Dämonen flußaufwärts zu scheuchen und mich damit aus diesem Pota-là zu vertreiben.«

Denn als provisorische Residenz hatte Urukuji die *lamasarai* der Stadt bestimmt, die gesamte Einwohnerschaft von *lamas* und *trapas* hinausgeworfen und nur die *chabi*-Novizen als Diener für sich und seine Höflinge behalten. Die frommen Männer, so berichtete er mir – die zum ersten Mal aus der Benommenheit ihres Lebens herausgerissen worden waren –, hatten drohend beim Fortzug die Fäuste geballt und jede Verwünschung auf ihn herabbeschworen, die Pota bewirken könne. Inzwischen hatte der Wang und sein Hof sich seit etlichen Monaten hier eingerichtet und fühlte sich recht wohl.

Mir hatte er bei meiner Ankunft eine ganze Reihe von Räumen zugewiesen, und da meine mongolischen Begleiter den Wunsch geäußert hatten, sich unseren Vorausreitern und ihren anderen Kameraden im *bok* des Orlok anzuschließen, hatte er mir auch ein Gefolge von *chabis* zugeteilt.

Ukuruji fuhr fort: »Trotzdem sollten wir froh sein für dies Neujahrsfest außer der Reihe. Denn nur an diesem Festtag säubern die Bho ihre Wohnungen, waschen sie ihre Gewänder und nehmen selbst ein Bad. So kommt es, daß die Bho von Ba-Tang zweimal in einem Jahr sauber waren.«

»Kein Wunder, daß mir die Stadt und die Bewohner als ungewöhnlich aufgefallen sind«, murmelte ich. »Nun, wie Ihr gesagt habt – seien wir dankbar. Und gestattet mir, Euch zu loben, Wang – dafür, daß Ihr vielleicht der erste Mensch wart, der diesen Menschen etwas Nützlicheres beigebracht hat als Religion. Ihr habt sie zweifellos dazu gebracht, diesen Pota-là zu etwas anderem zu machen. Ich habe in allen möglichen *lamasarais* im ganzen Land genächtigt, aber noch nie eine so saubere Sing-Halle gesehen. Allein so etwas zu erleben, ist eine Offenbarung.«

Ich blickte von der Terrasse in diese Halle hinein. Das war keine düstere Höhle mit Schichten stinkender *yak*-Butter und uralten Essensresten mehr; man hatte die Fensterläden entfernt, das Sonnenlicht schien herein, das Ganze war sauber gescheuert und die verkrusteten Götterbilder entfernt worden; es war sogar zu erkennen, daß der Boden aus schönen Marmorplatten bestand. Ein *chabi*-Diener hatte auf Geheiß Ukurujis gerade Schabsel von Kerzenwachs darauf verstreut und polierte den Boden, indem er mit den Schafsfellen, die er sich an die Füße gebunden hatte, darüber hinwischte.

»Nachdem die Leute sich gewaschen hatten und ich ihre Gesichter erkennen konnte«, sagte der Wang, »konnte ich sogar ein paar gutaussehende Frauen aussuchen. Selbst ich, der ich kein Bho bin, könnte mir vorstellen, daß sie die vielen Münzen, die sie um den Hals tragen, wirklich wert sind. Soll ich Euch heute abend zwei oder drei schicken, damit Ihr Euch eine aussucht?« Als ich nicht sofort annahm, sagte er: »Ihr zieht doch nicht etwa einen der alten weiten Lederbeutel aus dem *bok* vor?« Dann überlegte er und sagte fürsorglich: »Unter den *chabis* sind auch zwei oder drei hübsche Knaben.«

»Vielen Dank, Wang«, sagte ich. »Ich ziehe Frauen vor, möchte aber sozusagen immer die erste Münze einer Frau sein, jedenfalls nicht ihre letzte. Hier in To-Bhot würde das bedeuten, daß man sich mit einer häßlichen und besonders reizlosen Frau paaren müßte. Deshalb lehne ich dankend ab und übe mich weiterhin in Keuschheit, bis ich vielleicht weiter gen Süden nach Yun-nan komme. Ich hoffe, daß die Yi-Frauen meinem Geschmack mehr entsprechen.«

»Diese Hoffnung hege ich selbst auch«, sagte er. »Nun ja, der alte Bayan muß jeden Tag von seinem jüngsten Vorstoß ins Sung-Reich zurückkehren. Dann könnt Ihr ihm das Sendschreiben meines Königlichen Vaters überreichen, wobei es mich freuen würde, wenn es Befehle für mich enthielte, gemeinsam mit den Heeren gen Süden zu ziehen. Bis wir dann wieder zusammenkommen, nutzt, was Euch Ba-Tan zu bieten hat.«

Dieser überaus gastfreundliche junge Wang muß augenblicklich hingegangen sein, um festzustellen, ob er nicht ein weibliches Wesen fand, das seine Gunst noch nicht an jemand verschwendet hatte, gleichwohl jedoch eine Münze verdiente, wenn sie es tat. Denn als ich mich zur Schlafenszeit in mein Schlafgemach zurückzog, führte der *chabi* stolz zwei kleine Personen herein. Diese besaßen lächelnde, von Saftflecken freie Gesichter und waren in saubere, pelzgesäumte und granatfarbene Gewänder gehüllt. Wie alle Bho, trugen auch diese Personen keine Leibwäsche, wie ich erfuhr, als der *chabi* ihnen die Gewänder über den Kopf zog, um mir zu zeigen, daß es sich um Frauen handelte. Der *chabi* vollführte Gesten und stieß Laute aus, in dem Bemühen, mich mit den Namen der kleinen Mädchen – Ryang und Odcho – bekanntzumachen, und vollführte noch weitere Gesten, um mir begreiflich zu machen, sie seien als meine Bettgefährtinnen gedacht. Ich konnte die Sprache des *chabi* und der Mädchen nicht, brachte es jedoch irgendwie fertig, mich mittels Zeichensprache nach ihrem Alter zu erkundigen. Odcho war zehn und Ryang neun Jahre alt.

Ich mußte einfach lachen, wiewohl dies den *chabi* ganz aus der Fassung brachte und die Mädchen kränkte. Um eine einigermaßen passable Jungfrau zu finden, mußte man in To-Bhot schon unter den Kindern suchen. Das belustigte mich, stellte sich aber auch meiner natürlichen Neugier entgegen, handfeste Einzelheiten zu erfahren. Da Mädchen so zarten Alters noch so formlos sind und nahezu keinerlei sexuelle Merkmale aufweisen, ließen Ryang und Odcho durch nichts erkennen, wie sie später, wenn sie einmal herangewachsen waren, aussehen oder sich verhalten würden. Deshalb kann ich nicht behaupten, jemals eine richtige Bho genossen oder auch nur eine in unbekleidetem Zustand erforscht zu haben; ich kann daher auch nicht – wie ich das bei Frauen anderer Völker mit Fleiß getan habe – berichten, was für körperliche Attribute oder interessante Besonderheiten oder Paarungseigenheiten bei den erwachsenen Bho-Frauen zu beobachten sind.

Das einzig Auffällige, das ich bei den beiden Mädchen entdeckte, war bei beiden eine muttermalähnliche Hautverfärbung direkt oberhalb der Gesäßspalte. Es handelte sich um einen violetten, spannweiten Fleck auf der sonst sahnefarbenen Haut, der bei der neunjährigen Ryang etwas dunkler ausfiel als bei dem älteren Mädchen. Da die Kinder keine Schwestern waren, fragte ich mich, ob dies wohl Zufall wäre, und eines Tages fragte ich Ukuruji rundheraus, ob denn alle Bho-Frauen diesen kleinen Makel aufwiesen.

»Alle Kinder, und zwar die Jungen genauso wie die Mädchen«, sagte er. »Und zwar nicht nur die Kinder der Bho und Drok. Auch die Han, die Yi und sogar Mongolenkinder kommen damit auf die Welt. Ferenghi-Kinder nicht?«

»Nein, ich jedenfalls habe so etwas nie gesehen. Auch bei den Persern, den Armeniern, den semitischen Arabern und den Juden nicht...«

»Was Ihr nicht sagt! Wir Mongolen nennen ihn den Kitz-Fleck, weil er allmählich verblaßt und verschwindet – wie die Flecke auf dem Fell von Rehkitzen. Für gewöhnlich ist er mit zehn oder elf verschwunden. Wieder ein Unterschied zwischen euch Abendländern und uns, was? Allerdings ein belangloser, wie ich finde.«

Ein paar Tage später kehrte der Orlok Bayan an der Spitze von mehreren tausend Berittenen von einem Vorstoß zurück. Die Kolonne sah reisemüde aus, war aber im Kampf nicht sonderlich dezimiert worden; es waren nur ein paar Dutzend reiterlose Pferde zu sehen. Nachdem Bayan sich in der Pracht-*yurtu* in seinem *bok* umgekleidet hatte, kam er in Begleitung einiger seiner *sardars* und anderer Offiziere in den Potalà, um dem Wang seine Aufwartung und meine Bekanntschaft zu machen. Wir drei saßen um einen Tisch herum auf der Terrasse, die weniger hochgestellten Offiziere etwas abseits an einem anderen Tisch, und allen schenkten die *chabis*-Hörner und Schädelschalen *kumis* und *arkhi* sowie ein heimisches Bho-Getränk ein, das aus Gerste gebraut wird.

»Die Yi sind feige wieder jeder Entscheidung ausgewichen«, knurrte Bayan, als er von seinem Vorstoß berichtete. »Sich verstecken, aus dem Hinterhalt heraus schießen und weglaufen. Ich würde die verfluchten Fliehenden ja bis in die Dschungel von Champa hinein verfolgen, doch das ist genau das, worauf sie hoffen – daß ich meine Flanken ungedeckt lasse und die Nachschublinien zu lang werden. Aber von einem Reiter hatte ich ohnehin Meldung erhalten, daß eine Botschaft des Khakhan an mich hierher unterwegs sei, da habe ich die Sache gleich abgebrochen und bin zurückgekehrt. Sollen die Hunde von Yi sich einbilden, sie hätten uns zurückgeschlagen. Und ich bezwinge sie doch noch! Ich hoffe, Gesandter Polo, Ihr bringt mir guten Rat von Kubilai, wie das anzustellen ist.«

Ich übergab ihm das Sendschreiben, und alle anderen saßen wir schweigend da, während er die wächsernen Yin-Siegel erbrach, den Brief entfaltete und ihn las. Bayan war ein Mann, der die mittleren Jahre schon hinter sich hatte, kräftig und wettergegerbt, von Narben übersät und wildaussehend wie jeder andere mongolische Krieger; er besaß aber auch die furchteinflößendsten Zähne, die ich je bei einem Menschen erlebt hatte. Ich beobachtete gebannt, wie er sie beim Lesen zusammenbiß, und eine Zeitlang war ich mehr von dem Mund fasziniert als von den Worten, die er von sich gab.

Nachdem ich ihn eine Zeitlang eingehend beobachtet hatte, ging mir auf, daß die Zähne nicht ihm gehörten, das heißt, es waren nachgemachte Zähne, aus hartem Porzellan. Man hatte sie ihm – wie er mir später anvertraute – angefertigt, nachdem ein samojedischer Krieger ihm mit einer Keule die eigenen ausgeschlagen hatte. Später entdeckte ich, daß auch manch ein anderer Mongole und eine Reihe von Han künstliche Zähne trugen, die von den Ärzten der Han, die sich auf ihre Fertigung spezialisierten, *kin-chi* genannt wurden. Doch Bayans waren die ersten – und wohl auch schlechtesten –, die ich jemals sah; offenbar hatte ein Arzt, der ihn nicht ausstehen konnte, sie ihm angefertigt. Sie wirkten so ungeschlacht und granitten wie Meilensteine am Wegesrand und wurden von einem ausgeklügelten Gitternetz aus blitzendem Gold zusammengehalten. Bayan selbst erzählte mir später, sie täten dermaßen weh und seien so unbequem, daß er sie nur dann zwischen die Kiefern steckte, wenn er es mit irgendeinem Würdenträger zu tun habe, er essen müsse oder mit seiner Schönheit eine Frau verführen wolle. Zwar habe ich es ihm nicht gesagt, doch muß er jeden Würdenträger abgeschreckt haben, dem er damit Eindruck machen wollte, und jeden Diener, der ihn bei Tisch bediente – und welche Wirkung das falsche Gebiß auf eine Frau ausübte, darüber wollte ich mich lieber nicht in Mutmaßungen ergehen.

»Nun, Bayan«, sagte Ukuruji eifrig, »befiehlt mein Königlicher Vater, daß ich Euch nach Yun-nan hinein folge?«

»Er sagt nicht ausdrücklich, daß Ihr das *nicht* tun solltet«, erwiderte Bayan diplomatisch und reichte dem Wang das Dokument, damit dieser selbst lese. Dann wandte der Orlok sich an mich: »Nun, ich werde Kubilais Vorschlag folgen und verfügen, daß eine Proklamation verlesen werde – und zwar so laut, daß auch die Yi sie hören, aus der hervorgeht, daß sie keinen heimlichen Verbündeten mehr am Hof von Khanbalik haben. Aber erwartet man sich in Khanbalik davon, daß sie auf der Stelle die Waffen strecken? Mir will scheinen, daß es sie nur dazu bringt, um so verbissener zu kämpfen, schon aus lauter Trotz.«

Ich sagte: »Ich weiß es nicht, Orlok.«

»Und warum meint Kubilai, ich solle genau das tun, was ich bisher peinlich vermieden habe? So weit nach Yun-nan hinein vorstoßen, daß meine Flanken und meine Nachhut verwundbar sind?«

»Das weiß ich wirklich nicht, Orlok. Der Khakhan hat mich in seine Gedanken über Strategie und Taktik nicht eingeweiht.«

»*Hmph*. Nun, das müßt Ihr immerhin wissen, Polo. Er fügt in einer Nachschrift noch etwas hinzu – darüber, daß Ihr mir irgendwelche neuen Waffen bringt.«

»Ja, Orlok. Es handelt sich um eine Erfindung, die dazu beitragen könnte, den Krieg weiterzuführen, ohne allzu viele Krieger zu verlieren.«

»Getötet werden ist nun mal das, wozu ein Krieger da ist«, sagte er mit Entschiedenheit. »Um was für eine Erfindung handelt es sich?«

»Es geht darum, ein Pulver namens *huo-yao* im Kampf einzusetzen.«

Daraufhin ging er in die Luft, gleichsam als wäre er selbst dieses Pulver. »*Vakh!* Schon wieder das?« Er knirschte mit den künstlichen Zähnen und bellte etwas, das ich für einen gottserbärmlichen Fluch hielt. »Beim stinkenden alten Sattel des verschwitzten Gottes Tengri! Alle Jahre wieder kommt irgendein verrückter Erfinder daher und schlägt vor, den kalten Stahl durch heißen Rauch zu ersetzen. Das hat bisher noch nie geklappt.«

»Diesmal könnte es glücken, Orlok«, sagte ich. »Es handelt sich um eine völlig neue Art von *huo-yao*.« Ich winkte einen wartenden *chabi* heran und trug ihm auf, eine der Messingkugeln aus meiner Kammer herbeizuholen.

Während wir warteten, las Ukuruji den Brief zuende und sagte: »Ich glaube, Bayan, mir ist klar, was mein Königlicher Vater mit seinem taktischen Vorschlag bezweckt. Bis jetzt ist es Euren Truppen nicht gelungen, die Yi in eine Entscheidungsschlacht zu verwickeln, weil sie sich ständig vor Euch in Luft auflösen oder vielmehr in ihren Bergen verstecken. Sollten Eure Kolonnen jedoch weit genug vorstoßen – so daß die Yi eine Möglichkeit sehen, Euch von allen Seiten zu umzingeln –, ja, dann bliebe ihnen gar nichts anderes übrig, als aus ihren Bergverstecken herauszukommen und sich an Euren Flanken und hinter der Nachhut in möglichst großer, das heißt vollständiger Stärke zu versammeln.« Der Orlok schien von dieser Erklärung gelangweilt und verdrossen, ließ ihn jedoch aus Achtung vor dem Rang seines Gegenübers weiterreden: »Damit hättet Ihr dann zum ersten Mal sämtliche feindlichen Yi auf einem Haufen und verwundbar – und so weit von ihren Verstecken entfernt, daß ihr sie in einen Nahkampf verwickeln könnt. Nun?«

»Wenn mein Wang gestattet«, sagte der Orlok. »Das stimmt zwar alles höchstwahrscheinlich. Doch mein Wang selbst hat auf den großen Fehler hingewiesen, den dieser Plan aufweist. Unser Heer wäre nämlich *vollständig umzingelt*. Wenn ich eine Parallele ziehen darf – ich möchte zu bedenken geben, daß man ein Feuer praktisch nicht dadurch löscht, daß man sich mit nacktem Hintern draufplumpsen läßt.«

»Hm«, machte Ukuruji. »Nun ... angenommen, Ihr rücktet nur mit einem Teil Eurer Truppen vor und hieltet den Rest in Bereitschaft ... um über die Yi herzufallen, sobald diese sich hinter der ersten Kolonne zusammengefunden hätten ...?«

»Wang Ukuruji«, sagte der Orlok geduldig. »Die Yi mögen unstet und schwer zu fassen sein, aber dumm sind sie nicht. Sie wissen genau, wieviel Mann und wieviel Pferde ich zur Verfügung habe, und wahrscheinlich sogar, wie viele von unseren Frauen kampftauglich sind. In eine solche Falle ließen sie sich nicht hineinlocken – nur dann, wenn sie mit eigenen Augen sehen und abzählen könnten, daß ich meine ge-

samte Streitmacht um mich versammelt habe. Und dann – wer sitzt dann in der Falle?«
»Hm«, murmelte Ukuruji nochmals und versank in nachdenklichem Schweigen.
Der *chabi* kehrte zurück und brachte die Messingkugel. Ich erklärte dem Orlok sämtliche Einzelheiten, die zu ihrer Entdeckung geführt hatten, und daß Feuerwerksmeister Shi neue Möglichkeiten für militärische Verwendbarkeit und den Einsatz im Felde darin gesehen hatte. Nachdem ich das getan hatte, biß der Orlok die Zähne abermals zusammen und bedachte mich mit einem ähnlichen Blick, mit dem er zuvor auf den taktischen Rat des Wang reagiert hatte.
»Laßt mich sehen, ob ich Euch richtig verstanden habe, Polo«, sagte er. »Ihr habt mir zwölf von diesen hübschen Kugeln mitgebracht, richtig? Jetzt berichtigt mich, wenn ich etwas in den falschen Hals bekommen habe. Nach Eurer eigenen Erfahrung könnt Ihr mir versichern, daß jede von den zwölf schließlich *zwei* Personen töten kann – *falls* diese beiden nahe genug beieinanderstehen, wenn das Ding losgeht – und sofern es sich um zwei ungepanzerte, zarte, unvorsichtige und ahnungslose *Frauen* handelt.«
Ich murmelte: »Nun ja, richtig, es war zufällig so, daß die beiden, von denen ich gesprochen habe, Frauen waren, aber . . .«
»Zwölf Kugeln. Eine jede imstande, zwei wehrlose Frauen umzubringen. Ich jedoch habe es in den fernen Tälern unten im Süden mit rund fünfzigtausend kräftigen Yi-*Männern* zu tun – Kriegern, eingehüllt in einen Panzer, von dem schon manche Klinge abprallte. Ich kann mich nicht wirklich darauf verlassen, daß sie dicht beieinanderstehen, wenn ich eine Kugel unter sie rollen lasse. Und selbst wenn sie das täten – laßt mich rechnen, fünfzigtausend weniger – hm – vierundzwanzig . . . bleiben, hm . . .«
Ich hüstelte und räusperte mich. Dann sagte ich: »Auf dem Ritt hierher über die Pfeilerstraße kam mir der Gedanke, die Kugeln auf eine andere Weise zu verwenden, als sie bloß unter die Schar der Feinde zu schleudern. Mir wurde klar, daß die Berge hierzulande kaum zur Lawinenbildung neigen, wie das im Pai-Mir der Fall ist; außerdem sind die Bergbewohner hier keineswegs auf der Hut vor derlei Geschehnissen.«
Diesmal knirschte er zur Abwechslung einmal nicht mit den Zähnen, sondern betrachtete mich aus verengten Augen heraus. »Ihr habt recht. Diese Berge hier sind dauerhaft und fest. Und?«
»Klemmte man die Messingkugeln in irgendwelche engen Spalten unterhalb der Bergspitzen zu beiden Seiten des Tals fest und zündete sie alle gleichzeitig, im selben Augenblick, würden sie eine gewaltige Lawine auslösen. Diese würde von beiden Seiten ins Tal herniederrauschen, dieses vollständig ausfüllen und alles Lebendige zermahlen und unter sich begraben. Für ein Volk, das sich solange sicher in diesen Bergen gefühlt hat, ja, geradezu beschützt von ihnen, wäre das eine gewaltige, unerwartete und unentrinnbare Naturkatastrophe. Für sie müßte es sein, als ob Gott sie unter seinem Stiefel zermalmte. Selbstverständ-

lich – Voraussetzung für all dies müßte, wie der Wang angedeutet hat, sein, daß alle Feinde in diesem einen Tal versammelt wären...«

»*Hui!* Ich hab's!« rief Ukuruji aus. »Bayan, erst laßt Ihr von Ausrufern die Proklamation verlesen, wie mein königlicher Vater vorschlägt. Und als hättet Ihr damit den Auftrag, mit aller Kraft anzugreifen, laßt Ihr Eure gesamte Streitmacht in das geeignetste Tal einrücken, an dem entlang zuvor die Kugeln mit dem *huo-yao* angebracht worden sind. Die Yi werden denken, Ihr wäret von allen guten Geistern verlassen, doch werden sie der Versuchung nicht widerstehen, ihren Vorteil auszunutzen. Sie werden einzeln und in Gruppen aus ihren Verstecken herauskommen und sich sammeln, zuhauf kommen und sich darauf vorbereiten, uns von den Seiten und von hinten her anzugreifen.«

»Verehrter Wang!« flötete der Orlok geradezu flehentlich. »Ich müßte ja wirklich von allen guten Geistern verlassen sein! Nicht genug damit, daß ich meine gesamte Streitmacht aus fünf *tomans* – ein halbes *tuk* – aufbiete und vom Feind einkreisen lasse. Jetzt wollt Ihr auch noch, daß ich meine fünfzigtausend Mann von einer verheerenden Lawine überrollen lasse. Was haben wir davon, wenn wir sämtliche Yi-Krieger auslöschten und ganz Yun-nan auf dem Bauche vor uns kröche, wenn wir selber keine Truppen mehr haben, es zu besetzen und zu halten?«

»Hm«, machte Ukuruji nochmals. »Nun, unsere Truppen wären zumindest auf die Lawine gefaßt...«

Der Orlok nahm Abstand davon, dazu auch nur eine Bemerkung zu machen. Just in diesem Augenblick trat einer der *chabi*-Diener aus dem Pota-là auf die Terrasse heraus. Er brachte einen Lederbeutel *arkhi*, um unsere Trinkhörner und Schädelschalen nachzufüllen. Bayan, Ukuruji und ich saßen da und hatten die Augen nachdenklich auf die Tischplatte gerichtet, so daß ich aus den Augenwinkeln heraus den leuchtendgranatroten Ärmel dieses jungen Bho-Mannes sah, wie er das Getränk ausschenkte. Dann traf mein Blick, der noch bei dieser Farbbewegung verweilen wollte, den gleichermaßen müßigen Blick von Ukuruji, ich sah, wie plötzlich Licht und Leben in diese Augen kam, und ich meine, die granatroten Ärmel ließen in uns beiden gleichzeitig den ungeheuerlichen Gedanken wach werden; gleichwohl war ich froh, daß *er* es war, der ihn in Worte faßte. Eifrig lehnte er sich zu Bayan vor und sagte:

»Angenommen, wir setzen unsere eigenen Leute gar nicht aufs Spiel, um den Feind in die Falle zu locken. Angenommen, wir schicken die wertlosen Bho, auf die man ohnehin verzichten kann...«

YUN-NAN

1 Es mußte entweder schnell geschehen oder in so großer Heimlichkeit, daß es kaum möglich gewesen wäre, diese durchzuhalten. Infolgedessen setzte man auf Schnelligkeit.

Als erstes stellte man eine Postenkette rings um das Tal von Ba-Tang auf, die Tag und Nacht aufzupassen hatte, daß sich keine Yi-Späher in dies Gebiet einschlichen oder Kundschafter, die sich vielleicht bereits eingenistet hatten, hinausgelangten.

Ich habe ganze Tierherden bereitwillig zum Abschlachten trotten sehen, wenn ein Judas-Tier voranging; bei den Bho jedoch bedurfte es weder viel guten Zuredens noch besonderen Drucks. Ukuruji legte den *lamas*, die er aus dem Pota-là hinausgeworfen hatte, den Plan nur in groben Zügen dar. Diese selbstsüchtigen und herzlosen frommen Männer waren nur allzu bereit, alles zu tun, um den Wang und sein Gefolge aus ihrer *lamasarai* hinaus- und sich selbst wieder hineinzubekommen – und die Bho wiederum waren bereit, alles zu tun, was ihre frommen Männer ihnen sagten. So erließen die *lamas*, die keinerlei Sorge um ihre potaistischen Anhänger beschwerte und überhaupt keinerlei Mitgefühl mit ihren Mitmenschen hatten und weder Treue zu ihrem Land noch irgendwelche Skrupel kannten, ihren mongolischen Oberherrn zu Diensten zu sein, ja, denen überhaupt keinerlei Bedenken irgendwelcher Art kamen, einen Aufruf an die Bevölkerung von Ta-Bang, allen Befehlen zu gehorchen, die ihnen von den mongolischen Offizieren gegeben würden, und überallhin zu gehen, wohin man sie auch schickte – und die hirnlosen Bho taten, wie ihnen geheißen.

Bayan ließ von seinen Kriegern sofort sämtliche gesunden Bho in der Stadt und ihrer Umgebung – Männer, Frauen, Jungen und Mädchen, sofern sie groß genug waren – zusammentreiben und mit ausrangierten mongolischen Waffen und Rüstungen ausstaffieren, gab ihnen die abgekämpften Pferde als Reittiere, stellte Marschsäulen aus ihnen zusammen, in denen weder Tragtiere noch Wagen mit den abgebauten *yurtus* darauf fehlten; es flatterten Bayans eigene Orlok-Standarte, die *yak*-Schwänze seiner *sardars*, andere passende Fähnchen und Wimpel. Mit Ausnahme der *lamas* und *trapas* und *chabis* blieben nur die ältesten, jüngsten und schwächsten Bho und nur wenige andere in der Stadt zurück. Ukuruji besaß die Freundlichkeit, bei den paar ausgesuchten Frauen, die er für seinen persönlichen Gebrauch und den seines Hofes behalten hatte, eine Ausnahme zu machen, und auch ich schickte Ryang und Odcho sicher wieder nach Hause – jede mit einer Münzkette um den Hals, die ihnen helfen sollte, auf dem Weg zu einer vorteilhaften Ehe möglichst mühelos voranzukommen.

Bayan hatte inzwischen Herolde mit der weißen Parlamentärsflagge gen Süden reiten lassen, die immer wieder auf yi eine Botschaft verlasen, die etwa folgendermaßen lautete: »Euer verräterischer Spion in der Hauptstadt Kithais ist entlarvt und gestürzt worden! Es gibt keine Hoffnung mehr für euch, eine Belagerung zu überstehen! Deshalb wird die Provinz Yun-nan als dem Khanat angegliedert erachtet! Ihr habt die Waffen wegzuwerfen und die Eroberer bei ihrem Eintreffen willkommen zu heißen. Also spricht Khan Kubilai! Zittert, alle Menschen, und gehorcht!« Selbstverständlich erwarteten wir weder, daß die Yi zitterten, noch daß sie gehorchten. Wir verließen uns nur darauf, daß die Herolde, die arrogant durch die Täler ritten, sie hinreichend verwirrten und ablenkten, daß sie die anderen Männer, die heimlich über die Berge huschten, nicht bemerkten. Bei letzteren handelte es sich um Waffenmeister, welche die geeignetsten Spalten ausfindig machen sollten, um die Messingkugeln darin festzuklemmen, sich in der Nähe zu verbergen und die Lunten auf ein Zeichen von mir hin anzuzünden.

Für den Fall, daß die Yi irgendwelche Späher mit Adleraugen weit hinter der Postenkette aufgestellt haben sollten, die Ba-Tang umschloß, wurde das gesamte *bok* abgebaut. Die *yurtu*-Zelte fielen in sich zusammen, und sämtliche Ausrüstung und die Tiere, die nicht mit auf den vorgeblichen Einmarsch kamen, wurden, versteckt. All die Tausende echter Mongolen, Männer wie Frauen, zogen in die von ihren eigentlichen Bewohnern verlassenen Häuser der Stadt. Was sie freilich nicht taten, war, die unansehnlichen und schmutzigen Kleider der auf dem Weg nach Yun-nan hinein befindlichen Bho anzuziehen. Sie behielten genauso wie ich und Ukuruji und seine Höflinge das Kriegsgewand und trugen Panzer wie Lederzeug, bereit, den Spuren der falschen Heersäulen zu folgen, sobald uns die Nachricht erreichte, daß der Feind in die Falle gegangen sei.

Selbstverständlich erwies es sich als notwendig, den Kolonnen der aus Bho bestehenden Lockvögel ein paar echte Mongolen mitzugeben, doch brauchte Bayan seine Leute nur aufzufordern, sich freiwillig zu melden, und es traten viele vor. Diese Männer waren sich darüber im klaren, daß diese freiwillige Meldung gleichbedeutend war damit, Selbstmord zu begehen, doch hier handelte es sich um Krieger, die dem Tod so oft ins Auge geblickt hatten, daß sie fest davon überzeugt waren, ihr langer Dienst unter dem Orlok habe sie mit irgendeiner geheimen Kraft ausgestattet, ihm auch weiterhin zu trotzen. Die wenigen, die bei dieser letzten gefährlichen Mission mit dem Leben davonkamen, würden nur darüber frohlocken, daß Bayan ihre eigene Unversehrbarkeit wieder einmal unter Beweis gestellt hatte, und die Toten würden ihm ohnehin keinen Vorwurf machen. So kam es, daß eine Rotte mongolischer Krieger vor den Kolonnen der vorgeblichen Invasionsarmee herritt, auf mongolischen Instrumenten die Kriegsweisen und Marschmusik spielten (wozu die Bho selbst beim besten Willen nicht fähig gewesen wären) und für die Tausende hinter ihnen mit dieser Musik jeweils das Marschtempo angaben: Galopp, Schritt, Galopp, immer abwechselnd. Am Schluß der gesamten Heersäule kam wieder ein Trupp echter Mongolen, um zu verhindern, daß Nachzügler sich absetzten, und um uns Melder zu schicken, sobald die Yi – wie wir hofften – anfingen, sich zu sammeln und auf den Angriff vorzubereiten.

Die Bho waren sich sehr wohl darüber im klaren, daß sie Mongolen darstellen sollten, und ihre *lamas* hatten ihnen befohlen, das möglichst überzeugend zu tun – wenn ich auch nicht glaube, daß die *lamas* ihnen gesagt hatten, dies wäre vermutlich das letzte, was sie jemals tun würden – und so gaben sie wirklich ihr bestes. Als sie erfuhren, daß eine Militärkapelle sie anführen sollte, wandten einige sich an Bayan und Ukuruji mit der Frage: »Herr, sollen wir unterwegs nicht singen und rufen, wie echte Mongolen es tun? Was sollen wir singen? Wir kennen nichts anderes als das *Om mani pémé hum*.«

»Singt, was ihr wollt, bloß das nicht!« sagte der Orlok. »Mal überlegen. Die Hauptstadt von Yun-nan heißt Yun-nan-fu. Warum krächzt ihr nicht einfach: ›Wir reiten, um Yun-nan-fu einzunehmen!‹«

»Yun-nan-pu?« sagten sie.

»Nein«, erklärte Ukuruji und lachte. »Vergeßt das mit dem Singen und Rufen.« Bayan erklärte er sodann: »Die Bho sind außerstande, die Laute von *v* und *f* zu bilden. Es ist daher besser, sie singen und sagen überhaupt nichts, sonst merken die Yi womöglich noch was.« Er hielt inne, ein neuer Gedanke war ihm gekommen. »Aber etwas anderes könnten wir sie vielleicht doch tun lassen. Sagt den Anführern, sie sollen die Heersäule immer rechts um irgendwelche heiligen Bauten wie etwa *mani*-Mauern oder *ch'horten*-Steinhaufen herumführen, so daß die *linkerhand* liegenbleiben.«

Die Bho erhoben schwachen Protest – so etwas stelle eine grobe Beleidigung des Pota dar, zu dessen Ehren diese Bauwerke errichtet worden seien, doch kamen sofort ihre *lamas* und befahlen ihnen zu gehorchen, ja, sie machten sich sogar die Mühe, ein heuchlerisches Gebet zu sprechen, mit welchem dem Volke ein besonderer Dispens erteilt wurde, dem allmächtigen Pota diesmal eine Kränkung zuzufügen.

Die Vorbereitungen dauerten nur ein paar Tage, doch die Herolde und die Waffenmeister gingen schon voraus, und das vermeintliche Heer rückte schließlich nach erfolgter Aufstellung an einem wunderschönen Morgen bei strahlendem Sonnenschein aus. Ich muß sagen, selbst dieses Pseudoheer bot, als es Ba-Tang verließ, einen prächtigen Anblick. An der Spitze ritten die mongolischen Spielleute und spielten eine unirdische, aber das Blut in Wallung bringende Marschmusik. Die Trompeter ließen die großen *karachala* genannten Trompeten erschallen, die – recht gedolmetscht – »Höllenhörner« hießen. Die Trommler schlugen auf kesselgroße, fellbespannte Kupferpauken ein, die ihnen links und rechts am Sattel hingen; dabei vollbrachten sie wahre Wunder, wie sie die Schlegel wirbeln und heruntersausen ließen, die Arme in die Höhe rissen, kreuzten und wieder auseinandernahmen, während sie donnernd den Takt für das nachfolgende Heer angaben. Zymbalspieler ließen gewaltige Messingscheiben gegeneinanderprallen, wobei es jedesmal hell in der Sonne aufblitzte. Schellenbaumspieler ließen ihr Instrument ertönen – Metallröhrchen verschiedener Größe, die an einem leierförmigen Rahmen herunterhingen. Zwischen den lauteren und plärrenden Tönen konnte man auch die leiseren Klänge von Saiteninstrumenten wie Lauten mit absonderlich kurzem Hals vernehmen, die besonders für das Spiel hoch zu Roß geeignet waren.

Die Musik rückte ab und ging allmählich in dem Geräusch von Tausenden von Hufen unter, die hinterhergeklappert kamen, in dem Quietschen der Wagenräder, dem Knarren und Ächzen von Rüstung und Zaumzeug. Endlich einmal sahen die Bho nicht mitleiderregend oder verachtenswert aus, sondern so stolz und zuchtvoll und entschlossen, als zögen sie wirklich in den Krieg, und zwar aus eigenem Willen. Die Reiter saßen kerzengerade aufgerichtet im Sattel und blickten geradeaus, ohne nach links oder rechts zu sehen. Nur als sie an dem den Vorbeimarsch abnehmenden Orlok Bayan und seinen *sardars* vorbeikamen, richteten sie die Augen auf ihn. Wie der Wang Ukuruji bemerkte, sahen die Lockvögel tatsächlich wie echte Mongolenkrieger aus. Man hatte sie bewegen können, mit langen mongolischen Steigbügeln zu reiten – was einen schnellreitenden Bogenschützen instand setzte, sich aufzustellen und besser mit seinen Pfeilen zu zielen – statt mit den kurzen, die Beine zusammenschiebenden, in Kniehöhe sitzenden Steigbügeln, wie die Bho und die Drok, die Han und die Yi sie vorzogen.

Als das letzte Glied der letzten Kolonne sowie die aus echten Mongolen bestehende Nachhut flußabwärts verschwunden waren, blieb uns Zurückbleibenden nichts weiter übrig, als zu warten und beim Warten für etwaige adleräugige Späher den Anschein aufrechtzuerhalten, als wäre Ba-Tang eine ganz gewöhnliche, scheußliche Bho-Stadt, in der das gewöhnliche, scheußliche Leben der Bho seinen Gang nahm. Tagsüber belebten unsere Leute die Marktbereiche, und wenn es anfing dunkel zu werden, versammelten sie sich auf den Hausdächern, als wollten sie beten. Ob wir wirklich ausgespäht wurden, weiß ich nicht. Doch selbst wenn das geschah, hätte unsere List von den Yi weiter im Süden nicht durchschaut werden können, denn alles verlief nach Plan – bis zu einem gewissen Grade jedenfalls.

Etwa eine Woche nach dem Abrücken kam einer der Mongolen von der Nachhut in gestrecktem Galopp zurückgeritten und berichtete, das Heer der Lockvögel sei nun ein gutes Stück nach Yun-nan hineingekommen und rücke immer noch weiter vor. Die Yi hätten sich offensichtlich irreführen lassen. Kundschafter, berichtete er, hätten die einzeln im Gebirge verteilten Schützen sich zu kleinen Gruppen zusammenfinden sehen; jetzt strömten sie zutal wie die kleinen Wasserläufe, die zusammenfließen und schließlich einen Fluß bilden. Wir warteten noch eine Weile, und nach ein paar weiteren Tagen kam wieder ein Reiter herangesprengt, um zu melden, die Yi sammelten sich unmißverständlich um das hintere Viertel unseres vermeintlichen Heeres herum

– ja, er habe sogar einen weiten Bogen um sie herumschlagen müssen, um mit dieser Meldung für uns überhaupt aus Yun-nan herauszukommen.

Daraufhin nun setzte sich der echte Heerbann in Marsch, und der muß nun – obwohl er so unauffällig wie möglich und selbstverständlich ohne Marschmusik vorrückte – *wirklich* ein überwältigender Anblick gewesen sein. Das gesamte halbe *tuk* kam einer elementaren Naturgewalt gleich aus dem Tal von Ba-Tang herausgeströmt. Die in *tomans* von jeweils zehntausend Reitern aufgeteilten fünfzigtausend Krieger wurden je von einem *sardar* angeführt; die *tomans* wiederum waren in zehn unter dem Befehl von Obersten stehenden Tausendschaften aufgeteilt und diese wieder in Hundertschaften unter Hauptleuten – wobei zehn aus jeweils zehn Reitern gebildete Glieder hintereinander herritten – und die einzelnen Hundertschaften wiederum so weit auseinander, daß die Hinterherreitenden nicht an dem Staub der Vorherreitenden ersticken mußten. Ich sage, daß dieser Abmarsch ein großartiges Schauspiel gewesen sein muß, weil ich nicht in den Genuß kam, sie an mir vorüberziehen zu lassen. Ich ritt in Begleitung von Bayan, Ukuruji und ein paar seiner höheren Offiziere ein gutes Stück voraus. Der Orlok mußte selbstverständlich an der Spitze reiten, und Ukuruji ritt mit im vordersten Glied, weil er das unbedingt wollte, und ich wiederum war da, weil Bayan das so befohlen hatte. Mir hatte man ein besonders großes Banner aus leuchtendgelber Seide anvertraut, das ich im richtigen Augenblick entrollen und damit den Befehl zum Entfesseln der Lawine geben sollte. Jeder Krieger hätte das tun können, doch Bayan bestand darauf, die Messingkugeln als »meine« Erfindung zu betrachten und ihre Verwendung damit in meine Verantwortlichkeit zu legen.

Folglich ritten wir etliche *li* vor dem *tuk* in leichtem Galopp dahin, folgten dabei dem Lauf des Flusses Jin-shah und dem breiten niedergetrampelten Pfad, der die Spur des Pseudo-Heeres bildete. Nachdem wir ein paar Tage nur geritten und spartanisch gelagert hatten, knurrte der Orlok: »Jetzt überschreiten wir die Grenze zur Provinz Yun-nan.« Noch ein paar Tage später wurden wir von einem mongolischen Posten abgefangen, den die Nachhut hier aufgestellt hatte, damit er auf uns wartete. Dieser Posten nun führte uns vom Flußlauf fort um einen Berg herum. Auf der anderen Seite dieses Berges stießen wir am Spätnachmittag auf acht weitere Angehörige der mongolischen Nachhut. Diese hatten ein Lager ohne Lagerfeuer aufgeschlagen. Der Hauptmann dieser Wache forderte uns respektvoll auf, abzusitzen und die aus Dörrfleisch und *tsampa*-Brocken bestehende Kaltverpflegung mit ihnen zu teilen.

»Doch zuvor, Orlok«, sagte er, »möchtet Ihr vielleicht bis auf den Gipfel dieses Hügels hinaufsteigen und Euch einen Überblick verschaffen. Ihr könnt von dort oben weit das Jin-shah-Tal hinunterblicken; vermutlich werdet Ihr sehen, daß Ihr gerade rechtzeitig eingetroffen seid.«

Der Hauptmann führte uns, als Bayan, Ukuruji und ich zu Fuß hinaufkletterten. Von unserem langen Ritt noch ganz steif, brauchten wir ziemlich lange, bis wir oben waren, und kurz vor dem eigentlichen Gipfel bedeutete der Hauptmann uns, uns zu ducken und schließlich auf dem Bauch weiterzukriechen; endlich durften wir dann den Kopf über das Gras hinaus erheben.

Uns war augenblicklich klar, wie gut es war, daß man uns abgefangen hatte. Wären wir der Spur des Pseudoheeres und dem Flußlauf noch ein paar Stunden weiter gefolgt, hätten wir auf der anderen Seite des Berges einen Bogen geschlagen und wären in ein langgestrecktes, aber schmales Tal hineingeritten, das wir überblicken konnten und in dem das Lockvogelheer jetzt lagerte. Ihren Befehlen entsprechend, benahmen die Bho sich mehr wie eine Besatzungsmacht denn wilde Eroberer. Sie hatten keinerlei Zelte aufgeschlagen, lagerten aber an diesem Abend so ungezwungen, als hätten die Yi sie nach Yun-nan eingeladen und als wären sie hier willkommen. Unzählige Lagerfeuer prasselten und Fackeln leuchteten überall im dämmerigen Tal; nur am Rand waren nachlässig ein paar Posten aufgestellt, sonst herrschte unbekümmerter lärmender Trubel.

»Wir wären geradenwegs in das Lager hineingeritten«, sagte Ukuruji.

»Nein, das wäret Ihr nicht, Herr Wang«, sagte unser Führer. »Dürfte ich Euch ergebenst ersuchen, leise zu sprechen.« Selbst im Flüsterton redend, erklärte der Hauptmann: »Auf der anderen Seite dieses Berges haben die Yi in großer Zahl Aufstellung genommen – desgleichen am Zugang zum Tal und auf den Hängen weiter weg –, überall zwischen uns und dem Lager und auf der anderen Seite auch. Ihr wäret geradenwegs ihrer Nachhut in die Arme gelaufen und ergriffen worden. Der Feind bildet ein riesiges Hufeisen um das Lager unserer Lockvögel. Ihr seht die Yi nur deshalb nicht, weil sie genau wie wir keine Feuer angezündet haben und jede ihnen zur Verfügung stehende Deckung ausnutzen, um sich unsichtbar zu machen.«

Bayan erkundigte sich: »Haben sie das jede Nacht getan, wenn das Heer das Lager aufgeschlagen hat?«

»Ja, Herr Orlok, nur, daß über Tag immer weiter Verstärkungen gekommen sind. Aber ich meine, dieses ist das letzte Lager, das das Lockvogelheer aufschlagen wird. Möglich, daß ich mich täusche. Aber wenn unsere Zählungen stimmen, ist dies der erste Tag, an dem keine neuen Krieger zum Feind dazugestoßen sind. Ich meine, jeder Kämpfer in diesem Gebiet von Yun-nan ist jetzt in diesem Tal versammelt – eine Streitmacht von rund fünfzigtausend Mann, ungefähr so viele wie wir selbst auch. Und wenn ich den Oberbefehl über die Yi hätte, würde ich dies enge Tal für den geeignetsten Ort halten, über einen offenbar einzigartig ahnungslosen Eindringling herzufallen. Wie gesagt, gut möglich, daß ich mich irre. Aber mein Kampfinstinkt sagt mir, daß die Yi morgen bei Tagesanbruch angreifen werden.«

»Ein guter Lagebericht, Hauptmann Toba.« Ich glaube, Bayan kannte jeden einzelnen Krieger dieses halben *tuk* beim Namen. »Und ich bin geneigt, Euch zuzustimmen. Wie steht es mit den Waffenmeistern? Habt Ihr eine Ahnung, wo sie stehen?«

»Zu meinem Leidwesen, nein, Herr Orlok. Es ist unmöglich, mit ihnen in Verbindung zu treten; wir riskieren sonst, ihr Vorhandensein dem Feind zu enthüllen. Ich muß davon ausgehen und bin auch überzeugt davon, daß dem so ist, daß sie hoch in den Bergen mit dem Heer Schritt gehalten und ihre geheimen Waffen jeden Abend neu festgeklemmt und in Bereitschaft gebracht haben.«

»Hoffen wir, daß sie es jedenfalls heute getan haben«, sagte der Bayan und hob den Kopf ein wenig höher, um den Blick über die Berge schweifen zu lassen, die das Tal umringten.

Auch ich tat das. Wenn der Orlok mich weiterhin als für die geheimen Waffen verantwortlich betrachtete, lag es in meinem ureigensten Interesse, daß alles so verlief, wie ich hoffte, daß es verlaufen würde. Tat es das, würden rund fünfzigtausend Bho den Tod finden – und noch einmal so viele Yi. Damit trug ich – als jemand, der nicht unmittelbar am Kampf teilnahm und als Christ – ein beträchtliches Maß an Verantwortung. Gleichwohl ging es um den Sieg der Seite, für die ich mich entschieden hatte, und der Sieg würde zeigen, daß auch Gott auf unserer Seite war; damit würden alle christlichen Bedenken wegen der Massenschlächterei beschwichtigt werden. Funktionierten die Messingkugeln nicht, wie sie sollten, würden die Bho trotzdem sterben, die Yi allerdings nicht. Dann mußte der Krieg weitergehen, und das konnte noch mehr christliche Gewissensbisse zur Folge haben – darüber, so viele Menschen dem Tod überantwortet zu haben, auch wenn es nur Bho waren, und dazu noch völlig sinnlos.

Woran mir jedoch hauptsächlich gelegen war, das muß ich zugeben, war die Befriedigung meiner Neugier. Ich war einfach gespannt, ob das flammende Pulver in den Messingkugeln losging und was dabei passierte. Ich sagte mir, daß ich mindestens ein Dutzend sehr vorteilhafte hochgelegene Stellen sah, wo ich die Ladungen untergebracht hätte. Dabei handelte es sich um hochragende Klippen und Gesteinsmassen, die Kreuzfahrerburgen gleich aus dem Wald herausragten und Spalten und Schründe zeigten, wo Zeit und Wetter an ihnen genagt hatten. Wurden sie plötzlich noch mehr auseinandergerissen, müßten die Klippen eigentlich umfallen und im Fallen riesige Brocken des Gesteins mit sich reißen . . .

Knurrend stieß Bayan einen Befehl aus, und wir rutschten den Berg mehr hinunter, als daß wir gegangen wären. Unten angekommen, gab er den wartenden Männern Anweisungen:

»Das richtige Heer müßte vierzig bis fünfzig *li* hinter uns stehen und soll gleichfalls für die Nacht haltmachen. Sechs von euch machen sich jetzt auf und reiten zu ihnen hin. Alle zehn *li* soll einer von euch sich seitwärts in die Büsche schlagen und dort warten, damit eure Pferde morgen früh ausgeruht sind. Der sechste Reiter sollte vor Sonnenaufgang dort eintreffen. Sag den *sardars*, sie sollen den Vormarsch nicht wiederaufnehmen. Sag ihnen, sie sollen warten, wo sie sind, sonst könnte der Staub, den die Pferde aufrühren, von hier aus gesichtet werden. Das würde alle unsere Pläne durchkreuzen. Wenn morgen alles planmäßig verläuft, schicke ich als nächsten Hauptmann Toba. Er wird reiten, so schnell er kann, und ihr werdet in Stafetten das Wort an den *tuk* überbringen. Dann sollen die *sardars* und das gesamte Heer im gestreckten Galopp herzueilen, um das von den Feinden niederzumachen, was im Tal überlebt hat. Geht es hier jedoch schief ... nun ja, dann werde ich Hauptmann Toba eben mit anderen Befehlen losschicken. Und jetzt reitet los!«

Die sechs Mann, die ihre Pferde am Zaumzeug führten, bis sie weit außer Hörweite waren, setzten sich in Bewegung. Bayan wandte sich an den Rest von uns.

»Jetzt wollen wir ein wenig essen und ein wenig schlafen. Wir müssen vor Morgengrauen wieder oben auf dem Hügel sein.«

2 Und das waren wir: der Orlok Bayan, die Offiziere seines Stabs, der Wang Ukuruji, ich, Hauptmann Toba und die verbliebenen beiden Männer seines Trupps. Die anderen trugen alle ein Schwert, einen Bogen mit Köcher und Pfeilen, und Bayan – bereit zu kämpfen und keinen Vorbeimarsch abzunehmen – hatte die Zähne herausgenommen. Da ich mich mit der großen Bannerlanze abmühen mußte, war ich bis auf meinen Dolch am Gürtel unbewaffnet. Wir lagen im Gras und verfolgten, wie die Szene vor uns allmählich sichtbar wurde. Der Morgen würde bereits beträchtlich vorgerückt sein, ehe die Sonne es schaffte, sich über die Berggipfel in die Höhe zu schieben. Doch schon jetzt erhellte sie den wolkenlosen blauen Himmel, und dieses Licht wiederum wurde mehr und mehr in die schwarze Schüssel des Tals hineingeworfen und saugte den überm Fluß stehenden Nebel auf. Zuerst war das die einzige Bewegung, die wir wahrnahmen – ein milchiges Schimmern, das über die Schwärze dahintrieb. Dann jedoch nahm das Tal Farbe und Gestalt an; blauverschleiert an den Bergrändern, dunkelgrüne Waldungen, das hellere Grün des Grases und das Gesträuch auf den Lichtungen, Silbergeglitzer des Flusses, nachdem der verhüllende Nebel sich aufgelöst hatte. Zusammen mit Formen und Farben kam auch Bewegung: es kam Leben in die Pferdeherde, die sich ein wenig um sich selbst drehte, dann hörten wir ein gelegentliches Geschnaube und Gewieher. Dann erhoben sich allmählich die Frauen von ihren Lagerstätten, gingen hin und her, entfachten die vorsorglich zugedeckten Lagerfeuer, ließen sie wieder aufflammen und setzten Wasser für den *cha* auf – wir hörten das ferne Klappern der Kessel –, ehe sie die Männer weckten.

Die Yi hatten das Erwachen des Lagers mittlerweile oft genug verfolgt und wußten genau, was geschah. Und genau diesen Augenblick wählten sie, um anzugreifen: den Zeitpunkt, da es gerade hell genug war, ihr Ziel genau zu erkennen, aber erst die Frauen auf waren und die Männer noch schliefen. Ich weiß nicht, welches Zeichen die Yi zum Angriff gaben; ich sah weder, daß Fahnen geschwenkt, noch hörte ich, daß

Trompeten geblasen wurden. Trotzdem kam in sämtliche Yi-Krieger im selben Augenblick Leben, und sie bewegten sich mit bewundernswerter Präzision. Eben noch spähten wir Zuschauer über einen leeren Berghang hinweg auf das *bok* unten im Tal; es war, als sähen wir am oberen Rand eines Amphitheaters über die unbesetzten Bankreihen auf ein Bild, das auf einer fernen Bühne gestellt wurde. Und im nächsten Augenblick wurde uns der Blick versperrt, da der Hang nicht mehr leer war, als wäre in dem Amphitheater wie durch Zauberhand von einem Augenblick auf den anderen auf sämtlichen Sitzreihen ein gewaltiges Publikum erstanden. Aus dem Gras und Gesträuch unter uns reckte sich etwas Höherwachsendes – Männer im Lederkoller, ein jeder mit bereits gespanntem Bogen, den Pfeil auf die Sehne gesetzt. Das geschah dermaßen plötzlich, daß es mir vorkam, als wären manche von ihnen unmittelbar vor mir emporgewachsen. Ich bildete mir ein, das Halbdutzend der uns zunächst Stehenden *riechen* zu können, und ich glaube, ich war nicht der einzige unter uns, der den Drang unterdrücken mußte, nicht gleichfalls in die Höhe zu fahren. Ich riß jedoch nur die Augen weiter auf und bewegte den Kopf, um genug sehen zu können. Und was ich sah, war das plötzlich überall im Amphitheater sichtbare und bedrohliche Publikum, das zu Tausenden und Abertausenden in hufeisenförmigen, übereinander gelegenen Reihen aufstand – mannsgroß in meiner Nähe, puppengroß weiter weg und ameisenklein auf den weiter entfernten Hängen – und all diese Männer pfeilstarrend und die Bogen auf jenen Mittelpunkt gerichtet, den das lebende Bild »Lager« bildete.

Alles hatte sich fast lautlos vollzogen und viel schneller, als man es erzählen kann. Das nächste, was geschah – der erste Laut, der von den Yi kam –, war kein im Heulton auf- und abgehendes Schlachtgeschrei, wie die Mongolen es ausgestoßen hätten. Der erste Laut war der unheimlich surrende, leicht zischende Ton all ihrer auf einmal abgeschossenen Pfeile – Tausender von Pfeilen, die alle zusammen eine Art von erregtem Brausen von sich gaben, wie ein Wind, der aufstöhnend das Tal herunterfegte. Dann, während dieser Laut noch abklang, wiederholte er sich plötzlich, doch abgehackt und unterbrochen diesmal wie ein stakkatohaftes Zschsch-zschsch-zschsch, als die Yi mit großer Geschwindigkeit, aber nicht mehr wie ein Mann neue Pfeile aus dem Köcher zogen, sie – während der vorhergehende noch flog – mit der Kerbe in die Bogensehne einsetzten und abschwirren ließen und dabei selbst auf das *bok* regelrecht zu*stürzten*. Die Pfeile fuhren in hohem Bogen durch die Luft und verdunkelten vorübergehend das hellere Himmelsblau, während sie im Dahinfliegen schrumpften und aus erkennbaren Schäften schlanke Ruten, kurze Schößlinge, Zahnstocher und Borsten wurden, die ihren Flug verlangsamten, ihre Bahn abflachten und zu einem dünnen grauen Dunstschleier wurden, der sich auf das Lager herabsenkte und nicht gefährlicher wirkte als ein grau herniedergehendes Morgennieseln. Wir Beobachter, die wir hinter, aber nicht weit von den Bogenschützen entfernt standen, hatten das erste Sichregen des Angriffs gehört und gesehen. Die Ziele jedoch, auf den er sich richtete – die Frauen, die schon auf den Beinen waren, die Pferde und die liegenden Männer –, hätten vermutlich überhaupt nichts gemerkt, bis die Tausende von Pfeilen auf sie und um sie herum und in sie hinein herniederregneten. Am Ende ihrer Flugbahn jedoch alles andere als ein anmutiger Schleier, fuhren die scharf zugespitzten und schweren und durchaus schnell dahinschießenden Pfeile mit beträchtlicher Wucht hernieder, und viele müssen Fleisch getroffen und sich bis auf die Knochen hineingebohrt haben.

Und dann stürzten die am weitesten nach vorn vorgeschobenen Yi sich auf den Rand des Lagers, stießen jedoch immer noch keinen warnenden Schrei aus, sondern hatten – ungeachtet der immer noch herniedersausenden Pfeile ihrer Gefährten – ihre Schwerter und Lanzen gezückt und hieben und stießen zu und schlitzten auf. Wir, die wir höher oben standen, sahen die ganze Zeit über immer neusprießende Yi-Krieger sich rings aus dem Berghang in die Höhe schieben, als ob die Vegetation des Tals unablässig sproß und zu dunklen Blumen erblühte, die sich als stehende Bogenschützen erwiesen, diese dann abschüttelte und zum *Bok* hinunterlaufen ließ und dort erneut mit noch mehr von ihnen aufblühten: Und jetzt kam auch Lärm auf – lauter als das Wind-und-Regen-Rauschen der Pfeile –, Alarmrufe, Aufheulen, Angst- und Schmerzensschreie der Leute im Lager. Als dieser Lärm einsetzte und der Moment der Überraschung vorüber war, erlaubten sich auch die Yi, als sie jetzt über ihre Opfer herfielen, ihr Schlachtgeschrei auszustoßen, jene gellenden Rufe, mit denen der Krieger sich selbst Mut macht, die seine Wildheit entfesseln und, wie er hofft, seinen Feinden Angst einjagen.

Als unten im Tal der Lärm losbrach und alles heillos durcheinander war, sagte Bayan: »Ich glaube, jetzt ist der Zeitpunkt gekommen, Marco Polo. Die Yi laufen alle auf das *bok* zu, es springen keine mehr auf, und ich kann keine Reserven außerhalb des Schlachtfeldes erkennen.«

»Jetzt?« sagte ich. »Seid ihr sicher, Orlok? Ich werde weithin zu sehen sein, wenn ich hier stehe und das Banner schwenke. Die Yi könnten Verdacht schöpfen und innehalten. Falls sie mich nicht gleich mit einem Pfeil niederstrecken.«

»Keine Sorge«, sagte er. »Ein Krieger, der vordringt, schaut niemals zurück. Klettert dort hinauf!«

So raffte ich mich in die Höhe und erwartete jeden Augenblick, daß mit Wumm mein Lederkoller durchbohrt wurde; so wickelte ich das Bannertuch von meiner Lanze ab. Als nichts mich niederstreckte, packte ich die Lanze mit beiden Händen und reckte das Banner so hoch, wie ich konnte, und schwenkte es von links nach rechts und zurück, wobei das Gelb hell im Morgenlicht leuchtete und das Seidentuch munter knatterte. Ich konnte es unmöglich einfach nur ein- oder zweimal hin- und herschwenken und mich dann fallen lassen in der Annahme, daß man das von weitem gesehen hätte. Ich mußte so lange stehenbleiben, bis ich *wußte,* daß die Techniker in der Ferne das Signal erkannt und entsprechend darauf reagiert hatten. In Gedanken rechnete ich:

Wie lange wird es dauern? In unsere Richtung schauen müssen sie schon. Jawohl, das wußten sie bestimmt, wo wir standen, nämlich hinter den letzten Reihen der Feinde. Folglich spähen die Waffenmeister von ihrem hochgelegenen Versteck aus in diese Richtung. Sie suchen dieses Ende des Tals ab und warten gespannt darauf, daß sich irgendwo im allgemeinen Grün ein gelber Fleck bewegt. Jetzt – *hui! alalà! evviva!* – sehen sie, wie in der Ferne das winzige Banner geschwenkt wird. Jetzt kriechen sie eilends zurück von ihrem Ausguck dorthin, wo sie zuvor ihre Messingkugeln versteckt haben. Dafür gib ihnen ein paar Augenblicke. Sehr schön, jetzt nehmen sie ihre schwelenden Räucherstäbchen und blasen darauf – *sofern* sie so vernünftig waren, diese schon vorher angezündet und schwelend bereitgelegt zu haben. Vielleicht haben sie das doch nicht getan! Wenn nicht, müssen sie jetzt umständlich mit Stahl, Feuerstein und Zunder Feuer schlagen ...

Geben wir ihnen dafür ein paar Augenblicke. Himmel, wurde das Banner schwer! Na schön, jetzt aber müssen sie den Zunder doch glimmen haben, und jetzt entfachen sie eine helle Flamme aus trockenem Laub oder ähnlichem. Jetzt haben sie alle einen Zweig oder ein Räucherstäbchen in Brand gesetzt, und jetzt tragen sie dieses hinüber zu der Messingkugel. Jetzt halten sie das Flämmchen an den Docht. Jetzt brennt der Docht, sprüht Funken, und der Waffenmeister springt auf und läuft ein Stück weg, um sich in Sicherheit zu bringen ...

Ich wünschte ihnen viel Glück und eine große Entfernung zwischen sich und der Kugel und sichere Deckung, denn ich selbst kam mir mittlerweile ganz besonders sichtbar und verwundbar und als Zielscheibe geeignet vor. Mir war, als schwenkte ich mein Banner und meine *bravata* und überhaupt meine Gestalt schon eine Ewigkeit; die Yi waren doch nicht blind, daß sie mich noch nicht entdeckt hatten! Jetzt – bis wie lange, hatte der Feuerwerksmeister gesagt? – langsam bis zehn zählen, nachdem die Dochte brannten. Ich zählte zehn langsame Schwenker mit meinem großen, knatternden gelben Banner.

Nichts rührte sich.

Caro Gèsu, was war schiefgegangen? Sollten die Techniker mich falsch verstanden haben? Die Arme taten mir weh vom Bannerschwenken, und ich schwitzte aus allen Poren; dabei stand die Sonne immer noch hinter den Bergen, und der Morgen war durchaus noch nicht warm. War es denkbar, daß die Waffenmeister abgewartet hatten, bis sie mein Signal sahen, ohne auch nur die Kugeln vorher in einer geeigneten Spalte festgeklemmt zu haben? Warum hatte ich den Erfolg dieses Unternehmens – und jetzt auch noch mein Leben – einem Dutzend begriffsstutziger mongolischer Offiziere in die Hände gelegt? Mußte ich denn immer noch dastehen und immer kraftloser immer noch weiter mit dem Banner hin- und herfahren, während die Waffenmeister in aller Ruhe taten, was sie schon längst hätten tun sollen? Und wie lange würde es danach noch dauern, bis sie endlich schwunglos in ihren

Hüftbeuteln nach Stahl und Zunder suchten? Und mußte es sein, daß ich eine ganze Ewigkeit hindurch dieses außerordentlich auffällig leuchtendgelbe Banner schwenkte? Bayan mochte ja überzeugt sein, daß kein Krieger jemals *freiwillig* zurückschaute; aber so ein Yi brauchte doch bloß zu stolpern und hinzufallen, so daß er alle viere von sich streckte und vor allem *den Kopf* in unsere Richtung wandte! Einen so ungewöhnlichen Anblick, wie ich ihn darstellte, *konnte* er doch gar nicht übersehen! Da mußte er ja seinen Kameraden etwas zuschreien, sie aufmerksam machen, woraufhin sie auf mich zugestürmt kommen und im Laufen schon ihre Pfeile auf mich abschießen würden . . .

Die grüne Landschaft verschwamm, der Schweiß lief mir in die Augen; trotzdem sah ich es am Rande meines Gesichtsfeldes kurz gelb aufblinken. *Maledetto!* Ich ließ das Banner sinken; ich mußte es unbedingt höher halten! Doch dann stand da, wo es eben gelb aufgeblinkt hatte, ein blaues Rauchwölkchen vor dem Grün. Ich hörte das allgemeine *Hui* meiner immer noch lang im Gras ausgestreckten Freunde, dann sprangen sie auf und standen neben mir und riefen »*Hui*!« und immer wieder: »*Hui*!« Ich ließ Lanze und Bannertuch sinken, stand keuchend und schwitzend da und sah die gelben Blitze und den blauen Rauch der *huo-yao*-Kugeln tun, was sie tun sollten.

Im Zentrum des Tals, wo inzwischen die Yi und die Mongolen darstellenden Bho in ein inniges Handgemenge verstrickt waren, hatten die Kämpfenden eine riesige Staubwolke aufgerührt. Doch das Aufblitzen und das Aufwölken des Rauchs spielte sich hoch über dieser Staubwolke ab und wurde davon nicht verdunkelt. Und zwar spielte es sich genau dort ab, wo ich sie hingesteckt hätte, und barst blitzend und staubwölkchenbildend genau in den richtigen Spalten der hochragenden Felsklippen. Sie zündeten nicht alle gleichzeitig, sondern eine nach der anderen, höchstens einmal zwei zugleich, erst unterhalb dieses Gipfels, dann unterhalb jenes. Ich war hocherfreut darüber, wo die Waffenmeister sie angebracht hatten, und zählte zwölf Zündungen; jede einzelne Kugel hatte getan, was ich versprochen hatte – nur, was mich entsetzte, war, daß alles sich so winzig ausnahm. Ein winziges Aufblinken von Feuer, das dann sofort wieder erlosch und nur so unbedeutende Rauchwölkchen hinterließ! Der Donnerknall, den sie auslösten, erreichte uns erst viel später, und wenn dieser auch über dem Schlachtgetümmel durchaus zu hören war, war es doch keineswegs mit dem ohrenbetäubenden Getöse zu vergleichen, das mir in den Ohren gedröhnt hatte, als meine Wohnung im Palast in die Luft geflogen war. Hier handelte es sich nur um einzelne dumpf-klatschende Laute – wie wenn ein Yi-Krieger mit der Breitseite seines Schwertes einem Pferd eines auf den Rumpf gegeben hätte –, ein- oder zweimaliges dumpfes Aufklatschen, dann mehrmals gleich nacheinander und schließlich noch zweimal hinterher.

Dann geschah gar nichts weiter, außer daß der wütende, wiewohl vergebliche Kampf unten im Tal, wo keiner von den Kämpfenden etwas von der Nebenhandlung oben in der Höhe bemerkt zu haben schien, unvermindert weiterging. Der Orlok wandte sich mir zu und durchbohrte mich mit den Augen. Hilflos schob ich die Augenbrauen in die Höhe und ließ sie wieder sinken. Doch plötzlich kam von den anderen Männern wieder ein »*Hui*!« nach dem anderen, in fragendem Tonfall ausgestoßen, alle streckten sie zeigend die Hand aus, die meisten in verschiedene Richtungen. Bayan und ich sahen zuerst dahin, wohin einer wies, und dann dorthin, wohin ein anderer zeigte. Dort drüben, hoch oben, sah man, wie die Wunde, die in eine Felswand geschlagen worden war, immer weiter auseinanderklaffte. Dahinten, hoch oben, brachen zwei riesige Felsklippen, die nebeneinander in die Höhe geragt hatten, nach verschiedenen Seiten weg. Und dahinten, hoch droben, kippte eine Bergzinne, hochragend wie ein Burgturm, zur Seite und brach, während sie das tat, in mehrere Brocken auseinander, verstreute diese und tat all dies mit einer Langsamkeit, als vollziehe sich der ganze Vorgang unter Wasser.

Wenn diese Berge wirklich noch nie eine Lawine erlebt hatten, dann waren sie vielleicht gerade deshalb so bereit dazu und standen so günstig dafür, *weil* es noch nie dazu gekommen war. Ich glaube, was wir erreichen wollten, hätten wir auch mit nur drei oder vier Messingkugeln erreichen können, die wir auf beiden Seiten des Tals an der richtigen Stelle gezündet hätten. Und so winzig sich auch zu Anfang alles ausnahm – wozu es sich schließlich auswuchs, das war gewaltig. Am besten kann ich es folgendermaßen beschreiben: angenommen, die hochragenden Felsen wären ein paar Knoten vom Rückgrat der Berge gewesen, und angenommen, unsere Pulverladungen wären Hammerschläge gewesen, welche diese Knochen zertrümmerten. So wie das Rückgrat der Berge zerbrochen wurde, rutschte die Erde hier und da weg wie ein Fell, das einem Tier Stück für Stück abgezogen wird. Und während das Fell sich zusammenlegte und -faltete, begann der Baumbewuchs sich abzulösen und abzugehen, so wie das Fell eines Kamels im Sommer in unansehnlichen Fetzen und Streifen abgeht.

Schon als die ersten Felsbrocken herunterzupoltern begannen, konnten wir Zuschauer den Boden unter uns zittern spüren, obwohl wir viele *li* vom nächsten Felsrutsch entfernt waren. Da muß auch die Talsohle gezittert haben, doch die beiden ineinander verbissenen Heere nahmen immer noch keine Notiz davon; oder wenn sie es dennoch getan haben, nahm wohl jeder einzelne Mann und jede Frau an, er selbst sei es, den vor Wut oder vor Angst das Zittern befallen hatte. Ich weiß noch, daß ich dachte: So werden wir Erdenbürger wohl die ersten Anzeichen des Armageddon einfach nicht wahrhaben wollen und fortfahren, unsere belanglosen oder jämmerlichen oder widerborstigen Streitigkeiten auch dann noch auszutragen, wenn Gott jene unvorstellbare Verheerung entfesselt, die das Ende der Welt bedeuten wird.

Hier jedoch ging ein herrliches Stück von dieser Welt zugrunde. Die stürzenden Felsen rissen andere unter sich aus ihrer Verankerung und bildeten rollend und rutschend riesige Erd- und Felsmassen, ja, ganze *zonte* von Boden und Geröll zusammen, beraubten dann die verschiedenen Berghänge ihrer Vegetation, wobei die Bäume umgerissen wurden und zusammenstießen und sich aufhäuften und übereinandertürmten und barsten und splitterten, und dann mahlte alles – die oberste Schicht auf jedem Berg und alles, was darauf wuchs – durcheinander: Felsen, Steine, Geröll, lockeres Erdreich, mattengroße Flächen gewellten Graswuchses, Bäume, Sträucher, Blumen, wahrscheinlich sogar die Waldtiere, die einfach mitgerissen wurden – all das glitt und rutschte in einem Dutzend oder noch mehr einzelnen Lawinen herunter und hinab in das Tal, und endlich begann nun auch der ungeheure Krach, der durch die Ferne bisher von uns ferngehalten worden war, unsere Ohren zu bestürmen.

Erst war es ein Brummen, das zu einem Grollen anwuchs, dann zu einem Aufbrüllen wurde und zu einem Donnerkrachen, wie ich es noch nie zuvor gehört hatte – nicht einmal im lawinengeschüttelten Hochland von Pai-Mir, wo dies Getöse oft laut geworden war, freilich immer nur für nicht länger denn ein paar Minuten. Dieser Donner hier dröhnte immer lauter und weckte Echos, die sich sammelten und andere Echos aufschluckten und immer und immer mehr zunahmen an Volumen, als würde es nie den lautesten Punkt erreichen. Jetzt schüttelte sich der Berg, auf dem wir standen, als bestünde er aus Gallerte – das ungeheure Getöse hätte ausgereicht, es zum Erbeben zu bringen –, so daß wir uns kaum auf den Beinen halten konnten, und in sämtlichen Bäumen in der Nähe hob ein Blätterrauschen an, und eine Menge Laub ging zu Boden, und die Vögel erhoben sich überall erschrocken in die Luft und krächzten und quakten und krächzten, und die Luft selbst um uns herum schien zu erzittern.

Das Grollen der verschiedenen Lawinen hätte genügt, den Schlachtenlärm unten im Tal zu überdecken, doch von Kriegsgeschrei, Schlachtrufen und Schwertergeklirr war längst nicht mehr die Rede. Die armen Menschen hatten endlich begriffen, was geschah, desgleichen die Pferdeherden. Menschen wie Tiere rannten hierher und dorthin. Da ich selbst einigermaßen im Zustand der Erregung war, konnte ich nicht gut erkennen, was die Menschen im einzelnen taten. Ich sah sie vielmehr als eine ununterscheidbare Masse – wie die verschwommene und durcheinanderbrodelnde Landmasse, die von allen Seiten in das Tal hinuntergerutscht kam –, sah Menschen und Tiere als gewaltige, heillos durcheinanderwurlende Masse von Leibern. Der Art, wie sie hin- und herwogten, nach zu schließen, hätte ich meinen können, die gesamte Talsohle werfe sich auf und sinke ab und steige wieder und falle und das Leiberdurcheinander werde hierhin und dorthin geschwemmt. Bis auf diejenigen, die bereits im Kampf gefallen waren und regungslos oder nur noch schwach zuckend dalagen, schienen Menschen und Pferde alle gleichzeitig den Schrecken anzustarren, der sich da von den westlichen Hängen auf sie zuwälzte, woraufhin sie alle wie ein Mann von dort flohen, nur um innezuhalten und entsetzt festzustellen, daß von den östlichen Hängen das gleiche drohte, woraufhin sie wieder wie ein Mann der Mitte zustrebten und alle, wie sie da waren, in die Fluten des Flusses sprangen, als flöhen sie vor einem Waldbrand und könnten Zuflucht in den kühlen Fluten finden. Zwei oder drei Dutzend Menschen – soviel jedenfalls konnte ich erkennen – rannten genau in der Mitte des Tals auf uns zu, und auch andere versuchten vermutlich wie gehetzt an anderen Stellen Höhe zu gewinnen. Doch die Lawinen waren schneller, als Menschen es sein konnten.

Und diese kamen. Obwohl das Braun und Grün, das sich da hinunterwälzte, ganze Wälder ausgewachsener Bäume und ungezählter hausgroßer Felsen enthielt, nahm sich das Ganze von dem Ort aus, wo wir standen, aus, als würde ein dicker, griesiger, klumpiger und schmutziger *tsampa*-Brei über den Rand einer Riesenterrine gekippt und sammele sich unten am Boden, und die emporwölkenden Staubwolken, die unterwegs aufgewirbelt wurden, sahen aus wie der Dampf, der vom heißen *tsampa* aufsteigt. Als die verschiedenen einzelnen Lawinen die unteren Berghänge erreichten, vereinigten sie sich auf beiden Seiten zu einer einzigen, unvorstellbar großen Lawine, die zutal donnerte – eine von Osten und eine von Westen –, um in der Mitte aufeinanderzuprallen. Als sie sich über die Talsohle hingwegwälzten, mußte sich ihre Geschwindigkeit um ein weniges verringert haben, freilich nicht in einem Maße, daß ich es wahrgenommen hätte, und die Vorderseite einer jeden der beiden Lawinen war immer noch so hoch wie ein dreistöckiges Haus, als sie aufeinanderprallten. Als das geschah, mußte ich unwillkürlich an zwei mächtige Bergziegenböcke denken, die zur Brunstzeit ihre dicken, hörnerbewehrten Schädel mit einer Gewalt aufeinanderprallen ließen, daß mir selbst die Zähne klapperten.

Ich hätte erwartet, einen gleichermaßen zum Zähneklappern reizenden Krach zu hören, als die beiden Riesenlawinen aufeinandertrafen, doch entstand dabei statt dessen eine Art kosmisch lauten Küßgeräuschs. Der Jin-sha-Fluß lief auf seinem Weg durch dieses Tal an seinem Ostrand entlang. Infolgedessen schob der vom Osthang herunterrauschende Erdrutsch einfach ein beträchtliches Stück des Flusses, als er ihn erreichte, in die Höhe und muß beim Weiterlaufen dieses Wasser unter das Erdreich gemischt haben, so daß daraus ein schlammiger Brei geworden war. Als die beiden Erdmassen jetzt aufeinander zurasten, geschah das mit einem lauten, feuchten *Schmaaatzzz*, das darauf hindeutete, daß die beiden Erdmassen sich hier zum neuen, höhergelegenen Boden des Tales verfestigten – und das für alle Zeiten. Auch sprang gerade im Augenblick des Aufeinandertreffens der Sonnenball über die Berge im Osten, doch war der Himmel dermaßen staubverhangen, daß er eine völlig ungewohnte Farbe annahm. Ganz plötzlich schoß sie als messingfarbene und an den Rändern verschwimmende Scheibe in die Höhe, als wäre sie ein Zymbal, das hochgeworfen wurde, um das Finale des ungeheuren Durcheinanders im Tal zu verkünden. Und während hinten die Geröllränder der Lawinen immer noch von den Höhen nachrutschten, erstarb der Lärm unten im Tal, nicht auf einen Schlag, aber mit einem wabernden, klirrend verhallenden Dröhnen, das ein Zymbal von sich gibt, ehe es endgültig schweigt.

In der plötzlichen Stille – keiner totalen Ruhe, denn viele Felsbrokken polterten und rutschten oben an den Hängen immer noch zutal, rutschten Bäume, sackten herab, schlidderten ganze Graswiesen noch ein Stück vorwärts und nicht genauer zu bestimmende andere Dinge rollten in der Ferne weiter – waren die ersten Worte, die ich hörte, die des Orlok:

»Und jetzt reitet, Hauptmann Toba! Holt unser Heer!«

Der Hauptmann ritt auf jener Strecke zurück, auf der wir gekommen waren. In aller Ruhe nahm Bayan aus einem Beutel jenes Ungetüm aus Porzellan und Gold, das sein Gebiß war, schob es sich unter Mühen in den Mund und biß ein paarmal darauf herum, bis es sich seinen Kiefern richtig anpaßte. Wieder wie ein richtiger Orlok aussehend, der bereit war, einen triumphalen Vorbeimarsch abzunehmen, schritt er den Hügel hinab in jene Richtung, in die wir alle starrten. Als in der Staubwolke immer weniger von ihm zu sehen war, schickten wir anderen uns an, ihm zu folgen. Ich hatte keine Ahnung, warum wir das taten, es sei denn, wir wollten uns an unserem ungewöhnlichen Sieg weiden. Doch war von dem Sieg als solchem – oder von irgend etwas sonst – in dem erstickenden Staub nichts zu sehen. Bereits als wir den Fuß des Berges erreicht hatten, hatte ich meine Gefährten aus den Augen verloren und hörte nur rechterhand von mir Bayans gedämpfte Stimme zu irgend jemand sagen: »Die Truppen werden enttäuscht sein, wenn sie kommen. Keine erschlagenen Feinde, die man ausplündern könnte.«

Die gewaltige Staubwolke, die aufgewirbelt worden war, hatte in dem Augenblick, da die beiden Erdmassen aufeinanderprallten, keinen Blick mehr auf das Tal und auf die furchtbare Verheerung gestattet, die angerichtet worden war. Ich kann daher nicht behaupten, tatsächlich Augenzeuge einer Massenvernichtung von annähernd hundertmal tausend Menschen gewesen zu sein. Auch hatte ich bei dem allgemeinen Getöse nicht mehr ihre letzten hoffnungslosen Schreie gehört oder das Krachen, mit denen ihre Knochen zerbrochen wurden. Jetzt jedoch waren sie verschwunden, samt allen Pferden, Waffen, aller persönlichen Habe und Ausrüstung. Das Tal hatte ein neues Gesicht erhalten, und die Menschen darin waren ausgelöscht worden, als wären sie nicht größer und auch nicht erhaltenswerter gewesen als krabbelnde Ameisen oder Käfer, die den alten Boden belebt hatten.

Mir fielen die gebleichten Hörner und Schädel ein, auf die ich im Hochland von Pai-Mir des öfteren gestoßen war, die Reste von Viehherden und *karwans,* die von anderen Lawinen erschlagen worden waren. Hier würden nicht einmal Spuren dieser Art übrigbleiben. Niemand von den Ba-Tanger Bho, die wir von dem Marsch ausgenommen hatten – die kleinen Odcho und Ryang, zum Beispiel – würde, sollte er jemals hierherreiten, um die Stätte zu besuchen, wo die Bevölkerung der Stadt zum letztenmal gesehen worden war, auch nur den Schädel von Vater oder Bruder finden, um eine gefühlsgeladene Erinnerung wie eine Trinkschale oder eine Festtrommel daraus zu fertigen. Vielleicht stieß später in einem fernen Jahrhundert einmal ein Bauer der Yi, wenn er sein Feld bestellte, mit seinem Grabstock auf ein Teil einer der in der Tiefe begrabenen Leichen, doch bis dahin...

Mir ging auf, daß von all den Männern und Frauen, die so gehetzt hin- und hergelaufen waren, und von denen, die rührend im Fluß Zuflucht gesucht hatten, und von denjenigen, die bereits verwundet gewesen waren, nur diejenigen vom Glück begünstigt genannt werden konnten, denen bereits das Bewußtsein geschwunden war oder die bereits völlig tot waren. Doch das waren im Verhältnis nur wenige gewesen. Die anderen hatten zumindest einen furchtbaren letzten Augenblick durchleben müssen, wo sie wußten, daß sie im Begriff standen, zertreten und zermalmt zu werden wie Insekten oder – noch schlimmer – lebendig begraben. Vielleicht war der eine oder andere von ihnen sogar noch am Leben, hatte sich nichts gebrochen und lag nur irgendwo unten im Dunkel eingeschlossen in engen, gewundenen kleinen Höhlen oder Gräben oder Lufttaschen, die so lange weiterexistieren würden, bis das gewaltige Gewicht der Erde und Felsen und des Gerölls aufgehört hatte, sich zu bewegen und an seinem neuen Platz zur Ruhe kam.

Gewiß dauerte es einige Zeit, ehe das Tal sich all diesen Veränderungen angepaßt hatte. Das erkannte ich daran, daß – noch während ich umhertastete und in der staubgeladenen Luft niesen mußte – ich plötzlich in schlammigem Wasser umherpatschte, das zuvor nicht dagewesen war. Der Jin-sha-Fluß wühlte sich tastend an der Barriere entlang, die sich seinem Lauf so plötzlich entgegengestellt hatte. Er mußte sich seitlich von dem einen Weg bahnen, was früher seine Ufer gewesen waren. Offensichtlich war ich nach Osten, auf das linke Ufer geraten. Da ich jedoch keine Lust hatte, noch tiefer in das sich sammelnde Wasser hineinzugeraten, wandte ich mich nach rechts und ging mit Stiefeln, die in dem neuentstandenen Schlamm abwechselnd schmatzten und schlidderten, mich den anderen wieder anzuschließen. Als im Dunkel eine menschliche Gestalt vor mir auftauchte, rief ich sie auf mongolisch an, was sich fast als tödlicher Fehler erwiesen hätte.

Ich hatte nie Gelegenheit, mich danach zu erkundigen, wie er die Katastrophe überlebt hatte – ob er einer von denen gewesen war, die das Tal der Länge nach entlanggelaufen waren, statt hin und her zu wogen, oder ob die Lawine ihn ganz einfach und unerklärlich in die Höhe gehoben hatte, statt ihn zu zermalmen. Vielleicht wäre er nicht einmal imstande gewesen, es mir zu sagen, weil er selbst nicht wußte, warum er verschont worden war. Offenbar gibt es auch bei der schlimmsten Katastrophe immer noch ein paar, die mit dem Leben davonkommen – wer weiß, vielleicht überleben einige sogar das Armageddon; in diesem bestimmten Fall sollten wir entdecken, daß von den hunderttausend etwa vier Dutzend davongekommen waren, die Hälfte Yi und die Hälfte von diesen völlig unversehrt und auf den Beinen – und mindestens zwei davon immer noch bewaffnet und wutschäumend, daß sie augenblicklich Rache nehmen wollten –, und ich, ausgerechnet ich besaß das Unglück, auf einen von ihnen zu stoßen.

Möglich, daß er meinte, der einzige lebendige Yi im ganzen Tal zu sein, und vielleicht erschrak er sogar, plötzlich in dem dichten Staub einer anderen menschlichen Gestalt zu begegnen; doch als ich ihn auf mongolisch ansprach, begab ich mich eines Vorteils. Während ich keine Ahnung hatte, wer er war, wußte er sofort, daß ich ein Feind war – einer also, der gerade sein Heer und seine Waffengefährten, vielleicht nahe Freunde, Brüder sogar, hinweggefegt hatte. Mit dem Instinkt einer gereizten Hornisse stieß er mit dem Schwert zu. Wäre nicht der Schlamm gewesen, in dem ich stand, mein letztes Stündlein hätte geschlagen. Bewußt hätte ich einem so plötzlichen Stoß nicht ausweichen können, doch daß ich unwillkürlich zusammenzuckte, bewirkte, daß ich im Schlamm ausrutschte; ich fiel, als das Schwert *wisch!* genau dort heruntersauste, wo ich eben noch gestanden hatte.

Ich wußte immer noch nicht, wer oder was mich angegriffen hatte – eines jedoch schoß mir durch den Kopf: »Erwartet mich, wenn Ihr mich am wenigsten erwartet« – doch der Angriff galt unmißverständlich mir. Ich rollte mich herum und griff nach der einzigen Waffe, die ich trug, meinem Dolch, und versuchte aufzustehen, kam jedoch bloß bis auf ein Knie, als er wieder über mich herfiel. Beide waren wir immer noch nichts weiter als verschwommene Gestalten im Staub, und seine Füße waren auf dem schlüpfrigen Grund nicht sicherer als die meinen; so kam es, daß auch sein zweiter Hieb mich verfehlte. Freilich brachte dieser ihn so nahe an mich heran, daß ich mit dem Dolch zustoßen konnte, doch verfehlte ich *ihn*, als ich wieder ausrutschte.

Ein Wort zum Kampf Mann gegen Mann. Ich hatte zuvor in Khanbalik die überaus eindrucksvolle Karte des Kriegsministers mit ihren kleinen Wimpeln und den *yak*-Schwänzen gesehen, die den Standort der Heere markierten. Zu anderer Zeit hatte ich hohe Offiziere dabei beobachtet, wie sie Schlachtpläne entwickelten, wobei sie sich der Hilfe einer Tischplatte und bunter Klötzchen bedienten. Sieht man solche Übungen, nimmt sich eine Schlacht fein säuberlich aus und für einen abseits stehenden Offizier oder Beobachter in ihrem Ausgang sogar vorhersehbar. Daheim in Venedig hatte ich Bilder und Wandteppiche gesehen, auf denen berühmte venezianische Siege zu Wasser und zu Lande – hier drüben *unsere* Flotte oder Kavallerie, dort drüben *ihre,* wobei die Kämpfenden einander stets Aug' in Auge gegenüberstanden und Pfeile losschwirren ließen und mit Lanzen genau und mit Zuversicht, ja, sogar mit einem gewissen Gleichmut zielten. Wer solche Bilder betrachtet, könnte meinen, eine Schlacht sei etwas so Geordnetes und Säuberliches und Methodisches wie eine Schachpartie.

Ich bezweifle, daß auch nur eine einzige Schlacht sich jemals so abgespielt hat; und ich weiß, daß das bei Nahkämpfen Mann gegen Mann einfach nicht möglich ist. So ein Kampf ist ein wirbelndes, verzweifeltes, ungeordnetes Durcheinander, für gewöhnlich auf scheußlichem Gelände und bei noch scheußlicherem Wetter, ein Mann gegen den anderen, die beide in ihrer Wut und ihrer Angst alles vergessen haben, was man ihnen jemals über das Kämpfen beigebracht hatte. Ich nehme an, jeder Mann hat einmal die Regeln von Schwertkampf und Dolchstechen gelernt: Tu dies oder jenes, um den Angriff deines Gegners abzuwehren, führe folgende Bewegung aus, um ihn zu überlisten, führe diese oder jene Finte aus, um seine Schwächen in der Verteidigung und die Blößen in seiner Rüstung aufzudecken. All diese Regeln mögen zutreffen, wenn zwei Meister einander in einer *gara di scherma* Zeh an Zeh gegenüberstehen oder zwei Duellanten einander höflich auf einer schönen Wiese ins Auge blicken. Ganz anders jedoch sieht es aus, wenn man selbst und der Gegner von einer Staubwolke eingehüllt werden und man Mühe hat, sich auf schlüpfrigem Boden auf den Beinen zu halten, man völlig verdreckt und verschwitzt ist, einem die Augen brennen und tränen und man kaum etwas sieht.

Ich will nicht versuchen, unseren Kampf Zug um Zug zu beschreiben. In welcher Folge genau sich die Bewegungen abspielten, weiß ich nicht mehr. Das einzige, was ich weiß, ist, daß wir lange keuchten und grunzten, uns duckten und verzweifelt zuschlugen – eine sehr lange Zeit, wie mir schien –, da ich versuchte, nahe genug an ihn heranzukommen, um ihn mit meinem Dolch zu treffen, und er bemüht war, genügend Zwischenraum zwischen uns zu halten, um mit dem Schwert richtig ausholen zu können. Beide trugen wir eine Lederrüstung, allerdings verschiedene, und jeder hatte in einigem Vorteile gegenüber dem anderen. Mein Koller bestand aus schmiegsamem Leder, das mir die Freiheit gab, mich unbehindert zu bewegen und seinen Schlägen auszuweichen. Der seine bestand aus einem so harten Kochleder, daß es ihn umschloß wie ein Faß; es behinderte ihn in seiner Beweglichkeit, bildete jedoch einen wirksamen Schutz gegen meinen kurzen Dolch mit der breiten Klinge. Als es mir schließlich mehr durch Zufall als durch Geschicklichkeit gelang, einen Stoß auf seiner Brust zu landen und die Klinge eindrang, erkannte ich, daß ich nun zwar den Koller durchdrungen hatte, der Dolch jedoch festgeklemmt war und ich meinem Gegner nur eine oberflächliche Wunde hatte beibringen können. Infolgedessen war ich ihm in diesem Augenblick auf Gnade und Ungnade ausgeliefert; mein Dolch stak in seinem Lederkoller, ich wollte den Griff nicht loslassen, um ihn mit seinem Schwert nicht ausholen zu lassen.

Er nutzte die Gunst des Augenblicks, höhnisch und triumphierend aufzulachen, ehe er zuschlug, und das wiederum war *sein* Fehler. Bei meinem Dolch handelte es sich um jene Waffe, die mir einst von einem Rom-Mädchen geschenkt worden war, deren Name gedolmetscht *Klinge* bedeutete. Ich drückte den Griff auf die richtige Weise und spürte, wie der breite Stahl auseinanderging – und wußte, daß die schlanke, dritte Klinge zwischen den beiden hervorgestoßen war. Mein Gegner gab einen gurgelnden Laut von sich, sein Mund blieb offen stehen, seine nach hinten geworfene Hand ließ das Schwert los, und er erbrach einen Schwall Blut über mich, dann sackte er von mir fort und fiel zu Boden. Ich riß den Dolch heraus, wischte ihn sauber und schloß ihn wieder. Dann stand ich auf und dachte: jetzt habe ich in meinem Leben zwei Menschen umgebracht. Von den Zwillingsschwestern in Khanbalik einmal ganz zu schweigen. Rechne ich mir auch noch den Sieg in dieser Schlacht hier an und zähle alles in allem einhunderttausendundvier Getötete in einem Leben? Dann müßte Khan Kubilai stolz auf mich sein, daß ich so reichlich Platz für mich geschaffen auf der übervölkerten Erde.

3 Meine Gefährten waren, das sah ich, als ich sie fand und mich ihnen wieder zugesellte, im Staubdunst gleichfalls auf einen nach Rache dürstenden Gegner gestoßen, aber nicht so gut gefahren wie ich. Sie drängten sich um zwei auf dem Boden ausgestreckte Gestalten, und als ich näher kam, wirbelte Bayan bedrohlich mit dem Schwert in der Luft herum.

»Ah, Polo«, sagte er und beruhigte sich, als er mich erkannte; dabei muß ich über und über mit Blut besprizt gewesen sein. »Sieht so aus, als wäret auch Ihr mit einem zusammengeraten – und hättet ihn erledigt. Gut gemacht! Dieser hier bewies einen rechten Wahnsinnsmut.« Er zeigte mit dem Schwert auf eine der am Boden liegenden Gestalten, einen aus vielen Wunden blutenden, aber offenbar bereits toten Mann. »Drei von uns waren nötig, ihn zu überwältigen, und vorher hat er noch einen von uns mitgenommen.« Er zeigte auf die andere Gestalt.

»Ukuruji verwundet!« rief ich aus. »Welch eine Tragödie!« Der junge Wang lag mit schmerzverzerrtem Gesicht, die beiden Hände um den Hals gelegt, da. Ich schrie: »Als ob er sich würgte!« beugte mich nieder, um seine Hände zu lockern und seine Wunde am Hals zu untersuchen. Doch als ich die verkrampften Hände in die Höhe hob, ließen sie den Kopf nicht los. Dieser war vollständig vom Körper getrennt worden. Einen Entsetzenslaut ausstoßend, wich ich zurück, blickte dann traurig auf ihn hinunter und murmelte: »Wie schrecklich. Ukuruji war ein prächtiger Bursche!«

»Er war ein Mongole«, sagte einer der Offiziere. »Neben dem Töten ist das Sterben dasjenige, worauf Mongolen sich am besten verstehen. Es ist nichts, um Tränen darüber zu vergießen.«

»Nein«, stimmte ich zu. »Ihm war soviel daran gelegen, bei der Eroberung Yun-nans mitzuhelfen, und das hat er getan.«

»Leider wird er es jetzt nicht regieren«, sagte der Orlok. »Aber das letzte, was seine Augen gesehen haben, war unser vollständiger Sieg. Kein schlechter Augenblick, um zu sterben.«

Ich fragte: »Dann betrachtet Ihr Yun-nan jetzt als unser?«

»Ach, es wird noch um andere Täler gerungen werden. Und Städte und kleinere Ortschaften, die eingenommen werden müssen. Wir haben den Feind schließlich nicht bis auf den allerletzten Mann ausgelöscht. Doch von dieser vernichtenden Niederlage werden sich die Yi nicht wieder erholen; sie werden nur noch der Form halber Widerstand leisten. Jawohl, ich kann wohl sagen, daß Yun-nan unser ist. Das bedeutet, daß wir jetzt beim Hintereingang der Sung anklopfen werden; folglich muß bald das ganze Reich fallen. Und das ist die Meldung, die Ihr Kubilai bringen sollt.«

»Ich wünschte, ich könnte ihm die gute Nachricht unbesudelt durch eine schlechte übermitteln. Sie kostet ihn einen Sohn.«

Einer der Offiziere sagte: »Kubilai hat viele andere Söhne. Möglich sogar, daß er Euch jetzt an Sohnes Statt annimmt, Ferenghi – nach allem, was Ihr für ihn getan habt. Schaut, der Staub legt sich. Jetzt könnt Ihr sehen, was Ihr mit Euren Messingkugeln bewirkt habt.«

Wir alle rissen uns von Ukurujis Anblick los und schauten das Tal hinunter. Der Staub war endlich zu Boden gesunken und legte sich wie ein weiches, sanftes, altersvergilbtes Leichentuch über die gequälte und völlig durcheinandergewirbelte Landschaft. Die Bergzüge auf beiden Seiten, die noch früher am Morgen dicht bewaldet gewesen waren, wiesen jetzt nur an den Rändern ihrer klaffenden Wunden irgendwelchen Bewuchs auf – und diese Wunden waren aufgerissene Schluchten und Rinnen aus rotbrauner Erde und frischzertrümmertem Felsgestein. Es waren gerade noch genug Laubbäume auf den Bergen übriggeblieben, daß sie aussahen wie ältere Frauen, denen man die Kleider vom Leib gerissen und Gewalt angetan hatte und die jetzt die Reste ihrer Unterwäsche an sich drückten. Unten im Tal suchten sich noch ein paar Überlebende den Weg durch die letzten Dunstschleier, über das Geröll und den Schutt und Baumäste und -wurzeln hinweg. Vermutlich hatten sie uns, die wir am einen Ende des Tales standen, erspäht, und kamen offensichtlich zu dem Schluß, daß dies der Ort sei, sich zu versammeln.

Den Rest des Tages kamen sie in kleinen Gruppen immer wieder voller Mühsal herangewankt. Die meisten waren, wie schon gesagt, Bho und Yi, die – ohne zu wissen, wie – der Vernichtung entkommen waren – manche verwundet, andere verkrüppelt und manche völlig unversehrt. Die meisten Yi, auch diejenigen, denen kein Haar gekrümmt worden war, hatten jeden Kampfeswillen verloren und kamen mit der Resignation von Kriegsgefangenen herzu. Ein paar von ihnen hätten wutschäumend und schwertschwingend auf uns zustürmen können, so wie zwei ihrer Kameraden es tatsächlich getan hatten, doch kamen sie im Gewahrsam von Mongolenkriegern, die sie unterwegs entwaffnet hatten. Bei den Mongolen handelte es sich um die Freiwilligen, welche das Pseudoheer als Nachhut und als musizierende Vorausabteilung begleitet, das heißt, Spitze und Ende des Heerbanns gebildet, vor allem aber von unseren Plänen gewußt hatten. So hatten sie die besten Chancen gehabt davonzukommen, als die Lawinen herniederrauschten. Wiewohl es nur ein Dutzend oder zwei waren, jubelten diese Leute über den Erfolg, der unserer List beschieden gewesen war – und vielleicht noch mehr darüber, selbst mit heiler Haut davongekommen zu sein.

Noch mehr zu beglückwünschen waren die mongolischen Waffenmeister – und ich ließ es mir besonders angelegen sein, jeden einzelnen kameradschaftlich in die Arme zu schließen. Sie waren die letzten Überlebenden, die zu uns stießen, denn sie hatten ja den ganzen Weg von den verwüsteten Bergen herunter machen müssen. Bei ihrem Eintreffen sah man ihnen den berechtigten Stolz darauf an, was sie geleistet hatten, machten zum Teil aber gleichwohl immer noch einen völlig benommenen Eindruck, denn einige von ihnen hatten in großer Nähe gestanden, als die Ladungen losgegangen waren, andere jedoch waren nur vom heiligen Schrecken darüber erfüllt, was sie damit ins Rollen gebracht hatten. Ich jedoch ließ es mir nicht nehmen, jedem einzelnen von ihnen zu versichern: »Ich hätte die Kugeln selber nicht besser anbringen können!« und dann seinen Namen aufzuschreiben, um persönlich beim Khakhan sein Loblied zu singen. Freilich muß ich auch sagen, daß ich nur elf Namen zusammenbekam. Zwölf Männer waren in die Berge hinaufgestiegen, und zwölf Kugeln hatten bewirkt, was sie hatten bewirken sollen; doch sollten wir nie erfahren, was mit dem Mann geschehen war, der nicht zurückkehrte.

Mitten in der Nacht kam Hauptmann Toba zurück, und zwar in Begleitung der Spitzen des echten Mongolenheeres. Ich jedoch war um diese Stunde immer noch wach und freute mich, sie zu sehen. Etliches von dem Blut, mit dem ich bedeckt war, war mein eigenes, und manches floß auch noch, denn ich war nicht völlig unversehrt aus meinem ganz persönlichen Treffen mit dem Yi hervorgegangen. Dieser Krieger hatte mir ein paar Schnittwunden an den Händen und am Unterarm beigebracht, was mir zuerst gar nicht aufgefallen war, jetzt aber doch ziemlich schmerzte. Das erste, was die Truppen bei ihrem Eintreffen taten, war ein kleines *yurtu* für die Verwundeten aufzubauen, und Bayan sorgte dafür, daß ich als erster von dem *shamàn*-Priester-Zauberer-Heilkundigen verarztet wurde.

Sie reinigten meine Schnittwunden und bestrichen sie mit Pflanzensalbe; dann legten sie mir einen Verband an, und das hätte mir genügt. Dann jedoch nötigten sie mich, an irgendeiner Zauberei mitzuwirken, um herauszufinden, ob ich auch irgendwelche inneren, nicht sichtbaren Wunden davongetragen hätte. Der Ober-*shamàn* stellte ein Bündel getrockneter Kräuter aufrecht vor mich hin, das er *chutgur* oder »Fieber-Dämon« nannte, und las laut aus einem Buch der Beschwörung vor, während alle anderen Ärzte mit kleinen Glöckchen und Trommeln und Trompeten aus Widderhörnern einen höllischen Lärm vollführten. Dann warf der Ober-*shamàn* den Schulterknochen eines Schafs in das in der Mitte des Zeltes stehende Kohlebecken, fischte es, nachdem es verkohlt war, heraus und betrachtete es sehr eingehend, um die Risse, die die Hitze hervorgerufen hatte, zu deuten. Schließlich erklärte er mich als innerlich unverletzt, was ich ihm auch ohne solche Umstände hätte sagen können, und ließ mich das Krankenzelt verlassen. Der nächste, den man hineintrug, war der Wang Ukuruji; dieser sollte wieder zusammengenäht und für seine Bestattung am nächsten Tag hergerichtet werden.

Draußen vorm Zelt wurde das Nachtdunkel von den vielen gewaltigen Lagerfeuern, die man entzündet hatte, beträchtlich zurückgedrängt, und um diese Lagerfeuer herum führten die Truppen jetzt ihre mit viel Gestampf, Gespringe und Geklatsche verbundenen Siegestänze auf und riefen »*Ha!*« und »*Hui!*« und schüttelten beim Tanzen allen Zuschauern aus den Bechern, die sie in Händen hielten, *arkhi* und *kumis* ins Gesicht. Alle wurden sehr schnell betrunken.

Ich fand Bayan und eine Reihe der gerade angekommenen *sardars* noch in ziemlich nüchternem Zustand vor; sie warteten, um mir ein Geschenk zu überreichen. Beim Marsch von Ba-Tang aus gen Süden, so erzählten sie, hätten Pfadfinder, die vorausgeritten waren, jedes Dorf und jeden Weiler und jedes verlassene Haus durchsucht, um irgendwelche verdächtig aussehenden Personen aufzugreifen, die Yi-Krieger sein konnten, welche sich als Zivilisten ausgaben, um als Spione und Agenten hinter die mongolischen Linien zu gelangen und dort willkürlich Zerstörungen anzurichten. In einer heruntergekommenen, in einer Seitengasse gelegenen *karwansarai* waren sie auf einen Mann gestoßen, der sich nicht genügend ausweisen konnte. Diesen präsentierten sie jetzt und taten dabei so, als verliehen sie mir einen gewaltigen Preis, wiewohl er nicht im geringsten danach aussah. Für mich sah er aus wie jeder andere dreckige, übelriechende Bho-*trapa* mit rasiertem Schädel und dem Gesicht, das die braunen Flecken des medizinischen Pflanzensafts aufwies.

»Nein, ein Bho ist er nicht«, sagte einer von den *sardars*. »Ihm wurde eine Frage vorgelegt, die den Namen der Stadt Yun-nan-fu enthielt und die so gestellt worden war, daß er diesen Namen in der Antwort wiederholen mußte. Und er sagte *fu,* nicht Yun-nan-*pu*. Außerdem behauptet er, sein eigener Name laute Gom-bo; nur fanden wir in seinem Lendentuch dieses *yin* hier.«

Der *sardar* reichte mir das Steinsiegel, das ich mir genauestens ansah, doch ob Gom-bo oder Marco Polo darauf eingeschnitten war, konnte ich nicht sagen. Deshalb fragte ich, was darauf stehe.

»Pao«, antwortete der *sardar*. »Pao Nei-ho.«

»Ah, der Minister für Kleinere Volksgruppen.« Jetzt, wo ich es wußte, konnte ich ihn trotz seiner Verkleidung erkennen. »Ich erinnere mich, Minister Pao, daß Ihr schon einmal Mühe hattet, klar und deutlich zu sprechen.«

Er zuckte nur mit den Achseln und sagte überhaupt keinen Ton.

Ich sagte zu dem *sardar*: »Khan Kubilai hat angeordnet, falls dieser Mann ergriffen würde, solle ich ihn töten. Würdet Ihr dafür sorgen, daß irgend jemand das für mich erledigt? Ich habe für einen Tag schon genug getötet. Ich werde dies *yin* behalten, um es dem Khakhan zum Beweis dafür herzuzeigen, daß sein Befehl befolgt wurde.« Der *sardar* grüßte und schickte sich an, den Gefangenen abzuführen. »Einen Augenblick«, sagte ich und wandte mich noch einmal an Pao. »Da wir von Sprechen sprechen. Habt Ihr jemals Gelegenheit gehabt, die Worte zu flüstern: ›Erwartet mich, wenn Ihr mich am wenigsten erwartet‹?«

Er leugnete dies, was er wohl in jedem Fall getan hätte, doch sein Gesichtsausdruck verriet ehrliche Überraschung, was mich davon überzeugte, daß er nicht der Flüsterer vom Echopavillon war. Nun ja, einen nach dem anderen konnte ich von meiner Liste der Verdächtigen streichen: Die Dienerin Buyantu und jetzt auch noch den Minister Pao . . .

Am nächsten Tag stellte ich jedoch fest, daß Pao immer noch am Leben war. Das gesamte *bok* wachte erst spät auf, die meisten mit brummendem Schädel, doch alle machten sich sogleich an die Vorbereitungen für Ukurujis Begräbnis. Einzig die *shamàns* schienen sich daran nicht zu beteiligen, nachdem sie denjenigen, um den es im Grunde ging, dafür hergerichtet hatten. Sie saßen als geschlossene Gruppe abseits, hatten den verurteilten Minister Pao bei sich und schienen ihn zum Frühstück zu füttern. Ich machte mich auf die Suche nach dem Orlok Bayan und fragte ihn verärgert, warum Pao noch nicht tot sei.

»Man ist doch gerade dabei, ihn hinzurichten«, sagte Bayan. »Und zwar auf eine besonders scheußliche Art und Weise. Sobald das Grab fertig ausgehoben ist, wird er tot sein.«

Immer noch ein wenig verärgert, erkundigte ich mich: »Was ist so besonders Scheußliches daran, ihn zutode zu *füttern*?«

»Die *shamàns* füttern ihn nicht richtig, Polo, sie füllen Quecksilber in ihn hinein.«

»Quecksilber?«

»Das tötet unter qualvollen, schmerzhaften Krämpfen, ist aber gleichzeitig ein wunderbares Einbalsamierungsmittel. Ist er erst einmal tot, wird er nicht vergehen, sondern die Farbe und Frische des Lebens behalten. Geht und seht Euch auch den Leichnam des Wang an, auch den haben die *shamàns* mit Quecksilber gefüllt. Ukuruji sieht so gesund und rosig aus wie ein springlebendiges kleines Kind. Und das bleibt für alle Ewigkeit so.«

»Wenn Ihr es sagt, Orlok? Aber wozu dem verräterischen Pao dieselben Ehren angedeihen lassen?«

»Ein Wang muß mit einer zahlreichen Dienerschaft in sein Grab gelegt werden. Wir werden sämtliche Yi töten und mit ihm bestatten, die der Katastrophe gestern entkommen sind – und noch ein paar Bho-Frauen, die gleichfalls überlebt haben, damit er in seinem Leben im Jenseits nicht der Lust zu entbehren braucht. Pao jedoch lassen wir eine besondere Aufmerksamkeit angedeihen. Welch besseren Diener könnte Ukuruji mit in den Tod nehmen, als einen früheren Minister des Khanats?«

Zu der von den *shamàns* als glückverheißende Stunde bezeichneten Zeit marschierten die Truppen tüchtig um den Katafalk herum, auf dem Ukuruji lag, die einen zu Fuß, die anderen hoch zu Roß und alle mit lobenswerter Verwegenheit und Präzision und unter viel martialischer Musik und kummervollen Gesängen. Die *shamàns* entzündeten viele Feuer, die farbigen Rauch erzeugten, und ließen ihre Klagegesänge ertönen. All diese Darbietungen waren als zur Bestattung gehörig zu erkennen, doch andere Einzelheiten der Zeremonie mußte man mir erst erklären. Unmittelbar am Rande des Lawinengerölls hatten die Truppen eine Höhle für Ukuruji gegraben. Bayan sagte mir, die Stelle sei unter dem Gesichtspunkt ausgewählt worden, daß sie möglichen Grabräubern nicht auffiele.

»Später werden wir ein entsprechend grandioses Denkmal darüber errichten. Doch solange wir noch mit dem Krieg beschäftigt sind, könnten Yi versuchen, sich in das Tal zurückzuschleichen. Sie können die letzte Ruhestätte des Wang nicht finden, können also auch seine Habe nicht plündern oder den Leichnam schänden oder die Grabstätte dadurch entehren, daß sie ihr Wasser hier abschlagen oder ihre Notdurft darin verrichten.«

Schließlich wurde Ukurujis Leichnam ehrfurchtsvoll ins Grab gebettet; die Leichen der frisch erschlagenen Yi-Gefangenen sowie der unglücklichen beiden Bho-Frauen wurden drum herum gelegt, und ganz in Ukurujis Nähe kam die Leiche des Ministers der Kleineren Volksgruppen. Pao hatte sich in seinem schmerzlichen Todeskampf dermaßen verkrümmt, daß die Arbeiten kurz unterbrochen wurden, damit die *shamàns* ihm die verschiedenen Knochen dergestalt brechen konnten, daß sie sich anständig geradebiegen ließen. Dann errichtete eine Gruppe von Kriegern zwischen den Leichen und dem Höhleneingang ein Holzgerüst und brachte daran eine Reihe Pfeile und Bogen an. Bayan erklärte mir, worum es dabei ging.

»Es handelt sich um eine Erfindung von Kubilais Hofgoldschmied Boucher. Wir Militärs haben nicht in jedem Falle Verachtung für Erfinder übrig. Schaut – die Bogen sind sämtlich stark gespannt und zielen geradenwegs auf den Eingang, und das Gerüst hält sie dergestalt, daß sie durch ein empfindliches System von Hebeln abgeschossen werden können. Sollten Grabräuber die Stelle doch finden und anfangen zu graben, würden beim Öffnen des Eingangs diese Hebel in Tätigkeit gesetzt, und ein Pfeilhagel empfinge sie.«

Die Grabgräber verschlossen den Eingang mit Erde und Felsen bewußt auf so unordentliche Weise, daß das Ganze von dem umliegenden Geröll nicht zu unterscheiden war. Daraufhin fragte ich: »Wenn ihr euch so große Mühe macht, daß das Grab nicht entdeckt werden kann, wie findet *ihr* es wieder, wenn es gilt, das große Denkmal darauf zu errichten?«

Bayan warf nur einen Blick auf die Seite, woraufhin ich seinem Blick folgte. Ein paar Pferdeburschen hatten an einem Halfter eine ihrer Stuten herbeigebracht, der das noch nicht entwöhnte Fohlen in wenigen Schritten Abstand folgte. Ein paar Männer hielten die Stute fest, während andere das kleine Pferdchen von seiner Mutter wegrissen und hinüberschleiften zur Grabstätte. Die Stute fing an zu steigen und auszukeilen und zu wiehern und tat das noch heftiger, als die Männer, die das Fohlen festhielten, eine Streitaxt hoben und ihm den Schädel zerschmetterten. Die nach allen Seiten auskeilende und wütend sich wehrende Stute wurde fortgeführt, während Krieger Erde über das frisch erschlagene Fohlen häuften. Bayan sagte:

»Da seht Ihr selbst. Wenn wir wieder hierherkommen, und selbst wenn das erst in zwei oder drei oder fünf Jahren geschieht, brauchen wir nur dieselbe Stute freizulassen, und sie wird uns an diese Stelle führen.« Er hielt inne, biß die großen Zähne nachdenklich zusammen und sagte: »Tja, Polo, obwohl Euch viel Verdienst an diesem Sieg hier zusteht, habt Ihr diesen so gründlich errungen, daß keine Kriegsbeute da ist, von der Ihr Euren Teil erhalten müßtet, und das bedaure ich. Wenn Ihr jedoch weiter mit uns reitet, werden wir als nächstes die Stadt Yun-nan-fu angreifen, und ich verspreche, daß Ihr zu den hohen Offizieren gehören sollt, die sich als erstes etwas von der Beute aussuchen dürfen. Yun-nan-fu ist eine große Stadt und sehr reich, so hat man mir gesagt, und die Yi-Frauen sind keineswegs alle abstoßend. Was sagt Ihr?«

»Das ist ein großzügiges Anerbieten, Orlok, und eines, das einen schon in Versuchung bringen kann; daß Ihr so an mich denkt, ehrt mich. Gleichwohl meine ich, ich sollte der Versuchung widerstehen und zurückeilen zum Khakhan, um ihm die Nachrichten zu überbringen, die guten wie die schlechten, und ihm zu berichten, wie sich alles abgespielt hat. Wenn Ihr erlaubt, möchte ich gern morgen abreiten, wenn Ihr weiterzieht nach Süden.«

»Das hatte ich mir schon gedacht. Ich habe Euch für einen pflichtbewußten Mann gehalten. Deshalb habe ich auch schon einen Brief diktiert, den Ihr Kubilai überbringen sollt. Er ist versiegelt und ausschließlich für seine Augen bestimmt. Ich will aber auch kein Geheimnis daraus machen, daß Ihr in diesem Brief hoch gelobt werdet und mehr Lob verdient als nur meines. Ich will zwei Vorausreiter losschicken, die sofort losreiten werden und die Route für Euch vorbereiten. Und Ihr sollt wieder zwei Begleiter und die besten Pferde bekommen.«

Das war alles, was ich von Yun-nan zu sehen bekam, und dies war auch meine einzige Landkriegserfahrung; ich nahm keine Beute und fand keine Gelegenheit, mir eine Meinung über die Yi-Frauen zu bilden. Doch diejenigen, die meine kurze militärische Laufbahn miterlebt haben – diejenigen jedenfalls, die sie überlebten –, schienen sich darin einig zu sein, daß ich mich gut gehalten hatte. Außerdem war ich mit der Mongolischen Horde geritten, etwas, wovon ich meinen Enkeln erzählen konnte, falls ich jemals welche bekam. Ich kam mir ganz wie ein felderfahrener alter Krieger vor, als ich schließlich zurückritt nach Khanbalik.

XAN-DU

1 Und wieder war es ein langer Ritt, und wieder ritten meine Begleiter und ich, was die Pferde hergaben. Als wir jedoch einige zweihundert *li* südwestlich von Khanbalik anlangten, wurden wir dort an einer Straßenkreuzung von unseren Vorausreitern abgefangen. Sie waren bereits in der Hauptstadt gewesen, jedoch umgehend zurückgeritten, um uns zu informieren, daß Khan Kubilai im Augenblick nicht dort hofhalte. Er genieße die Jagdsaison – mit anderen Worten halte er sich in seinem Landpalast Xan-du auf, wohin die Reiter uns statt dessen jetzt führen würden. Gemeinsam mit den Vorausreitern wartete noch ein dritter Mann, der so reich auf arabische Weise gekleidet war, daß ich ihn zuerst für einen graubärtigen muslimischen Höfling hielt, den ich noch nicht kennengelernt hatte. Er wartete, bis die Reiter mir ihre Meldung erstattet hatten, dann begrüßte er mich überschwenglich:
»Ehemaliger Herr Marco! Ich bin's!«
»Nasenloch!« entfuhr es mir, überrascht, mich darüber zu freuen, ihn wiederzusehen. »Ich meine: Ali Babar. Wie schön, dich zu sehen! Was machst du denn hier draußen, fern vom Behagen der Städte?«
»Ich bin gekommen, Euch zu begrüßen, ehemaliger Herr. Als diese Männer die Nachricht von Eurer unmittelbar bevorstehenden Rückkunft brachten, habe ich mich ihnen angeschlossen. Ich habe Euch einen Brief zu übergeben, und das schien mir ein guter Vorwand, mich von Mühen und Arbeit freizumachen. Außerdem dachte ich, Ihr könntet vielleicht die Dienste Eures ehemaligen Sklaven gebrauchen.«
»Wie aufmerksam von dir. Aber komm, wir werden gemeinsam die freie Zeit genießen.«
Die Mongolen – die beiden Vorausreiter sowie meine Eskorte – ritten voran, und Ali und ich ritten Seite an Seite hinter ihnen her. Wir wandten uns nunmehr genauer nach Norden als bisher, denn Xan-du liegt hoch oben in den Dama-qing-Bergen, ein beträchtliches Stück direkt nördlich von Khanbalik. Ali tastete unter seiner bestickten *aba* herum und zog ein gefaltetes und versiegeltes Papier hervor, das außen in lateinischen Buchstaben, aber auch auf arabisch und mongolisch sowie in den Schriftzeichen der Han meinen Namen trug.
»Irgend jemand wollte absolut sichergehen, daß ich dies bekomme«, brummte ich. »Von wem kommt es?«
»Das weiß ich nicht, ehemaliger Herr.«
»Wir sind jetzt beide freie Männer und damit ebenbürtig, Ali. Warum nennst du mich nicht Marco?«
»Wie du willst, Marco. Die Dame, die mir diesen Brief übergab, war dicht verschleiert und ist heimlich und im Dunkel der Nacht an mich herangetreten. Da sie kein Wort gesprochen hat, habe ich das auch nicht getan, denn ich nahm an, daß sie wohl eine – ahem –, irgendeine

heimliche Freundin von dir sein müsse, vielleicht sogar die Gattin von jemand anders. Ich bin weit diskreter und weniger neugierig, als ich es früher vielleicht war.«

»Aber du hast immer noch deine dreckige Phantasie. Ich habe mich bei Hofe mitnichten auf so etwas eingelassen. Trotzdem, vielen Dank.« Ich steckte das Papier fort in der Absicht, es heute abend durchzulesen. »Aber jetzt zu dir, alter Gefährte. Wie geht es dir? Wie gut du aussiehst.«

»Ja«, sagte er und reckte sich geziert. »Meine gute Frau Mar-Janah besteht darauf, daß ich mich kleide und betrage wie der wohlhabende Unternehmer und Arbeitgeber, der ich geworden bin.«

»Was du nicht sagst? Unternehmer von was? Und Arbeitgeber von wem?«

»Erinnerst du dich noch an die persische Stadt Kashan, Marco?«

»Aber ja doch. Die Stadt der wunderschönen Knaben! Aber Mar-Janah hat doch nicht etwa zugelassen, daß du ein Männerbordell aufmachtest!?«

Er seufzte auf und machte ein bekümmertes Gesicht. »Kashan ist aber auch berühmt wegen seiner besonderen Kashi-Kacheln, wie du dich gewiß erinnerst.«

»Durchaus. Ich erinnere mich, daß mein Vater sich für den Fertigungsprozeß interessierte.«

»Richtig. Er dachte, hier in Kithai könnte es einen Markt für solch ein Produkt geben. Und hatte recht damit. Er und dein Onkel Mafìo haben das Kapital für die Gründung einer Werkstatt aufgebracht und geholfen, einer Reihe von Handwerkern die Kunst der Kashi-Herstellung beizubringen; die Leitung des gesamten Unternehmens haben sie Mar-Janah und mir übertragen. Sie entwirft die Muster für die Kacheln und sorgt in der Werkstatt für Ordnung, während ich den Verkauf übernommen habe. Dabei sind wir sehr gut gefahren, wenn ich das so sagen darf. Die Kashi-Kacheln sind als Zier für die Häuser der Reichen überaus gefragt. Selbst nach Auszahlung der deinem Vater und Onkel zustehenden Beteiligung am Gewinn bleibt Mar-Janah und mir immer noch soviel, daß wir uns wohlhabend nennen können. Dabei sind wir immer noch dabei, unser Gewerbe zu lernen – sie und ich und unsere Handwerker –, aber wir verdienen auch bereits, jawohl, haben mittlerweile soviel verdient, daß ich es mir durchaus leisten kann, mir eine Zeitlang freizunehmen, um diese Reise gemeinsam mit dir zu machen.«

So plapperte er fröhlich den ganzen Rest des Tages über und berichtete mir bis ins einzelne gehend von dem Geschäft der Herstellung und des Verkaufs von Kacheln – was ich nicht in jedem Falle hochinteressant fand – und flocht zwischendurch andere Nachrichten über das Leben in Khanbalik ein. Er und die schöne Mar-Janah seien restlos glücklich. Meinen Vater habe er schon eine ganze Zeit lang nicht gesehen; der ältere der beiden Polo sei gleichfalls in irgendwelchen Geschäften unterwegs, doch meinen Onkel habe er ab und zu in der Stadt gesehen. Die schöne Mar-Janah sei schöner denn je. Der Wali Achmad übe während der Abwesenheit des Khans die Vizeregentschaft aus und halte die Zügel der Regierung in Händen. Die schöne Mar-Janah sei in ihren Ali Babar immer noch genauso verliebt wie er in sie. Viele Höflinge hätten Khan Kubilai nach Xan-du begleitet, darunter eine ganze Reihe von Leuten, die ich kannte: der Wang Chingkim, der Feuerwerksmeister Shi und der Goldschmied Boucher. Die schöne Mar-Janah sei gleich ihm, Ali, der Meinung, daß die Zeit, die sie beide nun im Ehestand lebten, und sei es dazu auch noch so spät gekommen, die beste Zeit ihres bisherigen Lebens sei; es habe sich durchaus gelohnt, ein Leben lang darauf zu warten...

An diesem Abend stiegen wir in einer angenehmen *Hankarwansarai* im Schatten der Großen Mauer ab, und nachdem ich gebadet und gegessen hatte, setzte ich mich in meinem Raum nieder, um den Brief aufzumachen, den Ali mir gebracht hatte. Obwohl ich ihn Buchstaben für Buchstaben ergründen mußte – denn im mongolischen Alphabet fand ich mich immer noch nicht sonderlich gut zurecht –, brauchte ich nicht lange, ihn zu lesen, denn er bestand nur aus einer einzigen Zeile, die gedolmetscht folgendermaßen lautete: »Erwartet mich, wenn Ihr mich am wenigsten erwartet.« Die Worte hatten nichts von der Eiseskälte eingebüßt, die sie in mir auslösten, doch wurde ich ihrer nachgerade mehr überdrüssig, als daß mich die darin enthaltene Drohung beunruhigt hätte. Ich ging in Alis Raum und verlangte zu wissen:

»Die Frau, die dir diesen Brief gegeben hat. Du hättest sie doch bestimmt erkannt, selbst in verschleiertem Zustand, wenn es die Dame Chao Ku-an war...«

»Ja, aber sie war es nicht. Wobei mir übrigens einfällt: Die Dame Chao ist tot. Ich habe es selbst erst vor ein, zwei Tagen erfahren, und zwar von einem Kurier, der auf der Pferdepostenlinie reitet. Dem Kurier zufolge soll die Dame irgendeinen Liebhaber zu ihren Räumen hinausgejagt haben, der ihr Mißfallen erregt hat, und als sie hinter ihm herlief – du weißt ja, daß sie Lotusfüße hatte –, ist sie eine Treppe hinuntergestürzt.«

»Das zu hören, tut mir leid«, obwohl es das in Wahrheit nicht tat. Noch jemand, den ich von der Liste meiner Flüsterer streichen konnte. »Aber noch mal zu dem Brief, Ali. Hat es sich bei der Dame, die ihn brachte, vielleicht um eine *sehr große* Person gehandelt?« Ich dachte an jene übergroße Frau, die ich flüchtig in der Wohnung des Vizeregenten Achmad gesehen hatte.

Ali überlegte und sagte dann: »Möglich, daß sie größer war als ich, aber das sind die meisten Menschen. Nein, ich würde nicht sagen, daß sie sehr groß war.«

»Du hast gesagt, daß sie nicht sprach. Das läßt eigentlich vermuten, daß du sie an der Stimme erkannt hättest, nicht wahr?«

Achselzuckend sagte er: »Was soll ich dazu sagen? Da sie stumm blieb, blieb auch ich stumm. Enthält der Brief irgendeine schlechte Nachricht, Marco? Oder etwas, das dir Anlaß gibt, den Kopf hängenzulassen?«

»Das zu entscheiden, fiele mir leichter, wenn ich wüßte, woher er kommt.«

»Alles, was ich dazu sagen kann, ist, daß deine Vorausreiter vor ein paar Tagen in der Stadt eintrafen und deine unmittelbare Rückkehr verkündeten, und ...«

»Warte! Haben sie sonst noch was verkündet?«

»Eigentlich nicht. Wenn die Leute fragten, wie es denn um den Krieg in Yun-nan stehe, wollten die beiden nicht so recht mit der Sprache herausrücken – sondern sagten nur, *du* wärest der Überbringer der offiziellen Meldung –, nur ließ ihr großspuriges Gehabe vermuten, daß es sich nur um eine Siegesmeldung handeln könne. Jedenfalls klopfte in der Nacht dieses Tages die verschleierte Dame mit dem Brief bei mir an. Und als die beiden Männer am nächsten Morgen wieder zurückritten, habe ich mich ihnen mit Mar-Janahs Segen angeschlossen.«

Mehr war nicht aus ihm herauszuholen, und ich konnte beim besten Willen nicht auf irgendwelche Frauen kommen, die böse auf mich wären – jetzt, wo die Dame Chao und die Zwillinge Buyantu und Biliktu tot waren. Hatte die Verschleierte für jemand anders die Botin gespielt, konnte ich mir nicht denken, für wen. Deshalb verlor ich weiter kein Wort über die Sache und zerriß den bedrückenden Brief. Wir ritten weiter und erreichten Xan-du ohne irgendwelche weiteren Zwischenfälle, seien diese nun zu erwarten oder nicht zu erwarten gewesen.

Xan-du war nur einer von vier oder fünf kleineren Palästen, die der Khakhan von Khanbalik unterhielt, allerdings der prächtigste von allen. Er hatte in den Da-ma-qing-Bergen ein riesiges Jagdrevier abzäunen und mit allem möglichen Wild besetzen lassen; hinzu kamen noch Jäger und Wildhüter und Treiber, die das ganze Jahr über in Dörfern rund um das Jagdgebiet herum lebten. In der Mitte des Reviers stand ein Palast von nicht geringer Größe mit den üblichen Räumlichkeiten für Versammlungen, zum Speisen und Festefeiern und Hofhalten, sowie reichlich Raum für Mitglieder der königlichen Familie samt ihren Höflingen und Gästen sowie die zahlreichen Diener und Sklaven, die sie brauchten, und für die Spielleute und Quacksalber, die sie mitbrachten, ihnen des Nachts auf amüsante Weise die Zeit zu vertreiben. Jeder Raum bis hinunter zur kleinsten Schlafkammer war an den Wänden mit Bildern von Meister Chao und den anderen Hofmalern verziert, wunderschön ausgeführte Bilder von der Jagd, der Hetze und dem Zurstreckebringen des Wildes. Draußen vor dem Hauptpalastgebäude gab es riesige Stallungen für die Reit- und Tragtiere – Elefanten ebenso wie Pferde und Maultiere – sowie für die Unterkünfte der Habichte und Falken für die Beize, Zwinger für die Hunde und *chita*-Katzen; und alle diese Gebäude waren ebenso schön gebaut und verziert und makellos sauber wie der Palast selbst.

Der Khakhan verfügte auch in Xan-du wieder über eine Art von tragbarem Palast. Dabei handelte es sich um eine gewaltige Pracht-*yurtu*, nur so überaus groß, daß sie nicht allein aus Tuch und Filz gebaut werden konnte. Zur Hauptsache bestand sie aus *zhu-gan*-Rohr und Palmwedeln, und gestützt wurde sie von schön bemalten, geschnitzten und vergoldeten Holzpfeilern in Form von Drachen, und zusammengehalten von einem sinnreichen Gewebe aus Seidenschnüren. Wiewohl über die Maßen groß, ließ sie sich genauso leicht auseinandernehmen und fortbringen und an anderer Stelle wieder aufbauen wie eine *yurtu*. Infolgedessen wurde dieser tragbare Palast ständig auf dem Jagdgebiet und in dem unliegenden Gelände hin- und hergebracht – eine Reihe von Elefanten diente ausschließlich dem Zweck, die einzelnen Teile zu transportieren –, wohin immer der Khakhan und sein Gefolge an diesem Tage zur Jagd zu reiten wünschten.

Jedesmal, wenn Kubilai zur Jagd ausritt, ging das in großem Stil vonstatten. Er und seine Gäste verließen den Marmorpalast in einem farbenfrohen und strahlenden Zug. Manchmal ritt der Khan auf einem seiner »Drachen-Zelter« – milchweißen Schimmeln, die in Persien eigens für ihn gezüchtet wurden –, manchmal jedoch auch in dem *hauda* genannten kleinen Haus, das hoch auf den mächtigen Schultern eines Elefanten hin- und herschwankte, manchmal aber auch in jenem überaus reichverzierten zweirädrigen, entweder von Rössern oder Elefanten gezogenen Streitwagen. Ritt er zu Pferd aus, hatte er stets eine der schlanken *chita*-Katzen elegant vor sich auf dem Widerrist des Pferdes liegen, die er losließ, wann immer irgendwelches aufgescheuchte Niederwild flüchtete. Die *chita* holte alles ein, was sich bewegte, und brachte das geschlagene Tier pflichtbewußt zurück zur Jagdgruppe. Doch da die *chita* ihr Opfer immer beträchtlich zerfleischte, warf einer der Jäger es in einen besonderen Beutel; später wurde es dann kleingehackt und den Beizvögeln als Futter vorgelegt. Ritt Kubilai jedoch in der *hauda* oder dem Streitwagen aus, waren stets zwei oder noch mehr seiner milchweißen Gerfalken auf der Brüstung aufgebaumt, die er auf fliegendes oder laufendes Kleinwild anwarf.

Hinter dem Streitwagen, dem Zelter oder Elefanten des Khakhan kam sein zahlreiches Gefolge, hohe Herren und Damen und vornehme Gäste, die samt und sonders nur wenig königlicher beritten waren als der Khan selbst und die sämtlich – je nachdem, auf welches Wild man es an diesem Tag abgesehen hatte – verkappte Falken auf der dick behandschuhten Faust trugen; sie wiederum waren umringt von Dienern, die ihre Lanzen oder Bogen trugen oder ihre Jagdhunde an der Leine hielten. Früher am Tage waren wohl viele Treiber ausgerückt, um drei Seiten eines weiten Feldes abzuriegeln und zur richtigen Zeit anzufangen, das Wild aufzuscheuchen und es – Hirsch, Wildschwein, Otter oder was sonst noch – zur vierten Seite des Feldes auf die sich nähernde Jagdgesellschaft zuzutreiben.

Jedesmal, wenn Kubilai samt Gefolge durch eines der um sein Jagdrevier herum gelegenen Dörfer kam, liefen die Frauen und Kinder der hier lebenden Familien hinaus und riefen »Heil!«. Auch unterhielten sie ständig Willkommensfeuer, und wenn dann der Khan hindurchkam, streuten sie Spezereien und Weihrauch in die Flammen, um die Luft mit Wohlgeruch zu erfüllen. Mittags zog die Jagdgesellschaft sich in die stets an bequem gelegener Stelle aufgebauten *zhu-gan-yurtu* zurück, um dort einen Imbiß einzunehmen, leise Musik zu hören und ein kurzes Nickerchen zu machen, ehe es nachmittags wieder hinausging. War die Jagd dieses Tages vorüber, kehrte man – je nachdem, wie müde alle waren oder wie weit vom Hauptpalast entfernt – entweder dorthin zurück oder übernachtete auch in der *zhu-gan-yurtu*, denn diese wies reichlich Raum auf und war mit vielen bequemen Schlafgelegenheiten ausgestattet.

Ich und Ali sowie unsere vier mongolischen Begleiter trafen an einem hellen Vormittag in Xan-du ein, erfuhren von dem Verwalter, wo die tragbare Pracht-*yurta* des Khakhan zu finden wäre, und langten dort um die Mittagsstunde an, als die Gesellschaft gerade beim Essen saß. Etliche Leute, darunter Kubilai, erkannten mich und begrüßten mich. Ich stellte Ali Babar vor als »einen Bürger von Khanbalik, Sire, einer Eurer reichen Handelsfürsten«, woraufhin Kubilai ihn herzlich willkommen hieß, hatte er Ali doch nicht in meiner Gesellschaft erlebt, da dieser noch mein niedriger Sklave Nasenloch gewesen war. Dann schickte ich mich an zu sagen: »Ich bringe frohe und traurige Kunde aus Yunnan, Sire...« woraufhin er die Hand hob, damit ich nicht weiterredete.

»Nichts«, sagte er fest, »nichts ist so wichtig, als daß eine gute Jagd damit unterbrochen werden dürfte. Behaltet das, was Ihr zu sagen habt, für Euch, bis wir heute abend in den Palast von Xan-du zurückkehren. So – und habt Ihr keinen Hunger?« Er klatschte in die Hände, um einen Diener zu beauftragen, mir Speisen und Getränke zu bringen. »Seid Ihr müde? Möchtet Ihr lieber vorausreiten zum Palast und Euch ausruhen, solange Ihr wartet, oder möchtet Ihr eine Saufeder nehmen und an dieser Jagd teilnehmen? Wir haben mit ein paar herrlich großen und tückischen Wildebern angefangen.«

»Vielen Dank, Sire. Ich würde gern an der Jagd teilnehmen. Allerdings habe ich kaum Erfahrung mit Saufedern. Läßt sich ein Wildeber nicht auch mit Pfeil und Bogen erlegen?«

»Alles und jedes läßt sich mit allem und jedem erlegen, wenn's sein muß sogar mit der bloßen Hand. Und die müßt Ihr vielleicht einsetzen, um so einem Eber den Gnadenstoß zu versetzen.« Er drehte sich um und rief: »*Hui! Mahawat*, mach einen Elefanten für Marco Polo fertig!«

Es war mein erster Elefantenritt, und ich empfand ihn als überaus angenehm, jedenfalls unendlich angenehmer als auf einem Kamel zu reiten und grundverschieden vom Ritt auf einem Pferd. Die *hauda* war gearbeitet wie ein riesiger Korb aus *zhu-gan*-Rohr und mit einer kleinen Bank ausgestattet, auf der ich neben dem Elefantentreiber saß, der als *mahawat* bezeichnet wird. Die *hauda* wies hohe Brüstungen auf, die uns vor zurückschnellenden Baumzweigen schützen sollte, und war mit einem Baldachin ausgestattet; vorn jedoch war sie offen, so daß der *mahawat* den Elefanten mit Hilfe eines Stachelsteckens lenken und ich meine Pfeile abschießen konnte. Anfangs war mir ein wenig schwindlig von der ungewöhnten Höhe, in der ich plötzlich thronte, doch daran gewöhnte ich mich rasch. Als das Tier die ersten Schritte durch das Revier machte, war mir nicht sofort klar, daß es eine schnellere Gangart hatte als ein Pferd oder ein Kamel. Auch als es schließlich hinter dem flüchtenden Eber herhetzte, brauchte ich eine Weile, um zu erkennen, daß der Elefant bei seiner überwältigenden Körperfülle so schnell lief wie ein galoppierendes Pferd.

Der *mahawat* war von großem Stolz auf seine mächtigen Schützlinge erfüllt und rühmte sie über die Maßen; ich jedoch fand seine Prahlerei äußerst aufschlußreich. Nur Elefanten*kühe,* sagte er mir, würden als Arbeitstiere eingesetzt. Da die Bullen sich nicht so leicht zähmen ließen, hielt man davon nur wenige als Gefährten für die Kühe in einer Herde. Sämtliche Elefanten trugen Glocken, mächtige holzgeschnitzte Apparate, die einen dumpf und hohl klingenden Ton von sich gaben, statt zu klingeln wie Metallglocken. Der *mahawat* sagte mir, wenn ich jemals das Dröhnen einer Metallglocke hörte, täte ich gut daran, die Beine in die Hand zu nehmen, denn Metallglocken trügen nur Elefanten, die sich irgendwelcher Vergehen schuldig gemacht hätten und denen jetzt nicht mehr zu trauen sei – mit anderen Worten jenen Elefanten, die am meisten den Menschen ähnelten: für gewöhnlich einer Kuh, die – wie eine Menschenmutter – durch den Verlust eines Kalbes den Verstand verloren hätte, oder einen Bullen, der mit zunehmendem Alter mürrisch, tückisch und leicht erregbar geworden war wie nur je ein alter Mann.

Elefanten, sagte der *mahawat*, seien klüger als Hunde und gehorsamer als Pferde – und mit Stoßzähnen und Rüssel behender als ein Affe mit seinen Händen; man könne ihm eine Unmenge von nützlichen wie unterhaltsamen Dingen beibringen. Im Wald könnten zwei Elefanten eine Säge betätigen, um einen Baum zu fällen, diesen dann in die Höhe heben und den gigantischen Stamm stapeln oder an eine Straße schleifen; dann brauche man nur einen einzigen Holzfäller, der die Bäume bezeichnete, die geschlagen werden sollten. Als Lasttier sei der Elefant überhaupt mit keinem anderen Tier zu vergleichen und imstande, die Last von drei kräftigen Ochsen an einem ganz normalen Arbeitstag dreißig bis vierzig *li* weit zu schleppen, im Notfall jedoch sogar bis zu fünfzig *li* an einem Tag. Der Elefant habe nicht die geringste Scheu vorm Wasser, wie etwa das Kamel, denn er ist ein vorzüglicher Schwimmer, wohingegen ein Kamel überhaupt nicht schwimmen kann.

Ich weiß nicht, ob ein Elefant mit einer so schwierigen Straße wie etwa der Pfeilerstraße im Hochgebirge fertig geworden wäre, dieses Tier jedenfalls trug uns schnell und sicher über höchst unterschiedliches Da-ma-qing-Gelände. Da mein Elefant nur einer unter einer ganzen Reihe war und der des Khan sowie etlicher anderer vor uns herliefen, brauchte mein *mahawat* das Tier nicht sonderlich zu lenken, sondern nur hin und wieder das eine oder andere türgroße Ohr des Dickhäuters zu berühren. Da wir zwischen Bäumen dahintrabten, benutzte das Tier von sich aus seinen Rüssel, um hinderliche Stämme oder biegsame Äste beiseite zu biegen oder auch abzubrechen, um zu gewährleisten, daß sie nicht zurückfederten auf uns Reiter. Manchmal ging das

Tier unbeirrt zwischen zwei Bäumen hindurch, die aussahen, als stünden sie viel zu dicht beieinander, doch wand das Tier sich so geschickt und glatt hindurch, daß nicht einmal die Gurte berührt wurden, die die *hauda* auf seinen Schultern festhielten. Gelangten wir an das lehmige Ufer eines kleinen Wasserlaufs, setzte der Elefant die vier mächtigen Füße so spielerisch zusammen wie ein Kind und *schlidderte* den Hang hinunter bis ans Wasser. Dort waren Trittsteine fürs Überqueren bereitgelegt worden. Ehe er sich auf sie hinauswagte, probierte der Elefant zunächst vorsichtig aus, ob diese sein Gewicht auch trügen, und tastete dann mit dem Rüssel, wie tief das Wasser sei. Zufriedengestellt, setzte er die Füße auf die Steine, bewegte sie von einem zum anderen, ohne auch nur ein einziges Mal zu zaudern, sondern trat so behutsam und genau auf wie ein Mensch von großer Leibesfülle, der einen Tropfen über den Durst getrunken hat.

Wenn der Elefant einen wenig liebenswerten Zug hat, so teilt er diesen mit allen Geschöpfen, nur wird er durch die überwältigende Körpergröße dieses Tieres noch unangenehmer. Womit ich meine, daß der Elefant, auf dem ich ritt, häufig und erschreckend laut Winde ließ. Auch andere Tiere tun das – Kamele, Pferde, sogar Menschen –, doch kein anderes Geschöpf in Gottes schöner Welt bringt es fertig, das unter soviel donnerhaftem Getöse und mit einem so pestilenzialischen Gestank zu tun wie ein Elefant, der ein widerwärtiges Windgemisch erzeugt, welches fast im selben Maße sichtbar ist wie hörbar. Unter Aufbietung heldenhafter Kräfte bemühte ich mich, über diesen Mangel an Manieren hinwegzugehen. Über etwas anderes hingegen wagte ich, mich doch zaghaft zu beschweren. Der Elefant ringelte nämlich mehrere Male seinen Rüssel auf der Stirn und *nieste* mir ins Gesicht – und zwar mit einer solchen Gewalt, daß ich auf meiner Bank hin- und hergeworfen wurde und über und über feucht war. Als ich mich über diese Nieserei beschwerte, sagte der *mahawat* hochmütig:

»Elefanten niesen nicht. Die Kuh pustet nur unseren Geruch von sich fort.«

»*Gèsu*«, brummte ich: »*Mein* Geruch stört *sie*?«

»Das liegt nur daran, daß Ihr ihr fremd seid; sie ist Euch nicht gewohnt. Sobald sie sich an Euch gewöhnt hat, findet sie sich mit Eurem Geruch ab und mäßigt ihr Verhalten.«

»Ich bin entzückt, das zu hören.«

So witzelten wir ausgelassen weiter, schwankten rhythmisch in der hohen *hauda* hin und her, und der *mahawat* erzählte mir noch manches Wissenswerte. Die Dschungel von Champa, sagte er, seien die Heimat der Elefanten, und dort gäbe es sogar weiße Elefanten.

»Nicht *völlig* weiße, versteht sich, wie die schneeweißen Pferde und Falken des Khakhan. Aber von einem blasseren Grau als normal. Und weil sie so selten sind wie Albinos unter den Menschen, gelten sie als heilig. Man verwendet sie häufig, um sich an einem Feind zu rächen.«

»Heilig«, sagte ich, »und doch gleichzeitig Rachewerkzeug? Das verstehe ich nicht.«

Er erklärte es mir. Wird ein weißer Elefant gefangen, wird er stets dem jeweiligen König zum Geschenk gemacht, denn nur ein König kann es sich leisten, einen zu unterhalten. Da er als heilig gilt, könne dieser Elefant nie für die Arbeit eingesetzt werden, sondern brauche einen schönen Stall, hingebungsvolle Pflege und fürstliches Futter; sein einziger Zweck sei es, in religiösen Prozessionen mitzuwirken, denn dann würde er mit goldfadendurchwirkten Decken, edelsteingeschmückten Ketten und schönem Tand behängt. So etwas sei eine kostspielige Sache, sogar für einen König. Ärgere sich so ein König jedoch über einen seiner hohen Würdenträger, sagte der *mahawat*, oder fürchte er ihn als Rivalen oder hege er auch nur eine Abneigung gegen ihn, dann . . .

»Früher«, sagte er, »hätte ein König ihm vergiftete Leckereien geschickt, so daß der Empfänger nach ihrem Genuß stürbe – oder eine schöne Sklavin, der man die rosa Stellen vergiftet hat, so daß der Edle starb, nachdem er bei ihr gelegen. Doch derlei Listen kennt man heutzutage allzugut. Aus diesem Grunde schickt ein König heutzutage seinem Edlen einfach einen weißen Elefanten. Ein heiliges Geschenk kann dieser unmöglich zurückweisen. Er kann es auch nicht mit Gewinn weiterverkaufen. Was ihm bleibt, ist einfach die Pflicht, den Elefanten standesgemäß zu unterhalten, woraufhin er bald ruiniert ist und zahlungsunfähig – falls er solange wartet. Die meisten begehen Selbstmord, sobald sie einen weißen Elefanten geschenkt bekommen.«

Ich weigerte mich, eine solche Geschichte zu glauben und warf dem *mahawat* vor, mir einen Bären aufzubinden. Dann jedoch erzählte er mir noch etwas völlig Unglaubhaftes – behauptete, er könne die genaue Größe eines Elefanten bestimmen, ohne ihn auch nur zu sehen – und als wir bei Tagesschluß von unserem heruntersteigen, machte er mir das vor, und daraufhin konnte sogar ich das. Da er mir hier Respekt vor seiner Glaubwürdigkeit abnötigte, hörte ich auf, mich über die Geschichte mit den weißen Elefanten lustig zu machen. Die Sache mit dem Maßnehmen geht folgendermaßen vor sich. Man suche sich einfach eine Elefantenfährte, suche sich den Abdruck eines seiner Vorderfüße heraus und messe den Umfang desselben ab. Jeder weiß, daß eine vollkommen proportionierte Frau eine Taille hat, die genau dem doppelten Umfang ihres Halses entspricht und daß ihr Hals doppelt so dick ist wie ihr Handgelenk. Genauso mißt das Stockmaß eines Elefanten genau zweimal den Umfang eines Vorderfußes.

Als wir die Treiber rufen und mit Knüppeln schlagen hörten, setzte ich einen Pfeil auf meine Bogensehne, und als eine borstenbewehrte gedrungene schwarze Gestalt schnaufend durch das Dickicht fuhr und ihre gelben Hauer aneinanderschlug, als wollte sie damit die meines Elefanten herausfordern, schoß ich den Pfeil ab. Er traf den Eber; ich hörte das *plopp* und sah leichten Staub von der rauhen Schwarte aufwölken. Ich glaube, er wäre sofort in die Knie gebrochen, hätte ich einen von den schweren Pfeilen mit der breiten Spitze gewählt. Ich war jedoch davon ausgegangen, einen Weitschuß abgeben zu müssen und hatte daher einen Pfeil mit schmaler Spitze ausgesucht. Dieser fuhr geradenwegs in den Wildeber hinein, bewirkte aber nichts weiter, als daß dieser kehrtmachte und ich sah, wie er davonschoß.

Ohne abzuwarten, durch den Stachelstock dazu aufgefordert zu werden, lief mein Elefant hinterdrein und blieb ihm dicht auf den Fersen, obwohl er im Zickzack durchs Unterholz fegte, wie ein Jagdhund, der ausdrücklich auf die Eberjagd abgerichtet ist, so daß ich und der *mahawat* in der schwankenden *hauda* auf und ab hüpften. Es war ein Ding der Unmöglichkeit, noch einen Pfeil auf die Sehne zu setzen, geschweige denn abzuschießen und zu hoffen, daß er traf. Dem verwundeten Eber wurde jedoch bald klar, daß er geradenwegs auf die Linie der Treiber zuhielt. Schliddernd kam er in einem trockenen Bachbett zum Stehen, wandte sich uns zu, senkte den langen Kopf, und seine roten Augen funkelten zornig hinter den vier hochgewölbten Hauern. Auch mein Elefant kam zum Stehen, und das muß ein köstliches Bild abgegeben haben, hätte ich von anderem Ort aus zugeschaut. Doch der *mahawat* und ich rutschten zur offenen Front der *hauda* heraus und fanden uns auf allen vieren auf dem massigen Schädel des Elefanten wieder und wären auch noch weiter hinuntergerutscht, hätten wir uns nicht aneinander und an den riesigen Ohren des Tieres und an den *hauda*-Gurten festgehalten.

Als der Elefant abermals den Rüssel nach hinten schlug, wünschte ich völlig verwirrt, er hätte sich etwas anderes einfallen lassen als ausgerechnet jetzt zu niesen. Dabei stellte sich heraus, daß er genau das getan hatte – er hatte sich etwas Besseres einfallen lassen. Er ringelte mir seinen Rüssel um die Hüfte und hob mich, als wäre ich leichter denn ein trockenes Blatt, von seinem Kopf herunter, drehte mich mitten in der Luft und setzte mich auf die Erde – genau zwischen sich und dem wutschnaubenden, mit den Vorderpfoten stampfenden Eber. Ich wußte nicht, ob der Elefant die Bosheit besaß, mich, den neu riechenden Fremden, die Hauptlast des angreifenden Ebers abbekommen zu lassen, oder ob er dazu abgerichtet worden war, genau dies zu tun, um dem Jäger Gelegenheit zu geben, noch einen zweiten Schuß auf sein Opfer abzufeuern. Doch wenn er meinte, mir damit einen Gefallen getan zu haben, hatte er sich geirrt, denn ich stand ohne Pfeil und Bogen da, die beide noch in der *hauda* lagen. Ich hätte mich umdrehen und hinschauen können, ob seine kleinen Augen zwischen den grauen Runzeln boshaft leuchteten oder besorgt dreinschauten – Elefantenaugen sind so ausdrucksvoll wie die von Frauen –, aber ich wagte es nicht, dem verwundeten Wildeber den Rücken zuzukehren.

Von meinem Standpunkt aus nahm er sich größer aus als die ausgewachsene Sau einer Hausschweinrasse – und unendlich viel wilder. Den schwarzen Rüssel dicht über dem Boden, darüber die vier tückischen Hauer und noch weiter oben die brennenden roten Augen, die borstenstarrenden, zuckenden Ohren und dahinter die kraftstrotzenden Schultern, die sich duckten, um zum Angriff anzusetzen. Ich fuhr mit der Hand nach meinem Dolch im Gürtel, riß ihn heraus, hielt ihn vor mich und waf mich buchstäblich im selben Augenblick, da er losstürmte, auf den Eber. Hätte ich auch nur einen Moment länger gewartet, wäre es zu spät gewesen. Ich landete auf dem langgezogenen Schädel des Ebers und auf seinem kräftigen Nacken, doch die Hauer des Tieres fuhren nicht in die Höhe in meine Lenden, dazu starb es zu schnell. Mein Dolch drang durch die Decke tief in das Fleisch hinein, ich drückte im Augenblick des Zustoßens den Griff, so daß ich praktisch mit allen drei Klingen auf einmal in das Tier hineinfuhr. Der sterbende Eber trug mich ein paar Schritte mit sich fort, dann gaben die Beine unter ihm nach, und wir brachen aufeinanderliegend zusammen.

Rasch rappelte ich mich hoch aus Angst, das Tier könnte mir noch mit seinen letzten Zuckungen gefährlich werden. Doch als es nur still und blutend dalag, zog ich erst meinen Dolch heraus, dann den Pfeil und wischte beide an dem mit stachelähnlichen schwarzen Borsten bedeckten Flanken ab. Während ich die Klingen des zuverlässigen Dolchs zusammenklappte und zurücksteckte in die Scheide, schickte ich in Gedanken nochmals ein herzliches Dankeschön in eine räumlich wie zeitlich bereits ferne Vergangenheit. Dann drehte ich mich um und bedachte den Elefanten und den *mahawat* mit einem weniger dankerfüllten Blick. Letzterer saß da und betrachtete mich ehrfurchtsvoll und bewundernd. Doch der Elefant stand nur da, trat wiegend von einem Fuß auf den anderen und betrachtete mich seinerseits mit einer selbstgefälligen weiblichen Haltung, als wollte er sagen: »Siehst du? Du hast genau das getan, was ich von dir erwartet habe«, und genau mit diesen Worten hat sich zweifellos die befreite Prinzessin an San Zorzi – oder den heiligen Georg – gewandt, nachdem er ihren Wächter, den Drachen, erschlagen hatte.

2 Zurück im Palast von Xan-du, nahm Kubilai mich zu einem Spaziergang in die Gärten mit, während er darauf wartete, daß die Köche die Eber fürs Abendessen zubereiteten – meine eigene Trophäe sowie etliche andere Wildeber, die von anderen Jägern zur Strecke gebracht worden waren (letztere hatten die ihren jedoch aus der üblicheren und sichereren Entfernung mit dem Speer erlegt). Der Nachmittag ging in die Dämmerung über, als der Khakhan und ich auf einer nach unten gewölbten Brücke standen und über einen nicht gerade kleinen künstlichen See hinüberschauten. Der See wurde von einem kleinen Wasserfall gespeist, vor dem die Brücke dergestalt gebaut worden war, daß sie die Gestalt des Buchstabens *U* hatte und Stufen vom einen Ufer hinunter- und zum anderen wieder hinaufführten, so daß die Mitte der Brücke das Wasser fast zu Füßen der schäumenden kleinen Kaskade überspannte. Dieses Schauspiel bewunderte ich eine Zeitlang, dann wandte ich mich um und ließ den Blick über den See schweifen, während Kubilai vorm Dunkelwerden den Brief des Orlok Bayan durchlas, den ich ihm gegeben hatte. Es war ein bezaubernder und friedlicher Herbstabend. Hoch über dem Himmel gingen flammende Sonnenuntergangswolken, dann kam ein Stück der Fichtenwipfel am anderen Ende des Sees, die so ununterscheidbar schwarz aussahen, als wären sie aus schwarzem Papier ausgeschnitten und hingeklebt worden. Der spiegelglatte See spiegelte nur die schwarzen Bäume und das klare Blau des tieferen Himmels, bis auf die Stelle, wo eine Schar Enten gemächlich paddelnd darüberhinzog. Diese warfen flache Wellen, gerade genug, daß der Widerschein der hohen Sonnenuntergangswolken sich darin brechen konnte, und so zog jede Ente einen langen warmen Flammenkeil über die eisblaue Oberfläche.

»Ukuruji ist also tot«, seufzte Kubilai und faltete das Schreiben zusammen. »Aber ein großer Sieg ist errungen, und bald wird ganz Yun-nan die Waffen strecken.« (Weder der Khan noch ich konnten es in diesem Augenblick wissen, doch hatten die Yi bereits die Waffen niedergelegt, und ein weiterer Bote war von Yun-nan herauf unterwegs, um die Botschaft zu überbringen.) »Bayan schreibt, Ihr könnt mir im einzelnen berichten, was geschehen ist, Marco. Hat mein Sohn sich gut gehalten?«

Ich erstattete über das Wie und Wo und Wann Bericht – darüber, wie wir die Bho als Pseudoheer, auf das man leicht verzichten konnte, eingesetzt hätten, wie lobenswert die Messingkugeln gewirkt hätten, wie die Schlacht schließlich in zwei kleinen Handgemengen geendet habe, wovon ich eines überlebt, Ukuruji jedoch nicht überlebt hatte, und schloß mit der Gefangennahme und Hinrichtung des verräterischen Pao Nei-ho. Ich hatte vorgehabt, Kubilai das *yin*-Siegel des Ministers Pao vorzuweisen, doch als ich davon sprechen wollte, ging mir auf, daß ich es in meinen Satteltaschen stecken hatte, die sich jetzt in meinen Räumen im Palast befanden, und so erwähnte ich es nicht. Und selbstverständlich verlangte der Khakhan derlei Beweise nicht.

Vielleicht ein wenig sehnsüchtig fügte ich noch hinzu: »Ich muß mich entschuldigen, Sire, daß ich mich nicht an das edle Vorbild Eures Großvaters Chinghiz gehalten habe.«

»*Uu?*«

»Ich habe Yun-nan augenblicklich verlassen, Sire, um Euch die frohe Kunde zu überbringen. Deshalb hatte ich keinerlei Gelegenheit, irgendwelche keusche Yi-Frauen oder jungfräuliche Yi-Töchter zu genießen.«

Glucksend sagte er: »Na ja. Zu schade, daß Ihr auf die hübschen Yi-Frauen habt verzichten müssen. Aber sobald wir das Sung-Reich genommen haben, ergibt sich für Euch vielleicht die Gelegenheit, in die dortige Provinz Fu-kien zu reisen. Die Frauen der Min, die dort in Fu-kien leben, sollen, wie es heißt, so wunderschön sein, daß die Eltern ihre Töchter aus Angst vor Sklavenjägern oder Konkubinenbeschaffern des Kaisers nicht einmal zum Wasser- oder Brennholzholen aus dem Haus lassen.«

»Dann freue ich mich schon jetzt auf meine erste Begegnung mit einem Min-Mädchen.«

»Indes würde, scheint's, Euer überragendes Können auf anderen Gebieten der Kriegführung den Krieger Khan Chinghiz doch mit Freude erfüllt haben.« Er zeigte auf den Brief. »Bayan erklärt, ein Großteil des Sieges über Yun-nan sei Euch zu verdanken. Ihr habt offenbar Eindruck auf ihn gemacht. Er macht sogar den unüberlegten Vorschlag, ich sollte mich dadurch über den Verlust von Ukuruji hinwegtrösten, daß ich Euch zu meinem Ehrensohn erklärte.«

»Ich fühlte mich geschmeichelt, Sire. Aber bedenkt, daß der Orlok dies im Siegestaumel geschrieben hat. Ich bin überzeugt, er wollte Euch nicht zu nahe treten.«

»Söhne genug habe ich ja noch«, sagte der Khan, als führe er dies sich selbst nachdrücklich vor Augen und nicht mir. »Meinem Sohn Chingkim habe ich selbstverständlich bereits vor langer Zeit den Mantel des Thronfolgers umgelegt. Außerdem hat – was Ihr noch nicht wissen könnt, Marco – Chingkims junge Frau Kukachin vor kurzem einen Sohn geboren, meinen ersten Enkel; folglich ist der Fortbestand unserer Linie gesichert. Sie haben ihm den Namen Temur gegeben.« Er fuhr fort, als hätte er ganz vergessen, daß ich da war. »Ukurujis größter Herzenswunsch war es gewesen, Wang von Yun-nan zu werden. Ein Jammer, daß er gefallen ist. Er hätte bestimmt einen fähigen Vizekönig für die neueroberte Provinz abgegeben. Ich denke, jetzt werde ich diese Wang-Schaft ... seinem Halbbruder Hukoji ... verleihen.« Unvermittelt wandte er sich mir zu: »Bayans Vorschlag, einen Ferenghi in eine königliche Mongolendynastie aufzunehmen, kommt überhaupt nicht infrage. Dennoch stimme ich ihm zu, daß so gutes Blut wie das Eure nicht einfach unbeachtet bleiben sollte. Vielleicht ließe es sich vorteilhaft in den niederen mongolischen Adel einbringen. Es gibt da schließlich einen ähnlichen Fall. Mein verstorbener Bruder, der Ilkhan Hulagu von Persien, war während der Eroberung dieses Reiches so tief beeindruckt vom Kampfesmut der gegnerischen Männer von Hormuz, daß er sie benutzte, alle Frauen zu schwängern, die sich seinem Heerban angeschlossen hatten, und ich glaube, was dabei herausgekommen ist, war die Mühe wert.«

»Jawohl, Sire, von dieser besonderen Geschichte habe ich gehört, als ich in Persien weilte.«

»Nun denn. Ihr habt keine Frau, das weiß ich. Seid Ihr im Augenblick irgendeiner anderen Frau oder anderen Frauen versprochen oder verlobt?«

»Nun ... nein, Sire«, sagte ich, plötzlich voller Argwohn, daß er vorhaben könnte, mich an irgendeine alte mongolische Jungfer oder weniger bedeutende Prinzessin seiner Wahl zu verheiraten. Die Ehe war nichts, wonach ich mich sehnte, auf jeden Fall nicht nach einer solchen mit einer *gata nel saco*.

»Und wenn Ihr es verabsäumt habt, Euch Yi-Frauen zu nehmen, müßt Ihr jetzt geradezu darauf brennen, ein Ventil für Eure Glut zu finden.«

»Hm ... jawohl, Sire. Aber ich bin sehr wohl imstande, mir selbst ...«

Mit einer Handbewegung gebot er mir Schweigen und nickte entschlossen. »Schön. Kurz bevor ich den Hof von Khanbalik hierher brachte, traf das diesjährige Kontingent an Jungfrauen für mich ein. Zwei Dutzend davon habe ich nach Xan-du mitgebracht und noch nicht beschlafen. Darunter befindet sich rund ein Dutzend ausgewählter mongolischer Mädchen. Sie mögen, was die Schönheit betrifft, den Min nicht das Wasser reichen, aber sie besitzen alle vierundzwanzig Karat, das werdet Ihr selbst feststellen. Ich werde sie Euch schicken, jede Nacht eine, und sie zuvor einweisen, keinerlei Farnsamen zu benutzen, damit sie möglichst bald befruchtet werden. Ihr tut mir und dem Mongolen-Khanat einen Gefallen wenn Ihr sie bedient.«

»Ein Dutzend, Sire?« sagte ich einigermaßen ungläubig.

»Ihr werdet doch dagegen nichts einzuwenden haben. Der letzte Befehl, den ich Euch gab, war, in den Krieg zu ziehen. Und der Befehl, mit – mit einer ganzen Reihe von besten mongolischen Jungfrauen ins Bett zu gehen, sollte eigentlich mit noch größerem Eifer befolgt werden, oder etwa nicht?«

»Aber gewiß doch, Sire.«

»Dann geschehe es! Ich erwarte mir eine gute Ernte gesunder mongolisch-ferenghischer Mischlinge. Und jetzt, Marco, wollen wir zurückkehren in den Palast. Chingkim muß von dem Tod seines Halbbruders in Kenntnis gesetzt werden, damit er als Wang von Khanbalik anordnen kann, die Stadt in das Violett der Trauer zu hüllen. Und der Feuerwerksmeister und der Goldschmied fiebern bereits, genau zu erfahren, welchen Nutzen Ihr aus den Messingkugeln gezogen habt. Kommt!«

Der Speisesaal des Palastes von Xan-du war beeindruckend. An den Wänden hingen Rollbilder sowie die ausgestopften Köpfe vieler Jagdtrophäen. Was ihn jedoch beherrschte, war ein Standbild aus herrlicher grüner Jade.

Es handelte sich um ein einzelnes, solides Stück Jade, das mindestens fünf Tonnen gewogen haben muß; der liebe Himmel mag wissen, was es in Gold oder fliegendem Geld wert war. Geschnitten war der Edelstein in Form eines Berges ähnlich jenen, die ich in Yun-nan zerstören geholfen hatte – mit allen Klippen und Schründen, einem Wald von Bäumen und einem sich windenden Hochpfad wie der Pfeilerstraße, den mühselig kleine geschnitzte Bauern und Träger sowie Pferdewagen hinaufzogen.

Der Wildschweinbraten war außerordentlich geschmackvoll, und ich saß am Hochtisch mit dem Khan, dem Prinzen Chingkim, dem Goldschmied Boucher und dem Feuerwerksmeister Shi. Chingkim versicherte ich meines Mitgefühls über das Ableben seines Bruders und verband dies mit meinen Glückwünschen für die Geburt seines Sohnes. Die beiden anderen Höflinge wechselten einander ab, mir eindringliche Fragen über das erfolgreiche Funktionieren der *huo-yao*-Kugeln zu stellen und mich und einander wechselseitig unangenehm übertrieben dafür zu loben, eine echte Erfindung gemacht zu haben, eine, die man überall auf der Welt nachmachen werde, welche die Jahrhunderte überdauern und die Kunst des Krieges grundlegend verändern und die Namen Shi und Polo und Boucher unsterblich machen werde.

»Jetzt aber mal Schluß!« verwahrte ich mich. »Meister Shi, Ihr selbst habt gesagt, daß das flammende Pulver von irgendeinem unbekannten Han erfunden worden sei.«

»*Peu de chose*!« rief Boucher. »Bis sein ganzes Potential von einem hellen Venezianer, einem abtrünnigen Juden und einem brillanten jungen Franzosen erkannt wurde, war es doch nichts als eine Spielerei!«

»*Gan-bei*!« rief der alte Shi. »*L'chaim*!«, während er uns allen mit einem Pokal *mao-tai* zutrank und diesen dann auf einen Zug leerte. Boucher tat ihm darin Bescheid, doch ich nippte an dem meinen nur. Sollten meine Mitunsterblichen sich sinnlos betrinken; ich würde das nicht tun, denn ich brauchte meine fünf Sinne hinterher noch.

Uighur-Spielleute spielten während der Mahlzeit – zum Glück ziemlich leise –, und hinterher wurden wir von Jongleuren und Seiltänzern unterhalten, und danach von einer Truppe, die ein Stück aufführte, das mir – bei aller äußerlichen Fremdheit – irgendwie vertraut vorkam. Ein Han-Geschichtenerzähler leierte und dröhnte und belferte die Geschichte sowie die darin vorkommenden Unterhaltungen heraus, während seine Helfer die Fäden jener Marionetten zogen, welche die verschiedenen Rollen darstellten. Ich konnte kein Wort verstehen, fand jedoch die Geschichte völlig verständlich, weil die Han-Charaktere – gealterter Gehörnter, komischer Arzt, höhnischer Bösewicht, aufgeblasener Beamter, Mädchen mit Liebeskummer, kühner Held und so weiter – denen eines venezianischen Puppentheaters erkennbar ähnlich waren; unserem betrunkenen Pantaleone, dem Kurpfuscher Dotòr Balanzòn, der durchtriebenen Pulcinella, dem beschränkten Advokaten Dotòr da Nulla, der koketten Colombina, dem flotten Trovatore und so fort. Kubilai jedoch schien wenig Gefallen an der Vorführung zu finden und erklärte polternd für die in seiner Nähe Sitzenden: »Warum Puppen benutzen, um richtige Menschen wiederzugeben?« (Was in späteren Jahren die Schauspielertruppen getreulich taten: sie verzichteten auf den Erzähler und die Marionetten und bedienten sich menschlicher Schauspieler, die ihre Rolle in der Geschichte sprachen.)

Die meisten Angehörigen des Hofes trieben noch laut ihre Scherze und waren guter Dinge, als ich mich in meine Gemächer zurückzog. Offensichtlich hatte Kubilai seine Anweisungen schon vorher gegeben, denn ich war gerade ins Bett gestiegen und hatte die Nachttischlampe noch nicht ausgeblasen, als es an meiner Tür kratzte und eine junge Frau mit etwas eintrat, das genauso aussah wie eine kleine weiße Truhe.

»*Sain bina, sain nai*«, sagte ich höflich, doch sie gab keine Antwort, und als sie ins Lampenlicht trat, erkannte ich, daß sie keine Mongolin war, sondern eine Han oder einem der den Han verwandten Völker angehörte.

Offensichtlich handelte es sich nur um eine Dienerin, die alles für das Erscheinen ihrer Dame vorbereitete, denn jetzt erkannte ich, daß dasjenige, was sie in Händen trug, nichts weiter war als ein Weihrauchbrenner. Hoffentlich war ihre Herrin genauso reizvoll und ebenso bezaubernd zart wie diese Dienerin. Sie setzte den Brenner – eine Porzellandose mit Deckel, die aussah wie ein Schmuckkästchen und mit einem verschlungenen, erhaben gearbeiteten Muster versehen war – in der Nähe meines Bettes nieder. Dann nahm sie meine Lampe, bat fragend und lächelnd um Erlaubnis, und benutzte, nachdem ich nickend mein Einverständnis gegeben hatte, die Flamme der Lampe, um ein Räucherstäbchen zum Schwelen zu bringen, hob den Deckel des Brenners ab und legte das Räucherstäbchen vorsichtig hinein. Mir fiel auf, daß es sich um violetten *tsan-xi-jang*, den allerfeinsten Weihrauch, handelte, der aus aromatischen Kräutern, Moschus und Goldstaub bestand und der den Raum nicht in einen schweren, benommen machenden, würzigen Rauch einhüllte, sondern den Duft von sommerlichen Gefilden darin verbreitete. Die Dienerin sank nieder und saß demütig schweigend und die Augen diskret gesenkt neben meinem Bett, während der beruhigende Wohlgeruch sich im Raum ausbreitete. Vollends beruhigt wurde ich davon nicht; ich war genauso nervös, als wäre ich wirklich ein Bräutigam. Infolgedessen bemühte ich mich, mit der Dienerin zu plaudern, doch entweder war sie zu absoluter Unerschütterlichkeit erzogen oder hatte keine Ahnung vom Mongolischen, denn sie hob nie auch nur ein einziges Mal die Augen. Schließlich vernahm ich nochmals ein Kratzen an der Tür, und stolz trat ihre Herrin ein. Erfreut stellte ich fest, daß sie in der Tat schön war – ganz ungewöhnlich schön sogar für eine Mongolin –, wenn auch nicht von der zierlichen und niedlichen porzellanenen Schönheit ihrer Dienerin.

Wieder sagte ich auf mongolisch: »Gute Begegnung, gute Frau«, woraufhin von dieser leise die Antwort kam: »*Sain bina, sain urkek.*«

»Komm! Aber nenn mich nicht Bruder!« sagte ich und lachte verlegen.

»So lautet aber die allgemeingültige Begrüßung.«

»Nun, dann versuch jedenfalls, keinen Bruder in mir zu sehen.«

Auf diese Weise plauderten wir unverbindlich weiter – sehr unverbindlich sogar, ja, eigentlich völlig unsinnig –, während die Dienerin ihr half, sich ihrer Gewänder und ihrer sehenswerten hochzeitlichen Unterwäsche zu entledigen. Ich stellte mich vor, und sie antwortete mit einem wahren Schwall von Worten, sie heiße Setsen, gehöre zum Mongolenstamm der Kerait und sei eine nestorianische Christin, denn bei den Kerait sei der ganze Stamm von irgendeinem wandernden nestorianischen Bischof bekehrt worden, und sie habe nie einen Fuß aus ihrem namenlosen Dorf im nördlichen Pelzjägergebiet von Tannu-Tuva gesetzt, ehe sie für das Konkubinat auserwählt worden und in eine Handelsstadt namens Urga gebracht worden sei, wo zu ihrer Überraschung und ihrem Entzücken der Wang der Provinz sie mit vierundzwanzig Karat eingestuft und weiter in den Süden nach Khanbalik geschickt habe. Auch, sagte sie, habe sie noch nie zuvor in ihrem Leben einen Ferenghi gesehen, und ich möge ihre Zudringlichkeit verzeihen, aber ob denn mein Haupt- und Barthaar von Natur aus so bleich oder ob es nur mit dem Alter grau geworden sei? Ich setzte Setsen auseinander, ich sei kaum älter als sie selbst und weit entfernt von jeder Senilität, wie sie an meiner immer größeren Erregung, in die ich mich bei ihrer Entkleidung hineingesteigert hatte, wohl erkannt haben dürfte. Auch würde ich ihr weitere Beweise für meine Lebenskraft erbringen, so versprach ich, sobald die Dienerin den Raum verlassen habe. Doch versank dieses Mädchen, nachdem es seine Herrin neben mich befördert und die Decken zugestopft hatte, wieder auf dem Boden neben dem Bett, als wolle sie dort bleiben, und blies nicht einmal die Lampe aus. Infolgedessen entwickelte der folgende Wortwechsel zwischen Setsen und mir sich schlimmer als nur unsinnig – er wurde lächerlich.

Ich sagte: »Ihr könnt Eure Dienerin entlassen.«

Sie sagte: »Die *lon-gya* ist keine Dienerin. Sie ist eine Sklavin.«

»Was auch immer. Ihr könnt sie entlassen.«

»Sie hat Befehl erhalten, meiner *qing-du chu-kai* – meiner Entjungferung – beizuwohnen.«

»Ich entbinde sie von diesem Befehl.«

»Das könnt Ihr nicht, Herr Marco. Sie ist meine Helferin.«

»Und wenn sie Euer nestorianischer Bischof wäre, Setsen, es wäre mir egal. Mir wäre es lieber, sie würde anderweitig helfen.«

»Ich kann sie nicht fortschicken, und Ihr könnt das auch nicht. Sie ist hier anwesend auf Befehl des Hofbeschaffers und der Dame Oberaufseherin über die Konkubinen.«

»Ich habe Vorrang vor Beschaffern und Oberaufseherinnen. Ich bin hier auf Befehl des Khans Aller Khane.«

Setsen setzte eine gekränkte Miene auf. »Ich hatte gedacht, Ihr wäret hier, weil Ihr den Wunsch hattet, hier zu sein.«

»Das natürlich auch«, beeilte ich mich zerknirscht zu versichern. »Aber ich habe nicht erwartet, Zuschauer zu haben, die in Hochrufe über meine Bemühungen ausbrechen.«

»Sie wird in keine Hochrufe ausbrechen. Sie ist eine *lon-gya*. Sie wird überhaupt nichts sagen.«

»*Perdiziòn*! Und wenn sie einen *inno imeneo* sänge – Hauptsache, sie tut es woanders.«

»Und was ist das?«

»Ein Hochzeitslied, eine hochzeitliche Hymne! Was darin gefeiert wird, ist – nun ja – die Durchbohrung des – na ja, das heißt der Entjungferung.«

»Aber das ist doch genau der Grund ihres Hierseins, Herr Marco.«

»*Singen* soll sie?«

»Nein, nein, nur Zeugin sein. Sie wird sich zurückziehen, sobald Ihr – sobald sie den Flecken auf dem Bettlaken sieht. Dann geht sie und erstattet der Oberaufseherin Meldung, daß alles so verlaufen ist, wie es sein soll. Ihr versteht?«

»Protokoll, ja. *Vakh*!«

Ich warf einen Blick hinüber auf das Mädchen, das damit beschäftigt schien, eingehend die erhaben herausgearbeiteten weißen Schnörkel auf dem Weihrauchbrenner zu betrachten und sich nicht im geringsten um unser Gezischel kümmerte. Ich war froh, kein richtiger Bräutigam zu sein, sonst hätten die Umstände mich daran gehindert zu tun, was ich zuvor großsprecherisch versprochen hatte. Da ich jedoch kaum etwas Besseres war als ein Ersatzbräutigam, und da weder die Braut noch die Brautjungfer die Situation als peinlich betrachteten – warum sollte ich mich da vor Verlegenheit winden? Folglich schritt ich zur Tat und bemühte mich, den Beweis zu erbringen, auf den die Sklavin wartete, und Setsen half mir dabei, wenn auch unerfahren, auf sehr liebenswerte Weise. Während all dies sich vollzog, schenkte die Sklavin uns, soweit ich es mitbekam, nicht mehr Aufmerksamkeit, als wenn sie ein unbeseeltes Ding wie ihr Weihrauchbrenner gewesen wäre. Setsen lehnte sich zum Bett hinaus und rüttelte das Mädchen an der Schulter, diese erhob sich, half Setsen die Laken zu entwirren, und gemeinsam fanden sie den kleinen roten Fleck. Die Sklavin nickte, lächelte uns strahlend an und beugte sich über die Lampe, um sie auszublasen. Dann verließ sie den Raum und überließ es uns, alles Nichtverordnete zu tun, das uns um seiner selbst willen gefiel.

Am Morgen verließ Setsen mich, und ich begleitete den Khan und sein Gefolge auf die Falkenjagd. Selbst Ali Babar kam mit, nachdem ich ihm versichert hatte, daß die Beize für den Jägersmann weit weniger gefährlich sei als kräfteverschleißendes Weidwerk wie etwa das Eberstechen mit der Saufeder. An diesem Tag scheuchten wir eine ganze Menge Wild auf, und es machte viel Spaß. Da die scharfäugigen Falken sehen, warten, zum Sturzflug ansetzen und überhaupt bis weit nach Einsetzen der Dämmerung zuschlagen konnten, verbrachte die Jagdgesellschaft diese Nacht im *zhu-gan*-Palast. Mit großer Ausbeute an Wildbret kehrten wir am nächsten Tag nach Xan-du zurück, und an diesem Abend empfing ich nach einem ausgiebigen Wildessen Kubilais zweiten Beitrag zur Verbesserung des mongolischen Blutes.

Freilich betrat auch vor dieser eine Sklavin mit dem weißen Weihrauchbrenner den Raum, und als ich genau hinsah, stellte ich fest, daß es sich um dasselbe hübsche Sklavenmädchen handelte wie letztesmal. Ich versuchte, ihr begreiflich zu machen, wie unangenehm es mir sei, daß sie gezwungen sei, an *zweien* dieser Hochzeitsnächte anwesend zu sein. Sie jedoch lächelte mich nur gewinnend an und wollte oder konnte mich nicht begreifen. Als daher schließlich die mongolische Jungfrau eintraf und sich als Jehol vorstellte, sagte ich:

»Verzeiht meine unmännliche Erregung, Jehol, aber ich finde es mehr als ein wenig beunruhigend, daß dieselbe Aufpasserin über mein nächtliches Treiben wacht.«

»Kümmert Euch nicht um die *lon-gyu*«, sagte Jehol gleichmütig. »Sie ist nur eine Sklavin aus dem niedrigen Volk der Min aus der Provinz Fu-kien.«

»Was Ihr nicht sagt!« erklärte ich, sehr interessiert daran, dies zu hören. »Eine Min? Gleichwohl, ich möchte einfach nicht, daß meine verschiedenen Leistungen miteinander verglichen werden – gleichgültig, ob dabei Können, Schändung, Tüchtigkeit oder sonstwas bewertet wird.«

Jehol lachte nur und sagte: »Sie wird keinerlei Vergleich anstellen, weder hier noch in den Wohnungen der Konkubinen. Dazu ist sie nämlich nicht in der Lage.«

Als Jehol unter Mithilfe der Sklavin sich schließlich entkleidet hatte, dachte ich nicht mehr daran und war schon wieder ganz bei der Sache. Deshalb sagte ich: »Nun, wenn es Euch nichts ausmacht, braucht es mir wohl auch nichts auszumachen«, und die Nacht nahm ihren Verlauf, wie die andere zuvor mit Setse.

Als jedoch die nächste Nacht mit dem nächsten Mongolenmädchen nahte – deren Namen Yesukai war – und ihr dieselbe Min-Sklavin mit dem Weihrauchbrenner vorausging, erhob ich nicht einmal Einwände. Yesukai jedoch zuckte nur mit den Achseln und sagte:

»Als wir noch im Palast von Khanbalik wohnten, stand uns eine Vielzahl von Dienerinnen und Sklavinnen zur Verfügung. Doch als die Dame Oberaufseherin uns hier heraus nach Xan-du brachte, begleiteten uns nur wenige Domestiken, und diese Sklavin ist die einzige *longya* darunter. Wenn wir Mädchen uns mit ihr abfinden müssen, müßt Ihr Euch eben an sie gewöhnen.«

»Sie mag bewundernswert verschwiegen darüber sein, was in dieser Kammer vorgeht«, brummte ich. »Daher habe ich auch aufgehört, Angst zu haben, sie könnte indiskret reden. Wovor ich jetzt Angst habe ist, daß sie – wenn sie noch viele solcher Nächte erlebt – anfängt zu lachen.«

»Sie kann gar nicht lachen«, erklärte Cheren, das nächste der Mongolenmädchen, das mich besuchte. »Genausowenig wie sie sprechen oder hören kann. Die Sklavin ist *lon-gay*. Ihr kennt das Wort nicht? Es bedeutet ›taubstumm‹.«

»Wirklich?« murmelte ich und betrachtete die Sklavin mit mehr Verständnis, als ich bisher für sie aufgebracht hatte. »Kein Wunder, daß sie nie geantwortet hat, wenn ich sie beschimpft habe. Ich habe die ganze Zeit über gedacht, *lon-gya* wäre ihr Name.«

»Falls sie je einen Namen gehabt hat, sie könnte ihn uns nicht nennen«, sagte Toghon, die nächste meiner jungen mongolischen Besucherinnen. »In den Wohnungen der Konkubinen rufen wir sie Hui-sheng, aber das nur aus weiblicher Bosheit, wenn wir sie aufziehen.«

»Hui-sheng«, wiederholte ich. »Was soll daran boshaft sein? Ich finde, es ist ein besonders wohlklingender Name.«

»Wohlklingend vielleicht, aber höchst unpassend, denn es bedeutet ›Echo‹«, sagte Devlet, die nächste in der Reihe der Mongolinnen. »Aber gleichviel. Schließlich hört sie nicht und hört entsprechend auch nicht darauf.«

»Ein lautloses Echo«, sagte ich lächelnd. »Ein unpassender Name, vielleicht, aber ein reizvoller Widerspruch. Hui-sheng. Hui-sheng ...«

Zu Ayuka, der siebten oder achten von den Mongolen-Jungfrauen, sagte ich: »Sagt an, sucht Eure Dame Oberaufseherin absichtlich taubstumme Sklavinnen aus, damit sie in Hochzeitsnächten die Aufpasserin spielt?«

»Sie sucht sie nicht aus, sondern *macht* sie in der Kindheit dazu. Damit sie weder lauschen noch klatschen. Sie können auch nicht überrascht oder mißfällig laut Atem holen, wenn sie in der Schlafkammer Merkwürdiges erleben, noch sich hinterher über Abartiges den Mund zerreißen, dessen sie Zeuge geworden sind. Und wenn sie sich jemals schlecht benehmen oder geschlagen werden müssen, können sie nicht schreien.«

»*Bruto barabào! Macht* sie dazu? Wie denn?«

»Nun, den Eingriff, der sie für immer verstummen macht, läßt die Dame Oberaufseherin von einem *shamàn*-Arzt ausführen«, sagte Merghus, die achte oder neunte von den Mongolinnen. »Er führt eine rotglühende Nadel in den Gehörgang und durch den Hals in die Kehle ein. Ich kann Euch nicht genau sagen, was gemacht wird, aber schaut Euch Hui-sheng nur an – Ihr werdet dann die winzige Narbe an ihrer Kehle erkennen.«

Ich sah hin, und es stimmte. Aber ich sah mehr denn nur das, als ich Hui-sheng betrachtete, denn Kubilai hatte die Wahrheit gesprochen, als er sagte, die Mädchen der Min wären unübertrefflich schön. Zumindest dieses war es. Als Sklavin trug sie nicht das weißgepuderte Gesicht der anderen Frauen in diesem Lande und auch nicht die steifen Frisurungetüme ihrer mongolischen Herrinnen. Diese helle Pfirsichhaut war ihre eigene, und ihr Haar schmiegte sich schlicht und leicht gewellt an ihren Kopf. Bis auf die kleine halbmondförmige Narbe auf ihrer Kehle war sie makellos, was man von den edlen Mädchen, denen sie aufwartete, nicht behaupten konnte. Da diese vornehmlich draußen in der frischen Luft unter harten Lebensbedingungen unter Pferden und dergleichen aufgewachsen waren, wiesen sie viele Schnitte, Pocken und andere Narben auf, die selbst ihre intimeren Bereiche verunstalteten.

Hui-shen saß in diesem Augenblick in der anmutigsten und liebreizendsten Haltung da, die eine Frau unbewußt überhaupt einnehmen kann. Ohne zu merken, daß jemand ihr dabei zusah, war sie damit beschäftigt, sich eine Blüte in das weich fallende schwarze Haar zu stekken. Ihre Linke hielt die rosa Blüte über ihr linkes Ohr, und mit der Rechten griff sie im Bogen über den Kopf, um beim Feststecken behilflich zu sein. Die Kopfhaltung, sowie die Stellung von Händen, Armen und Oberkörper, die solches Tun zur Folge hat, macht jede Frau, ob bekleidet oder nackt, zu einem Gedicht aus schönen Rundungen und sanften Winkeln – das Gesicht ein wenig zur Seite und nach unten gebeugt, rahmen die Arme es harmonisch ein, ihre Halslinie verläuft glatt bis zum Busen, und ihre Brüste werden durch die gereckten Arme leicht in die Höhe gehoben. In dieser Haltung sieht selbst eine alte Frau noch jung aus, eine dicke schlank und schmiegsam, eine hagere von ausgefüllter Wohlgestalt und eine schöne Frau noch schöner.

Ich weiß auch noch, wie mir auffiel, daß sich Hui-sheng vor jedem Ohr ein Bausch überaus feiner Haare bis zur Kinnpartie herunterringelte und ein weiteres flaumweiches Seidenbüschel den Nacken herunter in den Kragen wuchs. Das waren gefällige Einzelheiten, die freilich bewirkten, daß ich mich fragte, ob Min-Frauen an intimerer Stelle womöglich ungewöhnlich seidigen Pelz aufwiesen. Die mongolischen Mädchen, das sollte ich hier vielleicht erwähnen, wiesen an ihren intimsten Stellen alle jene besonderen mongolischen »kleinen Wärmer« aus glattem, flach anliegendem Kurzhaar auf, die aussahen wie kleine Stücke Katzenfell. Wenn ich jedoch ganz gegen meine Gewohnheit nur wenig anderes über ihre besonderen Reize oder über meine lustvollen Nächte mit ihnen gesagt habe, so geschah das nicht aus plötzlicher Zurückhaltung oder Bescheidenheit meinerseits, sondern nur deshalb, weil ich mich an diese Mädchen nicht besonders gut erinnere. Ich habe heute sogar vergessen, ob ich nun von einem vollen Dutzend von ihnen besucht wurde, oder ob es ihrer nur elf oder gar dreizehn oder sonst irgendeine Zahl war.

Daß man mich nicht mißverstehe! Sie waren hübsch, genußreich, nicht zimperlich und durchaus befriedigend – aber eben nur das und nicht mehr. In meiner Erinnerung ist es nichts weiter als eine Abfolge von flüchtigen Begegnungen, Nacht für Nacht einer anderen. Mein Bewußtsein war weit mehr beeindruckt von der kleinen, unaufdringlichen, schweigenden Hui-sheng – und zwar nicht nur deshalb, weil sie in jeder dieser Nächte dabei war, sondern weil sie all die mongolischen Jungfrauen zusammen überstrahlte. Hätte sie nicht einen so ablenkenden Einfluß auf mich ausgeübt, würde ich die Mongolinnen vermutlich nicht so vergessen haben. Schließlich stellten sie die vierundzwanzigkarätige Blüte der mongolischen Weiblichkeit dar und waren bewundernswert tüchtig in ihrer Funktion als Bettgefährtinnen. Doch noch während ich es genoß, wie sie von der *lon-gya* Sklavin entkleidet wurden, konnte ich nicht umhin zu bemerken, wie unnötig übergroß sie schienen neben der kleinen und zierlichen Hui-sheng, welch rauhe Haut und grobe Physiognomie sie auszeichnete neben ihrer Pfirsichhaut und ihren köstlichen Zügen. Selbst ihre Brüste, die ich unter anderen Umständen als wunderbar üppig bewundert hätte, kamen mir irgendwie allzu aggressiv und säugetierhaft vor verglichen mit der nahezu kindlichen Schlankheit und Zierlichkeit von Hui-shengs Körper.

Offen gesagt meine ich, daß die jungen Mongolenmädchen wirklich nicht den idealen Mann in mir gesehen haben und keineswegs vor Glück zerflossen sein können, sich mit mir paaren zu müssen. Sie waren bei einem rücksichtslosen Ausleseverfahren übriggeblieben und mit der Aussicht rekrutiert worden, daß der Khan Aller Khane ihnen beiwohne. Der war ein alter Mann und vielleicht auch nicht gerade der Traummann für eine junge Frau – aber er *war* wenigstens der Khakhan. Für sie muß es eine ziemliche Enttäuschung gewesen sein, statt dessen einem Ferenghi – einem Niemand – zugeteilt und, schlimmer noch, angewiesen worden zu sein, die Farnsamenvorsichtsmaßnahme außer acht zu lassen, wenn ich bei ihnen lag. Angeblich wiesen sie eine vierundzwanzigkarätige Fruchtbarkeit auf, was bedeutete, daß sie gewärtig sein mußten, von mir geschwängert zu werden und in der Folge davon nicht irgendwelche adligen Abkommen vom Blut des Chinghiz Khan zu gebären, sondern einen Mischling, der vom Rest der Kithaier Bevölkerung bestimmt schief, wo nicht gar regelrecht voller Verachtung angesehen wurde.

Ich hatte so meine Zweifel, ob es von Kubilai wirklich weise gewesen war, mich und die Konkubinen auf diese Weise zusammenzubringen. Nicht, daß ich mich ihnen etwa überlegen oder unterlegen gefühlt hätte, denn ich war mir bewußt, daß sie und ich und alle anderen Menschen auf der Welt einer einzigen menschlichen Rasse angehörten. Das hatte man mir von frühauf beigebracht, und dazu habe ich auf meinen Reisen ausgiebig Beweise kennengelernt. (Um nur zwei kleine Beispiele zu nennen: alle Menschen, ausgenommen manchmal Heilige und Einsiedler, waren stets bereit, sich zu betrinken; und alle Frauen überall auf der Welt laufen, wenn sie überhaupt laufen, so, als ob ihnen die Knie zusammengeschäkelt wären.) Ganz offensichtlich sind alle Menschen Abkömmlinge derselben Ureltern Adam und Eva; aber es liegt ebensosehr auf der Hand, daß ihre Nachkommen sich seit der Vertreibung aus dem Garten Eden weit auseinanderentwickelt haben.

Kubilai nannte mich einen Ferenghi und wollte mich damit keineswegs kränken; gleichwohl wurde ich durch diese Bezeichnung ungerechtfertigterweise in einen Topf mit anderen geworfen, die ganz anders waren als ich. Ich war mir bewußt, daß wir Venezianer anders waren als etwa Slawen oder Sizilianer und andere Angehörige der Völker des Abendlands. Zwar vermochte ich nicht eine gleiche Vielfalt unter den zahlreichen Mongolenstämmen zu entdecken, wußte jedoch, daß jeder Mensch stolz auf den seinen war und ihn als die Blüte der Mongolen betrachtete, gleichwohl jedoch selbstredend davon ausging, daß die Mongolen die Blüte der Menschheit darstellten.

Nicht jedes Volk, das ich auf meinen Reisen kennenlernte, ist mir gleich lieb gewesen, doch interessant habe ich sie alle gefunden – interessant wurden sie ja gerade durch das, wodurch sie sich voneinander unterschieden. Da waren die verschiedenen Hautfarben, verschiedenen Sitten und Gebräuche, unterschiedliches Essen, unterschiedliche Redeweisen, Aberglauben, Unterschiede in der Art, sich zu unterhalten, ja, es gab sogar Mängel und Unkenntnis und Torheiten, die sie interessant machten. Einige Zeit nach diesem Aufenthalt in Xan-du sollte ich die Stadt Hang-zho besuchen und feststellen, daß es sich – wie Venedig – um eine Stadt der Kanäle handelte. Doch bis auf diese Besonderheit glich Hang-zho Venedig überhaupt nicht; aber gerade die Unterschiede und nicht so sehr die Ähnlichkeiten waren es, die diese Stadt in meinen Augen auszeichnete. Genauso ist Venedig mir auch heute noch lieb und teuer und bezaubernd, würde jedoch aufhören, das zu sein, wäre es nicht einzigartig. Meiner Meinung nach wäre eine Welt voller Städte und Orte und Ansichten, die einander alle gleichen, die langweiligste der Welt, die man sich vorstellen kann. Genauso ergeht es mir mit den Völkern und den Menschen auf dieser Welt. Wenn sie alle – die weißen und pfirsichfarbenen, die braunen und schwarzen und von welcher Hautfarbe auch immer zu einer nichtssagenden Allerweltsfarbe vermengt würden, würde jeder andere ihrer eckigen und kantigen Unterschiede zu wahrer Gesichtslosigkeit verflachen. Man kann zuversichtlich eine gelblichbraune Sandwüste durchqueren, weil keinerlei Abgründe sie aufreißen; aber genausowenig besitzt sie irgendwelche hochragenden Gipfel, die es wert wären, genau betrachtet zu werden. Mir ging auf, daß mein Beitrag zur Vermischung von Ferenghi- und Mongolenblut völlig bedeutungslos war. Gleichwohl widerstrebte mir der Gedanke, daß so verschiedene Völker miteinander vermischt – und zwar kraft Befehl, mit voller Absicht, nicht einmal durch zufällige Begegnungen – und dadurch aneinander angeglichen und folglich weniger interessant gemacht werden sollten.

Was mich zumindest teilweise als erstes zu Hui-sheng hinzog, war, daß sie sich von allen anderen Frauen unterschied, die ich bis dato kennengelernt hatte. Diese junge Min-Sklavin unter ihren mongolischen Herrinnen zu erleben, war, als erblickte man einen einzelnen Zweig rosig angehauchter, elfenbeinfarbener Pfirsichblüten in einer Vase zusammen mit fettblätterigen, messing-, bronze- und kupferfarbenen Chrysanthemen. Gleichwohl war sie nicht nur schön, weil sie von weniger Schönen abstach. Wie die Pfirsichblüte war sie ganz aus eigenem von reizvoller Anmut und wäre auch unter einem ganzen, in voller Blüte stehenden Pfirsichgarten ihrer zierlichen Min-Schwestern aufgefallen. Dafür gab es gute Gründe. Hui-sheng lebte in einer Welt der ewigen Lautlosigkeit, weshalb ihre Augen etwas Verträumtes hatten, selbst wenn sie hellwach war. Dabei war die Tatsache, daß sie der Fähigkeit zu sprechen und zu hören beraubt worden war, nicht nur ein Nachteil oder auch nur etwas, das anderen sehr auffiel – mir selbst war es erst aufgefallen, als man mir sagte, sie sei taubstumm –, denn sie besaß eine Lebendigkeit des Gesichtsausdrucks und eine Beredtheit an kleinen Gesten, mit denen sie Gedanken und Gefühl laut- und wortlos und doch unmißverständlich übermittelte. Mit der Zeit lernte ich mit einem Blick jede unendlich winzige Bewegung ihrer *qahwah*-farbenen Augen, ihrer rosé-weinfarbenen Lippen, flaumig behaarten Brauen, zwinkernden Grübchen, gertenschlanken Hände und farnwedelfeinen Finger ergründen.

Da Hui-sheng es mir unter den schlimmstmöglichen Umständen angetan hatte – während sie Zeugin war, wie ich mich mit einem runden Dutzend mongolischer Geliebten schamlos vergnügte –, konnte ich ihr kaum den Hof machen, ohne Gefahr zu laufen, höhnisch zurückgewiesen zu werden, ehe nicht etwas Zeit vergangen und, wie ich hoffte, ihre Erinnerung an diese Dinge verblaßt war. Ich nahm mir vor, noch eine gehörige Zeit vergehen zu lassen, ehe ich anfangen wollte, mich ihr zu nähern, und bis dahin versuchen, sie von diesen Konkubinen fernzuhalten, ohne indessen eine allzu große Entfernung zwischen sie und mich zu legen. Um dies zu bewerkstelligen, war ich auf die Hilfe des Khakhan selbst angewiesen.

Als ich daher überzeugt war, daß jetzt keine mongolischen Jungfrauen mehr meiner harrten, und wußte, daß Kubilai in guter Stimmung war – vor kurzem war jener Bote eingetroffen, der ihm sagte, Yun-nan sei sein, und Bayan dringe jetzt in der Herzland der Sung vor –, bat ich um eine Audienz bei ihm und wurde herzlich empfangen. Ich berichtete ihm, ich hätte meinen Dienst den Jungfrauen gegenüber abgestattet, dankte ihm, mir Gelegenheit gegeben zu haben, Spuren in der Nachwelt von Kithai hinterlassen zu haben, und dann sagte ich:

»Jetzt, wo ich diese Orgie hemmungsloser Lust genossen habe, Sire, glaube ich, das als den Schlußstrich betrachten zu können, den ich unter mein Junggesellendasein ziehen möchte. Das heißt, ich glaube, ein Alter und eine Reife erlangt zu haben, wo ich aufhören sollte, hemmungslos meinen Leidenschaften zu frönen und dem Mädchenhaschen zu huldigen, wie wir in Venedig sagen, oder dem Eintauchen der Kelle, wie man hierzulande sagt. Ich meine, es würde mir wohl anstehen, an eine festere Verbindung zu denken – vielleicht mit einer ganz besonders geschätzten Konkubine, und ich bitte Euch um Erlaubnis, Sire . . .«

»*Hui*!« entfuhr es ihm entzückt lächelnd. »Eine von den vierundzwanzigkarätigen jungen Damen hat es Euch ernstlich angetan!«

»Oh, das haben sie *alle,* Sire, das versteht sich doch von selbst. Diejenige jedoch, die ich gern für immer behielte, das wäre die kleine Sklavin, die ihnen beigestanden hat.«

Er ließ sich zurücksinken und sagte weit weniger begeistert: »*Uu?*«

»Es handelt sich um eine junge Min, und . . .«

»Ach so!« rief er und verzog das Gesicht neuerlich zu einem breiten Lächeln. »Kein Wort mehr! Dafür habe ich Verständnis!«

». . . und möchte Euch um die Erlaubnis bitten, Sire, diese Sklavin freikaufen zu dürfen, denn sie dient Eurer Dame Oberaufseherin über die Konkubinen. Ihr Name ist Hui-sheng.«

Mit wedelnder Handbewegung sagte er: »Der Besitztitel an ihr wird Euch übertragen werden, sobald wir wieder in Khanbalik sind. Dann wird sie Eure Dienerin oder Sklavin oder Gemahlin – was immer Ihr und sie beschließt. Sie ist mein Geschenk an Euch für Eure Hilfe bei der Eroberung von Manzi.«

»Ich danke Euch aufrichtig, Sire. Und Hui-sheng wird Euch gleichfalls danken. Kehren wir bald zurück nach Khanbalik?«

»Wir werden Xan-du morgen verlassen. Euer Gefährte, Ali Babar, ist bereits unterrichtet. Er weilt im Augenblick vermutlich in Euren Räumen und dürfte dabei sein, für Euch zu packen.«

»Warum dieser plötzliche Aufbruch, Sire? Ist etwas geschehen?«

Sein Lächeln verbreitete sich womöglich noch mehr. »Habt Ihr jemals gehört, daß ich von dem Erwerb von Manzi gesprochen hätte? Gerade eben ist ein Bote aus der Hauptstadt hier eingetroffen und hat diese Nachricht überbracht.«

Ich stieß einen Laut der Überraschung aus: »Dann ist Sung gefallen?«

»Die Botschaft stammt von dem Oberminister Achmad. Eine Gesellschaft von Han-Herolden ist in Khanbalik eingeritten, um die unmittelbar bevorstehende Ankunft der Kaiserinwitwe der Sung, Xi-chi, zu verkünden. Sie kommt höchstpersönlich, um dieses Reich und die kaiserlichen Yin und ihre eigene königliche Person in unsere Hände zu übergeben. Selbstverständlich könnte Achmad sie als mein Vizeregent empfangen, doch ziehe ich es vor, das selbst zu tun.«

»Aber selbstverständlich, Sire. Das ist ein epochales Ereignis. Der Sturz der Sung und die Schaffung eines ganzen neuen Manzi-Reiches fürs Khanat.«

Er ließ einen Seufzer des Behagens vernehmen. »Außerdem wird uns bald die Kälte plagen, und dann macht die Jagd keinen Spaß mehr. Ziehen wir also fort und nehmen wir statt dessen eine Kaiserin als Trophäe in Empfang.«

»Ich hatte ja keine Ahnung, daß das Sung-Reich von einer Frau regiert wird.«

»Sie ist nur Regentin, die Mutter des vor ein paar Jahren jung verstorbenen Kaisers, der nur einen minderjährigen Sohn hinterlassen hat. Deshalb hat die alte Xi-chi regiert, bis ihr erster Enkel alt genug wäre, den Thron zu besteigen. Was er jetzt nicht tun wird. Geht also, Marco, und bereitet Euch auf den Ritt vor. Ich kehre nach Khanbalik zurück, um ein noch ausgedehnteres Khanat zu regieren, und Ihr, um Wurzeln zu schlagen. Mögen die Götter uns beiden Weisheit schenken.«

Ich eilte in meine Gemächer und rief laut: »Ich bringe große Neuigkeiten.«

Ali Babar war hilfreich dabei, alles für die Reise Nötige, das ich nach Xan-du mitgebracht, wie die paar Dinge, die ich hier erworben hatte – die Hauer meines ersten erlegten Wildebers zum Beispiel, die ich zur Erinnerung aufheben wollte –, in den Satteltaschen zu verstauen.

»Ich habe es bereits gehört«, sagte er nicht sonderlich begeistert. »Das Khanat ist größer und ausgedehnter denn je.«

»Es gibt noch viel Erstaunlicheres zu berichten! Ich bin der Frau meines Lebens begegnet!«

»Laßt mich überlegen, wer es sein könnte. Schließlich sind in der letzten Zeit eine ganze Reihe Frauen durch Eure Schlafkammer gezogen.«

»Darauf würdest du nie kommen!« sagte ich aufgeräumt und fing an, die Reize von Hui-shen aufzuzählen. Doch dann hielt ich inne, denn Ali freute sich nicht mit mir. »Du machst ein ungewöhnlich finsteres Gesicht, alter Freund. Was bedrückt dich?«

Er murmelte: »Der Reiter aus Khanbalik hat auch andere, weniger ermutigende Nachrichten gebracht . . .«

Ich sah ihn forschend an. Wenn er ein Kinn unter diesem grauen Bart hatte, dann mußte dies zittern. »Was für andere Nachrichten?«

»Der Bote sagt, beim Verlassen von Khanbalik habe einer meiner *kashi*-Handwerker ihn abgefangen und ihn gebeten, mir zu sagen, Mar-Janah sei verschwunden.«

»Was? Deine liebe Frau Mar-Janah? Verschwunden? Wohin?«
»Ich habe keine Ahnung. Mein Vorarbeiter sagt, vor einiger Zeit – es muß ungefähr einen Monat her sein oder noch länger – hätten zwei Palastwachen in der *kashi*-Werkstatt vorgesprochen. Mar-Janah sei mit ihnen fortgegangen, und seither habe man sie weder gesehen noch von ihr gehört. Die Arbeiter sind daher ziemlich durcheinander und wissen nicht, was tun. Mehr als das hat mein Mann dem Boten nicht gesagt.«
»Palastwachen? Dann müssen sie in amtlichem Auftrag gekommen sein. Ich werde wieder zu Kubilai laufen und fragen...«
»Er behauptet, nichts von der Angelegenheit zu wissen. Selbstverständlich bin ich gleich hingelaufen und habe ihn gefragt. Dabei hat er mir gesagt, ich soll für uns packen. Und da wir sofort zurückkehren nach Khanbalik, habe ich kein großes Geschrei gemacht. Ich nehme an, wenn ich wieder da bin, klärt sich alles auf.«
»Das ist schon sehr sonderbar«, murmelte ich.

Mehr sagte ich nicht, obwohl sich mir plötzlich – ungebeten – eine Erinnerung ins Bewußtsein schob – die Botschaft, die Ali mir gebracht hatte: »Erwartet mich, wenn Ihr mich am wenigsten erwartet.« Ich hatte sie Ali nicht gezeigt oder ihm gesagt, was dringestanden hatte, denn ich hatte keine Notwendigkeit gesehen, ihn mit meinen Sorgen zu belasten – oder dem, wovon ich damals angenommen hatte, daß es meine Sorgen allein wären –, und so hatte ich das Schreiben zerrissen und weggeworfen. Hätte ich es doch nicht getan! Wie gesagt, mongolische Schrift zu entziffern, fiel mir immer noch nicht leicht. Ob ich mich vielleicht verlesen hatte? War es möglich, daß die Botschaft doch ein ganz klein wenig anders gelautet hatte? »Erwartet mich, *wo* ihr mich am wenigsten erwartet«, vielleicht? Hatte man den Brief Ali Babar übergeben, nicht nur, um mich wieder zu erschrecken und zu bedrohen, sondern auch, um *ihn* aus der Stadt herauszubekommen, so daß er nicht da wäre, wenn eine schmutzige Sache erledigt wurde?

Wer immer mir in Khanbalik Böses wünschte, muß sich darüber im klaren gewesen sein, daß ich – wenn ich selbst nicht in der Stadt weilte – nur über andere getroffen werden konnte, über die wenigen Menschen dort, die ich liebte und an denen mir etwas lag. Das waren eigentlich nur drei Menschen. Mein Vater und mein Onkel, das waren zwei. Doch die waren erwachsene und starke Männer; und jeder, der sich an ihnen vergriffen hätte, würde sich einem wütenden Khakhan gegenüber verantworten müssen. Die dritte aber war die gute, schöne und sanfte Mar-Janah, und die war nur eine schwache Frau, eine unbedeutende ehemalige Sklavin, die nur einem Menschen über alles ging: *meinem* ehemaligen Sklaven. Es versetzte mir einen Stich, als mir einfiel, wie sie gesagt hatte: »Man hat mir das Leben gelassen, aber nicht viel mehr...«, und sehnsüchtig: »Wenn Ali Babar lieben kann, was von mir übriggeblieben ist...«

Hatte mein unbekannter Feind – der lauernde, schleichende Flüsterer – diese Frau, an der kein Fehl war, nur deshalb entführt, um mich zu treffen? Wenn das stimmte, war dieser Feind von einer unsäglichen

Schändlichkeit, aber klug in der Wahl eines Ersatzopfers. Ich hatte geholfen, die Prinzession Mar-Janah aus einem Leben der Schande und der Erniedrigung herauszuholen, und hatte ihr zumindest zu einem sichereren und glücklichen Hafen verholfen. Ich erinnerte mich, wie sie gesagt hatte: »Als ob die zwanzig Jahre dazwischen nie gewesen wären...« Und jetzt sollte ich der Grund dafür sein, wieder etwas Furchtbares zu durchleiden? Das würde mich in der Tat an empfindlicher Stelle treffen.

Nun, wir würden es erfahren, wenn wir nach Khanbalik zurückkamen. Und ich hegte einen starken Verdacht: Sollten wir die verschwundene Mar-Janah je wiederfinden, müßten wir zuerst jene verschleierte Frau wiederfinden, die Ali das Schreiben für mich übergeben hatte. Vorläufig sagte ich davon jedoch nichts zu ihm; er hatte Kummer genug. Auch hörte ich aus Hochachtung vor der Sorge um seine Geliebte, die er solange verloren hatte und die ihm jetzt wieder entrissen worden war, auf, über die neugefundene Hui-sheng zu frohlocken.

»Marco, könnten wir nicht einfach vorausreiten? Der Hofstaat kommt so langsam voran!« Das fragte er mich eindringlich, nachdem wir und das gesamte Gefolge des Khakhan Xan-du schon zwei oder drei Tage hinter uns gelassen hatten. »Du und ich, wir könnten viel schneller in Khanbalik sein, wenn wir unseren Pferden die Sporen gäben.«

Er hatte selbstverständlich recht. Der Khakhan reiste unter viel Pomp und in größter Gemächlichkeit; die gesamte *karwan* bewegte sich in einem gemessenen, würdevollen Tempo. Bei ihm hätte es einen unziemlichen Eindruck gemacht, wäre er anders gereist, zumal es sich in diesem Falle fast um so etwas wie um einen Triumphzug handelte. Alle seine Untertanen in den Städten und Dörfern, durch die wir hindurchkamen, drängten sich, nachdem sie von der glücklichen Beendigung des Sung-Krieges gehört hatten, sich an der Straße aufzustellen, ihm zuzujubeln, zu winken und ihm Blumen zuzuwerfen, wenn er vorüberfuhr.

Kubilai fuhr in einem majestätischen, thronähnlichen, mit Baldachin versehenem, juwelenbesetzten und vergoldeten Prunkwagen, der von vier gewaltigen, gleichermaßen herausgeputzten Elefanten gezogen wurde. Seinem Wagen folgten andere, manche mit seinen Ehefrauen, andere mit seinen Konkubinen, darunter auch die Mädchen, die er an mich ausgeliehen hatte, dann die Dienerinnen und Sklavinnen und so fort. Unterschiedlich vor und hinter oder neben den Wagen ritten Prinz Chingkim und die anderen Höflinge auf prächtig aufgezäumten Pferden. Den Wagen mit den Menschen folgten solche mit dem Gepäck, dem Jagdgerät, den Trophäen sowie dem Reisevorrat an Weinen, *kumis* und sonstigem Proviant; einen Wagen beanspruchte eine Kapelle mit Spielleuten und Instrumenten, uns abends, wann wir haltmachten, aufzuspielen. Eine Truppe mongolischer Krieger ritt eine Tagereise voraus, um in jeder Gemeinde unter Trompetenstößen unser Nahen zu verkünden, damit die Bewohner vorbereitet waren, ihre Weihrauchfeuer zu entzünden und – sofern wir in der Dämmerung eintrafen – Feuerbäume und Glitzerblumen abzubrennen (die Feuerwerksmeister Shi beim Herritt hier deponiert hatte). Ein anderer Reitertrupp folgte uns, um Wagen mit gebrochenen Achsen, lahmende Pferde und dergleichen einzusammeln. Wie gewöhnlich in dieser Jahreszeit, hatte der Khakhan am Rand seines Wagens zwei oder drei Paar Gerfalken sitzen, und der gesamte Zug mußte halten, wenn wir irgendwelches Wild aufscheuchten, auf das er die Falken anwerfen wollte.

»Ja, Ali, allein kommen wir schneller voran«, gab ich ihm zur Antwort. »Aber ich meine, wir sollten es doch nicht tun. Erstens könnte man es als Mangel an Respekt vor dem Khakhan auslegen, und wir sind vielleicht weiterhin auf seine herzliche Freundschaft angewiesen. Und zweitens – wenn wir weiter beim Gefolge bleiben, hat jeder, der uns Nachrichten über Mar-Janah zukommen lassen will, keine Schwierigkeiten, uns zu finden.«

Das entsprach durchaus der Wahrheit – trotzdem hatte ich Ali nicht alle Gründe eröffnet, die mich veranlaßten, in dieser Hinsicht Zurückhaltung zu üben. Ich hatte mich mittlerweile zu der Überzeugung durchgerungen, daß Mar-Janah von meinem Flüstererfeind entführt worden war. Da ich nicht wußte, um wen es sich dabei handelte, sah ich keinen Sinn darin, in gestrecktem Galopp zur Hauptstadt zurückzukehren, bloß um dort verzweifelt um mich zu blicken und nicht zu wissen, was tun. Es war viel logischer anzunehmen, daß der Flüsterer Ausschau nach mir hielt und mich besser sah, wenn ich auffällig im Gefolge des Khakhan in Khanbalik einritt; um so schneller konnte er mir seine nächste Botschaft oder die Lösegeldforderung für Mar-Janah oder irgendeine weitere Drohung zukommen lassen. Am meisten Hoffnung bestand für uns darin, daß er oder seine verschleierte Botin Kontakt mit uns aufnahm und wir über ihn oder sie mit Mar-Janah.

Indem ich weiterhin im Gefolge des Khakhan blieb, konnte ich auch am besten auf Hui-sheng aufpassen, was freilich keinerlei Einfluß auf meinen Entschluß hatte, nicht vorauszueilen. Hui-sheng reiste immer noch in Begleitung ihrer mongolischen Herrinnen und hatte keine Ahnung von meinem Interesse an ihr oder von den Abmachungen, die ich für ihre Zukunft getroffen hatte. Ich erwies ihr zwar gelegentlich eine kleine Aufmerksamkeit, einfach damit sie mich nicht vergaß – half ihr beim Ein- oder Aussteigen in den Wagen der Konkubinen, wenn wir bei einer *karwansarai* oder vor dem Landhaus irgendeines Provinzbeamten haltmachten, oder holte ihr eine Kelle frischen Wassers aus dem Hofbrunnen, oder überreichte ihr mit einer galanten Verbeugung ein Sträußchen von den Blumen, welche die Dörfler uns zugeworfen hatten, Kleinigkeiten dieser Art. Sie sollte, das war mein Wunsch, gut von mir denken, doch ich hatte auch jetzt nicht mehr Grund als zuvor, ihr mit meiner Werbung zuzusetzen.

Ich war zuvor zu dem Schluß gekommen, einen angemessenen Zeitraum verstreichen zu lassen; jetzt blieb mir gar nichts anderes übrig, als zu warten. Offenbar war mein Flüstererfeind stets darüber im Bilde, wo ich war und was ich tat. Mein Feind durfte unmöglich erfahren, daß ich besonders an Hui-sheng hing. Wenn er die Heimtücke besaß, über eine verehrte und geschätzte Freundin wie Mar-Janah mich zu treffen – wozu mochte er fähig sein, wenn er meinte, jemand stehe mir *wirklich* nahe. Es fiel mir schwer, nicht dauernd zu ihr hinzusehen, und es war nicht leicht, Abstand davon zu nehmen, ihr kleine Dienste zu erweisen, nur um zu erleben, wie sie mich mit ihrem Grübchenlächeln belohnte. Da hätte ich es schon leichter gehabt, wenn Ali und ich vorausgeritten wären, wie er es gewollt hatte. Doch um seinet- und um Mar-Janahs willen blieb ich bei der *karwan* und bemühte mich, mich nicht ständig in Hui-shengs Nähe aufzuhalten.

WIEDER
KHANBALIK

1 Abgesehen von dem Trupp Reiter, der uns immer einen Tag voraus ritt, herrschte ein ständiges Kommen und Gehen von anderen Reitern, die im Galopp aus Khanbalik herbeigesprengt kamen oder nach dorthin ritten. Wie es hieß, um den Khakhan über die Entwicklungen in der Hauptstadt auf dem laufenden zu halten. Ali Babar fragte eifrig jeden eintreffenden Kurier aus, doch keiner konnte ihm irgend etwas über seine verschwundene Frau sagen. In Wahrheit dienten die Reiter nur dazu, dem Zug der Kaiserinwitwe der Sung auf der Spur zu bleiben, der sich gleichfalls der Stadt näherte. Das setzte Kubilai instand, die Geschwindigkeit unserer Prozession so einzurichten, daß wir die breite Hauptallee von Khanbalik am selben Tag – ja, zur selben Stunde – hinunterritten, da die ihre von Süden her in sie einritt.

Die gesamte Bevölkerung der Stadt, ja, wahrscheinlich der gesamten Provinz für viele *li* im Umkreis, drängte sich zu beiden Seiten der Prachtallee, verstopfte alle Seitenstraßen, hing aus den Fenstern und stand auf den Dächern, um den triumphierenden Khakhan mit Hoch- und Beifallsrufen zu begrüßen, Banner und Fähnchen zu schwenken, am Himmel Feuerbäume und Glitzerblumen aufblühen und ununterbrochen und ohrenbetäubend Fanfarenstöße, Gongs und Trommeln und Glöckchen erschallen zu lassen. In all diesen Freudenbekundungen fuhren die Leute auch noch fort, als die nur wenig weniger prächtige Prozession der Sung-Kaiserin die Allee herunterkam und respektvoll haltmachte, um die unsere zu erwarten. Die Menschenmenge dämpfte ihr Geschrei ein wenig, als der Khakhan ritterlich von seinem Thronwagen herunterstieg und vortrat, um der alten Kaiserin die Hand zu reichen. Behutsam half er ihr aus ihrem Wagen auf die Straße herunter und schloß sie in brüderlichem Willkommen in die Arme, woraufhin das Volk erst richtig anfing, in ein ohrenbetäubendes Getöse aus Lärm und Musik auszubrechen.

Nachdem Khan und Kaiserin gemeinsam in seinen Thronwagen gestiegen waren, herrschte eine Zeitlang ein großes Durcheinander, da das Gefolge beider durcheinanderwurlte und sich anschickte, sich in einem einzigen Zug neu zu ordnen und gemeinsam zum Palast zu marschieren, wo die viele Tage beanspruchenden Zeremonien der förmlichen Unterwerfung begannen: der Konferenzen und Besprechungen, des Aufsetzens der Niederschrift und der feierlichen Unterzeichnung von Urkunden, der Auslieferung des großen Staatssiegels oder Kaiserlichen Ying, der öffentlichen Verlesung von Proklamationen, der Bälle und Bankette, in denen Siegesfeierlichkeiten und Beileidsbekundungen bezüglich der Niederlage durcheinandergingen. (Kubilais Hauptgattin, die Khatun Jamui, bekundete soviel Mitgefühl, daß sie der entthronten Kaiserin eine großzügig bemessene Pension aussetzte und ihr und ihren beiden Enkelsöhnen damit gestattete, den Rest ihres Lebens in frommer Abgeschiedenheit zu verbringen, die alte Dame in einem buddhistischen Nonnenkloster und die Knaben in einer *lamasarai*.)

Ich zügelte mein Pferd, um an das weniger dichtgedrängte Ende des Zuges zu gelangen, während dieser sich auf den Palast zubewegte, und gab Ali zu verstehen, es mir nachzutun. Als die Gelegenheit sich ergab, trieb ich mein Pferd neben das seine und lehnte mich zu ihm hinüber, damit er mich im allgemeinen Lärm verstehen konnte, ohne daß ich schreien mußte: »Jetzt siehst du, warum mir daran gelegen war, zusammen mit dem Khakhan hierherzukommen. Die gesamte Stadt ist hier versammelt, und unter den Menschen hier sind bestimmt auch jene, die wissen, wo Mar-Janah ist; und jetzt wissen sie, daß auch wir hier sind.«

»Das sollte man meinen«, sagte er. »Trotzdem hat niemand an meinem Steigbügel gezupft und freiwillig irgendein Wort gesprochen.«

»Ich glaube, ich weiß, wo dieses Wort freiwillig gesprochen werden wird«, erklärte ich. »Bleib bis zum Palasthof in meiner Nähe, und wenn wir abgesessen sind, laß es so aussehen, als trennten wir uns; denn ich bin sicher, daß wir beobachtet werden. Und dann mache folgendes.« Womit ich ihm gewisse Anweisungen gab.

Die mittlerweile sich auflösende und in Unordnung geratene Prozession bahnte sich unter Einsatz von Schultern und Ellbogen ihren Weg durch die Zuschauer und Glückwünscher, doch dauerte alles ziemlich lange, daß der Tag sich bereits dem Ende zuneigte, als wir schließlich am Palast eintrafen. Als Ali und ich den Hof jener Stallungen erreichten, wo wir auch bei unserem ersten Einzug in Khanbalik abgesessen waren, dämmerte es bereits. Im Hof herrschte wieder ein gewaltiges Durcheinander von Menschen und Tieren, die wild durcheinanderriefen und -schrien; wenn jemand uns beobachtete – besonders gut sehen konnte er hier bestimmt nicht. Gleichwohl sprangen wir von den Pferden und übergaben diese den Stallburschen, ließen es uns angelegen sein, uns umständlich voneinander zu verabschieden und in entgegengesetzter Richtung auseinanderzugehen.

So hoch aufgerichtet und sichtbar dahingehend wie möglich, näherte ich mich dem Pferdetrog und klatschte mir Wasser in das verstaubte Gesicht. Dann richtete ich mich auf und ließ durch meinen Gesichtsausdruck erkennen, wie sehr ich das Gewühl um mich herum verabscheute. Dann schob ich mich durch die Menge auf das nächstgelegene Palastportal zu, blieb stehen und vollführte unverkennbare Gesten des Widerwillens – es lohne die Mühe nicht einzutreten – und drängte durch die Menge irgendwohin, wo ich allein sein würde. Jeden meidend, der mir entgegenkam, schlenderte ich durch die nicht überdachten Wege, durch Gärten und über kleine Bachbrücken und über Terrassen hinweg, bis ich in jenen erst in jüngster Zeit angelegten Park auf der anderen Seite des Palastes gelangte. Immer hielt ich mich im Freien und mied Dächer und Bäume, so daß jeder, der wollte, mich sehen und mir folgen konnte. Hier, auf der Rückseite des Palastes, gab es auch weniger Menschen – nur kleinere Würdenträger waren in Hofgeschäften unterwegs, und Diener und Sklaven gingen ihren Aufgaben nach –, denn die Rückkehr des Kahkhan hatte selbstverständlich bienenemsige Geschäftigkeit zur Folge.

Als ich jedoch zum *kara*-Hügel gelangte und ihn müßig hinaufstieg, als sei es mir darum zu tun, dem Menschengewühl dort unten zu entkommen, stimmte das sogar. Hier oben war kein Mensch zu sehen. Infolgedessen stieg ich langsam bis zum Echopavillon hinauf und ging zunächst einmal ganz um die Außenmauer herum, um meinem mutmaßlichen Verfolger Gelegenheit zu geben, unbeobachtet hineinzuschlüpfen. Schließlich schlenderte ich so, als achtete ich nicht im geringsten darauf, wo ich war oder was ich tat, durch das Mondtor in der Außenmauer und erging mich auf der Innenterrasse. Als ich am weitesten vom Mondtor entfernt war und der Pavillon fest und unverrückbar zwischen uns stand, lehnte ich mich an die reichverzierte Mauer und sah zu, wie ein Stern nach dem anderen über dem Drachenfirst am pflaumenfarbenen Himmel herauskam. Ich hatte den ganzen Weg vom Palasthof mit den Stallungen bis hier herauf in äußerster Gemächlichkeit zurückgelegt, und doch klopfte mir das Herz bis zum Hals herauf, und ich hatte Angst, dies Pochen müsse überall im Bereich des Pavillons zu hören sein. Doch brauchte ich mir darüber nicht lange Sorgen zu machen. Die Stimme ließ sich genauso wie das letztemal vernehmen: flüsternd und auf mongolisch, tief und voller Zischlaute und durch nichts zu identifizieren – nicht einmal, ob es sich um eine Männer- oder eine Frauenstimme handelte, war zu erkennen –, gleichwohl jedoch so klar ausgesprochen, als ob der Flüsterer direkt neben mir stünde und mir die erwarteten Worte ins Ohr wisperte:

»Erwartet mich, wenn Ihr mich am wenigsten erwartet.«

Sofort rief ich so laut ich konnte: »*Jetzt, Nasenloch!*« und vergaß in der Aufregung seinen neuen Namen und seinen neuen Stand.

Ihm erging es wohl genauso, denn er brüllte zurück: »*Ich hab' ihn, Mirza Marco!*«

Dann vernahm ich Ächzen und Gestöhn eines Ringkampfes so klar und deutlich, als spielte dieser sich unmittelbar zu meinen Füßen ab; dabei mußte ich erst rund um den Pavillon laufen, ehe ich die beiden unmittelbar am Mondtor sich auf dem Boden wälzenden und miteinander ringenden Gestalten sah. Eine von ihnen war Ali Babar. Die andere konnte ich nicht erkennen; sie schien nur ein formloser Haufen Gewänder und Schals zu sein. Sie jedoch packte ich und riß sie von Ali fort und hielt sie eine Weile fest, bis Ali wieder auf die Füße kam. Keuchend zeigte er auf die vermummte Gestalt und sagte: »Herr – das ist kein Mann –, es ist die verschleierte Frau.«

Da ging mir auf, daß ich keinen kraftvollen, muskulösen Körper gepackt hielt, ließ aber dennoch nicht locker. Die Festgehaltene wand sich und wehrte sich heftig, während Ali hingriff und ihr die Schleier herunterterriß.

»Nun?« fauchte ich. »Wer ist die Hexe?« Ich sah ja nur ihr schwarzes Haar und, dahinter Alis Gesicht, dessen Augen und Nasenloch größer und immer größer wurden und seine ganze Fassungslosigkeit, ja, so etwas wie einen komischen Schrecken erkennen ließen.

»*Mashallah!*« rief er. »Mirza Marco – die Toten sind lebendig geworden. Es ist Eure ehemalige Dienerin – Buyantu!«

Als sie ihren Namen ausgesprochen hörte, hörte sie auf, sich zu wehren und sackte schicksalsergeben in sich zusammen. Infolgedessen lockerte ich meinen Griff und drehte sie herum, um sie mir anzusehen, so gut das in dem bißchen Helligkeit noch ging. Sie sah keineswegs so aus, als wäre sie jemals tot gewesen. Nur ihr Gesicht hatte härtere Züge, die Gesichtshaut saß straffer über den Knochen, und ihre Augen blickten kälter, als ich sie in der Erinnerung hatte. Auch wies ihr dunkles Haar viele Silberfäden auf, und ihre Augen waren trotzig zu Schlitzen zusammengekniffen. Ali betrachtete sie immer noch fassungslos und doch auf der Hut, und meine Stimme war nicht ganz fest, als ich sagte:

»Sag uns alles, Buyantu. Ich freue mich, dich unter den Lebenden zu sehen, aber durch welches Wunder hast du überlebt? Sollte es möglich sein, daß Biliktu auch noch am Leben ist? *Irgendwer* muß beim Brand meiner Wohnung umgekommen sein. Und was hast du hier im Echopavillon verloren, und wieso spielst du die Flüsterin?«

»Bitte, Marco«, sagte Ali mit womöglich noch zitternderer Stimme. »Das Wichtigste zuerst. Wo ist Mar-Janah?«

»Mit einem niedrigen Sklaven rede ich nicht!« versetzte Buyantu bissig.

»Er ist kein Sklave mehr«, sagte ich. »Er ist ein freier Mann, dem man die Gattin genommen hat. Auch sie ist eine Freie; folglich droht ihrem Entführer ein furchtbarer Tod.«

»Ich habe nicht die Absicht, Euch auch nur ein Wort zu glauben. Und mit einem Sklaven rede ich nicht.«

»Dann antworte mir. Am besten redest du dir alles von der Seele, Buyantu. Ich kann dir zwar keine Straffreiheit für ein Schwerverbrechen versprechen, doch wenn du uns alles sagst – und wenn Mar-Janah kein Haar gekrümmt ist und sie uns heil zurückgegeben wird –, könnte es sein, daß das Urteil nicht ganz so hart wie der Tod ausfällt.«

»Ich spucke auf Eure Gnade und Nachsicht!« fauchte sie. »Tote kann man nicht umbringen! Ich *bin* bei dem Brand umgekommen!«

Wieder weiteten sich Alis Augen und Nasenloch, und er wich einen Schritt vor ihr zurück. Fast hätte ich desgleichen getan, so furchtbar aufrichtig klang, was sie sagte. Aber ich ließ mich nicht einschüchtern, sondern packte sie neuerlich, schüttelte sie und herrschte sie drohend an: »Sprich!«

Immer noch verstockt, sagte sie nur: »Vor einem Sklaven rede ich nicht.«

Ich hätte ihr weh tun können, bis sie sprach, doch hätte das die ganze Nacht dauern können. Deshalb wandte ich mich an Ali und sagte: »Vielleicht geht es schneller, wenn du ein Stück weggehst, und Schnelligkeit könnte von lebenswichtiger Bedeutung sein.« Entweder, er begriff, was gemeint war, oder es war ihm ohnehin lieb, sich von jemand zu entfernen, der von den Toten auferstanden war. Jedenfalls nickte er zustimmend, und so sagte ich: »Warte in meiner Wohnung. Vielleicht sorgst du dafür, daß ich dieselben Räume wiederbekomme wie vorher und daß man sich auch darin aufhalten kann. Sobald ich etwas erfahren habe, das uns weiterhilft, komme ich zu dir. Du kannst dich auf mich verlassen.«

Nachdem er den Hügel hinunter außer Hörweite war, wandte ich mich abermals an Buyantu: »Antworte jetzt. Ist die Frau Mar-Janah in Sicherheit? Lebt sie noch?«

»Ich habe keine Ahnung, und es ist mir auch gleichgültig. Uns Toten sind sie alle gleichgültig. Die Lebenden wie die Toten.«

»Ich habe keine Zeit, mir deine Philosophie anzuhören. Sag mir einfach, was geschehen ist.«

Achselzuckend und mit finsterem Gesicht sagte sie: »An jenem Tag . . .« Ich brauchte nicht nachzufragen, welchen Tag sie meinte. »An jenem Tag fing ich an, Euch zu hassen, und habe Euch seither gehaßt und hasse Euch immer noch. Doch an jenem Tag bin ich auch gestorben. Leichen erkalten, und ich vermute, brennender Haß auch. Jedenfalls habe ich jetzt nichts dagegen, Euch wissen zu lassen, wie sehr ich Euch hasse und wie ich diesen Haß zum Ausdruck gebracht habe. Jetzt ist ohnehin alles gleichgültig.«

Sie schwieg, und ich drang weiter in sie: »Ich weiß, daß du mich für den Wali Achmad ausspioniert hast. Fang damit an.«

»An jenem Tag . . . Ihr schicktet mich hin, um eine Audienz beim Khakhan für Euch nachzusuchen. Bei meiner Rückkehr fand ich Euch und meine – Euch und Biliktu zusammen im Bett. Ich war außer mir, und ich ließ Euch *etwas* erkennen, wie sehr ich außer mir war. Ihr überließet es mir und Biliktu, das Holzkohlenfeuer unter einem bestimmten Topf am Brennen zu halten. Ihr habt uns nicht gesagt, daß es gefährlich sei, und ich war völlig arglos. Da ich immer noch aufs höchste erregt war und Euch schaden wollte, ließ ich Biliktu über das Feuer wachen und ging zu dem Minister Achmad, der mich seit langem dafür bezahlte, ihn über Euer Tun auf dem laufenden zu halten.«

Obwohl ich es gewußt hatte, muß ich einen Laut des Abscheus von mir gegeben haben, denn sie kreischte mich an:

»Schnauft nicht überheblich! Tut nicht so, als ob das etwas wäre, das unter Eurer Würde und mit Euren hehren Grundsätzen nicht zu vereinbaren ist. Auch Ihr habt Euch eines Spitzels bedient. Jenes Sklaven da.« Mit einer Handbewegung wies sie in die Richtung, in der Ali verschwunden war. »Und Ihr habt ihn dafür bezahlt, indem Ihr *den Kuppler* für ihn machtet! Ihr habt ihn mit der Sklavin Mar-Janah bezahlt.«

»Laß das. Fahre fort.«

Sie hielt inne, um ihre Gedanken zu ordnen. »Ich ging zu dem Minister Achmad, denn ich hatte vieles herausgefunden, das ihn interessieren mußte. Am Morgen hatte ich Euch belauscht, wie Ihr und der Sklave über den Minister Pao sprachet, einen Yi, der sich als Han ausgab. Auch hattet Ihr an diesem Vormittag dem Sklaven versprochen, er dürfe die Frau Mar-Janah heiraten. All dies berichtete ich dem Minister Achmad. Und sagte ihm, Ihr wäret gerade dabei, den Minister Pao bei Khan Kubilai anzuschwärzen. Der Minister Achmad schrieb sofort eine Nachricht aus und schickte sie durch einen Boten an den Minister Pao.«

»Aha«, murmelte ich. »Woraufhin Pao gerade noch rechtzeitig das Weite suchen konnte.«

»Dann schickte der Minister Achmad einen anderen Diener aus, Euch zu ihm zu bringen, sobald Ihr beim Khakhan herauskämet. Er hieß mich solange warten, was ich tat. Und als Ihr kamt, verbarg ich mich in seinen Privatgemächern.«

»Und zwar nicht allein«, unterbrach ich sie. »Da war an diesem Tag noch jemand. Wer war sie?«

»Sie?« wiederholte Buyantu echogleich, als wäre sie verwirrt. Dann bedachte sie mich aus ihren verengten Augen mit einem abschätzenden Blick.

»Die große Frau. Ich weiß, daß sie da war, denn ums Haar wäre sie in den Raum gekommen, in dem der Araber und ich miteinander redeten.«

»Oh . . . ja . . . die große Frau. Die besonders große Frau. Wir haben nicht miteinander gesprochen. Ich hielt diese Person nur für jemand, an dem der Minister Achmad einen Narren gefressen hatte. Vielleicht seid Ihr Euch darüber im klaren, daß er Gelüste ganz besonderer Art hat. Wenn die Frau den Namen einer Frau hatte, gefragt habe ich sie nicht danach; deshalb kenne ich ihn auch nicht. Wir saßen nur beieinander und sahen einander an, bis Ihr ginget. Interessiert es Euch sehr, um wen es sich bei dieser großen Frau handelt?«

»Vielleicht nicht. Es war doch ganz gewiß nicht jeder in Khanbalik in dieses Komplott verwickelt. Erzähle weiter, Buyantu.«

»Kaum wart Ihr fort, kam der Minister Achmad wieder zu mir und führte mich ans Fenster. Er zeigte mir Euch, wie Ihr den *kara*-Hügel hinaufginget, hier herauf, bis zum Echopavillon. Und er trug mir auf, hinter Euch herzulaufen und ungesehen die Worte zu flüstern, die Ihr eben wieder gehört habt. Es hat mir ein inniges Vergnügen bereitet, heimlich Drohungen gegen Euch auszustoßen, obwohl ich nicht wußte, warum Ihr bedroht wurdet; denn ich haßte Euch. Ich *haßte Euch*!«

Fast wäre sie an den rasch hervorgestoßenen Worten erstickt. Sie schluckte, dann war sie wieder bei Stimme. »Ich war gerade auf dem Rückweg in Eure Wohnung begriffen, als alles in die Luft flog, vor meinen Augen und mit dem schrecklichen Knall, den Flammen und dem Rauch. Biliktu starb dabei – und ich bin auch gestorben; alles ist tot an mir, nur mein Körper nicht. Sie war lange meine Schwester gewesen, meine Zwillingsschwester, und wir hatten einander von jeher geliebt. Vielleicht wäre mein Zorn auch groß gewesen, wenn ich nur meine Zwillingsschwester verloren hätte. Aber *Ihr* wart es, die uns zu mehr als nur Schwestern gemacht habt. Ihr habt uns zu einem *Liebespaar* gemacht. Und dann habt Ihr die umgebracht, die ich liebte! *Ihr*!«

Das letzte Wort stieß sie mit einer solchen Heftigkeit hervor, daß ihr

Speichel sprühte. Ich war so klug, nichts darauf zu sagen, und wieder dauerte es eine kleine Weile, ehe sie fortfahren konnte.

»Mit Freuden hätte ich Euch damals umgebracht. Doch es geschah zuviel auf einmal, und es waren auch zu viele Leute da. Außerdem reistet Ihr plötzlich fort, und ich stand ganz allein da. Verlassener kann ein Mensch überhaupt nicht sein. Der einzige Mensch auf der Welt, den ich liebte, war tot, und alle Welt sonst hielt auch mich für tot. Ich hatte nichts zu tun, niemand, der nach mir verlangte, keinen Ort, wo ich sein sollte. Ich kam mir toter als tot vor – tue es jetzt noch.«

Wieder verfiel sie in düsteres Schweigen, deshalb half ich ihr auf die Sprünge. »Aber der Araber fand etwas für dich zu tun.«

»Er hatte ja gewußt, daß ich nicht mit in dem Raum bei Biliktu gewesen war. Er war der einzige, der das wußte. Kein Mensch sonst ahnte, daß ich noch am Leben sei. Er sagte mir, eine solche unsichtbare Frau könne er vielleicht einmal gut gebrauchen, doch dauerte es lange, bis es dazu kam. Gleichwohl bezahlte er mir Lohn, und ich lebte allein in einem Raum unten in der Stadt, und da hockte ich und starrte die Wände an.« Sie stieß einen tiefen Seufzer aus. »Wie lange ist das so gegangen?«

»Sehr lange«, erklärte ich mitfühlend. »Eine sehr lange Zeit.«

»Dann, eines Tages, schickte er nach mir. Er sagte, Ihr wäret auf dem Rückweg hierher, und wir müßten uns eine passende Überraschung ausdenken, Euch hier damit willkommen zu heißen. Er schrieb zwei Papiere aus, sagte mir, ich solle mich dicht verschleiern – um noch unsichtbarer zu sein –, und dann lieferte ich die Papiere ab. Eines übergab ich dem Sklaven, damit dieser es Euch aushändigte. Wenn Ihr es gesehen habt, wißt Ihr, daß es keine Unterschrift trug. Das andere unterfertigte er, allerdings nicht mit seinem eigenen *yin,* und dieses brachte ich etwas später dem Hauptmann von der Palastwache. Es enthielt den Befehl, die Frau Mar-Janah festzunehmen und sie dem Liebkoser zu übergeben.«

»*Amoredèi!*« entfuhr es mir entsetzt. »Aber ... aber ... die Wachen nehmen doch nicht jemand einfach fest, und der Liebkoser straft auch nicht einfach nach irgend jemandes Lust und Laune! Was hat man Mar-Janah denn vorgeworfen? Was stand in dem Papier? Und wie hat der schändliche Wali es unterfertigt, wenn nicht mit seinem eigenen Namen?«

Während Buyantu berichtete, was geschehen war, kam nachgerade doch wieder Leben in ihre Stimme, wenn auch nur das Leben einer Giftschlange, die sich hämisch über etwas freut, was sie zustande gebracht hat. Als ich jedoch Einzelheiten wissen wollte, verließ dieses Leben sie wieder, und ihre Stimme wurde wieder bleiern und unlebendig.

Sie sagte: »Wenn der Khan fern vom Hof weilt, ist der Minister Achmad Vizeregent. Damit hat er Zugang zu sämtlichen Amtssiegeln. Ich nehme an, er kann benutzen, welches er will, und jedes Papier damit unterfertigen. So hat er diesmal das *yin* vom Waffenschmied der Palastwache benutzt, und das war die Dame Chao Ku-an, die Vorbesitzerin der Sklavin Mar-Janah. In dem Befehl hieß es, Mar-Janah sei eine entlaufene Sklavin, die vorgäbe, eine Freigelassene zu sein. Eine Anordnung ihres eigenen Waffenschmieds stellte die Palastwache nicht in Frage, und der Liebkoser stellt niemand Fragen außer dem Opfer.«

Entsetzt und immer noch völlig durcheinander, stotterte ich: »Aber ... aber ... selbst die Dame Chao – gewiß, sie ist kein Ausbund an Tugend, aber selbst sie würde eine solche in ihrem Namen vorgetragene Anklage zurückweisen.«

Mißmutig sagte Buyantu: »Die Dame Chao kam kurz danach ums Leben.«

»Ach ja. Das hatte ich ganz vergessen.«

»Vermutlich hat sie von dem Mißbrauch ihres Amts-*yin* nie erfahren. Jedenfalls unternahm sie nichts gegen das Vorgehen, und jetzt werden wir es nie erfahren.«

»Nein. Wie überaus gelegen das dem Araber kam. Sag mir, Buyantu. Hat er dir jemals anvertraut, warum er sich meinetwegen soviel Mühe machte und so viele Menschen belastete – oder gar verschwinden ließ?«

»Er hat nur gesagt: ›Die Hölle ist, was am meisten schmerzt‹ – falls Euch das etwas sagt. Mir nicht. Heute abend hat er es noch einmal wiederholt, als er mich hierher schickte, damit ich Euch hier herauffolgte und die Drohung noch einmal zu Gehör brachte.«

Zähneknirschend sagte ich: »Ich denke, die Zeit ist gekommen, dies Höllenfeuer ein bißchen zu entfachen.« Dann überlief es mich eiskalt, und ich rief: »Zeit! Wieviel Zeit, Buyantu – rasch, sag's mir – welche Bestrafung würde der Liebkoser für eine Missetat verordnen, deren man Mar-Janah beschuldigt?«

Gleichmütig sagte sie: »Einer Sklavin, die behauptet, eine Freigelassene zu sein? Ich weiß das nicht genau, doch ...«

»Wenn sie nicht zu hart ausfällt, bleibt uns vielleicht noch etwas Hoffnung«, sagte ich ganz leise.

»... doch der Minister Achmad hat erklärt, ein solches Vergehen komme dem Hochverrat gleich.«

»Ach du grundgütiger Himmel!« stöhnte ich. »Und die Strafe für Hochverrat ist der Tod der Tausend! Wie ... wie lange ist es her, daß Mar-Janah abgeholt wurde?«

»Laßt mich überlegen«, sagte sie träge. »Es war, nachdem Euer Sklave hinritt, um sich Euch anzuschließen und Euch den nicht unterzeichneten Brief zu übergeben. Das heißt ... etwas vor zwei Monaten ... zweieinhalb ...«

»Sechs Tage ... fünf und siebzig ...« Ich versuchte zu rechnen, obwohl meine Gedanken in Aufruhr waren. »Der Liebkoser hat einmal gesagt, er könne bei entsprechender Muße und wenn ihm danach sei, die Bestrafung bis an die hundert Tage in die Länge ziehen. Und eine schöne Frau in seinen Klauen – da sollte ihm schon danach sein. Es könnte noch Zeit sein! Ich muß laufen.«

»Wartet!« sagte Buyantu und packte mich am Ärmel. Wieder kam ein Hauch von Leben in ihre Stimme, wiewohl das offensichtlich nicht zu dem paßte, was sie sagte, nämlich: »Geht nicht, ehe Ihr mich erschlagen habt.«

»Ich habe nicht vor, dich zu erschlagen, Buyantu.«

»Ihr müßt! Ich bin die ganze Zeit über tot gewesen. Jetzt tötet mich richtig, damit ich mich endlich niederlegen kann.«

»Das werde ich nicht tun.«

»Man würde Euch nicht dafür bestrafen, denn Ihr könntet Euch ja rechtfertigen. Aber Ihr würdet überhaupt nicht belangt werden – denn Ihr tötet eine unsichtbare Frau, die es gar nicht gibt, die bereits als gestorben gilt. Kommt! Ihr müßt vom gleichen wahnwitzigen Zorn erfüllt sein wie ich, als Ihr meine Liebe tötetet. Ich habe jetzt lange daran gearbeitet, Euch weh zu tun, und jetzt habe ich auch noch geholfen, Eure Freundin dem Liebkoser zuzuführen. Ihr habt jedes Recht, mich zu erschlagen.«

»Noch mehr Grund habe ich jedoch, dich am Leben – und büßen zu lassen. Du sollst mein Zeuge dafür sein, daß Achmad mit diesen schmutzigen Machenschaften zu tun hat. Ich habe jetzt keine Zeit, es dir zu erklären. Ich muß laufen. Aber ich brauche dich, Buyantu. Du bleibst einfach hier, bis ich wieder da bin, ja? Ich komme so schnell ich kann.«

Müde sagte sie: »Wenn ich nicht im Grab liegen kann, was spielt es dann für eine Rolle, wo ich bin.«

»Warte nur auf mich. Versuch mir zu glauben, daß du mir das immerhin schuldig bist, ja?«

Aufseufzend sank sie nieder und lehnte sich mit dem Rücken in die Rundung des Mondtors. »Was macht es schon? Ich werde warten.«

In großen Sprüngen eilte ich den Hügel hinunter und fragte mich, ob ich mich erst an den Anstifter Achmad halten sollte. Besser, erst zum Liebkoser zu eilen in der Hoffnung, seine Hand zurückzuhalten. Ob er aber um diese späte Stunde noch arbeitete? Während ich durch die unterirdischen Gänge seinen Höhlenkammern zueilte, steckte ich die Hand in die Börse und versuchte, bloß durch Anfühlen mein Geld zu zählen. Das meiste bestand aus Papier, aber es waren auch ein paar gute Goldstücke darunter. Vielleicht ließ das Vergnügen beim Liebkoser inzwischen nach, vielleicht erwies er sich als einer Bestechung zugänglich. Wie sich herausstellte, war er immer noch am Werk und zeigte sich meinem Begehr erstaunlich zugänglich – allerdings weder aus Überdruß noch aus Habgier.

Ich mußte ziemlich viel rufen, mit der Faust auf den Tisch hämmern und an diesem rütteln und den strengen und hochmütigen Obergehilfen des Liebkosers anschreien, bis dieser sich schließlich erweichen ließ und hinging, um seinen Herrn bei der Arbeit zu unterbrechen. Sich geziert die Hände reibend, trat dieser aus der eisenbeschlagenen Tür und wischte sich die Hand an einem Seidentuch ab. Den Wunsch, ihm auf der Stelle den Hals umzudrehen, hinunterschluckend, schüttete ich den Inhalt meiner Börse auf den Tisch zwischen uns und sagte atemlos: »Meister Ping, Ihr habt eine Frau namens Mar-Janah in Gewahrsam. Ich habe gerade eben erfahren, daß sie Euch unrechtmäßig ausgeliefert worden ist. Ist sie noch am Leben? Dürfte ich eine vorübergehende Aussetzung des Verfahrens erbitten?«

Ein Glitzern kam in seine Augen, als er mich betrachtete. »Ich habe den schriftlichen Auftrag, sie hinzurichten«, sagte er. »Bringt Ihr mir einen schriftlichen Widerruf?«

»Nein, aber ich werde einen beschaffen.«

»Ah, wenn Ihr das tut, dann . . .«

»Ich bitte ja nur, daß das Hinrichtungsverfahren unterbrochen wird, bis ich dazu in der Lage bin. Das heißt – falls die Frau noch lebt. Tut sie das?«

»Selbstverständlich lebt sie noch«, erklärte er überheblich. »Ich bin doch kein Schlächter.« Er lachte sogar und schüttelte den Kopf, als wäre ich so töricht gewesen, sein überragendes berufliches Können infrage zu stellen.

»Dann erweist mir die Ehre, Meister Ping, diesen kleinen Beweis meiner Hochachtung anzunehmen!« Ich zeigte auf das auf dem Tisch durcheinanderliegende Geld. »Würde Euch das als Entgelt für Euer Entgegenkommen genügen?«

Er stieß nur ein unverbindliches »Hmph«, aus, pickte jedoch rasch die Goldstücke aus dem Haufen heraus, offenbar ohne auch nur hinzusehen. Zum ersten Mal fiel mir auf, daß er unglaublich lange, wie Krallen gebogene Fingernägel hatte.

Angstvoll fragte ich: »Wenn ich recht unterrichtet bin, ist die Frau zum Tod der Tausend verurteilt worden.«

Verächtlich das Papiergeld übersehend, ließ er die Goldstücke in die an seinem Gürtel hängende Börse gleiten und sagte: »Nein.«

»Nein?« wiederholte ich echogleich und schöpfte wieder Hoffnung.

»In dem Urteil heißt es ausdrücklich: zum Tod, der über die Tausend hinausgeht.«

Einen Moment war ich wie vor den Kopf geschlagen, und dann hatte ich Angst, um Aufklärung zu bitten. Ich sagte: »Nun, läßt sich die Vollstreckung für eine Zeitlang aussetzen? Bis ich vom Khakhan einen Widerruf bringe?«

»Das läßt sich machen«, sagte er nur allzu bereitwillig. »Aber ist das wirklich das, was Ihr wollt? Bitte, beachtet, Herr Marco – so lautet doch Euer Name, nicht wahr? Mir war so, als erinnerte ich mich an Euch. Ich bin ehrlich in meinen Abmachungen, Herr Marco. Ich verkaufe nichts, was der Käufer nicht mit eigenen Augen gesehen hat. Am besten kommt Ihr mit und seht Euch an, was Ihr da kauft. Eure Anerkennungszahlung bekommt Ihr zurück – falls Ihr wollt.«

Mit diesen Worten drehte er sich um, trippelte auf die eisenbeschlagene Tür zu und hielt sie mir auf. Ich folgte ihm in die eigentliche Stätte seines Wirkens hinein und – ich wünschte, ich hätte es nicht getan.

Doch in meinem verzweifelten Bemühen und in der Eile, Mar-Janah zu retten, hatte ich gewisse Dinge einfach nicht bedacht. Allein die Tatsache, mit ihr eine wunderschöne Frau als Opfer in seiner Gewalt zu haben, mußte den Liebkoser zu den infernalischsten Quälereien inspiriert haben und sie so grausam in die Länge zu ziehen wie nur irgend möglich. Aber mehr noch als das. In der Urteilsbegründung wird gestanden haben, daß Mar-Janah die Frau eines gewissen Ali Babar war, und es dürfte dem Meister Ping nicht schwergefallen sein herauszufinden, daß es sich bei Ali um jenen einstigen Sklaven handelte, der zum äußersten Mißfallen des Meisters Ping bis in eben diese Kammern vorgedrungen war. (Von Ekel gepackt hatte dieser gesagt: »Wer ... ist ... denn *das*?«) Und gewiß war es Ping nicht entfallen, daß dieser Sklave *mein* Sklave und ich ein womöglich noch unangenehmerer Besucher gewesen war. (Ohne zu ahnen, daß er farsi sprach, hatte ich ihn einen »aufgeblasenen Unhold« genannt, »der sich an den Qualen anderer Menschen weidet«.) Er hatte also allen Grund, einem unglücklichen Opfer, das die Frau des niedrigen Sklaven Marco Polos war, der ihn einst so frech beleidigt hatte, seine ganze besondere Aufmerksamkeit angedeihen zu lassen. Und jetzt stand dieser selbe Marco Polo vor ihm, wand sich unterwürfig und bettelte um ein Leben. Der Liebkoser war nicht nur bereit, sondern von satanischem Eifer und Stolz erfüllt, mir vorzuführen, wozu er imstande war – und mir unter die Nase zu reiben, daß dies zum nicht geringen Teil eine Folge meiner eigenen draufgängerischen Unverschämtheit war.

In der fackelerhellten, bluterwärmten, blutbespritzten und widerlich riechenden steinernen eigentlichen Folterkammer standen Meister Ping und ich nebeneinander und besahen den Hauptgegenstand in diesem Raum, der rot schimmernd und tropfend und leicht dampfend dahing. Oder vielmehr, ich sah es an, während er von der Seite her *mich* ansah, seine hämische Freude daran hatte und darauf wartete, was ich jetzt wohl sagen würde. Erst schwieg ich eine Weile. Ich hätte auch kein Wort hervorbringen können, denn ich schluckte immer wieder, entschlossen, ihm nicht die Genugtuung zu gewähren, mich sich erbrechen zu sehen. Und so – vermutlich, um mich noch zu reizen – begann er pedantisch, mir genau auseinanderzusetzen, was ich da vor mir sah:

»Ich vermute, Ihr erkennt, daß die Liebkosung sich jetzt schon über eine ganze Zeit erstreckt. Schaut Euch den Korb an und seht, daß vergleichsweise nur noch wenige Zettel nicht herausgenommen und entfaltet worden sind. Es sind nur noch siebenundachtzig Zettel darin, denn ich bin bis heute zu dem neunhundertunddreizehnten gekommen. Ob Ihr mir glaubt oder nicht, aber allein dieser eine Zettel hat mich heute den ganzen Nachmittag gekostet und dafür gesorgt, daß ich bis spät in den Abend hinein gearbeitet habe. Was darauf zurückzuführen ist, daß es sich – als ich ihn auseinanderfaltete – um die dritte Anweisung bezüglich des ›roten Kleinods‹ der zu Behandelnden handelte, welches in der ganzen Bescherung zwischen den Schenkelstümpfen etwas schwer zu finden und auch bereits zweimal an der Reihe gewesen war. Infolgedessen bedurfte es meines ganzen Könnens und größter Konzentration von meiner Seite, um ...«

Endlich war ich in der Lage, ihn zu unterbrechen. Mit belegter

Stimme sagte ich: »Ihr habt mir gesagt, dies hier sei Mar-Janah, und sie sei noch am Leben. Das hier ist nicht sie, und es kann unmöglich noch am Leben sein.«

»Doch, sie ist es, sie ist es. Und bei entsprechender Behandlung wäre sie sogar imstande, auch noch weiterhin am Leben zu bleiben – falls jemand die Unfreundlichkeit besäße, das zu wollen. Tretet näher, Herr Marco, und seht selbst.«

Ich tat es. Und wirklich, es war am Leben, und es war Mar-Janah. Am oberen Ende, dort, wo der Kopf gesessen haben mußte, hing von dem, was ehemals das Haar gewesen war, noch eine einzelne verklebte Locke herunter, deren Haar noch nicht mit der Wurzel herausgerissen worden war: und dieses Haar war lang – unverkennbar Frauenhaar – und es war immer noch deutlich erkennbar schwarz mit einem rötlichen Schimmer darin und lockig – Mar-Janahs Haar. Außerdem gab das hängende Stück Fleisch einen Ton von sich. Gesehen haben kann es mich nicht, vielleicht aber hat sie durch die Öffnung dort, wo einst das Ohr gewesen war, undeutlich meine Stimme vernommen und sie möglicherweise sogar erkannt. Der Laut, den sie von sich gab, war nichts weiter als ein ganz leises Blubbern, das mir jedoch irgendwie schwach zu fragen schien: »Marco?«

Mit beherrschter und gleichbleibender Stimme – ich hätte es nicht für möglich gehalten, daß mir das gelingen könnte – sagte ich zum Liebkoser geradezu im Plauderton:

»Meister Ping, Ihr habt mir einmal in liebevoller Ausführlichkeit den Tod der Tausend beschrieben, und es scheint mir dies hier zu sein. Dabei habt Ihr diesen anders genannt. Worin liegt der Unterschied?«

»Ach, der ist nur geringfügig. Man kann von Euch nicht erwarten, daß Ihr ihn bemerkt. Der Tod der Tausend besteht, wie Ihr wißt, darin, daß der oder die Behandelte nach und nach verkleinert wird – indem man hier ein wenig abschneidet und dort, sticht und bohrt und sondiert und so weiter –, ein ausgedehnter Prozeß, der durch Ruhepausen dazwischen in die Länge gezogen wird, in deren Verlauf dem Behandelten lebenserhaltende Nahrung und Flüssigkeit zugeführt wird. Der Tod über die Tausend hinaus ähnelt diesem sehr und unterscheidet sich nur dadurch, daß der oder dem Betreffenden nur diese Teile von sich selbst zu essen gegeben werden. Und zu trinken nur das – *aber was tut ihr!*«

Ich hatte meinen Dolch herausgerissen und ihn in die schimmernde rote Fleischmasse dessen hineingestoßen, was ich für die Überreste von Mar-Janahs Brust hielt – und auf den Griff jenen besonderen Druck ausgeübt, der gewährleistete, daß alle drei Klingen tief eindrangen. Ich konnte nur hoffen, daß dies Wesen vor mir mit größerer Gewißheit tot war als zuvor, schien es jedoch nur ein wenig schlaffer dazuhängen und keine Laute mehr von sich zu geben. In diesem Augenblick erinnerte ich mich, Mar-Janahs Mann einmal beteuert zu haben, ich könnte wissentlich nie eine Frau umbringen, woraufhin er beiläufig gesagt hatte: »Ihr seid noch jung.«

Meister Ping hatte es die Sprache verschlagen, zähneknirschend und mit zornblitzenden Augen sah er mich an. Ich jedoch streckte kalt die Hand aus und nahm ihm das Seidentuch ab, an dem er sich die Hände abgewischt hatte. Damit säuberte ich meinen Dolch, warf es ihm rüde wieder zu, ließ die Klingen zuschnappen und steckte den Dolch wieder in die Scheide.

Haßerfüllt fauchte er mich an und sagte: »Ein Jammer um die raffinierten letzten Behandlungen, die alles vollendet hätten. Ich wollte Euch das Vorrecht einräumen, dabei zuzusehen. Welch ein Jammer!« Er wechselte den Gesichtsausdruck, und aus dem Haß wurde ein höhnisches Lächeln. »Gleichwohl, eine verständliche Reaktion, wie ich sagen möchte, für einen Laien und Barbaren. Und schließlich hattet Ihr für sie bezahlt.«

»Ich habe mitnichten für sie bezahlt, Meister Ping«, sagte ich, schob ihn beiseite und ging hinaus.

2 Ich wollte möglichst schnell zu Buyantu zurück, denn ich fürchtete, sie könnte mittlerweile unruhig geworden sein; außerdem hätte ich etwas darum gegeben, es noch hinausschieben zu können, Ali Babar die traurige Nachricht beizubringen. Aber ich konnte ihn unmöglich händeringend im Zwischenreich des Nichtwissens lassen, und so begab ich mich in meine alte Wohnung, wo er wartete. Mit aufgesetzter Fröhlichkeit vollführte er eine weitausholende Geste und sagte:

»Alles wiederhergestellt, neu eingerichtet und bewohnbar gemacht. Nur, Euch neue Dienerinnen zu schicken, daran hat offenbar niemand gedacht. Deshalb werde ich heute nacht hierbleiben, falls Ihr irgendwelcher Dienste . . .« Er stockte. »Ach, Marco, du machst ein kummervolles Gesicht. Ist es, was ich befürchte, daß es ist . . .«

»Geklagt sei's, alter Gefährte. Sie ist tot.«

Tränen schossen ihm in die Augen und er wisperte: »*Tanha . . . hamishè . . .*«

»Ich weiß nicht, wie ich es dir schonender beibringen soll. Es tut mir leid. Aber sie schmachtet nicht mehr in Gefangenschaft, sondern ist frei und frei auch von Schmerzen.« Sollte er zumindest vorläufig glauben, sie habe einen leichten Tod gehabt.

»Das Wie und Warum werde ich dir ein andermal erzählen, denn es war Mord, und ein völlig überflüssiger dazu. Geschehen ist es nur, um dir und mir Schmerz zuzufügen, und du und ich, wir werden sie rächen. Aber heute abend, Ali, stelle mir bitte keine Fragen – und bleib auch nicht hier. Du wirst gehen und mit deinem Kummer allein sein wollen, und ich habe zu tun – um unsere Rache in die Wege zu leiten.«

Damit machte ich kehrt und ging abrupt hinaus, denn hätte er mich etwas gefragt, ich hätte ihn nicht anlügen können. Allein dies zu sagen, hatte mich mit womöglich noch größerem Zorn erfüllt, und so war ich entschlossener und blutdürstiger denn je zuvor. Und statt zum Echopavillon hinauf zu Buyantu zu eilen, begab ich mich zuerst in die Wohnung des Ministers Achmad.

Ich wurde kurz von seinen Wachen und Dienern aufgehalten. Diese behaupteten, der Wali habe wegen der Vorbereitungen für die Rückkehr des Khakhan und den Empfang der Kaiserinwitwe einen so aufreibenden Tag hinter sich, daß er abgespannt und bereits zu Bett gegangen sei; sie wagten es einfach nicht, einen Besucher zu melden. Ich jedoch fauchte sie an: »Nicht *anmelden* sollt ihr mich, sondern *vorlassen!*« und tat das mit einer solchen Wildheit, daß sie zur Seite wichen und angstvoll murmelten: »Dann nehmt es auf die eigene Kappe, Herr Polo«, und ich stapfte laut und unangemeldet und unter Außerachtlassung aller guten Manieren durch die Tür in seine Privatgemächer.

Sofort fielen mir Buyantus Worte hinsichtlich der »ausgefallenen Neigungen« Achmads ein sowie ähnliche Worte, die Meister Chao vor langer Zeit zu mir gesagt hatte. Als ich in die Schlafkammer hineinplatzte, überraschte ich eine sehr große Frau, die sich bereits dort befand und bei meinem Eintreten spornstreichs durch eine andere Tür verschwand. Ich erhaschte nur noch einen flüchtigen Blick von ihr, die aufreizend in hauchdünne, schimmernde und wallende Gewänder in jener Farbe gekleidet war, die nach der Blüte des Fliederstrauchs benannt wird. Immerhin konnte ich davon ausgehen, daß es sich um dieselbe große und kräftige Frau handelte, die ich schon einmal in diesen Gemächern gesehen hatte. Diese besondere von Achmads »Neigungen«, dachte ich, schien nun bereits einige Zeit anzudauern, doch dann dachte ich nicht weiter darüber nach. Ich stellte mich vor den Mann hin, der in dem riesigen, mit fliederfarbenem Laken bedeckten Bett gegen fliederfarbene Kissen gelehnt dalag. Gelassen faßte er mich in sein steinhartes Achatauge und verzog angesichts des Sturms der Entrüstung, den er an mir bemerkt haben mußte, keine Miene.

»Wie ich sehe, geht es Euch wohl«, sagte ich durch zusammengebissene Zähne hindurch. »Genießt Euer Schweinsein. Es wird nicht mehr lange währen.«

»Es gehört sich nicht, einem Muslim gegenüber von Schweinen zu reden, Schweinefleischfresser. Und vergeßt nicht, zu wem Ihr sprecht – zum Oberminister dieses Reiches. Gebt acht, welcher Sprache Ihr Euch da befleißigt.«

»Ich spreche mit einem in Ungnade Gefallenen, seiner Ämter Enthobenen, der bereits tot ist.«

»Nein, nein«, sagte er mit einem Lächeln, das alles andere als angenehm war. »Ihr mögt im Augenblick Kubilais besonderer Günstling sein, Folo – dem er sogar anbietet, seine Konkubinen mit ihm zu teilen, wie ich höre –, aber seine gute rechte Hand hackt er sich niemals ab.«

Diese Bemerkung ließ ich mir kurz durch den Kopf gehen, dann sagte ich: »Ich habe mich nie für einen besonders wichtigen Mann in Kithai gehalten – niemals zumindest für einen Rivalen von Euch oder jemand, der Euch gefährlich werden könnte –, darauf wäre ich nie gekommen, hättet Ihr mich nicht so offensichtlich Eurerseits dafür gehalten. Und jetzt erwähnt Ihr die mongolischen Jungfrauen, die ich genossen habe. Wurmt es Euch, daß *Ihr* das nie durftet? Oder dazu *nie imstande wart*? Ist das das Neueste, was an Eurer Selbstachtung nagt?«

»*Haramzadè! Ihr* und wichtig? Ein Rivale und eine Gefahr? Ich brauche nur den Gong neben meinem Bett zu berühren, und meine Männer zerhacken Euch auf der Stelle. Morgen früh brauchte ich Kubilai nur zu erklären, Ihr hättet zu mir gesprochen, wie Ihr es eben getan habt. Er würde sich nicht im geringsten darüber aufregen und kein Wort dazu sagen, und Eure Existenz wäre genauso vergessen wie Euer Ende.«

»Warum tut Ihr das denn nicht? Warum habt Ihr das nie getan? Ihr habt gesagt, Ihr würdet mich dazu bringen, daß ich bedauerte, jemals einem ausdrücklichen Befehl von Euch zuwider gehandelt zu haben – doch wozu diese Zermürbung? Warum habt Ihr mich nur heimlich und gleichmütig bedroht, gleichzeitig jedoch die Unschuldigen um mich herum vernichtet?«

»Es hat mir Spaß gemacht, das zu tun – die Hölle ist das, was am meisten schmerzt –, und ich kann tun, was mir beliebt.«

»Wirklich? Bis jetzt, vielleicht. Aber damit ist es aus.«

»Ach, das glaube ich nicht. Als nächstes werde ich mir den Spaß erlauben, ein paar Bilder der Öffentlichkeit zu übergeben, die Meister Chao für mich gemalt hat, und der Name Folo wird zum Gespött im ganzen Khanat werden. Die Lächerlichkeit schmerzt mehr als alles andere.« Ehe ich fragen konnte, wovon er überhaupt rede, war er bereits bei einem anderen Thema. »Seid Ihr Euch eigentlich wirklich bewußt, Marco Folo, wer dieser Wali ist, den Ihr glaubt, in die Schranken fordern zu können? Es sind jetzt viele Jahre her, daß ich anfing als Berater der Prinzessin Jamui vom Mongolenstamm der Kungurat. Als Khan Kubilai sie zu seiner Ersten Gemahlin machte und sie dadurch zur Khatun Jamui wurde, folgte ich ihr hierher an diesen Hof. Seither habe ich dem Khanat in allen möglichen Eigenschaften gedient und zuletzt – aber das nun schon viele Jahre hindurch – in diesem höchsten Amt. Bildet Ihr Euch wirklich ein, Ihr könntet ein so fest gegründetes Bauwerk zum Einsturz bringen?«

Wieder ließ ich mir das Gesagte durch den Kopf gehen, ehe ich erklärte: »Es mag Euch überraschen, Wali, aber ich glaube Euch. Ich glaube, daß Ihr dem Khakhan und dem Khanat hingebungsvoll gedient habt. Wahrscheinlich werde ich niemals erfahren, warum Ihr zu einem so späten Zeitpunkt zugelassen habt, Euch durch eine unwürdige Eifersucht Euch zum Amtsmißbrauch verleiten zu lassen.«

»Ihr sagt es. Ich habe in meiner ganzen Laufbahn nichts Unrechtes getan.«

»Nichts Unrechtes? Soll ich es aufzählen? Ich nehme nicht an, daß Ihr Ränke gesponnen habt, um den Yi namens Pao in ein Ministeramt zu bringen. Aber ganz zweifellos seid Ihr ihm bei seiner Flucht behilflich gewesen, als er entlarvt wurde. Das nenne ich Verrat. Außerdem habt Ihr den *yin* eines anderen Höflings zu Privatzwecken mißbraucht, was ich Amtsmißbrauch nenne, falls nicht noch Schlimmeres. Ihr habt auf heimtückische Weise die Damen Chao und Mar-Janah ermordet – die eine eine Adlige, die andere eine redliche Untertanin des Khan – und beide aus keinem anderen Grund als *mir* weh zu tun. Und da behauptet Ihr, Ihr hättet *nichts Unrechtes* getan?«

»Unrecht muß bewiesen werden«, sagte er mit einer Stimme, die genauso steinern war wie die Augen. »Unrecht ist ein abstrakter Begriff, der für sich allein gar nichts besagt. Unrecht ist wie das Böse etwas, das nur im Urteil von anderen besteht. Wenn jemand etwas tut, und niemand nennt es unrecht, dann hat er nicht unrecht gehandelt.«

»Doch habt Ihr das getan, Araber. Viele Male sogar. Und es wird als unrecht beurteilt werden.«

»Nehmt nur einmal Mord«, fuhr er fort, als hätte ich ihn nicht unterbrochen. »Ihr habt mir Mord zur Last gelegt. Doch wenn irgendeine Frau namens Mar-Janah wirklich tot *ist*, und zwar zu Unrecht zu Tode gebracht wurde, dann gibt es einen hochangesehenen Zeugen für ihre letzten Stunden. Er kann bezeugen, daß der Wali Achmad diese Frau nie gesehen, geschweige denn mörderisch Hand an sie gelegt hat. Dieser Zeuge kann aussagen, daß die Frau Mar-Janah an einer Dolchwunde starb, die ihr von einem gewissen Marco Folo beigebracht wurde.« Mit diesen Worten bedachte er mich mit einem ebenso spöttischen wie gutmütigen Blick. »Aber Marco Folo, wie seht Ihr denn aus? Meint Ihr denn, ich hätte den ganzen Abend hier im Bett gelegen? Nein, ich bin tätig gewesen und habe hinter Euch aufgeräumt und saubergemacht. Gerade eben erst konnte ich meine müden Knochen zur Ruhe legen, und da kommt Ihr hereingestürmt und belästigt mich aufs neue.«

Doch sein Sarkasmus glitt an mir ab. Ich schüttelte einfach den Kopf und sagte: »Ich werde freimütig zugeben, ihr die Dolchwunde beigebracht zu haben, wenn wir in der Halle der Gerechtigkeit stehen.«

»Dieser Fall wird niemals vor dem *cheng* verhandelt werden. Ich habe Euch doch gerade eben erklärt, daß ein Unrecht bewiesen werden muß. Doch ehe es dazu kommt, muß ein Missetäter erst angeklagt werden. Könntet Ihr so etwas Aberwitziges und Sinnloses tun? Würdet Ihr es wirklich wagen, gegen den Oberminister des Khanats Klage zu erheben? Das Wort eines Emporkömmlings, eines Ferenghi, gegen den Ruf des längstgedienten und höchstrangigen Höflings hier?«

»Es wird nicht nur mein Wort sein.«

»Es gibt niemand sonst, der gegen mich aussagen wird.«

»Da ist die Frau Buyantu, meine ehemalige Dienerin.«

»Seid Ihr sicher, daß Ihr das vorbringen wollt? Wäre das klug? Auch sie starb durch Eure Machenschaften. Das weiß der gesamte Hof und damit jeder Richter im *cheng*.«

»Ihr wißt, daß das nicht stimmt, verdammt noch mal! Sie hat heute abend mit mir gesprochen und mir alles enthüllt. Sie wartet im Moment oben auf dem *kara*-Hügel auf mich.«

»Auf dem *kara*-Hügel ist niemand.«

»Diesmal irrt Ihr Euch«, sagte ich. »Buyantu ist da.« Möglich, daß ich ihn sogar selbstgefällig angelächelt habe.

»Es ist niemand auf dem *kara*-Hügel. Lauft hin und seht nach. Es stimmt, daß ich früher am Abend eine Dienerin hinaufgeschickt habe. Ihr Name ist mir entfallen, ja, und jetzt weiß ich nicht einmal mehr, warum ich sie hingeschickt habe. Doch als sie nach einiger Zeit nicht zurückkam, bin ich hingegangen und habe nach ihr gesucht. Sehr rücksichtsvoll von mir, das persönlich getan zu haben, aber Allah gebietet uns, Rücksicht auf unsere Untergebenen zu nehmen. Hätte ich sie gefunden, wäre es möglich, daß sie es war, die mir gesagt hat, Ihr wäret hingelaufen, den Liebkoser zu besuchen. Leider muß ich berichten, daß ich sie dort nicht fand. Und Ihr werdet sie auch nicht finden. Geht hin und überzeugt Euch.«

»Mörderischer Unhold, Ihr! Habt Ihr Euch die Hände noch einmal mit dem Blut einer . . .«

»Hätte ich sie gefunden«, fuhr er unbeeindruckt fort, »wäre es möglich, daß sie mir gesagt hat, genau an dieser Rücksicht hättet *Ihr* es ihr gegenüber fehlen lassen. Doch Allah gebietet uns, rücksichtsvoller zu sein als ihr herzlosen Christen. Deshalb . . .«

»Dio me varda!«

Er ließ seinen spöttischen Tonfall fahren und herrschte mich an: »Ich werde dieses Klingenkreuzens müde. Nur eines laßt mich Euch noch sagen: Selbstverständlich sehe ich voraus, daß sich manche Augenbraue in die Höhe schiebt, wenn Ihr, Folo, anfangt, öffentlich zu behaupten, Ihr hättet entkörperlichte Stimmen im Echopavillon gehört, zumal, wenn Ihr auch noch darauf besteht, die Stimme von jemand gehört zu haben, der längst tot ist, die Stimme eines Menschen, der bei einem mißglückten Abenteuer umkam, dessen Ursache Ihr wart. Die mildtätigste Deutung Eures Gefasels wird sein, daß Ihr unglücklicherweise aufgrund des Kummers und der Schuldgefühle, die Euch dieserhalb befallen haben, den Verstand verloren habt. Und alles, was Ihr sonst noch von Euch gebt – wie zum Beispiel die Anschuldigungen gegen einen bedeutenden und hochangesehenen Höfling – würden ähnlich eingeschätzt werden.« Mir blieb nichts anderes übrig, als dazustehen und ihn ohnmächtig anzufunkeln.

»Und bedenkt«, fuhr er fort, »Euer bedauernswertes Leiden könnte der Öffentlichkeit auch zum Vorteil gereichen. Im zivilisierten Islam haben wir Häuser der Täuschung genannte Einrichtungen, um jene sicher zu verwahren, die vom Dämon des Wahns heimgesucht werden. Ich habe Kubilai schon lange gedrängt, diese Einrichtung auch hierzulande einzuführen, doch behauptet er hartnäckig, gesündere Regionen würden von derlei Dämonen nicht heimgesucht. Euer offensichtlich mitgenommener Geisteszustand und unbotmäßiges Verhalten könnten ihn vom Gegenteil überzeugen. In welchem Falle ich das erste Haus der Täuschung für Kithai in Auftrag geben würde – Ihr dürft raten, wer denn der erste Insasse sein soll.«

»Ihr . . . Ihr . . .!« Ich war versucht, über das fliederfarbene Bett hinüberzuspringen, doch er hatte die Hand nach dem Gong daneben ausgestreckt.

»Nun, ich habe Euch gesagt, Ihr solltet hingehen und Euch mit eigenen Augen davon überzeugen, daß auf dem *kara*-Hügel niemand ist – zumindest niemand, der Eure Wahnvorstellungen bestätigen könnte. Ich schlage vor, Ihr geht. Dorthin oder anderswohin. Aber geht!«

Was blieb mir anderes übrig, als zu gehen? Verzagt und mit Kummer im Herzen ging ich davon und stapfte hoffnungslos noch einmal den *kara*-Hügel zum Echopavillon hinauf, wiewohl ich genau wußte, daß es so sein würde, wie der Araber gesagt hatte: Ich würde niemand dort vorfinden. Nichts verriet, daß Buyantu jemals hier gewesen oder irgend etwas anderes als seit langer Zeit tot war.

Schleppenden Schrittes kam ich abermals den Hügel herunter, im Herzen noch verzagter und noch bekümmerter als zuvor – »mit den Sackpfeifen nach innen gekrempelt«, wie die Venezianer sagen und wie mein Vater es ausdrücken würde.

Der bittere Gedanke an meinen Vater brachte mich darauf, ihn aufzusuchen, und da ich sonst kein Ziel hatte, begab ich mich in seine Gemächer, um ihm nach meiner Rückkehr einen Besuch abzustatten. Vielleicht hatte er einen weisen Rat für mich. Doch eine seiner Dienerinnen machte auf mein Kratzen an der Tür auf und sagte mir, ihr Herr Polo weile außerhalb der Stadt – ob immer noch oder schon wieder, fragte ich nicht. So schleppte ich mich Trübsal blasend den Korridor weiter hinunter bis zu Onkel Mafìos Wohnung. Dessen Dienerin hinwiederum sagte mir, jawohl, ihr Herr Polo sei zwar da, verbringe jedoch seine Nächte nicht immer in seinen Gemächern; um seine Dienerschaft nicht unnötig zu stören, komme und gehe er durch den Hintereingang, den er in die Rückwand seiner Gemächer habe brechen lassen.

»Deshalb weiß ich abends oder nachts nie, ob er in seiner Schlafkammer ist oder nicht«, sagte sie mit leicht traurigem Lächeln. »Und ich möchte mich auch nicht aufdrängen.«

Mir fiel ein, daß Onkel Mafìo einst behauptet hatte, dieser Dienerin »Lust bereitet« zu haben. Vielleicht war das nur ein kurzer Ausflug in den Bereich der normalen Sexualität gewesen, den er jetzt überflüssig und unbefriedigend fand und sie deshalb ein so trauriges Gesicht machte, warum sie sich ihm auch nicht »aufdrängen« wollte.

»Ihr allerdings gehört zur Familie und seid kein Eindringling«, sagte sie und verneigte sich in der Tür vor mir. »Vielleicht geht Ihr und seht selbst nach.«

Ich ging durch die Wohngemächer bis zu seiner Schlafkammer; dort war es dunkel und das Bett unbenutzt. Er war nicht da. Mit offenen Armen aufgenommen wurde ich nach der langen Abwesenheit hier nicht gerade, dachte ich mit verzogenem Gesicht. Im Lampenlicht, das vom Hauptraum hereinschien, suchte ich nach einem Stück Papier, um ein paar Zeilen zu schreiben und Bescheid zu sagen, daß ich wieder in der Stadt sei. Während ich in der Schublade einer Kommode herumtastete, verfingen meine Fingernägel sich in merkwürdig dünnem, hauchzartem Gewebe. Erstaunt hielt ich es ins dämmerige Licht; was ich da in Händen hielt, war eigentlich nicht das, was ein Mann trug. Infolgedessen kehrte ich in den Hauptraum zurück und holte eine Lampe; dann hielt ich das Gewand noch einmal in die Höhe. Es handelte sich ganz zweifellos um Frauengewänder, freilich außerordentlich groß und weit geschnittene. Ich dachte: Du lieber Gott, vergnügt er sich neuerdings mit einer Riesin? War das der Grund für die Traurigkeit der Dienerin? Weil er sie zugunsten von etwas Groteskem und Abartigem abgelegt hatte? Nun, zumindest war es eine Frau ...

Ich ließ die Gewänder sinken, um sie wieder zusammenzulegen, und da stand Onkel Mafìo, der offenbar just in diesem Augenblick zur Hintertür hereingekommen war, vor mir. Er sah erschrocken, peinlich berührt und wütend zugleich aus, doch das war es nicht, was mir als erstes auffiel. Was ich sofort sah, war, daß sein bartloses Gesicht über und über weiß gepudert war, selbst auf Augenbrauen und Lippen, und die Augenlider mit *al-khol* geschwärzt und seitlich verlängert; außerdem war ein kleiner Rosenknospenmund aufgemalt dort, wo sein breiter Mund sein sollte, und sein Haar mit Hilfe von schmalen Kämmen aufgewickelt, und er selbst in spinnwebfeine Gewebe gehüllt, in hauchdünne Schals und flatternde Bänder in der Flieder genannten Farbe.

»*Gèsu*...« entfuhr es mir, als der erste Schock und das erste Entsetzen der Erkenntnis wich – oder zumindest soviel Erkenntnis, wie ich brauchte, und das war mehr, als mir lieb war. Warum war mir das nicht schon längst klargeworden? Ich hatte doch weiß Gott genug Leute von Wali Achmads »ausgefallenen Neigungen« reden hören und hatte doch längst von meines Onkels krampfhaft-verzweifeltem Festhalten gewußt, das dem eines Mannes glich, dem bei auslaufender Tide ein Ankertau nach dem anderen riß. Erst heute abend hatte Buyantu ganz verdutzt dreingeschaut, als ich Achmads »große Frau« erwähnte, und dann hatte sie ausweichend sogar gesagt: »Wenn diese Person den Namen einer Frau hat ...« *Sie* hatte Bescheid gewußt und mit weiblicher Durchtriebenheit sofort verstanden, dieses Wissen für sich zu behalten, um später damit handeln zu können. Der Araber hatte mir rundheraus gedroht: »Ich werde ein paar Bilder an die Öffentlichkeit geben ...« Mindestens da hätte mir doch einfallen müssen, welche Art von Bildern Meister Chao gezwungen worden war, insgeheim zu malen. »Der Name Folo wird dem allgemeinen Gespött preisgegeben werden.«

»*Gèsu*, Onkel Mafìo ...« flüsterte ich voller Mitleid, Ekel und Enttäuschung. Er sagte nichts, besaß aber immerhin den Anstand, zumindest ein betretenes und kein wütendes Gesicht zu machen, daß er jetzt entdeckt worden war. Langsam schüttelte ich den Kopf und überlegte manches, das ich sagen könnte, doch zuletzt sagte ich:

»Onkel, einst hast du mir einen überaus beredten Vortrag gehalten, wie man das Böse gewinnbringend nutzen könnte. Daß es nur der wirklich böse Mensch sei, der in dieser Welt triumphiert. Hast du dich an deine eigenen Worte gehalten, Onkel Mafìo? Ist dies« – ich wies mit einer Handbewegung auf seine schäbige Verkleidung, die verriet, wie tief er gesunken war – »Ist dies der Triumph, den du dafür bekommen hast?«

»Marco«, sagte er, sich mit belegter Stimme verteidigend. »Es gibt viele Arten von Liebe. Nicht alle sind hübsch. Aber keine Art von Liebe hat es verdient, verachtet zu werden.
»*Liebe?*« sagte ich und sprach es aus, als wäre es ein Schimpfwort.
»Wollust, Geilheit . . . letzte Zuflucht . . . nenn es, wie du willst«, sagte er düster. »Achmad und ich, wir beide sind alte Männer. Und fühlen uns beide anders als andere Menschen . . . als Ausgestoßene . . . als außergewöhnlich . . .«
»Abartig, würde ich es nennen. Und ich würde meinen, ihr wäret beide alt genug, die ungeheuerlicheren eurer Begierden zu unterdrükken.«
»Abzutreten und uns aufs Altenteil zu setzen, meinst du!« eiferte er sich, jetzt doch wieder wütend. »Untätig dazusitzen und zu verwesen, unseren Brei zu mummeln und unsere Gicht zu pflegen? Bildest du dir ein, bloß weil du jünger bist, du hättest ein Monopol auf Leidenschaft und Sehnsucht? Sehe ich aus wie ein hinfälliger Greis?«
»*Unanständig siehst du aus!*« schrie ich ihn meinerseits an. Angstvoll schlug er die Hände vor sein schreckliches Gesicht. »Der Araber trägt seine Abartigkeit zumindest nicht in Bändern und Schleiern zur Schau! Und wenn er es täte, brauchte ich nur zu lachen. Aber wenn du das tust, muß ich weinen.«
Ums Haar hätte er genau das getan – geweint. Zumindest schniefte er jetzt gottserbärmlich, sank auf eine Bank nieder und winselte: »Wenn du das Glück hast, ganze Festmähler der Liebe zu genießen, brauchst du dich noch lange nicht über diejenigen von uns lustig zu machen, denen nichts anderes übrigbleibt, als sich mit den Brosamen von deinem Tische zufriedenzugeben.«
»Schon wieder Liebe, ja?« sagte ich und brach in ein schneidendes Lachen aus. »Schau, Onkel, ich will gern zugeben, daß ich der letzte bin, der ein Recht darauf hätte, anderen Schlafkammermoral und Wohlanständigkeit zu predigen. Aber kannst du denn nicht mehr unterscheiden? Du weißt doch bestimmt, wie abgrundtief schlecht und böse dieser Achmad ist – und zwar *außerhalb der Schlafkammer?*«
»Ach, ich weiß, ich weiß.« Er schlug die Hände zusammen wie eine Frau in tiefster Pein und gab irgendeinen weibischen Schluchzlaut von sich. Es war schrecklich anzusehen. Und es war schrecklich, ihn dumm daherreden zu hören wie eine Frau, die nicht mehr weiß, was sie da sagt. »Achmad mag nicht der beste aller Männer sein. Launisch. Jähzornig. Unberechenbar. In seinem ganzen Verhalten bestimmt nicht zu bewundern, weder privat noch in der Öffentlichkeit. Das habe ich einsehen müssen, ja.«
»Und nichts dagegen unternommen?«
»Kann die Frau eines Trunkenbolds machen, daß er aufhört zu trinken? Was sollte ich tun?«
»Du hättest Schluß machen können mit dem, *was immer du getan hast.*«
»Was? Zu lieben? Kann die Frau eines Trunkenbolds aufhören, ihn zu lieben, bloß weil er ein Trunkenbold ist?«

»Sie kann sich weigern, sich ihm hinzugeben. Oder was immer ihr beiden – ach, laß nur! Bitte, versuch nicht, es mir zu sagen. Nicht mal vorstellen mag ich es mir.«

»Sei vernünftig, Marco!« wimmerte er. »Würdest du eine Geliebte aufgeben, bloß weil andere sie nicht liebenswert finden?«

»*Per dio*, ich hoffe, ich würde es tun, Onkel, wenn zu ihren wenig liebenswerten Zügen eine Neigung zu kaltblütigem Mord gehörte!«

Entweder, er hörte das gar nicht, oder aber er scheute davor zurück. »Von allen anderen Erwägungen mal abgesehen, Neffe – Achmad ist schließlich Oberminister und Finanzminister, und damit Vorsteher der Handelsvereinigung *Ortaq*; davon, was er erlaubt und was nicht, hängt der Erfolg der Händler hier in Kithai ab.«

»Hat er denn seine Erlaubnis nur gegeben, weil du vor ihm auf dem Bauch gekrochen bist wie ein Wurm? Weil du dich vor ihm erniedrigt hast? Mußtest du dich verkleiden und zurechtmachen wie die größte und häßlichste Hure der Welt? Mußtest du dich dafür in dieser lächerlichen Verkleidung durch Hintergassen und Hintertüren schleichen? Onkel, Verworfenheit läßt sich nicht als *gutes Geschäft* entschuldigen.«

»Nein, nein«, sagte er und druckste wieder herum. »Nein, mir hat es weit mehr bedeutet als nur das. Das schwöre ich, obwohl ich kaum von dir erwarten kann, daß du das verstehst.«

»*Sacro*, nein, das tue ich nicht. Gingest du nur deiner Neugier nach. Na gut, da habe ich mir auch so manches geleistet. Aber ich weiß, wielange du jetzt schon in dieser Sache drinsteckst. Wie konntest du nur!«

»Er hat es gewollt. Und nach einiger Zeit wird selbst Erniedrigung zur Gewohnheit.«

»Und du hast nie den Wunsch verspürt, mit dieser Gewohnheit Schluß zu machen?«

»Das wollte er nicht zulassen.«

»Wollte *er nicht zulassen*? Aber, Onkel!«

»Er ist ... ein böser Mann, vielleicht ... aber auch ein sehr herrischer.«

»Das warst du früher auch. *Caro Gèsu*, wie tief bist du gesunken! Aber wo du von dieser Sache wie von einem Geschäft gesprochen hast, sag mir – ich muß das einfach wissen –, ist mein Vater sich über diese Entwicklung im klaren? Oder besser gesagt, diese *Ver*wicklung?«

»Nein. Von dieser weiß er nichts. Keiner weiß davon, außer dir. Und ich wünschte, du würdest es vergessen.«

»Worauf du dich verlassen kannst, daß ich das tun werde«, sagte ich schneidend. »Sobald ich tot bin. Ich nehme an, du weißt, daß Achmad darauf aus ist, mich zu vernichten. Hast du das die ganze Zeit über gewußt?«

»Nein, das habe ich nicht, Marco. Auch das schwöre ich.«

Und wie ein Weib – das bei einer Unterhaltung immer bereit ist, einem Pfad zu folgen, auf dem sich ihr weder Bedenken noch Widersprüche noch andere Hindernisse in den Weg stellen – begann er höchst redegewandt daherzuplappern:

»Ich weiß es, jetzt, weil ich heute abend, als du kamst und ich versuchte, den Raum zu verlassen, an der Tür gelauscht habe. Sonst hat er mir nie enthüllt, wie er dich haßt, oder was für Scheußlichkeiten er gegen dich begeht – und wie er immer noch versucht, dich in Mißkredit zu bringen und dich zu vernichten. Selbstverständlich habe ich immer gewußt, daß er ein leidenschaftlicher Mann ist . . .« Und wieder wurde mir schlecht, als er abermals anhob zu wimmern und zu schluchzen: »Aber jetzt damit zu drohen, selbst *mich* zu benutzen . . . die Bilder von uns . . .«

Schroff fuhr ich ihn an: »Na, und? Es ist doch schon eine Weile her, daß du diese Drohungen gehört hast. Was hast du seither unternommen? Bist du weiterhin bei ihm geblieben, um – wie ich von Herzen hoffe –, um diesen hündischen *shaqàl* umzubringen?!«

»Umbringen? Meine – den Oberminister des Khanats *umbringen*? Nun hör aber mal auf, Marco! Dazu hast du genausoviel Gelegenheit gehabt wie ich – und mehr Grund, und doch hast du es nicht getan. Willst du, daß dein armer Onkel es an deiner Stelle tut und sich damit dem Liebkoser ausliefert?«

»*Adriò de vu!* Es wäre für mich nicht das erste Mal zu sehen, wie du jemand umbringst, und du hättest zumindest größere Chancen als ich, unerkannt davonzukommen. Ich nehme an, Achmad hat genauso eine Hintertür, durch die du dich heimlich hineinschleichen kannst, wie du hier.«

»Mag er sonst sein, was er will, Marco – aber er ist der Oberminister dieses Reiches. Bist du dir darüber im klaren, was das für ein Geschrei und Gezeter ergäbe? Meinst du etwa, der, der ihn erschlägt, käme ungestraft davon? Wie lange würde es dauern, bis man auf mich stieße und mich nicht nur als seinen Mörder entlarvte, sondern – sondern – auch noch als was anderes?«

»Siehst du? Fast hättest du es gesagt. Nicht der Mord ist es, vor dem du zurückschreckst, und auch nicht die Strafe, die darauf steht. Nun, auch ich fürchte mich weder davor, zu töten, noch getötet zu werden. Das aber verspreche ich dir: Ich hole mir Achmad, bevor er mich holt. Das kannst du ihm von mir ausrichten, wenn ihr das nächstemal miteinander schmust.«

»Marco, ich bitte dich – so wie ich ihn gebeten habe –, überlege doch! Er hat dir zumindest die Wahrheit gesagt. Es gibt keinen einzigen Zeugen und nicht den geringsten Beweis, mit dem du seine Glaubwürdigkeit in Zweifel ziehen kannst; und sein Wort wiegt bestimmt mehr als deines. Wenn du dich auf eine Auseinandersetzung mit ihm einläßt, wirst du den Kürzeren ziehen.«

»Und wenn ich es nicht tue, verliere ich auch. Das einzige, worüber noch Zweifel herrschen – und das einzige, worum es dir geht –, ist die Frage, ob du deinen unnatürlichen Liebhaber verlieren kannst. Wer immer für ihn ist, ist gegen mich. Du und ich, wir sind von einem Blut, Mafìo Polo, aber wenn du das vergißt – ich kann es auch vergessen.«

»Marco, Marco, laß uns wie vernünftige Männer darüber reden.«

»*Männer?*« Wie ein Peitschenhieb kam dieses Wort heraus, so zerstört war ich, so verwirrt und so von Traurigkeit erfüllt. In Gegenwart meines Onkels hatte ich immer das Gefühl gehabt, nie erwachsen geworden, immer der kleine Junge geblieben zu sein, der ich gewesen war, als wir unsere Reise angetreten hatten. Jetzt plötzlich, in Gegenwart dieses Zerrbilds seiner selbst, kam ich mir unendlich viel älter vor, als er es war, und als der bei weitem stärkere von uns beiden. Gleichwohl war ich mir nicht sicher, ob ich so stark war, diesen Widerstreit der Gefühle aushalten zu können – zusätzlich zu all den anderen Gefühlen, die an diesem Tag in mir aufgebrochen waren –, und ich hatte Angst, plötzlich zusammenzubrechen und ein Häufchen Elend zu sein, das nichts weiter konnte, als heulen und winseln. Um das zu vermeiden, hob ich die Stimme und schrie noch einmal: »*Männer?* Hier!« Ich packte einen blitzenden Messingspiegel von seinem Nachttisch. »Schau dich doch an, *Mann*!« Mit diesen Worten warf ich den Spiegel in seinen seidenumhüllten Altweiberschoß. »Mit einer derart aufgetakelten Schlampe unterhalte ich mich nicht mehr! Wenn du noch mal mit mir reden willst, komm morgen zu mir – aber komme mit einem sauberen Gesicht. Ich gehe jetzt zu Bett. Dies ist der schlimmste Tag meines Lebens gewesen!«

Und das stimmte. Nur war dieser Tag noch nicht vorüber. Wie ein gehetzter Hase, der nur um Haaresbreite vor der ihn verfolgenden Meute den schützenden Bau erreicht, wankte ich in meine Gemächer. Dort war es dunkel und leer; gleichwohl gab ich mich nicht der Illusion hin, sie als sicheren Bau zu betrachten. Der Wali Achmad konnte sehr wohl wissen, daß ich allein war und niemand mir helfen konnte – möglich sogar, daß er die Palastverwalter dazu gebracht hatte, dafür zu sorgen, daß dem so war – und ich beschloß, die ganze Nacht im Sitzen zu verbringen, wach und vollständig angekleidet. Ich war ohnehin so müde, daß ich keine Lust hatte, mich auszuziehen.

Kaum war ich auf einer Bank niedergesunken, da war ich plötzlich wieder hellwach, wie der gehetzte Hase; denn lautlos glitt meine Tür auf, und ein dämmeriges Licht strömte herein. Meine Hand war bereits an meinem Dolch, da erkannte ich, daß es nur eine Dienerin war, unbewaffnet und keine Bedrohung. Dienerinnen hüstelten für gewöhnlich höflich oder gaben sonst einen warnenden Laut von sich, ehe sie eintraten, doch diese hatte es nicht getan, weil sie es gar nicht konnte. Es war Hui-sheng, Lautloses Echo. Mochten die Palastverwalter auch versäumt haben, mir Dienerinnen zuzuweisen, Khan Kubilai vernachlässigte und vergaß nie etwas. Wiewohl vollauf mit anderen, wichtigeren Dingen beschäftigt, hatte er daran gedacht, sein letztes Versprechen an mich einzulösen. Eine Kerze in der einen Hand und – vielleicht aus Angst, ich könnte sie sonst nicht erkennen – den Weihrauchbrenner unter dem anderen Arm, trat sie ein.

Sie setzte den Brenner auf den Tisch und kam dann quer durch den Raum auf mich zu. Der Brenner war bereits mit dem allerfeinsten *tsan-xi-jang*-Weihrauch gefüllt, und was sie umwogte, war sein Duft – der

Duft sonnengewärmter Kleefelder, über die ein sanfter Regen herniedergegangen ist. Ich fühlte mich sofort auf wunderbare Weise erfrischt und mit neuer Zuversicht erfüllt; fortan sollten Hui-sheng und dieser Duft für mich immer miteinander verbunden sein. Noch lange Jahre später weckt der Gedanke an Hui-sheng sofort die Erinnerung an diesen besonderen Duft in mir und erinnert mich der Duft eines solchen Feldes an sie.

Sie entnahm ihrem Mieder ein zusammengefaltetes Papier und reichte es mir. Dann hielt sie mir die Kerze hin, damit ich lesen könne. Ihr reizender Anblick hatte mich so wunderbar beruhigt und zugleich mit neuem Lebensmut erfüllt, daß ich ungesäumt und ohne jede Angst das Dokument entfaltete. Zu sehen war darauf ein Dickicht von schwarzen Han-Schriftzeichen, die ich nicht entziffern konnte; was ich jedoch sofort als solches erkannte, war das große Siegel von Kubilai, dessen roter Abdruck über einen Großteil der Schrift ging. Hui-shen zeigte mit zartem, elfenbeinernem Finger auf ein oder zwei Zeichen und tippte sich dann auf die Brust. Ich begriff – ihr Name stand auf dem Papier –, und ich nickte. Sie zeigte auf eine weitere Stelle auf dem Papier – dieses Schriftzeichen erkannte ich, denn es war dasselbe, das auf meinem eigenen, persönlichen *yin* eingegraben war – und dann tippte sie schüchtern mir auf die Brust. Das Papier war der Besitztitel an der Sklavin Hui-sheng, und Khan Kubilai hatte diesen auf Marco Polo übertragen. Ich nickte nachdrücklich, und Hui-sheng lächelte, und dann lachte ich laut – der erste freudige Ton, den ich seit langem von mir gab –, und ich schloß sie in die Arme, weder von Leidenschaft erfüllt noch von Liebe, einfach nur froh. Und sie ließ es zu, daß ich ihre kleine Person an mich drückte, und drückte mich mit ihrem freien Arm sogar an sich, denn was wir feierten, war der erste Austausch von Gedanken, der zwischen uns stattfand.

Ich nahm wieder Platz, setzte sie neben mich und hielt sie weiter so – was ihr vermutlich im höchsten Maße unbequem war und sie schreckte; und dennoch regte sich in ihr nicht die geringste Bewegung, die man als Klage hätte deuten können – und so saßen wir die ganze Nacht hindurch, und sie kam uns überhaupt nicht lang vor.

3 Ich brannte auf den nächsten Gedankenaustausch mit Hui-sheng – oder vielmehr darauf, ihr ein Geschenk zu machen –, und das bedeutete, auf das Tageslicht zu warten, um zu sehen, was ich tat. Doch als das erste Licht des Tages sich an den durchschimmernden Fensterscheiben bemerkbar machte, war sie in meinen Armen fest eingeschlafen. Deshalb saß ich einfach still da und nahm die Gelegenheit wahr, sie eingehend, bewundernd und liebevoll zu betrachten.

Ich wußte, daß Hui-sheng ein ganzes Stück jünger war als ich, doch um wie viele Jahre, sollte ich nie erfahren, denn sie selbst hatte keine Ahnung, wie alt genau sie war. Desgleichen konnte ich nicht erraten, ob es nun an ihrer Jugend lag oder daran, daß sie eine Min war – oder aber einfach an ihrer persönlichen Vollkommenheit –, aber ihre Gesichtszüge lockerten sich nicht im Schlaf und erschlafften nicht, wie ich es bei vielen anderen Frauen erlebt hatte. Wangen, Lippen, Kinnlinie – all dies blieb bei ihr fest und in schöner Harmonie. Ihre pfirsichfarbene Haut war, von nahem betrachtet, die reinste und glatteste, die ich je gesehen hatte, selbst auf Statuen aus poliertem Marmor. Diese Haut war von so durchschimmernder Reinheit, daß ich – an den Schläfen und unmittelbar unter jedem Ohr – den bläulichen Hauch zarter Adern darunter ahnte, welche durch die Haut hindurchschimmerten, ähnlich wie die auf der Innenseite angebrachten Muster auf den dünnen Porzellangefäßen der Meistertöpfer zu sehen waren, wenn man sie gegen das Licht hielt. Noch etwas ging mir auf, als ich diese Gelegenheit wahrnahm, ihre Züge aus so großer Nähe zu betrachten. Bis jetzt hatte ich gemeint, daß die Männer und Frauen dieser Völker hier im Osten sämtlich schmale, schlitzförmige Augen hätten – ja, *Schlitzaugen* hatte Kubilai sie einst genannt –, wimpernlose, ausdruckslose, unergründliche Augen. Jetzt jedoch konnte ich sehen, daß dies an nichts anderem lag als daran, daß sie an ihrem oberen Lid noch einen winzigen zusätzlichen Winkel aufwiesen und aus diesem Grunde diesen Eindruck hervorriefen, und auch das nur, wenn man weiter von ihnen weg stand. Von nahem erkannte ich, daß Hui-shengs Augen auf ganz wunderbare Weise mit vollendeten Fächern herrlich feiner, langer und anmutig geschwungener tiefschwarzer Wimpern ausgestattet waren.

Als das zunehmende Tageslicht im Raum sie schließlich weckte und sie die Augen aufschlug, konnte ich sehen, daß sie womöglich größer und leuchtender waren als diejenigen der meisten Frauen im Abendland. Sie besaßen eine intensive, dunkle, *qawah*-braune Färbung, die jedoch winzige rehfarbene Einsprengsel aufwies, wohingegen das Weiß von einer solchen Reinheit war, daß es nahezu bläulich schimmerte. Hui-shengs Augen flossen, als sie sie öffnete – wie wohl die eines jeden Menschen in diesem Augenblick – über von irgendwelchen Traumresten –, doch als sie sich der wirklichen Welt, der Welt des Tages, um sich herum bewußt wurde, nahmen ihre Augen den überaus lebhaften Ausdruck guter Laune an und wirkten ausgesprochen gedanken- und gefühlvoll. Unterscheiden taten sie sich von den Augen abendländischer Frauen eigentlich nur dadurch, daß sie nicht so leicht zu durchschauen waren, doch von Undurchdringlichkeit konnte wahrhaftig nicht die Rede sein, sie erforderten vom Zuschauer nur etwas Aufmerksamkeit und eine gewisse *Zuneigung*, dann begriff man schon, was sie sagen wollten. Was eine Frau im Westen sagen will, sagt sie für gewöhnlich jedermann, der sich die Mühe macht hinzusehen. Was in Hui-shengs Augen vorging, erkannte eigentlich immer nur einer, der – wie ich – es wirklich wissen wollte und sich die Mühe machte, ganz tief in sie hineinzuschauen.

Als sie ganz erwachte, war der Vormittag taghell, und an meiner Außentür wurde gekratzt. Hui-sheng hörte das selbstverständlich nicht, und so ging ich hin, um aufzumachen – und zwar mit einer gewissen

Vorsicht, denn ich war immer noch auf der Hut davor, wer mir wohl einen Besuch abstatten könnte. Es handelte sich jedoch nur um zwei mongolische Dienerinnen, die einander glichen wie ein Ei dem anderen. Sie machten *ko-tou* vor mir und erklärten, dem Palastverwalter sei erst verspätet aufgegangen, daß ich ja nun ohne Bedienung sei, deshalb seien sie gekommen, um sich zu erkundigen, was ich zum Frühstück wünschte. Ich sagte es ihnen und setzte ihnen auseinander, sie sollten genug für zwei bringen, was sie denn auch taten. Im Gegensatz zu meinen früheren Dienerinnen, den Zwillingen, schienen diese nichts dagegen zu haben, außer mir auch noch eine Sklavin zu bedienen. Vielleicht hielten sie Hui-sheng aber auch für eine Konkubine, welche die Nacht über zu mir gekommen sei und möglicherweise von Geblüt war; hübsch und von wahrhaft edlem Betragen war sie ja. Jedenfalls bedienten die beiden uns ohne jeden Groll und blieben beflissen in der Nähe, während wir uns sättigten.

Als wir fertig waren, gab ich Hui-sheng Zeichen, wobei ich mich höchst ungeschickt anstellte und weit ausholende, völlig überflüssige Gesten vollführte. Später brachten wir es in der Zeichensprache zu so großer Vollendung und waren so wunderbar aufeinander abgestimmt, daß wir uns sogar über höchst verzwickte Sachverhalte verständigen konnten und dabei mit so unmerklich feinen Bewegungen arbeiteten, daß die uns umgebenden Menschen sie nur selten wahrnahmen und sich nicht genug darüber tun konnten, daß wir lautlos miteinander »redeten«. Jetzt aber ging es mir darum, ihr zu sagen, sie solle hingehen und all ihre Kleidung und persönliche Habe in meine Gemächer schaffen – selbstverständlich nur, wenn sie wolle. Ich ließ meine Hände unbeholfen über mein eigenes Gewand hinlaufen, zeigte dann auf sie und schließlich auf meine Truhen und Schränke und so fort. Ein weniger feinfühliger Mensch hätte meinen können, ich wiese sie an, daß sie sich kleiden solle wie ich in diesem Augenblick – nämlich in ein Männergewand in persischem Stil. Sie jedoch lächelte und nickte verständig, woraufhin ich die beiden Dienerinnen schickte, ihr zu helfen, ihre Sache herzubringen.

Als ich allein war, holte ich das Papier heraus, das Hui-sheng mir gebracht hatte: den Besitztitel an ihr, den Kubilai an mich abgetreten hatte. Dies war das Geschenk, das ich ihr machen wollte – nämlich sich selbst. Ich wollte ihr das Papier übereignen und ihr damit den vollen Status einer freien Frau geben, die niemand gehörte und niemand verpflichtet war. Ich hatte mehrere Gründe, dies tun zu wollen, und zwar auf der Stelle. Zum einen würde ich, sofern der Araber mich der Höhle des Liebkosers oder dem Haus der Täuschung überantwortete, fliehen oder mich freikämpfen müssen, wobei ich möglicherweise den Tod fand – infolgedessen war mir daran gelegen zu gewährleisten, daß Hui-sheng mir in gar keiner Weise verbunden war. Sollte ich jedoch am Leben und frei bleiben und meinen Status als Höfling behalten, so hoffte ich, Hui-sheng bald auf eine andere Weise zu besitzen als ein Herr eine Sklavin. Sollte es dazu kommen, mußte es ganz allein von ihr ausgehen, und sich mir schenken konnte sie sich nur, wenn es ihr vollständig freistand, das zu tun.

Ich holte daher aus meiner Schlafkammer jene Gepäckstücke, die ich in der letzten Zeit mit mir herumgeschleppt hatte, und verstreute den Inhalt auf dem Boden; dabei suchte ich nach dem kleinen Hühnerblutstein, meinem *yin*-Siegel, um meine Unterschrift unauslöschlich unter dieses Dokument zu setzen. Als ich es fand, fielen mir auch gleichzeitig das auf gelbem Papier geschriebene Ermächtigungsschreiben, sowie die große *pai-tzu*-Plakette, die Kubilai mir auf meine Mission nach Yunnan mitgegeben hatte, in die Hände. Vermutlich sollte ich ihm beides zurückgeben, dachte ich. Und das erinnerte mich an etwas anderes, das ich ihm gleichfalls mitgebracht hatte: das Stück Papier, auf welches ich die Namen von Bayans Waffenmeistern niedergeschrieben hatte, welche die Messingkugeln in den Felsspalten festgeklemmt hatten und deren Namen ich beim Khakhan lobend zu erwähnen versprochen hatte. Ich fand auch das, und dieses wiederum brachte mich darauf, alle meine anderen Erinnerungen zusammenzusuchen, die ich von noch früheren Reisen mitgebracht hatte.

Wer weiß, vielleicht hatte ich nie wieder Gelegenheit, meine Vergangenheit an mir vorüberziehen zu lassen, denn möglicherweise hatte ich keine Zukunft mehr, auf die ich mich freuen konnte. Infolgedessen ging ich hin, stöberte unter den älteren Paketen und in den Satteltaschen und holte all diese Dinge heraus und betrachtete sie noch einmal liebevoll. Meine sämtlichen Aufzeichnungen und die Teilkarten hatte ich bereits meinem Vater gegeben, damit dieser sich für mich um sie kümmere, aber es waren auch noch eine Menge anderer Dinge da – bis hin zu jenem aus Holz und Schnur bestehenden *kamàl*, den ein Mann namens Arpad mir in Suvediye gegeben hatte, damit ich genau feststellen könnte, wie weit nach Süden oder Norden wir auf unserem Weg abgewichen wären ... und einem nunmehr ziemlich verrosteten *shimshir*-Säbel, den ich aus dem Vorrat eines alten Mannes namens »Schönheit des Glaubensmonds« an mich genommen hatte, und ...

Wieder wurde an der Tür gekratzt, und diesmal war es Mafìo. Ich war nicht gerade überglücklich, ihn zu sehen, aber zumindest trug er jetzt Männerkleidung, und so ließ ich ihn eintreten. Als ob er mit der anderen Kleidung sich zugleich auch wieder ein Stück Männlichkeit angeeignet hätte, sprach er mit der heiseren Stimme von ehedem und schien sogar den Mut zu haben, ein wenig großzusprechen wie früher. Nachdem er mich nachlässig mit einem »*Bondì*« gegrüßt hatte, überfiel er mich mit einer regelrechten Suada:

»Ich habe die ganze Nacht wach gelegen, *Neodo* Marco, und mir Sorgen gemacht um deine Situation – über unser aller Situation – und bin dann augenblicklich hierher gekommen, ohne zuvor auch nur zu frühstücken, um dir zu sagen ...«

»Nein!« herrschte ich ihn an. »Ich bin längst nicht mehr dein kleiner Neffe, und du wirst mir *nichts* sagen. Auch ich bin die ganze Nacht aufgewesen und habe Entscheidungen darüber getroffen, was ich zu tun habe; nur *wie* ich das tun werde, darüber bin ich mir noch nicht ganz im klaren. Falls du also irgendwelche Vorstellungen hast, bin ich bereit, mir diese anzuhören. Aber von Anweisungen oder Forderungen will ich nichts hören.«

Er verlegte sich augenblicklich aufs Bitten und sagte begütigend: »*Adasio, adasio*«, hob beschwörend die Hände und ließ die Schultern sacken wie ein geprügelter Hund. Mir tat es fast leid zu sehen, wie meine entschiedene Zurechtweisung ihn klein machte, und so sagte ich nicht ganz so barsch: »Wenn du noch nicht gefrühstückt hast – da drüben steht eine Kanne heißer *cha*.«

»Danke«, sagte er kleinlaut, setzte sich und schenkte sich einen Becher ein. Dann begann er von neuem: »Ich bin ja nur gekommen, um zu sagen, Marco ... das heißt, um dir vorzuschlagen – du solltest vielleicht noch nichts Drastisches unternehmen, bis ich nicht noch einmal mit dem Wali Achmad gesprochen habe.«

Da ich ja noch keinerlei festen Plan hatte, etwas Drastisches oder auch weniger Drastisches zu tun, zuckte ich nur mit den Achseln, hockte mich auf den Boden und fuhr fort, mir meine Mitbringsel wieder anzusehen. Er redete weiter:

»Wie ich dir gestern abend schon versucht habe zu erklären, habe ich Achmad ersucht, einen Waffenstillstand zwischen sich und dir in Erwägung zu ziehen. Bitte, ich trete hier nicht als Verteidiger der Ungeheuerlichkeiten auf, die er begangen hat. Aber wie ich ihm deutlich gemacht habe, hat er beim Begehen dieser Dinge alle Zeugen, die für dich wichtig wären, aus dem Weg geräumt; infolgedessen brauchte er nicht zu fürchten, daß du versuchen würdest, ihn zu verleumden. Gleichzeitig, und auch darauf habe ich hingewiesen, hat er dich ja wohl hinreichend dafür bestraft, überhaupt seinen Zorn erregt zu haben.« Mafîo nippte an seinem *cha* und lehnte sich dann vor, um zu sehen, was ich täte. »*Cazza beta!* Die Erinnerungen an unsere Reisen. Ein paar von diesen Dingen hatte ich schon ganz vergessen. Arpads *kamál*. Und hier eine Dose mit der *mumum*-Enthaarungssalbe. Und das Fläschchen da, ist das nicht eine Erinnerung an den Scharlatan Hakim Mimdad? Und ein Päckchen *zhi-pai*-Spielkarten! *Olà*, Marco, was haben du und Nico und ich nicht für ein Dreiergespann von sorglosen Reisenden abgegeben! Oder etwa nicht?« Er lehnte sich wieder zurück. »Ich argumentiere daher folgendermaßen: Wenn Achmad keinen Grund hat, seinen Feldzug gegen dich fortzusetzen und du nichts gegen ihn in Händen hast, dann würde eine Waffenstillstandserklärung zwischen euch ...«

»... bedeuten«, erklärte ich verachtungsvoll, »daß dein reizendes Techtelmechtel mit deinem herrischen Liebhaber durch nichts gestört würde. *Dolce far niente.* Um was anderes geht es dir nicht.«

»Das ist nicht wahr! Und wenn nötig, bin ich auch bereit zu beweisen, daß alle Beteiligten mir etwas bedeuten. Aber selbst wenn du diesen Nebeneffekt bedauerst, spricht doch noch manches andere für einen Waffenstillstand. Keinem geschieht ein Leids, und allen ist Genüge getan.«

»Den abgeschlachteten Mar-Janah und Buyantu und der Dame Chao ist keinesfalls Genüge getan. Die hat sämtlich Achmad auf dem Gewissen, dabei waren sie alle völlig unschuldig und haben ihm nicht das geringste getan. Und Mar-Janah war eine Freundin von mir.«

»Was *hätten* die Toten denn davon?« rief er. »Nichts, was du tust, könnte sie wieder lebendig machen.«

»Aber ich bin noch am Leben und muß mit meinem Gewissen leben. Gerade eben hast du uns drei sorglose Reisende erwähnt; dabei hast du ganz vergessen, daß wir den größten Teil der Reise über vier waren. Nasenloch hat schließlich auch zu uns gehört. Und später, als Ali Babar, war er Mar-Janahs hingebungsvoller Gatte – und meinetwegen hat er sie verloren. *Dein* Gewissen mag ja sehr dehnbar sein, ich aber kann Ali nicht wieder ruhig ins Auge sehen, bis ich Mar-Janah nicht gerächt habe.«

»Aber wie? Achmad ist mächtig.«

»Aber auch nur ein Mensch! Das heißt, auch er kann sterben. Ich will dir ehrlich sagen, ich weiß zwar noch nicht, wie ich es mache, aber das eine schwöre ich dir: Ich werde den Wali Achmad-az-Fenaket töten.«

»Dafür würdest du nur selbst sterben.«

»Dann sterbe ich eben, das ist mir egal.«

»Und was ist mit mir? Was mit Nicolò? Und was mit der Compagnia . . .?«

»Wenn du mir *gute Geschäfte* vorschlagen willst . . .«, begann ich, um dann jedoch nicht weiterzusprechen.

»Schau, Marco. Tu nur, worum ich dich vor einem Augenblick gebeten habe. Überstürze nichts, bis ich noch einmal mit Achmad geredet habe. Ich gehe sofort zu ihm und rede ihm gut zu. Vielleicht hat er irgend etwas anzubieten, das deinen Zorn beschwichtigt. Etwas, das du annehmen könntest. Eine neue Frau für Ali, zum Beispiel.«

»*Gèsu*«, sagte ich, und nie war meine Abscheu größer. »Heb dich hinweg, du Wurm! Geh doch hin und kriech auf dem Bauch vor ihm. Geh hin und mach, was immer widerwärtiges er von dir verlangt. Mach ihn so besoffen vor Liebe, daß er dir alles verspricht . . .«

»Das kann ich tun!« sagte er eifrig. »Du denkst, du machst nur einen grausamen Scherz auf meine Kosten, aber ich kann das tun.«

»Dann genieß es, denn wahrscheinlich wird es das letztemal sein, daß du es tust. Ich will, daß Achmad tot ist, und zwar so schnell, wie ich es fertigbringen kann.«

»Ich glaube fast, es ist dir wirklich ernst damit.«

»Jawohl! *Wie soll ich dir das nur begreiflich machen?* Es ist mir völlig gleichgültig, was mich das kostet – oder dich – oder die Compagnia oder das Khanat oder Khan Kubilai persönlich. Ich werde nur versuchen, meinen unschuldigen Vater vor den Auswirkungen meiner Tat zu beschützen; deshalb muß es geschehen, ehe er zurückkehrt. Und ich werde es tun. Achmad wird sterben, und zwar durch mich!«

Endlich mußte er überzeugt sein, denn er sagte nur wie benommen: »Es gibt nichts, dich davon abzubringen? Nichts, was ich tun könnte?«

Wieder zuckte ich mit den Achseln. »Wenn du jetzt zu ihm gingest, könntest du ihn ja selbst umbringen.«

»Ich liebe ihn.«

»Dann töte ihn mit Liebe.«

»Ich glaube, ich könnte jetzt nicht mehr ohne ihn leben.«

»Dann stirb mit ihm. Muß ich es dir denn rundheraus sagen – dir, der du mein Onkel warst und mein Kompagnon und mein vertrauter Bundesgenosse? Dann sage ich's eben: Der Freund meines Feindes ist genauso auch mein Feind!«

Ich sah nicht einmal, wie er den Raum verließ, denn just in diesem Augenblick kehrten Hui-sheng und die beiden Dienerinnen zurück, und ich war vorübergehend damit beschäftigt, ihnen zu zeigen, wo sie ihre wenigen Habseligkeiten unterbringen sollte. Dann, während noch einer kurzen Weile, gelang es mir vollständig, den bösen Achmad und meinen bemitleidenswerten, heruntergekommenen Onkel Mafìo und all die anderen Sorgen zu vergessen, die auf mir lasteten, und die Gefahren, die mir außerhalb dieser Wohnung und jenseits dieses Augenblicks drohten – denn ich leistete mir das unsäglich innige Vergnügen, Hui-sheng den Besitztitel über sich selbst zu übergeben.

Mit einer Handbewegung forderte ich sie auf, an einem Tisch Platz zu nehmen, auf dem Pinsel, Armstütze und Tintenstein bereitlagen, welche die Han zum Schreiben brauchen. Ich faltete die Urkunde mit dem Besitztitel auseinander und legte sie vor sie hin. Dann feuchtete ich den Stein an, um Tinte herzustellen, und trug ein wenig davon auf die geschnittene Fläche meines *yin*, drückte diese dann fest auf eine freie Stelle auf dem Papier und zeigte ihr den Abdruck. Sie betrachtete erst diesen, dann mich, und ihren bezaubernden Augen war anzumerken, daß sie zu begreifen versuchte, was ich mit meinem Tun beabsichtigte. Ich zeigte auf sie, auf den Abdruck des *yin* auf dem Papier, auf mich selbst, vollführte dann eine abweisende Handbewegung – die Urkunde gehört nicht mehr mir, *du* gehörst nicht mehr mir – und drückte dann ihr das Papier in die Hand.

Ein großes Leuchten trat in ihr Gesicht. Sie wiederholte mein abweisendes Handwedeln, sah mich dabei fragend an, woraufhin ich nachdrücklich nickte. Sie hielt, mich immer noch anschauend, das Papier in Händen und tat so, als wolle sie es zerreißen – tat dies jedoch nicht –, woraufhin ich womöglich noch nachdrücklicher nickte, um sie ganz sicher zu machen: ja, das ist richtig, der Besitztitel über die Sklavin existiert nicht mehr, du bist eine freie Frau. Tränen traten ihr in die Augen, sie erhob sich und ließ die Urkunde fallen, so daß sie zu Boden flatterte, und schenkte mir einen letzten fragenden Blick: besteht auch wirklich kein Irrtum? Ich vollführte eine weitausholende Geste, um ihr zu verstehen zu geben: die Welt gehört dir, es steht dir frei zu gehen. Dem folgte ein Moment der Erstarrung, da ich den Atem anhielt und wir einfach dastanden und einander ansahen – und dieser Moment schien kein Ende zu nehmen. Sie brauchte nichts weiter zu tun, als ihre Habseligkeiten wieder zusammenzusuchen und davonzugehen; ich hätte sie nicht daran gehindert. Doch dann zerbrach der Moment der Erstarrung. Sie vollführte zwei Gesten, von denen ich *hoffte*, daß ich sie verstand – sie legte die eine Hand auf ihr Herz, die andere auf ihre Lippen, dann streckte sie beide in meine Richtung aus. Ich lächelte unsicher und brach in ein glückliches Lachen aus, denn sie warf sich mir mit ihrer kleinen Gestalt an die Brust, und wir umarmten einander, wie wir es am Abend zuvor getan – nicht leidenschaftlich und nicht einmal verliebt, nur einfach froh.

Schweigend dankte und segnete ich Khan Kubilai dafür, mir dies *yin*-Siegel gegeben zu haben. Es war das erstemal, daß ich es benutzte, und siehe da, es hatte dies bezaubernde Mädchen in meine Arme getrieben. Wirklich unfaßlich, dachte ich, was der schlichte Abdruck eines geschnittenen Steins auf einem Stück Papier alles bewirken konnte ...

Und dann ließ ich unvermittelt Hui-sheng fahren, drehte mich von ihr weg und warf mich auf den Boden.

Auf dem Weg nach unten sah ich flüchtig nur noch ihr erschrockenes kleines Gesicht, doch es war keine Zeit, etwas zu erklären oder mich für mein unmanierliches Benehmen zu entschuldigen. Mir war plötzlich eine Idee gekommen – eine ungeheuerliche, vielleicht sogar aberwitzige Idee, aber auch eine höchst verführerische. Möglich sogar, daß es Hui-shengs erfrischende Berührung war, die den Anstoß dazu gegeben hatte. Wenn dem so war, würde ich ihr später danken. Im Augenblick, auf allen vieren auf dem Boden, beachtete ich ihre Fassungslosigkeit nicht, sondern stöberte eifrig in all den vielen bunt durcheinandergewürfelten Dingen, die ich dort ausgeschüttet hatte. Ich fand die *pai-tzu*-Plakette, die ich Kubilai zurückgeben wollte, und die Liste mit den Namen der Waffenmeister, die ich ihm geben wollte und – ja! da war es! – das *yin*-Siegel, in das der Name Pao Nei-ho eingegraben war und das ich dem Minister für Kleinere Volksgruppen kurz vor seiner Hinrichtung abgenommen und seither behalten hatte. Ich griff es, strahlte es freudig an, stand auf, drückte es an mich und muß wohl ein paar Liedtakte gesummt und ein paar Schritte getanzt haben. Davon ab ließ ich erst, als mir klar wurde, daß Hui-sheng und meine beiden neuen Dienerinnen mich fassungslos und zweifelnd anstarrten.

Eine der Dienerinnen zeigte mit einer Handbewegung auf die Tür und sagte zaudernd: »Herr Marco, ein Besucher, der Euch sprechen möchte.«

Ich war im selben Augenblick wieder nüchtern, denn es war Ali Babar. Es war mir ihm gegenüber peinlich, daß er mich dabei ertappte, wie ich gerade eine Art Freudentanz aufführte, als wäre ich völlig unbeschwert, wohingegen er sein Liebstes verloren hatte und trauerte. Doch es hätte schlimmer sein können; noch schuldbewußter wäre ich mir vorgekommen, wenn er hereingekommen wäre, wie ich gerade Hui-sheng umarmte. So machte ich ein paar Schritte auf ihn zu, umfaßte seine Hand und zog ihn herein, wobei ich Worte der Begrüßung, des Mitleids und der Freundschaft murmelte. Er sah furchtbar aus. Seine Augen waren gerötet vom Weinen, seine große Nase schien womöglich noch mehr als sonst herunterzuhängen, und er rang die Hände, was ihn jedoch nicht daran hinderte, zu zittern wie Espenlaub.

»Marco«, sagte er mit bebender Stimme. »Ich bin gerade beim Hofbestatter gewesen, wollte ich doch ein letztes Mal einen Blick auf meine geliebte Mar-Janah werfen. Aber er sagt, er habe unter den bei ihm eingelieferten Toten niemand dieses Namens.«

Das hätte ich voraussehen und ihn daran hindern müssen hinzugehen, und ihm den Schrecken ersparen sollen, als ihm dies eröffnet wurde. Ich wußte, daß Hingerichtete nicht zum Hofbestatter geschickt wurden, sondern daß der Liebkoser sie ohne Segen und ohne Feierlichkeit einfach verschwinden ließ. Dennoch sagte ich nichts von alledem, sondern nur begütigend: »Das liegt zweifellos an dem Durcheinander, daß die Rückkehr des Hofes von Xan-du bewirkt hat.«

»Durcheinander«, murmelte Ali. »Das kann man wohl sagen, daß *ich* durcheinander bin.«

»Überlaß nur alles mir, alter Freund. Ich bringe das schon wieder in Ordnung. Gerade in diesem Augenblick war ich dabei, das zu tun. Ich bin unterwegs, um verschiedene Dinge in die Wege zu leiten, die mit dieser Angelegenheit zu tun haben.«

»Aber warte, Marco. Du hast gesagt, du würdest mir – nun ja, das Warum und Wieso ihres Todes erklären . . .«

»Das werde ich auch tun, Ali. Sobald ich von dieser Sache zurück bin. Es eilt, aber lange werde ich nicht brauchen. Bleib du nur hier, ruh dich aus und laß dich von meinen Damen verwöhnen.« Zu den Mädchen sagte ich: »Bereitet ihm ein heißes Bad. Reibt ihn mit Balsam ein. Holt ihm Essen und Trinken. Jede Art von Getränken, und gebt ihm soviel davon, wie er will.« Ich war schon im Begriff hinauszugehen, doch dann fiel mir noch etwas ein, und ich befahl mit größter Strenge: »Und keinen Menschen in diese Wohnung einlassen, bis ich wieder zurück bin.«

Fast im Laufschritt eilte ich dann zum Kriegsminister, dem Künstler Meister Chao, der zu meinem Glück zu so früher Stunde gerade weder mit Krieg noch mit Malen beschäftigt war. Ich begann das Gespräch damit, daß ich sagte, ich hätte von dem Unfall gehört, der ihm seine Gattin entrissen habe, und das tue mir leid.

»Warum?« sagte er träge. »Habt Ihr zu ihrem Stall von Beschälern gehört?«

»Nein. Ich halte mich nur an die guten Sitten.«

»Dann muß ich mich bei Euch bedanken. *Sie* hat *das* nie getan. Aber ich denke, Ihr beehrt mich nicht bloß aus diesem Grunde mit Eurem Besuch.«

»Nein«, sagte ich noch einmal. »Und wenn Ihr es lieber habt, daß ich kein Blatt vor den Mund nehme – mir ergeht das ebenso. Seid Ihr Euch darüber im klaren, daß die Dame Chao nicht durch einen Unfall zu Tode kam? Sondern daß dieser vom Oberminister Achmad herbeigeführt wurde?«

»Dann muß ich ihm danken. Das ist mehr, als er bisher je für mich getan hat. Habt Ihr eine Ahnung, warum er plötzlich so interessiert daran war, Ordnung in das Durcheinander meines kleinen Haushalts zu bringen?«

»Darum ging es ihm überhaupt nicht, Meister Chao. Er hat das ausschließlich in seinem eigenen Interesse getan.« Und dann fuhr ich fort, ihm zu erklären, daß Achmad das Amts-*yin* der Dame Chao benutzt hatte, um Mar-Janah um die Ecke zu bringen und um das, was vorherging und hinterher geschah, zu vertuschen. Ich erwähnte Mafio Polo zwar nicht, schloß jedoch mit den Worten: »Achmad hat auch damit gedroht, gewisse Bilder von Euch an die Öffentlichkeit zu bringen. Ich dachte, Ihr könntet vielleicht nicht besonders glücklich darüber sein.«

»Das wäre in der Tat höchst peinlich«, murmelte er immer noch träge, doch sein plötzlich stechender Blick verriet mir, daß er wußte, auf welche Bilder ich anspielte, und daß diese auch für die *famiglia* Polo im höchsten Maße peinlich sein könnten. »Ich nehme an, Ihr würdet gern dafür sorgen, daß der Jing-siang Achmad nicht plötzlich Amok läuft.«

»Jawohl. Und ich glaube, ich weiß auch, wie ich das anstelle. Mir ist gerade aufgegangen, daß ich, wenn er die Unterschrift von jemand anders benutzen konnte, um heimliche Machenschaften zu decken, das auch tun könnte. Zufällig bin ich im Besitz des *ying* eines anderen Höflings.«

Ich reiche ihm den Stein und brauchte ihm nicht erst zu erklären, wessen es wäre, denn er war sehr wohl imstande, den Namen selbst zu lesen: »Pao Nei-ho. Der ehemalige Minister der Kleineren Volksgruppen, der Yi, der sich als Han ausgab.« Er blickte auf und grinste mich an. »Wollt Ihr damit vorschlagen, was ich meine, daß Ihr meint?«

»Der Minister Pao ist tot. Kein Mensch weiß wirklich, warum er sich in diesen Hof eingeschlichen hat oder ob er sein Amt wirklich benutzt hat, um dem Khanat zu schaden. Fände man jedoch plötzlich einen Brief oder eine Denkschrift von ihm, die seine Unterschrift trüge und eine ruchlose Absicht verriete – sagen wir eine Verschwörung mit dem Ziel, den Khakhan zu verleumden und seinen Oberminister zu erhöhen – nun, Pao kann sich nicht mehr davon distanzieren, und Achmad dürfte es sehr schwerfallen, es zu entkräften.«

Entzückt rief Chao aus: »Bei meinen Ahnen, Polo, Ihr beweist ja selbst so etwas wie ministerielle Gaben.«

»Eine Gabe besitze ich jedoch nicht – nämlich die, Han-Schriftzeichen zu pinseln. Ihr jedoch könnt das. Es gibt andere, an die ich mich hätte wenden können, aber ich nahm an, daß Ihr nicht gerade ein Freund des Arabers Achmad seid.«

»Nun, wenn alles zutrifft, was Ihr gesagt habt, hat er mich von einer großen Last befreit. Gleichwohl stöhne ich immer noch unter anderen, die er mir auferlegte. Ihr habt recht: Ich würde mit Freuden helfen, diesen Sohn einer Schildkröte abzusetzen. Eines freilich übersieht Ihr. Was *Ihr* da vorschlagt, ist eine echte Verschwörung. Schlägt sie fehl, müssen wir beide uns auf eine frühe Begegnung mit dem Liebkoser gefaßt machen. Gelingt sie – und das ist womöglich noch schlimmer –, haben wir uns für immer und ewig gegenseitig in der Hand.«

»Meister Chao, mir geht es nur darum, mich an dem Araber zu rächen. Kann ich ihm auch nur im geringsten weh tun, ist es mir gleichgültig, ob es mich meinen Kopf kostet – morgen oder in ein paar Jahren. Schon indem ich Euch diesen Vorschlag unterbreite, habe ich mich in Eure Hand begeben. Ich kann Euch keine andere Sicherheit bieten als meine *bona fides*.«

»Die genügen«, erklärte er mit Entschiedenheit und erhob sich von seinem Arbeitstisch. »Das Ganze ist ohnehin ein so ungeheuerlicher Spaß, daß ich einfach nicht nein sagen kann. Kommt her.« Er führte mich in den nächsten Raum und riß die Schutzdecken von dem gewaltigen Kartentisch. »Laßt sehen. Minister Pao war also ein Yi aus Yunnan, das damals belagert wurde ... und der Minister Achmad hoffte, Khan Kubilai zu stürzen ... Wir müssen etwas finden, das diese beiden Ziele miteinander verbindet ... irgendeinen dritten Bestandteil. Ich hab's! Kaidu!«

»Aber der Ilkhan Kaidu herrscht weit in der Ferne im Nordwesten«, sagte ich zweifelnd und zeigte auf die Provinz Sin-kiang. »Ist er damit nicht ein wenig arg weit weg, um an dieser Verschwörung teilzuhaben?«

»Kommt, kommt, Polo«, schalt er mich, freilich immer noch allerbester Laune. »Mit dem Zusammenbasteln dieser Lüge ziehe ich mir den Zorn meiner verehrten Ahnen zu, und Ihr setzt das Heil Eurer unsterblichen Seele aufs Spiel. Wäret Ihr bereit, bloß für eine schwächliche und kleinmütige Lüge zur Hölle zu fahren? Besitzt ihr denn keinen Sinn für Künstlerisches, Mann? Geht Euch jedes Gefühl für eine großartige Vision ab? Wenn schon, laßt uns eine Lüge machen, die wie ein Blitz einschlägt und wie ein Donner grollt – und eine Sünde begehen, vor der sich die Götter selbst entsetzen.«

»Es sollte zumindest eine glaubwürdige Lüge sein.«

»Diesem barbarischen Vetter Kaidu traut Kubilai alles zu. Er haßt den Mann. Und er weiß, daß Kaidu keinerlei Bedenken kennt und habgierig genug ist, sich auch noch auf die wildesten Intrigen einzulassen.«

»Damit habt Ihr allerdings recht.«

»Da seht Ihr es! Ich werde ein Sendschreiben aufsetzen, in dem der Minister Pao in aller Heimlich- und Vertraulichkeit mit dem *Jing-siang* Achmad über ihre gemeinsamen heimlichen und sträflichen Ränke mit dem Ilkhan Kaidu diskutiert. So das Bild in groben Umrissen. Die Einzelheiten der Komposition überlaßt getrost einem Meisterkünstler.«

»Mit Vergnügen«, erklärte ich. »Ihr malt weiß Gott glaubwürdige Bilder.«

»Und wie, meint Ihr, gelangt Ihr in den Besitz dieses höchst leichtfertigen Dokuments?«

»Ich war einer der letzten, die den Minister Pao lebendig gesehen haben. Ich werde das Papier entdeckt haben, als ich ihn durchsuchte. So wie ich in Wahrheit zu dem *yin* gekommen bin.«

»Das *yin* habt Ihr nie gefunden. Vergeßt das ein für allemal.«
»Sehr wohl.«
»Ihr habt bei ihm nur ein altes und ziemlich zerknittertes Papier gefunden. Ich werde dafür sorgen, daß es ein Brief ist, den Pao hier in Khanbalik an Achmad schrieb, jedoch nicht mehr übermitteln konnte, weil er gezwungen war zu fliehen. So trug er ihn einfach und sträflicherweise bei sich. Ja. Ich werde es zerknittern und dafür sorgen, daß es ein wenig beschmutzt ist. Wie bald braucht Ihr dies?«
»*Eigentlich* hätte ich es dem Khan gleich bei meiner Ankunft in Xan-du übergeben müssen.«
»Macht nichts. Ihr konntet ja nicht ahnen, wie bedeutend es war. Und seid erst jetzt wieder beim Auspacken Eures Reisegepäcks darauf gestoßen. Übergebt es Kubilai und sagt einfach harmlos: ›Ach, übrigens, Sire...‹ Allein die Beiläufigkeit, mit der Ihr das sagt, wird dem ganzen Wahrscheinlichkeit verleihen. Doch je früher, desto besser. Gestattet, daß ich mich sofort ans Werk mache.
Er nahm wieder an seinem Arbeitstisch Platz und machte sich geschäftig daran, Papier und Pinsel und rote und schwarze Tintensteine sowie andere Werkzeuge seiner Kunst zurechtzulegen und inzwischen zu sagen:
»Ihr habt Euch mit dieser Verschwörung an den richtigen Mann gewandt, Polo. Dabei wette ich sehr hoch, daß Ihr Euch nicht im mindestens darüber im klaren seid, warum. Für Euch sehen zweifellos alle zwei Seiten voll mit Han-Schriftzeichen eine wie die andere aus; deshalb wißt Ihr auch nicht, daß nicht jeder Schreiber die Schrift eines anderen täuschend ähnlich nachmachen kann. Ich muß jetzt versuchen, Paos Handschrift nachzumachen und mich so lange darin zu üben, bis ich sie fließend schreiben kann. Doch dazu sollte ich nicht allzu viel Zeit brauchen. Geht jetzt und laßt mich arbeiten. Ich werde Euch das Papier zustellen, sobald ich kann.«
Als ich auf die Tür zuging, meinte er noch mit einer Stimme, in der Frohsinn und Reue einander durchdrangen:
»Wißt Ihr noch was? Es könnte sein, daß dies der krönende Abschluß meiner gesamten Laufbahn wird, das große Meisterwerk eines ganzen Lebens.« Und als ich hinausging, sagte er – aber immer noch fröhlich genug: »Warum seid Ihr nicht auf etwas verfallen, das ich wirklich mit Chao Meng-fu unterzeichnen könnte? Seid verflucht, Marco Polo.«

4 »Wenn alles gutgeht«, sagte ich zu Ali, »wird der Araber dem Liebkoser vorgeworfen. Und wenn du möchtest, kann ich mich dafür einsetzen, daß du dabeisein und *helfen* darfst, wenn der Liebkoser Achmad dem Tod der Tausend unterwirft.«
»Es würde mir ein inniges Vergnügen bereiten zu helfen, ihn zu Tode zu bringen«, murmelte Ali. »Aber dem verhaßten Liebkoser helfen? Du hast gesagt, daß er es war, der Mar-Janah tatsächlich umgebracht hat.«

»Das stimmt, und Gott weiß, es gibt nichts Hassenswerteres als ihn. Nur ist er in diesem Falle auf Ersuchen des Arabers tätig geworden.«

Ich war in meine Wohnung zurückgekehrt, wo die Dienerinnen, wie ich gehofft hatte, Ali Babar genug berauschende Getränke eingeflößt hatten, daß er ein wenig benommen war. Infolgedessen hatte er zwar häufig vor Entsetzen geschluckt, vor Kummer klagend aufgeschrien und vor Schmerz aufgestöhnt, als ich ihm die Umstände auseinandersetzte, die mit Mar-Janahs Ableben verbunden gewesen waren, aber er hatte sich nicht zu lautem Geschrei und Um-sich-Schlagen hinreißen lassen, mit denen die meisten Muslime glauben, ihrer Trauer angemessen Ausdruck verleihen zu müssen. Selbstverständlich hatte ich mich nicht weiter darüber ausgelassen, was für Überresten ich in Mar-Janahs letzten Lebensaugenblicken gegenübergestanden hatte.

»Ja«, sagte Ali nach einem langen, gedankenschweren Schweigen. »Wenn du es einrichten könntest, Marco, ich glaube, ich wäre bei der Hinrichtung des Arabers gern dabei. Ohne Mar-Janah habe ich keine Wünsche mehr und nichts, worauf ich mich freuen könnte. Wenn mir nur dieser Wunsch gewährt werden würde, wäre ich schon zufrieden.«

»Ich werde dafür sorgen – sofern alles gutgeht. Du tätest gut daran, hier sitzen zu bleiben und Allah zu bitten, daß alles gutgeht.«

Mit diesen Worten löste ich mich von meinem eigenen Stuhl und kniete mich wieder auf den Boden, um mein Durcheinander von Erinnerungsstücken fortzuräumen und einiges davon an mich zu nehmen. Während ich die verschiedenen Dinge zusammenschob – Arpads *kamàl*, das Päckchen *zhi-pai*-Karten und so weiter –, konnte ich mich des merkwürdigen Eindrucks nicht erwehren, daß irgend etwas davon fehlte. Ich setzte mich zurück und überlegte, was es sein könne. Was fehlte, war nicht das *yin* des Ministers Pao, denn das hatte ich selbst an mich genommen. Dennoch fehlte etwas, das noch da gewesen war, als ich alles ausgeschüttet hatte. Plötzlich ging mir auf, was es war.

»Ali«, sagte ich. »Hast du in meiner Abwesenheit vielleicht etwas von diesen Dingen an dich genommen?«

»Nein, nichts«, sagte er wie jemand, der das Durcheinander auf dem Boden bis jetzt überhaupt nicht wahrgenommen hatte, was er in seinem Zustand wohl auch wirklich nicht getan hatte.

Ich fragte die beiden Mongolenmädchen, doch sie leugneten, irgend etwas angefaßt zu haben. Daraufhin ging ich und holte Hui-sheng, die sich in der Schlafkammer aufhielt und gerade dabei war, ihre Habe in Schränken und Kommoden unterzubringen. Das entlockte mir ein Lächeln, verriet es doch, daß sie vorhatte zu bleiben, und zwar für länger. Ich nahm sie bei der Hand, zog sie in den Hauptraum, zeigte auf die Dinge auf dem Boden und machte dann fragende Gesten. Offensichtlich begriff sie, denn sie antwortete mit einem Schütteln ihres hübschen Köpfchens.

Dann konnte nur Mafìo es an sich genommen haben. Was fehlte, war das kleine Tonfläschchen, bei dessen Anblick er ausgerufen hatte: »Ist das nicht eine Erinnerung an den Scharlatan Hakim Mimdad?«

Das war es. Es handelte sich um den Liebestrank, den der *hakim* mir gegeben hatte, jenes hochwirksame Elixier, das der längst verstorbene Dichter Majnun und seine Dichterin Laila benutzt hatten, um ihre Lust an der Liebe zu steigern. Mafìo wußte genau, was es war, und er wußte auch, daß es unberechenbar und gefährlich war, hatte er doch gehört, wie ich Mimdad nach meiner grauenhaften Erfahrung damals mit den heftigsten Vorwürfen überschüttet hatte; und war Zeuge gewesen, wie ich mir nur widerstrebend von dem Hakim ein zweites Fläschchen zum Mitnehmen hatte aufdrängen lassen. Jetzt hatte er mir den Liebestrank gestohlen. Was mochte er damit vorhaben?

Blitzartig fielen mir noch ein paar Worte ein, die er heute morgen gesagt hatte: »Notfalls bin ich bereit zu beweisen, wie ich liebe...« Und als ich höhnisch gesagt hatte: »Geh doch hin und mach deinen Araber besoffen vor Liebe!« hatte er erklärt: »Das kann ich!«

Dio le varda! Ich mußte hinterherlaufen, ihn finden und davon abhalten! Ich hatte weiß Gott reichlich Grund, enttäuscht und entsetzt zu sein über Mafìo Polo und keinen *bagatìn* darum zu geben, was aus ihm wurde, und trotzdem... er war Blut von meinem Blut. Wenn er sich jetzt aus Selbstmitleid oder um sich selbst mit Ruhm zu bedecken, opferte, dann wäre das unnötig, denn ich hatte bereits eine Fallgrube für den abscheulichen Araber Achmad graben helfen. So rappelte ich mich wieder hoch – woraufhin Hui-sheng mich abermals sanft erschrocken ansah und nicht wußte, was los war. Doch kam ich nicht weiter als bis zur Tür, denn dort stand Meister Chao und strahlte vor Glück.

»Es ist vollbracht«, sagte er. »Und damit auch Eure Rache im selben Augenblick, da Ihr dies Kubilai zeigt.«

Er sah an mir vorbei und warf einen Blick auf die anderen im Raum; dann zupfte er mich am Ärmel und zog mich hinaus auf den Gang, damit uns niemand hörte. Dort entnahm er irgendwelchen Falten seines Gewandes ein zusammengefaltetes und leicht beschmutztes Stück Papier, das in der Tat so aussah, als hätte es eine lange Reise von Khanbalik nach Yun-nan und wieder zurück hinter sich. Ich faltete es auseinander und hatte das vor Augen, was für mich – wie alle Han-Unterlagen – so aussah wie ein geharkter Garten, über den viele Hühner dahingelaufen sind.

»Was steht drin?«

»Alles Nötige. Laßt uns keine Zeit damit vergeuden, es jetzt erst zu dolmetschen. Ich habe mich beeilt, und Ihr müßt Euch jetzt auch eilen. Der Khan ist unterwegs zur Halle der Gerechtigkeit, um die Sitzung des *cheng* zu eröffnen. Es haben sich viele Streitfälle angesammelt, die seiner Entscheidung harren. In solchen Dingen ist er sehr gewissenhaft und würde sogar die Entgegennahme des Waffenstreckens der Sung deshalb verschieben. Und wenn Ihr ihn nicht vor dem *cheng* erwischt, ist er dort beschäftigt und verhandelt hinterher mit der Sung-Kaiserin. Es kann Tage dauern, bis Ihr ihn wieder zu fassen bekommt, und in der Zeit könnte Achmad mit den Vorbereitungen für Eure Vernichtung bereits weit gediehen sein. Geht rasch!«

»In dem Augenblick, da ich das tue«, sagte ich, »lege ich nicht nur Achmads Schicksal in Eure Hand, Meister Chao, sondern unwiderruflich auch meines.«

»Und ich das meine in Eure, Polo. Geht!«

Ich ging, allerdings erst, nachdem ich nochmals in meine Gemächer gestürmt war, um andere Dinge zusammenzuraffen, die ich für den Khan hatte. Und erwischte ihn, kurz bevor er und die weniger hochgestellten Richter und die Zunge auf dem Podest in der Cheng-Halle Platz nehmen wollten. Er winkte mich freundschaftlich an das Podest heran, und als ich ihm die Sachen übergab, die ich mitgebracht hatte, sagte er: »Mit der Rückgabe dieser Dinge war es nicht eilig, Marco.«

»Ich hatte sie bereits länger behalten, als ich hätte tun sollen, Sire. Hier ist die elfenbeinerne *pai-tzu*-Plakette sowie Euer Ermächtigungsschreiben auf dem gelben Papier, und ein Papier, das der Minister Pao bei sich trug, als er gefangengenommen wurde, und noch eine Liste von mir mit den Namen sämtlicher Waffenmeister, welche die *huo-yao*-Kugeln so trefflich untergebracht und gezündet haben. Da ich ihre Namen mit lateinischen Buchstaben niedergeschrieben habe, Sire, lese ich sie Euch vielleicht vor. Hoffentlich spreche ich sie richtig aus, damit Ihr sie versteht, denn Ihr werdet Männer von so großen Verdiensten gewiß gebührend belohnen wollen ...«

»Lest, lest!« sagte er nachsichtig.

Das tat ich, während er die Plakette und den Brief, den er mir mitgegeben hatte, müßig neben sich legte; dann warf er einen Blick auf das von Meister Chao gefälschte Papier. Als er sah, daß es auf han geschrieben war, faltete er es auseinander und reichte es der viele Sprachen mächtigen Zunge und hörte mir weiterhin zu. Ich hatte damit zu tun, meine eigenen, nicht besonders deutlich hingekritzelten Buchstaben zu entziffern, und las laut vor: »Ein Mann namens Gegen vom Stamme der Kurai ... ein Mann namens Jassak von den Merkit ... ein Mann namens Berdibeg, gleichfalls von den Merkit ...« Plötzlich sprang die Zunge erregt auf und stieß trotz der Beherrschung so vieler Sprachen einen Schrei aus, der völlig unverständlich war.

»*Vakh!*« kam es vom Khakhan. »Was habt Ihr, Mann?«

»Sire!« Die Zunge rang aufgeregt nach Atem. »Dies Papier ... eine Sache von allerhöchster Bedeutung! Dem muß Vorrang vor allem anderen eingeräumt werden! Dies Schreiben, das jener Mann dort drüben gebracht hat.«

»Marco?« Kubilai wandte sich wieder mir zu. »Ihr habt gesagt, es sei dem verstorbenen Minister Pao abgenommen worden?« Ich sagte, ja, das stimme. Daraufhin wandte er sich wieder der Zunge zu. »Nun?«

»Vielleicht würdet Ihr es für angebracht halten, Sire«, sagte die Zunge und blickte bedeutsam mich an, dann die anderen Richter und die Wachen, »die Halle zu räumen, ehe ich Euch den Inhalt zur Kenntnis bringe.«

»Bringt ihn vor«, sagte der Khan knurrend, »danach werde ich entscheiden, ob die Halle geräumt werden soll.«

»Wie Ihr befehlt, Sire. Nun, ich könnte Euch langsam und Wort für Wort den Inhalt dolmetschen. Doch genügt es vorläufig zu sagen, daß es sich um einen Brief handelt, der mit dem *yin* von Pao Nei-ho unterfertigt wurde. Das Schreiben legt den Gedanken nahe, nein, es läßt sich ihm entnehmen, nein, es geht ganz unzweideutig daraus hervor, daß eine furchtbare Verschwörung besteht zwischen Eurem Vetter, dem Ilkhan Kaidu und – und einem Eurer vertrautesten Minister.«

»So?« sagte Kubilai frostig. »Dann halte ich es für das beste, daß *niemand* diese Halle verläßt. Fahrt fort, Zunge!«

»Kurz gesagt, Sire, scheint der Minister Pao, von dem wir alle wissen, daß er in Wahrheit ein Yi war, gehofft zu haben, die vollständige Zerstörung seiner Heimat Yun-nan abwenden zu können. Offenbar hat Pao den Ilkhan Kaidu bewogen – oder vielleicht bestochen; denn es wird Geld erwähnt –, nach Süden zu marschieren und mit seinem Heer Eure Nachhut anzugreifen, die damals gerade in Yun-nan einmarschierte. Das wäre gleichbedeutend gewesen mit Hochverrat und Bürgerkrieg. In einem solchen Falle erwartete man, daß Ihr selbst, Sire, das Kommando im Felde übernehmen würdet. Während Eurer Abwesenheit und der sich daraus ergebenden verworrenen Lage sollte – sollte der Vizeregent Achmad sich selbst zum Khakhan ausrufen ...«

Die versammelten *cheng*-Richter riefen wie aus einem Munde: »*Vakh!*« und »Schande!« und »*Aiya!*« und andere Rufe des Abscheus.

»... woraufhin«, nahm die Zunge den Faden wieder auf, »Yun-nan die Waffen strecken und dem neuen Khakhan Achmad als Gegenleistung für einen mühelos errungenen Frieden Lehnstreue schwören sollte. Sodann scheint man sich auch darauf geeinigt zu haben, daß die Yi zusammen mit Kaidu die Sung angreifen und helfen sollten, das Sung-Reich zu erobern. Danach wollten Achmad und Kaidu das Khanat zwischen sich aufteilen und regieren.«

Es kam zu weiteren »*Vakh!*«- und »*Aiya!*«-Rufen. Kubilai hatte immer noch kein Wort dazu gesagt, aber sein Gesicht war wie der schwarze *buran*-Sandsturm, der sich über der Wüste zusammenbraut. Während die Zunge auf einen Befehl wartete, ließen die Minister den Brief unter sich herumgehen.

»Stammt er wirklich aus Paos Hand?« fragte einer.

»Jawohl«, sagte ein anderer. »Um Geld zu schreiben, benutzte er das Schriftzeichen für die *kauri*-Muschel, die bei den Yi das gängige Zahlungsmittel ist.«

Ein anderer fragte: »Und was ist mit der Unterschrift?«

»Sie scheint echt zu sein – von seinem *yin*.«

»Der *yin*-Meister soll herkommen.«

»Niemand darf den Raum verlassen.«

Doch Kubilai hatte es gehört und nickte, woraufhin eine Wache hinauslief. Inzwischen redeten die Minister halblaut, aber aufgeregt durcheinander, und ich hörte einen feierlich erklären: »Das Ganze ist zu ungeheuerlich, als daß man es glauben könnte.«

»Es gibt einen Präzedenzfall«, sagte ein anderer. »Erinnert euch, vor ein paar Jahren haben wir uns Kappadozien durch eine ähnliche List einverleibt. Ein Oberminister der seldschukischen Türken, der gleichermaßen das Vertrauen seines Herrschers besaß, vergewisserte sich der heimlichen Hilfe unseres Ilkhan Abagha von Persien, ihm beim Sturz des rechtmäßigen Königs Kilij behilflich zu sein. Als der Verrat begangen war, brachte der Emporkömmling Kappadozien in das Khanat ein.«

»Ja«, meinte ein anderer. »Nur daß die Umstände da glücklicherweise andere waren. Abagha hat kein Komplott zur eigenen Erhöhung geschmiedet, sondern zugunsten seines Khakhan Kubilai und des ganzen Khanats.«

»Hier kommt der *yin*-Meister.«

Von den Wachen zur Eile getrieben, kam der alte Meister Yiu schlurfend in den *cheng*. Der Brief wurde ihm vorgewiesen, und er brauchte nur einen kurzen Blick draufzuwerfen, ehe er erklärte:

»Wo es um meine eigenen Arbeiten geht, kann ich mich nicht irren, meine Herren. Dieser Abdruck stammt in der Tat von dem von mir gefertigten Siegel für den Minister für Kleinere Volksgruppen, Pao Neiho.«

»Da haben wir's!« riefen etliche von ihnen, und: »Dann stimmt es alles«, und: »Jetzt steht es unzweifelhaft fest!« – und alle richteten den Blick auf Kubilai. Dieser holte tief Atem, ließ diesen langsam entweichen und sagte mit schicksalsschwangerer Stimme: »Wachen!« Diese Männer nahmen Habt-acht-Stellung an und stießen ihre Lanzen wie ein Mann auf den Boden. »Geht und sagt dem Oberminister Achmad-az-Fenaket, er habe sich unverzüglich hier einzufinden!« Nochmals stießen sie mit ihren Lanzen auf den Boden und fuhren herum, um die Halle zu verlassen, doch Kubilai hielt sie dann doch noch einen Moment zurück und wandte sich an mich:

»Marco Polo, es sieht ganz so aus, als hättet Ihr dem Khanat ein zweitesmal einen großen Dienst erwiesen – wenn auch diesmal unbeabsichtigt.« Die Worte klangen lobend, doch seinem Gesichtsausdruck nach zu urteilen, hätte man meinen können, ich hätte irgendwelchen Hundedreck mit meinen Stiefeln in die Halle geschleppt. »Dann bringt es jetzt auch zum Ende, Marco. Geht mit den Wachen und überbringt dem Oberminister den förmlichen Befehl: ›Erhebe dich und komm, toter Mann, denn Kubilai, der Khan Aller Khane, will deine letzten Worte hören.‹«

So ging ich, wie angewiesen, doch hatte der Khakhan mir nicht befohlen, zusammen mit dem Araber in den *cheng* zurückzukehren, und wie es sich ergab, tat ich das auch nicht. Ich und mein Trupp Wachen trafen in Achmads Wohnung ein und fanden die äußeren Türen unbewacht und weit offenstehend vor. Wir gingen hinein und fanden seine eigenen Schildwachen sowie alle seine Diener eifrig horchend und händeringend vor Unentschlossenheit vor der verschlossenen Schlafkammertür stehen. Als sie uns eintreten sahen, begrüßten die Diener uns lautstark, dankten Tengri und priesen Allah, daß wir gekommen waren.

So dauerte es eine Weile, bis wir sie beruhigen konnten und einen zusammenhängenden Bericht über das erhielten, was hier vorging.

Der Wali Achmad, berichteten sie, sei den ganzen Tag über in seiner Schlafkammer geblieben. Das sei zwar nichts Ungewöhnliches, denn er nehme sich häufig abends Arbeit mit und mache morgens nach dem Erwachen und Frühstücken bequem im Bett liegend weiter. An diesem Tag jedoch seien immer wieder ganz ungewöhnliche Geräusche aus der Schlafkammer gedrungen, und nach verständlichem Zögern habe schließlich eine Dienerin geklopft und gefragt, ob denn alles in Ordnung sei. Antwort habe ihr unmißverständlich die Stimme des Wali gegeben, nur habe dieser in unnatürlich hohem und zittrigem Ton gesprochen und befohlen: »Laßt mich allein!« Daraufhin seien wieder diese völlig unerklärlichen Laute nach außen gedrungen: Gekicher, das sich zu schallendem Gelächter gesteigert habe, Quietschen und Schluchzen, Gestöhn und wieder Gelächter und so weiter. Die Horcher an der Tür – inzwischen Achmads gesamter Haushalt – wären sich nicht schlüssig, ob diese Geräusche nun Ausdruck von Lust oder Pein seien. Sie hätten im Laufe von nunmehr etlichen Stunden immer wieder nach ihrem Herrn angerufen und an die Tür gepocht und versucht, sie aufzumachen, um einen Blick hineinzuwerfen. Die Tür sei jedoch fest verschlossen, und jetzt überlegten sie hin und her, ob es sich gezieme, sie aufzubrechen, doch nun seien zum Glück wir gekommen und enthöben sie der Entscheidung.

»Hört selbst«, sagten sie, und ich und der Befehlshaber der Wache drückten das Ohr ans Holz.

Nach einer Weile sagte er: »So etwas habe ich noch nie gehört.«

Ich wohl, doch das war schon lange her. Im *anderun* des Palastes von Baghdad hatte ich einst durch ein Guckloch beobachtet, wie ein junges Mädchen einen häßlichen behaarten *simiazza*-Affen verführte. Die Laute, die jetzt durch die Tür an mein Ohr drangen, ähnelten sehr denen, die ich damals gehört hatte – die halblauten Kosenamen, die geflüsterten Aufforderungen, das verwirrte Geschnatter des Affen, sein Gegrunze und Gestöhn beim Höhepunkt, und all das vermischt mit kleinen Schmerzensschreien, weil der Affe, während er das Mädchen unbeholfen und grob befriedigte, es auch mit kleinen Bissen und Kratzern nicht verschont hatte.

Von alledem sagte ich nichts zu dem Wachtmeister, sondern erklärte nur: »Ich würde vorschlagen, daß Ihr Eure Männer zunächst die Diener von hier in ihre Unterkünfte scheuchen laßt. Wir müssen den Minister Achmad festnehmen, brauchen ihn aber nicht unbedingt vor seinen Dienern zu demütigen. Schafft Euch auch seine Wachen vom Hals. Wir haben genug von den Euren.«

»Dann dringen wir also ein?« fragte der Wachtmeister, nachdem dies geschah. »Selbst wenn er unpäßlich ist?«

»Wir dringen ein. Was immer dort drinnen vorgeht, der Khakhan will den Mann sehen, und zwar sofort. Jawohl, brecht die Tür mit Gewalt auf.«

Ich hatte befohlen, daß die Zuschauer entfernt würden, nicht, weil ich Achmads Gefühle schonen wollte, sondern meine eigenen; ich erwartete nämlich meinen Onkel auf höchst auffällige Weise dort drinnen zu sehen. Zu meiner unendlichen Erleichterung war das nicht so, und der Araber war nicht in einem Zustand, in dem ihm eine Demütigung etwas ausgemacht hätte.

Er lag nackt auf dem Bett, und sein ausgemergelter, schweißüberströmter brauner Körper wälzte sich in seinen eigenen Ausscheidungen. Das Bettzeug war heute aus hellgrüner Seide, nur völlig verschleiert und mit weißen und auch rosa Schlieren durchsetzt, denn es schien, als ob von den vielen Ergüssen die letzten mehr Blut als *spruzzo* gewesen wären. Er stöhnte immer noch, wenn auch erstickt, denn im Mund hatte er einen von den phallusförmigen *su-yang*-Pilzen stecken, der durch die aufgenommene Speichelflüssigkeit dermaßen angeschwollen war, daß er ihm Lippen und Backen bis zum Bersten dehnte. Aus dem After ragte ihm noch ein solches Ersatzglied, doch das bestand aus feiner grüner Jade. Sein eigenes Glied vorn war nicht zu sehen und steckte in etwas, das aussah wie ein Pelzhut, den Mongolenkrieger im Winter tragen, und daran riß und zerrte er in dem rasenden Versuch, sich selbst Reibung zu verschaffen. Die achatharten Augen hatte er weit aufgerissen, und doch hatten sie bei aller Steinhärte etwas Verschwommenes, und wenn er etwas sah, so waren gewiß nicht wir es.

Ich gab den Wachen einen Wink. Ein paar von ihnen beugten sich über den Araber und nahmen ihm die verschiedenen Mittel ab oder zogen sie aus ihm heraus. Als der *su-yang* ihm aus dem saugenden Mund gezogen wurde, wurde das Wimmern lauter, ergab aber nach wie vor keinen erkennbaren Sinn. Als ihm der Jadezylinder herausgezogen wurde, stöhnte er wollüstig auf, und sein Leib verkrampfte sich vorübergehend. Als ihm das pelzbesetzte Ding abgenommen wurde, fuhren seine Hände gleichwohl weiterhin schwach auf und ab; dabei war ihnen dort unten nicht viel zum Spielen geblieben, und was geblieben war, war wund und blutig gerieben. Der Wachtmeister drehte das hutähnliche Ding um und um und untersuchte es neugierig, und ich sah, daß es behaart nur auf einer Seite war. Dann mußte ich den Blick abwenden, denn eine Masse weißer Substanz und schlierigen Blutes quoll heraus.

»Bei Tengri!« knurrte der Wachtmeister. »Lippen?« Dann warf er es hin und sagte voller Abscheu: »Wißt Ihr, was das ist?«

»Nein«, erklärte ich. »Und ich will's auch gar nicht wissen. Stellt den Ärmsten auf die Beine. Schüttet ihm kaltes Wasser über den Kopf. Wischt ihn sauber. Und zieht ihm was über.«

Während dies mit ihm geschah, schien Achmad wieder ein wenig zu sich zu kommen. Zuerst war er schlaff wie ein Mehlsack, und die Wachen mußten ihn aufrecht halten. Nach vielem Geschwanke und Gezittere war er dann imstande, allein zu stehen. Und nachdem er ein paarmal mit kaltem Wasser übergossen worden war, gab er zwischen den wimmernden Lauten das eine oder andere verständliche Wort von sich, nur schienen sie völlig aus dem Zusammenhang herausgerissen.

»Wir waren beide taufrische Kinder ...«, sagte er, als sage er ein Gedicht auf, das nur er hören konnte. »Wir paßten gut zueinander ...«
»Ach, halt's Maul!« grunzte ein grauhaariger Wachmann, der Schweiß und Schleim von ihm abwischte.
»Ich wuchs heran, doch sie blieb klein ... und ihre Öffnungen blieben klein ... und sie schrie ...«
»Maulhalten!« herrschte ein anderer lederiger Veteran ihn an, der versuchte, ihm einen *aba* überzustreifen.
»Dann wurde sie zum Hirsch ... und ich zur Hindin ... und da war ich es, der schrie ...«
Der Wachtmeister fuhr ihn an und sagte: »Man hat Euch gesagt, Ihr sollt den Mund halten.«
»Soll er doch reden und einen klaren Kopf bekommen«, sagte ich nachsichtig. »Er wird ihn brauchen.«
»Dann waren wir Schmetterlinge ... die wir uns im Inneren duftender Blumenkelche umarmten ...« Seine rollenden Augen blieben vorübergehend stehen, richteten sich auf mich, und er sagte durchaus verständlich: »Folo!« Doch das Steinharte seiner Augen war noch bemoost, und seinen anderen Fähigkeiten erging es nicht anders, denn murmelnd fügte er nur noch hinzu: »... den Namen zum Gespött machen.«
»Das könnt Ihr ja versuchen«, sagte ich gleichmütig. »Ich habe Befehl, folgendermaßen zu Euch zu sprechen: ›Geht mit diesen Wachen, toter Mann, denn Kubilai, der Khan Aller Khane, will deine letzten Worte hören.‹« Ich machte noch eine Handbewegung und sagte dann: »Schafft ihn fort!«
Ich hatte Achmad weiterbrabbeln lassen, um zu verhindern, daß den Wachen noch ein anderer Laut auffiel, den ich in diesem Raum vernommen hatte – einen schwachen, gleichwohl hartnäckig sich haltenden, gesangähnlichen Laut. Als die Wachen mit ihrem Gefangenen gegangen waren, blieb ich zurück, um die Quelle dieses Geräusches zu finden. Dies kam nämlich weder aus dem Raum selbst, noch von draußen aus einer der beiden Türen, sondern hinter einer der Mauern hervor. Ich lauschte angestrengt und verfolgte es bis zu einem ganz besonders grellen persischen *qali*, der dem Bett gegenüber hing und den ich jetzt fortriß. Die Mauer dahinter sah zwar fest aus, doch brauchte ich mich nur dagegen zu lehnen, und ein Stück der Täfelung schwenkte nach innen wie eine Tür und gab einen dunklen Gang frei; jetzt erkannte ich, worum es sich bei dem Geräusch handelte. Es war schon ein sonderbarer Laut, ihn in einem Geheimgang des Mongolenpalasts von Khanbalik zu hören, denn es handelte sich um ein altes venezianisches Lied, das dort gesungen wurde. Ganz besonders befremdlich wirkte es jedoch unter diesen Umständen, denn es war ein schlichtes Lied zum Preise der Tugend – also von etwas, an dem es nicht nur dem Wali Achmad gebrach, sondern überhaupt seiner Umgebung und allem, das mit ihm zu tun hatte. Mafio Polo sang mit leise tremolierender Stimme:

La virtù te dà grazia anca se molto
Vechio ti fussi e te dà nobil forme ...

Ich griff zurück in die Schlafkammer, um mir mit einer Lampe den Weg zu leuchten, ging ins Dunkel hinein und schwenkte die Geheimtür hinter mir zu, wobei ich von der Annahme ausging, daß der *qali* auf der anderen Seite wieder darüberfallen würde. Ich fand Mafìo ein Stück weiter im Gang entfernt auf dem kalten feuchten Steinboden sitzen. Wieder war er mit dem abscheulichen Gewand der »großen Frau« bekleidet – diesmal war es hellgrün – und sah womöglich noch benommener und mehr von Sinnen aus als der Araber. Er jedoch war zumindest nicht mit Blut oder irgendwelchen anderen Körperflüssigkeiten beschmiert. Welche Rolle er auch immer in dieser Liebestrankorgie gespielt hatte, es war offensichtlich keine sonderlich aktive gewesen. Er erkannte mich nicht, bot aber auch keinerlei Widerstand, als ich ihn beim Arm nahm, hochzog und ihn aufforderte, weiter den Gang entlangzugehen. Er sang nur einfach leise weiter

La virtù te fa belo anca deforme,
La virtù te fa vivo anca sepolto.

Obwohl ich nie zuvor durch diesen Geheimgang gegangen war, war ich mittlerweile vertraut genug mit der Palastanlage, um eine zumindest allgemeine Vorstellung zu haben, wohin die Windungen und Abbiegungen führten. Den ganzen Weg über fuhr Mafìo fort, leise das Lob der Tugend zu singen. Wir kamen an zahlreichen anderen verschlossenen Türen in der Mauer vorüber, doch meinte ich, erst eine beträchtliche Strecke zurücklegen zu müssen, ehe ich es wagte, eine der Türen auch nur einen Spalt weit zu öffnen und hinauszulugen.

Sie ging auf einen kleinen Garten hinaus und war nicht weit von jenem Flügel des Palasts entfernt, in dem wir untergebracht waren. Ich versuchte, Mafìo zum Schweigen zu bewegen, als ich ihn ins Freie zog, doch nützte das nichts. Er weilte in irgendeiner anderen Welt und hätte es nicht gemerkt, und wenn ich ihn durch den Lotusteich des Gartens gezogen hätte. Zum Glück war kein Mensch unterwegs, und ich glaube auch nicht, daß uns irgend jemand sah, als ich ihn auch noch den Rest des Wegs bis zu seinen Gemächern entlangzog. Dort jedoch mußte ich ihn – da ich ja keine Ahnung hatte, wo *seine* Hintertür war – durch den üblichen Eingang hineinbringen, wo uns dieselbe Dienerin in Empfang nahm, die mich schon am Abend zuvor eingelassen hatte. Ich war etwas überrascht, aber auch hoch erfreut, daß sie weder Schrecken noch Entsetzen bekundete, als sie ihren Herrn und Meister und ehemaligen Liebhaber in solcher grotesken Aufmachung sah. Sie machte nur wieder ein trauriges, mitleidiges Gesicht, als er gurrend sang:

La virtù è un cavedàl che sempre è rico,
Che no patisse mai rùzene o tarlo ...

»Dein Herr ist krank«, sagte ich zu der Frau, denn etwas anderes fiel mir nicht ein – und es stimmte ja.

»Ich werde mich um ihn kümmern«, sagte sie mit ruhigem Mitgefühl. »Keine Sorge.«

> ... *Che sempre cresce e no se pol robarlo,*
> *E mai no rende el possessòr mendico.*

Ich war froh, ihn ihrer Pflege überlassen zu können. Und warum soll ich es nicht an dieser Stelle sagen – Mafìo blieb noch lange in ihrer zarten und rücksichtsvollen Pflege, denn seinen gesunden Menschenverstand gewann er nie wieder zurück.

Ich hatte bereits einen ziemlich anstrengenden Tag hinter mir, und der gestrige war womöglich noch schlimmer gewesen; zwischendurch hatte ich in der Nacht kein Auge zugedrückt. Deshalb schleppte ich mich in meine eigenen Gemächer, um mich auszuruhen und mich von den Dienerinnen und der schönen Hui-sheng etwas verwöhnen zu lassen, während ich Ali Babar Gesellschaft leistete und zusah, wie er sein eigenes Elend im Rausch ertränkte, bis er das Bewußtsein verlor. Achmad sah ich nie wieder. Er wurde angeklagt, ihm wurde der Prozeß gemacht und das Urteil über ihn gesprochen – und das alles noch am selben Tag. Deshalb will auch ich schnell darüber berichten. Ich habe nicht die geringste Lust, mich bei diesem Thema länger aufzuhalten, denn es ergab sich, daß ich sogar noch in meiner Rache einen weiteren Verlust hinnehmen mußte.

In all den Jahren, die seither vergangen sind, habe ich es nie auch nur im geringsten bedauert, Achmad-az-Fenaket mit Hilfe eines gefälschten Briefes vernichtet und ihn darin eines Verbrechens beschuldigt zu haben, das er nie begangen hat. Er war genügend anderer Verbrechen und Laster schuldig. Es wäre gut möglich, daß der gefälschte Brief nicht die von mir erwünschte Wirkung gezeitigt hätte, wäre der Araber nicht von so verderbtem Wesen gewesen, daß er sich nicht abhalten ließ, Mafìos Liebestrank zuzusprechen. Aus dieser Erfahrung mit Halluzinationen kam er nur schwer angeschlagen wieder heraus; seine Schläue und sein scharfer Verstand wurden stark in Mitleidenschaft gezogen, und seine Schlangenzunge erlangte ihre frühere Gewandtheit nie wieder zurück. Vielleicht war er von dem ganzen Erlebnis nicht so schwer angeschlagen wie mein Onkel – schließlich erkannte der Araber mich hinterher kurz, was Mafìo nie wieder tat – und vielleicht hätte er sich nach einiger Zeit wieder erholt, doch soviel Zeit blieb ihm nicht.

Als er an diesem Tag vor den wutschäumenden Khakhan geschleppt und mit dem noch recht fadenscheinigen Beweis für seinen »Hochverrat« konfrontiert wurde, hätte er sich unter normalen Umständen wohl leicht herausreden können. Er hätte sich ja nur auf seine Unantastbarkeit zu berufen und zu verlangen brauchen, daß der *cheng* vertagt wurde, bis man einen Boten an den Ilkhan Kaidu geschickt hätte, jenen dritten in diesem angeblichen Verschwörerbund. Kubilai und die Richter hätten es kaum ablehnen können abzuwarten, was Kaidu zu der Sache zu sagen hätte. Aber Achmad bat laut denen, die dabei waren, weder darum noch um irgend etwas sonst. Er sei weder vorbereitet noch imstande gewesen, sich zu verteidigen. Sie sagten, er habe nur Unsinn geredet und getobt und um sich geschlagen und den unmißverständlichen Eindruck von einem Schuldigen gemacht, der vor lauter Angst vor der Strafe den Verstand verloren hatte. Daraufhin hatten die versammelten Richter des *cheng* sogleich und auf der Stelle den Stab über ihm gebrochen, und Kubilai, der immer noch außer sich war, hatte keinen Einspruch gegen das Urteil erhoben. Als des Hochverrats schuldig, wurde Achmad zum Tod der Tausend verurteilt.

Die ganze Angelegenheit war aus heiterem Himmel über alle hereingebrochen und stellte den ernstesten und aufsehenerregendsten Skandal dar, soweit die ältesten Höflinge zurückdenken konnten. Die Leute redeten von nichts anderem und erzählten sich genüßlich die kleinsten Kleinigkeiten oder Gerüchte, und jeder, der eine saftige Einzelheit mitzuteilen hatte, war sofort der Mittelpunkt einer ganzen Menschenmenge. Den meisten Ruhm heimste dabei der Liebkoser ein, dem man das erlauchteste Opfer seiner ganzen Laufbahn überantwortet hatte, und Meister Ping sonnte sich im Glanz seiner Berühmtheit. Im Gegensatz zu seiner sonstigen dunklen Heimlichtuerei rühmte er sich in aller Öffentlichkeit, er statte sein unterirdisches Verlies mit Vorräten aus, die ganze hundert Tage reichen würden. Außerdem schicke er sämtliche Schreiber und Gehilfen – selbst seine Tupfer und Apportierer – in die Ferien, um seinem erlauchten Opfer seine ungeteilte und vor allem von *niemand mitgetragene* Aufmerksamkeit zuteil werden zu lassen.

Ich stattete Kubilai einen Besuch ab. Dieser hatte sich inzwischen etwas beruhigt und sich mit dem Verlust und der Untreue seines Oberministers abgefunden. Auch betrachtete er mich nicht wie die Könige der Vorzeit die Überbringer schlechter Nachrichten. Ich berichtete ihm – ohne freilich in überflüssige Einzelheiten zu gehen –, Achmad sei verantwortlich für den unentschuldbaren Mord an Ali Babars völlig unschuldiger Frau. Ich bat und erhielt die Erlaubnis des Khakhan, daß Ali bei der Hinrichtung des Henkers seiner Frau zugegen sein dürfe. Der Liebkoser Ping war darüber selbstverständlich entsetzt, doch war er dieser Anordnung gegenüber ohnmächtig. Er wagte es nicht einmal, sich laut darüber zu beschweren, damit man nicht genauer untersuchte, wie weit er bereitwillig an der Ermordung von Mar-Janah teilgenommen hatte.

Infolgedessen begab ich mich an dem festgesetzten Tag zusammen mit Ali in die unterirdische Höhle und redete ihm gut zu, männliche Unerschütterlichkeit zu bewahren, während er zusah, wie unser gemeinsamer Feind stückweise seiner Gliedmaßen beraubt wurde. Ali sah bleich – Blutvergießen war noch nie sein Fall gewesen –, aber auch entschlossen aus, selbst dann noch, als er sich so umständlich und feierlich von mir verabschiedete, als wäre er selbst es, der dem Tod der Tausend überantwortet wurde. Dann verschwand er zusammen mit Meister Ping, der dieses unwillkommenen Eindringens wegen immer noch murrte, hinter der eisenbeschlagenen Tür, wo Achmad bereits hing und wartete. Ich bedauerte damals nur eines, als ich ging: daß der Araber, nach dem, was ich gehört hatte, immer noch benommen und durcheinander war. Wenn es stimmte, was Achmad mir einmal gesagt hatte, daß die Hölle das ist, was am schlimmsten schmerzt, dann bedauerte ich, daß er die Schmerzen nicht so intensiv empfand, wie ich es mir gewünscht hätte.

Da der Liebkoser angekündigt hatte, seine Liebkoserei könnte tatsächlich volle hundert Tage andauern, ging selbstverständlich ein jeder davon aus, daß dies auch geschehen werde. So würden auch erst nach Ablauf dieser Frist seine Schreiber und Gehilfen sich in der äußeren Kammer versammeln, um das triumphierende Wiederauftauchen ihres Herrn und Meisters zu erwarten. Nachdem mehrere Tage über diesen Zeitraum hinaus vergangen waren, wurden sie unruhig, wagten es jedoch nicht einzudringen. Erst als ich eine meiner Dienerinnen schickte, sich nach Ali Babar zu erkundigen, faßte der Obergehilfe sich ein Herz, die eisenbeschlagene Tür einen Spalt weit zu öffnen. Ihm schlug ein Leichenhausgestank entgegen, so daß er entsetzt zurückfuhr. Nichts sonst kam aus der eigentlichen Folterkammer, und niemand schaffte es, auch nur einen Blick hineinzuwerfen, ohne daß ihm sofort die Sinne schwanden. Es mußte nach dem Palastbaumeister geschickt und dieser gebeten werden, seine künstlichen Luftströme durch die unterirdischen Gänge zu lenken. Als die Räume gelüftet waren, daß es erträglich war, wagte der Obergehilfe des Liebkosers sich hinein und sah, als er wieder zum Vorschein kam, wie vor den Kopf geschlagen aus.

Er hatte drei Leichen gefunden, oder vielmehr die Bestandteile und Überreste dreier Leichen. Die des einstigen Wali Achmad bestand nur noch aus wenigen Fetzen; offensichtlich hatte er mindestens den Tod der Neunhundertundneunundneunzig erlitten. Soweit sich feststellen ließ, hatte Ali Babar offensichtlich bis zuletzt zugesehen, dann den *Liebkoser* gepackt und gefesselt und versucht, an seiner geheiligten und unverletzlichen Person den gesamten Prozeß des Liebkosens, den er kennengelernt hatte, nachzumachen. Allerdings, berichtete der Obergehilfe, sei er wohl nicht weit über den Tod von vielleicht Ein- oder Zweihundert hinausgekommen. Man nahm an, daß es Ali – von den Verwesungsgerüchen, die von Achmads Leiche ebenso ausging, wie von dem Blut und den Fleischresten und den Exkrementen – allzu übel geworden war, um bis zum Ende durchzuhalten. Er hatte den nur teilweise verstümmelten Meister Ping hängen lassen, so daß er zu gegebener Zeit starb, wohl aber nach einem der längeren Messer gegriffen, es sich in die eigene Brust gestoßen und sich auf diese Weise selbst den Tod gegeben. So hatte sich Ali Babar, Nasenloch, Sindbad, Ali-ad-Din, den ich so verachtet und über den ich mich, solange ich ihn kannte, als Feigling und großsprecherischen Prahler lustig gemacht hatte, durch die eine wahrhaft lobens- und rühmenswerte Eigenschaft seines Lebens – seine Liebe zu Mar-Janah – dazu veranlaßt gesehen, etwas überaus

Mutiges und Preiswürdiges zu tun. Er nahm Rache an den beiden Männern, die für ihren Tod verantwortlich waren, den Anstifter und den eigentlichen Töter, und hatte sich dann selbst das Leben genommen, damit keinem anderen (worunter ich zu verstehen war) die Schuld für diese Tat angelastet würde.

Die Palastbewohner, die Einwohner der Stadt Khanbalik und wahrscheinlich von ganz Kithai, wo nicht gar des gesamten Mongolenreiches tuschelten immer noch über den Skandal von Achmads tiefem Fall. Der neue Skandal aus dem Untergrund bot neuen Gerüchten Nahrung – und brachte Kubilai dazu, mich mit strengem, zweifelndem Blick zu bedenken. Trotzdem enthielt diese letzte Nachricht eine so schauerliche, wohl jedoch zum Lachen reizende Enthüllung, daß selbst der Khakhan sich amüsierte und von jedem Impuls abgelenkt wurde, sich seinerseits rächen zu wollen. Was zutage kam, war folgendes: Als die Gehilfen des Liebkosers diesen abhängten und für ein anständiges Begräbnis zusammenflickten, entdeckten sie, daß der Mann sein Leben lang *Lotus-Füße* gehabt hatte, die sie ihm von klein auf eingebunden hatten und die zu winzigen Spitzen verkrüppelt und verformt waren wie die einer Han aus edlem Hause. So brachte die allgemeine Stimmung, die von Kubilai nicht ausgenommen, die Leute nicht so sehr dazu, sich zu fragen: »Wer soll denn nun für *diese* Ungeheuerlichkeit büßen?«, als vielmehr zu der eher nachdenklichen und belustigten Frage: »Was für eine grauenhafte Mutter muß Meister Ping gehabt haben?«

Ich selbst, das muß ich gestehen, war weit weniger leichtfertig gestimmt. Meine Rache hatte ihren Lauf genommen, aber auf Kosten eines langvertrauten Gefährten, und so stürzte mich das alles in Schwermut. An dieser Niedergeschlagenheit änderte sich auch nichts, wenn ich Mafìo in seinen Gemächern aufsuchte, was ich fast täglich tat, um zu betrachten, was von *ihm* übriggeblieben war. Die hingebungsvolle Dienerin sorgte dafür, daß er stets sauber und anständig (in *Männerkleidung*) gekleidet war, und stutzte ihm auch den grauen Bart, der nun wieder zu sprießen begonnen hatte. Er machte einen wohlgenährten und durchaus gesunden Eindruck, so daß man fast hätte meinen können, den laut polternden und kernigen Onkel Mafìo von einst vor sich zu haben, nur daß seine Augen leer waren und er mit einer Art Muh-Stimme wie eine Kuh seine Tugendlitanai sang:

*La virtù è un cavedàl che sempre è rico,
che no patisse mai rùzene o tarlo...*

Bekümmert ließ ich den Blick auf ihm ruhen und war tief gebeugt, als ein anderer Besucher unerwartet von seiner letzten Handels-*karwan* zurückkehrte, die ihn durch das ganze Land geführt hatte. Nie – nicht einmal, als er nach so langen Jahren wieder in Venedig aufgetaucht, da ich ein Junge gewesen war – war ich so froh gewesen, meinen gütigen, sanften und langweiligen und wohlwollenden und farblosen alten Vater wiederzusehen.

Wir fielen einander in die Arme und küßten uns auf beide Wangen, wie Venezianer es nun einmal tun, dann standen wir nebeneinander, während er traurig auf seinen Bruder hinabblickte. Unterwegs, auf der Rückreise, hatte er in großen Zügen von allem gehört, was sich hier während seiner Abwesenheit abgespielt hatte: Vom Ende des Yun-nan-Feldzugs, meiner Rückkehr an den Hof, der Kapitulation der Sung, dem Tod von Achmad und Meister Ping, dem Selbstmord seines einstigen Sklaven Nasenloch, der unseligen Unpäßlichkeit des Ferenghi Polo, seines Bruders. Jetzt berichtete ich ihm, was nur ich ihm sagen konnte. Ich ließ nichts aus, selbst die niederträchtigsten und abscheulichsten Einzelheiten nicht, und als ich fertig war, warf er nochmals einen Blick auf Mafìo, schüttelte liebevoll und voller Bedauern den Kopf und murmelte voller Bedauern: »*Tato, tato...*«, die liebevolle Koseform, die da gedolmetscht lautete: »Brüderlein, Brüderlein...«

»*...belo anca deforme*«, muhte Mafìo offenbar in Erwiderung darauf. »*Vivo anca sepolto...*«

Bekümmert schüttelte Nicolò abermals den Kopf. Dann jedoch drehte er sich nach mir um und legte mir kameradschaftlich die Hand auf meine herabhängenden Schultern, straffte die eigenen, und vielleicht zum allerletztenmal war ich dankbar, eine seiner üblichen Ermutigungen zu hören:

»*Ah, Marco, sto mondo xe fato tondo.*«

Was nichts anderes besagen will, als daß, was immer geschieht, Gutes oder Schlechtes, Grund zur Freude oder zur Klage, »die Welt rund bleibt«.

MANZI

1 Allmählich legte sich der Sturm, den der Skandal entfesselt hatte. Der Khanbaliker Hof richtete sich einem Schiff gleich, das gefährlich gekrängt hatte, wieder auf, und der Kiel sorgte wieder für Ausgleich. Soweit ich weiß, hat Kubilai nie versucht, seinen Vetter Kaidu in bezug auf den ihm zugeschriebenen Teil an den unerhörten Geschehnissen der letzten Zeit zur Rechenschaft zu ziehen. Da Kaidu weit im Westen stand und jede Gefahr, daß er etwas mit einem Umsturz zu tun haben könnte, gebannt war, begnügte Kubilai sich damit, ihn zu lassen, wo er war, und wendete statt dessen alle Energie darauf, vor der eigenen Haustür wieder für Ordnung zu sorgen. Er begann das zu tun, indem er vernünftigerweise zunächst einmal die drei verschiedenen Ämter, die Achmad innegehabt hatte, unter drei verschiedene Männer aufteilte. Sein Sohn Chingkim bekam neben seiner Aufgabe als Wang der Hauptstadt auch noch das Amt des Vizeregenten aufgebürdet, der in Abwesenheit des Khakhan die Regierungsgeschäfte zu führen hatte. Meinen alten Schlachtgefährten Bayan beförderte er zum Oberminister, doch da Bayan es vorzog, als aktiver Orlok im Felde zu bleiben, ging auch dieses Amt auf den Prinzen Chingkim über. Vielleicht hätte Kubilai gern wieder einen Araber als Finanzminister gehabt – oder einen Perser, einen Türken oder Byzantiner –, da er größte Hochachtung vor dem Können dieser Menschen auf finanziellem Gebiet hegte und überdies diesem Ministerium auch noch die Oberaufsicht über die muslimische *ortaq* von Handelshäusern übertragen worden war. Doch als die Vermögensverhältnisse des toten Achmad offengelegt wurden, kam noch etwas ans Licht, das den Khakhan bewog, für alle Zeiten ein wachsames Auge auf die Muslime zu haben. Es war in Kithai wie in Venedig und anderswo üblich, daß Hab und Gut eines Verräters vom Staat eingezogen wurden. Dabei stellte sich heraus, daß das Vermögen des Arabers aus gewaltigen Reichtümern bestand, die er unrechtmäßig erworben, das heißt, während seiner Amtszeit unterschlagen und durch Erpressung an sich gebracht hatte. (Anderes aus seinem Besitz – zum Beispiel eine riesige Sammlung von Gemälden – kam nie ans Licht.)

Die durch nichts zu beschönigenden Beweise für Achmads jahrelange Falschheit erregten noch einmal Kubilais ganzen Zorn, so daß er zum Finanzminister einen älteren Han-Gelehrten aus meiner Bekanntschaft ernannte, den Hofmathematiker Lin-ngan. Kubilai ging in seiner neuen Verachtung der Muslime noch weiter: Er erließ neue Gesetze, nach denen er die Freiheit der Kithaier Muslime einschränkte und dem Ausmaß ihrer Handelsbetätigungen Schranken auferlegte, außerdem verbot er ihnen den bisher geübten Wucher und minderte damit ihre bisher alles Maß übersteigenden Gewinne. Auch ließ er sämtliche Muslime jenen Teil ihres *Quran* öffentlich abschwören, der es ihnen erlaubt, alle Menschen, die sich nicht zum Islam bekennen, zu täuschen, zu betrügen und zu töten. Er erließ sogar ein Gesetz, das von den Muslime verlangte, sie müßten *Schweinefleisch essen*, wenn es ihnen von einem Gastgeber oder Gastwirt vorgesetzt würde. Ich glaube, dieses Gesetz wurde von niemandem strikt befolgt, und es versuchte auch niemand, es richtig durchzusetzen. Außerdem weiß ich, daß die anderen Gesetze viele bereits reiche und einflußreiche in Khanbalik seßhafte Muslime gifteten. Das weiß ich, weil ich sie Verwünschungen brummeln hörte, nicht wegen Kubilai, sondern gegen uns »ungläubige Polos«, denen sie die Schuld daran in die Schuhe schoben, daß die Muslime jetzt so verfolgt wurden.

Ich selbst fand die Stadt seit meiner Rückkehr aus Yun-nan weder besonders gastfreundlich noch sonst angenehm. Nun, da der Khakhan mit so vielen anderen Dingen beschäftigt war, unter anderem mit der Besetzung von Wang-, Magistrats- und Präfektenämtern im neuerworbenen Manzi, hatte er für mich keine neuen Aufgaben, und die Compagnia Polo brauchte mich genausowenig. Die Ernennung unseres alten Bekannten Lin-ngan zum Finanzminister bedeutete keinerlei Eingriff in die Handelstätigkeiten meines Vaters. Falls überhaupt etwas, hatte die neue Unterdrückung muslimischen Handels höchstens bedeutet, daß sein eigener im selben Maße anstieg, doch wurde er damit durchaus allein fertig. Im Augenblick war er vollauf damit beschäftigt, die Zügel jener Unternehmungen zu ergreifen, um die bisher Mafio sich gekümmert hatte, und neue Aufseher für die *kashi*-Werkstätten einzuarbeiten, denen bisher Ali Babar und Mar-Janah vorgestanden hatten. Infolgedessen hatte ich nichts zu tun, und so kam mir der Gedanke, wenn ich Khanbalik für eine Weile verließe, könnte ich damit dazu beitragen, daß die immer noch vorhandene Unruhe und Bedrückung sich etwas legten. Ich ging daher zum Khakhan und fragte, ob er nicht eine Aufgabe irgendwo außerhalb habe, die ich für ihn erledigen könnte. Er dachte eine Weile darüber nach und sagte dann mit einem Hauch von boshaftem Vergnügen:

»Ja, das habe ich, und ich danke Euch, daß Ihr Euch freiwillig erbietet, es zu tun. Nun, da aus dem Sung-Reich Manzi geworden ist, bildet es einen Teil unseres Khanats, liefert aber bis jetzt noch keinerlei Beiträge für unsere Schatzkammer. Der bisherige Finanzminister hätte inzwischen längst sein *ortaq*-Netz über das Land ausgeworfen und würde mittlerweile ansehnliche Tributzahlungen hereinholen. Da er das jetzt jedoch nicht tut, und da Ihr dazu beigetragen habt, daß dem so ist, halte ich es nur für gerecht, daß Ihr Euch von Euch aus erbietet, diese Aufgabe für ihn zu übernehmen. Ihr werdet daher in die Hauptstadt von Manzi, Hang-zho, ziehen und irgendein System der Steuereintreibung ins Leben rufen, das unser kaiserliches Schatzamt zufriedenstellt und die Bevölkerung von Manzi nicht über Gebühr belastet.«

Eine so große Aufgabe hatte ich nun keinesfalls gemeint, und so sagte ich: »Aber Sire, ich verstehe überhaupt nichts von der Steuereintreibung ...«

»Dann nennt es, wie Ihr wollt. Der frühere Finanzminister nannte es eine Abgabe auf Handelsgeschäfte. Ihr könnt es Auflage oder Umlage nennen – oder meinetwegen auch unfreiwillige Wohltätigkeit. Ich erwarte nicht von Euch, daß Ihr die neuhinzugewonnenen Untertanen aussaugt bis aufs Blut, aber ich erwarte einen ansehnlichen Beitrag, den jeder Haushaltsvorstand einer jeden Provinz in Manzi zahlt.«

»Wie viele Einwohner gibt es denn dort, Sire?« Ich bedauerte es bereits, ihn überhaupt aufgesucht zu haben. »Und was würdet Ihr einen ansehnlichen Beitrag nennen?«

Trocken erklärte er: »Die Einwohner könnt Ihr wohl selbst zählen, wenn Ihr hinkommt. Und was den Beitrag betrifft, werde ich Euch umgehend wissen lassen, wenn er meinen Vorstellungen nicht entspricht. Und jetzt steht nicht da und seht mich mit offenem Maul an wie ein Fisch. Ihr wolltet eine Aufgabe. Ich habe Euch eine gegeben. Sämtliche nötigen Ernennungs- und Ermächtigungsschreiben werden fertig sein, wenn Ihr bereit seid zur Abreise.«

So zog ich mit nicht größerer Begeisterung nach Manzi als zuvor in den Krieg in Yun-nan. Woher sollte ich ahnen, daß die glücklichsten und befriedigendsten Jahre meines ganzen Lebens auf mich zukommen sollten? In Manzi sollte ich, wie zuvor in Yun-nan, die mir gestellte Aufgabe erfolgreich vollbringen, abermals den ganzen Beifall Kubilais finden, auf durchaus rechtmäßige Weise recht wohlhabend werden – und zwar aus eigenem heraus, durch meine Arbeit und nicht nur als Teilhaber der Compagnia Polo –, und ich sollte noch mit anderen Aufgaben betraut werden und auch diese gut erledigen. Doch wenn ich jetzt »ich« sage, sollte man darunter stets »ich und Hui-sheng« verstehen, denn das Lautlose Echo war jetzt meine Reisegefährtin, meine kluge Beraterin und standhafte Genossin; denn ohne sie an der Seite hätte ich nie geschafft, was mir in diesen Jahren gelungen ist.

In der Heiligen Schrift heißt es, der Herrgott habe gesagt: »Es ist nicht gut, daß der Mensch allein sei: Ich will ihm eine Gehilfin machen, die wie er sei.« Nun, nicht einmal Adam und Eva waren einander vollkommen gleich – eine Tatsache, für die ich nach all diesen vielen Jahren nie aufgehört habe, Gott zu danken –, und Hui-sheng und ich waren körperlich in vieler Hinsicht verschieden. Doch eine bessere Gehilfin hätte sich kein Mensch je wünschen können, und viele Dinge, in denen wir einander unähnlich waren, beruhten, das muß ich ehrlich einräumen, auf der Tatsache, daß sie mir überlegen war: in der Sanftheit ihres Wesens, in ihrer Herzensgüte und in einer Weisheit, die tiefer ging als bloße Intelligenz.

Selbst wenn sie weiterhin Sklavin geblieben wäre, die nichts getan hätte als mir dienen, oder meine Konkubine geworden wäre, die nichts getan hätte als mich befriedigen, wäre Hui-sheng eine wertvolle und willkommene Bereicherung meines Lebens gewesen, eine Verschönerung und etwas Köstliches. Sie war wunderschön anzusehen, köstlich zu lieben und eine Freude, sie um sich zu haben. So unglaublich es klingt, aber die *Unterhaltung* mit ihr war etwas, das man genießen konnte. Wie Prinz Chingkim einmal zu mir gesagt hatte, ist Bettgeflüster die beste Art, eine Sprache zu lernen, und das stimmte genauso in Hinblick auf eine Sprache der Zeichen und Gesten. Zweifellos hat unsere Nähe auf dem Kopfkissen dazu beigetragen, daß wir beide jeder die Sprache des anderen schneller lernten, als das sonst möglich gewesen wäre, und daß wir uns in der Sprache, in der wir uns miteinander unterhielten, rascher vervollkommneten. Als wir uns dieser Methode des Gedankenaustauschs zuwandten, stellte ich fest, daß Hui-shengs Ausdrucksmöglichkeiten einen großen Reichtum an Bedeutungen, großer Verständigkeit und feinster Unterschiede umfaßte, der es ihr gestattete, ausgesprochen geistreich zu sein. Alles in allem war Hui-sheng viel zu intelligent und viel zu begabt, als daß man sie auf die Stellung einer Untergebenen verwiesen hätte, wohin die meisten Frauen gehören, sich am wohlsten fühlen und am nützlichsten sind.

Daß man Hui-sheng der Welt der Laute und Klänge beraubte, hat nur dazu geführt, daß alle anderen Sinne bei ihr um so feiner ausgebildet wurden. Sie war imstande, Dinge zu sehen, zu fühlen, zu riechen oder *irgendwie* zu erspüren, die ich einfach nicht bemerkt hätte; nun lenkte sie meine Aufmerksamkeit darauf, so daß ich plötzlich mehr wahrnahm als je zuvor. Um ein ganz einfaches Beispiel zu geben: Sie sprang manchmal beim Spazierengehen unvermittelt von mir fort und lief auf etwas zu, das von weitem aussah wie ein gewöhnliches Büschel Unkraut. Sie jedoch kniete sich hin und pflückte etwas unauffällig wie Unkraut Aussehendes, brachte es mir und zeigte mir, daß es sich um eine zart knospende Blüte handelte, die sie behielt und pflegte, bis sie zu voller Schönheit erblühte.

Einmal, in der Frühzeit, als wir noch dabei waren, unsere Sprache zu erfinden, verbrachten wir einen Nachmittag in aller Muße in einem jener Gartenpavillons, die der Palastbaumeister auf so sinnreiche Weise mit Röhren versehen hatte, daß unter der Dachtraufe angebrachte Krugflöten auf wunderbare Weise zum Erklingen gebracht werden konnten. Ein wenig unbeholfen schaffte ich es, Hui-sheng klarzumachen, wie diese Dinge funktionierten, wiewohl ich davon ausging, daß sie keine Ahnung hatte, was Musik eigentlich *war*, so daß ich rechtzeitig mit den Händen Figuren nach diesen trillernden Klängen in die Luft malte. Sie nickte strahlend, woraufhin ich meinte, daß sie mir zuliebe so täte, als ob sie verstehe. Plötzlich jedoch ergriff sie eine meiner Hände und legte sie an eine der geschnitzten Seitensäulen, ließ sie dort liegen und gab mir zu verstehen, ich solle sehr, *sehr* leise sein. Verblüfft, jedoch liebevoll amüsiert, tat ich ihr den Gefallen und erkannte nach einem Augenblick völlig fassungslos, daß ich die wirklich allerleisesten Schwingungen wahrnahm – Schwingungen, die von der Krugflöte über uns über das Holz an meine Hände vermittelt wurden. Mein stummes Echo hatte mir in der Tat stumm ein Echo gezeigt. Sie war imstande, Rhythmen selbst dieser unhörbaren Musik nicht nur wahrzunehmen, sondern sogar zu genießen – vielleicht sogar besser als durch *Hören* –, so empfindsam waren ihre Hände und ihre Haut.

Diese außerordentlichen Fähigkeiten waren für mich auf meinen Reisen und bei meiner Arbeit und im Umgang mit anderen von unschätzbarem Wert. Das traf besonders in Manzi zu, wo man mir als Sendboten eines Eroberers selbstverständlich mit großem Mißtrauen begegnete und wo ich es mit grollerfüllten ehemaligen Adligen, habgierigen Großkaufleuten und kratzbürstigen Untergebenen zu tun hatte. Genauso, wie Hui-sheng eine für andere unsichtbare Blume erkennen konnte, erkannte sie häufig die unausgesprochenen Gedanken und Gefühle, Motive und Absichten anderer. Auch verstand sie sich darauf, mir die Augen dafür zu öffnen – manchmal allein, manchmal aber auch, während der Betreffende noch mit mir sprach –, was mir nicht selten zu einem großen Vorteil anderen gegenüber verhalf. Häufiger jedoch noch hatte ich den Vorteil, daß sie einfach an meiner Seite saß. Die Männer der Manzi, Adlige wie gewöhnliche Bürger, waren es nicht gewohnt, daß Frauen bei Männerbesprechungen dabei waren. Wäre die meine eine gewöhnliche Frau gewesen – einfältig, plappermäulig und schrillstimmig –, hätten sie mich als ungebildeten Barbaren oder als unter dem Pantoffel stehend verachtet. Hui-sheng stellte jedoch eine so bezaubernde und reizvolle (und wunderbarerweise schweigende) Bereicherung einer jeden Versammlung dar, daß jeder Mann sich äußerster Höflichkeit und bester Manieren befleißigte, sich ihr gegenüber höchst ritterlich äußerte, sich ins rechte Licht rückte und nahezu um sie herumscharwenzelte, um ihre Bewunderung zu erregen – und manchmal (das weiß ich genau) in meine Forderungen einwilligten oder meinen Anweisungen folgten oder mir bei einem Handel das bessere Teil überließen, bloß damit Hui-sheng sie beifällig ansah.

Sie war meine Reisegefährtin und hatte sich ein Kostüm zugelegt, das ihr gestattete, ein Pferd zu reiten wie ein Mann, woraufhin sie stets an meiner Seite ritt. Sie war meine fähige Gefährtin, meine Vertraute und in allem, nur dem Titel nach nicht, meine Frau. Ich wäre jederzeit bereit gewesen, »den Teller zu zerbrechen«, wie die Mongolen es nennen (da ihre von einem *shamàn*-Priester vollzogene Trauungszeremonie darin gipfelte, daß ein Stück feines Porzellan zerbrochen wird). Doch Hui-sheng – auch darin wieder anders als die Frauen sonst – maß der Tradition, der Form, dem Aberglauben oder dem Ritual keine Bedeutung bei. Sie und ich hatten uns gelobt, was wir uns hatten geloben wollen, und zwar unter uns, und das genügte uns beiden, und sie war froh, daß wir das nicht öffentlich mit hohlklingenden Phrasen hinauszutönen brauchten.

Einmal, als das Thema zur Sprache kam, riet Kubilai mir: »Marco, zerbrecht den Teller nicht. Solange Ihr Euch noch keine Erste Gemahling zugelegt habt, werdet Ihr jeden Mann, mit dem Ihr es in Sachen des Handels oder sonstiger Verhandlungen zu tun habt, nachgiebig und versöhnlich finden. Er wird sich um Eure gute Meinung bemühen und sich Eurem Glück nicht hinderlich in den Weg stellen, denn insgeheim nährt er die Hoffnung, seine Tochter oder Nichte zu Eurer Ersten Gemahlin und zur Mutter Eures Haupterben zu machen.« Dieser Rat nun hätte geeignet sein können, sofort das Gegenteil zu tun und den Teller mit Hui-sheng zu brechen, denn nichts wies ich weiter von mir als die Zumutung, mein Leben den Geboten »guter Geschäfte« unterzuordnen. Nur war es Hui-sheng, die mich darauf hinwies, daß sie als meine Gattin in der Tat gezwungen wäre, sich an manche Traditionen zu halten – zumindest diejenigen, die weibliche Unterordnung betrafen – und so werde sie zum Beispiel nicht mehr neben mir reiten dürfen (falls sie überhaupt irgendwohin mit dürfe), wäre gezwungen, in einer geschlossenen Sänfte zu reisen, und könne mir dann nicht mehr bei meinen Arbeitsgesprächen mit anderen Männern behilflich sein, und außerdem verbiete die Tradition ihr ...

»Genug, genug!« sagte ich und lachte über die Erregung, in die sie geriet. Ich fing ihren eindringlich erhobenen Finger und versprach, nichts, aber auch gar nichts könne mich bewegen, sie *jemals* zu heiraten.

So blieben wir einfach ein Liebespaar, und vielleicht ist das ja auch die beste Art von Ehe, die es gibt. Ich behandelte sie nicht als Ehefrau und damit als unter mir Stehende, sondern gewährte ihr – und bestand darauf, daß auch alle anderen das taten – volle Gleichheit mit mir. (Das ist vielleicht gar nicht so freizügig, wie es sich anhört, denn ich erkannte in vielem ihre Überlegenheit an, und vielleicht taten das manche feinfühligen anderen auch.) Und doch behandelte ich sie wie eine Ehefrau, und zwar eine hochadelige Gattin, denn ich beschenkte sie reich mit Schmuck aus Jade und Elfenbein und den wunderbarsten und alle ihre Reize besonders unterstreichenden Gewändern und für ihren persönlichen Gebrauch mit einer herrlichen Schimmelstute, einer von des Khans eigenen »Drachen-Zeltern«. Nur auf etwas bestand ich wie ein Ehemann und machte es zur Regel für sie: daß sie ihre Schönheit nie, wie das in Khanbalik üblich war, hinter Schönheitsmitteln versteckte. Dem fügte sie sich, und so wurde ihre Pfirsichblütenhaut nie unter einer dicken Schicht weißen Reispuders versteckt, ihre roséfarbenen Lippen nie mit irgendwelcher grellen Farbe zugedeckt oder nachgezogen und ihre flaumfeinen Brauen nie kahlgezupft. Damit trotzte sie jedem Gebot der Mode, doch machte sie das so strahlend und bezaubernd schön, daß alle Frauen die Mode und ihre sklavische Abhängigkeit davon verfluchten. Ich gestattete Hui-shen, sich zu frisieren, wie sie wollte, denn sie tat es nie anders, als ich es leiden mochte, und ich kaufte ihr edelsteinbesetzte Kämme und Haarspangen dafür.

Kleinodien aus Gold und Jade und dergleichen besaß sie schließlich in solcher Fülle, daß selbst eine Kahtun sie darum hätte beneiden können, doch ein Schmuckstück hütete sie wie ihren Augapfel, denn es bedeutete ihr mehr als alles andere. Mir erging es darin nicht anders, obwohl ich oft so tat, als hielte ich es für Schuld und dränge sie, es fortzuwerfen. Dabei handelte es sich um etwas, das nicht ich ihr geschenkt hatte, sondern um eines von den rührend wenigen Besitztümern, die sie mitgebracht hatte, als sie zu mir kam: den schlichten und wenig eleganten Weihrauchbrenner aus weißem Porzellan. Diesen trug sie liebevoll überallhin, wo auch wir hinreisten, und nahm ihn mit, gleichgültig, ob wir in einen Palast oder eine *karwansarai,* eine *yurtu* oder ein Feldlager einzogen. Stets sorgte Hui-sheng dafür, daß der süße Duft warmen Klees nach einem sanften Regen alle unsere Nächte durchzog.

Alle unsere Nächte ...

Wir waren nur ein Liebespaar, nie ein richtig getrautes Ehepaar. Trotzdem trete ich hier dafür ein, daß der Bereich unseres Betts so unverletzlich ist wie bei einem Ehepaar, und ich weigere mich, im einzelnen zu sagen, was sie und ich darin taten. In der Erinnerung an so manche andere intime Beziehung habe ich mich rückhaltloser Offenheit befleißigt; doch was mich und Hui-sheng betrifft, möchte ich manches einfach für uns behalten.

Ich will nur ein paar allgemeine Beobachtungen über das Thema Körperbau von mir geben. Damit wird Hui-shengs Privatsphäre nicht verletzt, und sie bräuchte auch nicht zu erröten, denn sie hat immer behauptet, sich körperlich nicht von anderen Min-Frauen zu unterscheiden und diese wiederum nicht von den Frauen der Han oder irgendeines anderen in Kithai und Manzi beheimateten Volkes. Ich bitte um Vergebung, wenn ich da anderer Meinung bin. Khan Kubilai persönlich hat einmal gesagt, die Frauen der Min seien schöner als alle anderen Frauen; und Hui-sheng war nun einmal etwas Besonderes auch unter ihnen. Doch wenn sie sich nicht davon abbringen ließ, mir mit bescheidenen und sich selbst herabsetzenden Gesten verständlich zu machen, sie sei, was ihre Züge und ihre Gestalt betreffe, eine ganz gewöhnliche Frau, war ich so vernünftig, dagegen nicht zu protestieren – denn am schönsten ist die Frau, der sich nicht bewußt ist, es zu sein.

Und Hui-sheng war von Kopf bis Fuß nichts anderes als schön. Damit ist fast alles gesagt, und dennoch möchte ich noch auf ein paar Einzelheiten hinweisen, um einige Mißverständnisse zu beseitigen, denen ich früher selbst aufgesessen war. Ich habe die feinen Härchen erwähnt, die ihr vor den Ohren und im Nacken wuchsen, und gesagt, sie hätten mich dazu gebracht, mich zu fragen, ob man danach auch auf eine reiche Behaarung an anderen Körperstellen schließen dürfe. In nichts hätte ich mich – was diese Erwartung betrifft – mehr irren können. Hui-sheng war an Armen und Beinen, unter den Armen und sogar auf ihrer Artischocke völlig unbehaart. Sie war an dieser Stelle so sauber und seidenglatt wie das Kind Doris in meiner Jugend. Dagegen hatte ich nichts – denn ein so preisgegebenes Organ erlaubt eine Fülle von Zuwendungen, die bei einem behaarten unmöglich sind –, doch zog ich unterhand einige Erkundigungen ein. War diese Unbehaartheit etwas Besonderes bei ihr oder benutzte sie womöglich ein *mumum,* um dies zu erreichen? Sie erwiderte, keine Frau der Min (oder Han oder Yi oder was dergleichen Völker mehr sind) weise irgendwelche Körperbehaarung auf, oder, wenn doch, so höchstens einen Hauch davon.

Ihr ganzer Körper war ähnlich kindlich. Sie hatte schmale Hüften und ein kleines Gesäß, gerade richtig, sich von mir in die Hände nehmen zu lassen. Auch ihre Brüste waren klein, jedoch von vollkommener Form und wohlerkennbar voneinander getrennt. Ich war seit langem zu der Überzeugung gekommen, daß Frauen mit großen Brustwarzen und einem großen dunklen Hof um diese sexuell weit reaktionsfähiger als Frauen mit kleinen oder blassen seien. Hui-shengs Brustwarzen waren im Vergleich zu denen anderer Frauen winzig, nicht jedoch, wenn man sie im Verhältnis zu ihren porzellanschalenförmigen Brüsten sah. Sie waren weder dunkel noch blaß, sondern leuchtend – genauso rosig wie ihre Lippen. Und nichts an ihnen wies darauf hin, daß es ihnen an Reaktionsvermögen gebreche, denn Hui-shengs Brüste – anders als bei größeren Frauen, die nur an der Spitze kitzlig sind – waren in ihrem gesamten Bereich von einer wunderbaren Empfänglichkeit. Ich brauchte sie nur an einer Stelle zu streicheln, und schon reckten ihre »kleinen Sterne« sich keck in die Höhe. Und unten war es nicht anders. Vielleicht lag es an der Unbehaartheit, daß der untere Teil ihres Bauches sowie die davon ausgehenden Schenkel hochempfindlich waren. Man brauchte dort nur irgendwo zart mit den Fingerspitzen darüberzustreichen, und schon tauchte aus ihrer mädchenhaft kleinen Spalte langsam ihr rosiger und hübscher »Schmetterling zwischen den Blütenblättern« auf und – da nicht verborgen in oder unter einem Haarbusch – um so wahrnehmbarer und verlockender.

Ich habe nie erfahren, hütete mich aber auch, danach zu fragen, ob Hui-sheng noch Jungfrau gewesen war, als sie zu mir kam. Einer der Gründe, warum ich das nie erfuhr, ist darin zu suchen, daß sie *immer* etwas Jungfräuliches hatte, worauf ich gleich noch zurückkommen werde. Ein anderer Grund war, daß Frauen dieser Völker – wie sie mir erzählte – *nie* mit einem Jungfernhäutchen in die Ehe gingen. Sie waren es gewohnt, in ihrer Kindheit gebadet zu werden und später selbst mehrere Male am Tag zu baden, und sich nicht nur äußerlich abzuwaschen, sondern – mit erlesenen Wässern, die aus Blumensäften gewonnen werden – auch ihr Inneres zu reinigen. Ihre Reinlichkeit ging weit hinaus selbst über die der gebildetsten, verfeinertsten hochgeborenen venezianischen Damen (zumindest so lange, bis ich später selbst dafür sorgte, daß die Frauen in meiner eigenen Familie in Venedig sich diese Gepflogenheit zu eigen machten). Eine Folge dieser gewissenhaften Reinlichkeit war, daß das Jungfernhäutchen eines jungen Mädchens nach und nach und schmerzlos geweitet und praktisch bis zum Nichtmehrvorhandensein zusammengeschoben wurde. Infolgedessen konnte sie sich dem ersten Eindringen durch einen Mann ohne Angst vor Schmerzen hingeben und wurde auch nicht verletzt, wenn dies geschah. Infolgedessen machen die Völker Kithais und Manzis nicht solch unsinniges Aufhebens wie andere von dem Bettlakenbeweis der Entjungferung.

Da ich gerade von anderen Völkern spreche, möchte ich bemerken, daß die Männer in muslimischen Ländern einer bestimmten Glaubensvorstellung besonders verhaftet sind. Sie glauben nämlich, daß, wenn sie sterben und in den Himmel kommen, den sie *djennet* nennen, sie sich dortselbst für alle Ewigkeit mit ganzen *anderuns* von himmlischen, *haura* genannten Frauen vergnügen, welche neben vielfältigen anderen

Gaben die Fähigkeit besitzen, ständig ihre Jungfräulichkeit wiederzugewinnen. Buddhistische Männer glauben das gleiche von den *davata*-Frauen, die sie in ihrem himmlischen Reinen Land zwischen den verschiedenen Leben genießen. Ich weiß nicht, ob es solche übernatürlichen Frauen im Jenseits gibt – wie immer dieses auch aussehen mag –, kann jedoch bezeugen, daß die Min-Frauen hier auf Erden diese wundersame Eigenschaft besitzen, in ihren Organen niemals zu erschlaffen oder ausgeweitet zu werden. Zumindest bei Hui-sheng war das nicht der Fall.

Ihre Öffnung war von außen betrachtet kindlich klein – nur die Andeutung von einem allerliebsten Grübchen –, aber auch innerlich erregend straff und fest zupackend. Gleichwohl war es voll ausgereift darin, daß es den ganzen Innengang hinauf mit zarten Muskeln bewehrt war, so daß dieser nicht einen ständig gleichbleibenden Druck ausübte, sondern von einem Ende bis zum anderen eine immer hindurchlaufende Empfindung auslöste. Abgesehen von den anderen köstlichen Wirkungen, die durch ihre Kleinheit ausgelöst wurden, war jedes Eindringen in Hui-sheng wie ein erstes Mal. Sie war *haura* und *davata* zugleich: ewig jungfräulich.

Manches an ihrer körperlichen Einzigartigkeit erkannte ich gleich bei unserer ersten gemeinsamen Nacht im Bett zusammen, und zwar noch bevor wir uns paarten. Auch sollte ich sagen, daß unsere erste Paarung nicht darauf beruhte, daß ich sie nahm, sondern daß sie sich mir hingab. Ich war standhaft bei meinem Vorsatz geblieben, sie nicht zu bedrängen, sondern machte ihr den Hof mit allen zarten Artigkeiten und schwungvollen Gesten eines Troubadours, der seiner Liebe zu einer hoch über seinem niedrigen Stand stehenden Dame Ausdruck verleiht. In dieser Zeit nahm ich andere Frauen und Ablenkungen jeglicher Art überhaupt nicht zu Kenntnis und verbrachte jeden möglichen Augenblick mit Hui-sheng oder möglichst nahe bei ihr. Zwar schlief sie in meiner Kammer, doch schliefen wir immer in verschiedenen Betten. Welcher meiner Reize oder Aufmerksamkeiten sie schließlich gewannen, entzieht sich meiner Kenntnis, ich weiß nur, wann es dazu kam. Es geschah an jenem Tag, da sie mir in dem Pavillon mit den Krugflöten bewies, daß man Musik nicht nur hören, sondern auch fühlen könne. An diesem Abend – zum ersten Mal in meiner Schlafkammer – brachte sie den Weihrauchbrenner, setzte den Weihrauch neben meinem Bett in Gang und kroch zu mir und – drücken wir es so aus – gestattete mir, die Musik nicht nur zu hören, sondern sie auch zu fühlen, sie zu sehen und zu schmecken (und selbstverständlich auch zu riechen in dem süßen Weihrauchduft des besonnten Kleefelds, auf das ein sanfter Regen hinuntergegangen ist).

Und noch ein Duft und noch ein Geschmack durchdrangen das Liebesspiel mit Hui-sheng. In dieser ersten Nacht, ehe wir überhaupt anfingen, fragte sie schüchtern, ob ich Kinder wünsche. Selbstverständlich wollte ich das, von jemand, der so köstlich war wie sie – doch eben weil sie mir soviel bedeutete, wollte ich sie nicht den Schrecken einer

Geburt aussetzen – und deshalb erklärte ich entschieden nein. Sie machte ein etwas enttäuschtes Gesicht, ergriff aber gleichwohl augenblicklich Vorsichtsmaßnahmen. Sie ging hin, holte eine sehr kleine Zitrone, schälte diese bis auf die weiße Haut ab und schnitt sie in der Mitte durch. Ich gab ihr zu verstehen, daß ich etwas so Einfaches und Gewöhnliches wie einer Zitrone nicht zutraute, etwas so Schwieriges wie eine Empfängnisverhütung zu bewirken. Sie jedoch lächelte zuversichtlich und zeigte mir, wie die Zitrone angewendet wurde. Ja, sie drückte mir die Zitronenhälfte in die Hand und ließ sie mich einführen, ja, ließ mich dies fürderhin jedesmal tun, wenn wir miteinander schliefen. Sie legte sich auf den Rücken und breitete die Beine aus, so daß die faltige kleine Pfirsichkerbe da unten bloß lag, ich zog sanft den Spalt auseinander und schob vorsichtig die Zitronenhälfte hinein. Dabei ging mir zum erstenmal auf, wie überaus klein und jungfräulich eng sie war, selbst für einen meiner Finger eine feste Hülle, als dieser behutsam und zitternd die Zitrone den warmen Kanal bis zu dem festen, glatten Mund ihres Schoßes hinaufglitt, über den die Zitrone dann eifrig und liebevoll gestülpt wurde.

Als ich die Hand zurückzog, lächelte Hui-sheng wieder – vielleicht weil ich so gerötet war oder so heftig atmete –, und vielleicht hat sie meine Erregung auch mit Sorge um sie verwechselt, denn sie beeilte sich, mir zu versichern, daß die Zitronenhälfte ein verläßlicher und sicherer Schutz vor allen Zufällen sei. Sie erklärte, sie sei nachweislich jedem anderen Verhütungsmittel überlegen wie etwa dem Farnsamen, den die mongolischen Frauen benutzten, oder den Salzbrocken der Bho-Frauen, oder dem Rauch, den die hirnlosen Hindufrauen in sich hineinbliesen, oder der kleinen Kappe aus Schildpatt, welche die Champa-Frauen sich von ihren Männern überstülpen ließen. Von den meisten dieser Methoden hatte ich noch nie etwas gehört, folglich konnte ich auch über ihre Wirksamkeit nichts aussagen. Später jedoch bekam ich Beweise dafür geliefert, wie wirksam so eine Zitrone in dieser Hinsicht ist. Auch sollte ich in dieser Nacht feststellen, daß sie eine viel *angenehmere* Methode darstellte als die meisten, weil sie Hui-shengs ohnehin schon makellos sauberen und wohlduftenden Teilen und Ausdünstungen und Säften noch einen frischen, herben und hellen Duft und Geschmack hinzufügte ...

Doch gleichviel. Ich habe gesagt, ich würde mich nicht mit Einzelheiten unserer Bettfreuden aufhalten.

2 Als wir nach Hang-zho abreisten, bestand unsere *karwan* aus vier Pferden und zehn oder zwölf Eseln. Bei dem einen der Pferde handelte es sich um Hui-shengs Schimmelstute mit dem hohen Gang, die anderen drei, die nicht ganz so hübsch waren, dienten mir und unseren beiden mongolischen Begleitern als Reittiere. Die Esel trugen unser gesamtes Reisegepäck, einen Han-Schreiber (der für mich dolmetschen und schreiben sollte) und zwei Sklaven, über die nichts weiter zu sagen ist, als daß sie beim Aufschlagen des Lagers und anderen harten Arbeiten helfen sollten.

Ich hatte wieder eine von Kubilais goldbeschrifteten Elfenbeinplaketten am Sattelknauf hängen, faltete aber erst, als wir bereits unterwegs waren, die beiden Beglaubigungs- und Ermächtigungsschreiben auseinander, die er mir gegeben hatte. Selbstverständlich waren sie auf han abgefaßt und geschrieben, schon der Manzi-Beamten wegen, denen ich sie vorweisen mußte, und so trug ich dem Han-Schreiber auf, mir zu sagen, was drinstehe. Er berichtete mir gleichsam mit hochachtungsvoll angehaltenem Atem, ich sei zum Vertreter des Kaiserlichen Schatzamts mit dem Titel eines *Kuan* ernannt worden, was bedeutete, daß sämtliche Magistrate und Präfekten und andere Regierungsbeamten mit Ausnahme des über allen stehenden Wang von Manzi mir zu gehorchen hatten. Als zusätzliche Information setzte der Schreiber noch hinzu: »Herr Polo – ich meine: *Kuan* Polo –, das berechtigt Euch zum Tragen des Korallenen Knopfes.« Er sagte das, als wäre das die größte Ehre von allem, doch sollte ich erst später erfahren, was das bedeutete.

Es war ein unbeschwerter, gemächlicher und angenehmer Ritt, der zuweilen über ebenes Land von Khanbalik nach Süden durch die Provinz Chih-li – die Große Ebene von Kithai – führte, einst von einem Horizont zum anderen ein riesiges Ackerland, nur, daß es heute auf geradezu wahnwitzige Weise in winzigsten Familienbesitz von höchstens ein, zwei *mou* aufgeteilt und eingezäunt war. Da nicht zwei von den vielen Tausenden von benachbarten landbesitzenden Bauern sich auf die für dieses Stück Land und diese Jahreszeit ertragreichste Ackerfrucht einigen konnten, war ein Feld mit Weizen bestellt, das nächste mit Hirse, noch ein anderes mit Klee oder Gartengemüse oder noch etwas anderem. Die Folge davon war, daß das alles überziehende Grün in kleine und kleinste Felder von unterschiedlichen Grüntönen und -schattierungen aufgeteilt war. Nach Chih-li kam die Provinz Shandong, wo das Ackerland Maulbeerbaumhainen wich, deren Blätter die Nahrung der Seidenraupen bilden. Aus Shan-dong kam das schwere, noppige und hochgeschätzte, gleichfalls *shan-dong* genannte Seidengewebe.

Eines fiel mir überall an den Hauptstraßen im Süden Kithais auf: in bestimmten Abständen waren dort aufschlußreiche Schilder aufgestellt. Ich konnte die Han-Schriftzeichen zwar nicht lesen, doch mein Han-Schreiber dolmetschte sie für mich. Da stand eine Säule am Straßenrand, an der oben in beide Richtungen je ein Brett zeigte und auf denen etwa stand: »Nach Norden bis Gai-ri, neunzehn *li*«, und auf dem anderen: »Nach Süden bis Zhen-ning, achtundzwanzig *li*.« So wußte ein Reisender stets, wohin er ritt und (falls er es vergessen haben sollte) woher er kam. Die Schildersäulen waren besonders an Wegkreuzungen sehr informativ, denn dort verriet einem ein ganzes Dickicht von Brettern, wie weit jede Stadt im weiteren Umkreis entfernt war. Über diese hilfreiche Han-Erfindung machte ich mir eine Notiz, denn ich meinte, das solle man für den gesamten Rest des Khanats und – was das betrifft – auch für das Abendland übernehmen, wo es derlei Dinge nicht gibt.

Die meiste Zeit über ritten wir auf dem Weg durch Kithai nach Süden dicht neben dem Großen Kanal oder zumindest in Sichtweite davon, auf dem ein bedeutender Schiffs- und Bootsverkehr herrschte; so kam es zu dem merkwürdigen Eindruck, daß, wenn wir etwas weiter vom Kanal entfernt waren, Boote und Schiffe dem Anschein nach über grüne Felder dahinsegelten und zwischen Obstbäumen navigierten. Angeregt zu diesem Kanal oder ihn nötig gemacht hatte die Tatsache, daß der Huang oder Gelbe Fluß sein Flußbett so oft verschoben hatte. Solange historische Aufzeichnungen gemacht wurden, hatte der Fluß im Ostteil seines Laufes sich immer wieder verlagert wie ein Seil, das ständig neu straffgespannt wird – nur, versteht sich, nicht so schnell. In dem einen oder anderen Jahrhundert hatte der Strom sich hoch im Norden, noch nördlich der Shan-dong-Halbinsel und nur wenige *li* südlich von Khanbalik in das Kithai-Meer ergossen. Mehrere Jahrhunderte später hatte sein immenser und schlangengleicher Lauf sich auf der Landkarte bis weit südlich der Shan-dong-Halbinsel hinuntergeschoben und war jetzt gute tausend *li* von seiner ursprünglichen Mündung entfernt. Um sich das bildhaft vor Augen zu führen, stelle man sich einen riesigen Fluß vor, der durch Frankreich fließt und sich bei dem englischen Hafen Bordeaux in den Golf von Biskaya ergießt, sich dann über die gesamte Breite von Europa nach Süden verschiebt und bei der Republik Marseilles in das Mittelländische Meer mündet. Zu anderen Zeiten hat sich der Gelbe Fluß im Laufe der Geschichte an ganz verschiedenen Stellen der Küste zwischen diesen nördlichsten und südlichsten Punkten in das Kithai-Meer ergossen.

Die Unbeständigkeit des Flusses hatte viele kleinere Wasserläufe und abgeschnittene Seen und Teiche allüberall dort, wo er früher einmal durchfloß, zurückgelassen. Diesen Umstand haben frühere Herrscherdynastien klug zu nutzen gewußt, indem sie einen Kanal ausheben ließen, der die vorhandenen Gewässer miteinander verband und sich einverleibte, wodurch ein Wasserweg entstand, der weit im Landesinneren ungefähr von Süden nach Norden verlief. Ich glaube, bis vor noch gar nicht langer Zeit konnte nur von dem zufälligen Teilstück eines Kanals die Rede sein, das zwei oder drei Städte miteinander verband. Doch Kubilai, oder vielmehr sein Oberster Kanalbaumeister, hatte mit ganzen Heeren von zwangsweise rekrutierten Arbeitern Gräben ausgehoben und ausgebaggert, so daß mehr als nur das entstand. Jetzt war der Kanal breit und tief und immer vorhanden, die Uferböschungen gesäubert und mit Steinen befestigt. Außerdem waren überall dort, wo es nötig schien, Schleusen und Hebemaschinen errichtet worden, um den Höhenunterschied zwischen verschiedenen Landmassen zu überbrücken. Dies System setzte Fahrzeuge aller Größen, von den *sanpan*-Booten bis zu seegängigen *chuan*-Schiffen, instand, von Khanbalik bis an die Südgrenze Kithais zu segeln oder gerudert oder getreidelt zu werden, denn dort dehnte sich das Delta des zweiten großen Stroms, der in das Kithai-Meer fließt, der Yang-tze. Und jetzt, wo Kubilais Reich sich bis weit südlich des Yang-tze erstreckte, wurde der Kanal bis an die Hauptstadt Manzis, Hang-zho, vorgetrieben. Es handelte sich dabei um eine äußerst fortschrittliche Leistung, fast so groß und eindrucksvoll anzusehen wie die alte Große Mauer – allerdings von weit größerem Nutzen für die Menschheit.

Als unsere kleine *karwan* über den Yang-tze, den Gewaltigen Fluß, übergesetzt wurde, war es, als führen wir über ein rehfarbenes Meer, so breit, daß wir kaum die nur etwas dunkelbraunere andere Seite, das Ufer von Manzi, erkennen konnten. Mir fiel schwer, mir klarzumachen, daß es sich um denselben Wasserlauf handelte, über den ich weit, weit im Westen und in Yun-nan und To-Bhot, wo er Jin-sah hieß, einen Stein hatte werfen können.

Das Land, durch das wir bis jetzt hindurchgekommen waren, war zwar vorwiegend von Han bevölkert gewesen, nur hatte es nunmehr seit vielen Jahren unter mongolischer Herrschaft gestanden. Jetzt, da wir in einem Gebiet waren, das bis vor kurzem ein Teil des Sung-Reiches gewesen war, bewegten wir uns unter Han, deren Lebensweise völlig unbeeindruckt oder unbeeinflußt war von der kraftvolleren und lebendigeren mongolischen Gesellschaft. Gewiß, Mongolen-Patrouillen bewegten sich hin und her, um die Ordnung aufrechtzuerhalten, und jede Gemeinde hatte jetzt einen neuen Wang, obwohl es sich bei diesen für gewöhnlich um Han aus Kithai handelte, die von den Mongolen eingesetzt waren. Diese jedoch hatten noch nicht genügend Zeit gehabt, das Land wirklich umzumodeln. Auch hatte man, da das Sung-Reich sich kampflos ergeben hatte und zu Manzi geworden war, nicht um einzelne Landesteile gekämpft und sie verwüstet oder in irgendeiner Weise verheert. Dem Auge bot es sich friedlich, blühend und angenehm dar. So kam es, daß ich von dem Augenblick unserer Landung am Manzi-Ufer ein womöglich noch größeres Interesse an unserer Umgebung nahm und sehr gespannt war, die Han gleichsam ›im Naturzustand‹ zu erleben.

Was am meisten ins Auge fiel, war ihre unglaubliche Erfindungsgabe und Geschicklichkeit. In der Vergangenheit war ich sehr geneigt gewesen, diese hochgerühmten Eigenschaften mit Hohn und Spott zu übergießen, denn schließlich hatte ich immer wieder erlebt, daß ihre Entdeckungen und Erfindungen so wenig praktisch zu verwerten waren wie, sagen wir, zum Beispiel ihre Einteilung des Kreises in dreihundertundsechzigeinviertel Abschnitte. In Manzi jedoch machte die Klugheit der Han großen Eindruck auf mich; und nie wurde mir das deutlicher vor Augen geführt als von einem wohlhabenden Landbesitzer, der mich auf einem Rundgang durch seinen Besitz mitnahm. Mich begleitete mein Schreiber, der für mich dolmetschte:

»Ein ausgedehnter Besitz«, sagte unser Gastgeber und wies mit weitausholender Gebärde darauf hin.

Vielleicht war es das in einem Lande, in dem ein Bauer im Schnitt klägliche ein oder zwei *mou* Land besaß. Woanders hätte er als geradezu lächerlich klein gegolten – etwa in Venetien, wo der Grundbesitz in ganzen Schock *zonte* gemessen wurde. Was ich hier sah, war jedoch nur ein Stück Land – gerade groß genug, um das offenbar aus einem einzigen Raum bestehende »Land-Haus« des Besitzers zu enthalten, der in So-zhu noch ein nicht geringes Anwesen besaß – sowie einen dichtbewachsenen Gemüsegarten neben dem Haus, ein dicht mit Rebranken bewachsenes Rankgitter, ein paar schwachbrüstige Schweinekoben, einen Teich, nicht größer als der kleinste Gartenteich in den Khanbaliker Palastgärten, und einen kleinen Hain von Bäumen, die ich nach den knorrigen, faustähnlichen Ästen für nichts weiter hielt denn gewöhnliche Maulbeerbäume.

»*Kan-kàn!* Schaut nur! Mein Obstgarten, meine Schweinezucht, mein Weinberg und meine Fischzucht!« sagte er großspurig, als treffe seine Beschreibung auf eine ganze, fruchtbare und blühende Präfektur zu. »Ich ernte Seide und Schweinefleisch, *zu-jin*-Fische und Trauben, um Wein daraus zu keltern – vier Dinge, die das Leben angenehmer machen.«

Letzteres taten sie, da war ich ganz seiner Meinung; nur konnte ich mich nicht enthalten zu erklären, daß hier wenig Raum zu sein scheine, eine wirklich gewinnbringende Menge von irgendeinem dieser Erzeugnisse zu ernten. Außerdem stellten die Erzeugnisse für meine Begriffe eine höchst eigentümliche Zusammenstellung dar.

»Aber wieso denn? Eines trägt das andere und vermehrt es«, sagte er einigermaßen erstaunt. »Deshalb braucht man nicht viel Platz, um große Ernten einzubringen. Ihr habt doch mein Wohnhaus in der Stadt gesehen, Kuan Polo, also wißt Ihr, daß ich ein wohlhabender Mann bin. Mein ganzer Reichtum stammt von diesem Besitz hier.«

Das konnte ich nicht leugnen, und so bat ich höflich, ob er mir seine Anbaumethoden erläutern könne, denn diese müßten geradezu meisterlich sein. Da erzählte er mir als erstes, daß er in dem lächerlich kleinen Garten Rettiche ziehe.

Das beeindruckte mich so wenig, daß ich murmelte: »Ihr habt das nicht zu den Dingen gezählt, die das Leben angenehmer gestalten.«

»Nein, nein, denn sie sind ja auch nicht zum Verzehr bestimmt und auch nicht für den Verkauf auf dem Markt. Die Rettiche sind nur für die Trauben da. Hebt man diese nämlich in einer Kiste mit Rettichen auf, bleiben die Trauben notfalls monatelang frisch und süß.«

Dann fuhr er fort, das Blattwerk der Rettiche verfüttere er an die Schweine in ihren Koben. Ihre Ställe stünden auf einem Hügel oberhalb des Maulbeerbaumhains, und zwischen ihnen verliefen gekachelte Kanäle, vermittels deren der Schweinemist hügelabwärts geschwemmt werde, um die Bäume zu düngen. Das grüne Laub im Sommer diene den Seidenwürmern zur Nahrung, und im Herbst, wenn die Blätter vergilbten, dienten sie als Schweinefutter. Die Ausscheidungen der Seidenwürmer wiederum seien das Futter der *zu-jin*-Fische, und die Exkremente der Fische reicherten den Boden des Teichs an; die Sickerstoffe würden ab und zu herausgeholt, um den Rebstöcken als Dünger zu dienen. So hänge – *kan-kàn! Ecco!* Siehe da! – in dieser kleinen Welt alles, was lebte, vom anderen ab, blühe und gedeihe dieserhalb prächtig und mache ihn wohlhabend.

»Genial!« rief ich aus, und diesmal war es wirklich ernst gemeint.

Die in Manzi lebenden Han waren aber auch auf andere, weniger überwältigende Art klug, und zwar durchaus nicht nur die Angehörigen der Oberklasse sondern noch der geringste von ihnen. Ein Han-Bauer tat, wenn er die Tageszeit nach dem Sonnenstand abschätzte, selbstverständlich nichts, wozu nicht auch ein Bauer in Venetien fähig gewesen wäre. Doch im Hausinneren konnte die Frau dieses selben Bauern in ihrer Hütte genau sagen, wann es Zeit wurde, ihrem Mann das Abendessen zu bereiten – dazu brauchte sie nur einen Blick auf die Familienkatze zu werfen und abzuschätzen, wie weit deren Pupillen sich im schwindenden Licht geweitet hatten. Die einfachen Leute waren fleißig und sparsam und unglaublich ausdauernd. Kein Bauer wäre zum Beispiel jemals auf die Idee gekommen, eine Heugabel zu *kaufen*. Er suchte sich einen Baumast, der in drei biegsamen Schößlingen auslief, band diese Schößlinge parallel nebeneinander fest und wartete ein paar Jahre, bis aus den Schößlingen kräftige Zweige geworden waren, sägte den Ast ab und hatte damit ein Arbeitsgerät, das nicht nur ihm, sondern vermutlich auch noch seinen Enkelsöhnen gute Dienste tat.

Ich war tief beeindruckt von der Strebsamkeit und dem Durchhaltevermögen eines Bauernjungen, den ich kennenlernte. Die Mehrheit der Landbevölkerung war des Lesens und Schreibens unkundig und wollte es auch bleiben, doch dieser Junge hatte auf irgendeine Weise Lesen gelernt und war jetzt entschlossen, seine Armut zu überwinden. Aus diesem Grund hatte er sich Bücher geliehen, um sie zu studieren. Da er jedoch seine Arbeit auf dem Hof nicht vernachlässigen durfte – denn er war die einzige Stütze seiner betagten Eltern –, band er einem seiner Ochsen ein Buch zwischen die Hörner und las, während er beim Pflügen das Tier führte. Und da man sich nachts keine Lampe leisten konnte, die mit Fett brannte, las er beim Schimmer von Glühwürmchen, die er tagsüber in den frischgezogenen Ackerfurchen aufgelesen hatte.

Ich will damit nicht sagen, jeder Han in Manzi sei die Verkörperung von Tugend und Talenten und nicht minder schätzensvoller Eigenschaften. Ich bin hier auch einigen herausragenden Beispielen von Einfältigkeit, ja, von Wahnwitz begegnet. Eines Abends kamen wir in ein Dorf, in dem gerade irgendein religiöses Fest im Gange war. Es wurde musiziert und gesungen und getanzt, überall brannten Freudenfeuer, und in regelmäßigen Abständen wurde die Nacht vom Geknatter und Blinken der Feuerbäume und Glitzerblumen zerrissen. Mittelpunkt der Feier war ein auf dem Dorfplatz aufgestellter Tisch. Darauf häuften sich die Gaben für die Götter: Beispiele der schönsten Ackerbauerzeugnisse, Flaschen mit *pu-tao* und *mao-tai,* Spanferkel und am Spieß gebratene Lämmer, feinzubereitete Speisen und wunderschön zusammengestellte Blumensträuße. Diese ganze Fülle wies jedoch eine Lücke auf, denn in die Mitte des Tisches war ein Loch eingeschnitten, einer nach dem anderen krochen die Dörfler darunter, steckten den Kopf durch das Loch und verharrten eine Weile in dieser Stellung, duckten sich dann weg und machten einem anderen Platz. Als ich mich erstaunt erkundigte, was denn das zu bedeuten habe, fragte mein Schreiber nach und berichtete:

»Die Götter schauen herab und sehen die für sie aufgehäuften Opfer. Und unter den Opfergaben die Köpfe. Infolgedessen entfernen die Dorfbewohner sich in der festen Überzeugung, daß die Götter, da sie ihn ja bereits tot gesehen hätten, ihren Namen von der Liste derer streichen, die im nächsten Jahr mit Krankheit, Sorgen und Tod geschlagen werden sollen.«

Ich hätte lachen können, doch ging mir auf, daß – mochten die Leute sich auch einfältig aufführen – sie es jedenfalls auf höchst *originelle* Weise waren. Nachdem ich einige Zeit in Manzi geweilt und zahllose Beispiele der Han-Intelligenz bewundert und vielleicht ebenso viele Beispiele der Han-Einfalt beklagt hatte, rang ich mich zu einem Schluß durch. Die Han gebieten über große intellektuelle Fähigkeiten, verfügen über einen Bienenfleiß und eine blühende Phantasie, ließen jedoch in einer Hinsicht manchen Mangel erkennen: sie vergeuden ihre Begabung häufig, indem sie sich allzu fanatisch an ihre religiösen Überzeugungen klammern, die nicht selten geradezu sträflich albern sind. Wären die Han nicht übertrieben mit ihren Vorstellungen von Rechtschaffenheit beschäftigt und so erpicht darauf, »Weisheit statt Wissen« zu erwerben (wie einer von ihnen es mir gegenüber einmal ausgedrückt hatte), ich glaube, dieses Volk als Volk wäre großer Dinge fähig gewesen. Hätten sie nicht ständig anbetend auf dem Bauch gelegen – eine Haltung, die eine Dynastie nach der anderen geradezu aufforderte, auf ihnen herumzutrampeln –, sie könnten längst Herrscher über die ganze Welt sein.

Der Bauernjunge, von dem ich vorhin gesprochen habe und dessen Einfallsreichtum und ausdauernden Fleiß ich bewundernswert gefunden habe, ging eines Großteils meiner Hochachtung verloren, als wir uns weiter unterhielten und er mir über meinen Schreiber sagen ließ:

»Meine Leidenschaft fürs Lesen und mein sehnlicher Wunsch nach Gelehrsamkeit könnte meinen betagten Eltern zum Kummer gereichen. Sie könnten meinen Ehrgeiz als anmaßend verurteilen, aber ...«

»Warum, um alles auf der Welt, sollten sie das tun?«

»Wir halten uns an die Lehren des Kong Fu-tzé, und eine davon besagt, ein Niedriggeborener sollte sich nicht über den ihm bestimmten Stand im Leben erheben. Ich wollte jedoch sagen, daß meine Eltern keineswegs etwas dagegen haben, denn meine Belesenheit bietet mir auch die Möglichkeit, meine Sohnestreue unter Beweis zu stellen, und eine weitere Regel lautet, daß Eltern im Leben höher geachtet werden müssen denn alles andere. Infolgedessen bringt mein Wunsch, mich abends zu meinen Büchern und meinen Glühwürmchen zurückzuziehen, mich dazu, als erster von uns schlafen zu gehen. Ich kann auf meinem Lager liegen und mich zwingen, beim Lesen vollkommen still zu liegen, damit sämtliche Mücken im Hause ungehindert mein Blut saugen können.«

Blinkernd sagte ich: »Ich verstehe nicht.«

»So kommt es, daß, wenn meine alten Eltern den alten Leib auf ihrem Lager ausstrecken, die Mücken sich vollgesogen haben und satt sind; folglich belästigen sie sie nicht. Jawohl, meine Eltern tun bei den Nachbarn oft groß mit mir, und ich werde allen Söhnen als leuchtendes Beispiel hingestellt.«

Ich konnte es einfach nicht glauben und sagte fassungslos: »Das ist wirklich etwas Wunderbares. Die alten Toren tun groß damit, daß du dich bei lebendigem Leibe auffressen läßt, nicht jedoch damit, daß du dich bemühst voranzukommen.«

»Nun ja, das eine tun, heißt, sich den Vorschriften des Meisters Kong gegenüber gehorsam zu verhalten, wohingegen das andere ...«

Ich machte »*Vakh!*« und ließ ihn einfach stehen. Eltern, die zu träge waren, auch nur die sie belästigenden Mücken zu erschlagen, nun deshalb auch noch in Ehren oder besonders lange am Leben zu halten, schien mir unsinnig. Ich glaube schon, daß man Vater und Mutter ehren soll, doch ich glaube, nicht einmal dieses Gebot verlangt, die Kindesliebe soweit zu treiben, daß daneben nichts anderes mehr Gültigkeit hat. Wäre das so, hätte kein Sohn je Zeit oder Gelegenheit, einen Sohn zu zeugen, der wiederum *ihn* in Ehren hält.

Dieser Kong Fu-tze oder Meister Kong, von dem der Junge gesprochen hatte, war ein längst dahingeschiedener Han-Philosoph, der Begründer einer der drei Hauptreligionen dieser Menschen. Die drei Glauben waren sämtlich in zahllose einander widersprechende und einander bekämpfende Sekten zersplittert; alle drei waren vermischt mit allerlei anderen weitverbreiteten Überzeugungen und durchwachsen mit Spuren aller möglichen weniger hochstehenden Kulte – der Verehrung von Göttern und Göttinnen, Dämonen und Dämoninnen, Naturgeistern und altem Aberglauben, doch zur Hauptsache handelte es sich bei den dreien um: Buddhismus, Tao und die Lehren des Kong Fu-tze.

Ich habe bereits erwähnt, daß der Buddhismus, der den Menschen eine Erlösung von den Härten dieser Welt durch ständiges Wiedergeborenwerden verspricht, das ihm letztlich gestattet, zum Nichts des Nirvana aufzusteigen. Desgleichen habe ich das Tao erwähnt, den *Weg* oder den *Pfad,* der den Menschen die Hoffnung erlaubt, in glücklichem Einklang mit allen guten Dingen der ihn umgebenden Welt zu leben. Die Vorschriften betreffen weniger das Jetzt und das Nachher, als vielmehr alles Vergangene. Vereinfacht ausgedrückt sah der Anhänger des Buddhismus der Leere der Zukunft entgegen. Ein Anhänger des Tao tat sein bestes, die Fülle der Gegenwart auszukosten. Anhänger der Lehren des Kong Fu-tze jedoch hatten sich vor allem mit dem Vergangenen, dem Alten und Abgelebten zu beschäftigen.

Kong Fu-tze predigte Hochachtung vor der Tradition, und genau das ist es, wozu seine Lehren wurden: Tradition. Er bestimmte, daß jüngere

Brüder die älteren zu verehren hätten, eine Frau den Gatten, alle die Eltern, diese wiederum die Älteren der Gemeinschaft und so weiter. Die Folge davon war, daß nicht den Besten, sondern den Ältesten die meiste Ehre zuteil wurde. Jemand, der heldenhaft gegenüber widrigen Umständen die Oberhand behalten hat – um etwa einen bemerkenswerten Sieg zu erringen oder sich sonst auszuzeichnen –, galt weniger als jemand, der nur träge dagesessen, *dahinvegetiert* und ein ehrwürdiges Alter erreicht hatte. Alle der besonderen Leistung gebührende Hochachtung richtete sich ausschließlich auf das, was es geschafft hatte, besonders alt zu werden. Ich halte das nicht für vernünftig. Ich hatte genug alte Narren kennengelernt – und zwar nicht nur in Manzi –, um zu wissen, daß Alter nicht notwendigerweise Weisheit, Würde, allgemeine Geltung und Ansehen bringt. Die Jahre tun das nicht von sich aus; das tun sie nur, wenn sie Erfahrungen und Wissen, Leistung und bewältigte Aufgaben enthalten, was man von den meisten Menschen im Alter nicht behaupten kann.

 Schlimmer noch. Wenn auch ein noch lebender Großvater geehrt zu werden hatte, *seinem* Vater und Großvater, die ja nun schon tot und dahin und noch älter waren – *no xe vero?* –, hatte womöglich noch mehr Verehrung entgegengebracht zu werden. So zumindest wurden die Lehren von den Anhängern gedeutet, und diese Lehren wiederum hatten das Bewußtsein *aller* Han geprägt, auch das jener, die bekannten, an Buddha oder das Tao oder den Tengri der Mongolen oder an die nestorianische Version des Christentums oder irgendeine der minderen Religionen zu glauben. Es herrschte ganz allgemein die Haltung des »Wer weiß? Es hilft vielleicht nicht, aber schaden kann es auch nicht, vor der Gottheit des Nächsten, und mag sie noch so absurd sein, ein Räucherstäbchen abzubrennen«. Selbst jene Han, die man vielleicht mit größtem Recht als rationale Menschen bezeichnen kann, jene, die zum nestorianischen Christentum bekehrt worden waren – und die niemals vor dem fetten Götterbild des Nachbarn, den Knochen, aus denen heraus der *shamàn* die Zukunft abliest, den ratgebenden Stengeln des Taoisten oder wem auch immer *ko-tou* machen würden –, meinten, daß es nicht schaden, sondern höchstens nützen könne, vor den eigenen Ahnen *ko-tou* zu machen. Jemand kann in allen materiellen Dingen arm sein, doch selbst der armseligste Wicht besitzt ganze Völkerscharen von Ahnen. Ihnen die gebotene Ehre zu erweisen, ließ jedes lebende Mitglied vom Stamme der Han ständig auf dem Bauch kriechen – sofern nicht wirklich körperlich, so doch zumindest in seiner ganzen Haltung dem Leben gegenüber.

 Das Han-Wort *mian-tzu* bedeutet eigentlich »Gesicht« oder »Antlitz«, jedenfalls die Vorderseite des Kopfes. Da die Han sich jedoch nur selten gestatten, ihren Gefühlen Ausdruck zu verleihen, hat das Wort die Bedeutung von dem angenommen, was man *hinter dem Gesicht* fühlt und empfindet. Wollte man einen Menschen beleidigen oder bei einem Wettstreit übertreffen, gelang das am besten, wenn man es fertigbrachte, daß er »das Gesicht verliert«. Die Verletzlichkeit seines Gefühls-Gesichts überdauerte sogar das Grab und reichte bis in alle Ewigkeit. Besaß ein Sohn die Stirn, sich in irgendeiner Weise so zu verhalten, daß er Schande über das Gefühls-Gesicht seiner noch am Leben weilenden Eltern brachte oder sie traurig machte, um wieviel mehr war es dann verwerflich, die entkörperlichten Gefühls-Gesichter der Toten zu verletzten. Infolgedessen richten alle Han ihr Leben so ein, als würden sie von allen vorhergegangenen Generationen beobachtet, unter die Lupe genommen und beurteilt. Man könnte darin noch einen nützlichen Aberglauben sehen, hätte es die Menschen angespornt, Leistungen zu vollbringen, denen ihre Ahnen Beifall gezollt hätten. Doch das war nicht der Fall. Es machte sie nur erpicht, jeglicher Mißbilligung seitens ihrer Ahnen auszuweichen. Und ein Leben, das ganz und gar der Vermeidung von etwas Unrechtem gewidmet ist, vollbringt nur selten etwas ungewöhnlich Richtiges – oder überhaupt irgend etwas.

Vakh!

3 Die Stadt Su-zho, durch die wir auf unserem Weg nach Süden kamen, war bezaubernd, und es tat uns ausgesprochen leid, sie wieder verlassen zu müssen. Als wir jedoch unseren Bestimmungsort, Hangzho, erreichten, fanden wir diesen womöglich noch schöner und liebenswerter. Es gibt einen gereimten Vers, den noch der weitest entfernt lebende Han kennt, der weder die eine noch die andere Stadt je besucht hat:

Shang ye Tiang tang,
Zhe ye Su, Hang!

Was sinngemäß etwa heißt:

Vom Himmel sind wir beide gleich weit entfernt,
Doch zum Glück gibt's für uns Hang und Su.

Wie ich schon sagte, hatte Hang-zho insofern Ähnlichkeit mit Venedig, als auch diese Stadt von Wasser umgeben und von Wasserstraßen durchzogen ist. Es war sowohl eine an einem Fluß als auch eine am Meer gelegene Stadt, gleichwohl jedoch keine Hafenstadt. Hang-zho lag am Nordufer des Fu-chun-Flusses, der sich hier verbreiterte und verflachte und sich dann östlich der Stadt abermals verbreiterte und in etlichen, durchaus voneinander getrennten Rinnen über ein weitausgedehntes, aus Sand und Geröll bestehendes flaches Delta hinwegführte. Dieses leere Delta erstreckte sich über mehrere hundert *li* von Hang-zho bis zu dem, was die meiste Zeit über der ferne Rand des Kithai-Meeres war. (Ich werde bald verdeutlichen, was ich unter »die meiste Zeit über« verstehe.) Da seegängige Schiffe diese immense sandige Untiefe nicht befahren konnten, wies Hang-zho keinerlei Hafenanlagen auf außer denen, die nötig waren, um mit den vergleichsweise wenigen und kleinen Booten fertig zu werden, die den Verkehr zwischen der Stadt und dem Landesinneren aufrechterhielten.

Sämtliche Hauptstraßen von Hang-zho waren Kanäle, die vom Fluß in die Stadt hinein-, durch sie hindurch- und um sie herumführten. Diese Kanäle verbreiterten sich an manchen Stellen zu stattlichen, heiteren und spiegelglatten Seen, in denen Inseln gelegen waren, die als öffentliche Parks dienten und nichts enthielten als Blumen und Vögel, Lustpavillons und Banner. Die kleineren Straßen der Stadt waren säuberlich gepflastert, breit, aber gewunden und nie richtig gerade; sie buckelten sich mit Hilfe reichverzierter, hochgewölbter Brücken, von denen es mehr gab, als ich je zählen könnte, über diese Kanäle hinweg. Von jeder Biegung einer Straße oder eines Kanals aus hatte man einen prachtvollen Blick auf eines der vielen hohen und wiederum reichverzierten Stadttore, einen der geschäftigen Marktplätze, ein palastartiges Gebäude oder einen Tempel, die alle bis zu zehn oder zwölf Stockwerke hoch waren und von denen auf jedem Stockwerk die charakteristischen gewölbten Dachtraufen der Han vorsprangen.

Der Hofbaumeister von Khanbalik hatte mir einst gesagt, in den Städten der Han gäbe es deshalb keine geraden Straßen, weil die einfachen Han törichterweise glaubten, Dämonen könnten sich immer nur in gerader Linie fortbewegen, und nicht minder töricht seien zu meinen, den Dämonen den Weg zu versperren, indem man Straßen unvermittelt abknicken lasse. Doch das war Unsinn. In Wahrheit waren die Straßen jeder Han-Stadt – darunter sowohl die gepflasterten als auch die Wasserstraßen von Hang-zho – bewußt in der Art der Schriftzeichen der Han angelegt. Der Marktplatz der Stadt – oder jeder der Marktplätze in einer Stadt wie Hang-zho, wo es deren so viele gab – war wie ein Rechteck angelegt, doch alle Straßen, die darauf zuführten, waren winkelig und gebogen und wiesen Ecken und Biegungen auf, genauso wie es der Pinselstrich eines geschriebenen Han-Wortes tut. Mein persönliches *yin* könnte durchaus der Straßenplan irgendeiner ummauerten Han-Stadt sein.

Hang-zho war, wie es sich für eine Hauptstadt gehört, sehr zivilisiert und verfeinert und ließ in vielem erlesenen Geschmack erkennen. In Abständen waren an jeder Straße hohe Vasen aufgestellt, in die Hausbesitzer oder Ladenbesitzer zum Entzücken der Vorübergehenden Blumen hineinstellten. Um diese Jahreszeit quollen sie über von Chrysanthemen in leuchtenden Farben. Diese Blume war übrigens das Nationalzeichen von Manzi, fand sich auf allen amtlichen Verlautbarungen und Dokumenten und dergleichen wieder und wurde deshalb verehrt, weil die strahlenden Lanzetten ihrer Blüten von ferne an die Sonne und ihre Strahlen erinnerten. Desgleichen waren in gewissen Abständen Pfähle mit Kästen daran aufgestellt, die, wie mein Schreiber mir erklärte, folgende Aufschrift trugen: »Behältnis für die respektvolle Aufnahme heiligen Papiers«. Darunter verstehe man, wie er mir gleichfalls erklärte, jedes Papier mit Schriftzeichen darauf. Gewöhnliche Abfälle wurden einfach zusammengefegt und fortgebracht, doch das geschriebene Wort erfreute sich einer solchen Hochachtung, daß alles beschriebene Papier zum Verbrennen in einen besonderen Tempel gebracht wurde.

Doch Hang-zho war in anderer Hinsicht auch eine grelle und wollüstige Stadt, wie es sich für ein reiches Handelszentrum wohl gehört. Wir hatten den Eindruck, daß noch die niedrigste Person auf den Straßen mit Ausnahme reisestaubbedeckter Neuankömmlinge, wie wir es waren, luxuriös in Samt und Seide gekleidet und mit klirrendem Schmuck behangen war. Wenn auch Bewunderer von Hang-zho die Stadt einen Himmel auf Erden nannten, nannten die Bewohner anderer Städte sie den »Schmelztiegel des Geldes«. Auch sah ich auf der Straße und bei hellichtem Tag Gruppen von müßig dahinschlendernden Mietmädchen, welche die Han »Wildblumen« nennen. Außerdem gab es viele nach vorn hin geöffnete Wein- und *cha*-Stuben mit Namen wie Reines Entzücken, Quell der Erfrischung und *Djennet*-Garten (wobei letzterer vornehmlich von muslimischen Einwohnern und Durchreisenden aufgesucht wurde) – und von denen einige, wie mein Schreiber mir verriet, tatsächlich Wein und *cha* ausschenkten, die jedoch vor allem als Treffpunkte mit den »Wildblumen« dienten.

Die Namen der Hang-zhoer Straßen und auffälligen Gebäude schwankten zwischen geschmackvoll und übertrieben. Viele davon klangen reizend poetisch; so hieß eine der Parkinseln *Pavillon, von dem im Morgendämmer Reiher aufsteigen*. Einige der Namen schienen auch mit lokalen Legenden verbunden; ein Tempel hieß zum Beispiel *Heiliges Haus, das hier durch den Himmel geboren ward*. Andere hinwieder beschrieben kurz und bündig, um was es ging: Ein *Tinte zum Trinken* genannter Kanal wies keineswegs tintenschwarzes, sondern klares und sauberes Wasser auf; gesäumt wurde der Kanal von einer Reihe von Schulhäusern, und wenn ein Han von Tintetrinken spricht, meint er damit gelehrtes Lernen. In anderen Namen wurde weit umständlicher beschrieben. So handelte es sich bei der *Gasse der Blumen, garniert mit bunten Vogelfedern* nur um eine kurze Straße, in der Hutmacher lebten. Und manche Namen waren so umständlich, daß es nicht zu fassen war. So hieß die Hauptstraße, die von der Stadt landeinwärts führte, *Gepflasterte Allee, die sich lange zwischen Riesenbäumen und kaskadenhaft fallenden Wasserläufen hindurchwindet und schließlich zu einem alten buddhistischen Tempel auf einer Hügelkuppe hinanführt*.

Darin, daß in Hang-zho große Tiere nicht das Zentrum der Stadt betreten dürfen, glich sie wieder Venedig. In meiner Heimatstadt muß ein Reiter, wenn er vom festländischen Mestre kommend in der Stadt eintrifft, sein Pferd in einem Gehege an der Nordwestseite der Insel anhalftern und den Rest des Weges mit einer *gòndola* zurücklegen. Als wir nun in Hang-zho eintrafen, ließen wir unsere Reitpferde und Lasttiere in einer *karwansarai* in den Außenbezirken zurück und gingen gemächlich – um den Ort besser in Augenschein nehmen zu können – zu Fuß durch die Straßen und über die vielen Brücken, wobei unsere Sklaven das Nötigste an Gepäck hinter uns hertrugen. Beim Eintreffen in dem gewaltigen Palast des Wang mußten wir sogar Stiefel und Schuhe draußen stehenlassen. Der Verwalter, der uns am Hauptportal begrüßte, erklärte uns, dies sei so Sitte bei den Han, und gab uns weiche Schlupfpantoffeln für drinnen.

Bei dem neuernannten Wang von Hang-zho handelte es sich wieder einmal um einen von Kubilais Söhnen, Agayachi, der nur wenig älter war als ich selbst. Er war von einem Vorausreiter von unserem Nahen unterrichtet worden und begrüßte mich überaus herzlich mit *»sain bina, sain urkek«*, und desgleichen Hui-sheng, die er voller Hochachtung als *»sain nai«* anredete. Nachdem wir beide ein Bad genommen und uns so angekleidet hatten, daß wir vorzeigbar waren, ließen wir uns zusammen mit Agayachi zu einem Willkommensbankett nieder, ich zu seiner Rechten und Hui-sheng zu seiner Linken und nicht an einem besonderen Frauentisch. Als sie noch Sklavin gewesen war, hatten nur wenige Menschen richtig Notiz von Hui-sheng genommen, denn wiewohl sie damals selbstverständlich nicht weniger hübsch gewesen war und sich so gut gekleidet hatte, wie alle Sklavinnen bei Hof, hatte sie die Sklavenhaltung kultiviert, die da mit dem Begriff unaufdringlich zu umschreiben ist. Jetzt, als meine Gefährtin, kleidete sie sich genauso reich wie eine Adlige, doch daß sie ihre strahlende Persönlichkeit durchscheinen ließ, bewirkte, daß die Leute sie – beifällig und bewundernd – zur Kenntnis nahmen. Was in Manzi aufgetischt wurde, war opulent und köstlich, nur etwas anders als das, was in Kithai üblich war. Die Han machten sich aus irgendeinem Grunde nichts aus Milch und Milchprodukten, die ihre Nachbarn, die Mongolen und Bho, gerade so besonders hoch schätzen. Infolgedessen gab es hier weder Butter noch Käse, und weder *kumis* noch *arkhi*, doch wurden wir mit genug Neuem überrascht, daß wir deren Fehlen gar nicht bemerkten. Als die Diener mir etwas vorlegten, das *Mao-tai-Huhn* genannt wurde, erwartete ich, davon betrunken zu werden, doch war das Huhn keineswegs berauschend sondern nur köstlich zart. Der Diener, der den Speisesaal unter sich hatte, sagte mir, die Hühner würden nicht in diesem starken Getränk gekocht, sondern damit getötet. Gebe man einem Huhn *mao-tai* zu trinken, so sagte er, werde es davon so schlaff wie ein Mensch, entspanne alle Muskeln, könne in beseligtem Zustand geschlachtet werden und gerate bei der Zubereitung daher besonders zart.

Es gab ein säuerlich, aber wohlschmeckendes Gericht aus feingeschnittenem und weichgegorenem Kohl, das ich lobte – und worüber man sich ausschütten wollte vor Lachen. Meine Tischgenossen setzten mir auseinander, eigentlich sei dies ein rechtes Bauernessen und bereits vor unendlich vielen Jahren als billiger und leicht mit sich zu tragender Proviant für die Arbeiter eingeführt worden, die die Große Mauer erbaut hatten. Doch bei einem anderen Gericht, das nun wirklich keinen vornehmen Namen trug – dem Bettel-Reis –, ging es um etwas, das sich nun bestimmt nicht viele Bauern hatten leisten können. Der Name, so erklärte der Speisesaalaufseher, rühre daher, daß hier nur Reste und Küchenüberbleibsel zusammengeworfen worden wären. Doch hier an dieser Palasttafel schmeckte es wie der reichhaltigste und köstlichste *risotto*, den man sich vorstellen konnte. Reis bildete nur die Grundlage für alle möglichen Schalentiere, Stücke vom Rind und vom Schwein, Kräuter und Sojabohnensprossen und anderes Gemüse, und das Ganze gelb gefärbt – mit Geranienblüten, nicht mit *zafràn*; noch hatte unsere Compagnia in Manzi nicht angefangen zu verkaufen.

Es gab knusprige Frühlingsrollen aus geschlagenem dünnem Eierteig, der mit gedünsteten Kleesprossen gefüllt war, die heil und ganz in Öl gesottenen kleinen *zu-jin*-Fische, die man mit einem Biß verzehrte, und die auf unterschiedliche Weise zubereiteten *miàn*-Nudeln sowie süße Häufchen geeisten Erbsenpürees. Auch war der Tisch beladen mit Tabletts mit Leckereien, die für diese Gegend typisch waren, und ich probierte sie alle durch – das heißt, ich kostete erst und fragte hinterher, woraus es bestand, war es doch denkbar, daß allein ihre Namen mir Widerwillen einflößten. Zu den Leckereien gehörten Entenzungen in Honig, gewürfeltes Schlangen- und Affenfleisch in pikanter Sauce, geräucherte Seeschnecken und Taubeneier, die mit etwas gekocht waren, das aussah wie eine Art silbriger Nudeln, in Wirklichkeit jedoch die Flechsen von Haifischflossen waren. An Süßigkeiten gab es große, wohlduftende Quitten, goldene Birnen von der Größe der Eier des Vogels Rock, die unvergleichlichen *hami*-Melonen und ein leichtgefrorenes Konfekt aus, wie der Aufseher sagte, »Schneeblasen und Aprikosenblüten«. Zu trinken gab es bernsteinfarbenen *kao-liang*-Wein und einen Rosé-Wein, der genau dieselbe Farbe hatte wie Hui-shengs Lippen, sowie Manzis hochgeschätzten *cha*, genannt »Kostbarer Donner-*cha*«.

Nachdem wir das Mahl mit der Suppe abgeschlossen hatten, einer klaren Brühe aus Dattelpflaumen, und nachdem der Suppenkoch aus der Küche herausgerufen worden war, damit wir ihm Beifall zollten, zogen wir uns in eine andere Halle zurück, um dort meine Aufgabe durchzusprechen. Wir waren eine Gruppe von etwa einem Dutzend: der Wang und die ihm unterstellten Minister, durch die Bank Han, allerdings nur ein paar von ihnen aus dieser Gegend, die man von der Sung-Verwaltung übernommen hatte; die meisten von ihnen kamen aus Kithai und waren daher imstande, sich auf mongolisch zu unterhalten. Sie alle – Agayachi eingeschlossen – trugen die über den Boden schleifenden, streng geschnittenen, aber wunderbar elegant bestickten Han-Gewänder mit den weiten Ärmeln, in denen man Hände verschwinden lassen und Dinge mit sich herumtragen konnte. Die erste Aufforderung, zu Geschäftlichem überzugehen, bestand darin, daß der Wang zu mir gewandt meinte, es stehe mir frei anzuziehen, was ich wolle – ich trug damals, und war es seit langem gewohnt, die persische Kleidung mit dem schön gewundenen *tulband* und der Bluse mit den weiten, nur an den Handgelenken engen Ärmeln und einen Umhang für draußen –, doch schlage er vor, bei offiziellen Besprechungen solle ich den *tulband* mit dem Hut der Han vertauschen, wie auch er und seine Minister ihn trügen.

Dabei handelte es sich um ein flaches, zylindrisches, kappenartiges Ding, das aussah wie eine Pillenschachtel, doch in der Mitte obendrauf einen Knopf aufwies; dieser Knopf war das einzige Rangabzeichen unter allen im Raum Versammelten. Es gab, so erfuhr ich, insgesamt neun Ministerränge, doch waren alle so fein gekleidet und sahen so vornehm aus, daß man sie nur durch die diskreten Abzeichen wie die Knöpfe voneinander unterscheiden konnte. Agayachis Hutknopf war ein einzelner Rubin, so groß, daß er ein Vermögen wert sein mußte; er verriet, daß sein Träger den hier höchsten Rang bekleidete, den eines Wang, war aber wesentlich weniger auffällig als, sagen wir, Kubilais schimmernder goldener Morion-Helm oder die *scufieta* eines venezianischen Dogen. Ich selbst hatte Anspruch auf eine Kopfbedeckung mit Korallenknopf, durch den der nächstniedere Rang bezeichnet wurde, der eines Kuan, und Agayachi hatte bereits einen solchen Hut bereitliegen, ihn mir zu schenken. Die anderen Minister trugen die Knöpfe aus Saphir, Türkis, Bergkristall, weiße Muschel und so fort, welche die absteigende Rangfolge angaben. Ich jedoch brauchte eine Weile, bis ich so etwas auf einen Blick erkannte. Ich wickelte daher meinen *tulband* ab, setzte mir die Pillenschachtel auf den Kopf, und alle sagten, ich sähe aus wie der Inbegriff eines Kuan – bis auf einen bereits betagten Han, der brummte: »Ihr solltet fetter sein.«

Ich fragte, warum. Woraufhin Agayachi lachte und sagte:

»Hier in Manzi ist man der Meinung, alle Kleinkinder, Hunde und Regierungsbeamte müßten fett sein, sonst verrieten sie ein unbeherrschtes, aufbrausendes Wesen. Doch laßt nur, Marco. Von einem fetten Beamten nimmt man auch an, daß er sich aus der Schatzkammer bereichert und Bestechungen annimmt. Jeder Regierungsbeamte – gleich ob dünn oder fett, häßlich oder hübsch – ist stets Gegenstand der Verunglimpfung.«

Doch derselbe alte Herr brummte immer noch: »Außerdem solltet Ihr Euch das Haar schwarz färben, Kuan Polo.«

Wieder fragte ich, warum, denn sein eigenes Haar war staubgrau. Er sagte:

»Alle Manzi verabscheuen und hassen die *kwei* – die bösen Dämonen – und alle Manzi glauben, Dämonen hätten rotblondes Haar wie Ihr.«

Wieder lachte der Wang. »Das liegt an uns Mongolen. Mein Urgroßvater Chinghiz hatte einen Orlok namens Subatai. Der hat so manchen Raubzug in diesen Teil der Erde durchgeführt und war damit der Mongolengeneral, den die Han am meisten haßten. Subatai nun hatte rotblondes Haar. Ich habe keine Ahnung, wie die *kwei* in früherer Zeit ausgesehen haben sollen, doch seit Subatais Zeit haben sie alle ausgesehen wie *er*.«

Noch jemand gluckste vor Vergnügen und sagte: »Behaltet nur Euer *kwei*-Haar und -Bart, Kuan Polo. Wenn man bedenkt weswegen Ihr hier seid, könnte es hilfreich sein, wenn man Euch fürchtet und haßt.« Er sprach mongolisch durchaus gut; gleichwohl war es offensichtlich eine Sprache für ihn, die er erst neu gelernt hatte. »Wie der Wang gesagt hat, alle Regierungsbeamten werden verunglimpft, und da könnt Ihr Euch gewiß vorstellen, daß die Steuereinnehmer die allerverhaßtesten von ihnen sind. Ich hoffe nun, Ihr könnt Euch vorstellen, wie ein *ausländischer* Steuereinnehmer angesehen wird, der Gelder für die Regierung der Eroberer eintreibt. Ich würde vorschlagen, wir streuen das Gerücht aus, Ihr wäret wirklich ein *kwei*-Dämon.«

Amüsiert sah ich ihn an. Er war ein fülliger Han mittlerer Jahre mit angenehmem Gesicht und einem aus Gold geschmiedeten Knopf auf dem Hut, woran man sah, daß er dem siebten Rang angehörte.

»Der Magistrat Fung Wei-ni«, stellte Agayachi ihn vor. »Geboren in Hang-zho, bedeutender Jurist und ein Mann, der unterm Volk seines Gerechtigkeits- und Scharfsinns wegen großes Ansehen genießt. Wir können uns dazu beglückwünschen, daß er einverstanden war, denselben Magistratsposten weiterzubekleiden, den er auch schon unter den Sung innehatte. Jetzt freue ich mich auch noch persönlich, Marco, daß er sich bereiterklärt hat, solange Ihr hier an diesem Hofe weilt, als Euer Adjutant und Ratgeber zu fungieren.«

»Auch mir ist es ein großes Vergnügen, Magistrat Fung«, sagte ich, als wir uns beide mit zusammengelegten Händen voreinander verneigten, was unter Männern von annähernd gleichem Rang als *ko-tou* gilt. »Ich werde dankbar jede Hilfe annehmen. Was meinen Auftrag, hier in Manzi Steuern einzutreiben, betrifft, kenne ich mich nur auf zwei Gebieten nicht aus. Ich habe keine Ahnung von Manzi und verstehe nicht das geringste vom Steuereintreiben.«

»Nun«, knurrte der brummige grauhaarige Mann diesmal widerwillig beifällig, »nun, Freimut sowie das Fehlen von Überheblichkeit sind zumindest erfreuliche neue Eigenschaften bei einem Steuereintreiber. Freilich bezweifle ich, daß sie Euch bei Eurer Aufgabe behilflich sein werden.«

»Nein«, erklärte Magistrat Fung. »Auch nicht mehr, als wenn Ihr Euch zu ehrwürdiger Fülle mästetet und Euch das Haar schwarz färbtet, Kuan Polo. Auch ich will kein Blatt vor den Mund nehmen. Ich sehe keine andere Möglichkeit für Euch, hier in Manzi Steuern für das Khanat einzutreiben, außer Ihr ginget selbst von Tür zu Tür und fordertet sie ein, oder aber Ihr schicktet zu diesem Zweck ein ganzes Heer aus, das freilich mehr kosten würde, als Ihr einnähmet.«

»Wie dem auch sei«, ließ Agayachi sich vernehmen, »ich hätte auch gar kein Heer, das ich Euch abtreten könnte. In einer Hinsicht jedoch habe ich vorgesorgt – für Euch und Eure Dame –, mit einem schönen Haus in einem guten Stadtviertel nämlich, das wohl mit Dienerschaft ausgestattet ist. Wenn Ihr bereit seid, werden meine Leute Euch das Anwesen zeigen.«

Ich dankte ihm und sagte dann zu meinem neuen Adjutanten: »Wenn ich schon nicht gleich anfangen kann, meine Aufgabe zu meistern, könnte ich vielleicht einen Anfang damit machen, daß ich meine Umgebung kennenlerne. Würdet Ihr uns in unser Haus begleiten, Magistrat Fung, und uns unterwegs ein wenig von Hang-zho zeigen?«

»Mit Vergnügen«, sagte er. »Und zwar werde ich Euch zuerst an jene Stelle führen, von der aus man den überwältigendsten Blick auf unsere Stadt hat. Wir haben genau die richtige Mondphase und – jawohl – es ist auch genau die richtige Stunde für das Erscheinen des *hai-xiao*. Laßt uns sofort aufbrechen.«

Es waren weder Wasser- noch Sanduhren zu sehen; ja, nicht einmal eine Katze trieb sich herum, weshalb ich mir nicht darüber klar war, warum er so sicher in der Zeitangabe war – oder was die Zeit mit dem *hai-xiao* zu tun hatte, noch worum es sich dabei überhaupt handelte. Gleichwohl wünschten Hui-sheng und ich dem Wang und seinen Ministern einen guten Abend und verließen dann samt unserem kleinen, aus Schreiber und Sklaven bestehenden Gefolge und in Begleitung des Magistrats Fung den Palast.

»Wir fahren mit dem Boot von hier bis zu Eurer Residenz«, sagte er. »Auf der Kanalseite des Palastes wartet schon eine königliche Barke. Doch zunächst laßt uns hier auf der Promenade am Fluß entlanggehen.«

Es war eine schöne, balsamische und vom vollen Mond erhellte Nacht, so daß wir gut sehen konnten. Vom Palast aus gingen wir eine Straße hinunter, die parallel zum Fluß verlief. Sie wies auf der einen Seite eine hüfthohe Balustrade auf, die zum größten Teil aus sonderbar geformten Steinen bestand – runden Steinen mit einem Loch in der Mitte, so groß, daß ich sie gerade mit beiden Armen hätte umspannen können, und etwa taillendick. Für Mühlsteine waren sie zu klein, und für Räder zu schwer. Wozu sie früher auch immer gedient haben mochten, hier hatten sie einen letzten Platz gefunden, waren hochkant aufgestellt und Rand auf Rand gesetzt worden; die freien Stellen dazwischen hatte man mit kleineren Steinen ausgefüllt, um die Balustrade zu einer festen und oben ebenen Mauer zu machen. Ich schaute hinüber und erkannte, daß es auf der anderen Seite senkrecht hinunterging bis zu dem etwa in einer Tiefe von doppelter Stockwerkshöhe daliegenden Fluß.

»Dann steigt der Fluß wohl beträchtlich bei Flut, nicht wahr?« sagte ich.

»Nein«, erklärte Fung. »Die Stadt liegt auf dieser Seite hoch über dem Wasser – des *hai-xiao* wegen. Schaut mal aufmerksam dort hinüber, nach Osten, wo das Meer ist.«

So standen er und ich und Hui-sheng gegen die Balustrade gelehnt da und spähten über die flache, mondbeschienene Sandbank des Deltas hinweg, das sich gesichtslos bis zum schwarzen Horizont erstreckte. Vom Meer war selbstverständlich nichts zu sehen, denn das lag einige zweihundert *li* jenseits dieser weitgestreckten Sandbank – oder zumindest tat es das für gewöhnlich. Denn jetzt hörten wir, wie weit in der Ferne ein Rauschen aufkam, gleichsam als galoppierte ein mongolisches Reiterheer auf uns zu. Hui-sheng zupfte mich am Ärmel, was mich überraschte, denn sie konnte ja nichts gehört haben. Doch wies sie auf ihre andere Hand, die auf der Balustrade ruhte, und bedachte mich mit einem fragenden Blick. Da begriff ich, daß sie abermals dieses

Rauschen *fühlte*. Mochte es auch weit entfernt sein, dachte ich, es mußte schon ein Donnergetöse sein, wenn es eine Steinmauer zum Vibrieren brachte. Ich konnte nur mit den Achseln zucken. Es lag auf der Hand, daß Fung das, was da auf uns zukam, erwartete, und zwar offensichtlich ohne jede Angst.

Abermals streckte er die Hand aus, und ich sah einen feinen Silberstreif das Dunkel des Horizonts aufreißen. Ehe ich noch fragen konnte, was das sei, war es nahe genug, es selbst erkennen zu können: Ein Streifen weißschäumenden, im Mondlicht funkelnden Wassers, der da über die Sandwüste genauso schnell herangerauscht kam wie eine Front in gestrecktem Galopp angreifender, silbergepanzerter Reiter. Dahinter stand das ganze Gewicht des Kithai-Meeres. Wie ich schon gesagt hatte, weitete die Sandbank sich trichterförmig aus – dort draußen, wo sie mit dem Meer zusammenstieß, rund hundert *li* breit, hier, an der Flußmündung, schmal. So rollte die heranrauschende See als brodelnde Wasserwand ins Delta herein, wurde dann jedoch rasch eingeengt, zusammengedrängt und in die Höhe getrieben und das gesamte dunkle Wasser eine einzige weißbrodelnde Masse. Der *hai-xiao* entwickelte sich allzu schnell für mich; ich konnte nicht einmal einen Ruf der Überraschung ausstoßen. Da kam eine Wasserwand auf uns zugerast, breit wie das Delta und so hoch wie ein Haus. Wäre nicht das schaumige Glitzern gewesen, man hätte meinen können, es wäre die Lawine, die ich über das Tal in Yun-nan hatte herniedergehen lassen – und grummeln und rauschen tat es genauso.

Ich schaute hinunter auf den Fluß unter uns. Wie ein kleines Tier, das aus seinem Bau hervorkommt und einem tollwütigen Hund mit weißschäumenden Lefzen gegenübersteht, zog er sich zurück, *floß rückwärts*, wich aus, versuchte, den verstopften Ausgang seines Baus aufzugeben und sich in Richtung Berge zurückzuziehen, aus denen er ursprünglich kam. Im nächsten Augenblick raste die wildschäumende Wasserwand nur wenige Fuß unter uns an uns vorüber, und Gischtfetzen wurden bis zu uns heraufgeschleudert. Ich war völlig gebannt von dem Schauspiel, obwohl ich Meerwasser immerhin kannte. Doch ich meine, bei Hui-sheng war das nicht der Fall, und so drehte ich mich nach ihr um, um nachzusehen, ob sie Angst hätte. Keineswegs. Mit leuchtenden Augen lächelte sie mich an, und feinzerstäubtes Wasser glomm im Mondlicht opalisierend in ihrem Haar. Für jemand in einer lautlosen Welt, nehme ich an, muß es mehr als für uns andere überaus wunderbar sein, etwas Glanzvolles zu sehen, zumal dann, wenn es so überwältigend glanzvoll ist, daß man es nicht nur sieht, sondern auch noch *fühlt*. Selbst ich hatte gespürt, wie die Steinbalustrade vor uns, ja, die ganze Nacht um uns herum und der Wucht des Anpralls vibrierten. Die grollende, zischende und rauschende See floß weiterhin kochend an uns vorüber und stromaufwärts, und nachgerade machten sich in dem weißen Schaum schwarzgrüne Streifen bemerkbar, bis schließlich das Schwarzgrün überwog und eine schaumlose kabbelige See die gesamte Breite des Flußbettes unter uns ausfüllte.

403

Als ich mich endlich wieder verständlich machen konnte, sagte ich zu Fung: »Was in aller Götter Namen ist das?«

»Neuankömmlinge sind für gewöhnlich tief beeindruckt«, sagte er, gleichsam als sei dies alles sein Werk. »Das ist der *hai-xiao,* die Flutwelle infolge Gezeitenwechsels.«

»Gezeitenwechsel!« rief ich aus. »Unmöglich! Gezeiten kommen und gehen gemessen und würdevoll.«

»Der *hai-xiao* vollzieht sich auch nicht immer so dramatisch«, räumte er ein. »Dazu kommt es nur, wenn die Jahreszeit, der Mond und bestimmte Stunden des Tages oder der Nacht zusammenfallen. Doch wenn das der Fall ist, kommt das Meer, wie Ihr eben selbst gesehen habt, mit der Geschwindigkeit eines galoppierenden Pferdes über diese trichterförmige Sandbank hinweg – und das über zweihundert *li* in nicht mehr Zeit, als man für eine gemächliche Mahlzeit braucht. Die Flußschiffer haben schon vor Jahrhunderten gelernt, ihn sich zunutze zu machen. Sie legen genau im richtigen Augenblick hier ab, und dann trägt der *hai-xiao* sie Hunderte von *li* flußaufwärts, ohne daß sie auch nur einen einzigen Ruderschlag zu tun brauchten.«

Höflich sagte ich: »Verzeiht, daß ich das bezweifle, Magistrat Fung. Aber ich stamme selbst aus einer Stadt am Meer und habe in meinem Leben schon manche Flut erlebt. Dabei hebt sich der Wasserspiegel vielleicht um soviel, wie man mit ausgestreckten Armen greifen kann. Dies hier aber war ein ganzer Wasser*berg.*«

Woraufhin wieder er höflich sagte: »Verzeiht, daß ich Euch widerspreche, Kuan Polo. Dann kann ich nur davon ausgehen, daß Eure Heimatstadt an einem *kleinen* Meer liegt.«

Verschnupft sagte ich: »Für meine Begriffe ist es nie klein gewesen. Aber ich gebe zu, es gibt größere Meere. Hinter den Säulen des Herkules erstreckt sich das grenzenlose Meer des Atlantischen Ozeans.«

»Nun, auch dieses Meer hier ist grenzenlos. Weit von diesen Gestaden entfernt liegen Inseln. Viele Inseln sogar. Im Nordosten zum Beispiel die Jihpen-kwe genannten Inseln, die das Reich der Zwerge ausmachen. Doch braucht man nur lange genug weiter nach Osten zu segeln, und die Inseln werden weniger und immer spärlicher, bis man sie hinter sich hat. Und trotzdem dehnt sich weiter und immer weiter das Kithai-Meer.«

»Wie unser Ozean«, murmelte ich. »Kein Seemann hat es je überquert oder kennt sein Ende oder weiß, was dort liegt, oder ob es überhaupt ein Ende *hat.*«

»Nun, dieses Meer hat eines«, sagte Fung sachlich. »Zumindest gibt es eine Aufzeichnung darüber, daß es überquert worden ist. Hang-zho trennt jetzt dies zweihundert *li* tiefe Delta vom Ozean. Aber seht Ihr diese Steine?« Er zeigte auf die Rundsteine, welche den Hauptteil der Balustrade ausmachten. »Das sind die Anker für mächtige, seegängige Schiffe und die Gegengewichte für die Mastbaumenden derselben. Das heißt, waren es dermaleinst.«

»Dann muß Hang-zho einmal ein Seehafen gewesen sein«, sagte ich.

»Und zwar ein sehr belebter. Doch muß das Delta, nehme ich an, schon vor langer Zeit von Sickerstoffen versperrt worden sein.«

»Jawohl, vor nahezu achthundert Jahren. In den Archiven der Stadt findet sich ein Tagebuch, verfaßt von einem gewissen Hui-chen, einem buddhistischen *trapa*, das nach unserer Zeitrechnung ungefähr aus dem Jahre dreitausendeinhundert datiert. In diesem Schriftstück berichtet er, er habe sich an Bord einer Hochsee-*chuang* befunden, die das Unglück hatte, von einem *tai-feng* – dem großen Sturm – von diesen Küsten fortgetrieben zu werden, und immer weiter nach Osten fuhr. Irgendwann einmal stieß die *chuan* auf Land. Nach Schätzungen des *trapa* betrug die Entfernung bis dorthin über einundzwanzigtausend *li*. Nichts als Wasser bis dorthin. Und dann wieder einundzwanzigtausend *li* zurück bis hierher. Auf jeden Fall ist er aber von dorther zurückgekommen, wo immer das gewesen sein mag, denn das Tagebuch gibt es.«

»*Hui*! Einundzwanzigtausend *li*! Nun, das ist von hier überland bis nach Venedig und wieder zurück.« Mir kam ein Einfall, der mir ebenso aufregend wie verführerisch vorkam. »Wenn es so weit draußen im Osten Land gegeben hat, dann muß das mein eigener Erdteil, Europa, gewesen sein. Der Erdteil, zu dem Kithai und Manzi gehören, muß dann hinter unserem eigenen Atlantischen Ozean liegen! Sagt an, Magistrat, hat der Mönch Städte auf der anderen Seite genannt? Lisboa? Bordeaux?«

»Städte nicht. Er nannte das Land Fu-sang, was nichts mehr bedeutet als ›Ort, wohin wir getrieben wurden‹. Die Eingeborenen, berichtet er, ähnelten eher den Mongolen oder Bho als den Han, wären jedoch noch barbarischer und sprächen eine merkwürdige Sprache.«

»Dann muß es Iberien gewesen sein ... oder Marokko ...«, sagte ich nachdenklich. »Allerdings damals schon voll von muslimischen Mohren, wie ich meine. Hat der Mönch noch irgend etwas über dieses Land verlauten lassen?«

»Nur sehr wenig. Die Eingeborenen verhielten sich feindselig, so daß die Seeleute die *chuan* nur unter Gefahren und Mühen neu mit Wasser und Proviant füllen konnten. Dann haben sie gemacht, daß sie so schnell wie möglich wieder zurücksegeln konnten in den Westen. Das einzige, was Hui-chen sonst noch beeindruckt zu haben scheint, ist wohl die Vegetation. Die Bäume von Fu-sang beschrieb er als sehr eigenartig. Er sagte, nicht aus Holz und belaubten Zweigen bestünden sie, sondern aus grünem Fleisch und tückischen Dornen.« Fung setzte ein Gesicht auf, das amüsierten Unglauben bekundete. »Aber das hat nicht viel zu bedeuten; denn ich glaube, die frommen Männer sehen überall Fleisch und Dornen, wohin sie auch blicken.«

»Hm, ich weiß nicht, was für Bäume in Iberien oder Marokko wachsen«, murmelte ich, außerstande, von meinen spekulativen Gedanken Abschied zu nehmen. »Doch allein die Vorstellung, daß es möglich sein *könnte*, von hier aus in meine Heimat zu segeln, hat etwas Erschreckendes und Ehrfurchterregendes zugleich.«

»Ihr tut gut daran, es gar nicht erst zu versuchen«, sagte Fung gleichmütig. »Seit Hui-cheng sind nicht viele Menschen draußen auf dem freien Meer in einen *tai-feng* geraten und haben das überlebt. Dieser Sturm tritt zwischen hier und den Jihpen-kwe-Inseln ziemlich häufig auf. Khan Kubilai hat jetzt zweimal versucht, in jenes Reich einzufallen und es zu erobern; er hat ganze *chuan*-Flotten voller Krieger dorthin ausgesandt. Beim ersten Mal zuwenig, so daß die Zwerge sie zurückwarfen ins Meer. Doch letztesmal hat er Hunderte von Schiffen und nahezu ein vollständiges *tuk* Krieger hinübergeschickt. Doch ein *tai-feng* zog auf und hat die Flotte zerschlagen. Damit schlug auch diese Invasion fehl. Wie ich höre, sind die Zwerge dem Sturm dankbar und haben den *tai-feng* in *kamikaze* umbenannt, was in ihrer sonderbaren Sprache soviel bedeutet wie ›Göttlicher Wind‹.«

»Trotzdem«, sagte ich, immer noch sinnend, »wenn dieser Sturm nur *zwischen* der Küste von Manzi und Jihpen-kwe rast, dann – falls Kubilai diese Inseln jemals einnimmt – könnte man vielleicht von dort aus sicher weiter nach Osten segeln . . .«

Doch Kubilai unternahm nie wieder einen Eroberungszug dieser Art und bezwang auch diese Inseln nie; so kam auch ich nie dorthin, ja, überhaupt nicht weiter nach Osten. Ich habe das Kithai-Meer mehrere Male befahren, doch nur selten außer Sichtweite des Festlandes. Deshalb weiß ich nicht, ob dieses ferne Fu-sang, wie ich vermutete, die Westküste Europas war, soweit wir es kannten, oder ob es sich um noch ein Land handelte, das bis jetzt unentdeckt geblieben ist. Ich bedaure, in dieser Beziehung meine Neugier nie befriedigt zu haben. Ich wäre liebend gern hingefahren und hätte mir dies Land angesehen, doch habe ich es nie getan.

4 Hui-sheng, ich, der Magistrat Fung und unsere Diener stiegen von der Anlegestelle des Palastes in einen reichgeschnitzten *san-pan* aus Teakholz und nahmen unter einem seidenen Baldachin Platz, der so geschmückt und geschwungen war wie jedes Dach der Han. Ein Dutzend Ruderer, bis zur Hüfte nackt und die Oberkörper eingeölt, so daß sie im Mondlicht glänzten, ruderte uns gewundene Kanäle entlang bis zu unserer neuen Wohnung, und unterwegs wies Fung uns auf manches hin, das der Aufmerksamkeit wert war.

Er sagte: »Die kurze Gasse, die ihr zu unserer Linken abgehen seht, ist die Gasse der Linden Lüfte und Geschlagenen Luft, mit anderen Worten, die Gasse der Fächermacher. Hang-zhos Fächer werden überall im Land hochgeschätzt – denn hier wurde der Faltfächer erfunden –, und manche weisen bis zu fünfzig Rippen auf. Alle sind sie mit bezaubernden Bildern bemalt, bisweilen auch mit frech ungezogenen. Nahezu hundert Familien in unserer Stadt sind nun schon generationenlang Fächermacher; das Handwerk wird vom Vater auf den Sohn und von diesem auf den Enkel weitervererbt.«

Und er sagte: »Das Bauwerk zu unserer Rechten ist das größte in der Stadt. Zwar ist es nur acht Stockwerke hoch und damit nicht das höchste, aber es erstreckt sich in der einen Richtung von einer Straße bis zur nächsten, und in der anderen von einem Kanal bis zum anderen. Es beherbergt Hang-zhos ständige Markthalle, ich glaube, in ganz Manzi der einzige Markt, der nicht unter freiem Himmel stattfindet. In den hundert oder noch mehr Räumen darin werden jene Waren zum Verkauf ausgestellt und feilgeboten, die zu empfindlich sind, sie draußen vorzuführen – feine Möbel, Kunstwerke, verderbliche Waren, Kindersklaven und dergleichen.«

Und er sagte: »Hier, wo der Kanal so stattlich verbreitert wurde, nennt man ihn Xi Hu, den Westsee. Seht Ihr die hellerleuchtete Insel in der Mitte? Selbst zu dieser späten Stunde haben rings um die Insel noch Boote und *san-pans* festgemacht. Möglich, daß einige Leute die Tempel auf der Insel besuchen, doch die meisten sind da, weil sie sich amüsieren wollen. Hört Ihr die Musik: Die Trinkstuben auf der Insel bleiben die ganze Nacht über offen, und dort werden Essen und Trinken und Lustbarkeiten angeboten. Manche Gasthäuser stehen allen offen, die kommen, andere werden ausschließlich von wohlhabenden Familien zu ihren Familienfeiern, Hochzeiten und Banketten gemietet.«

Und er sagte: »In der Straße, die zu Eurer Rechten abgeht, hängt vor den meisten Türen eine rote Seidenlaterne; es ist also die Straße der Freudenhäuser. Hang-zho unterwirft seine Prostituierten strengen Vorschriften; so wird auch streng zwischen den verschiedenen Klassen unterschieden, von der Klasse der Großen Kurtisanen bis hinunter zu den Hafenhuren, doch alle werden in bestimmten Abständen untersucht, um zu gewährleisten, daß die Sauberkeit nicht zu kurz kommt und die Mädchen gesund bleiben.«

Bislang hatte ich immer nur beifällig gemurmelt und Fung zu verstehen gegeben, daß ich seine Erläuterungen zu schätzen wisse, doch als er das Thema Prostituierte aufgriff, sagte ich:

»Mir sind auch tagsüber eine ganze Menge aufgefallen, die durch die Straßen zogen; so etwas habe ich noch in keiner anderen Stadt erlebt. Hang-zho scheint ziemlich duldsam ihnen gegenüber.«

»*Ahem.* Das, was Ihr bei Tageslicht gesehen habt, werden wohl männliche Prostituierte gewesen sein. Eine Klasse für sich, die allerdings gleichfalls durch Statuten reguliert wird. Wenn sich je eine Hure an Euch heranmacht und Ihr geneigt seid, Euch ihrer Dienste zu bedienen, beseht Euch als erstes ihre Armreifen. Ist ein kupferner darunter, handelt es sich nicht um eine Frau, und wenn sie noch so weiblich aussieht. Der Kupferreif wird von der Stadt vorgeschrieben – um zu verhindern, daß die männlichen Huren, die unseligen, nicht als das gelten, was sie eben doch nicht sind.« Mich voller Unbehagen daran erinnernd, daß ich der Neffe eines solchen Unseligen war, sagte ich vielleicht ein wenig säuerlich: »Hang-zho scheint in vieler Hinsicht als Stadt sehr tolerant zu sein, und Ihr persönlich auch.«

Er sagte nur leutselig: »Ich bekenne mich zu Tao. Jeder von uns geht seinen eigenen Weg. Ein Mann, der sein eigenes Geschlecht liebt, ist aus freiem Willen heraus nur das, was ein Eunuch unfreiwillig ist. Da beide schon die Mißbilligung ihrer Ahnen erregen, weil sie ihren Stamm nicht fortsetzen, brauche doch nicht ich ihnen auch noch Vorwürfe zu machen. Doch seht, dort drüben, zu Eurer Rechten, der hohe Trommelturm ist der Mittelpunkt der Stadt und außerdem unser höchstes Bauwerk überhaupt. Er ist Tag und Nacht bemannt, damit bei jedem Feuer, das ausbricht, sofort Alarm getrommelt werden kann. Auch ist Hang-zho nicht auf zufällig Vorüberkommende und Freiwillige angewiesen, um Brände zu löschen. Ganze tausend Mann stehen in Lohn und Reis, bloß weil sie ständig für diese Aufgabe bereitstehen.«

Schließlich brachte unsere Barke uns an die Schiffslände unseres eigenen Hauses, genauso, als wären wir in Venedig, und dieses Haus war ein ansehnlicher *palazzo*. Links und rechts vom Portal standen Schildwachen, die bei unserem Eintreten eine Lanze präsentierten, die sowohl mit einer Spitze als auch einer Axtschneide bewehrt war; außerdem waren die beiden Schildwachen die größten Han, die ich je gesehen hatte.

»Jaja, kräftige und gesunde Vertreter«, sagte Fung, als ich sie bewunderte. »Jeder gut und gern seine sechzehn Spannen groß, würde ich sagen.«

»Da müßt Ihr irren«, sagte ich. »Ich selbst bin siebzehn Spannen groß, und sie sind noch mal einen halben Kopf größer als ich.« Scherzend sagte ich noch: »Wenn Ihr so schlecht im Zählen seid, frage ich mich, ob Ihr wirklich für die Rechenarbeit des Steuereintreibens geeignet seid.«

»Aber sehr sogar«, ging er auf meinen scherzhaften Ton ein, »denn ich verstehe mich auf die Han-Methode des Zählens. Im allgemeinen mißt ein Mensch bis zum Scheitel, doch bei einem Soldaten mißt man nur bis zu den Schultern.«

»*Cazza beta*! Warum?«

»Um sie paarweise beim Tragstangentragen einzusetzen. Da sie Fußsoldaten sind und keine Reiter, müssen sie ihr eigenes Gepäck schleppen. Gleichwohl gilt es aber auch als ausgemacht, daß ein guter und gehorsamer Soldat keinen Kopf braucht.«

Überwältigt und bewundernd schüttelte ich den Kopf und entschuldigte mich bei dem Magistrat, sein Können und seine Fähigkeiten auch nur im mindesten infrage gestellt zu haben. Als wir unsere Schuhe wieder gegen Schlupfpantoffeln eingetauscht hatten, begleitete er Huisheng und mich auf einem Rundgang durch das Haus. Während in einem Raum nach dem anderen Diener zu Boden fielen, um *ko-tou* zu machen, machte er uns mit diesen und jenen Einrichtungen bekannt, die unserer Bequemlichkeit oder unserem Vergnügen dienen sollten. Das Haus hatte sogar einen eigenen Garten mit einem Lotusteich in der Mitte, über den sich ein blühender Baum neigte. Der Kies auf den verschlungenen Wegen war nicht nur glatt gerecht, sondern in anmutigen Mustern geharkt. Ganz besonders angetan war ich von einem Zierstück: einem großen sitzenden Steinlöwen, der die Tür zwischen Haus und Garten bewachte. Dieser war aus einem einzelnen riesigen Felsblock herausgearbeitet, jedoch auf so geschickte Weise, daß der Löwe eine Kugel aus Stein im halbgeöffneten Maul hielt. Diese Kugel ließ sich mit dem Finger hin- und herrollen, nie jedoch hinter den Zähnen herausholen. Wahrscheinlich habe ich mit meinem Auge für Kunstwerke einigen Eindruck auf den Magistrat Fung gemacht, als ich ihm bei der Betrachtung einiger Rollbilder an der Wand unseres Schlafgemachs sagte, mir schienen diese Landschaften anders gemalt als diejenigen, die ich von den Künstlern aus Kithai kannte. Er sah mich von der Seite an und sagte:

»Ihr habt recht, Kuan. Für die Künstler des Nordens sehen alle Berge so aus wie die schroffen und zerklüfteten Gipfel ihres Tian-Shan-Gebirges. Die Künstler hier in Sung – vielmehr in Manzi, verzeiht – sind besser vertraut mit den sanften, üppigen Bergen des Südens, die gerundet sind wie die Brüste einer Frau.«

Er verabschiedete sich und erklärte, jederzeit zu meiner Verfügung zu stehen; ich brauchte ihn nur zu rufen, wann immer mir danach sei, meine Arbeit aufzunehmen. Hinterher sahen Hui-sheng und ich uns in aller Gemächlichkeit in unserem neuen Hause um, schickten einen Diener nach dem anderen hinaus und machten uns mit den Räumlichkeiten vertraut. Eine Zeitlang saßen wir im mondbeschienenen Garten, und ich gab Hui-sheng zu verstehen, welche Einzelheiten der verschiedenen Geschehnisse des heutigen Tages mir besonderen Eindruck gemacht hätten und von denen ich meinte, daß sie sie von sich aus so begriffen hatte. Ich schloß mit dem allgemeinen Eindruck, den ich gewonnen hatte: daß niemand große Hoffnungen zu haben schien, daß ich als Steuereinnehmer Erfolg haben könnte. Sie nickte verständnisvoll bei jeder meiner Erklärungen und gab wie eine taktvolle Han-Ehefrau keinen Kommentar darüber ab, ob ich für meine Arbeit geeignet sei und welche Aussicht auf Erfolg ich hätte. Sie stellte vielmehr eine Frage:

»Glaubst du, du wirst glücklich hier, Marco?«

Da ich gleichsam eine *hai-xiao*-Woge an Liebe zu ihr in mir aufsteigen fühlte, sagte ich mit Hilfe von Gesten: »Ich *bin* glücklich – hier!« und machte es ihr deutlich: »Mit dir.«

Wir leisteten uns eine Woche Ruhe, um uns in unserer neuen Umgebung einzuleben, und ich lernte rasch, all die unzähligen Einzelheiten der Haushaltsführung Hui-shengs Oberaufsicht zu überlassen. Wie schon zuvor mit der mongolischen Dienerin, die mit uns gekommen war, schien es ihr leichtzufallen, auch mit den neuen Han-Dienern und Dienerinnen eine kaum wahrnehmbare Form der Verständigung zu finden, und im allgemeinen klappte das wunderbar. Ich war kein so guter Herr wie sie eine gute Herrin. Zum einen konnte ich genausowenig Han reden wie sie. Zum anderen war ich es nun seit geraumer Zeit gewohnt, mongolische Diener oder solche Diener zu haben, die von Mongolen angelernt worden waren. Das Personal hier in Manzi war aber ganz anders.

Ich könnte eine ganze Liste von Unterschieden aufzählen, möchte aber nur zwei erwähnen. Der eine bestand darin, daß aufgrund der Ehrfurcht, welche die Han für alles Alte haben, ein Diener nicht einfach entlassen oder in Pension geschickt wird, bloß weil er oder sie alt, nutzlos, senil oder gar bewegungsunfähig wurde. Und da Diener, je älter sie wurden, auch desto eigenwilliger, verschlagener und unverschämter wurden, konnte man sie deshalb doch nicht entlassen oder auch nur prügeln. Bei einer unserer Dienerinnen handelte es sich um eine alte Frau, die nichts anderes zu tun hatte, als jeden Morgen, nachdem wir aufgestanden waren, unser Schlafgemach aufzuräumen und in Ordnung zu bringen. Jedesmal, wenn sie an mir oder Hui-sheng oder auch nur an den Bettlaken den Duft von Zitronen wahrnahm, gackerte und wieherte sie höchst abscheulich, doch mir blieb nichts anderes übrig, als mit den Zähnen zu knirschen und es zu ertragen.

Der andere Unterschied hatte von allen unwahrscheinlichen Gründen mit dem Wetter zu tun. Mongolen sind dem Wetter gegenüber gleichgültig; sie konnten ihrer Beschäftigung im Sonnenschein, Regen und Schnee nachgehen – vermutlich sogar im Chaos eines *tai-feng*, falls sie jemals in einen solchen hineingeraten sollten. Ich selbst war nach all meinen Reisen Kälte oder Hitze, Trockenheit oder Feuchtigkeit gegenüber genauso unempfindlich wie ein Mongole. Doch obwohl die Han in Manzi sich bei jeder Gelegenheit badeten, hatten sie doch eine katzenähnliche Abneigung gegen den Regen. Regnete es, wurde *nichts* getan, das es erforderlich machte, das Haus zu verlassen – womit ich nicht meinte, nur von der Dienerschaft nicht, sondern *von keinem Menschen*.

Agayachis Minister wohnten meistens im selben Palast wie er auch, doch diejenigen, die woanders eine Wohnung hatten, blieben bei Regen einfach zuhause. Auf den Marktplätzen der Stadt fand man an Regentagen weder Käufer noch Verkäufer. Nicht anders war es auch in der überdachten Markthalle, denn schließlich hätten die Menschen durch den Regen gehen müssen, um dorthin zu gelangen. Wiewohl ich mich bewegte wie immer, mußte ich das zu Fuß tun. Bei Regen fand man keine Sänfte, ja, nicht einmal ein Kanalboot. Obwohl die Ruderer ihr Leben auf dem Wasser verbrachten und die meiste Zeit über von Wasser vollgesogen waren – in Wasser, das vom Himmel herunterfiel, wagten sie sich nicht hinaus. Nicht einmal die männlichen Prostituierten flanierten bei Regen auf den Straßen.

Selbst mein sogenannter Adjutant, der Magistrat Fung, leistete sich dieselbe ausgefallene Verhaltensweise. An Regentagen kam er einfach nicht durch die Stadt in mein Haus und ließ sich auch bei den Gerichtssitzungen im *cheng*, die er selbst angesetzt hatte, dann nicht blicken. »Wozu sich die Mühe machen, erst hinzugehen? Die streitenden Parteien wären ohnehin nicht da.« Er bekundete Verständnis über meinen Ärger wegen der vielen vertanen Regentage und zeigte sich sogar leicht amüsiert über diese Eigenheit. Einmal, als ich ihn des Regens wegen eine ganze Woche nicht zu Gesicht bekommen hatte und unwirsch meinem Unmut Luft machte, indem ich sagte: »Wie soll ich denn jemals etwas schaffen, wenn ich nur einen Gut-Wetter-Adjutanten habe?« setzte er sich hin, holte Papier und Pinsel und Tintenstein heraus und schrieb ein Han-Schriftzeichen für mich.

»Dieses Zeichen heißt: ›eine dringende Angelegenheit, die noch nicht in Angriff genommen worden ist‹«, erklärte er mir. »Aber schaut: Es setzt sich aus zwei Bestandteilen zusammen. Dies eine hier bedeutet ›zum Erliegen gebracht‹ und dies hier: ›durch Regen‹. Ganz offensichtlich muß ein Zug, der Eingang in unsere Schrift gefunden hat, auch in unseren Seelen tief verwurzelt sein.«

Doch an milden Tagen saßen wir in meinem Garten und unterhielten uns eingehend und ausführlich über meine Aufgabe und über seine Aufgabe als Magistrat. Voller Interesse hörte ich mir seine Erklärungen einiger lokaler Gesetze und Gepflogenheiten an, doch als er sie mir erklärte, wurde mir bewußt, daß er in seiner richterlichen Praxis sich mehr auf den Aberglauben der Leute und seine eigenen launischen Einfälle verließ.

»So habe ich zum Beispiel eine Glocke, die einen Dieb von einem ehrlichen Mann unterscheiden kann. Angenommen, irgend etwas ist gestohlen worden, und es gibt eine ganze Menge von Verdächtigen, dann fordere ich jeden einzelnen auf, durch einen Vorhang hindurchzugreifen und die dort verborgene Glocke zu berühren, die bei der Berührung durch den Schuldigen anfängt zu läuten.«

»Ja, und tut sie das?« fragte ich skeptisch.

»Selbstverständlich nicht. Aber sie ist mit Tintenpulver eingeschmiert. Hinterher sehe ich mir die Hände der Verdächtigen an. Der mit sauberen Händen ist der Dieb – derjenige, der Angst hatte, die Glocke zu berühren.«

»Genial!« murmelte ich, ein Wort, das ich hier in Manzi noch oft gebrauchen sollte.

»Ach, die Urteilsfindung ist gar nicht so schwierig. Wo man sich wirklich etwas einfallen lassen muß, das sind die Urteile und die Strafen. Angenommen, ich verurteile diesen Dieb dazu, im Gefängnishof ein Joch zu tragen, einen schweren Holzkragen, ähnlich wie die steinernen Anker an der Promenade; dieser wird ihm um den Hals gelegt, und er muß im Gefängnishof sitzen, wo alle Vorübergehenden ihn mit Hohn und Spott übergießen. Angenommen, ich verfüge, daß er diese Unannehmlichkeit und diese Demütigung für, sagen wir, zwei Monate zu ertragen hat. Nur weiß ich selbstverständlich ganz genau, daß seine Familie die Gefängniswärter bestechen wird, damit diese ihm den Halskragen nur dann umlegen, wenn sie wissen, daß ich beim Betreten oder Verlassen des Hofes an ihm vorüberkomme. Um zu gewährleisten, daß er auch wirklich entsprechend bestraft wird, verurteile ich ihn daher zu *sechs* Monaten Joch.«

»Bedient Ihr Euch«, erkundigte ich mich zögernd, »bedient Ihr Euch für die größeren Missetäter auch eines Liebkosers?«

»Aber ja doch, und eines sehr guten dazu«, erklärte er fröhlich. »Mein eigener Sohn, der sich auf das Studium der Gesetzeskunde vorbereitet, geht im Augenblick zum Liebkoser in die Lehre. Um ihm sein Gewerbe beizubringen, hat der Meister den jungen Fung jetzt seit einigen Wochen Pudding schlagen lassen.«

»Wie bitte?«

»Es gibt eine Strafe, die heißt *chou-da*; dabei wird ein Schwerverbrecher mit einem *zhu-gan*-Rohr, das am einen Ende zu einer vielschnurigen Geißel aufgespalten worden ist, gepeitscht. Ziel dieser Behandlung ist es, die schlimmsten Schmerzen zuzufügen und die inneren Organe zu zerfetzen, ohne eine sichtbare Verstümmelung zu hinterlassen. Deshalb muß der junge Fung, ehe ihm erlaubt wird, *chou-da* an einem Menschen auszuüben, lernen, einen Pudding zu zertrümmern, ohne seine Oberfläche zu verletzen.«

»*Gèsu*! Ich meine, interessant!«

»Nun, gewiß gibt es Strafarten, die bei der gaffenden Menge beliebter sind – und einige selbstverständlich auch weniger. Das hängt alles von der Schwere des Verbrechens ab. Das Aufsetzen eines Brandzeichens im Gesicht. Zurschaustellung im Käfig. Knien auf Ketten mit schneidenden Kettengliedern. Einflößen der Arznei, die augenblickliches Altern zur Folge hat. Frauen haben ein besonderes Vergnügen daran zuzusehen, wie gerade dies einer anderen Frau verabreicht wird. Und noch etwas, das besonders bei Frauen beliebt ist, ist das An-den-Beinen-Aufhängen einer Ehebrecherin und sie mit siedendem Öl oder geschmolzenem Blei aufzufüllen. Außerdem gibt es Strafen, deren Namen für sich sprechen: das Brautbett, die Liebevolle Schlange, der Affe, der einen Pfirsich trockenlutscht. Ich habe mir selbst vor kurzem eine sehr interessante Strafe ausgedacht, wenn ich das in aller Bescheidenheit bemerken darf.«

»Und worin besteht die?«

»Es ging um einen Brandstifter, der gerade das Haus eines Feindes in Brand gesteckt hatte. Zwar mißlang es ihm, den Feind persönlich zu treffen, denn dieser war gerade auf Reisen gegangen, doch die Gattin und die Kinder kamen bei diesem Brand um. Deshalb verhängte ich eine Strafe, die dem Verbrechen angemessen war und entsprach. Ich wies den Liebkoser an, Nasenlöcher und Mund des Mannes mit *huo-yao*-Pulver vollzustopfen, beides fest mit Wachs zu verschließen und – ehe der Schuldige erstickte oder sonst keine Luft mehr bekam – die Dochte zu entzünden, so daß sein Kopf in tausend Stücke zerrissen wurde.«

»Da wir gerade bei angemessenen Strafen sind, Wei-ni« – wir redeten uns inzwischen formlos mit Vornamen an – »welche, meint Ihr, wird der Khakhan Euch und mir wegen Nachlässigkeit im Amt zumessen? Weit gekommen sind wir mit unseren Besteuerungsstrategien noch nicht. Ich glaube nicht, daß Kubilai Regenwetter als Entschuldigung gelten läßt.«

»Marco, warum sich abmühen mit Plänen, die doch nie in die Praxis umgesetzt werden können?« sagte er träge. »Außerdem regnet es heute gar nicht. Laßt uns einfach hier sitzen, die Sonne, das linde Lüftchen und den geruhsamen Anblick genießen, den Eure Dame beim Blumenpflücken im Garten bietet.«

»Wei-ni, Hang-zho ist eine reiche Stadt.« Ich ließ mich nicht beirren.

»Die einzige überdachte Markthalle, die ich jemals gesehen habe, und außerdem zehn Marktplätze unter freiem Himmel. Und auf allen wimmelt es von Menschen und Geschäftigkeit – außer es regnet, jedenfalls. Lustpavillons auf den Inseln im See. Wohlhabende Fächermacherfamilien. Florierende Freudenhäuser. Von denen nicht einer und nicht eines bisher auch nur einen einzigen *tsien* an das Schatzamt der neuen Regierung abführt. Und wenn Hang-zho so wohlhabend ist, wie steht es mit dem Rest von Manzi? Erwartet Ihr von mir, daß ich einfach still dasitze und zulasse, daß *kein* Mensch *jemals* eine Kopfsteuer oder eine Grundsteuer oder eine Gewerbesteuer bezahlt oder . . .?«

»Marco, ich kann Euch immer nur wiederholen – wie es sowohl ich als auch der Wang Euch wiederholt erklärt haben –, daß auch noch die allerletzten Steuerunterlagen der Sung-Verwaltung zusammen mit dem Sung-System verschwunden sind. Vielleicht hat die alte Kaiserin aus weiblicher Arglist heraus befohlen, sie zu vernichten. Wahrscheinlich ist jedoch, daß ihre Untertanen im selben Augenblick, da sie dem Khakhan entgegenzog, um ihm ihre Krone auszuliefern, die Hallen der Aufzeichnungen sowie die *cheng*-Archive gestürmt und alle Unterlagen vernichtet haben. Das ist verständlich. Und stand zu erwarten. Das geschieht doch überall, wo Eroberer einziehen, das heißt: *bevor* die Eroberer einziehen, so daß . . .«

»Gewiß, gewiß. Das ist eine Tatsache, mit der ich mich abgefunden habe. Aber mich interessiert nicht, wer den Steuerbeamten der Sung wieviel gezahlt hat! Ein Haufen verstaubter alter Hauptbücher sind mir völlig schnuppe.«

»Aber ohne sie, versteht Ihr . . .« Er lehnte sich vor und hielt mir drei Finger vors Gesicht. »Ihr habt die Wahl zwischen drei Möglichkeiten. Entweder, Ihr wendet Euch persönlich an jeden Marktstand, an jede Trinkstube und an jede Herberge auf jeder Insel oder klopft an jedes Arbeitskabäuschen einer Hure . . .«

»Was unmöglich ist.«

». . . oder Ihr bedient Euch eines ganzen Heeres von Leuten, das für Euch zu tun.«

»Was Ihr als unpraktikabel verworfen habt.«

»Ja. Aber nur um es in Gedanken einmal durchzuspielen: Ihr geht also an einen Marktstand, wo ein Mann Hammelfleisch verkauft. Ihr verlangt von ihm den dem Khakhan zustehenden Anteil vom Wert dieses Hammelfleisches. Er sagt: ›Aber Kuan, ich bin doch gar nicht der Eigentümer dieses Standes. Sprecht mit meinem Herrn dort drüben.‹ Ihr wendet Euch an diesen anderen Mann, und er sagt: ›Ich bin hier zwar der Meister, aber ich verwalte diesen Stand nur für den Besitzer, der in Su-zho sein Alter verbringt.‹«

»Ich würde beiden nicht glauben.«

»Aber was wollt Ihr tun? Aus dem einen Geld herauspressen? Oder aus beiden? Wo Ihr von beiden doch bloß Kleingeld bekommt? Und übersieht dabei den Eigentümer – der vielleicht ganz Manzi mit Hammelfleisch beliefert –, der wirklich Eurem Zugriff entzogen in Su-zho ein Leben in Saus und Braus führt. Und wollt Ihr diese ganze Aufregung an jedem Zahltag bei jedem Marktstand erleben?«

»*Vakh!* Da käme ich nie weiter als bis zu diesem einen Marktplatz.«

»Hättet Ihr jedoch die alten Hauptbücher, *wüßtet* Ihr, wer steuerpflichtig wäre und wo Ihr ihn finden würdet und wieviel er beim letztenmal ungefähr bezahlt hat. Und da liegt nun die dritte Möglichkeit – die einzige, die wirklich praktikabel wäre: legt neue Hauptbücher an. Noch ehe Ihr überhaupt jemand auf den Pelz rückt, damit er zahlt, braucht Ihr eine Liste von jedem Geschäftsunternehmen oder Laden oder Hurenhaus oder Eigentum oder Grundstück. Und dazu noch die Namen aller Eigentümer und Besitzer und Haushaltsvorstände. Und eine Schätzung, wieviel der Besitz etwa wert ist und wie hoch sich der jährliche Gewinn etwa beläuft und . . .«

»*Gramo mi!* Allein dafür brauchte man ja ein ganzes Leben, Wei-ni. Und bis dahin nehme ich keinen einzigen *tsien* ein!«

»Nun ja, so ist es eben.« Träge lehnte er sich zurück. »Genießt den Tag und den Blick und dies Labsal für die Augen, Hui-sheng. Befreit Euer Gewissen mit folgender Überlegung. Die Sung-Dynastie hat es, ehe sie vor kurzem fiel, dreihundertundzwanzig Jahre gegeben. Sie hatte also viel Zeit, um ihre Unterlagen zusammenzutragen und zu kodifizieren und ihre Besteuerungsmethoden in Kraft zu setzen. Ihr könnt nicht erwarten, ihnen das über Nacht nachzumachen.«

»Nein, das geht nicht. Doch vielleicht erwartet Khan Kubilai genau das. Was mache ich nur?«

»Nichts, denn alles was Ihr tätet, wäre vergeblich. Hört Ihr den Kuckkuck auf dem Baum dort drüben? Kuckuck, kuckuck . . . Wir Han gefallen uns in dem Gedanken, daß der Kuckuck *pu-ju ku-ei* sagte: ›Warum nicht nach Hause gehen?‹«

»Danke, Wei-ni. Ich denke, eines Tages werde ich wirklich heimkehren. Aber ich werde nicht, wie wir Venezianer es ausdrücken, mit nach innen gekrempelten Sackpfeifen heimkehren.«

Es folgte ein längeres friedvolles Schweigen; nur der gute Rat des Kuckuck ließ sich immer wieder vernehmen. Schließlich hob Fung wieder an: »Seid Ihr glücklich hier in Hang-zho?«

»Ganz ungewöhnlich glücklich.«

»Dann seid glücklich. Versucht, die Situation einmal so zu sehen: Es kann eine lange und überaus angenehme Zeit vergehen, bis der Khakan sich auch nur erinnert, Euch hierhergeschickt zu haben. Aber selbst wenn er schließlich Rechenschaft von Euch fordert, könnte es sein, daß er sich mit Eurer Erklärung für Euer Versagen zufriedengibt. Tut er es nicht, kann er Euch zum Tode verurteilen, muß es aber nicht unbedingt tun. Tut er es, seid Ihr alle Eure Sorgen los. Tut er es nicht, sondern läßt Euch nur durch die *chou-da*-Geißel zerbrechen, nun, dann könnt Ihr Euer Lebensende als verkrüppelter Bettler erwarten. Die Besitzer der Marktstände werden gütig sein und Euch einen Platz auf dem Marktplatz zum Betteln überlassen – und zwar *weil* Ihr sie nie der Steuern wegen gequält und in die Enge getrieben habt, versteht Ihr?«

»Der Wang hat Euch einen hervorragenden Gesetzeskenner genannt, Wei-ni«, sagte ich ziemlich säuerlich. »Ist dies ein Beispiel für Eure Beschlagenheit?«

»Nein, Marco. Das ist Tao.«

Später, nachdem er sich in sein eigenes Haus zurückgezogen hatte, sagte ich abermals: »Was soll ich tun?«

Ich sagte das im Garten, doch dort war es mittlerweile kühl geworden, der Kuckuck war seinem eigenen Rat gefolgt und nach Hause geflogen, und ich saß nach dem Abendessen mit Hui-sheng beisammen. Ich hatte ihr alles verständlich gemacht, was Fung und ich über meine mißliche Lage gesprochen hatten, und bat sie jetzt um ihren Rat.

Nachdenklich saß sie eine Weile da, gab mir dann das Signal »Warte!«, erhob sich und ging hinüber in die Hausküche. Mit einem Säckchen getrockneter Bohnen kam sie zurück und gab mir zu verstehen, ich solle mich in einem Blumenbeet neben sie auf den Boden hokken. Auf einem unbewachsenen Stück Erde zog sie mit schlankem Zeigefinger ein Quadrat. Dieses durchteilte sie in der Mitte zunächst von oben nach unten und dann von links nach rechts, so daß vier kleinere Felder entstanden. Im ersten zeichnete sie eine Linie ein, im zweiten zwei, im dritten drei und im vierten eine Art Krakel. Dann blickte sie auf und sah mich an. Ich erkannte die Zeichen als Han-Zahlen, deshalb nickte ich und sagte: »Vier kleine Kästchen mit den Zahlen Eins, Zwei, Drei und Vier.« Während ich überlegte, was dies wohl mit meinen augenblicklichen drängenden und äußerst quälenden Problemen zu tun habe, entnahm Hui-sheng ihrem Säckchen eine Bohne, wies mir diese vor und legte sie in das Kästchen Nummer drei. Dann griff sie, ohne hinzusehen, in das Säckchen hinein, holte eine Handvoll Bohnen heraus und streute sie neben dem großen Quadrat auf den Boden. Dann schnippte sie mit flinken Fingern vier Bohnen von dieser Handvoll beiseite, dann noch vier, schob diese beiseite, schnippte nochmals vier Bohnen beiseite, dann nochmals vier und so weiter. Als sie sie in Vierergruppen aufgeteilt hatte, blieben noch zwei Bohnen übrig. Sie zeigte erst auf diese beiden, dann auf das leere Kästchen Nummer zwei auf dem Boden, nahm die im Kästchen Nummer drei liegende Bohne, legte sie neben die beiden, die sie noch hatte, lächelte mich schelmisch an und vollführte eine Geste, die soviel bedeutete wie: »Zu schade!«

»Ich verstehe«, sagte ich. »Ich habe auf Nummer drei gesetzt, aber Nummer zwei hat gewonnen, und so bin ich meine Bohne los. – Es bricht mir das Herz!«

Sie schob alle Bohnen zusammen und tat sie zurück in das Säckchen. Dann nahm sie eine wieder heraus und legte diese betont für mich auf eine Zahl – diesmal die Nummer vier. Schon wollte sie wieder in das Säckchen hineingreifen, da hielt sie inne und gab mir zu verstehen, ich sollte das tun. Ich verstand: Das Spiel war völlig fair, die zu zählenden Bohnen wurden aufs Geratewohl herausgeholt. Ich nahm eine ganze Handvoll heraus und streute sie neben sie auf den Boden. Rasch schnippte sie sie wieder auf die Seite, immer vier zusammen auf einen

415

Haufen; diesmal wollte der Zufall es, daß mit Ausnahme der Bohne, die ich gesetzt hatte, alle glatt durch vier zu teilen waren. Am Ende blieb keine übrig.

»Aha«, sagte ich. »Das bedeutet, daß Nummer vier gewonnen hat. Und *was* habe ich gewonnen?«

Sie hielt vier Finger in die Höhe und zeigte auf meinen Einsatz, fügte drei Bohnen hinzu und schob alle mir zu.

»Wenn ich verliere, verliere ich meine Bohne. Gewinnt die Zahl, auf die ich gesetzt habe, bekomme ich meine Bohne vierfach zurück.« Ich setzte ein nachsichtiges Gesicht auf. »Das ist ein einfaches Spiel, ein Spiel für Kinder, nicht verzwickter als das Spiel *venturina,* das in Venedig die Seeleute spielen. Aber wenn du meinst, wir sollten es eine Weile spielen – nun schön, meine Liebe, dann laß uns spielen. Ich nehme an, du willst mir irgend etwas vermitteln, das nicht gerade Langeweile ist.«

Sie gab mir eine schöne Menge Bohnen, damit ich sie setzen könne, und gab mir dann zu verstehen, ich könne soviel aufs Spiel setzen, wie ich wolle, und auf so viele Zahlenkästchen, wie mir beliebe. Infolgedessen legte ich in jedes der vier Kästchen je zehn Bohnen, um zu sehen, was geschah. Mit einem ungeduldigen Blick auf mich und ohne auch nur in das Säckchen zu greifen, um die Gewinnzahl herauszufinden, gab sie mir vierzig Bohnen aus dem Säckchen und schob dann die vierzig auf dem Boden liegenden zusammen. Mir ging auf, daß, spielte ich auf diese Weise, nur mein Einsatz gleich bliebe. So probierte ich anderes aus – ließ zum Beispiel ein Kästchen leer, legte aber in die anderen drei unterschiedliche Mengen von Bohnen und so weiter. Allmählich wurde das Spiel verwirrend, denn es ging um höhere Zahlen. Manchmal gewann ich eine ganze Handvoll Bohnen, und Hui-sheng behielt nur ganz wenige. Manchmal jedoch war der Zufall ihr hold: mein Haufen verkleinerte sich und der ihre wuchs. Nach und nach ging mir auf, daß – sofern jemand dies Spiel ernsthaft betrieb – er um viele, viele Bohnen reicher daraus hervorgehen konnte, *sofern* er mit diesem Gewinn aufstand und ging und der Versuchung widerstand, sein Glück noch einmal zu versuchen. Dieser Drang war jedoch immer da, zumal dann, wenn man eine Gewinnsträhne hatte und hoffte, noch mehr zu gewinnen. Auch vermochte ich mir vorzustellen, daß – wenn ein Spieler mit drei anderen und noch dem Bankhalter mit dem Bohnensäckchen wetteiferte – das Spiel reizvoll und aufregend werden konnte, so daß man alles andere um sich herum vergaß. Doch genauso, wie ich die Gewinnchancen abzuschätzen vermochte, konnte der Bankhalter die ganze Zeit über reicher werden, während jeder Gewinner sich hauptsächlich auf Kosten der anderen drei bereicherte.

Ich vollführte eine Geste, um Hui-shengs Aufmerksamkeit zu erregen. Sie hob die Augen vom Spielfeld auf dem Boden, und ich zeigte zuerst auf mich selbst, dann auf das Spiel und auf meine Geldbörse, um ihr zu verstehen zu geben: »Wenn man um Geld spielte statt um Bohnen, könnte einen das ganz schön teuer zu stehen kommen.«

Sie lächelte, ihre Augen tanzten, und sie nickte nachdrücklich: »Genau das habe ich dir klarmachen wollen.« Mit umfassender Gebärde zeigte sie dann auf ganz Hang-zho – oder vielleicht auf ganz Manzi – und beendete die Geste damit, daß sie den Arm auf jenen Raum in unserem Haus gerichtet hielt, in dem ich und mein Schreiber uns zur Arbeit niederzulassen pflegten.

Ich starrte auf ihr erwartungsfreudig strahlendes kleines Gesicht, dann auf die Bohnen auf dem Boden. »Willst du damit andeuten, wir sollten dies Spiel als *Ersatz* fürs Steuereinnehmen benutzen?«

Nachdrücklich nickte sie: »Ja.« Ausbreiten der Hände: »Warum nicht?«

Was für ein lächerlicher Einfall, war mein erster Gedanke, doch dann überlegte ich genauer. Ich hatte gesehen, wie Han Geld auf ihre *zhi-pai*-Karten setzten, auf die *ma-jiang*-Steinchen, selbst auf die *feng-zheng*, die Spielzeuge, die sie am Himmel fliegen ließen – und wie sie gierig, fiebrig, wie besessen dabei gewesen waren. War es möglich, diese Besessenheit auf dieses eigentlich eher einfältige Spiel zu lenken? Wobei ich – oder vielmehr das Kaiserliche Schatzamt – die Bank hielt?

»*Ben trovato!*« murmelte ich. »Der Khakhan selbst hat es so genannt: unfreiwillige Wohltätigkeit!« Ich sprang auf, hob Hui-sheng in die Höhe und schloß sie begeistert in die Arme. »Vielleicht hast du den Notanker und die Hilfe für mich gefunden, die ich brauche. Sag mir, hast du dieses Spiel schon als Kind gelernt?«

Ja, das habe sie. Vor einer Reihe von Jahren – nachdem die Mongolen ihr Dorf in Brand gesteckt und alle Erwachsenen erschlagen und sie und die anderen Kinder zu Sklaven gemacht hatten. Sie selbst war dann ausgewählt worden, zu einer *lon-gya* der Konkubinen gemacht zu werden, und ein *shamàn* hatte den Schnitt vorgenommen, woraufhin ihre ganze Welt stumm geworden war. Die alte Frau, die sie dann gesund gepflegt, hatte ihr dieses Spiel beigebracht, war es doch eines, das man spielen konnte, ohne darauf angewiesen zu sein, zu sprechen oder zu hören. Sechs Jahre sei sie damals wohl alt gewesen, meinte Hui-sheng.

Ich schloß sie noch enger in die Arme.

5 Es dauerte keine drei Jahre, und ich galt als der reichste Mann von ganz Manzi. In Wahrheit war ich das selbstverständlich nicht, weil ich pünktlich und gewissenhaft all meinen Gewinn durch vertrauenswürdige mongolische Kuriere mit schwerbewaffneten Begleitern an das Kaiserliche Schatzamt in Khanbalik schickte. Im Laufe der Jahre schafften sie ein Riesenvermögen an Papiergeld und Münzen gen Norden, und soweit ich weiß, tun sie das heute noch.

Hui-sheng und ich dachten uns einen Namen für das Spiel aus – *Hua Dou Yin-hang,* »Spreng die Bohnen-Bank« –, das auf Anhieb ein Erfolg war. Der Magistrat Fung, zuerst ungläubig, war bald völlig hingerissen von der Idee und berief eine Sondersitzung seines *cheng* ein, bloß um meinem Wagnis das Amtssiegel der Legalität aufzudrücken und – samt und sonders mit dem Chrysanthememblem Manzis versehen – Erfindung und Namen des Spiels zu schützen, damit niemand auf die Idee kam, mir Konkurrenz zu machen. Der Wang Agayachi, der anfangs Zweifel hegte, ob das Glücksspiel nicht gegen Anstand und gute Sitten verstoße – »Wer hätte jemals gehört, daß eine *Regierung* das Glücksspiel unterstützt?« –, sang bald sein Loblied und pries auch mich, indem er erklärte, ich hätte Manzi zum gewinnträchtigsten aller Reiche gemacht, die das Khanat sich einverleibt hätte. Auf alle anerkennenden Worte erklärte ich bescheiden und wahrheitsgemäß: »Nicht mein Verdienst ist es, sondern das meiner klugen und begabten Dame. Ich selbst bin nur der Schnitter – Sämann mit den goldenen Händen ist Hui-sheng.«

Wir beide begannen das Wagnis mit einer so lächerlich geringen Investition, daß ein Fischhändler sich geschämt hätte, seinen Marktstand damit auszustatten. Unsere ganze Einrichtung bestand aus nichts weiter als einem Tisch und einer Tischdecke. Hui-sheng besorgte ein paar Ellen von leuchtendzinnoberrotem Stoff – bei Han wie Mongolen die Glücksfarbe –, stickte schwarz das viergeteilte Quadrat darauf und in die vier Kästchen hinein mit Goldfaden die Zahlen von eins bis vier. Dieses Tuch breiteten wir über einen Steintisch in unserem Garten. Sodann schickten wir sämtliche Diener und Dienerinnen aus, überall auf den Straßen und Gassen, den Kanälen und auf der Promenade am Fluß laut auszurufen: »Kommt, kommt alle, die ihr das Wagnis liebt! Setzt einen *tsien* und gewinnt einen *liang*! Kommt und sprengt die Bohnen-Bank! Macht, daß eure Träume wahr werden und eure Ahnen fassungslos die Hände heben. Rasch gewonnenes Glück erwartet jeden im Hause von Polo und Echo! Kommt alle herbei!«

Sie kamen. Vielleicht kamen manche nur, um verstohlen einen Blick auf mich, den dämonenhaarigen Ferenghi werfen zu können. Einige mochten auch aus reiner Habgier kommen, um rasch ein Vermögen zusammenzuraffen, doch die meisten kamen nur, weil sie neugierig waren, was wir wohl zu bieten hätten, und manche schauten auch nur schnell auf dem Weg ganz woandershin vorbei. Aber sie kamen. Und obwohl die einen und die anderen sich lustig machten und uns verhöhnten – »Ein Spiel für Kinder!« –, alle machten sie zumindest ein Spiel. Und obwohl sie ihren *tsien* oder auch zwei auf das rote Tuch von Hui-sheng hinwarfen, als wollten sie einem hübschen Kind einen Gefallen tun, warteten sie, um zu sehen, ob sie gewonnen oder verloren hätten. Wiewohl viele dann nur gutmütig lachten und den Garten wieder verließen, waren andere doch angetan und blieben, um noch ein Spiel zu wagen. Und noch eines. Da immer nur vier auf einmal spielen konnten, kam es bald zu Gedrängel und Geschubse unter ihnen, und diejenigen, die nicht mitspielen konnten, standen einfach herum und schauten gebannt zu. Neigte der Tag sich dem Ende zu und erklärten wir die Spiele für abgeschlossen, geleiteten unsere Diener oft eine ansehnliche Menge zum Garten hinaus. Manche Spieler verließen uns mit mehr Geld, als sie bei ihrer Ankunft bei sich hatten, und jubelten insgeheim, eine »unbewachte Schatzkammer« entdeckt zu haben – und gelobten, wiederzukommen und sie zu plündern. Andere gingen freilich mit leichterer Börse wieder heim, als sie gekommen waren, und diese haderten mit sich selbst, sich zu einem »solchen kindischen Spiel« verführt haben zu lassen – und gelobten wiederzukommen, um am Bohnen-Bank-Spieltisch Rache zu nehmen.

Hui-sheng bestickte aus diesem Grund ein zweites Tuch, und unsere Diener brachen sich fast die Knochen, als sie einen zweiten Steintisch im Garten aufstellten. Statt am nächsten Tag nur dazustehen, um für Ordnung zu sorgen, während Hui-sheng Bankhalterin spielte, übernahm ich den zweiten Tisch. Ich war nicht so behende beim Spiel wie sie und nahm auch nicht soviel Geld ein, doch arbeiteten wir beide hart an diesem Tag und waren am Ende völlig erschöpft. Die meisten der Gewinner vom Vortag waren wiedergekommen – die Verlierer desgleichen – und außerdem noch andere Leute dazu, die von dieser unerhörten neuen Einrichtung in Hang-zho gehört hatten.

Nun, ich brauche wohl kaum weiterzuberichten. Wir hatten es nie wieder nötig, unsere Dienerschaft auf die Straße zu schicken und ausrufen zu lassen: »Kommt alle herbei!« Das Haus von Polo und Echo war über Nach zu einer ständigen – und sehr gut besuchten – Einrichtung geworden. Wir brachten den Dienern – den helleren Köpfen unter ihnen – bei, als Bankhalter zu fungieren, damit Hui-sheng und ich ab und zu einmal ausspannen konnten. Es dauerte aber nicht lange, und Hui-sheng mußte mehr zinnoberrote Tischtücher mit Schwarz und Gold besticken; wir kauften sämtliche Steintische bei einem benachbarten Steinmetzen auf und setzten Diener daran, ständig an ihnen den Bankhalter zu machen. Erstaunlicherweise zeigte es sich, daß unsere betagte Dienerin, die sich immer so über den Zitronengeruch lustig machte, die beste von unseren Lehrlingsbankhaltern war und Hui-sheng an Fingerfertigkeit und Genauigkeit in nichts nachstand.

Ich nehme an, das Ausmaß unseres Erfolges ging mir erst auf, als es eines Tages anfing zu nieseln und kein Mensch aus dem Garten entfloh, sondern vielmehr immer noch mehr Gäste eintrafen, die durch den Regen herbeigeeilt waren und den ganzen Tag über fortfuhren zu spielen, ohne sich im geringsten um die Nässe zu kümmern. Nie zuvor hätte irgendein Han sich durchregnen lassen, selbst auf dem Weg zu der legendärsten Hang-zhoer Kurtisane nicht. Und als ich begriff, daß wir einen Zeitvertreib entdeckt hatten, dem man sich nicht mehr entziehen konnte wie dem Liebesspiel, sah ich mich in der Stadt um und mietete ungenutzte Gärten und freie Plätze an und beauftragte unseren Nachbarn, den Steinmetz, in aller Eile neue Tische für uns zu meißeln.

Alle Schichten der Hang-zhoer Gesellschaft beehrten uns mit ihrem Kommen – reiche Adlige, die dem alten Regime gedient hatten und jetzt nichts mehr zu tun hatten, wohlhabend und aalglatt aussehende Kaufleute, Händler mit gehetzten Augen, halbverhungerte Last- und Sänftenträger, stinkende Fischer und verschwitzte Bootsleute –, Han, Mongolen, ein paar Muslime und selbst ein paar Männer, die ich für hier ansässige Juden hielt. Die paar nervösen und juchzenden Spieler, die zuerst aussahen wie Frauen, entpuppten sich als Wesen, die Kupferreifen am Handgelenk trugen. Ich kann mich nicht erinnern, jemals eine richtige Frau bei uns erlebt zu haben, höchstens, um überheblich-amüsiert zuzusehen wie so manche Besucher in den Häusern der Täuschung. Han-Frauen wetten einfach nicht, dafür geht ihnen jedes Gefühl ab; bei den Männern hingegen war es eine größere Leidenschaft als im Übermaß zu trinken oder ihre kläglich kleinen Organe zu üben.

Die Männer der Unterschicht, die in der verzweifelten Hoffnung kamen, ihr Los zu verbessern, setzten für gewöhnlich die kleinen *tsien*-Münzen mit dem Loch in der Mitte, denn dies war das Geld der Armen. Männer der Mittelschicht setzten gewöhnlich fliegendes Geld, allerdings nur solches mit geringem Nennwert (und oft aus schon arg abgegriffenem Papier). Die Reichen, die kamen und glaubten, die Bank sprengen zu können, indem sie ausharrten und versuchten, ihre Mitspieler dadurch zu zermürben, daß sie nie aufgaben, warfen dicke Bündel Scheine fliegendes Geld mit größerem Nennwert auf den Tisch. Doch ob jemand nun nur einen einzelnen *tsien* oder einen Stapel *liangs* setzte, jeder hatte dieselben Chancen, wenn die Zählbohnen des Bankhalters immer zu vieren beiseite geschnippt wurden, um die Gewinnzahl zu ermitteln. Wie genau die Chancen eines jeden aussahen, zu einem Vermögen zu kommen, habe ich mir nie die Mühe gemacht auszurechnen. Ich weiß nur soviel, daß etwa dieselbe Anzahl von Spielern reicher wie ärmer nach Hause ging, als sie gekommen waren; aber es war ja ihr eigenes Geld, das sie untereinander getauscht hatten, und ein ansehnlicher Teil davon war bei unserer Bohnen-Bank hängengeblieben. Mein Schreiber und ich verbrachten einen Großteil der Nacht, das Papiergeld mit demselben Nennwert auf dieselben Haufen zu legen und die kleinen Münzen zu Hundertern aufzufädeln und zu Tausendern zu bündeln.

Schließlich wurde das Geschäft für mich und Hui-sheng selbstverständlich viel zu groß und viel zu verzwickt, als daß wir es persönlich in der Hand hätten behalten können. Nachdem wir in Hang-zho eine ganze Reihe von Bohnen-Banken eröffnet hatten, taten wir das gleiche in Su-zho und danach in anderen Städten; binnen weniger Jahre gab es kein einziges kleines Nest in Manzi, in dem das Spiel nicht gespielt wurde. Als Bankhalter stellten wir nur erprobte und vertrauenswürdige Männer und Frauen ein, und mein Adjutant Fung stellte – und das war sein Beitrag zu dem ganzen – einen Vertreter des Gesetzes ab, der ganz allgemein als Aufseher und Rechnungsprüfer fungierte. Ich machte meinen Schreiber zu meinem Bevollmächtigten für das gesamte ausgedehnte Unternehmen und hatte danach mit allem nichts mehr zu tun, als über die eingehenden Beträge aus dem ganzen Land Buch zu führen, davon die Ausgaben zu begleichen und den stattlichen Restbetrag – den wirklich beträchtlichen Rest – nach Khanbalik zu schicken.

Für mich selbst entnahm ich den Gewinnen nichts. Hier in Hang-zho besaßen Hui-sheng und ich wie in Khanbalik eine elegante Wohnung mit vielen Dienern und erfreuten uns einer üppigen Tafel. All dies stellte uns der Wang Agayachi zur Verfügung – oder vielmehr seine Regierung –, die, da sie an den kaiserlichen Einkünften teilhatte, weitgehend von unseren Bohnen-Banken unterhalten wurde. Was Huisheng und ich uns sonst noch an Luxus oder Torheiten leisten wollten, mußten wir aus den Einnahmen bestreiten, die ich aus meines Vaters Compagnia Polo bezog, die sich weiterhin gedeihlich entwickelte und jetzt *zafràn* und andere Handelswaren auch nach Manzi schickte. Deshalb zog ich den Einnahmen der Bohnen-Banken nur jeweils die Pacht und das für den Unterhalt von Gärten und Gebäuden der Bank Benötigte ab, die Löhnung für die Bankhalter, Aufseher und Kuriere sowie die lächerlich geringen Posten für die Einrichtung (die kaum jemals über Tische und Tischtücher sowie den Nachschub an getrockneten Bohnen hinausging). Und wie ich schon gesagt habe, fließt dieser Strom wahrscheinlich heute noch gen Khanbalik.

Kubilai hatte mir eingebleut, seine Untertanen in Manzi nicht bis aufs Blut auszusaugen. Man könnte meinen, daß ich seinen Anordnungen zuwiderhandelte und genau dies tat, doch das stimmt nicht. Die meisten Spieler setzten an unseren Bohnen-Banken nur das Geld aufs Spiel, das sie bereits verdient und gehortet hatten und sich leisten konnten zu verspielen. Verloren sie, waren sie nur gezwungen, härter zu arbeiten und neues Geld zu verdienen. Selbst diejenigen, die so unverständig gewesen waren, an unseren Spieltischen arm zu werden, verfielen danach nicht einfach dem Nichtstun und der Bettelei, wie sie es getan hätten, wäre all ihr Geld an einen Steuereintreiber verlorengegangen. Die Bohnen-Bank bot zumindest die Hoffnung, die Verluste wettzumachen – wohingegen ein Steuereintreiber *nie* etwas wieder herausgibt – und so hatten sogar diejenigen, die ihr letztes Gewand verspielt hatten, allen Grund, sich aus dem Nichts wieder emporzuarbeiten und zu einem Wohlstand zu kommen, der es ihnen gestattete, wieder an unsere Tische zurückzukehren. Glücklicherweise kann ich sagen, daß unser System – anders als das alte Steuersystem vorher – Menschen nicht zu dem verzweifelten Schritt trieb, zu Wucherzinsen Geld zu leihen und sich so hoch zu verschulden, daß sie nie wieder herauskamen. Doch das ist nichts, worauf ich mir etwas einbilden könnte; das lag einzig und allein an den Beschränkungen, die der Khakhan den Muslime auferlegte; es gab einfach keine Wucherer mehr, von denen man hätte Geld leihen können. Soweit ich es beurteilen kann, wurde Manzi durch unsere Bohnen-Banken nicht ausgeblutet; im Gegenteil, dies Spielsystem gab dem Fleiß und der Produktivität der Han neuen Auftrieb. Alle hatten nur Gutes davon, vom Khanat als ganzem bis zu der arbeitenden Bevölkerung ganz allgemein (nicht zu vergessen die vielen Menschen, die ständige Arbeit *in* unseren Banken fanden), für die es in der Verlockung eines leicht zu gewinnenden Vermögens zumindest etwas gab, wovon sie träumen konnten.

Kubilai hatte gedroht, wenn er mit meiner Leistung als Vertreter des Schatzamtes in Hang-zho unzufrieden wäre, mich dies umgehend wissen zu lassen. Selbstverständlich bestand dafür keinerlei Anlaß für ihn. Im Gegenteil, er schickte schließlich sogar den höchsten Würdenträger, den Kronprinzen und Vizeregenten Chingkim, um mir seine tiefempfundene Hochachtung zu übermitteln und mir zu meiner großen Leistung zu gratulieren. »Das jedenfalls soll ich Euch ausrichten«, sagte Chingkim auf seine übliche träg scherzhafte Weise. »In Wahrheit, meine ich, hat mein königlicher Vater mich hergeschickt, damit ich ein bißchen herumspioniere und nachsehe, ob Ihr nicht Banditen anführt, die das ganze Land plündern und brandschatzen.«

»Niemand hat es nötig zu plündern«, sagte ich eitel. »Warum den Leuten etwas aus der Tasche ziehen, das sie mit Freuden von selbst hergeben?«

»Jawohl, Ihr habt Eure Sache gut gemacht. Der Finanzminister Linngan hat mir gesagt, aus Manzi fließe mehr Reichtum in das Khanat als selbst aus dem Persien meines Vetters Abagha. Da wir gerade bei der Familie sind: Kukachin und die Kinder lassen Euch und Hui-sheng gleichfalls grüßen. Nicht zu vergessen Euer ehrenwerter Vater Nicolò. Von ihm soll ich Euch ausrichten, daß der Zustand Eures Onkels Mafìo sich so sehr gebessert hat, daß er von seiner Pflegerin sogar ein paar neue Lieder gelernt hat.«

Statt im Palast seines Halbbruders Agayachi abzusteigen, hatte er mir und Hui-sheng die hohe Ehre erwiesen, während seines Besuches bei uns zu wohnen. Da sie und ich die Leitung der Bohnen-Banken längst unseren Leuten überlassen hatten, frönten wir jetzt unendlichem Müßiggang wie die Adligen und konnten uns ganz darauf konzentrieren, unseren königlichen Gast zu unterhalten. An diesem Tag genossen nur wir drei, ohne auch nur einen einzigen Diener, eine *merenda* draußen auf dem Land. Hui-sheng hatte mit eigener Hand einen Korb mit Essen und Trinken vorbereitet, wir hatten unsere Pferde von der *karwansarai* holen lassen, wo wir sie untergestellt hatten, und dann waren wir über die Gepflasterte Allee, Die Sich lange Zwischen Riesenbäumen Dahinwindet und so weiter ein ganzes Stück aus Hang-zho hinausgeritten, hatten ein Tischtuch ausgebreitet und unter den Bäumen geschmaust, und Chingkim hatte mir von anderen Dingen erzählt, die sich hier und da in der Welt draußen abgespielt hatten.

»Jetzt führen wir Krieg in Champa«, sagte er so unberührt von dieser Tatsache, wie wenn ein Nichtmongole sagte: »Wir legen im Garten hinterm Haus einen Lotusteich an.«

»Das habe ich mir fast gedacht«, sagte ich. »Schließlich habe ich Truppen durchs Land ziehen und Transporte von Männern und Pferden den Großen Kanal herunterkommen sehen. Ich nehme an, Eurem königlichen Vater ist die Lust vergangen, sein Reich im Osten bis nach Jihpen-kwe auszudehnen, und er hat beschlossen, weiter nach Süden zu marschieren.«

»Dazu ist es eigentlich eher zufällig gekommen,« sagte er. »Die Yi in Yun-nan haben unsere Oberhoheit anerkannt. Nun gibt es aber in Yun-nan noch eine kleinere Volksgruppe, die Shan, die sich uns nicht haben unterwerfen wollen und daher in großer Zahl südwärts nach Champa ausgewandert sind. Deshalb hat der Wang von Yun-nan, mein Halbbruder Hukoji, eine Gesandtschaft nach Champa geschickt, um dem König von Ava nahezulegen, er möge doch die Freundlichkeit besitzen, diese Flüchtlinge zu uns zurückzuschicken, wo sie schließlich hingehören. Leider hatte man unseren Gesandten nicht darauf hingewiesen, daß alle, die mit dem König von Ava sprechen wollen, sich vorher die Schuhe ausziehen müssen. Als er es nicht tat, fühlte der König sich beleidigt und befahl seinen Wachen: ›Dann nehmt ihm statt dessen die Füße ab!‹ Nun, unseren Gesandten zu verstümmeln, war selbstverständlich eine Beleidigung, die sich gegen uns richtete, und reichte dem Khanat, Ava den Krieg zu erklären. Euer alter Freund Bayan befindet sich auf dem Marsch dorthin.«

»Ava?« fragte ich. »Ist das ein anderer Name für Champa?«

»Nicht eigentlich. Unter Champa versteht man das gesamte Tropenland der Dschungel, Elefanten und Tiger mit seiner Feuchtigkeit und Hitze. Die Menschen, die dort leben, gehören – wer weiß? – zehn oder zwanzig verschiedenen Stämmen an, und jeder einzelne bildet ein eigenes winziges Königreich, und jedes Königreich wieder hat verschiedene Namen, je nachdem, wer spricht. Aba zum Beispiel heißt auch Myama und Burma und Mien. Die Shan, die aus Yun-nan geflohen sind, haben in einem Königreich Zuflucht gesucht, das frühere Shan-Auswanderer in Champa schon vor langer Zeit gegründet haben und unter den Namen Sayam und Muang Thai und Sukhothai bekannt ist. Es gibt dort unten aber auch noch andere Königreiche – Annam und Cham, Layas und Khmer und Kambuja – und vielleicht noch viele mehr.« Und, wieder mit der größten Lässigkeit, fügte er noch hinzu: »Wo wir uns schon Ava einverleiben, können wir gleich zwei oder drei andere mit hinzunehmen.«

Wie ein richtiger Kaufmann erklärte ich darauf: »Dann brauchten wir nicht mehr die unerhörten Preise zu bezahlen, die sie für ihre Gewürze, ihr Holz, ihre Elefanten und ihre Rubine fordern.«

»Eigentlich hatte ich vor«, sagte Chingkim, »von hier aus weiter nach Süden zu reisen, Bayans Marschroute zu folgen und mich selbst in diesen tropischen Landen ein wenig umzusehen. Aber mir ist wirklich nicht danach, eine so anstrengende Reise zu unternehmen. Ich werde eine Zeitlang hier bei Euch und Hui-sheng der Ruhe pflegen und dann zurückkehren nach Kithai.«

Diese Gleichgültigkeit und Lässigkeit oder auch Verzagtheit kannte ich sonst gar nicht an Prinz Chingkim, und als ich ihn mir genauer ansah, merkte ich, daß er in der Tat ziemlich mitgenommen und müde aussah. Ein wenig später, als er und ich ein paar Schritte in den Wald hineingegangen waren, um allein für uns das Wasser abzuschlagen, fiel mir noch etwas auf, und ich spielte vorsichtig darauf an: »Ihr müßt in irgendeiner Herberge unterwegs das *dai-huang* genannte schleimige und rote Gemüse vorgesetzt bekommen haben. An unserer Tafel habt Ihr es bestimmt nicht bekommen, denn ich mag es nicht.«

»Ich auch nicht«, sagte er. »Und ich bin auch in letzter Zeit nicht vom Pferd gefallen, was die Ursache dafür sein könnte, daß mein Wasser rosa ist wie dies hier. Aber das ist schon eine ganze Weile so. Der Hofarzt hat mich dagegen behandelt – auf Han-Manier: indem er mir Nadeln in die Füße gesteckt und kleine Hütchen *moxa* auf der Wirbelsäule abgebrannt hat. Immer wieder habe ich diesem Idioten Hakim Gansui gesagt, daß ich mein Wasser weder durch die Füße lasse noch durch...« Er unterbrach sich und schaute in den Baum hinauf. »Horcht, Marco. Ein Kuckuck. Wißt Ihr, was die Han meinen, wenn der Kuckuck ruft?«

Chingkim kehrte in der Tat heim, wie ihm der Kuckuck geraten, doch nicht, bevor er nicht rund einen Monat unsere Gesellschaft und das friedliche Hang-zho genossen hatte. Ich freute mich, daß er diesen Monat einfacher Freuden erleben durfte, fern von den Anforderungen des Staates und seines Amtes, denn als er heimkehrte, kehrte er in eine weit fernere Heimat denn Khanbalik zurück. Es dauerte nicht lange, und Kuriere auf Pferden mit weiß-violetten Decken kamen nach Hang-zho gesprengt, um dem Wang Agayachi auszurichten, er solle seine Stadt in diese Trauerfarben der Han und der Mongolen hüllen, denn sein Bruder Chingkim sei nur in die Hauptstadt zurückgekehrt, um zu sterben.

Wie der Zufall es wollte, hatte unsere Stadt die Trauerzeit für den Kronprinzen kaum hinter sich und gerade angefangen, die Flaggen mit dem Trauerflor einzuholen, da kamen neuerlich Kuriere, diesmal mit dem Auftrag, sie hängenzulassen. Diesmal galt die Trauer dem Ilkhan Abagha von Persien, der gleichfalls gestorben war – und zwar nicht im Kampf gefallen sondern an einer Krankheit. Der Verlust eines Neffen war für Kubilai selbstverständlich keine so große Tragödie wie der seines Sohnes Chingkim und hatte auch kein so ausgedehntes Getuschel um die Frage der Nachfolge zur Folge. Abagha hatte einen erwachsenen Sohn, Arghun, hinterlassen, der sofort das Ilkhanat von Persien antrat – und sogar soweit ging, eine der persischen Gattinnen seines verstorbenen Vaters zu ehelichen, um seinen Anspruch auf diesen Thron noch zu festigen. Doch Chingkims Sohn Temur, der nächste Erbe des gesamten Mongolenreiches, war noch minderjährig. Kubilai war, wie Chingkim gesagt hatte, bereits fortgeschrittenen Alters. Die Menschen fürchteten, wenn er bald stürbe, könnte das Khanat unter dem Hin und Her von Thronanwärtern, die älter waren als Temur, gebeutelt werden; denn viele Onkel und Vettern und dergleichen würden nur allzu bereit sein, ihn zu vertreiben und das Khanat an sich zu reißen. Doch im Moment litten wir nur unter dem Kummer über Chingkims vorzeitigem Ableben. Kubilai ließ sich durch seine Trauer nicht von den Staatsgeschäften ablenken, und ich ließ mich von der meinen nicht daran hindern, regelmäßig Manzis Tribut an das Schatzamt zu schicken. Kubilai führte weiterhin Krieg gegen Ava und weitete – wie Chingkim vorhergesagt hatte – die Mission des Orlok Bayan sogar noch aus und stellte es ihm frei, jedes der Ava benachbarten Königreiche an sich zu bringen, das reif wäre für eine Eroberung.

Das Bewußtsein, daß soviel in der Welt draußen geschah, während ich in Hang-zho einfach im Luxus schwelgte, machte mich unruhig. Selbstverständlich war diese Unruhe von der Vernunft her nicht zu begründen. Man bedenke, was ich alles hatte! Ich war in Hang-zho eine hochangesehene Persönlichkeit. Nicht einmal meines *kwei*-farbenen Haars wegen wurde ich mehr schief angesehen, wenn ich durch die Straßen ging. Ich hatte viele Freunde, es ging mir gut, und ich war wunschlos glücklick mit meiner ebenso liebevollen wie liebenswerten Hui-sheng. Wir beide hätten – wie es zum Schluß eines französischen Vers-Epos hieß – glücklich und in Freuden leben können bis ans Ende unserer Tage. Ich besaß wirklich alles, was man sich nur wünschen kann. Alles, was das Herz begehrte, war in dieser Hoch-Zeit, auf dem Gipfelgrat meines Lebens, mein. Auch war ich nicht mehr der bedenkenlose Jüngling, für den es nur eine unendliche Folge von »Morgen« gibt. Es lag auch viel »Gestern« hinter mir. Ich war über dreißig und hatte schon das eine oder andere graue Haar auf meinem sonst dämonenfarbenen Schopf entdeckt; eigentlich hätte ich daran denken sollen, die Abfahrt von der Höhe meines Lebens sanft und glatt verlaufen zu lassen.

Dennoch war ich unruhig, und aus der Unruhe wurde unerbittliche Unzufriedenheit mit mir selbst. Ich hatte mich gut gemacht in Manzi, gewiß, aber sollte ich mich jetzt für den Rest meiner Tage im Widerschein dieses Glanzes sonnen? Nun das große Werk vollendet war, erforderte es nicht mehr viel, es einfach fortzusetzen. Dazu brauchte ich nur mein *yin*-Siegel unter Empfangsbestätigungen und Begleitschreiben zu setzen und einmal im Monat meine Kuriere nach Khanbalik zu schicken. Ich leistete auch nicht mehr als der Vorsteher eines Pferdepostens, und so kam ich zu dem Schluß, nunmehr zu lange nur das genossen zu haben, was ich *hatte*. Was mir fehlte, war der Wunsch nach etwas, das ich *nicht* hatte. Die Vorstellung, hier in Hang-zho alt zu werden wie ein still vor sich hin vegetierender Patriarch der Han und auf nichts anderes stolz zu sein als darauf, ein gesegnetes Alter erreicht zu haben, ließ mich erschaudern.

»Du wirst nie alt werden, Marco«, erklärte Hui-sheng mir, als ich ihr gegenüber das Thema anschnitt. Liebevoll und belustigt und doch aufrichtig sah sie mich an, als sie mir das zu verstehen gab.

»Ob alt oder nicht«, sagte ich. »Ich finde, wir haben jetzt in Hang-zho lange genug im Luxus gelebt. Laß uns weiterziehen.«

Sie stimmte dem zu: »Laß uns weiterziehen.«

»Wohin möchtest du denn, Liebling?«

Einfach: »Wohin auch immer du gehst.«

6 So kam es, daß der nächste nach Norden reitende Kurier von mir eine Botschaft an den Khakhan mitnahm, in dem ich respektvoll darum bat, von meinem längst erfüllten Auftrag entbunden zu werden und meinen Titel Kuan samt zugehörigem Korallenknopf ablegen zu dürfen; man möge mir erlauben, nach Khanbalik zurückzukehren, wo ich mich nach einem neuen Wagnis umsehen wolle. Der Kurier kehrte mit Kubilais freundlichem Einverständnis zurück, und danach brauchten Hui-sheng und ich nicht lange, um von Hang-zho Abschied zu nehmen. Unsere eingeborenen Diener und Sklaven hoben ein großes Wehklagen an und warfen sich wiederholt zum *ko-tou* vor uns auf den Boden, doch beschwichtigten wir ihren Kummer durch Geschenke von vielen Dingen, die wir beschlossen, nicht mitzunehmen. Dem Wang Agayachi, meinem Adjutanten Fung Wei-ni und meinem ehemaligen Schreiber und jetzigen Verwalter und anderen Notabeln, mit denen wir befreundet gewesen waren, machte ich Abschiedsgeschenke – und zwar sehr wertvolle.

»Der Kuckuck ruft«, sagten sie traurig einer nach dem anderen«, als sie bei einem der zahllosen Abschiedsbankette und uns zu Ehren gegebenen Bälle mit ihren Weinpokalen einen Trinkspruch auf uns ausbrachten.

Unsere persönliche Habe wie unsere Garderobe und die vielen Dinge, die wir hier in Hang-zho erworben hatten und mitnehmen wollten – Möbel, Rollbilder, Porzellan, Elfenbein- und Jadeschnitzereien, Geschmeide und dergleichen –, wurden von unseren Sklaven in Ballen und Kisten verpackt. Mit unserer mongolischen Dienerin, die wir schon aus Khanbalik mitgebracht hatten, und Hui-shengs Schimmelstute (die jetzt einen leicht silbrigen Schimmer um das rosige Maul bekommen hatte), bestiegen wir eine riesige seegängige *chuan*, segelten den Gewaltigen Strom hinunter und hinaus auf das endlose Kithai-Meer, wo wir die Küste entlang gen Norden segelten.

Neben dieser *chuan* hätte sich unsere *Doge Anafesto,* die *galeazza,* auf der wir das Mittelländische Meer überquert hatten, wie eine *gòndola* oder ein *san-pan* ausgenommen. Die *chuan* – einen Namen kann ich nicht nennen, da man ihr absichtlich keinen gegeben hatte, damit nicht rivalisierende Schiffseigner, welche die Götter bewegen könnten, ihr widrige Winde oder sonstige Mißgeschicke zu bescheren, ihn nicht verfluchen könnten –, diese *chuan* hatte *fünf Masten,* von denen ein jeder so groß war wie ein Baum. Von diesen Masten hingen Segel aus *zhugan*-Rohr-Streifen herunter von der Größe des Marktplatzes manch einer kleinen Stadt; wie sie verwendet wurden, habe ich an anderer Stelle beschrieben. Die Mächtigkeit des entenähnlichen *chuan*-Rumpfes entsprach ihrem Oberwerk, mit dem sie fast die Wolken erreichte. Auf dem Deck sowie in den Passagierunterkünften unter Deck waren über hundert Kabinen untergebracht, in denen jeweils sechs Menschen bequem Platz hatten. Das heißt, das Schiff konnte *zusätzlich* zu der aus vierhundert Männern aller möglichen Rassen und Sprachen bestehenden Mannschaft noch sechshundert Passagiere aufnehmen. (Auf dieser kurzen Reise waren es nur wenige. Neben Hui-sheng, ihrer Dienerin und mir fuhren noch ein paar reisende Kaufleute, etliche kleinere Regierungsbeamte und eine Reihe von Kapitänen anderer Schiffe mit, die sich zwischen den Reisen langweilten und einfach mitfuhren, um einmal, aller Verantwortung ledig, auszuspannen.) In den Laderäumen führte die *chuan* Fracht mit, die – so schien es – ausgereicht hätte, eine ganze Stadt zu versorgen. Doch einfach um eine Vorstellung von dem Fassungsvermögen der Laderäume zu vermitteln, würde ich sagen, daß das Schiff zweitausend venezianische Faß hätte laden können.

Ich habe hier mit Bedacht von Lade*räumen* und nicht von einem einzigen Laderaum gesprochen, denn eine jede *chuan* war sinnreich mit Schotten ausgestattet, die das Schiffsinnere von einem Ende bis zum anderen in zahlreiche Abteilungen aufteilten; diese Schotten waren wasserdicht kalfatert, so daß – sollte die *chuan* einmal auf ein Riff laufen oder auf andere Art und Weise leckschlagen – nur ein Laderaum überflutet wurde, wohingegen die anderen trocken blieben und das Schiff weiter über Wasser hielten. Allerdings hätte es schon eines scharfen und sehr harten Riffs bedurft, ein Loch in die Schiffswand dieser *chuan* zu schlagen. Der ganze Rumpf war nämlich dreifach geplankt, ja, gleichsam dreimal übereinander gebaut, so daß eine Hülle über der anderen saß. Der Han-Kapitän, der mongolisch sprach, zeigte mir voller Stolz, daß bei der innersten Hülle die Planken vertikal vom Kiel zum Deck verliefen, die nächste diagonal darüber verlief und die äußere vom Heck zum Bug horizontal.

»Steinhart«, rühmte er und hämmerte mit der Faust gegen den Rumpf, was klang, als hätte er mit einem Vorschlaghammer gegen einen Felsen geschlagen. »Gutes Champa-Teakholz mit guten eisernen Bolzen.«

»Wir im Abendland haben kein Teakholz«, sagte ich fast verzeihungheischend. »Unsere Schiffsbauer nehmen Eichenholz. Aber eiserne Bolzen sind auch bei uns üblich.«

»Törichte Ferenghi-Schiffsbauer!« rief er aus und ließ ein mächtiges Lachen erschallen. »Haben sie denn noch nicht bemerkt, daß Eichenholz eine Säure absondert, die das Eisen rosten läßt? Teak hingegen enthält ein Öl, das Eisen konserviert!«

So war ich wieder einmal einem Beispiel der überaus hochstehenden fernöstlichen Handwerkskunst begegnet, der gegenüber das, was wir im Abendland machten, ziemlich rückständig erschien. Trotzig hoffte ich nun auf ein Beispiel für fernöstliche Einfalt, damit das Gleichgewicht wiederhergestellt würde, und ging davon aus, daß ich einem solchen vor Ende der Reise schon noch begegnen würde – und glaubte schon triumphieren zu können, als wir eines Tages außer Sichtweite des schützenden Ufers in einen recht häßlichen Sturm hineinliefen. Der Wind heulte, der Regen prasselte und es blitzte, und die See ging rauh, und überall an Masten und Spieren flackerte das blaue Santermos-Feuer, und ich hörte, wie der Kapitän der Mannschaft in allen möglichen Sprachen zuschrie:

»Bereitet die *chuan* fürs Opfer vor!«

Mir wollte das als ein erschreckend unnötig frühes Waffenstrecken erscheinen, denn der mächtige Rumpf des Schiffes lag immer noch ruhig im Wasser und wiegte sich kaum. Ich war nur ein »Süßwasser-Seemann«, wie die echten venezianischen Seeleute höhnisch sagen, und eigentlich heißt es doch, daß diese überängstlich auf die Gefahren der See reagieren. Ich jedoch sah keinerlei Gefahr, die nach mehr verlangte als einem schlichten Segelreffen. Jedenfalls handelte es sich bei diesem Sturm gewiß nicht um den gefürchteten *tai-feng*. Allerdings war ich Seemann genug, um zu wissen, daß man einem Kapitän nicht freiwillig einen Rat gibt oder seine Verachtung für seine dem Anschein nach übertriebene Angst zu erkennen gibt.

Gott sei Dank, daß ich das nicht getan habe. Denn als ich mit umdüsterter Miene nach unten gehen wollte, um meine Frauen darauf vorzubereiten, daß wir bald das Schiff verlassen müßten, traf ich auf zwei Matrosen, die alles andere als ängstlich, sondern eher fröhlich den Niedergang heraufkamen und vorsichtig ein ganz aus Papier gemachtes Schiff trugen, ein Spielzeugschiff, eine Miniaturnachbildung unserer *chuan*.

»Das Opferschiff«, erklärte der Kapitän mir unerschüttert, als er es über Bord warf. »Es täuscht die Meeresgötter. Sobald sie sehen, daß es sich im Wasser auflöst, glauben sie, sie haben unser echtes Schiff versenkt. Da lassen sie den Sturm abklingen, statt ihn noch mehr anzuheizen.«

Ich wurde also wieder einmal daran erinnert, daß, wenn die Han etwas Einfältiges taten, sie es genial machten. Ob es nun auf das Opfer des Papierschiffes zurückzuführen war oder nicht – jedenfalls ließ der Sturm bald nach, und ein paar Tage später landeten wir in Quin-huang-dao, der Khanbalik am nächsten gelegener Stadt am Meer. Von dort aus reisten wir überland mit einer kleinen *karwan* von Wagen, die unser Gepäck transportierten.

Als wir beim Palast anlangten, gingen Hui-sheng und ich selbstverständlich als allererstes, vor dem Khakhan *ko-tou* zu machen. In seinen königlichen Gemächern fiel mir auf, daß die älteren Verwalter und die Dienerinnen, die ihm früher gedient hatten, von einem halb Dutzend junger Pagen ersetzt zu sein schienen. Diese standen alle in einem Alter und waren einer schön wie der andere und hatten alle ungewöhnlich helles Haar und helle Augen, mehr oder weniger so wie jene Stammesangehörigen aus der India Ariana, die behaupteten, von Alexanders Soldaten abzustammen. Flüchtig überlegte ich, ob Kubilai wohl auf seine alten Tage noch eine abartige Vorliebe für hübsche Knaben entwickelte, dachte dann jedoch nicht weiter darüber nach. Der Khakhan begrüßte uns überaus warmherzig, und er und ich tauschten gegenseitig Beileidsbekundungen über den Verlust seines Sohnes und meines Freundes Chingkim aus. Dann sagte er:

»Ich muß Euch nochmals zu dem glänzenden Erfolg gratulieren, mit dem Ihr Euren Auftrag in Manzi ausgeführt habt. Ich glaube, Ihr habt in all den Jahren keinen einzigen *tsien* des Tributs für Euch selbst genommen, stimmt's? – Nein, das hatte ich mir gedacht. Es war meine eigene Schuld. Ich hatte versäumt, Euch vor Eurer Abreise klarzumachen, daß ein Steuereintreiber für gewöhnlich keinerlei Lohn erhält, sondern sich seinen Unterhalt damit verdient, daß er den zwanzigsten Teil dessen behält, was er einsammelt. Auf diese Weise legt er sich mehr ins Zeug. Nur kann ich mich darüber bei Euch in keiner Weise beklagen. Ihr werdet deshalb, wenn Ihr den Minister Lin-ngan aufsucht, feststellen, daß er Euren Anteil die ganze Zeit über beiseite gelegt hat und sich ein erkleckliches Sümmchen angesammelt haben dürfte!«

»Ein erkleckliches Sümmchen!« Mir blieb fast die Luft weg. »Aber Sire – es muß ein Vermögen sein! Das kann ich nicht annehmen. Ich habe nicht um des Gewinns willen gearbeitet sondern für meinen Herrn Kubilai.«

»Um so mehr habt Ihr es dann verdient.« Schon wieder machte ich den Mund auf, doch er sagte streng: »Wir wollen darüber nicht mehr streiten. Wenn Ihr jedoch Eure Dankbarkeit beweisen wollt, könntet Ihr noch eine Aufgabe für mich übernehmen.«

»Was Ihr wollt, Sire«, sagte ich, immer noch wie vor den Kopf geschlagen vor Überraschung.

»Mein Sohn und Euer Freund Chingkim wollte unbedingt die Dschungel von Champa kennenlernen; nun ist er nie hingekommen. Ich habe Botschaften für den Orlok Bayan, der im Augenblick im Lande Ava Krieg führt. Es handelt sich um nichts Außergewöhnliches oder Dringendes; aber ihr könntet sie als Vorwand betrachten, die Reise zu unternehmen, die Chingkim nicht mehr antreten konnte. Und wenn Ihr an seiner Statt hinreist, könnte das seiner Seele zum Trost gereichen. Wollt Ihr das tun?«

»Ungesäumt und ohne Zögern, Sire. Gibt es noch etwas, das ich dort unten für Euch erledigen könnte? Drachen erschlagen? Oder gefangene Prinzessinnen befreien?« Das war nur halb scherzhaft gemeint. Er hatte mich soeben zu einem steinreichen Mann gemacht.

Er gluckste beifällig, gleichwohl jedoch auch ein wenig traurig. »Bringt mir irgendeine Erinnerung. Irgend etwas, das ein liebevoller Sohn seinem alten Vater mitheimgebracht hätte.«

Ich versprach, nach etwas Ausgefallenem Ausschau zu halten, etwas, das man in Khanbalik noch nie gesehen hatte. Dann verabschiedeten Hui-sheng und ich uns von ihm. Als nächstes begrüßten wir meinen Vater, der uns beide in die Arme schloß und ein paar Tränen der Rührung verdrückte, bis ich ihm berichtete, welch große Gunst uns soeben vom Khakhan zuteil geworden war.

»*Mefè!*« rief er aus. »Das ist kein harter Knochen, an dem man zu kauen hätte! Ich habe mich immer für einen guten Geschäftsmann gehalten, aber ich schwöre, Marco, du würdest es schaffen, Sonnenschein im August zu verkaufen, wie man am Rialto sagt.«

»Das war alles Hui-shengs Werk«, sagte ich und drückte sie liebevoll an mich.

»Nun . . .«, sagte mein Vater nachdenklich. »Dies . . . noch auf das drauf, was die Compagnia bereits über die Seidenstraße heimgeschickt hat . . . Marco, mir scheint, es wird Zeit, daran zu denken, nach Hause zurückzukehren.«

»Wie bitte?« sagte ich erschrocken. »Aber Vater, da hast du doch immer ein ganz anderes Sprichwort bereit gehabt. Für den richtigen Mann ist die ganze Welt sein Zuhause. Solange es uns hier weiterhin gutgeht . . .«

»Besser heute ein Ei als morgen ein Huhn.«

»Aber unsre Aussichten sind doch immer noch rosig. Wir stehen beim Khakhan immer noch in hohem Ansehen. Das gesamte Khanat steht uns offen, wir brauchen nur alle Gelegenheiten wahrzunehmen, die sich uns bieten. Onkel Mafìo wird gut gepflegt und . . .«

»Mafìo ist wieder zu einem vierjährigen Kind geworden, deshalb ist es ihm gleichgültig, wo er ist. Ich jedoch gehe auf die sechzig zu, und Kubilai ist mindestens noch mal zehn Jahre älter.«

»Du siehst aber alles andere als greisenhaft aus, Vater. Gewiß, dem Khakhan sieht man sein Alter nachgerade an – und heiterer wird er auch nicht gerade –, aber was soll's?«

»Hast du mal darüber nachgedacht, wie unsere Stellung hier aussähe, wenn er plötzlich stürbe? Gerade *weil* er uns bevorzugt, hassen andere uns. Im Augenblick bloß heimlich, aber sobald seine schützende Hand fortfällt, werden sie uns ihren Haß spüren lassen. Wenn ein Löwe begraben wird, tanzen die Kaninchen. Außerdem werden dann die Muslime, die er im Augenblick unterdrückt, wieder in die Höhe kommen, und die lieben uns weiß Gott nicht. Daß noch Schlimmeres wahrscheinlich wird, brauche ich wohl nicht erst zu erwähnen – Aufstände von der Levante bis hierher –, falls es zu einem Kampf um die Nachfolge kommen sollte. Ich bin deshalb heilfroh, daß wir die ganzen Jahre über unseren Gewinn an Onkel Marco in Konstantinopel geschickt haben. Dasselbe werde ich mit deinem neugewonnenen Vermögen tun. Was wir aber darüber hinaus noch im Augenblick von Kubilais Ableben angesammelt haben werden, wird hier bestimmt beschlagnahmt.«

»Können wir da wirklich mit den Zähnen knirschen, wenn das geschehen sollte, Vater? Wenn wir bedenken, welche Reichtümer wir bereits aus Kithai und Manzi herausgeholt haben?«

Mit umwölkter Stirn schüttelte er den Kopf. »Was nützt uns ein Vermögen, das im Westen auf uns wartet, wenn wir hier festsitzen? Oder vielleicht gar tot sind? Nimm doch mal an, daß von allen, die Anspruch auf den Thron erheben, es ausgerechnet Kaidu wäre, der das Rennen machte!«

»Ja, dann wäre unser Leben wahrhaftig keinen Pfifferling wert«, sagte ich. »Aber müssen wir das Schiff denn gewissermaßen jetzt schon verlassen, wo sich am Horizont noch gar keine Wolke zeigt?« Amüsiert stellte ich fest, daß ich, wie oft in Gegenwart meines Vaters, anfing, in Gleichnissen und Bildern zu reden.

»Der erste Schritt ist immer der schwerste«, sagte er. »Wenn jedoch dein Zögern der Sorge um deine süße Dame hier entspringt, so hoffe ich, du denkst nicht, ich schlüge vor, sie zu verlassen. *Sacro, no!* Selbstverständlich wirst du sie mitnehmen. Sie mag in Venedig eine Zeitlang für Aufregung sorgen, aber man wird sie rasch liebgewinnen. *Da novèlo xe tuto belo.* Du wärest nicht der erste, der mit einer Frau aus der Fremde heimkehrt. Ich erinnere mich, da war ein Schiffskapitän, einer von den Doria, der eine Türkenfrau mitheimbrachte, als er sich an Land zur Ruhe setzte. Groß wie ein *campanile* war sie ...«

»Ich nehme Hui-sheng überall mit hin«, sagte ich und lächelte sie dabei an. »Ohne sie wäre ich verloren. Ich werde sie auch auf die Reise nach Champa mitnehmen. Wir werden nicht einmal solange bleiben, um unseren Haushalt hier auszupacken, den wir aus Manzi mitgebracht haben. Ich habe nie anderes vorgehabt, als sie mitzunehmen nach Hause, nach Venedig. Aber ich nehme doch nicht an, daß du empfiehlst, wir sollten uns noch heute aus dem Staube machen?«

»Aber nicht doch. Nur, daß wir Pläne machen. Darauf vorbereitet sind, von hier fortzugehen. Die Bratpfanne im einen Auge behalten und die Katze im anderen. Es würde mich in jedem Fall einige Zeit kosten, die *kashi*-Werkstätten zu schließen oder zu verkaufen – und vieles andere abzuwickeln.«

»Dazu bleibt noch reichlich Zeit. Kubilai sieht alt aus, aber nicht wie jemand, der bald stirbt. Wenn er noch soviel Lebenskraft besitzt, mit Knaben herumzuspielen, wie ich vermute, dann fällt er bestimmt nicht plötzlich tot um wie Chingkim. Laß mich seinen letzten Auftrag ausführen, und wenn ich dann zurückkehre ...«

Geheimnisvoll sagte er: »Kein Mensch kann den Tag vorhersagen, Marco.«

Fast wäre ich ärgerlich geworden, doch war es mir unmöglich, wütend auf ihn zu sein, oder an seiner Schwarzseherei teilzunehmen oder mich in Zukunftsangst hineinzusteigern. Man hatte mich soeben zu einem reichen Mann gemacht, und ich war glücklich und war drauf und dran, in ein unbekanntes Land zu reisen – und das mit der geliebtesten Begleiterin an der Seite. Deshalb legte ich meinem Vater nur beruhigend die Hand auf die Schulter und sagte nicht verzagt, sondern wirklich unbeschwert und heiter: »Soll der Tag nur kommen! *Sto mondo xe fato tondo!*«

CHAMPA

1 Wieder war es der Orlok Bayan, den ich mich aufmachte zu suchen, nur daß die Reise viel, viel weiter fort führte; dafür brauchte ich mich diesmal nicht zu beeilen. Deshalb richtete ich es wieder so ein, daß Hui-sheng und ich mit Proviant wohlversorgt und einem kleinen Gefolge abreisten – ihrer mongolischen Dienerin, zwei Sklaven für die anfallenden schwereren Arbeiten insbesondere beim Lager-Aufschlagen, einer mongolischen Eskorte, uns zu beschützen, und einer ganzen Reihe von Tragtieren. Allerdings legte ich auch jeweils fest, wie weit wir jeden Tag kommen wollten, damit die Reise nicht allzu anstrengend wurde. Auch bekamen wir häufig frische Pferde an den Pferdeposten und trafen jeden Abend entweder in einer anständigen *karwansarai*, irgendeiner größeren Ortschaft ein oder konnten sogar in einem Provinzpalast absteigen. Alles in allem mußten wir ungefähr siebentausend *li* zurücklegen – über Ebenen, kultiviertes Land und durch Gebirge –, doch da wir es gemächlich und in aller Muße taten, gelang es uns, auf einer Strecke von mindestens fünftausend *li* nachts wirklich gut zu schlafen. Von Khanbalik aus nach Südwesten vorstoßend, folgten wir sehr lange derselben Strecke, die ich zuvor auf dem Weg nach Yun-nan bereits kennengelernt hatte, und so machten wir in vielen Orten halt, die ich schon kannte – in den Städten Xian und Cheng-du, zum Beispiel – und erst nach Cheng-du kamen wir in Gebiete, die ich noch nicht kennengelernt hatte. Denn von Cheng-du aus wandten wir uns nicht – wie ich es beim ersten Mal getan hatte – nach Westen, um ins Hochland von To-Bhot zu gelangen. Wir setzten den Weg vielmehr in südwestlicher Richtung fort, reisten geradenwegs durch Yun-nan in die Hauptstadt dieser Provinz, Yun-nan-fu, der letzten großen Stadt auf unserer Route, wo wir von dem Wang Hukoji königlich empfangen und bewirtet wurden. Ich selbst hatte noch einen heimlichen Grund, warum ich darauf brannte, Yun-nan-fu kennenzulernen, einen Grund freilich, von dem ich Hui-sheng gegenüber nichts verlauten ließ. Bei meinem letzten Aufenthalt in Yun-nan hatte ich meinen Anteil an dem Krieg beendet und war zu Kubilai geritten, ehe Bayan die Hauptstadt belagert hatte; so hatte ich sein Angebot nicht wahrnehmen können, zu den privilegierten ersten Plünderern und Schändern zu gehören. Da ich mir die Gelegenheit hatte entgehen lassen, mich »wie ein geborener Mongole« zu verhalten, sah ich mich jetzt besonders interessiert um – wollte ich doch wissen, was mir damals entgangen war – und bemerkte, daß die Yi-Frauen in der Tat so schön waren, wie es immer hieß. Zweifellos hätte ich es genossen, mich mit Yun-nan-fus »keuschen Ehefrauen und jungfräulichen Töchtern« zu vergnügen, und auch ohne jeden Zweifel hätte ich geglaubt, einige der schönsten Frauen im ganzen fernen Osten zu genießen. Inzwischen hatte ich je-

doch das große Glück gehabt, Hui-sheng zu entdecken, und so fand ich die Frauen der Yi eindeutig unterlegen und weit weniger begehrenswert als sie, und so hatte ich auch nicht mehr das Gefühl, etwas versäumt zu haben.

Von Yun-nan-fu an folgten wir in südwestlicher Richtung einer Route, die von alters her die »Tributstraße« genannt worden war. Wie ich erfuhr, hieß sie so, weil die verschiedenen Völker in Champa von frühester Zeit an irgendwann immer einmal Vasallenstaaten der mächtigen Han-Dynastien des Nordens gewesen – also der Sung und ihrer Vorgänger – und so war die Route glatt- und festgetreten von den Füßen der vielen Elefanten, die Champas Tribut an Reis und Rubinen bis zu Sklavenmädchen und exotischen Affen zu diesen Oberherren getragen hatten.

Von den letzten Bergen Yun-nans brachte uns die Tributstraße hinunter in eine Flußebene und einen Bhamo genannten Ort, der eigentlich nichts weiter war als eine Kette von ziemlich primitiven Festungen. Immerhin waren wir jetzt bereits im Lande Ava. Die Festungen hatten aber wohl auch nichts genützt, denn Bayans Truppen hatten sie mühelos genommen, Bhamo besetzt und waren weitergezogen. Uns empfing ein Hauptmann, der die wenigen Mongolen befehligte, die als Garnison in Bhamo zurückgelassen worden waren. Von diesem erfuhren wir, der Krieg sei bereits zu Ende, der König von Ava halte sich irgendwo versteckt, und Bayan feiere seinen Sieg in der Hauptstadt Pagan, die ein beträchtliches Stück weiter flußabwärts liege. Der Hauptmann gab uns zu bedenken, daß wir weit bequemer und schneller mit einer Flußbarke reisen könnten, stellte uns eine samt mongolischer Mannschaft zur Verfügung – und zusätzlich noch einen mongolischen Schreiber namens Yissun, der der Landessprache Mien mächtig war.

Unser anderes Gefolge also in Bhamo zurücklassend, genossen Hui-sheng, ihre Dienerin und ich über gut und gern tausend *li* hinweg eine langsame Flußfahrt. Bei diesem Fluß handelte es sich um den Irawadi, der im Land der Vier Flüsse, oben im Hochland von To-Bhot, als reißendes Wildwasser seinen Anfang genommen hatte. Weiter unten, mehr im Flachland, war der Fluß so breit wie der Yang-tze und strömte in weiten Flußschleifen behäbig gen Süden. Das Wasser war voll von Sickerstoffen, die möglicherweise sogar schon von To-Bhot mitgeführt wurden, so daß das Wasser unangenehm schlammig war wie ein dünner Seim; außerdem war es lauwarm, über die ganze sonnenbestrahlte Breite von einer unangenehmen hellbraunen Farbe und im tiefen Schatten an den beiden Ufern, die von einer nahezu undurchdringlichen Mauer von riesigen Bäumen überragt wurden, tiefbraun.

Bei aller gewaltigen Breite und der endlosen Länge des Irawadi muß sich der Fluß für die zahllosen Vögel, die drüber hinflogen, nur wie eine unbedeutende Lücke in der grünen Pflanzendecke ausgenommen haben, die das Land überzog. Ava bestand fast ganz und gar aus dem Wald, den wir *Dschungel* nennen und die Eingeborenen *Dong Nat* – Dämonenwald. Und was man hier *nat* nannte, das wurde mir bald klar, ähnelte den *kwei* weiter im Norden, waren also unterschiedlich bösartige Dämonen. Mochten manche den Menschen nur harmlose Streiche spielen, waren andere wirklich tückisch; waren sie für gewöhnlich auch unsichtbar, konnten sie jede Gestalt annehmen, auch menschliche. Ich selbst meinte, die *nat* nähmen wohl überhaupt nur selten Körpergestalt an, denn in dem dichten Gestrüpp dieses *Dong*-Dschungels hatten sie ja eigentlich überhaupt keinen Raum, das zu tun. Jenseits der verschlammten Uferstreifen war vom Erdboden nichts zu sehen, nur ein Durcheinander von Farnen und Schlinggewächsen, blühenden Sträuchern und *zhu-gan*-Dickichten. Aus diesem Gewirr nun ragten – einer immer höher als der andere – die Bäume empor und bedrängten einander. Ganz oben gingen ihre Kronen ununterscheidbar ineinander über und bildeten gleichsam ein Dach über dem gesamten Land – und zwar ein Dach, das wiederum so dicht war, daß weder Regenstürme noch Sonnenlicht hindurchkam. Zu durchdringen war es offensichtlich nur von jenen Geschöpfen, die dort oben lebten, denn in den Baumkronen rauschte und knackte es ständig vom Landen und Auffliegen grellbunter Vögel und den Sprüngen und dem Geschaukel schrillstimmig durcheinanderschnatternder Affen.

Jeden Abend, wenn unser Boot das Ufer ansteuerte, damit wir ein Lager aufschlagen konnten – es sei denn, wir gerieten durch Zufall an eine Lichtung mit einem aus Rohr gebauten Mien-Dorf darauf –, mußten zuerst Yissun und die Ruderer aussteigen, und mit einer breiten, schweren, *dah* genannten Klinge eine Stelle freihacken, damit wir unsere Schlafrollen ausbreiten und ein Feuer entzünden konnten. Ich habe mich nie der Vorstellung erwehren können, daß – kaum daß wir am nächsten Tag hinter der nächsten Flußschleife verschwunden waren – der geile, allesfressende, fiebrige Dschungel sich augenblicklich über der kleinen Delle schloß, die wir hinterlassen hatten. Dieser Eindruck ist gar nicht einmal so von der Hand zu weisen. Denn jedesmal, wenn wir in der Nähe eines *zhu-gan*-Haines lagerten, konnten wir es knacken hören, selbst dann, wenn sich überhaupt kein Lüftchen regte; das war dann das Geräusch des *Wachsens*.

Yissun berichtete mir, manchmal reibe das schnellwachsende, sehr harte Rohr sich an einem aus Weichholz bestehenden Dschungelbaum; dann entstehe durch die Reibungshitze ein Feuer, und dieses könne sich – trotz der Feuchtigkeit, die ständig in der Vegetation herrsche – über viele hundert *li* nach allen Seiten ausbreiten. Überleben täten dann nur jene Menschen und Tiere, denen es gelinge, den Fluß zu erreichen; dort jedoch fielen sie aller Wahrscheinlichkeit dann noch den *ghariyals* zum Opfer, die sich an jeder Unglücksstätte versammelten. Bei dem *ghariyal* handelte es sich um eine, wie ich denke, gewaltige und schreckliche Flußschlange aus der Familie der Drachen. Es hat einen baumstammgroßen, knubbeligen Leib, Augen so groß wie hochgestellte Untertassen, Drachenmaul und Drachenschwanz, nur keine Flügel. Diese *ghariyals* gab es an allen Flußufern, sie lauerten für gewöhnlich im Schlamm wie Baumstämme mit glühenden Augen, belästigten uns jedoch nie. Offenbar leben sie vornehmlich von den Affen, die bei ihren Possen häufig schreiend in den Fluß fielen.

Die Dschungeltiere taten uns aber auch sonst nichts, obwohl Yissun und die Mien aus den Dörfern am Fluß uns warnten, der *Dong Nat* sei von weit schlimmeren Dingen bewohnt als von *nat* und *ghariyal*. Zum Beispiel von fünfzig verschiedenen Giftschlangen, sagten sie, Tigern und Pardeln, Wildhunden und Wildschweinen und Elefanten und dem wilden Ochsen, den sie *seladang* nannten. Ich erklärte leichthin, ich hätte keine Lust, einem wilden Ochsen zu begegnen, denn die gezähmte Art, die ich in den Dörfern kennengelernt hatte, sähe schon furchteinflößend genug aus. Er war groß wie ein *yak*, von blaugrauer Farbe, besaß flache und sichelförmig nach hinten gebogene scharfe und flache Hörner. Wie die *ghariyal*-Schlange suhlte er sich mit Vorliebe in Schlammlöchern, so daß nur Schnauze und Augen herausguckten; befreite das riesige Tier sich aus dem Schlamm, ergab das jedesmal Geräusche, als ob *huo-yao* explodierte.

»Das Tier ist doch bloß der *karbau*«, sagte Yissun ungerührt. »Es ist nicht gefährlicher als eine Kuh. Diese Tiere werden von kleinen Kindern gehütet. Allerdings ist so ein *seladang* an der Schulter größer als Ihr, und selbst Tiger und Elefanten gehen ihm aus dem Weg, wenn es durch den Dschungel zieht.«

Näherten wir uns einem Dorf am Fluß, konnten wir das immer schon lange vorhersagen, wies es doch stets das auf, was sich wie eine rostigschwärzliche Rauchwolke ausnahm, die darüberhing. Dabei handelte es sich um einen Baldachin von Krähen – von den Mien »gefiedertes Unkraut« genannt –, die sich krächzend über die reichen Abfälle der Mien freuten. Außer den Krähen am Himmel und dem Spülicht am Boden besaß jedes Dorf auch noch ein oder zwei *karbau*-Gespanne, eine Schar ziemlich zerrupft aussehender schwarzgefiederter Hühner scharrte am Boden, und es gab eine Menge von jenen Schweinen mit dem langgestreckten Leib, dessen Bauch in der Mitte herunterhing und im Spülicht schleifte – und eine unglaubliche Vielzahl von nackten kleinen Kindern, die sehr ähnlich waren wie die Schweine. Außerdem besaß jedes Dorf noch ein oder zwei Gespanne zahmer Elefantenkühe. Auf diese waren sie angewiesen, denn das einzige Gewerbe, das die Dschungel-Mien betrieben, war die Holzgewinnung sowie die Erzeugung anderer Holzprodukte aus dem Urwald – wobei den größten Teil der Arbeit die Elefanten verrichteten.

Die Dschungelbäume waren keineswegs alle so häßlich und unnütz wie der Wildwuchs der Mangrovendickichte, oder hübsch und unnütz wie der Pfauenschwanz genannte Baum, den eine Fülle flammenfarbener Blüten auszeichnete. Manche Bäume lieferten eßbare Früchte oder Nüsse, an anderen hingen Pfefferranken, und die *chaulmugra* genannte Art lieferte einen Saft, der das einzig bekannte Heilmittel gegen den Aussatz liefert. Andere Bäume lieferten vorzügliches Hartholz – das schwarze *abnus*, das gesprenkelte *kinam* und das goldene *saka*, das, ist es erst einmal abgelagert und hat es seine warme braune Farbe angenommen, *teak* genannt wird. Ich sollte an dieser Stelle vielleicht erwähnen, daß Teakholz in Form eines Schiffsdecks oder von Schiffsplanken weit schöner aussieht als in natürlichem Zustand. Teakholzbäume werden groß und wachsen genauso gerade wie die Linien in einem Hauptbuch, doch die Rinde ist schmutziggrau, der Baum weist nur kümmerliche Äste und wenig und unregelmäßige Belaubung auf.

Auch sollte ich berichten, daß die Mien nicht gerade eine Zierde der Landschaft darstellen. Sie waren häßlich vierschrötig und dicklich, die meisten Männer gute zwei Handbreit kleiner als ich und die Frauen noch einmal anderthalb Handbreit kleiner als diese. Selbst bei ihrer täglichen Arbeit überlassen die Männer, wie ich bereits gesagt habe, den Hauptteil ihren Elefanten; zu jeder anderen Stunde sind die Männer dreckige Faulpelze und die Frauen schlaffe Schlampen. Im tropischen Klima Avas brauchten sie eigentlich gar keine Kleider, hätten sich aber etwas durchaus Ansprechenderes ausdenken können als das, was sie trugen. Männer wie Frauen hatten Hüte aus Fasern auf, die aussahen wie ausladende Pilzköpfe; ansonsten waren sie von der Hüfte an aufwärts und von den Knien an abwärts nackt, das heißt, sie trugen ein unansehnliches Tuch, das sie sich umwickelten wie einen Rock. Aus Gründen der Scham taten die Frauen, die ihre Brüste völlig unbekümmert auf- und abwippen ließen, ein übriges und schlangen sich eine Art Schärpe um den Leib, deren perlenbestickte Enden sie vorn und hinten herunterhängen ließen, so daß es ein wenig vor ihren Schamteilen herunterbaumelte, wenn sie sich hinhockten, was sie die meiste Zeit über taten. Männer wie Frauen pflegten beim Waten in Wasserläufen zum Schutz gegen Blutegel eine Art Beinschoner über Schenkel und Waden zu streifen. Sonst jedoch gingen sie barfuß, denn ihre Füße waren so sehr mit Schwielen und Hornhaut überzogen, daß nichts sie dort stören konnte. Soweit ich mich erinnere, habe ich nur zwei Männer in dem ganzen Gebiet gesehen, die Schuhe besaßen. Diese trugen sie mit einer Schnur um den Hals – schließlich mußten solche Seltenheiten geschont werden!

Die Männer der Mien waren schon an und für sich kein besonders schöner Anblick, doch hatten sie eine Möglichkeit gefunden, sich noch häßlicher zu machen. Sie bedeckten ihre Haut mit Bildern und Mustern, womit ich nicht sagen will, daß sie sich anmalten. Sie drückten sich die Farbe vielmehr unter die Haut, wo sie nie wieder abgewaschen werden konnte. Sie bewerkstelligten dies mit Hilfe eines scharfen *zhugan*-Spans und dem Ruß verbrannten Sesamöls. Der Ruß war schwarz, nahm jedoch, wenn er unter die Haut geschoben wurde, eine bläuliche Färbung an und bildete Punkte und Linien. Es gab sogenannte Künstler in diesem Gewerbe, die von Dorf zu Dorf zogen und überall mit offenen Armen aufgenommen wurden, denn ein Mien-Mann galt als weibisch, wenn er nicht bunt geschmückt war wie ein *qali*-Teppich. Mit dem Farbeindrücken wurde bereits in früher Jugend begonnen; zwischen schmerzvollen Sitzungen wurden Ruhezeiten eingelegt, doch fuhr man mit dem ganzen Verfahren fort, bis der junge Mann von den

Knien bis zur Taille über und über mit bläulichen Mustern bedeckt war. War der Betreffende aber wirklich eitel und konnte er es sich leisten, die Dienste des Künstlers noch weiter in Anspruch zu nahmen, stellte der Mann, mit einer Art von rotem Farbstoff unter den blauen, auch noch rote Muster her; erst wenn dies geschehen war, galt ein Mann als wahrhaft schön.

Diese besondere Verhäßlichung blieb den Männern vorbehalten, doch an einer anderen ließen sie die Frauen für gewöhnlich teilnehmen; der wenig ansprechenden Gewohnheit, ständig etwas zu kauen. Ja, ich glaube, die Mien im Dschungel verrichteten ihre Forstarbeit nur, um sich ein weiteres Produkt der Bäume leisten zu können – eines, das man kauen konnte – und das sie nicht selbst anbauen konnten, sondern einführen mußten. Es handelt sich um die Nuß eines *areca* genannten Baums, der nur in Meeresküstennähe gedieh. Die Mien kauften diese Nüsse, kochten sie, zerschnitten sie in dünne Scheiben und ließen sie in der Sonne schwarztrocknen. Immer, wenn sie sich etwas Gutes antun wollten – und das war ständig der Fall –, nahmen sie eine Scheibe der *areca*-Nuß, tupften etwas Kalk darauf, rollten sie in das Blatt eines *betel* genannten Rankgewächses, steckten sich dieses Bündel in den Mund und kauten es durch – oder vielmehr kauten sie einen solchen Batzen nach dem anderen, den lieben langen Tag lang. Für die Mien war dies das gleiche wie das Wiederkäuen für die Kühe: ihre einzige Ablenkung, ihre einzige Freude, die einzige Tätigkeit, der sie sich hingaben und die nicht absolut lebensnotwendig gewesen wäre. Ein Dorf voller Mien – Männer, Frauen und Kinder – war kein hübscher Anblick. Er wurde aber auch nicht schöner dadurch, daß sie alle ihre Kinnladen betätigten, unablässig – auf und zu, auf und zu, auf und zu.

Doch nicht einmal damit hatte ihre Selbstbesudelung ein Ende. Das Kauen von *areca* und *betel* hatte nämlich noch eine Nebenwirkung – sie färbte den Speichel dessen, der kaute, leuchtend rot. Da ein Mien als kleines Kind gleich nach der Entwöhnung von der Mutterbrust mit dem Kauen anfing, waren, wenn es heranwuchs, Gaumen und Lippen so rot wie offene Wunden, die Zähne so dunkel und verrunt wie Teakbaumrinde. Genauso, wie die Mien einen Mann dann als schön betrachteten, wenn er seine ohnehin unansehnliche Körperfarbe verschandelt hatte, so galt eine Frau unter ihnen nur dann als schön, wenn sie ihre ohnehin bereits dunklen Teak-Rinden-Zähne mit einem Lack überzogen hatte, der sie absolut schwarz färbte. Als mich so eine Mien-Schöne zum erstenmal mit einem teerschwarzen und krebsroten Lächeln bedachte, wich ich vor Entsetzen ein paar Schritte zurück. Als ich mich wieder gefaßt hatte, fragte ich Yissun nach dem Grund für diese scheußliche Entstellung. Er fragte die Frau und dolmetschte mir ihre hochmütige Antwort:

»Aber *weiße* Zähne sind doch nur was für Hunde und Affen.«

Da gerade von Weiß die Rede ist: Ich hätte erwartet, daß diese Leute bei meinem Erscheinen einigermaßen überrascht oder sogar verängstigt gewesen wären, denn ich war bestimmt der erste weiße Mann, der je im Lande Ava gesehen wurde. Sie ließen jedoch bei meinem Anblick überhaupt keine Gefühlsregung erkennen. Man hätte meinen können, ich wäre irgendein *nat*, den man nicht sonderlich zu fürchten brauchte, und ein wenig tüchtiger obendrein, da er sich ausgerechnet die Gestalt eines kränklich-farblosen Menschen ausgesucht hatte. Allerdings bekundeten die Mien auch keinen Groll, keine Angst und keinen Haß vor Yissun und unseren Ruderern, obwohl sie sich durchaus darüber im klaren waren, daß die Mongolen ihr Land erst vor kurzem erobert hatten. Auf ihre träge und energielose Haltung angesprochen, zuckten sie nur mit den Achseln und wiederholten – was Yissun mir dolmetschte und ich für ein bäuerliches Sprichwort unter den Mien hielt:

»Wenn die *karbau* kämpfen, wird das Gras zertrampelt.«

Und als ich fragen ließ, ob sie es denn nicht furchtbar fänden, daß ihr König geflohen sei und sich irgendwo versteckt halte, zuckten sie abermals mit den Achseln und sagten etwas auf, das – wie sie erklärten – ein traditionelles Bittgebet der Landbevölkerung in diesen Landen sei: »Bewahre uns vor den fünf Erzübeln: Überschwemmung, Feuer, Dieben, Feinden und Königen.«

Als ich bei einem Dorfschulzen, der ein etwas hellerer Kopf zu sein schien als die *karbau*-Ochsen des Dorfes, nachfragte, was er mir von der Geschichte der Mien berichten könne, ließ er über Yissun folgendes erklären: »*Amè*, U Polo! Unser großes Volk hat einst eine strahlende Geschichte und ein bedeutendes Erbe gehabt. All dies ist in Büchern in unserer dichterischen Mien-Sprache niedergelegt worden. Dann jedoch kam eine große Hungersnot über uns, da wurden die Bücher gekocht, mit Sauce übergossen und verspeist. Aus diesem Grunde erinnert sich niemand unserer Geschichte und versteht auch niemand mehr etwas vom Schreiben.«

Weiter ließ er sich nicht aus, folglich kann auch ich nichts weiter tun als höchstens noch erklären, daß *amè* der Lieblingsausruf der Mien war, Verwünschung und Fluch (wiewohl das Wort nichts weiter als »Mutter« bedeutete), und *U Polo* ihre Art der respektvollen Anrede. Mich redeten sie mit *U*, Hui-sheng jedoch mit *Daw* an, was etwa unserem venezianischen *Messere* und *Madona* entspricht. Was die Aussage betrifft, daß ihre Geschichtsbücher »mit Sauce übergossen und verspeist« worden wären, so kann ich immerhin folgendes bestätigen. Die Mien hatten eine Sauce, die zugleich ihre Leibspeise war – und die sie nicht minder oft zu sich nahmen, als sie den Fluch *amè* ausstießen – und bei der es sich um eine übelriechende, widerwärtige, ganz abscheulich ekelerregende Würze handelte, die sie aus *vergorenen Fischen* auspreßten. Diese Sauce nannten sie *nuoc-mam,* und damit übergossen sie ihren Reis, ihr Schweinefleisch, ihre Hühnchen, ihr Gemüse, überhaupt alles, das sie zu sich nahmen. Da das *nuoc-mam* jeden anderen Geschmack überdeckte, die Mien andererseits aber alles Widerwärtige verspeisten, Hauptsache, es war *nuoc-mam* darübergegossen, sah ich nicht den geringsten Anlaß zu bezweifeln, daß sie ihre gesamten historischen Schriften »mit Sauce begossen und verspeist« hätten.

Eines Abends gelangten wir in ein Dorf, dessen Bewohner auf höchst unnatürliche Weise *nicht* phlematisch und träge waren, sondern aufgeregt durcheinandersprangen. Es waren ausschließlich Frauen und Kinder, und so bat ich Yissun, sich zu erkundigen, was los sei und wohin denn all die Männer gegangen wären.

»Sie sagen, die Männer haben ein *badak-gajah* gefangen – ein Einhorn – und würden es bald herbringen.«

Nun, diese Nachricht erregte sogar mich. Selbst im fernen Venedig waren Einhörner dem Vernehmen nach bekannt, und manche Leute glaubten sogar, es gäbe sie; andere hielten sie für mythologische Wesen, doch die *Vorstellung* von einem Einhorn fanden alle reizvoll und bewundernswert. In Kithai und Manzi hatte ich viele Männer gekannt – zumal solche in bereits fortgeschrittenem Alter –, die sich einer aus zerstoßenem »Einhorn-Horn« gewonnenen Arznei zur Hebung ihrer Manneskraft bedienten. Diese Arznei war äußerst selten und kostete entsprechend sehr viel Geld; aber immerhin gab es diese Beweise dafür, daß es das Einhorn wirklich gab und daß sie so selten waren, wie es in der Legende hieß.

Andererseits erzählte man sich die Legenden in Venedig und Kithai gleichermaßen, und die Bilder, welche die Künstler von diesem Tier malten, zeigten das Einhorn als ein wunderschönes, anmutiges, pferde- oder hirschähnliches Tier mit einem langen, spitzen, gedrehten goldenen Horn auf der Stirn. Irgendwie hegte ich Zweifel, daß es sich bei diesem Ava-Einhorn um ein und dasselbe Tier handeln könne. Es fiel ja auch schwer, sich vorzustellen, daß ein solches traumhaftes Geschöpf in diesen nachtmahrhaften Dschungeln leben und sich ausgerechnet von diesen beschränkten Mien sollte fangen lassen. Außerdem lautete der Mien-Name für dieses Tier *badak-gajah*, was gedolmetscht nichts anderes hieß als »ein Tier, groß wie ein Elefant«, und das stimmte nun doch bedenklich.

»Frag sie, Yissun, ob sie das Einhorn fangen, indem sie eine Jungfrau als Lockvogel oder Köder darauf ansetzen.«

Er fragte, und die verständnislosen Gesichter, welche diese Frage zur Folge hatte, sowie der Umstand, daß einige Frauen ein »*Amè*« ausstießen, bewirkte, daß ich nicht mehr erstaunt war, als sie erklärten, nein, eine solche Methode hätten sie noch nie angewandt.

»Ah«, sagte ich. »Dann sind die Einhörner also so selten, nicht wahr?«

»Nicht die Einhörner, die Jungfrauen sind so selten.«

»Nun, laß uns sehen, wie sie so ein Wesen fangen. Kann jemand uns zeigen, wo es sich jetzt befindet?«

Ein splitternackter kleiner Junge, der geradezu lebhaft vor uns herlief, führte mich und Hui-sheng sowie Yissun an eine in Flußnähe gelegene Schlammgrube. Was ich mir überhaupt nicht erklären konnte, war, warum mitten darauf lichterloh ein Feuer prasselte und sämtliche Männer nicht wie sonst stumpfsinnig dahockten, sondern einen wahren Freudentanz um dieses Feuer herum aufführten. Von einem Einhorn oder sonst einem Tier war nichts zu sehen. Yissun erkundigte sich und berichtete:

»Das *badak-gajah* schläft, darin dem *karbau*-Ochsen und der *ghariyal*-Schlange gleich, mit Vorliebe im kühlen Schlamm. Diese Männer hier haben heute in aller Frühe eines gefunden, von dem nur Horn und Nüstern aus dem Schlamm herausragten. Sie haben es gemacht wie sonst auch. Auf leisen Sohlen haben sie Rohr und trockenes Gras darübergehäuft und dieses in Brand gesteckt. Da ist das Tier selbstverständlich erwacht, konnte sich jedoch nicht rasch genug aus dem Schlamm befreien, bevor dieser vom Feuer ausgetrocknet wurde und eine Kruste bildete. Der Rauch hat das Einhorn dann bewußtlos gemacht.«

»Was für eine abscheuliche Art, ein Tier zu fangen, das Gegenstand so vieler Legenden ist!« rief ich aus. »Sie haben es also gefangen, nehme ich an. Und wo ist es?«

»Nicht gefangen. Es steckt immer noch drin. Im Schlamm unterm Feuer. Es wird geschmort!«

»Was?« rief ich. »Sie *schmoren* ein *Einhorn*?«

»Diese Menschen hier sind Buddhisten, und der Buddhismus verbietet es seinen Anhängern, Jagd auf wilde Tiere zu machen und sie zu töten. Was aber vermag ihre Religion, wenn so ein Tier ohnmächtig wird und von selbst schmort? Auf diese Weise können sie es verspeisen, ohne irgendeinen Frevel zu begehen.«

»*Ein Einhorn essen?* Ein größerer Frevel ist mir unvorstellbar!«

Doch als der Frevel endlich vollendet, die Mitte des Schlammlochs tonhart gebrannt war und die Mien die Hülle abschlugen und das gegarte Tier bloßlegten, sah ich, daß es sich gar nicht um ein Einhorn handelte – jedenfalls nicht um das Einhorn der Legende. Das einzige, was es mit den Geschichten und den Bildern gemein hatte, war sein einzelnes Horn. Doch das wuchs ihm nicht aus der Stirn, sondern auf einer häßlichen langen Schnauze oder Nase. Der Rest des Tiers war nicht weniger häßlich, allerdings bei weitem nicht so groß wie ein Elefant oder auch nur wie ein *karbau*. Es wies auch keinerlei Ähnlichkeit mit einem Pferd oder einem Hirsch auf oder dem Bild, das ich mir von einem Einhorn machte, oder irgend etwas, das ich je gesehen hätte. Es besaß eine ledrige Haut, die ganz aus Platten und Falten bestand und etwas von gehärtetem Panzerleder hatte. Seine Füße erinnerten entfernt an die eines Elefanten, aber seine Ohren waren nur kleine Borstenbüschel, und die lange Schnauze wies zwar eine überhängende Oberlippe, aber keinen Rüssel auf.

Das ganze Tier war durch die Garung im Schlamm schwarz geworden, so daß ich nicht sagen kann, welche Farbe es ursprünglich gehabt hat. Golden war sein Horn jedenfalls nie gewesen. Tatsächlich sah ich, als die Mien es von dem mächtigen Kopf des Tieres absägten, daß es eigentlich nicht aus Hornsubstanz bestand und auch nicht wie ein Stoßzahn aus Elfenbein. Das Ganze machte vielmehr den Eindruck von einer Zusammenballung langer Haare, die zu einem harten, schweren, spitz zulaufenden Kegel zusammengewachsen waren. Doch die Mien versicherten mir jubelnd über ihr Glück, daß dies wirklich die Quelle des »Einhorn-Horns« sei, welches die Manneskraft stärke; aus diesem Grunde würden sie auch reich dafür bezahlt werden – vermutlich mit einem großen Haufen *areca*-Nüsse, wie ich vermutete. Der Dorfschulze nahm das kostbare Horn an sich, und die anderen begannen, dem Tier das enorm dicke Fell abzuziehen, es zu zerlegen und die dampfenden Brocken zurückzutragen ins Dorf. Einer der Männer reichte mir und Hui-sheng und Yissun ein Stück von dem Fleisch – heiß aus dem Ofen, gewissermaßen –, und wir alle fanden es durchaus schmackhaft, wenn auch reichlich zähfaserig. Zwar freuten wir uns darauf, die Abendmahlzeit der Mien zu teilen, doch als wir ins Dorf zurückkehrten, stellten wir fest, daß auch noch der letzte Brocken des Einhornfleischs mit der übelriechenden *nuoc-mam*-Sauce übergossen worden war. So dankten wir und aßen statt dessen etwas Fisch, den unsere Ruderer im Fluß gefangen hatten.

Wiewohl die Mien behaupteten, Buddhisten zu sein, war das einzige, das entfernt an religiöses Verhalten erinnerte und das wir in der langen Zeit in Ava erlebten, der übertrieben ängstliche Umgang mit den *nat*-Dämonen. Die Mien redeten ihre Kinder, mochten diese auch ganz andere Namen haben, unbeirrt mit »Wurm« oder »Schwein« an, damit die *nat* sie keiner Beachtung wert erachteten. Obwohl hierzulande reichlich Öl vorhanden war – Fischtran, Sesamöl und sogar Naphta, das an manchen Stellen aus dem Dschungelboden sickerte –, kamen die Mien nie auf den Gedanken, das Zuggeschirr ihrer Elefanten oder die Räder ihrer Karren und Wagen zu ölen – weil, wie sie behaupteten, das Quietschen die *nat* fernhalte. In einem Dorf, wo ich Frauen Wasser von einem weit entfernt liegenden Brunnen holen sah, schlug ich vor, eine Rinne aus gespaltenem *zhu-gan*-Rohr zu bauen und das Wasser mitten ins Dorf zu leiten. »*Amè!*« riefen die Dörfler, das würde ja den »Wasser-*nat*«, dessen Heimat der Brunnen sei, gefährlich in die Nähe menschlicher Wohnstätten bringen. Als die Mien Hui-sheng zum ersten Mal abends vorm Schlafengehen den Weihrauchbrenner anzünden sahen, kam von ihnen gleichfalls ein halbunterdrücktes »*Amè*«, und sie ließen uns über Yissun ausrichten, sie benutzten nie Weihrauch oder Duftstoffe – was man uns nicht erst zu sagen brauchte –, aus Angst davor, daß der Wohlgeruch die *nat* anlocken könnte.

Als jedoch unsere Reisegesellschaft den Irawadi immer weiter hinunterfuhr in bewohnteres Gebiet, stellten wir fest, daß viele Dörfer einen Tempel aus Lehmziegeln besaßen. Dieser wurde *p'hra* genannt, war ein Rundbau, der aussah wie eine große, auf den Boden gestellte Handglocke, deren schlanker Griff in die Luft hineinragte. In jedem dieser *p'hra* lebte ein buddhistischer *lama*, hier *pongyi* genannt, die mit geschorenem Kopf umherliefen, ein gelbes Gewand trugen und etwas gegen diese Welt im allgemeinen und ihre Landsleute, die Mien, im besonderen, ja gegen das Leben selbst etwas hatten und von einer geradezu krankhaften Gier besessen waren, Ava zu verlassen und in das Nirvana einzugehen. Immerhin lernte ich einen kennen, der nicht ganz so ungesellig war und sich herabließ, sich mit Yissun und mir zu unterhalten. Dieser *pongyi* erwies sich als dermaßen gebildet, daß er sogar schreiben konnte, und er zeigte mir, wie die Mien-Schrift ging. Er konnte der Geschichte, die ich gehört hatte – und derzufolge die frühere Geschichte der Mien in ihrem Magen geendet war – nichts hinzufügen, wußte jedoch, daß es bis vor zweihundert Jahren in Ava keine Schrift gegeben hatte; damals jedoch habe der König Kyansitha ganz von sich aus ein Alphabet erfunden.

»Der gute König war bemüht«, sagte er, »keinen einzigen der Buchstaben eckig oder mit Winkeln versehen zu gestalten.« Er zog die Buchstaben mit dem Finger in den staubigen Boden seiner *p'hra* nach. »Unser Volk hat nichts außer Palmblättern, darauf zu schreiben, und nur Stekken, sie damit einzuritzen, und eckige Schriftzeichen könnten die Blätter zerfetzen. Aus diesem Grunde sind alle Buchstaben gerundet und können fließend nachgezeichnet werden.«

»*Cazza beta!*« entfuhr es mir. »Selbst ihre *Schrift* ist träge!«

Bis jetzt hatte ich die Trägheit und Schlampigkeit der Mien auf das Klima in Ava geschoben, das weiß Gott drückend und enervierend war. Doch der freundliche *pongyi* gab von sich aus die wirkliche und erstaunliche und furchtbare Wahrheit über die Mien preis. Sie hatten diesen Namen, berichtete er, angenommen, als sie nach Champa gekommen und dieses Land besiedelt hatten, das jetzt Ava heiße – und das, so sagte er, sei vor etwa vierhundert Jahren geschehen.

»Wer waren sie denn ursprünglich?« fragte ich. »Und woher kamen sie?«

Die Antwort lautete: »Aus To-Bhot.«

Nun, das erklärte alles über die Mien! Sie waren wirklich nichts weiter als ein verirrter Haufen vom Bevölkerungsüberschuß der unseligen Bho aus To-Bhot. Wenn die Bho schon in der erfrischenden klaren Luft ihrer Hochgebirgsheimat geistig unbeweglich und alles andere als energiegeladen waren – was Wunder, daß sie hier unten in der alles auslaugenden feuchtheißen Luft dieses Landes noch weiter heruntergekommen waren; soweit, daß ihre einzige bewußte Anstrengung darin bestand, wie eine Kuh zu kauen, und ihr einziger Fluch ein milchsanftes »Mutter!« war und selbst die Schrift ihres Königs Schlaffheit verriet.

Bei allem Mitleid muß ich sagen, daß von einem Volk, das in tropischem Klima im Dschungel lebt, nicht viel Ehrgeiz und Lebenskraft zu erwarten ist. Es bedarf ja bereits größter Willensanstrengung, überhaupt am Leben zu bleiben. Ich selbst neigte sonst eigentlich nicht zur Schlampigkeit, doch in Ava fühlte ich mich jeder Energie und jedes Daseinszwecks beraubt; selbst meine für gewöhnlich kecke und lebhafte Hui-sheng hatte hier etwas Schmachtendes in ihren Bewegungen. Ich hatte Hitze durchaus an anderen Orten kennengelernt, nie jedoch diese schwüle, schwere, niederziehende Hitze, wie ich sie in Ava zu spüren bekam. Ich hätte genausogut eine Wolldecke in heißem Wasser auswringen und mir dann über den Kopf werfen können, so daß ich sie sowohl tragen wie auch versuchen mußte, darunter zu atmen.

Das Sumpfklima allein wäre schon Beschwernis genug gewesen, doch brütete es noch etliche andere Qualen aus, vor allem die des Dschungelgewürms. Tagsüber glitt unser Boot in einem dichten Mückenschwarm flußabwärts. Wir brauchten bloß die Hand auszustrecken, und wir konnten sie zu Dutzenden zerquetschen; ihr Gesumm war so laut wie das Schnaufen der *ghariyal*-Schlangen am schlammigen Ufer, und gestochen wurde man so ununterbrochen, daß man schließlich völlig dagegen abstumpfte, was ein wahrer Segen war. Stieg einer von unseren Männern etwa beim abendlichen Anlandgehen in das seichte Wasser, waren Beine und Hosen rot und schwarz gestreift: schwarz von den schleimigen, sich windenden Blutegeln, die sich an ihm festgesaugt hatten und noch durch das Gewebe seiner Kleidung hindurch mit einer solchen Gier Blut aus ihm heraussaugten, daß ihnen dies seitlich von ihren Freßwerkzeugen herausfloß – daher das Rot. An Land wurden wir dann entweder von enorm großen roten Ameisen oder von hin- und herschießenden Rinderfliegen gepeinigt; die Bisse der einen wie die Stiche der anderen waren dermaßen schmerzhaft, daß sie, wie man uns sagte, sogar Elefanten dazu brachten, in wildem Galopp davonzustieben. Die Nacht brachte kaum Linderung, denn der gesamte Boden war von einer Brut von Flöhen verseucht, die so klein waren, daß man sie kaum sehen, vor allem aber niemals fangen konnte. Ihre Stiche jedoch hatten enorme Quaddeln zur Folge. Hui-shengs Weihrauch brachte uns einige Ruhe vor den nachtfliegenden Insekten; dafür war es uns völlig gleichgültig, wie viele *nat* er anlocken mochte.

Ich weiß nicht, ob es an der Hitze lag, an der Luftfeuchtigkeit, an den Insekten oder all diesen Qualen zusammen, aber viele Leute im Dschungel litten an Krankheiten, die weder tödlich zu verlaufen noch jemals geheilt zu werden schienen. (Die Bevölkerung von Yun-nan nannte ganz Champa das »Fiebertal«.) Zwei von unseren robusten mongolischen Ruderern fielen einer oder auch mehreren dieser Krankheiten zum Opfer, und Yissun und ich mußten ihre Aufgaben übernehmen. Der Rachen dieser Männer war fast so blutig gerötet wie die der *betel*-kauenden Mien, und das Haar fiel ihnen büschelweise aus. Unter den Armen und zwischen den Beinen faulte die Haut, wurde grün und löste sich flockig ab wie verdorbener Käse. Irgendein Pilz befiel ihre Finger und Zehen, so daß Finger- und Fußnägel ganz weich wurden, näßten und schmerzten und häufig bluteten.

Yissun fragte einen Dorfschulzen der Mien um Rat, und er sagte uns, wir sollten den Männern Pfeffer in die Wunden reiben. Als ich mich dagegen verwahrte und erklärte, das müsse doch scheußliche Schmerzen zur Folge haben, sagte er: »*Amè*! Gewiß, U Polo. Aber dann schmerzt es den *nat* der Krankheit noch mehr, und es könnte sein, daß der Dämon entfleucht.«

Unsere Mongolen ließen diese Behandlung stoisch über sich ergehen, aber die *nat* leider auch, und so blieben die Männer die ganze Zeit über krank und konnten sich nicht erheben. Zumindest zogen sie und wir anderen uns nicht noch ein Dschungelleiden zu, von dem wir gehört hatten. Zahlreiche Mien-Männer vertrauten uns bekümmert an, sie litten darunter und würden immer darunter leiden. Sie nannten es *koro* und beschrieben die überaus schreckliche Folge: daß das männliche Glied unvermittelt und auf dramatische Weise schrumpfe, wogegen nichts zu machen sei; sodann ziehe es sich in den Leib selbst zurück. Ich erkundigte mich nicht nach weiteren Einzelheiten, mußte mich jedoch unwillkürlich fragen, ob dieser Dschungel-*koro* nicht mit dem von Fliegen übertragenen *kala-azar* zusammenhänge, mit dem die bedauernswerte Auflösung meines Onkels Mafìo angefangen hatte.

Lange wechselten Yissun, Hui-sheng, ihre mongolische Dienerin und ich einander bei der Pflege der beiden Kranken ab. Nach unseren Erfahrungen und Beobachtungen gewannen wir den Eindruck, daß Dschungelkrankheiten nur das männliche Geschlecht befielen, doch Yissun und ich neigten nun einmal nicht dazu, uns sonderlich Sorgen um die eigene Person zu machen. Doch als die Dienerin gleichfalls anfing, Anzeichen einer Erkrankung zu zeigen, bewog ich Hui-sheng, ihre Pflege abzugeben, sich nur noch am äußersten Ende des Bootes aufzuhalten und nachts ein gutes Stück von uns anderen entfernt zu schlafen. Trotz aller Mühen gelang es uns nicht, den Zustand der beiden Männer zu verbessern. Sie waren immer noch krank und schlapp und vom Fleisch gefallen, als wir schließlich Pagan erreichten, wo sie an Land getragen und in die Obhut ihrer *shamàn*-Ärzte übergeben werden mußten. Was danach aus ihnen geworden ist, weiß ich nicht; zumindest bis dahin haben sie jedoch überlebt. Hui-shengs Dienerin jedoch tat das nicht. Ihre Krankheit war genauso wie die der Männer verlaufen, nur unendlich viel qualvoller und heftiger als bei den Männern. Ich nehme an, als Frau hatte sie von Natur aus mehr Angst, und es war ihr auch peinlich, als sie anfing, an ihren Gliedmaßen, unter den Armen und zwischen den Beinen zu vermodern. Gleichwohl fing sie im Gegensatz zu den Männern an, sich darüber zu beklagen, daß es sie am ganzen Körper jucke. Selbst *in* ihr, so sagte sie, was wir für das Delirium hielten. Aber Yissun und ich kleideten sie behutsam und vorsichtig aus und entdeckten hier und dort Pusteln, die aussahen wie Reiskörner, die an ihrer Haut festsaßen. Beim Versuch, sie abzunehmen, stellten wir fest, daß es nur die herausschauenden Enden – ob Kopf oder Schwanz, vermochten wir nicht zu sagen – von langen dünnen Würmern waren, die sich tief in ihr Fleisch hineingebohrt hatten. Wir zogen und zerrten daran, und widerstrebend kamen sie heraus, kamen immer weiter, Spanne um Spanne, gleichsam als zögen wir am Webfaden aus der Spinndrüse einer Spinne.

Die arme Frau weinte und schrie und wand sich die meiste Zeit über schwach, als wir das taten. Jeder Wurm war nicht dicker als ein Bindfaden, doch mühelos so lang wie mein Bein, von grünlichweißer Farbe, schlüpfrig und daher nicht leicht zu fassen; die Würmer widersetzten sich dem Herausgezogenwerden, und es gab ihrer so viele, daß selbst der abgehärtete Mongole Yissun und ich einfach nicht anders konnten: Wir mußten uns übergeben, während wir Hand über Hand die Würmer herauszogen und über Bord warfen. Als wir das geschafft hatten, wand sich und rutschte die Frau nicht mehr hin und her, sondern lag im Tode still da. Vielleicht hatten die Würmer sich in ihrem Inneren um lebenswichtige Organe geschlungen, und vielleicht hatten wir, indem wir daran zerrten, diese verletzt und durcheinandergebracht und sie dadurch getötet. Ich persönlich jedoch glaube, daß sie an schierem Entsetzen über das starb, was mit ihr geschah. Doch wie dem auch sei, um ihr noch größere Mißlichkeiten zu ersparen – wir hatten gehört, daß die Bestattungsgebräuche der Mien barbarisch seien –, ruderten wir an einer verlassenen Stelle an Land und begruben sie tief außerhalb der Reichweite von *ghariyals* oder irgendwelcher anderen Raubtiere des Dschungels.

2 Es war mir eine ausgesprochene Freude, den Orlok Bayan wiederzusehen. Ich freute mich sogar über den Anblick seiner Zähne. Ihr grelles Porzellan- und Goldgeblitze war weitaus angenehmer, als die ganze Fahrt den Irawadi hinunter ständig die vorstehenden und geschwärzten Zähne der Mien sehen zu müssen. Bayan war etwas älter als mein Vater, hatte einiges an Haar verloren und war seit unserem gemeinsamen Feldzug auch etwas beleibter geworden, doch war er immer noch ledrig und geschmeidig wie sein Lederkoller. Außerdem war er – im Moment jedenfalls – leicht betrunken.

»Bei Tengri, Marco, aber *Ihr* seid wahrhaftig noch hübscher geworden, seit ich Euch das letztemal sah!« Mit diesen Worten überfiel er zwar mich, aber ansehen tat er nur Hui-sheng an meiner Seite. Als ich sie vorstellte, lächelte sie ihn etwas nervös an, denn Bayan saß im Thronsaal des Palastes von Pagan auf dem Thron des Königs von Ava, machte allerdings nicht gerade einen sehr königlichen Eindruck. Er lag gleichsam schräg hingelümmelt da, und seine Augen waren merklich blutunterlaufen.

»Hab' den Weinkeller des Königs gefunden«, sagte er. »Weder *kumis* noch *arkhi*, dafür aber ein *choum-choum* genanntes Gesöff. Aus Reis gemacht, hat man mir gesagt; ich jedoch meine, es besteht aus nichts anderem als geballten Erdbeben und Lawinen. *Hui!* Marco! Erinnert Ihr Euch noch an unsere Lawine? Kommt, nehmt einen Schluck!« Er schnippte mit den Fingern, und eine barfüßige und barbusige Dienerin beeilte sich, mir eine Schale einzuschenken.

»Was ist aus dem König geworden?« fragte ich.

»Hat seinen Thron verwirkt, sich der Achtung seines Volkes begeben und Namen und Leben weggeworfen«, sagte Bayan und schmatzte mit den Lippen. »Bis zu seiner Flucht war er König Narsinha-pati. Jetzt nennen seine einstigen Untertanen ihn Tayok-pyemin – den ›König Der Davonlief‹. Sie sind vergleichsweise froh, uns statt dessen hier zu haben. Der König ist, als wir näherrückten, in den Westen geflohen, hinüber nach Akyab, der Hafenstadt in der Bucht von Bengalen. Wir dachten, er würde mit dem Schiff das Weite suchen, aber er blieb einfach dort. Aß und verlangte mehr und immer mehr zu essen. So hat er sich zu Tode gefressen. Merkwürdiger Abgang.«

»Klingt nach einem Mien«, sagte ich angewidert.

»Ja, das ist richtig. Dabei war er gar kein Mien. Die königliche Familie stammte aus Bengalen, einem Land in Indien. Deshalb hatten wir ja auch gedacht, daß er dorthin fliehen würde. Jedenfalls gehört Ava heute uns, und ich bin regierender Wang von Ava, bis Kubilai einen Sohn oder jemand anderen schickt, der mich für immer ablöst. Falls Ihr den Khakhan seht, ehe ich das tue, sagt ihm, er soll jemand mit kaltem Blut schicken, jemand, der dieses höllische Klima erträgt. Und sagt ihm, er soll sich damit beeilen. Meine *sardars* kämpfen jetzt drüben im Osten, in Muang Thai, und ich möchte zu ihnen stoßen.«

Hui-sheng und ich erhielten eine große Wohnung im Palast zugewiesen, zu der auch ein paar von den ungewöhnlich unterwürfigen Dienern der ehemaligen königlichen Familie gehörten. Ich bat Yissun, einen der vielen Schlafräume zu nehmen und als mein Dolmetsch in meiner Nähe zu bleiben. Hui-sheng, die jetzt ohne persönliche Bediente war, wählte sich eine von den uns zugewiesenen Dienerinnen aus, ein Mädchen von siebzehn Jahren, das dem Volk der Shan angehörte, die manchmal auch Thai genannt werden. Das Mädchen hieß Arùn – »Morgendämmerung« – und besaß ein fast genauso hübsches Gesicht wie ihre neue Herrin.

In unserer Badekammer, die groß und wohleingerichtet war wie ein persischer *hammam*, war das neue Mädchen Hui-sheng und mir behilflich, gemeinsam mehrere Male zu baden, bis wir frei waren von den letzten Dschungelverkrustungen, und uns dann anzukleiden. Für mich lag einfach eine Bahn Seidenbrokat da, die ich mir wie einen Rock umwickeln konnte. Hui-shengs Gewand bestand aus nichts anderem, nur, daß der Stoff bei ihr so hoch um sie herumgewickelt wurde, daß die Brüste bedeckt waren. Arùn öffnete und wickelte ihr aus einer einzigen Stoffbahn bestehendes Gewand ohne jede Scheu mehrere Male auf und wickelte es wieder um sich – nicht, um uns vorzuführen, daß sie darunter nichts anhatte, sondern um uns zu zeigen, wie wir die unseren um uns herumwickeln sollten, damit sie nicht rutschten, sondern hielten. Trotzdem nahm ich die Gelegenheit wahr, den Körper des Mädchens zu bewundern, denn dieser war schön wie ihr Name, und Hui-sheng verzog, als sie das bemerkte, das Gesicht, woraufhin ich grinste und Arùn loskicherte. Man gab uns weder Schuhe noch Schlupfpantoffeln; hier im Palast ging jeder bis auf den schwer gestiefelten Bayan barfuß, und auch ich zog später nur dann Schuhe an, wenn ich nach draußen ging. Dann jedoch brachte Arùn noch etwas zum Anziehen: Ohrringe für uns beide. Doch da wir keine durchstochenen Ohren hatten, konnten wir sie nicht tragen.

Als Hui-sheng sich mit Arùns Hilfe reizvoll frisiert und Blumen ins Haar gesteckt hatte, begaben wir uns wieder nach unten in den Speisesaal des Palastes, wo Bayan uns zu Ehren ein Willkommensmahl gab. Wir waren es nicht gewohnt, mittags eine große Mahlzeit zu uns zu nehmen, doch freuten wir uns auf etwas Anständiges nach den kargen Portionen während der Bootsreise, und so versetzte es mir einen kleinen Stich, als ich sah, was man uns vorsetzte: schwarzes Fleisch und violetten Reis.

»Bei Tengri!« knurrte ich Bayan an. »Ich weiß ja, daß die Mien sich die Zähne schwärzen; daß sie aber nun auch noch das Essen schwarzfärben, das man zwischen die Zähne bekommen soll, ist mir bis jetzt noch nicht aufgefallen.«

»Eßt, Marco«, sagte er ungerührt. »Was Ihr da vor Euch seht, ist Huhn, und die Hühner in Ava haben nicht nur schwarzes Gefieder, sondern auch schwarze Haut und schwarzes Fleisch – alles an ihnen ist schwarz, bis auf die Eier. Aber laßt Euch von dem Aussehen des Vogels nicht anfechten, er ist in der Milch der Indischen Nuß gekocht und schmeckt köstlich. Der Reis ist auch nichts anderes als nur Reis, nur wächst der hierzulande in schreienden Farben – indigoblau, gelb, leuchtendrot. Heute ist es nun mal violetter Reis. Aber er ist gut. Eßt und trinkt und laßt es Euch schmecken.« Mit eigener Hand schenkte er Hui-sheng einen Becher bis zum Rand mit Reisgetränk voll.

Wir aßen, und die Speisen waren wirklich sehr gut. In diesem Land gab es nicht einmal im Paganer Palast so etwas wie flinke Zangen oder irgendwelches andere Eßgerät. Man aß einfach mit den Fingern – was Bayan ohnehin getan hätte. Er saß da, stopfte abwechselnd eine Handvoll der schreiendbunten Speisen in sich hinein und trank große Schlucke *choum-choum* – Hui-sheng und ich nippten nur an dem unseren, denn es war sehr stark –, und ich berichtete von unseren Abenteuern auf dem Irawadi sowie von der ausgeprägten Abneigung, die ich gegen die Bewohner Avas gefaßt hatte.

»Auf der Flußebene habt Ihr nur die hergelaufenen Mien erlebt«, sagte Bayan. »Vermutlich würden sie in Eurer Achtung steigen, wäret Ihr durch das Bergland heruntergekommen und hättet die Ureinwohner dieser Lande zu sehen bekommen. Die Padaung, zum Beispiel. Deren Frauen fangen schon als kleine Kinder an, Messingringe um den Hals zu tragen und immer noch einen darüber zu legen, bis sie, wenn sie mannbar werden, einen messingbereiften Hals haben, so lang wie der eines Kamels. Oder die Moi. Deren Frauen wiederum durchbohren sich die Ohrläppchen und dehnen diese Löcher mit immer größeren Schmuckscheiben, bis die Ohrläppchen zu großen Schlaufen geworden sind, in denen sich nichts mehr hält. Ich habe mal eine Moi gesehen, die hatte die Arme durch die schlaufengroßen Ohrläppchen gesteckt, damit sie ihr aus dem Wege wären.«

Ich nahm an, daß Bayan nur trunkenen Unsinn plapperte, hörte ihm jedoch respektvoll zu. Doch als ich später Angehörige dieser barbarischen Stämme auf den Straßen von Pagan selbst erlebte, ging mir auf, daß er die Wahrheit gesprochen hatte.

»Das sind Stämme, die draußen auf dem Lande leben«, fuhr er fort. »Die Städter sind da schon eine bessere Mischung. Ein paar Ureinwohner und Mien, die hier nur durchkommen, einige wenige Einwanderer aus Indien, die meisten jedoch sind Angehörige des zivilisierteren und kultivierteren Volkes der Myama. Diese stellen seit langem den Adel und die Oberschicht von Ava und sind allen anderen weit überlegen. Die Myama sind sogar so klug, als Diener und Sklaven nicht auf die weit unter ihnen stehenden Nachbarn zurückzugreifen. Dafür sind sie von jeher ins Feld gezogen und haben sich Shan geholt. Die Shan – oder Thai, wenn Euch das lieber ist – sind merklich schöner und reinlicher und intelligenter als jede andere Volksgruppe sonst hier.«

»Ja, ich habe gerade eine Thai kennengelernt«, sagte ich und fügte, da Hui-sheng nichts hören und deshalb auch keine Einwände erheben konnte, hinzu: »Ein Thai-Mädchen, das wirklich ein herrliches Geschöpf ist.«

»Sie sind doch der eigentliche Grund, warum ich hierhergekommen bin nach Ava«, sagte Bayan. Das wußte ich zwar bereits, doch unterbrach ich ihn nicht. »Die sind wirklich ein achtbares Volk – es lohnt sich, sie zu behalten. Zu viele von ihnen sind aus unserem Herrschaftsgebiet fortgezogen und zu einem Volk geflohen, das sie Muang Thai nennen. Das Khanat möchte, daß sie Shan bleiben und nicht zu Thai werden. Das heißt, nicht ›Freie‹ sondern Untertanen des Khanats.«

»Ich verstehe ja den Standpunkt des Khanats«, sagte ich. »Aber wenn es wirklich ein ganzes Land voll mit so schönen Menschen gibt, wäre mir daran gelegen, daß es dieses auch weiterhin gibt.«

»Oh, warum sollte es das nicht tun«, sagte Bayan, »Hauptsache, es gehört uns. Sie sollen mich bloß ihre Hauptstadt nehmen lassen – sie heißt Chiang-Rai –, und wenn der König die Waffen streckt, habe ich nicht vor, den Rest des Landes in Schutt und Asche zu legen. Auf diese Weise ist es dann eine ständige Quelle für die schönsten Sklaven, dem Rest des Khanats zu dienen und ihm zur Zierde zu gereichen. *Hui!* Doch jetzt genug von der Politik!« Er schob seinen immer noch reichlich gefüllten Teller beiseite, leckte sich genüßlich die Lippen und sagte: »Und jetzt der Nachtisch, die Mahlzeit abzuschließen. Das *durian*.«

Wieder eine zweifelhafte Überraschung. Die Frucht, die uns vorgesetzt wurde, sah aus wie eine stachelbewehrte Melone, doch als der Diener sie aufschnitt, sah ich, daß sie innen große Kerne aufwies, groß wie Hühnereier – und der Geruch, der davon aufstieg, hätte mich ums Haar dazu gebracht, vom Tisch aufzuspringen und davonzulaufen.

»Ja, ja«, sagte Bayan mürrisch. »Ihr braucht gar nicht erst anzufangen, Euch zu beschweren. Ich weiß, daß es stinkt. Aber dies ist das *durian*.«

»Bedeutet das Wort ›Aas‹? So jedenfalls riecht es.«

»Es ist die Frucht des *durian*-Baums. Abstoßender riecht wohl keine Frucht – aber ihr Geschmack, der ist etwas ganz Besonderes. Laßt Euch vom Geruch nicht abhalten, sondern eßt!«

Hui-sheng und ich sahen einander an, und sie machte ein genauso betroffenes Gesicht wie ich vermutlich auch. Doch der Mann muß dem Weib gegenüber Mut beweisen. Deshalb nahm ich eine Scheibe der cremefarbenen Frucht, versuchte, den Atem anzuhalten und hineinzubeißen. Bayan hatte wieder einmal recht. Das *durian* hatte einen Geschmack, der mit nichts zu vergleichen war, das ich bisher und auch seither gegessen hatte. Noch heute weiß ich, wie es schmeckt – doch wie den Geschmack beschreiben? Wie eine Creme aus Sahne und Butter, mit Mandeln gewürzt – doch zu diesem Geschmack gesellten sich Ahnungen anderer Aromen höchst unerwarteter Natur: die von Wein und Käse, ja sogar von Schalotten. Das *durian* war weder süß noch saftig wie etwa die *hami*-Melone, und auch keine herbe Erfrischung wie ein *sharbat*; und doch hatte es von all diesen Genüssen etwas. Vorausgesetzt, man schaffte es, den von ihm ausgehenden Verwesungsgeruch zu überstehen, stellte das *durian* eine Gaumenüberraschung dar, wie sie köstlicher nicht denkbar ist.

»Viele Menschen werden geradezu süchtig nach dem Genuß von *durian*«, sagte Bayan. Er mußte selbst dazugehört haben, denn er schmauste und schlemmte und sprach mit vollen Backen. »Sie verabscheuen das scheußliche Klima von Champa, bleiben aber allein des *durian* wegen, das nirgendwo sonst auf der Welt gedeiht.« Und wieder hatte er recht. Sowohl Hui-sheng als auch ich sollten zu begeisterten Anhängern dieser Frucht werden. »Außerdem ist sie nicht nur köstlich und erfrischend«, fuhr er fort. »Sie wirkt auch auf anderem Gebiete appetitanregend. Hier in Ava sagt man: Wenn das *durian* fällt, heben sich die Röcke.« Und auch das stimmte, wie Hui-sheng und ich später beweisen sollten.

Als wir uns schließlich an der Frucht gesättigt hatten, lehnte Bayan sich zurück, wischte sich den Mund am Ärmel ab und sagte: »So. Es ist gut, Euch hier zu haben, Marco, besonders, wo Ihr in so reizvoller Begleitung gekommen seid.« Er streckte die Hand aus und tätschelte Hui-sheng die Rechte. »Doch wie lange werdet ihr beide bleiben? Welche Pläne habt ihr?«

»Überhaupt keine«, sagte ich, »jetzt, wo ich die Schreiben des Khakhan überbracht habe. Höchstens, daß ich Kubilai versprochen habe, ihm ein Erinnerungsstück aus seiner neugewonnenen Provinz mitzubringen. Etwas, das es nur hier gibt.«

»Hm«, machte Bayan und überlegte. »Auf Anhieb fällt mir nichts Besseres ein als ein Geschenkkorb voll *durian*, doch die würden die lange Reise nicht überstehen. Aber gleichviel. Es wird nachgerade Abend, und das ist die schönste Zeit zum Spazierengehen. Nehmt Eure Dame und Euren Dolmetsch und seht Euch Pagan an. Wenn Euch irgend etwas begegnet, das Euch gefällt, ist es Eures.«

Ich bedankte mich für das großzügige Angebot. Als Hui-sheng und ich uns erhoben, um zu gehen, setzte er noch hinzu: »Wenn es dunkel wird, kommt zurück in den Palast. Die Myama lieben nichts mehr als das Aufführen von Schauspielen und verstehen sich überaus gut darauf. Eine Truppe hat ein außerordentlich betörendes Stück ausgesucht, von dem sie jeden Abend im Thronsaal einen Teil eigens für mich aufführen. Ich verstehe selbstverständlich kein Wort, aber ich versichere Euch, es ist keine alberne Geschichte. Wir sind jetzt beim achten Abend angekommen, und die Schauspieler brennen darauf, in ein oder zwei Tagen endlich zu der entscheidenden Szene zu kommen.«

Als Yissun sich zu uns gesellte, brachte er den gelbgewandeten *pongyi* des Palastes mit. Dieser ältere Herr war so freundlich, uns zu begleiten, und erklärte uns mit Hilfe von Yissun vieles, was uns sonst unverständlich geblieben wäre; ich wiederum konnte die Erklärungen an Hui-sheng weitervermitteln. Zunächst lenkte der *pongyi* unsere Aufmerksamkeit auf das Äußere des Palastes selbst. Es handelte sich um eine aus zwei- und dreistöckigen Gebäuden bestehende Anlage, fast so groß und so prächtig wie der Palast von Khanbalik. Er war in einem der Han-Architektur ähnlichen Stil errichtet – auf eine, möchte ich sagen, Han-Elemente konzentrierende und womöglich noch verfeinernde Weise. Sämtliche Wände, Säulen, Fensterstürze und dergleichen waren, wie bei den Han, reich geschnitzt und mit Hilfe von Voluten und Filigranschnitzwerk verziert – nur alles ungleich zierlicher und zarter. Ich wurde an *reticella*-Spitzen erinnert, wie sie im venezianischen Burano gefertigt werden. Im Gegensatz zu den sanft geschwungenen Drachenfirsten der Han, weisen diese hier in steilem Schwung gen Himmel.

Der *pongyi* legte die Hand auf eine besonders glatt geputzte Außenmauer und fragte, ob wir sagen könnten, woraus sie bestehe. Bewundernd sagte ich: »Sie scheint aus einem riesigen einzelnen Stein gemacht. Einem regelrechten Felsquader.«

»Nein«, dolmetschte Yissun. »Die Mauer besteht aus Ziegeln, einer Menge einzelner Ziegel; nur weiß heutzutage kein Mensch mehr, wie es gemacht wurde. Sie stammt nämlich aus längst vergangener Zeit, aus den Tagen der Cham-Handwerker, die ein geheimes Verfahren kannten, die Ziegel irgendwie erst *nach* dem Aufeinanderlegen zu brennen, wodurch die Wirkung einer glatten, fugenlosen Steinoberfläche erzielt wurde.«

Sodann führte er uns in einen Gartenhof und fragte, ob wir sagen könnten, was es darstelle. Es handelte sich um einen quadratischen Hof, groß wie ein Marktplatz und umrandet von Blumenrabatten und -beeten; das Innere jedoch bildete ein Rasen aus gepflegtem Gras. Ich sollte wohl sagen, aus einem Rasen, der aus zwei verschiedenen Grassorten bestand, einer hellgrünen und einer dunkelgrünen, die beide abwechselnd in gleichgroßen Quadraten neben- und übereinander gesät worden waren. Ich konnte nur raten: »Es soll hübsch aussehen. Was sonst?«

»Nein, es erfüllt noch einen besonderen Zweck, U Polo«, sagte der *pongyi*. »Der König, Der Davonlief, spielte begeistert ein Spiel, das *Min Tranj* heißt. *Min* ist selbstverständlich unser Wort für König, und *Tranj* bedeutet Krieg, und ...«

»Aber natürlich!« rief ich aus. »Dasselbe wie das Spiel Krieg der Shahi. Das Ganze stellt also ein riesiges Spielbrett unter freiem Himmel dar. Dann muß der König ja Figuren gehabt haben, die so groß waren wie er selbst.«

»Das hatte er auch. Er besaß schließlich Untertanen und Sklaven. Bei den gewöhnlichen Spielen pflegte er den einen *Min* darzustellen und irgendein Günstling den gegnerischen. Sklaven mußten Masken und Kostüme der verschiedenen anderen Figuren anziehen – ein General für je eine der beiden Seiten, die beiden Elefanten, Reiter und Krieger und Fußsoldaten. Dann lenkten die beiden *Min* das Spiel, und jede Figur, die verloren war, war buchstäblich verloren. *Amè!* Vom Spielfeld heruntergenommen und enthauptet – dort drüben, unter den Blumen.«

»*Porco Dio!*« fluchte ich halblaut.

»Erregte jedoch irgendein Höfling oder mehrere von ihnen das Mißfallen des *Min* – des richtigen Königs, versteht sich –, mußten *diese* die Kostüme der Fußsoldaten anziehen und deren Masken tragen. Das war in mancher Beziehung gnädiger, als einfach ihre Enthauptung zu befehlen, konnten sie auf diese Weise doch jedenfalls hoffen, das Spiel zu überleben und den Kopf auf den Schultern zu behalten. Leider jedoch muß gesagt werden, daß der König bei solchen Gelegenheiten äußerst rücksichtslos spielte, und es – *amè* – kam dann höchst selten vor, daß die Blumenbeete nicht reichlich mit Blut getränkt wurden.«

Den Rest des Nachmittags verbrachten wir damit, unter den *p'hra*-Tempeln von Pagan umherzuspazieren, jenen Rundbauten wie umgestülpte Handglocken. Ich muß schon sagen, daß ein wirklich frommer, hingebungsvoller Erforscher sein ganzes Leben damit zubringen könnte, sich unter ihnen zu ergehen, ohne sie jemals alle zu Gesicht zu bekommen. Man hätte meinen können, die Stadt wäre die Werkstatt irgendeiner buddhistischen Gottheit, welche die Aufgabe hatte, diese sonderbar geformten Tempel herzustellen, denn es gab einen ganzen Wald von Glockengriffen, die von der Flußebene gen Himmel ragten, einige fünfundzwanzig *li* den Irawadi hinauf und an die sechs oder sieben *li* zu beiden Seiten ins Landesinnere. Stolz berichtete unser *pongyi*-Führer, es gebe über eintausenddreihundert solcher *p'hra*, eine jede vollgestopft mit Götterbildern und jeder umringt von kleineren oder größeren Bildwerken, Idolen und behauenen Säulen, die er *thupo* nannte.

»Was alles«, wie er sagte, »von der großen Heiligkeit dieser Stadt und der Frömmigkeit all seiner lebenden wie bereits verstorbenen Bewohner zeugt, die diese Bauten errichtet haben. Die Reichen zahlen für ihren Bau, und die Armen finden lohnende Beschäftigung darin, das zu tun, wodurch beide Klassen sich ewige Verdienste erwerben. Was dafür verantwortlich ist, daß man hier in Pagan keine Hand und keinen Fuß rühren kann, ohne auf irgend etwas Heiliges zu stoßen.«

Ich konnte jedoch nicht umhin zu bemerken, daß nur etwa ein Drittel aller Bauten und Standbilder sich in guterhaltenem Zustand befanden, der Rest in verschiedenen Stadien des Verfalls. Und in der Tat, da die tropische Dämmerung kam und die Tempelglocken über die Ebene hinweg läuteten und die frommen Bewohner Pagans zum Gebet riefen, strömten diese nur in die wenigen besser erhaltenen *p'hra*, während aus den zerfallenen und zerbröckelnden nur ganze Schwärme von flatternden Fledermäusen aufstiegen, die sich wie dunkle Rauchwolken vorm violetten Himmel ausbreiteten. Ich sagte, die Frömmigkeit der Paganer sei offensichtlich nicht auf die Erhaltung der Heiligkeit gerichtet.

»Nun, wirklich, U Polo«, sagte der alte *pongyi* nun doch ein wenig schroff. »Unser Glaube erkennt jedem großes Verdienst zu, der ein heiliges Bauwerk errichtet, und nur geringes dem, der nur eines repariert. So kommt es, daß – selbst wenn ein wohlhabender Adliger oder Kaufmann geneigt wäre, sein Verdienst an einer Instandsetzung zu verschwenden – die Armen diese Arbeit nur ungern verrichten würden. Selbstverständlich würden alle lieber nur eine ganz kleine *thupo* errichten als auch noch die größte *p'hra* wieder instand zu setzen.«

»Ich verstehe«, sagte ich trocken. »Eine Religion guter Geschäftspraktiken.«

Da der Abend rasch näherrückte, kehrten wir in den Palast zurück. Wir hatten unseren Spaziergang, wie Bayan gesagt hatte, zu einer Zeit gemacht, da es für Ava kühl war. Trotzdem fühlten Hui-sheng und ich uns auf der Heimkehr verschwitzt und verstaubt, und so beschlossen wir, auf Bayans Einladung zu verzichten, ihm bei der abendlichen Vorführung des nicht endenwollenden Spiels Gesellschaft zu leisten. Wir begaben uns statt dessen geradenwegs in unsere eigene Wohnung und trugen unserer Thai-Dienerin Arùn auf, uns noch ein Bad zu bereiten. Als die gewaltige Teak-Wanne voll war mit Wasser, das nach *miada*-Gras duftete und mit *gomuti*-Zucker gesüßt war, wickelten wir uns beide aus unserer Seide und stiegen gemeinsam hinein.

Waschlappen und Bürsten, Salben und ein kleines Stück Palmölseife in den Händen, zeigte das Mädchen lächelnd auf mich und sagte: »*Kaublau*«, lächelte dann nochmals, zeigte auf Hui-sheng und sagte: »*Saongam*«. Später erfuhr ich auf Nachfrage bei anderen, die Thai sprachen, daß sie mich als »hübsch« und Hui-sheng als »strahlend schön« bezeichnet hatte. Diesmal jedoch konnte ich – genauso wie Hui-sheng – nur verwundert die Augenbrauen in die Höhe schieben, denn jetzt entledigte sich Arùn gleichfalls ihrer Hülle und schickte sich an, zu uns in das warme Wasser zu steigen. Als sie sah, daß wir uns verblüfft und überrascht ansahen, hielt das Mädchen inne und erging sich in einer ausgedehnten Pantomime, um uns zu erklären, um was es gehe. Die meisten Fremden hätten das vielleicht nicht begriffen, doch da Hui-sheng und ich uns mittlerweile sehr gut in der Zeichensprache auskannten, begriffen wir, daß das Mädchen sich entschuldigte, sich nicht gleich bei unserem ersten Bad zusammen mit uns entkleidet zu haben. Sie gab uns zu verstehen, dazu wären wir einfach »zu schmutzig« gewesen, uns nackt aufzuwarten, wie es eigentlich von ihr erwartet werde. Wenn wir ihr verziehen, sich uns beim erstenmal entzogen zu haben, werde sie uns jetzt behilflich sein, wie es sich gehöre. Dies erklärt, ließ sie sich mit ihren Sachen in die Wanne gleiten und begann, Hui-sheng einzuseifen.

Uns waren oft genug Dienerinnen beim Bad behilflich gewesen, und selbstverständlich hatten auch mir häufig Diener geholfen, aber dies war das erstemal, daß wir es erlebten, wie eine Dienerin *gemeinsam mit uns* badete. Nun, andere Länder, andere Sitten. Infolgedessen tauschten wir nur noch einen amüsierten Blick, der da besagte: Was schadet es schon? Daß Arùn die Wanne mit uns teilte, hatte wahrhaftig nichts Unangenehmes – ganz im Gegenteil, wie ich fand, denn sie war eine hübsche Person, und ich hatte wahrhaftig nichts dagegen, mich in Gesellschaft von zwei wunderschönen nackten Frauen verschiedener Rassen zu baden. Das Mädchen Arùn war ungefähr so groß wie die Frau Hui-sheng und besaß eine ähnlich kindliche Figur – knospende Brüste, kleines, festes Gesäß und so weiter – und der Unterschied bestand eigentlich vor allem darin, daß ihre Haut von eher sahniggelber Farbe war, der Farbe des *durian*-Fruchtfleisches, und ihre »kleinen Sterne« eher rehbraun als rosenfarben. Außerdem wies sie dort, wo die Lippen ihrer »Rosa Teile« sich trafen, einen ganz leichten Hauch von Körperbehaarung auf.

Da Hui-sheng nicht sprechen konnte und ich nichts Angemessenes zu sagen wußte, schwiegen wir beide, und ich saß einfach in dem duftenden Wasser und ließ mich einweichen, während auf der anderen Seite der Wanne Arùn Hui-sheng wusch und dabei fröhlich drauflosplapperte. Ich vermute, sie hatte noch gar nicht bemerkt, daß Hui-sheng taubstumm war, denn es stellte sich heraus, daß Arùn die Gelegenheit wahrnahm, uns ein paar Grundbegriffe ihrer eigenen Sprache beizubringen. Sie berührte Hui-sheng hier und dort mit einem seifigen Schwamm und sprach die Thai-Worte für den betreffenden Körperteil, berührte sich an den gleichen Stellen und wiederholte die Worte noch einmal.

Hui-shengs Hand war ein *mu* und jeder Finger ein *niumu*; bei Arùn lauteten sie nicht anders. Hui-shengs wohlgeformtes Bein war ein *khaa*, ihr schlanker Fuß ein *tau* und jeder perlenfarbene Zeh ein *niutau* – genauso klang das bei Arùn. Hui-sheng lächelte nur nachsichtig, als das Mädchen erst ihren *pom*, dann ihren *kiu* und *jamo* berührte – Haar, Augenbrauen und Nasen – und lachte lautlos beifällig, als Arùn ihre Lippen – *baà* – berührte, ihre eigenen dann zu einem Kuß schürzte und »*jup*« sagte. Dann jedoch weiteten sich Hui-shengs Augen ein wenig, als das Mädchen ihre Brüste und Brustwarzen mit schaumigem Schwamm berührte und sie als *nom* und *kwanom* bezeichnete. Jetzt jedoch errötete Hui-sheng auf überaus anmutige Weise, denn ihre Kleinen Sterne lugten keck aus den Schaumblasen hervor, als freuten sie sich über den neuen Namen *kwanom*. Arùn lachte laut auf, als sie das sah, und zwirbelte gesellig an ihren eigenen *kwanom*, bis diese genauso naseweis hervorschauten wie die von Hui-sheng.

Jetzt machte sie auf einen Unterschied zwischen ihnen beiden aufmerksam, der mir bereits aufgefallen war. Sie wies darauf hin, daß sie nur eine leichte Spur von Behaarung – die sie *moè* nannte – aufwies, wo Hui-sheng völlig unbehaart war. Gleichwohl hätten sie in diesem Bereich doch etwas gemein, sagte sie und berührte erst ihre eigenen rosa Teile und dann Hui-shengs, wobei sie die Finger dort ein wenig verweilen ließ und leise sagte: »*Hiì.*« Hui-sheng hüpfte ein ganz klein wenig in die Höhe, so daß das Wasser in der Wanne kleine Wellen schlug, sah erst mich an und dann das Mädchen, das ihr mit einem Lächeln begegnete, das rückhaltlos aufreizend und herausfordernd war. Arùn wirbelte im Wasser herum, um mich anzusehen, gleichsam als wollte sie um Erlaubnis für diese Kühnheit bitten, zeigte auf das entsprechende Organ bei mir, lachte auf und sagte: »*Kwe.*«

Ich glaube, bisher war Hui-sheng über Arùns ununterdrückbar kekkes Benehmen amüsiert und nicht verletzt gewesen. Vielleicht hatte sie bei der letzten und rundheraus liebkosenden Bewegung ein wenig erschrocken reagiert, was dies zu bedeuten haben mochte. Jetzt jedoch fiel sie in das Lachen des Mädchens ein und zeigte belustigt auf mich, woraufhin es an mir war, rot anzulaufen, denn mein *kwe* hatte sich angesichts dessen, was sich vor ihm abgespielt hatte, kräftig gereckt und ließ sich einfach nicht mehr verbergen. Schuldbewußt bemühte ich mich, einen Waschlappen darüberzulegen, doch Arùn langte herüber, nahm ihn sanft in die mit Seifenschaum bedeckte Hand, sagte nochmals »*kwe*«, fuhr dieweil fort, Hui-shengs Gegenstück unter Wasser zu streicheln und abermals »*hiì*« zu sagen. Hui-sheng fuhr nur schweigend fort zu lachen, hatte offensichtlich überhaupt nichts dagegen, sondern schien im Gegenteil Spaß an der Situation zu gewinnen. Dann ließ Arùn uns beide vorübergehend los, rief freudig: »*Aukàn!* und klatschte in die Hände, um uns zu zeigen, was sie meinte.

Hui-sheng und ich hatten während unserer Reise von Bhamo bis nach Pagan keine Gelegenheit gehabt, einander zu genießen, aber unter den gegebenen Umständen auch nicht sonderlich viel Lust darauf gehabt. So waren wir jetzt mehr als bereit, das Verlorene nachzuholen, wären jedoch im Traum nicht auf den Gedanken verfallen, jemand zu bitten, uns dabei zur Hand zu gehen. Wir waren in dieser Beziehung noch nie auf Hilfe anderer angewiesen gewesen und waren es auch jetzt nicht – trotzdem ließen wir es uns gefallen – und fanden es wunderbar. Vielleicht lag es einfach daran, daß Arùn so lebhaft darauf bedacht war, uns behilflich zu sein. Oder vielleicht lag es auch daran, daß wir in einem anderen und exotischen Land waren und für alle neuen Erfahrungen aufgeschlossen, die es bieten mochte. Vielleicht aber hatte auch das *durian* und die ihm zugeschriebenen Eigenschaften etwas damit zu tun.

Ich habe – meinem Versprechen gemäß – bisher nicht davon gesprochen, was Hui-sheng und ich miteinander anfingen, wenn wir unter uns waren, und ich werde es auch jetzt nicht tun. Ich möchte nur bemerken, daß wir uns an diesem Abend nicht genau so vergnügten, wie ich es vor langer Zeit mit den beiden mongolischen Zwillingen getan hatte. Jedenfalls war die Beteiligung Arùns als einer Dritten im Bunde vornehmlich die einer äußerst findigen Vermittlerin, Lehrerin und Mitgestalterin in allem, was wir taten, in dessen Verlauf sie uns eine Reihe von Dingen zeigte, die offensichtlich allgemein Usus unter ihren eigenen Landsleuten, für uns jedoch etwas Neues waren. Ich erinnere mich, gefunden zu haben, daß es kein Wunder war, wenn ihr Volk sich Thai – die »Freien« – nannte. Gleichviel – entweder Hui-sheng oder ich und für gewöhnlich beide hatten wir immer irgendeinen Körperteil, der im Moment unbeschäftigt war und mit dem wir auch Arùn Lust verschaffen konnten, was sie offensichtlich angenehm empfand, denn sie summte entweder schmachtend vor sich hin oder rief laut: »*Aukàn! Aukàn!*« und »*Saongam!*« und »*Chan pom rak kun!*«, was soviel bedeutete wie: »Ich liebe euch beide!«, und »*Chakatì pasad!*« was ich hier lieber nicht dolmetschen möchte.

Wir machten immer und immer wieder *aukàn*, wir drei; denn in den meisten Nächten blieben Hui-sheng und ich im Paganer Palast; und häufig taten wir es auch tagsüber, wenn das Wetter zu heiß war, um draußen irgend etwas zu tun. Doch am lebhaftesten und schönsten habe ich diese erste Nacht in der Erinnerung – und nicht ein einziges Thai-Wort vergessen, das Arùn mir beibrachte –, und zwar nicht so sehr wegen dem, was wir taten, sondern weil ich eine lange Zeit hinterher allen Grund hatte, mich an etwas zu erinnern, das ich in dieser Nacht zu tun versäumte.

3 Ein paar Tage später kam Yissun und berichtete, er habe in einiger Entfernung vom Palast die Stallungen des ehemaligen Königs von Ava entdeckt. Er fragte, ob ich Lust hätte, sie mit ihm zu besuchen. Deshalb begaben wir – das heißt er und ich und Hui-sheng – uns am nächsten Morgen in aller Frühe, ehe der Tag wirklich heiß wurde, in sklavengetragenen Sänften dorthin. Der Stallmeister und seine Stallburschen waren stolz auf ihre *kuda*- und *gajah*-Schützlinge – die königlichen Pferde und Elefanten – und liebten sie offenbar sehr; außerdem bereitete es ihnen sichtlich Vergnügen, sie uns vorzuführen. Da Hui-sheng sich mit Pferden sehr wohl auskannte, bewunderten wir die edlen *kuda*-Pferde nur im Vorübergehen, als wir durch ihre prächtigen Ställe hindurchschritten, verbrachten aber um so mehr Zeit im Hof des *gajah*-Stalls, denn sie hatte nie zuvor einen Elefanten aus der Nähe gesehen.

Es sah ganz danach aus, als ob die großen Elefantenkühe in der letzten Zeit nicht viel bewegt worden waren, seit der König auf einer ihrer Schwestern das Weite gesucht hatte, und so freuten die Stallburschen sich und taten uns den Gefallen, als wir über Yissun fragen ließen, ob wir auf einem *gajah* reiten dürften.

»Hier!« sagten sie und führten einen besonders großen herbei. »Ihr habt sogar die seltene Ehre, auf einem *weißen* Elefanten zu reiten.«

Das Tier war prächtig mit Seidendecke und edelsteinfunkelndem Kopfputz, perlenbesticktem Zaumzeug und reich geschnitzter und vergoldeter *hauda* ausstaffiert, doch war der Elefant, wie man mir schon vor langer Zeit erklärt hatte, nicht richtig weiß. Er wies in der Tat ein paar unbestimmt menschenfleischfarbene Stellen an seiner faltigen, hellgrauen Haut auf, doch der Stallmeister und die *mahawat* erklärten uns, dieses »weiß« beziehe sich nicht einmal darauf – die Bezeichnung »weiß« in bezug auf Elefanten bedeute nur »etwas Besonderes, Anderes, Überlegenes«. Sie wiesen uns auf ein paar Besonderheiten dieses Tieres hin, die es – für Menschen, die täglich mit Elefanten umgingen – zu etwas Außergewöhnlichem machten. Seht zum Beispiel, sagten sie, wie hübsch die Vorderbeine sich nach außen biegen und seine Kruppe hinten steil abfällt und wie mächtig seine Wamme herunterhängt. Dies jedoch, sagten sie, als sie uns hinführten, den Schwanz des Tieres zu betrachten, sei ein unverkennbares Zeichen dafür, daß es wert sei, als ein heiliger weißer Elefant behandelt zu werden. Denn dieses Tier weise neben dem üblichen Haarquast am Schwanzende auch noch einen Saum von Fransen zu beiden Seiten dieses Anhängsels auf.

Um mit meiner Erfahrung zu glänzen und zu zeigen, wie mühelos ich mit diesen Tieren umgehen könne, ließ ich, wie jeder Mann, der vor der Dame seines Herzens eine gute Figur machen möchte, Hui-sheng ein wenig auf die Seite treten und bedeutete ihr aufzupassen. Sodann borgte ich mir von einem der *mahawat* seinen *ankus*-Haken, langte mit diesem hoch und berührte den Elefanten an der richtigen Stelle am Rumpf, woraufhin die Kuh gehorsam den Rüssel durchbog und den Rumpf senkte, so daß ich hinaufsteigen konnte und bis auf den Nacken hinaufgehoben wurde. Hui-sheng unten führte einen Freudentanz auf und klatschte bewundernd in die Hände wie ein aufgeregtes kleines Mädchen, während Yissun ein bißchen weniger leidenschaftlich »Hui! Hui!« rief. Der Stallmeister und die Stallburschen verfolgten beifällig, wie ich mit dem heiligen Elefanten umging, und wedelten mit den Händen, daß ich ohne ihre Aufsicht mit dem Tier davonreiten könne. Daraufhin winkte ich Hui-sheng, der Elefant bog den Rüssel nochmals durch, und Hui-sheng, die sich nur reizvoll etwas zierte, wurde gleichfalls in die Höhe gehoben. Ich half ihr in die *hauda* hinein, ließ den Elefanten kehrtmachen und klopfte ihm dann leicht auf jene Stelle an der Schulter, die ihm den Befehl: »Vorwärts!« vermittelte. Und los ging's in wiegendem und schnell ausholendem Schritt vorüber an den zahllosen *p'hra* das Flußufer entlang, durch die banyangesäumten Alleen ein ganzes Stück zur Stadt hinaus.

Als der Elefant schnaubte und trompetenhafte Schreie ausstieß, vermutete ich, daß er *ghariyals* witterte, die am Ufersaum dösten, oder vielleicht auch einen Tiger, der in dem gewundenen Gewirr der Banyanbäume lauerte. Da ich den heiligen weißen Elefanten nicht aufs Spiel setzen wollte und es überdies nachgerade heiß wurde, kehrte ich zu den Stallungen zurück, und die letzten paar *li* legten wir in einem belustigenden Sturmschritt zurück. Als ich Hui-sheng aus der *hauda* heraushalf, bedankte ich mich laut bei den Elefantenwärtern und bat Yissun, das, was ich sagte, möglichst blumig zu dolmetschen. Hui-sheng dankte den Männern schweigend, doch über die Maßen anmutig, indem sie vor jedem einzelnen den *wai* vollführte, die Geste des die Hände vor dem Gesicht Zusammenlegens und leichten Nickens, wie Arùn es sie gelehrt hatte.

Auf dem Rückweg zum Palast unterhielten Yissun und ich uns darüber, ob es nicht angebracht sei, einen weißen Elefanten nach Khanbalik zurückzubringen – als jenes ausgefallene Geschenk, das ich dem Khakhan versprochen hatte. Wir waren beide der Meinung, daß ein solches Tier etwas ausgesprochen Typisches für Champa sei, das freilich nicht einmal hier häufig vorkomme. Dann jedoch ging mir auf, daß man die Aufgabe, einen Elefanten diese siebentausend *li* schwierigstes Terrain überwinden zu lassen, besser Helden wie Hannibal von Karthago überließ, und so ließ ich den Plan fallen, nachdem Yissun gesagt hatte:

»Offen gestanden, Älterer Bruder Marco, könnte ich einen weißen Elefanten nie von irgendeinem anderen unterscheiden, und ich bezweifle, daß Khan Kubilai dazu imstande wäre; und andere Elefanten hat er ja schon genug.«

Es war erst Mittag, doch Hui-sheng und ich kehrten in unsere Wohnung zurück und wiesen Arùn an, uns ein Bad zu bereiten, damit wir den Elefantengeruch loswurden. (Dabei ist das in Wahrheit gar kein so unangenehmer Geruch: Man stelle sich den Duft eines Beutels aus gutem Leder vor, der mit süßem Heu gefüllt ist.) Flink und fröhlich machte das Mädchen sich ans Werk, füllte die Teak-Wanne und entkleidete sich zusammen mit uns. Doch als Hui-sheng und ich bereits im Wasser waren und Arùn auf dem Wannenrand saß und sich anschickte, sich zwischen uns hineinzugleiten zu lassen, hinderte ich sie einen Moment daran. Ich wollte mir nur einen kleinen Scherz erlauben, denn wir drei gingen mittlerweile sehr unbekümmert und frei miteinander um, ja, konnten uns sogar schon recht gut miteinander verständigen. Sanft drückte ich dem Mädchen die Knie auseinander, langte zwischen die Beine und fuhr mit der Fingerspitze über den feinen Haarflaum, der ihre rosa Teile säumte, lenkte dann Hui-shengs Aufmerksamkeit darauf und sagte: »Schau – der Schwanz des heiligen weißen Elefanten.«

Hui-sheng löste sich in lautlosem Gelächter auf, was Arùn veranlaßte, besorgt an sich herniederzublicken, um zu sehen, was mit ihrem Körper nicht stimmt. Doch als ich ihr – unter nicht unbeträchtlichen Schwierigkeiten – den Scherz dolmetschte, fing auch Arùn an, fröhlich darüber zu lachen. Es war vermutlich das erste und das letzte Mal in der Geschichte der Menschheit, daß eine Frau es gutmütig als Schmeichelei auffaßte, mit einem Elefanten verglichen worden zu sein. Im Gegenzug nannte Arùn mich nicht mehr U Marco wie bisher, sondern U Saathvan Gajah, was, wie ich schließlich herausfand, »U sechzigjähriger Elefant« bedeutete. Doch nahm ich das meinerseits gutmütig hin, als auch sie mir zu verstehen gab, es handele sich um ein besonders großes Kompliment. Ein sechzigjähriger Elefantenbulle galt in ganz Champa als Gipfel der Stärke, der Männlichkeit und der Manneskraft.

Ein paar Abende darauf brachte Arùn ein paar Dinge, die sie uns zeigen wollte – *mata ling*, wie sie sie nannte, »Liebesglöckchen«; und sagte dann mit einem mutwilligen Grinsen »*aukàn*« –, so daß ich annahm, sie schlage diese Dinge als Bereicherung unserer abendlichen Kurzweil vor. Sie hielt mir eine Handvoll *mata ling* hin, die aussahen wie kleine

Kamelglocken, eine jede haselnußgroß und aus einer guten Goldlegierung gegossen. Hui-sheng und ich nahmen je eine und schüttelten sie, woraufhin irgendein Kügelchen im Inneren leise klirrte. Freilich wiesen die Glöckchen keine Öffnungen auf, die es einem erlaubten, sie an irgendwelchen Kleidern oder am Zaumzeug eines Kamels oder irgend etwas sonst zu befestigen; wir kamen daher nicht darauf, wozu sie nun wirklich dienen sollten, sahen Arùn nur verwirrt an und warteten, das sie uns auf die Sprünge half.

Das dauerte freilich eine ganze Zeit lang, es mußte viel wiederholt und manche Verständnislosigkeit behoben werden. Doch schließlich erklärte Arùn – vornehmlich damit, daß sie mehrere Male das Wort *kwe* ausstieß und dazu verschiedene Gesten machte –, daß die *mata ling* gedacht waren, unter die Haut des männlichen Glieds eingepflanzt zu werden. Als ich das begriff, fing ich an zu lachen, weil ich das Ganze für einen Witz hielt. Dann jedoch begriff ich, daß das Mädchen es ernst meinte, und so stieß ich Laute aus, die erschrockene Abwehr, ja, blankes Entsetzen bekundeten. Hui-sheng gab mir zu verstehen, ich solle still und ruhig sein, Arùn solle fortfahren zu erklären. Was sie tat – und ich glaube, von allen Absonderlichkeiten, denen ich auf meinen Reisen begegnet bin, muß das *mata ling* die allerabsonderlichste gewesen sein.

Erfunden, sagte Arùn, habe sie in alter Zeit eine Myama-Königin von Ava, deren königlicher Gemahl den Umgang mit kleinen Jungen dem mit ihr bedauerlicherweise vorgezogen habe. Die Königin habe *mata ling* aus Messing gefertigt, heimlich – wie, verriet Arùn uns leider nicht – die Haut des königlichen *kwe* aufgeschlitzt, eine Reihe der kleinen Glöckchen hineinpraktiziert und das Ganze wieder zugenäht. Fürderhin sei der König nun außerstande gewesen, sein plötzlich weit mächtigeres Organ in die kleinen Öffnungen kleiner Jungen zu schieben, und habe daher mit dem aufnahmefähigeren *hii* seiner Königin vorliebnehmen müssen. Irgendwie – und abermals verriet Arùn uns nicht, wie – hätten die anderen Frauen von Ava davon gehört und ihre eigenen Männer bewogen, dem königlichen Beispiel zu folgen. Woraufhin sowohl Frauen wie Männer fanden, die *mata ling* seien nicht nur sehr elegant, sondern steigerten auch noch ihrer beider Lust um ein Vielfaches, da die Männer einen weit größeren Stammumfang aufwiesen als zuvor und die Vibration der *mata ling* bei beiden am *aukàn* Beteiligten eine unsäglich neue und genußreiche Empfindung hervorrief.

Die *mata ling* würden, so Arùn, auch heute noch und *nur* in Ava hergestellt, und zwar von bestimmten alten Frauen, die sich darauf verstanden, sie schmerzlos und unbeschadet und an den wirksamsten Stellen des *kwe* einzupflanzen. Jeder Mann, der es sich leisten konnte, lasse sich zumindest ein solches Glöckchen einpflanzen, und wer es sich leisten konnte, besaß möglicherweise hinterher ein *kwe*, das mehr wert sei als seine ganze Geldbörse – und auch mehr wiege als diese. Sie selbst, sagte Arùn, habe vorher einen Myama-Herrn gehabt, dessen *kwe* selbst in ruhendem Zustand ausgesehen habe wie eine knorrige Holzkeule, doch wenn aufgerichtet – »*Amè!*« Sie fügte noch hinzu, die Liebesglöckchen seien im Lauf der Jahrhunderte immer weiter vervollkommnet worden. Zunächst einmal hätten die Avaer Heilkundigen eine Verfügung erlassen, derzufolge sie aus unangreifbarem Gold hergestellt werden müßten statt aus Messing, damit es zu keinen Entzündungen unter der empfindlichen *kwe*-Haut komme. Und außerdem hätten die alten Frauen, die sich des Glöckchenmachens befleißigten, eine ganz neue und überaus pikante Eigenschaft der *mata ling* erfunden.

Arùn führte es uns vor. Einige von den kleinen Dingern waren *nur* Glöckchen oder Rasseln, wie wir wohl bemerkt hatten, und die Kügelchen in ihrem Inneren vibrierten nur, wenn sie geschüttelt würden. Einige andere – Arùn zeigte sie uns – lagen genauso reglos da wie die anderen, wenn man sie auf den Tisch legte. Doch dann legte sie uns je ein solches Glöckchen in die Hand und ließ uns die Hände darum schließen. Hui-sheng und ich zuckten vor Überraschung ein wenig zusammen, als die Wärme unserer Hände die kleinen goldenen Glöckchen nach einer Weile mit Leben zu erfüllen schien, gleichsam als wären es Eier, aus denen gleich geschlüpft werden sollte; denn sie fingen *ganz von sich aus* an, zu zittern und zu zucken.

Diese neue und verbesserte *mata ling*-Art, sagte Arùn, enthalte irgendein unsterbliches Lebewesen oder eine Substanz – um was es sich handelte, wollten die alten Frauen nie preisgeben –, das für gewöhnlich ruhig in seiner kleinen Goldhülle unter der Haut eines männlichen *kwe* schlafe. Werde der *kwe* jedoch in die *hiì* einer Frau eingeführt, wache der kleine Schläfer auf, rüttle sich und schüttle sich und – beteuerte Arùn ernst – Mann und Frau könnten still beieinanderliegen, ohne sich im geringsten zu regen und trotzdem mit Hilfe der geschäftigen kleinen Liebesglöckchen sämtliche Empfindungen und die ständig größer werdende Erregung und schließlich die berstende Lust des Höhepunkts genießen. Mit anderen Worten könnten sie immer und immer wieder *aukàn* machen, ohne sich auch nur im geringsten anzustrengen.

Als Arùn – ganz außer Atem von der eigenen Anstrengung des Erklärens – geendet hatte, merkte ich, daß sie und Hui-sheng mich forschend betrachteten. Laut sagte ich: »Nein!« und das nicht nur einmal, sondern mehrere Male und in verschiedenen Sprachen und mit nachdrücklich unterstreichenden Gesten. Die Vorstellung, sich der *mata ling* beim *aukàn* zu bedienen, war verführerisch, aber ich hatte keine Lust, mich heimlich durch irgendeine Paganer Hintertür zu schleichen und irgendeine alte Hexe irgend etwas an mir vornehmen zu lassen; das machte ich unmißverständlich klar.

Hui-sheng und Arùn taten so, als wären sie enttäuscht und schmollten, doch in Wahrheit versuchten sie nur, über die Heftigkeit meiner Weigerung nicht in Lachen auszubrechen. Sodann tauschten sie einen Blick, gleichsam als wollten sie fragen: »Wer von uns soll denn nun anfangen?« und Arùn nickte leicht, als wollte sie Hui-sheng zu verstehen geben, daß es ihr ja doch leichterfalle, sich bei mir verständlich zu machen. Das tat Hui-sheng denn auch. Sie wies darauf hin, einziger Zweck der *mata ling* sei es schließlich, zusammen mit dem männlichen *kwe* in das weibliche *hiì* hineingesteckt zu werden, nicht notwendigerweise jedoch als Teil des *kwe*. Ob ich denn keine Lust hätte, es einmal auszuprobieren, erkundigte sie sich mit größtem Zartgefühl (und nicht wenig belustigt), und zu tun, was wir sonst doch auch täten, ihr und Arùn jedoch gestatten, die kleinen Liebesglöckchen zuvor in sich hineinzustekken? Nun, was sollte ich dagegen haben, und so war ich, ehe die Nacht zuende ging, von den *mata ling* nicht nur angetan, sondern regelrecht begeistert – wie Hui-sheng und Arùn übrigens auch. Trotzdem möchte ich an dieser Stelle den Vorhang vor unserem Intimleben wieder fallen lassen. Ich möchte nur noch erwähnen, daß ich die Liebesglöckchen für eine so lohnende Erfindung betrachtete – worin Hui-sheng und Arùn mir recht gaben –, daß ich daran dachte, *sie* zu jenem »ganz besonderen Geschenk« zu machen, das ich Kubilai mitbringen wollte nach Khanbalik. Dennoch zögerte ich, mich endgültig dafür zu entscheiden. Man kann sich kaum dem Khan Aller Khane nähern, dem mächtigsten Herrscher der ganzen Welt, der ein würdiger älterer Herr ist, und ihm dann vorschlagen, sich eine »Verbesserung« seines ehrenwerten Organs gefallen zu lassen ...

Nein, ich konnte mir einfach nicht vorstellen, wie ich ihm diese *mata ling* zum Geschenk machen sollte, ohne daß das als Kränkung oder Beleidigung aufgefaßt werden könnte, die möglicherweise sogar wütende Vergeltung zur Folge hatte. Doch gleich am folgenden Tag fiel mir ein Stein vom Herzen, als ich einen anderen Einfall hatte, einen äußerst reizvollen sogar, und diesen bemühte ich mich denn, augenblicklich in die Tat umzusetzen. Etwas Einmaliges bedeutet, daß es etwas nur einmal gibt; infolgedessen kann etwas nicht »einmaliger« sein als etwas anderes. Wenn die *durian*-Frucht auf ihre Weise einzigartig ist und ein weißer Elefant desgleichen, so galt das auch für die *mata ling*-Liebesglöckchen; mein neuer Einfall jedoch war einmalig unter Einmaligkeiten.

Wer mich auf die Idee brachte, war der alte Palast-*pongyi*. Wieder machten Hui-sheng und Yissun und ich einen Spaziergang durch Pagan, und er erging sich in weitschweifigen Erläuterungen zu den Sehenswürdigkeiten, die er uns zeigte. An diesem Tage führte er uns zum größten, heiligsten und höchstangesehenen *p'hra* von ganz Ava. Hierbei handelte es sich nicht einfach um einen Tempel, der aussah wie eine umgestülpte Handglocke, sondern um ein wirklich gewaltiges, schönes und überaus prächtiges Bauwerk, blendend weiß wie ein Haus ganz aus Schaum, falls es möglich ist, sich einen Schaumberg vorzustellen, so hoch wie die Basilika von San Marco, reich beschnitzt und mit goldenem Dach versehen. Der Tempel hieß Ananda, ein Wort, das »Endlose Glückseligkeit« bedeutet; gleichzeitig habe aber auch ein Jünger des Buddha so geheißen. Ja, sagte der *pongyi*, Ananda sei Buddhas Lieblingsjünger gewesen, wie der heilige Johannes der von Jesus.

»Und dies war das Reliquiar von Buddhas Zahn«, sagte der *pongyi*, als wir an einem goldenen, auf elfenbeinernem Ständer ruhenden Kästchen vorüberkamen. »Und das hier ist eine Statue der tanzenden Gottheit Nataraji. Sie war ursprünglich von solcher Vollkommenheit, daß *die Statue* anfing zu tanzen, und wenn ein Gott tanzt, erzittert die Erde. Unsere Stadt wurde fast zum Einsturz gebracht, bis dem tanzenden Bildnis bei seinen Kapriolen ein Finger abbrach, woraufhin wieder Ruhe einkehrte und die tanzende Gottheit wieder zur Statue wurde und zu sonst nichts. Daher wird bis auf den heutigen Tag an jedem religiösen Bildnis mit Absicht ein kleiner Fehler angebracht. Dieser kann so alltäglich sein, daß man ihn nie bemerkt – aber er ist vorhanden, – einfach, um ganz sicherzugehen, daß nichts passiert.«

»Verzeiht, ehrwürdiger *pongyi*«, sagte ich. »Aber habt Ihr nicht eben beim Vorübergehen gesagt, dieses Kästchen dort drüben enthalte den Zahn des Buddha?«

»Das tat es bis vor kurzem«, sagte er traurig.

»Einen echten Zahn? Von Buddha selbst? Einen Zahn, der sich über siebenhundert Jahre gehalten hat?«

»Ja«, sagte er und klappte das Kästchen auf, um uns das samtüberzogene Kissen zu zeigen, auf dem die Reliquie gelegen hatte. »Ein *pongyi* auf Pilgerschaft brachte ihn vor zweihundert Jahren von der Insel Srihalam herüber und übergab ihn als Schenkung an diesen Ananda-Tempel. Es war unsere kostbarste Reliquie.«

Hui-sheng bekundete Verwunderung über die Größe der von dem Zahn in das Kissen gedrückten Delle und gab mir zu verstehen, der Zahn müsse ja Buddhas ganzen Kopf eingenommen haben. Diese wenig ehrerbietige Bemerkung gab ich über Yissun an den *pongyi* weiter.

»*Amè!* Ja, ein gewaltiger Zahn«, sagte der alte Herr. »Warum nicht? Buddha war auch ein gewaltiger Mann. Auf derselben Insel Srihalam ist heute noch ein Fußabdruck von ihm zu sehen. Und danach zu urteilen, muß Buddha neun Ellen groß gewesen sein.«

»*Amè!*« entfuhr es daraufhin echogleich mir. »Das heißt vierzig Handbreit. Macht dreizehneinhalb Fuß. Dann muß der Buddha ein Goliath gewesen sein.«

»Nun ja, wenn er in sieben- oder achttausend Jahren wieder auf die Erde kommt, wird er, wie wir erwarten, *achtzig* Ellen groß sein.«

»Dann haben seine Anhänger bestimmt keine Schwierigkeiten, ihn zu erkennen, wie das bei Jesus wohl der Fall wäre«, erklärte ich. »Aber was ist denn aus seinem heiligen Zahn geworden?«

Der *pongyi* schniefte leise. »Der König, Der Davonlief, hat ihn bei seiner Flucht entwendet und ist auf und davon damit. Ein wahrhaft fluchwürdiges Sakrileg! Kein Mensch weiß, warum er das getan hat. Es wird angenommen, daß er nach Indien entfliehen wollte, und in Indien wird Buddha nicht mehr verehrt.«

»Aber der König ist doch bloß bis Akyab gekommen und dort gestorben«, murmelte ich. »Möglich also, daß der Zahn sich noch unter seinen Sachen befindet.«

Hoffnungsvoll und doch schicksalsergeben zuckte der *pongyi* mit den Achseln und fuhr dann fort, uns noch weitere von den bewundernswerten Schätzen des Ananda-Tempels zu zeigen. In mir jedoch nahm eine Idee Gestalt an, und sobald die Höflichkeit es mir gestattete, brach ich den Rundgang für heute ab, dankte dem *pongyi* für seine Freundlichkeiten, trieb Hui-sheng und Yissun an, eiligst zum Palast zurückzukehren, und weihte sie unterwegs in meinen Plan ein. Im Palast bat ich unverzüglich um Audienz beim Wang Bayan und erzählte auch diesem davon.

»Wenn es mir gelingt, den Zahn wiederzubeschaffen, soll er mein Geschenk an Kubilai sein. Wenn auch der Buddha nicht gerade der Gott ist, den er verehrt – der Zahn eines Gottes dürfte eine Kostbarkeit sein, die noch nie ein Herrscher sein eigen genannt hat. Selbst im Christentum, wo es viele Reliquien gibt – Splitter vom Echten Kreuz, die Heiligen Nägel, das Heilige Schweißtuch –, vom Corpus Christi selbst ist bis auf ein paar Tropfen vom Heiligen Blut nichts übriggeblieben. Der Khakhan sollte sich freuen und stolz darauf sein, Buddhas Zahn zu besitzen.«

»Wenn Ihr ihn wiederbeschaffen könnt«, sagte Bayan. »Ich selbst habe nicht mal meine eigenen zurückbekommen, sonst brauchte ich nicht dieses Folterinstrument im Mund zu tragen. Wie wollt Ihr vorgehen?«

»Mit Eurer Erlaubnis, Wang Bayan, werde ich von hier hinunterziehen zu dem Seehafen Akyab und mir den Ort ansehen, an dem der König starb, sein Gepäck durchsuchen und verhören, wen ich von seiner Familie noch finde. Der Zahn müßte da sein. Hui-sheng würde ich solange gern unter Eurem Schutz zurücklassen. Ich weiß jetzt, wie gefährlich es ist, durch diese Lande zu reisen; dem möchte ich sie nicht mehr aussetzen, nur dann, wenn wir zurückkehren nach Khanbalik. Ihre Dienerin kümmert sich sehr gut um sie, und unsere anderen Bediensteten desgleichen; Ihr braucht nur zu erlauben, daß sie weiterhin hier im Palast wohnt. Außerdem möchte ich darum bitten, daß Yissun als Dolmetsch weiterhin bei mir bleibt, denn ich brauche ihn. Und ich würde Euch gern um zwei Pferde bitten. Wir werden mit leichtem Gepäck reiten, damit wir schnell vorankommen.«

»Ihr wißt, daß Ihr mich nicht hättet zu fragen brauchen, Marco, denn Ihr tragt die *pai-tzu*-Plakette des Khakhan. Das ist alle Autorität, die Ihr braucht. Ich danke Euch jedoch dafür, daß Ihr so höflich wart, mich dennoch zu bitten; selbstverständlich habt Ihr meine Erlaubnis – und mein Versprechen, daß Eurer Dame kein Leids geschieht. Und meine besten Wünsche für den Erfolg Eures Unternehmens.« Er schloß mit dem traditionellen mongolischen Lebewohl: »Euch ein gutes Pferd und eine weite Ebene, bis wir uns wiedersehen.«

4 Mein Vorhaben ließ sich, wie es sich herausstellte, nicht so leicht und auch nicht so rasch erledigen, wie ich gedacht hatte, obwohl ich im allgemeinen schon Glück hatte und mir weitgehende Hilfe dabei zuteil wurde. So wurde ich zunächst einmal in der schmutzigen Hafenstadt Akyab am Meer von dem *sardar* empfangen, dem Bayan das

Kommando über die mongolische Besatzungsmacht übertragen hatte, einem gewissen Shaibani. Dieser hieß mich herzlich, ja, geradezu hocherfreut in dem Haus willkommen, das er zu seiner Residenz requiriert hatte. Es war das schönste Haus in Akyab, was allerdings nicht viel heißen will.

»*Sain bina*«, sagte er. »Es tut gut, Euch zu begrüßen, Älterer Bruder Marco Polo. Ich sehe, daß Ihr das *pai-tzu* des Khakhan tragt.«

»*Sain bina*, Sardar Shaibani. Jawohl, ich komme in einer Mission für unseren gemeinsamen Herrn Kubilai.«

Yissun führte die Pferde in die Stallungen, die den hinteren Teil des Hauses einnahmen. Shaibani und ich gingen vorn hinein, und seine Diener setzten uns ein Mahl vor. Beim Essen erzählte ich ihm, daß ich den Spuren von Avas letztem König Narasinha-pati folgte, warum ich das täte und daß ich die noch verbliebene Habe des Flüchtlings durchsuchen und mit Angehörigen seines Gefolges, die noch lebten, reden möchte.

»Es soll geschehen, wie Ihr begehrt«, sagte der *sardar*. »Auch kann ich nicht sagen, wie sehr ich mich freue, Euch das *pai-tzu* tragen zu sehen, denn das verleiht Euch Autorität, einen überaus vertrackten Streit hier in Akyab beizulegen. Es geht um eine Frage, die ziemlich viel Unruhe gebracht und die Einwohnerschaft in zwei Lager aufgespalten hat. Mit dieser ganzen Angelegenheit sind sie dermaßen beschäftigt, daß sie unseren Einmarsch kaum zur Kenntnis genommen haben. Und solange der Streit nicht beigelegt ist, kann ich hier keine vernünftige Verwaltung einrichten. Meine Männer haben alle Hände voll zu tun, ständig Raufereien zu unterdrücken. Ich bin daher froh, daß Ihr gekommen seid.«

»Nun«, sagte ich etwas verwirrt, »was ich tun kann, will ich gern tun. Aber zuerst kommt für mich die Sache mit dem verstorbenen König.«

»Aber bei der ganzen Geschichte geht es ja um diesen verstorbenen König«, sagte er und setzte dann noch aufknurrend hinzu: »Mögen die Würmer an seinen verfluchten Überresten ersticken! Bei diesem Streit geht es nämlich um eben seine Habe und die überlebenden Angehörigen, um die es Euch zu tun ist – zumindest um das, was davon geblieben ist. Gestattet Ihr, daß ich erkläre?«

»Ich bitte darum.«

»Dieses Akyab ist eine elendige, schmutzige Stadt. Ihr seht aus wie ein vernünftiger Mann, weshalb ich annehme, Ihr werdet wieder fortreisen, sobald Ihr könnt. Ich bin hierher abkommandiert, also muß ich bleiben; auch werde ich mich bemühen, eine nützliche Neuerwerbung für das Khanat daraus zu machen. So elend das Nest ist, es ist ein Seehafen, und darin ist Akyab wie jeder andere Hafen auch. Das heißt, es gibt hier zwei Gewerbezweige, die ihr Vorhandensein rechtfertigen und die Bewohner der Stadt ernähren. Beim einen geht es um die Hafenanlagen – Docks und Schiffsmakler, Lagerschuppen und dergleichen. Bei dem anderen Gewerbe geht es wie in jedem Hafen darum, den Appetit der Schiffsbesatzungen zu stillen, solange die Schiffe hier liegen. Das bedeutet: Hurenhäuser, Trinkstuben und Glücksspiel. Der überwiegende Teil des Handels hier in Akyab wird mit Indien abgewickelt, das auf der anderen Seite der Bucht von Bengalen liegt; die Folge davon ist, daß die meisten der Matrosen, die hierherkommen, dreckige Hindus sind. Die können mit starken berauschenden Getränken nichts anfangen, zwischen den Beinen regt sich bei ihnen auch nichts, und so verbringen sie ihre Zeit an Land vornehmlich beim Glücksspiel. Deshalb gibt es hier nur wenige kleine und armselige Bordelle und Trinkstuben – und *vakh*!, mit den Huren und den Getränken ist wahrhaftig kein Staat zu machen. Dafür kann Akyab mit etlichen Spielhallen aufwarten, das sind die blühendsten Unternehmen hier, und entsprechend sind die Eigentümer auch die tonangebenden Bürger der Stadt.«

»Das ist alles sehr interessant, Sardar, doch ich begreife nicht, was das ...«

»Ach, gestattet, Älterer Bruder. Ihr werdet gleich begreifen, worum es geht. Dieser König, Der Davonlief – seine feige Flucht hat nicht gerade dazu beigetragen, seine Beliebtheit bei seinen früheren Untertanen zu steigern. Oder bei irgendeinem Menschen. Man hat mir gesagt, er habe Pagan mit einer großen *karwan* verlassen: Elefanten, Tragtieren, Frauen und Kindern, Höflingen, Dienern und Sklaven – und allen Schätzen, die sie tragen konnten. Doch jede Nacht, die sie unterwegs waren, wurde die *karwan* kleiner. Im Schutze der Dunkelheit machten sich seine Höflinge mit einer Menge der zusammengeraubten Schätze aus dem Staube. Diener setzten sich ab und nahmen mit, was sie bekommen konnten. Sklaven liefen davon, um die Freiheit zu gewinnen. Selbst die Frauen des Königs – darunter sogar seine Königliche Erste Gemahlin – nahmen ihre Prinzen und Prinzessinnen und verschwanden. Wahrscheinlich, um einen anderen Namen anzunehmen und in der Hoffnung, irgendwo ein neues, ein anständiges Leben anzufangen.«

»Jetzt tut mir der arme Hasenfuß von König geradezu leid.«

»Ja, bloß um unterwegs ab und zu eine anständige Mahlzeit zu sich zu nehmen und in einem richtigen Bett schlafen zu können, mußte er bei Dorfschulzen und Herbergswirten schwer bezahlen, denn alle von ihnen waren ihm böse und feindselig gesinnt und nahmen jede Gelegenheit wahr, ihn zu übervorteilen. Man hat mir berichtet, daß er verarmt und nahezu von allen verlassen hier in Akyab angekommen sei. Nur eine seiner weniger bedeutenden und jüngeren Frauen und ein paar alte Diener waren bei ihm geblieben – und eine nicht mehr prall gefüllte Börse. Die Stadt zeigte sich auch nicht gerade von ihrer gastfreundlichsten Seite. Immerhin gelang es ihm, unten in einer Herberge am Hafen Unterkunft für sich und den Rest seiner Habe und seines Gefolges zu finden. Wollte er jedoch überleben, mußte er weiter, hinüber nach Indien, was bedeutete, daß er für sich und seine kleine Gesellschaft die Überfahrt bezahlen mußte. Selbstverständlich läßt jeder Schiffskapitän sich den Transport eines jeden Flüchtlings hoch bezahlen, den eines Verzweifelten jedoch besonders – er ein König auf der Flucht, und die erobernden Mongolen ihm dicht auf den Fersen. Ich weiß nicht, welcher Preis gefordert wurde, aber es war mehr, als er hatte.«

Ich nickte. »Da hat er versucht, das bißchen, das er hatte, zu vervielfachen – und suchte die Spielhallen auf.«

»Ja. Und wie wohl bekannt ist, beißen den letzten die Hunde. Der König würfelte und verlor binnen weniger Tage alles, was er hatte. Gold, Juwelen, Kleidung, anderes Hab und Gut. Darunter, wie ich vermute, wohl auch den heiligen Zahn, hinter dem Ihr her seid, Älterer Bruder. Er spielte gegen alle und jeden. Verspielte seine Krone, seine alten Diener, jenen Zahn, von dem Ihr sprecht, seine königlichen Gewänder – wer will wissen, was er an die Bewohner von Akyab hier verlor und was an die Matrosen, die den Hafen inzwischen längst wieder verlassen haben.«

»*Vakh!*« fluchte ich mißmutig.

»Zuletzt war dem König von Ava nichts weiter geblieben als die eigene Person und die Kleider, die er auf dem Leibe trug – und eine Frau, die verloren in der Herberge unten am Hafen auf ihn wartete. An diesem allerletzten, verzweifelten Spieltag erbot der König *sich selbst* zu setzen; wenn er verlor, der Sklave des Gewinners zu werden. Ich weiß nicht, wer diesen Einsatz annahm oder wieviel er dagegensetzte, um einen König zu gewinnen.«

»Und der König hat selbstverständlich verloren.«

»Selbstverständlich. Alle in der Spielhalle hatten bereits nichts als Verachtung für ihn übrig gehabt – jetzt verachteten sie ihn womöglich noch mehr –, und sie müssen die Lippen geschürzt haben, als der verzweifelte Mann sagte: ›Haltet inne! Neben meiner eigenen Person habe ich noch einen anderen Besitz, eine wunderschöne Frau, die aus Bengalen stammt. Ohne mich ist sie mittellos. Warum ihr nicht die Möglichkeit geben, einen Herrn zu haben, der für sie sorgt. Ich setze meine Frau, die Dame Tofaa Devata, auf einen allerletzten Wurf.‹ Der Einsatz wurde angenommen, die Würfel rollten, und er verlor.«

»Nun, damit hatte es sich dann ja wohl«, sagte ich. »Alles zerronnen. Auch für mich ist das großes Pech. Nur, wieso hat es nun Grund zum Streit gegeben?«

»Habt Geduld, Älterer Bruder. Der König bat um eine letzte Gunst. Er bat, ehe er sich in die Sklaverei auslieferte, hingehen und seiner Dame persönlich die traurige Nachricht überbringen zu dürfen. Selbst Spieler kennen so etwas wie Mitleid. Sie ließen ihn daher in die Herberge am Hafen gehen. Er war immerhin so ehrenhaft, der Dame Tofaa rundheraus zu sagen, was er getan hatte; dann befahl er ihr, sich zu ihrem neuen Herrn in der Spielhalle zu begeben. Gehorsam machte sie sich auf den Weg, und der König nahm am Tisch Platz, um noch eine allerletzte Mahlzeit als freier Mann zu sich zu nehmen. Er stopfte sich voll und trank, daß dem Herbergswirt die Augen übergingen, und verlangte nach immer mehr Essen und Trinken. Schließlich lief er bläulichrot an, fiel vom Schlagfluß getroffen zu Boden und starb.«

»Das habe ich gehört. Und dann? Das ist doch noch kein Grund zu einem Streit. Der Mann, der ihn gewonnen hatte, besaß ihn ja immer noch, auch in totem Zustand.«

»Habt noch ein wenig Geduld. Die Dame Tofaa meldete sich, wie ihr Gatte es ihr befohlen hatte, in der Spielhalle. Es heißt, in den Augen des Gewinners habe es geglitzert, als er sah, was für eine erlesene Sklavin er gewonnen hatte. Sie ist noch eine junge Frau, die der König erst in allerletzter Zeit genommen hatte, weder eine Hauptgattin, die Anspruch auf den Titel Königin gehabt hätte, noch bis jetzt Mutter irgendwelcher Erben und infolgedessen bloß weil sie zur königlichen Familie gehört hatte, auch nicht besonders wertvoll. Was man in dieser Stadt schön findet, entspricht nicht meinen Vorstellungen von Schönheit, aber manche Männer sagen, sie sei schön, und alle sagen, sie sei gerissen, und was das betrifft, muß ich ihnen recht geben. Denn als Tofaas neuer Gebieter nach ihrer Hand griff, enthielt sie ihm diese lange genug vor, um das Wort an alle in der Spielhalle Versammelten zu richten. Sie sprach nur einen einzigen Satz, stellte nur diese eine Frage: ›Ehe mein Gatte mich verwettete, hatte er da nicht sich selbst verwettet – und verloren?‹«

Endlich schwieg Shaibani. Ich wartete einen Moment und hakte dann ein: »Ja, und?«

»Eben. Das war der Anfang des Streits. Seither ist diese Frage vieltausendmal in dieser elenden Stadt gestellt worden, und keine zwei Bürger geben dieselbe Antwort darauf, ein Magistrat streitet mit dem anderen, Bruder hat sich gegen Bruder gewendet, und jetzt raufen sie in den Straßen. Ich bin nicht lange nach diesem Ereignis, das ich soeben beschrieben habe, hier eingeritten, und sämtliche Streithähne verlangen lauthals, daß ich den Streit schlichte. Ich kann es nicht, und ehrlich gesagt, es widert mich an, und wenn Ihr ihn nicht schlichten könnt, würde ich am liebsten die ganze elende Stadt in Schutt und Asche legen.«

»Was gibt es denn da zu schlichten, Sardar?« sagte ich geduldig. »Ihr habt doch schon *gesagt,* der König habe seine eigene Person verpfändet und verloren, *ehe* er seine Gattin setzte. Folglich sind sie beide verloren und gehören den Gewinnern, ob tot oder lebendig, ob sie wollen oder nicht.«

»Tun sie das wirklich? Oder vielmehr – da er längst verbrannt worden ist –, *tut sie es?* Darüber müßt Ihr entscheiden, Euch jedoch zuvor alle Argumente anhören. Ich habe die Dame in Gewahrsam genommen, sie befindet sich in einem Gemach im Oberstock. Ich kann sie herunterholen und auch alle Männer herbeiholen lassen, die an jenem Tag in der Spielhalle gespielt haben. Wenn Ihr Euch einverstanden erklärt, Älterer Bruder, jedenfalls dieses eine Mal ein Ein-Mann-*cheng* zu sein, habt Ihr gleichzeitig die beste Gelegenheit, Euch danach zu erkundigen, wo der Zahn geblieben ist, nach dem Ihr sucht.«

»Ihr habt recht. Nun gut, dann bringt sie her. Und bitte, laßt meinen Mann Yissun kommen, damit er für mich dolmetscht.«

Die Dame Tofaa Devata war trotz ihres Namens, der »Göttergeschenk« bedeutete, auch für meine Begriffe nicht eben eine Schönheit.

Sie stand etwa in Hui-shengs Alter, war jedoch so füllig, daß man zwei Hui-shengs aus ihr hätte machen können. Shaibani hatte sie eine Bengali genannt, und offenbar hatte der König von Ava sie aus dem indischen Staate Bengalen eingeführt, denn sie war eine typische Hindufrau: ölige braune, fast schwarze Haut, die in der Tat in den Ringen, die sie unter den Augen hatte, schwarz war. Zuerst dachte ich, sie hätte zuviel *al-khol* aufgetragen, doch später sollte ich erkennen, daß fast alle Hindus – Männer wie Frauen – von Natur aus diese wenig ansprechende Verfärbung unter den Augen haben. Die Dame Tofaa hatte außerdem noch einen roten Farbpunkt zwischen den Augen auf der Stirn und ein Loch in einem Nasenloch, wo sie zuvor vermutlich einen Glitzerstein getragen hatte, ehe ihr Mann diesen beim Würfelspiel verloren hatte. Sie trug ein Gewand, das aus einer einzigen Stoffbahn zu bestehen schien (und, wie ich später feststellte, auch tatsächlich bestand), die sie mehrere Male um ihre Fülle gewickelt hatte, daß nur ihre Arme, eine Schulter und eine Rolle ihres fettglänzenden dunkelbraunen Fleisches an der Hüfte unbedeckt blieben. Diese Blößen waren nicht sonderlich verführerisch, und das Tuch war ein schreiend buntes, mit Metallfäden durchzogenes Gewebe. Die Dame und ihr Aufzug vermittelten ganz allgemein den Eindruck von Ungewaschenheit, was ich jedoch aus lauter Ritterlichkeit auf die schweren Zeiten schob, die sie letzthin hatte durchmachen müssen. Ich fand sie nicht reizvoll, doch wollte ich mich dieserhalb ihr gegenüber nicht voreingenommen zeigen.

Doch die anderen im Raum, die Besitzansprüche anmeldeten, Zeugen oder Berater waren, erwiesen sich als noch weit weniger sympathisch. Sie gehörten allen möglichen Volksgruppen an – Mien, Hindu, ein paar Ureinwohner von Ava, vielleicht sogar der eine oder andere Myama, der einer höheren Klasse angehörte –, doch kaum besonders ansprechende Vertreter ihres Volkes. Es handelte sich um die üblichen Geier, wie sie sich in jedem Hafen auf die Seeleute stürzen, um sie auszunehmen. Ich fühlte nochmals Mitleid mit dem kleinmütigen König, Der Davonlief, in mir aufsteigen, daß er einen so tiefen Sturz von der Höhe seines Thrones bis in die Niederungen solcher Gesellschaft hatte machen müssen. Nur konnte ich selbstverständlich auch hier kein vorgefaßtes Urteil fällen, bloß weil mir alle Beteiligten so wenig gefielen.

Mit einer Regel in der Rechtsprechung dieser Lande war ich vertraut: Daß nämlich die Aussage einer Frau weit weniger galt als die eines Mannes. Aus diesem Grund winkte ich zuerst die Männer heran, ihren Fall vorzutragen, und Yissun dolmetschte, als ein häßlicher Mann vortrat und unter Eid erklärte:

»Hoher Herr Richter, der verstorbene König setzte seine Person als Pfand, und ich setzte die Summe dagegen, mit der er einverstanden war. Der Würfel fiel zu meinen Gunsten. Ich gewann ihn, doch später betrog er mich um meinen Gewinn, als er . . .«

»Genug«, sagte ich. »Wir beschäftigen uns hier ausschließlich mit den Geschehnissen in der Spielhalle. Als nächster sage der Mann aus, der darauf gegen den König spielte.«

Ein Ausbund an Häßlichkeit trat vor. »Hoher Herr Richter, der König sagte, er habe noch ein Besitztum anzubieten, und das war diese Frau hier. Ich ging auf die Wette ein, der Würfel rollte zu meinen Gunsten. Und seither wogt ein dummer Streit . . .«

»Was seither ist, interessiert hier nicht«, sagte ich. »Kommen wir zu den Dingen, wie sie sich nacheinander ereigneten. Ich glaube, Dame Tofaa Devata, als nächstes fandet Ihr Euch in der Spielhalle ein.«

Sie tat einen gewichtigen Schritt vor, wobei sich herausstellte, daß sie barfuß und bis über die Knöchel dreckig war wie jeder andere nichtkönigliche Bewohner im Hafen auch. Als sie zu sprechen anhob, lehnte Yissun sich zu mir herüber und flüsterte: »Marco, verzeiht, aber ich spreche keine der indischen Sprachen.«

»Das macht nichts«, erklärte ich. »Diese hier verstehe ich.« Was stimmte, denn was sie sprach, war keine indische Sprache, sondern das Farsi der Handelswege.

Sie sagte: »Jawohl, ich meldete mich in der Spielhalle . . .«

Ich sagte: »Wir wollen uns an das Protokoll halten. Ihr habt mich mit Hoher Herr Richter anzureden.«

Sie war offensichtlich beleidigt, von einem bleichhäutigen und titellosen Ferenghi zurechtgewiesen zu werden, begnügte sich jedoch mit einem königlichen Naserümpfen und begann noch einmal von vorn:

»Ich meldete mich in der Spielhalle, Hoher Herr Richter, und fragte die Spieler: ›Ehe mein guter Gatte mich verwettete, hat er da nicht sich selbst verwettet und verloren?‹ Denn wenn er das getan hatte, mein Herr, war er ja schon selbst ein Sklave, und ein Sklave kann laut Gesetz kein Eigentum haben. Infolgedessen konnte und durfte er mich beim Spiel nicht als Einsatz bieten. Deshalb gehöre ich auch dem Gewinner nicht und . . .«

Ich unterbrach sie abermals, freilich nur, um zu fragen: »Wie kommt es, daß Ihr Farsi sprecht, meine Dame?«

»Ich bin von bengalischem Adel, mein Herr«, sagte sie, reckte sich und machte ein Gesicht, als hätte ich versucht, das zu bezweifeln. »Ich entstamme einer edlen Kaufmannsfamilie brahmanischer Ladenbesitzer. Selbstverständlich bin ich als Dame nie so tief gesunken zu lernen, was ein Schreiber lernen muß – Lesen und Schreiben. Aber ich spreche die Handelssprache Farsi, und daneben meine Muttersprache Bengali sowie die anderen Hauptsprachen Groß-Indiens – Hindi, Tamil, Telugu . . .«

»Ich danke Euch, Dame Tofaa. Doch jetzt laßt uns fortfahren.«

Nachdem ich mich so lange in den östlichen Teilen des Khanats aufgehalten hatte, war mir fast schon entfallen, welch herausragende Rolle im Rest der Welt das Farsi spielt. Doch lag es auf der Hand, daß die meisten Männer im Raum, die ja immer mit Seeleuten zu tun hatten, diese Sprache gleichfalls beherrschten. Denn mehrere von ihnen meldeten sich gleichzeitig zu Wort und schnatterten durcheinander, doch was sie zu sagen hatten, lief letzten Endes auf folgendes hinaus:

»Die Frau krittelt an allem herum und redet doppelzüngig. Jeder Ehemann hat das Recht, beim Glücksspiel jede seiner Frauen zu verpfänden, genauso, wie er das Recht hat, sie zu verkaufen, ihren Körper zu vermieten oder sich völlig von ihr zu scheiden.«

Und andere erklärten nicht weniger laut:

»Nein! Die Frau spricht die Wahrheit. Der Gatte hat sich verpfändet und sich damit auch sämtlicher Gattenrechte begeben. Er war im Augenblick des Spiels selbst ein Sklave, der gegen das Gesetz verstieß, als er Eigentum verpfändete, das er gar nicht hatte.«

Ich hielt eine höchstrichterliche Hand in die Höhe, woraufhin sich Ruhe über den Raum senkte. In der Pose tiefsten Nachdenkens stützte ich das Kinn in die Hand, dachte jedoch mitnichten nach. Nicht einmal mir selbst gegenüber tat ich so, als wäre ich ein Mann von salomonischer Weisheit, ein Drakon oder ein schnell urteilender Khan Kubilai. Ich hatte nur meine Knabenzeit über im *Alexander* gelesen und erinnerte mich sehr wohl daran, wie dieser den nicht zu lösenden gordischen Knoten einfach zerschlagen hatte. Immerhin wollte ich so tun, als ob ich überlegte. Und während ich das tat, sagte ich beiläufig zu der Frau:

»Dame Tofaa, ich bin hergekommen auf der Suche nach etwas, das Euer verstorbener Gatte bei sich hatte. Den Zahn Buddhas, den er aus dem Ananda-Tempel entwendet hat. Wißt Ihr, was ich meine.«

»Jawohl, Hoher Herr Richter. Auch den hat er im Spiel verloren, wie ich leider sagen muß. Allerdings freut es mich, daß er dies tat, bevor er mich verpfändete, was doch beweist, daß er *mir* einen größeren Wert zumaß als der heiligen Reliquie.«

»Das liegt auf der Hand. Wißt Ihr, wer den Zahn gewonnen hat?«

»Jawohl, mein Herr. Der Kapitän des Chola-Perlenfischerbootes. Der hat ihn mit Freuden genommen, weil er überzeugt war, daß der Zahn seinen Tauchern viel Glück bringen würde. Das Boot ist schon vor Wochen davongesegelt.«

»Habt Ihr eine Ahnung, wohin es gesegelt ist?«

»Jawohl, Hoher Herr Richter. Nach Perlen taucht man nur an zwei Orten. Rund um die Insel Srihalam und vor der Cholamandal-Küste Groß-Indiens. Da der Kapitän dem Volk der Chola angehörte, ist er zweifellos an die Küste des mandalischen Festlands zurückgekehrt, das von den Chola bewohnt wird.«

Die Männer im Raum brummten verdrossen über diesen dem Anschein nach nicht zur Sache gehörenden Wortwechsel, und der Sardar Shaibani bedachte mich mit einem flehentlichen Blick. Ich achtete weder auf sie noch auf ihn und sagte zu der Frau:

»Dann muß ich dem Zahn bis an die Cholamandal-Küste folgen. Wenn Ihr als mein Dolmetscher mitkommen wollt, will ich Euch hinterher gern behilflich sein, Euren Weg zurück zu Eurer Familie in Bengalen zu finden.«

Auf diese Worte hin bekamen die Männer etwas Aufsässiges und Meuterisches, und der Dame Tofaa gefielen sie auch nicht. Sie warf den Kopf in den Nacken, schaute mich über ihre Nase hinweg an und erklärte frostig: »Ich möchte meinem *Hohen Herrn* Richter doch zu bedenken geben, daß ich keine untergeordnete Arbeit annehmen kann. Ich bin von edler Geburt, die Witwe eines Königs und . . .«

». . . und die Sklavin des häßlichen Schurken dort drüben«, erklärte ich mit fester Stimme, »falls ich in diesem Verfahren zu einem Urteilsspruch komme, das zu seinen Gunsten ausfällt.«

Woraufhin sie wichtigtuerisch – das heißt, laut vernehmlich – schluckte und ihr Hochmut augenblicklich in Kriecherei umschlug. »Mein Hoher Herr Richter ist ein ebenso herrscherlicher Mann wie mein verstorbener Gatte. Wie könnte eine zarte junge Frau einem so beherrschenden Mann widerstehen? Selbstverständlich, mein Herr, bin ich bereit, Euch zu begleiten und für Euch zu arbeiten. Jawohl, *Sklavinnenarbeit* für Euch verrichten.«

Sie war alles, bloß zart war sie nicht, und ich fühlte mich auch nicht geschmeichelt, daß sie mich mit dem König, Der Davonlief, verglich. Gleichwohl wandte ich mich an Yissun und sagte: »Ich habe entschieden. Tut es jetzt allen kund und zu wissen. Bei diesem Streit geht es darum, welcher Einsatz des verstorbenen Königs Vorrang hat. Die ganze Angelegenheit ist strittig. Von dem Augenblick an, da König Narasinha-pati von seinem Thron in Pagan heruntergestiegen ist, hat er alle Rechte, seinen Besitz und Liegenschaften dem neuen Herrscher, dem Wang Bayan, übermacht. Was immer der verstorbene König hier in Akyab ausgab oder verschwendete oder verlor, war und ist immer noch rechtmäßiger Besitz des Wang, hier vertreten durch den Sardar Shaibani.«

Nachdem dies gedolmetscht war, stießen alle im Raum Anwesenden, Shaibani und Tofaa eingeschlossen, überrascht den Atem aus, der jedoch je nach der Person Zorn, Erleichterung oder Bewunderung ausdrückte. Ich fuhr fort:

»Jeder hier Anwesende wird von einer Wache zurückbegleitet werden in seine Wohnung oder sein Kontor, und sämtliche geplünderten Schätze werden wieder eingesammelt. Wer in Akyab sich weigert, das zu tun, und später dabei ertappt wird, wie er solches Eigentum doch noch behalten hat, wird zum Tode verurteilt. Der Abgesandte des Khans Aller Khane hat gesprochen. Zittert, alle Menschen, und gehorcht!«

Als die Wachen die jammernden und wehklagenden Männer hinausbrachten, warf die Dame Tofaa sich aufs Gesicht, streckte sich bäuchlings vor mir aus, was die kriecherische Hindu-Entsprechung des würdigeren *salaam* oder *ko-tou* ist, und Shaibani betrachtete mich mit ehrfürchtigem Schrecken und sagte: »Älterer Bruder Marco Polo, Ihr seid ein echter Mongole. Und beschämt diesen Mongolen – daß er nicht von selbst auf diesen Meisterstreich gekommen ist!«

»Das könnt Ihr wettmachen«, sagte ich freundlich. »Findet mir ein vertrauenswürdiges Schiff mit einer Mannschaft, das mich und meinen neuen Dolmetsch sofort hinüberbringt über die Bucht von Bengalen.« Dann wandte ich mich an Yissun: »Euch will ich nicht mit hinüberschleppen, denn dort wäret Ihr so sprachlos wie ich selbst. Deshalb entbinde ich Euch von Eurer Pflicht, Yissun. Ihr könnt Euch bei Bayan zurückmelden oder bei Eurem früheren Kommandanten in Bhamo. Ich werde bedauern, Euch nicht bei mir zu haben, denn Ihr seid ein Gefährte gewesen, auf den man sich verlassen konnte.«

»*Ihr* müßtet *mir* leid tun, Marco«, sagte er und schüttelte mitleidig den Kopf. »In Ava Dienst tun zu müssen ist schon schrecklich genug. Aber *Indien*...?«

INDIEN

1 Kaum hatte unser Schiff vom Landesteg in Akyab abgelegt, da wandte sich Tofaa höchst geziert mit einem: »Marco-wallah!« an mich und schickte sich an, die Regeln für wohlanständiges Benehmen während unserer gemeinsamen Überfahrt festzulegen.

Doch da ich kein Hoher Herr Richter mehr war, hatte ich ihr erlaubt, mich weniger förmlich anzureden, woraufhin sie mir erklärt hatte, *wallah* sei eine Hindu-Nachsilbe, die an den Namen angehängt werde und sowohl Achtung als auch Freundlichkeit zum Ausdruck bringe. Allerdings hatte ich ihr nicht erlaubt, mir Moralpredigten zu halten. Trotzdem hörte ich höflich zu und schaffte es sogar, nicht zu lachen.

»Marco-wallah, Ihr müßt begreifen, daß es eine große Sünde für uns wäre, beieinander zu liegen – höchst verwerflich in den Augen der Menschen wie der Götter. Nein, macht kein so trauriges Gesicht. Laßt mich erklären, und Euch wird ob Eurer unerwiderten Sehnsucht nicht gleich das Herz brechen. Wir Ihr wißt, habt Ihr mit Eurem höchstrichterlichen Urteil dem Streit in Akyab ein Ende gesetzt. Was Ihr jedoch nicht getan habt, ist, für oder gegen die einander widersprechenden Argumente zu sprechen, und infolgedessen müssen diese in der Beziehung zwischen Euch und mir immer noch berücksichtigt werden. Einerseits: Wenn mein lieber verstorbener Gatte bei seinem Tode immer noch mein Gatte war, bin ich immer noch *sati* – es sei denn, ich verehelichte mich aufs neue, zumindest jedoch bis dahin –, Ihr würdet also die verruchteste aller Sünden begehen, wenn Ihr mir beiwohntet. Würde man uns zum Beispiel drüben in Indien beim Akt des *surata*-Machens ertappen, würde man Euch dazu verurteilen, mit einer feuergefüllten, glühenden Messingstatue einer Frau *surata* zu machen, bis Ihr Euch versengt und schrecklich zu Tode verschmurgelt wäret. Nach Eurem Tode müßtet Ihr in der Unterwelt *Kala* verweilen und dort für so viele Jahre Feuer und Qualen erleiden, wie ich Poren auf der Haut habe. Andererseits: Wäre ich jetzt praktisch die Sklavin jenes Kerls in Akyab, der mich beim Würfelspiel gewonnen hat, und Ihr wohntet mir bei, würdet Ihr dem Gesetz nach auch zu seinem Sklaven. Doch wie dem auch sei: Ich gehöre der brahmanischen *jati* an – der höchsten der vier *jati*, in welche die Hindu-Gesellschaft eingeteilt ist –, Ihr hingegen gehört überhaupt keiner *jati* an und steht daher unter mir. Lägen wir also beisammen, würden wir damit der heiligen *jati*-Ordnung trotzen und uns gegen sie vergehen; zur Strafe würde man uns Hunden vorwerfen, die eigens darauf abgerichtet sind, solche Gotteslästerer zu zerfleischen und aufzufressen. Selbst wenn Ihr mutig und galant riskiert, diesen Tod in Kauf zu nehmen, und mich mit Gewalt nehmt, würde ich dennoch als Schänderin gelten und derselben schaurigen Bestrafung verfallen. Würde in Indien jemals bekannt, daß Ihr Euren *linga* in meine *yoni* gesteckt habt – gleichgültig, ob ich ihn aktiv umschlossen oder mich nur passiv drein ergeben hätte –, verfielen wir beide schrecklicher Ungnade und wären in furchtbarer Gefahr. Selbstverständlich bin ich keine *kanya*, also keine grüne und unreife und langweilige Jungfrau. Da ich eine Witwe mit einiger Erfahrung bin – um nicht zu sagen von Talent und Fähigkeiten – und eine umfassende, warme, äußerst gleitfähige *zankha* besitze, ließe unsere Sünde sich körperlich nicht nachweisen. Auch würde ich meinen, diese barbarischen Matrosen würden überhaupt nicht merken, was wir zivilisierten Menschen unter uns machen. Infolgedessen würde in meiner Heimat nie bekannt werden, daß wir beide hier draußen auf dem sanften Wasser des Ozeans unter einem milden Mond leidenschaftlich der *surata* gefrönt haben. Gleichwohl müssen wir unverzüglich davon ablassen, sobald wir mein Heimatland betreten, denn Hindus haben eine wunderbare Nase, wenn es gilt, irgendeinen Skandal zu erschnüffeln. Sie würden Schimpf und Schande über uns ausgießen, uns häßlich verhöhnen, Schweigegeld verlangen und trotzdem tuscheln und klatschen.«

Sie war weder mit ihrem Atem am Ende noch mit den Myriaden von Varianten dieses einen Themas, und so sagte ich nachsichtig: »Ich danke Euch für die nützlichen Instruktionen, Tofaa. Aber seid beruhigt. Ich werde mich verhalten, wie der Anstand es gebietet.«

»Ach?«

»Nur eines möchte ich zu bedenken geben.«

»Ja?«

»Nennt die Besatzungsmitglieder nicht Matrosen. Sagt Seefahrer oder Seeleute.«

»*Umph.*«

Der Sardar Shaibani hatte sich sehr viel Mühe gegeben, ein gutes Schiff für uns zu finden und kein von Hindus gebautes Küsten-*dinghi*. Es handelte sich um ein solides arabisches *qurqur*-Kauffahrteischiff mit lateinischem Segel, das quer über die riesige Bucht von Bengalen laufen konnte und nicht den langen Weg die Küste entlang nehmen mußte. Die Mannschaft bestand aus sehr schwarzen, drahtigen und außerordentlich kleinen Männern eines Malayu genannten Volkes; nur der Kapitän war ein echter Araber, ein erfahrener, fähiger Mann. Sein Ziel war Hormuz, das weit im Westen in Persien gelegen war, doch hatte er sich (gegen entsprechende Bezahlung) bereit erklärt, mich und Tofaa bis an die Cholamandal-Küste mitzunehmen. Das bedeutete eine lange Fahrt, rund dreitausend *li* übers offene Meer, ohne jemals Land zu sehen, etwa halb so lang wie meine bisher längste Seereise, die von Venedig bis Acre. Der Kapitän warnte uns vor der Abfahrt, die Bucht könne ein richtiger Boots-Fresser sein. Befahrbar sei sie nur zwischen den Monaten September und März – wir machten sie im Oktober –, weil nur in dieser Zeit die Winde aus der richtigen Richtung kamen und das Wetter nicht mörderisch heiß war. Doch ausgerechnet in dieser Zeit, da die Bucht praktisch ein reichhaltig mit vielen Schiff gedeckter Tisch war, die nach Osten oder Westen darüber hinbrausten, braue sich dort häufig ein *tai-feng*-Sturm zusammen, der die Schiffe zum Kentern bringe und sie mit Mann und Maus verschlinge.

Wir jedoch liefen in keinen Sturm hinein, und das Wetter blieb schön; nur nachts verdunkelte dichter Nebel häufig den Mond und die Sterne und hüllte uns in ein feuchtes, graues Gespinst ein. Das jedoch verlangsamte die Fahrt der *qurqur* nicht, denn der Kapitän konnte nach seiner *bussola*-Nadel steuern, nur mußte es scheußlich und unbehaglich für die halbnackte Mannschaft sein, die auf Deck schlief, denn der Nebel verfing sich in der Takelage, verdichtete sich und tropfte unablässig als Wasser auf die Schlafenden hernieder. Wir beiden Fahrgäste hatten jedoch jeder eine Kabine, wo es sehr angenehm war, bekamen auch genug zu essen, wenngleich die Kost nicht gerade überwältigend gut war, und wir wurden von der Mannschaft weder überfallen, noch ausgeraubt, noch belästigt. Der muslimische Kapitän verachtete die Hindus selbstverständlich noch mehr als die Christen, legte keinerlei Wert auf unsere Gesellschaft und hielt die Mannschaft stets in Trab. So waren Tofaa und ich darauf angewiesen, uns gegenseitig die Zeit zu vertreiben. Daß wir keinerlei Ablenkung hatten – außer zu beobachten, wie die fliegenden Fische über die Wellen flogen und die Knurrhähne sich darin tummelten – hielt Tofaa nicht davon ab, ständig über jene Ablenkungen zu plappern, denen wir *nicht* verfallen sollten.

»Meine ebenso strenge wie weise Religion, Marco-wallah, meint, es sei in mehr als einer Beziehung sündig, wenn man beieinander liegt. Deshalb müßt Ihr Euch nicht nur die süße *surata* aus dem Kopf schlagen – armer gequälter Mann. Denn außer der *surata* – dem tatsächlichen körperlichen Vollzug – sind noch acht weitere Aspekte zu berücksichtigen. Auch noch der geringste von ihnen ist so wirklich und schuldhaft wie die leidenschaftliche, hitzige und verschwitzte und genußvolle *surata*-Paarung. Der erste Aspekt ist *smarana*, das heißt, der *Gedanke* an das *surata*-Machen. Dann kommt das *kirtana*, das heißt: das Reden über das *surata*-Machen. Mit einem Vertrauten darüber zu reden, meine ich, wie etwa Ihr mit dem Kapitän über Euer kaum bezähmbares Verlangen nach mir reden könntet. Dann kommt *keli*, das Liebäugeln und Schäkern mit der Frau oder dem Mann Eurer Leidenschaft. Sodann kommt das *prekshana*, das heimliche Ausspähen nach seiner oder ihrer *kaksha* – den Teilen, deren Namen man nicht in den Mund nimmt –, wie zum Beispiel Ihr es häufig tut, wenn ich dort drüben in dem Zuber auf dem Achterdeck bade. Als nächstes kommt das *guyabhashana*, die Unterhaltung über dieses Thema, wie Ihr und ich es gerade in diesem Moment tun. Dann kommt *samkalpa*, das ist die *Absicht, surata* zu machen, *adyavasaya*, der Entschluß, es zu tun. Und schließlich das *kriyanishpati*, das ... nun ... es tun. Was wir nicht tun dürfen.«

»Ich danke Euch, daß Ihr mir diese Dinge sagt, Tofaa. Ich werde mich mannhaft zurückhalten, auch nur das verruchte *smarana* in Betracht zu ziehen.«

»Oh.«

Sie hatte recht mit ihrer Behauptung, ich hätte häufig einen Blick auf jenen Körperteil geworfen, dessen Namen man nicht einmal in den Mund nimmt, doch hätte ich das kaum vermeiden können. Der Waschzuber für uns Fahrgäste stand, wie sie gesagt hatte, auf dem hohen Achterdeck. Um beim Reinigen ihrer unteren Regionen mit dem Schwamm nicht gesehen zu werden, brauchte sie sich nur heckwärts zu wenden. Sie jedoch schien den Blick immer bugwärts gerichtet zu haben, und selbst die furchtsamen Malayu von der Besatzung fanden, wenn es sein mußte, auch mittschiffs etwas zu tun, um einen Blick in die Höhe werfen zu können, wenn sie ihren Sari raffte, die dicken Schenkel spreizte und sich mit dem Schwamm Wasser aus dem Zuber in den klaffenden und unbedeckten Schritt spritzte. Dort sproß ein Busch Haare, so schwarz und dick wie die auf den Köpfen der schwarzen Männer, was möglicherweise zur Folge hatte, daß der Anblick sie zu geiler *smarana* reizte, was bei mir jedoch nicht der Fall war. Doch mochte dieses Gestrüpp auch noch so abstoßend sein, zumindest verbarg es, was immer darunter lag. Und wie das beschaffen war, wußte ich nur insofern, als Tofaa sich nicht davon abbringen ließ, mir immer wieder davon zu erzählen.

»Nur für den Fall, Marco-wallah, daß Ihr Euch in Chola in irgendein hübsches *nach*-Tanzmädchen verlieben und den Wunsch verspüren solltet, Euch genauso vielsagend und anzüglich mit ihr zu unterhalten, wie Ihr es mit mir macht, will ich Euch die entsprechenden Wörter nennen. Gebt also acht! Euer Organ heißt *linga*, das ihre *yoni*. Wenn das *nach*-Mädchen Euch zu rasender Leidenschaft erregt, nennt man das *vyadhi*, und Euer *linga* wird dann zum *sthanu*, zum ›stehenden Stumpf‹. Erwidert das Mädchen Eure Leidenschaft, öffnet ihre *yoni* die Lippen, damit Ihr in ihre *zankha* eindringen könnt. Das Wort *zankha* bedeutet nur ›Muschel‹, doch hoffe ich, die *zankha* Eures *nach*-Mädchens ist etwas Besseres als eine Muschel. Meine eigene ist zum Beispiel mehr wie ein stets ausgehungerter, gieriger Schlund, in dem sich in Erwartung des Kommenden der Speichel sammelt. Nein, nein, Marco-wallah, fleht mich nicht an, Euch mit zitterndem Finger fühlen zu lassen, wie groß ihre Begierde ist, zu umklammern und zu saugen. Nein, nein. Wir sind schließlich zivilisierte Menschen. Es tut gut, daß wir nahe beieinanderstehen können wie jetzt, das Meer betrachten und freundschaftlich miteinander plaudern, ohne den Zwang zu verspüren, uns auf dem Deck oder in Eurer oder meiner Kabine zu wälzen und rammelnd *surata* miteinander zu machen. Jawohl, es ist gut, daß wir unsere tierische Natur gut im Zaum haben, selbst dann, wenn wir uns so freimütig und aufreizend über Euren brennenden *linga* und meine schmachtende *yoni* unterhalten, wie wir das im Augenblick tun.«

»Das gefällt mir«, sagte ich versonnen.

»*Wirklich?*«

»Die Wörter. *Linga* – das klingt aufrecht und standhaft, *yoni* hingegen weich und feucht. Ich muß gestehen, daß wir im Abendland keine so reizend ausdrucksvollen Bezeichnungen für diese Dinge haben. Ich bin so etwas wie ein Sammler in sprachlichen Dingen, wißt Ihr. Nicht wie ein Gelehrter, sondern ausschließlich zu eigenem Nutzen und Frommen und zu meiner Erbauung. Mir gefällt, wie Ihr mir all diese neuen und exotischen Wörter beibringt.«

»Ach! Nur die Wörter.«

Gleichwohl konnte ich nicht allzuviel auf einmal davon vertragen. Deshalb ging ich und suchte den zurückhaltenden arabischen Kapitän auf und fragte ihn, was er mir über die Perlentaucher von der Cholamandal-Küste erzählen könne – und ob wir ihnen an der Küste begegnen würden.

»Ja«, sagte er und schnaubte verächtlich. »Nach dem verwünschten Aberglauben der Hindus steigen die Austern – die ›Reptilien‹, wie sie sie nennen – im April an die Oberfläche. Um diese Zeit kommt es zu Regenfällen, und jedes Reptil macht seine Schalen auf und fängt sich einen Regentropfen. Dann läßt es sich wieder am Meeresboden nieder, wo der Regentropfen sich langsam verhärtet und zu einer Perle wird. Dazu braucht es bis Oktober, und so tauchen die Taucher jetzt in die Tiefe. Ihr werdet genau zum richtigen Zeitpunkt eintreffen, wenn sie die Reptilien mit den fest gewordenen Regentropfen darin einsammeln.«

»Ein sonderbarer Aberglaube«, sagte ich. »Jeder gebildete Mensch weiß doch, daß Perlen sich um Sandkörner herum bilden. Ja, in Manzi hören die Han vielleicht bald auf, im Meer nach Perlen zu tauchen, denn sie haben vor kurzem gelernt, sie in Flußmuscheln zu züchten, indem sie ein Sandkorn in jedes Weichtier einsetzen.«

»Versucht das mal Hindus klarzumachen«, knurrte der Kapitän. »Die haben das *Hirn* von Weichtieren.«

An Bord eines Schiffes war es unmöglich, Tofaa lange auszuweichen. Als sie mich das nächstemal dabei überraschte, wie ich müßig an der Reling stand, lehnte sie sich daneben, bedrängte mich förmlich mit ihrer nicht unbeträchtlichen Leibesfülle und setzte ihre Unterweisung in Hindudingen fort.

»Ihr solltet auch lernen, Marco-wallah, als Kenner unter den *nach*-Tanzmädchen Ausschau zu halten und ihre Schönheit abzuschätzen, damit Ihr Euch nur in die allerschönste verliebt. Am besten fahrt Ihr dabei, sie im Geiste mit dem zu vergleichen, was Ihr von mir gesehen habt, denn ich entspreche in jedem Betracht dem Schönheitsideal der Hindufrau. Wie es festgesetzt wurde: die Drei und die Fünf, die Fünf, und nochmal die Fünf. Was deutlicher gesagt soviel heißt wie: drei Dinge sollten an einer Frau tief sein: ihre Stimme, ihr Verständnis und ihr Nabel. Nun bin ich selbstverständlich nicht so geschwätzig wie die meisten – alberne Mädchen, die von Würde und Zurückhaltung noch keine Ahnung haben –, aber bei den Gelegenheiten, da ich gesprochen habe, werdet Ihr, dessen bin ich sicher, bemerkt haben, daß ich keine schrille Stimme besitze und daß das, was ich sage, von tiefem weiblichem Verständnis zeugt. Und was meinen Nabel betrifft . . .« Sie schob den Gürtel ihres Sari herunter und lupfte den Ring aus schwellendem, dunkelbraunem Fleisch dort. »Schaut! Ihr könntet Euer Herz in diesem tiefen Nabel verstecken, oder etwa nicht?« Sie zupfte etwas verklebte alte Fusseln heraus, die sich dort versteckt hatten, und fuhr fort:

»Dann wären da die fünf Dinge, die fein und zart sein sollten: die Haut einer Frau, das Haar, ihre Finger, Zehen und Knöchel. An diesen Dingen werdet Ihr, was das betrifft, gewiß kein Fehl bei mir finden. Dann gibt es aber noch fünf Dinge bei einer Frau, die von gesundem Hellrosa sein sollten: Handteller, Fußsohle, Zunge, Nägel und Augenwinkel.« Mit dieser Aufzählung waren geradezu akrobatische Verrenkungen verbunden: Zunge herausstrecken, Krümmen ihrer Klauen, Vorweisen ihrer Handteller, Herumgezupfe an den dunkelschwarzen Säcken unter den Augen, um mir die roten Flecken in den Augenwinkeln zu zeigen, und Hochhalten eines jeden ihrer grindigen Füße, um mir die ledrige, gleichwohl jedoch sauberen Sohlen vorzuführen.

»Zum Schluß dann noch die fünf Dinge, die hochgewölbt sein sollen: Augen, Nase, Ohren, Hals und Brüste. Alles habt Ihr gesehen und bewundert, nur meinen Busen noch nicht. Schaut!« Sie wickelte den oberen Teil ihres Sari ab und entblößte die Kissen gleichenden dunkelbraunen Brüste, woraufhin irgendwo unten an Deck ein Malayu eine Art von angstvollem Gewieher ausstieß. »Hochgewölbt sind sie wahrhaftig und dicht beieinander geschmiegt wie zwei brütende Wiedehopfe, ohne Lücke dazwischen. Die idealen Hindubrüste. Man schiebe ein Blatt Papier in den engen Zwischenraum, und es wird sich dort halten. Und was das betrifft, daß Ihr Euren *linga* dazwischenlegen könntet – nein, das schlagt Euch nur aus dem Kopf, aber überlegt, welche Empfindungen es auslösen würde, wenn Ihr ihn in das schwellende, weiche, warme Fleisch dort betten würdet. Und beachtet die Brustwarzen, wie Daumen, und ihre Höfe, wie Untertassen, und alles schwarz wie die Nacht vor der goldbraunen Haut. Wenn Ihr Euch Eure *nach*-Mädchen anseht, Marco-wallah, vergeßt nicht, Euch ihre Brüste besonders genau anzusehen und feucht daran zu lecken, denn viele Frauen versuchen, die Männer zu betrügen, indem sie Hof und Warze mit *al-kohl* nachfärben. Ich selbstverständlich nicht. Diese herrlich strotzenden Brustwarzen sind echt und wurden mir von Vishnu, dem Allerhalter, geschenkt. Es kommt nicht von ungefähr, daß meine edlen Eltern mich Göttergeschenk nannten. Erblühen tat ich mit acht Jahren, war mit zehn eine Frau und mit zwölf eine verheiratete Frau. Ach, seht nur die Brustwarzen, wie sie zucken und sich recken und stehen, wiewohl nur Euer heißhungriger Blick darüber hingegangen ist. Denkt nur, was sie erst tun, wenn sie tatsächlich berührt und gestreichelt werden! Aber nein, nein, Marco-wallah – denkt nicht einmal im Traum daran, sie zu berühren.«

»Sehr wohl.«

Geradezu schmollend bedeckte sie sich wieder, und die zahlreichen Malayu, die sich hinter nahe gelegenen Decksaufbauten versteckt hatten, zerstreuten sich und gingen ihrer Arbeit nach.

»Die Liste der Eigenschaften, die für Hindus die Schönheit beim Manne ausmachen, werde ich nicht aufzählen, Marco-wallah«, sagte

Tofaa steif, »denn davon habt Ihr beklagenswert wenig. Ihr seid ja nicht einmal hübsch. Die Brauen eines hübschen Mannes treffen sich über seiner Nase, und seine Nase ist lang und hängt herab. Die Nase meines lieben, verstorbenen Gatten war so lang wie sein königlicher Stammbaum. Doch wie ich gesagt, ich will nicht Eure Mängel aufzählen. Das gehört sich für eine Dame wie mich einfach nicht.«

»Ach, bitte, Tofaa, bitte, bitte, benehmt Euch wie eine Dame!«

Vielleicht war sie für Hindubegriffe eine Schönheit – ja, sie war es in der Tat, wie mir hinterher von vielen bewundernden Hindumännern bestätigt wurde, die mich um meine Begleiterin freimütig beneideten –, doch konnte ich mir kein anderes Volk vorstellen, bei denen sie zumindest als passabel gegolten hätte, höchstens vielleicht die Mien oder die Bho. Trotz Tofaas von allen zu beobachtenden und von vielen verfolgten täglichen Waschungen gelang es ihr irgendwie nie, richtig sauber zu werden. Da war selbstverständlich immer der rote Punkt auf ihrer Stirn, und stets grauer Grind um die Enkel und noch dunklerer Schmutz zwischen ihren Zehen. Doch wenn ich auch nicht behaupten kann, daß der Rest ihrer Person, von dem Punkt auf der Stirn bis zu dem Schmutz zwischen den Zehen, etwa verkrustet gewesen wäre wie bei den Mien und den Bho – sie hatte gleichwohl immer und überall etwas Schmuddeliges.

Hui-sheng war in Pagan auf Ava-Weise stets barfuß gegangen, und Arùn hatte das ihr Leben lang getan – trotzdem waren ihre Füße, selbst wenn sie einen ganzen Tag lang durch die staubigen Straßen der Stadt gelaufen waren, immer noch zum Küssen süß und sauber gewesen. Ich konnte es mir beim besten Willen nicht erklären, wie Tofaa es fertigbrachte, immer und ewig so schmutzige Füße zu haben, besonders hier draußen auf See, wo sie sich doch an gar nichts beschmutzen konnte und es nur frische Luft und blitzende Gischt gab. Möglich, daß es an dem Öl der Indiennuß lag, mit dem sie sich nach dem Waschen jeden Tag einrieb. Ihr verstorbener Gatte hatte ihr kaum etwas an persönlichen Habseligkeiten gelassen: höchstens eine Lederflasche mit dem Nußöl und einen Lederbeutel, der eine Anzahl von Holzspänen enthielt. Als ihr Arbeitgeber hatte ich ihr freiwillig eine neue, aus Saris und anderen Kleidungsstücken bestehende Garderobe gekauft. Doch die Lederbehälter hatte sie als nicht minder lebensnotwendig betrachtet und mitgebracht. Ich hatte gewußt, daß das Öl der Indiennuß dazu diente, sie stets und ständig fettig aussehen zu lassen. Doch wozu die Holzspäne dienten, wußte ich nicht – bis ich eines Tages, als sie zur Essenszeit nicht aus ihrer Kabine herauskam, an ihre Tür klopfte und sie mich bat einzutreten.

Tofaa hockte in ihrer schamlosen Waschhaltung da und sah mich an, doch ihr Haarbusch wurde von einer kleinen Tonkanne verdeckt, die sie sich an den Schritt drückte. Ehe ich mich entschuldigen und wieder zurückziehen konnte, hob sie ruhig die Kanne von sich weg. Es handelte sich um jene Art Kanne, wie man sie zum *cha*-Aufbrühen benutzte, und die Tülle kam glatt und fadenziehend aus ihrem Haarbusch heraus. Das wäre schon verwunderlich genug gewesen, doch noch verwunderlicher berührte es mich, daß der Tülle ein blauer Rauch entwich. Tofaa hatte offensichtlich ein paar Holzspäne in die Kanne getan, sie zum Schwelen gebracht und die rauchende Tülle dann in sich hineingesteckt. Es war nicht das erste Mal, daß ich eine Frau sah, die mit sich selbst spielte, ja, ich hatte sie schon mit einer Vielzahl von Spielzeugen spielen sehen, niemals jedoch mit *Rauch*, was ich ihr auch sogleich sagte.

»Anständige Frauen spielen nicht mit sich selbst«, sagte sie vorwurfsvoll. »Dazu sind schließlich die Männer da. Nein, Marco-wallah, *innere* Sauberkeit ist beim Menschen wünschenswerter als nur ein reinliches äußeres Erscheinungsbild. Die Anwendung von *nim*-Holzrauch ist bei uns verwöhnten Hindufrauen von alters her üblich, und ich tue dies Eurethalben, wiewohl Ihr das nicht recht zu schätzen wißt.«

Offen gestanden wußte ich nicht recht, was es da zu schätzen gab: eine dicke, fettglänzende, dunkelbraune Frau, die mit schamlos gespreizten Beinen auf dem Kabinenboden hockte und deren dichtem Busch Schamhaar träge ein Faden blauen Rauchs entwich. Zwar hätte ich bemerken können, daß ein bißchen äußere Reinlichkeit ihre Chancen vergrößert hätte, jemand mit ihrem Inneren Bekanntschaft machen zu lassen, doch enthielt ich mich dieser Bemerkung ritterlich.

»*Nim*-Holzrauch ist ein Vorbeugungsmittel gegen eine unerwartete Schwangerschaft«, fuhr sie fort. »Außerdem verleiht er der *kaksha* Würze und einen schönen Duft, falls jemand dort unten die Nase hineinstecken und schnüffeln sollte. Aus diesem Grunde tue ich das. Nur falls Ihr Euch einmal von Euren rohen Leidenschaften hinreißen lassen und mich gegen meinen Willen und trotz aller Bitten um Gnade packen solltet, Marco-wallah. Schließlich könntet Ihr Euch auf mich stürzen und mir keine Zeit lassen, mich darauf vorzubereiten und Euren steifen *sthanu* durch meine sanfte Abwehr hindurchstoßen. Aus diesem Grund beuge ich vor und nehme jeden Tag *nim*-Holzrauch zu mir.«

»Tofaa, hört doch auf damit!«

»Ihr wollt?« Ihre Augen weiteten sich, und genauso muß es ihrer *yoni* ergangen sein, denn plötzlich löste sich ein dicker Rauchring von unten. »Ihr *wollt*, daß ich Euch Kinder gebäre?«

»*Gèsu!* Ich möchte, daß Ihr aufhört, an nichts anderes zu denken als an das unter der Gürtellinie. Ich habe Euch mitgenommen, damit Ihr mein Dolmetsch seid, und mich schaudert bereits bei der Vorstellung, was für Wörter Ihr womöglich als die meinen ausgebt! Doch im Augenblick weicht unser Reis und unser Ziegenfleisch in der Salzgischt auf. Kommt und stopft zur Abwechslung mal oben was in Euch hinein.«

Plötzlich meinte ich, mit der Wahl meiner Hindufrau als Dolmetsch in Indien auf ein ganz besonders wenig liebenswertes, geistloses und mitleiderregendes Wesen hereingefallen zu sein. Wie sie es geschafft hatte, jemals die Frau eines Königs zu werden, würde mir immer unbegreiflich bleiben, doch dieser Unselige erregte mehr und mehr mein Mitleid, und ich meinte nachgerade zu begreifen, warum er sein Königreich und sein Leben einfach weggeworfen hatte. Dabei habe ich hier nur ein paar wenige von Tofaas reizlosen Eigenschaften aufgezählt – habe gezeigt, von welch einfältiger Geschwätzigkeit sie war –, um sie in ihrer ganzen Schrecklichkeit hörbar und sichtbar zu machen. Doch habe ich das alles nur getan, weil ich bei meiner Ankunft in Indien zu meinem Entsetzen entdeckte, daß Tofaa durchaus nichts Ungewöhnliches darstellte. Sie war eine sich durch nichts Ungewöhnliches auszeichnende typische erwachsene Hindufrau. In einer ganzen Menge von Hindufrauen, gleichgültig welcher Klassen- oder *jati*-Zugehörigkeit, wäre Tofaa mir kaum aufgefallen, hätte ich also kaum sie ausgewählt. Schlimmer noch, ich fand, daß die Frauen den Hindumännern noch unendlich überlegen sind.

Auf meinen Reisen hatte ich zahlreiche andere Rassen und Völker kennengelernt, ehe ich die von Indien besuchte. Ich war zu dem Schluß gekommen, daß die Mien als Abfall der To-Bhoter Bho die niedrigst stehenden Menschen überhaupt seien, und mich damit geirrt. Wenn die Mien den Bodensatz der Menschheit darstellten, dann sind die Hindus die Würmer, die darin ihre Gänge bauen. In einigen der zuvor von mir besuchten Ländern hatte ich nicht umhin können zu bemerken, daß einige Menschen andere verachteten und verabscheuten – ihrer anderen Sprache, ihrer mangelnden Verfeinerung oder ihrer Zugehörigkeit zu einer niedrigeren Gesellschaftsschicht oder aber ihrer besonderen Lebensweise oder Religion wegen. In Indien jedoch war unübersehbar, daß *jeder einfach jeden* verachtete und verabscheute, und zwar genau aus diesen Gründen.

Ich möchte nicht ungerecht sein und daher sagen, daß ich von Anfang an in einem kleinen Irrtum befangen war. Ich war nämlich der Meinung, alle Inder wären Hindus. Tofaa klärte mich darüber auf, daß »Hindu« nur ein anderer Name für »Indien« sei, sich aber recht eigentlich nur auf jene Inder beziehe, welche der Hindureligion des *Sanatana Dharma* oder der Ewigen Pflicht anhingen. Diese zögen es vor, sich würdevoll als »Brahmanen« zu bezeichnen, und zwar nach dem obersten Gott (Brahma der Schöpfer) der drei Hauptgötter (wobei die anderen beiden Vishnu der Bewahrer und Siva der Zerstörer) ihrer vielen, vielen Götter waren. Andere Hindus hätten sich aus dieser Menge irgendeinen minderen Gott – Varuna, Krishna, Hanuman, gleich wen – ausgesucht und verehrten insbesondere diesen, was sie in ihren eigenen Augen aus der Masse der Hindus heraushebe und überlegen mache. Viele andere hätten sich der aus dem Norden und Westen hereindringenden muslimischen Religion angeschlossen, aber nur noch sehr wenige Inder seien Buddhisten. Dabei sei der Buddhismus ursprünglich in Indien entstanden und habe dann sehr große Verbreitung gefunden, sei in seiner Heimat jedoch so gut wie ausgestorben, was vielleicht daran liege, daß der Buddhismus Wert auf Sauberkeit lege. Noch andere Inder hingen anderen Religionen oder Sekten oder Kulten an: Jain, Sikh, Yoga, Zarduchi. Doch so verwirrend auch die Religionsvielfalt und die überraschenden Überschneidungen, welche die Verwirrung noch größer machten – eine heilige Eigenschaft sei allen Indern gemeinsam: daß die Anhänger einer Religion die Anhänger jeder anderen verabscheuten und verachteten.

Den Indern mißfiel aber auch, durch die Bank als »Inder« bezeichnet zu werden. Sie stellen einen brodelnden und trotzdem immer noch getrennte Bestandteile bewahrenden Kessel aller möglichen Völker dar, oder zumindest behaupteten sie das. Da gab es die Cholas, die Arier, die Sindi, Bhils, Bengali, Gonds ... was weiß ich wie viele! Die hellhäutigeren Inder bezeichneten sich selbst als »weiß« und behaupteten, von blonden,␣helläugigen Ahnen abzustammen, die weit aus dem Norden gekommen wären. Wenn das wirklich wahr ist, muß es viele Mischungen gegeben haben, denn die dunkleren braunen und schwarzen Völker des Südens hatten sich im Laufe der Jahrhunderte durchgesetzt – so wie Schlamm sich durchsetzt, wenn man ihn in Milch gießt –, und so stellten alle Inder nunmehr Schattierungen und Nuancen von Schlammigbraun dar. Keine dieser Hautfarben war es wert, besonders stolz auf sie zu sein, und die völlig unbedeutenden Unterschiede dienten nur noch als zusätzlicher Grund, sich gegenseitig zu verabscheuen. Die Hellbrauneren konnten verächtlich auf die Dunkelbraunen herabblicken und diese wieder auf die unbezweifelbar Schwarzen.

Außerdem sprachen die Inder je nach Volks- und Stammeszugehörigkeit, Familienabstammung, Herkunftsort und dem Ort, wo man augenblicklich lebte, *einhundertneunundsiebzig* verschiedene Sprachen, von denen kaum zwei einander soweit ähnelten, daß ihre Sprecher sich gegenseitig verstehen und verständigen konnten. Jede Sprache wurde von denen, die sie sprachen, als *Die Eine Wahre und Heilige Sprache* angesehen (obwohl nur wenige davon sich je die Mühe machten, sie lesen und schreiben zu lernen, falls es denn überhaupt eine Schrift oder Schriftzeichen oder ein Alphabet gab, womit man sie schriftlich hätte festhalten können; das war nur bei wenigen der Fall), und die Sprecher jeder Wahren Sprache verachteten und verunglimpften diejenigen, die eine Falsche Sprache sprachen, das heißt jede von einhundertundachtundsiebzig anderen.

Gleich welchem Volk, welcher Religion, welchem Stamm oder welcher Sprache sie angehörten – *alle* Inder unterwarfen sich rückgratlos einer von den Brahmanen aufgezwungenen Gesellschaftsordnung, dem *jati*-Wesen, die das Volk in vier streng voneinander getrennte Klassen aufteilte; was nicht hineinpaßte, wurde rücksichtslos ausgeschieden. Da das *jati*-Wesen irgendwann in der Vergangenheit einmal von irgendwelchen brahmanischen Priestern ersonnen worden war, stellten ihre eigenen Nachkommen selbstverständlich die höchste Klasse dar, die der Brahmanen. Danach kamen die Abkömmlinge von längst verblichenen Kriegern – die schon sehr, sehr lange tot sein mußten, wie ich annahm; denn ich sah nicht einen einzigen, den ich mir auch nur entfernt als Krieger hätte vorstellen können –, danach die Abkommen irgendwelcher Kaufleute und Händler aus längst vergangener Zeit und am Schluß die Nachfahren irgendwelcher bescheidener Handwerker aus längst vergessener Zeit. An sich hätten diese den untersten Rang eingenommen, doch gab es ja noch die Ausgeschiedenen, die *paraiyar* oder »Unberührbaren«, die nicht behaupten konnten, zu *irgendeiner jati* zu gehören. Ein Mann oder eine Frau, die in eine bestimmte *jati* hineingeboren war, konnte keinerlei Umgang mit jemand pflegen, der in eine höhere *jati* hineingeboren war, und *wollte* selbstverständlich auch keinen mit jemand unter ihm Stehenden pflegen. Ehen, Beziehungen und Geschäfte wurden nur zwischen Angehörigen ein und derselben *jati* geschlossen; auf diese Weise wurden die Klassen ewig fortgesetzt, und jemand konnte genausowenig in eine höhere aufsteigen wie in die Wolken am Himmel. Die *paraiyar* wagten es nicht einmal, ihren besudelnden Schatten auf jemand fallen zu lassen, der einer *jati* angehörte.

Mit Ausnahme eines der Klasse der Brahmanen angehörigen Hindu gab es in Indien wohl keinen einzigen Menschen, der froh war über die *jati*, in die er hineingeboren worden war. Jeder Angehörige einer niederen *jati* wollte mir unbedingt erzählen, daß seine Vorfahren irgendwann in ferner Vergangenheit einer weit edleren Klasse angehört haben und dann durch den bösen Einfluß, irgendwelche Machenschaften oder die Zauberei eines Feindes erniedrigt worden sei. Gleichwohl sonnten sich alle in dem Glück, einer höheren *jati* anzugehören als jemand anders und sei es auch nur als so ein verabscheuungswürdiger *paraiyar*. Selbst ein *paraiyar* konnte immer noch höhnisch auf einen *paraiyar* zeigen, dem es noch dreckiger ging als ihm und der *unter ihm* stand. Das Schlimmste am *jati*-Wesen war nicht, daß es existierte und seit alters her existiert hatte, sondern daß die Menschen, die sich in seinen Fallstricken verfangen hatten – nicht nur Hindus, sondern jede Menschenseele in Indien –, tatenlos zusah, daß es weiterhin existierte. Jedes andere Volk, das auch nur einen Funken Mut und Vernunft und Selbstachtung besaß, hätte es längst abgeschafft oder wäre beim Versuch, es abzuschaffen, untergegangen. Die Hindus hatten das nie auch nur versucht, und ich sah keinerlei Anzeichen, die darauf hingedeutet hätten, daß sie es jemals versuchen würden.

Durchaus möglich, daß selbst so heruntergekommene Völker wie die Bho und die Mien in den Jahren, die inzwischen vergangen sind, ein wenig besser geworden sind und etwas halbwegs Anständiges aus sich und ihrem Land gemacht haben. Doch nach den Reiseberichten zu urteilen, die ich in den letzten Jahren aus Indien bekommen habe, hat sich dort nichts geändert. Bis auf den heutigen Tag braucht ein Hindu, wenn er das Gefühl hat, wirklich der letzte Dreck der Menschheit zu sein, sich nur umzublicken und nach einem anderen Hindu zu suchen, dem er sich überlegen fühlt, und schon geht es ihm wieder gut, denn das verschafft ihm Befriedigung.

Da es mir schlechterdings unmöglich gewesen wäre, jeden Menschen, den ich in Indien kennenlernte, nach seiner Volkszugehörigkeit, Religion, *jati* und Sprache einzuordnen – jemand konnte ja gleichzeitig Chola, Jain und Brahmane sein und Tamil sprechen –, und da ja ohnehin die gesamte Bevölkerung unter der Fuchtel des hinduistischen *jati*-

Wesens stand, waren sie in meinen Gedanken auch weiterhin ununterscheidbar alle Hindus, nannte ich sie Hindus und tue das auch heute noch. Und wenn die mäkelige Dame Tofaa darin eine ungehörige und abwertende Bezeichnung sah – ich tat das nicht, und es ist mir egal. Mir würden hundert Bezeichnungen einfallen, die zutreffender aber auch schlimmer wären.

2 Die Cholamandal-Küste war das trostloseste und am wenigsten einladende Ufer, dem ich mich je genähert habe. Die gesamte Strecke hinunter weiß man nie genau, wo das Meer aufhört und das Land beginnt, denn der ganze Küstensaum bestand aus Niederungen, die im Grunde nichts weiter waren als schilf- und binsenbewachsene, stinkende, von einer Unzahl träge sich aus dem fernen Inneren Indiens heranwälzender Flußläufe und Bäche zerrissener Moräste. Land und Wasser gingen so unmerklich ineinander über, daß Schiffe zwei bis drei *li* draußen in der Bucht auf Reede ankern mußten. Wir selbst warfen vor einem Kuddalore genannten Dorf Anker, wo außer uns bereits ein lebhaftes Durcheinander von Fischer- und Perltaucherbooten auf den Wogen dümpelte. Kleine *dinghis* verkehrten mit Mannschaftsangehörigen und Fracht beladen zwischen den Booten und dem hinter den Morästen weit im Inland gelegenen fast nicht zu erkennenden Dorf. Unser Kapitän lenkte unser *qurqur* geschickt zwischen den ankernden Booten hindurch, und Tofaa lehnte sich über die Reling und spähte hinab auf die Hindus an Bord der anderen Fahrzeuge. Gelegentlich rief sie laut Fragen hinunter.

»Von diesen«, berichtete sie mir schließlich, »ist keines das Perlentaucherboot, das in Akyab war.«

»Nun«, sagte der Kapitän, gleichfalls an mich gewendet, »die Cholamandal-Perlen-Küste erstreckt sich gut und gern dreihundert *farsakhs* von Norden nach Süden. Oder, wenn Euch das lieber ist, über zweitausend *li*. Ihr wollt mir doch hoffentlich nicht zumuten, diese ganze Strecke abzusegeln.«

»Nein«, sagte Tofaa. »Ich finde, Marco-wallah, wir sollten ins Landesinnere gehen und die nächstgelegene Chola-Hauptstadt aufsuchen. Das ist Kumbakonam. Da alle Perlen königliches Eigentum sind und letztlich an den *Raja* fallen, kann der uns vermutlich am ehesten sagen, wo wir die Taucher finden, die wir suchen.«

»Sehr wohl«, sagte ich, und dann an den Kapitän gewandt: »Wenn Ihr jetzt ein *dinghi* herbeirieft, das uns an Land bringt, werden wir Euch hier verlassen. Vielen Dank für die sichere Überfahrt. *Salaam aleikum.*«

Während uns ein ausgemergelter kleiner schwarzer *dinghi*-Mann über das brackige Wasser der Bucht hinüberruderte und später durch den stinkenden Morast zum fernen Kuddalore stakte, fragte ich Tofaa: »Was ist ein *Raja*? Ein König, ein Wang oder was?«

»Ein König«, sagte sie. »Vor zwei- oder dreihundert Jahren herrschte der beste, grimmigste und weiseste König, den das Königreich Chola jemals hatte. Sein Name lautete König Rajaraja der Große. Aus Hochachtung vor ihm und in der Hoffnung, ihm gleich zu werden, haben die Herrscher von Chola – und der meisten indischen Völker auch – diesen Namen zu ihrem Titel gemacht.«

Nun, eine solche Art Inbesitznahme ist ja nicht einmal bei uns im Abendland etwas Ungewöhnliches. Caesar war ursprünglich ein römischer Familienname, wurde dann jedoch Amtsbezeichnung und bleibt das in der Form ›Kaiser‹ weiterhin für die Herrscher des Heiligen Römischen Reiches und wird in der Form ›Zar‹ von kleinen Herrschern vieler unbedeutender slawischer Völker weiterhin als solche benutzt. Allerdings sollte ich entdecken, daß die Hindumonarchen sich nicht damit zufriedengaben, sich nur den Namen des ehemaligen Rajas als Titel zuzulegen – das klang offenbar für sich allein genommen nicht hochtrabend genug –, sie mußten ihn noch erweitern und ausschmücken, damit er noch königlicher und noch majestätischer klang.

Tofaa fuhr fort: »Früher war dies Chola-Königreich gewaltig groß und geeint. Doch der letzte hohe *Raja* starb vor ein paar Jahren, und seither ist es in zahllose *mandals* auseinandergebrochen – das der Chola, der Chera, der Pandya – und deren weniger hochstehende *Rajas* streiten sich jetzt um den Besitz des ganzen Landes.«

»Sollen sie das von mir aus gern tun«, sagte ich brummig, als wir in Kuddalore an Land stiegen. Wir hätten genausogut am Irawadi-Fluß in ein Miendorf kommen können. Weiter brauche ich Kuddalore nicht zu beschreiben.

Auf dem Landesteg schnatterte und gestikulierte eine Gruppe von Männern, die im Kreis um einen großen wassertriefenden Gegenstand herumstanden, der auf den Bohlen lag. Als ich genauer hinblickte, erkannte ich, daß es sich augenscheinlich um die Beute irgendeines Fischers handelte. Es hatte den Kopf eines Fisches, oder zumindest stank es wie ein Fisch, obwohl ich es vielleicht ein Meerestier nennen sollte, denn es war größer als ich und ganz anders als alles, was ich bisher gesehen hatte. Von der Leibesmitte an sah es nun doch wie ein Fisch aus, und der Schwanz war entschieden eine halbkreisförmige Flosse. Nur wies das Geschöpf sonst keine Flossen, Schuppen oder auch nur Kiemen auf. Es war mit einer ledrigen Haut überzogen wie ein Knurrhahn, und der Vorderteil des Leibes war schon sehr eigenartig. Statt Seitenflossen wie ein Knurrhahn wies es armähnliche Stümpfe auf, die in schwimmflossenbewehrten Anhängseln endeten. Noch bemerkenswerter war, daß es auf der Brust zwei gewaltige, aber eben unverkennbare *Brüste* aufwies – die sehr viel Ähnlichkeit mit denen von Tofaa hatten –, während der Kopf unbestimmt an eine ausnehmend häßliche Kuh erinnerte.

»Was, um alles in der Welt, ist das?« fragte ich. »Wenn es nicht so scheußlich häßlich wäre, würde ich es fast für eine Meerjungfrau halten.«

»Es ist aber nur ein Fisch«, sagte Tofaa. »Wir nennen es einen Duyong.«

»Aber wozu denn die ganze Aufregung, wenn es nur ein Fisch ist?«
»Einige der Männer gehören zu der Mannschaft des Bootes, die das Duyong mit dem Speer erlegt und hergebracht haben. Die anderen sind Fischhändler, die Teile davon kaufen wollen, um sie weiterzuverkaufen. Bei dem gutgekleideten Herrn handelt es sich um den Dorfschulzen. Er verlangt Eide und Beglaubigungen.«
»Wozu denn das?«
»Das ist jedesmal so, wenn einer gefangen wird. Ehe der Duyong verkauft werden darf, müssen die Fischer schwören, daß keiner von ihnen auf der Fahrt nach Hause *surata* mit dem Duyong getrieben hat.«
»Ihr meint ... sich damit *gepaart* hat? Mit einem *Fisch*?«
»Das tun sie immer, obwohl sie stets schwören, es nicht getan zu haben.« Nachsichtig lächelnd zuckte sie mit den Schultern: »Ihr Männer!«

Es sollte später noch viele andere Gründe und Anlässe geben, die Tatsache zu beklagen und etwas dagegen zu haben, mit den Hindumännern in einen Topf geworfen zu werden, doch dies war das erste Mal. Ich ging in weitem Bogen um den Duyong und die Männer herum und schritt dann auf der Hauptstraße von Kuddalore dahin. All die fülligen Bewohnerinnen des Dorfes trugen den um den Leib gewundenen Sari, der den meisten Körperschmutz verdeckte bis auf den Wulst am Bauch, der bloß lag. Da die ausgemergelten Männer weniger vorzuzeigen hatten, zeigten sie eben dieses wenige, denn sie trugen nichts weiter als einen ziemlich unordentlich um den Kopf geschlungenen *tulband* und eine *dhoti* genannte große, lockere und bauschige Windel. Die Kinder trugen überhaupt nichts außer dem roten Punkt auf der Stirn.

»Gibt es hier eine *karwansarai*?« fragte ich Tofaa. »Oder wie Ihr es sonst nennt, jedenfalls etwas, wo wir unterkommen können, bis wir weiterreisen?«

»*Dak bangla*«, sagte sie. »Eine Raststätte für Reisende. Ich werde mich erkundigen.«

Unvermittelt griff sie zu, packte einen vorübergehenden Mann am Arm und stellte ihm barsch eine Frage. Dieser Mann nahm es nicht als Beleidigung, von einer niedrigen Frau angesprochen worden zu sein, wie das ein Mann in jedem anderen Lande getan hätte. Er wand sich vielmehr förmlich und antwortete geradezu demütig. Tofaa sagte etwas, das sich fast wie ein Vorwurf anhörte, woraufhin er womöglich noch sanftmütiger antwortete. So ging es eine Weile hin und her, wobei sie fauchte und er schließlich winselte. Fassungslos starrte ich sie an, und endlich berichtete Tofaa mir, was bei der Unterhaltung herausgekommen war.

»In Kuddalore gibt es kein *dak bangla*. Es kommen kaum je Fremde hierher, und die wenigen, die dennoch kommen, legen zumeist keinen Wert darauf, hier auch nur eine Nacht zu verbringen. Typisch für die niedrigen Cholas. In Bengalen, wo ich zu Hause bin, wären wir überaus gastfreundlich empfangen worden. Gleichwohl bietet dieser Tropf uns Unterkunft in seinem eigenen Hause an.«

»Nun, das würde ich nun wieder durchaus gastfreundlich nennen«, erklärte ich.

»Er sagt, wir sollen ihm bis dahin folgen und dann draußen warten, bis er einige Augenblicke im Hause verschwunden ist. Dann sollen wir anklopfen, er wird uns aufmachen, dann sollen wir ein Bett und eine Mahlzeit verlangen, woraufhin er uns das rüde abschlagen wird.«

»Ich verstehe nicht.«

»Das ist so üblich. Ihr werdet schon sehen.«

Wieder sprach sie mit dem Mann, und dann entfernte er sich fast im Eiltempo. Wir folgten ihm und bahnten uns den Weg zwischen Schweinen und Geflügel, Kindern und Kot und anderem Abfall auf den Straßen. Wenn ich mir so ansah, in was für Häusern die Einwohner von Kuddalore leben mußten – kein einziges war solider oder eleganter gebaut als die Dschungelhütten der Mien in Ava –, war ich eigentlich ganz dankbar, daß es kein *dak bangla* für uns gab, denn etwas, das ohnehin nur für Durchreisende gedacht war, hätte ja kaum etwas anderes als ein Schweinestall sein können. Viel mehr war das Haus unseres Gastgebers auch nicht – aus Lehmziegeln errichtet und mit Kuhmist beworfen –, wie wir erkannten, als wir draußen warten mußten, während er im dunklen Inneren verschwand. Nach kurzem Warten traten Tofaa und ich wie angewiesen näher, und sie pochte an den morschen Türrahmen. Was dann geschah, berichte ich so, wie Tofaa es mir hinterher dolmetschte.

Derselbe Mann tauchte auf der Schwelle auf und warf den Kopf in den Nacken, um uns hochmütig zu mustern. Diesmal redete Tofaa ihn nur unterwürfig murmelnd an.

»*Was? Fremde?*« blaffte er sie so laut an, daß man ihn auch noch am Landesteg unten gehört haben muß. »Pilger auf der Wanderschaft? Nein, hier bestimmt nicht! Es ist mir gleichgültig, Frau, ob Ihr der brahmanischen *jati* angehört! Ich gewähre doch nicht jedem hergelaufenen Fremden Unterkunft, und ich gestatte meiner Frau nicht . . .«

Nicht nur, daß das Geblaff kurzerhand abgeschnitten wurde, auch er selbst verschwand vollständig mit einer Seitwärtsbewegung jenseits der Tür, als ein fleischiger, braunschwarzer Arm ihn beiseite fegte. An seiner Stelle tauchte eine dicke braunschwarze Frau auf, schenkte uns ein freundliches Lächeln und sagte honigsüß:

»Pilger auf der Durchreise? Und sucht ein Bett und eine Mahlzeit? Nun, tretet doch ein. Kümmert Euch nicht um diesen Wicht von Ehemann. Im Reden ist er groß, doch nur darin, darin ganz allein spielt er den großen Herrn. Tretet ein, tretet ein!«

So kam es, daß Tofaa und ich unser Bündel ins Haus trugen und gezeigt bekamen, wo wir es in der Schlafkammer ablegen konnten. Der mit Kuhmist verputzte Raum wurde zur Gänze von vier Betten eingenommen ähnlich den *hindora*-Betten, die ich andernorts kennengelernt hatte, nur nicht so gut. Bei einer *hindora* handelte es sich um eine Lagerstatt, die an Seilen von der Decke herunterhing, doch diese Art Bett hier, die *palang* genannt wurde, war nichts weiter als eine Art aufgeschlitzte Stoffröhre oder ein an einer Seite aufgeschnittener Sack, dessen beide Enden mit Stricken an den Wänden befestigt waren und dazwischen hin- und herschwang. Zwei *palangs* enthielten einen Schwarm nackter schwarzbrauner Kinder, die von der Mutter jedoch genauso ohne viel Federlesens fortgescheucht wurden wie der Ehemann. Sie machte deutlich, daß wir im selben Raum mit ihr und ihm schlafen sollten.

Wir gingen hinüber in den anderen der beiden Räume, aus denen die Hütte bestand, und die Frau scheuchte die Kinder noch weiter, hinauf auf die Straße, und bereitete dann ein Mahl für uns. Als sie uns schließlich jedem ein Holzbrett reichte, erkannte ich das Essen darauf – oder vielmehr erkannte ich, daß die Speise zur Hauptsache aus der schleimigen *kàrì*-Sauce bestand, die ich zum ersten Mal vor langer Zeit im Hochland von Pai-Mir gekostet hatte. *Kàrì* war das einzige Wort, an das ich mich aus jener Zeit erinnere, da ich bereits einmal mit Männern gereist war, die dem Volk der Chola angehört hatten. Wie ich mich erinnerte, hatten diese anderen braunschwarzen Männer zumindest ein bißchen mehr Unternehmungsgeist besessen als mein augenblicklicher Gastgeber. Allerdings waren auch keine Chola-Frauen dabeigewesen.

Da dieser Mann und ich uns nicht unterhalten konnten, hockten wir uns einfach nebeneinander, verzehrten unser wenig appetitanregendes Mahl und nickten uns ab und zu freundlich zu. Ich muß genauso wie ein geduckter und an die Wand gedrückter *zerbino* gewirkt haben wie er, denn beide hockten wir stumm und wie die Mäuschen an unserem Essen herumknabbernd da, während die beiden Frauen schrillstimmig miteinander redeten und – wie Tofaa mir später berichtete – Bemerkungen über die allgemeine Wertlosigkeit der Männer austauschten.

»Es ist wohl gesagt«, meinte die Frau des Hauses, »daß ein Mann nur dann ein Mann ist, wenn er von wütender Leidenschaft erfüllt ist und nicht jedes Ungemach ergeben hinnimmt. Aber gibt es denn etwas Verächtlicheres und Bemitleidenswerteres« – bei diesen Worten fuhrwerkte sie mit ihrem Holzbrett in der Luft herum und zeigte auf ihren Mann – »als einen schwachen Mann, der in Wut gerät?«

»Es ist wohl gesagt«, sagte Tofaa von sich aus, »daß ein kleiner Teich leicht gefüllt wird und die Vorderpfoten einer Maus, genauso ist ein Mann, der nichts taugt, leicht befriedigt.«

»Zuerst war ich mit dem Bruder von diesem hier verheiratet«, sagte die Frau. »Als ich zur Witwe wurde und die anderen Fischer meinen Mann tot nach Hause brachten – an Deck zermalmt, sagten sie, von einem frischgefangenen Duyong, der mit dem Schwanz peitschte –, hätte ich mich verhalten sollen, wie es sich für eine *sati* gehört, und mich auf den Scheiterhaufen stürzen, auf dem er verbrannt wurde. Aber ich war noch jung und hatte noch keine Kinder, und so drängte der Dorf-*sadhu* mich, diesen Bruder meines Mannes zu ehelichen und Kinder zu bekommen, damit die Familie nicht ausstirbt. Ach ja, ich war eben noch jung.«

»Das ist wohl gesagt«, erklärte Tofaa und kicherte lüstern, »daß eine Frau unter ihrem Gürtel niemals alt wird.«

»Wie wahr«, entgegnete die Frau mit einem schmierigen Lachen, »es ist aber auch wohl gesagt: Ein Feuer läßt sich nicht mit zuviel Holz entfachen, und eine Frau lodert nicht, wenn zu viele *sthanu* da sind.«

Beide lachten sie geil. Dann sagte Tofaa mit einer brettchenbewehrten Handbewegung, welche die Kinder umfaßte, die sich auf der Türschwelle drängten: »Zumindest ist er fruchtbar.«

»Das ist ein Karnickel auch!« knurrte die Frau. »Es ist wohl gesagt: Ein Mann, der in Leben und Taten nichts Außergewöhnliches leistet, das ihn über seine Mitmenschen erhebt, vergrößert nur die Masse.«

Schließlich wurde ich es leid, den Unterwürfigen zu spielen und wie mein Gastgeber eingeschüchtert Schweigen zu bewahren. In dem Versuch, zu einer Art Gespräch mit ihm zu kommen, zeigte ich auf mein noch hochgefülltes Brettchen und stieß einen verlogenen Schmatzlaut aus, als hätte mir das Zeug gemundet. Dann versuchte ich durch Gesten von ihm herauszubekommen, was das denn für Fleisch unter der *kàri*-Sauce sei. Er begriff und sagte mir, was es sei – und mir ging auf, daß ich noch ein Wort aus der Sprache dieser Menschen kannte:

»Duyong.«

Daraufhin erhob ich mich, trat zur Hütte hinaus und holte erst ein paarmal tief Luft. Diese jedoch roch nach Rauch und Fisch, Abfällen und Fisch, ungewaschenen Menschen und Fisch und rotznasigen Kindern – gleichwohl, es half. Ich ging beide Kuddalorer Straßen bis nach Einbruch der Dunkelheit auf und ab und kehrte erst danach zur Hütte zurück. Die Kinder schliefen auf dem Fußboden des Vorderraums mitten unter unseren schmierigen, abgegessenen Holzbrettchen; auch die Erwachsenen schliefen vollständig angekleidet in ihren *palangs*. Unter einigen Schwierigkeiten gelang es mir, in die meine zu klettern, fand sie behaglicher, als ich zuerst angenommen hatte, und schlief ein. Dann jedoch wurde ich zu nachtschlafener dunkler Stunde von Geschnauf und Gestöhn geweckt; offenbar war der Mann zu seiner Frau in die *palang* geklettert und machte jetzt geräuschvoll *surata,* wiewohl sie weiterhin schnarchte und ihm irgend etwas zuzischelte. Auch Tofaa war wach geworden und erzählte mir später, was die Frau gesagt hatte:

»Vergiß nicht, du bist nur der Bruder meines verstorbenen Gatten, auch wenn seither noch so viele Jahre vergangen sind. Wie der *sadhu* gesagt hat, ist es dir streng verboten, das Ausüben deiner Samenspenderfunktion zu genießen. Keine Leidenschaft, hörst du? *Du sollst es nicht genießen!*«

Ich war nachgerade zu der Überzeugung gelangt, endlich in die Urheimat der Amazonen und damit an den Quell all der Legenden über sie gekommen zu sein. Eine dieser Legenden lautete dahingehend, daß sie nur ein paar kümmerliche Männer hielten, sie zu schwängern, wenn es sich als notwendig erwies, neue Amazonen hervorzubringen.

Am nächsten Tag fragte unser Gastgeber freundlicherweise unter seinen Nachbarn herum und fand einen, der mit dem Ochsenkarren ins nächste Dorf weiter landeinwärts fuhr und sich bereit erklärte, Tofaa und mich mitzunehmen. Wir dankten unserem Gastgeber und seiner Frau für ihre Gastfreundschaft, und ich drückte dem Mann ein Silberstück in die Hand, das seine Frau ihm augenblicklich entriß. Tofaa und ich hockten uns hinten auf den Ochsenkarren und wurden auf dem Weg durch das flache und morastige Land tüchtig durchgeschüttelt. Um die Zeit ein wenig totzuschlagen, fragte ich sie, was die Frau gemeint hatte, als sie von *sati* gesprochen hatte.

»Das ist von alters her Sitte bei uns«, erklärte Tofaa. »*Sati* bedeutet ›treues Eheweib‹. Stirbt ein Mann und ist seine Frau richtig *sati,* wird sie sich auf den Scheiterhaufen stürzen, auf dem seine Leiche verbrannt wird, und selbst auch sterben.«

»Ich verstehe«, sagte ich nachdenklich. Vielleicht hatte ich unrecht damit, in allen Hindufrauen nichts als tyrannische Amazonen zu sehen, die keine einzige von den Eigenschaften besaßen, welche gute Gattinnen auszeichnen. »Als Vorstellung nicht allzu ungeheuerlich. In gewisser Weise sogar einnehmend. Daß ein getreues Eheweib ihrem lieben Gatten ins Jenseits nachfolgt, weil sie für immer mit ihm zusammensein möchte.«

»Nun, ganz so ist das nicht«, sagte Tofaa. »Es ist wohl gesagt: Das höchste der Hoffnung für eine Frau ist es, *vor* ihrem Gatten zu sterben. Und zwar einfach deshalb, weil die Misere, der eine Witwe ausgesetzt ist, sich nicht ermessen läßt. Ihr Mann ist wahrscheinlich ein großer Nichtsnutz, nur – was soll sie ohne Mann? Es werden ständig so viele Mädchen im Alter von elf oder zwölf mannbar – welche Chance hat da eine nicht mehr taufrische, abgewirtschaftete und nicht mehr junge Frau, sich wieder zu verheiraten? Schutzlos allein zurückgelassen, ohne, daß jemand für sie sorgt, ist sie nur überflüssig, wird verachtet und beschimpft. Wortwörtlich bedeutet unser Wort für Witwe ›tote Frau, die darauf wartet zu sterben‹. Ihr seht also, warum soll sie nicht gleich ins Feuer springen und es hinter sich bringen?«

Das nahm dem hehren Gefühl, welches mit der Praxis des Witwenverbrennens verbunden ist, viel von seinem Glanz. Trotzdem meinte ich, es gehöre doch einiger Mut dazu und entbehre nicht einer gewissen stolzen Würde.

»Nun, eigentlich«, sagte Tofaa, »rührt die Sitte daher, daß ein paar Frauen tatsächlich vorhatten, sich wieder zu verheiraten, sich ihre nächsten Gatten bereits ausgesucht und die, mit denen sie im Moment verheiratet waren, vergiftet hatten. Die Praxis des *sati*-Opfers wurde von den Herrschern und religiösen Führern ja gerade deshalb verlangt, um allzu häufigen Gattenmord zu verhindern. Es wurde zum Gesetz erhoben, daß, starb ein Mann aus welchen Gründen auch immer und war seine Frau nicht nachweislich unschuldig an seinem Tod, sie auf den flammenden Scheiterhaufen zu springen hätte; tat sie es nicht, sollte die Familie des Toten sie hineinwerfen. Deshalb überlegten die Frauen es sich fürderhin zweimal, ob sie ihren Mann vergifteten oder nicht, ja, es veranlaßte die Frauen, alles daranzusetzen, daß ihre Männer, wenn sie erkrankten oder alt wurden, überlebten und möglichst lange am Leben blieben.«

Ich kam zu dem Schluß, daß ich in der Tat einem Irrtum unterlegen war. Das hier war nicht die Heimat der Amazonen. Es war die Heimat der Harpyen.

Die letzte Meinung, die ich mir gebildet hatte, wurde auch nicht erschüttert durch das, was als nächstes durchsickerte. Wir kamen nach Sonnenuntergang in das Dorf Panruti. Auch hier gab es offensichtlich kein *dak bangla*, und wieder wandte Tofaa sich an einen Mann auf der Straße, und es wiederholte sich, was wir auch gestern erlebt hatten. Er eilte nach Hause, wir folgten ihm, er verwehrte uns laut den Eintritt und wurde beiseite gedrängt von einer auftrumpfenden Ehefrau. Der einzige Unterschied bestand darin, daß der unterdrückte Ehemann blutjung war und die Unterdrückerin nicht.

Als ich ihr für die Einladung dankte und Tofaa das dolmetschte, geriet sie ein bißchen ins Stottern. »Wir danken Euch und . . . Eurem . . . errr . . . Gatten? . . . Sohn?«

»Er war mein Sohn«, sagte die Frau. »Jetzt ist er mein Gatte.« Ich muß das Maul aufgerissen oder sie fassungslos angestarrt haben, denn sie fuhr fort zu erklären: »Als sein Vater starb, war er unser einziges Kind und wäre bald in einem Alter gewesen, wo er dies Haus samt allem, was darinnen ist, geerbt hätte; dann wäre ich eine Tote-Frau-die-darauf-wartet-zu-sterben gewesen. Deshalb bestach ich den *sadhu* unserer Gemeinde, mich mit dem Jungen zu verheiraten – denn der war noch zu jung und zu unwissend, um Einwände zu erheben –, und behielt auf diese Weise meinen Anteil an dem Besitz. Leider war als Ehegatte nicht viel Staat mit ihm zu machen. Bis jetzt hat er nur diese drei Kinder gezeugt: meine Töchter, seine Schwestern.« Sie zeigte auf schlaffmäulig und blödaussehende Kinder, die in sich zusammengesackt dahockten. »Bleiben das meine einzigen Kinder, werden als nächste die Männer erben, die sie heiraten. Es sei denn, ich gebe die Mädchen fort, damit sie *devadasi*-Tempelhuren werden. Oder, da sie so beklagenswert einfältig sind, könnte ich sie auch dem Heiligen Orden Verkrüppelter Bettler schenken. Vielleicht sind sie aber auch zum Betteln zu blöde. Gleichviel, ich bin selbstverständlich darauf erpicht und strenge mich auch jeden Abend enorm an, noch einen Sohn zu bekommen und das Eigentum der Familie in direkter männlicher Erbfolge zu belassen.« Munter setzte sie uns die Holzbrettchen vor, auf denen sich das mit *kàri*-Sauce bekleckerte Essen befand. »Wenn Ihr nichts dagegen habt, werden wir rasch essen, damit er und ich unsere *palang* besteigen können.«

Und abermals hörten wir in dieser Nacht die feuchtschmatzenden *surata*-Geräusche im selben Raum, in dem wir schliefen, diesmal begleitet von eindringlichem Geflüster, das Tofaa mir am nächsten Morgen wiederholte: »Mehr Mühe, Sohn! Du mußt dir mehr Mühe geben!« Ich überlegte und fragte mich, ob die habgierige Frau wohl vorhabe, dermaleinst ihren Enkelsohn zu ehelichen, doch im Grund war es mir egal, und so fragte ich auch nicht danach. Auch bemühte ich mich nicht, Tofaa klarzumachen, daß alles, was sie mir während unserer gemeinsamen Reise – in bezug auf die Rolle der Sünde in der Religion der Hindus, ihre strenge Verurteilung und die schrecklichen darauf stehenden Strafen – erzählt hatte, sich kaum positiv auf die Hindumoral im allgemeinen auswirke.

Unser Reiseziel, die Hauptstadt namens Kumbakonam, war von dem Ort, wo wir gelandet waren, nicht allzu weit entfernt. Leider besaß nur kein Hindubauer irgendwelche Reittiere, die er uns hätte verkaufen können, und es waren auch nicht viele Männer bereit, uns gegen entsprechendes Entgelt zum nächsten Dorf oder in die nächste Stadt auf dem Weg dorthin zu bringen – oder wahrscheinlicher: ihre Frauen erlaubten ihnen das nicht – und so mußten Tofaa und ich uns der Hauptstadt auf verzweifelt kurzen Etappen nähern, wann immer wir einen Kärrner oder Wagenlenker fanden, der uns ein Stück mitnahm. So wurden wir auf holpernden Ochsenkarren durchgerüttelt und machten die Beine auf Packeseln breit, konnten ein- oder zweimal sogar auf richtigen Pferden reiten und mußten viele Male einfach zu Fuß weitergehen, was für gewöhnlich bedeutete, daß wir neben den Hecken am Wegesrand übernachten mußten. Das empfand ich nun nicht als unerträgliche Zumutung, nur daß Tofaa in jeder einzelnen dieser Nächte kichernd so tat, als legten wir uns nur deshalb mitten in der Wildnis zum Schlafen, weil ich ihr Gewalt antun wolle; da ich dies jedoch unterließ, brummte sie die ganze Nacht darüber, wie unritterlich ich die edelgeborene Dame Göttergeschenk behandelte.

Das letzte Dorf auf dem Weg in die Hauptstadt, durch das wir kamen, hatte einen Namen, der länger war als die nebeneinandergestellten Bewohner – Jayamkondacholapuram – und war nur insofern bemerkenswert, als die Bevölkerung während unseres Aufenthaltes dort noch weiter vermindert wurde. Wieder hockten Tofaa und ich in einer Kuhmisthütte und nahmen irgend etwas zu uns, das unter der *kàri*-Sauce nicht zu erkennen war, da erhob sich ein grollender Laut wie ein ferner Donner. Unser Gastgeber und unsere Gastgeberin sprangen sofort auf und kreischten gemeinsam: »*Aswamheda!*«, stürzten zum Haus hinaus und rannten dabei etliche ihrer am Boden herumkriechenden Kinder um.

»Was ist *aswamheda*?« fragte ich Tofaa.

»Keine Ahnung. Eigentlich bedeutet es nichts weiter als einen, der davonläuft.«

»Vielleicht sollten wir es unseren Gastgebern nachmachen und auch davonlaufen.«

So kam es, daß sie und ich über die Kinder hinwegstiegen und auf die einzige Dorfstraße hinausliefen. Das Grollen ertönte jetzt in größerer Nähe, und ich konnte erkennen, daß es sich um eine Tierherde handelte, die im Galopp von irgendwoher im Süden immer näherstürmte. Alle Jayamkondacholapuramiten liefen von Panik ergriffen einfach davon und trampelten rücksichtslos über diejenigen hinweg, die ganz jung oder ganz alt waren und zu Boden gingen. Etliche von den gelenkigeren Dörflern kletterten auf Bäume oder auf die strohgedeckten Häuser.

Ich sah, wie die Herde in das Südende der Straße hereingaloppierte, und erkannte, daß es sich um Pferde handelte. Nun kannte ich ja Pferde und wußte, daß sie – selbst unter Tieren – nicht gerade die intelligentesten Geschöpfe sind; immerhin wußte ich aber auch, daß sie vernünftiger waren als Hindus. Selbst wenn eine Herde mit wilden Augen und mit Schaum an den Flanken dahinstürmt, nie wird sie auf einen Menschen treten, der auf ihrem Weg zu Boden gegangen ist. Jedes Pferd wird über ihn hinwegspringen oder einen Bogen um ihn herum machen oder notfalls sogar einen Purzelbaum schlagen, um einem gestürzten Menschen auszuweichen. Deshalb warf ich mich einfach bäuchlings auf die Straße und zog Tofaa mit mir, obwohl diese in hellem Entsetzen aufschrie. Ich sorgte dafür, daß wir beide still liegen blieben, und wie ich erwartete hatte, teilte die erschrockene Herde sich vor uns, schloß sich hinter uns wieder und donnerte links und rechts an uns vorüber. Auch den bereits von ihren eigenen Verwandten, Freunden und Nachbarn zu Tode getrampelten Alten und Kindern der Hindus wichen sie aus.

Das letzte Pferd verschwand am Nordende der Straße, der Staub senkte sich hernieder, und die Dörfler kletterten von Dächern und Bäumen herunter oder kamen von dort herzugelaufen, wohin sie sich hatten flüchten können. Sie hoben augenblicklich mit schrillem Kummer und Wehklagen an, als sie ihre flachgewalzten Toten aufsammelten, schüttelten drohend die Fäuste gen Himmel und schleuderten dem Zerstörergott Siva ihre Verwünschungen entgegen, weil dieser so herzlos gewesen war, so viele von ihren Unschuldigen und Kranken vernichtet zu haben.

Tofaa und ich kehrten zurück zu unserer Mahlzeit. Schließlich kehrten auch unsere Gastgeber zurück und zählten die Häupter ihrer Lieben. Sie hatten keine verloren, sondern waren nur auf ein paar von ihnen getreten; trotzdem litten sie unter dem gleichen Kummer und unter der gleichen Verzweiflung wie der Rest des Dorfes – er und sie machten an diesem Abend, nachdem wir alle zu Bett gegangen waren, nicht einmal *surata* – und konnten uns nicht mehr über das *aswamheda* erzählen, als daß es sich um ein Phänomen handelte, das etwa einmal im Jahr vorkomme und das Werk des grausamen Rajas von Kumbakonam sei.

»Ihr wäret gut beraten, Wanderer, diese Stadt nicht aufzusuchen«, sagte die Frau des Hauses. »Warum sich nicht hier im ruhigen und zivilisierten und auf gute Nachbarschaft bedachten Jayamkondacholapuram niederlassen? Es ist reichlich Raum für Euch da, jetzt, wo Siva so viele von unseren Leuten vernichtet hat. Warum darauf bestehen, nach Kumbakonam zu reisen, das auch Schwarze Stadt genannt wird?«

Ich sagte, wir hätten dort etwas zu erledigen, und fragte, warum die Stadt so genannt werde.

»Weil – schwarz ist der Raja von Kumbakonam, schwarz sein Volk, schwarz sind die Hunde und schwarz die Mauern, schwarz das Wasser und schwarz die Götter und schwarz die Herzen der Bewohner von Kumbakonam.«

3 Wir ließen uns durch die Warnung nicht abhalten und setzten unsere Reise gen Süden fort. Schließlich setzten wir über einen stinkenden Abwasserkanal über, der den würdigen Namen Kolerun-Fluß eigentlich gar nicht verdient hatte, und auf der anderen Seite war Kumbakonam.

Die Stadt war viel größer als jede andere, durch die wir bisher gekommen waren, die Straßen waren dreckiger und von tieferen Rinnen mit stehendem Urin darin gesäumt, es faulte eine größere Vielfalt von Abfällen in der heißen Sonne, mehr Aussätzige klapperten warnend mit ihren Rasseln, man stieß häufiger auf Leichen von Bettlern, Kadavern von toten Hunden, die jedermann sichtbar verwesten, und die Luft war durchdringender von den Gerüchen von *kàri*, Bratfett, Schweiß und ungewaschenen Füßen erfüllt. Nur war die Stadt nicht wirklich schwärzer oder mit Oberflächenschmutz überzogen als irgendeine der kleineren Ortschaften, die wir bisher erlebt hatten, und die Bewohner besaßen auch keine dunklere Hautfarbe und waren auch nicht dicker mit Schichten von Grind und Schmutz bedeckt als die Menschen anderswo. Selbstverständlich wimmelte es hier von mehr Menschen, als wir sie woanders gesehen hatten, und wie jede Stadt hatte Kumbakonam viele exzentrische Gestalten angezogen, die ihre Heimatdörfer vermutlich auf der Suche nach größeren Möglichkeiten verlassen hatten. So sah ich zum Beispiel unter der Menge auf der Straße eine ganze Reihe von Leuten, die einerseits grellfarbene weibliche *saris* trugen, andererseits jedoch die unordentlich geschlungenen *tulbands*, die für gewöhnlich nur Männer anhaben.

»Das sind die *ardhanari*«, erklärte Tofaa. »Wie würdet Ihr sie nennen? Androgyne. Hermaphroditen. Wie Ihr seht, haben sie Brüste wie Frauen. Was Ihr aber nicht sehen könnt – es sei denn, Ihr zahlt für dieses Vorrecht –, ist, daß sie sowohl die Geschlechtsorgane von Männern wie von Frauen aufweisen.«

»Hm, hm. Ich hatte immer gedacht, die gäbe es bloß im Mythos. Aber ich muß schon sagen, wenn es sie irgendwo geben müßte, dann bestimmt hier.«

»Wir sind ein sehr zivilisiertes Volk«, sagte Tofaa, »und so lassen wir die *ardhanari* frei auf den Straßen herumlaufen, ungehindert ihrem Gewerbe nachgehen und sich elegant kleiden wie alle anderen Frauen auch. Das Gesetz erlegt ihnen nur auf, daß sie außerdem die Kopfbedeckung eines Mannes tragen.«

»Damit die Ahnungslosen nicht auf sie hereinfallen?«

»Richtig. Wer als Mann eine gewöhnliche Frau sucht, kann sich ja eine *devanasi*-Tempelhure mieten. Nur haben die *ardhanari*, obwohl durch keinen Tempel geheiligt, weit mehr zu tun als die *devanasi*, denn sie können ja nicht nur Männern, sondern auch Frauen zu Diensten sein. Man hat mir gesagt, sie könnten sogar beides gleichzeitig.«

»Und der andere Mann, dort drüben?« fragte ich und zeigte mit dem Finger auf ihn. »Verkauft der sich auch zwischen den Beinen?«

Wenn er das tat, hätte er es nach Gewicht tun können. Denn er trug sein Gemächt in einem gewaltigen Korb vor sich her, den er mit beiden Händen halten mußte. Wenngleich seine Geschlechtsteile noch mit dem Körper verbunden waren, konnte die *dhoti*-Windel sie nicht völlig bedecken. Der Korb war völlig ausgefüllt von seinem Hodensack, der ledrig und verschrumpelt und aderndurchzogen war wie ein Elefantenfell; die Hoden, die er barg, müssen doppelt so groß gewesen sein wie sein Kopf. Allein dieser Anblick bewirkte, daß ein schmerzliches Ziehen durch die meinen hindurchging – aus Mitgefühl und Ekel zugleich.

»Schaut unterhalb seines *dhoti*!« sagte Tofaa, »und Ihr werdet sehen, daß er Beine hat, so dick wie ein Elefant, und dicke Elefantenhaut. Doch er braucht Euch nicht leid zu tun, Marco-wallah. Es ist nur ein *paraiyar*, der von der Schande von Santomè befallen ist. Santomè ist unser Name für den christlichen Heiligen, den Ihr Thomas nennt.«

Diese Erklärung war womöglich noch überwältigender als der Anblick des bedauernswerten Menschenelefanten. Ungläubig fragte ich: »Was will denn dies im Dunkel der Unwissenheit verharrende Land vom heiligen Thomas wissen?«

»Er liegt hier irgendwo in der Nähe begraben, zumindest wird das behauptet. Er war der erste christliche Missionar, der nach Indien kam, und hier nicht gerade freudig begrüßt wurde, weil er versuchte, den bösen, ausgeschlossenen *paraiyar* zu helfen, was die guten Leute, die einer *jati* angehörten, selbstverständlich empört und erbost hat. Deshalb bezahlten sie Santomès eigene *paraiyar*-Gemeinde, ihn totzuschlagen und . . .«

»Angehörige seiner eigenen Gemeinde? Und das haben sie getan?«

»Für ein paar Kupfermünzen tun die *paraiyar* alles. Schließlich ist Schmutzarbeit das, wozu sie da sind. Nur muß Santomè, obwohl Heide, ein überaus heiliger Mann gewesen sein. Die Männer schlugen ihn zwar tot, doch werden ihre *paraiyar*-Nachkommen bis auf den heutigen Tag mit der Schande des Santomè geschlagen.« Wir gingen weiter in die Stadtmitte hinein, wo der Palast des Raja stand. Um dorthin zu gelangen, mußten wir einen weitläufigen Marktplatz überqueren, auf dem es von Menschen wimmelte, an diesem besonderen Tag jedoch keine Waren feilgeboten wurden. Es wurde irgendein Fest gefeiert, und so gingen Tofaa und ich gemächlich durch die Menge, denn ich wollte gern sehen, wie die Hindus einen Freudentag begingen. Dabei schienen sie es mehr pflichtschuldig als freudig zu tun, fand ich, denn es gelang mir nicht, irgendwo ein glückliches oder zumindest freudig bewegtes Gesicht zu entdecken. Ja, die Gesichter hatten nicht nur einen größeren roten Punkt auf der Stirn, sondern waren mit etwas beschmiert, das aussah wie Schlamm, aber weit schlimmer roch.

»Dung von den heiligen Kühen«, sagte Tofaa. »Erst waschen sie sich das Gesicht im Kuhurin, dann tragen sie den Dung auf Augen, Wangen und Brüste auf.«

Ich enthielt mich irgendeines Kommentars und fragte nur: »Warum?«

»Dieses Fest wird zu Ehren Krishnas gefeiert, des Gottes der vielen Liebhaberinnen und Liebhaber. Als Jüngling war Krishna nichts weiter als ein Kuhhirt, und so verführte er die ersten Milchmädchen und die Frauen seiner Mithirten im Kuhstall. So wird hier nicht nur fröhlich die hochgemute Liebeskunst gefeiert, sondern auch feierlich der heiligen Kühe Krishnas gedacht. Die Musik, welche die Spielleute spielen, hört Ihr sie?«

»Ich höre. Ich wußte nur nicht, daß es Musik war.«

Die Musikanten waren um ein Podest in der Mitte des Platzes versammelt und entlockten allen möglichen Instrumenten Töne: Rohrflöten, Handtrommeln, Holzröhren und saitenbespannten Instrumenten. In dem ganzen Konzert aus schrillem Gekratz, Gesumm und Geblök kamen die einzig als lieblich wahrnehmbaren Töne von einem einzelnen Instrument, das wie eine Laute mit überlangem Griffbrett und Kalebassenklangkörper aussah und drei Metallsaiten aufwies, die mit einem Plektron am Zeigefinger des Spielers gezupft wurden. Die verschwitzt dicht beieinanderstehenden Hinduzuhörer sahen genauso griesgrämig und von der Musik unbeeindruckt aus wie ich, und ich nehme an, sie konnten es genausowenig ertragen wie ich.

»Was die Spielleute spielen«, sagte Tofaa, »ist der *kudakuttu,* Krishnas Topftanz, der auf dem uralten Lied beruht, das die Kuhhirten beim Melken immer ihren Kühen vorgesungen haben.«

»Ahem, ja. Hättet Ihr mir Zeit gelassen, wäre ich vermutlich von selbst auf etwas Ähnliches gekommen.«

»Jetzt naht ein bezauberndes *nach-*Mädchen. Laßt uns stehenbleiben und zusehen, wie sie Krishnas Topftanz tanzt.«

Ein braunschwarzes, fülliges Mädchen, das nach den zuvor von Tofaa aufgezählten Anforderungen vielleicht bezaubernd genannt werden konnte und entsprechend der Kuhverehrung deutlich mit eutergroßen Brüsten ausgestattet war, trug einen großen Tontopf – der symbolhaft vermutlich Krishnas Melktopf darstellen sollte – und machte einige Lockerungsübungen, indem sie verschiedene Posen damit einnahm. Sie bemühte sich, ihn von einer Armbeuge in die andere zu praktizieren, setzte ihn sich ein paarmal auf den Kopf und stampfte gelegentlich mit mächtigem Fuß auf das Podest – offensichtlich in dem Bemühen, die Tanzfläche von Ameisen zu befreien.

Tofaa vertraute mir an: »Die Krishna-Verehrer sind die leichtfertigste und fröhlichste aller Hindusekten. Viele verurteilen sie, weil sie Frohsinn dem Ernst vorziehen und Lebhaftigkeit der stillen Versenkung. Aber wie Ihr seht, eifern sie dem unbekümmerten Krishna nach und behaupten, nur Lebensgenuß mache glückselig, Glückseligkeit mache heiter, Heiterkeit mache weise, und alles zusammen mache die Ganzheitlichkeit der Seele aus. All dies bringt der Topftanz des *nach*-Mädchens deutlich zum Ausdruck.«

»Das würde ich gerne sehen. Wann fängt sie an?«

»Was soll das heißen? Ihr *seht* es doch schon?«

»Ich meine, mit dem Tanz.«

»Das *ist* der Tanz!«

Wir gingen weiter über den Platz – Tofaa schien außer sich, doch ich nahm mir die Zurechtweisung nicht sonderlich zu Herzen – durch die Menge der klagenden und nahezu unbeseelten Feiernden und auf das Tor des Palastes zu. Ich trug Kubilais Elfenbeinplakette auf der Brust, und Tofaa erklärte den beiden Schildwachen, was sie zu bedeuten habe. Die Wachen waren in nicht sonderlich soldatisch aussehende *dhotis* gekleidet und hielten ihre Speere in beliebigen Winkeln vor sich hin. Sie zuckten nur mit den Achseln, gleichsam als hätten sie weder Lust, uns unter Verbeugungen einzulassen, noch sich die Mühe zu machen, uns draußen zu halten. So durchmaßen wir einen staubigen Vorhof und betraten einen Palast. Wenigstens dieses Bauwerk war, wie es sich für einen Palast gehört, aus Stein gebaut und nicht aus Lehm- und Kuhmist, wie die meisten Häuser von Kumbakonam.

Empfangen wurden wir von einem Verwalter – der möglicherweise einen höheren Rang bekleidete, denn immerhin hatte er eine saubere *dhoti* an –, und er schien ziemlich beeindruckt von dem *pai-tzu* und der Erklärung, die Tofaa dazu abgab. Er warf sich flach auf den Boden, das Gesicht nach unten, krabbelte dann davon wie ein Krebs, und Tofaa sagte, wir sollten ihm folgen. Das taten wir, und gleich darauf fanden wir uns im Thronsaal wieder. Was Üppigkeit und Pracht dieses Saales betrifft, möchte ich nur erwähnen, daß die vier Beine des Throns in vier ölgefüllten Gefäßen standen, was verhindern sollte, daß die hier heimischen *kaja*-Schlangen hinaufkletterten und die gleichfalls hier heimischen weißen Ameisen nicht den ganzen Thron annagten und zum Einsturz brachten. Der Verwalter gab uns zu verstehen, wir sollten warten, und verschwand dann eiligst durch eine Nebentür.

»Warum rutscht der Mann ständig auf dem Bauch herum?« fragte ich Tofaa.

»Das tut er nur aus Hochachtung vor über ihm Stehenden. Wenn der Raja kommt, müssen auch wir das tun. Uns nicht geradezu auf den Boden werfen, wohl aber gewährleisten, daß wir den Kopf nie höher tragen als er den seinen. Ich werde Euch im entscheidenden Moment schon einen Rippenstoß geben.«

Just da trat ein halbes Dutzend Männer ein, stellte sich in einer Reihe auf und richtete völlig teilnahmslos die Blicke auf uns. Die Männer unterschieden sich in nichts von den Feiernden draußen auf dem Platz, nur daß sie goldfadendurchwirkte *dhotis* anhatten und über dem bloßen Oberkörper sogar feine Jacken und auf dem Kopf geradezu säuberlich gewickelte *tulbands*. Seit meinem Eintreffen in Indien begegnete ich zum erstenmal Angehörigen der Oberklasse, wahrscheinlich dem Ministergefolge des Raja, und so hob ich zu einer Ansprache an, die Tofaa übersetzen sollte, sprach sie erst einmal mit »Meine Herren« an und schickte mich an, mich vorzustellen.

»Pst!« machte Tofaa und zupfte mich am Ärmel. »Das sind doch nur die Rufer und Glückwünscher des Raja.«

Ehe ich fragen konnte, was das denn wären, gab es wieder Bewegung an der Tür, und an der Spitze einer anderen Gruppe von Höflingen hielt der Raja feierlich seinen Einzug. Augenblicklich blökten die sechs Rufer und Glückwünscher – und ob man es glaubt oder nicht, sie blökten wie aus einem Mund:

»*Heil, heil! Seine Hoheit, der Maharajadhiraj Raj Rajeshwar Narendra Karni Shriomani Sawai Jai Maharaja Sri Ganga Muazzam Singhji Jah Bahadur!*«

Später ließ ich mir das ganz langsam und genau von Tofaa wiederholen, um es aufschreiben zu können – nicht nur, weil der Titel so über die Maßen grandios war, sondern auch, weil es ein so alberner Titel war für einen kleinen, schwarzen, älteren, kahlköpfigen, kugelbäuchigen und öligen Hindu.

Für einen Moment schien es selbst Tofaa die Sprache zu verschlagen. Gleichwohl stieß sie mir einen Ellbogen zwischen die Rippen und kniete sich hin – und da sie keine kleine Frau war, entdeckte sie, daß sie selbst im Knien immer noch um ein weniges größer war als der kleine Raja; deshalb duckte sie sich noch tiefer, nahm eine noch unterwürfigere Haltung ein und begann stockend: »Hoheit . . . Maharajadhiraj . . . Raj . . .«

»Hoheit genügt«, sagte er großmütig.

Woraufhin die Rufer und Beglückwünscher brüllten. »*Seine Hoheit sind Wächter über die ganze Welt!*«

Mit einer leutseligen und bescheidenen Geste gebot er ihnen Schweigen. Nun nahmen sie für eine Zeitlang Abstand vom Blöken, bewahrten aber auch nicht vollständig Schweigen. Jedesmal, wenn der kleine Raja irgend etwas machte, machten sie murmelnd ihre Bemerkung dazu, wobei sie es wiederum schafften, gleichsam wie aus einem Munde zu murmeln – und etwa folgendes von sich zu geben: »*Seht, Seine Hoheit nahmen auf dem Thron seines Herrschaftsbereiches Platz*« und: »*Seht, mit welcher Anmut Seine Hoheit beim Gähnen die Hand vor den Mund legen und sie behutsam vor- und zurückbewegen . . .*«

»Und *wer*«, wandte sich der kleine Raja an Tofaa, »ist *dies hier*?« Sagte es und bedachte mich mit einem überaus hochmütigen Blick, denn ich hatte mich überhaupt nicht hingekniet.

»Sagt ihm«, wandte ich mich auf farsi an Tofaa, »ich sei Marco Polo der Unbedeutende und Unbesungene.«

Aus dem hochmütigen Blick des kleinen Rajas wurde ein mißvergnügter Blick, und er sagte – gleichfalls auf farsi: »Ein Mitweißer, eh? Immerhin einer mit einer weißen Haut. Wenn Ihr ein christlicher Missionar seid, hebt Euch hinweg!«

»*Seine Hoheit fordern den niedrigen Christen auf, sich hinwegzuheben*«, murmelten die Rufer und Glückwünscher.

Ich sagte: »Ich bin zwar Christ, Hoheit, aber...«

»Dann macht, daß Ihr fortkommt, auf daß Ihr nicht das Schicksal Eures Vorgängers Santomè erleidet. Dieser besaß die ungeheuerliche Stirn, hierherzukommen und zu predigen, wir sollten einen Zimmermann anbeten, dessen Jünger alle Fischer waren. Unerhört! Zimmerleute wie Fischer gehören der niedrigsten *jati* an, wo sie nicht gar regelrechte *paraiyar* sind.«

»Seine Hoheit sind zu Recht und rechtschaffen entsetzt.«

»Ich befinde mich jedoch in der Tat auf einer Mission, Hoheit – allerdings keiner, bei der Predigten zu befürchten sind.« Ich beschloß, einfach zu improvisieren. »Vor allem lag mir daran, etwas von Eurem großen Volke zu sehen und« – es kostete mich zwar Mühe, aber ich brachte die Lüge über die Lippen – »es zu bewundern.« Mit wedelnder Handbewegung wies ich auf die Fenster, durch welche die traurige Musik und das mißmutige Festgemurmel hereindrang.

»Ah, Ihr habt mein Volk gesehen, wie es froh und heiter ist!« rief der kleine Raja aus und machte plötzlich nicht mehr ein Gesicht wie drei Tage Regenwetter. »Gewiß, man bemüht sich, das Volk glücklich und zufrieden zu halten. Habt Ihr das ausgelassene Krishna-Treiben genossen, Polo-wallah?«

Ich zerbrach mir den Kopf nach irgend etwas Genußvollem daran. »Was mir gut, sehr gut gefallen hat... ja, sehr gut gefallen hat, war die Musik, Hoheit. Ein Instrument zumal hat es mir angetan... eine Art Laute mit überlangem Griffbrett...«

»Findet Ihr?« unterbrach er mich, völlig unverhofft offenbar ganz erfreut.

»Seine Hoheit freuen sich königlich.«

»Das ist ein völlig neues Instrument«, fuhr er aufgeregt fort. »Es heißt *sitar* und wurde von meinem eigenen Hofmusikmeister erfunden.«

Offenbar hatte ich durch bloßen Zufall das Eis zum Schmelzen gebracht, das sich zwischen uns auszubreiten drohte. Tofaa warf mir einen bewundernden Blick zu, als der kleine Raja begeistert losplapperte: »Ihr müßt den Erfinder des Instruments kennenlernen, Polo-wallah. Darf ich euch Marco-wallah nennen; ja, laßt uns zusammen speisen, und ich werde den Musikmeister dazubitten. Es ist mir eine ausgesprochene Freude, einen so kenntnisreichen und geschmackssicheren Gast begrüßen zu dürfen. Rufer, ordnet an, daß der Speisesaal hergerichtet wird.«

Die sechs Männer trotteten den Korridor hinunter, blökten immer noch *unisono* den Befehl hinaus, ja, bewegten sich sogar im Gleichschritt. Diskret gab ich Tofaa einen Wink, sie begriff und fragte den kleinen Raja: »Hoheit, dürften wir uns zuvor vom Reisestaub befreien, ehe wir der Ehre nachkommen, Euch im Speisesaal Gesellschaft zu leisten?«

»Aber ja doch, gewiß. Verzeiht mir, bezaubernde Dame, doch Euer Zauber ist geeignet, jeden Mann abzulenken, derlei Dinge überhaupt wahrzunehmen. Ah, Marco-wallah, da beweist sich wieder Euer guter Geschmack. Auch beweist Ihr, daß Ihr unser Land und unser Volk bewundert, wo ihr Euch doch eine Gattin aus unserer Mitte ausgesucht habt.« Ich schluckte, doch er fuhr augenzwinkernd fort: »Aber habt Ihr denn ausgerechnet die Allerschönste uns Einheimischen fortnehmen müssen?« Ich bemühte mich, das schreckliche Mißverständnis sofort auszuräumen, doch er ging dorthin, wo der Verwalter immer noch mit dem Gesicht zu Boden auf dem Bauch lag, versetzte dem Mann einen Tritt und schnarrte: »Elendiger! Hergelaufener und nie Wiederzugebärender! Warum hast du diese erlauchten Gäste nicht sofort in eine Prunkwohnung gebracht und dafür gesorgt, daß sie alles hatten, was sie brauchen? Hole das sofort nach! Mach die Brautgemächer für sie fertig! Weise ihnen Dienerschaft zu! Und dann kümmere dich um das Festbankett und die Unterhaltung!«

Als ich sah, daß die Brautgemächer zwei getrennte Betten aufwiesen, kam ich zu dem Schluß, daß es sich erübrige, eine andere Wohnung zu verlangen, und als eine Reihe handfester, kräftiger Frauen eine Wanne hereinschleppten und diese mit Wasser füllten, fand ich es nicht unbequem, daß Tofaa und ich denselben Baderaum benutzten. Ich machte mir das männliche Vorrecht, als erster zu baden, zunutze und blieb dann einfach, um Tofaas Waschungen zu überwachen und den Dienerinnen entsprechende Anweisungen zu geben – was einige Ungläubigkeit bei ihnen hinsichtlich meiner Hartnäckigkeit in diesen Dingen hervorrief –, so daß Tofaa endlich einmal gründlich gewaschen war. Als wir die besten Kleider anzogen, die wir mithatten, und dann hinuntergingen, waren sogar ihre bloßen Füße sauber.

Vor dem unverbindlichen Geplauder ließ ich es mir dann angelegen sein, dem kleinen Raja nebst allen Anwesenden klarzumachen: »Die Dame Tofaa Devata ist nicht meine Gattin, Hoheit.« Das klang brüsk und nicht schmeichelhaft für die Dame; damit er jedoch bei seiner Hochachtung ihr gegenüber bliebe, fügte ich noch hinzu: »Sie ist eine der edlen Witwen des verstorbenen Königs von Ava.«

»Witwe, eh?« grunzte der kleine Raja, als habe er auf einen Schlag alles Interesse an ihr verloren.

Ich fuhr fort: »Die Dame Göttergeschenk war so liebenswürdig, mich auf meiner Reise in Euer schönes Land zu begleiten und mir Witz und Weisheit all der vielen trefflichen Menschen zu dolmetschen, denen ich unterwegs begegnet bin.«

Wieder grunzte er. »Gefährtin, eh? Nun, jeder, wie es bei ihm Brauch und Sitte ist. Ein vernünftiger Hindu, der auch noch Geschmack besitzt, nimmt, wenn er sich auf Reisen begibt, keine Frau mit, sondern einen Hindujungen, da er kein so giftiges Wesen besitzt wie eine *kaja*-Schlange und sein Loch nicht so groß ist wie das einer Kuh.«

Um das Thema zu wechseln, wandte ich mich an den vierten an unserer Tafel, einen Mann meines Alters, gleich mir bärtig und unterm Bart, wie mir schien, eher braun als schwarz von Hautfarbe. »Dann seid Ihr vermutlich der erfinderische Musiker, nicht wahr, Meister...«

»Musikmeister Amir Khusru«, sagte der kleine Raja, der hier offenbar Besitzansprüche anzumelden hatte. »Meister der Melodien, aber auch der Tänze und der Poesie, ein Mann, der sich vortrefflich auf das Verfassen von freizügigen *Ghaselen* versteht, kurz, eine Leuchte meines Hofes.«

»Der Hof Seiner Hoheit ist gesegnet«, krähten die an der Wand stehenden Rufer und Glückwünscher, *»gesegnet vor allem aber durch Seine Hoheit selbst,«* wobei der Musikmeister nur tadelnd vor sich hin lächelte.

»Ich habe bis jetzt noch nie ein Musikinstrument mit Metallsaiten gesehen«, sagte ich und fuhr, nachdem Tofaa – die jetzt die Bescheidenheit in Person war – gedolmetscht hatte, fort: »Ja, bisher habe ich mir Hindus überhaupt nicht als die Erfinder von etwas so Gutem und Nützlichem vorstellen können.«

»Ihr Abendländer«, sagte der kleine Raja ärgerlich, »trachtet immer danach, Gutes zu tun. Wir Hindus hingegen trachten danach, gut *zu sein* – eine unendlich viel höherstehende Haltung dem Leben gegenüber.«

»Dennoch«, sagte ich, »bewirkt diese neue Hindu-*sitar* einfach Gutes. Ich beglückwünsche Euer Hoheit und Euren Meister Khusru.«

»Nur, daß ich kein Hindu bin«, sagte der Musikmeister auf farsi leicht amüsiert. »Ich bin Perser von Geburt. Der Name, den ich der *sitar* gegeben habe, stammt aus dem Farsi, wie ihr vielleicht schon bemerkt habt. *Si-tar*: dreifach besaitet. Eine Saite aus Stahl, zwei aus Messing.«

Offensichtlich fuchste es den kleinen Raja, daß ich erfahren hatte, daß die *sitar* gar keine Hinduerfindung war. Nun war mir daran gelegen, ihn in eine gute Stimmung zu versetzen, doch fragte ich mich nachgerade, ob es überhaupt ein Thema gab, über das man sich unterhalten konnte, ohne die Hindus grobschlächtig oder subtil herabzuwürdigen. Ich fing an, das Essen zu loben, das man uns vorgesetzt hatte. Es handelte sich um irgendeine Art Wildbret, wie immer in Unmassen von *kàri*-Sauce ertränkt, nur, daß dieses *kàri* jedenfalls eine leicht goldgelbe Färbung aufwies und etwas besser schmeckte, was allerdings nur an der Beimengung von Gilbwurz lag, einem minderwertigen Ersatz für *zafràn*.

»Fleisch vom viergehörnten Hirsch ist das«, sagte der kleine Raja, als ich ihm dazu Komplimente sagte. »Eine Delikatesse, die wir nur unseren geehrtesten Gästen vorsetzen.«

»Es ist mir eine Ehre«, sagte ich. »Ich dachte nur, Eure Hindureligion verbiete Euch die Jagd auf Wild. Da bin ich zweifellos falsch unterrichtet.«

»Nein, nein, man hat Euch durchaus das Richtige gesagt«, erklärte der kleine Raja. »Nur gebietet unsere Religion uns auch, klug zu sein.« Er zwinkerte mir unverhohlen zu. »Daher habe ich sämtlichen Bewohnern von Kumbakonam befohlen, heiliges Wasser aus den Tempeln zu holen, in die Wälder zu ziehen und sie mit dem heiligen Wasser zu besprengen – und laut dabei zu erklären, daß sämtliche Tiere des Waldes fürderhin Opfer für die Götter seien. Das erlaubt uns, Jagd auf sie zu machen, versteht Ihr – jedes erlegte Tier ist ein stillschweigendes Opfer

– und selbstverständlich geben unsere Jäger den Tempel-*sadhus* stets eine Lende oder etwas Ähnliches ab, damit diese sich nicht dadurch unbeliebt machen, daß sie erklären, wir gäben irgendeinem heiligen Text eine falsche Deutung.«

Ich seufzte auf. Es war unmöglich, irgendein unverfängliches Thema anzuschneiden. Wenn ich die Hindus nicht mittelbar oder unmittelbar herabwürdigte, zogen sie sich selbst in Zweifel. Doch ich unternahm einen neuerlichen Versuch.

»Ziehen die Jäger Eurer Hoheit hoch zu Pferde auf die Jagd? Ich frage, weil ich mir vorstellen könnte, daß Euch einige Pferde aus den königlichen Marställen davongelaufen sind. Die Dame Tofaa und ich begegneten einer ganzen Herde, die auf der anderen Seite des Flusses dahinstürmte.«

»Ach, dann seid Ihr meiner *aswamheda* begegnet!« rief er, plötzlich wieder überaus herzlich. »Die *aswamheda* ist auch so etwas, das ich mir klug ausgedacht habe. Ein Rivale von mir, ein anderer Raja, wißt Ihr, hält die Provinz auf der anderen Seite des Kolerun-Flusses in Besitz. Deshalb laß ich meine Stallburschen bewußt jedes Jahr einmal eine Pferdeherde hinübertreiben. Wenn diesem Raja diese Übertretung mißfällt und er die Pferde in Besitz nimmt, habe ich jedes Recht, ihm den Krieg zu erklären und mich seiner Gebiete zu bemächtigen. Fängt er sie jedoch ein und übergibt sie wieder an mich – was er bis jetzt jedes Jahr getreulich getan hat –, dann ist das für mich ein Zeichen seiner Unterwerfung, und die ganze Welt weiß, daß ich über ihm stehe.«

Wenn dieser kleine Raja dem anderen überlegen war, zu diesem Schluß kam ich, als das Essen sich seinem Ende näherte, dann konnte ich froh sein, nicht den anderen kennengelernt zu haben. Denn dieser verkündete das Ende des Banketts, indem er sich zur Seite neigte, eine seiner Gesäßbacken anhob und prustend, vernehmlich und stinkend einen fahren ließ.

»*Seine Hoheit furzen!*« blökten Rufer und Glückwünscher, so daß ich noch mehr zusammenfuhr, als ich es ohnehin schon getan hatte. »*Das Essen war gut, die Mahlzeit annehmbar, und die Verdauung Seiner Hoheit ist immer noch superb, ein leuchtendes Beispiel für uns alle!*«

Ich hegte nur noch geringe Hoffnung, daß dieser eingebildete Affe mir bei meinem augenblicklichen Vorhaben noch eine Hilfe sein könnte. Doch als wir uns an einem Tisch niederließen und lauwarmen *cha* aus juwelenstrotzenden, doch leicht fehlgeformten Schalen tranken, berichtete ich dem kleinen Raja und dem Meister Khusru, was mich hierhergebracht hatte, sagte ihnen, worum es mir gehe, und schloß: »Wenn ich recht unterrichtet bin, Hoheit, war es einer von Euren Perlentaucheruntertanen, der den Zahn Buddhas erworben hat, weil er hoffte, er möchte seinen Perlentauchern eine große Ausbeute gewähren.«

Wie nicht anders zu erwarten, nahm der kleine Raja die Geschichte als eine Überlegung, die seine eigene Person, den Hinduismus und die Hindus ganz allgemein betraf.

»Es bekümmert mich«, sagte er leise, »daß Ihr andeuten wollt, Marco-wallah, einer meiner Untertanen könne diesem Körperteil einer fremden Gottheit übernatürliche Kräfte beimessen. Jawohl, ich bin bekümmert, daß Ihr annehmen könnt, irgendein Hindu habe so wenig Zutrauen zu seiner eigenen, kraftvollen Religion, dem Glauben seiner Väter und dem Glauben seines wohlwollenden Rajas.«

Beschwichtigend sagte ich: »Zweifellos hat der neue Besitzer des Zahns seinen Irrtum inzwischen eingesehen und findet ihn keineswegs mit Zauberkraft begabt. Als guter Hindu würde er ihn vermutlich ins Meer werfen, nur daß es ihn einige Zeit und vielleicht einige Ungewißheit gekostet hat, ihn an sich zu bringen. Deshalb wäre er bei einem angemessenen Tauschangebot vielleicht froh, ihn loszuwerden.«

»Und ob er ihn loswerden wird!« versetzte der kleine Raja bissig. »Ich werde eine Verlautbarung herausgeben, daß er herzukommen und den Zahn abzuliefern hat – und sich selbst dem *karavat* auszuliefern.«

Ich wußte zwar nicht, was ein *karavat* war, doch Meister Khusru wohl, denn dieser meinte sanft: »Das, Hoheit, wird kaum jemand antreiben, mit dem Zahn herzukommen.«

»Bitte, Hoheit«, sagte ich. »Stellt bitte keinerlei Forderungen und gebt auch keine Drohungen von Euch; veröffentlicht nur eine überzeugende Bitte und mein Angebot einer Belohnung.«

Der kleine Raja brummte zwar noch eine Zeitlang, doch dann sagte er: »Ich bin bekannt als ein Raja, der immer sein Wort hält. Wenn ich eine Belohnung aussetze, wird sie auch bezahlt.« Mich von der Seite ansehend, sagte er: »Ihr bezahlt sie?«

»Ganz gewiß, Hoheit, und zwar höchst großzügig.«

»Sehr wohl. Und dann werde ich *mein* bereits gegebenes Wort halten. Das Versprechen der *karavat*.« Ich wußte nicht, ob ich wegen irgendeines ahnungslosen Perlentauchers Einwände erheben sollte. Doch ehe ich das überhaupt konnte, rief der Raja wieder seinen Palastverwalter und sprach raschzüngig auf ihn ein. Der Mann verließ im Krebsgang den Saal, woraufhin der Raja sich wieder mir zuwandte. »Der Aufruf wird sogleich überall in meinem Reich laut verlesen werden: Bringt den Heidenzahn und empfangt eine großzügige Belohnung. Das wird schon den gewünschten Erfolg zeitigen, das kann ich Euch versprechen, denn mein Volk besteht aus lauter redlichen, verantwortungsbewußten und frommen Hindus. Nur könnte es eine Weile dauern, denn die Perlentaucher segeln ständig zwischen ihren Küstendörfern und den Reptilienbänken hin und her.«

»Ich verstehe, Hoheit.«

»Ihr seid mein Gast – und die Frau auch –, bis der Zahn gefunden ist.«

»Euer dankbarer Diener, Hoheit.«

»Dann wollen wir jetzt langweilige Geschäfte und nüchterne Sorge fahren lassen«, sagte er und wusch sich symbolisch die Hände. »Es sollen Frohsinn und Freude herrschen wie auf dem Platz draußen. Rufer, bringt mir die Unterhalter!«

Dies nun war die erste Darbietung: ein betagter und unglaublich schmutziger, braunschwarzer Mann, dessen *dhoti* so zerrissen war, daß es schon fast unanständig war, kam trübsinnig in den Raum hereingeschlurft und streckte sich bäuchlings vor dem Raja aus. Meister Khusru murmelte hilfreich zu mir gewendet:

»Was wir in Persien einen *darwish* nennen, einen heiligen Bettelmönch, den man hierzulande *naga* nennt. Er wird etwas vorführen, um ein Stück Brot zum Abendessen und ein paar Kupfermünzen zu bekommen.«

Der Bettler begab sich an eine freigemachte Stelle, stieß einen heiseren Ruf aus, und ein genauso abgerissener und verdreckter Junge kam samt einer Rolle herein, die aus Tuch oder Seil zu bestehen schien. Als die beiden das Bündel ausrollten, zeigte sich, daß es sich um eines der *palang*-Schaukelbetten handelte, dessen beide Enden in kleinen Messingschalen endeten. Der Junge streckte sich auf dem Boden in der *palang* aus: der uralte *naga* kniete nieder, schob sich die beiden Messingschalen auf die Augäpfel und zog dann die verwitterten schwarzen Augenlider darüber. Ganz langsam stand er auf und hob den Jungen in der *palang* vom Boden in die Höhe – ohne die Hände oder Zähne oder irgend etwas anderes als seine Augäpfel dazu zu benutzen –, dann schwenkte er den Jungen leise hin und her, bis der Raja sich endlich bemüßigt sah zu klatschen. Khusru und Tofaa und ich folgten höflich seinem Beifall, und wir Männer warfen dem alten Bettler ein paar Kupfermünzen hin.

Als nächstes betrat ein dralles, untersetztes dunkelbraunes *nach*-Mädchen den Speisesaal und tanzte für uns genauso schwunglos und träge wie die Frau, die ich beim Krishna-Fest hatte tanzen sehen. Die einzige Begleitmusik war das Geklirr einer ganzen Säule von goldenen Armreifen, die sie vom Handgelenk bis zur Schulter nur eines Armes trug – und sonst war sie nackt. Ich war nicht sonderlich hingerissen – mich mutete es so an, als stampfte Tofaa mit ihren schmutzigen Füßen auf und schwenkte ihren vertrauten buschigen *kaksha* –, doch der kleine Raja kicherte und schnaufte und sabberte die ganze Zeit über und applaudierte begeistert, als die Frau sich zurückzog.

Dann kehrte der zerlumpte und dreckige alte Bettelpriester zurück. Sich die durch die Vorstellung mit der *palang* zum Vorquellen gebrachten und geröteten Augen reibend, hielt er vor dem kleinen Raja eine kurze Ansprache.

Dieser drehte sich zu mir um und erklärte:

»Der *naga* sagt, er ist ein Yogi, Marco-wallah. Die Anhänger der Yoga-Sekte verstehen sich auf viele sonderbare und geheime Künste. Ihr werdet sehen. Wenn Ihr, wie ich argwöhne, insgeheim doch glaubt, wir Hindus wären zurückgeblieben oder seien Nichtskönner, so werdet Ihr jetzt eines Besseren belehrt werden, denn Ihr werdet Zeuge eines Wunders werden, das *nur* ein Hindu Euch vorführen kann.« Dann rief er den wartenden Bettler an: »Welches Yoga-Wunder willst du uns zeigen, O Yogi? Wirst du dich einen Monat vergraben und lebendig wieder ausgraben lassen? Wirst du ein Seil dazu bringen, ohne Hilfe zu stehen, und daran hinaufklettern und im Himmel entschwinden? Wirst du deinen Helfer, den Jungen, in Stücke schneiden und dann wieder zusammensetzen? Oder wirst du zumindest frei in der Luft für uns schweben, Oh, heiliger Yogi?«

Mit leiser krächzender Stimme fing der hinfällige alte Mann zu sprechen an, doch klang, was er sagte, sehr ernst, als mache er eine bedeutsame Ankündigung. Dazu gestikulierte er heftig. Der kleine Raja und der Musikmeister lehnten sich vor, um aufmerksam zuzuhören, so daß es jetzt Tofaa oblag, mir zu erklären, was vorging. Sie schien froh, dies tun zu dürfen, denn sie sagte eifrig:

»Es wird ein Wunder sein, das Ihr wahrscheinlich genau untersuchen möchtet, Marco-wallah. Der Yogi erklärt, er habe eine umwälzend neue Art erfunden, *surata* mit einer Frau zu machen. Statt daß sein *linga* im Augenblick des Höhepunktes seinen Saft herausspritzt, wird er das ganze *nach innen hineinsaugen.* Dadurch führt er sich die Lebenskraft der Frau zu, ohne irgend etwas von der eigenen zu verschwenden. Er behauptet, seine Entdeckung stelle nicht nur etwas phantastisch Neues dar, sondern ständige Übung könnte einem Mann soviel Lebenskraft eintragen, daß er ewig lebt. Hättet Ihr nicht Lust, diese Fähigkeit zu erlernen, Marco-wallah?«

»Nun«, sagte ich, »das hört sich nach einer interessanten neuen Variation des Althergebrachten an.«

»Ja! Zeig es uns, O Yogi!« rief der kleine Raja ihm zu. »Zeig es uns auf der Stelle. Rufer, bringt das *nach*-Mädchen wieder her. Sie ist bereits entkleidet und damit bereit zum Gebrauch.«

Im Gleichschritt eilten die sechs Männer hinaus. Doch der Yogi hielt vorsichtig die Hand in die Höhe und ließ noch einiges verlauten.

»Er sagt, er wage es nicht mit einem wertvollen Tanzmädchen«, dolmetschte Tofaa, »denn jede Frau müsse etwas abnehmen und schrumpfen, wenn sein *linga* innerlich an ihr sauge. Er fordert statt dessen eine *yoni,* mit der er es vorführen kann.«

»Wie kann man denn einem Yogi eine *yoni* zur Verfügung stellen, ohne daß eine Frau dranhängt?«

»Eine *yoni* aus Stein«, sagte Tofaa. »In jedem Tempel werdet Ihr steinerne *linga* aufgerichtet sehen, die den Gott Siva darstellen – desgleichen *yoni*-Steine mit einem Loch in der Mitte, die seine Gemahlin, die Göttin Parvati, darstellen.«

Die sechs Männer kamen zurück, und einer von ihnen brachte einen Stein, groß wie ein kleines Rad, mit einer ovalen Öffnung, die hineingeschnitten war und ungefähr der *yoni* einer Frau ähnelte; selbst das *kaksha*-Haar war angedeutet.

Der Yogi vollführte etliche vorbereitende Gesten und sagte offenbar eine feierliche Beschwörung auf; dann teilte er seine *dhoti*-Lumpen und zog, ohne sich im geringsten zu schämen, sein *linga* hervor, das wie ein schwarzrindiger Zweig war. Unter weiteren Beschwörungen und demonstrativen Gesten – so wird es gemacht, meine Herren – steckte er sein schlaffes Organ durch das *yoni*-Loch im Stein. Sich dann den schweren Stein vor den Schritt haltend, winkte er dem *nach*-Mädchen, das gleichfalls dastand und zusah. Er bat sie, sein *linga* in die Hand zu nehmen und zu erregen.

Das Mädchen wich weder entsetzt zurück, noch beschwerte sie sich, schien jedoch gleichwohl nicht sonderlich entzückt von der Vorstellung. Immerhin faßte sie an, was über den Stein hinausging, und bearbeitete es etwa so, als melke sie eine Kuh. Ihr eigenes Euter hüpfte dabei auf und ab, und ihre Armreifen klirrten im Rhythmus der Bewegung. Der alte Bettelpriester sang die *yoni* und die an ihm zerrende Hand des Mädchens an und verengte die roten Augen, so sehr konzentrierte er sich. Schweiß lief ihm das schmutzige Gesicht herunter. Nach einer Weile wuchs sein *linga* dergestalt, daß er weiter aus dem Stein hervorschaute und wir sogar seinen braungewölbten Kopf aus der reibenden Faust des Mädchens hervorschauen sahen. Schließlich sagte der Yogi etwas zu ihr, und sie ließ von ihm ab und trat beiseite.

Vermutlich hatte der alte Bettler sie innehalten lassen, kurz bevor sie ihn zum *spruzzo* brachte. Der Stein wurde nunmehr allein von der Steife seines Organs gehalten. Er starrte auf diesen Pflock und den ihn umschließenden Reif hernieder genauso wie das leicht atemlose *nach*-Mädchen und wir anderen am Tisch, die Rufer an der Wand und sämtliche Diener, die sich im Speisesaal aufhielten. Der *linga* des Yogi hatte nunmehr eine – wenn man das Alter des Mannes, seine allgemeine Ausgemergeltheit und bettlerhafte Hinfälligkeit bedachte – recht beachtliche Größe erreicht. Allerdings machte er einen überanstrengten und entzündeten Eindruck, wie er da bis zum Bersten gefüllt aus der dicht vor seinen Schritt gepreßten Stein-*yoni* herausschaute.

Der Yogi vollführte noch ein paar jetzt allerdings fahrige und eher nur angedeutete Gesten und brachte wimmernd eine ganze Liste von Beschwörungen hervor, jetzt jedoch mit recht erstickter Stimme. Es geschah nichts, jedenfalls nichts, das wir hätten sehen können. Er schaute zu uns herüber, sah etwas verlegen aus und funkelte das *nach*-Mädchen geradezu haßerfüllt an, das gleichmütig vor sich hin summte und seine Fingernägel betrachtete, als wollte es sagen: »Siehst du? Du hättest doch lieber *mich* nehmen sollen!«

Der Yogi schrie sein *linga* und die geborgte *yoni* an, als verfluchte er sie, vollführte nochmals einige heftigere Gesten, zu denen sogar ein Faustschütteln gehörte. Und trotzdem geschah nichts, nur daß ihm jetzt der Schweiß in Strömen übers Gesicht lief und sein festgeklemmtes Organ bei aller braunschwarzen Färbung auffällig violett anlief. Das *nach*-Mädchen kicherte vernehmlich, der Musikmeister gluckste, und der kleine Raja trommelte mit den Fingern auf die Tischdecke.

»Nun?« fragte ich seitwärts gewendet Tofaa.

Sie flüsterte: »Der Yogi scheint einige Schwierigkeiten zu haben.«

Das konnte man wohl sagen. Er tanzte jetzt auf der Stelle, und zwar lebhafter, als das Tanzmädchen vor ihm getanzt hatte, und seine Augen quollen ihm geröteter aus den Höhlen als nach der Vorführung des *pa*-

lang-Schwingens. Auch hatte sein Gezeter längst nichts Beschwörendes mehr, sondern war selbst für meine Ohren als schmerzhaftes Schreien zu erkennen. Sein abgerissener kleiner Helfer, der Junge, kam herbeigelaufen und zerrte an dem Stein, in dem er gefangen saß, woraufhin sein Herr und Gebieter einen angstvollen Kreischton von sich gab. Jetzt eilten auch die sechs Rufer zu Hilfe herbei, es gab ein Durcheinander von Händen am violett angelaufenen Mittelpunkt aller Aufmerksamkeit, bis der schmerzverzerrte Yogi schreiend vor ihnen zurückwich und zuckend und mit den Fäusten auf den Boden hämmernd niederfiel.

»Schafft ihn fort!« befahl der kleine Raja mit angewiderter Stimme. »Bringt den alten Gauner in die Küche. Versucht, ihn mit Fett einzuschmieren.«

Der Yogi wurde aus dem Saal getragen, was nicht ganz ohne Schwierigkeiten vonstatten ging, da er sich krümmte und sich wand wie ein Fisch an der Angel und wie ein verletzter Elefant trompetete. Die Darbietung schien vorüber. Verlegen schweigend saßen wir vier an der Tafel und lauschten den schwächer werdenden Schreien den Korridor hinunter. Ich war der erste, der die Sprache wiederfand. Selbstverständlich sagte ich nicht, daß dies mich nur weiter in meiner Meinung über Hindutorheit und -unsinnigkeit bestärkt habe. Statt dessen sagte ich gleichsam entschuldigend:

»Das, Hoheit, geschieht bei den niederen Tieren dauernd. Jeder hat doch schon Hund und Hündin gesehen, die nicht auseinanderkönnen, bis die fest zupackende *yoni* der Hündin lockerläßt und der geschwollene *linga* des Rüden erschlafft.«

»Kann sein, daß das bei dem Yogi noch eine Zeitlang dauert«, sagte Meister Khusru immer noch ein wenig belustigt. »Die Stein-*yoni* wird nicht loslassen, und sein *linga* kann infolgedessen auch nicht erschlaffen.«

»Bah!« rief der kleine Raja außer sich vor Wut. »Ich hätte darauf bestehen sollen, daß er sich in die Luft erhebt und schwebt und nichts Neues versucht. Laßt uns schlafen gehen.« Mit diesen Worten stapfte er zur Tür hinaus; diesmal waren keine Rufer da, ihm und der Welt zur Anmut seines Ganges zu gratulieren.

4 »Ich habe Euren Buddhazahn, Marco-wallah.«

Das war das erste, was der kleine Raja mir sagte, als wir uns am nächsten Tag wiedersahen; und er sagte es genauso fröhlich, wie er hätte sagen können: »Einen Zahn, der mir *verdammt weh tut*.«

»Schon, Hoheit? Aber das ist ja großartig. Ihr sagtet, es könnte einige Zeit darüber hingehen, bis Ihr ihn fändet.«

»Das hatte ich angenommen«, sagte er verdrießlich.

Ich verstand, warum er so brummig war, als er mir einen Korb herüberschob und ich hineinblickte. Er war zur Hälfte mit Zähnen gefüllt, die meisten davon vergilbt, vermoost und kariös, eine Reihe von ihnen an der Wurzel noch ganz blutig, und etliche, die offensichtlich nicht von Menschen stammten – Reißzähne von Hunden und Hauer von Schweinen.

»Über zweihundert«, sagte der kleine Raja säuerlich. »Und immer noch kommen Leute und bringen neue. Männer, Frauen, sogar heilige *naga*-Bettler, selbst ein Tempel-*sadhu*. Sie kommen von überallher. G-r-r. Jetzt könnt Ihr nicht nur Eurem Raja Khakhan einen Buddhazahn zum Geschenk machen, sondern jedem einzelnen Buddhisten in Eurem Bekanntenkreis.«

Ich bemühte mich, mein Lachen zu unterdrücken, denn sein Zorn war berechtigt. Er hatte mir gegenüber großgetan mit der Rechtschaffenheit seines Volkes und der frommen Anhänglichkeit an den Hinduglauben – und da kamen sie nun in hellen Scharen und gestanden, die Reliquie des als schändlich geltenden Buddhismus zu besitzen – was bedeutete, daß sie außerdem auch noch *logen*.

Ohne das Gesicht zu verziehen, fragte ich: »Muß ich für jeden dieser Zähne eine Belohnung zahlen?«

»Nein«, sagte er und knirschte mit den eigenen. »Das übernehme *ich*. Die Ruchlosen kommen durch die Vordertür herein, übergeben ihre falschen Zähne dem Verwalter und werden durch die Hintertür an den Hofhenker weitergeleitet, der sie im Hinterhof mit Begeisterung belohnt.«

»Aber Hoheit!« rief ich aus.

»Ach, ich gewähre ihnen nicht die *karavat*«, beeilte er sich, mir zu versichern. »Die bleibt Männern vorbehalten, die sich einigermaßen bedeutender Verbrechen schuldig gemacht haben. Außerdem braucht das seine Zeit, und die hätten wir für solche Schlangen von Menschen gar nicht.«

»*Adrio de mi*. Ich höre die Unseligen ja noch hier schreien.«

»Nein, das könnt Ihr nicht«, knurrte er. »Sie werden leise mit einer Drahtschlaufe beseitigt, die man ihnen um den Hals schlingt und die dann mit einem Ruck zugezogen wird. Wen Ihr da schreien hört, das ist der *andere* Schwindler – der heruntergekommene alte Yogi, der immer noch in der Küche schreit. Bis jetzt ist es noch niemand gelungen, ihn von seiner Stein-*yoni* zu befreien. Wir haben versucht, ihn mit Küchenfett einzuschmieren, ihn mit Sesamöl einzuweichen und mit siedendem Wasser zum Schrumpfen und überhaupt mit allerlei natürlichen Mitteln zum Erschlaffen zu bringen – durch *surata* mit dem *nach*-Mädchen und Mundbefriedigung durch seinen kleinen Helfer –, aber nichts fruchtet was. Möglich, daß wir gezwungen sind, den *yoni*-Stein zu zertrümmern.«

»Nun, ich möchte kein besonderes Mitleid mit dem Yogi bekunden. Aber die Leute, die die Zähne bringen – Hoheit, es ist schließlich nur ein geringfügiges Vergehen, dessen sie sich schuldig gemacht haben, und das auch noch auf überaus plumpe Weise. Mit den Zähnen, die sie gebracht haben, hätten sie nicht einmal mich hereingelegt, geschweige denn einen Buddhisten.«

»Das ist ja gerade das Bedauerliche! Der Schwachsinn meines Volkes! Daß sie ihren Raja der Schande ausliefern und ihre Religion beleidigen, und das mit so durchsichtigen Tricks. Nicht mal zu einem anständigen Verbrechen sind sie fähig! Der Tod ist noch zu schade für sie! Sie werden bloß sofort in einer niederen Form wiedergeboren – falls es das überhaupt gibt.«

Ich war rundheraus der Meinung, daß eine Abnahme der Hindubevölkerung dem Planeten nur guttun könnte, wollte jedoch nicht, daß dem kleinen Raja später aufging, wie gefährlich er seine Reiche entvölkert hatte, sich darüber entsetzte und womöglich in mir den Schuldigen dafür sah. Deshalb sagte ich:

»Hoheit, als Euer Gast bitte ich in aller Form, daß den überlebenden Schwachsinnigen das Leben geschenkt werde; und sollten noch welche kommen, bitte ich, sie abzuweisen, daß sie sich gar nicht erst schuldig machen. Denn schließlich lag die Schuld doch darin, daß in dem Aufruf Eurer Hoheit offensichtlich etwas ausgelassen wurde.«

»Meines Aufrufs? Etwas ausgelassen? Wollt Ihr damit andeuten, *ich* hätte an alledem Schuld? Daß ein Brahmane *und* ein Maharajadhiraj Raj überhaupt *imstande* ist, sich schuldig zu machen?«

»Ich vermute nur, daß verständlicherweise etwas übersehen wurde. Hoheit sind sich selbstredend darüber im klaren, daß der Buddha ein Mann von neun Ellen Größe war und ein Zahn von ihm daher mindestens trinkschalengroß sein müßte. Zweifellos sind Hoheit davon ausgegangen, das ganze Volk wisse das ebenfalls.«

»Hm. Ihr habt recht, Marco-wallah. Ich hielt es für selbstverständlich, daß meine Untertanen daran denken würden. Neun Ellen, eh?«

»Vielleicht ein ergänzender Aufruf, Hoheit . . .«

»Hm, ja. Ich werde ihn sofort erlassen. Und bei allen Dummköpfen, die sich bereits gemeldet haben, Gnade vor Recht ergehen lassen. Ein guter Brahmane tötet nichts Lebendes, stehe dies auch auf noch so niedriger Stufe – es sei denn, es ist notwendig oder zweckdienlich.«

Er ließ seinen Verwalter kommen, gab diesem Anweisungen bezüglich des Aufrufs und befahl, daß die Menschenschlange nicht weiter durch den Hinterhof geschleust werde. Als er sich danach wieder mir zuwandte, war seine gute Laune wiederhergestellt.

»So, das wäre erledigt. Ein guter brahmanischer Gastgeber kommt den Wünschen seiner Gäste nach. Aber genug der langweiligen Geschäfte und der nüchternen Sorgen. Ihr seid ein Gast, und es wird Euch nichts geboten.«

»Oh, doch, Hoheit. Ich werde ständig unterhalten.«

»Kommt. Ihr müßt meine *zenana* bewundern.«

Halb war ich darauf gefaßt, daß er seine *dhoti*-Windel aufmachen und mir etwas Unanständiges zeigen würde, doch langte er nur hoch, nahm meinen Arm und ging mit mir auf einen entfernten Flügel des Palastes zu. Als er mich durch einen üppig eingerichteten Raum nach dem anderen führte, die von Frauen unterschiedlichen Alters und aller möglichen Braunschattierungen bewohnt wurden, ging mir auf, daß *zenana* das hier übliche Wort für *anderun* sein müsse – die Gemächer seiner

513

Frauen und Konkubinen. Die reifen Frauen fand ich auch nicht attraktiver als Tofaa oder die *nach*-Tänzerinnen; auch waren sie umringt von Schwärmen von Kindern jeden Alters. Doch manche der Gefährtinnen des kleinen Raja waren selbst noch kleine Mädchen und bis jetzt weder üppig im Fleisch stehend, noch geierhaften Auges noch rabenkrächzender Stimme; manche von ihnen waren auf ihre dunkelhäutige Weise sogar von zarter Anmut.

»Ich bin offen gestanden ein bißchen überrascht«, wandte ich mich an den kleinen Raja, »daß Hoheit so viele Frauen haben. Eurer nicht zu übersehenden Abneigung der Dame Tofaa gegenüber nach zu urteilen, hatte ich angenommen...«

»Nun ja, wenn sie Eure Gattin gewesen wäre, wie ich anfangs dachte, hätte ich Euch mit Konkubinen und *nach*-Tänzerinnen beschäftigt gehalten, um Euch abzulenken, während ich die Dame zur *surata* verführte. Aber eine Witwe? Welcher Mann möchte sich schon mit einer weggeworfenen Hülse begatten – Einer-toten-Frau-die-darauf-wartet-zu-sterben –, vor allem, wo man doch noch so viele saftige Frauen hat und auch andere zu haben sind, von den stets nachwachsenden Jungfrauen ganz zu schweigen.«

»Hm. Ich verstehe. Hoheit sind ein sehr männlicher Mann.«

»Aha! Dann habt Ihr mich also für einen *gand-mara* gehalten, ja? Für einen Mann, der Männer liebt und Frauen haßt? Schämt Euch, Marco-wallah! Ich will gern zugeben, daß ich wie jeder vernünftige Mann, was eine über längere Zeit bestehende Beziehung betrifft, denn doch einen stillen, willfährigen Knaben vorziehe, der sich zu benehmen weiß. Aber man hat schließlich seine Aufgaben und Verpflichtungen. Von einem Raja erwartet man, daß er eine *zenana* mit vielen Frauen darin unterhält, und deshalb tue ich das. Auch bin ich ihnen in regelmäßigem Turnus zu Diensten, selbst den jüngsten, sobald sie das erste Mal ihre Tage haben.«

»Sie werden Eurer Hoheit *vor* ihrer ersten Menstruation verheiratet?«

»Aber doch nicht nur meine Frauen, Marco-wallah. Jedes Mädchen in Indien. Eltern, die eine Tochter haben, müssen darauf bedacht sein, sie unter die Haube gebracht zu haben, *bevor* sie eine Frau ist und *bevor* irgendein Mißgeschick mit ihrer Jungfräulichkeit dafür sorgen würde, daß sie nicht mehr an einen Mann zu bringen ist. Außerdem machen sich die Eltern jedesmal, wenn die Tochter ihre Tage hat, des schrecklichen Verbrechens schuldig, ein Embryo sterben zu lassen, welches die Familie hätte weiter fortführen können. Es ist wohl gesagt: Wenn ein Mädchen mit zwölf noch unverheiratet ist, trinken die Ahnen im Jenseits traurig das Blut, das sie jeden Monat vergießt.«

»Wohl gesagt, in der Tat.«

»Um aber noch einmal auf meine eigenen Frauen zurückzukommen. Sie alle genießen die traditionellen Rechte, doch Königinnenrechte gehören nicht dazu, wie in weniger zivilisierten und kraftloseren Monarchien. An meinem Hof oder an meiner Regierung haben die Frauen keinen Anteil. Es ist wohl gesagt: Welcher Mann würde sich schon um das

Krähen einer Henne kümmern? – Diese hier, zum Beispiel, ist meine Erste Gattin und dem Titel nach die Maharani; aber sie maßt sich nie an, auf dem Thron zu sitzen.«

Ich verneigte mich höflich vor der Frau und sagte: »Hoheit!« Sie bedachte mich mit demselben stumpf-verächtlichen Blick, mit dem sie auch ihren Raja-Gatten bedacht hatte. Immer noch in dem Wunsch, höflich zu sein, fügte ich hinzu: »Hoheit haben einige entzückende Prinzen und Prinzessinnen.«

Sie sagte immer noch nichts, doch da knurrte der kleine Raja: »Das sind keine Prinzen und Prinzessinnen. Setzt der Frau bloß keine Flausen in den Kopf!«

Woraufhin ich einigermaßen aus der Fassung gebracht sagte: »Die königliche Linie beruht nicht auf dem Erstgeburtsrecht und der männlichen Erbfolge?«

»Mein lieber Marco-wallah! Woher soll ich wissen, ob irgendeines von diesen Blagen wirklich meins ist?«

»Nun ja, er... wirklich...« murmelte ich, peinlich berührt, daß Thema ausgerechnet vor der Frau und ihren Sprößlingen angeschnitten zu haben.

»Ihr braucht nicht zu katzbuckeln, Marco-wallah! Die Maharani weiß, daß ich sie nicht persönlich kränken will. Ich weiß bei keiner einzigen meiner Frauen, ob ihre Kinder von mir stammen. Woher soll ich das wissen? *Ihr* könnt es ja auch nicht wissen, falls Ihr jemals heiratet und Kinder bekommt. So ist das nun mal im Leben!«

Mit weit umfassender Handbewegung zeigte er auf die anderen Frauen, durch deren Gemächer wir hindurchkamen, und wiederholte:

»So ist das nun mal. Kein Mann kann das wissen, jedenfalls nicht mit Sicherheit, daß er der Vater der Kinder seiner Frau ist. Nicht einmal bei einem dem Anschein nach liebevollen und getreuen Eheweib. Und auch nicht bei einer Frau, die so häßlich ist, daß selbst ein *paraiyar* sie nicht anrühren würde. Nicht einmal bei einer Frau, die so verkrüppelt ist, daß sie eigentlich keine Seitensprünge machen kann. Eine Frau findet eben immer eine Möglichkeit und einen Liebhaber und einen dunklen Ort.«

»Aber Hoheit – die jungen kleinen Mädchen, die Ihr heiratet, bevor sie überhaupt empfangen können...«

»Wer weiß das – auch bei denen? Ich kann nicht immer sofort zur Stelle sein, wenn sie das erste Mal ihre Tage haben. Es ist wohl gesagt: Selbst wenn eine Frau ihren Vater, ihren Bruder oder ihren Sohn heimlich sieht, wird ihre *yoni* feucht.«

»Aber irgend jemand müßt Ihr Euren Thron doch vererben, Hoheit! Wem denn, wenn nicht dem, von dem Ihr annehmt, er sei Euer Sohn oder Eure Tochter?«

»Dem erstgeborenen Sohn meiner Schwester, wie das alle Rajas tun. In jedem indischen Königshaus verläuft die Erbfolge über die Schwester. Denn versteht – meine Schwester ist unzweifelhaft von meinem Blute. Selbst wenn unsere königliche Mutter unserem königlichen Vater untreu war und gleichgültig, ob meine Schwester und ich von verschiedenen Liebhabern gezeugt wurden, entstammen wir doch demselben Schoß.«

»Ich verstehe. Und dann, ungeachtet der Tatsache, wer nun der Vater ihres Erstgeborenen ist . . .«

»Nun, selbstverständlich hoffe ich, das ich das bin. Immerhin habe ich meine älteste Schwester zu einer meiner ersten Frauen gemacht – die fünfte oder sechste war sie, welche genau, weiß ich nicht mehr –, und sie hat mir, glaube ich, sieben Kinder geboren, die alle meine sein sollen. Doch der älteste Sohn – selbst wenn er *nicht* von mir wäre – wäre immer noch mein Neffe, und so bleibt die königliche Blutlinie ungebrochen intakt, und er wird der nächste Raja hier werden.«

Wir verließen die *zenana* ganz in der Nähe jenes Palastflügels, in dem die Küche lag, und hörten von dort immer noch Gestöhn, Gewimmere und wie Fäuste auf den Boden hämmerten. Der kleine Raja fragte mich, ob ich mich eine Weile allein amüsieren könne, denn er habe noch ein paar königliche Pflichten zu erfüllen.

»Geht noch einmal zurück in die *zenana*, wenn Ihr mögt«, schlug er vor. »Obwohl ich mir Mühe gebe, immer nur Frauen meiner eigenen weißen Hautfarbe zu heiraten, bringen sie enttäuschend oft Kinder mit dunkler Hautfarbe zur Welt. Ein bißchen von Eurem Samen, Marcowallah, könnte die Linie etwas aufhellen.« Um nicht unhöflich zu sein, murmelte ich etwas von einem Keuschheitsgelübde, das ich abgelegt hätte, und sagte, ich würde schon etwas finden, das mich beschäftigte. Ich sah dem kleinen Raja nach, wie er großspurig davonstolzierte; der Mann tat mir ausgesprochen leid. Da war er nun ein richtiger Herrscher mit der Macht über Leben und Tod seiner Untertanen, und war der winzige Hahn eines ganzen Hühnerhofs – und war doch unendlich viel ärmer und schwächer und weniger zufrieden als ich, der ich nur ein Reisender war, der nur eine Frau zum Herzen und zum Lieben hatte, die ich für den Rest meines Lebens zu behalten gedachte; doch das war Hui-sheng. Das erinnerte mich: Ich konnte jetzt auf meine zeitweilige Mitreisende verzichten. So machte ich mich auf die Suche nach Tofaa, die heute morgen, als ich unsere Gemächer verlassen, laut geschnarcht hatte. Jetzt fand ich sie auf der Palastterrasse, von wo aus sie mit düsterer Stirn beobachtete, wie die düstere Krishna-Feier auf dem Platz zu ihren Füßen immer noch im Gange war.

Sie sagte sofort vorwurfsvoll: »Ich rieche *pachouli* an Euch, Marcowallah! Ihr habt bei einer parfümierten Frau gelegen. Ach, und das nach so einer bewundernswert langen sündenlosen Zeit, die Ihr Euch mir gegenüber so anständig verhalten habt.«

Darauf ging ich nicht ein, sondern sagte: »Ich bin gekommen, Tofaa, um Euch zu sagen, daß Ihr von dem niedrigen Posten als Dolmetsch zurücktreten könnt, wann immer Ihr wünscht, und . . .«

»Ich hab's gewußt! Ich war zu züchtig und zu damenhaft! Jetzt habt Ihr Euch von irgendeiner schamlosen und zudringlichen Palastschlampe verführen lassen. Ach, Ihr Männer!«

Auch darauf ging ich nicht ein. »Wie versprochen, werde ich dafür sorgen, daß Ihr sicher in Eure Heimat zurückreisen könnt.«

»So sehr liegt Euch daran, mich loszuwerden! Meine vornehme Keuschheit wirkt auf Eure Verdorbenheit wie ein ständiger Vorwurf.«

»Ich habe nur an Euch gedacht, undankbares Weib! Ich habe hier nichts weiter zu tun als darauf zu warten, bis sich der richtige Zahn Buddhas einfindet. Bis dahin brauche ich keinen Dolmetsch, denn sowohl der Raja als auch der Musikmeister sprechen beide Farsi.«

Laut schniefend wischte sie sich die Nase an ihrem nackten Arm ab. »Ich habe es keineswegs eilig, nach Bengalen zurückzukehren, Marco-wallah. Dort wäre ich auch nichts weiter als eine Witwe. Im übrigen haben der Raja und der Meister Khusru selbst genug zu tun. Sie werden sich nicht wie ich die Zeit nehmen, Euch herumzuführen und Euch zu zeigen, was es in Kumbakonam an Sehenswertem zu bewundern gibt. Ich habe mich bereits erkundigt und alles herausgesucht – um Euch eine Freude zu machen.« So zwang ich sie nicht, mich zu verlassen. Statt dessen ließ ich mich an jenem Tag und auch an den folgenden Tagen durch die Stadt führen und mir alles Sehenswerte zeigen.

»Dort drüben, Marco-wallah, seht Ihr den heiligen Mann Kyavana. Er ist der heiligste Bewohner von Kumbakonam. Es sind jetzt viele Jahre her, daß er den Entschluß faßte, zur größeren Ehre Brahmas still zu stehen wie ein Baumstumpf, und das tut er heute noch. Das ist er.«

»Ich sehe drei alte Frauen, Tofaa, aber keinen Mann. Wo ist er?«

»Dort.«

»Dort? Das ist doch nur ein enormer Haufen von weißen Ameisen, an dem gerade ein Hund sein Wasser abschlägt.«

»Nein, das ist der heilige Mann Kyavana. Er stand so regungslos da, daß die weißen Ameisen ihn als Gerüst für ihren Lehmbau benutzten, der von Jahr zu Jahr größer wurde. Aber er ist es.«

»Nun... wenn er wirklich dort ist, dann ist er doch wohl tot, oder?«

»Wer weiß? Und was spielt es für eine Rolle? Als er noch am Leben war, stand er genauso regungslos da. Ein überaus heiliger Mann. Pilger kommen von überallher, um ihn zu bewundern, und Eltern zeigen ihn ihren Söhnen als Vorbild großer Frömmigkeit.«

»Dieser Mann hat nichts weiter getan als stillgestanden. So reglos still, daß kein Mensch sagen konnte, ob er noch lebt – oder ob er inzwischen wohl gestorben ist. Und so was gilt als heilig? Als ein nacheifernswertes Vorbild?«

»Senkt Eure Stimme, Marco-wallah, sonst könnte Kyavana seine großen Kräfte als Heiliger an uns auslassen, wie er sie an den drei Mädchen ausgelassen hat.«

»Was für drei Mädchen? Was hat er mit ihnen gemacht?«

»Seht Ihr den Schrein ein Stück hinter dem Ameisenhaufen?«

»Ich sehe eine Lehmhütte mit den drei alten Weibern, die vorm Tor hocken und sich kratzen.«

»Das ist der Schrein. Und das sind die Mädchen. Die eine ist sechzehn, die andere siebzehn und ...«

»Tofaa, die Sonne brennt hernieder. Vielleicht sollten wir zurückkehren in den Palast, wo Ihr Euch niederlegen könnt.«
»Aber ich spiele den Fremdenführer für Euch, Marco-wallah. Als diese Mädchen im Alter von elf und zwölf Jahren standen, ließen sie es genauso sehr an Ehrfurcht mangeln wie Ihr. Sie beschlossen, einen Streich zu spielen und herzukommen, sich zu entblößen und dem heiligen Mann Kayavana ihre knospende Weiblichkeit vorzuführen, um ihn oder zumindest einen Teil von ihm aus seiner Unbeweglichkeit herauszulocken. Jetzt seht, was geschehen ist. Sie alterten auf der Stelle, ihre Haut bekam Runzeln, sie bekamen weiße Haare, wurden ausgemergelt, wie Ihr sie jetzt seht. Die Stadt hat den Schrein für sie errichtet, damit sie ihre paar Jahre, die ihnen noch bleiben, darin leben können. Das Wunder ist in ganz Indien berühmt geworden.«
Ich lachte. »Gibt es irgendwelche Beweise für diese absurde Geschichte?«
»Aber ja doch. Für einen Kupferling werden die Mädchen Euch jene *kaksha*-Teile zeigen, die – einst frisch und jung – so plötzlich uralt wurden und versauerten und stanken. Seht, sie breiten schon die Lumpen für Euch aus, damit Ihr . . .«
»*Dio me varda!*« ich hörte auf zu lachen. »Da, werft ihnen diese Münzen zu, und dann laßt uns machen, daß wir fortkommen. Ich bin bereit, das Wunder einfach zu glauben.«
»Das hier«, sagte Tofaa an einem anderen Tag, »ist ein Tempel besonderer Art. Ein Tempel, der Geschichten erzählt. Ihr seht die wunderbar ins einzelne gehenden Bildhauerarbeiten draußen, ja? Sie illustrieren die vielen Möglichkeiten, die Mann und Frau haben, um *surata* zu machen. Oder ein Mann und mehrere Frauen.«
»Ja«, sagte ich. »Wollt Ihr mir jetzt weismachen, dies hier sei heilig?«
»Überaus heilig sogar. Wenn ein Mädchen im Begriff steht zu heiraten, geht man davon aus – schließlich ist sie noch ein Kind –, daß sie nicht weiß, wie eine Ehe vollzogen wird. Deshalb bringen ihre Eltern sie hierher und übergeben sie der Obhut eines weisen und freundlichen *sadhu*. Der geht mit dem Mädchen außen um den Tempel herum, weist sie auf diese und jene Skulptur hin und erklärt ihr behutsam, um was es geht; was immer ihr Gatte dann in der Hochzeitsnacht mit ihr macht, es kann sie nicht erschrecken, Marco-wallah. Da ist der gute *sadhu* übrigens. Gebt ihm ein paar Kupferlinge, Marco-wallah, und er wird uns führen. Ich werde Euch auf farsi wiederholen, was er uns erzählt.«
Für meine Begriffe handelte es sich bei dem Priester einfach um einen der vielen schwarzen, dreckigen, ausgemergelten Hindus in den üblichen schmutzigen *dhoti* und *tulband* und nichts weiter. Ich wäre kaum auf den Gedanken gekommen, ihn nach dem Weg zu fragen. Auf jeden Fall hätte ich nie eine kleine und ängstliche Kinderbraut seiner Obhut überlassen. Er mußte sie ja mehr erschrecken als irgend etwas, das ihr in der Hochzeitsnacht zustoßen konnte.
Aber vielleicht doch nicht. Ging man nach den Tempelskulpturen,

gab es eben doch ein paar erstaunliche Dinge, die ihr in der Hochzeitsnacht widerfahren konnten. Als der *sadhu* uns auf dieses und jenes hinwies, dabei lüstern kicherte und sich die Hände rieb, sah ich Paarungsakte wiedergegeben, von denen ich nicht gewußt hatte, daß es sie gab, bis ich nicht selbst ein gewisses Alter erreicht und Erfahrungen gemacht hatte. Die steinernen Männer und Frauen vereinigten sich in jeder erdenklichen Stellung und Verrenkung und Kombination und auf die unterschiedlichste Weise, wie ich sie – selbst in meinem Alter, heute – nie gewagt hätte auszuprobieren. Fast jeder der hier in Stein vorgeführten Akte – hätte jemand, auch ein gültig getrautes Paar, in christlichen Landen sie ausgeführt – wäre Anlaß für Mann und Frau, hinterher gleich zu ihrem Beichtvater zu laufen. Und wenn es ihnen gelänge, diesen Akt hinreichend genau zu beschreiben und dem Priester zu erzählen, würde zweifellos *er* hinterher davonwanken und Buße von *seinem* Beichtvater erbitten.

Ich sagte: »Zugegeben, Tofaa, ein Mädchen, das kaum dem Kindesalter entwachsen ist, muß vielleicht den natürlichen Akt des *surata*-Machens mit dem neuen Gatten über sich ergehen lassen. Aber wollt Ihr mir sagen, daß sie in all diesen wilden Variationen bewandert sein muß?«

»Nun, jedenfalls wird sie eine bessere Ehefrau, wenn sie es ist. In jedem Falle sollte sie jedoch auf alle möglichen Vorlieben gefaßt sein, die ihr Gatte vielleicht hegt. Sie ist ein Kind, jawohl, aber er kann sehr wohl ein reifer, sehr sinnlicher und erfahrener Mann sein. Allerdings auch ein sehr alter Mann, der schon seit langem auf den natürlichen Akt hat verzichten müssen und jetzt nach etwas Neuem lechzt.«

Da ich selbst mein Lebtag von einer unstillbaren Neugierde bin, war ich kaum geeignet, anklagend den Finger zu erheben oder mich lustig zu machen über das, was andere Menschen oder andere Völker auf diesem Gebiete taten. So folgte ich denn nur dem genüßlich lächelnden *sadhu* um den Tempel, wo er gestikulierte und redete und redete; ich stieß auch keinen überraschten oder entsetzten Aufschrei aus, als Tofaa erklärte:

»Hierbei geht es um *adharottara,* den auf den Kopf gestellten Akt, hier um *viparita surata,* den widernatürlichen Akt...« Ich betrachtete die Skulpturen von einem ganz anderen Standpunkt und sann über einen ganz anderen Aspekt nach.

Die Bildwerke mochten einen prüden Betrachter entsetzen, doch selbst der unduldsamste konnte nicht leugnen, daß es sich um vorzügliche, wunderschön ausgeführte und äußerst verschlungene Kunstwerke handelte. Das offenkundig Dargestellte war unzüchtig, ja, weiß Gott sogar obszön, doch die daran beteiligten Männer und Frauen trugen alle ein glückliches Lächeln zur Schau und waren offenbar mit Lust und Begeisterung bei der Sache. Sie genossen es ganz rundheraus. Infolgedessen brachten die Skulpturen sowohl großes Können auf bildhauerischem Gebiete als auch eine unglaubliche Lebenslust zum Ausdruck. Was ich hier sah, paßte so gar nicht zu den Hindus, wie ich sie kennengelernt hatte: dumm und albern in allem, was sie taten – freudlos dabei, irgend etwas und wenn schon, dann möglichst wenig zu tun.

Ein Beispiel für ihre Rückständigkeit: im Gegensatz zu den Han, deren Historiker seit Tausenden von Jahren auch noch das kleinste Ereignis in ihrem Herrschaftsbereich für die Nachwelt festgehalten haben, besaßen die Hindus kein einziges Buch, in dem ihre eigene Geschichte nacherzählt wurde. Sie besaßen nur »heilige« Sammlungen unglaubwürdiger Legenden – unglaubwürdig deshalb, weil in ihnen sämtliche Hindumänner als von Tigermut beseelt und von großer Findigkeit getragen dargestellt wurden und alle Hindufrauen als engelhafte, liebenswerte Wesen. Und noch ein Beispiel: Das *Sari* genannte indische Kleidungsstück und auch der *dhoti* bestanden aus nichts anderem denn einer Gewebebahn. Das lag daran, daß, wiewohl selbst die primitivsten Völker woanders längst die Nadel und die Näherei erfunden hatten, die Hindus noch nicht gelernt hatten, mit Nadel und Faden umzugehen und deshalb auch in keiner ihrer vielen Sprachen ein Wort für »Schneider« hatte.

Wie, so fragte ich mich, konnte ein Volk, das nicht einmal vom *Nähen* eine Ahnung hatte, diese zarten, kunstvollen Tempelsteinbilder ersonnen und vor allem ausgeführt haben? Wie konnte ein so träges, verschlagenes und jämmerliches Volk hier Männer und Frauen abgebildet haben, die Lebensfreude, Behendigkeit, Einfallsreichtum, Sorglosigkeit und Geschicklichkeit im Übermaß zum Ausdruck brachten?

Sie konnten einfach nicht die Künstler gewesen sein. Irgendwann einmal, dazu rang ich mich durch, mußten diese Lande lange vor der Ankunft der Hindus von einem anderen Volk besiedelt gewesen sein, das begabt und lebhaft gewesen war. Gott allein weiß, wohin dieses überlegene Volk verschwunden sein mag; zurückgelassen hatten sie jedenfalls ein paar Kunstwerke wie diesen überwältigend kunstvoll gestalteten Tempel, und das war alles. Sonst hatten sie keinerlei Spuren in den spätergekommenen hinduistischen Eindringlingen hinterlassen. Das war zwar bedauerlich, überraschte jedoch kaum. Ob solch ein Volk sich wohl mit den Hindus vermischt hatte?

»Ja, und hier, Marco-wallah«, sagte Tofaa belehrend, »seht Ihr ein Paar verschlungen in dem, was man die *kaja*-Stellung nennt nach der Kobra-Schlange, die Ihr ja kennt.«

Nach Schlangenhaftigkeit sah das wahrhaftig aus, und die Stellung war in der Tat etwas Neues für mich. Der Mann schien am Rand eines Bettes zu sitzen. Die Frau lag auf und gegen ihn gelehnt da, hatte den Kopf nach unten hängen, den Oberkörper zwischen den Beinen des Mannes, die Hände auf dem Boden, die Beine um die Hüfte des Mannes geschlungen, wobei er zärtlich ihr Gesäß mit den Händen umfaßte und sein *linga* offenbar in ihrer umgedrehten *yoni* steckte.

»Eine äußerst nützliche Stellung«, erklärte der *sahdu*, während Tofaa dolmetschte. »Angenommen, Ihr wolltet *surata* mit einer buckligen Frau machen. Wie Ihr wohl wißt, könntet Ihr eine Frau mit einem Buckel nicht einfach rücklings auf ein Bett werfen, sonst wackelt sie und schaukelt auf ihrem Buckel hin und her, was höchst unbequem sein dürfte, und . . .« – »*Gèsu!*«

»Ihr lechzt zweifellos danach, einmal die *kaja*-Stellung auszuprobieren, Marco-wallah«, sagte Tofaa. »Doch bitte, stoßt mich nicht vor den Kopf, indem Ihr ausgerechnet *mich* bittet, sie mit Euch auszuprobieren. Nein, nein. Allerdings sagt er, er habe im Tempel drinnen eine ungemein fähige und ungemein bucklige *devadasi*-Frau, die für ein kleines Silberstück . . .«

»Vielen Dank, Tofaa, und dankt bitte dem *sadhu* in meinem Namen. Auch in diesem Falle bin ich bereit, es einfach zu glauben.«

5 »Ich habe den Zahn Eures Buddhas, Marco-wallah!« sagte der kleine Raja. »Ich freue mich über den glücklichen Ausgang Eurer Suche.«

Rund drei Monate waren seit der ähnlich lautenden ersten Ankündigung vergangen, und in dieser Zeit war kein anderer Zahn – weder ein kleiner noch ein großer – im Palast abgeliefert worden. Ich hatte meine Ungeduld gezügelt, denn ich hatte mir gesagt, daß Perlentaucher wirklich schwer zu fassen sind. Nun war ich froh, endlich das echte Stück in Händen zu haben. Ich war Indiens und seiner Hindus inzwischen sehr leid geworden, und auch der kleine Raja hatte mir deutlich gemacht, daß er nicht gerade laut weinen würde, falls ich abreiste. Es war nicht eigentlich so, daß ihm mein Besuch lästig geworden wäre, er erregte vielmehr seinen Argwohn. Offenbar hatte sich in seinem kleinen bißchen Grips die Vorstellung breitgemacht, daß ich meine Zahnsuche nur als Vorwand für meine eigentliche Mission benutzen könnte, das Gelände für eine mongolische Invasion auszukundschaften. Nun, ich wußte, die Mongolen hätten sich für dieses elende Land bedankt, selbst wenn es ihnen zum Geschenk gemacht würde. Mein Takt verbot es mir jedoch, dies dem kleinen Raja zu sagen. Am besten räumte ich sein Mißtrauen dadurch aus, daß ich den Zahn nahm und mich empfahl – und genau das gedachte ich zu tun.

»Es ist wirklich ein prachtvoller Zahn«, sagte ich, und diese ehrfürchtige Scheu, die mich ergriff, war nicht gespielt. Hier handelte es sich offensichtlich nicht um eine Fälschung, sondern um einen gelblichen, ziemlich länglichen Backenzahn, dessen Kaufläche größer war als mein Handteller, die Wurzel fast so lang wie mein Unterarm und das Gewicht auch nicht geringer als bei einem Stein von dieser Größe. Ich fragte: »Ist es der Perlentaucher gewesen, der ihn gebracht hat? Ist er hier? Ich muß ihm seine Belohnung geben.«

»Ah, der Perlentaucher«, sagte der kleine Raja. »Der Verwalter hat den guten Mann in die Küche hereingeholt, um ihm was Gutes zu essen vorzusetzen. Wenn Ihr die Belohnung mir geben wollt, Marco-wallah – ich werde dafür sorgen, daß er sie bekommt.« Seine Augen weiteten sich, als ich ihm klirrend ein Halbdutzend Goldstücke in die Hand schüttelte. »*Ach-chaa*, so viel?«

Lächelnd erklärte ich: »Das ist er mir wert, Hoheit«, – ohne groß darauf herumzureiten, daß ich dem Tauchersmann nicht nur für den Zahn, sondern auch dafür dankbar zu sein hatte, nun endlich abreisen zu können.

»Mehr als großzügig, aber er soll es bekommen«, sagte der kleine Raja. »Und ich werde den Verwalter bitten, eine hübsche Schachtel zu suchen, in die Ihr die Reliquie hineintun könnt.«

»Dürfte ich auch noch um ein paar Pferde für mich und meinen Dolmetsch bitten, damit wir zurückreiten können an die Küste, wo wir sehen wollen, daß wir mit dem Schiff weiterkommen?«

»Ihr sollt sie haben, gleich morgen früh, und dazu noch zwei stattliche Krieger von der Palastwache zu Eurer Begleitung.«

Ich beeilte mich, für die Abreise zu packen, und wies Tofaa an, desgleichen zu tun. Sie willigte ein, jedoch schien sie nicht besonders fröhlich. Wir waren immer noch beim Packen, als der Musikmeister in unseren Gemächern vorsprach, um uns Lebewohl zu sagen. Er und ich tauschten Komplimente, gute Wünsche und *salaam aleikums,* und als sein Auge zufällig auf die Sachen fiel, die ich auf dem Bett bereitgelegt hatte, bemerkte er:

»Wie ich sehe, nehmt Ihr zur Erinnerung an Euren Aufenthalt hier einen Elefantenzahn mit.«

»Was?« sagte ich. Er hatte den Blick auf den Buddhazahn gerichtet. Ich lachte über den guten Witz, den er gemacht hatte, und sagte: »Kommt, kommt, Meister Khusru. Mich legt Ihr nicht herein. Der Zahn eines Elefanten ist größer als ich; wahrscheinlich könnte ich ihn noch nicht einmal tragen, so schwer ist er.«

»Der Stoßzahn, ja. Aber meint Ihr etwa, ein Elefant kaute sein Futter mit den Stoßzähnen? Zu diesem Zweck ist er mit mächtigen Backenzähnen ausgestattet, wie diesem hier. Ich nehme an, Ihr habt noch nie einen Blick in das Maul eines Elefanten geworfen, ja?«

»Nein, das habe ich nicht«, murmelte ich und knirschte still für mich mit *meinen* Backenzähnen. Ich wartete, bis er sein letztes *salaam* gemacht und uns verlassen hatte, dann platzte ich: »*A cavàl donà no se ghe varda in boca! Che le vegna la cagasangue!*«

»Was schreit Ihr da, Marco-wallah?« fragte Tofaa.

»Möge Bauchgrimmen den verfluchten Raja befallen!« wütete ich. »Die kleine Laus hatte Angst, ich könnte noch länger hierbleiben, und hat wohl jeden Glauben aufgegeben, es könnte je noch jemand mit einem Buddhazahn auftauchen – gleichgültig, ob echt oder falsch. Da hat er eben selbst einen beschafft. Und hat mir meine Belohnung dafür abgeknöpft! Kommt, Tofaa, das muß ich ihm offen ins Gesicht sagen, für was ich ihn halte!«

Wir gingen nach unten, fanden den Palastverwalter, woraufhin ich Audienz beim kleinen Raja verlangte, doch der Mann sagte ausweichend:

»Der Raja hat sich in der Sänfte in die Stadt tragen lassen, um seinen Untertanen das Vorrecht zukommen zu lassen, ihn zu sehen und zu bewundern und ihm zuzujubeln. Das habe ich gerade diesem unverschämten Besucher gesagt, der behauptet, von weit her zu kommen, eigens, um den Raja aufzusuchen.«

Als Tofaa das dolmetschte, warf ich nur ungeduldig einen Blick auf diesen Besucher – nichts weiter als wieder ein *dhoti*-bekleideter Hindu –, doch woran mein Blick hängenblieb, das war der Gegenstand, den er in Händen trug, und im selben Augenblick rief Tofaa aufgeregt:

»Das ist er, Marco-wallah! Es ist wirklich der Perlentaucher, den ich noch aus Akyab kenne.«

Und in der Tat: Was der Mann in Händen trug, war ein Zahn. Auch dieser ein gewaltig großer Zahn, meiner letzten Erwerbung durchaus ähnlich, nur, daß er in die Maschen eines Goldgewebes eingehüllt war wie ein Stein in eine Fassung; außerdem wies das Ganze die Patina unverkennbar hohen Alters auf. Tofaa und der Mann zischelten miteinander, und dann wandte sie sich wieder an mich.

»Er ist es wirklich, Marco-wallah, der Mann, der in der Spielhalle von Akyab mit meinem lieben verstorbenen Gatten gespielt hat. Und dies ist die Reliquie, die er an diesem Tag beim Würfelspiel gewann.«

»Wieviele hat er gewonnen?« sagte ich immer noch voller Mißtrauen.

»Einen hat er bereits abgeliefert.«

Zischel, zischel – dann redete Tofaa wieder mich an. »Von einem anderen weiß er nichts. Er ist gerade eben erst angekommen und hat den ganzen Weg von der Küste hierher zu Fuß zurückgelegt. Der Zahn ist der einzige, den er je gehabt hat, und er ist auch traurig, ihn hergeben zu sollen, denn er hat in der vergangenen Saison seine Ausbeute an Perlen beträchtlich anwachsen lassen. Trotzdem ist er dem Aufruf des Raja getreulich nachgekommen.«

»Welch wunderbares Zusammentreffen«, sagte ich. »Das heute scheint ein Tag für Zähne zu sein.« Und als ich draußen im Hof Bewegung vernahm, fuhr ich fort: »Da kommt der Raja, genau im richtigen Augenblick, um den einzigen rechtschaffenen und ehrlichen Hindu in seinem Reiche kennenzulernen.«

Von seinem aus Hofbeamten, Glückwünschern und anderen Speichelleckern bestehenden Gefolge umgeben, stolzierte der kleine Raja herein und blieb überrascht stehen, als er unsere Gruppe in der Eingangshalle warten sah. Tofaa und der Verwalter sowie der Perlentaucher brachen in die Knie, um den Kopf nicht höher zu tragen als Seine Hoheit, doch ehe ein anderer etwas sagen konnte, wandte ich mich auf farsi an den kleinen Raja und sagte seidenglatt:

»Hoheit, offenbar hat der gute Perlentaucher sich über die Belohnung für den ersten Zahn – und die Mahlzeit, die Ihr ihm habt zukommen lassen – dermaßen gefreut, daß er gleich noch einen zweiten bringt.«

Der kleine Raja wirkte verdutzt, doch hatte er die Situation schnell begriffen und erkannt, daß ich ihm auf die Schliche gekommen war. Er gab sich jedoch nicht schuldbeladen oder eingeschüchtert sondern nur entrüstet, warf dem Perlentaucher einen giftigen Blick zu und wartete dann mit einer weiteren offenkundigen Lüge auf:

»Der habgierige Schuft versucht nur, Euch auszunutzen, Marco-wallah.«

»Vielleicht tut er das, Hoheit«, sagte ich und tat weiterhin so, als glaubte ich der Farce, die er uns vorspielte. »Trotzdem nehme ich auch seine neue Relique dankbar an. Denn jetzt kann ich die hier meinem Khakhan Kubilai schenken und die andere Eurer Gnädigen Hoheit als Abschiedsgeschenk zurücklassen. Hoheit haben sie verdient. Bleibt nur noch die Frage der Belohnung, die ich bereits bezahlt habe. Bekommt der Perlentaucher für seine neueste Lieferung noch einmal soviel?«

»Nein«, erklärte der kleine Raja kalt. »Ihr habt bereits sehr großzügig bezahlt. Ich werde den Mann bewegen, sich damit zufriedenzugeben. Glaubt mir, dazu bringe ich ihn schon.«

Mit harter Stimme gab er dem Verwalter Befehl, den Mann in die Küche zu bringen und ihm dort etwas zu essen vorzusetzen – *noch etwas zu essen*, wie hinzuzufügen er nicht vergaß –, und stapfte dann wütend weiter in seine Gemächer. Tofaa und ich kehrten in die unseren zurück, um weiter zu packen. Sorgfältig wickelte ich den neuen, in seinen Goldmaschen ruhenden Zahn zum Transport ein, ließ den anderen aber einfach da – mochte der Raja hinterher damit machen, was er wollte.

Ich habe den Mann nie wiedergesehen. Vielleicht brachte er es einfach nicht fertig, mir nochmals gegenüberzutreten in dem Bewußtsein, daß ich Kumbakonam jetzt mit einer noch schlechteren Meinung über ihn verließ, als ich sie vorher schon gehabt hatte; denn jetzt wußte ich, daß er nicht nur das Zerrbild eines Potentaten darstellte, sondern auch noch ein Geber falscher Geschenke war, einer, der sein eigenes Volk betrügt, der einen Mann einfach um eine verdiente Belohnung bringt und – schlimmer als all das zusammen – ein Mann, der unfähig war, zuzugeben, sich geirrt, falsch gehandelt oder eine Schuld auf sich geladen zu haben. Doch wie dem auch sei, er wünschte uns nicht Lebewohl, ja, kam nicht einmal aus dem Bett, um uns zu verabschieden, als wir uns bei Morgengrauen auf die Rückreise machten.

Tofaa und ich standen wartend im Hinterhof, während die beiden uns zugewiesenen Begleiter unsere Pferde sattelten und unser Gepäck am Hinterzwiesel festschnallten, da sah ich zwei weitere Männer aus einer Hintertür des Palasts herauskommen. Im Zwielicht der frühen Dämmerung konnte ich nicht erkennen, wer sie waren, doch einer von ihnen setzte sich auf den Boden, während der andere über ihm aufragte. Unsere Eskorte hielt in der Arbeit inne und murmelte voller Unbehagen miteinander, und Tofaa dolmetschte für mich:

»Das ist der Hofhenker und ein verurteilter Gefangener. Er muß eines bedeutenden Verbrechens für schuldig befunden worden sein, daß man ihn zur *karavat* verurteilt hat.«

Neugierig ging ich ein wenig näher, doch nicht so nahe, daß es wie Einmischung ausgesehen hätte. Bei der *karavat*, so konnte ich schließlich erkennen, handelte es sich um eine besondere Art von Schwertklinge. Sie besaß keinen Griff, sondern war einfach ein halbmondförmiger scharfer Stahl, dessen beide Enden mit einer kurzen Kette verbunden waren; die Ketten selber liefen in einer Art metallener Steigbügel aus. Der Verurteilte setzte sich – weder hastig noch allzu widerstrebend – die halbmondförmige Klinge eigenhändig auf den Nacken, so daß ihm die Ketten vorn über die Schultern fielen. Dann zog er die Knie an und hob die Füße so an, daß er sie in die Steigbügel stecken konnte. Noch einmal ganz kurz Luft holend, drückte er den Nacken gegen die Klinge und stieß gleichzeitig mit beiden Beinen nach außen. Ohne fremde Hilfe trennte er mit der *karavat* den Kopf säuberlich vom Hals. Ich ging noch ein Stück näher, und während der Henker dem Leichnam die *karavat* abnahm, sah ich mir den Kopf an, der Augen und Mund immer noch auf- und zumachte, als könne er das Ganze nicht fassen. Es war der Perlentaucher, der den echten Buddhazahn gebracht hatte, der einzig unternehmenslustige und ehrenwerte Hindu, dem ich in Indien begegnet war. Der kleine Raja hatte ihn belohnt, wie er es versprochen hatte.

Als wir davonritten, dachte ich darüber nach, daß ich zum Schluß nun doch noch etwas gesehen hatte, worauf die Hindus als auf eine eigene Erfindung stolz sein konnten. Sonst hatten sie ja nichts. Sie hatten dem in Indien geborenen Buddha längst entsagt und ihn fremden Landen überlassen. Die wenigen Sehenswürdigkeiten, die sie Besuchern stolz zeigen konnten, waren das Werk eines anderen und verschwundenen oder untergegangenen Volkes. Sitten und Gebräuche der Hindus, Moralvorstellungen und Gesellschaftsordnung sowie persönliche Verhaltensformen mußten sie meiner Meinung nach von irgendwelchen Affen haben. Selbst ihr besonderes Musikinstrument, die *sitar*, war der Beitrag eines Ausländers. Wenn es sich bei der *karavat* wirklich um eine Hindu-Erfindung handelte, dann mußte es ihre einzige sein, und die wollte ich ihnen denn auch zugestehen: schließlich war kaum eine Hinrichtungsart denkbar, bei der die Verurteilten sich selbst umbrachten und der Henker sich nicht anzustrengen brauchte – mochte es also die höchste Leistung eines Volkes sein!

Wir wären ja geradenwegs von Kumbakonam in östlicher Richtung an die Cholamandal-Küste geritten und hätten das nächstgelegene Dorf aufgesucht, von dem aus Schiffe in See stachen, die über die Bucht von Bengalen hinübersegelten. Tofaa jedoch meinte, und da mußte ich ihr recht geben, daß wir doch wohl am besten auf dem Wege zurückkehrten, auf dem wir gekommen wären – also nach Kuddalore, denn dort, so wußten wir aus Erfahrung, liefen sehr viele Schiffe an. Nur gut, daß wir das taten, denn als Tofaa bei unserer Ankunft herumfragte, ob es nicht ein Schiff gäbe, das wir chartern könnten, sagten die einheimischen Seeleute uns, es sei bereits ein Schiff da, das *nach uns* Ausschau halte. Das verwirrte mich, doch nur kurz, denn die Nachricht von unserer Ankunft verbreitete sich rasch in Kuddalore, und ein Mann, der kein Hindu war, kam herbeigelaufen und grüßte: »*Sain bina!*«

Zu meiner großen Überraschung handelte es sich um Yissun, meinen einstigen Dolmetsch, den ich das letztemal gesehen, als er sich von

Akyab aus auf den Weg zurück durch Ava nach Pagan gemacht hatte. Wir schlugen uns wechselseitig auf die Schulter, begrüßten uns lautstark, doch dann schnitt ich ihm das Wort ab und fragte: »Was macht Ihr hier in diesem gottverlassenen Nest?«

»Der Wang Bayan hat mich ausgeschickt, nach Euch zu suchen, Älterer Bruder Marco. Und da Bayan gesagt hat: ›Bring ihn *schnell*‹, hat der Sardar Shaibani diesmal nicht nur ein Schiff gechartert, sondern hat den Befehl über die Mannschaft übernommen und mongolische Krieger mit an Bord genommen, die den Seeleuten Beine machen sollten. Wir erfuhren, daß Ihr hier in Kuddalore an Land gegangen wäret, und deshalb bin ich hier. Offen gestanden wußte ich aber nicht, wo ich danach hätte suchen sollen. Diese beschränkten Dörfler haben mir gesagt, Ihr wäret nur bis in das nächste Dorf Panrati gezogen, doch das sei jetzt viele Monate her. Da wußte ich, daß Ihr noch weiter gezogen sein mußtet. Es ist daher ein Segen, daß wir uns zufällig treffen. Kommt, wir segeln sofort nach Ava.«

»Aber warum?« fragte ich. Es beunruhigte mich. Yissuns Wortschwall schien darauf abzuzielen, mir alles zu sagen, nur nicht das Warum. »Warum braucht Bayan mich plötzlich, und das in so großer Eile? Ist Krieg ausgebrochen, oder ist es zu einer Erhebung gekommen?«

»Leider muß ich sagen, nein, Marco, nichts Natürliches und Normales wie das. Es ist nur, daß es Eurer guten Frau, Hui-sheng, gesundheitlich offenbar nicht gutgeht. So gut ich es Euch sagen kann ...«

»Nicht jetzt«, sagte ich auf der Stelle, und mir war, als wehte mich an diesem heißen Tag plötzlich ein kalter Wind an. »Erzählt es mir an Bord. Wie Ihr gesagt habt, laßt uns sofort lossegeln.«

Ein *dinghi* mit einem Hindu-Bootsmann wartete am Ufer und brachte uns hinüber zu dem auf der Reede ankernden Schiff, wieder einer soliden *qurqur,* diesmal unter dem Befehl eines Persers, und die Mannschaft ein bunt zusammengewürfelter Haufen aller möglichen Völker und Hautfarben. Sie waren nur allzu froh, zurück über die Bucht zu segeln, denn inzwischen war März, bald würden die Winde ganz aufhören, die Hitze größer werden und Dauerregen einsetzen. Wir nahmen Tofaa mit, denn ihr Ziel war Chittagong, und dieser Haupthafen Bengalens war an derselben Ostseite der Bucht gelegen wie Akyab und nicht weit nördlich an der Küste, so daß das Schiff sie leicht dorthin bringen konnte, nachdem es mich und Yissun in Akyab abgesetzt hätte.

Als die *qurqur* Anker gelichtet hatte und absegelte, standen Yissun, ich und Tofaa auf dem Achterdeck – er und ich dankbar, daß Indien hinter uns zurückblieb –, und da erzählte er mir von Hui-sheng.

»Als Eure Dame entdeckte, daß sie schwanger war ...«

»Schwanger?« rief ich völlig verwirrt.

Achselzuckend sagte Yissun: »Ich gebe bloß wieder, was man mir gesagt hat. Man hat mir erklärt, sie sei einerseits zwar überglücklich gewesen über die Nachricht, habe sich andererseits jedoch Sorgen gemacht, daß Ihr gewiß etwas dagegen hättet.«

»Mein Gott! Sie hat doch hoffentlich nicht versucht, es abzutreiben, und sich dabei etwas angetan?«

»Nein, nein. Ich glaube, ohne Eure Erlaubnis würde die Dame Hui-sheng nie etwas tun. Nein, sie hat nichts unternommen, und ich vermute, sie war sich überhaupt nicht darüber im klaren, daß etwas nicht stimmte.«

»Nun, *vakh*, Mann! Spuckt's schon aus. *Was* stimmt nicht?«

»Als ich Pagan verließ, war alles in Ordnung, jedenfalls soweit man sehen konnte. Die Dame war für meine Begriffe gesundheitlich in einem sehr guten Zustand, strahlte hoffnungsfreudig und war schöner denn je zuvor. Zu sehen war überhaupt nichts. Und ich nehme an, es ist etwas, das man auch gar nicht sehen kann. Denn gleich zu Anfang, als sie ihrer Dienerin anvertraute, sie sei schwanger, nahm es diese Dienerin – Arùn, Ihr erinnert Euch –, nahm diese Arùn es auf sich, an den Wang Bayan heranzutreten und ihm zu sagen, *sie* habe ein ungutes Gefühl. Jetzt bedenkt, Marco, daß ich Euch nur die Worte wiedergebe, die Bayan mir als von ihr kommend anvertraut hat, und ich bin nun mal weder *shamàn* noch Arzt, und ich habe auch nicht viel Ahnung davon, wie es in einer Frau so funktioniert, und . . .«

»Nun fahrt schon fort, Yissun«, flehte ich.

»Das Mädchen Arùn informierte Bayan, Eure Dame Hui-sheng sei ihrer Meinung nach fürs Kindergebären nicht besonders geeignet. Muß irgendwas mit dem Bau des Schambeinknochens zu tun haben, was immer das sein mag. Ihr müßt entschuldigen, daß ich ganz persönliche Einzelheiten der Anatomie anführe, Marco, aber ich berichte ja nur, was man mir gesagt hat. Und offenbar ist die Dienerin Arùn als Kammerfrau Eurer Dame mit dem Schambein ihrer Herrin wohl vertraut.«

»Das bin ich auch«, sagte ich. »Und mir ist nie etwas aufgefallen, das nicht in Ordnung gewesen wäre.«

An dieser Stelle meldete sich Tofaa auf ihre ewig alleswisserische Weise zu Wort und fragte: »Marco-wallah, ist Eure Dame besonders korpulent?«

»Unverschämtes Weib! Sie ist alles andere als korpulent!«

»Ich habe ja nur gefragt. Denn daher rühren die meisten Schwierigkeiten. Nun, dann sagt mir eben: Ist der Liebeshügel Eurer Dame – Ihr wißt schon, das kleine Kissen vorn, auf dem die Haare wachsen –, steht der vielleicht besonders vor?«

Kalt erklärte ich: »Nur zu Eurer Information, aber Frauen ihres Volkes sind dort nicht mit verschwitzten Haaren ausgestattet. Allerdings, jetzt, wo Ihr es sagt, ja – dieser Körperteil meiner Dame steht wirklich um ein weniges mehr vor als bei anderen Frauen.«

»Ah, da haben wir es. Eine Frau, die so gebaut ist, ist beim *surata*-Machen ganz unvergleichlich süß und tief und umfassend – aber darüber seid Ihr Euch ja zweifellos im klaren –, doch kann es sich beim Gebären sehr nachteilig bemerkbar machen. Es deutet nämlich darauf hin, daß die Knochen unter dem Liebeshügel so beschaffen sind, daß die Öff-

nung ihres Beckengürtels nicht oval ist, sondern herzförmig aussieht. Diese besondere Verformung hat ihre Dienerin offenbar bemerkt, und sie hat ihre Besorgnis erregt. Allerdings, Marco-wallah, eigentlich hätte Eure Dame das selbst merken müssen. Ihre Mutter muß es ihr gesagt haben oder ihre Amme, in der Zeit, da sie Frau wurde und man sich im Frau-zu-Frau-Gespräch zusammensetzte.«
»Nein«, erklärte ich nachdenklich. »Das kann man ihr gar nicht erklärt haben. Hui-shengs Mutter ist gestorben, als sie noch ein Kind war, und sie selbst . . . nun, hinterher hat ihr nie jemand mit Rat beiseite gestanden und hatte sie auch keine Vertrauten. Doch lassen wir das. Was hätte man ihr denn sagen müssen?«
»Nie Kinder zu bekommen!« erklärte Tofaa mit Nachdruck.
»Warum? Was hat diese besondere Formung des Beckens zu besagen? Ist sie in großer Gefahr?«
»Solange sie schwanger ist, nein. Jedenfalls entstehen dadurch keinerlei Schwierigkeiten, das Baby durch alle neun Monate hindurch auszutragen – sofern sie sonst gesund ist. Die Schwangerschaft müßte eigentlich ganz normal verlaufen, und eine schwangere Frau ist immer eine glückliche Frau. Zum Problem wird das Ganze erst bei der Geburt.«
»Und was geschieht dann?«
Tofaa wandte den Blick ab. »Der schwierigste Teil ist das Herauspressen des Kopfes. Aber der Kopf ist oval, und das ist die normale Beckenöffnung auch. Wieviel Wehen und Pressen auch damit verbunden sein mögen, er kommt heraus. Wenn die Öffnung jedoch verengt ist wie bei einem herzförmigen Becken . . .«
Ausweichend sagte sie: »Stellt Euch vor, Ihr schüttetet aus einem Sack mit enger Öffnung Getreide aus, und eine Maus ist in den Sack hineingeraten und verstopft die Öffnung. Doch das Getreide muß hinaus, und so preßt und drückt man. Irgend etwas muß nachgeben.«
»Die Maus wird platzen. Oder die Öffnung wird auseinandergerissen.«
»Oder der ganze Sack.«
Aufstöhnend sagte ich: »Gott, laß es die Maus sein!« Dann wirbelte ich herum und wandte mich an Yissun: »Was wird getan?« wollte ich wissen.
»Alles, was möglich ist, Älterer Bruder. Wang Bayan erinnert sich sehr wohl, daß er Euch versprochen hat, für ihr Wohlergehen zu sorgen. Sämtliche Ärzte des Hofes von Ava kümmern sich um sie, doch hat Bayan sich nicht damit zufriedengegeben, sich auf sie allein zu verlassen. Er hat Eilkuriere nach Khanbalik geschickt, um den Khakhan über die Situation aufzuklären. Und Khan Kubilai hat sofort seinen Leibarzt, den Hakim Gansui, nach Pagan geschickt. Der alte Herr war halbtot, als er in aller Eile nach Süden verfrachtet wurde, doch sollte der Dame Hui-sheng etwas zustoßen, wird er den Wunsch haben, *ganz und gar* tot zu sein.«
Nun, dachte ich, nachdem Yissun und Tofaa mich verlassen und mich meinen eigenen Gedanken überlassen hatten. Was immer auch

geschehen mochte, ich konnte unmöglich Bayan oder Gansui oder sonst irgend jemand die Schuld dafür geben. Ich war es, der Hui-sheng dieser Gefahr ausgesetzt hatte. Es mußte in jener Nacht geschehen sein, da sie und Arùn und ich uns zum ersten Mal gemeinsam vergnügt hatten und ich so aufgeregt gewesen war zu vergessen, was meine Pflicht und meine Freude zugleich war – das abendliche Einführen der empfängnisverhütenden Zitronenhälfte. Ich versuchte nachzurechnen, wann das gewesen war. Gleich nach unserer Ankunft in Pagan, und das lag wie lange zurück? *Gèsu*, mindestens acht Monate, wenn nicht gar neun! Die Geburt mußte für Hui-sheng unmittelbar bevorstehen. Kein Wunder, daß Bayan daran gelegen war, mich so schnell wie möglich zu finden und an ihr Lager eilen zu lassen.

Doch für ihn drängte es nicht mehr als für mich. Wenn Hui-sheng auch nur in der geringsten Schwierigkeit war, wollte ich bei ihr sein. Und jetzt war sie in der denkbar größten Schwierigkeit und ich unverzeihlich fern von ihr. Infolgedessen kam mir diese Fahrt über den Golf von Bengalen zermürbend langsamer und länger vor als die erste Überfahrt, hinüber zur Cholamandal-Küste. Der Kapitän, die Besatzung und meine Mitpassagiere fanden mich bestimmt keinen sehr angenehmen Fahrgast. Ich war unleidlich, schimpfte bei jeder Gelegenheit und tigerte rastlos auf dem Deck auf und ab, ich verfluchte die Seeleute jedesmal, wenn sie nicht jedes bißchen Segel aufgezogen hatten, und verfluchte die gleichgültige Unermeßlichkeit des Golfs, und ich verfluchte das Wetter, so oft sich eine noch so kleine Wolke am Himmel zeigte, und ich verfluchte die erbarmungslose Langsamkeit, mit der die Zeit verging – hier so unendlich langsam verging und woanders Hui-sheng auf den entscheidenden Tag zurasen ließ.

Und am meisten verfluchte ich mich selbst, denn wenn es auf der Welt einen Mann gab, der wußte, was er einer Frau antat, wenn er sie schwängerte, so war ich das. Damals, auf dem Dach der Welt, als ich unter dem Einfluß des Liebestranks für kurze Zeit eine den Geburtswehen hilflos ausgelieferte Frau *gewesen war*. Mochte es auch eine durch Drogen hervorgerufene Täuschung gewesen sein oder eine durch Drogen hervorgerufene Verwandlung meines Körpers, ich hatte ganz unmißverständlich jeden grauenhaften Augenblick, jede Stunde und die gesamte Dauer des Geburtsvorgangs durchlitten. Ich kannte ihn besser als jeder Mann, besser sogar, als ein Arzt es wissen konnte, und wenn er bei noch so vielen Geburten dabeigewesen war. Ich wußte, daß dieser Vorgang nichts Hübsches oder Köstliches oder Beglückendes war, wie all die Mythen von den Freuden der Mutterschaft uns glauben machen wollten. Ich wußte, daß es eine schmutzige Sache war, ekelerregend, demütigend, eine schreckliche Qual. Ich hatte erlebt, wie ein Liebkoser Menschen Entsetzliches antat, doch nicht einmal er konnte es *von innen heraus* tun. Die Geburt war grauenhafter, und der Gefolterte konnte nichts tun als schreien und schreien, bis die Qual im letzten Herauspressen endete, das einen schier zerriß.

Aber die arme Hui-sheng konnte nicht einmal schreien.

Und wenn das wühlende, wütende, bedrängende und zerreißende Ding in ihr überhaupt nicht herauskonnte . . .?

Ich war es, der schuld hatte. Ich hatte es verabsäumt – einmal –, die gebotenen Vorsichtsmaßnahmen zu ergreifen. Dabei war ich sogar noch schuldhafter pflichtvergessen gewesen. Seit meiner eigenen furchtbaren Erfahrung mit einer Kindsgeburt hatte ich erklärt: »Nie will ich eine Frau, die ich liebe, einem solchen Schicksal ausliefern!« Wenn ich also Hui-sheng wahrhaft geliebt hätte, würde ich ihr nie beigewohnt und sie diesem noch so geringen Risiko ausgesetzt haben. Es hielt schwer, all die wunderschönen Male zu bedauern, da sie und ich einander geliebt hatten, und doch bedauerte ich sie, denn selbst mit Vorsichtsmaßnahmen – eine absolute Sicherheit gab es nicht, und sie war jedesmal in Gefahr gewesen. Jetzt schwor ich mir und dem Herrgott, wenn Hui-sheng diese Gefahr überstand, ich ihr nie wieder beiwohnen würde. So sehr liebte ich sie; wir mußten einfach andere Mittel und Wege finden, uns wechselseitig unsere Liebe zu beweisen.

Nachdem ich diesen bitteren Entschluß gefaßt hatte, bemühte ich mich, meine Ängste in glücklicheren Erinnerungen zu ertränken, doch gerade, weil sie so süß waren, entbehrten sie jetzt nicht einer gewissen Bitterkeit. Ich erinnerte mich, wie ich sie das letztemal gesehen hatte – als ich und Yissun von Pagan fortgeritten waren. Hui-sheng konnte weder gehört haben, wie ich »Auf Wiedersehen, Liebste« gerufen hatte, noch etwas darauf erwidern können. Und doch hatte sie mit dem Herzen gehört. Und gesprochen hatte sie auch – mit den Augen: »Komm zurück, Liebster!« Und ich erinnerte mich, wie sie – des Genusses beraubt, jemals Musik zu hören – sie statt dessen oft gefühlt, oder gesehen oder auf andere Weise gespürt hatte. Sie hatte sogar Musik gemacht, auch wenn sie unfähig gewesen war, sie selbst hervorzubringen, denn ich hatte andere Menschen gekannt – selbst mürrische Diener, die mit ganz anderem beschäftigt waren –, die einfach glücklich vor sich hin summten oder sangen, bloß weil Hui-sheng im Raum war. Ich erinnerte mich noch an einmal, an einen Sommertag, da wir draußen von einem plötzlichen Gewitter überrascht worden waren und all die Mongolen um uns herum vor Unbehagen zitterten und zum Schutz ihren Khakhan anriefen. Hui-sheng jedoch hatte bei den Blitzen nur gelächelt und keinerlei Angst bei dem Krach bekundet, den sie machten; für sie war ein Sturm nur eines von vielen schönen Dingen. Und ich erinnerte mich, wie oft Hui-sheng auf unseren Spaziergängen hingelaufen war, irgendeine Blume zu pflücken, die meine unverletzten, jedoch stumpferen Sinne nicht wahrgenommen hatten. Trotzdem – auch ich war für Schönheit nicht gänzlich unempfänglich. Wann immer sie zu einem solchen Unternehmen davonstob, mußte ich lächeln über die unbeholfene, gleichsam kniegebundene Art, mit der Frauen laufen – aber es war ein liebevolles Lächeln, und jedesmal, wenn sie lief, hüpfte mein Herz hinterher . . .

Noch eine Ewigkeit und noch eine, und dann war die Schiffsreise vorüber. Sobald wir Akyab am Horizont auftauchen sahen, hatte ich mein Gepäck fertig, bedankte mich und verabschiedete mich von der Dame Tofaa, damit Yissun und ich vom Deck auf den Landesteg hinunterspringen konnten, noch ehe die *qurqur* festgemacht hatte. Dem Sardar Shaibani nur zuwinkend, sprangen wir auf die Pferde, die er hatte bereitstellen lassen, und gaben ihnen die Sporen. Shaibani mußte gleichfalls in dem Augenblick, da unser Fahrzeug in der Ferne gesichtet worden war, einen Vorauskurier losgeschickt haben, der nach Pagan geprescht war, denn so schnell Yissun und ich auch die Strecke von vierhundert *li* zurücklegten, der Paganer Palast erwartete uns bereits. Der Wang Bayan gehörte nicht zu denjenigen, die uns als erste begrüßten. Für eine solche Zartgefühl erfordernde Aufgabe meinte er zu schroff zu sein. Statt dessen hatte er den alten Hakim Gansui und die Dienerin Arùn antreten lassen, uns in Empfang zu nehmen. Vor innerer Erregung genauso zitternd wie von der Anstrengung des langen Galopps, sprang ich vom Pferd, und Arùn kam auf mich zugelaufen und nahm meine Hände in die ihren. Gansui kam gemesseneren Schrittes auf mich zu. Sie brauchten nichts zu sagen. Ich sah es ihren Gesichtern an – das seine ernst, das ihre voller Herzeleid –, daß ich zu spät gekommen war.

»Alles, was getan werden konnte, ist getan worden«, sagte der *hakim*, nachdem ich auf sein Drängen hin einen kräftigenden Schluck von dem feurigen *choum-choum* zu mir genommen hatte. »Ich bin erst hier in Pagan eingetroffen, als die Schwangerschaft der Dame bereits weit fortgeschritten war; trotzdem hätte ich leicht dafür sorgen können, daß sie eine ungefährliche Fehlgeburt erlebt hätte. Doch das wollte sie nicht zulassen. Soweit ich sie – mit Hilfe dieser Dienerin – verstand, behauptete Eure Dame Hui-sheng, es sei nicht in ihre Entscheidung gegeben, und wollte sich davon nicht abbringen lassen.«

»Ihr hättet Euch einfach über sie hinwegsetzen sollen«, sagte ich heiser.

»Aber es war auch nicht meine Entscheidung.« Er war so freundlich, mir nicht unter die Nase zu reiben, daß ich es war, der diese Entscheidung hätte treffen müssen. So nickte ich nur.

Er fuhr fort: »Mir blieb nichts anderes übrig, als bis zur Niederkunft zu warten. Auch wiegte ich mich ja in gewissen Hoffnungen. Ich gehöre nicht zu den Han-Ärzten, die ihre weiblichen Patienten nicht einmal anfassen, sondern sich anhand kleiner Elfenbeinfigürchen die Stellen zeigen lassen, an denen es ihnen weh tut. Ich bestand auf einer vollständigen Untersuchung. Ihr sagt, Ihr hättet erst vor kurzem erfahren, daß das Becken Eurer Dame zu eng war. Ich stellte fest, daß sein Durchmesser in der schiefen Ebene durch ein Vorstehen des Kreuzbeins sowie durch das eher spitze als gerundete Schambein dem Becken eine eher dreieckige als ovale Form gab. Das ist für gewöhnlich keine Behinderung für eine Frau – beim Gehen, Reiten, was auch immer –, es sei denn, sie denkt daran, Mutter zu werden.«

»Sie hat das nie gewußt«, sagte ich.

»Ich glaube, ich habe es ihr begreiflich machen und sie vor den möglichen Folgen warnen können. Aber sie war eigensinnig – oder entschlossen – oder mutig. In Wahrheit konnte ich ihr ja auch gar nicht sagen, daß die Geburt unmöglich sei, daß die Schwangerschaft unterbrochen werden müsse. Ich habe im Laufe meines Lebens mehreren afrikanischen Konkubinen bei der Geburt geholfen, und von allen Rassen haben die schwarzen das engste Becken. Trotzdem bekommen sie Kinder. Der Kopf eines neugeborenen Kindes ist erstaunlich formbar, und so war ich nicht ohne Hoffnung, daß dieses ohne allzu große Schwierigkeiten zur Welt kommen könnte. Leider war das nicht der Fall.«

Er hielt inne, um seine nächsten Worte sehr sorgfältig zu wählen. »Nach einiger Zeit der Wehen war es deutlich, daß der Fötus nicht mehr vor- und nicht zurückkonnte. Und an diesem Punkt liegt die Entscheidung eben doch beim Arzt. Ich führte mit Hilfe von Theriak-Öl eine Bewußtlosigkeit der Dame her. Der Fötus wurde zerteilt und herausgeholt. Ein voll ausgetragener Junge, offenbar völlig normal entwickelt. Doch waren die inneren Organe der Mutter bereits zu sehr in Mitleidenschaft gezogen worden, Gefäße waren zerrissen, es kam zu Blutungen an Stellen, wo wir sie nicht stillen konnten. Die Dame Hui-sheng ist aus dem Theriak-Koma nicht mehr erwacht. Es war ein leichter und schmerzloser Tod.«

Ich wünschte, die letzten Worte hätte er sich erspart. So gut gedacht, stellten sie doch rundheraus eine Lüge dar. Ich habe zu viele Tode miterlebt, um zu glauben, daß je ein Tod »leicht« ist. Und ausgerechnet dieser »schmerzlos«? Ich wußte besser als er, was das hieß: nach einiger Zeit der Wehen. Ehe er ihr gnädig Vergessen gewährt und das Kind zerstückelt und herausgeholt hatte, hatte Hui-sheng Stunden durchlitten, die kein Ende genommen hatten wie Höllenqualen. Ich sagte jedoch nur völlig benommen:

»Ihr habt getan, was Ihr konntet, Hakim Gansui. Ich bin Euch dankbar. Kann ich sie jetzt sehen?«

»Freund Marco, sie ist vor vier Tagen gestorben. In diesem Klima . . . Nun, die Bestattung war schlicht und würdig, ohne alle barbarischen Details, wie sie hier üblich sind. Ein Scheiterhaufen bei Sonnenuntergang, in Anwesenheit des Wang Bayan und des Hofes als Trauernde . . .«

Wie fühllos unterzog ich mich der Begrüßungsformalitäten von Bayan und hörte mir seine rauhen Beileidsbekundungen an – und sagte ihm, sobald ich mich etwas ausgeruht hätte, würde ich aufbrechen, um Kubilai die Buddha-Reliquie zu überbringen. Dann ging ich mit Arùn in jene Gemächer, in denen Hui-sheng und ich zuletzt gelebt hatten und wo sie auch gestorben war. Arùn leerte Truhen und Schränke, um mir packen zu helfen; dabei suchte ich nur ein paar Andenken aus, sie mitzunehmen. Ich sagte dem Mädchen, sie könne alle Kleider und die Toilettengegenstände haben, die Hui-sheng jetzt nicht mehr gebrauchen konnte. Doch Arùn ließ es sich nicht nehmen, mir jedes Stück einzeln zu zeigen und mich jedesmal um Erlaubnis zu bitten. Man hätte meinen sollen, daß mir das nur unnötigen Schmerz bereitete, doch bedeuteten mir die Kleider, das Geschmeide und der Haarschmuck ohne Hui-sheng nicht das geringste mehr. Ich hatte mir vorgenommen, nicht zu weinen – zumindest so lange nicht, bis ich auf dem Weg nach Norden nicht irgendein einsames Plätzchen gefunden hätte, wo ich das unbeobachtet tun konnte. Es kostete mich viel Überwindung, das gebe ich gern zu, die Tränen nicht einfach fließen zu lassen, mich nicht auf das leere Bett zu werfen, das wir miteinander geteilt hatten, und ihre Gewänder nicht an mich zu pressen. Aber ich sagte mir: »Ich werde dies ertragen wie ein stumpfsinniger Mongole – nein, wie ein praktisch denkender Kaufmann.«

Jawohl, am besten wie ein Kaufmann, denn der ist an die Vergänglichkeit der Dinge gewöhnt. Ein Kaufmann mag mit Schätzen handeln, und er mag jubeln, wenn ein ungewöhnlicher Schatz ihm unter die Finger kommt, doch weiß er, daß er ihn nur für eine kurze Zeit besitzt und er ihn dann in andere Hände übergeben muß – wozu ist ein Kaufmann sonst da? Es mag ihm leid tun, diesen Schatz wiederhergeben zu müssen, doch wenn er ein richtiger Kaufmann ist, ist er um so reicher, wenn er ihn nur für kurze Zeit besessen hat. Und ich *war* bereichert, wirklich! Wiewohl sie mir jetzt genommen war, hatte Hui-sheng mein Leben unermeßlich reich gemacht und mir einen Schatz an Erinnerungen hinterlassen, wie sie kostbarer nicht sein konnten. Vielleicht war ich sogar ein besserer Mensch dadurch geworden, daß ich sie gekannt hatte. Jawohl, ich hatte profitiert. Das war eine höchst praktische Art, meinen Verlust zu betrachten, denn er erleichterte es mir, meinen Kummer zu ertragen. Ich gratulierte mir zu meiner steinernen Gefaßtheit.

Doch dann fragte Arùn: »Wollt Ihr dies hier mitnehmen?« und was sie in die Höhe hob, war der Weihrauchbrenner aus weißem Porzellan. Da brach der steinerne Mann zusammen.

HEIMKEHR

1 Mein Vater begrüßte mich freudig und war dann voller Mitgefühl, als ich ihm berichtete, warum ich ohne Hui-sheng nach Khanbalik zurückgekehrt war. Bekümmert hob er an, mir zu sagen, das Leben sei wie dies oder das, doch schnitt ich ihm bei dieser Moralpredigt das Wort ab und sagte: »Wie ich sehe, sind wir nicht mehr die zuletzt Eingetroffenen aus dem Abendland.« Ein Fremder saß mit meinem Vater in seinen Gemächern zusammen. Ein weißer Mann, ein bißchen älter als ich, und seine Kutte, so mitgenommen sie auch von den Reisen sein mochte, gab ihn als Priester vom Orden der Franziskaner zu erkennen.

»Ja«, sagte mein Vater strahlend. »Endlich kommt ein richtiger christlicher Priester nach Kithai. Und fast noch ein Landsmann von uns, Marco, denn er kommt aus der Campagna. Darf ich bekannt machen: Pare Zuàne . . .«

»Padre Giovanni«, sagte der Priester und verbesserte kleinlich die venezianische Aussprache meines Vaters. »Aus Montecorvino, bei Salerno.«

»Und war gleich uns drei Jahre unterwegs«, ergänzte mein Vater. »Und so ziemlich auf derselben Route.«

»Von Konstantinopel«, sagte der Priester. »Hinunter nach Indien, wo ich eine Mission errichtete, dann hinauf durch die Tatarei.«

»Ihr seid gewiß willkommen hier, Pare Zuàne«, sagte ich höflich. »Wenn Ihr dem Khakhan bis jetzt noch nicht vorgestellt worden seid, ich werde ihn gleich aufsuchen und . . .«

»Khan Kubilai hat mich bereits herzlich willkommen geheißen.«

»Wenn du den Pare Zuàne bittest«, sagte mein Vater, »ist er vielleicht bereit, ein paar Gebete zum Gedenken an unsere liebe dahingegangene Hui-sheng zu sprechen . . .«

Ich hätte ihn ohnehin nicht gebeten, doch der Priester erklärte steif: »Ich vermute, die Verstorbene war keine Christin. Und daß die Verbindung nicht durch das heilige Sakrament der Ehe gesegnet war.«

Da kehrte ich ihm rüde den Rücken und sagte grob: »Vater, wenn diese einst fernen, unbekannten und barbarischen Lande jetzt zivilisierte *arrivisti* wie diesen hier anziehen, sollte der Khakhan sich nicht allzu verloren fühlen, wenn wir Pioniere uns von hier verabschieden. Ich bin bereit abzureisen, sobald du es bist.«

»Das hatte ich mir schon gedacht«, sagte er und nickte. »Alle unbewegliche Habe der Compagnia habe ich in Geld und in Wertsachen eingetauscht, die man mitnehmen kann. Das meiste ist bereits über die Pferdeposten auf der Seidenstraße in den Westen gelangt, und der Rest ist verpackt. Wir brauchen uns nur noch darauf zu einigen, *wie* wir reisen und welche Route wir nehmen wollen – und müssen uns selbstverständlich um das Einverständnis des Khakhan bemühen.«

So tat ich als erstes das. Zuvor übergab ich Kubilai die Buddhareliquie, die ich mitgebracht hatte, angesichts derer er Dankbarkeit, aber auch eine gewisse heilige Scheu bekundete. Dann übergab ich ihm den Brief, den Bayan mir mitgegeben hatte, wartete, bis er ihn gelesen hatte, und sagte:

»Außerdem habe ich Euren Leibarzt wieder mitgebracht, Sire, den Hakim Gansui; ich bin Euch ewig dankbar, ihn geschickt zu haben, daß er sich um meine verstorbene Hui-sheng kümmert.«

»Um Eure *verstorbene* Dame? Dann kann Gansui nicht sonderlich geholfen haben. Ich bin tief bekümmert, es zu hören. Bei meiner Gicht und anderen Altersbeschwerden hat er mir immer schön helfen können, und es sollte mir leid tun, ihn zu verlieren. Aber soll er für seine Pflichtvergessenheit hingerichtet werden?«

»Jedenfalls nicht auf mein Ersuchen hin, Sire. Ich bin zufrieden mit dem, was er hat tun können. Und ihm das Leben zu nehmen, würde weder meine Dame noch meinen ungeborenen Sohn zurückbringen.«

»Ich fühle mit Euch, Marco. Eine liebenswerte, geliebte und liebende Dame ist wirklich unersetzlich. Aber Söhne?« Er vollführte eine beiläufige Gebärde, und ich meinte, er beziehe sich auf seine eigene zahlreiche Nachkommenschaft. Doch dann schrak ich zusammen, als er sagte: »Ihr habt ja schon dieses halbe Dutzend. Und, wie ich glaube, außerdem noch drei oder vier Töchter.«

Zum ersten Mal dämmerte mir, wer die Pagen waren, welche die älteren Bediensteten von früher ersetzt hatten. Ich war sprachlos.

»Stattliche Burschen«, fuhr er fort. »Ein durchaus erfreulicher Anblick in meinem sonst wenig ansprechenden Thronsaal. Besucher können das Auge auf diesen hübschen jungen Männern ruhen lassen, statt auf dem betagten Koloß auf dem Thron.«

Ich sah mir die Pagen an. Ein oder zwei von ihnen, die in Hörweite standen und diese erstaunliche Enthüllung wahrscheinlich mitbekommen hatten – erstaunlich jedenfalls für mich –, reagierten mit scheuem und achtungsvollem Lächeln auf meinen Blick. Jetzt wußte ich, woher sie ihre Hautfarbe hatten, die heller war als die der Mongolen; ich glaubte sogar, eine gewisse Ähnlichkeit mit mir festzustellen. Gleichwohl, sie waren Fremde für mich. Sie waren nicht in Liebe empfangen worden, und ihre Mütter würde ich vermutlich nicht einmal erkennen, wenn ich auf den Palastgängen an ihnen vorüberginge. Ich biß daher die Zähne zusammen und sagte:

»Mein einziger Sohn ist bei der Geburt umgekommen. Der Verlust von ihm und von seiner Mutter hat mich an Seele und Herz erkranken lassen. Deshalb erbitte ich von meinem Herrn Khakhan die Erlaubnis, über meinen letzten Auftrag zu berichten und ihn hinterher um einen Gefallen zu bitten.«

Lange musterte er mich, und die Altersrunzeln und -falten in seinem ledrigen Gesicht schienen sich merklich zu vertiefen, doch sagte er nur: »Erstattet Bericht.«

Ich faßte mich kurz, denn eigentlich hatte ich ja keine andere Aufgabe gehabt, als die Augen aufzumachen. So gab ich die Eindrücke wieder, die ich gewonnen hatte: daß Indien ein Land war, das nicht lohnte, sich anzueignen oder auch nur zu beachten; daß die Champa-Länder dieselben Rohstoffe lieferten – Elefanten, Gewürze, Edelhölzer, Sklaven und Edelsteine – und weniger weit entfernt waren.

»Außerdem gehört Ava Euch ja bereits. Eines jedoch möchte ich zu bedenken geben, Sire. Wie Ava könnten auch die anderen in Champa lebenden Völker geneigt sein, sich mühelos erobern zu lassen; allerdings, sie fest an Euch zu binden, dürfte schwierig sein. Eure Mongolen sind Männer des Nordens, gewohnt, frei zu atmen. In der tropischen Hitze und der Feuchtigkeit kann keine mongolische Garnison es lange aushalten, ohne Fieber, Krankheiten und der dort herrschenden Trägheit zum Opfer zu fallen. Ich schlage daher vor, statt diese Lande regelrecht zu besetzen, Sire, dort einfach willfährige Eingeborene zu den Verwaltern von Champa und zu den Befehlshabern der Truppen zu machen.«

Er nickte und griff nochmals nach dem Brief, den er von Bayan erhalten hatte. »König Rama Khamhaeng von Muong Thai macht bereits diesbezügliche Vorschläge – als Alternative dazu, daß wir seine bedingungslose Kapitulation verlangen. Er bietet die gesamte Zinnförderung seines Landes als Dauertribut. Ich glaube, auf diese Bedingungen werde ich eingehen, und Muong Thai bleibt als unabhängiges Reich bestehen.«

Da mir die Thai regelrecht ans Herz gewachsen waren, freute ich mich besonders, dies zu hören. Sollte ihr Land der Freien frei bleiben!

Kubilai fuhr fort: »Ich danke Euch für den Bericht, Marco. Ihr habt Eure Sache gut gemacht, wie immer. Ich wäre wirklich ein undankbarer Herr, wollte ich Euch eine Bitte abschlagen, die ich erfüllen könnte. Um was für einen Gefallen geht es denn?«

Er wußte, worum ich bitten wollte. Dennoch bemühte ich mich, die Bitte nicht schlecht zu formulieren, nicht gleich mit der Tür ins Haus zu fallen und zu sagen: »Gestattet, daß ich fortgehe!« Und weil das so war, begann ich, auf Han-Art erst einmal drum herum zu reden.

»Vor langer Zeit, Sire, hatte ich Gelegenheit zu sagen: ›Ich könnte nie eine Frau umbringen.‹ Als ich das sagte, erklärte ein mir gehöriger Sklave, ein Mann, weiser, als ich damals erkannte: ›Ihr seid noch jung.‹ Damals hätte ich es mir nicht vorstellen können, und doch bin ich kürzlich Anlaß gewesen, den Tod jener Frau zu verursachen, die mir auf der Welt mehr bedeutete als alles andere. Und ich bin nicht mehr jung. Ich stehe in mittleren Jahren, bin schon weit fortgeschritten in meinem vierten Jahrzehnt. Dieser Tod hat mir viel Schmerz bereitet, und wie ein verwundeter Elefant möchte ich mich in die Abgeschiedenheit meiner Heimat zurückziehen und dort von meiner Wunde genesen oder an ihr zugrunde gehen. Ich bitte um Eure Erlaubnis – und Euren Segen, wie ich hoffe –, mich von Eurem Hof zurückzuziehen, zusammen mit meinem Vater und meinem Onkel. Wenn ich nicht mehr jung bin, so sind sie bereits alt, und auch sie sollten zu Hause sterben.«

»Ich bin noch älter als sie«, sagte Kubilai aufseufzend. »Die Bildrolle meines Lebens ist wesentlich weiter aufgerollt, als das bei Euch der Fall ist. Und jede weitere Drehung der Stäbe enthüllt ein Bild, auf dem immer weniger Freunde um mich herumstehen. Eines Tages, Marco, werdet Ihr Eure verlorene Dame beneiden. Sie starb im Sommer ihres Lebens und hat nicht erleben müssen, wie alles das, was rund um sie her blühte und grün war, vergilbte, welkte und davongeblasen wurde wie Herbstlaub.« Ein Zittern ging durch ihn hindurch, gleichsam, als spürte er bereits die Winterwinde. »Ich werde es bedauern, meine Freunde Polo fortziehen zu sehen, doch würde ich Euch den langjährigen Dienst und die Freundschaft der Familie schlecht lohnen, wollte ich jetzt wimmernd fordern, daß sie fortgesetzt werden. Habt Ihr bereits Reisevorbereitungen getroffen?«

»Selbstverständlich nicht, Sire. Nicht ohne Eure Erlaubnis.«

»Die habt Ihr selbstverständlich. Doch jetzt möchte *ich* um einen Gefallen bitten. Einen letzten Auftrag für Euch, den Ihr unterwegs ausführen könnt und der Euch die Reise im übrigen erleichtern dürfte.«

»Ihr braucht nur zu befehlen, Sire.«

»Ich möchte fragen, ob Ihr und Nicolò und Mafio meinem Großneffen Arghun in Persien eine gewisse wertvolle und sehr delikate Fracht überbringen könntet. Als Arghun das Ilkhanat übernahm, nahm er als politische Geste seinen Untertanen gegenüber eine Perserin zur Gemahlin. Er hat zweifellos noch andere Frauen daneben, doch wünscht er jetzt als Erste Gattin und damit Ilkhatun eine Frau, die rein mongolischen Blutes und mongolischer Erziehung ist. Er hat deshalb Abgesandte geschickt und bittet mich, ihm eine Braut zu verschaffen, und ich habe eine Dame namens Kukachin für ihn ausgesucht.«

»Die Witwe Eures Sohnes Chingkim, Sire?«

»Nein, nein. Sie trägt zwar denselben Namen, ist aber keine Verwandte, und Ihr habt sie nie kennengelernt. Ein junges Mädchen, direkt von den Ebenen, vom Stamme der Bayaut. Ich habe für eine reichliche Mitgift gesorgt und außerdem für die übliche Brautausstattung und einen Hofstaat aus Dienern und Jungfrauen; sie ist bereit, nach Persien zu reisen zu dem Mann, dem sie verlobt ist. Doch sie über Land hinzuschicken, würde bedeuten, daß sie durch das Gebiet des Ilkhan Kaidu hindurch müßte. Dieser heimtückische Vetter von mir ist so aufsässig wie eh und je, und Ihr wißt ja, wie feindlich er seinen Vettern, die das Ilkhanat Persien einnehmen, gesonnen war. Ich würde es nicht für völlig ausgeschlossen halten, daß sich Kaidu der Dame Kukachin bemächtigte und sie festhielte – entweder, um eine Lösegeldforderung von Arghun durchzusetzen oder um einfach das Gehässige seines Tuns zu genießen.«

»Ihr wollt, daß wir ihr durch dieses unsichere Gebiet das Geleit geben?«

»Nein. Mir wäre es lieber, sie würde diesen Weg gar nicht erst einschlagen. Meine Vorstellung geht dahin, sie den ganzen Weg per Schiff zurücklegen zu lassen. Nun sind jedoch alle meine Schiffskapitäne Han, und *vakh*! – die Seeleute der Han haben bei unserem Invasionsversuch von Jihpen-kwe so versagt, daß ich zögere, sie mit diesem Auftrag zu betrauen. Ihr und Eure Onkel gehören jedoch gleichfalls zu einem Seefahrervolk. Ihr kennt Euch aus mit dem offenen Meer und dem Umgang mit Schiffen.«

»Das stimmt schon, Sire, aber wir sind eigentlich nie wirklich Kapitäne eines solchen gewesen.«

»Ach, mit der reinen Schiffahrt werden die Han schon fertig. Ich würde Euch bloß bitten, das Oberkommando zu übernehmen. Ein gestrenges Auge auf die Han-Kapitäne zu haben, damit *die* nicht mit der Dame auf und davon gehen, oder sie an Piraten verkaufen, oder sie unterwegs verlieren. Und Ihr würdet ein Auge auf den Kurs haben, damit die Kapitäne nicht die ganze Flotte ans Ende der Welt führen.«

»Jawohl, dafür könnten wir sorgen, Sire.«

»Ihr würdet abermals mein *pai-tzu* tragen und besäßet damit fraglos unbegrenzte Gewalt sowohl auf See als auch an Land in jedem Hafen, den Ihr unterwegs anlauft. Es würde angenehme Reisebedingungen für Euch von hier bis Persien bedeuten, anständige Unterbringung mit gutem Essen und guter Bedienung. Insbesondere für den kranken Mafìo würde das eine große Erleichterung sein, und Ihr hätte immer jemand, der ihn pflegt. In Persien würdet Ihr auf eine *karwan* treffen, die die Dame Kukachin abholen soll, und Ihr würdet gut und bequem dorthin gebracht, wo immer Arghun im Augenblick seine Hauptstadt hat. Und gewiß würde er dafür sorgen, daß Ihr von dort aus gut weiterkommt. Das also, Marco, wäre der Auftrag. Wollt Ihr Euch erst mit Euren Onkeln besprechen, ob die auch einverstanden sind?«

»Aber nein, Sire, ich bin überzeugt, in dieser Sache für uns alle sprechen zu können. Es wäre uns nicht nur eine Ehre, den Auftrag zu übernehmen, und wir würden es gern tun; wir wären Euch ja auch noch zutiefst verpflichtet dafür, daß Ihr uns die Reise so sehr erleichtert.«

Während die Brautflotte zusammengestellt und ausgerüstet wurde, wickelte mein Vater die letzten Geschäfte der Compagnia Polo in Kithai ab, und ich brachte noch das eine oder andere zu Ende, was ich selbst angefangen hatte. Ich diktierte Kubilais Hofschreibern einen Brief, der zusammen mit der nächsten offiziellen Sendung des Khakhan an den Wang Bayan in Ava abgehen sollte. Ich übermittelte herzliche Grüße und sagte meinem alten Freunde Lebewohl; dann sagte ich, da das Volk der Muong Thai frei und unbesetzt bliebe, würde ich es als Freundschaftsdienst betrachten, wenn er dafür sorgen würde, daß der kleinen Dienerin Arùn die Freiheit gegeben und sie sicher in das Land ihres Volkes geleitet würde.

Dann entnahm ich den letzten Kithaier Gewinnen der Compagnia Polo, die mein Vater bereits in leicht transportierbare Edelsteine umgetauscht hatte, meinen Anteil – ein Päckchen mit schönen Rubinen – und trug diese nicht weiter als bis in die Gemächer des Finanzministers Lin-ngan. Er war der erste Hofbeamte, den ich in Khanbalik kennengelernt hatte, und war nun der erste, von dem ich mich persönlich verabschieden wollte. Ich übergab ihm das Päckchen mit den Edelsteinen und bat ihn, den Gegenwert zu nutzen, um den jungen Pagen des Khakhan bei Erreichung der Volljährigkeit ein größeres Geldgeschenk zu machen, damit sie etwas hatten, worauf sie zurückgreifen konnten, wenn sie darangingen, ihr eigenes Glück zu machen.

Dann ging ich durch den Palast und verabschiedete mich von anderen Leuten. Bei manchen dieser Besuche, die ich abstattete, handelte es sich um reine Pflichtübungen: etwa beim Hakim Gansui und der Khatun Jamui, Kubilais betagter Ersten Gemahlin. Etliche andere Besuche waren weniger förmlich, aber immer noch kurz: der beim Hofastronomen und dem Hofarchitekten. Und einen Besuch – den beim Palastbaumeister Wei – stattete ich nur ab, um ihm zu danken, jemals jenen Lustpavillon im Garten gebaut zu haben, in dem Hui-sheng und ich die Musik der Wasserrohre genossen hatten. Und den Minister für Geschichte suchte ich nur auf, um ihm zu sagen:

»Jetzt könnt Ihr noch eine Kleinigkeit in Euren Archiven festhalten. Im Jahre des Drachen, nach Han-Zählung das Jahr dreitausendneunhundertneunzig, verließ der Fremde Po-lo Mah-ko endlich die Stadt des Khan, um in sein heimatliches Wei-ni-si zurückzukehren.«

In Erinnerung an eine Unterhaltung zwischen uns beiden vor langer, langer Zeit lächelte er, und er fragte: »Soll ich festhalten, daß Khanbalik durch sein Hiersein gewonnen hat?«

»Das zu entscheiden, ist Sache von Khanbalik, Minister.«

»Nein, das festzustellen, ist Sache der Geschichte. Aber hier – seht –« er nahm einen Pinsel zur Hand, feuchtete seinen Tintenstein an und schrieb auf ein bereits beschriebenes Blatt Papier eine Reihe von oben nach unten führender Schriftzeichen. Darunter erkannte ich auch das Schriftzeichen, welches mein persönliches *yin*-Siegel schmückte. »Da. Die Kleinigkeit ist festgehalten. Kommt in hundert Jahren wieder, Polo, oder in tausend, und Ihr werdet sehen, daß man sich dieser Kleinigkeit immer noch erinnert.«

Andere Abschiedsbesuche waren von großer Herzlichkeit und zogen sich sehr in die Länge. Ja, bei dreien – denen des Hoffeuerwerkers Shi Ix-me und beim Hofgoldschmied Pierre Boucher, besonders aber mein Besuch bei Chao Meng-fu, dem Kriegsminister, Hofmaler und einstigen Mitverschwörer – dauerten sie bis tief in die Nacht und endeten erst, als wir so betrunken waren, daß wir einfach nicht mehr konnten.

Es erreichte uns die Nachricht, daß die Schiffe bereit wären und im Hafen von Quan-zhou auf uns warteten. Mein Vater und ich geleiteten Onkel Mafìo in die Gemächer des Khakhan, damit wir der Dame vorgestellt wurden, die unserer Obhut anvertraut werden sollte. Zunächst stellte Kubilai uns die drei Abgesandten vor, die gekommen waren, um sie für den Ilkhan Arghun zu erbitten – ihre Namen lauteten Uladai, Koja und Apushka – und dann der Dame Kukachin, einem Mädchen von erst siebzehn Jahren, hübsch wie nur je eine Mongolin, die ich gesehen hatte, gekleidet in Gewänder, die gemacht waren, ganz Persien zu blenden. Aber die junge Dame war alles andere als hochmütig und gebieterisch, wie man es von einer Edelfrau hätte erwarten können, die auf dem Weg war, eine Ilkhatun zu werden, und an der Spitze eines Gefolges von nahezu sechshundert Menschen stand, wenn man alle ihre Diener und Dienerinnen, Hofedelleute und Krieger der Eskorte mitzählte. Wie es einem Mädchen, das plötzlich von einem Stamm der Ebenen hierher erhoben worden war – wo ihr ganzer Hof wahrscheinlich aus einer Pferdeherde bestanden hatte –, wohl anstand, war Kukachin offen und geradezu, von natürlichem Wesen und sehr angenehmen Umgangsformen.

»Ältere Brüder Polo«, sagte sie zu uns, »das Vertrauen und die Zuversicht, mit dem ich mich in die Obhut von so berühmten Reisenden begebe, könnten größer nicht sein.«

Sie, die führenden Edelleute ihres Gefolges, die drei Abgesandten aus Persien und wir drei Polo sowie ein Großteil des Khanbaliker Hofes nahmen zusammen mit Kubilai zu einem Abschiedsgastmahl Platz – und zwar in demselben Saal, in dem vor langer, langer Zeit zu Ehren unserer Ankunft ein Bankett gegeben worden war. Es war ein üppiges Gelage, und selbst Onkel Mafio schien es zu genießen – gefüttert wurde er von seiner ständigen und getreuen Pflegerin, die bis Persien nicht von seiner Seite weichen wollte – und der Abend war erfüllt von überaus vielfältigen hinreißenden Darbietungen (wobei Onkel Mafio sich an einer Stelle hinstellte und dem Khakhan ein oder zwei Verse seines recht abgedroschenen ›Tugend‹-Liedes vortrug), und alle wurden stockbetrunken von den Getränken, die der golden und silberne Schlangenbaum immer noch auf Anruf ausschenkte. Ehe wir vollends das Bewußtsein verloren, sagten Kubilai, mein Vater und ich einander noch einmal ausdrücklich Lebewohl – ein Prozeß, der sich sehr in die Länge zog und voll war von Gefühlen und Umarmungen, Trinksprüchen und Ansprachen wie eine venezianische Hochzeit.

Doch Kubilai brachte es auch fertig, noch einmal kurz unter vier Augen mit mir zu sprechen. »Wenngleich ich Eure Onkel länger kenne als Euch, Marco – Euch habe ich am besten kennengelernt, und den Abschied von Euch bedaure ich am meisten. *Hui*, ich weiß noch, die ersten Worte, die Ihr an mich richtetet, waren kränkend.« Er lachte in der Erinnerung. »Das war nicht klug von Euch, aber es war mutig, und es war recht von Euch, so zu sprechen. Seither habe ich immer große Stücke auf das gegeben, was Ihr sagtet, und ich werde jetzt ärmer sein, da ich Euren Rat nicht mehr hören kann. Dennoch hoffe ich, Euer Weg führt Euch wieder hierher. Ich werde dann nicht hier sein, Euch zu begrüßen. Trotzdem würdet Ihr mir einen Dienst erweisen, wenn Ihr Euch mit meinem Enkel Temur anfreunden und ihm mit derselben Hingabe und Treue dienen könntet, die Ihr mir entgegengebracht habt.« Damit legte er mir eine schwere Hand auf die Schulter.

Ich erklärte: »Sire, stets wird es mein ganzer Stolz sein und mein einziger Beweis dafür, ein nützliches Leben gelebt zu haben, daß ich einst für eine Zeitlang dem Khan Aller Khane habe dienen dürfen.«

»Wer weiß?« sagte er herzlich. »Vielleicht erinnert man sich an Khan

Kubilai nur deshalb, weil er als guten Ratgeber einen Mann namens Marco Polo hatte.« Er rüttelte freundschaftlich an meiner Schulter. »*Vakh*! Genug der Gefühle. Laßt uns trinken und uns betrinken! Und dann« – und mit diesen Worten hob er einen edelsteingeschmückten Becher voll schäumenden *arkhis* – »Euch ein gutes Pferd und eine weite Ebene, guter Freund.«

»Guter Freund«, wagte ich echogleich zu sagen, indem ich meinen Kelch hob, »ein gutes Pferd und eine weite Ebene für Euch.«

Am nächsten Morgen ritten wir dann mit schweren Köpfen und keineswegs leichtem Herzen davon. Schon diese vielköpfige *karwan* aus Khanbalik herauszuführen, stellte ein taktisches Problem dar, das fast mit dem zu vergleichen war, das der Orlok Bayan hatte lösen müssen, als er seine Krieger aus dem Ba-Tang-Tal herausgeführt hatte; dabei handelte es sich in unserem Falle um eine Menge von Zivilisten und nicht um Truppen, die in militärischer Disziplin geübt waren. Deshalb kamen wir am ersten Tag nicht weiter als bis zum nächsten Dorf, wo man uns mit Hochrufen und Blumen und Weihrauch und dem Knattern der Feuerbäume empfing. In den nächsten Tagen kamen wir auch nicht viel schneller voran, weil jedes letzte Dorf oder jede letzte Stadt ihre Begeisterung unter Beweis stellen wollte. Selbst nachdem unsere Reisegruppe sich daran gewöhnt hatte, sich jeden Morgen aufs neue zu formieren und abzureiten, war der Zug endlos – mein Vater und ich und die drei Gesandten, sowie die meisten Diener und alle eskortierenden Krieger waren beritten; die Dame Kukachin und ihre Frauen sowie mein Onkel reisten in pferdegetragenen Sänften; eine Reihe von Khanbaliker Edelleuten ritt in Elefanten-*haudas*. Hinzu kamen noch die vielen Tragtiere und die Burschen, die für das Gepäck von sechshundert Personen verantwortlich waren – so daß es manchmal vorkam, daß wir die ganze Straße zwischen der Gemeinde, in der wir soeben übernachtet hatten, und der nächsten, in der wir übernachten wollten, einnahmen. Unser Endziel, der Hafen von Quan-zho, lag viel weiter südlich, als ich in Manzi jemals gekommen war – weit südlich von Hang-zho, jener Stadt, in der ich so glücklich gewesen war – und so dauerte die Reise eine unglaublich lange Zeit. Gleichwohl war es eine höchst angenehme Reise, da die Kolonne zur Abwechslung nicht aus Kriegern bestand, die in den Krieg zogen, und wir deshalb überall willkommen waren, wohin wir auch kamen.

2 Endlich erreichten wir Quan-zho, und ein Teil der Truppen, die uns das Geleit gaben, Edelleute und die Tragtiere kehrten nach Khanbalik zurück. Alle anderen gingen an Bord der großen *chuan*-Schiffe, und bei der nächsten Tide liefen wir hinaus aufs Kithai-Meer. Auf hoher See bildeten wir womöglich eine noch eindrucksvollere Prozession als an Land, denn Kubilai hatte uns eine ganze Flotte zur Verfügung gestellt: vierzehn dieser solide gebauten Viermaster, von denen ein jeder an die zweihundert Mann Besatzung hatte. Unsere Reisegesellschaft war auf diese vierzehn Schiffe aufgeteilt worden, und mein Vater und Onkel sowie ich und der Abgesandte Uladai kamen auf jenes, auf dem auch die Dame Kukachin und der größte Teil ihrer Damen fuhr. Die *chuans* waren gute, solide in der Dreiplanken-Konstruktion gebaute Fahrzeuge, unsere Kabinen waren luxuriös ausgestattet, und ich glaube, jeder von uns Fahrgästen hatte zur Bedienung vier oder fünf Dienerinnen aus dem Troß der Dame Kukachin und das zusätzlich zu den Dienern, Köchen und Kabinenburschen, die sich auch noch um unser Wohlergehen kümmerten. Der Khakhan hatte uns gute Unterbringung, gute Bedienung und gutes Essen versprochen, und ich möchte nur ein Beispiel anführen, um zu zeigen, wie sehr die Schiffe dieser Vorstellung entsprachen. An Bord eines jeden der vierzehn Schiffe war ein Seemann für die Dauer der gesamten Reise für eine bestimmte Aufgabe abgestellt: Er war ständig damit beschäftigt, das Wasser in einem an Deck aufgestellten Bassin von der Größe eines Lotosteichs mit Hilfe eines großen Paddels zu bewegen und umzurühren – Wasser, in dem *Süßwasser*fische für unsere Tafel schwammen.

Was die Oberaufsicht oder den Oberbefehl über die Flotte betrifft, hatten mein Vater und ich nur wenig zu tun. Die Kapitäne der vierzehn Fahrzeuge waren so beeindruckt und von Ehrfurcht erfüllt gewesen, als sie uns weiße Männer würdevoll mit den *pai-tzu*-Tafeln des Khakhan auf der Brust an Bord gehen sahen, daß sie sich in der Erfüllung ihrer Pflichten lobenswerten Eifers und großer Gewissenhaftigkeit befleißigten. Um sicherzugehen, daß die Flotte keine Umwege machte oder vom Kurs abwich, stellte ich mich ab und zu nachts weithin sichtbar auf dem Deck auf und peilte den Horizont mit dem *kamàl* an, das ich seit Suvediye immer in meinem Reisegepäck dabei hatte. Wenngleich der kleine Holzrahmen mir nichts weiter verriet, als daß wir ständig gen Süden liefen, brachte er doch stets den Kapitän des Schiffes herbei, um mir beflissen zu versichern, daß wir nicht vom Kurs abwichen.

Das einzige, worüber wir Passagiere uns hätten beklagen können, war die Langsamkeit unseres Vorwärtskommens, doch das lag am Pflichtbewußtsein der Kapitäne und ihrem Bemühen, für unsere Bequemlichkeit zu sorgen. Der Khakhan hatte die behäbigen *chuans* eigens ausgewählt, um zu gewährleisten, daß die Dame Kukachin eine sichere und glatte Überfahrt hätte, doch die Stabilität der großen Schiffe bewirkte auf der anderen Seite, daß sie nur sehr langsam vorankamen; die Notwendigkeit, alle vierzehn zusammenzuahlten, schloß zusätzlich eine raschere Fahrt aus. Sobald es nach schlechtem Wetter aussah, liefen die Kapitäne eine schützende Bucht an. Statt also gerade in südlicher Richtung übers Meer zu segeln, folgte die Flotte dem viel weiteren Westbogen der Küstenlinie. Auch konnten die Schiffe, mochten sie sonst auch mit Proviant für zwei volle Jahre ausgerüstet sein, nicht mehr Trinkwasser mitführen, als für einen Monat reichte. Um diese Vorräte aufzufüllen, mußten wir zwischendurch immer wieder einen Hafen anlaufen, und das waren längere Aufenthalte als das eigentliche Schutzsuchen in irgendwelchen Buchten. Allein das Beidrehen und Ankern einer aus so mächtigen Fahrzeugen bestehenden Flotte erforderte fast einen ganzen Tag. Das Hin- und Herrudern der Fässer mit den kleinen Booten dauerte weitere drei oder vier Tage und das Ankerlichten und Segelsetzen für die Weiterfahrt noch einen Tag. So kostete uns jede Wasserübernahme ungefähr eine Woche. Nachdem wir Quan-zho verlassen hatten, so erinnere ich mich, nahmen wir auf einer großen Insel vor der Küste von Manzi namens Hai-nan Wasser über, das zweitemal an der Küste von Annam in Champa in einem Hafen, der Gai-dinh-thanh hieß, und ein drittes Mal auf einer Kaliman-tan genannten Insel, die so groß war wie ein ganzer Erdteil. Alles in allem brauchten wir zunächst einmal drei Monate, lediglich um vor der Küste Asiens nach Süden zu laufen, ehe wir endlich Westkurs aufnehmen und nach Persien segeln konnten.

»Ich habe Euch beobachtet, Älterer Bruder Marco«, sagte die Dame Kukachin, als sie eines Abends zu mir aufs Dach kam, »wie Ihr ab und zu an einem kleinen Holzgerät hantiert. Ist das ein Navigationsinstrument der Ferenghi?«

Ich ging hin, holte es und erklärte ihr, wie es funktioniert.

»Möglich, daß es meinem verlobten Gatten unbekannt ist«, sagte sie. »Und ich könnte in seiner Gunst steigen, wenn ich ihn damit bekannt machte. Würdet Ihr mir beibringen, wie man es benutzt?«

»Mit Vergügen, meine Dame. Ihr haltet es auf Armlänge vor Euch hin, so, in Richtung auf den Nordstern . . .« Ich hielt inne, erschrocken.

»Was ist denn?«

»Der Nordstern ist verschwunden!«

Es stimmte. Dieser Stern war in letzter Zeit jeden Abend ein winziges Stück näher an den Horizont herangerückt, und jetzt stellte ich entgeistert fest, daß er vollends verschwunden war. Dieser Stern, den ich fast in jeder Nacht meines Lebens hatte sehen können, jenes unverrückbare Feuer am Himmel, das seit Menschengedenken allen Reisenden zu Lande und auf See als Leitgestirn gedient hatte, *war vollständig vom Himmel verschwunden.* Das hatte etwas Erschreckendes – zuzusehen, wie ein beständiger und unverrückbarer Fixpunkt im Universum verschwindet. Nun hätten wir ja wirklich über irgendeinen fernsten Rand der Welt hinwegfahren und in irgendeinen unbekannten Abgrund stürzen können.

Ich gestehe freimütig ein, daß dieser Gedanke mich mit großem Unbehagen erfüllte. Doch damit Kukachin nicht das Vertrauen zu mir verlor, bemühte ich mich, meine Angst nicht hochkommen zu lassen, und ließ den Kapitän des Schiffes bitten, zu uns zu kommen. Mit möglichst fester Stimme erkundigte ich mich bei ihm, was denn aus dem Stern geworden sei und wie er jetzt Kurs halte oder seine Position ohne diesen Bezugspunkt feststellen könne.

»Wir befinden uns unterhalb der Taillenwulst der Erde«, sagte er, »wo der Stern einfach nicht zu sehen ist. Da müssen wir uns auf andere Bezugspunkte stützen.«

Er schickte einen Kabinenburschen auf die Brücke, eine Karte zu holen, die er dann für mich und Kukachin entrollte. Es handelte sich aber nicht um ein Abbild der Küsten und Landmarken, sondern des Nachthimmels: nichts als Farbtupfer verschiedener Größe, welche Sterne von unterschiedlicher Leuchtkraft wiedergeben sollten. Der Kapitän zeigte hinauf und zeigte uns die vier hellsten Sterne am Himmel – die so standen, als markierten sie die Arme eines christlichen Kreuzes – und zeigte uns dann die vier Farbtupfer auf dem Papier. Ich erkannte, daß diese Karte diesen mir fremden Himmel genau wiedergab, und der Kapitän versicherte uns, das genüge ihm, um danach steuern zu können.

»Diese Karte scheint mir genauso nützlich wie Euer *kamàl*, Älterer Bruder«, sagte Kukachin zu mir, um sich dann an den Kapitän zu wenden: »Könntet Ihr eine Kopie für mich anfertigen lassen – für meinen königlichen verlobten Gatten, meine ich, falls er jemals vorhat, südlich von Persien einen Feldzug zu unternehmen?«

Der Kapitän war so freundlich, sofort einen Schreiber an diese Aufgabe zu setzen, und ich äußerte mich nicht mehr besorgt über das Fehlen des Nordsterns. Trotzdem war mir in diesen tropischen Gewässern immer ein wenig mulmig zumute, weil selbst die Sonne sich sonderbar verhielt.

Der Sonnenuntergang vollzog sich hier nicht so, daß der Sonnenball sich jeden Abend sanft vom Himmel herabließ und hinter dem Meer verschwand – er *stürzte* vielmehr regelrecht in die Tiefe. Nie gab es einen flammenden Sonnenuntergang zu bewundern, nie kam es zu einer Dämmerung, um den Übergang vom Tag zur Nacht abzumildern. Eben noch herrschte strahlende Tageshelle, und kaum, daß man einmal blinzeln konnte, war man von dunkler Nacht umgeben. Überall von Venedig bis Khanbalik war ich an die langen Tage und kurzen Nächte des Sommers und umgekehrt die kurzen Tage und langen Nächte des Winters gewohnt gewesen. Doch in den Monaten, da wir durch die Tropen segelten, konnte ich keine jahreszeitliche Verlängerung oder Verkürzung von Tag oder Nacht feststellen. Der Kapitän bestätigte mir meine Beobachtung: Er sagte, der Unterschied zwischen dem längsten und kürzesten Tag im Jahr betrage nur Dreiviertel der Zeit, welche der Sand braucht, um durch ein Stundenglas zu rinnen.

Drei Monate nach unserem Auslaufen aus Quan-zho erreichten wir den südlichsten Punkt unserer Reise, den Archipel der Gewürzinseln, wo wir den Kurs ändern und von nun an nach Westen segeln wollten. Da wir jedoch zunächst Süßwasser übernehmen mußten, gingen wir vor einer Insel namens Groß-Jawa vor Anker. Von dem Augenblick, da wir sie am Horizont auftauchen sahen, bis wir sie einen guten halben Tag später erreichten, redeten wir Fahrgäste unter uns schon davon, dies müsse in der Tat ein über die Maßen vom Glück begünstigter Fleck Erde sein. Die Luft war lind und voll von den zu Kopf steigenden Blüten der Gewürze, daß uns fast schwindelig wurde; die Insel bot ein Bild von saftigen Grüntönen und Blumenfarben, und die See ringsum war von der weichen, durchsichtigen und leuchtenden Farbe milchgrüner Jade. Leider bestätigte sich unser erster Eindruck, ein wahrhaft paradiesisches Eiland gefunden zu haben, nicht.

Unsere Flotte ankerte vor der Mündung eines Jakarta genannten Flusses, auf der Reede eines Tanjung Priok genannten Hafens. Mein Vater und ich ließen uns mit einem der Wasserfaßboote an Land rudern. Dabei stellten wir fest, daß es sich bei dem sogenannten Seehafen nur um ein Dorf von *zhu-gan*-Hütten handelte, die auf hohen Stelzen errichtet waren, da das ganze Land ein einziger Sumpf war. Die größten Baulichkeiten der hiesigen Menschen waren ein paar langgestreckte Plattformen aus Rohr mit palmwedelgedeckten Hütten darauf, die jedoch keine Wände aufwiesen, aber bis an den Rand gefüllt waren mit Säcken voller Gewürze – Nüsse und Rinden, Schoten und Pulver –, die auf das nächste Kauffahrteischiff warteten. Was wir hinter der Ansiedlung von der Insel sehen konnten, war nur dichter Dschungel, der aus dem Morast herauswucherte. Die Lagerschuppen mit den Gewürzen darin verströmten ein Aroma, das den pestilenzialischen Gestank, der allen tropischen Dörfern eigen ist, überdeckte. Allerdings erfuhren wir, daß die Insel Groß-Jawa nur aus Höflichkeit zu den Gewürzinseln gerechnet wurde, denn hier gedieh nichts Wertvolleres als Pfeffer, und die besseren Produkte – Muskatnuß und Nelken, Muskatblüte, Sandelholz und so weiter – wuchsen auf weiter entfernten Inseln des Archipels und wurden hier nur gesammelt, weil sie hier für die Schiffe der Kaufleute bequem zu erreichen waren.

Auch daß Jawa kein paradiesisches Klima hat, erfuhren wir gleichfalls bald, denn kaum waren wir an Land, wurden wir von einem Gewitter durchnäßt. Regen falle auf dieser Insel an jedem dritten Tag, sagte man uns, und zwar für gewöhnlich in Form eines Gewitters, das – wie man uns nicht zu sagen brauchte – einen an den Weltuntergang denken ließ. Wahrscheinlich hat Jawa nach unserer Abfahrt eine ungewöhnlich lange Zeit schönen Wetters erlebt, denn wir hatten nur schlechtes. Dieses erste Gewitter ging einfach Tag und Nacht weiter, wochenlang, wobei nur Donner und Blitz vorübergehend aussetzten, der Regen jedoch unablässig fiel und wir sein Ende in der Flußmündung vor Anker liegend abwarteten.

Unsere Kapitäne hatten vorgehabt, von hier aus durch eine Meeresenge weiter gen Westen vorzustoßen, die Sunda-Straße genannt wurde und Groß-Jawa von der nächsten, weiter westlich gelegenen Insel Klein-Jawa oder Sumatera trennte. Sie sagten, durch diese Meerenge gelange man am mühelosesten nach Indien, aber sie erklärten auch, schiffbar sei sie nur bei ruhiger See und ungehinderter Sicht. So blieb unsere Flotte in der Mündung des Jakarta-Flusses liegen, wo der Regen mit einer solchen Stetigkeit und Macht fiel, daß Jawa unsern Blicken vollständig entzogen wurde. Doch daß die Insel immer noch da war, wußten wir, weil wir jeden Morgen bei Tagesanbruch vom Geschnatter und Gezeter der Affen in den Kronen der Dschungelbäume geweckt wurden. Schlimm war es eigentlich nicht, hier festzusitzen –

unsere Ruderer brachten uns frisches Schweinefleisch und Geflügel, Früchte und Gemüse vom Land, um unsere Vorräte an geräuchertem und eingepökeltem Proviant zu ergänzen. Außerdem standen uns viele Gewürze zur Verfügung, um Abwechslung in unser Essen zu bringen – nur wurde die Warterei nachgerade sehr langweilig.

Immer, wenn ich es nicht mehr aushalten konnte, nichts weiter zu sehen als das Hafenwasser, das in die Höhe sprang, um dem Regen entgegenzukommen, ließ ich mich an Land rudern, doch was ich dort zu sehen bekam, war nicht wesentlich besser. Die Bewohner Jawas waren recht hübsch anzusehen – klein und wohlproportioniert sowie von goldener Haut, gingen Männer wie Frauen bis zur Hüfte nackt –, doch war die gesamte Bevölkerung Jawas, welche Religion sie ursprünglich auch gehabt haben mochte, schon seit langem von den Indern, den Hauptabnehmern ihrer Gewürze, zum Hinduismus bekehrt worden. Leider hatten die Jawaner aber, was wohl unvermeidlich war, auch alles andere übernommen, was mit der Hindureligion verbunden zu sein schien, nämlich Schmutz und Stumpfheit und tadelnswerte Angewohnheiten. Deshalb fand ich die Bewohner nicht reizvoller als andere Hindus und Jawa auch nicht reizvoller als Indien.

Einige andere von unserer Gesellschaft wollten sich die Langeweile auf andere Art und Weise vertreiben und hatten Pech damit. Sämtliche zur Besatzung der Schiffe gehörenden Han hatten wie Matrosen jeder anderen Volkszugehörigkeit auch eine Todesangst davor, ins Wasser zu fallen. Die Jawaner hingegen fühlten sich sowohl im Wasser als auch auf dem Wasser sehr wohl. Jawanische Fischer konnten selbst bei aufgewühlter See mit einem Fahrzeug herumfahren, das *prau* hieß und so klein und zerbrechlich war, daß die Wogen es zum Kentern gebracht hätten, wäre es nicht von einem Baumstamm, der an langen *zhu-gan*-Rohren neben dem Rumpf befestigt wurde, im Gleichgewicht gehalten worden. Selbst die jawanischen Frauen und Kinder legten schwimmend beträchtliche Entfernungen vom Ufer und durch die recht gefährliche Brandung hindurch zurück. Deshalb kam eine Anzahl unserer männlichen mongolischen Fahrgäste und auch ein paar unternehmungslustige Frauen, die allesamt reine Landratten waren und es dem Meer gegenüber an Vorsicht fehlen ließen, auf die Idee, es den Jawanern nachzumachen und sich in dem warmen Wasser zu tummeln.

Obwohl die Luft um uns herum des hierniederrauschenden Regens wegen fast genauso naß war wie das Meer, zogen die Mongolen sich bis auf das Allernötigste aus, kletterten über Bord und wollten im Wasser herumplanschen. Solange sie sich an den vielen Tauen festhielten, die über die Bordwand hingen, waren sie in keiner großen Gefahr. Viele jedoch wurden übermütig und versuchten, frei herumzuschwimmen, und von allen zehn, die hinter dem Vorhang aus Regen verschwanden, schafften es vielleicht sieben wiederaufzutauchen. Wir haben nie erfahren, was mit den anderen geschah, doch die Verlockung blieb bestehen. Jedenfalls ließen andere sich nicht davon abhalten, gleichfalls hinauszuschwimmen, und so müssen wir insgesamt mindestens zwanzig Männer und zwei Frauen aus Kukachins Gefolge verloren haben.

Was zwei anderen passierte, wußten wir jedoch genau. Einer, der schwimmen gewesen war, kletterte laut *Vakh!* fluchend zurück aufs Schiff und schüttelte Blutstropfen von seiner Hand aufs Deck. Als der Schiffsarzt, ein Han, die Hand mit einer Salbe behandelte und einen Verband anlegte, berichtete der Mann, er habe seine Hand auf einem Fels ruhen gehabt, daran sei ein Fisch festgeklammert gewesen, der Algenbewuchs aufgewiesen und genauso wie der Felsen ausgesehen habe, und dieser Fisch habe ihn mit der Rückenflosse gestochen. Soweit war er gekommen, dann schrie er: »*Vakhvakhvakhvakh!*«, wurde von einer Art Veitstanz ergriffen und schlug um sich, bekam Schaum vor dem Mund, und als er schließlich kraftlos in sich zusammenfiel, stellten wir fest, daß er tot war.

Ein jawanischer Fischer, der gerade an Bord gekommen war, um uns seinen Fang zu verkaufen, sah dem ganzen leidenschaftslos zu und sagte dann – was ein Han-Matrose dolmetschte: »Der Mann muß einen Steinfisch angefaßt haben. Ein giftigeres Tier gibt es nirgends im Meer. Wer ihn berührt, muß einen so furchtbaren Todeskampf durchstehen, daß er wahnsinnig wird, ehe er endlich stirbt. Wenn das nochmals jemand passiert, zerteilt eine reife *durian* und legt die Frucht auf die Wunde. Das ist das einzige Heilmittel.«

Ich wußte, daß die *durian*-Frucht viele lobenswerte Eigenschaften besitzt – ich hatte gierig davon gegessen, seit ich erfahren hatte, daß sie hier wuchsen –, doch wäre ich nie auf den Gedanken gekommen, daß die Frucht auch Heilkräfte hatte. Doch kurz darauf kam eines der Mädchen, die Kukachins Haar und Frisur in Ordnung hielten, von einer kleinen Schwimmpartie zurück und weinte über die Schmerzen, die sie sich durch die Stiche einer Rückenflosse zugezogen hatte. Diesmal versuchte der Arzt es mit der *durian.* Zu unserer aller Überraschung half das. Das Mädchen hatte nur eine Zeitlang einen geschwollenen, schmerzenden Arm. Der Arzt machte sich sorgfältig eine Notiz für seine Sammlung von *materia medica* und erklärte ziemlich überwältigt: »Soweit ich es beurteilen kann, *zehrt* das *durian*-Fruchtfleisch das Steinfischgift irgendwie *auf,* bevor die schreckliche Wirkung voll einsetzt.«

Außerdem sahen wir mit an, was für den Verlust von zwei weiteren Mitgliedern unserer Gesellschaft verantwortlich war. Der Regen hörte schließlich auf, die Sonne kam heraus und unsere Kapitäne standen immer noch auf dem Deck, schauten mißtrauisch zum Himmel empor und warteten, ob das Wetter weiterhin schön bliebe, jedenfalls lange genug, damit wir Anker lichten und davonsegeln konnten. Sie murmelten Han-Beschwörungen, die dies bewirken sollten. Die jadegrüne Jawa-See sah an diesem Tag so einladend aus, daß selbst *ich* versucht war hineinzuspringen und tatsächlich zwei andere verlockte, es zu tun, nämlich Koja und Apushka, zwei von unseren drei Abgesandten des Ilkhan Arghun. Sie forderten sich zu einem Wettschwimmen bis zu einem etwas entfernteren Riff auf, sprangen von der Bordwand hinunter und schwammen prustend und spritzend davon, während wir anderen uns an der Reling einfanden, um sie anzufeuern.

Da kam aus heiterem Himmel eine Reihe von Albatrossen heruntergerauscht. Ich nehme an, daß sie durch den langanhaltenden Regen in ihrer normalen Futtersuche gehindert worden und es leid waren, nur auf die Abfälle unserer Schiffe zu warten. Jedenfalls wollten sie offensichtlich frisches Fleisch oder frischen Fisch. Immer wieder kamen sie im Sturzflug auf die beiden Schwimmer herniedergeschossen und hackten mit ihren langen gebogenen Schnäbeln nach den Körperteilen der Männer, die über dem Wasser zu sehen waren, und das waren vor allem ihre Köpfe. Koja und Apushka hörten auf zu schwimmen und versuchten, die sie bedrängenden Vögel zu vertreiben und gleichzeitig den Kopf über Wasser zu behalten. Wir hörten sie erst rufen, dann fluchen und schließlich schreien, und wir sahen, wie ihnen das Blut übers Gesicht lief. Als die Albatrosse ihnen beiden die Augen ausgehackt hatten, versanken die Männer verzweifelt unter Wasser. Sie tauchten noch ein- oder zweimal auf, um Luft zu holen, doch darauf warteten die Vögel nur. Schließlich ertranken die beiden einfach; offenbar war ihnen das lieber, als in Stücke gerissen zu werden. Sobald jedoch ihre Leichen schlaff und aufgedunsen auf dem Wasser trieben, ließen die Albatrosse sich auf ihnen nieder und rupften und zerstückelten sie, bis der Tag vorüber war.

Wie traurig! Da hatten Apushka und Koja die zahllosen Gefahren der langen Überlandreise von Persien bis Kithai und dann auch noch die lange Schiffsreise bis hierher bestanden, um hier so völlig unerwartet und auf vollkommen unmongolische Weise ums Leben zu kommen. Wir alle, besonders aber Kukachin, betrauerten ihren Verlust. Wir dachten nicht daran, es als Vorwarnung irgendeines künftigen und vielleicht noch schmerzlicheren Verlustes zu nehmen – mein Vater murmelte nicht einmal wie sonst, daß »Böses nie zu zweit, sondern selbdritt auftritt« – obwohl, wie es sich herausstellte, wir darin durchaus ein böses Omen hätten sehen können.

Da das Wetter noch zwei weitere Tage schön und klar blieb, rangen unsere Kapitäne sich zu dem Schluß durch, daß es wohl noch weiterhin schön bleiben würde. Die Mannschaft wurde an ihre riesigen Riemen gesetzt und ruderte unsere behäbigen Schiffe langsam aus der Flußmündung aufs offene Meer hinaus, die riesigen *zhu-gan*-Lattensegel wurden gesetzt, der Wind faßte, und wir segelten gen Westen in Richtung Heimat. Doch als wir eine hohe Landzunge umrundeten und in südwestlicher Richtung in einen schmalen Kanal einliefen, zu beiden Seiten fern die Ufer zweier Inseln erkennen konnten, ließ ein Ausguck an der Mastspitze einen Ruf erschallen, und zwar nicht einen der üblichen kurzen Seemannsrufe wie »Schiff in Sicht!« oder »Riffe voraus!« – und das zweifellos, weil es keine allgemein übliche Kurzbezeichnung für das gibt, was er sah. Er rief nur mit fassungsloser Stimme herunter: »Schaut, wie die See kocht!«

Alle an Deck wandten wir uns der Reling zu, um über Bord zu sehen

– und genau das schien die Sunda-Straße zu tun: sprudelnd zu kochen wie ein Kessel Wasser, den man zur *cha*-Bereitung auf eine Glutpfanne gestellt hat. Und dann hob sich plötzlich mitten in der Flotte das Meer in die Höhe, öffnete sich wie das Maul eines Ungeheuers und ließ eine gewaltige Dampfwolke entweichen. Diese schoß mehrere Minuten lang immer weiter in die Höhe und verteilte sich zwischen all den Schiffen. Wir Passagiere hatten alles mögliche ausgerufen, doch als die Dampfwolke uns einhüllte, fingen wir an, uns zu räuspern und zu husten, denn es stank wie nach verfaulten Eiern. Als der Dampf über uns hinweggezogen war, wurden wir über und über von einem feinen gelben Puder bestäubt. Ich wischte mir den Staub aus den brennenden Augen und leckte ihn mir von den Lippen; er schmeckte deutlich nach Schwefel.

Die Kapitäne riefen nach der Mannschaft, es wurde viel hin und her gelaufen und an den Spieren der Segel gedreht – dann vollführten all unsere Schiffe eine Kehrtwendung und flohen, woher sie gekommen waren. Als die kochende und rülpsende See ein gutes Stück hinter uns lag, erklärten die Schiffskapitäne mir in verzeihungheischendem Ton:

»Ein Stück weiter die Meerenge entlang liegt ein düsterer Kreis von Meeresbergen, die Pulau Krakatau heißen. Bei diesen Gipfeln handelt es sich um die Spitzen unterseeischer Vulkane, und wenn sie ausbrechen, richten sie verheerende Schäden an. Es entstehen berghohe Wellen, welche die ganze Sunda-Straße leerfegen von jeglichem Lebewesen. Ob das kochende Wasser da hinten einen Ausbruch ankündigt, kann ich nicht sagen, aber wir können nicht das Risiko auf uns nehmen hindurchzusegeln.«

So war unsere Flotte gezwungen, noch einmal durch die Jawa-See zurückzulaufen und sich dann nach Nordwesten zur Malakka-Straße zwischen Klein-Jawa und dem Land der Malayu zu wenden. Das war eine Meerenge, die dreitausend *li* lang war und so breit, daß ich sie für ein richtiges Meer gehalten haben würde, hätten die Umstände uns nicht gezwungen, von einer Seite zur anderen zu kreuzen, so daß ich mir sehr wohl darüber klar wurde, daß an beiden Rändern sich weites Land erstreckte und ich diese Lande besser kennenlernte, als ich mir gewünscht hätte. Was geschah, war folgendes: Das Wetter verschlechterte sich wieder und hielt sich hartnäckig, was uns zwang, ständig zwischen der versumpften Küste von Sumatera und der bewaldeten Malayu-Seite im Osten hin- und herzulaufen und in Buchten des einen oder des anderen Ufers Schutz zu suchen – und zwecks Wasserübernahme an kleinen Rohrdörfern festzumachen, die so unbedeutend waren, daß es sich kaum lohnte, ihre Namen zu behalten, obwohl sie Namen hatten: Muntok und Singapura und Melaka und viele andere, die ich vergessen habe.

Wir brauchten fünf volle Monate, um die Malakka-Straße hinter uns zu bringen. Am Nordende gab es offenes Meer und hätten wir geradenwegs nach Westen laufen können, doch hielten unsere Kapitäne einen nordwestlichen Kurs und brachten uns in vorsichtig kurzen Schlägen von einer Insel zur nächsten auf einer langen Kette zweier Inselgruppen, die Necuveram- und Angamanam-Archipel hießen. Schließlich erreichten wir eine Insel, von der es hieß, es sei die am weitesten nach Westen vorgeschobene der Angamanam-Gruppe. Dort ankerten wir auf der Reede und blieben lange genug, um all unsere Wassertanks zu füllen und soviel Früchte und Gemüse an Bord zu nehmen, wie wir aus den wenig gastfreundlichen Eingeborenen herauslocken konnten.

Dies waren die kleinsten Menschen, die ich je gesehen habe – und die häßlichsten. Männer wie Frauen liefen splitternackt umher, doch der Anblick einer Angamanam-Frau weckte keinerlei Begehren, nicht einmal bei Seeleuten, die lange unterwegs gewesen sind. Männer wie Frauen waren vierschrötig und untersetzt, hatten enorme vortretende Unterkiefer und eine Haut, die schwärzer und glänzender war als die jedes Afrikaners. Ich hätte ohne weiteres mein Kinn auf dem Kopf des größten von ihnen ruhen lassen können – nur, daß ich so was nie getan hätte, denn ihr Haar war wirklich das Abstoßendste an ihnen: nur Büschel von rötlichen Zotteln. Nun hätte man annehmen sollen, daß ein Volk von so grotesker Häßlichkeit versucht hätte, dies dadurch wettzumachen, daß sie sich besonders anmutiger Verhaltensformen befleißigten, doch waren die Angamanam-Bewohner durchgängig mürrisch und ruppig. Das liege, wie mir ein Han-Matrose sagte, daran, daß sie enttäuscht wären und wütend, daß nicht zumindest ein oder zwei Fahrzeuge unserer Flotte an den vielen Korallenriffen aufgelaufen wären. Denn einzige Beschäftigung, Religion und Freude dieser Menschen bestand im Plündern gestrandeter Schiffe, dem Abschlachten der Mannschaft und dem zeremoniellen Verzehren derselben.

»Sie aufessen? Warum das?« fragte ich. »Die Bewohner einer tropischen Insel, auf der Meer und Dschungel alles Lebensnotwendige liefern, leiden doch wohl nicht an Nahrungsmangel.«

»Sie verspeisen die Schiffbrüchigen nicht, um Nahrung zu sich zu nehmen. Sie glauben, daß das Verspeisen eines abenteuerlustigen Seefahrers *sie* genauso kühn und unternehmungslustig macht, wie er es war.«

Doch wir waren unser zu viele und zu gut ausgerüstet, als daß die schwarzen Zwerge einen Angriff auf uns hätten wagen können. Unser einziges Problem bestand darin, sie zu überreden, uns von ihrem Wasser und von ihrem Gemüse zu überlassen, denn selbstverständlich waren diese Menschen nicht im geringsten an Gold oder Bezahlung in irgendeiner Art von Geld interessiert. Doch wie das oft bei besonders häßlichen Menschen ist, waren sie sehr eitel. So bekamen wir durch Überlassung von billigem Glitzerschmuck und Bändern und anderem Tand, mit dem sie ihr unsägliches Selbst schmücken konnten, alles, was wir brauchten, und segelten weiter.

Von dort aus machte unsere Flotte eine glatte Überfahrt über den Golf von Bengalen – das einzige Meer, das ich jetzt dreimal überquert habe. Ich bin nicht traurig, wenn ich es nie wieder zu tun brauche. Diese Überfahrt vollzog sich etwas südlicher von den beiden früheren, aber der Anblick, der sich mir bot, war der gleiche: azurblaues Wasser, mit kleinen weißen Gischtstrudeln, so weit das Auge reichte, als ob Meerjungfrauen durch Falltüren in die Oberwasserwelt kämen und den Schwärmen von Knurrhähnen zusähen, die sich um unsere Schiffe herum tummelten, während so viele fliegende Fische sich auf unser Deck verirrten, daß unsere Köche, die längst unsere Vorräte an Süßwasserfischen aus Manzi aufgebraucht hatten, sie einfach zusammensuchten und uns eine Mahlzeit daraus bereiteten.

Die Dame Kukachin fragte humorvoll: »Wenn diese Angamanam-Eingeborenen Mut bekommen, indem sie mutige Menschen verzehren – ob wir dann nach dem Genuß der fliegenden Fische wohl fliegen können?«

»Größer ist da die Wahrscheinlichkeit, daß wir riechen wie sie«, murmelte die Dienerin, die ihr in der Badestube zur Hand ging. Sie war verärgert, weil die Kapitäne befohlen hatten, wir könnten auf dieser Überfahrt nur in Meerwasser baden, das in Eimern an Bord gehievt werden mußte, um kein Süßwasser zu verschwenden. Salzwasser reinigt zwar durchaus, doch hinterher ist man stets zum Beinerweichen griesig, und das Jucken der Haut nimmt kein Ende.

3 Auf der Insel Srihalam gingen wir an der Westseite einer großen Bucht vor Anker. Das war nicht weit südlich von der Cholamandal-Küste Indiens, wo ich schon einmal geweilt hatte, und die Inselbewohner wiesen große Ähnlichkeit mit den Cholas auf. Wie die Cholas beschäftigten sich die Küstenbewohner der Insel vornehmlich mit der Perlentaucherei. Doch damit war die Ähnlichkeit auch schon beendet.

Die Bewohner der Insel Srihalam waren der Religion Buddhas treu geblieben und ihren Hinduvettern auf dem Festland daher in Dingen der Moral, der Sitten und Gebräuche, Lebhaftigkeit und persönlicher Reinlichkeit haushoch überlegen. Ihre Insel war ein bezaubernder Fleck Erde, friedlich, voll üppiger Vegetation und mit einem allgemein balsamischen Klima. Mir ist häufig aufgefallen, daß die schönsten Plätze auf der Erde eine Fülle von Namen haben; beispielhaft dafür der Garten Eden, der unterschiedlich Paradies und Arkadien und Elysium und von den Muslimen sogar Djennt genannt wird. Genauso kann Srihalam von jedem Volk, das die Insel jemals bewundert hat, einen anderen Namen erhalten haben. Die alten Griechen und Römer nannten es Taprobane, was soviel heißt wie Lotusteich, und die frühen maurischen Seefahrer nannten es Tenerisim oder Insel des Entzückens, während arabische Seefahrer es heutzutage Serendib nennen, was eigentlich nur eine fehlerhafte Aussprache jenes Namens ist, den die Insulaner dem Eiland selbst gegeben haben: Srihalam. Dieser Name – Ort der Edelsteine – wird in verschiedenen Sprachen auf ihre Weise wiedergegeben. So nennen die Cholas vom Festland die Insel Ilanare, die anderen Hindus Lanka und unsere Han-Kapitäne Bao Di-fang.

Wiewohl wir in Srihalam unbedingt anlegen mußten, um Wasser

und andere Vorräte zu übernehmen, hatten unsere Kapitäne samt Mannschaft, die Dame Kukachin und ihr Gefolge und ich nebst Vater nicht das geringste dagegen, uns dort etwas länger aufzuhalten. Mein Vater machte dort sogar ein paar Geschäfte – der Name »Ort der Edelsteine« war ebenso zutreffend wie poetisch – und erwarb ein paar Saphire von einer Reinheit, wie wir sie nirgends sonst gesehen hatten, riesige tiefblaue Steine, in deren Inneren sterngleich Strahlen blitzten. Ich selbst tätigte keine Geschäfte, sondern begnügte mich damit, herumzulaufen und mir alles anzusehen. Zu den Sehenswürdigkeiten der Insel gehörten auch ein paar uralte, verlassene Städte mitten im Dschungel, die jedoch auch heute noch eine Schönheit der Baukunst und der Verzierungen verrieten, daß ich mich fragte, ob dieses Volk von Srihalam wohl die Reste jener bewundernswerten Menschen wären, die Indien vor den Hindus bewohnt und Tempel gebaut hatten, von denen die Hindus jetzt behaupteten, sie seien ihr Werk.

Der Kapitän unseres Schiffes und ich waren froh, uns die Beine nach so langer Schiffsreise etwas vertreten zu können, nahmen uns ein paar Tage, zu einem Schrein auf höchster Bergesspitze hinaufzuklettern, wo, wie mir einmal ein *pongyi* in Ava erzählt hatte, Buddha seinen Fußabdruck zurückgelassen hatte. Ich sollte wohl sagen, daß die Buddhisten es so nannten. Für Hindupilger war es der Abdruck ihres Gottes Siva, und muslimische Pilger ließen sich nicht davon abbringen, daß es der Fußabdruck Adams sei, während irgendwelche christlichen Besucher vermuteten, es müsse sich um den von San Tommaso oder dem des Prete Zuàne, des Priesters Johannes, handeln; mein Gefährte, ein Han, war hingegen der Überzeugung, dieser Abdruck sei von Pan-ku hinterlassen worden, dem Han-Urahn der gesamten Menschheit. Ich bin kein Buddhist, und dennoch bin ich geneigt zu glauben, daß der längliche Abdruck im Felsen, der dort zu bewundern war – nahezu so lang und so breit wie ich –, wohl doch von dem Buddha hinterlassen worden sein muß; denn ich habe seinen Zahn gesehen und *weiß* daher, daß er ein Riese gewesen sein muß. Außerdem habe ich persönlich nie irgendwelche Beweise zu sehen bekommen, die die anderen für ihre Überzeugung ins Feld führen.

Offen gestanden interessierte ich mich weniger für den Fußabdruck als für eine Geschichte, die uns von einem zu diesem Tempel gehörenden *bhikku* (wie ein *pongyi* auf srihalam heißt) erzählt wurde. Er sagte, die Insel sei reich an Edelsteinen, *weil* der Buddha hier eine Zeitlang geweilt und über die Schlechtigkeit der Welt Tränen vergossen habe. Eine jede von seinen heiligen Tränen sei zu einem Rubin, einem Smaragd oder Saphir versteinert. Doch, sagte der *bhikku*, könne man diese Edelsteine nicht einfach vom Boden aufsammeln. Sie seien im Inselinneren alle in tiefe Täler hineingeschwemmt worden, und diese Abgründe seien unzugänglich, weil es dort von Giftschlangen nur so wimmele. Aus diesem Grund hätten sich die Insulaner eine sinnreiche Methode für die Gewinnung der kostbaren Steine ausdenken müssen.

In den Felsspalten über den Tälern nisteten Adler, die von den

Schlangen lebten. Deshalb schlichen sich die Menschen nächtens zwischen diese Spalten und würfen Brocken rohen Fleisches hinunter in die Abgründe; beim Aufprallen auf den Boden blieben immer ein paar Edelsteine daran kleben. Am nächsten Tag täten sich die Adler auf der Futtersuche an diesem Fleisch gütlich und ließen die Schlangen in Ruhe. Sobald aber ein Adler sein Nest verlassen habe, klettere ein Mensch hin und taste den Kot des Adlers ab und hole die unverdauten Rubine, Saphire und Smaragde heraus. Ich hielt das nicht nur für eine glänzende Art der Edelsteingewinnung, sondern meinte auch, dies müsse der Ursprung all der Legenden über den riesigen Vogel Rock sein, der doch noch weit größere Fleischbrocken aufschnappen und damit davonfliegen soll, unter anderem mit Menschen und sogar Elefanten. Bei meiner Rückkehr aufs Schiff erzählte ich meinem Vater, er solle seine neuerworbenen Saphire nicht nur des ihnen innewohnenden Geldwertes wegen schätzen – denn wer sie ihm verschafft hätte, das sei der Vogel Rock der Legende gewesen.

Wir wären wohl gern noch länger in Srihalam geblieben, doch meinte die Dame Kukachin eines Tages sehnsüchtig: »Wir sind jetzt ein ganzes Jahr unterwegs, und der Kapitän sagt, wir hätten erst zwei Drittel des Wegs bis zu unserem Ziel hinter uns.«

Ich kannte die Dame mittlerweile gut genug, um zu wissen, daß es ihr nicht so sehr darum ging, nun endlich Ilkhatun von Persien zu werden. Ihr war nur daran gelegen, den ihr verlobten Gatten kennenzulernen und mit ihm vermählt zu werden. Schließlich war sie inzwischen ein Jahr älter geworden und immer noch Jungfrau.

Deshalb beendeten wir unseren Aufenthalt und legten von dieser freundlichen Insel ab. Vor der Westküste Indiens segelten wir nach Norden und kamen sehr rasch voran, zumal auch keiner von uns den Wunsch hatte, irgendeinen Teil dieses Landes zu besuchen und zu erforschen. An Land gingen wir nur, wenn unsere Wasservorräte ergänzt werden mußten – einmal in einem nicht gerade kleinen Hafen namens Quilon, dann wieder an einem an einer Flußmündung gelegenen Hafen namens Mangalore, wo wir der Sandbänke im Flußdelta wegen weit draußen auf der Reede ankern mußten, schließlich bei einer Siedlung, die sich über sieben Pickel Land erstreckte und Bombay-Inseln genannt wurde, und zuletzt in einem elendigen Fischernest namens Kurrachi.

Doch in Kurrachi gab es wenigstens wohlschmeckendes Wasser, so daß wir unsere Wasserbehälter bis obenhin füllten, denn von diesem Ort aus wollten wir geradenwegs nach Westen segeln; über eine Strecke von rund zweitausend *li* – oder sollte ich hier, wo persische Maße galten, lieber von rund dreihundert *farsakhs* sprechen – segelten wir die trockene, rehfarbene, sonnenverbrannte Küste eines leeren Landes entlang, das Baluchistan genannt wurde. Der Anblick dieses ausgeglühten Küstenstreifens wurde nur gelegentlich von zwei Dingen belebt, die typisch für diese Gegend waren. Das ganze Jahr über weht der Wind von Süden her nach Baluchistan hinein; sahen wir also einmal einen Baum, wuchs dieser unweigerlich landeinwärts gebogen wie ein

Arm, der uns winkte, an Land zu gehen. Die andere Besonderheit dieser Küste waren die hier liegenden Schlammvulkane: stumpfe Kegel aus getrocknetem Schlamm, die ab und zu einen Schwall frischen Schlamms emporschleudern, der dann von der Spitze des Kegels herunterrutscht, allmählich austrocknet, einen neuen frischen Schwall erwartet und damit eine neue Schicht Schlamm über sich. Es war ein wirklich wenig einladendes Land.

Doch indem wir dieser Küste folgten, liefen wir schließlich in die Straße von Hormuz ein, die uns zu der gleichnamigen Stadt führte. Hormuz war eine sehr große, lebenssprühende Stadt mit so vielen Bewohnern, daß manche der Wohnviertel von dem auf dem Festland gelegenen Stadtzentrum auf die vor der Küste gelegenen Inseln überschwappten. Auch handelte es sich um Persiens geschäftigsten Hafen, einen Wald von Masten und Spieren, ohrenbetäubendem Krach und einer Fülle von Gerüchen, die meisten davon nicht gerade angenehm. Bei den hier vertäuten oder ein- und auslaufenden Schiffen handelt es sich selbstverständlich um arabische *qurqurs, falukhas* und *dhaos,* von denen die größten sich neben unseren großen Fahrzeugen ausnahmen wie *dinghis* oder *praus*. Zweifellos hatte man hier ab und zu schon eine Handels-*chuan* gesehen, ganz gewiß jedoch keine so große Flotte wie die, mit der wir jetzt einliefen. Sobald uns ein Lotse wichtigtuerisch an einen Liegeplatz gebracht hatte, wurden wir von Booten aller Art umringt, die besetzt waren mit Leuten, die uns etwas verkaufen, sich als Fremdenführer oder Hurenwirt andienen oder nur betteln wollten. Alle jedoch schrien laut durcheinander und priesen an, was sie zu bieten hatten. Offenbar hatte sich der gesamte Rest der Bevölkerung von Hormuz an den Quais versammelt, sperrte Mund und Nase auf und schnatterte erregt durcheinander. Doch vermochten wir unter dem Mob nichts auszumachen, was wir erwartet hatten – eine glanzvolle Versammlung von Edelleuten, die gekommen war, ihre künftige Ilkhatun willkommen zu heißen.

»Sonderbar«, murmelte mein Vater. »Die Nachricht von unserem Kommen muß doch an der Küste vorausgeeilt sein. Und der Ilkhan Arghun muß doch inzwischen ziemlich ungeduldig und begierig geworden sein.«

Während er sich nun der wenig ermutigenden Aufgabe zuwandte, die Ausschiffung unserer ganzen Gesellschaft samt zugehörigem Gepäck zu beaufsichtigen, winkte ich einen *karaji*-Fährleichter heran, wehrte die zudringlichen Händler ab und war der erste, der an Land kam. Dort sprach ich einen intelligent aussehenden Bürger an und erkundigte mich, was los sei. Sodann ließ ich mich sofort zurückrudern zum Schiff, um meinem Vater und dem Abgesandten Uladai und der Dame Kukachin folgendes zu berichten:

»Vielleicht verschiebst du die Ausschiffung, bis wir uns besprochen haben. Es tut mir leid, daß ich die Nachricht überbringen muß, aber der Ilkhan Arghun ist schon vor vielen Monaten an einer Krankheit verstorben.«

Die Dame Kukachin brach in Tränen aus, die genauso aufrichtig waren, als wäre der Mann ihr langjähriger und vielgeliebter Gatte gewesen statt nur ein Name. Als ihre Dienerinnen sie in ihre Gemächer brachten und mein Vater nachdenklich an einem Zipfel seines Bartes kaute, sagte Uladai: »*Vakh*! Ich wette, daß Arghun im selben Moment starb, wo meine Mitabgesandten Koja und Apushka in Jawa umkamen. Wir hätten auf etwas Schlimmes gefaßt sein müssen.«

»Das hätte auch nichts geändert«, sagte mein Vater. »Die Frage ist: Was machen wir jetzt mit Kukachin?«

Ich sagte: »Nun, ein Arghun wartet jedenfalls nicht auf sie. Und sein Sohn Ghazan – auch das hat man mir an Land gesagt – ist noch nicht volljährig und kann das Erbe des Khanats noch nicht antreten.«

»Das stimmt«, sagte Uladai. »Ich nehme an, solange führt sein Onkel Kaikhadu als Regent die Amtsgeschäfte.«

»Auch das hat man mir gesagt. Und entweder wußte dieser Kaikhadu nichts davon, daß sein verstorbener Bruder sich eine neue Frau kommen ließ, oder er hat nicht das geringste Interesse, sein Leviratsrecht auszuüben und sie für sich zu nehmen. Jedenfalls hat er ihr zum Empfang weder eine Abordnung entgegengeschickt, noch für ihre Weiterreise gesorgt.«

»Wie auch immer«, sagte Uladai. »Sie kommt von seinem Herrn Khakhan, folglich ist er verpflichtet, Euch von der Sorge für sie zu entbinden und sie selbst in Obhut zu nehmen. Wir bringen sie zur Hauptstadt in Maragheh. Und was die Weiterreise betrifft, Ihr tragt doch das *pai-tzu* des Khakhan. Wir brauchen dem Shah von Hormuz nur zu befehlen, uns alles Nötige zur Verfügung zu stellen.«

Und genau das taten wir. Der hier residierende Shah empfing uns nicht nur pflichtschuldigst, sondern ausgesprochen gastfreundlich und brachte uns alle in seinem Palast unter – der uns alle kaum fassen konnte –, ließ dann seine eigenen Kamele und wahrscheinlich alle anderen seines Herrschaftsbereichs zusammentreiben, belud sie mit Vorräten und Wasserschläuchen, stellte die nötigen Kameltreiber zur Verfügung, und so reisten wir nach wenigen Tagen über Land in nordwestlicher Richtung nach Maragheh.

Die Reise war genauso lang wie die Durchquerung Persiens, die mein Vater, mein Onkel und ich vor Jahren in westöstlicher Richtung hinter uns gebracht hatten. Diesmal jedoch, da es von Süden nach Norden ging, brauchten wir kein besonders schwieriges Gelände zu bewältigen, denn unsere Route führte weit westlich an der Großen Salzwüste vorüber. Auch hatten wir diesmal gute Reitkamele und reichlich Vorräte dabei, eine Menge Diener, jedes bißchen Arbeit für uns zu verrichten, und eine furchtgebietende Eskorte gegen jeden, der uns möglicherweise belästigen könnte. Infolgedessen war es eine wenig anstrengende, aber auch keine besonders lustige Reise. Die Dame Kukachin trug nichts von den Brautkleidern, die sie mitgebracht hatte, sondern jeden Tag Braun, die persische Trauerfarbe. Ihrem Gesicht war zumindest teilweise anzumerken, daß sie sich um ihr künftiges Schicksal durchaus sorgte, teilweise aber auch, daß sie sich damit bereits abgefunden hatte. Da alle anderen sie inzwischen ins Herz geschlossen hatten, bemühten wir uns, ihr die Reise so angenehm und interessant wie möglich zu gestalten.

Der Weg führte uns durch eine Reihe von Ortschaften, in denen ich oder mein Vater oder mein Onkel – oder wir drei auch alle zusammen – früher schon einmal gewesen waren. Aus diesem Grunde hielten mein Vater und ich ständig nach Dingen Ausschau, die sich seither verändert hatten. Zumeist übernachteten wir nur, doch als wir nach Kashan gelangten, ordneten mein Vater und ich einen Tag Aufenthalt an, damit wir durch die Stadt streifen konnten, wo wir zuvor Rast gemacht hatten, ehe wir ins gefährliche Dasht-e-Kavir aufgebrochen waren. Wir nahmen auf unseren Gängen auch Onkel Mafìo mit, da wir einen Funken Hoffnung hatten, diese Bilder aus der Vergangenheit könnten ihn ein wenig wieder zu dem machen, was er einst gewesen war. Aber nichts in Kashan brachte ein Aufleuchten in seine trüben Augen, nicht einmal die *prezioni*-Knaben und jungen Männer, nach wie vor der am meisten ins Auge fallende Aktivposten der Stadt.

Wir suchten das Haus und die Stallungen auf, in denen die freundliche Witwe Esther uns Unterkunft gewährt hatte. Das Anwesen befand sich jetzt im Besitz eines Mannes, eines Neffen von ihr, der es vor Jahren geerbt hatte, als die gute Dame gestorben war. Er zeigte uns, wo sie begraben lag – nicht auf irgendeinem jüdischen Friedhof, sondern – in ihrem Kräutergarten hinter ihrer eigenen Wohnung. Dort hatte ich sie beobachtet, wie sie mit ihrem Pantoffel Skorpione erschlug und mich eindringlich aufforderte, keine Gelegenheit ungenutzt verstreichen zu lassen, »alles zu kosten, was diese Welt zu bieten hat«.

Mein Vater bekreuzigte sich voller Hochachtung und ging dann mit Onkel Mafìo weiter, sich in den Kashaner *kashi*-Werkstätten umzusehen, die ihn auf die Idee gebracht hatten, so etwas auch in Kithai einzurichten, was zu nicht geringen Einnahmen für die Compagnia Polo geführt hatte. Ich jedoch blieb eine Weile beim Neffen der Witwe, betrachtete nachdenklich ihr kräuterbewachsenes Grab und sagte (freilich nicht laut):

»Ich bin Eurem Rat gefolgt, Mirza Esther. Ich habe keine Gelegenheit ausgelassen. Nie habe ich gezögert zu gehen, wohin meine Neugierde mich führte. Ich bin bereitwillig dorthin gegangen, wo Gefahr in der Schönheit lauerte und Schönheit in der Gefahr. Wie Ihr voraussagtet, habe ich Erfahrungen in Hülle und Fülle gemacht. Viele davon waren erfreulich, manche lehrreich, auf ein paar würde ich heute lieber verzichten. Aber ich habe sie gemacht, und sie stehen mir immer noch in der Erinnerung. Sollte ich denn morgen in *mein* Grab steigen, wird es kein schwarzes, schweigendes Loch sein. Ich kann das Dunkel mit lebhaften Farben ausmalen und es mit Musik sowohl der martialischen als auch der schmachtend gefühlvollen Art anfüllen, mit Schwerterblitzen und erregten Küssen, Dingen, die ich schmecke, mit Aufregungen und Sensationen, mit dem Duft eines von der Sonne erwärmten Kleefelds, über das ein sanfter Regen dahingeht, dem Süßesten, das Gott je auf dieser Erde erschaffen hat. Jawohl, ich habe genug, die Ewigkeit für mich lebendig zu machen. Andere mögen sie ertragen – ich werde sie genießen können. Und dafür danke ich Euch, Mirza Esther, ich möchte Euch *shalom* wünschen ... doch glaube ich, auch Ihr würdet nicht glücklich sein in einer Ewigkeit, in der es nichts weiter gibt als Frieden ...«

Ein schwarzer Kashaner Skorpion kam den Gartenweg entlanggekrochen, und ich zertrat ihn für sie. Dann wandte ich mich an den Neffen und sagte: »Eure Tante hatte damals eine Dienerin namens Sitarè ...«

»Das ist noch etwas, das sie auf dem Sterbebett verfügt hat. Jede alte Frau ist im Grunde ihres Herzens eine Kupplerin. Sie hatte für Sitarè einen Mann gesucht und sie in diesem Hause vor ihrem Tode verheiratet. Neb Efendi war ein Schuster, ein guter Handwerker und ein guter Mann, obwohl er ein Muslim war. Außerdem war er ein Turk-Einwanderer, so daß er hier in Kashan nicht sonderlich beliebt war. Dafür war er auch nicht hinter Knaben her und Sitarè ein guter Gatte.«

»War?«

»Sie sind kurz danach von hier fortgezogen. Er war nicht von hier, und offenbar ziehen die Menschen es vor, sich ihre Schuhe von Landsleuten machen und besohlen zu lassen, selbst wenn die nicht viel von ihrem Handwerk verstehen. Deshalb nahm Neb Efendi seine Ahlen und Leisten und seine neue Frau und zog davon – nach Kappadozien, glaube ich, wo er zu Hause war. Ich hoffe, sie sind dort glücklich. Es ist schon lange her.«

Nun, ich war ein bißchen enttäuscht, Sitarè nicht wiederzusehen, aber eben nur ein bißchen. Sie war inzwischen bestimmt eine Matrone, wohl so alt wie ich, und ihr Anblick hätte leicht eine noch größere Enttäuschung sein können.

So reisten wir weiter und kamen schließlich nach Maragheh. Der Regent Kaikhadu empfing uns – nicht widerwillig, aber auch nicht hellauf begeistert. Er war der typische zottelhaarige mongolische Kriegsmann, der auf dem Rücken eines Pferdes und mit der Klinge einen Gegner bedrohend gewiß glücklicher gewesen wäre als auf dem Thron, auf den er nach dem Tod seines Bruders vorübergehend genötigt worden war.

»Ich hatte wirklich keine Ahnung von Arghuns Gesandtschaft an den Khakhan«, beteuerte er uns, »sonst hätte ich Euch unter großem Gepränge hierhergeleitet, da könnt Ihr ganz sicher sein, denn ich bin ein getreuer Untertan des Khakhan. Gerade weil ich die ganze Zeit über in den Feldzügen des Khanats gekämpft habe, hatte ich keine Ahnung, daß Arghun sich nach einer neuen Frau umtat. Wahrscheinlich würde ich in diesem Augenblick eine Bande von Räubern verfolgen, die mordbrennend durch Kurdistan zieht. Aber wie dem auch sei, ich weiß nicht recht, was ich mit der Frau machen soll, die Ihr da mitgebracht habt.«

»Sie ist sehr hübsch, Herr Kaikhadu«, sagte der Abgesandte Uladai. »Und von gutem Wesen obendrein.«

»Gewiß, gewiß, aber ich habe schon Frauen genug – Mongolinnen,

Perserinnen, Zirkassinnen, sogar eine gräßliche Armenierin –, ihre *yurtus* stehen zwischen Hormuz und Azerbaizhan überall verstreut.« Verzweifelt warf er die Hände in die Höhe. »Nun, mir bleibt wohl nichts anderes übrig, als mich unter meinen Edelleuten umzuhören . . .«

»Wir bleiben jedenfalls so lange«, erklärte mein Vater mit Nachdruck, »bis wir die Dame Kukachin standesgemäß verheiratet sehen.«

Doch dafür sorgte die Dame selber, noch ehe wir in dem Palast von Maragheh recht heimisch geworden waren. Mein Vater und ich ließen Onkel Mafio eines Nachmittags in einem Rosengarten etwas frische Luft schnappen, da kam sie auf uns zugelaufen und lächelte zum ersten Mal seit unserer Landung in Hormuz. Und zog jemand hinter sich her: einen Jungen, sehr klein und häßlich und verpickelt, doch angetan mit den reichbestickten Hofgewändern.

»Ältere Brüder Polo«, sagte sie atemlos. »Ihr braucht Euch meinetwegen keine Sorgen mehr zu machen. Das Glück wollte es, daß ich einen wirklich wunderbaren Mann kennengelernt habe und wir unser Verlöbnis möglichst bald bekanntgeben möchten.«

»Nun, das ist ja eine großartige Neuigkeit«, sagte mein Vater, allerdings immer noch sehr vorsichtig. »Ich hoffe nur, meine Liebe, daß er von entsprechend hoher Geburt und Stellung ist und seine Aussichten . . .«

»Sind glänzend!« erklärte sie glücklich. »Ghazan ist der Sohn des Mannes, den zu ehelichen ich hergekommen bin. Er wird in zwei Jahren selbst Ilkhan.«

»*Mefè,* besser hättet Ihr es ja gar nicht treffen können! *Lassar la strada vechia per la nova.* Ist dies hier sein Page? Kann er den guten Burschen holen, damit wir ihn kennenlernen?«

»Aber er ist es. Dies hier ist Kronprinz Ghazan.«

Mein Vater mußte schlucken, bevor er sagte: »*Sain bina,* Königliche Hoheit«, und ich verbeugte mich tief, um Zeit zu gewinnen, ein wieder völlig nüchternes Gesicht aufzusetzen.

»Er ist zwei Jahre jünger als ich«, fuhr Kukachin fort zu plappern, ohne dem Jungen groß Gelegenheit zu geben, für sich selbst zu sprechen. »Aber was sind zwei Jahre in einer lebenslangen glücklichen Ehe? Wir werden heiraten, sobald er Ilkhan wird. Und Ihr, Geehrte Ältere Bruder, könnt guten Gewissens weiterreisen. Ihr wißt ja, daß ich in guten Händen bin. Ihr werdet mir zwar fehlen, aber ich bin nicht mehr einsam und lasse auch den Kopf nicht mehr hängen.«

Wir brachten unsere Glückwünsche vor, wie es sich gehörte, und Ghazan grinste wie ein Affe und murmelte danke schön, während Kukachin strahlte, als hätte sie sich gerade eine unvorstellbar große Trophäe geholt. Dann trollten die beiden sich Hand in Hand.

»Nun«, sagte mein Vater achselzuckend, »besser den Kopf einer Katze als den Schwanz eines Löwen.«

Doch Kukachin muß in dem Jungen etwas gesehen haben, das wir nicht sehen konnten. Er konnte weiß Gott nie hoffen, besser auszusehen und einen stattlicheren Körper zu haben als ein Gnom – er wurde später in allen mongolischen Chroniken ›Ghazan der Häßliche‹ genannt –, doch die Tatsache, daß er Geschichte machte, beweist, daß mehr in ihm steckte, als es den Anschein hatte. Er und die Dame wurden vermählt, als er Kaikhadu als Ilkhan von Persien ersetzte, woraufhin er zum fähigsten Ilkhan und Krieger seiner Generation wurde, der viele Kriege führte und dem Khanat viele neue Länder hinzugewann. Leider konnte seine liebende Ilkhatun Kukachin nicht alle seine Triumphe und seinen Ruhm miterleben, denn sie starb bereits zwei Jahre nach ihrer Heirat im Kindbett.

4 Da wir unsere letzte Aufgabe für den Khan Kubilai erfüllt hatten, drängten mein Vater, mein Onkel und ich weiter nach Westen. In Maragheh verabschiedeten wir uns von der großen Reisegesellschaft, die wir jetzt so lange gewohnt gewesen waren, doch Kaikhadu stellte uns großzügig gute Pferde, auch zum Wechseln, sowie Tragtiere zur Verfügung, und dazu eine aus einem Dutzend Berittenen seiner eigenen Palastgarde bestehende Eskorte, uns sicher durch die Turk-Lande zu geleiten. Wie sich jedoch herausstellte, wären wir ohne unsere mongolischen Beschützer sicherer vorangekommen.

Von der Hauptstadt aus ritten wir um einen See herum, der so groß war wie ein Meer und Urumia hieß, auch ›See des Sonnenuntergangs‹ genannt. Dann überquerten wir das Gebirge, das die Nordwestgrenze Persiens bildete. Einer der Berge in dieser Kette, sagte mein Vater, sei der biblische Berg Ararat, doch lag er zu weit von unserer Route ab, als daß ich Lust gehabt hätte, ihn zu besteigen und nachzusehen, ob noch Spuren von der Arche Noah zu finden wären. Wie dem auch sei, da ich vor kurzem noch einen anderen Berg bestiegen hatte, um mir einen Fußabdruck anzusehen, der genausogut von Adam hätte stammen können, konnte ich in Noah jetzt nur noch einen Spätkommer der Geschichte sehen. Auf der anderen Seite des Gebirges ritten wir hinunter in die Turk-Lande und gelangten wieder an einen meergroßen See, der diesmal den Namen Van trug, aber ›See jenseits des Sonnenuntergangs‹ genannt wurde.

Die Länder dort, die Völkerschaften, die sie bewohnten, und die Grenzen untereinander waren alle im Fluß und waren das schon seit vielen Jahren. Einst unter christlichen Herrschern ein Teil des Byzantinischen Reiches, bildete es jetzt das Seldschukische Reich unter Turk-Herrschern muslimischer Religion. Doch diese östlichen Gebiete waren auch noch unter älteren Namen bekannt, die ihnen von Menschen gegeben worden waren, die diese Lande von alters her besiedelt hatten und nie zugegeben hätten, daß sie nicht mehr ihre rechtmäßigen Besitzer wären und die nie irgendwelche Launen der heutigen Prätendenten oder moderne Grenzziehungen anerkennen würden. Wo wir aus Persien herauskamen, ritten wir in ein Land hinunter, das man zwar genausogut nach der Volkszugehörigkeit seiner Herrscher Turk-Lande oder Seldschukisches Reich nennen konnte, wie es die Turk-Menschen selbst nannten, oder Kappadozien, wie es auf älteren Landkarten bezeichnet wurde, oder Kurdistan nach den Kurden, die hier lebten.

Es war ein schönes grünes Land, dessen wildeste Teile kaum wild genannt werden konnten, sondern eher sanft mit ihren gewellten grasbewachsenen und säuberlich durch Waldgruppen getrennten Hügeln, so daß das ganze Land aussah wie ein wohlgepflegter, künstlich angelegter Park. Es gab reichlich gutes Wasser, in blitzenden Strömen genauso wie in riesigen blauen Seen. Die Menschen, die hier lebten, waren alle Kurden, doch die meisten waren Nomadenfamilien, die ihren Schaf- oder Ziegenherden folgten. Es waren gut aussehende Menschen, wie ich sie nur je in islamischen Landen gesehen hatte. Sie hatten tiefschwarzes Haar und schwarze Augen, doch dazu eine Haut so hell wie die meine. Die Männer waren groß und kräftig gebaut, trugen verwegene schwarze Schnurrbärte und waren berühmte Kämpfer. Die Kurdinnen waren nicht besonders zart, jedoch gut gewachsen und gleichfalls gut aussehend – und unabhängig; verächtlich wiesen sie es von sich, den Schleier zu tragen oder in *pardah* verborgen dahinzuleben, wie es den meisten anderen Frauen im Islam beschieden ist.

Die Kurden begegneten uns Reisenden durchaus herzlich – Nomaden verhalten sich gegenüber anderen, die auch so wirken, als wären sie Nomaden, im allgemeinen sehr gastfreundlich –, doch unsere mongolischen Begleiter betrachteten sie nicht gerade mit liebevollen Blicken. Dafür gab es Gründe. Abgesehen von allen anderen verzwickten Schwierigkeiten mit Völkernamen, Gebietsbezeichnungen und Grenzlinien, war dieses Seldschuken-Reich auch noch ein Vasallenstaat des Ilkhans von Persien. Dieser Zustand datierte aus den Zeiten, da ein verräterischer Turk-Minister hinterhältig den König Kilij – den Vater meiner einstigen Prinzessin-Freundin Mar-Janah – umgebracht und den Thron an sich gerissen hatte, um ihn dem Ilkhan Abagha zu Füßen zu legen. Wiewohl dies Seldschuken-Reich nun dem Namen nach in der Hauptstadt Erzincan von einem König Masud regiert wurde, unterstand es doch in Wirklichkeit Abaghas letztem überlebendem Sohn, dem Regenten Kaikhadu, von dessen Maragheher Hof wir gerade kamen und dessen Palastwache uns das Geleit gab. Wir Reisenden waren hier willkommen; die uns begleitenden Krieger waren es nicht.

Nun hätte man meinen sollen, daß es die Kurden – die im Laufe der Geschichte gegen *jeden* nichtkurdischen Herrscher rebelliert hatten, der ihnen aufgezwungen worden war – wenig kümmerte, ob nun Erzincan oder Maragheh die Hauptstadt war, von der aus sie regiert wurden, denn hier draußen, hundert oder noch mehr *farsakhs* von jeder dieser Städte entfernt, wurden sie eigentlich von niemandem wirklich beherrscht. Gleichwohl schienen sie die Mongolen als Tyrannen zu betrachten, die ihnen außer der Turk-Tyrannei noch aufgezwungen worden war, unter der sie ohnehin bereits stöhnten, und diese Mongolenherrschaft empfanden sie wohl als etwas, gegen das sie noch mehr Haß und Groll empfanden. Wie gut die Kurden hassen konnten, erfuhren wir, als wir eines Nachmittags bei einer abgelegenen Hütte Rast hielten, um ein Schaf für unser Abendessen zu kaufen.

Der Mann, dem die Hütte offensichtlich gehörte, saß auf der Schwelle davor und hielt die Schafpelze, in die er gehüllt war, eng um sich gezogen, als ob ihn fröstele. Mein Vater und ich und einer von unseren Mongolen ritten heran und stiegen höflich vom Pferd, doch der Schafhirt blieb unhöflich sitzen. Die Kurden hatten eine eigene Sprache, doch die meisten von ihnen sprachen auch Turki, was auch unsere mongolischen Begleiter taten. In jedem Fall ähnelte die Turk-Sprache dem Mongolischen so weit, daß ich einer Unterhaltung im allgemeinen folgen konnte. Unser Mongole fragte den Mann, ob wir ihm ein Schaf abkaufen könnten. Der immer noch sitzende Mann hielt den Blick verdrossen auf den Boden geheftet und schlug es uns ab.

»Ich finde, ich darf keinen Handel mit unseren Unterdrückern abschließen.«

Der Mongole sagte: »Kein Mensch unterdrückt Euch. Diese Ferenghi-Reisenden bitten Euch um eine Gunst und werden dafür bezahlen; und Allah gebietet, Reisenden Gastfreundschaft zu gewähren.«

Woraufhin der Schäfer nicht streitsüchtig, wohl aber resigniert sagte: »Aber ihr anderen seid Mongolen, und ihr werdet auch von dem Schaf essen.«

»Ja und? Sobald Ihr den Ferenghi das Tier verkauft habt, was kümmert es Euch da, was daraus wird?«

Schniefend und nahezu in Tränen aufgelöst, sagte der Schafhirt: »Es ist noch nicht lange her, da habe ich einem vorüberziehenden Turk einen Gefallen getan. Half ihm, seinem Pferd ein zerbrochenes Hufeisen abzunehmen und es neu zu beschlagen. Und dafür hat mich der Chiti Ayakkabi bestraft. Einen kleinen Gefallen, nur einem Turk. *Estag farullah!* Was wird Chiti mir erst antun, wenn ich einem *Mongolen* einen Gefallen erweise?«

»Jetzt kommt schon!« fuhr unsere Eskorte ihn an. »Wollt Ihr uns nun ein Schaf verkaufen?«

»Nein, das kann ich nicht.«

Woraufhin der Mongole höhnisch auf ihn herabblickte. »Du kannst dich noch nicht einmal auf deine Beine stellen, wenn du trotzt. Nun gut, feiger Kurde, du weigerst dich zu verkaufen. Würdest du dann die Freundlichkeit besitzen, aufzustehen und zu versuchen, mich daran zu hindern, daß ich mir ein Schaf *nehme*?«

»Nein, das kann ich nicht. Aber ich warne Euch. Der Chiti Ayakkabi wird dafür sorgen, daß Ihr es bedauert, mich beraubt zu haben.«

Der Mongole stieß ein rauhes Lachen aus und spuckte vor dem im Staub Sitzenden aus. Dann saß er wieder auf und ritt hin, ein fettes Schaf von der unterhalb der Hütte grasenden Herde zu trennen. Ich blieb zurück und sah neugierig auf den in sich zusammengesunken und geschlagen aussehenden Hirten hinab. Ich wußte, daß *Chiti* Brigant hieß, und soviel ich wußte, hieß *Ayakkabi* Schuh, folglich überlegte ich, was das wohl für ein Räuber sein mochte, der sich ›Schuhbrigant‹

nannte und es sich angelegen sein ließ, einen Kurden, also einen Landsmann, zu bestrafen, der einem von denen, die sie als ihre Unterdrücker betrachteten, geholfen hatte.

Radebrechend schaffte ich es, den Mann zu fragen: »Was hat dieser Chiti Ayakkabi getan, um Euch zu bestrafen?«

Statt einer Antwort lupfte er den Saum seines Schafspelzes und ließ mich einen Blick auf seine Füße werfen. Jetzt war klar, warum er zu unserer Begrüßung nicht aufgestanden war, und mir dämmerte allmählich, warum dieser kurdische Bandit einen so sonderbaren Namen hatte. Beide Füße des Schäfers, sonst nackt, waren blutverkrustet und starrten im Spann von Nägeln – nicht von Nagelköpfen, sondern von den hochstehenden Spitzen der Nägel –, denn beide Füße waren ihm mit Hufeisen beschlagen.

Zwei oder drei Abende später sorgte der Chiti Ayakkabi in einem Dorf namens Tunceli dafür, daß wir es bedauerten, das Schaf geraubt zu haben. Tunceli war ein Kurdendorf und besaß nur eine einzige *karwansarai*, die überdies auch noch sehr klein und heruntergekommen war. Da sie mit unserer Gesellschaft von fünfzehn Berittenen und rund dreißig Ersatzpferden über Gebühr belegt gewesen wäre, ritten wir durch das Dorf hindurch und schlugen in einer grasbewachsenen Mulde neben einem klarfließenden Bach unser Lager auf. Wir hatten gegessen, rollten uns in unsere Decken und schliefen; nur ein Mongole hatte Wache, als plötzlich die Banditen über uns waren.

Unser einsamer Wächter hatte gerade noch Zeit, »*Chiti!*« zu rufen, dann wurde ihm mit einer Streitaxt der Schädel zerschmettert. Wir anderen befreiten uns in aller Hast von unseren Decken, doch die Banditen waren schon mit Schwertern und Keulen über uns hergefallen, und im schwachen Widerschein des Feuers war alles ein schreckliches Durcheinander. Mein Vater und ich hatten es Onkel Mafìo zu verdanken, daß wir nicht genauso im Handumdrehen erschlagen wurden wie unsere mongolische Eskorte. Diese Krieger wollten selbstverständlich zuerst nach den Waffen greifen, deshalb fielen die Banditen zunächst über sie her. Doch mein Vater und ich sahen Mafìo am Feuer stehen und sich belustigt und nicht recht begreifend umsehen. Wir beide stürzten uns im selben Augenblick auf ihn, packten ihn, rissen ihn zu Boden, damit er kein so besonders gutes Ziel abgab. Im nächsten Augenblick erwischte es mich über dem Ohr, und damit wurde die Nacht für mich wirklich schwarz.

Als ich erwachte, hielt jemand meinen Kopf weich im Schoß, und als ich richtig sehen konnte, blickte ich in ein vom inzwischen neuentfachten Feuer erhelltes Frauengesicht. Es war nicht das eckige, kräftige Gesicht einer Kurdin, und umrahmt wurde es von einer Fülle von Haar, das nicht schwarz war, sondern tiefrot. Ich bemühte mich, wieder klar zu denken, und sagte mit krächzender Stimme auf farsi:

»Bin ich tot und seid Ihr jetzt eine *peri*?«

»Ihr seid nicht tot, Marco Efendi. Ich habe Euch gerade noch rechtzeitig gesehen, um die Männer zurückzuhalten.«

»Früher habt Ihr mich aber Mirza Marco genannt, Sitarè.«
»Marco Efendi bedeutet das gleiche. Ich bin heute mehr Kurdin als Perserin.«
»Was ist mit meinem Vater? Und meinem Onkel?«
»Beiden ist kein Leids geschehen. Tut mir leid, daß Ihr den Schlag abbekommen habt. Könnt Ihr Euch aufsetzen?«
Ich setzte mich hin, obwohl die Bewegung bewirkte, daß ich meinte, der Kopf würde mir von den Schultern gerissen. Ich sah meinen Vater mit einer Gruppe schwarz beschnurrbarteter Banditen sitzen. Sie hatten *qawah* gemacht, und er und sie tranken und plauderten freundschaftlich miteinander, während Onkel Mafìo heiter daneben saß. Das Ganze hätte völlig normal ausgesehen, wären nicht die anderen Briganten damit beschäftigt gewesen, die Leichen der erschlagenen Mongolen wie Klafterholz aufeinanderzustapeln. Als der größte Mann mit dem verwegensten Schnurrbart sah, daß ich mich rührte, kam er zu mir und Sitarè herüber. Sie sagte: »Dies ist mein Mann, Neb Efendi, auch als Chiti Ayakkabi bekannt.«
Er sprach genauso gut Farsi wie sie. »Ich muß mich bei Euch entschuldigen, Marco Efendi. Nie hätte ich bewußt den Mann angegriffen, der es mir ermöglicht hat, den größten Schatz meines Lebens zu gewinnen.«
Ich hatte meine fünf Sinne immer noch nicht wieder ganz beisammen und wußte nicht, wovon er redete. Doch als ich bitteren schwarzen *qawah* trank, bekam ich allmählich wieder einen klaren Kopf; er und Sitarè erklärten mir, um was es ging. Er war der Kashaner Schuster, den die Almauna Esther mit ihrer Dienerin Sitarè verheiratet hatte. Bei ihm war es Liebe auf den ersten Blick gewesen, doch hätten sie nie heiraten können, wäre Sitarè nicht unberührt gewesen, und Sitarè hatte ihm freimütig erklärt, daß sie nur deshalb noch Jungfrau sei, weil ein gewisser ritterlicher Mirza Marco sich geweigert hatte, sie auszunutzen. Mir war mehr als ein wenig unbehaglich zumute zu hören, wie ein rauher und vor keinem Mord zurückschreckender Bandit mir erklärte, er sei mir zu Dank verpflichtet, ihm nicht beim *sikis*-Machen mit seiner Braut zuvorgekommen zu sein, wie er es nannte. Immerhin war ich aber auch von Herzen dankbar, zumindest einmal im Leben Zurückhaltung geübt zu haben.
»*Qismet* nennen wir das«, sagte er. »Schicksal, Zufall. Ihr wart gut zu meiner Sitarè. Jetzt bin ich gut zu Euch.«
Nun kam nach und nach heraus, daß Neb Efendi, dem man es in Kashan unmöglich gemacht hatte, als Schuster wohlhabend zu werden – dort machten die Menschen keinen Unterschied zwischen einem edlen Kurden und einem bösen Turk, verachteten aber beide gleichermaßen –, seine Frau in seine Heimat Kurdistan zurückgebracht hatte. Doch hier kam er sich gleichfalls entfremdet vor, als Vasall eines Turk-Regimes, das wiederum Vasall des Mongolen-Ilkhanats war. So hatte er sein Handwerk aufgegeben, nur den Namen davon behalten und sich als Schuhbrigant dem Aufstand verschworen.

»Ich habe ein Beispiel Eurer Fertigkeit als Schuster und Schmied gesehen«, sagte ich zu ihm. »Das war – klar und deutlich.«

Bescheiden sagte er: *»Bosh«*, ein Turk-Wort, das soviel bedeutet wie: »Ihr schmeichelt mir zu sehr.«

Doch Sitarè nickte stolz. »Ihr meint den Schäfer. Er war es, der uns in Tunceli auf Eure Fährte gesetzt hat. Ja, Marco Efendi, mein geliebter und tapferer Neb ist entschlossen, alle Kurden sich gegen ihre Unterdrücker erheben zu lassen und alle Schwächlinge, die sich ihnen unterwerfen wollen, zu entmutigen.«

»Das hatte ich mir fast so gedacht.«

»Wißt Ihr, Marco Efendi«, sagte er und hämmerte sich mit der Faust laut an die Brust, »daß wir Kurden die älteste Aristokratie in der Welt darstellen? Unsere Stammesnamen gehen zurück auf die Tage von Sumer. Und seither haben wir eine Tyrannei nach der anderen bekämpft. Wir haben uns gegen die Hetiter gewehrt und gegen die Assyrer, wir haben Cyrus geholfen, Babylon zu besiegen. Zusammen mit Salah-ed-Din dem Großen haben wir gegen die ersten brandschatzenden Kreuzritter gekämpft. Vor noch nicht zwanzig Jahren haben wir ohne jede Hilfe von anderen in der Schlacht von Arbil zwanzigtausend Mongolen erschlagen. Trotzdem sind wir immer noch nicht frei und unabhängig. Deshalb ist es jetzt meine Aufgabe, erst das Mongolenjoch abzuschütteln und dann das der Turk.«

»Ich wünsche Euch Erfolg, Chiti Ayyakabi.«

»Nun, meine Bande und ich sind schlecht ausgerüstet. Aber die Waffen Eurer Mongolen und ihre Pferde sowie der nicht geringe Schatz, den sie mitführten, hilft uns enorm.«

»Ihr wollt uns berauben? Das nennt Ihr, gut zu uns sein?«

»Ich hätte auch weniger gut sein können.« Wie beiläufig zeigte er auf den Haufen toter Mongolen. »Ich bin froh, daß Euer *qismet* es anders gewollt hat.«

»Da wir gerade vom *qismet* sprechen«, sagte Sitarè strahlend, um mich abzulenken, »sagt mir, Marco Efendi, wie geht es meinem lieben Bruder Aziz?«

Wir befanden uns in einer heiklen Lage, zu diesem Schluß kam ich, und ich wollte sie nicht noch schlimmer machen. Weder sie noch ihr wilder Mann würden überglücklich sein, wenn sie hörten, daß ihr kleiner Bruder seit über zwanzig Jahren tot war, daß wir zugelassen hatten, daß er von einer Räuberbande getötet wurde, die sehr ähnlich derjenigen war, die sie selbst bildeten. Warum eine alte Freundin bekümmern? So log ich, und log so laut, daß mein Vater alles mitbekam und mir hoffentlich hinterher nicht widersprach.

»Wie Ihr wünschtet, Sitarè, haben wir Aziz nach Mashhad gebracht und die ganze Reise über dafür gesorgt, daß er keusch blieb. Dort angekommen, hatte er das seltene Glück, augenblicklich das bewundernde Auge eines feinen und wohlhabend-fetten Handelsfürsten auf sich zu ziehen. Wir ließen sie zusammen zurück, und sie schienen sich von Tag zu Tag mehr zu mögen. Soweit ich weiß, treiben sie immer noch gemeinsam Handel, zwischen Baghdad und Balkh die Seidenstraße auf und ab. Aziz muß inzwischen ein reifer Mann sein, aber ich habe keinen Zweifel, daß er immer noch so wunderschön ist wie damals. Und wie Ihr es seid, Sitarè.«

»*Al-hamdo-lillah,* das hoffe ich auch«, sagte sie aufseufzend. »Ich habe, als sie heranwuchsen, soviel Ähnlichkeit zwischen meinen eigenen beiden Söhnen und Aziz zu sehen vermeint. Aber mein überaus männlicher Neb, der ja kein Kashaner ist, wollte nicht zulassen, daß ich unseren Jungen das *golulè* einführte oder ihnen auch nur beibrachte, Schönheitsmittel zu benutzen, damit sie später imstande seien, männliche Liebhaber anzuziehen. So sind sie jetzt selbst zu überaus männlichen Männern herangewachsen und machen *sikis* nur mit Frauen. Das sind die Jungen, dort drüben, Nami und Orhon, die den toten Mongolen gerade die Stiefel ausziehen. Könnt Ihr Euch vorstellen, Marco Efendi, daß meine Söhne beide älter sind als *Ihr* es wart, als ich Euch das letztemal sah? Nun, es ist gut, nach all den vielen Jahren etwas über den lieben Aziz zu erfahren und zu wissen, daß er aus seinem Leben genauso einen strahlenden Erfolg gemacht hat wie ich aus dem meinen. Das verdanken wir alles Euch, Marco Efendi.«

»*Bosh!*« sagte ich bescheiden.

Ich hätte vorschlagen können, daß man uns zumindest unser Eigentum beließ, doch ich tat es nicht. Und als mein Vater gleichfalls erkannte, daß man uns ausplünderte, seufzte er ergeben und sagte: »Nun, wenn es kein Festmahl gibt, sind zumindest die Kerzen glücklich.« Gewiß, unser Leben hatte man geschont. Und das mir zustehende Drittel unserer beweglichen Habe hatte ich bereits vor unserer Abreise aus Khanbalik weitergegeben; auch war das nur eine Geringfügigkeit im Vergleich zu dem, was unsere Compagnia zuvor aus Kithai heimgeschickt hatte. Auch nahmen die Briganten nur, was sie mühelos ausgeben, verkaufen oder eintauschen konnten, was bedeutete, daß sie uns unsere Kleidung und unsere persönliche Habe ließen. Zwar bestand nicht gerade Grund zu frohlocken, erst auf einer so späten Etappe unserer langen Reise ausgeraubt worden zu sein – besonders bedauerten wir den Verlust der prächtigen Sternsaphire, die wir in Srihalam eingetauscht hatten –, doch allzusehr murrten wir nicht.

Neb Efendi und seine Bande gestatteten uns, mit unseren eigenen Pferden bis zu der Küstenstadt Trapezunt zu reiten, und begleitete uns sogar als Schutz gegen weitere kurdische Überfälle. Außerdem nahmen sie höflich Abstand davon, unterwegs noch jemand abzuschlachten oder ihm die Füße mit Hufeisen zu beschlagen. Als wir in den Außenbezirken von Trapezunt absaßen, gab uns der Chiti Ayakkabi eine Handvoll von unseren eigenen Münzen zurück, was ausreichen mußte, für unsere Weiterreise und Verköstigung bis Konstantinopel zu bezahlen. So trennten wir uns auf durchaus freundschaftliche Weise, und der Schuhbrigant schlug mich auch nicht zu Boden, als Sitarè mich wie vor mehr als zwanzig Jahren zum Abschied leidenschaftlich und ausgedehnt küßte.

In Trapezunt am Gestade des Euxinischen, *Kara* oder Schwarzen Meeres, waren wir immer noch über zweihundert *farsakhs* östlich von Konstantinopel. Dennoch waren wir froh, zum ersten Mal, seit wir Acre in der Levante verlassen hatten, wieder auf christlichem Boden zu stehen. Mein Vater und ich entschieden uns gegen den Kauf neuer Pferde, nicht aus Angst vor einem Ritt über Land, sondern aus Sorge darum, daß es für Onkel Mafìo zu anstrengend wäre, wo jetzt doch nur wir zwei da waren, uns um ihn zu kümmern. Den Rest unseres Gepäcks auf der Schulter, begaben wir uns zum Hafen von Trapezunt, wo wir nach einiger Zeit ein barkenähnliches *gektirme*-Fischerboot ausfindig machten, dessen christlicher Kapitän – ein Grieche, dessen gesamte Mannschaft aus seinen vier rüpelhaften Söhnen bestand – aus christlicher Güte sich einverstanden erklärte, uns nach Konstantinopel zu bringen, für unsere Verköstigung zu sorgen und dafür aus christlicher Güte nur das zu verlangen, was wir noch besaßen.

Es war eine schrecklich langsame und elende Reise, denn die *gektirme* warf unterwegs ständig das Netz aus und fing Anchovis, so daß wir die ganze Fahrt über nichts außer Anchovis mit einem Reis-Pilaf in Anchovisöl zu essen bekamen, und so lebten und schliefen und atmeten wir unausgesetzt in Anchovisgeruch. Außer uns und den Griechen war ohne ersichtlichen Grund noch ein ausgemergelter Hund an Bord, und ich wünschte mehr als einmal, wir hätten nicht die letzte Münze herausgerückt, denn dann hätte ich den Hund kaufen und ihn zum Kochen freigeben können, bloß um mal etwas anderes zu essen als Anchovis. Doch das war ebensogut. Der Hund war schon so lange an Bord, daß ich fürchte, er hätte auch nicht anders geschmeckt.

Nach fast zwei scheußlichen Monaten an Bord unseres schwimmenden Anchovisfäßchens liefen wir endlich durch die Bosphorus genannte Meerenge bis in die Goldenes Horn genannte Hafenbucht von Konstantinopel – leider jedoch an einem Tag, da so dichter Nebel herrschte, daß ich die Pracht der großen Stadt nicht bewundern konnte. Allerdings erlaubte mir der Nebel zu begreifen, warum der Hund auf der *gektirme* mitfuhr. Einer der Söhne prügelte ihn regelmäßig mit einem Stock, während wir vorsichtig durch den Nebel krochen, und der Hund bellte und knurrte und jaulte ununterbrochen. Ich konnte rings um uns her andere unsichtbare Hunde ähnlich jaulen hören, und unser Kapitän an der Ruderpinne spitzte die Ohren und lauschte auf die Geräusche. Mir ging auf, daß das Hundeprügeln ein anerkanntes Nebelwarnsystem darstellte, ähnlich wie in Venedig das Läuten der Schiffsglocke.

Unsere plumpe *gektirme* tastete sich ohne Zusammenstoß quer über das Goldene Horn bis unter die Stadtmauern. Unser Kapitän sagte uns, er fahre zum Anlegeplatz Sirkeci, wo Fischerboote erlaubt seien, doch mein Vater bewog ihn, uns nach Phanar zu bringen, dem Viertel der Venezianer in Konstantinopel. Und irgendwie schaffte er es trotz des dichten Nebels und obwohl er Konstantinopel seit über dreißig Jahren nicht mehr gesehen hatte, den Kapitän dorthin zu dirigieren. Inzwischen ging irgendwo hinter dem Nebel die Sonne unter, und mein Vater fieberte vor Ungeduld und brummte: »Wenn wir vor Einbruch der Dunkelheit nicht hinkommen, müssen wir noch eine Nacht auf diesem elenden Boot verbringen.« Daß wir an einem hölzernen Landesteg festmachten, muß mit der Abendstunde genau zusammengefallen sein. Wir beide verabschiedeten uns überstürzt von den Griechen, halfen Onkel Mafìo an Land, und mein Vater führte uns in einer Art Altmännertrab durch das Labyrinth von gewundenen und verstopften Gassen.

Endlich gelangten wir zu einem der vielen, eines wie das andere aussehenden Häusern mit den schmalen Fassdaden, wobei dieses zu ebener Erde ein Kontor aufwies, und mein Vater stieß einen frohen Schrei aus – »*Nostra compagnia!*« –, als er drinnen noch Licht brennen sah. Er machte die Tür auf und ließ mich und Mafìo eintreten. Ein weißhaariger Mann beugte sich über ein aufgeschlagenes Hauptbuch auf einem Pult mit vielen anderen dicken Büchern darauf und schrieb im Schein einer Kerze, die zu seinem Ellbogen stand. Er sah auf und knurrte:

»*Gèsu, spuzzolenti sardòni!*«

Das waren die ersten venezianischen Worte, die ich nach dreiundzwanzig Jahren von jemand anderem als Nicoò oder Mafìo Polo hörte. Und so – als »stinkende Anchovis« – wurden wir von meinem Onkel Marco Polo begrüßt.

Dann jedoch, wie vom Donner gerührt, erkannte er seine Brüder – »*Xestu, Nico? Mafìo? Tati!*« –, und er sprang behende von seinem Stuhl auf, und die Schreiber der Compagnia an den Schreibpulten ringsum blickten voller Verwunderung auf unser Gewirr von *abrazzi* und Schulterklopfe und Händeschütteln und Gelächter und Tränen und Ausrufen:

»*Sangue de Bacco!*« bellte er. »*Che bon vento?* Aber ihr seid ja beide ganz grau geworden, meine *Tati*!«

»Und du schlohweiß, *Tato*!« bellte mein Vater zurück.

»Und warum habt ihr so lange gebraucht? Eure letzte Sendung brachte auch deinen Brief, in dem du schriebst, daß ihr unterwegs wäret. Aber das war vor fast drei Jahren.«

»Ach, Marco, frag nicht! Uns hat der Wind die ganze Reise über ins Gesicht geblasen.«

»*E cussì?* Ich erwartete euch auf juwelenstrotzenden Elefanten – *I Re Magi*, die im Triumphzug aus dem Morgenland kommen und denen trommelschlagend nubische Sklaven vorangehen. Und da kommt ihr bei Nacht und Nebel heimgeschlichen und stinkt wie eine Sirkecier-Hure zwischen den Beinen!«

»Aus seichtem Wasser, unbedeutende Fische. Wir kommen ohne einen Taler hier an, ausgeplündert und völlig abgerissen. Wir sind Gestrandete, die an deine Türschwelle geschwemmt wurden. Aber darüber wollen wir später reden. Hier, du hast deinen Namensvetter und Neffen nie kennengelernt.«

»*Neodo* Marco! *Arcistupendonazzìsimo*!« So wurde auch ich kräftig in die Arme geschlossen und willkommen geheißen und bekam den Rücken geklopft. »Aber unser *tonazzo Tato* Mafìo, für gewöhnlich so lärmend. Warum so schweigsam?«

»Er ist krank gewesen«, sagte mein Vater. »Auch darüber werden wir später reden. Aber komm! Zwei Monate hindurch haben wir jetzt nichts als Anchovis zu essen bekommen und . . .«

»Und die haben dir einen mächtigen Durst gemacht! Sag nichts mehr!« Er wandte sich seinen Schreibern zu und sagte ihnen belfernd, sie sollten heimgehen und brauchten am nächsten Tag nicht zur Arbeit zu kommen. Alle standen sie da und ließen uns hochleben – ob wegen unserer gesunden Heimkehr oder dafür, daß sie einen so unerwarteten freien Tag bekamen, weiß ich nicht zu sagen –, und wir gingen wieder hinaus in den Nebel.

Onkel Marco brachte uns in seine Villa am Marmara-Meer, wo wir unsere erste Nacht und die nächste Woche oder gar noch längere Zeit damit verbrachten, gute Weine zu trinken und herrliches Essen zu genießen – darunter keinen Fisch –, und ließen uns in dem privaten *hamman* meines Onkels baden und schrubben und durchkneten – schliefen viele Stunden ungestört in schwellenden Betten und wurden in jeder Beziehung von den vielen Dienern des Hauses verwöhnt. Onkel Marco schickte inzwischen ein besonderes Kurierschiff nach Venedig, um Dona Fiordelisa von unserer Ankunft hier zu unterrichten.

Nachdem wir uns ausgeruht hatten und wieder wohlgenährt fühlten und wieder so aussahen und rochen, daß man sich mit uns sehen lassen konnte, wurde ich mit Onkel Marcos Sohn und Tochter bekannt gemacht, Nicolò und Maroca. Beide standen etwa in meinem Alter, doch Base Maroca war noch eine Jungfer und bedachte mich mit halb fragenden, halb anzüglichen Blicken. Ich hatte jedoch keine Lust, darauf einzugehen. Ich war viel mehr daran interessiert, mit meinem Vater und Onkel Marco beisammenzusitzen und unsere Aufmerksamkeit den Büchern der Compagnia Polo zuzuwenden. Diese öffneten uns rasch die Augen darüber, daß wir alles andere als mittellos waren. Wir waren mehr als nur respektabel reich.

Manche der Sendungen an Waren und Wertgegenständen, die mein Vater den Kurieren der mongolischen Pferdeposten anvertraut hatte, hatten die lange Reise über die Seidenstraße bis hierher nicht ganz geschafft, doch das war zu erwarten gewesen; viel erstaunlicher war, daß *so viele* Sendungen bis Konstantinopel durchgekommen waren. Hier wiederum hatte Onkel Marco das Geld auf die Bank getragen, es investiert und äußerst klug Handel mit den Waren getrieben, und auf seinen Rat hin hatte Dona Fiordelisa in Venedig das gleiche tun können. So war es gekommen, daß die Compagnia Polo inzwischen zusammen mit den Handelshäusern Spinola in Genua und Carrara aus Padua und Dadolo aus Venedig als *prima de tuto* in der Welt des Handels galt. Ganz besonders freute ich mich, daß unter den Sendungen, die angekommen waren, sich auch jene befand, die alle Karten enthielt, die mein Vater,

Onkel Mafìo und ich gezeichnet hatten, sowie alle Notizen, die ich in all den Jahren gemacht hatte. Da der Schuhbrigant mich in Tuceli nicht um meine Tagebuchblätter gebracht hatte, die ich seit unserer Abreise von Khanbalik geschrieben hatte, besaß ich jetzt zumindest fragmentarisch Unterlagen über jede einzelne meiner Reisen.

Bis zum Frühjahr blieben wir in der Villa, und so hatte ich Zeit, Konstantinopel gut kennenzulernen. Das bedeutete einen leichten Übergang von unserem langen Aufenthalt im Fernen Osten und unserer Rückkehr in den Westen, denn Konstantinopel selbst war eine Mischung aus diesen beiden Enden der Erde. Es war östlich in der Baukunst, in den *bazàr*-Märkten und der Vielfalt an Völkern und Hautfarben, Trachten und so fort. Doch zu dem Konstantinopeler *guazzabuglio* an Völkern gehörten etliche zwanzigtausend Venezianer, rund ein Zehntel soviel wie in Venedig selbst, und die Stadt wies andere Ähnlichkeiten mit Venedig auf – darunter jene, daß es auch hier von Katzen nur so wimmelte. Die meisten Venezianer wohnten und machten ihre Geschäfte im Phanar-Viertel der Stadt, das ihnen zugewiesen war, und auf der anderen Seite des Goldenen Horns, in der sogenannten Neustadt, bewohnten etwa noch einmal so viele Genueser das Galata-Viertel.

Der Handel machte tägliche Transaktionen zwischen Venezianern und Genuesen notwendig. Nichts konnte sie je davon abhalten, Geschäfte zu machen. Aber sie tätigten diese Geschäfte äußerst kühl, hielten dabei gleichsam auf Armeslänge Abstand voneinander; und gesellschaftlich und freundschaftlich verkehrten sie nicht miteinander, denn daheim lagen ihre Heimatrepubliken – wie schon so oft zuvor – wieder im Krieg miteinander. Ich erwähne das nur, weil ich später ein wenig davon betroffen war. Doch will ich nicht die vielen Seiten von Konstantinopel beschreiben oder bei unserem Aufenthalt dort länger verweilen, denn im Grunde war es nur ein Ort, an dem wir uns auf unserer Reise für kurze Zeit erholten und ausruhten; denn mit dem Herzen waren wir bereits in Venedig und hatten es eilig, auch mit dem Rest unseres Körpers dorthin zu gelangen.

So kam es, daß an einem blaugoldenen Maimorgen vierundzwanzig Jahre nachdem wir *La Città Serenissima* verlassen hatten, unsere Galeasse am Anlegesteg des Lagerhauses unserer Compagnia festmachte und mein Vater und Onkel Mafìo und ich im Jahre des Herrn eintausendzweihundertfünfundneunzig – oder, wie man in Kithai gesagt hätte, dem Jahr des Widders dreitausendneunhundertdreiundneunzig – den Landungssteg hinunterstiegen und das Kopfsteinpflaster der Riva Ca' de Dio betraten.

5 Der Geschichte des verlorenen Sohnes ungeachtet, behaupte ich, daß es nichts Besseres gibt, als *erfolgreich* nach Hause zurückzukehren. Erst dann wird man bei der Heimkehr mit überschäumender Herzlichkeit empfangen. Selbstverständlich hätte Dona Fiordelisa uns in jedem Falle glücklich willkommen geheißen, wie immer wir gekommen wären. Doch hätten wir uns mit eingekniffenem Schwanz nach Venedig hineingeschlichen, wie wir das in Konstantinopel getan hatten, ich würde meinen, unsere Kaufmannskollegen und die Bürgerschaft ganz allgemein hätten uns ihre Verachtung spüren lassen. Die viel bedeutsamere Tatsache, daß wir solche gewaltigen Reisen gemacht und Dinge gesehen hatten wie sonst keiner von ihnen, hätte überhaupt nicht gezählt. Da wir nun jedoch reich und wohlgekleidet und erhobenen Hauptes heimkehrten, wurden wir begrüßt wie Gewinner, wie Sieger, wie Helden.

Noch Wochen nach unserer Rückkehr sprachen so viele Menschen in der Ca' Polo vor, daß wir kaum Zeit fanden, die Bekanntschaft mit Dona Lisa und anderen Verwandten, Freunden und Nachbarn zu erneuern, was die Familienereignisse betrifft, auf den neuesten Stand zu kommen und die Namen all unserer neuen Diener und Sklaven und Angestellten der Compagnia kennenzulernen. Der alte Majordomus, Attilio, und der alte Oberschreiber, Isidoro Priuli – sowie auch unser alter Pfarrer, Pare Nunziata – waren gestorben, andere Hausdiener, Sklaven und Arbeiter waren aus unseren Diensten ausgeschieden oder entlassen oder freigelassen oder verkauft worden, und jetzt mußten wir ihre Nachfolger kennenlernen.

Bei manchen der Besucher, die bei uns zusammenkamen, handelte es sich um Bekannte aus früheren Jahren, doch viele andere waren uns völlig unbekannt. Einige kamen, bloß um uns neureichen *arrichisti* um den Bart zu gehen und sich irgendeinen Vorteil davon zu erhoffen, wobei die Männer mit Geschäftsvorschlägen und Projekten kamen, in die wir Geld hineinstecken sollten, und die Frauen brachten Töchter im heiratsfähigen Alter, auf daß ich Gefallen an ihnen fände. Andere hinwieder kamen in der unverhohlen korrupten Hoffnung, irgendwelche Informationen, Landkarten und Ratschläge aus uns herauszulocken, die es ihnen gestatteten, es uns nachzumachen. Nur wenige kamen, um uns aufrichtig zu gratulieren, daß wir heil und gesund zurückgekehrt waren, und viele kamen, um uns unsinnige Fragen zu stellen wie etwa: »Nun, wie kommt man sich vor, wenn man wieder daheim ist?«

Ich für meine Person fand es schön, wieder daheim zu sein. Es tat wohl, durch die gute alte Stadt zu streifen und sich in dem ständig veränderlichen, schwappenden und flüssigen Spiegellicht Venedigs zu baden, das so anders ist als die infernalisch grelle Sonne der Wüsten, das blendende Leuchten hoher Berge und das jähe Weiß und der schwarze Schatten östlicher *bazàrs*. Es war ein gutes Gefühl, über die Piazza zu schlendern und ringsumher den Wohllaut und Singsang des Venezianischen zu hören, der so ganz anders ist als das kurzatmige Gehechel östlicher Sprachen. Es tat wohl festzustellen, daß Venedig eigentlich immer noch so war, wie ich es in der Erinnerung gehabt hatte. Der *Campanile* auf der Piazza war etwas höher gebaut worden, ein paar ältere Bauten waren abgerissen und an ihrer Stelle neue errichtet worden, und das Innere von San Marco schmückte viele neue Mosaiken. Aber nichts hatte sich so verändert, daß es weh tat, und das war gut.

Und immer noch sprachen die Besucher in der Ca' Polo vor. Bei manchen machte es ja Spaß, sie zu empfangen, manche störten nur, und noch andere waren regelrecht lästig; unter letzteren ein Kollege, ein Kaufmann, der ungewollt einen dunklen Schatten auf unsere Heimkehr warf. Er sagte uns: »Über meinen Faktor auf Zypern habe ich gerade Nachricht aus dem Fernen Osten erhalten. Der Groß-Khan ist tot.« Als wir genaueres hören wollten, ergab sich, daß der Khakhan etwa um die Zeit gestorben sein mußte, als wir durch Kurdistan ritten. Nun, das war eine betrübliche Nachricht, aber sie kam ja nicht unerwartet. Kubilai war damals achtundsiebzig Jahre alt gewesen und einfach den Verheerungen des Alters erlegen. Einige Zeit später erfuhren wir weiteres: Sein Tod hatte keine Erbfolgekriege ausgelöst, und sein Enkel Temur war ohne Widerstand auf den Thron gehoben worden.

Hier im Abendland hatte es während unserer Abwesenheit gleichfalls Veränderungen unter den Herrschern gegeben. Der Doge Tiepolo, der mich aus Venedig verbannt hatte, war gestorben; jetzt trug Piero Gradenigo die *scufieta*. Desgleichen seit langem das Zeitliche gesegnet hatte Seine Heiligkeit, Papst Gregor X., den wir in Acre als Archidiakon Visconti kennengelernt hatten; seither hatte es in Rom eine ganze Reihe anderer Päpste gegeben. Auch war die Stadt Acre an die Sarazenen gefallen, damit bestand das Königreich Jerusalem nicht mehr, und die ganze Levante befand sich jetzt in Händen der Muslime – es sah ganz so aus, als ob das für immer bleiben würde. Da ich in Acre und für kurze Zeit Zeuge gewesen war, wie der Achte Kreuzzug recht planlos von Edward von England angeführt wurde, glaube ich, kann ich sagen, daß ich neben all den anderen Dingen, die ich auf meinen Reisen erlebt hatte, auch den letzten der Kreuzzüge miterlebt hatte.

Jetzt fingen mein Vater und meine Stiefmutter an – möglicherweise zu diesem Vorhaben durch die vielen Menschen angeregt, die uns in der Ca' Polo besuchten, vielleicht aber auch, weil sie dachten, wir müßten unserem neuen Reichtum entsprechend leben, unter Umständen aber auch, weil sie meinten, es uns jetzt endlich leisten zu können, wie der *Ene-Aca*-Adel zu leben, dem wir Polo immer angehört hatten –, davon zu reden, eine neue und größere Casa Polo zu bauen. Was zur Folge hatte, daß sich zum Strom der Besucher jetzt auch noch Baumeister und Steinmetze und andere ehrgeizige Handwerker gesellten, die eifrig Skizzen und Entwürfe und Vorschläge unterbreiteten, als gälte es, den Palast des Dogen zu übertreffen. Das erinnerte mich an etwas, und ich erinnerte meinen Vater daran:

»Bis jetzt haben wir dem Dogen Gradenigo noch keinen Höflichkeitsbesuch abgestattet. Mir fällt gerade ein, daß wir von dem Augenblick an, da wir offiziell Mitteilung machen, wieder in Venedig wohnhaft zu sein, uns der Befragung durch die Steuereinnehmer der *Dogana* aussetzen. Die finden bestimmt irgendeine Kleinigkeit unter all den vielen Dingen, die wir im Laufe der Jahre hergeschafft haben und für die Zio Marco vielleicht versäumt hat, die geringfügige Steuer zu bezahlen. Die werden es sich dann nicht nehmen lassen, auch noch den letzten möglichen *bagatìn* aus uns herauszuquetschen. Aber wir können es nicht für immer aufschieben, dem Dogen unsere Aufwartung zu machen.«

So baten wir in aller Form um eine Audienz, nahmen an dem bestimmten Tag Zio Mafìo mit, und als wir der Bitte gemäß dem Dogen ein paar Geschenke machten, überreichten wir ihm auch einige in Mafìos Namen. Ich habe vergessen, was er und mein Vater überreichten, ich jedoch übergab Gradenigo eine der aus Gold und Elfenbein bestehenden *pai-tzu*-Plaketten, die wir als Sendboten des Khans Aller Khane getragen hatten, und außerdem das Drückmesser mit den drei Klingen, das mir im Osten so oft gute Dienste geleistet hatte. Ich zeigte dem Dogen, wie sinnreich es funktioniert, er spielte eine Weile damit herum und bat mich dann, ihm zu erzählen, bei welchen Gelegenheiten ich es denn gebraucht hätte; was ich ihm dann kurz erzählte.

Danach richtete er ein paar höfliche Fragen an meinen Vater, bei denen es vornehmlich um den Ostwesthandel und die Aussichten Venedigs ging, diesen zu verstärken. Sodann brachte er seine Freude darüber zum Ausdruck, daß wir – und durch uns Venedig – durch unseren Aufenthalt im Morgenland so wohlhabend geworden seien. Wie erwartet, sagte er, er hoffe, wir könnten die *Dogana* beruhigen, daß immer der angemessene Anteil all unserer erfolgreichen Unternehmungen an die Schatzkammer der Republik abgeführt worden sei. Wir erklärten, wie man wiederum von uns erwartete, wir sähen dem Besuch der Steuereintreiber gern entgegen; sie könnten sich die makellos geführten Rechnungsbücher der Compagnia Polo genau ansehen. In der Hoffnung, nun entlassen zu sein, erhoben wir uns, doch der Doge hob eine seiner reichberingten Hände und sagte:

»Nur eines noch, *Messeri*. Vielleicht ist es Euch entfallen, *Messer* Marco – ich weiß, Ihr hattet an viele andere Dinge zu denken –, doch da ist noch diese kleine Sache Eurer Verbannung von Venedig.«

Wie vom Donner gerührt starrte ich ihn an. Er wollte doch nicht etwa diese alte Anklage gegen jemand aufleben lassen, der jetzt ein achtbarer und geachteter (und hohe Steuern zahlender) Bürger war. Mit dem Ausdruck gekränkten Hochmuts sagte ich: »Ich bin davon ausgegangen, *So Serenità*, daß das Gesetz zur Vollstreckung mit dem Dogen Tiepolo hinfällig wäre.«

»Oh, gewiß, ich bin selbstverständlich nicht *verpflichtet,* die Urteile und die von meinem Vorgänger erlassenen Strafen zu respektieren. Aber auch ich möchte, daß meine Bücher makellos sind. Und da *ist* nun mal der kleine Fleck auf den Seiten im Archiv der *Signori della Notte*.«

In der Annahme, jetzt zu verstehen, lächelte ich und sagte: »Vielleicht könnte ein angemessenes Bußgeld den Flecken ausradieren.«

»Ich würde mehr an eine Sühne denken, die im Einklang mit der alten römischen *lege de tagiòn* steht.«

Wieder war ich wie vom Donner gerührt. »Auge um Auge? Aus den Büchern geht doch gewiß hervor, daß ich nie am Tod jenes Bürgers schuld war.«

»Nein, nein, selbstverständlich wart Ihr das nicht. Gleichwohl ging es bei der traurigen Angelegenheit um einen Waffengang. Ich meinte, Ihr könntet dafür sühnen, indem Ihr an einem anderen teilnehmt. Zum Beispiel an unserm augenblicklichen Krieg mit unserem alten Feind Genua.«

»*So Serenità*, Krieg ist etwas für junge Leute. Ich bin heute vierzig und damit ein bißchen über das Alter hinaus, mit dem Schwert zu kämpfen, und...«

Klick! Er drückte den Dolch, und die innere Klinge fuhr heraus.

»Wie Ihr mir eben selbst erzählt habt, habt Ihr diese Waffe vor noch nicht gar so vielen Jahren gebraucht, Messer Marco. Ich wollte ja nicht sagen, daß Ihr einen Frontalangriff gegen Genua vortragen sollt. Nur, daß Ihr nachweislich Militärdienst geleistet habt. Ich bin keineswegs despotisch, nachtragend oder launisch. Ich denke an die Zukunft Venedigs und des Hauses Polo. Dieses Haus gehört jetzt zu den ersten unserer Stadt. Nach Eurem Vater werdet Ihr ihm vorstehen und nach Euch Eure Söhne. Sollte das Haus Polo, worauf alles hindeutet, auch in kommenden Generationen seine beherrschende Stellung behalten, müßte meiner Meinung nach das Familienwappen vollständig *senza macchia* sein. Tilgt den Makel jetzt, damit es nicht alle, die nach Euch kommen, in Verlegenheit und Schwierigkeiten bringt. Es ist leicht getan. Ich brauche bloß auf der gegenüberliegenden Seite zu schreiben: ›Marco Polo, *Ene Aca*, hat der Republik im Krieg gegen Genua treu gedient.‹«

Mein Vater nickte zustimmend und fügte noch hinzu: »Was gut abgeschlossen wird, läßt sich gut bewahren.«

»Wenn ich muß«, sagte ich aufseufzend. Da hatte ich nun gedacht, der Kriegsdienst liege für immer hinter mir. Gleichwohl, das muß ich gestehen, dachte ich, es würde sich vielleicht doch sehr gut in der Familiengeschichte ausnehmen, daß Marco Polo in seinem Leben sowohl mit der Goldenen Horde als auch in der Kriegsflotte Venedigs gekämpft hat. »Was für eine Aufgabe habt Ihr für mich, *So Serenità*?«

»Ihr braucht nur als Edelmann in Waffen zu dienen. Sagen wir als außerplanmäßiger Kommandant eines Versorgungsschiffs. Macht nur einen Ausfall der Flotte mit, hinaus aufs Meer und dann wieder zurück in den Hafen, dann könnt Ihr Euren Abschied nehmen – mit neuer Auszeichnung und unter Wahrung der alten Ehre.«

So kam es, daß ich, als ein paar Monate später eine *squadra* der venezianischen Flotte unter dem *Almirante* Dandolo auslief, ich mich an Bord der Galeasse *Doge Particiaco* befand, die freilich nur ein Versorgungsschiff der Kampf*squadra* war. Ich bekleidete den Ehrenrang eines *Sopracomito*, was soviel bedeutete, daß ich annähernd die gleiche Funktion hatte wie auf der *chuan*, mit der die Dame Kukachin fuhr – befehlsgewohnt und kriegerisch und intelligent dreinzuschauen und dem *Comito*, dem eigentlichen Befehlshaber des Schiffes, und den Matrosen, die seine Befehle entgegennahmen, möglichst nicht im Weg zu stehen.

Ich behaupte nicht, daß ich es besser hätte machen können, wenn ich wirklich das Kommando gehabt hätte – über die Galeasse oder über die gesamte *squadra* –, nur, schlechter hätte ich es auch kaum machen können. Wir segelten die Adria hinunter, und in der Nähe der Insel Kurcola vor der dalmatinischen Küste stießen wir auf eine *squadra* genuesischer Schiffe, die den Stander ihres großen *Almirante* Doria gesetzt hatte, und dieser bewies uns jetzt, warum er ›groß‹ genannt wurde. Unsere *squadra,* das konnten wir aus der Ferne ausmachen, war den Genuesern zahlenmäßig überlegen, weshalb unser *Almirante* Dandolo befahl, auf den Feind zuzurauschen und sofort anzugreifen. Doria ließ zu, daß wir herankamen und sieben oder neun von seinen Schiffen gefechtsunfähig machten – ein bewußt in Kauf genommenes Opfer, damit unsere gesamte *squadra* verlockt wurde, mitten unter seine Schiffe zu laufen. Und dann kamen aus dem Nirgendwo – oder vielmehr hinter der Insel Peljesac, hinter der sie sich verborgen gehalten hatten – zehn oder fünfzehn *weitere* genuesische Kampfschiffe. Der Kampf wogte zwei Tage hin und her und forderte auf beiden Seiten viele Erschlagene und Verwundete, doch der Sieg gehörte Doria, denn bei Sonnenuntergang des zweiten Tages hatten die Genueser unsere gesamte *squadra* und einige siebentausend venezianische Seeleute als Prise genommen. Ich war einer von ihnen.

Die *Doge Particiaco* wurde, wie all die anderen venezianischen Galeeren – immer noch von der Prisenmannschaft bemannt, doch unter dem Kommando eines genuesischen *Comito* – um die Stiefelspitze Italiens herum, durch das Tyrrhenische und später das Ligurische Meer nach Genua verbracht. Vom Wasser aus sah sie gar nicht so aus, als wäre es eine schlechte Stadt, in ihr eingekerkert zu sein: die Palazzi staffelten sich schwarzen und weißen Tortenschichten gleich vom Hafen die Hänge hinauf. Doch als wir an Land getrieben wurden, stellten wir fest, daß Genua Venedig nun wirklich nicht das Wasser reichen konnte: Nichts als verwinkelte Straßen und Gassen und enge kleine Piazze und sehr schmutzig, da ja keine Kanäle da waren, alle Abfälle fortzuschwemmen.

Ich habe keine Ahnung, wo die gewöhnlichen Seeleute, Ruderer, Bogenschützen und *balestrieri* gefangengehalten wurden, doch wenn es der Tradition entsprechend zuging, haben sie das Ende des Krieges in Elend, Not und Schmutz abwarten müssen. Offiziere und waffentragende Edelleute wie ich wurden wesentlich besser behandelt und in dem leerstehenden und heruntergekommenen Palazzo irgendeines erloschenen religiösen Ordens an der Piazza der fünf Laternen unter Arrest gestellt. Das Gebäude war kärglich möbliert, sehr kalt und feucht – ich leide seither bei kaltem Wetter zunehmend unter Kreuzschmerzen –, doch unsere Gefängniswärter waren höflich, verpflegten uns angemessen, und wir durften auch den Freunden von der Bruderschaft der Gerechtigkeit, die sich für Gefangene einsetzten, Geld geben, damit sie Dinge für uns kauften, die uns das Leben erträglicher machten. Alles in allem war es eine angenehmere Zeit, als ich sie im *vulcano*-Verlies meiner Heimatstadt Venedig zugebracht habe. Allerdings erklärten unsere Häscher uns, in einer Hinsicht brächen sie mit der Tradition. Sie sagten, sie hätten die Erfahrung gemacht, es liege kein Gewinn darin, durch Lösegelder zu Profit zu kommen, wenn man denselben Offizieren wenig später auf einem gleichfalls umstrittenen Seegebiet wieder gegenüberstehe. Deshalb blieben wir Gefangene, bis der Krieg zu Ende sei.

Nun, das Leben hatte ich nicht verloren, als ich in den Krieg zog, doch sah es ganz danach aus, als würde mir ein beträchtlicher Teil davon verlorengehen. Sorglos hatte ich Monate und Jahre damit verschwendet, durch endlose, unfruchtbare Wüsten oder Schneefelder in den Bergen zu ziehen, doch zumindest war ich bei all diesen Reisen an der gesunden, frischen Luft gewesen und hatte vielleicht unterwegs etwas gelernt. Wenn man jedoch in einem Gefängnis schmachtet, gibt es nicht viel zu lernen. Diesmal hatte ich auch keinen Mordecai Cartafilo als Zellengenossen.

Soweit ich feststellte, waren alle meine Mitgefangenen entweder *dilettanti* wie ich selbst – Edelleute, die nur widerwillig ihre Militärdienstpflicht ableisteten – oder Berufssoldaten. Die *dilettanti* waren außerstande, über irgend etwas anderes zu reden als über Weinsorten und über ihre Sehnsucht, zurückzukehren zu ihren Festen und Ballsälen und Tanzpartnerinnen. Die Offiziere konnten zumindest über Kriegserlebnisse berichten. Doch auch solche Geschichten klingen, hat man sie ein- oder zweimal erzählt, eine wie die andere; worüber sie sich sonst unterhielten, das waren Ränge und Beförderungen, Dienstalter und wie wenig sie von ihren Vorgesetzten geschätzt würden. Ich vermute, daß jeder Militär in der gesamten Christenheit einen Rang bekleidet, der mindestens zwei Streifen unter dem liegt, den er verdient. Da ich hier in der Gefangenschaft selbst nichts lernen konnte, konnte ich vielleicht den anderen etwas beibringen oder sie zumindest amüsieren. Als die langweiligen Unterhaltungen drohten, einfach unerträglich zu werden, kam es vor, daß ich zum Beispiel sagte:

»Da wir gerade von Streifen sprechen, *Messeri*, in den Champa-Landen gibt es ein Tier, Tiger genannt, das ist am ganzen Körper gestreift. Die Eingeborenen in Champa können einen Tiger aufgrund der Art und Weise, wie sein Gesicht gestreift ist, vom anderen unterscheiden. Sie nennen das Raubtier ›Herr Tiger‹ und sagen, ein aus den Augäpfeln eines Tieres hergestelltes Gebräu setze einen instand, jeden Tiger zu sichten, ehe er einen entdeckt. Und je nach der Zeichnung der Streifen auf seinem Gesicht kann man erkennen, ob es sich um einen Menschenfresser handelt oder um einen harmlosen Jäger niederer Tiere.«

Oder wenn einer unserer Wärter uns die Zinnteller und -kummen mit dem Abendessen brachte und das Essen genauso fade war wie gewöhnlich, wir ihn mit den gewöhnlichen spöttischen Bemerkungen begrüßten und er sich beschwerte, wir wären eine aufsässige Bande, und er wünsche, er hätte sich freiwillig zu anderem Dienst gemeldet, dann konnte es sein, daß ich ihm sagte:

»Seid froh, Genueser, daß Ihr nicht in Indien Dienst tut. Als die Diener mir dort das Essen brachten, mußten sie den Speisesaal auf dem Bauche rutschend betreten und die Tabletts mit den Speisen darauf vor sich herschieben.«

Anfangs begegneten meine unverlangten Beiträge zur allgemeinen Unterhaltung seltsam fragenden Blicken, so wenn zum Beispiel zwei stutzerhafte Herren sich in hochtrabenden Wendungen über die jeweiligen Reize und Tugenden ihrer Angebeteten daheim ergingen und ich erklärte:

»Seid Ihr schon dahintergekommen, *Messeri*, ob es sich bei Euren Liebchen um Winter- oder Sommerfrauen handelt?« Natürlich blickten sie mich daraufhin verständnislos an, so daß ich mich genötigt sah zu erklären: »Die Männer der Han sind der Meinung, daß eine Frau, deren intime Öffnung ungewöhnlich weit vorn an ihrer Artischocke sitzt, sich besonders für Winternächte eignet, weil man sich mit ihr sehr eng verschlingen muß, um in sie einzudringen. Eine Frau jedoch, deren Öffnung weiter hinten zwischen ihren Beinen liegt, eignet sich besser für den Sommer. Sie kann in einem kühlen und vom lauen Wind durchfächelten Lustpavillon auf dem Schoß des Geliebten sitzen, während er von hinten in sie eindringt.«

Woraufhin die beiden eleganten Herren vielleicht entsetzt zurückfuhren, weniger geckenhafte Männer hingegen näher kamen und derlei Offenbarungen mehr hören wollten. So dauerte es nicht lange, und jedesmal, wenn ich den Mund aufmachte, hatte ich mehr Zuhörer als diejenigen, die sich über Ballsaalmanieren oder Nachschubprobleme im Seekrieg ergingen, und meine Zuhörer lauschten mir gebannt. Nicht nur meine venezianischen Landsleute umdrängten mich, wenn ich mein Garn spann, sondern auch die genuesischen Wärter und die Brüder der Gerechtigkeit, wenn sie gerade Besuch machten, aber auch Pisaner und Korsen und Paduaner, die den Genuesern in anderen Kriegen und Schlachten in die Hände gefallen waren. Und eines Tages sprach mich einer von ihnen an und sagte:

»*Messer* Marco, ich bin Luigi Rustichello, ehedem Pisa...«

Du stelltest dich als der Zunft der Schreibenden zugehörig vor, als *fableor*, ein *romancier*, und du batest mich um Erlaubnis, meine Geschichten in einem Buch niederzuschreiben. So setzten wir uns beide hin, und ich erzählte dir meine Geschichten, und durch Vermittlung der Bruderschaft der Gerechtigkeit konnte ich eine Bitte nach Venedig schicken, woraufhin mein Vater meine Sammlung von Aufzeichnungen, Notizen und Tagebüchern nach Genua schickte, die meiner Erinnerung auf die Sprünge halfen und mir erlaubten, mir vieles ins Gedächtnis zu rufen, das mir schon entfallen war. So verging unser Jahr der Gefangenschaft nicht in Langeweile, sondern geschäftig und produktiv. Und als der Krieg endlich vorüber war und ein neuer Friede zwischen Venedig und Genua unterzeichnet wurde und wir Gefangenen entlassen wurden und in die Heimat zurückkehren konnten, da konnte ich sagen, daß dieses Jahr keineswegs, wie ich befürchtet hatte, vertane Zeit gewesen war. Ja, vielleicht ist es sogar das fruchtbarste Jahr meines Lebens gewesen, in dem ich das eine vollbrachte, das geblieben ist und verspricht, länger zu bleiben als ich selbst. Ich meine, unser Buch, Luigi, die *Weltbeschreibung*. Gewißlich habe ich in dem guten Dutzend Jahre, die vergangen sind, seit wir beide uns vor jenem Genueser Palazzo Lebewohl gesagt haben, nichts geleistet, das mir eine vergleichbare Befriedigung verschafft hätte.

Ja, so geht's, Luigi. Ich habe mein Leben noch einmal von der Kindheit bis zum Ende meiner Reisen erzählt. Wieder habe ich viele jener Geschichten erzählt, die du vor so langer Zeit gehört hast, und habe sie diesmal weit ausführlicher erzählt; auch habe ich manch andere wiedererzählt, von denen wir beide damals meinten, sie nicht in das frühere Buch aufnehmen zu können, und wie ich meine, noch viele andere Geschichten, die ich auch dir nie anvertraut hatte. Jetzt hast du meine Erlaubnis, irgendwelche oder alle von meinen Abenteuern zu nehmen, sie dem ausgedachten Helden deines letzten Buches zuzuschreiben und daraus zu machen, was du willst.

Es gibt nicht mehr viel von mir zu berichten, und wahrscheinlich wird nichts davon für deine neue Arbeit zu gebrauchen sein. Deshalb werde ich mich kurz fassen.

6 Bei meiner Rückkehr nach Venedig stellte ich fest, daß mein Vater und *Marègna* Lisa mit dem Bau unserer neuen Casa Polo schon weit gediehen waren – oder vielmehr: mit der Erneuerung eines alten Palazzo, den sie gekauft hatten. Dieser stand an der Corte Sabionera in einem weit eleganteren *confino* als unsere bisherige Wohnung. Der Palazzo lag auch näher am Rialto, wo jetzt, da ich anerkanntes Oberhaupt der Compagnia Polo war, traditionsgemäß von mir erwartet wurde, zweimal am Tag mit meinen Kollegen, den anderen Handelsherren, Umgang zu haben und mit ihnen zu plaudern, kurz vor der Mittagsstunde und jeden Abend, wenn der Arbeitstag beendet war. Das war und ist auch heute noch eine angenehme Gepflogenheit, und ich habe bei diesen Gelegenheiten schon häufig gerade jenes bißchen an Information aufgeschnappt, das mir bei normalem Gang der Geschäfte nie auf das Schreibpult gekommen wäre. Ich hatte nicht im mindesten etwas dawider, dort als *Messere* angeredet zu werden und daß man mir achtungsvoll zuhörte, wenn ich meine weise Meinung zu dieser Frage von Vorschriften oder Tarifen oder was auch immer von mir gab. Auch hatte ich *nicht allzuviel* dawider, jetzt an der Spitze der Compagnia Polo zu stehen, wiewohl ich diese herausragende Stellung so früh eher zufällig erlangte.

Sich richtig zu meinen Gunsten zurückgezogen hat mein Vater nie. Er kümmerte sich einfach von dieser Zeit an immer weniger um die Compagnia und wandte seine Aufmerksamkeit mehr anderen Interessen zu. Eine Zeitlang steckte er alle Kraft in die Beaufsichtigung des Umbaus, der Einrichtung und Ausschmückung der neuen Ca' Polo. Während der Bauzeit machte er mich verschiedentlich darauf aufmerk-

sam, daß dieser neue Palazzo geräumig genug war, viel mehr Menschen zu beherbergen als wir vorhatten, darin unterzubringen.
»Vergiß nicht, was der Doge gesagt hat, Marco«, erinnerte er mich. »Wenn es nach dir eine Compagnia Polo und ein Haus Polo geben soll, dann müssen Söhne her.«
»Vater, du solltest doch wissen, wie mir bei diesem Thema zumute ist. Dagegen, Vater zu werden, hätte ich nichts, aber das Mutterwerden hat mich mehr gekostet, als ich zählen kann.«
»Unsinn!« erklärte meine Stiefmutter streng, wurde dann jedoch weicher. »Ich möchte nicht verunglimpfen, was du verloren hast, Marco, und dennoch muß ich Protest anmelden. Als du diese tragische Geschichte erzähltest, sprachst du von einer zarten, fremden Frau. Venezianerinnen sind geboren und werden dazu erzogen, Kinder zu bekommen. Sie genießen es, ›bis zu den Ohren schwanger zu sein‹, wie der Volksmund sagt; jedenfalls empfinden sie es als deutlichen Makel, wenn sie es nicht sind. Nimm dir eine gute, breithüftige Venezianerin zur Frau, und alles andere überlaß ihr.«
»Oder«, sagte mein praktischer Vater, »such dir eine Frau, die du genug lieben kannst, um dir Kinder von ihr zu wünschen, aber eine, die du leicht genug lieben kannst, so daß ihr Verlust nicht unerträglich wäre.«
Als die Ca' Polo fertig war und wir eingezogen waren, wandte mein Vater seine Aufmerksamkeit einem womöglich noch neueren und ungewöhnlicheren Vorhaben zu. Er gründete etwas, das ich eine Schule für Kaufmanns-Abenteurer nennen würde. In Wirklichkeit hatte das Ganze nie einen Namen, und es war auch keine Akademie, an der man nach allen Regeln der Kunst studieren konnte. Mein Vater bot schlicht jedem, der Lust hatte, sein Glück auf der Seidenstraße zu machen, seine Erfahrung und seinen Rat sowie Zugang zu unserer Sammlung von Land- und Seekarten an. Im allgemeinen waren es junge Leute, die ihn baten, sie einzuweisen, doch ein paar waren auch schon so alt wie ich. Für einen ausgehandelten Prozentsatz vom Gewinn der möglichen ersten und erfolgreich verlaufenen Handelsexpedition – nach Baghdad, Balkh oder sonstwohin im Orient, und wenn es bis ins ferne Khanbalik gehen sollte – stattete Nicolò Polo den Abenteurerlehrling mit sämtlichen nützlichen Informationen aus, die ihm zu Gebote standen, ließ den Lehrling die Route von unseren eigenen Karten kopieren, brachte ihm ein paar nützliche und notwendige Sätze in der Handelssprache Farsi bei, ja, nannte dem Lehrling sogar Namen von Kaufleuten, Kameltreibern, Führern, Stallburschen und dergleichen, an die er sich erinnerte. Garantieren tat er nichts – schließlich konnte sein ganzes Wissen heute längst überholt sein. Nur brauchte der Abenteurerlehrling ihm ja auch nichts für die Unterweisung zu zahlen, es sei denn, er kehrte mit Gewinn von der Reise zurück. Wie ich mich erinnere, machten sich etliche Neulinge in die Richtung auf, in die Maistro Polo zweimal vorgestoßen war, und manche kamen ganz aus Persien wieder zurück, und ein oder zwei von ihnen kehrten als wohlhabende Leute heim und be-

zahlten, was sie meinem Vater schuldeten. Ich glaube jedoch, mein Vater hätte auch dann fortgefahren, dieser wunderlichen Beschäftigung nachzugehen, wenn sie ihm nie auch nur einen *bagatìn* eingebracht hätte, denn in gewisser Hinsicht sorgte sie dafür, daß er im Geiste immer noch weite Reisen unternahm – bis in seine letzten Jahre hinein.

Die Folge davon war jedoch, daß ich, der ich frei und ungebunden gewesen war wie der Wind und reiselustig wie nur irgendeiner von ihnen –, daß ich plötzlich meine weitgespannten Horizonte auf das tägliche Micheinfinden im Kontor oder Lagerhaus der Compagnia eingeengt sah, das zweimal täglich eine Unterbrechung durch Spazierengehen und Geplauder auf dem Rialto erfuhr. Doch dieser Aufgabe war ich verpflichtet; irgend jemand mußte die Compagnia Polo weiterführen; mein Vater hatte sich *de facto* von den Geschäften zurückgezogen, und Onkel Mafìo war nach wie vor ein ans Haus gefesselter Invalide und sollte es immer bleiben. Auch in Konstantinopel zog sich mein ältester Onkel nach und nach aus dem Geschäft zurück (und starb, wie ich glaube, bald darauf an Langeweile). So mußten mein Vetter Nicolò dort und ich hier das Erbe antreten und die volle Verantwortung für die getrennten Zweige der Compagnia übernehmen. Cuzìn Nico schien das Dasein eines Handelsfürsten zu genießen. Und ich? Nun, ich verrichtete ehrliche, nützliche und nicht beschwerliche Arbeit und war des täglichen Einerleis und der Eintönigkeit bis jetzt noch nicht überdrüssig geworden und hatte mich mehr oder weniger damit abgefunden, daß dies nun mein *ganzes* Leben sei. Dann jedoch geschah zweierlei.

Das erste war, daß du, Luigi, mir eine Abschrift deiner gerade abgeschlossenen *Weltbeschreibung* schicktest. Ich verwendete sofort jeden freien Augenblick darauf, unser Buch zu lesen und zu genießen und jedes Blatt, nachdem ich es fertiggelesen hatte, einem Kopisten zu geben, damit dieser weitere Abschriften anfertigte. Ich fand es in jeder Hinsicht bewunderungswürdig und entdeckte nur wenige Fehler, die zweifellos auf die Schnelligkeit zurückzuführen waren, mit der ich erzählt hatte, während du meine Worte niederschriebst – und darauf, daß ich es versäumt hatte, die ursprüngliche Niederschrift mit einem kritischen Auge noch einmal durchzulesen.

Die Fehler bestanden in nichts Gravierenderem als darin, daß gelegentlich dieses oder jenes Erlebnis falsch datiert war, ein Abenteuer zeitlich am falschen Platz stand und der eine oder andere der schwierigeren asiatischen Ortsnamen falsch verstanden oder falsch geschrieben worden ist – du schreibst zum Beispiel Saianfu, wo es hätte Yun-nan-fu heißen müssen, und Yang-zho statt Hang-zho (was mich und meine Laufbahn als Manzi-Steuereintreiber in eine ganz andere Stadt versetzte, noch dazu eine, die weit von der entfernt war, wo das Ganze wirklich stattfand). Früher habe ich mir nie die Mühe gemacht, dich auf diese kleineren Fehler aufmerksam zu machen, und ich hoffe, daß es jetzt tue, ärgert dich nicht. Außer mir würden sie ja keinem Menschen etwas bedeuten – denn wer in unserem Abendland weiß schon, daß es einen Unterschied gibt zwischen Yang-zho und Hang-zho? –, und ich sah nicht einmal darauf, daß mein Schreiber das in seinen Abschriften richtigstellte.

Eine der Kopien machte ich förmlich dem Dogen Gradenigo zum Geschenk, und dieser muß sie sofort unter seinen Ratsherren hat herumgehen lassen, diese wieder unter ihren Familien und sogar unter ihrer Dienerschaft. Eine weitere Kopie schenkte ich dem Priester unserer neuen Pfarrgemeinde San Zuàne Grisostomo, der sie wiederum unter dem Klerus und in der Gemeinde hat herumgehen lassen, denn es dauerte nicht lange, und ich war wieder berühmt. Mit noch größerer Begierde als gleich nach meiner Heimkehr aus Kithai suchten die Menschen meine Bekanntschaft zu machen, traten bei öffentlichen Veranstaltungen an mich heran, zeigten auf der Straße auf mich, auf dem Rialto, aus vorübergleitenden *gòndole* heraus. Und deine eigenen Abschriften, Luigi, müssen aufgegangen sein wie Löwenzahnsamen, denn Kaufleute und Reisende aus allen möglichen Ländern, die nach Venedig kamen, sagten, sie kämen genausosehr, um einen Blick auf mich zu werfen wie auf die Basilica San Marco und die anderen bedeutenderen Sehenswürdigkeiten der Stadt. Empfing ich sie, erzählten viele mir, sie hätten die *Weltbeschreibung* in ihrem Heimatland gelesen, bereits übersetzt in ihre Muttersprache.

Wie ich schon sagte, Luigi, hat es uns kaum etwas genutzt, die vielen Dinge auszulassen, von denen wir meinten, sie seien zu haarsträubend, als daß man sie uns glauben würde. Einige von den Begeisterten, die danach trachteten, mich kennenzulernen, hofften einem Menschen zu begegnen, den sie zutreffend als weitgereisten Mann betrachteten; viele jedoch wollten jemand kennenlernen, den sie fälschlich als *Un Grand romancier* betrachteten, den Verfasser von phantasievollen und unterhaltsamen, ausgedachten Geschichten, und noch andere wollten offensichtlich einen Blick auf ein großes Lügenmaul werfen, genauso, wie sie herbeigeeilt kommen konnten, um zu sehen, wie ein bedeutender Verbrecher zwischen den Säulen auf der Piazzetta öffentlich ausgepeitscht wurde. Je mehr ich beteuerte, nichts als die Wahrheit gesagt zu haben, desto weniger schien man mir zu glauben und mit desto größerem Wohlwollen und desto größerer Nachsicht betrachtete man mich. Ich konnte mich kaum beklagen, die Augen aller auf mich zu ziehen, zumal diese Augen mich mit freundlicher Bewunderung betrachteten. Allerdings wäre es mir lieber gewesen, sie hätten mich als etwas anderes denn einen Märchenerzähler bewundert.

Ich habe vorhin gesagt, die neue Ca' Polo unserer Familie liege in der Corte Sabionera. Das tut sie selbstverständlich immer noch, und ich nehme an, daß selbst die neueste Straßenkarte von Venedig den offiziellen Namen als Schiffs-Ballast-Hof angibt. Nur nannte kein Venezianer ihn mehr so. Er hieß überall nur noch Corte del Milione – *und das mir zu Ehren!* –, denn mich nannte man jetzt Marco Milione, den Mann der Millionen Lügen, Hirngespinste und Übertreibungen. Ich war nicht nur berühmt, ich war notorisch berühmt.

Mit der Zeit lernte ich, mit meinem neuen und besonderen Ruf zu leben und nicht einmal mehr auf die Schar von Straßenlümmeln zu achten, die sich mir manchmal auf dem Weg von der Corte zur Compagnia oder zum Rialto an die Fersen hefteten. Sie fuchtelten mit Stockschwertern in der Luft herum, sprengten in einer Art Galopp einher, ließen dabei das eigene Hinterteil die Gerte spüren und riefen: »Herbei, herbei, große Fürsten!« und »Sonst holt dich die *orda*!« Ständig Gegenstand solcher Aufmerksamkeiten zu sein, war lästig, ermöglichte aber selbst Fremden, mich zu erkennen und manchmal in Augenblicken zu grüßen, da ich lieber unbekannt geblieben wäre. Doch zum Teil lag es wohl eben an dieser besonderen Aufmerksamkeit, die mir zuteil wurde, daß noch etwas geschah.

Ich weiß nicht mehr, wo ich an diesem bestimmten Tag genau war, doch stand ich auf der Straße plötzlich Auge in Auge dem kleinen Mädchen Doris gegenüber, meiner Gespielin aus Kindertagen, die damals wohl ziemlich verliebt in mich gewesen war. Wenn alles mit rechten Dingen zugegangen wäre, hätte Doris fast so alt sein müssen wie ich, nämlich Anfang vierzig, und da sie der Unterschicht angehörte, eine graue und verrunzelte, abgerackerte *maràntega*. Doch da stand sie vor mir, nur zu jungem Frauentum erblüht – Mitte zwanzig, älter nicht – und anständig gekleidet, nicht in das formlose Schwarz alter Frauen von der Straße, und ebenso goldblond und frischen Gesichts und hübsch wie damals, als ich sie das letztemal gesehen hatte. Ich war mehr als überrascht – ich war wie vom Donner gerührt. Und vergaß sogar, was sich gehörte, indem ich mitten auf der Straße einfach mit ihrem Namen herausplatzte; zum Glück dachte ich jedenfalls daran, sie voller Hochachtung anzureden:

»*Damìna* Doris Tagiabue!«

Sie hätte ob meiner Zudringlichkeit beleidigt sein, die Röcke beiseite schwenken und an mir vorüberstolzieren können. Doch sie sah mein Gefolge von Straßenlümmeln Mongolen spielen, mußte fast lächeln und sagte nicht unfreundlich:

»Ihr seid *Messer* Marco von den – ich meine –«

»Marco von den Millionen. Sagt es nur, Doris. Alle sagen sie es doch. Und du hast schon Schlimmeres zu mir gesagt. Marcolfo und so.«

»*Messere*, ich fürchte, Ihr verwechselt mich. Ihr habt wohl einst meine Mutter gekannt, deren Mädchenname Doris Tagiabue war.«

»Eure Mutter!« Für einen Moment vergaß ich, daß Doris inzwischen eine Matrone, wo nicht gar ein altes Weib sein mußte. Doch da dieses Mädchen genauso aussah wie die Erinnerung, die ich in mir trug, konnte ich mir nichts andres vorstellen als die kleine, wilde, ungezähmte *zuzzurrullona*, die ich gekannt hatte. »Aber sie war doch erst ein Kind.«

»Aus Kindern werden Leute, *Messere*«, sagte sie, um dann schelmisch noch hinzuzusetzen: »Selbst aus Euren einmal«, und zeigte auf mein Halbdutzend Möchtegernmongolen.

»Das sind nicht meine. *Trommelt zum Rückzug, Männer!*« rief ich ihnen zu, woraufhin sie unter viel Aufgebäume und Herumfahren die Rösser ihrer Phantasie sich auf einige Entfernung zurückziehen ließen.

»Ich habe ja nur Spaß gemacht, *Messere*«, sagte die so vertraute Fremde, lächelte mich offen an und glich damit noch mehr dem lustigen Kobold meiner Erinnerung. »Zu den Dingen, die in Venedig allbekannt sind, gehört, daß Messer Marco Polo immer noch Junggeselle ist. Ich bin ihre Tochter und heiße Donata.«

»Ein hübscher Name für eine hübsche junge Dame: *die Gegebene, das Geschenk*!« Ich verneigte mich, als wären wir einander förmlich vorgestellt worden: »Dona Donata, ich wäre Euch sehr verbunden, wenn Ihr mir sagtet, wo Eure Mutter jetzt lebt. Ich möchte sie gern wiedersehen. Wir waren einst – gute Freunde.«

»*Almèi*, Messere. Da muß ich Euch leider sagen, daß sie vor ein paar Jahren an einer *influenza di febbre* gestorben ist.«

»*Gramo mi*! Das zu hören, tut mir leid. Sie war ein lieber Mensch. Mein Beileid, Dona Donata.«

»*Damìna*, Messere«, berichtigte sie mich. »Meine Mutter war Dona Doris Loredano. Ich bin wie Ihr unverheiratet.«

Schon wollte ich etwas unerhört Verwegenes sagen, doch zögerte ich und sagte statt dessen:

»Irgendwie tut es mir nicht leid, daß Ihr unverheiratet seid.« Sie setzte ein leicht verwundertes Gesicht auf ob meiner Kühnheit, war aber nicht entsetzt, und so fuhr ich fort: »*Damìna* Donata Loredano, wenn ich Eurem Vater annehmbare *sensàli* schickte, meint Ihr, er ließe sich bewegen, mir zu gestatten, Euch in Eurer Wohnung einen Besuch abzustatten? Wir könnten uns über Eure verstorbene Mutter unterhalten . . . von alten Zeiten reden.«

»Der berühmte und hochangesehene Messer Marco Polo ist gewiß überall willkommen. Wenn Eure *sensàli* sich an den Maistro Lorenzo Loredano in seiner Werkstatt an der Merceria wenden wollen . . .«

Sensàli kann ebenso sehr Geschäftsmakler wie Ehevermittler bedeuten, und letzteren schickte ich in der Gestalt meiner gesetzten und adretten Stiefmutter, die mit ein oder zwei ihrer mächtigen Mägde anrückte. Marègna Lisa kehrte von dieser Mission mit dem Bescheid zurück, der Maistro Loredano habe äußerst freundlich auf meine Bitte reagiert, mir zu erlauben, eine Reihe von Besuchen zu machen. Unter merklichem In-die-Höhe-Schieben ihrer Augenbrauen setzte sie noch hinzu:

»Er stellt Lederwaren her. Offenbar ein braver, angesehener und schwer arbeitender Gerber. Aber, Marco, auch nicht mehr als ein Gerber. *Morel di mezo*. Du könntest Töchtern von Familien der *sangue blo* den Hof machen. Der Dandolo, der Balbi, der Candiani . . .«

»Dona Lisa, ich hatte mal eine Nena Zulià, die sich gleichfalls über meinen Geschmack und meine Vorlieben beschwerte. Schon in meiner Jugend war ich anders als andere und zog eine wohlschmeckende *morel* – Morchel – einer mit edlem Namen vor.«

Gleichwohl stürzte ich mich nicht auf die Familie Loredano und entführte ihr Donata. Vielmehr machte ich ihr den Hof, wie es sich gehört, und zwar über eine sehr lange Zeit, so als wäre sie von blauestem Blut gewesen. Ihr Vater, der den Eindruck machte, aus seinen eigenen gegerbten Häuten zusammengesetzt zu sein, empfing mich herzlich und verlor kein Wort darüber, daß ich fast genauso alt war wie er. Schließlich bestand eine der anerkannten Möglichkeiten für eine Tochter der Mittelschicht, höher aufzusteigen, darin, eine vorteilhafte Mai-Dezember-Ehe einzugehen, für gewöhnlich mit einem Witwer mit zahlreichen Kindern. So gesehen war ich wirklich noch nicht älter als November und kam überdies auch nicht mit einem Stall von Stiefkindern. Infolgedessen murmelte Maistro Lorenzo nur ein paar jener Sätze, wie sie traditionellerweise von einem unbetuchten Vater einem wohlhabenden Freier seiner Tochter gegenüber ausgesprochen werden, um jeden Verdacht auszuräumen, er liefere die Tochter freiwillig dem *diritto di signoria* aus: »Ich muß zum Ausdruck bringen, daß ich zögere, Messere. Eine Tochter sollte nicht den Ehrgeiz haben, über den Stand hinauszustreben, in den sie hineingeboren wurde. So fügt sie der natürlichen Würde ihrer niedrigen Geburt nur noch das Risiko härterer Knechtschaft hinzu.«

»Ich bin es, der nach Höherem strebt, Messere«, versicherte ich ihm. »Ich kann nur hoffen, daß Eure Tochter sich meinen ehrgeizigen Wünschen geneigt zeigt. Ich verspreche, daß sie nie Grund haben wird, das zu bedauern.«

Ich brachte ihr Blumen und ab und zu ein kleines Geschenk, und so saß ich bei Donata, immer mit einer *accompagnatrice* – einer von Fiordelisas strengen Mägden, die stets in der Nähe saß und darüber wachte, daß wir uns streng anständig benahmen. Das jedoch hinderte Donata nicht daran, genauso frank und frei zu mir zu sprechen, wie Doris es getan.

»Wenn Ihr meine Mutter in ihrer Jugend gekannt habt, Messer Marco, dann wißt Ihr, daß sie das Leben als armes Waisenkind begann. Sie gehörte buchstäblich dem niederen *popolàzo* an. Deshalb will ich, was sie betrifft, nicht vornehmtun. Als sie einen Gerber mit gutgehender Werkstatt heiratete, heiratete sie über ihrem Stand. Doch würde das nie jemand gemerkt haben, hätte sie daraus ein Geheimnis gemacht, was sie nicht getan hat. Sie hatte ihr Leben lang nie etwas Rohes oder Gewöhnliches getan. Sie war meinem Vater eine gute Frau und mir eine gute Mutter.«

»Dafür hätte ich die Hand ins Feuer gelegt«, sagte ich.

»Ich glaube, sie gereichte dem höheren Stand zur Ehre. Das sage ich Euch, Messer Marco, falls Ihr – ja, falls Ihr irgendwelche Zweifel daran hegt, daß ich vielleicht nicht geeignet sein könnte, womöglich noch höher hinaus . . .«

»Liebste Donata, daran hege ich nicht den allergeringsten Zweifel. Selbst als Eure Mutter und ich noch Kinder waren, habe ich sehen können, was einmal aus ihr werden könnte. Aber ich will damit nicht sagen: Wie die Mutter, so die Tochter. Denn selbst wenn ich sie nie gekannt hätte, ich hätte rasch das Versprechen erkannt, das in Euch steckt. Soll ich wie ein unsterblich verliebter *trovatore* all Eure guten Eigenschaften laut hinaussingen? Schönheit, Klugheit, gute Laune . . .«

»Bitte, vergeßt nicht die Aufrichtigkeit«, unterbrach sie mich. »Denn ich möchte, daß Ihr alles erfahrt, was es zu erfahren gibt. Meine Mutter hat mir nie etwas davon gesagt, und ich würde es nie meinen guten Vater wissen lassen, daß ich es weiß, aber – es gibt Dinge, die erfahren Kinder einfach, oder zumindest ahnen sie sie, ohne daß man es ihnen sagt. Wohlgemerkt, Messer Marco, ich bewundere meine Mutter, daß sie sich so gut verheiratet hat. Vielleicht könnte das Wissen darum, wie sie das geschafft hat, meiner Bewunderung für sie Abbruch tun, und auch bei Euch wäre das möglich. Ich bin der unerschütterlichen Überzeugung, daß ihre Eheschließung ein wenig herbeigezwungen wurde, daß sie . . . wie soll ich's nur ausdrücken? – nun, daß sie *das Ereignis ein wenig vorweggenommen haben*. Ich fürchte, ein Vergleich zwischen den Daten, die unter ihrem *consenso di matrimonio* und meinem Geburtsschein stehen, könnte peinlich sein.«

Ich mußte lächeln, daß die junge Donata meinte, sie könne einen so abgehärteten und für Schläge unempfindlichen Mann wie mich schockieren. Noch gelassener lächelte ich über ihre unschuldige Schlichtheit. Sie mußte sich, dachte ich, völlig darüber im unklaren sein, daß sehr viele Ehen der Unterschicht nie feierlich durch Dokumente, Feste oder das Sakrament besiegelt wurden. Sollte Doris wirklich versucht haben, sich mit der ältesten weiblichen List der Welt vom *popolàgo* in die *morel di mezo* aufzuschwingen, tat das meiner Hochachtung vor ihr genausowenig Abbruch wie der vor dem hübschen Ergebnis ihrer List. Wenn das der einzige Hinderungsgrund war, den Donata im Hinblick auf unsere Ehe fürchtete, so war er belanglos. Ich gelobte in diesem Augenblick zweierlei. Eines nur mir selbst, und ohne es auszusprechen: Ich nahm es auf meinen Eid, niemals in meiner Ehe eines der Geheimnisse meiner Vergangenheit preiszugeben und Donata mit nichts davon jemals zu belasten. Das andere versprach ich laut und setzte dabei ein sehr feierliches Gesicht auf: »Ich schwöre, liebste Donata, nie gegen Euch ins Feld zu führen, daß Ihr ein Achtmonatskind wart. Darin liegt keine Schande.«

»Ach, ihr älteren Männer seid so lobenswert nachsichtig menschlicher Schwäche gegenüber.« Möglich, daß ich bei diesen Worten innerlich zusammenzuckte, denn sie fügte noch hinzu: »Ihr seid ein guter Mann, Messer Marco.«

»Und Eure Mutter war eine gute Frau. Denkt nicht schlecht von ihr, daß sie auch eine entschlossene Frau war. Sie wußte, wie sie es anstellte, um ihren Willen durchzusetzen.« Ein wenig schuldbewußt erinnerte ich mich an ein kleines Beispiel. Und die Erinnerung daran ließ mich sagen: »Ich nehme an, daß sie Euch gegenüber nie erwähnt hat, mich gekannt zu haben.«

»Nicht, daß ich wüßte. Sollte sie das getan haben?«

»Nein, nein. Ich war damals niemand, der es wert gewesen wäre, erwähnt zu werden. Gleichwohl sollte ich gestehen . . .« Ich hielt inne. Gerade hatte ich geschworen, nie etwas preiszugeben, was mir in der Vergangenheit widerfahren war. Und ich konnte kaum berichten, daß Doris Tagiabue nicht als Jungfrau zu Lorenzo Loredano gekommen war, weil sie es zuvor mit mir getrieben hatte. Deshalb begnügte ich mich damit zu wiederholen:

»Eure Mutter hat es verstanden durchzusetzen, was sie für richtig hielt. Hätte ich Venedig damals nicht verlassen müssen, es könnte sehr wohl sein, daß sie *mich* geheiratet hätte, wenn wir etwas älter gewesen wären.«

Donata machte einen hübschen Schmollmund. »Wie ungalant, so etwas zu sagen, selbst wenn es stimmt. Jetzt habe ich das Gefühl, nur zweite Wahl zu sein.«

»Und jetzt stehe ich in Euren Augen da wie jemand, der auf einem Markt stöbert. Ich habe Euch blindlings gewählt, liebes Mädchen. Ich hatte damit überhaupt nichts zu tun. Als ich Euch das erste Mal sah, sagte ich mir: ›Sie muß für mich auf diese Erde gesetzt worden sein.‹ Und als Ihr Euren Namen nanntet, da *wußte* ich es. Ich wußte, daß mir ein Geschenk gemacht worden war.«

Und das gefiel ihr, und damit war alles wieder in Ordnung.

Ein andermal während unserer Brautstandszeit, als wir wieder einmal beisammensaßen, legte ich ihr eine Frage vor: »Wie ist es mit Kindern, wenn wir erst mal verheiratet sind, Donata?«

Ein wenig verdutzt blickte sie mich an, als ob ich sie gefragt hätte, ob sie, wenn wir verheiratet wären, fortfahren würde zu atmen. Deshalb fuhr ich fort:

»Von einem Ehepaar wird selbstverständlich erwartet, daß es Kinder bekommt. Das ist der Lauf der Natur. Ihre Familien erwarten das, die Kirche, der Herrgott, die Gemeinde, in der man lebt. Doch trotz all dieser Erwartungen, es muß Menschen geben, die diesen Erwartungen nicht entsprechen wollen.«

»Zu denen gehöre ich nicht«, sagte sie, als beantwortete sie eine Frage aus dem Katechismus.

»Und dann gibt es welche, die einfach nicht können.«

Nach einem Augenblick des Schweigens sagte sie: »Willst du damit andeuten, Marco . . .?« Sie hatte inzwischen aufgehört, mich förmlich Messere Marco zu nennen. Sie wählte ihre Worte sorgfältig. »Willst du damit andeuten, Marco, du hättest auf deinen Reisen, nun ja, irgendeinen Unfall gehabt?«

»Nein, nein, nein. Ich bin heil und gesund und kann durchaus Vater werden, soweit ich weiß. Ich sprach vielmehr von jenen unglücklichen Frauen, die aus irgendeinem Grunde unfruchtbar sind.«

Den Blick abwendend, errötete sie, als sie sagte: »Dagegen kann ich nicht einfach mit ›nein, nein, nein‹ antworten, denn woher soll ich das wissen? Aber ich glaube, wenn du die Frauen, die kinderlos geblieben sind, zusammenzählst, wirst du feststellen, daß es zumeist blasse, zerbrechliche und schwermütige Edeldamen waren. Ich komme aus guter

Bauernfamilie mit rotem Blut in den Adern, und wie jede christliche Frau *hoffe* ich auf einen großen Kindersegen. Darum bete ich zum lieben Gott. Sollte es Ihm jedoch in Seiner unendlichen Weisheit gefallen, mich unfruchtbar zu machen, würde ich mich bemühen, dieses Leid tapfer zu ertragen. Allerdings bin ich zuversichtlich, daß der liebe Gott gut zu mir ist.«

»So etwas liegt nicht immer in der Hand des Herrn«, sagte ich. »Im Osten kennt man verschiedene Möglichkeiten, eine Empfängnis zu verhüten . . .«

Donata holte vernehmlich Luft und bekreuzigte sich. »So etwas darfst du nie sagen! Von einer solchen schrecklichen Sünde solltest du nicht einmal sprechen! Was sollte der gute Pare Nardo sagen, wenn ihm auch nur träumte, du hättest dir so etwas ausgedacht? Ach, Marco, bitte sag mir, daß du *in deinem Buch* nichts so Verbotenes und Schmutziges und Unchristliches schreibst! Ich habe das Buch zwar nicht gelesen, aber ich habe gehört, wie einige Leute es skandalös nannten. War das der Skandal, von dem sie gesprochen haben?«

»Das weiß ich wirklich nicht mehr«, sagte ich beschwichtigend. »Ich glaube, das war eines von den Dingen, die ich herausgelassen habe. Ich wollte dir nur sagen, daß so etwas möglich ist, falls du . . .«

»Nicht in der Christenheit! Das ist unaussprechlich! Undenkbar!«

»Ja, ja, meine Liebe, verzeih mir!«

»Nur, wenn du es mir versprichst«, sagte sie mit fester Stimme. »Du mußt mir versprechen, dies *und alle anderen* schändlichen Praktiken zu vergessen, die du im Orient kennengelernt hast. Daß unsere gutchristliche Ehe nicht von irgend etwas Unchristlichem besudelt wird, das du in jenen heidnischen Ländern vielleicht gehört hast.«

»Nun, nicht alles Heidnische ist schändlich . . .«

»Versprich es mir!«

»Aber Donata, angenommen, ich bekäme noch einmal eine Gelegenheit, in den Osten zu ziehen, und wollte dich gern dorthin mitnehmen. Du wärest meines Wissens die erste Frau aus dem Westen, die . . .«

»Nein. Ich würde nie hingehen, Marco«, sagte sie entschieden. Die Röte aus ihrem Gesicht war gewichen, es war sehr weiß, und die Lippen hatte sie zusammengepreßt. »Ich möchte nicht, daß du hingehst. Da. Ich habe es gesagt. Du bist ein wohlhabender Mann, Marco, und es besteht keinerlei Notwendigkeit, deinen Reichtum noch zu vermehren. Du bist schon jetzt deiner Reisen wegen berühmt, und es besteht kein Grund, diesen Ruhm zu mehren oder neuerlich auf Reisen zu gehen. Du trägst Verantwortung, und bald wirst du noch eine weitere tragen, und ich hoffe, wir beide werden andere zu tragen bekommen. Du bist doch – bist doch nicht mehr der Junge, der du warst, als du damals aufbrachst, um in die Welt hinauszuziehen. Diesen Jungen hätte ich nicht heiraten wollen, Marco, weder damals noch jetzt. Was ich mir wünsche, ist ein reifer, nüchterner und zuverlässiger Mann, und ich möchte, daß er daheim ist. Für diesen Mann habe ich dich gehalten. Wenn du es nicht bist, wenn immer noch der ruhelose und übermütige

Junge in dir steckt, meine ich, solltest du das jetzt gestehen. Unseren Familien und dem ganzen Klatsch in Venedig gegenüber müssen wir ein gefaßtes Gesicht machen, wenn wir die Auflösung unseres Verlöbnisses bekanntgeben.«

»Du bist deiner Mutter schon sehr ähnlich«, sagte ich aufseufzend. »Aber du bist jung. Wer weiß, vielleicht packt sogar dich einmal der Wunsch, auf Reisen zu gehen . . .«

»Nicht über die Grenzen der Christenheit hinaus«, sagte sie mit Nachdruck. »Versprich mir das!«

»Nun gut, ich werde dich nie über die Grenzen der Christenheit hinausbringen . . .«

»Und du selbst auch nicht.«

»Aber, Donata, das kann ich nun guten Gewissens nicht beschwören. Mein Beruf könnte es notwendig machen, zumindest noch einmal nach Konstantinopel zu reisen, und rings um die Stadt herum leben die Heiden. Ich könnte ausrutschen und . . .«

»Dann das jedenfalls. Versprich mir, daß du nicht fortgehst, bis nicht unsere Kinder – sofern Gott uns Kinder schenkt – ein Alter erreicht haben, in dem sie für sich selbst verantwortlich sind. Du hast mir selbst erzählt, wie dein Vater dich hat aufwachsen lassen wie die Hafenrangen.«

Ich lachte. »Donata, auch das waren keine schändlichen Menschen. Eine von ihnen war deine Mutter.«

»Meine Mutter hat mich dazu erzogen, besser zu sein als meine Mutter. Meine eigenen Kinder sollen nicht verlassen werden. Versprich mir das!«

»Ich verspreche es«, sagte ich. Ich überlegte nicht, falls aus unserer Ehe nach normaler Zeit ein Sohn hervorginge, ich an die fünfundsechzig Jahre alt wäre, wenn er mündig würde. Ich dachte nur, Donata, die selber noch so jung war, könne sich im Laufe unserer gemeinsamen Ehe durchaus verändern. »Ich verspreche es, Donata. Solange Kinder im Haus sind und sofern du nicht etwas anderes beschließt, werde ich zu Hause bleiben.«

Und im ersten Jahr des neuen Jahrhunderts, im Jahre eintausenddreihundertundeins, wurden wir getraut.

Alles verlief so, wie es sich gehörte und wie es Sitte und Brauch war. Als unsere Brautzeit nach allgemeiner Auffassung lang genug gewährt hatte, trafen Donatas Vater und meiner sowie ein Notar in der Kirche San Zuàne Grisostomo zusammen, um die Feier der *impalmatura* zu begehen. Jeder für sich las den Ehevertrag durch und unterzeichnete ihn, nicht anders, als wäre ich ein schüchterner und etwas tölpelhafter Bräutigam, der noch nicht ganz trocken war hinter den Ohren – wo in Wahrheit ich es gewesen war, der mit Hilfe des Anwalts der Compagnia den Ehevertrag aufgesetzt hatte. Am Schluß der *impalmatura* streifte ich Donata den Verlobungsring über. An den nun folgenden Sonntagen verlas Pare Nardo von der Kanzel herab das Aufgebot, heftete es an die Kirchentür, und niemand kam, um Einwände gegen die geplante Eheschließung zu erheben. Dann holte Dona Lisa einen Mönchsschreiber mit ausgezeichneter Handschrift ins Haus, die *partecipazioni di nozze* – die Hochzeitseinladungen – zu schreiben, und ließ diese zusammen mit dem traditionellen Päckchen *confèti*-Mandeln durch livrierte Diener an alle geladenen Gäste austragen. Jeder, der in Venedig etwas galt, gehörte dazu. Da es umständliche Gesetze gab, welche die Extravaganzen bei den Feiern der meisten Familien beschnitten, erteilte der Doge Gradenigo uns huldvoll eine Ausnahmeregelung. Und als der Tag kam, wurde daraus eine Art Volksfest, das die ganze Stadt einschloß – nach der Trauungsmesse, dem Bankett und der Schlemmerei, der Musik, dem Tanz und dem Gesang, den Trinksprüchen und den obligaten betrunkenen Gästen, die in den Corte-Kanal fielen, und nachdem *confèti* und *coriàndoli* ausgestreut waren. Nachdem all das, was Donatas und meine Anwesenheit erforderte, vorüber war, gaben die Brautjungfern ihr die *donora*: für einen Moment legten sie ihr ein ausgeborgtes Baby in die Arme und steckten ihr eine Goldzechine in den Schuh – Symbole, die bedeuteten, daß sie unsäglich mit Fruchtbarkeit und Reichtum gesegnet werden sollte –, und dann verließen wir das immer noch lärmende Fest und begaben uns ins Innere der Ca' Polo, das von allen Menschen bis auf die Dienerschaft verlassen war; die Familie blieb bei Freunden, solange unser Honigmond dauerte.

Und in unserer Schlafkammer, als wir allein waren, entdeckte ich in Donata noch einmal Doris, denn ihr Leib war von demselben Milchweiß, geschmückt von denselben kleinen Spitzen, rosig wie Muscheln. Abgesehen davon, daß Donata eine erwachsene und vollständig entwickelte Frau war und ein goldenes Vlies besaß, das dies bewies, war sie das Ebenbild ihrer Mutter, bis hin zu dem, was ich einst mit den ›Damenlippen‹ genannten Muscheln verglichen hatte. Vieles sonst auch war eine Wiederholung eines geraubten Nachmittags vor vielen, vielen Jahren. Wie ich damals getan, brachte ich es Donata jetzt bei, indem ich zunächst damit begann, ihre wie Muscheln rosigen Brustspitzen zu einem leuchtenden Korallenrot zu entflammen. Doch an dieser Stelle möchte ich wieder den Vorhang vor der ehelichen Gemeinsamkeit herunterlassen, wenn auch etwas verspätet, habe ich doch bereits alles gesagt – denn was in dieser Nacht geschah, war kaum anders als das, was an jenem Nachmittag vor langer, langer Zeit geschehen war. Und diesmal entzückte es uns beide. Auf die Gefahr hin, alten Zeiten gegenüber treulos zu erscheinen, möchte ich sogar sagen, daß dieses sogar noch köstlicher war als das erste Mal; denn diesmal taten wir es nicht in Sünde.

7 Als es zu Donatas Niederkunft kam, war ich daheim, im Haus, ganz nahe, zum Teil des Versprechens wegen, das ich ihr und den noch ungeborenen Kindern gegeben hatte, zum Teil auch wegen der Erinnerung an ein anderesmal, da ich unverzeihlicherweise *nicht* dagewesen war. Selbstverständlich wollten sie mich nicht in Donatas Kammer hineinlassen, doch ich sehnte mich auch nicht gerade danach dabeizusein. Aber ich hatte alles Erdenkliche getan, alles für das Ereignis vorzubereiten, und hatte sogar den weisen Arzt Piero Abano in Dienst genommen, dem ich viel Geld dafür bezahlt hatte, daß er alle seine anderen Patienten einem anderen *mèdego* überließ und nichts weiter tat, als sich die ganze Schwangerschaft über um Donata zu kümmern. Früh schon bestand er auf einer Sieben-Elemente-Regel: richtiges Essen und Trinken, abwechselnd Bewegung und Ruhe, Aufsein und Schlafen, Stuhlentleerung und Verhaltung, frische Luft tagsüber und nachts geschlossene Fenster und ›möglichst keine Leidenschaften der Nacht‹. Ob wir es mehr diesen Vorschriften zu verdanken hatten oder Donatas ›gutem bäuerlichen Blut‹ – jedenfalls gab es keine Schwierigkeiten im Kindbett. Dotòr Abano und seine beiden Hebammen sowie meine Stiefmutter kamen alle gemeinsam, um mir zu sagen, Donatas Wehen seien leicht verlaufen und die eigentliche Geburt wie das Herausdrücken eines Orangenkerns. Sie mußten mich wachrütteln, um es mir beizubringen, denn ich hatte wieder meine eigenen Erfahrungen in Buzai Gumbad durchlitten, und um es mir zu erleichtern, drei oder vier Flaschen Barolo getrunken und war dann in gesegnetes Vergessen gesunken.

»Tut mir leid, daß es kein Junge ist«, murmelte Donata, als sie mich zu ihr ließen, damit ich zum ersten Mal einen Blick auf unsere Tochter werfe. »Ich hätte es wissen müssen. Dazu waren Schwangerschaft wie Wehen viel zu leicht. Nächstesmal will ich mehr auf das hören, was die alten Frauen sagen: ein bißchen länger Wehen ertragen und dafür einen Jungen zur Welt bringen.«

»Pst, pst!« machte ich. »Jetzt bin ich der glückliche Empfänger zweier Geschenke.«

Wir nannten sie Fantina.

Wiewohl Donata von Anfang unserer Beziehung an immer auf der Hut davor war, daß ich irgendwelche ›unchristlichen Gedanken‹ in unsere Familie hineinbrachte, gelang es mir, sie davon zu überzeugen, daß *manche* fremdländischen Sitten durchaus etwas für sich hatten. Damit meine ich nicht die Dinge, die ich ihr im Bett beibrachte. Donata war bei unserer Heirat Jungfrau, deshalb konnte sie nicht unterscheiden, ob das, was wir taten, venezianisch oder exotisch, allgemein üblich oder etwas Besonderes war. Aber ich lehrte sie zum Beispiel auch, sich wie die Han-Frauen innerlich wie äußerlich sauberzuhalten. Das setzte ich ihr schon zu einem sehr frühen Zeitpunkt unserer Ehe mit dem größten Zartgefühl auseinander, und sie begriff die Vorteile der unchristlichen Badegewohnheit und übernahm sie. Nach Fantinas Geburt bestand ich darauf, daß auch das Kind häufig gebadet und – als sie älter wurde – auch Spülungen an ihr vorgenommen wurden. Donata zeigte sich für kurze Zeit widerspenstig und sagte:

»Baden, ja. Aber innerlich spülen? Das mag für eine bereits verheiratete Frau angehen, aber es würde Fantinas Jungfernhäutchen in Mitleidenschaft ziehen. Sie würde dann nie beweisen können, daß sie noch Jungfrau war.«

Ich sagte: »Meiner Meinung nach schmeckt man die Reinheit am besten am Wein selbst, nicht an dem Wachssiegel auf der Flasche. Lehre Fantina, den Körper sauber und süß zu halten, und ich glaube, ihre innere Einstellung wird es auch bleiben. Jeder, der mal ihr Mann wird, wird diese Eigenschaft an ihr erkennen und keinen physischen Beweis dafür verlangen.«

So fügte Donata sich, und ich wies Fantinas Kindermädchen an, sie häufig und gründlich zu baden; dieselben Anweisungen erhielt jede *Nena*, die später zu uns ins Haus kam. Einige waren zunächst erstaunt und reagierten mit kritischer Abweisung, doch nach und nach fand das Baden auch ihre Billigung, und ich glaube, sie verbreiteten in Dienstbotenkreisen, daß unchristliche Sauberkeit nicht, wie allgemein angenommen wurde, den Kopf krank mache, denn mit der Zeit wurden die Venezianer beiderlei Geschlechts und aller Altersstufen wesentlich sauberer, als sie es früher gewesen waren. Allein dadurch, daß ich diese eine Gepflogenheit der Han bei uns einführte, habe ich vermutlich viel dazu beigetragen, die Venezianer zu besseren Menschen zu machen – zumindest äußerlich.

Unser zweites Kind kam fast auf den Tag genau ein Jahr später zur Welt, auch ohne Schwierigkeiten, nur nicht am selben Ort. Der Doge Gradenigo hatte mich eines Tages kommen lassen und mich gefragt, ob ich das Amt eines Konsuls übernehmen würde, und zwar in Brügge. Dazu aufgefordert zu werden, stellte eine große Ehre dar. Ich hatte inzwischen gute Gehilfen und Mitarbeiter herangezogen, sich während meiner Abwesenheit um die Compagnia Polo zu kümmern, und in Brügge konnte ich auch manches tun, das für die Compagnia von Vorteil war. Doch sagte ich nicht auf der Stelle zu. Wiewohl der Posten im guten christlichen Flandern lag, meinte ich, es erst mit Donata besprechen zu müssen.

Sie schloß sich meiner Meinung an, daß sie zumindest einmal im Leben irgend etwas außer ihrer Heimatstadt Venedig sehen sollte, und so nahm ich den Posten an. Donata war bei unserer Abreise bereits hochschwanger, doch nahmen wir unseren weisen venezianischen Arzt mit, und da die Reise auf einer schweren, durch nichts zu erschütternden flämischen Kogge vonstatten ging, litt keiner von ihnen, weder sie noch unsere kleine Fantina; nur der arme Dotòr Abano war die ganze Zeit über seekrank. Glücklicherweise hatte er sich längst wieder erholt, als Donata niederkam. Wieder war es eine leichte Geburt und wieder beklagte Donata sich nur darüber, daß sie *zu leicht* gewesen sei, denn wieder brachte sie eine Tochter zur Welt.

»Pst, pst!« machte ich. »In den Champa-Landen werden Mann und Frau noch nicht einmal verheiratet, bevor sie nicht zwei Kinder bekommen haben. So betrachtet, haben wir gerade erst angefangen.«

Diese nannten wir Bellela.

Venedig unterhielt ein ständiges Konsulat in Brügge – und gewährte seinen vornehmeren *Ene-Aca*-Bürgern die Gunst, hier einander abwechselnd Dienst zu tun –, denn zweimal jährlich segelte eine zahlenstarke

Flotte mit den Erzeugnissen Nordeuropas beladen in dem vor Brügge gelegenen Hafen Sluys ab. Wir verlebten ein höchst erfreuliches Jahr in dem feinen Konsulatsgebäude an der Place de la Bourse, einem luxuriös mit jeder Bequemlichkeit eingerichteten Haus, zu dem auch ein ständiger Dienstbotenstamm gehörte. Die Arbeit belastete mich nicht im Übermaß, denn ich hatte kaum mehr zu tun, als die Frachtpapiere der zweimal im Jahr ablegenden Flotte zu prüfen und zu entscheiden, ob sie diesmal direkt nach Venedig laufen sollte, oder ob noch Stauraum für andere Fracht vorhanden war, in welchem Fall eines, mehrere oder auch alle Schiffe den Umweg über London oder Southampton und den Ärmelkanal oder Ibiza oder Mallorca im Mittelmeer machten, um dort Landesprodukte zu übernehmen.

Den größten Teil des Konsulatsjahres verbrachten Donata und ich damit, uns königlich von anderen Konsulardelegationen und flämischen Kaufmannsfamilien auf Bällen und Banketten und lokalen Festen wie der Heilig-Blut-Prozession bewirten zu lassen. Viele der Leute, bei denen wir zu Gast waren, hatten in dieser oder jener Sprache bereits die *Weltbeschreibung* gelesen, alle jedoch zumindest davon gehört. Da alle die Handelssprache Sabir sprachen, stellte man mir viele, viele Fragen hinsichtlich des Inhalts des Buches und ermunterte mich, diesen und jenen Aspekt einer Sache noch zu verdeutlichen. So eine Gesellschaft ging dann oft bis spät in die Nacht, und Donata saß da und lächelte voller Besitzerstolz. Solange Damen dabei waren, begnügte ich mich mit harmlosen Themen.

»Unsere Flotte hat heute Eure guten Nordseeheringe geladen, meine Herren Kaufleute. Vorzüglicher Fisch, der Hering, doch ich persönlich ziehe frischen Fisch vor, wie wir ihn heute abend bekommen haben, weder gesalzen noch geräuchert, noch in Lake eingelegt. Ich würde vorschlagen, Ihr solltet sie frisch auf den Markt bringen. Ja, ja, ich weiß, frische Fische halten sich nicht und lassen sich daher nicht transportieren. Aber im Norden von Kithai habe ich so etwas doch erlebt, und Euer Klima hier ist sehr ähnlich. Im Norden Kithais dauert der Sommer nur drei Monate, und deshalb holen die Fischer aus Flüssen und Seen heraus, was sie bekommen können – jedenfalls viel mehr Fische, als sie in derselben Zeit verkaufen können. Und was sie nicht verkaufen können, werfen sie in ein flaches Bassin, in dem sie sie bis zum Winter lebendig halten. Dann brechen sie das Eis des Bassins auf, holen die Fische einzeln heraus, und der Winterkälte ausgesetzt, gefrieren die Fische praktisch zu Eis. Sie werden wie Feuerholz verpackt, bündelweise auf Tragesel geladen und in die Städte gebracht, wo die reichen Leute unerhörte Preise für solche Delikatessen bezahlen. Und wenn die Fische aufgetaut und gekocht sind, schmecken sie so frisch wie im Sommer gefangene.«

Ausführungen dieser Art brachten oft zwei oder drei, oder auch mehr der ehrgeizigeren Kaufleute dazu, nach einem Diener zu rufen, der eine dringende Nachricht in ihr Kontor tragen mußte: Ich nehme an, sie lautete etwa: ›Laßt uns die lächerlichen Vorstellungen dieses

Mannes mal ausprobieren.‹ Die Kaufleute selbst verließen eine Gesellschaft nicht, denn wenn die Damen sich irgendwohin zurückgezogen hatten, um über weibliche Dinge zu plaudern, beglückte ich die Herren mit pikanteren Erzählungen.

»Der Leibarzt, der mich auf dieser Reise begleitet, der Dotòr Abano, bezweifelt dies, *Messeri,* aber ich habe aus Kithai ein Rezept für ein langes Leben mitgebracht und will es mit Euch teilen. Die Männer der Han, die sich zu einer Religion bekennen, die sie *Tao* nennen, glauben fest daran, daß der Brodem von allem Teilchen enthält, die so klein sind, daß man sie mit bloßem Auge nicht sehen kann, gleichwohl jedoch eine gewaltige Wirkung ausüben können. So zum Beispiel die Rosenteilchen, die das ausmachen, was wir den Rosenduft nennen, und die uns beim Einatmen ein wohliges Gefühl vermitteln. Die winzigen Fleischteilchen, die den Duft eines guten Bratens ausmachen, lassen uns das Wasser im Mund zusammenlaufen. Genauso, erklären die Taoisten, wird der Atem, der durch die Lungen eines jungen Mädchens geht, mit Teilchen ihres jungen, frischen Körpers aufgeladen und beim Ausatmen als belebende und stärkende Kraft an die Luft in der Umgebung abgegeben. Daher das Rezept: Wer sehr lange leben will, soll sich mit frischen jungen Mädchen umgeben. Bleibe ihnen so nahe wie möglich. Atme ihren frischen Brodem ein. Sie werden Euer Blut ebenso verbessern wie alle anderen Lebenssäfte. Sie stärken die Gesundheit und verlängern das Leben. Es versteht sich von selbst, daß, sollte sich noch andere Verwendung für die köstlichen Jungfrauen finden...«

Brüllendes Gelächter, laut und ausgedehnt, und dann hämmerte ein alter Flame sich mit knochiger Hand aufs spitze Knie und rief: »Zum Teufel mit Eurem Leibarzt, Mynheer Polo! Ich für mein Teil finde, das ist ein verdammt gutes Rezept! Ich würde mich ja auf der Stelle zu den jungen Mädchen begeben, verdammt will ich sein, wenn ich's nicht täte, bloß, daß mein verflixtes altes Weib etwas dagegen hätte!«

Noch lauteres Gelächter, über das hinweg ich ihm zurief: »Nicht, wenn Ihr es geschickt anstellt, *Messere.* Denn das Rezept für ältere Frauen ist selbstverständlich: junge Knaben.«

Noch lauteres Lachen, ungestüme Scherzworte, die gerufen wurden, Humpen mit dem starken flämischen Bier, die herumgingen, und oft, wenn Donata und ich uns schließlich verabschiedeten, war ich froh, daß ich mit der Sänfte des Konsulats nach Hause gebracht wurde.

Da ich tagsüber nicht soviel zu tun hatte und Donata für gewöhnlich damit beschäftigt war, unseren Töchtern eine gute Mutter zu sein, widmete ich mich einer Aufgabe, von der ich meinte, daß sowohl der Handel ganz allgemein und Venedig im besonderen ihr Gutes davon hätten. Ich beschloß, hier im Westen etwas einzurichten, was ich im Osten als überaus nützlich erfahren hatte. Ich bemühte mich, in Anlehnung an das, was Khan Kubilais Minister der Straßen und Flüsse schon vor langer Zeit eingerichtet hatte, hier zu verwirklichen. Das erforderte Zeit und Mühen und Überredungskraft, denn in diesen Landen besaß ich keine absolute Macht, wie ich sie überall im Khanat genossen hatte. Ich mußte ein Gutteil an Behördenunbeweglichkeit, Kleinmut und Widerstand überwinden. Diese Schwierigkeiten wurden noch dadurch vervielfacht, daß die Regierungen so vieler Länder damit zu tun hatten: Flandern, Lothringen, Schwaben und so weiter – jedes mißtrauische, engstirnige Herzogtum und Fürstentum zwischen Brügge und Venedig. Aber ich hatte es mir nun einmal in den Kopf gesetzt, und ich war eigensinnig, und ich schaffte es. Als diese Postenkette aus Reitern und Relaisstationen endlich stand, konnte ich die Frachtbriefe nach Venedig abschicken, sobald die Flotte Sluys verlassen hatte. Die Kuriere schafften diese Strecke von siebenhundert Meilen in sieben Tagen, also in einem Viertel der besten Zeit, die die Flotte brauchte; so kam es, daß die Kaufleute in Venedig, für die die Waren bestimmt waren, schon jedes Stück Fracht verkauft hatten, ehe sie überhaupt bei ihnen eingetroffen war.

Als es für mich und die Familie Zeit wurde, Brügge zu verlassen, war ich versucht, *uns selbst* auf diese schnelle Weise heimzubefördern. Doch zwei Familienmitglieder waren kleine Kinder, und Donata war wieder schwanger, deshalb ließ sich das Vorhaben nicht ausführen. Wir fuhren heim, wie wir gekommen waren, per Schiff, und trafen so rechtzeitig wieder in Venedig ein, daß unsere dritte Tochter, Morata, dort zur Welt kommen konnte.

Die Ca' Polo war immer noch Pilgerziel vieler Besucher, die den Wunsch hatten, Messer Marco Milione kennenzulernen und sich mit ihm zu unterhalten. Während meines Flandernaufenthaltes hatte mein Vater sie empfangen. Aber er und Dona Lisa wurden dieser Pflicht überdrüssig, denn beide waren jetzt alt, ihre Gesundheit ließ zu wünschen übrig, und sie waren froh, daß ich meine Aufgaben wieder übernehmen konnte.

Es kam in diesen Jahren neben Leuten, die nur gaffen und Maulaffen feilhalten konnten, so mancher vornehme und intelligente Mann. Ich erinnere mich an einen Dichter, Francesco da Barberino, der (wie du, Luigi) für ein *chanson de geste,* an dem er schrieb, ein paar Dinge über Kithai erfahren wollte. Und ich erinnere mich gleichfalls an den Kartographen Marino Sanudo, der bat, einige unserer Karten in eine große Weltkarte aufnehmen zu können, die er in Arbeit hatte. Außerdem kamen etliche Mönchshistoriker, Jacopo d'Acqui und Francesco Pipino und einer aus Frankreich, Jean d'Ypres, die unabhängig voneinander jeder an einer Chronik der Welt schrieben. Und es kam der Maler Giotto di Bondone, bereits berühmt für seine Kapellenfresken, der etwas über die illustrativen Künste erfahren wollte, welche die Han betreiben. Er schien beeindruckt von dem, was ich ihm erzählen und zeigen konnte, und beim Abschied sagte er, er werde sich bemühen, einige von diesen exotischen Wirkungen in seiner eigenen Malerei zu verwirklichen.

Auch trafen in diesen Jahren über meine Korrespondenten in allen möglichen Ländern im Osten wie im Westen Nachrichten über Menschen und Orte ein, die ich kennengelernt hatte. Ich hörte vom Tod Edwards, Königs von Englands, den ich als Kreuzfahrerfürst in Acre kennengelernt hatte. Ich hörte, daß der Priester Zuàne von Montecorvino, den ich lange genug kennengelernt hatte, um ihn gründlich zu verachten, von der Kirche zum ersten Erzbischof von Khanbalik ernannt worden war, und daß ihm eine Reihe von Unterpriestern geschickt worden sei, in den Missionen zu dienen, die er in Kithai und Manzi einrichtete. Ich erfuhr von vielen erfolgreichen Kriegen, die der einst unbedeutende Knabe Ghazan führte. Zu seinen zahlreichen Triumphen gehörte es, daß er das Seldschukische Reich in seiner Gänze seinem Ilkhanat Persien einverleibte, und selbstverständlich fragte ich mich, was wohl aus dem kurdischen Schuhbriganten meiner Freundin Sitarè geworden sein mochte, doch das habe ich nie erfahren. Ich hörte von anderen Ausweitungen des Mongolen-Khanats – im Süden nahm es Jawa, sowohl Groß- als auch Klein-Jawa, und im Westen drang es bis nach Tazhikistan ein; doch wie ich Kubilai davon abgeraten hatte, sich Indien zu unterwerfen, bemühte sich auch keiner seiner Nachfolger, es zu tun.

Doch näher daheim geschah auch manches, und nicht alles davon war schön. Ziemlich nahe aufeinander starben erst mein Vater, dann mein Zio Mafio und schließlich meine Marègna Fiordelisa. Ihre Bestattungen gingen mit viel Pomp und der Teilnahme vieler, vieler Menschen vonstatten und riefen in der gesamten Stadt Trauer hervor, daß sie die Begräbnisfeierlichkeiten für den Dogen Gradenigo, der kurz darauf gleichfalls das Zeitliche segnete, fast in den Schatten stellten. Etwa um die gleiche Zeit entsetzten wir Venezianer uns, als der Franzose, der zum Papst Clemens V. gewählt worden war, den Heiligen Stuhl einfach von Rom nach Avignon in seinem heimatlichen Frankreich verlegte, damit Seine Heiligkeit in der Nähe ihrer Geliebten weilen könne, die sie – da die Geliebte die Gattin des Grafen von Périgord war – nicht ohne weiteres in der Ewigen Stadt besuchen konnte. Wir hätten diese Episode nachsichtig als zeitweilige Verirrung betrachten können, wäre der Nachfolger Clemens' vor drei Jahren nicht wieder ein Franzose geworden, und dieser Johannes XXII. scheint es dabei belassen zu wollen, daß der päpstliche Hof in Avignon bleibt. Meine Korrespondenten haben sich nicht besonders gut darüber informiert, wie man in der übrigen Christenheit über dies Sakrileg denkt, doch nach den Stürmen, die das hier in Venedig entfesselt hat – darunter der keineswegs leichtfertig gemeinte Vorschlag, wir venezianischen Christen sollten überlegen, uns der griechischen Kirche anzuschließen –, muß ich annehmen, daß der arme heilige Petrus sich in seiner römischen Katakombe umgedreht hat.

Der Gradenigo folgende Doge war nur für kurze Zeit im Amt, dann starb auch er. Der augenblicklich regierende Doge, Zuàne Soranzo, ist jünger und dürfte uns noch eine Weile erhalten bleiben. Auch ist er ein Mann der Neuerungen. So rief er ein jährliches Wettrennen zwischen *gòndole* und *batèli* auf dem *canale grande* ins Leben und nannte dies die *Regata,* weil für die Gewinner Preise ausgesetzt waren. In jedem der seither vergangenen vier Jahre hat sich die *Regata* zu einem lebendigeren, farbenfroheren und beim Volk beliebteren Schauspiel entwickelt – jetzt ist es ein Fest, das einen ganzen Tag dauert mit Rennen für Boote mit einem oder zwei Rudern, ja, sogar zwischen Booten, die von Frauen gerudert werden, und die Preise werden immer prächtiger und werden immer begehrter – bis die *Regata* genauso zu einem jährlich wiederkehrenden Schauspiel und Volksfest geworden ist wie die Vermählung mit dem Meere.

Der Doge Soranzo war es auch, der mich aufforderte, wieder ein öffentliches Amt zu übernehmen, und zwar diesmal das eines der *Proveditori del Arsenàl*, einen Posten, den ich immer noch innehabe. Eigentlich handelt es sich dabei um ein reines Ehrenamt wie das des *supracomito* auf einem Kriegsschiff, doch begebe ich mich tatsächlich ab und zu an jenes Ende der Insel, um so zu tun, als überwachte ich die Werft tatsächlich. Es macht mir Spaß, mich in dem ewigen Dunst von kochendem Pech zu bewegen, zuzusehen, wie an einem Ende der Helling in Form eines Kielbaums eine Galeere anfängt zu wachsen – und dann Gestalt anzunehmen, während es langsam weiterwandert von einer Gruppe von Handwerkern zur anderen, die erst Wanten einsetzen, diese dann beplanken und das ganze Teil weiterschieben durch die Schuppen, wo Arbeiter von beiden Seiten den Rumpf und die Laderäume mit allem Nötigen ausstatten, von Tauwerk und Segeln bis zu Waffen und haltbarem Proviant, während das Deck und das tote Werk noch von anderen *arsenaloti* fertiggestellt wird – bis es hinuntergleitet in das *Arsenàl*-Becken, ein funkelnagelneues Schiff, das zum Höchstpreis an einen Käufer versteigert werden konnte, bereit, die Ruder einzutauchen oder die Segel zu heißen und sich auf die Reise zu begeben. Das versetzt jemandem, der nicht mehr auf Reisen geht, jedesmal einen Stich.

Ich werde nicht mehr fortgehen, nirgendwohin mehr, und in mancher Beziehung ist es, als wäre ich nie fortgewesen. Ich bin immer noch angesehen in Venedig, allerdings als etwas, das von jeher dazugehört hat, nicht als etwas Neues, und die Kinder rennen auf den Straßen auch nicht mehr hinter mir her. Gelegentlich kommt es immer noch vor, daß jemand aus einem anderen Land, wo die *Weltbeschreibung* gerade zum ersten Mal erschienen ist, mich aufsucht, doch meine venezianischen Mitbürger sind es müde geworden, sich meine Erinnerungen anzuhören, und danken mir auch nicht mehr für meine Anregungen, die ich ihnen aus fernen Ländern vermittelt habe.

Vor noch gar nicht langer Zeit bekam der Schiffsbaumeister auf dem *Arsenàl* einen hochroten Kopf, als ich ihm des längeren und breiteren auseinandersetzte, daß die Han-Seeleute ihre massiven *chuans* sicherer mit einem einzigen, in der Mitte des Hecks angebrachten Steuerruder steuerten als die Steuerleute unserer kleineren *galeazze* mit ihren Doppelrudern – eines an jeder Seite. Geduldig hörte sich der Schiffbaumeister meine Ausführungen an, doch dann, als er davonging, brummte er vernehmlich etwas von »*dilettanti*, kein bißchen Achtung mehr vor der Tradition«. Doch nur einen Monat später sah ich eine neue Galeere die

Helling herunterrutschen, nicht mit dem üblichen lateinischen Segel ausgerüstet, sondern mit Vierecksegeln wie die flämischen Koggen und einem einzigen, in der Mitte des Hecks montierten Steuerruder. Man hat mich zur Probefahrt mit diesem neuen Schiff nicht eingeladen, doch muß alles äußerst zufriedenstellend verlaufen sein, denn jetzt werden auf dem *Arsenàl* immer mehr solcher Fahrzeuge auf Kiel gelegt. Vor kurzem wurde mir die Ehre einer Einladung zum Abendessen im Palazzo des Dogen Soranzo zuteil. Während des Essens ertönte von der Galerie über dem Speisesaal gedämpft die Musik einer Kapelle herunter. Als im Gespräch gerade eine Flaute herrschte, sagte ich, an alle gewandt:

»Vor langer Zeit wurde ich im Palast von Pagan, der Hauptstadt Avas in den Champa-Landen, beim Essen von einer Gruppe von Spielleuten unterhalten, die alle blind waren. Ich erkundigte mich bei einem Diener, ob die Blinden in diesem Lande besonders gut Anstellung als Musikanten fänden. Der Diener erklärte: ›Nein, U Polo. Sobald ein Kind musikalische Begabung zeigt, wird es von den Eltern absichtlich geblendet, damit es sein Gehör schärft und es seine ganze Aufmerksamkeit darauf richten kann, seine Musik zu vervollkommnen, damit ihm eines Tages ein Platz als Palastmusiker eingeräumt wird.‹«

Allgemeines Schweigen breitete sich aus. Dann sagte die Dogaressa spitz: »Ich finde, das ist keine Geschichte, die man bei Tisch erzählen kann, Messer Marco.« Ich bin nie wieder eingeladen worden.

Als ein junger Mann namens Marco Bragadino, der letzthin meiner ältesten Tochter, Fantina, den *cascamorto*, ihr also auf ziemlich unbeholfene Weise den Hof machte, indem er ihr schmachtende Blicke zuwarf und herzerweichend seufzte, schließlich allen Mut zusammennahm und zu mir kam, um mich zu fragen, ob er in aller Form um Fantina werben und ihr entsprechende Besuche abstatten dürfe, wollte ich ihn beruhigen, indem ich jovial sagte:

»Das erinnert mich an ein Vorkommnis in Khanbalik, junger Bragadino. Dort wurde ein Mann vor den *cheng* – den Gerichtshof – geschleppt und beschuldigt, seine Frau zu schlagen. Die Zunge des *cheng* fragte, ob der Mann denn gute Gründe für sein Verhalten habe, woraufhin der Unselige sagte, ja, er prügele seine Frau, weil sie ihr Töchterchen gleich nach der Geburt erstickt habe. Die Frau wurde gefragt, ob sie dazu etwas zu sagen habe, woraufhin sie schrie: ›Aber es war doch bloß eine Tochter, meine Herren! Es ist kein Verbrechen, überflüssige Töchter zu beseitigen. Außerdem ist das Ganze vor fünfzehn Jahren passiert.‹ Daraufhin fragte die Zunge den Mann: ›Mann, warum um alles auf der Welt prügelt Ihr Eure Frau dann *jetzt*?‹ Und der Mann antwortete: ›Meine Herren, vor fünfzehn Jahren hat das nichts weiter ausgemacht. Doch vor kurzem hat irgendeine Frauenpest die meisten anderen jungen Mädchen in unserem Bezirk dahingerafft, und die wenigen, die zu haben sind, bringen fürstliche Preise!‹«

Nach einer Weile räusperte der junge Bragadino sich und fragte: »Hm, ist das alles, Messere?«

»Das ist alles«, sagte ich. »Ich kann mich nicht erinnern, welches Urteil der *cheng* in diesem Fall gefällt hat.«

Als der junge Bragadino völlig verwirrt und kopfschüttelnd gegangen war, stürmten meine Frau und Fantina herein und fielen wie die Furien über mich her. Offensichtlich hatten sie an der Tür gelauscht.

»Papà, was hast du getan? *Gramo mi,* du hast mir meine besten Heiratsaussichten zunichte gemacht! Ich werde mein Leben lang eine vertrocknete und verachtete alte *zitella* bleiben. Ich werde mit dem Kleinod sterben! Wie konntest du nur!«

»*Marcolfo vechio*«, sagte Donata, darin ganz ihre erinnerungswürdige Mutter, »in unserem Haus herrscht kein Mangel an Töchtern. Du kannst es dir kaum leisten, irgendwelche Freier abzuweisen!« Sie ersparte auch Fantina nichts von ihrem Freimut. »Es ist schließlich nicht so, daß sie aufsehenerregende Schönheiten wären, die sich ihrer Freier nicht erwehren könnten!« Fantina stieß einen erstickten Klagelaut aus und stürzte aus dem Raum. »Kannst du denn nicht endlich aufhören mit deinen ewigen Geschichten und abgedroschenen Scherzen?«

»Du hast recht, meine Liebe«, sagte ich zerknirscht. »Ich weiß es ja besser. Und eines Tages werde ich es auch besser *machen.*«

Sie hatte durchaus recht, das gebe ich zu. Was die Kinder betrifft, hatte Donata sich ihren Glauben an die Güte des lieben Gottes bewahrt, aber nachdem sie uns drei Töchter geboren hatte, verzweifelte sie offensichtlich daran, daß der liebe Gott dem venezianischen Hause Polo jemals einen Sohn und Erben schenken würde. Daß ich keine männlichen Nachkommen hatte, war für mich nun keine Enttäuschung, über die ich nie hinwegkam, und sie vergällte mir auch nicht das Leben. Ich weiß, es ist nicht sehr christlich von mir, das zu sagen, doch glaube ich nun einmal nicht, daß, wenn mein eigenes Leben vorüber ist, ich mich noch sonderlich für die Angelegenheiten dieser Welt interessieren oder die bleichen Hände meiner Seele ringen werde, weil ich keinen Marcolino Polo hinterlassen habe, sich um all die Waren in den Speicherhäusern der Compagnia und um die *zafràn*-Plantagen zu kümmern, die ich nicht habe mitnehmen können. Ich beichtete diese unbotmäßige Kleingläubigkeit weder vor seinem Tode dem alten Pare Nardo (dabei hätte dieser sanftmütige alte Mann mir wohl nur eine geringe Buße dafür auferlegt), noch werde ich sie dem verbissen dreinschauenden jungen Pare Gasparo beichten (der die Buße selbstgerecht hart ausfallen ließe), doch neige ich zu dem Glauben, daß, wenn es einen Himmel gibt, ich keine große Hoffnung darein setzen dürfte hineinzukommen; und gibt es eine Hölle, dann, möchte ich meinen, habe ich wahrhaftig andere Dinge, um die ich mir Sorgen machen müßte als darum, wie es meinen Nachfahren am Rialto ergehen mag.

Ich bin wohl alles andere als ein vorbildlicher Christ, aber ich bin auch nicht so wie jene Väter im Fernen Osten, die ich Dinge habe sagen hören wie: »Nein, ich habe keine Kinder. Nur drei Töchter.« Ich habe Töchtern gegenüber nie irgendwelche Vorurteile gehabt. Selbstverständlich hätte ich mir Töchter gewünscht, die besser aussähen und intelligenter wären. In der Beziehung bin ich vielleicht übertrieben heikel, weil ich in jüngeren Tagen das Glück hatte, so viele überaus schöne und intelligente Frauen zu kennen. Aber in *ihren* jüngeren Tagen hatte Donata auch dazugehört, und wenn sie sich nicht in ihren Töchtern wiederholen konnte, muß das wohl an mir liegen.

Der kleine Raja der Hindus hatte sich mir gegenüber einmal darüber ausgelassen, daß kein Mann je mit Sicherheit wissen könne, wer der Vater seiner Kinder ist, doch habe ich in der Beziehung nie die geringsten Ängste gehabt. Ich brauche sie mir nur anzusehen – Fantina, Bellela und Morata –, sie sind mir alle drei viel zu sehr wie aus dem Gesicht geschnitten, als daß irgendein Zweifel herrschen könnte. Nun muß ich allerdings eilends erklären, daß Marco Polo sein Lebtag kein schlecht aussehender Mann gewesen ist. Dennoch möchte ich nicht gerade ein im heiratsfähigen Alter stehendes Mädchen sein und so aussehen wie Marco Polo. Wenn ich das wäre und eben so aussähe, dann würde ich mir zumindest wünschen, zum Ausgleich ein einigermaßen heller Kopf zu sein. Leider sind meine Töchter auch in dieser Hinsicht etwas zu kurz gekommen. Ich will damit nicht sagen, daß sie sabbernde Schwachköpfe wären; sie sind nur nicht besonders feinfühlig, glanzlos und besitzen keinen Charme.

Dennoch sind sie meines Blutes. Kann der Töpfer es sich leisten, die einzigen Töpfe zu verachten, die er jemals gemacht hat? Und es sind gute Mädchen, die ein gutes Herz haben, zumindest wird mir das immer wieder tröstend von meinen Bekannten gesagt, die mit hübschen Töchtern gesegnet sind. Das einzige, was ich sagen kann, ist, daß meine Töchter, soweit ich es aus Erfahrung weiß, sauber sind und gut riechen. Nein, ich kann auch noch sagen, daß sie das Glück haben, einen Papà zu besitzen, der sie mit den Reizen des Reichtums ausstatten kann.

Der junge Bragadino zeigte sich letztlich von meinem Gerede an jenem Tag nicht so abgestoßen, daß er für immer fortgeblieben wäre, und als er das nächstemal vorsprach, beschränkte ich mich in meinen Erörterungen auf Fragen wie Erbe und Aussichten. Er und Fantina sind jetzt in aller Form verlobt, und Bragadino der Ältere und ich werden uns in Bälde wegen der *impalmatura* beim Notar einfinden. Meiner zweiten Tochter, Bellela, wird eifrig von einem jungen Mann namens Zanino Grioni der Hof gemacht. Morata wird, wenn es soweit ist, gewiß auch einen Freier finden. Ich hege nicht den geringsten Zweifel, daß alle drei Mädchen froh sein werden, wenn sie nicht mehr als die Damìne Milione gelten, und mich beschleicht kein überwältigendes Bedauern, daß die Compagnia, das Vermögen und das Haus Polo über Generationen hinweg in den Compagnie und Häusern Bragadino, Grioni Eccètera versickern wird. Sollten die Vorstellungen der Han stimmen, erregt dies vielleicht Betroffenheit unter meinen Ahnen, von Nicolò bis hin zu jenem ersten dalmatinischen Pavlo, doch mir macht das nicht viel aus.

8 Wenn ich mich wegen der Tatsache, daß ich keine Söhne habe, wirklich beklage, dann nur wegen dessen, was das für Donata bedeutete. Sie war erst zweiunddreißig Jahre alt, als Morata geboren wurde, doch die Geburt einer dritten Tochter überzeugte sie offensichtlich, einfach keine Söhne bekommen zu können. Und gleichsam, um zu verhindern, daß durch Zufall noch eine Tochter zur Welt kam, begann Donata fortan manches zu tun, mich vom ehelichen Umgang mit ihr abzuhalten. Es war nie so, daß sie durch Wort oder Geste irgendwelche Annäherungsversuche von meiner Seite *abgewiesen* hätte, doch fing sie an, sich so zu kleiden, so auszusehen und sich so zu verhalten, daß sie für mich weniger reizvoll und meine Glut nach ihr weniger groß wäre.

Sie ließ zu, daß ihr Gesicht mit zweiunddreißig sein Strahlen verlor, ihr Haar seinen Glanz und ihre Augen das lebhafte Leuchten; außerdem fing sie an, sich in leichte schwarze Baumwollseide zu kleiden und die Umschlagtücher der alten Frauen um sich zu legen. Und das mit zweiunddreißig! Ich war zwar schon fünfzig, aber hielt mich immer noch gerade und war schlank und kräftig; außerdem trug ich die reichen Gewänder, auf die ich meines Standes wegen ein Recht hatte, und die ich gern trug, da ich Farben nun einmal mochte. Haupt- und Barthaar wiesen immer noch kaum Grau auf, mein Blut war noch nicht dünner geworden, ich hatte immer noch Lust aufs Leben und aufs Vergnügen, und meine Augen leuchteten immer noch auf, wenn ich eine schöne Dame sah. Allerdings, das muß ich sagen, wenn ich Donata sah, wurden sie glasig.

Daß sie sich aufführte wie eine alte Frau, machte sie zu einer alten Frau. Sie ist heute jünger, als ich es bei Moratas Geburt war. Dennoch hat sie in den folgenden fünfzehn Jahren all die wenig ansprechenden Züge und das Aussehen einer um viele Jahre älteren Frau angenommen – erschlaffte Gesichtshaut, faltiger und sehniger Hals, die Bänder, welche die Finger bewegen, durch die gesprenkelte Haut auf den Händen hindurch sichtbar, die Ellbogen wie alte Münzen, das Fleisch an den Oberarmen weich und wabbelig; und wenn sie den Rock rafft, um am Landeplatz der Corte in eines unserer Boote hinunterzusteigen, kann ich sehen, daß ihr das Fleisch an den Enkeln über die Schuhe hängt. Was aus dem milchweißen, muschelrosigen und goldbevliesten Leib geworden ist, weiß ich nicht; ich habe ihn schon lange nicht mehr gesehen.

Ich wiederhole: Sie hat mir in all diesen Jahren meine ehelichen Rechte nie versagt, wohl aber hinterher stets apathisch dagelegen, bis der Moment vorüber war und sie von der Angst befreite, sie könnte wieder schwanger sein. Nach einiger Zeit stand das selbstverständlich nicht mehr zu befürchten, doch zu der Zeit gab ich ihr auch keinen Anlaß mehr, irgendwelche Befürchtungen hegen zu müssen. Inzwischen kam es auch vor, daß ich einen Nachmittag oder gar eine ganze Nacht von zu Hause fortblieb, doch verlangte sie von mir nie eine verlogene Entschuldigung, geschweige denn, daß sie mich für meine *pecatazzi* bestraft hätte. Nun, ich konnte mich über ihre Nachsicht nicht beschweren; ich kenne viele Ehemänner, die sich freuen würden, wenn sie eine so nachsichtige und wenig zänkische Frau hätten. Und heute, da Donata mit siebenundvierzig beklagenswert und viel zu früh wirklich eine alte Frau ist, habe ich sie eingeholt. Ich stehe jetzt in meinem fünfundsechzigsten Jahr, deshalb hat es nichts Besonderes und Verfrühtes, wenn ich so alt aussehe, wie sie es ist, und ich die Nächte nicht mehr außerhalb verbringe. Selbst wenn ich gern noch streunen würde, ich erhalte heutzutage keine allzu verlockenden Angebote mehr, ihnen nachzukommen, und wenn ich doch einmal eines erhielt, müßte ich mit Bedauern ablehnen.

Ein deutsches Handelshaus hat vor kurzem hier in Venedig eine Zweigstelle eingerichtet und stellt eine neuerlich vervollkommnete Art von Spiegeln her; sie bleiben auf keinem einzigen, den sie herstellen, sitzen, und kein eleganter venezianischer Haushalt – der unsere eingeschlossen – kommt ohne ein oder zwei davon aus. Ich bewundere die glänzenden Spiegelflächen und die unverzerrten Spiegelbilder, die sie liefern; dennoch finde ich, sie sind nicht nur ein Segen. Ich für mein Teil würde es vorziehen zu glauben, daß das, was ich sehe, auf Unvollkommenheit und Verzerrung zurückzuführen ist, als zugeben zu müssen, daß ich mich sehe, wie ich wirklich aussehe. Der mittlerweile vollständig ergraute Bart und die schütterer werdenden grauen Haupthaare, die Runzeln und die bräunlichen Flecken auf der Haut, die Säcke unter den Augen, die jetzt triefen und nicht mehr so gut sehen können . . .

»Es ist überhaupt nicht nötig, schlecht zu sehen, Freund Marco«, sagte Dotòr Abano, der nun seit vielen Jahren unser Hausarzt und genauso alt ist wie ich. »Diese erfinderischen Deutschen haben noch ein neues Wunder aus Glas geschaffen. Sie nennen diesen Apparat ›Brille‹ – oder *occhiale,* wenn Euch das lieber ist. Ihr glaubt nicht, was die beiden Gläser darin für das Sehvermögen bedeuten können. Haltet das Ding vors Gesicht und betrachtet diese beschriebene Seite dadurch. Ist die Schrift nicht klarer zu lesen? Und jetzt seht Euch selbst im Spiegel an.«

Ich tat es und murmelte: »Einst, während eines gestrengen Winters, sah ich an einem Ort namens Urumqi ein paar verwegen aussehende Männer aus der gefrorenen Gobi herauskommen, die mich fast zu Tode erschreckten, denn sie hatten alle schimmernde *Augen aus Kupfer*. Als sie näher kamen, erkannte ich, daß sie etwas Ähnliches aufhatten wie dieses hier. Eine Art *dòmino*-Maske aus dünnem Kupferblech, von vielen nadelfeinen Löchern durchbohrt. Dadurch konnte man zwar nicht besonders gut sehen, aber sie behaupteten, es bewahre sie davor, im grellen Schneegleißen zu erblinden.«

»Ja, ja«, sagte Abano ungeduldig. »Von den Männern mit den Augen aus Kupfer habt Ihr mir mehr als einmal erzählt. Aber was haltet Ihr von dem *occhiale*? Könnt Ihr damit nicht viel besser sehen?«

»Ja«, sagte ich, freilich nicht besonders begeistert, denn was ich im Spiegel vor mir sah, war ich selbst. »Ich sehe nichts, das ich nicht vorher auch gesehen hätte. Ihr seid ein *mèdego,* Abano. Gibt es einen medizinischen Grund dafür, daß mir oben auf dem Kopf die Haare ausgehen, mir jedoch *auf der Nasenspitze* Borsten sprießen?«

Immer noch ungeduldig, sagte er: »Die tiefsinnige medizinische Bezeichnung dafür heißt ›Alter‹. Nun, was ist mit dem *occhiale*? Ich kann eines bestellen, das eigens auf Euer Sehvermögen abgestimmt ist. Schlicht oder reich verziert, zum mit der Hand vors Gesicht Halten oder um den Kopf binden, aus Holz, das mit Edelstein eingelegt ist, oder gepunztem Leder...«

»Danke, alter Freund, aber ich glaube, lieber nicht«, sagte ich, legte den Spiegel nieder und reichte ihm den Sehapparat zurück. »Ich habe in meinem Leben viel gesehen. Vielleicht ist es ein Segen, wenn ich nicht alle Anzeichen des Verfalls sehe.«

Gerade heute geht mir auf, daß wir den zwanzigsten Tag des Monats September haben. Meinen Geburtstag. Ich stehe nicht mehr im fünfundsechzigsten Jahr. Ich bin heute unsicheren Schritts über die unsichtbare, aber um so deutlicher spürbare Scheidelinie hinweggegangen, die mich ins sechsundsechzigste Jahr führt. Diese Erkenntnis drückte mich einen Moment nieder, doch dann reckte ich mich zu voller Größe auf – straft den stechenden Schmerz im Kreuz mit Nichtachtung – und straffte die Schultern. Entschlossen, nicht in kläglichem Selbstmitleid zu versinken, überlegte ich, was bei mir meiner Stimmung etwas auf die Sprünge helfen könnte, schlurfte hinüber in die Küche zum Hackblock, wo unsere Köchin bei der Arbeit war, und sagte im Plauderton:

»Nastàsia, ich will dir eine erbauliche Geschichte erzählen, aus der du noch etwas lernen kannst. Etwa um diese Jahreszeit begehen die Menschen in Kithai und Manzi ein Fest, das sie Mondkuchenfest nennen. Es handelt sich um ein Fest, das im trauten Familienkreis gefeiert wird, nichts Gewaltiges. Die Familien kommen nur liebevoll zusammen und essen gemeinsam Mondplätzchen. Das ist kleines, rundes Gebäck mit vielerlei guten Zutaten, das vorzüglich mundet. Ich will dir sagen, wie man sie macht, und vielleicht tust du mir den Gefallen und bäckst mir welche. Dann könnten die Dona und die Damìne und ich so tun, als feierten wir wie die Han. Du nimmst Nüsse und Datteln und Zimt und...«

Ich flog fast aus der Küche heraus und stürmte durchs Haus auf der Suche nach Donata. Diese fand ich in der Ankleidekammer, wo sie nähte und in sanft-vorwurfsvollem Ton sagte: »Hast du Nata wieder belästigt?«

»Sie belästigt, daß ich nicht lache! Ist sie nun bei uns angestellt, um uns zu dienen, oder ist sie das nicht? Dieses Weib hatte die Stirn zu sagen, sie sei es leid, dauernd von den üppigen Speisen zu hören, die ich in der Fremde genossen hätte; sie wolle nie wieder etwas davon hören. *Che braga*! Spricht eine Dienerin so mit ihrem Herrn?«

Donata gluckste voller Mitgefühl. Ich stapfte wütend ein wenig auf und ab und traktierte verschiedenes, das herumstand, mit Fußtritten. Dann fing ich von neuem an und erklärte mit tragischer Stimme:

»Unsere Domestiken, die Dogaressa, selbst meine Kollegen am Rialto – kein Mensch scheint heute noch etwas *lernen* zu wollen. Sie wollen nur, daß alles so bleibt, wie es ist, und hassen es, aus dieser Trägheit aufgeschreckt oder herausgerissen zu werden. Versteh mich recht, Donata, bei anderen Leuten ist mir das egal; aber *bei meinen eigenen Töchtern*! Meine eigenen Töchter seufzen auf, trommeln mit den Fingern und schauen zum Fenster hinaus, wenn ich ihnen irgend etwas Erbauliches erzählen will, woraus sie etwas lernen können, das ihnen vielleicht einmal von großem Nutzen ist. Könnte es sein, daß du diesen Mangel an Hochachtung vor dem Oberhaupt der Familie auch noch unterstützt? Ich halte das für verwerflich. Ich komme mir nachgerade vor wie der Prophet, von dem Jesus spricht – demjenigen, der überall etwas gilt, nur in seinem Vaterlande und seinem eigenen Hause nicht.«

Lächelnd hörte Donata sich meine Tirade an und handhabte unerschütterlich ihre Nadel. Als ich ganz außer Atem war, sagte sie:

»Die Mädchen sind jung. Junge Leute finden uns ältere oft langweilig.«

Nochmals stapfte ich wütend im Raum auf und ab, bis mein Schnaufen sich legte. Dann sagte ich: »Alt! Wahrhaftig! Man sehe sich an, was für ein trauriges Bild wir alten Leute bieten. Ich für mein Teil kann jedenfalls behaupten, daß ich auf die ganz normale Weise alt geworden bin – einfach durch die Zahl der Jahre. Aber bei dir wäre das nicht nötig gewesen, Donata.«

»Alle werden alt«, sagte sie gelassen.

»Du bist heute praktisch genauso alt, Donata, wie ich es bei unserer Hochzeit war. War ich damals alt?«

»Du standest auf dem Höhepunkt deines Lebens. Stattlich und ansehnliches Mannsbild, das du warst. Aber Frauen altern anders als Männer.«

»Nicht, wenn sie nicht wollen. Du konntest nur nicht schnell genug die Jahre hinter dich bringen, in denen du Kinder bekommen konntest. Ich habe dir vor langer Zeit schon gesagt, daß ich ganz einfache Hilfsmittel kenne, die verhindern, daß . . .«

»Das sind Dinge, die ein Christ nie in den Mund nehmen sollte. Und vor christlichen Ohren nie ausgesprochen. Ich will heute genausowenig davon hören wie damals.«

»Hättest du mir damals zugehört«, sagte ich anklagend, »brauchtest du heute kein Herbstfächer zu sein.«

»Ein was?« sagte sie und blickte zum ersten Mal auf.

»Das ist ein sehr vielsagender Ausdruck, den die Han haben. Ein Herbstfächer, das bedeutet: eine Frau, die über die Jahre hinaus ist, da sie reizvoll und attraktiv wirkt. Verstehst du, im Herbst ist die Luft kühl, und es besteht keine *Notwendigkeit* mehr, einen Fächer zu betätigen. Und siehst du, deshalb ist eine Frau, die aufgehört hat, weiblich zu wirken, wie du das absichtlich getan hast, bloß, um zu verhindern, daß du noch mehr Kinder . . .«

»Hast du die vielen Jahre«, unterbrach sie mich mit sehr leiser

Stimme, »hast du die vielen Jahre jemals darüber nachgedacht, *warum* das so war?«

Den Mund noch offen, hörte ich auf zu sprechen. Sie ließ die Handarbeit auf den Rock aus schwarzer Baumwollseide sinken, faltete die vergilbten Hände darüber, sah mich mit den trüben Augen an, die einst strahlend blau gewesen waren, und sagte:

»Ich habe aufgehört, eine Frau zu sein, als ich mir nichts mehr vormachen konnte. Als ich es überdrüssig wurde, mir selber einzureden, du liebtest mich.«

Erschrocken und ungläubig blinkerte ich mit den Augenlidern und konnte kaum sprechen. »Donata, war ich jemals etwas anderes als zärtlich und voller Verständnis für dich? Habe ich dir gegenüber in irgendeiner Weise gefehlt? War ich jemals weniger als ein guter Ehegatte?«

»Siehst du! Nicht einmal jetzt sprichst du das Wort aus.«

»Ich dachte, das versteht sich von selbst. Tut mir leid. Nun gut dann. Ich habe dich geliebt.«

»Da war etwas oder jemand, den du mehr liebtest; das ist immer so gewesen. Selbst wenn du mir am nahesten warst, Marco, bist du mir nie wirklich nahe gewesen. Ich konnte dir ins Gesicht schauen und sah, wie fern du warst. War das eine Entfernung in Meilen oder an Jahren? War es eine andere Frau? Gott verzeih mir, daß ich es glaube, aber . . . war es nicht meine Mutter?«

»Donata, sie und ich waren *Kinder!*«

»Kinder, die getrennt werden, vergessen einander, wenn sie erwachsen sind. Aber du hast geglaubt, ich wäre sie, als wir uns das erste Mal begegneten. Noch in unserer Hochzeitsnacht habe ich mich gefragt, ob ich nicht bloß ein Ersatz wäre. Ich war eine Jungfrau, gewiß, und unschuldig. Alles, was ich wußte, daß es mich erwartete, hatten mir ältere Vertraute gesagt, und du machtest es viel besser, als ich es erwartet hatte. Trotzdem, ich hatte weder den Kopf verloren noch war ich beschränkt, wie das bei unseren nicht gerade besonders klugen Töchtern vielleicht sein könnte. An der Art, wie wir einander umarmten, Marco . . . das hatte . . . irgendwie etwas Unrechtes. Beim allerersten mal und auch jedesmal später.«

Rechtschaffen betroffen, sagte ich steif: »Du hast dich niemals beklagt.«

»Nein«, sagte sie und machte ein nachdenkliches Gesicht. »Und auch das gehörte dazu, daß es nicht recht schien: daß ich es nämlich durchaus genossen habe – immer –, dabei aber immer das Gefühl hatte, eigentlich dürfte ich das nicht. Ich habe nie begriffen, was es war: es muß daran gelegen haben, daß ich etwas genoß, was rechtens eigentlich meiner Mutter zugestanden hätte.«

»Wie lächerlich. Alles, was ich an deiner Mutter so gemocht habe, habe ich auch in dir gefunden. Und mehr. Du hast mir viel, viel mehr bedeutet, Donata – und warst mir viel teurer –, als sie es jemals war.«

Donata fuhr sich mit der Hand übers Gesicht, als wolle sie eine Spinnwebe fortwischen, die sich dort festgesetzt hatte. »Wenn sie es nicht war, und wenn es auch keine andere Frau war, dann muß es die große Ferne gewesen sein, von der ich immer das Gefühl hatte, daß sie zwischen uns stand.«

»Komm, komm, meine Liebe! Ich bin seit unserer Hochzeit kaum jemals aus deinen Augen gewesen, und niemals außer Reichweite.«

»Körperlich nicht, nein. Aber in den Teilen von dir, die ich weder sehen noch erreichen konnte. Du bist von jeher in die Ferne verliebt gewesen. Du bist nie wirklich heimgekommen. Es war nicht ganz lauter von dir, eine Frau aufzufordern, mit einer Rivalin um deine Liebe zu kämpfen, die sie nie besiegen konnte. Die Ferne. Die fernen Horizonte.«

»Du hast mir, was diese fernen Horizonte betrifft, ein Versprechen abgenommen. Ich habe es gegeben – und gehalten.«

»Jawohl. Körperlich hast du es gehalten. Du bist nie wieder fortgereist. Aber hast du je an etwas anderes gedacht oder von etwas anderem gesprochen als von Reisen?«

»*Gèsu*! Wer ist jetzt unlauter, Donata? Seit fast zwanzig Jahren bin ich passiv und willig gewesen, wie jener *zerbino* an der Tür dort drüben. Ich habe dir Besitzrecht über mich eingeräumt, du konntest bestimmen, wo ich sein und was ich tun sollte. Beschwerst du dich jetzt, daß ich dir nicht auch die Herrschaft über meine Erinnerungen, über meine Gedanken, meine Tag- und Nachtträume eingeräumt habe?«

»Nein, ich beschwere mich nicht.«

»Aber damit ist die Frage, die ich gestellt habe, nicht eigentlich beantwortet.«

»Auf manche hast du selbst keine Antwort gegeben, Marco, aber ich will sie nicht weiter verfolgen.« Endlich nahm sie ihren Trauerblick von mir und nahm ihre Handarbeit wieder auf. »Worüber streiten wir uns schließlich? Es spielt alles keine Rolle mehr.«

Wieder hielt ich offenen Mundes inne und sprach nicht aus, was ich sagen wollte – beide taten wir das, nehme ich an. Nochmals durchmaß ich nachdenklich den Raum.

»Du hast recht«, sagte ich zuletzt und seufzte. »Wir sind alt. Wir sind über die Leidenschaft hinaus. Hinaus über Streben und Streiten. Hinaus über die Schönheiten der Gefahr und die Gefahren in der Schönheit. Was richtig von uns war und was unrichtig – es spielt heute wirklich keine Rolle mehr.«

Auch sie seufzte auf und beugte sich über ihre Näherei. Gedankenverloren stand ich eine Weile da und beobachtete sie über den Raum hinweg. Sie saß in einem Bündel Septemberlicht, wo sie am besten sehen konnte. Die Sonne tat nicht viel dazu, ihr nüchternes Gewand zu beleben; sie hatte den Kopf gesenkt, doch in ihrem Haar spielte das Licht. Es hatte eine Zeit gegeben, da hätte dieser Sonnenschein ihre Zöpfe golden aufleuchten lassen wie reifes Getreide. Jetzt hatte ihr geneigter Kopf mehr den süßen und schwermütigen Schimmer des zu Garben gebundenen Korns: ein ruhiges, mattes Rehbraun, auf dem der erste Reif des Herbstes lag.

»September«, sann ich und war mir nicht klar darüber, daß ich es laut aussprach.
»Wie bitte?«
»Nichts, meine Liebe.« Ich durchmaß die Kammer, beugte mich über sie und drückte ihr einen Kuß auf das liebe Haupt – nicht voll heißer Liebe, wohl aber auf eine liebevolle, väterliche Weise. »An was arbeitest du denn da?«
»*Parechio*. Eine Kleinigkeit für die Hochzeit, für den Honigmond. Es kann ja nichts schaden, frühzeitig anzufangen.«
»Fantina kann von Glück sagen, eine so fürsorgliche Mutter zu haben.«
Donata blickte auf und bedachte mich mit einem leichten, scheuen Lächeln. »Weißt du, Marco . . . ich habe gerade nachgedacht. Das Versprechen, das du mir gegeben hast – du hast es wohl gehalten, aber es läuft allmählich aus. Ich meine – Fantina kurz vor der Hochzeit und so gut wie aus dem Haus. Bellela verlobt, Morata praktisch erwachsen. Wenn du dich immer noch sehnst, irgendwohin zu fahren . . .«
»Wieder hast du recht. Ich hatte zwar nicht gezählt, aber es stimmt, ich bin fast wieder frei, nicht wahr?«
»Ich gebe dir gern die Erlaubnis. Aber du würdest mir fehlen. Was immer ich zuvor gesagt haben mag – ich würde dich schrecklich vermissen. Aber trotzdem – auch ich halte, was ich einmal versprochen habe.«
»Das tust du in der Tat. Ja. Und jetzt, wo du davon sprichst, vielleicht sollte ich einmal darüber nachdenken. Nach Fantinas Hochzeit. Ich könnte doch fortgehen – oh, nichts weiter als auf eine kurze Reise, um wieder hier zu sein für Bellelas Hochzeit. Vielleicht nur bis Konstantinopel, um den alten *Cuzìn* Nico wiederzusehen. Ja, vielleicht tue ich das. Jedenfalls, wenn es meinem Rücken wieder bessergeht.«
»Du hast wieder Kreuzschmerzen? O weh!«
»*Niente, niente.* Ein Stechen ab und zu, weiter nichts. Jedenfalls nichts, worüber man sich Sorgen machen müßte. Ach, weißt du, meine Liebe, einmal, in Persien, und dann nochmals, in Kurdistan, da mußte ich auf ein Pferd steigen – nein, das erste Mal war's ein Kamel – und mußte reiten, was das Zeug hielt, obwohl mir einer der Briganten fast den Schädel mit der Keule eingeschlagen hatte. Vielleicht habe ich dir schon davon erzählt, aber . . .«
»Ja.«
»Ja. Nun, ich danke dir jedenfalls für den Vorschlag, Donata. Wieder auf Reisen gehen. Ich muß mir das wirklich überlegen.«
Ich ging nach nebenan, in die Kammer, in die ich mich zurückzog, wenn ich mir Arbeit mit nach Hause brachte, und sie muß gehört haben, wie ich herumkramte, denn sie rief durch die Tür:
»Wenn du eine deiner Landkarten suchst, Marco, die hast du alle im *fondaco* der Compagnia untergebracht.«
»Nein, nein. Ich such nur nach Papier und einer Feder. Ich sollte meinen letzten Brief an Rustichello zu Ende schreiben.«

»Warum setzt du dich dazu nicht in den Garten? Es ist ein schöner stiller Nachmittag. Du solltest hinausgehen und es genießen. Es wird nicht mehr viele solcher Tage geben, ehe es Winter wird.«

Als ich nach unten ging, sagte sie: »Die jungen Männer kommen heute zum Abendessen. Zanino und Marco. Deshalb ist Nata in der Küche so beschäftigt und deshalb hat sie dich wahrscheinlich so kurz abgefertigt. Da wir Gäste haben – können wir nicht ein kleines Abkommen schließen? Nichts von unserem Streit bei Tisch stören lassen?«

»Keinen Streit mehr, Donata – weder heute abend noch jemals. Es tut mir von Herzen leid, welchen Grund zum Streit ich auch immer gegeben habe. Wie du sagst, laß uns in Ruhe die Tage genießen, die uns noch bleiben. Alles, was vorher war – nichts davon spielt noch eine Rolle.«

So trug ich meine Schreibsachen hinaus in den kleinen Hof am Kanal, den wir unseren Garten nennen. Dort habe ich Chrysanthemen anpflanzen lassen, die Blumen von Manzi. Ich habe sie aus Samen gezogen, die ich von dorther mitgebracht habe, und das Gold, das Feuer und die Bronzetöne der Blüten verleihen der weichen Septembersonne etwas Verwegenes. Gleitet bisweilen eine *gòndola* vorüber, lenkt der *gondoliere* sein Boot nahe heran, damit seine Fahrgäste die exotischen Blüten bewundern können, denn die meisten der anderen Gärten und Fensterkästen in Venedig bergen Sommerblumen, die um diese Jahreszeit längst vergilbt sind und welk herunterhängen. Langsam und vorsichtig, um keine Kreuzschmerzen zu riskieren, nahm ich auf dieser Bank Platz, hielt das gerade eben geführte Gespräch fest, und jetzt habe ich schon eine ganze Zeit nur dagesessen und nachgedacht.

Es gibt das Wort *asolare,* das zuerst hier in Venedig geprägt wurde, doch inzwischen in den Sprachbesitz der gesamten italienischen Halbinsel übergegangen ist. Es ist ein gutes und nützliches Wort, *asolare* – es heißt, in der Sonne sitzen und absolut gar nichts tun – all dies in diesem einen Wort. Nie in meinem ganzen Leben hätte ich gedacht, daß es jemals auf mich passen könnte. Das hat es den größten Teil meines Lebens über weiß Gott nicht getan. Doch jetzt, wenn ich nachdenke – über diese turbulenten Jahre, die endlosen Reisen, die Meilen und *farsakhs* und *li* voller Erlebnisse, über die Freunde und Feinde und diejenigen, die ich liebte, die eine Zeitlang zusammen mit mir gereist sind und dann irgendwo unterwegs verlorengingen –, von allen diesen Dingen erinnere ich mich jetzt an eine Regel, die mein Vater mir vor langer, langer Zeit eingebleut hatte, damals, als ich zuerst mit ihm unterwegs war. Er hat gesagt: »Wenn du dich jemals in der Wildnis verirrst, Marco, geh immer hügelabwärts. Immer hügelabwärts, dann wirst du schließlich auf Wasser stoßen und schließlich an einen sicheren, warmen und geborgenen Ort gelangen.«

Ich habe einen langen, langen Weg hinter mir, und jetzt bin ich endlich am Fuß des Hügels angelangt. Hier bin ich, ein alter Mann, der sich in den letzten Strahlen eines frühen Herbstnachmittags im Monat der fallenden Blätter sonnt.

Einst, als ich mit dem Mongolenheer unterwegs war, fiel mir ein Streitroß auf, das in einer der Kolonnen mitlief, nicht schneller und nicht langsamer als die anderen, wunderschön aufgezäumt mit einer Lederrüstung, mit Schwert und Lanze in der Scheide – nur der Sattel des Pferdes war leer. Der Orlok Bayan sagte mir: »Das war der Hengst eines guten Kriegers namens Jangar. Er hat ihn in viele Schlachten getragen, in denen er tapfer focht, und auch in seine letzte Schlacht, in der er sein Leben verlor. Jangars Pferd wird auch weiterhin mit uns reiten, zum Kampf aufgezäumt, solange sein Herz den Kampfruf vernimmt.«

Die Mongolen wußten sehr wohl, daß selbst ein Pferd lieber im Kampf stürzt oder läuft, bis sein Herz zerspringt, als seinen Lebensabend auf einer üppigen Weide zu verbringen und unnütz nur zu warten, zu warten und zu warten.

Ich denke zurück an alles, was ich hier festgehalten habe, und alles, was schon in dem früheren Buch geschrieben wurde, und frage mich, ob man es nicht alles in fünf kleine Worte fassen könnte: »Ich bin fortgewesen und heimgekehrt.« Aber nein, ganz stimmt das nicht. Es ist nie derselbe Mann, der heimkehrt, ob er nun abends von der eintönigen Arbeit im Kontor heimkehrt oder nach vielen Jahren in der Ferne, den langen Wegen, den blauen Fernen, den Ländern, wo Magie kein Geheimnis ist, sondern etwas, das sich tagtäglich ereignet, aus Städten, die es wert sind, daß man Gedichte über sie schreibt:

> *Vom Himmel sind wir beide gleich weit entfernt,*
> *Doch zum Glück gibt's für uns Hang und Su!*

Eine Zeitlang wurde ich bei meiner Heimkehr – ehe ich als Gemeinplatz abgetan wurde und man mich nicht mehr beachtete – ausgelacht und galt als Lügner und Aufschneider. Doch diejenigen, die über mich lachten, hatten unrecht. Ich bin bei weitem nicht mit soviel Lügen zurückgekehrt, als ich bei meiner Abreise mitnahm. Ich verließ Venedig, die Augen leuchtend vor Erwartung, jenes Schlaraffenland der Träume zu finden, wie es die frühen Kreuzfahrer und die Biographen Alexander des Großen und andere Mythenerfinder beschrieben haben – ich war darauf gefaßt, Einhörnern und Drachen und dem legendären König und Heiligen, dem Prete Zuàne oder Priester Johannes zu begegnen, phantastischen Hexenmeistern und mystischen Religionen voll beneidenswerter Weisheiten. Ich habe sie auch gefunden, und wenn ich zurückgekommen bin, um zu sagen, daß nicht alle so waren, wie die Legende uns hat glauben machen – war die Wahrheit über sie nicht genauso wunderbar?

Sentimentale Menschen sprechen davon, daß das Herz bricht, aber auch sie irren sich. Kein Herz bricht jemals wirklich. Das weiß ich sehr wohl. Wenn mein Herz sich nach dem Osten sehnt, wie es das häufig tut, zieht es äußerst schmerzlich, aber es bricht nicht.

Oben in Donatas Kammer hatte ich sie glauben lassen, ihre Nachricht, ich sei nicht mehr an Haus und Familie gebunden, wäre eine angenehme Überraschung für mich gewesen. Ich tat nur so, denn ich hatte jahrelang nicht mehr gedacht: ›Soll ich jetzt aufbrechen?‹, um mich noch jedesmal zu dem Schluß durchzuringen: ›Jetzt noch nicht‹, um es meiner Verantwortung wegen aufzuschieben, wegen meines Versprechens zu bleiben, wegen meiner alternden Frau und meiner drei wirklich nicht außergewöhnlichen Töchter – und mir jedesmal zu sagen: ›Ich will eine günstigere Gelegenheit abwarten, um dann loszufahren.‹ Oben in Donatas Kammer habe ich so getan, als begrüßte ich freudig ihre Nachricht, daß ich jetzt losziehen *könnte*. Und nur, um auch angemessen dankbar zu erscheinen, daß sie von sich aus mit dieser Nachricht herausgerückt war, habe ich so getan, als könnte ich wirklich wieder auf Reisen gehen. Ich weiß, ich werde es nicht tun. Ich habe ihr etwas vorgemacht, als ich sie das glauben ließ, doch war das nur ein kleiner frommer Betrug, und ich habe ihn gut gemeint, und sie wird nicht unglücklich sein, wenn sie merkt, daß ich ihr etwas vorgemacht habe. Freilich, mir selbst kann ich nichts vormachen. Ich habe zu lange gewartet. Ich bin jetzt zu alt, der Zeitpunkt kommt zu spät.

Der alte Bayan war noch ein Kämpfer, als er in dem Alter stand, in dem ich jetzt bin. Und ungefähr im selben Alter stand mein Vater und sogar mein umnachteter Onkel, als sie die lange und überaus strapazenreiche Rückreise von Khanbalik nach Venedig antraten. Doch so alt ich auch bin, ich bin nicht hinfälliger als sie damals. Vielleicht würden sogar meine Kreuzschmerzen weggehen, wenn ich im Sattel bei einem langen Ritt tüchtig durchgestaucht würde. Ich glaube, es ist nicht körperliches Unvermögen, das mich davon abhält, wieder auf Reisen zu gehen. Vielmehr nagt der schwermütige Verdacht an mir, all das Beste und Schlimmste und Interessanteste gesehen zu haben, was man sehen *konnte*. Und daß alles, was ich zu sehen bekommen würde neben dem, was ich schon gesehen hatte.

Selbstverständlich könnte ich hoffen, auf irgendeiner Straße in irgendeiner Stadt in Kithai oder Manzi völlig überraschend wieder einer wunderschönen Frau zu begegnen – genauso, wie ich hier in Venedig ja Donata begegnet war –, einer Frau, die mich unwiderstehlich an eine andere Frau erinnern würde, die längst dahin ist ... Ach, um dieser Chance willen würde ich noch einmal auf Reisen gehen, notfalls auf Händen und Knien, bis ans Ende der Welt. Doch das ist ein Ding der Unmöglichkeit. Mochte eine neu kennengelernte Frau der Frau in meiner Erinnerung noch so sehr ähneln – es würde nicht dieselbe sein.

Und so bleibe ich. *Io me asolo.* Ich sitze im letzten Sonnenlicht des Tages, hier auf dem letzten Hang des Hügels meines langen Lebens, und tue gar nichts ... außer mich zu erinnern, und der Erinnerungen habe ich viele. Wie ich vor langer Zeit am Grab von jemand anders erklärte, ich besitze eine Schatztruhe voller Erinnerungen, um die Ewigkeit damit lebendig zu machen. Ich kann diese Erinnerungen durch all die schwindenden Nachmittage genießen wie diesen, und dann durch die endlos tote Nacht unter der Erde.

Aber ich habe auch einmal zu jemand gesagt – und vielleicht mehr